ELIZABETH GEORGE

Wer Strafe verdient

Elizabeth George

Wer Strafe verdient

Ein Inspector-Lynley-Roman

Ins Deutsche übertragen von
Charlotte Breuer, Norbert Möllemann
und Marion Matheis

GOLDMANN

Die Originalausgabe erschien 2018 unter dem Titel
»The Punishment she deserves«
bei Viking, a Penguin Random House Company, New York.

Sollte diese Publikation Links auf Webseiten Dritter enthalten,
so übernehmen wir für deren Inhalte keine Haftung,
da wir uns diese nicht zu eigen machen, sondern lediglich auf
deren Stand zum Zeitpunkt der Erstveröffentlichung verweisen.

Dieses Buch ist auch als E-Book erhältlich.

Verlagsgruppe Random House FSC® N001967

1. Auflage
Taschenbuchausgabe März 2020
Copyright © der Originalausgabe 2018 by Susan Elizabeth George
Copyright © der deutschsprachigen Ausgabe 2018
by Wilhelm Goldmann Verlag, München,
in der Verlagsgruppe Random House GmbH,
Neumarkter Str. 28, 81673 München
Redaktion: Friederike Arnold
Umschlaggestaltung: UNO Werbeagentur, München,
unter Verwendung eines Entwurfs von Darren Haggar
Umschlagmotiv: Wolken: Getty Images / Stijn Dijkstra / EyeEm
Stadt: Andrew Compton / Alamy Stock Foto
Th · Herstellung: kw
Satz: Uhl + Massopust, Aalen
Druck und Bindung: GGP Media GmbH, Pößneck
Printed in Germany
ISBN: 978-3-442-49002-8
www.goldmann-verlag.de

Besuchen Sie den Goldmann Verlag im Netz

Für Tom, Ira und Frank
Mit Dank und Zuneigung.
Irgendwie habe ich Glück gehabt.

Warum aus freien Stücken mit den Folterstricken
an Zukunft und Vergangenheit sich binden?
Der Geist, der über Geisteskraft hinaus das Morgen
zu formen sucht, kann niemals Ruhe finden.

Rumi

Der Augenblick hat größre Tiefe als die Zukunft.
Was kannst du noch einmal ernten
Vom Felde der Zukunft?

Rabia von Basra

TEIL 1

15. Dezember

BAKER CLOSE
LUDLOW
SHROPSHIRE

In Ludlow begann es zu schneien, während die meisten Leute noch schnell den Abwasch erledigten, um es sich anschließend für den Abend vor dem Fernseher gemütlich zu machen. Nach Einbruch der Dunkelheit gab es in der Stadt eigentlich auch nicht viel mehr zu tun, als sich von irgendeiner Sendung berieseln zu lassen oder sich auf den Weg in einen Pub zu machen. Und da es seit einigen Jahren immer mehr Rentner nach Ludlow zog, die in mittelalterlichem Gemäuer Ruhe und Frieden suchten, wurden selten Klagen über mangelndes Abendprogramm laut.

Wie die meisten anderen in Ludlow war Gaz Ruddock auch gerade beim Abwasch, als er bemerkte, dass es anfing zu schneien. In der Fensterscheibe über seiner Spüle erblickte er sein Spiegelbild und das des alten Mannes neben sich, der das Geschirr abtrocknete. Doch eine kleine Lampe im hinteren Teil des schmalen Gartens beleuchtete die fallenden Schneeflocken. Schon nach wenigen Minuten klebte so viel Schnee an der Fensterscheibe, dass es aussah wie eine Spitzengardine.

»Das gefällt mir nicht. Hab ich doch schon oft gesagt. Aber es nützt ja nichts.«

Gaz schaute zu dem Alten hinüber. Er glaubte nicht, dass er über den Schnee redete, und er hatte richtig vermutet, denn Robert Simmons schaute nicht zum Fenster, sondern betrachtete die Spülbürste, mit der Gaz gerade einen Teller säuberte.

»Das Ding ist unhygienisch«, sagte der alte Rob. »Ich hab's dir schon hundert Mal gesagt, und du hörst nicht auf mich.«

Gaz lächelte, aber er lächelte nicht den alten Rob an – so nannte er ihn immer, als gäbe es auch einen jungen Rob –, sondern sein eigenes Spiegelbild. Er tauschte mit dem Gaz im Fenster einen wissenden Blick aus. Rob beklagte sich jeden Abend über die Spülbürste, und Gaz erklärte ihm jeden Abend, dass seine Methode wesentlich hygienischer war, als Gläser, Geschirr, Besteck, Töpfe und Pfannen in Seifenlauge zu tauchen, so als würden sie sich nach jedem Tauchvorgang selbst reinigen.

»Das Einzige, was besser ist als das hier«, sagte Gaz jeden Abend und wedelte mit der Bürste, »ist eine Spülmaschine. Ein Wort von dir, und ich besorg uns eine, Rob. Geht ganz schnell. Ich schließ sie sogar selber an.«

»Pah«, erwiderte Rob dann. »Ich bin sechsundachtzig Jahre ohne so eine Kiste ausgekommen, dann werd ich's wohl auch ohne noch bis ins Grab schaffen. Moderner Schnickschnack.«

»Aber eine Mikrowelle hast du«, gab Gaz zurück.

»Das ist was anderes«, lautete die lapidare Antwort.

Wenn Gaz fragte, inwiefern es etwas anderes war, eine Mikrowelle zu besitzen, als eine Spülmaschine anzuschaffen, erntete er jedes Mal die gleiche Reaktion: ein Schnauben, ein Achselzucken und ein »Ist einfach so«, und damit war die Diskussion beendet.

Im Prinzip war es Gaz auch egal. Er kochte sowieso kaum, es gab also nie viel Abwasch. Heute hatte es Backkartoffeln gegeben, gefüllt mit Chili con Carne aus der Dose, dazu Mais und grünen Salat. Das meiste davon hatte er in der Mikrowelle zubereitet, und die Dose hatte eine Aufreißlasche gehabt, er hatte nicht mal einen Öffner gebraucht. Es gab also nicht mehr zu spülen als zwei Teller, ein bisschen Besteck, einen hölzernen Kochlöffel und zwei Henkeltassen, aus denen sie ihren Tee getrunken hatten.

Gaz hätte den Abwasch auch allein erledigen können, aber der alte Rob half gern. Der Alte wusste, dass Abigail, sein einziges Kind, jede Woche anrief und sich bei Gaz nach dem Wohlbefinden ihres Vaters erkundigte, und Gaz sollte ihr sagen, dass sein Schützling noch genauso voller Saft und Kraft war wie an dem Tag, als er eingezogen war. Aber der alte Rob würde auch ohne die regelmäßigen Anrufe seiner Tochter darauf bestehen, seinen Teil beizutragen, das wusste Gaz. Schließlich hatte der Alte nur unter der Bedingung zugestimmt, einen Betreuer ins Haus zu lassen.

Nach dem Tod seiner Frau hatte er sechs Jahre lang allein gelebt, aber seine Tochter fand, dass er allmählich allzu vergesslich wurde. Zweimal täglich musste er seine Medikamente nehmen. Und falls er stürzte, würde ihn niemand finden. Sie brauche jemanden, der sich um ihren Vater kümmerte, hatte Abigail erklärt, und vor die Wahl gestellt, sein Zuhause mit einem sorgfältig ausgewählten Fremden zu teilen oder aus Ludlow wegzuziehen und bei seiner Tochter, ihren vier Kindern und ihrem Mann zu wohnen, den Rob seit dem Tag nicht ausstehen konnte, als er vor der Tür gestanden hatte, um seine einzige Tochter in eine Disco in Shrewsbury zu entführen, hatte er sich mit einer solchen Begeisterung für den Hausgenossen entschieden, als wäre der sein Lebensretter.

Und dieser Hausgenosse war Gary Ruddock, genannt Gaz. Er hatte auch noch einen Job als Hilfspolizist, aber in dieser Funktion drehte er meist nur abends seine Runden und konnte deshalb zwischendurch nach dem alten Herrn sehen. Das Arrangement war eigentlich perfekt: Von dem, was er als Hilfspolizist verdiente, blieb kaum etwas übrig, aber der Job bei dem alten Rob verschaffte ihm nicht nur einen Wohnplatz, sondern er verdiente zusätzlich auch noch Geld.

Rob hängte das säuberlich gefaltete Geschirrtuch zum

Trocknen über den Herd, und Gaz säuberte das Abtropfbrett. Gaz' Handy klingelte, und er warf einen kurzen Blick aufs Display. Er überlegte kurz, ob er den Anruf einfach ignorieren sollte, da Rob ihn schief beäugte. Er wohnte jetzt lange genug bei dem Alten und wusste, was als Nächstes passieren würde. Wenn am Abend ein Anruf kam, mussten sie meistens ihre Pläne ändern.

»Gleich fängt *Let's Dance* an«, sagte Rob. *Let's Dance* war seine Lieblingssendung. »Und auf Sky kommt ein Film mit Clint Eastwood. Der mit dieser verrückten Frau.«

»Sind nicht alle Frauen verrückt?« Gaz beschloss, den Anruf nicht anzunehmen, und er wurde auf die Mailbox umgeleitet. Er würde die Nachricht abhören, sobald er den alten Rob in seinen Sessel bugsiert hatte, die Fernbedienung in Reichweite.

»Aber die übertrifft alle«, sagte der Alte. »Das ist die, die immer dieses Lied im Radio hören will. Du weißt schon. Dann will sie Clint Eastwood unbedingt haben – vielleicht treiben sie's auch miteinander, kann mich nicht erinnern, aber Männer sind ja so blöd, wenn's um Frauen geht – und dann bricht sie bei ihm ein und verwüstet seine Wohnung.«

»*Wunschkonzert für einen Toten*«, sagte Gaz.

»Du erinnerst dich also?«

»Allerdings. Nach dem Film wollte ich nichts mehr mit Frauen zu tun haben.«

Der alte Rob lachte, was jedoch zu einem Hustenanfall führte. Das klang überhaupt nicht gut, dachte Gaz. Rob hatte im Alter von vierundsiebzig nach einer Bypass-Operation das Rauchen aufgegeben, aber da er sechzig Jahre geraucht hatte, konnte er immer noch Krebs oder ein Emphysem kriegen.

»Alles in Ordnung, Rob?«, fragte Gaz.

»Klar. Wieso denn nicht?« Der alte Rob bedachte ihn mit einem giftigen Blick.

»Stimmt eigentlich«, sagte Gaz. »Komm, wir schalten die Glotze an. Oder musst du vorher noch aufs Klo?«

»Was redest du da? Ich werd doch wohl noch wissen, wann ich pissen muss!«

»Ich hab auch nichts Gegenteiliges behauptet.«

»Also, wenn ich einen brauch, der mich zum …«

»Ich hab's kapiert.« Gaz folgte dem alten Herrn ins Wohnzimmer, das nach vorne hinaus lag. Es gefiel ihm nicht, wie Rob beim Gehen schwankte und sich mit der Hand an der Wand abstützte. Er sollte eigentlich einen Stock benutzen, aber der Alte war ein sturer Hund. Wenn er keinen Stock benutzen wollte, dann konnte ihn keiner eines Besseren belehren.

Im Wohnzimmer ließ der alte Rob sich in seinen Ohrensessel sinken. Gaz schaltete den Elektrokamin ein und zog die Vorhänge zu. Dann kramte er die Fernbedienung unter einem Sofakissen hervor und suchte den Sender, auf dem *Let's Dance* lief. Noch fünf Minuten, bis die Sendung anfing, Zeit genug, um die allabendliche Ovomaltine anzurühren.

Er nahm Robs Henkeltasse aus dem Schrank, die ein Foto von seinen Enkelkindern zusammen mit dem Weihnachtsmann zierte. Das Foto war vom vielen Spülen ein bisschen verblasst, und der Henkel in Form eines Tannenzweigs war angeschlagen. Aber der alte Rob weigerte sich, seine Ovomaltine aus einer anderen Tasse zu trinken. Er beklagte sich zwar gern wortreich über seine Enkel, aber Gaz hatte schnell begriffen, dass er in Wirklichkeit ganz vernarrt in sie war.

Als Gaz mit der heißen Ovomaltine ins Wohnzimmer ging, klingelte sein Handy schon wieder. Auch diesmal ließ er es klingeln. *Let's Dance* hatte gerade angefangen, und der Vorspann war immer das Beste an der Sendung.

Rob konnte sich gar nicht sattsehen an den Frauen, die am Wettbewerb teilnahmen, und den Profitänzerinnen, die den anderen den Cha-Cha-Cha, den Foxtrott, den Wiener Walzer und das ganze Zeug beibringen sollten. Er liebte die Kostüme, die mehr zeigten als verhüllten, und wenn die Frauen ihre Titten wackeln ließen, konnte man nicht leugnen, dass Robert Simmons mit seinen sechsundachtzig Jahren noch quicklebendig war.

»Sieh sie dir an, Junge«, seufzte der alte Rob. Er hob seine Henkeltasse, als wollte er dem Fernseher zuprosten. »Schon mal so hübsche Möpse gesehen? Wenn ich zehn Jahre jünger wär, würde ich den Mädels zeigen, was man mit solchen Möpsen macht!«

Gaz musste unwillkürlich lachen, aber eigentlich wurden Frauen da, wo er herkam, verehrt, sie wurden auf ein Podest gehoben und alles. Sicher, sie besaßen eine Sexualität. Aber nur weil das zu Gottes Plan gehörte, und dieser Plan sah nicht vor, dass sie Männern zu Diensten standen und ihre »Möpse« zeigten, erst recht nicht im Fernsehen. Aber der alte Rob war nun mal ein geiler alter Bock, daran ließ sich nichts mehr ändern, und *Let's Dance* war für ihn das Highlight der Woche.

Gaz nahm eine Decke von der Sofalehne und legte sie Rob um die dünnen Beine. Er schlug die Fernsehzeitschrift auf und vergewisserte sich, dass *Wunschkonzert für einen Toten* tatsächlich später laufen würde. Dann ließ er den alten Rob, der leise über das alberne Gequatsche des Moderators und der Preisrichter lachte, allein im Wohnzimmer sitzen und ging in die Küche.

Er nahm sein Handy von der Anrichte und ließ sich auf einen Stuhl fallen. Er hatte ein ungutes Gefühl wegen des Anrufs. Am West Mercia College ging das Wintersemester zu Ende. Die Klausuren waren geschrieben, die Koffer für die Weihnachtsferien gepackt, und wahrscheinlich wurden im Moment jeden Abend feuchtfröhliche Partys gefeiert.

Er tippte auf Rückruf, und Clo meldete sich nach dem ersten Läuten. »Wir haben hier Schnee, Gaz«, sagte sie. »Ihr auch?«

Gaz wusste, dass sie keinen Wetterbericht hören wollte,

aber es war ein netter Anfang für ein Gespräch, das sicherlich mit einer Bitte enden würde, die sie sich lieber sparen sollte. Er würde es ihr nicht leicht machen. »Ja, hier auch«, sagte er. »Die Straßen werden wieder eine einzige Schlitterbahn sein, aber so bleiben wenigstens die meisten zu Hause.«

»Das Semester ist zu Ende, Gaz. Die jungen Leute bleiben nicht zu Hause. Wenn das Semester vorbei ist, lassen die sich nicht von Schnee oder Matsch oder Regen abschrecken.«

»Die müssen ja auch die Post nicht austragen«, sagte er.

»Hä?«

»Schnee, Matsch, Regen. Für Briefträger spielt das keine Rolle.«

»Glaub mir, die könnten genauso gut Briefträger sein. Das Wetter schreckt sie nicht ab.«

Er wartete. Sie brauchte nicht lange.

»Könntest du mal nach ihm sehen, Gaz? Du kannst es doch auf deiner normalen Runde machen. Du drehst heute ohnehin deine Runde, oder? Bei dem Wetter bist du bestimmt nicht der einzige Hilfspolizist, der gebeten wird, mal in den Pubs nach den jungen Leuten zu sehen.«

Das bezweifelte Gaz. West Mercia war das einzige College in ganz Shropshire, und es war ziemlich unwahrscheinlich, dass die anderen Hilfspolizisten ohne Grund im Schnee ihre Runden absolvierten. Aber er widersprach ihr nicht. Er mochte Clo. Er mochte ihre Familie. Natürlich nutzte sie seine Gefühle aus, aber er konnte ihr die Bitte nicht abschlagen.

Trotzdem sagte er: »Es wird Trev nicht gefallen. Aber das weißt du, oder?«

»Trev wird nichts davon erfahren, weil du es ihm nicht erzählen wirst. Und von mir erfährt er's erst recht nicht.«

»Meinetwegen brauchst du dir keine Sorgen zu machen, ich petze nicht.«

Einen Moment lang erwiderte sie nichts. Er sah sie direkt

vor sich. Falls sie noch bei der Arbeit war, saß sie an einem Schreibtisch, der so ordentlich war wie sie selbst. Aber falls sie zu Hause war, war sie im Schlafzimmer und trug etwas, das ihrem Mann gefiel. Sie hatte ihm mehr als einmal im Scherz erzählt, dass Trev es gern mochte, wenn sie weich, anschmiegsam und gefügig war, lauter Eigenschaften, die eigentlich überhaupt nicht zu ihr passten.

»Wie gesagt, Semesterende«, fuhr sie schließlich fort. »Die Straßen sind vereist, die Studenten besaufen sich nach dem Examen… Es wird keinem merkwürdig vorkommen, wenn du unterwegs bist und dich vergewisserst, dass alle in Sicherheit sind, einschließlich Finnegan.«

Da war was dran. Außerdem hatte ein Spaziergang nicht nur den Vorteil, dass man an der frischen Luft war. Er sagte: »Also gut. Weil du's bist. Aber ich geh erst später los. Um die Zeit führt noch keiner was Böses im Schilde.«

»Alles klar«, sagte sie. »Danke, Gaz. Du erzählst mir doch, was er treibt?«

»Sicher«, antwortete er.

ST. JULIAN'S WELL
LUDLOW
SHROPSHIRE

Missa Lomax betrachtete die Kleidungsstücke, die ihre Freundin Dena – von allen Ding genannt – auf dem Bett ausgebreitet hatte. Drei Röcke, ein Kaschmirpullover, zwei Seidenblusen, ein Pulli, am Ausschnitt bestickt mit silbernen Pailletten, die aussahen wie winzige Eiszapfen. »Der schwarze ist am besten, Missa. Der ist total elastisch.«

Auf elastisch kam es an. Die Kleider gehörten alle Ding, und sie und Missa hatten nicht die gleiche Figur. Ding war zierlich und hatte weibliche Rundungen, während Missa eher birnenförmig gebaut war, mit ziemlich ausladenden Hüften, weswegen sie immer auf ihr Gewicht aufpassen musste, außerdem war sie einen Kopf größer als ihre Freundin. Aber sie hatte nichts nach Ludlow mitgebracht, um sich fürs Ausgehen feinzumachen. Als sie sich im College eingeschrieben hatte, hatte sie überhaupt nicht an Partys gedacht, denn sie war nach Ludlow gekommen, um Biologie, Chemie, Mathe und Französisch zu studieren, bevor sie weiter auf die Uni gehen würde.

»Die sind mir alle zu kurz, Ding«, sagte sie und zeigte auf die Röcke.

»Kurz ist modern, und was spielt das schon für eine Rolle?«

Für Missa spielte es eine große Rolle, doch sie sagte nur: »Mit so einem Rock kann ich nicht Fahrrad fahren.«

»Bei dem Wetter fährt niemand mit dem Fahrrad.« Das sagte Rabiah Lomax, die gerade in Missas Zimmer kam. Ein lilafarbener Trainingsanzug schlackerte um ihren dünnen Körper, und sie war barfuß. Passend zur Weihnachtszeit hatte sie ihre Zehennägel abwechselnd rot und grün lackiert, und die Nägel der großen Zehen zierte ein kleiner, goldener Tannenbaum. »Ihr nehmt ein Taxi«, fuhr sie fort. »Ich bezahle.«

»Aber Ding ist mit dem Fahrrad gekommen, Gran«, sagte Missa. »Sie kann doch nicht …«

»Das war total leichtsinnig von dir, Dena Donaldson«, fiel Missas Großmutter ihr ins Wort. »Ihr fahrt mit dem Taxi. Dein Fahrrad kannst du ein andermal abholen, nicht wahr?«

Ding wirkte erleichtert. »Danke, Mrs Lomax«, sagte sie. »Wir geben Ihnen das Geld zurück.«

»Unsinn«, sagte Rabiah. »Ich freue mich, wenn ihr ausgeht und euren Spaß habt.« Dann sagte sie zu Missa: »Du wirst doch mal einen Abend ohne Pauken auskommen können. Das Leben besteht aus mehr als Schulbüchern und der Pflicht, die Eltern zufriedenzustellen.« Missa warf ihrer Großmutter einen Blick zu, sagte jedoch nichts. Rabiah fuhr fort: »Also, was haben wir denn hier Schönes?« Sie betrachtete die Kleidungsstücke auf dem Bett und nahm den schwarzen Rock. Missa sah, wie Ding vor Freude strahlte.

»Zieh den mal an«, sagte Rabiah. »Mal sehen, wie er sitzt. Ich würde dir was von mir leihen, aber da ich fast nur noch Tanz- und Laufklamotten habe, würdest du in meinem Kleiderschrank nichts Passendes finden. Außer vielleicht Schuhe. Du brauchst auch ein Paar Schuhe.« Sie wedelte mit den Händen und eilte in ihr Zimmer, während Missa sich die Turnschuhe und die Jeans auszog und Ding in der Kommode nach einer Strumpfhose suchte, »die nicht aussah wie von Oxfam«, wie sie sich ausdrückte.

Missa zwängte sich in Dings Rock. Er war wirklich sehr elastisch, schnitt aber trotzdem am Bauch ziemlich ein. »Pff«, stöhnte sie. »Ich weiß nicht, Ding.«

Ding blickte von der Kommode auf, in der Hand eine schwarze Strumpfhose. »Super!«, rief sie aus. »Genau das Richtige! Die Jungs schmelzen dahin, wenn sie dich darin sehen!«

»Darauf lege ich eigentlich keinen Wert.«

»Klar tust du das. Es bedeutet ja nicht, dass du irgendwas mit ihnen *machen* musst. Hier, halt mal. Ich hab noch was ganz Besonderes für dich.« Sie gab Missa die Strumpfhose, öffnete ihren Rucksack und förderte einen Spitzen-BH zutage.

»Da pass ich niemals rein«, wehrte Missa ab.

»Der ist nicht von mir«, sagte Ding. »Es ist ein verfrühtes Weihnachtsgeschenk von mir für dich. Hier, nimm. Er beißt nicht.«

Missa trug nichts aus Spitze. Aber Ding würde nicht lockerlassen.

»Der ist aber schön!«, rief Rabiah aus, als sie sah, was Ding in der Hand hielt. »Wo kommt der denn her?«

»Mein Weihnachtsgeschenk für Missa«, sagte Ding. »Endlich keine Leibchen mehr!«

»Ich trage keine Leibchen!«, protestierte Missa. »Ich mag einfach keine Spitze … Die kratzt.«

Rabiah sagte: »Pah, was macht das schon … Dena Donaldson, ist das ein Push-up-BH?«

Ding kicherte. Missa spürte, wie ihre Wangen glühten. Aber sie nahm den BH, kehrte den anderen den Rücken zu und probierte ihn an. Dann schaute sie in den Spiegel, und als sie die Wölbung ihrer Brüste sah, wurden ihre Wangen noch heißer.

»Hier, hier!« Ding warf Missa den Pulli mit den Eiszapfen zu, und Missa zog ihn über. Der Ausschnitt brachte das Ergebnis des Push-up-BHs besonders gut zur Geltung. »Suuuu-per!«, juchzte sie. »Nicht zu fassen!« Dann zu Rabiah: »Oooch, sind die süß, Mrs Lomax! Sind die auch für Missa?«

Missa entging nicht, dass damit die Schuhe gemeint waren. Sie betrachtete sie ebenfalls und fragte sich, wann ihre Großmutter sie zuletzt getragen haben mochte. Die Rabiah, die sie kannte, trug normalerweise Sportschuhe, wenn sie nicht gerade barfuß lief oder ihre Square-Dance-Schuhe anhatte. Nachdem sie in Rente gegangen war, hatte sie alles Modische aus ihrem Kleiderschrank entfernt. Aber die Schuhe sahen aus, als stammten sie noch aus der Zeit, als Rabiah Lehrerin gewesen und offenbar zum Tanzen ausgegangen war.

»Ich weiß nicht«, sagte Missa skeptisch.

»Ach, Quark«, sagte Rabiah. »Darin kannst du problemlos laufen. Probier sie mal an.«

Sie passten. So gerade. Rabiah bestimmte, dass Missa die Schuhe anziehen würde, »und keine Widerrede. Bei dem Wetter geht ihr ja sowieso nicht zu Fuß. Und ich vermute mal, Dena Donaldson, dass du auch noch ein paar Schminksachen in deinem Rucksack hast. Du kannst dich also weiter um Missas Verschönerung kümmern, während ich ein Taxi bestelle.«

»Soll ich ihr auch die Augenbrauen zupfen?«, fragte Ding.

»Das volle Programm«, sagte Rabiah.

QUALITY SQUARE
LUDLOW
SHROPSHIRE

Als das Taxi kam, machte Missas Großmutter ein Riesengewese darum, die Fahrt im Voraus zu bezahlen – also ins Stadtzentrum und auch wieder zurück – und klarzustellen, wie sie sich ausdrückte, was die beiden Mädchen dem Fahrer am Ende des Abends schuldeten, nämlich nichts.

»Ich hoffe, Sie haben das verstanden, mein Guter«, sagte Rabiah nachdrücklich zu dem Taxifahrer.

Der Mann sprach kaum Englisch, und Ding bezweifelte, dass er sie zum Quality Square bringen würde, geschweige denn später zurück nach St. Julian's Well. Doch er nickte und vergewisserte sich mit ernster Miene, dass Ding und Missa sich auch wirklich auf dem Rücksitz seines Audi ordnungsgemäß anschnallten.

Ein Audi, dachte Ding, dann liefen die Geschäfte wohl gut. Aber als der Wagen um die Ecke bog, geriet er auf der vereisten Fahrbahn ins Schleudern, er brauchte vermutlich neue Reifen. Trotzdem lehnte sie sich zurück, drückte Missa die Hand und sagte: »Das wird ein grandioser Abend. Und den haben wir verdient!«

In Wirklichkeit war es Missa, die einen grandiosen Abend verdient hatte, denn Ding sorgte sowieso dafür, dass sie möglichst oft möglichst viel Spaß hatte. Bei Missa sah das ein bisschen anders aus.

Ding googelte jeden, mit dem sie sich vielleicht anfreunden wollte, und nach der dritten gemeinsamen Mathestunde war sie zu dem Schluss gekommen, dass sie das Mädchen mit der dunklen Haut und der süßen kleinen Lücke zwischen den Schneidezähnen gern kennenlernen würde. Also hatte sie im Internet nach ihr gesucht, ein paar Links angeklickt und herausgefunden, dass Melissa Lomax eine von drei Schwestern und die mittlere Schwester zehn Monate zuvor gestorben war. Sie hatte auch in Erfahrung gebracht, woher Melissa stammte: aus Ironbridge. Ihr Vater war Apotheker, ihre Mutter Kinderärztin, und ihre Großmutter Rabiah hatte einmal zu der Showtanzgruppe The Rockettes gehört, war bis zu ihrer Pensionierung Lehrerin gewesen und hatte den letzten London-Marathon in ihrer Altersgruppe gewonnen.

Ding machte es Spaß, Informationen über andere Leute zu sammeln, und eigentlich ging sie davon aus, dass das bei allen anderen genauso war. Sie wunderte sich jedes Mal, wenn sie mitbekam, dass andere nicht im Internet herumspionierten, wenn sie jemanden als potentiellen Freund oder potentielle Freundin in Betracht zogen. Nach Dings Meinung konnte man mit ein bisschen Detektiv spielen viel Zeit sparen. Zum Beispiel war es immer gut zu wissen, ob jemand früher mal eine Tendenz zum Psychopathen an den Tag gelegt hatte.

Von St. Julian's Well aus war es nicht weit bis zum Quality Square, allerdings dauerte die Fahrt wegen des Schnees etwas länger als gewöhnlich. Bei dem Wetter war fast niemand unterwegs – sehr ungewöhnlich am Semesterende –, aber die Corve Street und der Bull Ring waren hell erleuchtet, und die Weihnachtslichter in den Schaufenstern sorgten für eine so heitere Atmosphäre, dass man sich nicht wundern würde, wenn plötzlich ein paar Weihnachtssänger auftauchten wie in einem Roman von Dickens.

Ding freute sich nicht auf Weihnachten. Schon seit Jahren freute sie sich nie auf irgendwelche Feiertage. Aber wenn es sein musste, fiel es ihr nicht schwer, ein freudiges Gesicht zu machen, und jetzt sagte sie: »Was für eine Pracht! Wie im Märchenland, oder?«

Missa schaute aus dem Fenster, und Ding sah ihr ihre Skepsis an – nicht wegen der hübschen Weihnachtsdeko, an der sie vorbeifuhren, sondern wegen der Party, zu der sie unterwegs waren. »Glaubst du, es gehen heute viele Leute aus?«

»Na, hör mal! Die Weihnachtsferien haben angefangen! Alle Klausuren sind geschrieben! Da sind jede Menge Leute unterwegs, vor allem da, wo wir hinfahren.«

Mit Kneipen kannte Ding sich aus, denn sie wohnte nicht weit vom West Mercia College entfernt, und sie hatte sich in dem Pub Hart & Hind am Quality Square, zu dem sie unterwegs waren, schon oft mit ein paar Freunden die Kante gegeben.

Das Taxi brachte sie so nah wie möglich an ihr Ziel. Sie fuhren durch die Altstadt von Ludlow, vorbei an mittelalterlichen Gebäuden, durch immer engere Straßen, die zum Castle Square führten, einem länglichen kopfsteingepflasterten Platz, über dem die Burgruine aus dem zwölften Jahrhundert thronte. Hier hatten jahrhundertelang Märkte stattgefunden, auf denen von Schweinefleisch-Pies bis hin zu Suppennäpfen alles feilgeboten worden war. In den windschiefen Häusern an drei Seiten des Platzes gab es Läden, Cafés, kleine Hotels und Restaurants.

An der Ecke King Street ließ der Taxifahrer sie aussteigen. Die sehr schmale Straße bildete die einzige Zufahrt zum Quality Square; zwar konnte ein verwegener Fahrer es bis zum Platz schaffen, aber da die King Street auch die einzige Straße war, durch die man wieder zurückgelangte, nahmen nur diejenigen, die über den Läden und Restaurants um den Platz herum wohnten, diese Strapaze auf sich.

Entlang der vierten Seite des Platzes verlief eine kleine Straße, die zu einer großen Terrasse führte, und dorthin machten die beiden Freundinnen sich auf den Weg, nachdem der Taxifahrer ihnen seine Handynummer gegeben hatte, damit sie ihn anrufen konnten, wenn sie abgeholt werden wollten. »Komm«, sagte Ding zu Missa, die die Karte des Fahrers mit einem dankbaren Lächeln eingesteckt hatte. »Jetzt gehen wir ordentlich feiern.«

Sie betraten die Gasse, vorsichtig darauf bedacht, in ihren hochhackigen Schuhen auf dem Kopfsteinpflaster nicht umzuknicken. Vor ihnen lag der Platz, und wegen des Schnees mussten sie aufpassen, dass sie nicht ausrutschten. Sie schoben sich zwischen zwei geparkten Autos hindurch und gingen an einer Kunstgalerie vorbei, vor der die metallene Skulptur einer leicht bekleideten Frau unter einem Mantel aus Schnee stand. Die Zweige der immergrünen Sträucher, die um die Figur herum standen, bogen sich bereits unter dem weißen Gewicht.

Wie Ding vorausgesagt hatte, waren sie nicht die Einzigen auf dem Weg zum Pub. Und als sie in die Straße einbogen, sahen sie, dass die Terrasse des Pubs bereits mit zahlreichen Rauchern bevölkert war. Einige hatten ihre Getränke auf den Fenstersimsen abgestellt, andere saßen an Tischen, über denen elektrische Heizstrahler angebracht waren, und hatten sich gegen die Kälte zusätzlich in Decken gehüllt.

Das sei das Hart & Hind, erklärte Ding ihrer Freundin, eine ehemalige Kutschstation aus dem sechzehnten Jahrhundert und der Lieblingspub aller College-Studenten, die gern dem Alkohol zusprachen. Natürlich gebe es reichlich Pubs in der Stadt, fuhr Ding fort, aber hier gingen alle am liebsten hin, und zwar nicht nur, weil es auf dem Weg liege und man sich gleich nach dem Ende eines Seminars oder einer Vorlesung volllaufen lassen könne, sondern auch, weil der Wirt wegschaue, wenn »bewusstseinserweiternde Substanzen der illegalen Art« gegen Geld den Besitzer wechselten.

»Ich nehme keine Drogen, Ding!«, sagte Missa.

»Weiß ich doch«, sagte Ding. »Du trinkst ja noch nicht mal Alkohol.« Dann fügte sie in verschwörerischem Ton hinzu: »Über dem Pub gibt's auch Zimmer. Klar, war ja auch früher mal 'ne Kutschstation. Aber die vermietet er nicht.«

»Wer?«

»Jack. Der Typ, dem der Laden gehört. Es gibt zwei – Zimmer, mein ich –, und wenn man ihm Geld gibt, kann man sich da ein bisschen…«

Missa runzelte die Stirn. »Aber wenn er die Zimmer gar nicht vermietet … wofür sind die dann?«

Ding hätte beinahe gesagt, »Mensch, du *weißt* doch, was ich meine«, doch dann fiel ihr ein, dass Missa es eben nicht wusste, sondern dass man es ihr erklären musste.

Ding hatte schnell gemerkt, dass Missa ein Riesentheater um ihre Jungfräulichkeit machte. Sie schien aus einem anderen Jahrhundert zu stammen, denn sie bewahrte sich tatsächlich auf für ihren Märchenprinzen. Und wenn der Prinz mit dem gläsernen Schuh aufkreuzte, auf der Suche nach einer Prinzessin, würde sie im Umkreis von tausend Kilometern die einzige Jungfrau sein.

Ding hatte ihre Jungfräulichkeit mit dreizehn verloren. Sie hatte es schon früher versucht, aber die Jungs hatten sich erst für sie interessiert, als sie richtige Brüste hatte. Als es dann endlich passiert war, war sie sehr erleichtert gewesen – sie war entjungfert worden und hatte damit eine Sorge weniger. Sie hatte keine Ahnung, warum Missa sich ihre aufsparte. Dings Erinnerung an den »großen Augenblick« begann mit der entsetzten, wenn auch im betrunkenen Zustand gestellten Frage: »Was?! *Das* Ding willst du in mich reinstecken?« Dann hatte der Typ sie auf die harte Holzbank hinten in der St. James Church gedrückt, neun Mal zugestoßen und war beim zehnten Mal mit einem Grunzen gekommen.

Als sie sich durch die Menge schoben, öffnete sich die Tür des Pubs. Laute Musik schallte ihnen entgegen. Die Bee

Gees, dachte Ding. Lieber Himmel. Gleich würden sie auch noch ABBA auflegen. Sie nahm Missa an der Hand und zog sie hinein. Ein langer, mit dunklen Eichenpaneelen getäfelter Flur war brechend voll – nackte Schultern, nackte Beine, Glitzer, Pailletten, hautenge Hosen –, die sich im Rhythmus zu *Stayin' Alive* bewegten.

Im Pub war die Musik so laut, dass die Wände wackelten. Das sollte die Leute zum Tanzen animieren, damit sie durstig wurden und möglichst viel Bier, Cider und Cocktails bestellten. Ding kämpfte sich mühsam durch die Menge der Studenten, die sich zur Musik drehten, SMS schrieben, Selfies schossen, vor zum dicht besetzten Tresen, hinter dem der Wirt und sein Neffe ihr Bestes taten, um den Bestellungen nachzukommen.

Ding schnappte nur Bruchteile von geschrienen Gesprächen auf.

»Nein! Hat er nicht!«

»Aber hallo!«

»... und dann hat er meterweise danebengepinkelt. Männer sind so was von ...«

»... über die Ferien. Ich sag dir Bescheid, wenn ...«

»... an die Côte d'Azur über Silvester – frag mich nicht, warum ...«

»... glaubt tatsächlich, wenn ich mit ihm ins Bett geh, kann er ...«

Es war gar nicht so einfach, in dem Gedränge Missas Hand festzuhalten. Plötzlich sah sie an einem Tisch unter alten Fotos von Ludlow einen ihrer beiden Mitbewohner sitzen. Es war Bruce Castle, mit dem sie häufig ins Bett ging. Alle nannten ihn Brutus, ein Spitzname, der in humorvollem Widerspruch zu seiner kleinen Statur stand, und er trank Cider, wie Ding feststellte. Falls die beiden leeren Pintgläser vor ihm etwas zu bedeuten hatten, dann wusste Ding genau, was er vorhatte: Er wollte sich besaufen, um eine Ausrede zu haben, falls ihn nächste Woche irgendein Mädchen beschuldigte, er hätte ihr unter den Rock gelangt.

Wie immer hatte sich Brutus total in Schale geworfen, und als Ding und Missa zu ihm an den Tisch kamen, sagte er »Affenscharf« zu Missa, womit er ihre knallengen Klamotten meinte. »Setz dich zu mir, du fühlst dich bestimmt gut an.«

Ding setzte sich neben ihn und bugsierte Missa auf einen Stuhl. »Halt die Klappe«, sagte sie zu Brutus. »Glaubst du im Ernst, dass es Frauen gefällt, so blöd angequatscht zu werden?«

Brutus war es kein bisschen peinlich. »Ich weiß gar nicht, wo ich bei ihr zuerst hinfassen soll, Arsch oder Titten«, sagte er, was ihm einen Faustschlag gegen den Oberarm einbrachte, da, wo es wehtat. »Verdammt, Ding! Was ist denn mit dir los?«

»Besorg uns einen Drink!«, erwiderte Ding.

»Ich will keinen …«, sagte Missa.

Ding winkte ab. »Das ist kein Schnaps, das ist bloß Cider. Schmeckt dir bestimmt.« Sie sah Brutus eindringlich an. Er stemmte sich von seinem Stuhl hoch und wankte durch die Menge zum Tresen. Ding schaute ihm stirnrunzelnd nach. Sie konnte es nicht leiden, wenn er betrunken war. Ein Schwips war okay. Bekifft sein auch. Aber wenn Brutus vollgetankt hatte, war er nicht er selbst, und sie konnte nicht verstehen, warum er so früh am Abend schon so neben der Spur war. So hatte sie sich das überhaupt nicht vorgestellt.

Sie beobachtete, wie Missa sich im Pub umschaute und alles in sich aufnahm: überall lachende, spärlich bekleidete Frauen und Männer, die so dicht wie möglich neben ihnen standen und sie anbaggerten. Sie fragte sich, ob ihre Freundin mitbekam, was sich in der Nähe des Tresens abspielte. Der Wirt Jack Korhonen warf gerade einem jungen Mann, der seinen Arm um eine junge Frau in einem hautengen Paillettenkleid gelegt hatte, einen Zimmerschlüssel zu. Der junge

Mann fing den Schlüssel mit einer Hand und drehte seine Gefährtin, die sich kaum noch auf den Beinen halten konnte, in Richtung Treppe.

Brutus kam zurück. Er brachte drei Pintgläser mit, von denen er eins vor Missa stellte. Ihre Freundin trank einen Schluck. Ob Missa wohl merkte, dass der Cider Alkohol enthielt?, überlegte Ding. Sie merkte es nicht. Der kohlensäurehaltige Cider schmeckte erfrischend, eine angenehme Art, schnell beschwipst zu werden.

Brutus rückte mit seinem Stuhl näher an Ding heran. »Du duftest heute wie eine Göttin«, flüsterte er ihr ins Ohr und legte ihr eine Hand auf den Oberschenkel. Sie packte seine Finger und bog sie nach hinten. Er schrie auf. »Hey! Was zum Teufel ist in dich gefahren?«

Ding brauchte nicht zu antworten, denn in dem Augenblick gesellte sich ihr anderer WG-Mitbewohner zu ihnen und sagte: »Fick dich, Brutus, probier's nächstes Mal auf die romantische Tour.«

Brutus sagte: »Ist doch genau, was ich will. Dass jemand Brutus fickt.«

»Ich lach mich schlapp.« Finn Freeman schnappte sich einen Stuhl vom Nebentisch und beachtete die junge Frau nicht, die schrie: »Hey, der ist besetzt!«

Er ließ sich auf den Stuhl fallen, nahm Brutus' Glas und trank einen großen Schluck. Dann verzog er das Gesicht. »Fuck, was für ein widerliches Gesöff!«

Ding merkte, dass Missa wegen Finns ordinärer Wortwahl peinlich berührt den Blick gesenkt hatte. Das war auch so etwas, was sie an ihrer Freundin rührend fand: Sie würde niemals herumpöbeln, und sie schämte sich auch nicht zu zeigen, dass es ihr unangenehm war, wenn andere es in ihrer Gegenwart taten.

Finn hingegen dachte sich überhaupt nichts dabei. Für jemanden, der sich den halben Schädel kahlrasiert hatte, um ihn sich tätowieren zu lassen, war er eigentlich ganz in Ordnung. Es sah zwar nicht besonders cool aus, aber das spielte auch keine große Rolle, fand Ding.

»Wer gibt mir ein Guinness aus?«, fragte Finn in die Runde.

»Wo wir gerade vom Saufen reden«, bemerkte Ding leichthin.

Aber Brutus stand auf und ging zum Tresen. Wenn er es nicht getan hätte, dann hätte Finn, egal, wie ekelhaft er den Cider fand, zuerst Brutus' und dann Missas und Dings Glas ausgetrunken. Er hatte ein Alkoholproblem, aber das war, wie Ding in den letzten Monaten mitbekommen hatte, nur eins von seinen Problemen.

Sein größtes Problem war seine Mutter. Er nannte sie Big Mother wegen ihrer Neigung, sein Leben zu kontrollieren, in Anspielung auf Big Brother. Ihretwegen sträubte sich Finn, die Weihnachtsferien zu Hause zu verbringen, und wollte lieber seine Großeltern in Spanien besuchen. Allerdings hatte er das Geld für den Flug nicht. Als er in Spanien anrief, weil er seine Großmutter bitten wollte, ihm das Ticket zu spendieren, bekam er seinen Großvater an die Strippe. Der wiederum hatte Finn versprochen, ihm die Reise zu bezahlen, und sofort danach bei seiner Mutter angerufen, um sich zu vergewissern, dass es für sie in Ordnung war, wenn ihr einziger Sohn Weihnachten nicht mit seinen Eltern verbrachte.

Damit war Spanien für Finn gestorben. Er hatte noch zwei Tage in Ludlow rausgeschlagen und seiner Mutter vorgeschwindelt, er wirke an einem Ferienprogramm für Kinder mit, das von der Kirche veranstaltet werde. Der Himmel wusste, warum Finns Mutter ihm die Geschichte abgekauft hatte. Aber mehr als zwei Tage Freiheit waren nicht drin, und darüber war Finn ziemlich frustriert.

»Sag mal«, fragte er Missa gerade, »wie hat Ding dich eigentlich überredet, mit ihr auszugehen? Ich seh dich sonst immer nur mit der Nase in irgendeinem Buch.«

»Sie nimmt ihr Studium ernst«, sagte Ding.

»Im Gegensatz zu dir«, lautete Finns Antwort. »Dich hab ich jedenfalls noch nie beim Pauken erwischt.«

Brutus kam mit Finns Guinness. Er sagte: »Du bist mir was schuldig.«

»Wie immer.« Finn prostete ihnen allen zu. »Fröhliche Scheißweihnachten!« Er trank einen großen Schluck. »Jetzt wird's ernst, Leute«, sagte er dann. »Jetzt wird gesoffen bis zum Abwinken.«

Ding musste grinsen. Finn wusste es nicht, aber sie hatten beide dasselbe vor.

QUALITY SQUARE
LUDLOW
SHROPSHIRE

Das Komasaufen brachte eine Menge Probleme mit sich. Frauen übergaben sich in den Rinnstein, Männer pissten an Hauswände, die Gehwege waren übersät mit Flaschenscherben, in den Vorgärten wurden Beete zertrampelt und Mülltonnen umgeworfen. Es wurde lauthals auf der Straße gestritten und geprügelt, Handtaschen und Handys gestohlen… Die Folgen des Komasaufens waren zahlreich, und in den großen Städten, wo die Nachtklubs bis in die frühen Morgenstunden geöffnet hatten, ging es noch viel schlimmer zu.

In einer Kleinstadt wie Ludlow gab es nur Pubs und keine Nachtklubs, was die jungen Leute jedoch nicht vom Saufen abhielt. Schon in seiner ersten Woche als Hilfspolizist hatte Gaz Ruddock festgestellt, dass die Pubwirte angesichts der stetig wachsenden Zahlen von Rentnern gelernt hatten, ein Publikum anzuziehen, das auch nach der Sperrstunde noch etwas erleben wollte.

Es war schon nach Mitternacht, als Gaz am Castle Square eintraf. Er hatte zuerst die Pubs am Stadtrand abgeklappert, weil er davon ausgegangen war, dass Finnegan Freeman, wenn er sich schon die Kante geben wollte, das nicht ausgerechnet in dem Pub direkt neben dem West Mercia College tun würde, wo er studierte. Aber da hatte Gaz sich geirrt.

Er parkte seinen Streifenwagen vor dem Harp Lane Deli, das sich wie immer an dem städtischen Deko-Wettbewerb beteiligte. An Halloween hatte der Laden den ersten Preis gewonnen, und auch diesmal sah die Fensterdekoration preisverdächtig aus: Mitten im Fenster saß ein Weihnachtsmann, umringt von Kindern, die versuchten, auf seinen Schoß zu klettern, und hinter ihm stand ein rotwangiger Kobold mit einem Berg Geschenke bepackt.

Gaz stieg aus. Schnee lag auf den Fenstersimsen und bildete einen weißen Teppich auf dem Marktplatz. Durch die von Scheinwerfern angeleuchtete Schlossruine, die sich über dem Platz erhob, erinnerte die ganze Szenerie an eine gigantische Schneekugel. Es war hübsch anzusehen, aber Gaz war viel zu durchgefroren und hatte es viel zu eilig, Finnegan Freeman endlich zu finden.

Vom Marktplatz bog er in die Gasse zum Quality Square ein. Schon von Weitem konnte er die Musik, die Stimmen und das Gelächter hören, die von den Mauern auf dem Platz widerhallten. Er wunderte sich nicht, als er fünf aufgebrachte Anwohner sah, die dick in Parkas und Schals und Mützen eingemummelt vor der Haustür standen. Zwei von ihnen kamen auf ihn zu. Es werde auch verdammt noch mal Zeit, zeterten sie, dass endlich einer komme und für Ruhe sorge.

Er riet den Leuten, zurück in ihre Häuser zu gehen und ihm die Sache zu überlassen. Dem Lärm nach zu urteilen wurde nicht nur im, sondern auch vor dem Pub gefeiert, und es würde ein Stück Arbeit werden, all die Zecher zur Ordnung zu rufen.

Er bog um die Ecke. Unter den Heizstrahlern auf der Terrasse konnte er etwa zwei Dutzend betrunkene junge Leute ausmachen. Getränke aller Art in der Hand lehnten sie an der Hauswand, standen in Gruppen zusammen, lachten, knutschten. Der scharfe Geruch von Marihuana wurde stärker, als Gaz sich dem Pub näherte.

Er blies kräftig in seine Trillerpfeife, doch er hatte keine Chance gegen *Waterloo*, das aus der offenen Tür des Pubs dröhnte. Zuerst musste er sich um die Musik in dem Laden kümmern. Im Flur begrapschten fünf gut gekleidete junge Männer zwei sturzbetrunkene junge Frauen, wobei sie in einer Sprache, die Gaz die Schamesröte ins Gesicht trieb, darüber Wetten abschlossen, wie weit sie wohl kommen würden, ehe die Frauen merkten, was mit ihnen geschah.

Gaz presste die Lippen zusammen. Gott, war ihm das zuwider. Er packte einen der jungen Männer an der Schulter, der wütend herumfuhr und auf ihn losgehen wollte, die Faust aber wieder sinken ließ, als er Gaz' Uniform sah.

»So ist's recht«, sagte Gaz. »Mach, dass du hier rauskommst, und nimm deine Kumpels gleich mit.«

Er umfasste die beiden jungen Frauen fest und schob sich durch die Menge in den Pub. Es stank nach Erbrochenem. Gaz drückte die jungen Frauen auf Stühle an dem Tisch, von dem der Gestank auszugehen schien. Dadurch wurden sie entweder nüchtern, oder sie mussten sich ebenfalls übergeben. Beides war ihm recht.

Der Wirt Jack Korhonen war gerade dabei, eine junge Frau am Tresen anzubaggern. Sie sah aus, als wäre sie nicht älter als fünfzehn. Jack bemerkte Gaz erst, als der die junge Frau packte und anschrie: »Du bist minderjährig!«

»Ich bin achtzehn«, lallte sie.

»Wenn du achtzehn bist, bin ich zweiundsiebzig. Raus hier, sonst bring ich dich nach Hause.«

»Sie können mich nicht …«

»Ich kann, und ich werde. Du kannst dich entweder auf Zehenspitzen ins Haus schleichen, oder ich klingel deine Eltern aus dem Bett und übergebe dich eigenhändig, was ist dir lieber?«

Sie bedachte ihn mit einem bösen Blick, dann verdrückte sie sich. Er schaute ihr nach, bis sie im Flur verschwand. Ihm entging nicht, dass drei weitere Mädchen etwa im selben Alter ebenfalls das Weite suchten. Gaz drehte sich zu Jack um, der die Hände hob, wie um zu sagen, was kann ich dafür? »Schalt die Musik aus«, schrie Gaz über den Lärm hinweg. »Hier ist jetzt Feierabend.«

»Ich muss noch nicht zumachen«, protestierte Jack.

»Ruf die letzte Runde aus, Jack. Wer ist oben in den Zimmern?«

»Was für Zimmer?«

»Was für Zimmer, haha! Sag dem da«, er zeigte auf Jacks Neffen, »er soll an die Türen klopfen und Bescheid sagen, dass der Spaß vorbei ist. Wenn nicht, geh ich rauf, und das wird keinem gefallen. Und jetzt mach die Musik aus, oder soll ich das übernehmen?«

Jack lachte höhnisch, aber Gaz wusste, dass das bloß Show war. Als ABBA unvermittelt verstummten, gab es Protestgeschrei, und Jack brüllte: »Letzte Runde! Sorry!«

Die Leute schrien wütend durcheinander. Unbeirrt schlängelte sich Gaz zwischen den Tischen hindurch. Er musste immer noch Finnegan Freeman finden, und er entdeckte ihn im hinteren Bereich des Pubs an einem Tisch an der Wand. Er hatte den Kopf auf seine verschränkten Arme gelegt. Neben ihm hielt ein schick gekleideter junger Mann ein Handy auf Armeslänge, auf dem er einer jungen Frau mit olivfarbener Haut etwas zeigte, worüber sie beide lachen mussten.

Gaz stürmte auf den Tisch zu, stolperte jedoch über etwas, kurz bevor er ihn erreichte. Als er nach unten schaute, erblickte er eine junge Frau, die auf dem Boden saß und sich schläfrig an die Wand lehnte. Er kannte sie: Dena Donaldson, von ihren Freunden Ding genannt. Gaz hatte den Eindruck, als kriegte sie so langsam ein ernstes Alkoholproblem.

Er bückte sich, packte sie unter den Achseln und zog sie auf die Füße. Als sie ihn erkannte, schien sie das augenblicklich zu ernüchtern. »Es geht mir gut«, sagte sie. »Alles in Ordnung.«

»Ach ja?«, erwiderte Gaz. »Sieht aber gar nicht so aus. Ich sollte dich jetzt gleich nach Hause bringen, dann können Mummy und Daddy …«

»Nein«, entgegnete sie entschlossen.

»Ach nein? Du möchtest also nicht, dass Mummy und Daddy dich …«

»Er ist nicht mein Dad.«

»Also, Schätzchen, es ist mir egal, wer er ist, aber er will ganz sicherlich wissen, wie unsere kleine Dena ihre Abende verbringt. Meinst du nicht auch? Und wenn nicht …«

»Ich kann Missa nicht hierlassen. Ich hab ihrer Gran versprochen, dass ich bei ihr bleib. Lass mich los!«, rief sie und versuchte, sich aus Gaz' Griff zu befreien. »Komm, Missa, wir gehen. Du hast doch die Karte mit der Nummer von dem Taxi, oder?«

Missa und der junge Mann rissen sich von dem los, was sie sich gerade auf dem Handy ansahen. Beide registrierten den Hilfspolizisten. »Hey«, sagte der junge Mann. »Sie tut Ihnen doch nichts. Lassen Sie sie los. Suchen Sie sich jemand anders, auf dem Sie rumhacken …«

»Fick dich, Gaz.« Das kam von Finnegan. Er hatte den Kopf gehoben und natürlich sofort begriffen, was Gaz hier wollte.

»Los, steh auf, Finn«, sagte Gaz zu dem jungen Mann. »Ich muss dich nach Hause und ins Bett bringen.«

Finnegan sprang auf, er wankte und stieß gegen die Wand. »Vergiss es!«

Alle anderen verfolgten das Geschehen mit Verwunderung, denn natürlich hatte Finn ihnen nicht gesagt, dass er den Hilfspolizisten mehr als flüchtig kannte. »Ich rede nicht von Worcester, sondern von Ludlow«, sagte Gaz. »Ich bringe dich nach Hause und ins Bett und mache dir, was du sonst noch brauchst. Eine Tasse heißen Kakao oder Ovomaltine, wie du willst.«

»Du kennst diesen Penner, Finn?«, sagte der andere junge Mann.

Gaz wurde wütend. Er konnte junge Leute nicht ausstehen, die ihre Zugehörigkeit zur Oberschicht raushängen ließen, und er fuhr herum.

Dena sagte »Brutus« in einem Ton, der eine versteckte Warnung enthielt. Der junge Mann zuckte die Achseln und wandte sich wieder seinem Smartphone zu.

Gaz riss es ihm aus der Hand. Es war in seiner Tasche verschwunden, ehe Brutus – was war das überhaupt für ein Name für so einen Knirps? – wusste, wie ihm geschah. An alle vier gerichtet sagte Gaz: »Ihr marschiert jetzt ab nach Hause, genau wie alle anderen hier.« Dann rief er: »Letzte Runde, ihr habt's gehört! Und ich gebe euch fünf Minuten, um auszutrinken!« Mit Genugtuung sah er, wie einige den Pub bereits verließen und vier junge Leute hinter dem Neffen des Wirts die Treppe herunterkamen. Sie wirkten zerzaust, und eigentlich müsste er sie sich alle nacheinander vorknöpfen, aber er hatte schon mit den vier Kandidaten hier am Tisch alle Hände voll tun.

Zu Dena sagte er: »Du musst dich bald entscheiden, Fräulein.«

Zu Finn sagte er: »Ich bringe dich nach Hause.«

Und zu den anderen: »Und ihr beide macht gefälligst, dass ihr wegkommt, ehe ich mir überlege, was ich mit euch anstelle.«

»In Ordnung«, erwiderte Dena. »Ich hab's mir überlegt.

Sie können uns alle nach Hause bringen.« Und ehe Gaz antworten konnte, er sei kein Taxiunternehmen, verkündete sie: »Wir wohnen alle zusammen, falls Sie das nicht wussten. Ich bin froh, dass Sie uns fahren, und die anderen bestimmt auch. Kommt ihr?«, sagte sie lässig zu ihren Freunden, während sie ihre Jacke nahm. Nachdem sie auch ihre Handtasche auf dem Boden gefunden hatte, fügte sie hinzu: »Wir können zu Hause weiterfeiern, das war's doch, was der Constable gemeint hat, oder, Constable?«

Gaz hörte den Triumph in ihrer Stimme, die Gewissheit, dass sie die Oberhand behalten hatte. Okay, dachte er. Das werden wir ja noch sehen.

4. Mai

SOHO
LONDON

Als Erstes hatte sie sich die passende Kleidung zulegen müssen und dabei in erster Linie auf Schlichtheit geachtet. Sie besaß bereits Dutzende von T-Shirts mit Slogans – von denen nur einige wenige wirklich geschmacklos waren –, und so hatte sie sich nur Leggins gekauft, und zwar schwarze, da Schwarz angeblich schlank machte, und sie wollte weiß Gott schlanker aussehen, als sie in Wirklichkeit war. Als Nächstes hatte sie sich Schuhe besorgen müssen, wobei sie festgestellt hatte, dass viel mehr Schuhe angeboten wurden, als sie es sich jemals hätte träumen lassen. Natürlich gab es jede Menge schwarze Schuhe, aber auch beige, pinkfarbene, rote, silberne und weiße. Und welche mit Glitzer. Bei den Sohlen hatte man die Wahl zwischen Leder, Kunstharz, Gummi oder einem synthetischen Material unbekannter, aber hoffentlich umweltfreundlicher Herkunft. Und es gab die unterschiedlichsten Schnürsenkel. Oder Riemchen und Schnallen. Dann waren da noch die Taps, die metallenen Plättchen. Wollte man welche an den Spitzen oder an den Hacken oder beides oder keine? Warum man sich Stepptanzschuhe ohne Taps kaufen sollte, erschloss sich ihr allerdings nicht so recht. Am Ende entschied sie sich für rote Schuhe – rote Schuhe waren schließlich ihr Markenzeichen – mit Riemchen und Schnallen, denn sie traute sich nicht zu, Schnürsenkel so fest zu binden, dass sie nicht aufgingen: Immerhin dauerte das Training neunzig Minuten.

Als Barbara Havers sich hatte überreden lassen, zusammen mit Dorothea Harriman, der Sekretärin ihrer Abteilung bei der Metropolitan Police, an einem Stepptanzkurs teilzunehmen, hätte sie nie im Leben damit gerechnet, dass ihr das tatsächlich Spaß machen würde. Sie hatte sich nur darauf eingelassen, weil sie Dorothea Harrimans beharrlichen Überredungskünsten nichts mehr hatte entgegensetzen können. Eigentlich war Barbara jede Art von sportlicher Betätigung, die über das Schieben eines Einkaufswagens durch den nächstgelegenen Tesco-Supermarkt hinausging, ein Graus, aber am Ende waren ihr einfach die Argumente ausgegangen.

Zumindest hatte Dorothea inzwischen aufgehört, sich um Barbaras Liebesleben zu kümmern oder vielmehr um das Fehlen desselben. Barbara hatte nämlich beiläufig den Namen eines italienischen Polizisten erwähnt – Salvatore Lo Bianco –, den sie im Jahr zuvor kennengelernt hatte. Das weckte Dorotheas Interesse, und sie wurde erst recht neugierig, als Barbara ihr erzählte, dass Commissario Lo Bianco sie über Weihnachten mit seinen beiden Kindern besuchen würde. Leider war der Besuch dann ins Wasser gefallen, weil der zwölfjährige Marco wegen einer Blinddarmoperation ins Krankenhaus musste. Klugerweise hatte Barbara Dorothea gegenüber nicht erwähnt, wie enttäuscht sie darüber war, sondern die Sekretärin der Abteilung in dem Glauben gelassen, dass der Besuch stattgefunden hatte und die beiden fast schon ein Paar waren.

Das Thema Stepptanz hatte Dorothea jedoch nicht fallen gelassen, und so fuhr Barbara jetzt schon seit sieben Monaten jede Woche in ein Tanzstudio in Southall, wo sie und Dorothea lernten, dass ein Shuffle ein Brush war, gefolgt von einem Spark, dass ein Slap ein Flap war ohne Gewichtsverlagerung und dass Maxie Ford, eine Schrittkombination aus vier verschiedenen Bewegungen, nichts für Hasenfüße oder Tollpatsche war. Und wer nicht täglich außerhalb des Kurses übte, würde diesen Schritt niemals meistern.

Anfangs hatte Barbara sich schlicht und einfach geweigert zu üben. Als Detective Sergeant der Metropolitan Police verfügte sie nur über sehr knapp bemessene Freizeit, in der sie nicht endlos in der Gegend herumsteppen konnte. Zwar war der Tanzlehrer sehr geduldig mit seinen Anfängern und ermutigte sie, so gut er konnte, aber da Barbara keine besonderen Fortschritte machte, nahm er sie nach der zehnten Stunde beiseite.

»Daran muss man arbeiten«, sagte er zu ihr, als sie und Dorothea ihre Steppschuhe in den Stoffbeuteln verstauten. »Wenn man mal sieht, welche Fortschritte die anderen Damen inzwischen gemacht haben, und das, obwohl sie es viel schwerer haben...«

Ja, ja, alles klar, dachte Barbara. Der Lehrer meinte die jungen Musliminnen in der Gruppe, die stets lange, schwere Kleider trugen. Die meisten von ihnen bekamen den Cincinnati im Gegensatz zu ihr bereits fehlerfrei hin, weil sie nämlich taten, was der Lehrer ihnen auftrug, und das hieß üben, üben, üben.

»Ich übe mit ihr zusammen«, versprach Dorothea dem Tanzlehrer. Der Mann hieß Kazatimiru – »Ihr dürft mich Kaz nennen!« –, und für einen erst kürzlich eingewanderten Belorussen sprach er erstaunlich gut Englisch mit einem nur leichten Akzent. »Das kriegen wir schon hin.«

Barbara wusste, dass Kaz in Dorothea verknallt war. Die meisten Männer erlagen ihrem Charme. Und als sie Kaz kokett um etwas mehr Geduld mit Barbara bat, schmolz er natürlich wie Wachs in ihren manikürten Händen dahin. Barbara hatte sich schon gefreut und geglaubt, sie könne von nun an nach Lust und Laune auf dem Tanzboden herumspringen und so tun, als wüsste sie, was sie tat, Hauptsache, sie machte genug Krach mit ihren Steppschuhen, aber da hatte sie ihre Rechnung ohne Dorothea gemacht.

Dorothea kündigte an, dass sie von nun an jeden Tag nach

der Arbeit zusammen üben würden. »Es werden keine Ausreden akzeptiert, Detective Sergeant.« Es standen eine Menge Frauen auf der Warteliste für Kaz' Unterricht, und wenn Barbara Havers ihr Übungspensum nicht ernst nahm, würde sie aus dem Kurs fliegen.

Erst als Barbara beim Leben ihrer Mutter schwor, eigenständig zu üben, hatte Dorothea lockergelassen. Ihr Vorschlag war gewesen, nach der Arbeit im Treppenhaus der Met zu üben, dort, wo die Getränkeautomaten standen, aber damit würde sie ihren Ruf bei der Met endgültig ruinieren. Sie versprach hoch und heilig, jeden Abend zu Hause zu üben, und das tat sie. Mindestens einen Monat lang.

Kaz quittierte ihre Fortschritte mit einem anerkennenden Nicken, und Dorothea lächelte. Die beiden waren die Einzigen in ihrem Bekanntenkreis, die von Barbaras neuem Hobby wussten; vor allen anderen hielt sie es geheim.

Nach einer Weile stellte Barbara fest, dass sie ganz nebenbei gut sechs Kilo abgenommen hatte. Sie musste sich ein paar Röcke in einer kleineren Größe zulegen, und die Schleifen am Gummizug ihrer Pumphosen wurden von Woche zu Woche größer. Bald musste sie sich die Hosen in einer noch kleineren Größe kaufen. Womöglich war sie irgendwann tatsächlich rank und schlank, dachte sie. Es waren schon seltsamere Dinge geschehen.

Andererseits gönnte sie sich, gerade weil sie sechs Kilo abgenommen hatte, zwei Mal die Woche ein ordentliches Curry. Und dazu aß sie jede Menge Naanbrot. Und zwar nicht einfach nur Naanbrot, sondern Naanbrot mit Knoblauchbutter oder mit Butter und Gewürzen und Honig und Mandeln, jede Art von Naanbrot, die sie finden konnte.

Sie war auf dem besten Weg, wieder ordentlich zuzulegen, als Kaz das mit der Tap-Jam-Veranstaltung zur Sprache brachte. Barbara war jetzt seit sieben Monaten im Steppkurs, und sie träumte nach dem Training gerade von Naanbrot und Tagliatelle mit Lachs (beim Essen hatte sie kein Problem damit, verschiedene Ethnien in einen Topf zu werfen), als Dorothea zu ihr kam und sagte: »Da müssen wir hin, Detective Sergeant Havers. Donnerstagsabends haben Sie doch frei, oder?«

Barbara schreckte aus ihrem Tagtraum von wild gewordenen Kohlehydraten auf. Donnerstagabend? Frei? Sie hatte doch *jeden* Abend frei, oder? Sie nickte dämlich. Als Dorothea jauchzte: »Super!« und dann Kaz zurief: »Du kannst mit uns rechnen!«, hätte sie wissen müssen, dass etwas im Busch war. Erst auf dem Weg zur U-Bahn erfuhr sie, worauf sie sich eingelassen hatte.

»Das wird ein Riesenspaß«, schwärmte Dorothea. »Kaz wird auch da sein. Er bleibt die ganze Zeit bei uns auf der Bühne.«

Als Barbara das Wort »Bühne« hörte, wusste sie, dass sie sich für den kommenden Donnerstag irgendein Fußleiden ausdenken musste. Anscheinend hatte sie gerade zugesagt, an irgendeiner Art Stepptanzauftritt mitzuwirken, und das war so ziemlich das Allerletzte, was sie wollte.

Und so fing sie an, über Plattfüße und Ballenzehen zu klagen, aber Dorothea Harriman ließ sich nichts vormachen. »Versuchen Sie ja nicht, sich davor zu drücken, Detective Sergeant Havers«, sagte sie und verlangte auch noch von Barbara, dass sie an dem besagten Donnerstag ihre Stepptanzschuhe mit zur Arbeit brachte, und sollte sie die Schuhe vergessen, erkläre Detective Sergeant Winston Nkata sich bestimmt bereit, sie aus Barbaras Wohnung zu holen, fügte sie hinzu. Oder Detective Inspector Lynley. Der fahre doch so gern in seinem schicken Auto in der Gegend herum, oder? Ein Abstecher nach Chalk Farm komme ihm gerade gelegen.

»Ist ja gut, ist ja gut«, hatte Barbara schließlich gesagt. »Aber wenn Sie glauben, dass ich auf der Bühne tanze, dann sind Sie schiefgewickelt.«

Und so kam es, dass sie an einem Donnerstagabend in Soho war.

In den Straßen wimmelte es von Leuten, nicht nur, weil Ferien waren, sondern auch wegen des herrlichen Wetters und weil Soho mit seinen Klubs, Restaurants, Kneipen und Theatern alle möglichen Leute anzog. Sie mussten sich also durch die Menge kämpfen bis zur Old Compton Street, wo sich der Klub namens Ella D's befand.

Eine Etage über dem Nachtklub fand zwei Mal im Monat ein Tap Jam statt, und der beinhaltete einen Jam Mash, einen Renegade Jam und ein Solo Tap. Als sie erfuhr, was einem da jeweils abverlangt wurde, schwor Barbara sich, auf gar keinen Fall bei dem Zeug mitzumachen.

Der Jam Mash hatte schon angefangen, als sie eintrafen. Sie warteten eine Viertelstunde lang vor der Tür in der Hoffnung, dass Kaz aufkreuzen würde und ihnen das Ella D's schmackhaft machte. Doch dann erklärte Dorothea ungehalten: »Okay, er hat seine Chance gehabt!«, und ging in den Klub, wo aus der oberen Etage ein Lärm zu hören war, als würde eine Herde Ponys durchs Haus stürmen.

Der Lärm nahm zu, als sie die Treppe hochstiegen. Zu *Big Bad Voodoo Daddy* hörten sie eine Frau in ein Mikrophon schreien: »Einen Scuffle und gleich noch einen, jetzt probiert einen Flap. Gut! Macht ihr prima.«

Sie entdeckten Kaz am Ende eines großen Raums auf der Bühne. Er hatte sie also doch nicht im Stich gelassen. Etwa zwei Dutzend Stühle standen entlang der Wände, und es waren weniger Leute da, als Barbara gehofft hatte. Sie würde nicht einfach unbemerkt zwischen ihnen untertauchen können.

Kaz stand zusammen mit einer kräftig gebauten Frau im Fünfziger-Jahre-Outfit auf der Bühne. Sie trug keine High Heels, sondern glänzende Stepptanzschuhe, die sie gekonnt zum Einsatz brachte. Sie verkündete mit lauter Stimme die

Schritte und machte sie zusammen mit Kaz vor. Vor der Bühne versuchten drei Reihen von Stepptänzern, die Bewegungen der beiden nachzumachen.

»Wahnsinn!«, rief Dorothea begeistert aus.

Aus unerfindlichen Gründen hatte sie sich für das Ereignis in Schale geworfen. Normalerweise trug sie beim Stepptanztraining einen Trikotanzug über einer Strumpfhose, aber heute hatte sie sich für einen Tellerrock entschieden, eine Bluse, die sie unter den Brüsten verknotet hatte, und ein gepunktetes Tuch in den Haaren im Stil von Betty Boop. Barbara begriff, dass es ein Versuch war, hier möglichst nicht aufzufallen, und wünschte, sie wäre auf die gleiche Idee gekommen.

Kaz entdeckte Dorothea und Barbara sofort. Er sprang von der Bühne und kam auf sie zugesteppt. Mit dem sechsten Sinn des erfahrenen Tänzers drehte er direkt vor ihnen eine Pirouette. Noch ein Schritt, und er hätte sie über den Haufen gerannt.

»Was für ein Anblick!«, rief er aus. Natürlich meinte er Dorothea. Barbara hatte sich wie immer für Schlichtheit entschieden: Sportschuhe, Leggins und ein T-Shirt mit dem Aufdruck *Ich mache mich nicht über dich lustig. Ich hab nur vergessen, meine Pillen einzuwerfen.*

Dorothea lächelte und machte einen Knicks. »Das sah toll aus!«, sagte sie. »Wer ist die da?«

»*Die da*«, antwortete Kaz voller Stolz, »ist KJ Fowler, die Stepperin Nummer eins in Großbritannien.«

KJ Fowler gab immer weiter die Schritte vor. Kaum hörte ein Stück auf, begann ein neues. *Johnny Got a Boom Boom* schallte aus den Lautsprechern. »Zieht euch die Schuhe an, Mädels. Jetzt kommt der Buck-Schritt.«

Kaz steppte zurück zur Bühne, wo KJ Fowler ein paar Schrittkombinationen vorführte und die Leute sich bemühten, ihr zu folgen, wobei sie aussahen, als wollten sie einen

Bus erwischen, der ihnen vor der Nase wegzufahren drohte. Dorothea strahlte. »Schuhe!«, sagte sie zu Barbara.

Sie gingen an die Seite und zogen sich die Schuhe an. Während Barbara immer noch verzweifelt nach einer überzeugenden Erklärung für plötzliche Lähmungserscheinungen suchte, schleppte Dorothea sie auch schon auf die Tanzfläche. KJ Fowler führte auf der Bühne gerade einen Cramp Roll vor, und Kaz machte – nach ihren Anweisungen – eine schwindelerregende Schrittkombination, die nur ein Narr zu kopieren versucht hätte. Aber es gab einige, die es probierten, unter ihnen Dorothea. Barbara ging an die Seite und sah zu. Sie musste zugeben: Dorothea war richtig gut. So gut, dass sie bald ein Solo aufführen konnte. Und da sie außer Barbara und den Musliminnen keine Konkurrentinnen hatte, würde das nicht mehr lange dauern.

Beim Jam Mash schafften sie fast zwanzig Minuten. Barbara war nassgeschwitzt und überlegte gerade, wie sie sich unbemerkt verdrücken konnte, als die Musik plötzlich abbrach – wofür sie dem Himmel dankte – und KJ Fowler sie darüber informierte, dass die Zeit um war. Zuerst glaubte Barbara, sie seien erlöst und könnten jetzt verschwinden, doch dann verkündete KJ Fowler eine Überraschung: Die Gruppe Tap Jazz Fury würde jetzt im Anschluss spielen.

Beifall und Hochrufe ertönten, während eine kleine Jazz-Combo aus dem Nichts auf der Bühne erschien. Die Musiker begannen zu spielen, und die Tänzer legten sich ins Zeug. Einige, das musste Barbara zugeben, waren so behände, dass sie schon fast überlegte, mit dem Steppen weiterzumachen; vielleicht würde sie es ja wenigstens ein bisschen so hinkriegen wie die anderen.

Aber es war ein flüchtiger Gedanke, der zudem unterbrochen wurde, als ihr Handy am Gürtel vibrierte. Auch wenn sie sich hatte überreden lassen, an dieser verrückten Veranstaltung teilzunehmen, hatte sie Rufbereitschaft. Und wenn ihr Handy vibrierte, konnte das nur eins bedeuten: Die Arbeit rief.

Sie schaute aufs Display. Detective Chief Superintendent Isabelle Ardery. Die rief normalerweise nur an, wenn Barbara sich mal wieder etwas hatte zuschulden kommen lassen, weswegen sie hastig eine kleine Prüfung ihres Gewissens durchführte. Es war lupenrein.

Hier war es zu laut, sie musste aus dem Saal raus, um den Anruf entgegenzunehmen. Sie tippte Dorothea auf die Schulter, hielt das Handy hoch und rief »Ardery!«. Dorothea verdrehte die Augen und stöhnte »O nein!«, doch sie wusste natürlich, dass man da nichts machen konnte. Barbara musste den Anruf annehmen.

Aber sie schaffte es nicht, bevor die Mailbox sich einschaltete. Sie kämpfte sich durch die Menge und steuerte die Damentoilette am Ende des Flurs an. Dort hörte sie die Nachricht ab, die kurz und knapp war. »Sie haben Rufbereitschaft! Warum gehen Sie nicht ans Telefon, Sergeant?«

Barbara rief Ardery zurück, und ehe sie dazu kam, ihr Vorwürfe zu machen, sagte sie: »Sorry, Chefin. Hier ist es ziemlich laut. Hab Sie erst im letzten Moment gehört. Was gibt's?«

»Sie fahren zum Polizeihauptquartier in West Mercia«, sagte Ardery ohne Umschweife.

»Ich… Aber was hab ich denn getan? Ich habe mir nichts zuschulden kommen lassen seit…«

»Regen Sie sich ab«, fiel Ardery ihr ins Wort. »Ich habe gesagt, Sie *fahren*, nicht, Sie werden versetzt. Kommen Sie morgen etwas früher zum Dienst, und bringen Sie eine gepackte Reisetasche mit.«

WANDSWORTH
LONDON

Isabelle Ardery hatte sofort gewusst, dass die Ermittlung, die sie leiten sollte, unangenehm werden würde. Wenn die Polizei innerhalb der Polizei Nachforschungen anstellen sollte, wurde es immer heikel. Die Ermittlung einer Polizeiabteilung gegen eine andere, in deren Gewahrsam ein Verdächtiger zu Tode gekommen war, war schon schlimm. Aber am allerschlimmsten war, wenn sich jemand von der Regierung in eine polizeiliche Ermittlung einschaltete. Kaum im Vorzimmer von Assistant Commissioner Sir David Hillier eingetroffen begriff Isabelle Ardery, was die Stunde geschlagen hatte.

Die Sekretärin Judi-mit-I MacIntosh deutete an, was sie erwartete, als sie sagte, sie solle gleich zu Sir David reingehen, er erwarte sie bereits zusammen mit einem Parlamentsabgeordneten. »Hab den Namen noch nie gehört«, fügte sie hinzu, woraus Isabelle schloss, dass es sich um einen unbekannten Hinterbänkler handelte.

»Und wie heißt er?«, fragte sie Judi, bevor sie die Tür öffnete.

»Quentin Walker«, antwortete die Sekretärin. »Keine Ahnung, warum der hier ist, aber die reden schon seit über einer Stunde.«

Quentin Walker war ein Abgeordneter für den Wahlbezirk Birmingham. Als Isabelle die Tür öffnete, erhoben er und Hillier sich. Vor ihnen auf dem kleinen Konferenztisch standen eine Kaffeekanne und drei Tassen, von denen zwei bereits benutzt waren. Nachdem man sich begrüßt und einander vorgestellt hatte, bat Hillier Ardery, sich zu bedienen, was sie tat.

Hillier informierte sie ohne Umschweife darüber, dass im Bezirk West Mercia am fünfundzwanzigsten März jemand im Polizeigewahrsam zu Tode gekommen sei. Der Vorfall sei wie üblich von der Independent Police Complaints Commission untersucht worden, und obwohl es Zweifel gegeben habe, habe die IPCC nicht die Staatsanwaltschaft in Kenntnis gesetzt, da man niemandem eine Straftat vorwerfen könne. Es handele sich eindeutig um Selbstmord.

Isabelle schaute zu Quentin Walker hinüber. Es gab eigentlich keinen Grund für seine Anwesenheit, es sei denn, der Vorfall hatte sich in Birmingham ereignet, seinem Amtsbezirk. Da der Untersuchungshäftling jedoch in West Mercia gestorben war, konnte das nicht der Fall sein.

Sie fragte: »Wer ist der Tote?«

»Ein Mann namens Ian Druitt.«

»Und wo war er in Gewahrsam?«

»Ludlow.«

Seltsam. Ludlow lag nicht einmal in der Nähe von Birmingham. Isabelle schaute noch einmal zu Quentin Walker hinüber.

Das Gesicht des Abgeordneten war ausdruckslos, doch ihr entging nicht, dass der Mann gut aussah. Er hatte volles, braunes Haar, Hände, die noch nie manuelle Arbeiten verrichtet hatten, und auffallend schöne Haut. Isabelle fragte sich, ob wohl jeden Morgen jemand in sein Arbeitszimmer kam, ihn rasierte und ihm anschließend feuchte Tücher aufs Gesicht legte.

»Warum ist Druitt verhaftet worden?«, fragte sie. »Wissen wir das?«

Auch diesmal war es Hillier, der ihr antwortete. »Kindesmisshandlung«, sagte er trocken.

»Ah.« Isabelle stellte ihre Tasse auf der Untertasse ab. »Was wissen wir genau über die Sache?« Sie wartete immer noch darauf, dass Quentin Walker das Wort ergriff. Er war garantiert nicht einfach so zu Besuch gekommen. Außerdem war er mindestens zehn Jahre jünger als Hillier, die beiden konnten also auch keine Schulfreunde sein.

»Er hat sich erhängt, während er darauf wartete, von Ludlow auf die Polizeistation von Shrewsbury verlegt zu werden«, sagte Hillier. »Man hatte ihn aufs Revier in Ludlow gebracht und auf das Eintreffen von zwei Streifenpolizisten gewartet.« Er hob bedauernd die Schultern. »Das Ganze war ein ziemlicher Schlamassel.«

»Aber warum hat man ihn denn überhaupt nach Ludlow gebracht und nicht auf direktem Weg nach Shrewsbury?«

»Anscheinend dachte jemand, die Anschuldigungen erforderten sofortige Maßnahmen. Und da es in Ludlow eine Polizeistation gibt…«

»Hat ihn denn niemand bewacht?«

»Die Station ist unbesetzt.«

Isabelle schaute erst Hillier an, dann den Abgeordneten, dann wieder Hillier. Ein Selbstmord in einer unbesetzten Polizeistation war kein Schlamassel, sondern eine Katastrophe, die einen Gerichtsprozess nach sich ziehen würde.

Insofern war es in der Tat seltsam, dass die Untersuchungskommission den Fall nicht an die Staatsanwaltschaft weitergeleitet hatte. Das verstieß gegen die Vorschriften, und Isabelle ahnte schon, dass Hilliers Antwort auf ihre nächste Frage die Sache noch verkomplizierte.

»Wer hat die Verhaftung vorgenommen?«

»Der Hilfspolizist von Ludlow. Er hat sich genau an seine Anweisungen gehalten: Er sollte den Mann festnehmen, in die Station bringen und warten, bis der Häftling von Streifenpolizisten aus Shrewsbury abgeholt würde.«

»Ich brauche wohl nicht zu erwähnen, wie seltsam das alles ist. Der Hilfspolizist von Ludlow nimmt eine Verhaftung vor? Das muss ja ein Festessen für die Boulevardpresse gewesen sein, als dieser – wie hieß er noch gleich? – dieser Druitt sich umgebracht hat. Warum in aller Welt hat die Untersuchungskommission die Sache nicht an die Staatsanwaltschaft übergeben?«

»Wie gesagt, die haben den Fall untersucht und keine Straftat festgestellt. Es handelte sich um eine Disziplinarsache, nicht um ein Verbrechen. Trotzdem – dass Druitt in einer unbesetzten Polizeistation gewartet und ein Hilfspolizist die Festnahme durchgeführt hat und dass der Verdächtige auch noch zu dem Vorwurf der Kindesmisshandlung verhört werden sollte… Sie verstehen.«

Isabelle verstand. Polizisten verabscheuten Pädophile. Und es verhieß nichts Gutes, wenn ein Pädophiler in Polizeigewahrsam zu Tode kam. Aber wenn die Kommission nicht von einer Straftat ausging und dennoch Handlungsbedarf bestand, bedeutete das, dass da noch mehr im Busch war.

Sie wandte sich an den Abgeordneten. »Ich verstehe nicht, warum Sie hier sind, Mr Walker. Haben Sie irgendetwas mit dem Fall zu tun?«

»Der Todesfall wirkt verdächtig.« Quentin Walker zog ein weißes Taschentuch aus der Brusttasche seines Jacketts und betupfte sich damit die Lippen.

»Der Kommission ist er aber offenbar nicht verdächtig vorgekommen, da sie wohl von Selbstmord ausgeht«, entgegnete sie. »Der Fall ist bedauerlich. Er lässt auf ein Pflichtversäumnis des Hilfspolizisten schließen. Aber verdächtig?«

Walker sagte, Ian Druitt habe einen Kinderhort gegründet, der der St. Laurence Church in Ludlow angegliedert sei. Es sei ein erfolgreiches und viel bewundertes Projekt. Nie habe es auch nur den Hauch eines Skandals gegeben, und keins der betreuten Kinder habe sich jemals negativ über Druitt geäußert. Diese Tatsachen allein hätten in gewissen Kreisen Fragen aufgeworfen. Und diese Kreise hätten sich an ihren Abgeordneten gewandt mit der Bitte um Antworten.

»Aber Ludlow gehört doch gar nicht zu Ihrem Amtsbezirk«, sagte Isabelle. »Also stehen die von Ihnen erwähnten Kreise in persönlicher Beziehung entweder zu Ihnen oder zu dem Toten. Sehe ich das richtig?«

Walker schaute Hillier an. Aus dem Blick schloss Isabelle, dass sie den Mann mit ihren Fragen irgendwie beruhigt hatte. Es ärgerte sie, wie offen er Zweifel an ihrer Person zeigte. Es war unerträglich, dass Frauen immer noch als zweitrangig betrachtet wurden, selbst in diesem Raum.

»Gibt es eine persönliche Verbindung, Mr Walker?«

»Clive Druitt ist einer meiner Wähler«, antwortete er. »Ist Ihnen der Name geläufig?«

Der Name kam ihr vage bekannt vor. Sie konnte ihn jedoch nicht einordnen und schüttelte den Kopf.

»Druitt Craft Breweries«, sagte der Abgeordnete. »Brauerei und Gastropub. Den ersten Gastropub hat er in Birmingham eröffnet. Jetzt hat er acht.«

Wahrscheinlich hatte er Geld, dachte Isabelle, und damit natürlich die Aufmerksamkeit seines Abgeordneten. »Und seine Verbindung zu dem Toten?«, fragte sie.

»Ian Druitt war sein Sohn. Verständlicherweise glaubt Clive nicht, dass sein Sohn pädophil war. Und er glaubt auch nicht, dass er Selbstmord begangen hat.«

Welcher Vater oder welche Mutter wollte glauben, dass das eigene Kind kriminell war? Aber das Untersuchungsergebnis der Kommission musste dem Vater des Toten doch klargemacht haben, dass sein Sohn, so bedauerlich und schrecklich das sein mochte, sich selbst das Leben genommen hatte. Das musste der Abgeordnete Clive Druitt doch erklärt haben. Soweit Isabelle erkennen konnte, gab es keinen Grund, die Met in den Fall einzuschalten.

Nach einem kurzen Blick in Hilliers Richtung sagte sie: »Ich verstehe immer noch nicht …«

Hillier fiel ihr ins Wort. »Oben im Norden hat es bei der Polizei enorme Kürzungen gegeben. Mr Walker möchte sicherstellen, dass diese Kürzungen nicht im Zusammenhang mit einem Selbstmord stehen.« Hillier hatte ein Wort besonders betont: *sicherstellen*. Es würde ihre Aufgabe sein, dachte

Isabelle, jemanden da raufzuschicken, der die Wogen glättete und dafür sorgte, dass Mr Druitt keinen Prozess anstrengte. Das gefiel ihr nicht, aber sie war klug genug, nicht mit dem Assistant Commissioner zu diskutieren.

Sie sagte: »Ich könnte Philip Hale abstellen, Sir. Er hat gerade ...«

»Mir wäre es lieber, wenn Sie sich persönlich um diesen Fall kümmern, Detective Chief Superintendent Ardery. Dieser Fall erfordert gutes Fingerspitzengefühl.«

Sie bemühte sich um einen neutralen Gesichtsausdruck. Das war eine Aufgabe für einen Detective Inspector, wenn's hoch kam. Und selbst wenn nicht, so hatte sie kein Interesse daran, nach Shropshire zu fahren, das war das Letzte, was sie im Moment gebrauchen konnte. Sie sagte: »Wenn es um Fingerspitzengefühl geht, würde ich sagen, dass das genau die richtige Aufgabe für DI Lynley wäre.«

»Vielleicht. Aber ich möchte, dass Sie das übernehmen. Und zwar zusammen mit Detective Sergeant Havers. Sie ist die ideale Partnerin in diesem Fall. Sie hat sich ja schon in Dorset so gut zurechtgefunden, dann wird sie das in Shropshire ebenfalls tun.«

Isabelle entging nicht die versteckte Botschaft. Endlich begriff sie, um was es eigentlich ging. »Ah ja«, sagte sie. »An Sergeant Havers habe ich noch gar nicht gedacht. Da haben Sie natürlich recht.«

Hilliers Mundwinkel zuckten, was wohl ein Lächeln andeuten sollte. »Ich dachte mir, dass Sie einverstanden sein würden«, sagte er. Dann wandte er sich an den Abgeordneten. »Ich will ganz offen sein, Mr Walker. Wir sind überall unterbesetzt, und das aufgrund von Entscheidungen, die von der Regierung getroffen wurden. Wir können unsere Leute nur fünf Tage lang entbehren. Danach müssen DCS Ardery und DS Havers nach London zurückkommen.«

Walker war klug genug, nicht zu protestieren. Er sagte:

»Vielen Dank, Commissioner. Einverstanden. Ich möchte ebenfalls offen sein. Ich war gegen die Sparmaßnahmen, unter denen die Polizei im ganzen Land leidet. Sie haben in mir einen Freund. Wenn diese Sache erledigt ist, werden Sie in mir einen Freund und dazu einen Verbündeten haben.«

Kurz darauf verabschiedete sich Walker. Hillier hatte Isabelle bereits diskret bedeutet, sie möge noch bleiben. Nachdem sich die Tür hinter dem Abgeordneten geschlossen hatte, kehrte Hillier an seinen Platz zurück. Er schaute Isabelle nachdenklich an.

»Ich hoffe«, sagte er, »dass uns dieses Abenteuer in Shropshire endlich unserem Ziel näher bringt.«

Isabelle wusste genau, was der Assistant Commissioner vorhatte. »Dafür werde ich sorgen«, antwortete sie.

WANDSWORTH
LONDON

Isabelle Ardery fuhr nach Hause, um ihre Sachen für die Reise in die Midlands zu packen. Zuerst holte sie den Wodka aus dem Schrank. Sie hatte zwar schon einen Martini getrunken, fand jedoch, dass sie nach einem so langen und ereignisreichen Tag noch einen Drink verdient hatte.

Während sie Unterwäsche, Hosen, Pullover und Nachtwäsche einpackte, trank sie genüsslich immer wieder einen Schluck von ihrem Cocktail. Sie hatte sich angewöhnt, den Wodka auf Eis zu rühren, anstatt zu schütteln, was ihm eine ganz andere Kraft verlieh und ihre Weltsicht anders beeinflusste. Und sie musste endlich das Leben anders betrachten, jetzt, wo ihr verfluchter Exmann einen notwendigen Karriereschritt anstrebte. Du könntest uns an Feiertagen besuchen kommen, Isabelle, hatte er mit salbungsvoller Freundlichkeit gesagt. Unser Haus ist groß genug. Und wenn du das nicht möchtest, gibt es bestimmt ein passendes Hotel in der Nähe. Oder ein Bed & Breakfast? Das wäre doch auch nicht schlecht, oder? Und, nein, ehe du fragst: Die Jungs können weder die Feiertage noch die Ferien bei dir verbringen, das kommt überhaupt nicht infrage.

Isabelle würde ihrem Exmann niemals die Genugtuung gönnen, sich in seiner Gegenwart aufzuregen. Nicht einmal die Worte *Bitte, Bob* kämen ihr je über die Lippen, denn sie wusste genau, was dann geschehen würde: Er würde ihr erneut Vorträge darüber halten, dass sie genau wisse, warum diese Maßnahmen nötig seien. Es würde sie auf direktem Weg in ihre gemeinsame Vergangenheit und zu einer sinnlosen Diskussion führen, die in Beschuldigungen und Verleugnungen endete. Es hatte keinen Zweck.

Sie hatte den Wodka ausgetrunken, bevor sie mit dem Packen fertig war. Es gab heute Abend nicht mehr viel zu tun, sie konnte also eigentlich nichts mehr versauen. Sie war ziemlich stolz darauf, wie oft es ihr gelang, nüchtern zu bleiben. Zur Belohnung füllte sie ihr Glas noch einmal und verstaute die Flasche dann sorgfältig in ihrem Koffer. Sie schlief schlecht in letzter Zeit, und in einem fremden Bett würde sie noch schlechter schlafen. Den Wodka brauchte sie als Schlafmittel. Das konnte ihr keiner verwehren.

Nachdem sie den gepackten Koffer neben die Wohnungstür gestellt hatte, nahm sie ihr Telefon. Sie kannte seine Nummern auswendig, und diesmal wählte sie seine Festnetznummer. Wenn er nicht zu Hause war, würde sie eine Nachricht auf seinem AB hinterlassen. Falls er den Abend woanders verbrachte, wollte sie ihn nicht stören.

Natürlich erkannte Lynley ihre Stimme sofort. Er klang überrascht und, typisch für ihn, ziemlich misstrauisch. Nach einem kurzen »Hallo, Chefin« fragte er allzu beiläufig: »Wie geht's?«

Sie war geschult in diesen Dingen. Jetzt kam es darauf an, sich gewählt auszudrücken und sich selbstbewusst und entspannt zu geben. »Sehr gut, Tommy«, sagte sie. »Ich hoffe, ich störe nicht?« Das war ihre Art, durch die Blume zu fragen, ob Daidre bei ihm war. Und ob sie gerade das taten, was ein Liebespaar normalerweise nach zehn Uhr abends tat.

»Ich war gerade beschäftigt«, antwortete er freundlich, »aber das kann warten. Charlie hat mich überredet, ihm seinen Text abzuhören. Hab ich dir erzählt, dass er eine richtig gute Rolle in einem Stück von Mamet bekommen hat? Zugegeben, es handelt sich nicht um eine Produktion im West End, es ist nicht einmal in London, aber immerhin in der Nähe, und das ist doch schon etwas.«

Isabelle hörte eine Stimme im Hintergrund. Es war die von Charlie Denton. Denton wohnte schon seit Langem in Thomas Lynleys Stadtvilla in Belgravia, und im Austausch für Kost und Logis diente er Lynley als Butler, Koch und Hundeausführer, immer unter der Prämisse, dass er sich jederzeit freinehmen konnte, um für eine Rolle vorzusprechen. Es gelang ihm immer wieder, hier und da eine kleine Rolle zu ergattern.

»Ja, ja, da hast du natürlich vollkommen recht«, sagte Lynley gerade zu Charlie. »Was zählt, ist Mamet.« Dann sagte er zu Isabelle: »Er wartet außerdem auf einen Rückruf von der BBC.«

»Wirklich?«

»In seinen Jahren hier in Eaton Terrace hat er – wie soll ich es nennen – genug Erfahrung gesammelt, um in jedem Kostümdrama mitzuwirken. Wenn er Glück hat, spielt er in einer zwölfteiligen Serie, die in den 1890er Jahren angesiedelt ist, einen jähzornigen Diener. Er hat uns alle gebeten, ihm die Daumen zu drücken.«

»Sag ihm, ich drücke sie ihm auch!«

»Da wird er sich freuen.«

»Hast du einen Augenblick Zeit?«

»Selbstverständlich. Wir sind eigentlich fertig. Das heißt, ich zumindest. Charlie würde bis morgen früh weitermachen. Gibt's was Neues?«

Isabelle gab ihm eine kurze Zusammenfassung: der Selbstmord, die Polizei in West Mercia, die Ermittlungskommission, der Abgeordnete und sein wohlhabender Wähler. Als sie geendet hatte, stellte Lynley die logische Frage: »Wenn die Kommission zu dem Schluss gekommen ist, dass es keinen Fall gibt, was erhofft sich Walker dann von der Sache?«

»Es ist alles nur pro forma. Die Met soll einem Parlamentarier zuliebe ein bisschen die Wogen glätten, und früher oder später wird die Met im Gegenzug selbst eine Gefälligkeit fordern.«

»Typisch Hillier.«

»Genau.«

»Wann soll ich mich auf den Weg machen? Ich wollte eigentlich für ein paar Tage nach Cornwall, aber das kann ich auch verschieben.«

»Es wäre wirklich nett, wenn du das verschieben könntest, Tommy, aber nicht, um in die Midlands zu fahren.«

»Nein? Und wer soll dann ...«

»Hillier besteht darauf, dass ich das persönlich übernehme.«

Lynley schwieg. Auch er wusste, wie merkwürdig es war, dass sie eine Ermittlung durchführen sollte, mit der sie normalerweise einen ihrer Untergebenen betrauen würde. Hinzu kam die nicht unerhebliche Frage, wer sie in ihrer Abwesenheit vertreten sollte.

Als hätte sie seine Gedanken gelesen, sagte sie: »Ich möchte, dass du mich vertrittst. Ich werde mich nicht lange in den Midlands aufhalten, du brauchst die Fahrt nach Cornwall also nur um ein paar Tage zu verschieben. Ich hoffe, dass da unten alles in Ordnung ist.«

Sie sprach von seiner Familie. Die Lynleys, so hieß es, lebten an der Küste von Cornwall auf einem gigantischen Anwesen, das sie immer noch so erfolgreich bewirtschafteten, dass sie noch nicht die weiße Fahne hatten hissen und alles dem National Trust oder der Denkmalschutzbehörde English Trust hatten übergeben müssen. Lynley sagte, das sei gar kein Problem. Es handle sich lediglich um seinen jährlichen Besuch bei seiner Familie, der diesmal nur deshalb ein bisschen komplizierter ausfalle, weil seine Schwester und ihre halbwüchsige Tochter ihr Anwesen in Yorkshire verkauft hätten und zu seiner Mutter und seinem Bruder in Cornwall ziehen wollten. »Aber wie gesagt, das kann ich verschieben«, schloss er.

»Danke, Tommy, ich weiß das zu schätzen. Die Urlaubstage stehen dir natürlich trotzdem zu.«

Inzwischen waren sie beim heiklen Teil des Gesprächs angelangt. Thomas Lynley war alles Mögliche – weltgewandt, gebildet, blaublütig und im Besitz eines verstaubten Adelstitels, den er wahrscheinlich benutzte, wenn er in einem von Londons vornehmsten Restaurants einen Tisch reservieren wollte –, aber er war nicht dumm. Er wusste, dass irgendetwas im Busch war, und würde herausfinden, was das war. Aber da sie ihm ihre Vertretung anvertraute, musste sie es ihm sowieso sagen. »Ich nehme Sergeant Havers mit. Sie hat Anweisung, morgen früh mit gepackter Reisetasche zum Dienst zu erscheinen. Ich sage dir das nur für den Fall, dass wir schon weg sind, wenn du morgen ins Büro kommst und dich fragst, wo sie abgeblieben ist.«

Auch dazu schwieg Lynley zunächst. Isabelle konnte sich genau vorstellen, wie seine grauen Zellen arbeiteten. Schließlich sagte er: »Isabelle, wäre es nicht klüger …«

»Chefin«, korrigierte sie ihn.

»Chefin«, sagte er. »Sorry. Wäre DS Nkata nicht die bessere Wahl? In Anbetracht dessen, was da oben vorgefallen ist, wäre da nicht jemand mit … mehr Fingerspitzengefühl gefragt?«

Natürlich wäre Nkata die bessere Wahl. Winston Nkata

war ein Mann, der wusste, was ein Befehl bedeutete, ein erfahrener Polizist, der bisher noch mit jedem in der Truppe problemlos zusammengearbeitet hatte. DS Nkata war in fast jeder Situation die bessere Wahl. Aber er würde sie ihrem Ziel nicht näher bringen, und das konnte sich Lynley garantiert auch denken.

»Ich möchte mich selbst davon überzeugen, dass Barbara wieder voll einsatzfähig ist«, sagte sie. »Seit dieser Sache in Italien hat sie sich ziemlich gut gemacht, und dieser Fall ist – zumindest für mich – ihre letzte Hürde.«

»Soll das heißen, dass du, wenn es Barbara gelingt, diese Ermittlung durchzuführen, ohne…« – Lynley schien die richtigen Worte zu suchen – »…ohne ihre Befugnisse zu überschreiten, die Versetzungspapiere zerreißen wirst?«, fragte Lynley.

»Und ihren Mädchentraum von einer Zukunft in Berwick-upon-Tweed zerstören? Ja, ich werde die Versetzungspapiere schreddern.«

Damit schien er erst einmal zufrieden zu sein, aber sie kannte ihn. Er wusste von ihren Absichten in Bezug auf Barbara Havers und war garantiert misstrauisch. Gleich nach diesem Gespräch würde er seine Partnerin anrufen und ihr ins Gewissen reden. Sie konnte förmlich hören, wie er auf seine typische gewählte Art zu ihr sagte: »Barbara, das ist eine Gelegenheit, Ihre Zukunft zu gestalten. Darf ich Ihnen nahelegen, es als solche zu betrachten?«

»Ich bin dabei«, würde Havers ihm antworten. »Volle Kanne. Werd mir sogar auf der Fahrt da rauf das Quarzen verkneifen. Damit werd ich sie bestimmt beeindrucken.«

»Beeindrucken können Sie sie mit Ideen statt Behauptungen, mit einem Kleidungsstil, der von Professionalität zeugt, und mit dem Befolgen von Vorschriften. Ist Ihnen das klar?«

»So klar wie Kloßbrühe«, würde sie erwidern. »Ich werd's schon nicht verkacken, Inspector, keine Sorge.«

»Das würde mich freuen«, würde seine letzte Bemerkung lauten. Dann würde er auflegen, aber immer noch seine Zweifel haben. Niemand kannte Barbara Havers besser als ihr langjähriger Partner. Dinge zu verkacken war ihr Markenzeichen.

Isabelle würde Barbara Havers dabei allen nötigen Spielraum lassen. Dann brauchte sie nur noch abzuwarten und zuzusehen, wie sie in den Abgrund stürzte.

5. Mai

HINDLIP
HEREFORDSHIRE

Als man ihnen endlich den Zutritt auf das weitläufige Gelände des Polizeihauptquartiers von West Mercia gestattete, wunderte Barbara sich, wie abgelegen es war. Zuerst mussten sie sich in einem vorgelagerten Empfangshäuschen melden, wo sie sich auswiesen und dem Diensthabenden hinterm Tresen erklärten, sie würden vom Chief Constable erwartet, der eigentlich dafür hätte Sorge tragen müssen, dass man sie gleich durchließ. Doch vermutlich würden die hohen Tiere bei der Polizei von West Mercia nicht gerade den roten Teppich für sie ausrollen.

Nachdem die Formalitäten schließlich erledigt waren, stiegen sie wieder in ihren Wagen und passierten auf einem Weg, von dem aus kein einziges Gebäude zu sehen war, mehrere Tore. Allerdings entdeckte sie überall Überwachungskameras. Sie überwachten riesige Rasenflächen, die kein Terrorist, der noch bei Trost war, überqueren würde, denn es gab keinen einzigen Baum, hinter dem man sich hätte verstecken können. Auch keinen Strauch. Nicht mal Schafe. Es war überhaupt nichts zu sehen, bis sie einen großen Parkplatz erreichten.

Die Polizeiverwaltung befand sich in einem ehemaligen Herrenhaus, das vollständig mit wildem Wein bewachsen war. Den Weg zu dem eindrucksvollen Gebäude säumten niedrige Sträucher und gepflegte Blumenbeete, in denen die Rosen zu blühen begannen. Neben dem Herrenhaus hatte man mehrere Zweckbauten errichtet, und von fern war Hundegebell zu hören, woraus Barbara schloss, dass auf dem Gelände auch Polizeihunde ausgebildet wurden. Als sie sich dem Haupteingang näherten, bemerkte Barbara, dass anscheinend gerade eine Schulung stattfand. Ein Schild mit einem Pfeil und der Aufschrift KADETTEN wies in Richtung eines Gebäudes, offenbar früher einmal die Kapelle des Herrenhauses.

Sie hatten viereinhalb Stunden für die Fahrt von London hierher gebraucht. Es gab keine direkte Strecke. Man hatte die Wahl zwischen mehreren Schnell- und Landstraßen und konnte nur beten, dass man nicht durch Baustellen aufgehalten wurde. Als sie endlich in Hindlip eintrafen, hätte Barbara einen Mord begehen können für eine Zigarette und ein Stück Steak-and-Kidney-Pie. Ardery hatte zwar unterwegs getankt, aber außer für einen kurzen Toilettengang keine weitere Pause eingelegt. Den Vorschlag, irgendwo zum Mittagessen einzukehren, hatte Barbara sich tunlichst verkniffen.

»Das ist eine Gelegenheit, die so schnell nicht wiederkommt«, hatte Lynley ihr unter vier Augen gesagt, bevor sie sich auf den Weg gemacht hatten. »Ich hoffe, Sie machen das Beste daraus.«

»Ich hab schon mal heimlich Kratzfüße geübt«, antwortete Barbara.

»Nehmen Sie das nicht auf die leichte Schulter, Barbara«, sagte er. »Im Gegensatz zu mir hat Ardery eine ziemlich niedrige Toleranzschwelle bei kreativen Methoden. Sie müssen sich streng an die Vorschriften halten. Sonst zieht das ernste Konsequenzen nach sich.«

Er war ihr auf die Nerven gegangen. »Ja, ja, schon gut, Sir. Ich bin nicht komplett verbrettert.«

Ihr Gespräch wurde von Dorothea Harriman unterbrochen. Die Sekretärin war offenbar ins Bild gesetzt worden, entweder von Lynley oder von Ardery, denn sie zeigte auf Barbaras kleinen Rollkoffer und sagte: »Ich hoffe, Sie haben Ihre Steppschuhe eingepackt, Detective Sergeant. Sie wissen ja, wie leicht man aus der Übung kommt. Und warum in aller Welt haben Sie mir gestern Abend nichts davon erzählt, dass Sie auf Dienstreise gehen? Dann hätte ich Kaz gebeten, ein paar Musikstücke für Sie aufzunehmen. Man kann immer im Hotelzimmer üben, und jetzt müssen Sie es ohne Begleitmusik machen. Wie viele Stunden werden Sie denn verpassen? Wo doch schon im Juli der Auftritt …«

»Auftritt?«, fragte Lynley, dessen neugieriger Blick Barbara gar nicht gefiel.

Dorothea klärte ihn darüber auf, dass am sechsten Juli eine Stepptanzvorführung stattfinden und der Anfängerkurs daran teilnehmen würde.

»Eine Stepptanzvorführung?« Er hob eine aristokratische Braue. Barbara musste unbedingt dafür sorgen, dass Dorothea sich verkrümelte.

»Ja. Sicher. Wie auch immer. Apropos Shropshire, Sir«, sagte sie hastig in der Hoffnung, dass Dorothea den Wink mit dem Zaunpfahl mitbekam.

Aber da hatte sie sich zu früh gefreut. Dorothea Harriman ließ sich nicht so leicht abwimmeln und sagte zu Lynley: »Aber Sie erinnern sich doch bestimmt, Detective Inspector Lynley. Ich hab Ihnen neulich erzählt, dass Barbara und ich uns für einen Stepptanzkurs anmelden wollen.«

»Ah ja. Das haben Sie also tatsächlich gemacht? Und jetzt sind Sie sogar schon so gut, dass Sie an einer Aufführung teilnehmen? Ich bin beeindruckt.« Lynley nickte Barbara zu und sagte: »Sie sind voller Überraschungen. Wo findet die Aufführung im Juli denn statt, ich würde gerne …«

»Sagen Sie's ihm ja nicht«, zischte Barbara mit einem warnenden Blick. »Er wird nicht eingeladen.« Dann wandte sie sich an Lynley: »Niemand, den ich kenne, wird eingeladen,

Sir, also nehmen Sie's nicht persönlich. Wenn in den Midlands alles gut läuft, breche ich mir dort ein Bein, dann kann ich sowieso nicht mitmachen.«

»Pah!«, rief Dorothea aus. »Ich werde Sie einladen, Detective Inspector Lynley.«

Lynley unterdrückte ein Grinsen. »Dorothea«, sagte er, »haben Sie gerade *Pah* gesagt?«

Worauf Barbara bemerkte: »Sie ist eben voller Überraschungen, Sir.«

Ganz und gar nicht überraschend dagegen war, dass man sie und Ardery, nachdem sie es endlich ins Herrenhaus geschafft und sich an dem riesigen runden Empfangstresen ausgewiesen hatten, erst einmal warten ließ. Der Chief Constable befinde sich gerade in einer Besprechung, teilte man ihnen mit. Er werde beizeiten zu ihnen stoßen.

HINDLIP
HEREFORDSHIRE

Isabelle hatte nicht damit gerechnet, dass die Polizei von West Mercia sie herzlich willkommen heißen würde. Ihre Anwesenheit signalisierte immerhin, dass jemand aus ihren Reihen einen Bock geschossen hatte und es jemanden gab, dem das missfiel.

Normalerweise führte ein derartiges Missfallen zur Einschaltung von Anwälten und einem kostspieligen Gerichtsverfahren oder zu zahllosen Anrufen von der Boulevardpresse und angesehenen Zeitungen, die sich noch einen investigativen Journalismus leisten konnten, an dem die meisten Menschen – und vor allem die meisten Behörden – allerdings nicht das geringste Interesse hatten. Diesmal drohte kein Gerichtsverfahren, und die Zeitungen, die über den Tod in der Zelle berichtet hatten, waren längst schon wieder mit anderen Themen beschäftigt. Wenn also in dem Fall erneut ermittelt wurde und das auch noch auf diskrete Veranlassung eines Parlamentsmitglieds hin … Kein Wunder, dass man sie und Sergeant Havers geschlagene fünfundzwanzig Minuten warten ließ.

Nach den ersten fünf Minuten hatte Havers höflich um Erlaubnis gebeten, draußen eine rauchen zu gehen. Isabelle hatte kurz überlegt, ob sie ihr befehlen sollte zu bleiben, wo sie war, aber sie musste zugeben, dass sich Havers während der ganzen Fahrt mustergültig verhalten hatte, obwohl sie nur ein Mal zum Tanken gehalten hatte. Außerdem war sie sorgfältig gekleidet, auch wenn Isabelle sich fragte, wo in aller Welt sie dieses Sweatshirt aufgetrieben hatte. Grau stand ihr wirklich überhaupt nicht, und dann diese Pünktchen, sie sah aus, als hätte sie die Masern. Sie hatte also auf Havers' Bitte hin wortlos genickt und sie noch ermahnt, sich zu beeilen, und das hatte sie getan.

Endlich wurden sie von einer uniformierten Polizistin abgeholt. Sie stiegen die prächtige, geschwungene Treppe hoch und gingen durch eine Flügeltür am Ende eines breiten Flurs in einen großen Raum. Er hatte große Fenster und eindrucksvolle Stuckverzierungen und war vermutlich einmal der Salon des Herrenhauses gewesen. Unter einer in Form von Früchten üppig gestalteten Deckenrosette hing noch der Originalkronleuchter, und der gewaltige offene Kamin aus Marmor besaß immer noch seinen von zwei Karyatiden getragenen, ausladenden Sims, auf dem zwei Hochzeitsfotos und eine Art Gedenktafel standen.

Nachdem man ihnen erklärt hatte, dass der Chief Constable seine Besprechung kurz unterbrochen habe und gleich bei ihnen sein werde, verschränkte Isabelle die Arme vor der Brust, verkniff sich eine ungehaltene Bemerkung und gab sich stattdessen der Betrachtung des Raums und seiner Geschichte hin. Die Möblierung machte es jedoch schwierig, sich vorzustellen, wie hier vornehme Herrschaften bei Kaffee oder Tee zusammengesessen und nach dem Essen geplaudert hatten. Der Schreibtisch des Chief Constable nahm einen Großteil des Zimmers ein, und in einem Metallregal dahinter standen lauter hässliche Aktenordner. Als Stützen dienten Stapel von Schnellheftern, die sich in unterschiedlichem Zustand der Auflösung befanden. Auf den Stapeln lag diverses eingestaubtes Metallspielzeug, und auf einem stand ein Korb mit drei Kricketbällen. An einer Wand waren zwischen zwei Fenstern mit schweren Vorhängen ein Tisch und fünf Stühle platziert. Eine mit Wasser gefüllte gläserne Karaffe und fünf Gläser ließen darauf schließen, dass dort das Gespräch mit dem Chief Constable stattfinden würde.

Sergeant Havers schaute aus einem Fenster. Wahrscheinlich wünschte sie, sie könnte nach draußen gehen und noch eine rauchen. Außerdem hatte sie wahrscheinlich Hunger. Isabelle starb jedenfalls vor Hunger, aber das Essen musste warten.

Die beiden Türflügel gingen gleichzeitig auf, so als stünden zwei pflichtbewusste Diener im Flur. Ein uniformierter Polizist, der etwa so aussah wie der Duke of Windsor zehn Jahre nach seiner Hochzeit mit Wallis, trat forschen Schrittes ein. Anstatt einer Begrüßung sagte er nur knapp: »Superintendent Ardery.« Dann warf er Havers einen Blick zu, der zu verstehen gab, dass er keinen Wert darauf legte zu erfahren, wer sie war.

Er selbst stellte sich auch nicht vor, aber Isabelle war entschlossen, sich weder darüber noch über die falsche Anrede aufzuregen. Sie wusste, wer er war: Chief Constable Patrick Wyatt. Sie würde ihn zu gegebener Zeit über ihren Rang aufklären.

Er bot ihnen auch keine Sitzgelegenheit an, sondern sagte geradeheraus: »Es gefällt mir nicht, dass Sie hier sind.« Und wartete auf eine Reaktion.

»Mir gefällt es ebenso wenig, hier zu sein«, erwiderte Isabelle. »Und Detective Sergeant Havers auch nicht. Wir beabsichtigen, in kürzester Zeit einen Bericht für unsere Vorgesetzten zu erstellen und dann sofort wieder abzureisen.«

Das schien den Chief Constable ein wenig zu besänftigen. Er zeigte auf den Tisch mit der Wasserkaraffe und den Gläsern und sagte: »Kaffee?« Isabelle lehnte dankend ab und warf Havers einen warnenden Blick zu, worauf die ebenfalls ablehnte. Isabelle sagte, ein Glas Wasser reiche aus, danke. Anstatt darauf zu warten, dass der Chief Constable ihnen einschenkte, nahm sie am Tisch Platz und füllte drei Gläser. Havers setzte sich neben sie. Sie trank einen Schluck. Dabei machte sie ein Gesicht, als hätte man ihr den Schierlingsbecher vorgesetzt, aber wenigstens hätte sie dann vor ihrem Tod ihren Durst gestillt.

Als Wyatt sich endlich zu ihnen setzte, verlor Isabelle keine Zeit. »Sergeant Havers und ich befinden uns in einer schwierigen Situation. Es ist nicht unsere Absicht, hier irgendjemandes Ruf zu schädigen.«

»Freut mich, das zu hören.« Wyatt trank sein Glas in einem Zug aus und füllte es erneut. Havers schien erleichtert, als sie sah, dass er nicht vom Stuhl sank.

»Die Budgetkürzungen machen uns allen das Leben schwer«, sagte Isabelle. »Ich weiß, dass es Sie hart getroffen …«

»Wir haben nur noch tausendachthundert Leute, die für Herefordshire, Shropshire und Worcestershire zuständig sind. Wir haben keinen einzigen regulären Polizisten mehr, der noch zu Fuß Streife geht, ganze Städte sind jetzt in der Hand von Hilfspolizisten und Bürgerkomitees. Und im Moment dauert es mindestens zwanzig Minuten, bis jemand von uns an einem Tatort eintrifft. Und das auch nur, wenn die Kollegen nicht gerade anderweitig im Einsatz sind.«

»In London ist es auch nicht viel anders«, bemerkte Isabelle.

Wyatt schnaubte verächtlich und warf einen Blick in Havers' Richtung, so als wäre sie der lebende Beweis für die Folgen der Budgetkürzungen. Havers erwiderte seinen Blick, sagte jedoch nichts. Sie wirkte nicht eingeschüchtert.

»Ich möchte ein paar Dinge klarstellen«, sagte Wyatt. »Am Abend des Vorfalls wurde, nachdem der Anruf eingegangen war, sofort ein Krankenwagen losgeschickt. Nachdem der Notarzt den Tod des Mannes festgestellt hatte, verständigte man die Zentrale, und der diensthabende Detective wurde sofort losgeschickt. Kein Streifenpolizist, wohlgemerkt – es wäre auch sowieso keiner frei gewesen. Es wurde eine Polizistin nach Ludlow entsandt, die Bereitschaft hatte. Sie hat unverzüglich mit den Ermittlungen begonnen und kurz darauf bei der internen Untersuchungskommission IPCC angerufen.«

»Kurz darauf?«

»Nach drei Stunden. Zuvor hat sie den Tatort inspiziert, den Notarzt und die Sanitäter sowie den anwesenden Polizisten auf der Station befragt und auf die Gerichtsmedizinerin gewartet. Es sind alle Vorschriften eingehalten worden.«

»Vielen Dank für die Informationen«, sagte Isabelle. Die Polizei von West Mercia hatte sich offenbar an eine verständlicherweise abgekürzte Version der Vorschriften gehalten. Nachdem die Nachricht des Notarztes eingegangen war, waren sie sofort zur Tat geschritten, anstatt, wie es die Vorschrift in diesem speziellen Fall vorsah, zuerst einen Streifenpolizisten, dann einen Duty Inspector und anschließend einen Detective zu schicken. Der Tod einer Person in Polizeigewahrsam erforderte ein spezielles Prozedere, was der Diensthabende in der Zentrale, der den Notruf entgegengenommen hatte, gewusst haben musste.

Isabelle sagte: »Gab es parallele Ermittlungen, während die Kommission den Fall untersucht hat?«

»Eine Untersuchung, um herauszufinden, wie der Schlamassel hat passieren können? Allerdings«, sagte Wyatt. »Und beide Ermittlungen wurden gründlich durchgeführt. Die Ergebnisse wurden der Familie des Toten mitgeteilt und der Bericht der IPCC sowohl der Öffentlichkeit als auch der Presse zugänglich gemacht. Warum die Metropolitan Police also beschlossen hat, jetzt noch einmal nachzuhaken, ist mir schleierhaft.«

»Wir sind hier auf Bitten eines Parlamentsabgeordneten. Er wird von der Familie des Toten unter Druck gesetzt.«

»Scheißpolitik.« Das Telefon auf Wyatts Schreibtisch klingelte, und er stand auf und nahm das Gespräch an. »Ich höre.« Er lauschte kurz, dann sagte er: »Schicken Sie sie rauf.«

Er ging um seinen Schreibtisch von der Größe eines Schlachtschiffs herum, nahm einen Stapel Schnellhefter aus dem Regal und legte die Unterlagen auf den Tisch.

Isabelle warf einen Blick auf die Schnellhefter, nahm jedoch keinen davon in die Hand. Dafür würde sie später noch genug Zeit haben. Zunächst einmal wollte sie die Version des Chief Constable hören. Sie sagte: »Wir wissen, dass sich der Todesfall in der Polizeistation von Ludlow ereignet hat und die Station am Abend des Vorfalls unbesetzt war. Wie sieht es denn normalerweise dort aus?«

»Wir mussten in allen drei Countys Stationen schließen«, sagte Wyatt. Er zeigte auf eine große Landkarte an der Wand zwischen den beiden Fenstern. Sie umfasste die Countys Herefordshire, Shropshire und Worcestershire. »Die Station in Ludlow ist unbesetzt, aber sie wird von Kollegen auf Streife genutzt, wenn sie am Computer zu tun haben oder ein Besprechungszimmer brauchen.«

»Gibt es dort eine Gewahrsamszelle?«

Wyatt schüttelte den Kopf. In dem Gebäude sei dafür kein Platz. Es gebe auch kein Verhörzimmer, obwohl es durchaus vorkomme, dass ein Streifenpolizist jemanden mit in die Station nehme, um ihn zu befragen.

»Man sagte uns, die Verhaftung wurde nicht von einem Streifenpolizisten, sondern von einem Hilfspolizisten vorgenommen.«

Patrick Wyatt bestätigte dies. Die Person, die sich in der Polizeistation von Ludlow das Leben genommen hatte, war von einem Hilfspolizisten dorthin gebracht worden. Dieser hatte von seinem Vorgesetzten die Information erhalten, dass die zuständigen Streifenpolizisten so bald wie möglich eintreffen würden. Sie waren in Shrewsbury gerade mit mehreren Einbrüchen beschäftigt. Acht Eigenheime waren betroffen sowie fünf Büros und Geschäfte in zwei Städten. Die Streifenpolizisten von Shrewsbury waren den wenigen Detectives, die man hatte zusammentrommeln können, zu Hilfe geeilt, um die Ermittlungen aufzunehmen. Sie hatten gesagt, sie kämen in etwa vier Stunden nach Ludlow.

»Warum die Eile mit der Verhaftung?«

Das konnte Wyatt ihr nicht sagen, denn der Befehl, den angeblichen Pädophilen festzunehmen, sei vom Vorgesetzten des Hilfspolizisten gekommen, der für alle Hilfspolizisten in der Gegend zuständig sei. Ein anonymer Anrufer habe Ian Druitt der Kindesmisshandlung beschuldigt. Der Anruf sei nicht per Telefon, sondern über die externe Gegensprechanlage an der Polizeistation in Ludlow eingegangen.

»Externe Gegensprechanlage?«, fragte Havers. Isabelle sah, dass sie ein nagelneues Notizheft und einen Druckbleistift aus ihrer Umhängetasche genommen hatte.

In allen geschlossenen oder unbesetzten Polizeistationen gebe es jetzt externe Gegensprechanlagen, über die Bürger sich mit der Zentrale in Verbindung setzen könnten, die sich um Notfälle wie auch um Verbrechen kümmere.

»Und wegen dieses Anrufs wurde sofort jemand losgeschickt?«, fragte Isabelle. »Das hätte doch bestimmt noch ein paar Stunden oder sogar einen Tag Zeit gehabt, bis ein Streifenpolizist frei gewesen wäre.«

Wyatt widersprach ihr nicht. Er sagte, dieser unglückliche Umstand sei wahrscheinlich dem Zusammentreffen zweier Dinge geschuldet: dass einerseits die zuständigen Streifenpolizisten ausgerechnet zu dem Zeitpunkt mit der Einbruchserie beschäftigt gewesen seien und es andererseits um Pädophilie gehe, eine Anschuldigung, die die Polizei in den letzten Jahren ernst zu nehmen gelernt habe.

Es klopfte an der Tür, und der Chief Constable machte einer Frau auf, die in Bezug auf Kleidung einen ähnlichen Geschmack zu haben schien wie Barbara Havers. Wyatt stellte sie vor: Detective Inspector Pajer. Die Frau wirkte mitgenommen. Sie trug das glatte schwarze Haar zu einem Bubikopf geschnitten, der ihr ovales Gesicht hübsch einrahmte, aber unter den Augen hatte sie dunkle Ränder. Ihre Lippen waren so trocken und aufgesprungen, dass es wehtat, wenn man zu genau hinsah. Ihre Hände waren gerötet wie von harter Arbeit. Hätte sie nicht eine Aktentasche bei sich gehabt, hätte Isabelle sie für eine Putzfrau gehalten.

»Nennen Sie mich Bernadette«, sagte DI Pajer und reichte zuerst Isabelle, dann Havers die Hand. Dann setzte sie sich an den Tisch und schenkte sich unaufgefordert ein Glas Wasser ein. Sie öffnete ihre Aktentasche, entnahm ihr ein paar Akten und platzierte sie vor sich auf den Tisch.

Sie legte die verschränkten Hände darauf und sagte: »Bevor wir uns in die Einzelheiten vertiefen, würde ich gern wissen, um was es hier geht.«

»Ihre Arbeit wird nicht infrage gestellt, Bernadette«, sagte Wyatt.

»Bei allem Respekt, Sir, aber wenn ich herbestellt werde, um mit Vertretern der Met zu sprechen, gehe ich vom Gegenteil aus«, erwiderte Pajer.

Isabelle schlussfolgerte, dass Pajer die Polizistin gewesen war, die man am Abend von Ian Druitts Tod nach Ludlow geschickt hatte. Es war ihre Ermittlung, die sie und Havers –

ebenso wie die der IPCC – unter die Lupe nehmen sollten. Noch einmal erklärte Isabelle Pajer die Situation und bekräftigte erneut ihre Absicht, so bald wie möglich wieder nach London zurückzukehren.

Pajer hörte zu, nickte und schob ihre Akten neben die von Wyatt. Dann begann sie zu berichten.

Bei ihrer Ankunft in Ludlow waren der Notarzt und der Sanitäter da gewesen, die versucht hatten, Ian Druitt wiederzubeleben, sowie der Hilfspolizist, der ihn festgenommen hatte, ein gewisser Gary Ruddock. Die Leiche war bewegt und das Band, mit dem Druitt sich erhängt hatte, war von seinem Hals entfernt worden.

»Was war das für ein Band?«, fragte Isabelle.

Pajer nahm die Tatortfotos heraus. Auf einem war ein langes, rotes Stoffband von vielleicht zehn Zentimetern Breite zu sehen. Es handle sich um eine Stola, sagte Pajer, Teil eines Priesterornats.

»Der Tote war Priester?«, fragte Isabelle.

»Ja. Hat man Ihnen das nicht gesagt?«

Isabelle schaute Havers an, die verwundert die Brauen hob. Wahrscheinlich fragte sie sich ebenso wie Isabelle, warum ihnen dieses Detail in London vorenthalten worden war. »Verstehe«, sagte Isabelle. »Fahren Sie fort.«

Laut Aussage des Hilfspolizisten hatte Druitt die Abendmesse beendet, als Ruddock kam, um ihn festzunehmen, und legte gerade in der Sakristei sein Gewand ab. Anscheinend hatte er, als Ruddock ihn abgeführt hatte, die Stola unbemerkt in eine Tasche seines Anoraks gestopft.

»Könnte es auch sein, dass Ruddock die Stola geklaut hat?«, fragte Havers. »Also, als er den Popen verhaftet hat, mein ich.«

DI Pajer hatte diese Möglichkeit ebenfalls in Betracht gezogen, hielt es jedoch für unwahrscheinlich. Denn ein Diebstahl der Stola setze ja irgendeine Art Plan voraus, und es sei purer

Zufall gewesen, dass ausgerechnet Ruddock Druitt verhaftet habe. Außerdem habe er wie alle anderen auch gewusst, dass ein Toter in Polizeigewahrsam nicht eine, sondern zwei Ermittlungen nach sich ziehe.

Anscheinend hatte Pajer alles genau nach Vorschrift erledigt. Sie hatte eine Gerichtsmedizinerin verständigt, den Notarzt, den Sanitäter und den Hilfspolizisten aus dem Raum geschickt und sie einzeln befragt, sie hatte vorsichtshalber die Spurensucher gerufen, die die Kleidungsstücke des Toten gesichert, Fingerabdrücke genommen und alles Notwendige getan hatten für den Fall, dass es sich nicht um einen Selbstmord, sondern um ein Gewaltverbrechen handelte. Sie selbst hatte sich nicht festgelegt. Sie hatte lediglich vor Ort alles getan, was von ihr in der Situation erwartet wurde. Es stehe alles in den Unterlagen, die sie mitgebracht habe, sagte sie. Jede Befragung, die sie durchgeführt habe, sei dokumentiert: von dem Diensthabenden, der den panischen Anruf des Hilfspolizisten entgegengenommen hatte, bis zu den Sanitätern, die versucht hatten, Druitt mithilfe von Elektroschocks wiederzubeleben.

»Und die IPCC?«, fragte Isabelle.

Pajer sagte, gleich nach der Untersuchung der Leiche durch die Gerichtsmedizinerin habe sie bei der internen Untersuchungskommission angerufen. Am nächsten Tag habe die Kommission jemanden geschickt, und sie selbst sei als Erste vernommen worden.

Damit war Pajers Bericht beendet. Sie schob die Fotos zurück in den Ordner und legte ihn auf den Stapel auf dem Tisch. Dann sah sie Wyatt fragend an und sagte, sie sei wie alle anderen auch total überbelastet.

Wyatt wandte sich an Isabelle: »Wenn Sie keine weiteren Fragen mehr haben …«, und Pajer machte Anstalten aufzustehen.

»Ich wüsste gern«, sagte Isabelle, »ob jemand überprüft

hat, ob dieser Ruddock – der Hilfspolizist – wirklich der Einzige war, der zur Verfügung stand, um Druitt festzunehmen.«

»Der Hilfspolizist ist ein guter Mann«, erwiderte Wyatt gereizt, »und er hat sich das, was passiert ist, sehr zu Herzen genommen. Nicht nur, weil jemand während seiner Dienstzeit zu Tode gekommen ist, sondern auch, weil er weiß, was das für seine Zukunft als Hilfspolizist bedeutet. Er hatte Anweisung, den Mann zur Polizeistation zu bringen und dort zu warten, bis die Streifenpolizisten kamen, die den Verdächtigen nach Shrewsbury überführen sollten. Und daran hat er sich gehalten.«

»Warum hat er den Mann eigentlich nicht gleich selbst nach Shrewsbury gebracht?«, fragte Havers, den Bleistift im Anschlag, um sich Wyatts Antwort zu notieren.

»Ruddock hat die Anweisungen seiner Vorgesetzten befolgt«, sagte Wyatt. »Und seine Vorgesetzte ist für alle Hilfspolizisten in West Mercia zuständig. Ich nehme an, sie hat DI Pajer ebenfalls befragt.« Er schaute Pajer an.

»Das Problem war«, sagte sie, »und das steht natürlich auch in meinem Bericht, dass Ruddock sich gleichzeitig um ein paar Jugendliche kümmern musste, die sich in der Stadt zum Komasaufen verabredet hatten.«

»Soll das heißen, er hat sich von der Polizeistation entfernt, nachdem er Druitt dorthin gebracht hatte?«, wollte Havers wissen.

»Natürlich hat er die Polizeistation nicht verlassen«, fauchte Wyatt.

»Aber wie konnte er dann …«

Der Chief Constable sprang auf und schaute auf seine Armbanduhr. »Ich habe Ihnen alle Zeit gewidmet, die ich zur Verfügung habe«, sagte er. »Alles, was Sie wissen müssen, steht in den Akten, und Sie haben wohl Anweisung, sie zu lesen, oder?«

Selbstverständlich, dachte Isabelle, sagte jedoch nichts, denn der Chief Constable kannte die Antwort sowieso.

LUDLOW
SHROPSHIRE

Ding tat genau das, was sie eigentlich auf keinen Fall hatte tun wollen, als sie mitbekam, wie Brutus und diese blöde Kuh Allison Franklin sich direkt gegenüber vom Horseshoe-Wehr aus ihren Kajaks lehnten und zu knutschen begannen. Sie lief weg. Normalerweise hätte sie davon gar nichts mitgekriegt und wäre auf direktem Weg nach Hause gegangen. Sie wohnte zwar in der Nähe des Flusses Teme, aber nicht in Sichtweite des Wehrs. Sie war schlecht gelaunt nach Ludlow zurückgekommen, und als sie den Volvo vor dem Haus gesehen hatte, war sie losgezogen.

Sie hatte den Nachmittag am Rande des Dorfs Much Wenlock verbracht und ihrer Mutter dabei zugesehen, wie sie für ein paar zahlende Gäste die Fremdenführerin gespielt hatte, die sich tatsächlich Cardew Hall, das Haus der Donaldsons, ansehen wollten, als handelte es sich um ein Museum. Ding fand das zum Kotzen. Weniger weil Wildfremde das Familiensilber beschnüffelten – vor allem, da es überhaupt kein Familiensilber gab –, sondern weil sie es nicht aushielt, wie verzweifelt ihre Mutter allen gefallen wollte. Für jedes einzelne Zimmer im Haus hatte sie sich lächerliche Geschichten ausgedacht, es gab das King-James-Zimmer, die Queen-Elizabeth-Kammer oder die Roundheads-Halle. Ding hielt sich zähneknirschend die Ohren zu, wenn ihre Mutter sagte: »Und im Jahr 1663…« Das war der Anfang der Geschichte von der Eroberung von Cardew Hall, man konnte nie wissen, was sonst noch darauf folgte, und Ding konnte es nicht länger ertragen. Meistens brauchte sie sich das Gelaber auch nicht anzuhören, weil sie in der Eingangshalle Eintrittskarten und die von ihrer Mutter selbst gemachten Marmeladen und Chutneys verkaufen musste. Die Marmeladen und Chutneys waren wenigstens echt, auch wenn Ding es ihrer Mutter zutraute, dass sie, wenn die Erdbeerernte mal nicht so gut ausfiel, ein paar Paletten Erdbeermarmelade bei Sainsburys kaufte und in ihre eigenen Gläser umfüllte.

Das Einzige, was der Wahrheit entsprach, war, dass ihr Haus Cardew Hall hieß. Es hatte immer schon so geheißen, aber Dings Mutter wusste nicht, welche Ahnen irgendwann mal darin gewohnt hatten. Sie hatte die Ruine von einem kinderlosen Großonkel geerbt und war so verrückt gewesen, es *nicht* auf der Stelle an einen Investor zu verkaufen, der es liebend gern zu einem Schlosshotel umgebaut hätte.

Deswegen und weil die Familie Geld brauchte, um Rohrleitungen reparieren und neue Elektrokabel verlegen zu lassen, um Küche und Bäder zu modernisieren und das alte Gemäuer von Schimmelpilz und allem möglichen Ungeziefer zu befreien, musste Ding an zwei Nachmittagen pro Woche während der Schulzeit und während der Ferien jeden verdammten Nachmittag hier erscheinen und als Tochter ihre Pflicht erfüllen und den Posten an der Eingangstür beziehen. Und sosehr sie jede Minute hasste, die sie hier ausharren musste, war es nun mal der Deal, den sie mit ihrer Mutter ausgehandelt hatte: Ding wurde die Freiheit zugestanden, in Ludlow in einer WG zu wohnen, unter der Bedingung, dass sie jeden Nachmittag, an dem Cardew Hall für Besucher geöffnet hatte, den Eintritt kassierte. Aber es raubte ihr jedes Mal den letzten Nerv.

Sie hatte gehofft, in Ludlow ein bisschen ausspannen zu können, aber als sie jetzt auf das Haus in der Temeside Street zuging, hatte sie sofort gewusst, dass sie dort keine Ruhe finden würde. Der Volvo vor dem Haus gehörte Finn Freemans

Mutter, die offenbar beschlossen hatte, nach dem Rechten zu sehen. Weil ein Besuch von Finns Mutter in einem Streit enden würde – es endete immer in einem Streit, wenn Finn mit seiner Mutter redete –, war sie zum Fluss gegangen in der Hoffnung, ein paar Minuten Frieden zu finden. Sie würde zu einer ihrer Lieblingsstellen gehen: hinten beim Horseshoe-Wehr. Dort konnte man von der Straße aus auf den Teich hinuntersehen. Jetzt, mit der Ankunft des Frühlings, waren die Enten da und hatten vielleicht schon Küken. Sie versetzten sie immer in gute Laune.

Und deshalb hatte sie gesehen, wie Brutus und Allison Franklin auf dem Fluss Teme herumknutschten, die Kajaks dicht nebeneinander. Ihr Nachmittag war schon schlimm genug gewesen. Aber das mit Brutus und Allison gab ihr den Rest.

Sie spürte, wie etwas in ihr zerbrach. Brutus war eigentlich der einzige Mensch, auf den sie sich noch verlassen konnte, jetzt, wo Missa nicht mehr in Ludlow wohnte. Okay, es war vollkommen verrückt gewesen, das zu glauben, schließlich hatte er ihr von Anfang an klipp und klar gesagt, dass sie nur Freunde mit gewissen Privilegien seien. Aber als sie sich darauf eingelassen hatte, hatte sie nicht damit gerechnet, dass sich diese Privilegien auch noch auf andere bezogen, erst recht nicht weniger als zweihundert Meter von zu Hause entfernt, wo er mit *ihr*, Ding, wohnte.

Während sie Brutus und die verhasste Allison beobachtete, ging in der Nähe die Alarmanlage eines Autos los, woraufhin mehrere Wildenten quakend aufflogen. Auf dem Fluss lösten sich Brutus und Allison voneinander, und wie der Zufall es wollte, entdeckte Brutus Ding am Ufer. Sie wollte gerade die Flucht ergreifen, als sie ihn freundlich rufen hörte: »Hey, Dingster! Wie ist es denn diesmal gelaufen?«

Sie drehte sich um und erblickte Brutus und auch Allison, die sie so selbstgefällig angrinste, dass sie am liebsten übers

Wasser gerannt wäre wie eine durchgeknallte Cartoonfigur und ihr die Augen ausgekratzt hätte. Stattdessen kreischte sie nur »Du … du …!« wie eine Katze, der man den Schwanz in einer Tür eingeklemmt hatte. Das war noch demütigender, als Brutus und Allison beim Knutschen zuzusehen – oder von ihnen dabei erwischt zu werden –, und sie wirbelte herum und rannte los und wäre beinahe unter einen Bus gekommen. Der von dem Schreck ausgelöste Adrenalinstoß brachte sie immerhin so weit zur Vernunft, dass sie es unfallfrei nach Hause schaffte.

Kaum hatte sie das Haus betreten, hörte sie Finn und seine Mutter, die einander anbrüllten. Anscheinend war es was Ernstes, denn normalerweise taten sie das am Telefon und nicht von Angesicht zu Angesicht. Ding hatte Finns Mutter überhaupt erst ein Mal gesehen, nämlich letzten Herbst, als sie zusammen mit Finns Vater ein Regal und eine Kommode gebracht hatte. Und auch das war nur ein sehr kurzer Besuch gewesen. Finn hätte sie nicht schneller nach draußen bugsieren können, wenn das Haus gebrannt hätte.

Im Wohnzimmer sagte Finns Mutter gerade: »Wenn mich etwas aufregt, dann ist es die Art und Weise, wie dieser Mann dich hinters Licht geführt hat.«

»Hat er nicht. Er war ein anständiger Typ. Und außerdem mein Freund. Du kannst es einfach nicht ausstehen, wenn ich Freunde hab, gib's doch endlich zu, verdammt noch mal.«

Einen Moment lang herrschte Stille. Ding hörte, wie jemand tief einatmete, wahrscheinlich, um sich zu beruhigen. Das wäre der richtige Augenblick gewesen, sich bemerkbar zu machen, doch sie ließ ihn verstreichen. Sie blieb, wo sie war, und lauschte. Das lenkte sie wenigstens von Brutus ab. Und von Cardew Hall.

Schließlich sagte Finns Mutter: »Glaubst du allen Ernstes …?« Dann, einen Augenblick später: »Versuchst du, Ian Druitt zu schützen? Ist es das?«

»Pff, wie soll ich den denn noch schützen? Der ist doch tot«, entgegnete Finn.

»Hör zu, Finnegan. Mir ist zu Ohren gekommen, dass der Fall jetzt von Scotland Yard untersucht wird. Wahrscheinlich wollen die mit dir reden.«

»Wieso?«

»Weil die hier sind und die Ermittlung zu Druitts Selbstmord überprüfen.«

»Ian hat sich niemals…«

»Meinetwegen. Nenn es, wie du willst. Auf jeden Fall stellen die Nachforschungen an, und es ist gut möglich, dass sie dabei auf deinen Namen stoßen. Wenn du dann etwas abstreitest…«

»Ich weiß überhaupt nichts«, fiel er ihr ins Wort. »Außer dass Ian mein Freund war, und ich kenne meine Freunde. Das werde ich auf keinen Fall abstreiten. Ich hätte es bestimmt gemerkt, wenn er sich an kleinen Kindern vergriffen hätte. Er war anständig, und anständige Männer machen so was…«

»Herrgott noch mal! Meinst du vielleicht, Kinderschänder schleichen sabbernd um Kindergärten herum und lassen den Schwanz aus der Hose hängen? Auch wenn du glaubst, jemanden zu kennen, bedeutet das noch lange nicht, dass du weißt, wie er wirklich ist. Versprich mir, dass du dich von allem fernhältst, was mit den Ermittlungen zum Tod dieses Jämmerlings zu tun hat.«

»Eben hast du noch gesagt, diese Typen von Scotland Yard wollten mit mir reden. Soll ich etwa die Stadt verlassen?«

»Ich hab gesagt, es kann sein, dass die mit dir reden wollen. Und falls es dazu kommt, musst du ihnen die Wahrheit sagen.«

»Ha, ich kenn ein paar Wahrheiten, die die bestimmt interessieren würden.«

»Was soll das denn heißen, Finnegan? Ich warne dich:

Treib es nicht zu weit, sonst sorge ich dafür, dass Schluss ist mit deinem lockeren Studentenleben!«

Das war der richtige Moment, fand Ding. Sie öffnete die Haustür und schlug sie geräuschvoll wieder zu, ging den Flur hinunter und wieder zurück zur offenen Wohnzimmertür. Finn lümmelte betont lässig auf dem Sofa herum, was seine Mutter, die direkt vor ihm stand, natürlich auf die Palme brachte. Als Ding »Oh, hallo« sagte, fuhr sie herum, und Finn rief: »Komm lieber nicht rein, sonst kriegst du auch noch dein Fett weg.«

»Dena.« Mrs Freeman bedachte sie mit einem Blick, der sagte, sie solle machen, dass sie nach oben und außer Hörweite kam.

Wäre Ding nicht schon wegen Cardew Hall und Brutus mit den Nerven am Ende gewesen, wäre sie ins Wohnzimmer gegangen und hätte sich in einen von den Sitzsäcken fallen lassen, bloß um die Frau zu ärgern. Aber da der Tag sowieso im Eimer war, wollte sie einfach nur allein sein. Außerdem musste sie noch eine Seminararbeit schreiben, und so winkte sie Finn nur kurz zu und ging die Treppe hinauf.

»Zurück zum Thema«, hörte sie Mrs Freeman noch sagen.

»Ja, unbedingt«, lautete Finns sarkastische Antwort.

In ihrem Zimmer, das nach hinten hinaus lag, hörte sie nichts mehr. Sie schloss die Tür. Sie schaltete den elektrischen Wasserkocher ein, den sie in ihrem Zimmer hatte, um sich morgens einen Tee machen zu können.

Gerade hatte sie sich an ihren Schreibtisch gesetzt, eine Tasse Tee neben ihrem Laptop, als die Tür aufging. Sie fuhr herum, und als sie Brutus erblickte, packte sie die Wut.

»Lass mich in Ruhe«, sagte sie. »Ich hab einen Scheißtag heute.«

»Keiner gekommen?«

Eine Unverschämtheit, sie nach ihrem Nachmittag in Cardew Hall zu fragen, obwohl er genau wusste, dass er ihnen mit seinem beschissenen Verhalten auf dem Fluss den gemeinsamen Abend versaut hatte. Sie sagte: »Das meinte ich nicht, Bruce.«

Er überhörte *Bruce*. »Es waren also viele Besucher da?« Dann besaß er auch noch die Dreistigkeit, die Tür zuzumachen und abzuschließen, als gäbe es bei ihr was zu holen.

»Wenn du's genau wissen willst: Es waren drei Deutsche da und 'ne Amitante mit Notizblock und Kassettenrekorder. Wenn du mich jetzt in Ruhe arbeiten lassen würdest…« Sie drehte sich wieder zu ihrem Schreibtisch um.

Er kam zu ihr und massierte ihr Nacken und Schultern. Er wusste, dass sie das mochte. Das hatte er schon oft genug gemacht, wenn er Sex wollte. Glaubte er im Ernst, sie würde sich darauf einlassen? Nicht mal eine halbe Stunde nachdem sie mit ansehen musste, wie er Allison Franklin die Zunge in den Rachen schob?

Sie schüttelte seine Hände ab. »Hau ab.« Dann: »Lass das!«, als er wieder anfing, sie zu massieren.

Er ließ die Hände sinken. Aber er ging nicht. »Du hast mich also mit Allison gesehen. Hast du alles mitgekriegt?«

»Was denn noch alles? Hast du ihr etwa nicht nur die Mandeln abgeleckt? Was heißt denn alles? Hast du ihr die Finger in die Möse gesteckt?«

Er schwieg, und sie war gezwungen, sich mit ihrem Stuhl umzudrehen. Sein dichtes blondes Haar stand in alle Richtungen ab, wahrscheinlich hatte Allison es ihm zerzaust, und einer seiner Hemdsärmel war ein Stück hochgeschoben, da hatte das Miststück vermutlich auch ihre Hand dringehabt, um seine Muskeln zu betatschen. Und Brutus hatte tolle Muskeln. Er trainierte mit Gewichten, seit er mit eins fünfundsechzig aufgehört hatte zu wachsen.

»Und?«, sagte sie. »Krieg ich eine Antwort oder nicht?«

»Ich dachte, wir hätten uns darauf geeinigt, dass es nichts zu bedeuten hat.«

»Was genau hat nichts zu bedeuten? Das zwischen dir und mir? Das zwischen dir und Allison? Oder das zwischen dir und allem, was eine Möse hat?«

»Du bist für mich nicht die Einzige, Ding, das hab ich von Anfang an klargestellt. Ich hab dir gesagt, wie ich es brauche. Wie ich gestrickt bin. So sind übrigens die meisten Typen gestrickt. Sie tun nur so, als wären sie treu, denn wenn sie es nicht tun, kriegen sie keine ab. Du solltest also …«

»Sag mir nicht, was ich sollte!«

»… dankbar sein, dass du zumindest weißt, woran du bist. In dem Punkt hab ich dir immer die Wahrheit gesagt.«

»Oh, entschuldige, dass ich so undankbar bin. Ich hätte dich für deine Offenheit loben sollen. Ich sollte dir dazu gratulieren, dass du dir die Freiheit nimmst, keine hundert Meter von unserer Haustür entfernt einer anderen an die Wäsche zu gehen!« Sie ärgerte sich über sich selbst, dass sie die letzten Worte geschrien hatte.

Er sagte: »Wenn du von vornherein gewusst hast, dass du mit dem, was wir zusammen haben, nicht klarkommst, hättest du es mir gleich sagen sollen. Aber das hast du nicht. Und warum nicht? Weil du dachtest, dass es bei dir anders sein würde.«

»Quatsch!«

»Und wieso flippst du dann so aus? Es gefällt dir doch immer. Du schickst mich nie weg, nicht mal, wenn du weißt, dass ich grade bei …«

Sie stieß ihn weg. »Raus hier!«, brüllte sie. »Mach, dass du hier rauskommst, sonst schreie ich. Und dann sag ich allen, dass du … Ich erzähle es allen … das schwör ich dir!« Sie warf ein Buch nach ihm.

Er wich dem Geschoss aus, ging jedoch nicht, vielleicht wegen dem, was sie gerade gesagt hatte. »Du erzählst es allen?« Plötzlich war er todernst. »Was willst du allen erzählen, Ding?«

»Ich bin aufgewacht«, sagte sie. »Alles klar? Ich bin aufgewacht, und du warst nicht hier.«

LUDLOW
SHROPSHIRE

Ihr Hotel lag in der mittelalterlichen Altstadt, direkt gegenüber der Burgruine, die sich über dem Teme erhob. Der Teme schlängelte sich südlich und westlich an der Ruine vorbei, ein friedlicher Fluss, an dessen Ufern sich Birken und Trauerweiden über das Wasser neigten. Er und der Corve, der nördlich am Schloss vorbeifloss, hatten es den ehemaligen Burgherren erspart, Wall und Graben anzulegen.

Griffith Hall hatte seit damals, als es der Wohnsitz der Familie Griffith gewesen war, Gefolgsleute von Generationen von Earls of March, offenbar wechselhafte Zeiten durchlebt. Über Jahre hinweg hatte es als exklusives Jungeninternat gedient und während des Krieges als Erholungsheim für Kriegsversehrte. Dann war es eine Zeit lang ein Stadtmuseum gewesen, bis es seine derzeitige Bestimmung gefunden hatte: die eines traurigen Hotels, das dringend renoviert werden musste. Selbst die üppig blühenden Pfingstrosen entlang einer Steinmauer, die den Parkplatz von einer Rasenfläche trennte, konnten nicht darüber hinwegtäuschen, dass das Haus schon bessere Zeiten gesehen hatte.

Isabelles Suite lag in der obersten Etage, und sie musste so viele Treppen, Brandschutztüren und Flure überwinden, dass sie das Gefühl hatte, sie bräuchte eine Spur aus Brotkrumen, wenn sie am nächsten Morgen den Weg zum Frühstücksraum finden wollte. Immerhin bestand die Suite aus zwei geräumigen Zimmern und einem Bad, auch wenn die Aussicht zu wünschen übrig ließ: Von einem Fenster blickte man auf

Hausdächer, vom zweiten auf eine Ecke der Burgruine und vom dritten – das mit schweren Vorhängen versehen war – auf das Nachbarhaus. Als Isabelle die schweren Vorhänge aufzog, um mehr Tageslicht hereinzulassen, erblickte sie im Fenster gegenüber einen älteren Herrn, der einen einteiligen Hausanzug trug. Die offene Knopfleiste entblößte einen eingefallenen, grau behaarten Brustkorb, den der Mann gedankenverloren kraulte. Als er Isabelle sah, winkte er ihr freundlich zu. Sie schloss die Vorhänge wieder und schwor sich, sie nie wieder zu öffnen.

Sie packte ihren Koffer aus. Während sie die Toilettenartikel in den weißen Rattankorb im Bad räumte, wurden Eis und Zitrone gebracht, die sie beim Zimmerservice bestellt hatte. Der Zimmerkellner war derselbe Typ, der sie an der Rezeption in Empfang genommen und ihre Koffer hochgetragen hatte, ein junger Bursche von ungefähr zwanzig Jahren mit künstlichen Wimpern und schwarzem Eyeliner und Tunneln in den Ohrläppchen, die so groß waren, dass ein Golfball hindurchgepasst hätte. Er brachte ihr ein Trinkglas mit zwei Eiswürfeln und einer Scheibe Zitrone obendrauf. Sie war davon ausgegangen, dass man ihr, wenn sie Eis und Zitrone bestellte, einen Sektkübel voll Eis und einen Teller mit einer ganzen, in Scheiben geschnittenen Zitrone bringen würde, aber da hatte sie sich offenbar getäuscht. Sie hielt es jedoch für klüger, sich nicht gleich bei der ersten Gelegenheit zu beklagen – womöglich servierte der arme Junge ja auch das Abendessen, und sie wollte nicht riskieren, dass er in ihre Suppe spuckte –, und bedankte sich, so freundlich sie konnte. Dann ging sie zum Nachttisch, wo sie ihren Wodka und die Flasche Tonic verstaut hatte. Da sie nur in ihrem Zimmer trinken konnte, gönnte sie sich einen kräftigen Cocktail: Ein Viertel Glas Tonic füllte sie mit Wodka auf. Genüsslich trank sie einen großen Schluck. Den hatte sie sich weiß Gott verdient.

Offenbar hatte Thomas Lynley Havers vor ihrer Abreise nach Shropshire ins Gewissen geredet. Havers hatte ein mustergültiges Verhalten an den Tag gelegt und mühelos jedes Hindernis genommen, das Isabelle ihr in den Weg gelegt hatte. Als sie kurz zum Tanken gehalten und später eine Pinkelpause eingelegt hatten, hatte Havers mit keiner Wimper gezuckt, als Isabelle ihr riet: »Kaufen Sie sich eine Tüte Chips, wir stoppen nicht noch mal.« Stattdessen hatte sie sich zwei Äpfel gekauft, von denen sie Isabelle auch noch einen abgab.

Auch während ihres Gesprächs mit dem Chief Constable leistete sie sich keinen Ausrutscher. Falls es sie gekränkt hatte, dass sie dem Mann nicht vorgestellt worden war – was der wohlerzogene DI Lynley niemals hätte durchgehen lassen –, so hatte sie es sich zumindest nicht anmerken lassen. Sie hatte sich still ihre Notizen gemacht, hier und da eine Frage gestellt und ansonsten auf Anweisungen gewartet.

Auch wegen ihrer Unterbringung in einer kargen Kammer, die man höchstens einer Novizin in einem Kloster zumuten würde und die Isabelle extra für sie gebucht hatte, hatte Havers nicht protestiert. Sie hatte immerhin ein eigenes Bad – Dusche, Waschbecken, Klo, nur das Allernötigste, hatte Isabelle am Telefon gesagt, und auf jeden Fall ein Einzelbett, und wenn es sich eher um eine Pritsche handelte, umso besser. Isabelle hatte vor einiger Zeit in Erfahrung gebracht, wo Barbara Havers in London wohnte, in einer Art Hütte, die aussah, als hätte sie früher als Gartenschuppen gedient. Falls sie es gewagt hätte, sich über ihre Unterbringung zu beschweren, hätte Isabelle schon eine passende Antwort parat gehabt. Aber nichts dergleichen. Sie hatte das Zimmer betreten, ihre Tasche auf dem Bett abgestellt und gefragt, ob der Fernseher funktionierte. Anscheinend war sie seit ihrer Kindheit ein Fan von *EastEnders*.

»Zum Fernsehen werden Sie sowieso keine Zeit haben«, erwiderte Isabelle. Dann legte sie den Stapel Akten auf Havers' Bett, den DI Pajer und der Chief Constable von West Mercia ihnen übergeben hatten. »Seien Sie so gut und sehen Sie die durch.«

Havers blinzelte. Doch sie hatte nicht vorgeschlagen, die Akten aufzuteilen, um die Arbeit zu beschleunigen.

Wie verabredet trafen sich die beiden Frauen vor dem Abendessen in der Hotelbar. Jemand – das konnte nur Lynley gewesen sein – hatte Havers geraten, sich fürs Abendessen umzuziehen, was sie jedoch offensichtlich falsch verstanden hatte, nämlich so, dass man sich lediglich etwas anderes anzog. Jetzt trug sie eine beigefarbene Hose, braune Schnürschuhe und eine fadenscheinige blaue Bluse. Der Wodka hatte Isabelle jedoch milder gestimmt, und sie verkniff sich eine Bemerkung. Sie setzte sich auf ein Ledersofa und bedeutete Havers, auf dem anderen Platz zu nehmen.

Havers wirkte verwirrt. Dann schaute sie zum Speisesaal. Vorsichtig sagte sie: »Verzeihen Sie, dass ich es erwähne, aber ich dachte ... da wir nicht zu Mittag gegessen haben ...?«

Offenbar war Havers noch nie in einem Hotel gewesen, weder in einem eleganten noch in einem einfachen. Sie hatte vielleicht schon einmal in einem Bed & Breakfast übernachtet oder in einer Pension, aber in einem Hotel mit Bar, Restaurant und Frühstückssaal? Die arme Frau wusste gar nicht, wie sie sich verhalten sollte.

»Später, Sergeant«, sagte Isabelle. »Nehmen Sie Platz. Man bringt uns die Speisekarte. Ich bestelle mir einen Aperitif. Das sollten Sie auch tun. Es ist schon spät, und wir haben offiziell Feierabend.«

Havers zögerte. Sie hatte mehrere Akten mit nach unten gebracht, die sie sich an die Brust drückte.

»Inspector Lynley hat Sie doch bestimmt nicht gezwungen, immer in einem ... ich weiß nicht ... Schnellimbiss essen zu gehen, oder? Das kann ich mir wirklich nicht vorstellen. Nun setzen Sie sich schon. Gleich kommt jemand, um uns zu bedienen. Hotelpersonal hat für so etwas einen sechsten Sinn.«

Die Akten immer noch an die Brust gedrückt, setzte Havers sich auf die Sofakante. Offensichtlich ging sie davon aus, dass das ein Arbeitsessen war, und sie machte ein Gesicht, als rechnete sie damit, dass Isabelle jeden Augenblick aufsprang und verkündete, das alles sei ein Scherz gewesen.

Wie Isabelle es vorhergesagt hatte, kam Sekunden später jemand mit den Speisekarten. Wie erwartet war es der junge Mann mit den falschen Wimpern. Sie fragte ihn nach seinem Namen.

»Peace«, sagte er. »Friede.«

»Wie bitte? Sie heißen Peace?«

»Eigentlich Peace on Earth«, antwortete er. »Meine Mutter stand auf klare Aussagen.«

»Was Sie nicht sagen. Haben Sie Geschwister, Peace on Earth?«

»End of Hunger«, sagte er. »Danach konnte sie keine Kinder mehr bekommen. War auch besser so, wenn Sie mich fragen.« Er reichte ihnen die Speisekarten und fragte: »Möchten Sie ein Getränk bestellen?«

Isabelle war mehr als bereit für ihren zweiten Martini. »Wodka Martini«, sagte sie. »Mit Oliven. Gerührt, nicht geschüttelt, bitte. Sergeant, was möchten Sie?«

Sie sah, dass Havers die Cocktailliste studierte. Sie hatte die Brauen zusammengezogen, und ihre Lippen bewegten sich, während sie die Namen und die Beschreibungen las. Schließlich sagte sie leichthin: »Ich nehme das Gleiche. Das Wodka-Dings.«

»Sind Sie sicher?«, fragte Isabelle. Sie bezweifelte, dass Havers schon einmal einen Martini getrunken hatte.

»So sicher, wie in den Alpen Schnee liegt.«

Isabelle nickte Peace on Earth zu. »Zwei Wodka-Martini, bitte.«

»Gern«, sagte er und ging zum Tresen, um die Cocktails zu mixen.

»Ich frag mich, ob der Typ das Skelett seiner Mutter auf dem Dachboden aufbewahrt«, murmelte Havers, während sie sich in der Bar umschaute. Sie waren die einzigen Gäste.

Isabelle runzelte die Stirn. »Seine Mutter?«

»Na, Sie wissen schon. Vorsicht vor dem Porträt mit den beweglichen Augen und vor Duschen mit Vorhang statt Glaskabine. Anthony Perkins? Janet Leigh? Bates Motel?« Als Isabelle nichts sagte, fuhr Havers fort: »Menschenskind, Chefin, haben Sie den Film *Psycho* nicht gesehen?« Sie gestikulierte mit der Hand, als würde sie mit dem Messer auf jemanden einstechen. »Das ganze Blut, das in den Abfluss läuft?«

»Nein, den habe ich anscheinend verpasst.«

Havers schien sich zu wundern. »Verpasst?« Sie schaute Isabelle an, als wollte sie sie fragen, ob sie ein paar Jahrzehnte lang im Koma gelegen habe.

»Ja, verpasst, Sergeant. Ist der Film Pflicht für jeden, der in Urlaub fährt und ein Hotel sucht?«

»Nein, aber … na ja, manche Dinge sind eben kulturelle … Meilensteine. Oder?«

»Da stimme ich Ihnen zu. Aber ich glaube kaum, dass gewaltsamer Tod durch einen Duschvorhang dazugehört.«

Peace on Earth stellte eine Schale mit Nüssen und eine mit Käsestangen vor sie auf den Tisch. Sehnsüchtig betrachtete Havers die Knabbereien, rührte sie jedoch nicht an. Isabelle nahm eine Käsestange und schob Havers die Schale hin. Diese nahm vorsichtig eine Käsestange und hielt sie wie eine Zigarre zwischen zwei Fingern, als wartete sie auf die Erlaubnis hineinzubeißen. Als Isabelle ihre Käsestange aß, tat Havers es ihr nach. So wie sie im Moment alles nachahmte, was sie tat, fragte sich Isabelle, ob sie das in ihrer Freizeit geübt hatte.

»Welche Erkenntnisse haben Sie bisher gewonnen?«, fragte

Isabelle und zeigte auf die Akten, die Havers mittlerweile neben sich aufs Sofa gelegt hatte.

Havers berichtete von dem anonymen Anruf, der über die externe Gegensprechanlage gekommen war. Der Mann hatte seinen Namen nicht genannt, und der Anruf war wie immer aufgezeichnet worden. In den Akten der Untersuchungskommission befand sich ein Transkript des Anrufs, das Havers' Aufmerksamkeit geweckt hatte. Nachdem der Unbekannte Ian Druitt der Kindesmisshandlung bezichtigt hatte, hatte er hinzugefügt: »Ich kann die Heuchelei nicht länger ertragen. Dieses Schwein vergreift sich an Kindern – Jungen und Mädchen. Und zwar schon seit Jahren, und keiner will es wahrhaben. Es ist genau wie bei der verdammten katholischen Kirche.«

Havers sagte: »Zuerst hab ich mich gefragt, warum der Anruf überhaupt ernst genommen wurde, Chefin. Es war wie ein anonymer Brief, wenn man's genau nimmt. Irgendeiner will diesem Druitt am Zeug flicken, also ruft er bei der Polizei an und schwärzt ihn an. Er legt keinen einzigen Beweis vor, aber die Cops düsen prompt los und nehmen ihn fest.«

»Pädophilie nimmt die Polizei nun mal ernst, Sergeant, und deshalb …«, sagte Isabelle, ohne den Satz zu beenden, da Havers natürlich Bescheid wusste. Wenn jemand anonym bei der Polizei anrief und behauptete, sein Nachbar habe eine Leiche im Garten verbuddelt, wurde auch sofort reagiert.

»Ja, ja, das ist richtig«, sagte Havers. »Was mich irritiert, ist die letzte Bemerkung. Das mit der katholischen Kirche.«

Isabelle wollte gerade in eine Käsestange beißen, hielt jedoch inne. »Katholische Kirche?«

»Kindesmisshandlung und die katholische Kirche. Klingelt da bei Ihnen nichts?«

»Sollte es? Ich meine, abgesehen davon, dass katholische Priester Kinder befummelt und ihre Vorgesetzten davon wussten und nichts unternommen haben?«

»Genau. Dieser Ian Druitt. Der war Diakon, der war gar kein Priester. Der hatte also hier in Ludlow einen Vorgesetzten, und der hat womöglich die ganze Zeit alles gewusst und nichts gesagt.«

»Sie meinen, dass das der Grund für den anonymen Anruf war? Dass die anglikanische Kirche sich genauso verhält wie die katholische Kirche? Gut, aber wohin führt uns das?«

»Zu der Tatsache, dass ein anglikanischer Diakon sich in der Polizeistation von Ludlow umgebracht hat, obwohl er gar nicht wusste, warum er festgenommen worden war. Denn laut Bericht der Untersuchungskommission hat der Hilfspolizist ihn eingesperrt, aber nichts weiter dazu gesagt, weil er nämlich nicht mal selbst gewusst hat, warum er den Typen verhaften sollte. Und dann bringt der Mann sich um? Das ergibt doch überhaupt keinen Sinn.«

»Es ergibt Sinn, wenn man in Betracht zieht, dass sich Ian Druitt als Diakon und Mitglied der anglikanischen Kirche ausrechnen konnte, warum er verhaftet wurde. Wie hieß der Hilfspolizist gleich noch?«

Havers blätterte in der Akte. Peace on Earth brachte die Martinis an den Tisch. Havers sagte: »Gary Ruddock. Und was ich meine …«

»Danke, Peace. Ich darf Sie doch übrigens Peace nennen, nicht wahr?«, fragte Isabelle mit einem bedeutsamen Unterton. Sie wollte nicht, dass irgendjemand – am allerwenigsten das Hotelfaktotum – mitbekam, was sie mit Havers besprach, und wollte natürlich von Peace in Frieden gelassen werden.

»Meinetwegen«, antwortete Peace on Earth, während er die Cocktails auf den Tisch stellte.

Hastig klappte Havers die Akte zu. Sie nahm ihr Glas, und ehe Isabelle ihr raten konnte, den Cocktail in kleinen Schlucken zu genießen, trank sie das halbe Glas leer, als enthielte es Mineralwasser. Zum Glück spuckte sie kein Feuer, als sie hinterher erschrocken »Stark« stöhnte.

Peace hatte sich in der Zwischenzeit in einen Kellner verwandelt. Er hatte einen Block in der einen und einen Kugelschreiber in der anderen Hand und fragte, was sie zu essen bestellen wollten. Isabelle wählte eine Suppe als Vorspeise, dann Lammkoteletts, medium. Havers, die noch gar keinen Blick in die Speisekarte geworfen hatte, murmelte, ein bisschen von dem Wodka benebelt, sie wolle das Gleiche, auch wenn ihr Gesichtsausdruck den Verdacht nahelegte, dass sie Lamm nicht anders als kross gebraten kannte.

Nachdem der junge Mann gegangen war – womöglich in die Küche, um die Speisen auch noch selbst zuzubereiten –, wies Isabelle Havers darauf hin, dass die Tatsache, dass Ian Druitt ein anglikanischer Diakon gewesen war, zweierlei erklärte. Erstens, warum der Anruf anonym erfolgt war. »Die meisten Väter würden nicht wollen, dass ihre Kinder von der Polizei befragt werden, ob sie missbraucht worden sind. Erst recht nicht, wenn es sich beim mutmaßlichen Übeltäter um einen Diakon handelt, denn am Ende könnte es darauf hinauslaufen, dass das Wort der Kinder gegen das Wort des Kirchenmannes steht.« Zweitens, warum der Diakon sofort nach dem Anruf verhaftet worden war. »Der Abgeordnete, der Hillier aufgesucht hat, dieser Quentin Walker, hat mir gesagt, dass Druitt hier in der Stadt einen Kinderhort betrieben hat. Wenn das stimmt, dann hatte er eine solche Vertrauensposition inne, dass er sofort aus dem Verkehr gezogen werden musste, falls er sich wirklich an Kindern in seiner Einrichtung vergangen hat.«

Aber Havers wirkte nicht überzeugt. Sie holte tief Luft und sagte: »Es könnte aber immer noch sein, dass jemand Druitt was anhängen wollte.«

LUDLOW
SHROPSHIRE

Es war schon halb zwölf, aber Barbara musste unbedingt noch mal an die frische Luft. Sie hatte es vermasselt. Auf den Martini vor dem Essen waren zwei Flaschen Rotwein gefolgt. Eine Tasse Kaffee – schwarz, stark, ohne Zucker – hatte sie nicht schlagartig nüchtern werden lassen. Falls Ardery sie abgefüllt hatte, um zu testen, wie viel sie vertragen konnte, war sie durchgefallen.

Ardery dagegen hatte nicht mal annähernd beschwipst gewirkt. Und anstatt Kaffee hatte sie nach dem Essen noch zwei Glas Portwein getrunken. Ihre Trinkfestigkeit war beeindruckend. Nur als sie während des Essens ein Telefongespräch angenommen hatte, war ganz leicht zu merken gewesen, dass sie einen in der Krone hatte. Als ihr Handy klingelte, hatte sie einen kurzen Blick darauf geworfen, zu Barbara gesagt: »Da muss ich rangehen«, und war aufgestanden. Auf dem Weg zur Tür war sie ein bisschen vom Kurs abgekommen, aber selbst das hätte man vielleicht einer Unebenheit im Teppichboden zuschreiben können.

Barbara hörte sie sagen: »Genau dafür habe ich Sie angeheuert: Damit Sie sich darum kümmern!« Danach war sie außer Hörweite gewesen. Nach ein paar Minuten war Ardery mit versteinerter Miene zurückgekommen, hatte jedoch kein Wort über den Inhalt des Gesprächs verloren. Sie schien eine Expertin darin zu sein, klare Trennungslinien zu ziehen.

Auf dem Weg nach oben hatte Ardery sie über den kommenden Tag informiert, der um halb acht mit einem Frühstück beginnen würde. Sie würden sich mit dem Hilfspolizisten unterhalten, der Druitt festgenommen und auf die Polizeistation in Ludlow gebracht hatte. Außerdem würden sie dem Vater des Toten einen Besuch abstatten und mit dem Gemeindepfarrer der St. Laurence Church reden, wo Ian

Druitt laut ihrer Unterlagen eine Position als Diakon innegehabt hatte.

»Gute Nacht, Sergeant«, hatte Ardery zum Abschied gesagt. »Schlafen Sie gut.«

Barbara sah sich auf wackeligen Beinen in ihrem kleinen Zimmer um. Es war ziemlich unwahrscheinlich, dass sie überhaupt schlafen würde. Erstens drehte sich das Zimmer dermaßen, dass sie fürchtete, sie würde es nicht mal bis zum Bett schaffen. Zweitens war das Bett so schmal und sah so hart aus, dass sie sich, selbst wenn sie es schaffte, sich darauf und nicht daneben fallen zu lassen, wahrscheinlich fühlen würde wie auf einer Gefängnispritsche.

Barbara war natürlich nicht von vorgestern, und sie wusste ganz genau, warum Ardery sie mitgenommen hatte. Als ihre Chefin verkündete, dass sie auf dem Weg nach Shropshire keine Mittagspause einlegen würden, war ihr sofort klar gewesen, dass Ardery den Ausflug ausnutzen würde, um sie bis aufs Blut zu provozieren. Vom ersten Tag an, als Ardery bei New Scotland Yard angefangen hatte, war ihre Abneigung gegen Barbara deutlich zu spüren gewesen, und auch wenn es Barbara nicht gelungen war, daran etwas zu ändern, war ihr kein Dienstvergehen vorzuwerfen gewesen, bis sie entgegen Arderys Anweisungen eine nicht genehmigte Dienstreise nach Italien unternommen hatte. Dass sie einem Journalisten, der für eins der schlimmsten Boulevardblätter des Landes arbeitete, Informationen hatte zukommen lassen, hatte die Sache nicht besser gemacht. Und nachdem sie es sogar ein zweites Mal getan hatte, war ihr Schicksal besiegelt. Und jetzt war es ein Kinderspiel, im Kaffeesatz zu lesen. DI Lynley mochte diese Ermittlung als Chance für sie verstehen, sich zu rehabilitieren, aber Barbara wusste, was los war: Ardery wartete nur auf eine Gelegenheit, um sie endgültig ans Ende der Welt nach Berwick-upon-Tweed versetzen zu können.

Und das Hotelzimmer war Teil ihres Plans. Barbara brauchte Arderys Zimmer nicht erst zu sehen, um zu wissen, dass es mit dieser Kammer, die sich früher das Dienstmädchen mit dem Küchenmädchen geteilt hatte, nicht zu vergleichen war. Aber Ardery würde kein Wort der Klage aus Barbaras Mund hören. Und wenn Barbara auf dem Fußboden schlafen musste, würde sie auch das klaglos tun.

Aber die Sauferei hatte die ganze Mühe, die sie sich bis dahin gegeben hatte, zunichtegemacht. Barbara war voll wie eine Haubitze, und das war kein gutes Vorzeichen für den kommenden Tag. Sie musste unbedingt nüchtern werden. Und außerdem brauchte sie dringend eine Zigarette. Im Hotel war Rauchen verboten – wie überall neuerdings, dachte sie zerknirscht –, also würde sie einen Spaziergang machen und hoffen, dass die Nachtluft ihr half, einen klaren Kopf zu bekommen. Nachdem sie sich in dem Bad von der Größe eines Beichtstuhls etwas kaltes Wasser ins Gesicht gespritzt hatte, schnappte sie sich ihre Umhängetasche, vergewisserte sich, dass ihre Kippen darin waren, und wankte die Treppe hinunter.

Es war niemand an der Rezeption, aber auf dem Tresen lagen ein Stapel Stadtpläne, Postkarten von der Burgruine und alle möglichen Broschüren mit Vorschlägen für Ausflüge in Shropshire. Sie nahm einen Stadtplan und faltete ihn auseinander. Sie sah nur verschwommen, konnte jedoch erkennen, dass der Rand des Plans aus Werbung für Läden, Cafés, Restaurants und Kunstgalerien bestand. In der Mitte jedoch befand sich ein ziemlich brauchbarer Plan des historischen Stadtkerns. Die Burgruine machte es ihr leicht, sich zu orientieren – das Hotel lag genau gegenüber –, und trotz ihres benebelten Zustands fand sie heraus, wie sie durch die engen Straßen vom Hotel zur Polizeistation und wieder zurück kam.

Den Stadtplan in der einen, die Kippen in der anderen Hand ging sie nach draußen. Offenbar hatte es geregnet, während sie und Ardery zu Abend gegessen hatten. Die kühle Nachtluft war wohltuend. Es roch nach Holzfeuer, ein Geruch, den man in London überhaupt nicht mehr kannte, seit dort Holzöfen verboten waren. Zwar verstießen manche gegen das Gesetz und heizten immer noch mit Öfen, aber das waren so wenige, dass der Geruch, der jetzt hier in Ludlow in der Luft hing, Barbara in die Vergangenheit zurückversetzte.

Das alte Gemäuer hatte den gleichen Effekt. Griffith Hall gehörte zu einer Reihe von Gebäuden, die mehrere Jahrhunderte auf dem Buckel hatten. Eine Gedenkplakette an einem Haus wies darauf hin, dass hier eine mittelalterliche Ansammlung von Häusern unter Beibehaltung der Fassaden in Reihenhäuser umgewandelt worden war, während sich an der Ecke, wo die Straße auf den Castle Square mündete, ein modernes Café und ein holzverkleidetes Haus im Tudorstil befanden.

Barbara kam sich vor wie eine Zeitreisende, auch wenn die Musik und die fröhlichen Stimmen sie in der Gegenwart festhielten. Aus einem Pub war das Palaver trinkfester Gäste zu vernehmen, deren Angewohnheit zu rauchen ihnen nicht beides ermöglichte – gleichzeitig zu rauchen und zu trinken. Sie stellte sich vor, dass die Trinker und Raucher vorwiegend Studenten waren, denn auf der anderen Straßenseite erblickte sie einen schmiedeeisernen Torbogen, der zwei Gebäude verband und wo in glitzernden Buchstaben aus Edelstahl *West Mercia College* stand.

Einen Pub aufzusuchen war das Letzte, was Barbara jetzt wollte. Sie zündete sich eine Zigarette an und ging los. Ihr war immer noch ganz schwummrig. Normalerweise trank sie vielleicht ein Pint Ale oder Lager pro Woche, und sie verfluchte sich dafür, dass sie nicht hatte nein sagen können, als ihr noch ein Getränk angeboten worden war. Wie wär's mit mit noch 'nem Martini? Da sollte sie sich doch fragen, wie weit Kooperation ging und wo Idiotie anfing.

In der High Street begegnete sie nur einem Menschen: einem Mann, der einen Schlafsack unterm Arm und in der Hand eine Plastiktüte trug. Er hatte einen Rucksack geschultert und war in Begleitung eines Schäferhunds. Er schien es sich für die Nacht im Eingang eines eleganten Hauses bequem machen zu wollen, das auf Barbaras Stadtplan als *Buttercross* bezeichnet war. Da der Mann sich auf der gegenüberliegenden Straßenseite befand, konnte sie ihn nicht deutlich erkennen, doch es kam ihr merkwürdig vor, dass jemand in Ludlow auf der Straße schlief.

Weit und breit war kein einziges Auto zu sehen. Das Nachtleben in Ludlow schien sich auf ein paar Pubs zu beschränken. In den Restaurants aßen die Leute anscheinend früh zu Abend und gingen auch früh nach Hause und zu Bett.

Barbara folgte der geplanten Route und gelangte in eine Fußgängerzone, wo sie auf einen nachts vergitterten Renaissance-Flohmarkt stieß, mit Waren, mit denen sie nichts anfangen konnte. Die Gasse war nur spärlich beleuchtet, und Barbara beschleunigte ihre Schritte, bis sie an eine Ecke kam, wo laut ihrem Stadtplan die Upper Galdeford Street in die Lower Galdeford Street überging.

Plötzlich befand sie sich in einer anderen Welt, denn am Ende der Gasse, die am Flohmarkt vorbeiführte, war die Altstadt zu Ende. Vor sich hatte sie eine breite Straße, die offenbar als Umfahrung der Altstadt diente. Entlang der Straße lagen Reihenhäuser, entweder düster grau verputzt oder aus Backstein mit einer Miniveranda. Hier war es ziemlich zugig, und es wurde noch zugiger, als sie ihr Ziel erreichte.

Die Polizeistation befand sich an der Ecke Lower Galdeford Street und Townsend Close, nicht weit von der Weeping Cross Lane entfernt, die, wie Barbara dem Stadtplan entnahm, zum Fluss Teme hinunterführte. Es schien an dem Fluss zu liegen, dass hier so ein kalter Wind wehte.

Überrascht sah sie, wie groß die Polizeistation war. Es handelte sich um ein zweigeschossiges Backsteinhaus mit dem traditionellen Leuchtschild mit den blau-weißen Buchstaben. Breite Steinstufen führten zu der massiven Eichentür, die mit einem kleinen Vordach gegen Regen geschützt war.

Barbara stieg die Stufen hoch. Inzwischen war sie wieder so nüchtern, dass sie die Sicherheitskamera bemerkte, die die Eingangsstufen, den Gehweg vor dem Eingang und einen Teil der Straße erfasste. Links von der Tür befanden sich ein Telefonhörer und darüber eine Tafel, die potentielle Anrufer darüber informierte, dass dieses Telefon sie mit der Einsatz- und Kommunikationszentrale verband, wo man folgende Informationen von ihnen verlangen würde: Standort der Polizeistation, Name, Telefonnummer und Adresse des Anrufers. *Mitteilungen in Bezug auf Vergehen nach dem 2003 Sexual Offences Act müssen bei einer der folgenden Polizeistationen gemacht werden*, stand am Ende der Informationstafel. Barbara las die Liste der Stationen. Ludlow war nicht darunter.

Merkwürdig. Die Anschuldigungen gegen Ian Druitt hatten genau mit dem Gesetz über sexuelle Vergehen zu tun. Sie überlegte, ob der anonyme Anrufer sich die Informationen auf der Tafel nicht durchgelesen hatte. Erneut ging ihr die Frage durch den Kopf, warum die Polizei überhaupt auf einen anonymen Hinweis hin tätig geworden war, obwohl der Anrufer weder seinen Namen noch seine Telefonnummer noch seine Adresse angegeben hatte. Da man allerdings den Standort der externen Gegensprechanlage kannte, gab es vermutlich eine Aufnahme des Anrufers, versehen mit Datum und Uhrzeit. Aber warum hatte der anonyme Anrufer diese durch Kameras gesicherte externe Gegensprechanlage der Polizeistation überhaupt benutzt, anstatt von einer Telefonzelle aus anzurufen?

Barbara stieg die Stufen wieder hinunter und betrachtete das Gebäude. Mehrere Fenster im ersten Stock standen einen

Spaltbreit offen, was bestätigte, was Chief Constable Wyatt ihnen gesagt hatte, nämlich dass Streifenpolizisten die Station immer noch hin und wieder nutzten. Im ganzen Gebäude war es dunkel, nur im Erdgeschoss brannte Licht im ehemaligen Empfangsbereich.

Hinter der Station befand sich ein Parkplatz mit markierten Parkbuchten für Dienstfahrzeuge. Ganz hinten im Schatten entdeckte Barbara einen Streifenwagen. Er stand in einer Ecke, und zwar mit der Schnauze nach vorne, so als wollte sein Besitzer notfalls schnell wegfahren. Barbara wollte gerade den Rückweg antreten, als ihr auffiel, dass der Wagen nicht leer war. Etwas hatte sich auf dem Fahrersitz bewegt, und von dort, wo sie stand, konnte sie einen Mann ausmachen, der die Lehne des Sitzes weit zurückgestellt hatte. In Anbetracht der Uhrzeit, des Orts und der polizeilichen Situation in Shropshire vermutete sie, dass es sich um einen Streifenpolizisten handelte, der für ein riesiges Gebiet zuständig war, zu dem auch Ludlow gehörte. Er machte wohl gerade ein Nickerchen, während ein Kollege wenigstens der Form halber auf Patrouille durch die Gegend kurvte. Nach einer vereinbarten Zeit würde der Kollege den Mann per Funk wecken und seinerseits ein Nickerchen machen. Anschließend würden sie wieder gemeinsam ihre Runden drehen. So etwas kam vor, auch wenn es unprofessionell war. Je mehr Kürzungen bei der Polizei hier auf dem Land vorgenommen wurden, desto stärker verringerte sich vermutlich die Bereitschaft, die Arbeit so gut wie möglich zu machen, dachte Barbara.

QUALITY SQUARE
LUDLOW
SHROPSHIRE

»Du stehst auf seinen Neffen?«, fragte Francie Adamucci ihre Freundin Chelsea Lloyd, wobei sie auf ihre typische Art ihr langes Haar über ihre rechte Schulter nach hinten warf, sodass es ihr auf aufreizende Weise links ins Gesicht fiel. »Echt? Auf seinen Neffen? Der ist doch viel zu jung.«

»Das heißt dann wohl, dass du auf den anderen stehst, was?« Chelsea hob lasziv ihr Lager – es war mindestens ihr viertes, aber sie zählte nicht mit – in Richtung Jack Korhonen. Er zapfte gerade ein Guinness für einen Typen, der aussah, als wäre er hundertdreiundachtzig. »Ich hab gehört, der ist verheiratet.«

»Ich hab gehört, dass das keine Rolle spielt.«

Ding hörte ihren beiden Freundinnen zu. Sobald Alkohol im Spiel war, hatten die beiden kein anderes Gesprächsthema als die Männer in ihrer unmittelbaren Umgebung. Diesmal waren nur drei in Sichtweite: der Alte, der das Guinness bestellt hatte, der Wirt des Hart & Hind und sein Neffe von Anfang zwanzig, dessen Namen Ding sich nie merken konnte. Weiter hinten hockten noch ein paar Kerle, aber die Ausbeute war mager. Vermutlich erregte Jack Korhonen Francies Interesse, weil kein anderer Kandidat infrage kam.

Sie war mit ihren Freundinnen ausgegangen, weil sie es zu Hause in der Temeside Street nicht ausgehalten hatte. Finn war von seiner Mutter genötigt worden, mit ihr essen zu gehen, und als er nach Hause kam, war er dermaßen schlecht gelaunt, dass sie ihn nicht ertragen konnte. Und Brutus … Sie hatte beschlossen, sich seine Definition von Freunden mit Privilegien zu beherzigen, und war mit Fran und Chelsea hergekommen.

»Hast du nicht! Nie im Leben!« Das kam von Chelsea,

und zwar hinter vorgehaltener Hand, die Augen wie eine Fünfzehnjährige ungläubig aufgerissen.

»Klar, hab ich«, entgegnete Francie. »Gott, Chels, was hat man davon, sich in einen Typen zu verknallen, wenn man nicht aktiv wird.«

»Aber er ist… Mann, Francie, der Typ ist, ich weiß nicht… vierzig oder so.«

»Es war nur ein Fick«, sagte Francie gleichgültig. »Ich hab ja nicht vor, ihn zu heiraten.«

»Und wenn seine Frau…«

»Die führt ihr eigenes Leben«, sagte Francie abfällig. »Die betreiben den Pub zusammen, die wohnen in einem Haus und haben getrennte Schlafzimmer. Sie macht ihr Ding, er macht seins.«

»Woher weißt du das?«

»Er hat's mir gesagt.«

Chelseas große blaue Augen wurden noch größer. »Bist du bescheuert? Das sagen alle verheirateten Typen, wenn sie einen rumkriegen wollen!« Ihre Augen wurden schmal. »Ich glaub dir nicht. Wo genau hat dieser himmlische Fick mit Jack Korhonen denn stattgefunden?«

»Stell dich nicht dümmer, als du bist. Es ist da passiert, wo es immer passiert, wenn hier gefickt wird. Weiß doch jeder Bescheid über die Zimmer oben.« Sie schaute Ding an. »Ding weiß es jedenfalls, stimmt's?«

Ding brauchte nicht zu antworten, weil gerade der lebende Beweis für die Existenz der Zimmer die Treppe herunterkam, ein strahlendes junges Mädchen in einem Trikotanzug und ihr strahlender männlicher Begleiter, an dessen Finger ein Schlüsselbund mit einem Schlüsselanhänger von der Größe eines Schuhs baumelte. Der junge Mann übergab Korhonens Neffen den Schlüssel zusammen mit zwei Zwanzig-Pfund-Scheinen. Der Neffe nickte grinsend und verstaute das Geld nicht in der Registrierkasse, sondern in einem kleinen Blecheimer dahinter. Schon im nächsten Moment bat das nächste Pärchen um den Schlüssel und verschwand in die obere Etage.

»O mein Gott«, stöhnte Chelsea. »Wird denn nicht mal das Bett frisch bezogen?«

»Als wir das Bett benutzt haben, war es ziemlich sauber«, meinte Francie.

»Ziemlich sauber ist kein bisschen sauber. Da kann man sich sonst was einfangen!« Als Francie nur mit den Schultern zuckte – sie hatte keine Zeit, sich über solche Banalitäten Gedanken zu machen –, schüttelte Chelsea ungläubig den Kopf. »Ich fass es nicht. Ich meine, Fran, was willst du mit so einem alten Sack?«

»Wie gesagt, ich war scharf auf ihn. Bin ich eigentlich immer noch. Und ich wollte mich amüsieren. Es geht nur um Sex, Chels. Wenn ich nicht morgen eine Prüfung hätte, für die ich noch büffeln muss, würd ich es heute gleich noch mal mit ihm machen.«

Mit diesen Worten trank sie ihr Glas aus. Chelsea, immer die treue Freundin, tat es ihr nach, während Francie Ding fragte, ob sie auch gehen wolle. Aber Ding wollte noch bleiben. »Wir sehen uns dann morgen früh«, sagte sie.

Die beiden Mädchen machten sich auf den Weg, und Ding bestellte sich bei dem Neffen noch ein Lager, während sie den Wirt beäugte und sich fragte, wieso Francie Adamucci – die jeden Typen haben konnte, der ihr über den Weg lief – sich ausgerechnet von Jack Korhonen vögeln ließ.

Im Prinzip sah er gar nicht schlecht aus, musste sie zugeben. Seine Haare waren zwar grau meliert, aber voll und kringelten sich hübsch im Nacken. Sein ebenfalls grau melierter Bart war sehr gepflegt und stand ihm gut. Er trug eine trendige Brille, deren runde Gläser ihm etwas Schalkhaftes verliehen. *Aber* anstatt eines Gürtels hatte er immer Hosenträger an, und zwar mit allen möglichen Motiven, und Ding fand – wenn sie überhaupt an Jack Korhonen dachte, was eigentlich fast nie vorkam –, dass die Hosenträger ihn alt machten. Auf jeden Fall zu alt, um mit ihm ins Bett zu gehen. Es sei denn, er war verdammt gut im Bett.

Ding dachte über Jack nach, und das führte unweigerlich dazu, dass sie über Brutus nachdachte. War *er* gut im Bett? Nein. Welcher Junge konnte das mit achtzehn schon sein, selbst wenn er Brutus hieß, der so verrückt nach Sex war, als fürchtete er, Frauen könnten jeden Moment von der Erde verschwinden. Aber Jack Korhonen … ein Mann mit jahrzehntelanger Erfahrung … Er musste sexuell wahrscheinlich ziemlich versiert sein, wie Francie vom Hörensagen oder aber aus eigener Erfahrung wusste. Sonst würde sie sich ja wohl für den Neffen interessieren – kannte eigentlich irgendwer seinen Namen? –, aber sie zeigte kein Interesse an ihm, nicht einmal, als Chelsea gesagt hatte, sie stehe auf ihn. All das waren eindeutige Indizien, dachte Ding. Wenn Francie Adamucci scharf auf Jack Korhonen war, dann musste sie einen sehr guten Grund dafür haben.

Sie bemerkte, dass er in ihre Richtung schaute. Natürlich tat er das, denn erstens war sie eine zahlende Kundin und zweitens das einzige weibliche Wesen am Tresen. Sie legte den Kopf schief und erwiderte seinen Blick. Sie hob ihr Glas und trank. Dann stellte sie das Glas wieder auf den Tresen und leckte sich den nicht vorhandenen Schaum von der Oberlippe.

Der Neffe ging in den Schankraum. Eine ganze Reihe Studenten, die ebenso wie Francie für irgendwelche Prüfungen pauken mussten, war eben gegangen. Der Neffe sammelte leere Gläser ein und wischte die Tische mit einem feuchten Lappen ab, und er bekam nicht mit, dass wieder ein Pärchen die Treppe herunterkam.

Jack Korhonen nahm Schlüssel und Geld entgegen, und die beiden verschwanden in die Nacht. Dann räumte er die

Gläser von Francie und Chelsea ab. »Haben deine Freundinnen dich allein gelassen?«, sagte er zu Ding. Anstatt sich auf ein Gespräch über ihre Freundinnen einzulassen, antwortete sie: »Ich dachte, das mit den Zimmern regelt Ihr Neffe.«

»Welche Zimmer?«, fragte Jack, während er die Gläser spülte.

»Sie wissen schon.«

»Nein, weiß ich nicht. Was für Zimmer?«

»Also echt, Jack.« Zu ihrer eigenen Überraschung nannte sie ihn beim Vornamen. Sie wusste, dass sie damit etwas signalisierte, obwohl sie sich eigentlich noch gar nicht sicher war, ob sie überhaupt irgendwas signalisieren wollte. »Der Typ, der Ihnen grade den Schlüssel gegeben hat. Und die Kohle.«

»Welcher Typ?«, fragte er. »Welcher Schlüssel? Du hast eine blühende Fantasie.«

Und dann kam, was sie nur als *den speziellen Blick* bezeichnen konnte: ein kurzes Schürzen der Lippen, ein kaum merkliches Beben der Nasenflügel, ein flüchtiges Senken des Blickes zu ihrer Brust, der dann zu ihrem Gesicht zurückkehrte.

Sie kapierte, dass er das Terrain erkundete. Sie beugte sich vor, um ihm einen tieferen Blick in ihren Ausschnitt zu gewähren. Sie fuhr mit dem Zeigefinger über den Rand ihres Bierglases und sagte: »Sie wollen mich auf den Arm nehmen, oder? Francie hat mir erzählt, dass Sie die Zimmer sogar selbst benutzen.«

»Ach, hat Francie das erzählt?« Er polierte die Gläser. Sein Neffe kam mit neuen Gläsern aus dem Hinterzimmer. Jack würdigte ihn keines Blickes. »Das ist aber ungehörig von Francie«, sagte er. »Ich dachte, sie würde unser kleines Geheimnis für sich behalten.«

»Sie haben bestimmt viele kleine Geheimnisse.« Ding fuhr noch einmal mit dem Finger über den Rand ihres Glases. Dann steckte sie sich ihn ganz langsam in den Mund.

Jack beobachtete sie. »Sei lieber vorsichtig, Mädel. Wenn du so weitermachst, könnten die Männer die falschen Schlüsse ziehen.«

»Wieso glauben Sie, dass es die falschen wären?«, fragte Ding.

Er schwieg eine Weile. Dann sagte er: »Wenn du darauf aus bist, kein Problem.« Und schon schob er den Schlüssel, den ein weiteres Pärchen eben abgegeben hatte, über den Tresen. »Oder willst du nur schäkern?«, fragte er. »Du siehst mir ganz so aus wie so eine. Ja, ich glaube, wenn's drauf ankommt, haust du ab.«

»So eine bin ich nicht«, sagte sie.

»Das hast du gesagt, nicht ich«, lautete seine Antwort. Er wandte sich ab und nahm den Plastikkorb mit den Gläsern. Der Neffe kam herüber. Er bemerkte den Zimmerschlüssel, schaute zuerst Ding, dann seinen Onkel an und ließ den Schlüssel liegen.

Ding trank zwei große Schlucke von ihrem Bier. Sie war angenehm beschwipst. Was konnte es schon schaden? Das taten doch alle. Und in ihrem speziellen Fall war es eine eindeutige, längst überfällige Ansage.

Sie hatte geglaubt, sie und Brutus wären ein Paar. Als er ihr anfangs gesagt hatte, sie seien nur Freunde mit Privilegien, hatte sie gedacht, daraus würde sich mit der Zeit mehr entwickeln. Doch jetzt war ihr klar geworden, dass das eine Illusion gewesen war. Sie nahm den Schlüssel.

Auf dem Schlüsselanhänger stand eine Zwei. Sie brauchte nur nach oben zu gehen und die Tür mit der Nummer zwei zu finden. Sie sah, dass Jack Korhonen sie beobachtete, sein Gesichtsausdruck sagte: Bist du so eine, oder willst du, was Francie Adamucci wollte?

Sie nahm ihr Glas und ging zur Treppe. Sie warf Jack einen Blick zu. Sie war sich ganz sicher, was er tun würde.

Die Deckenlampen im Flur im ersten Stock verbreiteten

ein schwaches Licht. Die mittlere von drei Türen stand offen; dahinter befand sich ein kleines Bad für Übernachtungsgäste. Ding nahm nicht an, dass häufig jemand hier übernachtete, konnte der Wirt doch viel mehr Geld verdienen, indem er die Zimmer stundenweise an Leute vermietete, die auf einen schnellen Fick aus waren.

Hinter der Tür mit der Nummer eins hörte sie Grunzen und Stöhnen und das rhythmische Quietschen von Matratzenfedern. Als sie an der Tür vorbeiging, rief eine Frau: »Ja, ja, o mein Gott!«, woraufhin das Quietschen sich beschleunigte und die Frau spitze Lustschreie ausstieß.

Ding trank noch einen Schluck Bier. Sie würde das Glas austrinken. Ausnahmsweise fühlte sie sich vollkommen frei.

Für alle Fälle ging sie kurz aufs Klo. Beim Pinkeln hörte sie das Stöhnen aus dem Zimmer nebenan noch deutlicher. Sie fragte sich, wie lange der Typ noch brauchte, um fertig zu werden, oder ob ihn irgendwann die Erschöpfung zum Aufgeben zwingen würde. Für die Frau schien das Gefecht von Erfolg gekrönt zu sein. Sie war jetzt still, während er sich weiter abrackerte.

Sollte sie die Spülung betätigen oder nicht? Besser nicht. Sie wollte die beiden in Zimmer eins nicht in Verlegenheit bringen – auch wenn Leute, die sich in einem Pub ein Zimmer nahmen, wahrscheinlich kaum schnell in Verlegenheit gerieten – und den Typen nicht von seinem Vorhaben ablenken. Auf Zehenspitzen verließ sie das Klo und schlüpfte so leise wie möglich in Zimmer Nummer zwei.

Ein intensiver Geruch schlug ihr entgegen. Es war eine Mischung aus ungewaschener Frau, verschwitztem Mann, Sex, ungewaschenen Laken und viel Raumspray, das die anderen Gerüche nicht überdecken konnte. Niemand war auf die Idee gekommen, das Fenster zu öffnen. Als Ding es versuchte, stellte sie fest, dass es sich nicht öffnen ließ, weil die Malerfarbe zu dick aufgetragen worden war; und die Scheiben starrten vor Dreck, dass sie kaum die Church Street hinter dem Pub erkennen konnte. Die Straßenlaternen beleuchteten zwei Kunstgalerien und einen Käseladen.

Sie wandte sich vom Fenster ab und schaute sich im Zimmer um. Sie hatte kein Licht eingeschaltet, aber sie konnte im Halbdunkel die karge Einrichtung ausmachen: eine Kommode, ein abgenutzter Sessel, ein breites Bett, ein Nachttisch mit Lampe. Über dem Bett hing ein Poster, doch sie konnte nicht erkennen, was darauf abgebildet war. Es hing allerdings sehr gerade, wahrscheinlich hatte man es festgenagelt. Das Poster war die einzige Dekoration im Zimmer, und auf dem Bett befand sich nur die blanke Matratze – die abgezogenen Laken lagen zusammengeknäuelt in einer Ecke.

Auf der Kommode stand ein großer Korb mit getrockneten Blütenblättern, die ihren Duft längst verloren hatten und nur noch nach Staub rochen, und daneben entdeckte Ding das Raumspray, das sie versprühte, bis die Dose leer war. Dann trank sie ihr Bier aus, setzte sich in den Sessel und wartete.

Er kam eher, als sie erwartet hatte, keine zehn Minuten nach ihr. Ohne anzuklopfen, trat er ein. Von dem Raumspray musste er husten. »Meine Fresse«, sagte er. »Stehst du auf Lavendel?«

Er sagte nichts zum Zustand des Zimmers, machte nur die Tür zu und unterließ es ebenso wie sie, das Licht einzuschalten. Er schob sich die Hosenträger von den Schultern, zog das Hemd aus der Hose und machte einen Schritt auf sie zu. »Soso. Du willst also nicht nur schäkern? Soll ich dich beim Wort nehmen?«

»Jedenfalls hast du mich nicht gegen meinen Willen hier raufgezerrt.«

Er lachte. »Du bist ganz schön frech. Studentin, oder was?«

»Was glaubst du denn?«

»Ich glaub überhaupt nichts, aber ich bin kein Kinderschänder. Wie alt bist du?«

»Achtzehn. Und du?«

»Du gefällst mir«, sagte er.

»Das hab ich dich nicht gefragt.«

»Stimmt. Aber das ist meine Antwort. Komm her«, sagte er, und ehe sie sich's versah, zog er sie auf die Füße und küsste sie. Auf jeden Fall konnte er gut küssen. So gut, dass sie tagelang mit ihm hätte knutschen können. Während er sie küsste, nahm er ihre Hände und schob sie sich unters Hemd. Er packte sie an den Hüften und presste sie an sich. Seine Hände wanderten immer höher; er öffnete ihren BH und kniff sie in die Nippel, dass sie vor Schmerz fast aufgeschrien hätte, ließ sie wieder los, als wüsste er genau, wann der Punkt erreicht war, und es war pure Lust, die genau da durch ihren Körper schoss, wo er es wollte.

Er nickte, als hätte sie irgendwie etwas bewiesen, das er hatte wissen wollen. Er ging zum Bett und zog sich das Hemd über den Kopf, so wie es Männer im Fernsehen tun, wenn sie nicht mehr warten können. Er warf das Hemd aufs Bett, schüttelte die Schuhe von den Füßen, und als er sich die Jeans herunterzog, sah sie, dass er nichts darunter trug.

Sie wusste, dass er jetzt irgendetwas von ihr erwartete: entweder dass sie ihm die Hose oder sich auszog. Doch sie war wie gebannt vom Anblick seines muskulösen Rückens, seiner knackigen Arschbacken, seiner kräftigen Arme und Beine, und als er sich zu ihr umdrehte, sah sie seine behaarte Brust, so grau meliert wie die Haare auf seinem Kopf, das dichte Haar in seinem Schritt, das wirkte wie ein Nest, aus dem sein eregierter Penis ragte, das Seil um seinen Hals, oder war es eine Krawatte oder der Gürtel eines Bademantels …

»Gefällt dir, was du siehst? Das gefällt den meisten Weibern.«

Gerade eben hatte sie nicht gewusst, was sie tun oder was sie sagen sollte. Und nun … sollte sie etwas über das Seil, die Krawatte, den Gürtel sagen …

»Worauf wartest du? Zieh dich aus, Kleine. Ich hab nicht vor, bis morgen früh hier zu stehen.« Und seine Hand wanderte zu seinem Penis, damit er nicht erschlaffte, weil sie nicht tat, was er von ihr erwartete, nämlich sich auszuziehen und sich auf ihn zu setzen und sich an ihm zu reiben, damit er spürte, wie erregt sie war von seinem Anblick und davon, wie er sich anfühlte, nur dass sie überhaupt nicht erregt war, nicht jetzt und überhaupt und schon gar nicht so.

Als sie an ihm vorbei zur Tür gehen wollte, packte er sie und sagte: »Hey, was soll das? Hast du es dir anders vorgestellt? Nicht genug Herzchen und Blümchen und Musik und Küsschen in den Nacken?« Er schob ihr eine Hand zwischen die Beine und zog sie an sich. »Glaub mir, es wird dir gefallen, wenn's ein bisschen rauer zugeht. Was glaubst du wohl, warum sie immer wiederkommen, all die kleinen Studentinnen?« Er drehte sie zum Bett um, hob ihren Rock hoch und wollte ihr die Strumpfhose herunterziehen. Sie schrie.

»Was soll das? Scheiße, halt's Maul!« Er ließ sie los.

Sie stürzte zur Tür, fürchtete, er würde sie aufhalten, aber das tat er nicht, natürlich nicht, denn er war ja kein Vergewaltiger, sondern ein Typ, der mit Frauen machte, was er wollte, wann immer er wollte, und wenn er sie nicht haben konnte, würde er sie nicht mit Gewalt nehmen.

Sie rannte die Treppe hinunter, stolperte durch den Pub, und im nächsten Moment war sie aus der Tür und lief in die Nacht hinaus.

6. Mai

LUDLOW
SHROPSHIRE

Am nächsten Morgen rief Barbara DI Lynley an. Trotz ihres Spaziergangs in der vergangenen Nacht war sie so verkatert, dass sie das Gefühl hatte, immer noch ziemlich neben der Spur zu sein. Sie hatte kaum geschlafen. Und nicht nur, weil ihr Zimmer geschlingert hatte wie eine Fähre bei Sturm auf dem Weg nach Frankreich, sondern auch, weil sie nach ihrer Rückkehr ins Hotel Peace on Earth aus welchen Gefilden auch immer geweckt und ihn gebeten hatte, ihr eine ganze Kanne Kaffee zu kochen. Da in ihrem Zimmer kein Platz zum Arbeiten war, setzte sie sich an einen Tisch im Aufenthaltsraum, wo sie am frühen Abend ihren ersten – und garantiert ihren letzten – Martini geschlürft hatte. Während sie eine Tasse Kaffee nach der anderen getrunken hatte, war sie sämtliche Akten durchgegangen und hatte sich ausführliche Notizen zu ihrem Spaziergang gemacht.

Sie wartete bis Viertel nach sechs, dann rief sie Lynley von ihrem Zimmer aus an. Die Burgruine, die man von ihrem Fenster aus sehen konnte, war ein genauso guter Vorwand wie jeder andere auch. Außerdem war Lynley ein Frühaufsteher.

Aber eine Frau ging an sein Handy und sagte: »Hallo, Barbara. Es ist gerade ganz ungünstig.« Barbara hatte sich also nicht verwählt. Die Frau war Daidre Trahair, die beim Londoner Zoo arbeitete und ebenso früh aufstehen musste wie Lynley.

Barbara überlegte, was sie sagen sollte. Lynley war mit der Großtierärztin liiert, aber in Bezug auf sein Liebesleben nach dem schrecklichen Tod seiner Frau ließ er sich nicht in die Karten sehen, und er hatte noch nie erwähnt, dass er manchmal die Nacht mit Daidre verbrachte. Schließlich sagte sie: »Sorry, ich wollte nicht stören. Können Sie ihn bitten, mich so bald wie möglich zurückzurufen, wenn es weniger ungünstig ist?« Erst nachdem sie die letzten Worte ausgesprochen hatte, wurde ihr bewusst, wie zweideutig sie klangen.

Aber Daidre lachte. »Er macht gerade Rührei. Ich bin völlig fasziniert von seiner Methode. Ich habe noch nie erlebt, dass jemand auf diese Art und Weise Rührei macht.«

»Passen Sie lieber auf«, sagte Barbara. »An Ihrer Stelle würde ich nichts davon essen. Soviel ich weiß, kann er noch nicht mal eine Scheibe Brot toasten.«

»Gut zu wissen. Ihr Anruf ist ein guter Vorwand. Ich reiche Sie weiter und kümmere mich selbst um das Rührei.«

Einen Augenblick später sagte Lynley: »Hallo, Barbara. Ist irgendetwas schiefgelaufen?«

»Bis zum Abendessen hab ich jeden Test bestanden«, antwortete sie, »glauben Sie's mir, Sir, und sie hat mich von der ersten Minute an pausenlos auf die Probe gestellt.«

»Erzählen Sie mal«, sagte Lynley.

Sie berichtete ihm alles von Anfang an: von der Fahrt nach Ludlow mit dem einen Stopp an der Tankstelle und von der kurzen Pinkelpause bis hin zu dem Martini und dem Rotwein zum Abendessen. Sie beschönigte nichts und wollte von ihm wissen, wie sie jetzt weiter vorgehen sollte, denn sie war in einer halben Stunde mit ihrer Chefin verabredet. Barbaras Instinkt sagte ihr, dass Lynley, wenn sie ihm ihre Sünden beichtete, ihr helfen könnte, keine weiteren zu begehen.

»Ein Martini und Rotwein?«, fragte Lynley, nachdem sie geendet hatte. »So kenne ich Sie ja gar nicht, Barbara. Konnten Sie sich denn nicht denken, dass …«

»Das ist es ja grade. Ich hab überhaupt nicht gedacht. Sie meinte, wir könnten uns einen Drink genehmigen, da wir ja schon Feierabend hatten, und dann stand dieser Typ auch schon da – er heißt Peace on Earth, ob Sie's glauben oder nicht –, und sie meinte, wir sollten bei ihm was bestellen. Sie hat mir die Getränkekarte gegeben, und da standen lauter so komische Namen drauf – keine Ahnung, was ein Sunset in New Mexiko ist –, und da dachte ich … keine Ahnung, was ich dachte, ich hab einfach gesagt, ich würde das Gleiche nehmen wie sie. Irgendwas mit Wodka in einem Glas so groß wie ein Eimer. Und dann Wein. Hinterher hab ich 'ne Tasse Kaffee getrunken, aber da war's schon passiert, da war ich schon blau wie ein Veilchen. Sie muss es gemerkt haben. Wie auch nicht? Zum Glück hab ich nicht auf die Treppe gekotzt, als wir nach oben gegangen sind. Aber bei ihr hat man überhaupt nichts gemerkt … Okay, sie ist ein bisschen gestolpert, als sie mal zum Telefonieren aus dem Speisesaal gegangen ist. Aber sie hat kein bisschen gelallt oder so.«

Lynley überlegte einen Moment. Dann sagte er: »Machen Sie sich keine Gedanken.«

»Aber soll ich mich entschuldigen? Soll ich ihr sagen, dass ich normalerweise höchstens mal ein Ale oder ein Lager trinke und das auch nur ein Mal die Woche?«

»Nein, tun Sie das nicht«, antwortete Lynley, ohne zu zögern. »Abgesehen davon, dass sie Sie auf die Probe stellt – und damit mussten Sie rechnen, Barbara –, wie ist sie denn sonst so?«

»Wie immer. Die Bienenkönigin, die Legende, die Göttin, was weiß ich. Aber gestern hat jemand sie angerufen. Ich hab nicht viel gehört, nur dass sie einen angeheuert hat, der sich um irgendwas kümmern soll. Und sie hat sich nicht grade gefreut über den Anruf.«

Wieder schwieg er eine Weile. Barbara fragte sich, ob er in Erwägung zog, ihr irgendwelche Informationen zu geben.

Sie wünschte, er würde es tun. Es könnte ihr das Zusammensein mit Ardery erleichtern. Doch sie wollte ihn nicht bedrängen. Er war in erster Linie ein Gentleman. Wenn Ardery ihm etwas anvertraut hatte, würde er weder aus Liebe noch für Geld und erst recht nicht aus Loyalität zu seiner Kollegin Havers ihr Vertrauen missbrauchen.

Er sagte: »Falls Sie glauben, dass das mit dem Alkohol gestern Abend ein Test war…«

»Falls?«, fragte sie.

»…seien Sie einfach in Zukunft ein bisschen vorsichtiger. Sie brauchen nicht ja zu sagen, wenn Ihnen ein Getränk angeboten wird. Sie können immer höflich ablehnen. Wie geht es Ihnen denn heute Morgen?«

»Um Ihnen das zu beschreiben, fehlen mir die Worte.«

»Ah. Versuchen Sie nach Möglichkeit, sie nicht merken zu lassen, wie schlimm es Sie erwischt hat, dann wird alles gut.«

»Ich hätte gern…« Barbara merkte, wie gern sie ihm gesagt hätte, warum sie ihn in Wirklichkeit angerufen hatte: Sie wünschte, er wäre auch in Ludlow, entweder in der Rolle als Arderys Sekundant oder in der Rolle als ihr – Barbaras – Chef. Ihr wurde jedoch sofort klar, dass sie sich Letzteres wünschte, deswegen beendete sie den Satz lieber nicht.

»Sie hätten was gern?«, fragte er.

»Ach, nichts. Ich hätte jetzt gern ein Frühstück.«

»Na ja. Das haben wir alle schon mal durchgemacht, Barbara. Kopf hoch.« Dann legte er auf. Barbara wusste nicht recht, ob sie sich besser fühlte als vor dem Anruf. Aber jetzt musste sie nach unten in den Frühstücksraum, daran führte kein Weg vorbei.

Ardery beendete gerade ein Gespräch auf ihrem Handy, und Peace on Earth erschien mit einer Cafetiere am Tisch. Sie bat ihn einzuschenken, und als sie Barbara bemerkte, fügte sie hinzu: »Ich fürchte, wir werden mehr als eine Kanne brauchen.«

Das erforderte natürlich einen Kommentar ihrerseits, und sie entschied sich für: »Von jetzt an trink ich nur noch Leitungswasser. Und vielleicht gönn ich mir ab und zu einen Eiswürfel und eine Scheibe Zitrone.«

Arderys Lippen verzogen sich zu einem so matten Lächeln, dass es auch ein unwillkürliches Zucken hätte sein können. »In diesem Hotel kann man sogar zwei Eiswürfel bekommen, wie ich festgestellt habe.« Sie hob ihre Kaffeetasse und trank einen Schluck. Ihre Hand zitterte.

Barbara sagte: »Ich hab letzte Nacht noch 'n Spaziergang gemacht.«

»Bewundernswert.« Ardery fügte nicht hinzu *in Anbetracht Ihres Zustands.* »Und wie gefällt Ihnen Ludlow?«

»Könnte bisschen besser beleuchtet sein. Ein paar von den Seitenstraßen laden direkt dazu ein, Leute zu überfallen. Aber ich hab die Polizeistation gefunden, deswegen bin ich überhaupt losgegangen.«

»Und?«

Peace on Earth brachte die zweite Cafetiere und zückte seinen Notizblock. Ardery bestellte – zu Barbaras Erstaunen – ein englisches Frühstück mit allem Drum und Dran. Barbara entschied sich für Porridge in der Hoffnung, das bisschen Haferschleim unfallfrei herunterzubekommen. Peace schaute sie an, als erwartete er, dass sie noch etwas bestellte. Wie sollte man den Tag in Angriff nehmen ohne ordentliches Frühstück? Sie sagte: »Das ist alles«, und verkniff es sich, ihm zu erklären, dass sie sich an einem normalen Morgen eine oder zwei Pop-Tarts und eine Tasse Tee einverleibte.

Nachdem Peace gegangen war, erzählte Barbara ihrer Chefin, was sie an der unbesetzten Polizeistation in Erfahrung gebracht hatte. Sie berichtete von der Überwachungskamera, von der externen Gegensprechanlage, dem Schild mit den Instruktionen für die Anzeige eines sexuellen Missbrauchs, von dem offenen Fenster im ersten Stock, woraus sich schließen lasse, dass die Station hin und wieder benutzt werde, ganz wie der Chief Constable es gesagt habe, und schließlich von dem Polizisten in dem Streifenwagen auf dem Parkplatz.

»Ich hab darüber nachgedacht«, sagte sie. »Also, über den Typen in dem Auto. Ich glaub, das war ein Streifenpolizist, der ein Nickerchen gemacht hat, während sein Kollege durch die Straßen gekurvt ist. Der andere gibt seinem Kumpel 'ne Stunde, vielleicht auch zwei, dann tauschen sie, und der andere ist dran mit Schlafen.«

»Und was hat das mit unserem Fall zu tun?«, fragte Ardery über ihre Tasse hinweg. Das war bereits ihre zweite.

»Vielleicht hat der Hilfspolizist, dieser Gary Ruddock, in der Nacht, in der Druitt gestorben ist, auch ein Nickerchen gemacht, draußen in seinem Auto…«

»Aber warum hätte er das tun sollen? Außer ihm und Ian Druitt befand sich doch niemand im Gebäude, oder?«

»…oder in einem der Büroräume in der Station. Das mit dem Nickerchen hat mich nachdenklich gemacht. Es ergibt einfach keinen Sinn, dass Druitt sich umgebracht hat, während der Hilfspolizist im Gebäude war und dort seine Pflicht ausgeübt hat. Irgendwas ist da merkwürdig. Womöglich hat der Hilfspolizist einfach geschlafen.«

Ardery nickte. »Damit wäre er auf jeden Fall in die Sache verwickelt. Also gut. Knöpfen Sie ihn sich noch heute Morgen vor. Vielleicht bekommen Sie noch etwas aus ihm heraus, was wir noch nicht wissen. Vergleichen Sie das, was er Ihnen sagt, mit dem, was er gegenüber DI Pajer und der Kommission ausgesagt hat. Er wird darüber informiert sein, dass wir hier sind, es gibt also kein Überraschungsmoment. Und lassen Sie sich von ihm zeigen, wo genau der Selbstmord stattgefunden hat.«

»Alles klar. Wird gemacht. Aber ich glaube, wir sollten auch…«

»Ja?« Sie klang zwar interessiert, fixierte aber Barbara mit zusammengekniffenen Augen, wie es ihre Art war.

»Der Hilfspolizist«, sagte Barbara schnell. »Wird gemacht.«

Ardery deutete ein Lächeln an. »Sehr schön. Ich habe mich mit Clive Druitt in Verbindung gesetzt. Eine seiner Brauereien befindet sich in Kidderminster. Ich treffe mich dort mit ihm und werde versuchen, dafür zu sorgen, dass es zu keinem Gerichtsverfahren kommt. Sieht so aus, als wollte er mir einen Vortrag darüber halten, warum der Junge – so nennt er ihn tatsächlich – sich niemals erhängt hätte, da ›Selbstmord eine Todsünde ist‹, wie er sich ausgedrückt hat. Aber das werden wir ja alles noch sehen.«

LUDLOW
SHROPSHIRE

Als Barbara mit dem Hilfspolizisten Gary Ruddock telefonierte, um sich mit ihm zu einer Befragung zu treffen, erfuhr sie, dass seine Verfügbarkeit zu einem großen Teil von einem Mann abhing, den er den alten Rob nannte, einem Rentner, in dessen Haus Ruddock ein Zimmer gemietet hatte. Der alte Rob, der Probleme mit der Blase und der Prostata hatte und zunehmend an Inkontinenz litt, hatte an diesem Vormittag einen Arzttermin, der sich nicht verschieben ließ. Ruddock erklärte ihr, dass er sich nach dem Arztbesuch jedoch mit DS Havers auf der Polizeistation treffen könne. So gegen halb zwölf?

Der Mann klang recht freundlich. Da ihre Mutter auch pflegebedürftig war – auch wenn sie schon lange nicht mehr mit ihr zusammenlebte –, hatte Barbara volles Verständnis für Ruddocks Situation. Mit der Pflege des alten Rob bestritt Gary Ruddock offenbar einen Teil seines Lebensunterhalts, und so war Barbara einverstanden.

Allerdings hatte sie somit am Vormittag nichts zu tun. Sie überlegte, ob sie DCS Ardery anrufen und fragen sollte, ob sie eine Aufgabe für sie habe, während Ardery bei Ian Druitts Vater Schönwetter machte. Aber sie verwarf den Gedanken sofort wieder. So einen Mangel an Eigeninitiative hätte Lynley niemals von ihr erwartet.

Sie hatte genug Zeit, zur St. Laurence Church zu gehen – wenn sie sich in dem Labyrinth von Ludlows Altstadt nicht verfranzte –, und dort befand sich sicherlich auch das Pfarrhaus. Lieber fragte sie den Pfarrer, was er über seinen Diakon wusste und wann er von dessen Tod erfahren hatte, als im Hotel herumzuhocken und zu warten, bis Gary Ruddock Zeit für sie hatte.

Ein herrlicher Tag kündigte sich an. Der Rasen vor der Burgruine glitzerte noch vom Regen der vergangenen Nacht, und in den Blumenbeeten wetteiferten stachlige blaue Blumen mit fröhlichen weißen und gelben Blüten.

Ein Blick auf ihren Stadtplan verriet ihr, dass sie, wenn sie den Castle Square diagonal überquerte, am schnellsten zu der Kirche gelangen würde, die sich zwischen den mittelalterlichen Häusern erhob. Auf dem Platz bauten Händler gerade ihre Stände für den Wochenmarkt auf, und es duftete bereits köstlich nach frischem Gebäck.

Am nördlichen Ende des Platzes bog Barbara in die Church Street ein, eine von zwei sehr schmalen Straßen, die nach Osten führten. Zu beiden Seiten reihten sich kleine Läden aneinander, in denen alles von Käse bis hin zu Schachspielen angeboten wurde. Am Ende lag die Kirche, und davor war ein kleiner Platz mit hufeisenförmig angeordneten ehemaligen Armenhäusern, die erstaunlich vornehm wirkten. Es gab zwei Eingänge, und zwar am südlichen und am westlichen Ende, wobei der am Südende der Haupteingang zu sein schien. Barbara betrat die Kirche in der Hoffnung, dort jemanden anzutreffen, der ihr sagen konnte, wo sich das Pfarrhaus befand.

Die Kirche überraschte sie, nicht nur, weil sie so versteckt in dem mittelalterlichen Stadtkern lag – hätte sie nicht einen mit Zinnen bewehrten Turm, konnte man sie glatt übersehen –, sondern auch wegen ihrer Größe. Sie war riesig, ein Zeichen für den Wohlstand des Orts während der lange zurückliegenden Ära des Wollhandels. Sie war aus rötlichem Sandstein erbaut, mit dekorativen Wandpfeilern, hohen Bogenfenstern und einem Turm mit vier Spitzen. Am nördlichen Ende lag ein von uralten Eiben verschatteter kleiner Friedhof, über dem Dohlen lärmend kreisten.

Die Kirche war offen. Barbara trat leise ein, doch anstatt dass sie kontemplative Stille empfing, wurde sie Zeugin einer heftigen Auseinandersetzung zwischen einer jungen und einer älteren Frau, die sich darüber stritten, wie viele Blumengestecke »unbedingt nötig sind, Vanessa«, um das Kirchenschiff für eine bevorstehende Hochzeit zu dekorieren. »Wir sind schließlich nicht arm, Mum«, betonte Vanessa gereizt. »Und ich habe auch nicht vor, es zu werden«, konterte die Mutter. »Du hast zwei Schwestern, die auch irgendwann heiraten wollen.« Sie gingen ans Ende des Altarraums, über dem ein Bogenfenster mit einer überwältigenden Glasmalerei thronte, das Thomas Cromwells Aufmerksamkeit offenbar entgangen war.

Barbara kümmerte sich nicht weiter um die beiden, denn sie hatte einen Mann zu einer Seitenkapelle gehen sehen, die ebenfalls ein riesiges Buntglasfenster besaß, unter dem ein kleiner Altar stand. Der Mann trug ein Priestergewand, sie würde also ihr Glück bei ihm versuchen. Sie zückte ihren Polizeiausweis, näherte sich ihm und sagte: »Verzeihung!«

Er fuhr herum. Er war etwa Mitte sechzig und hatte eine eindrucksvolle graue Mähne, die er sich nach hinten frisiert hatte. Sein Gesicht war fast faltenfrei, er hatte dichte Augenbrauen und auffallend große Ohren. Er legte den Kopf schief und sagte nichts, warf jedoch einen besorgten Blick in die

Richtung, aus der die Stimmen von Vanessa und ihrer Mutter zu hören waren. Wahrscheinlich fürchtete er, sie würde ihn bitten, den Streit zwischen den beiden Frauen zu schlichten, dachte Barbara.

Sie stellte sich vor und nannte ihr Anliegen. Sie nahm sich die Zeit, ihm zu erklären, wie es zu ihrer Ermittlung gekommen war, und endete mit der Bitte, ihn zu Ian Druitt befragen zu dürfen, falls er der Pfarrer sei. Der war er in der Tat. Sein Name lautete Christopher Spencer, und er wollte ihr gern helfen. Angesichts des eskalierenden Streits über den Hochzeitsblumenschmuck schien er regelrecht erleichtert zu sein, dass sie die Kirche verließen. Vanessa keifte wie ein kleines Mädchen, das genau wusste, dass es am Ende bekommen würde, was es wollte, wenn es nur laut genug seine Forderungen stellte.

Das Pfarrhaus befinde sich gleich hinter dem Friedhof, sagte Reverend Spencer. Ob es ihr recht sei, wenn sie sich dort unterhielten? Er müsse eine Liste von häuslichen Pflichten abarbeiten, die seine Frau ihm aufgegeben hatte, und wegen einer Besprechung »mit den Damen«, wie er sich ausdrückte, sei er fürchterlich in Verzug geraten. Barbara erwiderte, sie habe nichts dagegen.

Im Pfarrhaus wurde ihr Kaffee angeboten, den sie dankend ablehnte. Den Tee lehnte sie ebenfalls dankend ab. Spencer hoffte, dass sie nichts dagegen habe, wenn er während ihrer Unterhaltung den Vogelkäfig säubere, denn das stehe ganz oben auf der Liste, und seine Frau weigere sich, es selbst zu machen, weil sie sich vor Wellensittichen zu Tode fürchte, die Gute.

Barbara sagte, sie habe kein Problem mit Vögeln und auch nicht mit der Säuberung von Käfigen, solange sie sich nicht daran beteiligen müsse. Entgeistert sah er sie an. »Liebe Güte, nein!«, rief er aus. »Bitte, folgen Sie mir.«

Er führte sie durch die Küche in ein Hinterzimmer, das

vermutlich einmal die Vorratskammer des alten Hauses gewesen war. Dort stand auf einem der Regale ein riesengroßer Vogelkäfig mit zwei leuchtend gelbgrünen Wellensittichen. Sie blickten sie neugierig an.

»Normalerweise steht der Käfig nicht hier«, sagte der Pfarrer. »Hier hätten sie viel zu wenig Anregung. Nur zum Säubern tragen wir den Käfig hierher, sonst steht er im Wohnzimmer am Fenster.«

»Alles klar«, sagte Barbara.

»Sie heißen übrigens Ferdinand und Miranda«, fuhr er fort. »Shakespearsches Liebespaar, Sie verstehen.«

»Ach so.« Barbara hatte keine Ahnung, was er damit meinte. Lynley, dachte sie, hätte sich wahrscheinlich sofort in eine Diskussion mit dem Pfarrer gestürzt.

»Die Namen hatten sie schon, als sie zu uns gekommen sind«, sagte er. »Keine glückliche Wahl, wenn Sie mich fragen, aber immerhin hießen sie nicht Romeo und Julia. Ich muss allerdings gestehen, dass ich nicht einmal weiß, wer von den beiden Männlein und Weiblein ist. Ich habe noch nie erlebt, dass sie zur Sache gegangen wären, das hätte natürlich geholfen. Aber sie scheinen ihre Namen sowieso nicht zu kennen. Möchten Sie einen Stuhl? Ich kann einen aus der Küche holen. Oder einen Hocker. Hätten Sie lieber einen Hocker?«

Barbara sagte, sie stehe lieber, denn so könne sie ihm besser beim Käfigsäubern zusehen, vielleicht schaffe sie sich selbst ja auch mal einen Vogel an. Also machte er sich an die Arbeit. Als Erstes öffnete er die Käfigtür und wartete, bis beide Vögel sich auf seine Hand gesetzt hatten. Er zog die Hand wieder heraus, und die Wellensittiche hüpften brav auf das Käfigdach. Dann sagte der eine: »Gibt's Kaffee?« Und der andere: »Milch und Zucker?«

Der Pfarrer erzählte Barbara, dies seien die einzigen Sätze, die die Vögel je zu sagen gelernt hätten, obwohl es ihnen niemand beigebracht habe. Sie hätten einfach irgendwann die Wörter nachgesprochen. Wie aufs Stichwort flogen beide Wellensittiche plötzlich krächzend umher. Barbara duckte sich, als sie direkt an ihrem Kopf vorbei zur Küche segelten.

»Beachten Sie sie einfach nicht«, bemerkte Spencer beiläufig, als er den Käfigboden wie eine Schublade herauszog. Barbara staunte über die Menge an Wellensittich-Guano. »Die kommen wieder zurück, sobald sie hungrig sind.« Er knüllte das Zeitungspapier zusammen, mit dem der Käfigboden ausgelegt gewesen war, und warf es in den Müll. Dann nahm er frisches Zeitungspapier aus einem Korb auf dem Boden. »Also«, sagte er. »Was kann ich für Sie tun? Was möchten Sie über Ian Druitt wissen?«

»Alles, was Sie mir über ihn erzählen können«, antwortete Barbara.

Nachdenklich faltete er das Zeitungspapier so, dass es in den Käfigboden passte. Während er alle Schaukeln und Stangen im Käfig von Vogelmist befreite, begann er zu berichten.

Druitt hatte nach einem Abschluss in Soziologie Theologie studiert, um anglikanischer Priester zu werden, weil er glaubte, das Gelernte als Diener der Kirche am besten anwenden zu können. Zwar hatte er das komplette Studium absolviert, es aber am Ende nicht zum Priester gebracht. Das Abschlussexamen, um Priester zu werden und eine eigene Pfarrei leiten zu können, habe er nicht geschafft, sagte Spencer.

»Er hat es mehrmals versucht«, fügte er mit einem bedauernden Kopfschütteln hinzu. »Der Ärmste. Es waren die Nerven. Es ging einfach nicht. Und so ist er Diakon geblieben. Übrigens hat er seine Sache hervorragend gemacht.« Spencer kramte in einer Plastiktonne in der Zimmerecke. Nach einer Weile förderte er eine Drahtbürste zutage, mit der er über einer ausgebreiteten Zeitung eine Vogelschaukel reinigte. Barbara wusste nichts über Vögel, außer dass sie Flügel und Schnäbel hatten, aber diese beiden hatten offenbar eine gute Verdauung. »Für uns war es ein Segen, dass er es nicht zum Priester gebracht hatte. Er war von Anfang an in Ludlow und ist hier geblieben. Natürlich…« Spencer hielt inne, eine Vogelschaukel in der einen, die Drahtbürste in der anderen Hand. In der Küche fragte einer der Vögel wieder nach dem Kaffee. Der andere antwortete nicht. »Eigentlich, wenn ich ehrlich sein soll, muss ich sagen, dass er es mit der Wohltätigkeit ein bisschen übertrieben hat.«

»Inwiefern?«

Er legte die Schaukel weg und nahm sich die nächste vor. »Er organisierte sein Leben nach den Seligpreisungen. Ich glaube, man kann zu Recht behaupten, dass gute Taten sein Leben bestimmten, aber manchmal hat er es übertrieben. Vor einigen Jahren hat er unseren Kinderhort gegründet, er hat für Gemeindemitglieder, die ans Haus gebunden waren, und für die Alten gekocht, hat sich um die Opfer von Gewalttaten gekümmert – da konnte er sein Soziologiestudium wirklich gut anwenden –, er hat für Blinde Hörbücher aufgenommen, er ist hin und wieder eingesprungen, wenn in der Grundschule ein Lehrer fehlte, er hat geholfen, öffentliche Gehwege in Schuss zu halten. Und gerade war er dabei, ein Street-Pastors-Programm ins Leben zu rufen, das wir wirklich dringend in der Stadt brauchen, weil das mit dem Alkohol bei unseren Jugendlichen immer schlimmer wird.«

»Und wie ist er an die Kinder für den Hort gekommen?«, fragte Barbara, nachdem der Pfarrer schließlich alles aufgezählt hatte, was Ian Druitt bewundernswerterweise für die Gemeinde geleistet hatte.

»Hm.« Spencer überlegte und schien sich zu wundern, dass ihm keine spontane Antwort auf die Frage einfiel. Er kramte wieder in der Plastiktonne herum, und diesmal nahm er eine Sprühflasche heraus, mit der er dem Käfig zuleibe rückte. »Wissen Sie, der Hort existiert jetzt schon so lange, dass ich gar nicht weiß, wie ich Ihre Frage beantworten soll, Sergeant. Ich glaube, sowohl der Stadtrat als auch die Schulen haben irgendwann darauf gedrungen, dass so ein Hort eingerichtet wurde. Die Kinder wurden vermutlich dahin geschickt. Wie bereits erwähnt, ich bin mir nicht sicher. Aber ich kann Ihnen sagen, dass das, wie so oft, ganz klein angefangen hat und immer mehr gewachsen ist. Am Ende hat Ian sich sogar jedes Jahr einen College-Studenten als Helfer geholt.«

»Studenten vom College.« Barbara notierte sich die Information und unterstrich sie. »Können Sie mir Namen geben?«

»Leider nicht.« Er polierte die Gitterstäbe des Käfigs mit einem Lappen. »Aber Ian hat über alles sorgfältig Buch geführt. Es muss also irgendwo eine Liste geben. Die findet sich bestimmt bei seinen Sachen.«

»Meine Chefin trifft sich heute mit seinem Vater. Der hat vielleicht ein paar von Ians Sachen. Aber gibt es hier noch irgendwas, das ihm gehört hat? Falls ja, würde ich mir das ganz gerne ansehen.«

Überrascht legte Spencer den Lappen hin. »Ian Druitt hat nicht im Pfarrhaus gewohnt, Sergeant. Ich hab's ihm angeboten. Zimmer gibt's hier weiß Gott genug. Aber er hat eine eigene Wohnung vorgezogen. Ich kann Ihnen die Adresse geben, wenn Sie wollen.«

Ohne ihre Antwort abzuwarten, ging der Pfarrer hinaus. Barbara kribbelte es vor Aufregung in den Fingern. Warum hatte Druitt eine eigene Wohnung gebraucht, wenn er hier im Pfarrhaus für eine geringfügige Miete, wenn nicht sogar kostenlos hätte wohnen können? Vielleicht steckte ein ausgeprägtes Bedürfnis nach Privatsphäre dahinter, oder er hatte etwas zu verheimlichen.

Spencer kam mit einem Briefumschlag in der Hand zurück, auf dem er Ian Druitts Adresse notiert hatte. Er las sie ihr vor, und natürlich sagte sie ihr nichts, aber die Tatsache, dass er eine eigene Wohnung gehabt hatte, führte zu ihrer nächsten, naheliegenden Frage. »Wahrscheinlich wissen Sie, warum Mr Druitt verhaftet wurde?«

Spencer nickte, aber Barbara fiel auf, dass seine Wangen plötzlich unnatürlich gerötet waren. Anscheinend wollte er seine Verlegenheit vor ihr verbergen, denn er drehte sich um und nahm eine große Schachtel Vogelfutter vom Regal. Er füllte einen Futterspender an der Seite des Käfigs. »Ich glaube nicht, dass er pädophil war, Sergeant«, sagte er. »Seit über fünfzehn Jahren gehörte er zu unserer Gemeinde, und mir ist nie auch nur eine Beschwerde zu Ohren gekommen.«

Barbara erwiderte nichts. Das hatte sie vor vielen Jahren von DI Lynley gelernt: Manchmal war Schweigen besser als eine Frage. Der Pfarrer rückte den Futterspender zurecht und verschwand in die Küche, um Wasser zu holen. Ganz in der Nähe wurde ein sehr lauter Motor angelassen. Anscheinend mähte jemand das Gras auf dem Friedhof.

Spencer kam mit dem Wasser zurück. »Aber«, sagte er, während er den Wasserbehälter am Käfig befestigte, »wer hätte ahnen können, welches Ausmaß der Kindesmissbrauch in der katholischen Kirche annehmen würde? Und auch in unserer anglikanischen Kirche, wie sich herausgestellt hat. Seit Generationen ging das schon so, gedeckt von Bischöfen und Erzbischöfen ... Das ist schändlich und unverzeihlich.« Er schaute Barbara an, und aus seinem Gesichtsausdruck sprach die Sorge, dass auch er vielleicht in Situationen, in denen er am meisten gebraucht worden war, versagt hatte. Er sagte: »Ich versichere Ihnen ...« Er schüttelte den Kopf, als wollte er nicht einen Gedanken, sondern ein Gefühl verscheuchen.

»Was?«, fragte sie.

»Wenn ich etwas gewusst hätte, wenn ich eine Ahnung oder auch nur den entferntesten Verdacht gehabt hätte, dass Ian so etwas getan hat, dann hätte ich sofort etwas unternommen.«

Barbara nickte, aber eins stand fest: Es war einfach, im Nachhinein eine solche Erklärung abzugeben.

BEWDLEY
WORCESTERSHIRE

Isabelle parkte gegenüber der Brauerei, die sich, wie sich herausgestellt hatte, nicht in Kidderminster befand, sondern an der Kidderminster Road, westlich der Kleinstadt Bewdley. Die Brauerei war leicht zu finden gewesen. Sie lag in Fußnähe zum Fluss Severn und der Bahnlinie Severn Valley Railway und war sowohl vom Fluss als auch von den Schienen aus zu sehen. In einem malerischen ehemaligen Speichergebäude am Fluss untergebracht, war sie ein beliebtes Ziel für Reisende von und nach Ludlow oder Birmingham.

Isabelle nahm sich einen Augenblick Zeit, ehe sie die Brauerei betrat. Sie hatte weniger lange als erwartet für die Fahrt gebraucht, und der Kaffee, den sie unterwegs getrunken hatte, hatte sie durstig gemacht. Sie ärgerte sich, dass sie ihre Wasserflasche nicht dabeihatte – das würde ihr nicht noch mal passieren –, und kramte eins ihrer Minifläschchen aus ihrer Tasche. Normalerweise trank sie immer dieselbe Marke Wodka, aber für ihren Ausflug nach Shropshire hatte sie sich zusätzlich zu der großen Flasche ihrer üblichen Marke, die sie im Hotelzimmer ließ, mit diversen Sorten von Flachmännern eingedeckt, die gut in ihre Umhängetasche passten. Der Wodka, den sie jetzt in der Hand hielt, stammte dem Etikett zufolge aus der Ukraine. In gerade mal zwei großen Schlucken war das Fläschchen leer, doch das musste jetzt erst einmal reichen, um ihren Durst zu stillen.

Der Anruf, den sie beim Frühstück entgegengenommen hatte, war von ihrem Londoner Anwalt gekommen, und sie hatte sofort gewusst, dass es wieder so ein Gespräch werden würde, in dessen Verlauf er sich im Stillen fragen würde, wie er seine Mandantin zur Vernunft bringen sollte. Sie hatte es sofort an Sherlock (seine Eltern mussten verrückt gewesen sein) Wainwrights Stimme gehört und an seinem beschwichtigenden Ton, den er neuerdings ihr gegenüber an den Tag legte. Er behauptete, sie von einem kostspieligen Rechtsstreit abbringen zu wollen, den sie mit Sicherheit verlieren würde, doch sie hatte inzwischen eher den Eindruck, dass es ihm darum ging, beruflich auf der Erfolgsspur zu bleiben. Wegen seiner Erfolge hatte sie ihn ursprünglich angeheuert. Aber mit jeder Auseinandersetzung wuchs ihre Überzeugung, dass er immer nur Fälle übernahm, die er todsicher gewinnen würde, und darauf sein Erfolg beruhte.

»Können wir noch einmal über die Bedingungen Ihrer Scheidung sprechen?«, fragte er. »Denn, sehen Sie, die Schwierigkeiten, denen wir uns jetzt gegenübersehen, beruhen auf Ihrer Einwilligung in die Sorgerechtsregelungen. Da Robert Ardery das volle Sorgerecht hat und Sie während des Scheidungsverfahrens nicht dagegen vorgegangen sind, als Ihre Söhne noch so klein waren und ihre Mutter offensichtlich dringend gebraucht hätten …«

Sie ließ ihn zähneknirschend weiterreden und fühlte sich heldenhaft, weil sie den Mund hielt.

»… ist es kaum nachvollziehbar, dass Sie jetzt, wo die Jungen älter sind, dieses Argument ins Feld führen. Der Anwalt Ihres Exmannes wird dem Gericht darlegen, dass die Jungen die neue Frau ihres Vaters, Sandra, als Mutter akzeptiert haben und die Familie bereits in all den Jahren gut funktioniert. Ihre Besuche …«

»Beaufsichtigten Besuche«, war sie ihm ins Wort gefallen. »Beaufsichtigt von Bob und Sandra übrigens. Und um Ihre Worte zu benutzen, *in all den Jahren* habe ich die Jungs genau ein einziges Mal für mich allein gehabt, und das auch nur, weil Bob und Sandra in London zu einem Dinner eingeladen waren. Da haben sie die Kinder übers Wochenende zu mir gebracht und sich ein romantisches Wochenende in einem Hotel gegönnt. Ein einziges Wochenende, das am Samstagnachmittag um fünf Uhr angefangen hat und um zehn Uhr am nächsten Morgen zu Ende war. Wie würden Sie sich in einer solchen Situation fühlen, Mr Wainwright?«

»Ich würde mich genauso fühlen, wie Sie sich gefühlt haben: frustriert. Und ich würde ebenso wie Sie versuchen, dafür zu sorgen, dass das in Zukunft anders läuft.«

»Und diese Zukunft bedeutet Neuseeland, wenn ich Sie daran erinnern darf.« Sie hörte selbst, wie eisig sie klang. »Auckland. Neuseeland. Umzug.«

»Ich verstehe Sie vollkommen. Aber im Urteil des Familiengerichts steht nichts über den Aufenthaltsort der Jungen und auch nichts darüber, in welchem Land er sich zu befinden hat. Es ist mir ein Rätsel, warum der Anwalt, den Sie sich für Ihre Scheidung genommen haben, Sie nicht davon abgebracht hat, bestimmte Regelungen der Scheidung zu akzeptieren, vor allem diejenigen, die sich auf den Wohnsitz der Jungs beziehen.«

Weil ich alle Bedingungen akzeptieren musste, die Bob gestellt hat, hatte Isabelle gedacht, es aber nicht ausgesprochen. Denn wenn ich das nicht getan hätte, dann hätte er meinen Vorgesetzten Details aus meinem Privatleben erzählt. Und dann wäre ich am Ende gewesen, und das wusste er ganz genau. Weil ich trinke. Aber ich bin keine Alkoholikerin. Das weiß Bob auch ganz genau, aber er war zu allem bereit, damit die Jungs bei ihm und bei dieser verdammten Sandra bleiben konnten, mit der er vier Monate nach unserer Scheidung zusammengezogen ist.

Sie sagte: »Ich habe die Bedingungen damals nicht verstanden«, was natürlich gelogen war. Allerdings hatte sie nicht wissen können, dass Bob ein Angebot bekommen würde, das ihm einen Karrieresprung ermöglichte. Und auch wenn dieses Angebot einen Umzug nach Neuseeland bedeutete, konnte sie es ihm nicht verdenken, dass er es annahm. In seinem Beruf war er genauso ehrgeizig wie sie in ihrem.

Aber darum ging es nicht. Es ging um Neuseeland und darum, wie oft sie überhaupt dorthin reisen konnte, um ihre Söhne zu sehen.

»Ich weiß nicht, was dabei herauskäme, wenn wir auf einem Prozess bestünden«, sagte Wainwright.

»Ich will, dass er damit nicht länger durchkommt«, sagte sie. »Ich will Zugang zu meinen Kindern. Es ist mir egal, was es kostet. Ich werde das Geld für Ihr Honorar auftreiben.«

In dem Augenblick hatte sie Barbara Havers erblickt, die – grün im Gesicht, aber aufrecht – auf sie zukam, und das Gespräch beendet. Ihre Hände hatten gezittert vor Wut und von den Nachwirkungen von den Martinis und dem Wein und dem Portwein am Vorabend, und sie hätte gegen den Kater ein paar Schluck Wodka trinken sollen, bevor sie Havers gegenübertrat, aber dafür war es zu spät. Um Havers zu beeindrucken, zwang sie dieses ekelhafte englische Frühstück in sich hinein, und nachdem sie sich verabschiedet hatten, hatte sie sich in ihrem Zimmer einen ordentlichen Wodka genehmigt und mehrere Miniaturflaschen als Proviant eingesteckt.

Jetzt verstaute sie das leere Fläschchen im Handschuhfach. Vier starke Pfefferminzbonbons dürften ausreichen, um für einen frischen Atem zu sorgen. Sie zog ihren Lippenstift nach, überprüfte ihr Aussehen im Rückspiegel und überquerte die Straße.

Die Brauerei war noch nicht geöffnet, aber ein Mercedes der neueren Generation am Straßenrand ließ vermuten, dass Clive Druitt bereits da war. Offenbar hatte er nach ihr Ausschau gehalten. Hoffentlich hatte er nicht gesehen, wie sie das Fläschchen geleert hatte. Sie drehte sich zu ihrem Auto um, nein, das war unwahrscheinlich. Denn er oder zumindest jemand, von dem sie annahm, dass es Mr Druitt war, öffnete die Eingangstür aus Mattglas. In diese war der Name Druitt dekorativ eingeätzt, passend zur Neonreklame hoch oben an der Brauerei: DRUITT CRAFT BREWERY und darunter: FINE LAGERS, ALES, AND CIDERS.

»Detective Chief Superintendent?« Seine Worte klangen steif, als versuchte er, sich noch keine Meinung über sie zu bilden. Als sie nickte, sagte er: »Clive Druitt. Danke, dass Sie gekommen sind.«

»Sie brauchen mir nicht zu danken. Es ist mir lieber, hier mit Ihnen zu reden als in Birmingham.«

»Ich hatte hier einiges zu erledigen«, sagte er. »Treten Sie ein. Wir sind vorerst allein. Das Küchenpersonal kommt erst um halb elf.«

Er schloss die Tür und verriegelte sie, dann bedeutete er ihr, ihm zu folgen. Der Boden aus abgezogenen Holzdielen hatte die gleiche dunkle Patina wie der größte Teil des alten Gebäudes. Sie betraten einen Raum mit einer langen, abgenutzten Theke mit Tischen und Stühlen verschiedener Stilrichtungen aus unterschiedlichen Epochen. Einen krassen Gegensatz dazu bildeten fünf gewaltige glitzernde Edelstahltanks hinter einer tadellos sauberen Glaswand in einem Raum hinter der Theke. An den Tanks waren Pumpen, Schläuche und Rohre befestigt, und in der Luft lag der würzige Geruch nach Hefe, Hopfen und Malz wie eine sinnliche Werbung für das Produkt, das hier hergestellt wurde.

Druitt führte sie zu einem langen Wirtshaustisch, an dem anstelle von Stühlen zwei lange Bänke standen. Auf dem Tisch standen mehrere, teils schon zugeklebte Pappkartons. »Mein Junge hat sich nicht umgebracht«, sagte Druitt, und wie um den Beweis für seine Behauptung zu präsentieren, langte er in einen Karton, nahm ein gerahmtes Familienfoto heraus und reichte es Isabelle.

Auf dem Foto war, so schien es Isabelle, der gesamte Druitt-Clan abgebildet: Mutter, Vater, die erwachsenen Kinder samt Ehepartnern, zahlreiche Enkel und ein perfekt gestriegelter Springer Spaniel. Der offenbar professionelle Fotograf hatte das Ensemble geschickt arrangiert und den Leuten klugerweise geraten, sich ähnlich zu kleiden. Man hatte sich für Blue

Jeans, weiße Hemden und Blusen entschieden, obwohl zwei Männer und eine Frau – das musste gesagt werden – besser daran getan hätten, sich etwas anzuziehen, das – freundlich ausgedrückt – ihre Muskeln und Kurven verbarg.

Isabelle sah sofort, wer auf dem Foto Ian war. Er stand zwischen seinen Geschwistern und war der Einzige, der nicht mit Jeans und weißem Hemd bekleidet war. Stattdessen trug er ein Priestergewand. Vermutlich war das Foto anlässlich seiner Ordinierung aufgenommen worden – oder wie auch immer es hieß, wenn jemand zum Diakon gemacht wurde.

Abgesehen von den Fotos seiner Leiche in DI Pajers Akte war dies das erste Foto von Ian Druitt, das Isabelle zu Gesicht bekam. Ebenso wie seine Geschwister, seine Eltern und mehrere Enkelkinder war er rothaarig. Er hatte eine Brille auf und war ziemlich pummelig, und er machte den Rücken krumm, als wollte er seine Größe kaschieren oder, was ihr wahrscheinlicher erschien, als wollte er möglichst nicht auffallen. Diese drei Eigenschaften – rotes Haar, Brille, Pummeligkeit – hatten Rüpel schon immer zum Hänseln animiert. Sie fragte sich, ob er als Kind gemobbt worden war. Und wenn ja, was das mit ihm gemacht hatte.

»Er hätte *nie* selbst Hand an sich gelegt«, sagte Clive Druitt, als hätte er ihre Gedanken gelesen.

Isabelle schaute ihn an. Es war nicht zu übersehen, dass die Trauer über den Tod seines Sohnes ihn verändert hatte. Er sah regelrecht hohlwangig aus; auf dem Foto war er schlank, doch jetzt wirkte er ausgemergelt. Seine Wangenknochen waren markanter geworden, ebenso seine Falten, seine Augen waren eingesunken und seine Handgelenke knochig. Sein ehemals rotes Haar hatte sich strohblond verfärbt.

Sie war nicht nach Shropshire entsandt worden, um irgendetwas über den Charakter des Toten als positiv oder negativ herauszustellen, aber das sagte sie Druitt nicht. Sie sollte die beiden Ermittlungen, das Verhalten der Polizei überprüfen und nicht, ob Ian Druitts Lebensführung möglicherweise zu seinem Selbstmord geführt hatte. Wenn sie ihre eigene Ermittlung ordentlich durchführte, würde sie zu demselben Ergebnis kommen wie ihre Kollegen, trotz möglicher Unregelmäßigkeiten.

Doch sie musste sich vorsehen, denn da die Staatsanwaltschaft nicht eingeschaltet worden war, hatte das vielleicht Mr Druitts Misstrauen geweckt. »Ich habe in London mit Ihrem Abgeordneten Mr Walker und mit dem Assistant Commissioner der Met gesprochen. Mr Walker hat Ihre und auch seine eigenen Bedenken zum Ausdruck gebracht, Mr Druitt. Ich bin voll auf Ihrer Seite.« Das war mehr oder weniger gelogen, aber sie war schließlich hier, um dem Mann zu verstehen zu geben, dass seine Vorbehalte ernst genommen wurden. »Mein Sergeant und ich nehmen die Ermittlungen unter die Lupe, bei denen aufgrund des Befunds der Gerichtsmedizinerin Selbstmord als Todesursache festgestellt wurde.«

Druitt ließ sich nichts vormachen. Er begriff sofort, dass der Fall nicht unbedingt wieder aufgenommen wurde, nur weil sie eingeschaltet worden war. Er sagte: »Ian hatte überhaupt keinen Grund, sich umzubringen. Da können Sie jeden fragen.« Druitt riss einen der zugeklebten Kartons auf, wühlte herum – es lag Kleidung darin –, fand nicht, was er suchte, und öffnete den nächsten. Er nahm einen Stapel ordentlich gefalteter Pullover heraus und wurde fündig. Er reichte ihr ein hölzernes Brett mit den Worten: »Sehen Sie sich das an.«

Auf dem Brett aus Kirschholz prangte ein großes Messingschild, in das die Worte *Bürger des Jahres der Stadt Ludlow* und darunter *Ian Druitt* mit einem Datum von Anfang März eingraviert waren. Darüber die Burgruine von Ludlow, deren Fahne im Wind wehte. Eine schöne Auszeichnung, dachte Isabelle, und nicht nur ein obligatorisches Schulterklopfen der Stadtväter.

»Das wurde ihm vom Stadtrat verliehen und vom Bürgermeister überreicht«, sagte Druitt. »Es gab eine Feier im Rathaussaal, es wurden Reden gehalten und Häppchen gereicht, und ein paar Studenten haben musiziert. Ich sage Ihnen, er hatte keinen Grund, sich umzubringen. Er hatte Freunde. Er war allgemein beliebt. Es hat ihm an nichts gefehlt.«

Und es gab die Anschuldigung wegen Pädophilie, dachte Isabelle, sprach ihren Gedanken jedoch nicht aus. Im Großen und Ganzen bedeutete eine Ehrentafel nichts; sie war schön, aber letztlich nur eine Geste. Und vielleicht hatte jemand den anonymen Anruf getätigt und den Ball ins Rollen gebracht, weil er wütend darüber war, dass Ian Druitt eine Ehrentafel bekommen hatte und eine öffentliche Feier mit Festreden, Musik und allem Drum und Dran für ihn abgehalten worden war.

»Unser Ian kannte keine Depressionen«, fuhr Clive Druitt fort. »Er war eine Frohnatur, er war zufrieden mit dem, was er hatte. Glauben Sie etwa, dass so einer ein Selbstmordkandidat ist?«

Plötzlich fragte sich Isabelle, ob Druitt überhaupt Kenntnis davon hatte, dass seinem Sohn Kindesmissbrauch unterstellt worden war. Eigentlich konnte das nicht sein. Aber natürlich würde er es nicht akzeptieren. Kein Vater wollte so etwas über seinen Sohn erfahren.

»Und sehen Sie sich mal das hier an«, sagte er. Er hatte aus demselben Karton eine zusammengefaltete Zeitung genommen, ein Lokalblatt namens *The Ludlow Echo*. In der Titelgeschichte wurde über die Feierlichkeiten anlässlich der Verleihung des Titels *Bürger des Jahres* an Ian Druitt berichtet. Es wurden seine Leistungen aufgezählt, und die Liste war wirklich eindrucksvoll. Aber sie stellte keinen Beweis dafür dar, dass er nicht durch eigene Hand gestorben war. Und wenn der Mann sich nicht selbst umgebracht hatte, dann hatte ihn entweder jemand ermordet, oder sein Tod war ein

Unfall gewesen. Aber in Anbetracht des Orts, wo er gestorben war, war beides unwahrscheinlich.

»Mr Druitt«, sagte Isabelle, »ich versichere Ihnen, dass meine Kollegin und ich das, was in jener Nacht in der Polizeistation von Ludlow passiert ist, bis ins kleinste Detail untersuchen werden. Wir werden die Berichte unter die Lupe nehmen und uns ansehen, welche Maßnahmen der diensthabende Polizist ergriffen hat und was die Untersuchungskommission daraufhin unternommen hat. Sollte es Unstimmigkeiten geben, werden wir sie finden.«

Er drehte sich zu ihr um, offenbar wollte er in ihrem Gesicht lesen, was genau sie mit diesen Worten meinte. Einen Moment lang standen sie einander schweigend gegenüber. Auf einmal bemerkte Isabelle eine junge Frau im Blaumann, die hinter der Glaswand die Tanks kontrollierte und sich auf einem Klemmbrett Notizen machte.

Schließlich kniff Druitt die Augen zusammen und sagte: »Der Fall wird gar nicht wieder aufgenommen, stimmt's? Sie sind hier, um alles unter den Teppich zu kehren. Hören Sie gut zu, Detective Chief Superintendent oder was auch immer Sie sind, das werde ich nicht akzeptieren. Ich will, dass der Fall wieder ganz von vorne aufgerollt wird, und Walker hat mir versprochen, dass genau das passieren würde, wenn er erst einmal mit den Oberen bei der Met gesprochen hat.«

»Das ist ja erst der Anfang.« Isabelle bemühte sich, ruhig und vernünftig zu klingen. »Sobald meine Kollegin und ich die Ermittlungen in Ludlow überprüft haben, schreiben wir einen Bericht an unsere Vorgesetzten. Auf der Grundlage unseres Berichts wird dann eine Empfehlung ausgesprochen. Aber wir sind nicht befugt, diese Empfehlung selbst auszusprechen. Die Entscheidung wird in den oberen Etagen getroffen.« Das war eigentlich eine Lüge, aber nahe genug an der Wahrheit. Sie konnten ermitteln, so viel sie wollten, konnten mit jedem reden, der bereits befragt worden war.

Aber so wie Isabelle das bisher einschätzte, war das eine völlig unnötige Verschwendung ihrer Zeit und der Mittel der Met.

Druitt sagte: »Ich will, dass jeder befragt wird, und damit meine ich jeden, der meinen Jungen gekannt hat. Vor allem verlange ich, dass jemand diesen Hilfspolizisten in die Mangel nimmt, der Ian aus unerfindlichen Gründen allein gelassen hat. Wenn nicht, dann hören Sie von meinen Anwälten. Von allen meinen Anwälten.«

Tja, das lief nicht ganz nach Plan, dachte Isabelle. Wenn er mit ihrem Vorgehen nicht einverstanden war, würde er sich erneut an seinen Parlamentsabgeordneten wenden. Aber bevor es so weit kam, musste sie ihn unbedingt besänftigen. Hillier würde es nicht gefallen, wenn Walker oder Druitts Anwälte sich bei ihm meldeten. Und ebenfalls nicht Chief Constable Wyatt oder sonst wer. Sie fuhr mit der Hand über den Karton, den Druitt als Letztes geöffnet hatte. »Selbstverständlich, Mr Druitt. Darf ich die mitnehmen?«

»Ians Sachen? Was wollen Sie damit? Sie wollen die Sachen doch nicht entsorgen?«

»Ganz und gar nicht! Im Gegenteil, vielleicht finden wir etwas unter den Habseligkeiten Ihres Sohnes, das uns weiterhilft.«

»Aber ich bekomme sie wieder zurück, oder?«

»Natürlich bekommen Sie sie zurück. Ich werde Ihnen den Erhalt quittieren.«

»Ich frage das, weil ich Ihnen und Ihresgleichen nicht traue, jedenfalls nicht, solange Sie behaupten, Ian hätte sich selbst das Leben genommen. Ein Mann Gottes begeht keinen Selbstmord. Und Ian war ein Mann Gottes.«

LUDLOW
SHROPSHIRE

Bei Tageslicht sah die L-förmige Polizeistation nicht viel anders aus als nachts, nur dass diesmal drinnen kein Licht brannte, kein Fenster offen war und kein Streifenwagen auf dem Parkplatz stand. Es stand überhaupt kein Auto da, woraus Barbara schloss, dass der Hilfspolizist noch nicht eingetroffen war. Somit konnte sie sich noch einmal gründlich umsehen.

Vor dem Gebäude erstreckte sich ein abfallender Rasen, der von einer Hecke gesäumt wurde, und sie ging im Schutz der Hecke um die Station herum in den Hof. Dort entdeckte sie eine Überwachungskamera über dem Hintereingang. Es schien jedoch nur diese und die Kamera über dem Vordereingang zu geben.

Sie kehrte zurück und betrachtete die Überwachungskamera, die einen Teil der Straße und des Gehwegs und die Eingangsstufen erfasste. Wie groß wohl der Ausschnitt sein mochte? Konnte man auch die Tür und die Gegensprechanlage daneben sehen? War die Kamera starr, oder bewegte sie sich nach Bedarf?

Während Barbara sich über all diese Fragen den Kopf zerbrach, fuhr ein Streifenwagen vor. Sie ging zurück zum Parkplatz, wo ein junger Mann gerade aus dem Wagen stieg. »Sergeant Havers?«, rief er. »Tut mir leid, dass es so lange gedauert hat. Der alte Rob hat noch ein bisschen gebraucht, nachdem ich ihn nach Hause gebracht hatte.« Das musste der Hilfspolizist sein.

Gary Ruddock war ein kräftiger Bursche. Er war über eins achtzig groß und etwas rundlich, was jedoch eher auf Muskeln als auf Fett hindeutete. Er trug das dunkle Haar kurzgeschnitten, hatte ein ovales Gesicht, war glatt rasiert und wirkte überhaupt sehr gepflegt.

Sein Händedruck war fest. »Gary Ruddock«, stellte er sich vor. »Aber alle nennen mich Gaz. Warten Sie schon lange?«

»Barbara«, erwiderte sie. »Bin auch erst vor ein paar Minuten gekommen. Ist Rob Ihr Großvater?«

»Nein, mein Vermieter. Mehr oder weniger. Er will nicht in ein Heim, dafür ist er aber auch eigentlich noch viel zu rüstig. Aber bei seiner Tochter will er auch nicht wohnen. Abby heißt die. Ich bin also die Notlösung. Ich versorge ihn morgens und abends, und eine Nachbarin schaut ab und zu nach ihm, wenn ich bei der Arbeit bin. Gehen wir rein«, sagte er und steckte den Schlüssel ins Schloss.

»Bewegt die sich?«, fragte Barbara.

Er drehte sich um und folgte ihrem Blick. »Die Kamera?«, fragte er. »Keine Ahnung. Ich weiß nicht mal, ob die überhaupt noch in Betrieb ist, jetzt, wo die Station nicht mehr besetzt ist. Aber wir können später mal versuchen, sie zu drehen. Es gibt bestimmt irgendwo im Haus einen Besen.«

Er ging voraus. »Kaffee? Wasser? Tee? Das Wasser ist gefiltert. Also, ich meine, im Kühlschrank steht 'ne Brita-Kanne.«

Sie sagte, sie hätte gerne ein Wasser, und er erwiderte, er mache sich einen Kaffee, wenn sie nichts dagegen habe. Er führte sie in einen Raum, der vermutlich früher als Aufenthaltsraum gedient hatte, jetzt aber anscheinend als Abstellraum genutzt wurde, jedenfalls stapelten sich in einer Ecke alle möglichen, mit Daten beschriftete Kartons, außerdem jede Menge Druckerpapier und Tintenkartuschen.

»Was für eine Schande«, bemerkte Barbara.

Er warf einen Blick über die Schulter und merkte, dass sie sich im Raum umschaute. »Die Kürzungen. Schlimme Sache. Das ist einer der Gründe, warum ich es nie in den normalen Polizeidienst schaffen werde. Und jetzt … nach allem, was passiert ist … Ich kann von Glück reden, dass ich überhaupt noch einen Job hab. Wobei das wahrscheinlich auf jeden Fall zutrifft, denn ich bin nicht besonders gut im Lesen.«

»Lesen?« Barbara wusste nicht recht, worauf er hinauswollte.

Er nahm ein Glas Nescafé, einen elektrischen Wasserkocher und eine Henkeltasse mit dem Logo des Tierschutzvereins aus dem Schrank. »Ich verdrehe Buchstaben und Wörter«, erklärte er ihr. »Früher dachte ich immer, dass ich schlechten Unterricht gehabt habe. Aber als ich nach Belfast abgehauen bin und Förderunterricht bekommen hab, war es genauso.«

Er drehte den Wasserhahn auf und spülte ein Glas ab. Dann reichte er es ihr, und sie schenkte sich selbst aus der Kanne ein.

»Was meinen Sie mit *abgehauen*?«, fragte sie.

Er füllte den Wasserkocher und schaltete ihn ein. »Ach so, ja. Ich hab, bis ich fünfzehn war, in einer Sekte gelebt. In Donegal.«

»Ist ja ein Ding.«

»Ja. Die waren ganz wild darauf, sich zu vergrößern und zu vermehren, aber auf Schulbildung für die Kinder haben sie keinen großen Wert gelegt. Damals dachte ich, wenn ich es erst mal von da weg schaffte, könnte ich es aufholen, aber wie gesagt, es hat nicht geklappt. Irgendwie seh ich die Wörter falsch. Beim Schreiben ist es genauso schlimm. Deswegen hab ich's nur bis zum Hilfspolizisten gebracht, weil man da nicht so viele Formulare ausfüllen muss. Aber das wissen Sie ja bestimmt alles.«

Das Wasser kochte, und Barbara wartete, bis er sich seinen Kaffee aufgegossen hatte. Er deutete mit einer Kopfbewegung auf den langen Tisch, der unter dem einzigen Fenster des Raums stand. Es gab zwei Plastikstühle. Sie setzten sich, und als Ruddock die Hände um seine Henkeltasse legte, bemerkte Barbara, dass er auf dem linken Handgelenk ein Tattoo hatte. Es bestand aus drei fetten Großbuchstaben: CAT. Sie wies mit einer Kopfbewegung auf das Tattoo und sagte: »Sie mögen Tiere, was?«

Er lachte. »Cat ist meine Mutter. Wir hatten alle solche Tattoos. Also, alle Kinder. Damit man uns der richtigen Mutter zuordnen konnte.«

»Alle Kinder waren tätowiert?«, fragte Barbara, und als er nickte, sagte sie: »Ziemlich merkwürdig. Normalerweise ist es schwieriger, ein Kind dem richtigen Vater zuzuordnen.«

»Das wäre nur mithilfe von DNA-Tests möglich gewesen. Es ging darum, den Samen zu verbreiten. Wie gesagt, die Sekte legt großen Wert darauf, zu wachsen und sich zu vermehren, aber wer sich mit wem vermehrte, war denen nicht so wichtig.«

»Aber die Kinder wussten doch, wer ihre Mütter waren, oder?«

»Nur wegen der Tattoos. Wir sind nur so lange bei unseren Müttern geblieben, bis wir abgestillt waren. Danach wohnten wir in einer Art Kinderheim, und unsere Mütter bekamen uns kaum noch zu sehen, weil … na ja, weil sie mit dem Vermehren beschäftigt waren. Das war ihre Aufgabe, verstehen Sie? Die Tattoos sollten verhindern, dass einer seine eigene Mutter oder Schwester befruchtete.«

Barbara musste das erst einmal verdauen. Dann sagte sie: »Tut mir leid, aber das klingt … wie soll ich sagen … das geht ein bisschen zu weit …«

»Ja, absolut«, pflichtete er ihr bei. »Sie können sich bestimmt vorstellen, warum ich bei der erstbesten Gelegenheit abgehauen bin. Seitdem bin ich nie wieder dort gewesen.« Er trank einen Schluck Kaffee. Er schlürfte nicht. Lynley, dachte Barbara, hätte das mit Wohlwollen zur Kenntnis genommen. Da, wo Lynley herkam, lernte man schon auf dem Schoß des Kindermädchens, nicht zu schlürfen, und das übte man wahrscheinlich mit einem silbernen Taufbecher. Ruddock stellte seine Henkeltasse ab und fragte: »Warum interessiert die Met sich für diese Sache?«

»Hat man Ihnen das nicht gesagt?«

Er schüttelte den Kopf. »Ich hab nur mit der Kommission gesprochen und mit dem Detective, der zu Anfang hier war, mehr nicht.«

»Das Parlament interessiert sich für den Fall. Tut mir leid, aber wir müssen ganz vorn anfangen.« Sie nahm ihr Notizheft und ihren Druckbleistift heraus. Ruddock atmete tief aus. »Sorry«, sagte sie.

»Ich hab einfach das Gefühl, dass das nie aufhört. Ich weiß ja, Sie machen auch nur Ihre Arbeit, aber trotzdem …«

Sie griff das Stichwort auf und fragte ihn, wie er es geschafft hatte, seinen Job zu behalten, nachdem ein Verdächtiger in Polizeigewahrsam sich das Leben genommen hatte.

»Das kam von ganz oben in West Mercia«, sagte er ganz offen. »Meine Chefin hat mir gesagt, dass sich dort jemand für mich eingesetzt hat. Irgendein hohes Tier.«

Barbara notierte sich das. Es schien ihr merkwürdig, dass ein hochrangiger Polizist sich deswegen so weit aus dem Fenster lehnte, vor allem in Anbetracht der Aufregung, die Ian Druitts Tod verursachte. Da wäre es doch viel einfacher gewesen, die Angelegenheit unter den Teppich zu kehren oder den Hilfspolizisten am besten gleich vor die Tür zu setzen. Sie fragte: »Haben Sie eine Ahnung, warum?«

»Warum der sich für mich eingesetzt hat?«, entgegnete er, und als sie nickte, sagte er: »Ein paar von denen haben Ausbildungseinheiten geleitet, als ich in Hindlip war, und so hab ich drei oder vier von ihnen kennengelernt. Hab mich ein bisschen mit ihnen unterhalten, Sie verstehen schon. Ich dachte, das wäre keine schlechte Idee, falls ich vielleicht irgendwann mal die Möglichkeit hätte, in den richtigen Polizeidienst aufgenommen zu werden.« Er hob die Schultern, wirkte jedoch ein bisschen verlegen. »Es war … na ja … man könnte sagen, ein politischer Schachzug.«

»Und ein kluger«, sagte Barbara. Ruddock mochte eine Lese-Rechtschreib-Schwäche haben, aber dumm war er offenbar nicht. »Dort befindet sich also das Ausbildungszentrum? Im Polizeihauptquartier?«

»Ja. Das ist praktisch, so kann der ein oder andere zwischendurch eine Schulung leiten.« Er trank noch einen Schluck Kaffee. »Aber wenn ich ehrlich bin ... Nachdem das passiert ist, dachte ich, die würden mich sofort feuern. Ich bin froh, dass sie es nicht getan haben.«

Barbara sagte nichts dazu. Im Ausbildungszentrum für Hilfspolizisten hatte er offenbar schnell gelernt, wie man sich im Apparat benahm.

»Ich bin so dumm gewesen«, fuhr er fort. »Als ich ihn abgeholt hab, nach der Messe, war er grade dabei, sich umzuziehen. Ich hab gewartet, bis er fertig war, aber ich hab ihn nicht die ganze Zeit dabei beobachtet. Warum auch? Er hat sich nur umgezogen. Irgendwann hat er seinen Anorak vom Haken an der Tür genommen, und dann sind wir gegangen.«

»Hat er gefragt, weswegen er vernommen werden sollte?«

»Klar, die ganze Zeit. Aber ich hatte ja überhaupt keinen blassen Schimmer. Ich wusste nur, was man mir aufgetragen hatte, und ich habe meine Chefin nicht gefragt, warum ich Mr Druitt abholen sollte. Und dann, ungefähr eine Stunde nachdem ich ihn hierhergebracht hatte, gab es ein Problem mit ein paar Betrunkenen, um das ich mich kümmern sollte.«

»Sie sollten die Polizeistation verlassen?«

»Um Gottes willen, nein«, sagte er. »Das konnte ich natürlich nicht, weil Mr Druitt ja hier war. Aber ich musste in den Pubs anrufen. Verdammt. Ich wünschte, die würden aufhören, den Jugendlichen Alkohol auszuschenken, wenn die schon betrunken sind. Aber die wollen nur, dass die Kasse klingelt, und machen immer weiter.«

Von da an war er also mit anderen Dingen beschäftigt gewesen, dachte Barbara. Bisher stimmte seine Geschichte mit dem überein, was sie in der vergangenen Nacht gelesen hatte. Es beeindruckte sie, dass Ruddock nicht versuchte, die Situation schönzureden. »Würden Sie mir zeigen, wo es passiert ist?«, fragte sie.

Offensichtlich hatte er mit dieser Bitte gerechnet, denn er stand, ohne zu zögern, auf, ließ seinen Kaffee stehen und sagte: »Hier lang.«

Sie gingen durch einen Flur. An den Wänden – anstaltsgelb, dachte Barbara und fragte sich, ob es ein ungeschriebenes Gesetz gab, nach dem Flure in staatlichen Gebäuden in diesem scheußlichen Farbton zwischen senfgelb und algengrün gestrichen werden mussten – hingen immer noch schwarze Bretter voller Poster und Benachrichtigungen, die sich schon an den Ecken aufrollten. In einigen der ehemaligen Büros, an denen sie vorbeigingen, sah sie Computer stehen. Also wurde die Station tatsächlich noch immer von Streifenpolizisten genutzt. Das erklärte auch, warum ein Kollege, der ein Nickerchen machen wollte, das lieber auf dem Parkplatz tat als hier drinnen.

Sie fragte: »Wie viele Polizisten nutzen das Gebäude noch?«

Ruddock öffnete gerade eine Tür mit einem leeren Namensschild, wie man sie auf Bürotüren höherrangiger Mitarbeiter fand. »Abgesehen von den Streifenpolizisten, die für die Gegend hier zuständig sind?« Er schien zu überlegen. »Detectives, nehm ich an, die sich ins System einloggen wollen, die an Kriminalfällen arbeiten. Leute von der Sitte. Streifenpolizisten, wie gesagt. Und ich natürlich.«

Sie folgte ihm in den Raum, in dem Ian Druitt sich umgebracht hatte. Laut Bericht von DI Pajer und der Untersuchungskommission hatte Druitt sich mithilfe seiner Stola am Türknopf eines Kleiderschranks erhängt, aber in Pajers Bericht hatte Barbara sich etwas unterstrichen, das ihrer Meinung nach einen Verstoß gegen die Vorschriften darstellte.

Wenn ein Verdächtiger verhaftet oder zum Verhör in eine Polizeistation gebracht wurde, weil er nicht freiwillig erschienen war, wurden ihm Handschellen angelegt. Das war offenbar auch bei Druitt geschehen, denn im Bericht des Gerichtsmediziners war vermerkt, dass die Handschellen – und zwar solche aus Plastik – Schürfwunden an den Handgelenken hinterlassen hatten. Das ließ vermuten, dass die Plastikhandschellen zu fest angezogen worden waren oder Druitt versucht hatte, sich von ihnen zu befreien. Oder beides, dachte Barbara, denn wenn sie zu eng gesessen hatten, war das sicherlich unangenehm für ihn gewesen.

Sie sagte: »In DI Pajers Bericht steht, Sie hätten Mr Druitt die Plastikhandschellen abgenommen, weil er sich beklagt hat, seine Hände würden taub. Hat er versucht, die Dinger abzustreifen? Und warum haben Sie Plastikhandschellen benutzt anstatt der üblichen?«

»Ich hatte keine anderen dabei«, antwortete Ruddock. »Und sie waren nicht zu eng. Ich zieh die Dinger nie fest. Nur grade so, dass man sie nicht abkriegt.«

»Aber Sie haben sie ihm trotzdem abgenommen?«

Ruddock rieb sich die Stirn. »Er hat sich die ganze Zeit beklagt, ihm würden die Hände wehtun, er könnte seine Finger schon gar nicht mehr spüren. Er ist immer lauter geworden. Also bin ich noch mal zu ihm rein und hab sie aufgetrennt.«

»Warum sind Sie nicht bei ihm geblieben?«

»Niemand hat mir gesagt, ich soll bei ihm bleiben. Wie bereits erwähnt, ich wusste ja nicht mal, warum er hier war. Man hat mir nur mitgeteilt, ich soll den Mann abholen und hierherbringen, und später würden zwei Streifenpolizisten ihn nach Shrewsbury überführen. Ich wünschte wirklich, die hätten mir gesagt, warum ich ihn herschaffen sollte, aber die haben mir nur gesagt, er sollte befragt werden, mehr nicht. Ich will mich nicht rausreden. Ich weiß schon, dass ich den ganzen Schlamassel angerichtet hab.«

»Was haben Sie also gemacht, während Druitt allein hier drin war?«

Es stand in DI Pajers Bericht, aber Barbara wollte es aus

Ruddocks Mund hören. »Ich wurde angerufen wegen den betrunkenen Jugendlichen im Zentrum. Von hier aus konnte ich natürlich nichts unternehmen, nur in dem betreffenden Pub anrufen – er heißt Hart & Hind – und Bescheid sagen, sie sollen denen keinen Alkohol mehr geben. Dann musste ich natürlich auch noch in den andern Pubs anrufen, falls die jungen Leute dorthin weiterziehen würden.«

»Wo genau haben Sie diese Anrufe gemacht?«

»In einem von den Büros. Ich hab telefoniert, als es passiert ist. Ich hab das Gebäude nicht verlassen. Das hätte ich nie getan. Ich war eben nur nicht bei ihm im Zimmer. Wenn jemand mir gesagt hätte, dass der Mann gefährdet ist, hätte ich ihn doch nie aus den Augen gelassen. Und deswegen dachte ich, es wäre okay, die Pubs anzurufen.«

Dass er Druitt allein gelassen hatte, stellte einen groben Fehler dar. Aber es war nicht der einzige Fehler, der gemacht worden war.

Es hatte sich ja nicht zum ersten Mal jemand in Gewahrsam umgebracht. Verdächtige, die zum Verhör auf ein Polizeirevier geschafft worden waren, hatten sich mit Transportgurten erhängt, waren mit dem Kopf gegen die Wand gerannt, hatten sich mit winzigen Metallteilen, die irgendwo vorstanden und übersehen worden waren, die Pulsadern aufgeschnitten. Wo ein Wille war, da war meistens auch ein Weg. Ein Mann hatte sich sogar mit seinen Socken erdrosselt. Man konnte unmöglich jede Art von Selbstverletzung in Betracht ziehen. Die Polizei tat ihr Bestes, aber manchmal wurde sie auch ausgetrickst.

Doch es machte Barbara nachdenklich, wie gut sich dieser Ort für einen Selbstmord eignete. Druitt konnte von Ruddock ermordet worden sein oder von irgendeinem Polizisten, den Ruddock deckte. Da Druitt wegen Kindesmissbrauchs festgenommen worden war, hatten ihn wahrscheinlich ausnahmslos alle verachtet. Der einzige Stolperstein in dem Szenario war Ruddocks Beteuerung, dass er keine Ahnung gehabt hatte, was Druitt vorgeworfen wurde. Aber vielleicht log er.

Barbara sagte: »Ich habe übrigens die Abschrift des Anrufs gelesen, der zu Druitts Verhaftung geführt hat.«

Plötzlich wirkte er wachsam, so als fürchtete er, dass ihm jetzt nicht nur Ian Druitts Tod, sondern auch noch ein Anruf zur Last gelegt werden würde. »Und?«

»Der Anrufer hat unter anderem behauptet, er könne die Heuchelei nicht länger ertragen. Meine Chefin glaubt, es bezieht sich darauf, dass ausgerechnet Druitt, ein Kirchenmann, pädophil war. Was meinen Sie?«

Er überlegte. Barbara nickte ihm zu, um ihm zu verstehen zu geben, dass sie den Raum wieder verlassen konnten. Sie hatte kein stummes Zeugnis des Todes entdecken können, der sich hier ereignet hatte, nur die üblichen Verschleißspuren, wenn jemand ein Büro aufgab: schmutzige Fensterscheiben, Risse im Linoleum, Nägel in den Wänden, an denen einmal gerahmte Urkunden gehangen hatten, Staubmäuse in den Ecken.

Als sie im Flur standen, sagte Ruddock: »Das Einzige, was mir einfällt, ist diese Ehrung, die er bekommen hat. Sogar der alte Rob hat's in der Zeitung gelesen, und vielleicht hat der Anrufer es auch gesehen und hat sich darüber aufgeregt.«

»Welche Ehrung?« In den Akten, die sie studiert hatte, war keine Ehrung erwähnt worden.

»Bürger des Jahres der Stadt Ludlow. Rob liest immer das Lokalblättchen, und beim Abendessen erzählt er mir dann davon. Da stand ein Artikel darüber drin.«

»Über Ian Druitt als Bürger des Jahres? Wann war das?«

Er legte die Stirn in Falten. »Bin mir nicht sicher. Vor vier oder fünf Monaten vielleicht? Der Stadtrat hat ihm irgendwas überreicht. In der Zeitung war ein Foto von Druitt mit dem Bürgermeister. Also ... Bürger des Jahres und Kinderschänder? Das wär ja wohl Heuchelei, wie sie im Buche steht, oder?«

Allerdings, dachte Barbara. Aber die Frage war, ob das ausreichte, um Ian Druitt in den Selbstmord zu treiben, als er erfahren hatte, dass gegen ihn ermittelt wurde. Oder womöglich war Ian Druitt wegen der Ernennung zum Bürger des Jahres umgebracht worden, noch bevor überhaupt eine Ermittlung durchgeführt werden konnte.

LUDLOW
SHROPSHIRE

»Er ist ein netter Kerl«, schloss Havers ihren Bericht. »Und er ist total dankbar, dass er seinen Job behalten durfte. Er weiß, dass er sich schuldig gemacht hat, als er Ian Druitt allein gelassen hat, aber er sagt, dass er keine Ahnung hatte, warum er ihn in die Polizeistation bringen sollte.«

»Hat er irgendwas gesagt, das nicht in Pajers Bericht oder im Bericht der Kommission steht?«

»Denen hat er nichts von seiner Herkunft erzählt, das ist also neu, ob es nun hilfreich ist oder nicht.«

Sie standen vor dem Charlton Arms, einem hübschen Gasthaus hinter der Ludford Bridge auf der anderen Seite des Flusses, wo das Dörfchen Ludford begann. Das Haus lag im Schatten von hohen Birken. Isabelle hatte Detective Sergeant Havers dorthin bestellt, als diese sich per Handy nach der Befragung des Hilfspolizisten Ruddock gemeldet hatte. Er sei als Schüler wohl ein bisschen langsam gewesen, hatte sie gesagt, wobei seine Probleme sich aber anscheinend auf das Lesen und Schreiben beschränkten.

»Und warum in Gottes Namen wird der da immer noch beschäftigt? Haben Sie das rausgefunden?«

»Jemand aus den oberen Rängen hat sich offensichtlich für ihn eingesetzt, einer aus dem Schulungszentrum, wo er seine Ausbildung gemacht hat.«

»Dann muss er seinen Ausbilder ja tierisch beeindruckt haben«, bemerkte Isabelle. »Was eigentlich nicht so ganz zu der Lese-Rechtschreib-Schwäche passt.«

»Er sagt, er hat sich bei den Ausbildern eingeschmeichelt, weil er dachte, es könnte ihm vielleicht später mal bei seinem beruflichen Aufstieg nützlich sein.«

»Tja, das kann er ja wohl jetzt vergessen«, meinte Isabelle.

Havers nickte und zog an ihrer Zigarette. Sie nutzte die Gelegenheit zu einem kleinen Nikotinflash, ehe Ardery ihr eine neue Aufgabe zuteilte. Aber die wollte im Moment eigentlich nur im Charlton Arms an einem Tisch mit Blick auf den Fluss sitzen und etwas gegen das Kribbeln in ihren Nervenenden unternehmen. Allerdings würde um diese Uhrzeit wohl niemand außer ihr selbst einen Drink verzeihlich finden. Sie sagte: »Der Vater unseres Selbstmordkandidaten besteht auf einer erneuten Ermittlung mit allem Drum und Dran.«

Havers stieß eine Riesenrauchwolke aus und warf ihre Kippe in den Fluss. Isabelle schaute sie empört an, als die Kippe im Wasser landete, und Havers sagte: »Sorry. Hab nicht nachgedacht.«

»Hoffen wir, dass kein Schwan das für ein Stück Brot hält.«

»Genau. Kommt nicht wieder vor. Was haben Sie ihm gesagt?«

»Mr Druitt? Ich habe neun Kartons mit Habseligkeiten des Verblichenen mitgebracht und seinem Vater versprochen, dass wir uns das Zeug ansehen. In der Hoffnung, Spuren zu finden. Hinweise. Beweise. Nachrichten aus dem Jenseits und weiß der Kuckuck was sonst noch. Auf jeden Fall müssen wir ihn vom Telefon fernhalten, denn er hat mir angedroht, als Nächstes mit seinen Anwälten zu sprechen. Plural. Und das müssen wir verhindern.«

»Dann nehmen wir uns also jetzt die Kartons vor?«

»Himmel, nein. Was haben Sie denn noch für mich?«

»Den Pfarrer.«

Isabelle wandte sich vom Charlton Arms ab und schaute Havers an. Der Anblick des Gasthauses war einfach unerträglich. »Was ist mit dem Pfarrer?« Und als Havers zögerte, fügte sie ungeduldig hinzu: »Nun spucken Sie's schon aus, Sergeant.«

Havers antwortete, da Ruddock am Vormittag keine Zeit gehabt habe, habe sie kurzerhand mit dem Pfarrer der St. Laurence Church gesprochen. Sie hoffe, das sei in Ordnung.

»Herrgott noch mal, Sergeant«, sagte Isabelle. »Der Pfarrer stand auf der Liste, warum sollte es nicht in Ordnung sein, mit ihm zu reden? Und jetzt erzählen Sie.«

Havers zückte ihr Notizheft und blätterte bis zu ihren Aufzeichnungen des Gesprächs mit Spencer zurück. Sie zählte Isabelle die Gründe auf, warum Ian Druitt zum Bürger des Jahres ernannt worden war. Es stimmte so ziemlich mit dem überein, was Isabelle in der Zeitung gelesen hatte, die Clive Druitt ihr gezeigt hatte. Der Diakon hatte sich offenbar um jedes soziale Problem in Ludlow gekümmert. Zum Schluss erwähnte Havers noch den Kinderhort, den Druitt gegründet hatte. »Ein Student hat ihn bei der Arbeit in dem Hort unterstützt. Ich finde, wir sollten mal mit dem reden.«

»Warum?«

»Falls es stimmt, dass Druitt pädophil war, müssen wir doch …«

»Sergeant, wir sind nicht hier, um rauszufinden, ob Druitt pädophil war oder nicht. Das ist nicht unsere Aufgabe. Ich denke, das ist Ihnen klar. Falls nicht, möchte ich Sie daran erinnern, dass unsere Aufgabe darin besteht festzustellen, ob die Ermittlungen von DI Pajer und der Untersuchungskommission korrekt sind. Wir sollen die Berichte daraufhin überprüfen, ob etwas übersehen wurde, das mit dem Selbstmord zu tun hat. Wenn wir also mit noch jemandem reden, dann ist das die Gerichtsmedizinerin.«

Havers sagte nichts dazu. Aber Isabelle sah ihr an, dass sie etwas beschäftigte.

»Gibt es bisher irgendetwas, das Bernadette Pajer oder die Kommission übersehen haben?«, fragte Isabelle. »Falls ja, möchte ich es wissen.«

»Sieht nicht so aus«, erwiderte Havers. »Aber …«

»Kein Aber. Entweder es gibt etwas, oder es gibt nichts, Sergeant.«

»Also, wenn der Pfarrer und der Vater des Toten beide sagen …«

»Was die sagen, hat nichts mit dem zu tun, was tatsächlich passiert ist. Wenn jemand sich ohne ersichtlichen Grund das Leben nimmt, dann will niemand glauben, dass es Selbstmord war. Das liegt nun mal in der menschlichen Natur. Tablettenüberdosis? Aus Versehen. Kopfschuss? Mord. Selbstverbrennung? Das eine oder das andere.«

»Aber niemand bringt sich aus Versehen in einer Polizeistation um, Chefin«, entgegnete Havers. »Und das ist dann …«

»Selbstmord. Wissen Sie, wie schwierig es ist, einen Selbstmord durch Erhängen vorzutäuschen? In diesem Fall auch noch, wie Sie mir berichtet haben, Erhängen am Türknauf eines Kleiderschranks? Und davon abgesehen ist es, ich wiederhole, *nicht* unsere Aufgabe festzustellen, ob der Mann einen Grund hatte, sich das Leben zu nehmen. Kann genauso gut sein, dass er Krebs hatte wie Rebecca de Winter.«

»Aber …«, Havers zögerte.

»Aber was?«

»Die wurde ermordet, Chefin.«

»Wer?«

»Rebecca de Winter. Von Max, erinnern Sie sich? Wegen der Sache mit dem Krebs ist er davongekommen. Sie wollte, dass er sie tötet, weil sie wusste, dass sie sowieso sterben würde, und wenn er sie umbringt und erwischt wird, wäre sein Leben ruiniert, und genau das wollte sie.«

»Herrgott noch mal«, sagte Isabelle. »Wir leben nicht in einem Melodrama aus den vierziger Jahren, Sergeant.«

»Klar. Stimmt. Aber da ist noch was: Druitt hat nicht im Pfarrhaus gewohnt, obwohl da genug Platz gewesen wär. Der Pfarrer sagt, er wollte eine eigene Wohnung. Wegen der Privatsphäre. Aber ich frag mich, warum er Privatsphäre brauchte. Und wenn jemand das gewusst hat, also, warum Druitt Privatsphäre brauchte, dann könnte derjenige ...«

»Es reicht.« Isabelle warf die Arme in die Luft. »Wir reden mit der Gerichtsmedizinerin. Dann werden Sie endlich einsehen, dass die beiden Ermittlungen einwandfrei gelaufen sind.«

THE LONG MYND
SHROPSHIRE

Anstatt sie ins Krankenhaus zu bestellen, wo Ian Druitts Obduktion durchgeführt worden war, bat Dr. Nancy Scannell sie, sich mit ihr in Long Mynd auf dem Gelände des West-Midland-Segelfliegerclubs zu treffen. Die Ärztin war Mitglied des Klubs und hatte sich gemeinsam mit anderen Segelpiloten ein Segelflugzeug gekauft. An diesem Nachmittag sollte Dr. Scannell einem Mitglied der Gruppe beim Start des Klubfliegers helfen.

Long Mynd lag mehrere Kilometer nördlich von Ludlow in einer weitläufigen hügeligen Heidelandschaft, durch die sich enge Straßen wanden, die mit zunehmender Höhe immer schmaler wurden, bis gerade nur noch ein Auto auf der Fahrbahn Platz hatte. Fasane tummelten sich in den Hecken und schossen heraus, und Schafe schliefen auf der Straße, als gehörte sie ihnen. Hier kam wohl nur selten ein Auto entlang, denn urplötzlich marschierte eine Schar Enten mitsamt Küken von der Böschung auf die Straße und blieb direkt vor dem Auto stehen. Entweder hatten sie das näher kommende Auto nicht gesehen oder fühlten sich hier einfach vollkommen sicher. Fluchend stieg Ardery in die Eisen. Barbara war froh, dass sie keine von den Enten plattfuhr.

Die Chefin war gereizt. Das war Barbara schon während ihres Gesprächs vor dem Gasthaus aufgefallen, und jetzt merkte sie es an Arderys Fahrstil. Als sie an einem verwitterten Wegweiser in einem Weiler namens Plowden gehalten hatten, hatte sie kurz überlegt, ob sie ihr anbieten sollte, das Fahren zu übernehmen. Der Weg zum West-Midland-Segelfliegerclub war eine Holperpiste, die ziemlich steil den Hügel hochführte. Ardery hielt das Lenkrad so fest umklammert, dass ihre Knöchel sich weiß abzeichneten.

Sie bogen ab und gelangten zu einem Weiler, der laut Ortsschild Asterton hieß, aber eher aussah wie ein einsamer Bauernhof. Dort verlangte ein weiterer Wegweiser, dass sie an einer Telefonzelle abbogen und einer noch engeren und unwegsameren Piste steil aufwärtsfolgten. Endlich erreichten sie den Segelfliegerclub, zumindest, wenn sie der riesigen Schautafel mit jeder Menge Fotos von Piloten und Passagieren glaubten, die in die Kamera lachten und sich bemühten, so zu tun, als wären sie vollkommen entspannt, während sie ohne Motorlärm durch die Luft schwebten.

Auf das Klubgelände gelangte man durch ein riesiges Tor, das sperrangelweit offen stand, trotz eines Schilds mit der Aufschrift TOR IMMER GESCHLOSSEN HALTEN. Mehrere rostige Wellblechhütten aus Kriegszeiten standen auf kargem Wiesenland, wo Schafe grasten. Vor ein paar Gebäuden standen mehrere Segelflugzeuge nebeneinander aufgereiht, die auf ihren Einsatz warteten, während andere gerade aus ihren niedrigen Transportanhängern geladen wurden.

Hinter den Segelflugzeugen befand sich ein Parkplatz und dahinter ein etwas formellerer Bau, über dessen Eingang ein Schild mit der Aufschrift *Klubhaus* hing. Es gab einen Empfangsbereich, Büroräume, Konferenzräume und eine Cafeteria. In der Cafeteria waren sie mit Dr. Scannell verabredet.

Sie waren spät dran. Ein Mal waren sie falsch abgebogen und einen Umweg von mehreren Kilometern über die Dörfer von Shropshire gefahren. Dr. Scannell wartete in der Cafeteria auf sie und war ähnlich schlecht gelaunt wie Ardery. Barbara fand, dass die beiden Frauen im Moment richtig gut zusammenpassten.

»Ich habe noch zehn Minuten«, begrüßte sie Dr. Scannell. Sie war von einem langen Tisch aufgestanden, als sie die Cafeteria betreten hatten. Sie war lässig gekleidet in Jeans und Flanellhemd. Unter ihrer Baseballmütze lugte graues Haar hervor. »Ich muss gleich raus auf die Startbahn«, erklärte sie. »Tut mir leid, aber daran lässt sich nichts ändern.«

Mehrere Piloten saßen in der Cafeteria beim Essen, einige standen an einer Fensterfront, von der aus man die hügelige Landschaft überblickte, und machten sich laut lachend über die schwachsinnige Einsatzbesprechung mit dem Klubchef heute Morgen lustig. Dr. Scannell wollte sich offenbar ungestört mit Barbara und Ardery unterhalten, denn sie führte sie in einen Nebenraum, anscheinend ein Besprechungszimmer, denn an den Wänden hingen Karten, Diagramme und eine Weißwandtafel. Dr. Scannell durchquerte den Raum und öffnete eine Tür, hinter der sich die Bar des Klubs befand. Im Moment war die Bar leer.

Barbara stellte mit Unbehagen fest, dass Arderys Blick starr auf einen Tisch am hinteren Ende der Bar gerichtet war. Als hätte Dr. Scannell den Blick bemerkt, ging sie zu dem Tisch.

Sie schaute kurz auf ihre Uhr – ein eindrucksvolles Teil mit allem möglichen technischen Schnickschnack – und sagte: »Neun Minuten. Was wollen Sie wissen?«

Barbara hatte Scannells Bericht dabei. Ardery nahm ihn, schob ihn über den Tisch und sagte: »Sergeant Havers hat einige Bedenken wegen der Todesursache.«

»Tatsächlich?« Scannell warf Barbara einen desinteressierten Blick zu. Sie nahm die Baseballmütze ab, und ihre graue Mähne fiel ihr auf die Schultern.

»Es ist wegen der Sache mit dem Türknauf«, sagte Barbara. Der genervte Gesichtsausdruck der Pathologin verunsicherte sie mehr, als sie gedacht hätte. »Außerdem kommt das Opfer mir nach allem, was ich über ihn in Erfahrung gebracht hab, nicht vor wie der typische Selbstmörder.«

»Befreien Sie sich von dieser Vorstellung.« Scannell nahm eine Lesebrille aus ihrer Brusttasche und setzte sie auf. »Einen typischen Selbstmörder gibt es nicht. Die Frage ist immer nur, ob jemand durch Suizid, Unfall oder Mord ums Leben gekommen ist. Und in diesem Fall war es Suizid.«

Sie öffnete die Akte und breitete den Inhalt auf dem Tisch aus: mehrere Fotos von der Leiche, eine Abschrift des von ihr diktierten Berichts über die Obduktion, ihr Abschlussbericht und der toxikologische Befund aus dem Labor. Sie äußerte sich zu ihrem Bericht und zu den Fotos, die sie vor Barbara aufreihte. Wegen des Zeitdrucks sprach sie schnell und ohne zwischendurch zu fragen, ob Barbara und Ardery mitkamen.

Sie sprach von venösen Stauungen, die zusammen mit Atemstillstand den Tod verursacht hatten. Die venösen Stauungen seien herbeigeführt worden durch den Einsatz einer Priesterstola, die einem schmalen Schal ähnele. Allerdings sei die Stola breiter als ein Seil oder ein Gürtel, womit sich die meisten Selbstmörder erhängen würden, und weicher, und deswegen habe sie auch nicht in das Fleisch am Hals eingeschnitten. Ob Havers verstehe, was sie meine? Sie wartete nicht auf eine Antwort. Es bedeute, dass nicht ein reduzierter Blutfluss im Gehirn durch Druck auf die Schlagadern vorliege, sondern dass die Halsvenen durch Druck von außen komprimiert worden seien. Das habe zu einer Minderdurchblutung geführt, durch die der Druck in die Hirnvenen gestiegen sei. Der Tod sei nach drei, höchstens fünf Minuten eingetreten, da ein Druck von zwei Kilogramm schon ausreiche.

Während sie sprach, zeigte sie auf die einzelnen Fotos und warf zwischendurch einen Blick auf ihre Uhr. Das Bild mit der Leiche am Tatort, Havers solle es sich bitte ansehen, wies alle Anzeichen für einen Suizid auf. Hier, das verzerrte Gesicht, sehen Sie? Und hier, die aus den Höhlen getretenen Augen, die Stellen mit den winzigen Blutungen – sie würden Petechien genannt –, die man an den Lippen feststellen könne. Aber wichtiger noch seien die Hämatome am Hals.

»Das seh ich alles«, sagte Barbara. »Aber ich versteh einfach nicht, wie man sich an einem Türknauf erhängen kann.«

»Es kommt ganz auf die Absicht an«, sagte Dr. Scannell. »Die Person beugt sich vor und lässt ihr Körpergewicht die Arbeit tun: Bewusstlosigkeit tritt ein, und zwar sehr schnell. Dies verursacht die venösen Stauungen, die ich eben erwähnt habe, die wiederum den reduzierten Blutfluss im Gehirn auslösen. So etwas passiert häufig durch Unfälle – autoerotische Praktiken sind ein gutes Beispiel –, aber jemanden auf diese Weise zu ermorden …? Das hätte man an der Stola feststellen müssen.«

Es habe alles mit dem Hals zu tun und mit den Würgemalen. Diese Male hätten übereinstimmen müssen mit einer Reihe wesentlicher Details: dem Gewicht des aufgehängten Körpers, ob die Stola ein oder zwei Mal um den Hals gewickelt war, mit der Art des Knotens, der Dauer der Aufhängung am Türknauf, ob es einzelne oder doppelte Würgemale gegeben habe, ob es überhaupt welche gegeben habe.

»Alles deutet darauf hin, dass es Suizid war«, schloss Dr. Scannell.

»Und seine Handgelenke?«

»Was ist mit den Handgelenken?« Die Gerichtsmedizinerin betrachtete noch einmal die Fotos und verglich sie mit ihren Aufzeichnungen. »Sie meinen die Hautabschürfungen? Das stimmt alles mit dem überein, was der Hilfspolizist ausgesagt hat, der den Mann festgenommen hat. Die Plastikhandschellen waren zu fest, das hat das Opfer zumindest behauptet. Der Hilfspolizist war natürlich so dumm und hat sie dem Mann abge…«

»Und wenn er es nicht getan hat?«, fiel Barbara ihr ins Wort. »Dann hätte er den Selbstmord vortäuschen können, oder nicht? Oder jemand anders könnte in die Station gekommen sein und Druitt ermordet haben. Der Hilfspolizist hat den Toten gefunden, ist in Panik geraten und hat es wie einen Selbstmord aussehen lassen. Könnte es nicht so gewesen sein?«

Dr. Scannells Gesichtsausdruck ließ darauf schließen, dass sie diese Möglichkeit zumindest in Betracht gezogen hatte. »Beides wäre möglich«, sagte sie, und als Barbara Ardery gerade einen bedeutungsvollen Blick zuwerfen wollte, fuhr sie fort: »Und der Erzengel Gabriel könnte es auch gewesen sein, aber ich bezweifle es. Und jetzt«, sie stand auf, »werde ich auf dem Startfeld gebraucht. Haben Sie schon mal gesehen, wie ein Segelflugzeug von einer Winde hochgezogen wird? Nein? Kommen Sie mit. Das müssen Sie sich ansehen.«

Barbara hatte nicht das geringste Interesse daran zuzusehen, wie ein Segelflugzeug in die Luft gezogen wurde. Aber da sie dann Dr. Scannell womöglich noch ein paar Minuten länger befragen konnte, sagte sie nicht nein. Ehe Ardery dankend ablehnen konnte, sprang Barbara auf und tat so, als wäre sie ganz wild auf das Schauspiel. Sie war froh, dass Ardery beschloss, noch in der Bar sitzen zu bleiben.

Draußen hatte der Wind kräftig zugenommen. Von einem Feuer bei einem Wohnwagen in der Nähe wehte beißender Rauch herüber, in den sich noch andere Gerüche mischten:

Chemikalien, Kerosin und ganz schwach der Geruch nach Schafsmist.

Nancy Scannell marschierte zu einer etwas abseitsliegenden Grasfläche, und Barbara hatte Mühe, mit ihr Schritt zu halten. Gegenüber dem Gebäude, aus dem sie gerade gekommen waren, kurvte jemand mit einem Traktor über die offenbar einzige Startbahn, um die Schafe zu verscheuchen, und wahrscheinlich musste das nächste Flugzeug ziemlich schnell gestartet werden, bevor die Schafe Zeit hatten, sich wieder in die Schusslinie vorzuwagen.

Zwei vierrädrige Fahrzeuge standen am jeweiligen Ende der fast zwei Kilometer langen Startbahn. In jedem saß ein Fahrer, und an der Vorderfront befand sich jeweils eine riesige Rolle, die nach Barbaras Einschätzung die Winde sein musste. Zwischen den beiden Winden verlief ein dickes Stahlseil und von da aus ein weiteres Seil, an dem das Segelflugzeug befestigt wurde.

Dr. Scannell schien nicht in Plauderstimmung zu sein, aber Barbara beschloss, darauf keine Rücksicht zu nehmen, denn es gab noch etwas, das sie unbedingt wissen wollte. Etwas außer Atem fragte sie: »Und was ist mit Strangulierung?«

Die Pathologin stopfte gerade ihre schwer zu bändigende Mähne wieder unter die Baseballmütze. »Wieso Strangulierung?«, fragte sie, während sie dem Piloten zuwinkte, der neben dem offenen Cockpit des Segelflugzeugs stand und zu den Wolken emporschaute. »Da bin ich!«, rief Nancy Scannell. »Huhu!«

Der Pilot drehte sich um. Es war eine Frau. Ob die anderen Mitbesitzer des Segelflugzeugs auch alle Frauen waren?

»Warum nicht?«, entgegnete Barbara. »Warum kann ihn nicht jemand mit diesem Priesterdings erst erdrosselt und dann an den Türknauf gehängt haben, um es wie einen Selbstmord aussehen zu lassen?«

»Weil die Hämatome am Hals dann anders aussähen.«

Dr. Scannell versuchte nicht, ihre Ungehaltenheit zu verbergen. Barbara konnte es ihr nicht verübeln. Schließlich stellten sie ihre Kompetenz infrage.

»Inwiefern?«, fragte Barbara.

»Drehen Sie sich um.« Die Pathologin zog ein Taschentuch aus ihrer Jeans.

»Wieso?«

»Tun Sie's einfach. Sie haben eine Frage. Sie bekommen eine Antwort.«

Als Barbara sich gehorsam umdrehte, legte die Pathologin ihr das Taschentuch um den Hals. Dann zog sie es vorsichtig zusammen und sagte: »Wenn ich Sie erdrossle, Sergeant, hinterlässt der Strick ein waagerechtes Mal um Ihren Hals. Natürlich könnte ich Sie anschließend irgendwo aufhängen, aber das ursprüngliche, waagerechte Mal würde bleiben. Wenn Sie sich selbst aufhängen, entsteht ein schräges Würgemal. So.« Sie demonstrierte es. »Damit haben Sie Ihre Antwort. Wenn Sie mich jetzt entschuldigen würden …«

Mit diesen Worten stopfte sie das Taschentuch zurück in ihre Jeans und ging los. Barbara sah zu, wie sie zusammen mit der Pilotin das Segelflugzeug inspizierte. Ein Helfer trat zu ihnen und überprüfte die Flügel und verschiedene Teile des Flugzeugs. Als der Mann das Flugzeug kontrolliert hatte, wurde es an dem Seil befestigt, das lotrecht zwischen den beiden Winden verlief. Während Dr. Scannell den Flügel des Seglers festhielt, um das Flugzeug zu stabilisieren, kletterte die Pilotin ins Cockpit und schnallte sich an.

Es dauerte alles weniger als eine Minute. Dr. Scannell gab dem Mann an der Winde mit dem hochgereckten Daumen ein Zeichen. Der eine Windenfahrer sendete dem anderen an der gegenüberliegenden Winde ein Lichtzeichen. Die Winde begann, sich zu drehen. Das Stahlseil zwischen den beiden Winden straffte sich, und das Segelflugzeug hob bereits nach weniger als fünfzig Metern ab. Auf einer Höhe von ungefähr zweihundertfünfzig Metern wurde das zweite Stahlseil am Segler ausgeklinkt. Der Segler flog jetzt ohne fremde Hilfe.

Unglaublich, dachte Barbara, als sie das Flugzeug lautlos durch die Luft gleiten sah. Wie verrückt musste man sein, um sich auf so was einzulassen?

LONG MYND
SHROPSHIRE

Allein in der Bar gab Isabelle sich Mühe, der Versuchung zu widerstehen. Aber am anderen Ende des spärlich beleuchteten Raums glänzten die Flaschen in ihren Regalen. Sie würde höchstens zwei Minuten brauchen, dachte sie, um hinter die Theke mit der Resopalplatte zu schlüpfen, die als Tresen diente, und sich aus reiner Neugier die Spirituosen anzusehen, die die Piloten sich nach einem Tag in der Luft hinter die Binde kippten. Wahrscheinlich passten sie auf, dass keiner von ihnen vor dem Fliegen dem Alkohol zusprach.

Isabelle redete sich ein, sie hätte ein akademisches Interesse daran, was die Bar des Segelfliegerclubs ihren Mitgliedern offerierte. War dem Klub die Qualität wichtiger als der Preis? Oder war Quantität wichtiger als Qualität? Boten sie Wodka mit Geschmack an? Gab es Gin-Infusionen? War das etwa ein Macallan, den sie dort erspähte? Und wenn ja, wie alt war er? Es war nur reines Interesse, pure Neugier und die Lust, den Duft zu riechen, wenn sie die Flasche öffnete, und sich den Erinnerungen hinzugeben, die dieser Duft auslösen würde, bis die Erinnerungen sie vergessen ließen, was sie jetzt beschäftigte. Nur leider wusste sie, dass das, was sie jetzt beschäftigte, sie auch damals beschäftigt hatte. Nur einer, nur einer, mehr nicht, niemand würde etwas merken, und die Zwillinge hielten gerade ihren Mittagsschlaf, Gott sei

Dank, nach einem Vormittag, einem langen, anstrengenden Vormittag, der in den Nachmittag übergegangen war, bis der eine angefangen hatte, Theater zu machen, und nicht hatte schlafen wollen, und dann das Geschrei …

Isabelle stand auf. Sie nahm ihre Tasche und verließ die Bar. Sie durchquerte das Besprechungszimmer und ging in die Cafeteria, wo die Piloten lachend vor der Fensterfront gestanden hatten. Jetzt waren es nur noch zwei. Sie saßen an einem Tisch in ein Gespräch vertieft, das sehr privat zu sein schien, so leise, wie sie redeten. Sie bemerkten Isabelle nicht, was sie nicht weiter störte, weil sie so aufgewühlt war.

Einen Moment lang schaute sie aus dem Fenster, um sich abzulenken. Sie konnte wirklich verstehen, dass die Welsh Marches, über die man von hier aus einen endlos weiten Blick hatte, die Menschen in Erstaunen versetzten. In der Ferne erblickte sie Kumuluswolken und einen Segler, der seine Bahn aufwärtszog, und dann noch einen. Ob es da oben völlig geräuschlos war oder ob man den Wind hörte?

Sie spürte, wie ihre Fingernägel sich in ihre Handflächen gruben, und fragte sich, an welchem Punkt ihres Gedankenspaziergangs ihre Finger sich derart verkrampft hatten, dass sie vier tiefe Halbmonde im Handballen hinterlassen hatten, die sie sehen würde, wenn sie jetzt nach unten schaute, was sie aber nicht tat, weil sie nicht wissen wollte, was es ihr über sie selbst sagen würde, und deswegen musste und wollte sie sofort und so schnell wie möglich hier weg, weil sie genau wusste, dass der Abgrund direkt vor ihr lag und sie nur einen Schritt zu machen brauchte, um über den Rand zu treten, und dann würde sie genauso fliegen wie die Segelflugzeuge hoch oben über ihr …

»Chefin?«

Isabelle wandte sich von der Fensterfront ab, und vor ihr stand Barbara Havers. Sie hatte keine Ahnung, wie lange Havers schon in der Cafeteria war. Aber sie klang eigentlich nicht besorgt, sie wollte ihr wohl nur mitteilen, dass sie wieder zurück war von ihrem Gang mit der Gerichtsmedizinerin. »Haben Sie gesehen, was Sie sehen wollten?«, fragte Isabelle. »Und erfahren, was Sie erfahren wollten?«

Havers nickte, aber ihre Antwort »Mehr oder weniger« klang nicht sehr überzeugend.

Isabelle sagte: »Gehen wir.« Sie ging voraus durch den Flur, und als sie an den Toiletten vorbeikamen, bat sie Havers, beim Auto auf sie zu warten, und deutete mit dem Daumen an, sie müsse noch mal kurz verschwinden. Wie erwartet erwiderte Havers, sie rauche dann noch schnell eine, wenn die Chefin nichts dagegen habe, und in diesem Moment hatte die Chefin überhaupt nichts dagegen.

Das Minifläschchen reichte bei Weitem nicht, aber Isabelle leerte es in einem Zug, sobald sie sich in der Toilettenkabine eingeschlossen hatte. Sie vergrub es tief im Mülleimer und überprüfte ihr Aussehen im Spiegel. Dann nahm sie ihren Lippenstift heraus, zog die Lippen nach und machte sich ein paar Tupfer auf die Wange, die sie sorgfältig verwischte. Zum Schluss steckte sie sich noch ein Minzbonbon in den Mund, verließ das Klubgebäude und ging zu Havers hinüber, die wie immer gierig an ihrer Zigarette zog, während sie die Landschaft betrachtete und auf ihrer Unterlippe herumkaute.

Havers war in Gedanken vertieft, was verschiedene Interpretationen zuließ. Oder man konnte sie ignorieren, was Isabelle am liebsten getan hätte. Aber wenn sie als Polizistin auch nur halbwegs kompetent war, musste sie es ansprechen. Also sagte sie: »Etwas beschäftigt Sie, Sergeant.«

Havers riss sich von der Betrachtung des Flugplatzes los und drehte sich um. Mit einem Achselzucken und einem schiefen Lächeln sagte sie: »Für mich sieht alles bis aufs i-Tüpfelchen korrekt aus.« Sie warf ihre Kippe auf den Boden und trat sie aus. »Ich wär dann so weit«, sagte sie und fügte hinzu: »Soll ich fahren, Chefin? Sie haben ja bisher die ganze Zeit …«

»Nein!« Isabelle hatte schroffer geantwortet als beabsichtigt, aber in Havers' Stimme hatte etwas mitgeklungen, das ihr nicht gefiel. Mit einem Lächeln, von dem sie hoffte, dass es echt wirkte, sagte sie: »Ich verspreche auch, keine Enten in Gefahr zu bringen. Steigen Sie ein.«

Während der Rückfahrt nach Ludlow nutzte Havers die Zeit, um sich noch einmal in die Akten zu vertiefen. Akribisch verglich sie deren Inhalt mit dem, was sie sich notiert hatte. Die Konzentration, mit der sie zu Werke ging, war regelrecht unnatürlich, dachte Isabelle. Ebenso wie ihre Miene vorhin am Flugplatz ließ ihr jetziges Verhalten mehr als eine Interpretation zu, und nach einer Viertelstunde der Stille, die – so schien es zumindest Isabelle – immer angespannter wurde, sagte sie: »Sie sind nicht überzeugt. Was genau stört Sie, Sergeant?«

Havers hob den Kopf und sah aus wie das Kaninchen vor der Schlange, doch sie bekam ihre Gesichtszüge schnell in den Griff. »Es ist nur…«, sagte sie. »Ist Ihnen aufgefallen, wie gut alles zusammenpasst, Chefin? In Shrewsbury werden Einbrüche verübt, es ist also nur der Hilfspolizist da, der den Diakon festnehmen kann. Dann plötzlich gibt es ein Problem mit betrunkenen Jugendlichen im Ort, um das sich der Hilfspolizist kümmern muss, weswegen der Diakon erst mal in der Polizeistation in Ludlow bleiben muss. Einbrüche, eine Verhaftung, randalierende Jugendliche, ein Selbstmord – alles in einer Nacht?«

Isabelle konzentrierte sich aufs Fahren. Vor ihnen lagen zwei Schafe mitten auf der Straße. Sie hupte. Die Schafe schauten gleichgültig in ihre Richtung. »Verflixt und zugenäht«, zischte sie. Sie öffnete ihre Tür, lehnte sich hinaus und schrie: »Haut ab, ihr blöden Viecher!« Die Tiere standen in aller Ruhe auf und trollten sich. Isabelle schlug die Tür zu und sagte zu Havers: »Wollen Sie damit andeuten, dass das alles arrangiert war? Ein paar Einbrüche, eine Verhaftung und die betrunkenen Jugendlichen, um die sich einer kümmern musste? Das wäre dann aber eine Riesenverschwörung, oder etwa nicht?«

»Da gebe ich Ihnen recht. Aber all diese Zufälle… Eins ist auf jeden Fall klar, nämlich, dass das unbedingt an die Staatsanwaltschaft hätte gehen müssen. Und da das nicht passiert ist… Ich meine, glauben Sie nicht auch…«

Es brachte Isabelle auf die Palme, dass Havers den Satz nicht beendete. »Nun spucken Sie's schon aus«, fauchte sie.

»Es ist einfach… Ein Riesenzufall ist nicht dasselbe wie eine Riesenverschwörung. Und wenn man eine Sache überprüft, entdeckt man plötzlich eine andere.«

An der Telefonzelle, wo sie abbiegen und den Hügel hinunterfahren mussten, um zu der Straße zurück nach Ludlow zu gelangen, bremste Isabelle schärfer als beabsichtigt. »Was wollen Sie damit sagen?«, stöhnte sie frustriert.

»Eigentlich nichts. Aber wenn man alles ein bisschen näher unter die Lupe nimmt…«

»Wie ich bereits mehrfach betont habe, sind wir nicht hier, um eine Mordermittlung einzuleiten. Wir sind hier, um zwei Ermittlungen in einem Selbstmordfall zu untersuchen. Wir können nicht dauernd die Selbstmordfrage aus jedem Winkel beleuchten, weil wir uns dann nur in Details verlieren, und dafür hat Hillier uns nicht genug Zeit gegeben.«

»Alles klar«, sagte Havers. »Aber wo wir doch ein bisschen Zeit haben… also, jetzt grade, mein ich… äh, ich hab die Adresse des Diakons, die hat der Pfarrer mir heute Morgen gegeben. Ist doch echt merkwürdig, finden Sie nicht, dass er nicht bei den Spencers im Pfarrhaus wohnen wollte, oder?«

»Nein, ich finde das überhaupt nicht merkwürdig. Außerdem haben Sie das schon mal erwähnt. Und ich frage Sie: Würden Sie etwa mit den Pfarrersleuten unter einem Dach wohnen wollen?«

»Ich? Natürlich nicht. Aber wenn ich Diakon wäre und

ein Zimmer bräuchte und die mir eins anbieten würden in einem Haus, das keine zwanzig Meter von der Kirche entfernt ist…? Warum nicht? Er hätte viel Geld sparen können. Aber er wollte nicht bei denen wohnen. Vielleicht hatte das ja einen Grund. Aber in den zwei Ermittlungen steht kein einziges Wort darüber, wo Druitt gewohnt hat, Chefin.«

Isabelle seufzte. Havers war wirklich ein Quälgeist. »Also gut«, sagte sie. »Ich verstehe, worauf Sie hinauswollen. Wir sollen zu dieser Adresse fahren und uns dort umsehen… Wonach suchen wir eigentlich? Was glauben Sie dort zu finden? Eine Leiche im Keller? Einen Totenschädel im Kühlschrank? Egal. Sagen Sie nichts. Geben Sie mir die verflixte Adresse.«

BURWAY
SHROPSHIRE

Ian Druitt hatte außerhalb von Ludlow in einer kleinen Reihenhaussiedlung gewohnt, die zwei Sackgassen und eine namenlose Straße umfasste. Jedes Doppelhaus hatte eine eigene Garage. Vor Ian Druitts Garage stand ein gelber Lieferwagen mit offener Schiebetür. Auf der Schiebetür prangte eine kunstvolle Darstellung von hochwertigen Keramiktöpfen und -kübeln mit üppig blühenden Pflanzen. Über dem Bild stand das Logo *Bevans' Beauties* und darunter eine Telefonnummer, der Name einer Webseite und eine E-Mail-Adresse. Eine Frau in grüner Latzhose und kurzärmeligem T-Shirt war dabei, riesige Säcke Pflanzerde in den Lieferwagen zu laden. Sie hatte sich ein Tuch um den Hals gebunden, und auf dem Kopf trug sie einen Hut mit einer so breiten Krempe, als wollte sie nicht nur sich selbst, sondern auch ihren Mitmenschen Schatten spenden.

»Das ist die Adresse?«, fragte Isabelle, woraufhin Havers

noch einmal in ihren Notizen nachschaute. Havers nickte. Druitt hatte also nicht allein gelebt. In dem Augenblick drehte die Frau sich um, und Isabelle sah, dass sie in Druitts Alter war. Irgendwie wunderte sie das.

Nach heutigen Maßstäben, nach denen Fünfundsechzigjährige als Menschen mittleren Alters bezeichnet wurden, als wäre damit zu rechnen, dass sie hundertdreißig wurden, war diese Frau eine Jugendliche um die vierzig. Sie trug eine Sonnenbrille im John-Lennon-Stil, die sie zurechtrückte, als Isabelle und DS Havers sich ihr näherten. Der Lieferwagen war bereits voll beladen mit Sommerpflanzen und Töpfen und Kübeln, wie sie auf der Autotür abgebildet waren.

Isabelle stellte sich und Havers vor, und sie wiesen sich beide aus. Wenig überraschend wirkte die Frau verwirrt darüber, dass New Scotland Yard sich für sie interessierte. Doch sie sagte freundlich, sie heiße Flora Bevans, und fügte hinzu: »Ich weiß, es ist ein Witz. Flora. Als hätten meine Eltern es schon gewusst.«

Isabelle erklärte ihr, dass der Pfarrer der St. Laurence Church ihnen Ian Druitts Adresse gegeben habe, worauf Flora erwiderte, Ian Druitt sei ihr Untermieter gewesen. Es stellte sich heraus, dass sie Mitglied des Kirchenchors war und von einer älteren Dame erfahren hatte – »Sie wissen ja, wie manche Frauen versuchen, Leute zusammenzubringen« –, dass Ian Druitt, der damals bei Mr und Mrs Spencer gewohnt hatte, auf der Suche nach einer anderen Unterkunft war, weil er die Pfarrersleute nicht mit seiner Musik stören wollte.

»Ich hatte noch ein Zimmer frei, und ich konnte das Geld gebrauchen, aber können wir das nicht alle?«, sagte sie. »Und ich hab mir gesagt, wenn mir seine Musik zu laut wird, kann ich ja meine Hörgeräte rausnehmen. Also hab ich ihm das Zimmer angeboten, er ist hergekommen, um es sich anzusehen, und das war's. Aber zwischen uns war nichts«, ergänzte sie. »Wir haben uns nicht zueinander hingezogen gefühlt, wenn Sie verstehen, was ich meine. Aber er war ein netter Kerl. Und er hat das Bad blitzblank sauber gehalten, was man weiß Gott nicht von jedem Mann behaupten kann. Es gibt nur eins. Ein Bad, meine ich. Das haben wir gemeinsam benutzt. Auch die Küche. Und abgesehen davon, dass ich ihm erst beibringen musste, die Haustür nicht zuzuknallen, wenn er spätabends kam, haben wir uns von Anfang an total gut verstanden.«

»Kam er oft spätabends nach Hause?«, fragten Isabelle und Havers gleichzeitig.

»Der Mann hat sich überall engagiert, wo man sich überhaupt engagieren kann«, sagte Flora Bevans. »Für Ian hatte der Tag nie genug Stunden.«

»Wir haben gehört, dass er für seinen Einsatz eine Ehrung erhalten hat«, sagte Havers.

»Ja, genau. Und er war mächtig stolz auf die Ehrenplakette. Ich würde sie Ihnen zeigen, aber nachdem etwas Gras über seinen unglücklichen Tod gewachsen war, hat sein Vater all seine Habseligkeiten abgeholt. Der arme Mann.« Sie löste das Tuch von ihrem Hals und tupfte sich damit das Gesicht ab, obwohl es nicht besonders warm war und sie nicht schwitzte. »Irgendwie fühlt man sich schuldig«, sagte sie. »Selbstmord. Das hätte ich nie gedacht. Er war ein Gottesmann, und diese Leute haben doch normalerweise … wie nennt man das? … na ja, ihre Spiritualität. Es war ein Schock. Er ist an dem Abend nicht nach Hause gekommen, jedenfalls hab ich ihn nicht gehört, aber ich hatte keine Ahnung, dass er verhaftet worden war. Und dann hat sich rumgesprochen, *warum* er verhaftet worden war, und das war wirklich ganz schrecklich. Also, nicht nur für mich, weil ich womöglich einen Pädophilen bei mir im Haus gehabt habe. Auch für seine Familie war das schlimm. Die haben mir so leidgetan. Die waren fix und fertig, als die hergekommen sind, um seine Sachen abzuholen, völlig verstört. Das war ja auch kein Wunder, oder?

Es ist immer unangenehm, etwas Fürchterliches über einen Angehörigen zu erfahren. Aber wenn man erfährt, dass ein Angehöriger – noch dazu ein Kirchenmann – sich an Kindern vergangen hat… Also, das haut einen doch wirklich um.«

»Glauben Sie, dass er sich tatsächlich an Kindern vergriffen hat?«, fragte Havers.

»Ach, was weiß denn ich schon?«, entgegnete Flora. »Wenn man bedenkt, wie viele Ehefrauen keine Ahnung haben, dass ihre Ehemänner mit blutigen Hämmern im Kofferraum durch die Straßen fahren und Frauen erschlagen, was soll eine Vermieterin dann von ihrem Mieter wissen? Hier im Haus hat er jedenfalls nichts angestellt. Und ich muss sagen, falls es wirklich stimmt, dass Ian sich an Kindern vergangen hat, dann weiß ich wirklich nicht, wann er die Zeit dazu gefunden hat. Da fällt mir ein…« Sie zog die Brauen zusammen.

»Ja?«, sagte Isabelle.

»Ich hab immer noch seinen Terminkalender. Das habe ich ganz vergessen. Ich hätte ihn längst abgeben sollen – der Mann hatte ja jede Stunde einen anderen Termin –, aber daran hab ich gar nicht mehr gedacht. Den wollen Sie bestimmt haben, oder? Oder soll ich ihn seinem Vater schicken? Ian hat ihn immer in der Küche liegen lassen, und als ich seine Sachen eingepackt hab, hab ich ganz vergessen, dass er noch immer in der Küche unterm Telefon lag.«

Der Terminkalender würde Tür und Tor für weitere Informationen öffnen, als Isabelle lieb war. Aber Havers antwortete, bevor Isabelle zu Wort kam, und die unerträgliche Frau sagte natürlich, der Terminkalender sei mehr, als sie zu hoffen gewagt hätten.

»Na, dann kommen Sie mal rein«, sagte Flora Bevans und ging voraus ins Haus.

Sie betraten einen kleinen Flur, an dessen Wänden Fotos von Keramiktöpfen hingen, die Flora bepflanzt hatte, wie Isabelle vermutete. Nach den Bildern zu urteilen war sie eine richtige Künstlerin. Isabelles Vorstellung von Kübelpflanzen beschränkte sich auf Efeu und die Hoffnung, dass es nicht einging, wenn sie vergaß, es regelmäßig zu gießen.

Flora führte sie in eine hübsch eingerichtete und sehr saubere Küche, wo sie den Terminkalender aus einer Schublade nahm und ihnen reichte. Es war ein Standardexemplar: eine Seite pro Wochentag, eine Zeile für jede Stunde und ein erbaulicher Spruch auf jeder Seite. Havers begann, in dem Kalender zu blättern. Er war voller Einträge, genau wie Flora es gesagt hatte. Hinter dem Haus war Lärm zu hören, die unverkennbaren Geräusche spielender Kinder: Geschrei, Lachen, Gepolter und zwischendurch die mahnende Stimme eines Erwachsenen.

»Der Schulhof grenzt gleich an den Garten«, sagte Flora. »Dreimal am Tag wird's ziemlich laut und chaotisch, aber an den Wochenenden und während der Ferien herrscht hier himmlische Ruhe. Das hier ist das friedlichste Viertel in der Stadt, wenn Sie mich fragen. Ich glaub, Ian hat das auch so empfunden.«

Havers blickte von dem Terminkalender auf. »Vor dem Haus hört man nichts«, bemerkte sie.

»Hm, stimmt«, sagte Flora. »Mein Zimmer geht nach vorne raus, ich höre die Kinder also nie. Ian hatte das hintere Zimmer, er hat den Lärm also voll abgekriegt, wenn er während der Schulpausen zu Hause war.«

»Dürfen wir das Zimmer mal sehen?«, fragte Havers. Dann fügte sie hinzu: »Ist das in Ordnung, Chefin?«

Isabelle nickte. Flora führte sie nach oben. Sie könnten sich in Ruhe umsehen, sagte sie, nicht, dass es viel zu sehen gebe, aber sie müsse wieder an die Arbeit, wenn es ihnen nichts ausmache. Sie bräuchten nicht abzuschließen, wenn sie gingen, sie schließe ihre Türen nie ab, da es bei ihr sowieso nichts zu holen gebe.

Im Zimmer des Toten angekommen, stellten sie erstens

fest, dass der Lärm vom Schulhof ziemlich unerträglich wäre für jemanden, der tagsüber Ruhe und Frieden suchte, und zweitens, dass man vom Fenster aus einen sehr guten Blick auf den Schulhof hatte, wo gerade die Jungen und Mädchen in der Frühlingssonne herumtollten. Die Kinder waren etwa zwischen zehn und dreizehn Jahren alt, und wie die meisten Kinder in dem Alter machten sie den größtmöglichen Lärm beim Seilspringen, Ball- und Himmel-und-Hölle-Spielen. Eine Gruppe von Jungs balgte sich wie beim Rugby, aber beim näheren Hinsehen merkten sie, dass sie versuchten, einen Luftballon plattzutreten. Die Pausenaufsicht führte eine grimmig dreinblickende Frau mit einer Trillerpfeife um den Hals.

»Hm. Ob er sich wohl deswegen für das Zimmer interessiert hat?«, murmelte Havers, die neben Isabelle am Fenster stand und das Treiben auf dem Schulhof beobachtete. »Perfekte Aussicht, wenn man sich ausmalen will, was man mit denen machen könnte, wenn man sie in die Finger bekäme, oder?«

Die Kinder da draußen waren nicht viel älter als ihre Söhne, dachte Isabelle. Sie spielten genauso hingebungsvoll wie die Zwillinge und genauso unbekümmert. Sie hatte vom ersten Moment an gewusst, dass Zwillinge, noch dazu Jungs, für eine Mutter wie sie eine enorme Herausforderung darstellten. Aber weder hätte sie sich träumen lassen, dass sie sie einmal verlieren könnte, noch hatte sie sich das jemals gewünscht. *Was du ihnen antust, wenn du dich so aufführst*, hatte jedoch nicht ausgereicht, um sie aufzuhalten. Das war ihre schlimmste Sünde gewesen. Aber weiß Gott nicht die einzige.

»… ist ihm womöglich einer abgegangen, wenn er nur hier gestanden hat«, sagte Havers nachdenklich. »Das müssen wir in Betracht ziehen. Und keiner hätte je was davon mitbekommen.«

Isabelle riss sich aus ihren Gedanken. »Wie?«

»Sie wissen schon, Chefin. Einen von der Palme wedeln und so.«

»Wie bitte?«

»Ich meinte«, sagte Havers hastig, »also… wie soll ich sagen, fünf gegen einen…«

»Ah.« Endlich fiel der Groschen. »Sie meinen, er hat masturbiert, während er die Kinder beobachtet hat?«

»Na ja. Ja. Bietet sich doch an, mit dem Schulhof direkt hinterm Haus. Und wer hätte es mitbekommen? Flora war unterwegs mit ihren Töpfen und Pflanzen, er hatte das Haus für sich allein, hat die Kinder da draußen gehört und… ein bisschen Taschenbillard gespielt.«

»Drücken Sie sich DI Lynley gegenüber eigentlich auch so anschaulich aus, Sergeant Havers?«

Havers verzog das Gesicht. »Sorry, Chefin.«

»Ich kann mir jedenfalls nicht vorstellen, dass DI Lynley sich Ihnen gegenüber so bildhaft ausdrückt.«

»Da haben Sie vollkommen recht, Chefin. Würde er nicht machen. Viel zu blaublütig. Eher würde er sich die Zunge abbeißen. Er kam überhaupt nicht auf die Idee. Das würde mehr oder weniger gegen seine Erziehung verstoßen, wenn Sie verstehen, was ich meine. Na ja, jeder weiß ja, dass er der geborene Gentleman ist, deswegen will sich keiner vorstellen… Sie wissen schon… was er von der Schattenseite… na ja… wie auch immer.«

»Verstehe.« Isabelle kannte Lynley ziemlich gut. Sie hatten eine Zeit lang ein Verhältnis gehabt. Es stimmte zwar, dass er in Bezug auf Diskretion der Gentleman in Person war, aber auch die beste Erziehung blieb auf der Strecke, wenn eine Frau nur entschlossen genug war. Und da Isabelle Thomas Lynley gegenüber äußerst entschlossen gewesen war, hatte sie mehr gehört, als Barbara Havers je von ihm zu hören bekommen würde, auch wenn es sich auf einem anderen Niveau bewegte als das, was Havers eben von sich gegeben hatte. Sie wandte sich wieder zum Fenster um und sagte: »Ich widerspreche Ihnen nicht. Vielleicht hat Ian Druitt sich gern die Kinder angesehen. Wir wissen beide, dass bei Menschen alles denkbar ist.«

In dem Zimmer standen nur noch wenige Möbel: ein Bett, eine Kommode, ein kleiner Schreibtisch mit einer Schublade, ein Stuhl. Die Kommoden- und die Schreibtischschubladen waren leer, die Wände kahl. Ein winziges Loch an der Wand über dem Bett ließ darauf schließen, dass dort einmal etwas gehangen hatte, wahrscheinlich ein Kruzifix, dachte Isabelle, passend zu der klösterlichen Einrichtung.

Soweit Isabelle erkennen konnte, würden sie hier nichts weiter finden. Der Terminkalender bestätigte, dass Ian Druitt zahllose Ehrenämter innegehabt hatte. Das war eher anstrengend als verdächtig, dachte Isabelle. Damit war also ihre Arbeit in Shropshire beendet.

Sergeant Havers sah das natürlich ganz anders, denn als sie nach unten gingen, sagte sie: »Wir müssen die ganzen Kartons durchgehen, die sein Vater Ihnen gegeben hat. Womöglich sind da ja Aufzeichnungen drin oder sonst irgendwas, das in Übereinstimmung mit seinem Terminkalender steht. Wir müssen uns vergewissern, dass wir wirklich alles berücksichtigt haben.« Und als rechnete sie damit, dass Isabelle protestierte, fügte sie hinzu: »Ich nehm an, der Vater erwartet das von uns. Meinen Sie nicht auch?«

Nein, dachte Isabelle. Das meinte sie nicht. Aber im Grunde hatte Havers recht. Außerdem hatten sie jetzt diesen vermaledeiten Terminkalender am Hals. Sie seufzte und sagte: »Und was wäre Ihrer Meinung nach die beste Methode, eine Übereinstimmung festzustellen, Sergeant?«

»Das Zeug in den Kartons durchsehen. Vielleicht finden wir was, das bisher übersehen wurde.« Als Isabelle nicht gleich antwortete, fuhr sie fort: »Ich kann die Sachen natürlich auch allein durchgehen, falls Sie was anderes vorhaben.«

Was Isabelle vorhatte, war ein Wodka Tonic mit wenig Tonic. Aber sie konnte kaum von Havers verlangen, dass sie sich die Kartons mit Druitts Krempel allein vornahm, und sich derweil absentieren. Sie pflichtete Havers also bei, dass sie sich mit dem Inhalt der Kartons und dem Terminkalender befassen mussten, denn schließlich handelte es sich um Gegenstände aus dem Besitz des Toten, die in beiden vorherigen Ermittlungen übersehen worden waren.

Sie sagte: »Machen wir uns also an die Arbeit. Wir können das im Hotel erledigen, und vielleicht kann Peace uns ein Sandwich machen.«

Wie sich herausstellte, gaben Ian Druitts Habseligkeiten nichts her. Sie schleppten die Kartons ins Hotel, stellten sie im Aufenthaltsraum nebeneinander hin und packten sie aus, während Peace on Earth sie netterweise mit einigermaßen genießbaren Schinken-und-Ei-Sandwiches versorgte. Isabelle bestellte sich ihren ersehnten Wodka Tonic und sagte Havers, sie solle sich ruhig auch einen gönnen. Havers jedoch schien entschlossen, abstinent zu bleiben, und nahm ein Mineralwasser. Sie bestellte sich jedoch noch eine Tüte Kartoffelchips.

Sie teilten die Kartons untereinander auf. Isabelle begann mit einem, der einen tragbaren CD-Spieler und eine eklektische CD-Sammlung von klassischer Musik bis hin zu amerikanischer Countrymusic enthielt. Ferner fand sie einen iPod und eine Dockingstation.

Neben ihr leerte Havers einen Karton mit Druitts Alltagskleidung. Wie es sich für einen Gottesmann gehörte, hatte er nicht viele Kleider besessen. Alles war säuberlich gefaltet und in gedeckten Farben. Zwischen den Kleidern, vielleicht, um es zu schützen, stieß Havers auf ein hölzernes Kruzifix ohne Christusfigur. Das Holz war glatt und schön poliert, und hinten war eine winzige Plakette mit einer Gravur angebracht. *Für Ian in Liebe von Mum und Dad* stand darauf, außerdem ein Datum, wahrscheinlich der Tag, an dem er zum Diakon geweiht worden war. Ganz unten im Karton lag ein Schnellhefter mit Namenslisten, vermutlich die Namen, Adressen und Telefonnummern der im Hort angemeldeten Kinder, denn hinter jedem Eintrag waren in Klammern jeweils ein männlicher und ein weiblicher Vorname vermerkt, die Namen der Eltern. Unter dem Schnellhefter kamen eine Zeitung und ein Stapel Flugblätter zum Vorschein, die für den Auftritt einer Skiffle-Band namens Hangdog Hillbillies warben. Auf jedem Flugblatt war ein anderes Foto der Band, außerdem ein anderes Datum und ein anderer Veranstaltungsort. Offenbar hatte Ian Druitt in dieser Band gespielt, auf den Fotos war er am Waschwannenbass zu sehen. Die anderen Musiker spielten Banjo, Waschbrett, Löffel und Gitarre. Die Musiker verkleideten sich bei ihren Auftritten passend zum Namen der Band als Galgenvögel, und im nächsten Karton, den Isabelle öffnete, fanden sich die entsprechenden Kleidungsstücke: zerrissene Jeans und Latzhosen, verschlissene Stiefel, ausgeleierte T-Shirts, löchrige Hemden und verschiedene Hüte.

Bei der Zeitung handelte es sich um die Ausgabe des *Ludlow Echo*, in der über Ian Druitts Auszeichnung als Bürger des Jahres berichtet wurde. Im Gegensatz zu Ardery, die den Artikel nur kurz überflogen hatte, ging Havers ihn gründlich durch und las die Liste von Druitts Ehrenämtern laut vor: Mitglied der Gruppe für die Sterilisierung streunender Katzen, Leiter des Kinderhorts, Mitglied der Victim Volunteers Society, Verantwortlicher für die Einführung des Street-Pastors-Programms, Leiter des Kirchenchors von St. Laurence. Außerdem hatte er einer Gruppe von Freiwilligen angehört, die alte Leute und Bettlägerige besuchten.

»Mein lieber Schwan«, sagte Havers, als sie geendet hatte. »Wann hatte der Typ denn noch Zeit, seinen Pflichten als Diakon nachzukommen?«

Isabelle wusste genauso wenig wie Havers, was ein Diakon eigentlich genau tat. »Vielleicht waren das ja seine Pflichten.«

»Wird wohl so gewesen sein.« Aber Havers klang nicht überzeugt.

Isabelle schaute sie an. Havers hatte nachdenklich die Stirn gerunzelt, aber als sie ihren Blick bemerkte, gelang es ihr, einen ganz und gar nichtssagenden Gesichtsausdruck aufzusetzen. Das war nicht nur irritierend, sondern auch wenig hilfreich. »Lassen Sie das, Sergeant«, sagte Isabelle, merkte jedoch sofort, dass sie klang wie eine Mutter, die ihre pubertierende Tochter schalt.

Havers zuckte zusammen. »Was?«

»Wenn Sie über etwas nachdenken, möchte ich gern wissen, worüber.«

»Sorry, Chefin. Ich…«

»Und hören Sie auf, sich ständig zu entschuldigen!«

»Sorry.« Sie schlug die Hand vor den Mund.

Isabelle stöhnte. »Wir sind uns doch wohl einig, dass wir hierhergeschickt wurden, um die Sache zu klären. Je eher uns das gelingt, desto eher können wir nach London zurückfahren. So, und was wollten Sie eben sagen?«

»Es ist einfach alles ein bisschen viel.« Sie zeigte auf den Zeitungsartikel. Darin kamen auch mehrere Personen zu Wort, die auf die eine oder andere Weise von Ian Druitts Einsatz profitiert oder bei verschiedenen Organisationen mit ihm zusammengearbeitet hatten. Wie zu erwarten, lobten sie alle den guten Einfluss des Diakons auf die Jugend der Stadt, seine großzügige Haltung, seinen liebevollen Umgang mit Kindern in den höchsten Tönen. »Es ist, als würde er… Sie kennen doch den Ausdruck ›zu viel geloben‹, oder?«

»Wovon verdammt noch mal reden Sie?«

»Ach so. Sor… ups. Na, dieses Shakespeare-Zitat. Die Dame gelobt zu viel und so weiter.«

Isabelle holte tief Luft und musterte Havers eindringlich.

»Wieso habe ich den Eindruck, dass Sie verdammt viel von DI Lynley gelernt haben? Zitieren Sie bei Ihren Ermittlungen Shakespeare um die Wette?«

Havers lachte. »Er versucht einfach, mich für die gehobene Literatur zu begeistern. Wahrscheinlich kommt als Nächstes Dickens an die Reihe. Aber erst wenn ich den Shakespeare aus dem Effeff draufhab. Er interessiert sich übrigens nur für die Stücke, in denen viel Blut fließt. Den *Hamlet* hab ich inzwischen intus, aber bei *Macbeth* vertu ich mich immer noch oft.«

Isabelle zögerte. Etwas an Havers' Gesichtsausdruck machte sie stutzig… »Sie nehmen mich auf den Arm, stimmt's?«

»Na ja… ein bisschen.«

»Wieso habe ich den Eindruck, dass es mit Macbeth zu tun hat? Wieso denke ich, dass Sie *Macbeth* im Schlaf auswendig aufsagen können?«

»Das kann ich doch gar nicht!«, sagte Havers hastig. »Ich meine, nur bis zu der Szene mit dem blutigen Dolch. Na ja, vielleicht komm ich auch noch bis zu der Stelle, wo Macbeth den Schlaf mordet, aber das war's auch schon.«

»Aha.« Isabelle kehrte zum Thema zurück. »Und wie war das jetzt mit der Dame, die zu viel gelobt?«

Havers zeigte auf den Artikel. »Ich dachte einfach, wenn einer sich dermaßen in diese ehrenamtlichen Tätigkeiten stürzt, dann muss er doch einen Grund dafür haben. Und dieser Grund könnte damit zu tun haben, dass er den Schein wahren will. Der anonyme Anrufer, der hat doch gesagt, er kann die Heuchelei nicht mehr ertragen. Das ganze Trara darum, was Druitt für ein… Ich weiß auch nicht, wie ich es nennen soll.«

»…für ein Gutmensch war? Gut und bewundernswert?«

»Der hat einfach alles getan, was der Herrgott von einem guten Christen verlangt. Als hätte er sich eine Liste von guten Taten gemacht und die beharrlich abgearbeitet. Das ist einfach zu viel, wenn Sie mich fragen. Es scheint, als hätte er was zu verbergen gehabt. Und dann liest jemand den Artikel und denkt: Moment mal, Kumpel. Das geht mir jetzt zu weit. Und dann ruft er bei der Polizei an, weil er es nicht erträgt, dass ein Ungeheuer in den Himmel gelobt wird, das eigentlich…«

»…ins Gefängnis gehört«, beendete Isabelle den Satz.

»Die Sache spricht sich rum, und plötzlich steht der Bürger des Jahres ziemlich dumm da.«

»Einverstanden«, sagte Isabelle. »Aber wir können die Möglichkeit, dass der Anrufer sich rächen wollte, nicht außer Acht lassen.«

»Aber würde das mit der Rache nicht auch zu dem Vorwurf der Pädophilie passen? Du hast mein Kind missbraucht – oder, besser noch, du hast mich missbraucht, als ich zehn Jahre alt war –, und dafür mach ich dich jetzt fertig, Kumpel. So was in der Richtung.«

»Gar nicht so dumm. Ich neige dazu, Ihnen recht zu geben, Sergeant. Bürger des Jahres, die Lobhudelei in der Zeitung, der anonyme Anruf. Das könnte auch ein enger Freund gewesen sein, oder?«

Havers wirkte erfreut, aber Isabelle konnte auf keinen Fall zulassen, dass sie glaubte, sie könnte ihren Willen durchsetzen. Deshalb sagte sie: »Aber ich hoffe, Sie stimmen mir zu, dass Rachsucht in dem Fall nicht unbedingt zu Mord geführt haben muss. Es hätte auch ausgereicht, Druitts Ruf zu ruinieren und dafür zu sorgen, dass der Mann verhaftet und vor Gericht gestellt wird. Der Presserummel hätte ein Übriges getan, egal, wie der Prozess ausgegangen wäre.«

»Ja natürlich, das ist vollkommen richtig«, sagte Havers, allerdings nicht die Spur kleinlaut. »Aber da ist noch etwas anderes.« Sie hielt den Terminkalender hoch, den Flora Bevans ihnen gegeben hatte. »Wir müssen die Spalte A…«, sie wedelte mit dem Kalender, »mit Spalte B vergleichen.« Sie zeigte mit der anderen Hand auf den Zeitungsartikel.

»Und was bedeutet das?«

»Dass etwas in dem Terminkalender stehen könnte, das bisher keiner gesehen hat. Und wenn wir verhindern wollen, dass Mr Clive Druitt seine Anwälte anruft, dann sollten wir das überprüfen.«

LUDLOW
SHROPSHIRE

Nach der Durchsicht der Kartons ging Barbara Havers mit dem Gefühl auf ihr Zimmer, tatsächlich eine Runde gewonnen zu haben. Bevor sie sich mit Ardery vor dem Abendessen auf einen Drink im Aufenthaltsraum traf, nahm sie sich den Terminkalender des Diakons vor und stellte fest, dass er tatsächlich etwas enthielt, das genauer unter die Lupe genommen werden musste.

Als sie jedoch nach unten kam, waren neue Gäste angekommen, sodass Ardery und sie kein dienstliches Gespräch führen konnten, weder vor noch während des Abendessens. Die Neuen tranken Sekt als Aperitif, Ardery einen Wodka Martini und Barbara ein halbes Pint Ale, das ihr für den ganzen Abend reichen würde.

Im Lauf des Abends klingelte Arderys Handy drei Mal, doch sie warf jeweils nur einen kurzen Blick darauf – zwei Mal mit einem Ausdruck des Abscheus – und ließ den Anruf auf die Mailbox durchgehen. Als sie nach dem Essen noch im Aufenthaltsraum bei einem Kaffee zusammensaßen, klingelte das Handy zum vierten Mal, und diesmal nahm Ardery den Anruf an. »Hillier«, sagte sie leise, stand auf und verließ den Raum.

Lieber du als ich, dachte Barbara. Was ihren Aufenthalt in Shropshire anging, würde Hillier typischerweise von ihnen erwarten, dass sie den Leuten vor Ort Honig um den Bart schmierten und sich dann verdünnisierten.

Barbara hatte die Akte der Untersuchungskommission mitgebracht und nahm sie sich vor, während Ardery telefonierte. Sie suchte nach der Stelle, die ihrer Meinung nach den Kern der Ermittlung von Ian Druitts Selbstmord bildete: Was hatte der Hilfspolizist Gary Ruddock getan, während der Diakon sich erhängt hatte, und was hatte er getan, als er Druitt leblos an einem Türknauf hängend vorfand?

Sie stellte fest, dass Ruddocks Schilderung der Ereignisse von allen bestätigt worden war: Der Wirt des Hart & Hind am Quality Square hatte ausgesagt, es habe Komasaufen stattgefunden; die Wirte der anderen Pubs in der Stadt hatten ausgesagt, der Hilfspolizist habe sie angerufen und gebeten, betrunkenen Jugendlichen nichts mehr zu trinken zu geben, da er nicht einschreiten könne, falls es Ärger gäbe; die Vorgesetzte des Hilfspolizisten – Sergeant aus dem Neighbourhood Policing Team – hatte bekräftigt, dass Ruddock Druitts Verhaftung habe vornehmen müssen, weil die Kollegen mit den Einbrüchen beschäftigt gewesen seien. Und die Sanitäter und der Notarzt, die auf Ruddocks panischen Anruf hin losgeschickt worden waren, beschrieben die Szene, die sie vorgefunden hatten, wie folgt: Druitt in Rückenlage auf dem Boden – Würgeband vom Hals entfernt –, während Ruddock, der versuchte, ihn wiederzubeleben, »Los, komm schon, komm schon, du Scheißkerl!« rief, als könnte der Tote ihn hören. Denn auch wenn die Rettungssanitäter ihrerseits alles taten, um den Mann wiederzubeleben, war ihnen auf den ersten Blick klar gewesen, dass es ihnen nicht gelingen würde. Das Ende vom Lied war, dass Ruddock den Tod des Diakons zu verantworten hatte.

Ian Druitts Tod hätte vermieden werden können, wenn man ihn nach Shrewsbury gebracht hätte, wo der für die Gewahrsamszelle zuständige Diensthabende dafür gesorgt hätte, dass die Vorschriften eingehalten wurden: Alles, was potentiell der Selbstverletzung dienen konnte, wäre dem Häftling abgenommen worden, zwei Kontrolleure hätten die Zelle inspiziert, ein Pflichtverteidiger wäre verständigt worden, falls der Diakon keinen eigenen Anwalt gehabt hätte. Aber nichts davon war geschehen, und deswegen gab Barbara Havers von der Metropolitan Police sich nicht zufrieden. Und als Ardery nach ihrem Telefongespräch in den Aufenthaltsraum zurückkehrte und bei Peace on Earth ein großes Glas Portwein bestellte, verabschiedete sich Barbara für die Nacht, um sich, so erklärte sie Ardery, noch ein bisschen in Ian Druitts Terminkalender zu vertiefen. Zu ihrer Erleichterung ließ Ardery sie gehen.

In ihrem Zimmer warf sie sämtliche Ordner auf ihre Pritsche und ließ den Terminkalender Terminkalender sein. Sie rief bei der Rezeption an und brachte eine seltsame Bitte vor. Nach kurzem Zögern am anderen Ende der Leitung sagte man ihr, ja, man könne neben dem Eingang zum Hotel einen Besen für sie bereitstellen. Es werde aber noch mindestens eine halbe Stunde dauern, da man den Hotelgästen ihre Getränke serviere, aber wenn Miss Havers warten könne …? Miss Havers konnte. Sie legte auf und nutzte die Zeit, ihre Route auf dem Stadtplan noch einmal zu überprüfen.

Sie musste irgendwie unbemerkt aus dem Hotel gelangen. Zwar fand sie ihr Vorgehen absolut vernünftig, doch sie wollte nicht, dass Ardery etwas davon mitbekam, denn sie sollte nicht denken, DS Barbara Havers würde mal wieder ihr eigenes Süppchen kochen, so wie sie es in der Vergangenheit oft genug getan hatte. Um nur ja keinen Verdacht in diese Richtung aufkommen zu lassen, nahm sie, als sie nach unten ging, nur ihre Zigaretten, ein Briefchen Streichhölzer und ihren Zimmerschlüssel mit. Sie war einfach ein Hotelgast, der kurz zum Rauchen nach draußen ging. Ihre Umhängetasche würde nur Arderys Misstrauen wecken. Der Besen wäre schon auffällig genug.

Glücklicherweise schaffte sie es unbemerkt bis zum Eingang. Es war niemand zu sehen, und der Besen stand wie verabredet hinter einem Kleiderständer an der Wand. Barbara schnappte ihn sich, und wenige Sekunden später war sie draußen in der Dunkelheit. Den Besen geschultert, machte sie sich auf den Weg zum Castle Square.

Es war zwar schon spät, aber es war ein lauer Abend, und es tummelten sich noch einige Leute auf den Straßen. Ein Grüppchen Studenten mit Rucksäcken und Büchern unterm Arm ging plaudernd an ihr vorbei, anscheinend auf dem Heimweg, nachdem sie sich zum Pauken getroffen hatten. Ein paar Spaziergänger schlenderten an der Burgmauer entlang. Ein Reisebus parkte vor dem Theater in der Mill Street, und der Fahrer half gerade den älteren Leuten, die aus einer Vorstellung kamen, beim Einsteigen. Wie beim letzten Mal auch herrschte so gut wie kein Verkehr, nur ein einsames Taxi stand am Ende der Church Street.

Ruddock hatte vorgeschlagen, sie könnten mithilfe eines Besens testen, ob die Sicherheitskamera sich bewegte, aber das hatte sie im Lauf des Gesprächs vergessen. Jetzt jedoch wollte sie mit dem Besen beide Kameras testen: die am Vordereingang der Polizeistation, die auf die Eingangsstufen, den Gehweg und einen Teil der Straße gerichtet war, und die am Hintereingang, die den Parkplatz abdeckte.

Bei der Polizeistation angekommen, peilte sie als Erstes die Lage. Wie letztes Mal brannte im Gebäude Licht, und auch jetzt stand auf dem Parkplatz ein Streifenwagen. Diesmal jedoch machte niemand darin ein Nickerchen. Um sich zu vergewissern, dass wirklich niemand in dem Wagen saß, lugte sie durchs Fenster und probierte sämtliche Türgriffe, die alle verriegelt waren.

Da sie sich auf der Rückseite befand, testete sie mit ihrem Besen als Erstes die Kamera seitlich über dem Hintereingang. Das Ding ließ sich keinen Millimeter bewegen. Folglich verfügte die Kamera offenbar über einen großen Radius und erfasste sowohl die Stufen zur Tür als auch den Parkplatz.

Sie kehrte zum Vordereingang zurück. Gerade hatte sie in geduckter Haltung die Seite des Gebäudes erreicht, als noch ein Streifenwagen auf den Parkplatz der Polizeistation einbog, der jedoch gleich aus ihrem Blickfeld verschwand. Im nächsten Moment wurde der Motor abgeschaltet.

Vorsichtig schlich Barbara zurück und spähte um die Ecke. Der Wagen stand rückwärts eingeparkt am hinteren Ende des Parkplatzes, direkt an der Backsteinmauer und im Schatten eines großen Baums. Barbara zählte die Sekunden. Eine Minute verging. Niemand stieg aus. Nichts passierte.

Als sie ihren Beobachtungsposten gerade aufgeben und zum Vordereingang schleichen wollte, ging die Beifahrertür des Wagens auf, und die Innenbeleuchtung schaltete sich ein. Der Fahrer war Gary Ruddock. Neben ihm saß eine junge Frau von vielleicht zwanzig Jahren, blond, nicht besonders groß. Sie stieg aus, und Barbara vernahm klar und deutlich, wie sie sagte: »… interessiert mich nicht.« Gary Ruddocks Antwort konnte sie nicht hören, aber die junge Frau blieb stehen, und Ruddock stieg ebenfalls aus und schaute sie über das Wagendach hinweg an. Sie schienen einander mit Blicken zu durchbohren, wobei er ziemlich geduldig wirkte. Das Gesicht der jungen Frau konnte Barbara leider nicht sehen. Kurz darauf stiegen beide wieder in den Wagen. Dann passierte nichts. Überhaupt nichts. Oder vielleicht irgendwas im Auto, aber Barbara konnte nichts erkennen. Sie hatte jedoch genug Fantasie und konnte zählen. Nach ihrer Rechnung ergab eins plus eins plus zwei vier: das Auto plus die Dunkelheit plus Ruddock und die junge Frau. Das ergab zusammen vier, was entweder bedeutete, dass die beiden im Dunkeln über den Zustand der britischen Wirtschaft diskutierten oder dass etwas geschah, was nun mal geschah, wenn man ein Auto, Dunkelheit, einen Mann und eine Frau addierte.

Und womöglich war genau das passiert, als der Diakon sich in der Polizeistation erhängt hatte, dachte Barbara. Und dann würde Ruddock auf keinen Fall wollen, dass jemand davon erfuhr. Laut eigener Aussage wohnte er bei dem alten Mann. Die junge Frau lebte wahrscheinlich mit Freunden zusammen oder bei ihren Eltern. Und falls sie und Ruddock Sex haben und keine tiefschürfenden Gespräche führen wollten, brauchten sie ein lauschiges verstecktes Plätzchen. Auch wenn es keine bequemen Möbel gab, wäre die Polizeistation dafür der ideale Ort, aber da der Diakon dort auf seinen Abtransport wartete, wäre die Sache zu riskant gewesen. Warum also nicht im Auto vögeln, so wie alle es machten, seit das Auto erfunden wurde? Ausnahmesituationen verlangten Ausnahmelösungen, und eigentlich war es doch ganz einfach. Husch, auf den Rücksitz, alle überflüssigen Klamotten runter, fünf Minuten rammeln und fertig. Drei Minuten Vorspiel, zwei Minuten postkoitales Schmusen, dreißig Sekunden anziehen, eine kurze Biege, um die Kleine nach Hause zu bringen, und das war's.

Und als Ruddock zurückgekommen war, hatte er gemerkt, was passiert war, während er sich mit seiner Freundin auf dem Parkplatz vergnügt hatte. Er musste feststellen, dass der Diakon hinüber war, und rief hastig in den Pubs an, damit keiner merkte, dass er weg gewesen war. Dann wählte er den Notruf und tat so, als versuchte er verzweifelt, den Selbstmörder wiederzubeleben – wobei er kein besonderes Schauspieltalent gebraucht hatte, um den Verzweifelten zu mimen. Und das alles in dem Bewusstsein, dass er seinen Job los sein würde, wenn irgendjemand spitzkriegte, was für einen Riesenschlamassel er angerichtet hatte.

So konnte es gewesen sein. Für Ruddock war es entscheidend, dass die Pubwirte bestätigen konnten, dass er sie angerufen hatte, aber wie hätten sie sich an die genaue Uhrzeit erinnern sollen? Und wenn ihre Angaben gegenüber den

Ermittlern halbwegs zu dem von der Gerichtsmedizinerin festgestellten Todeszeitpunkt passten, dann wäre er aus dem Schneider. Es musste nur geheim bleiben, dass er sich auf dem Parkplatz mit seiner Kleinen verlustiert hatte.

Barbara presste sich gegen die Außenwand der Polizeistation. Wie lange musste sie sich wohl verstecken? Sie hatte keine Lust, Gott weiß wie lange dort hinter den Sträuchern zu hocken, aber es würde ihr wohl nichts anderes übrig bleiben, denn sie konnte auch nicht riskieren, von Ruddock und seiner Begleiterin dabei erwischt zu werden, wie sie mit einem Besen an der Sicherheitskamera der Polizeistation herumfummelte.

Es dauerte ungefähr eine Viertelstunde, dann wurde der Motor angelassen. Sie blieb hinter den Sträuchern sitzen, bis der Wagen auf die Straße fuhr. Dann ging sie zum Vordereingang, wo der helle Lichtstrahl eines Bewegungsmelders sich einschaltete.

Sie stellte sich unter die Kamera und berührte vorsichtig mit dem Besenstiel das Gehäuse. Ein kleines bisschen Druck reichte aus, um die Kamera zu verstellen. Statt auf die Eingangsstufen zeigte sie jetzt auf die Tür und die Gegensprechanlage links an der Wand. Barbara nickte zufrieden. Wenn jemand einen anonymen Anruf tätigen wollte, brauchte er also nur genau das zu tun, was sie gerade getan hatte: Er musste sich vom Parkplatz aus im Schutz der Hecke anschleichen. Wenn man sich an der Wand entlang zur Kamera schlich, die auf die Eingangstür zeigte, wäre es ganz einfach, sie, ohne aufgenommen zu werden, so auszurichten, dass sie die Stufen erfasste. Dann konnte man unbemerkt anrufen.

Das warf natürlich die Frage auf, dachte Barbara, warum der Anrufer nicht anschließend die Kamera wieder in ihre ursprüngliche Position gebracht hatte, darauf gab es mehrere Antworten. Vielleicht war in dem Augenblick der Hilfspolizist oder ein Streifenpolizist aufgekreuzt, und der Anrufer hatte das Weite gesucht. Vielleicht hatte er aber auch die Kamera schon früher anders eingestellt und wollte sie ein paar Tage später wieder zurechtrücken, was er jedoch aufgrund der Aufregung über Druitts Selbstmord vergessen hatte. Vielleicht war die Kamera auch nie auf die Tür, sondern immer auf die Straße und die Eingangsstufen ausgerichtet gewesen. Es gab zweifellos mehr als eine Erklärung, dachte Barbara, und um eine Antwort zu finden, würden sie sich die Aufnahmen der Überwachungskamera von einem bestimmten Zeitraum ansehen müssen.

Sie musste die Berichte noch einmal durchgehen, ob darin etwas über die Ausrichtung der Überwachungskamera erwähnt wurde. Wenn nicht – und sie war sich ziemlich sicher, dass es so war –, musste sie Ardery davon überzeugen, dass sie nicht nur die Aufnahmen vom Zeitpunkt des anonymen Anrufs, sondern auch die von den Tagen davor und danach checkten. Um diesen Schritt würde sie nicht herumkommen.

7. Mai

LUDLOW
SHROPSHIRE

Isabelle hatte mitbekommen, wie Barbara Havers am Abend zuvor das Hotel verlassen hatte. Sie hatte sie vom Aufenthaltsraum aus gesehen, wo sie gerade bei ihrem zweiten Glas Portwein saß. Sie runzelte die Stirn, denn sie wusste, warum Havers mit einem Besenstiel über der Schulter in die Nacht hinaus verschwand. Detective Sergeant Havers ging mal wieder trotz der späten Stunde ihre eigenen Wege.

Als die Tür sich hinter Havers schloss, klingelte Isabelles Handy. Der Anrufer bewog sie zu ihrem nächsten Schritt. Sherlock Wainwright wollte sie garantiert erneut zur Vernunft bringen. Aber sie hatte keine Lust, jetzt mit ihrem Anwalt zu reden, und folgte Havers.

Zum ersten Mal nachts in Ludlow unterwegs, nahm Isabelle die Gerüche der Stadt wahr: den zarten Duft der Blumen in den üppig bepflanzten Kästen und Kübeln, der abgelöst wurde vom scharfen Geruch nach Marihuana aus einem Fenster über ihr, aus dem laute Rapmusik und die Stimmen zweier Männer drangen.

Vor ihr bog Havers auf den Castle Square ein. Als Isabelle die Ecke erreichte, sah sie Havers die Straße entlangstiefeln, die an der Südseite des Platzes vorbeiführte. Die Läden waren alle geschlossen, aber die Straßenlaternen beleuchteten die Auslagen in den Schaufenstern. Zu dieser späten Stunde waren nur wenige Menschen unterwegs, allerdings hörte man in einiger Entfernung Lachen und Geschnatter, wahrscheinlich aus einem Pub. Doch Havers ging nicht in diese Richtung, sondern vom Platz aus in die King Street und weiter zum Bull Ring, wo sie die Straße überquerte und in einer schlecht beleuchteten Gasse verschwand.

Auf einmal dachte Isabelle, dass Havers ja auch vielleicht nur einen abendlichen Spaziergang machte und den Besen mitgenommen hatte, um sich notfalls damit verteidigen zu können. Um ein Haar wäre sie umgekehrt, doch dann sah sie, dass die Gasse zu einer etwas stärker befahrenen Straße führte. Im selben Augenblick fuhr ein Streifenwagen vorbei, also lag die Polizeistation wohl ganz in der Nähe, und Havers wollte vermutlich dorthin.

Dies bewies, dass sie Initiative zeigte. Isabelle hatte ihrer Untergebenen keine Anweisungen für den Abend gegeben. Wenn sie mit einem Besen über der Schulter auf dem Weg zur Polizeistation war, wollte sie bestimmt die Überwachungskameras überprüfen. Auch wenn sich wegen dieser Aktion ihr Aufenthalt in Ludlow womöglich verlängerte, hatten sie bisher keinen Hinweis gefunden, dass Ian Druitts Tod etwas anderes als Selbstmord gewesen war. Wahrscheinlich würden die Überwachungskameras dieses Ergebnis bestätigen. Sie folgte Havers so lange, bis offensichtlich war, dass sie tatsächlich zur Polizeistation wollte. Dann machte sie kehrt und ging zurück ins Hotel.

Am nächsten Morgen bereitete sie sich darauf vor, sich die Nachricht anzuhören, die Sherlock Wainwright am Vorabend auf ihrer Mailbox hinterlassen hatte. Ihre Vorbereitung bestand aus drei Deckelfüllungen Wodka, die sie sorgfältig in einen Zahnputzbecher tat. Drei Deckelfüllungen, mehr brauchte sie nicht. Es war mehr eine mentale Vorbereitung.

Wainwrights Nachricht bestand jedoch nur in der Bitte, ihn zurückzurufen, denn er habe gute Nachrichten: Robert

Ardery habe einen Kompromiss vorgeschlagen, der, so glaubte Wainwright, Isabelle ausgesprochen gut gefallen werde.

Sie rief ihn an und fragte ihn, wie der Kompromiss lautete.

»Wie schön, dass Sie sich melden. Ich lese es Ihnen vor. Der Anwalt Ihres Mannes …«

»Exmannes.«

»Ja, natürlich. Verzeihung. Der Anwalt Ihres Exmannes hat mir den Vorschlag gestern Abend zugeschickt, und ich habe Sie sofort angerufen.«

»Da war ich schon im Bett.«

»Kein Problem. Es ist keine Frist angegeben, die wir einhalten müssen. Soll ich Ihnen den Vorschlag jetzt vorlesen?«

Sie bat ihn darum. Sie sei allerdings nur an den Fakten interessiert, fügte sie hinzu, die juristischen Feinheiten könne er sich sparen. Also fasste er sich kurz. Robert Ardery, erklärte er ihr, habe großzügig angeboten, dass Isabelle, wenn sie in Auckland ihre Söhne besuche, die Wochenenden mit ihnen in einem Ferienhaus oder einer Ferienwohnung ihrer Wahl verbringen könne, und zwar unbeaufsichtigt. Er sei außerdem einverstanden, dass die Kinder sie übers Wochenende in ihrem Hotel besuchten. Damit, sagte Wainwright, eröffne Robert Ardery ihr eine Vielfalt an Optionen für ihre Aufenthalte in Neuseeland. Er gestatte ihr sogar, mit den Jungen für mehrere Tage – bis zu drei Übernachtungen – in Ferienorte ihrer Wahl zu fahren. Dies müsse natürlich vorher mit ihm abgesprochen werden, aber da es zahlreiche Ferienorte gebe, so Wainwright, stelle das sicherlich kein Problem dar. Natürlich seien diese Ausflüge nur während der Schulferien der Zwillinge möglich. Robert Ardery wünschte, dass die Jungen die Weihnachtstage zu Hause verbringen würden, aber wenn Isabelle sie an Weihnachten besuchen wolle, sei sie herzlich zum Mittagessen eingeladen.

»Die Jungs sind anscheinend ganz begeistert«, schloss Wainwright. »Ich habe mir mal die Ferienorte in Neuseeland angesehen. Die Halbinsel Coromandel zum Beispiel liegt in der Nähe von Auckland, und die Bay of Islands …«

»Nein«, sagte Isabelle.

Stille. Im Nebenzimmer ging plötzlich der Fernseher an, und *Sky News* dröhnte in voller Lautstärke durch die Wand, bis der Ton hastig leiser gestellt wurde. »Aber Sie sehen doch hoffentlich ein, dass ein solches Kompromissangebot Mr Ardery äußerst positiv dastehen lässt«, sagte Wainwright. »Das Gericht wird es jedenfalls so sehen.«

»Davon bin ich überzeugt«, sagte Isabelle. »Vor allem Menschen, die ihm noch nie begegnet sind, werden das so sehen. Aber da ich ihn gut genug kenne, lautet meine Antwort nein.«

»Bitte, denken Sie noch einmal darüber nach, Mrs Ardery. Falls Ihre Besuche in Neuseeland für Sie und die Kinder gut laufen, können wir das Arrangement in zwei oder drei Jahren noch einmal neu verhandeln.«

Isabelle presste die Lippen zusammen. Zwei oder drei Jahre? Nachdem sie sich halbwegs wieder gefasst hatte, sagte sie: »Ich betrachte dieses Gespräch als beendet, Mr Wainwright. Bitte verfolgen Sie den bisherigen Kurs.«

»Aber sein Anwalt hat …«, setzte er an, doch sie drückte das Gespräch weg, denn sie hatte nur ein einziges Ziel, nämlich dass ihre Söhne im selben Land lebten wie sie – auch wenn sie deswegen durch alle Instanzen gehen musste. Und wenn Sherlock Wainwright das nicht begriff, würde sie ihn eben feuern.

Wutschäumend wählte sie Bobs Nummer. Seine Frau meldete sich. Isabelle machte sich nicht erst die Mühe, sich vorzustellen, Sandra wusste auch so, wer so früh am Morgen anrief. Sie sagte: »Ich will mit James und Laurence sprechen.«

»Hallo, Isabelle«, sagte Sandra. »Wie schön, dass du dich meldest. Die beiden sind schon auf dem Weg zur Schule.«

»Lüg mich nicht an«, fauchte Isabelle. »Es ist sieben Uhr! Hol sie ans Telefon, Sandra, sonst…«

»Warum sollte ich dich anlügen?«, fragte Sandra, die Vernunft in Person. »Du hast ein Recht, mit ihnen zu sprechen, das ist mir vollkommen bewusst. Aber ist *dir* überhaupt klar, was dieses juristische Drama für die Kinder bedeutet?«

»Dieses juristische Drama, wie du dich ausdrückst, findet nur statt, weil du und Bob die Kinder von mir fernhalten wollt.«

»Ja, ich weiß, dass du das so siehst. Für dich dreht sich doch immer alles nur um dich, oder?«

»Du mieses kleines…«

»Ganz genau darum geht es, Isabelle.« Das war Bobs Stimme. Die blöde Kuh hatte sie provoziert und dann das Telefon weitergereicht, um sie vorzuführen. »Da sieht man's mal wieder«, fuhr er fort. »Du hast dich einfach nicht unter Kontrolle, und ich möchte die Kinder nicht deinen Launen aussetzen.«

»Aber dass die Jungs ihre Mutter demnächst fast gar nicht mehr zu sehen bekommen sollen, das wird ihnen deiner Meinung nach guttun, ja? Und wenn sie ihre Mutter mal zu Gesicht bekommen, dann in einem Hotel in Auckland, oder wie? Soll das der tolle Kompromiss sein, den du mir anbietest?«

»Du solltest allmählich Vernunft annehmen«, sagte er in unerträglich salbungsvollem Ton. »Ich werde sie jedenfalls nicht allein von Auckland nach London fliegen lassen, damit sie dich besuchen, falls du das meinst.«

»Ich werde eine einstweilige Verfügung erwirken, die dir untersagt, mit den Jungs aus London wegzuziehen.«

»Das ist gar nicht möglich. Das hat dir dein Anwalt bestimmt bereits erklärt. Wir können jetzt noch mehr Geld in die Kassen des Justizwesens pumpen, oder du stellst dich endlich der Realität. Es liegt ganz bei dir.«

»Ich bin die Mutter der Jungs. Ich habe sie auf die Welt gebracht. Ich habe sie großgezogen, bis …«

»Was du mit James und Laurence gemacht hast, kann man wohl kaum großziehen nennen«, fiel er ihr ins Wort. »Wenn du mal für einen Moment von deiner Wut ablassen könntest, dass du nicht immer deinen Willen bekommst, würdest du begreifen, was für ein großzügiges Angebot das ist. Du kannst, sooft du willst, nach Auckland fliegen und dir eine angemessene Unterkunft suchen und mit den Jungs die Wochenenden verbringen. Außerdem habe ich dir angeboten, in Neuseeland mit ihnen Urlaub zu machen. Wenn auch nicht während der Schulzeit, aber das wäre ja auch Unsinn. Zusätzlich treten Sandra und ich die Hälfte der Sommerferien an dich ab, natürlich auch in Auckland. Und an Weihnachten sollten die Kinder zu Hause sein. Aber falls du über Weihnachten in Auckland bist, laden wir dich gern zum Mittagessen zu uns ein. Und wenn du Ostern oder den Geburtstag der Jungs mit ihnen verbringen willst, hätten wir auch damit kein Problem. Wir müssten uns natürlich jeweils auf die Dauer deines Besuchs einigen, aber das muss nicht so problematisch sein, wie du es darstellst.«

»Du bist natürlich wie immer die Vernunft in Person«, sagte sie sarkastisch.

»Ich will nur das Beste für alle Beteiligten.«

»Warum hasst du mich eigentlich so sehr?«

Er schwieg eine Weile, dann veränderte sich sein Ton: »Ich hasse dich nicht. Das kommt dir nur so vor. Aber deine Gefühlswelt wird schon so lange vom Alkohol verzerrt … Wie oft habe ich dich schon gebeten, dir Hilfe zu suchen?«

Ihre Lippen fühlten sich taub an. Nur mit Mühe brachte sie die Worte heraus: »Ich habe ein Recht auf eine Beziehung zu meinen Kindern. Meine Kinder haben ein Recht auf eine Beziehung zu ihrer Mutter. Es gibt eine Verbindung zwischen Mutter und Kind, die …«

»Sie haben eine Mutter. Ich möchte dir nicht wehtun, Isabelle, aber …«

»Ach nein? Wie würdest du das denn bezeichnen, was du gerade tust?«

»… du weißt, dass es die Wahrheit ist. Sandra ist ihre Mutter, seit sie noch nicht mal zwei Jahre alt waren. Mit dir sind sie blutsverwandt, mehr nicht. Das ist die Entscheidung, die du damals getroffen hast: dass du außer auf die Blutsverwandtschaft auf alles andere verzichtest. Wenn das jetzt schmerzlich für dich ist, dann kann ich dir nur sagen, das hättest du bedenken sollen, als wir geschieden wurden. Dass du das nicht getan hast, ist nicht meine Schuld.«

»Du widerst mich an.« Sie konnte kaum sprechen. »Du wirst nie aufhören, mich zu bestrafen, nicht wahr?«

»Du bestrafst dich selbst. Warum, weißt nur du allein. Ich habe keine Ahnung.«

»Ist das Mama? Ist das Mama?«

Als Isabelle die Stimmen ihrer Kinder im Hintergrund hörte, rief sie: »Sie hat mich angelogen! Lass mich mit ihnen sprechen!«

»Du bist nicht in der Verfassung, um mit den Jungs zu sprechen. Wenn du dich beruhigt hast, kannst du gern wieder anrufen, und wenn sie dann zu Hause sind, lasse ich dich mit beiden sprechen. Ich lege jetzt auf, Isabelle. Ich muss sie zur Schule bringen.«

Isabelle starrte auf ihr Handy. Ihre Nerven schrien nach Trost. Ihre Gedanken rasten. Ihr Herz hämmerte, und ihre Handflächen juckten dermaßen, dass sie sich am liebsten die Haut abgerissen hätte.

Sie nahm die Wodkaflasche. Sie sah, wie sehr ihre Hand zitterte. Ihre Wut verlangte nach Aktion. Das ging im Moment nicht, aber ein Schluck Wodka würde zumindest dafür sorgen, dass das Zittern und das schreckliche Jucken aufhörten. Doch sie stellte die Flasche zurück auf ihren Nachttisch.

Während sie sie anstarrte, zählte sie im Stillen die Gründe auf, warum sie trinken wollte: Gelüste, Bedürfnis, Verlangen, Gier, Sicherheit, Stille, Frieden, Vergessen. Sie sehnte sich nach dem Wodka. Sie verzehrte sich danach, als wäre er ein Geliebter, durch dessen Berührung sie sich selbst vergessen konnte. Nach diesen zwei Telefongesprächen hatte sie einen Drink mehr als verdient. Diesmal maß sie die Menge nicht im Deckel ab, sondern trank direkt aus der Flasche.

LUDLOW
SHROPSHIRE

Auf dem Weg zum Frühstück lief Isabelle Peace on Earth über den Weg. Sie wollte ihn gerade bitten, ihr eine besonders große Kanne Kaffee und eine Scheibe Toast zu bringen, als Havers aus dem Aufenthaltsraum kam, wo sie offenbar auf sie gewartet hatte. Und zu Isabelles Verdruss war DS Havers ihr Tatendrang deutlich anzusehen.

Sie sagte: »Haben Sie einen Moment, Chefin?«, und marschierte, ohne eine Antwort abzuwarten, nach draußen. In der Tür drehte sie sich noch einmal kurz um. Sie hatte ihr wohl etwas Wichtiges zu berichten.

Isabelle blieb nichts anderes übrig, als ihr zu folgen. Havers stand bereits auf dem Gehweg. Auf der anderen Straßenseite mähte ein Gärtner den Rasen, der sich bis zur Burgmauer hinzog, mit einem motorgetriebenen Gefährt, das einen Lärm machte wie ein startendes Düsenflugzeug. Isabelle sehnte sich nach ihrem Kaffee.

Die Unterlagen der Untersuchungskommission und von DI Pajer an die Brust gedrückt, erklärte Havers übertrieben eifrig, es gebe Neuigkeiten, die den Schluss nahelegten, dass es in Ludlow noch eine Menge zu überprüfen gebe.

»Tatsächlich?«, lautete Isabelles unverbindliche Antwort. Sie hoffte, Havers würde sich kurzfassen.

Sie hoffte vergebens. Havers berichtete, sie habe in der vergangenen Nacht einige äußerst wichtige Details entdeckt. Nur eine der Sicherheitskameras an der Polizeistation lasse sich verstellen, verkündete sie, während die andere fixiert sei. Havers hatte dieses Detail in dem Bericht der Untersuchungskommission gefunden. Ebenfalls erwähnt werde, dass die feststehende Kamera am Hintereingang des Gebäudes nicht funktioniere, fügte Havers hinzu. Offenbar handele es sich hierbei um ein ganz wesentliches Detail, denn als Havers wieder nach vorne gegangen sei, um die Kamera über dem Vordereingang zu bewegen, sei ein Streifenwagen mit dem Hilfspolizisten Gary Ruddock am Steuer auf den Parkplatz gefahren.

»Und warum ist das wichtig?«, fragte Isabelle. Der Düsenrasenmäher machte ihr zu schaffen. Ihr dröhnte der Schädel. Sie brauchte einen Kaffee.

Havers antwortete, sie habe beobachtet, wie der Hilfspolizist und eine junge Frau aus dem Streifenwagen gestiegen seien, den Ruddock übrigens in der düstersten Ecke des Parkplatzes abgestellt habe, dann hätten sie einander über das Wagendach hinweg mit Blicken durchbohrt und seien wieder eingestiegen. »Soweit ich weiß«, schloss Havers, »gibt es nur einen Grund, warum ein Mann und eine Frau auf einen dunklen Parkplatz fahren und dann nicht aus dem Auto steigen.«

»Die sind doch ausgestiegen.«

»Aber nach zehn Sekunden sind sie wieder eingestiegen. Und dringeblieben. Und wenn Sie mich fragen, hat Gary Ruddock an dem fraglichen Abend genau das Gleiche getan, nachdem er Druitt auf der Polizeistation abgeliefert hatte. Mit seiner Freundin eine Runde im Auto gefummelt. Und es wurde nicht gefilmt, weil die Kamera über dem Hintereingang nicht funktioniert.«

»Wollen Sie allen Ernstes behaupten, Ruddock hätte Druitt verhaftet, in der Station abgeliefert, anschließend eine junge Frau abgeholt, im Streifenwagen mit ihr gevögelt, sie wieder nach Hause oder weiß der Kuckuck wohin gebracht und wäre dann wieder zur Station zurückgekehrt? So blöd kann doch keiner sein!«

Genau auf diesen Einwand schien Havers gewartet zu haben. Sie sagte: »Nein, da haben Sie recht. Ich glaube nicht, dass es sich so abgespielt hat.« Triumphierend zog Havers einen detaillierten Touristen-Stadtplan aus einem Ordner. Sie bedeutete Isabelle, ihr zu der Mauer zu folgen, die den Hotelparkplatz vom Hotelgarten trennte. Sie drückte Isabelle die Ordner in die Hand und faltete den Stadtplan auf der Mauer auseinander. »Sehen Sie sich das mal an, Chefin«, sagte sie, eine überflüssige Bitte, denn was hätte Isabelle sonst tun sollen? Havers zeigte auf eine Stelle und erklärte, dort befinde sich die Polizeistation, was nicht gerade eine sensationelle Information war. Dann sagte sie: »Aber sehen Sie mal hier. Dieser Weg führt direkt vom Fluss zur Polizeistation.«

Es handelte sich um einen gewundenen Weg namens Weeping Cross Lane, über den man von der Uferstraße Temeside zur Lower Galdeford Street gelangte, in der die Polizeistation lag, und zwar an der Ecke Townsend Close. Falls es entlang dieses Wegs Überwachungskameras gebe, sagte Havers, dann …

Isabelle ließ sie nicht ausreden. »Also, das geht mir jetzt wirklich zu weit, Sergeant«, sagte sie. Und als Havers sie verständnislos ansah, fuhr sie fort: »Wahrscheinlich schlagen Sie als Nächstes vor, dass wir uns tatsächlich auf die Suche nach diesen Überwachungskameras machen. Und wenn wir welche finden, schlagen Sie vor, dass wir uns alle Aufnahmen aus der fraglichen Nacht ansehen – falls es drei Monate später überhaupt noch welche gibt. Die Frage ist nur: Warum?«

»Weil möglicherweise eine junge Frau …«

»Sergeant, falls eine junge Frau irgendwo auf der Weeping Cross Lane zu sehen wäre, könnte das höchstens den Schluss nahelegen, dass sie sich in der Nacht, in der Druitt gestorben ist, hinter der Polizeistation mit Ruddock getroffen hat. Sie wissen bestimmt genauso gut wie ich, dass es dafür nicht den geringsten Beweis gibt.«

»Aber es gibt noch was, Chefin.« Havers nahm Isabelle die Ordner wieder ab und gab ihr im Austausch dafür den Stadtplan. Aus einem Ordner zog sie ein Blatt Papier, das sie in Druitts Hinterlassenschaften gefunden hatten: die Liste mit den Namen und Adressen der Kinder von Druitts Hort. Eine Adresse war tatsächlich in dieser Uferstraße. Und sie gehörte zu jemandem namens Finnegan Freeman.

»Die Idee, dass eine junge Frau sich vielleicht auf den Parkplatz geschlichen und sich dort mit Ruddock getroffen hat, hat mich darauf gebracht, mal im Stadtplan nachzusehen, wie sie das gemacht haben könnte«, sagte Havers. »Und als ich entdeckt hab, dass ein möglicher Weg über die Temeside Street führt, hab ich noch mal einen Blick auf die Liste geworfen, weil der Name mir irgendwie bekannt vorkam. Und da bin ich auf diese Adresse gestoßen.«

»Wir sind also wieder beim Thema Kindesmissbrauch«, sagte Isabelle erschöpft. »Und das ist unser Opfer, der Vater ist zur Polizeistation …«

»Nein, nein, nicht das Opfer.« Havers zeigte wieder auf die Liste und wies Isabelle darauf hin, dass Finnegan Freeman der Einzige war, hinter dem nicht in Klammern die Namen der Eltern standen. »Als ich mit Reverend Spencer gesprochen hab, hat der mir doch gesagt, ein Student vom College hätte Druitt im Hort ausgeholfen. Und ich nehm an, das ist er, dieser Finnegan Freeman. Da wir das jetzt wissen und die von der Untersuchungskommission sich nur die Bilder aus der Nacht angesehen haben, in der Druitt gestorben ist …«

»Welche Bilder hätten sie sich denn noch ansehen sollen?«, fragte Isabelle. Sie merkte, wie der Stadtplan in ihrer Hand zitterte. Hastig ließ sie sie sinken.

»Die von dem Abend, als der anonyme Anruf eingegangen ist«, sagte Havers. »Wir können doch wohl zu Recht davon ausgehen, dass der Anrufer auf jeden Fall wollte, dass Druitt verhaftet und verhört wurde. Da sind wir uns doch einig, oder?«

Isabelle machte eine elegante Bitte-fahren-Sie-fort-Geste, die Havers sofort verstand, denn sie plapperte fröhlich weiter. »Vielleicht hatte der anonyme Anrufer es darauf abgesehen, dass Druitt verhaftet und in die Polizeistation verfrachtet wurde, damit er ihn dort abmurksen konnte. Was, wenn diese Person ihre Hausaufgaben gemacht hat und wusste, dass Ruddock sich an bestimmten Abenden nicht um den alten Herrn kümmern muss, bei dem er wohnt, und …«

»Welcher alte Herr? Worauf wollen Sie denn jetzt schon wieder hinaus?«

»Der Alte ist nicht wichtig. Um den kümmert Ruddock sich nur im Austausch für Kost und Logis. Also: Was ist, wenn jemand weiß, dass Ruddock an seinen freien Abenden – und wir gehen mal davon aus, dass er geregelte Arbeitszeiten hat – mit seiner Freundin auf den Parkplatz der Polizeistation fährt, um ein bisschen zu pimpern? Und was, wenn dieser Jemand Ruddocks Freundin kennt, unsere Pimperliese? Was, wenn die beiden einen Plan ausgeheckt haben und unser Jemand gewartet hat, bis Druitt verhaftet wurde – nachdem er seinen anonymen Anruf getätigt hatte –, und dann die Pimperliese losschickt, die Ruddock aus der Station lockt, damit er Druitt um die Ecke bringen kann?«

Isabelle starrte Havers ungläubig an, während sie versuchte, ihren gewundenen Gedankengängen zu folgen. Schließlich sagte sie nur: »Sergeant.« Dann holte sie tief Luft und fügte hinzu: »Mit *was wäre wenn* kommen wir nicht weiter.«

»Stimmt. Ich weiß. Verstehe. Aber trotzdem, Chefin, haben die von der Kommission das nicht weiter untersucht, weil die nichts wussten von Ruddock und seiner Pimperfreundin auf dem Parkplatz.«

»Die Leute von der Kommission«, sagte Isabelle, verzweifelt um Geduld bemüht, die sie nicht besaß, »waren hier, weil sie einen *Selbstmord* in der Polizeistation untersucht haben. Und sie haben nichts gefunden – absolut nichts –, was auf Mord hinweist. Das müsste Ihnen doch eigentlich zu denken geben, oder?«

Havers schwieg eine Weile, aber ihr linker Mundwinkel bewegte sich, weil sie auf der Innenseite ihrer Wange kaute. Das war zugegebenermaßen ziemlich bewundernswert für eine Frau, die bis vor Kurzem nicht gewusst hatte, dass Selbstbeherrschung in ihrem Beruf eine Tugend sein konnte. Havers schaute zum Hotel hinüber, als könnte von dort eine Bestätigung ihrer Ideen kommen, vielleicht von Peace on Earth. Dann wandte sie ihren Blick in Richtung Burgmauer, wo der Rasenmäher Gott sei Dank für einen Moment ausgeschaltet worden war und der Gärtner Benzin nachfüllte. Schließlich sagte sie vorsichtig: »Bei allem Respekt, Chefin. Manchmal findet man keine Beweise, weil irgendwas übersehen wurde, oder irgendwas soll etwas verbergen, was gar nicht existiert.«

»Wenn Sie bitte auf den Punkt kommen würden.«

»Wie gesagt, die Aufnahmen der Sicherheitskameras von der Nacht des anonymen Anrufs wurden nie überprüft. Niemand hat mit diesem Finnegan gesprochen, der ganz in der Nähe wohnt. Ich sag ja nicht, dass das alles von Bedeutung ist. Ich sage nur, das könnte von Bedeutung sein, und es wurde übersehen. Aber sind wir nicht aus genau diesem Grund hier … mehr oder weniger?«

Großer Gott, dachte Isabelle. Wenn das so weiterging, würden sie noch ewig in Ludlow rumhängen. Aber sie musste unbedingt zurück nach London, denn nur von dort aus konnte sie gegen Bob und Sandra vorgehen. Aber im Prinzip hatte diese Nervensäge Havers recht, auch wenn sie die Fakten zurechtbog wie eine chinesische Schlangenfrau ihre Glieder. Niemand hatte mit diesem Finnegan Freeman geredet, und offenbar hatte sich auch niemand die Aufnahmen von der Nacht des anonymen Anrufs angesehen.

Unwillkürlich musste sie an Clive Druitt denken und an dessen Drohung, seine Anwälte zu verständigen. Clive Druitt wartete darauf, dass sie und Havers ihren Bericht abgaben. Um ein Gerichtsverfahren zu vermeiden und den damit verbundenen Presserummel, den die Polizei überhaupt nicht brauchen konnte, würde sie sicherstellen müssen, dass jedes Spinnennetz entdeckt, überprüft und entfernt worden war. Aber als undurchdringlichstes Spinnennetz entpuppte sich die Frage, ob Druitt ein Pädophiler gewesen war.

Ihr blieb keine andere Wahl. Sie musste Havers recht geben. Sie mussten sich das Filmmaterial vom Abend des anonymen Anrufs ansehen und mit Finnegan Freeman reden. Aber das war nicht das Schlimmste. Denn in diesem Augenblick hielt Havers Druitts Terminkalender hoch.

»Und da wäre noch das hier«, verkündete sie mit funkelnden Augen.

ST. JULIAN'S WELL
LUDLOW
SHROPSHIRE

Rabiah Lomax stieg gerade aus der Dusche, als das Telefon klingelte. Sie ignorierte es und wickelte sich ein Badetuch um. So liebte sie ihre Badetücher: groß, flauschig, warm vom Heizkörper und so weiß wie die Seele einer Jungfrau. Während sie sich genüsslich in ihr Badetuch kuschelte, hörte sie eine Frauenstimme sagen: »… von der Metropolitan Police«, was sie dazu brachte, den Anruf doch noch entgegenzunehmen. Sie eilte ins Schlafzimmer, wo sich das nächste Telefon befand, und sagte in den Hörer: »Soso, Metropolitan Police?«, in der Annahme, dass eine ihrer Lauffreundinnen sie auf den Arm nehmen wollte. Heute Morgen hatte Rabiah sich ausführlich über diesen schwarzen Schauspieler mit dem appetitlichen Knackarsch ausgelassen, dessen merkwürdigen Namen sie sich nie merken konnte. Er spielte zurzeit in einer neuen, düsteren Krimiserie mit, und wahrscheinlich hatte eine ihrer Lauffreundinnen das Gespräch zum Anlass genommen, sich über sie lustig zu machen. Deswegen sagte sie: »Arbeiten Sie zufällig mit dem sexy Schwarzen mit dem komischen Namen zusammen? Wenn ja, schicken Sie ihn doch bitte zu mir rüber, denn ich bin einem Verbrechen zum Opfer gefallen und brauche dringend seinen Trost.«

Eine Stimme antwortete: »Wie bitte? Ich bin Detective Superintendent Isabelle Ardery von der Metropolitan Police. Mit wem spreche ich?«

Rabiah stutzte. Die Stimme klang tatsächlich ziemlich offiziell.

»Falls Ihr Familienname Lomax ist, müssen wir mit Ihnen sprechen«, fuhr die Frau fort.

Also niemand, den sie kannte, würde einen Scherz dermaßen auswalzen. Rabiah fragte: »Worum geht es denn?«

»Ihr Name ist also Lomax?«

»Ja, natürlich. Und Ihr Name?«

Die Frau wiederholte ihren Namen. Ardery, sagte sie. Detective Chief Superintendent. Metropolitan Police. Miss Lomax solle bitte zu Hause bleiben, die Polizei werde gleich bei ihr sein. Ob ihr das passe? In zehn Minuten ungefähr?

Ein Besuch von der Polizei passte niemandem, aber Rabiah hatte offenbar keine Wahl, und so sagte sie, in einer halben Stunde sei es ihr lieber, da sie gerade erst vom Laufen zurückgekehrt sei und noch duschen wolle. Anschließend müsse sie sich anziehen und so weiter und so fort, aber eine halbe Stunde – ach nein, sagen wir lieber eine Stunde – werde ausreichen. Die Polizistin erklärte sich einverstanden, sagte, sie habe Rabiahs Adresse, und legte auf.

Natürlich brauchte Rabiah gar nicht so viel Zeit, da sie ja bereits geduscht hatte. Sie musste unbedingt sofort ihren Anwalt anrufen. Sie hatte genug Krimis gesehen, um zu wissen, wie dumm es war, sich ohne anwaltlichen Beistand mit der Polizei zu unterhalten.

Sie nahm ihr Adressbuch und tippte Aeschylus Kongs Nummer in ihr Handy. Vor Jahren hatte sie sich von ihm ihr Testament aufsetzen lassen, nur weil ihr sein Name so gut gefallen hatte. Wer konnte der Versuchung widerstehen, jemanden mit einem derart interessanten Namen kennenzulernen?

Kaum hatte sie das Wort *Polizei* erwähnt, wurde sie zu ihm durchgestellt. Und dann hörte sie auch schon Aeschylus' beruhigenden Tenor: »Rabiah. Wie gut, dass Sie in dieser äußerst seltsamen Situation zum Telefon gegriffen haben. Es erfreut mich zu hören, dass Sie wissen, was die Weisheit gebietet, wenn die Polizei sich ankündigt.« Er redete immer wie eine Mischung aus Gentleman aus dem achtzehnten Jahrhundert, Konfuzius und einem Glückskeks. »Ich werde so schnell, wie es mir möglich ist, bei Ihnen sein. Sollte die Polizei in der Zwischenzeit eintreffen, sagen Sie kein Wort zu ihnen.«

»Soll ich sie an der Tür warten oder ins Haus lassen?«

»Sie vor der Tür warten zu lassen wäre vorzuziehen, doch die Höflichkeit gebietet, dass Sie sie ins Haus lassen.«

Konfuzius, dachte sie.

Er fuhr fort: »Sie einzulassen ist ungefährlich, solange sie es billigen, dass Sie vor meiner Ankunft in kein Gespräch mit ihnen eintreten werden.«

»Mache ich mich damit nicht verdächtig?«

»Natürlich. Aber haben Sie denn der Polizei gegenüber etwas zu verbergen?«

»Abgesehen von der Leiche unter meiner Veranda?«

»Hmm. Ja. Also, wenn sie Schaufeln mitbringen, lassen Sie sie nicht ins Haus.«

Auch das mochte sie an ihm, dass er einen guten Witz zu würdigen wusste.

Sie ging zurück ins Bad und trocknete sich ab. Sie kämmte sich das Haar, cremte sich das Gesicht wie immer gründlich mit Sonnenmilch ein, trug ein bisschen Make-up auf und ging ins Schlafzimmer, um sich etwas zum Anziehen auszusuchen. Normalerweise trug sie Trainingsanzüge, wenn sie sich nicht fein machte, und für die Polizei würde sie sich ganz bestimmt nicht fein machen. Sie wählte ihren lindgrünen Trainingsanzug aus. Als sie ihre Sandalen anziehen wollte, fiel ihr auf, dass der Nagellack an mehreren Zehen abgeplatzt war. »Mist«, murmelte sie und holte den Nagellackentferner. Abgeplatzten Nagellack konnte sie auf den Tod nicht ausstehen. Sie musste unbedingt zur Pediküre gehen. Sie nahm ihr Telefon und rief Becky in Craven Arms an, um sich einen Termin geben zu lassen. Becky mochte es nicht, wenn Frauen ihre Zehennägel vor Juni lackierten, sie meinte, die Nägel sollten von November bis Mai atmen dürfen, während Rabiah der Meinung war, die brauchten überhaupt nicht zu atmen, aber sie hatte jetzt keine Zeit, mit Becky über das Thema zu diskutieren, deswegen log sie und ließ sich nur einen Termin für eine Maniküre geben. Über die Zehennägel konnten sie sich immer noch streiten, wenn sie dort war.

Energisch entfernte sie die Reste des Nagellacks, als es an der Tür klingelte. Es klingelte noch zwei Mal, ehe sie öffnete, denn schließlich konnte sie die Polizei ja nicht empfangen, solange sie noch Nagellack an ihren Zehen hatte. Als sie die

Tür aufriss, stand vor ihr eine große Blondine, die gerade zum dritten Mal klingeln wollte, und daneben eine Frau, die gerade mal eins sechzig groß war, wenn's hochkam.

Das konnte ja irgendjemand sein, dachte Rabiah, so ganz ohne Uniform. Andererseits, im Fernsehen trugen die Detectives auch keine Uniform, warum sollten die beiden es also tun?

Die Große sagte: »Misss Lomax? Ich bin Detective Chief Superintendent Isabelle Ardery.« Sie hielt ihren Ausweis hoch, während sie mit einer Kopfbewegung auf ihre Begleiterin deutete und sagte, das sei Barbara Havers. Rabiah bekam nicht mit, welchen Rang die Kleine bekleidete, weil sie den Ausweis der Blonden studierte und sich fragte, warum sie auf dem Foto zehn Jahre älter aussah als in Wirklichkeit.

Sie gab Ardery den Ausweis zurück und überlegte, warum sie eindeutig frauenfeindliche Schlussfolgerungen gezogen hatte. Eine Frau hatte angerufen, und sie hatte sie automatisch für die Untergebene eines Mannes gehalten, und das, obwohl sie sämtliche Folgen von *Heißer Verdacht* auf DVD besaß.

»Danke, dass Sie sich Zeit für uns nehmen«, sagte Ardery und wartete offenbar darauf, dass Rabiah sie ins Haus bat. Daraufhin hätte sie die beiden am liebsten draußen stehen lassen, bis Aischylos kam, aber sechs Jahrzehnte guter Erziehung zwangen sie, die Tür aufzuhalten und die beiden hereinzubitten.

Sie führte sie ins Wohnzimmer, wo sie sie darüber informierte, dass ihr Anwalt auf dem Weg war. Beide Frauen wirkten überrascht. »Das liegt am Fernsehen«, erklärte sie ihnen. »Ich verstehe nie, warum die Leute nicht sofort ihren Anwalt anrufen, wenn die Polizei mit ihnen reden will.«

»Wenn sie's nicht tun, geht's schneller«, sagte die Kleine.

»Inwiefern?«, fragte Rabiah unwillkürlich.

»Treibt die Handlung voran. Die Polizei kriegt viel schneller ein Geständnis oder einen Hinweis, wenn kein Anwalt dabei ist.«

Ardery schaltete sich ein. »Haben Sie einen Hinweis für uns?«, fragte sie freundlich.

»Bisher weiß ich ja nicht mal, warum Sie hier sind. Ich wollte gerade in die Küche gehen. Wollen Sie etwas trinken? Kaffee, Tee, Mineralwasser, Saft? Ich habe nur Pampelmusensaft. Ich bin süchtig nach Pampelmuse, egal, ob frisch oder als Saft. Aber jetzt gerade trinke ich Kaffee. Ich hab noch nicht gefrühstückt. Das Frühstück kann ich ausfallen lassen, aber ich brauch meinen Kaffee.«

»Ah. Kaffee dauert natürlich länger«, sagte Ardery. »Für mich bitte Mineralwasser.« Die andere Frau wollte dasselbe.

Rabiah stellte gerade die Getränke auf ein Tablett, als es erneut an der Tür klingelte. Sie ging in den Flur und ließ Aeschylus Kong ein. Er spulte seine übliche formelle Begrüßung ab, die aus einer tiefen Verbeugung und einem Händeschütteln bestand, wobei er die linke Hand an die rechte Brust legte, als wäre sein Herz über Nacht dorthin gewandert. »Wenn nur alle so klug wären wie Sie, Rabiah«, sagte er, und sie erklärte ihm, wo er die Polizistinnen finden würde. Sie fragte ihn, ob er Kaffee wolle.

Er sagte, ein Kaffee wäre großartig, schwarz mit Zucker, bitte. Sie ging zurück in die Küche, während er sich zu den Frauen von der Met ins Wohnzimmer begab. Sie hörte, wie er sie begrüßte.

Die ranghöhere Polizistin, Ardery, stellte sich und ihre Kollegin vor. Die Kleine, bekam Rabiah mit, war Detective Sergeant.

Als Rabiah mit den Getränken ins Wohnzimmer kam, standen alle drei noch, als warteten sie auf sie. Aeschylus schaute aus dem Fenster in den Garten hinaus, die Frau namens Havers blätterte in einem Rockette-Sammelalbum, und Ardery betrachtete eins der Fotos auf dem Kaminsims. Rabiah konnte nicht sehen, welches Foto es war. Ardery reichte es ihrer Kollegin, die erst auf das Foto sah und dann ihre Chefin anblickte. Dann stellte sie es wieder zurück. Rabiah sah, dass es ein Bild von *Volare, Cantare* war, ihrer Pilotengruppe, es zeigte sie und die anderen vor dem Segelflugzeug, das sie gemeinsam gekauft hatten. Und da sie jetzt die Polizei im Haus hatte, fragte sie sich unwillkürlich, ob es sich bei dem Flugzeug womöglich um Diebesgut handelte.

Als alle ihre Getränke hatten, schlug Aeschylus vor, dass sie alle Platz nahmen. Zu den Polizistinnen sagte er: »Wie ich höre, haben Sie den Wunsch, mit meiner Mandantin zu sprechen«, und strich sich über die Haare, als wollte er überprüfen, ob seine perfekte Frisur noch in Ordnung war.

»Es wundert uns, dass Ihre Mandantin es für notwendig gehalten hat, ihren Anwalt zu dem Gespräch hinzuzuziehen«, sagte Ardery.

»Das ist auf meinen Rat hin geschehen, einen Rat, den ich jedem Mandanten geben würde, der mich anruft, um mir mitzuteilen, dass die Polizei ihn zu sprechen wünscht. Sie dürfen dies nicht zum Anlass nehmen, sie einer Tat für schuldig zu befinden.«

»Das tun wir nicht«, antwortete Ardery. »Ich finde es einfach merkwürdig, dass sie, ohne überhaupt zu wissen, um was es geht, gleich ihren Anwalt verständigt hat.«

Aeschylus breitete die Arme aus. »Was können wir für Sie tun?«, fragte er.

»Ihre Mandantin ist die einzige Person mit dem Namen Lomax im Telefonbuch. Sie ist dort als R. Lomax eingetragen.«

»R wie Rabiah, richtig«, sagte Aeschylus. »Für Frauen ist es ratsam, in Verzeichnissen lediglich ihre Initiale anzugeben. Auch auf Rechnungen. Es ist eine Frage der Sicherheit. Bitte, fahren Sie fort, Superintendent.«

Rabiah sah, wie die andere Frau – Havers – ein Notizheft

und einen Druckbleistift aus ihrer Umhängetasche nahm. Sie wunderte sich darüber, warum sie sich überhaupt Notizen machte, fragte jedoch nicht nach. Falls es Fragen zu stellen gab, würde ihr Anwalt das sicherlich übernehmen.

»Kennen Sie Ian Druitt?«, fragte Ardery.

Rabiah warf Aeschylus einen Blick zu, und als dieser nickte, sagte sie: »Das ist der Mann, der vor ein paar Monaten in der Polizeistation gestorben ist.«

»Ach, daran erinnern Sie sich?«, fragte Havers und blickte von ihrem Notizheft auf.

»Na ja, es stand ja auch tagelang in der Zeitung, und sogar im Fernsehen wurde darüber berichtet«, sagte Rabiah.

»Kannten Sie ihn?«, fragte Ardery noch einmal.

»Ich bin nicht religiös.«

»Sie wissen also, dass er ein Kirchenmann war.«

Rabiah wollte gerade etwas erwidern, als Aeschylus leicht ihre Hand berührte. »Auch dass er ein Kirchenmann war, stand in der Zeitung, Superintendent. Und in den Regionalnachrichten wurde es ebenfalls erwähnt. Auch ich, der ich weder religiös bin noch einer Kirchengemeinschaft angehöre, weiß, dass er ein Kirchenmann war. All dies wurde nach dem Tod des Mannes öffentlich bekannt.«

»Selbstverständlich.« Ardery wirkte in keiner Weise genervt von dem langen Vortrag. »Nicht öffentlich bekannt dagegen wurde der Inhalt des Terminkalenders von Mr Druitt, und in dem steht der Name Lomax. Sergeant?«

Havers blätterte in ihrem Notizheft zurück und sagte: »Vom achtundzwanzigsten Januar bis fünfzehnten März sieben Mal.«

Rabiah äußerte sich nicht sofort dazu. Sie überlegte, was sie sagen sollte. Schließlich entschied sie sich für: »Das wird wegen einer Familienangelegenheit gewesen sein. Ich habe ihn nicht als Kirchenmann betrachtet, weil ich ihn nicht in dieser Funktion getroffen habe.«

»Darf ich fragen, warum Sie sich mit ihm getroffen haben?«, fragte Ardery.

»Wenn Sie uns erklären würden, warum das eine Rolle spielt«, sagte Aeschylus höflich.

»Meine Kollegin und ich sind hier, um zwei Ermittlungen zu überprüfen, die den Tod des Mannes zum Gegenstand hatten.«

Was sie da hörte, gefiel Rabiah noch viel weniger als die Tatsache, dass die Polizei ihren Namen sieben Mal in Druitts Terminkalender gefunden hatte. Sie sagte: »Ich will ganz offen sein. Meine beiden erwachsenen Söhne haben ein Drogenproblem. Der eine macht gerade einen Entzug, der andere nicht. Dem, der auf Entzug ist, geht es ganz schlecht. Seine mittlere Tochter ist vor anderthalb Jahren nach langer Krankheit gestorben, und er kommt nicht darüber weg. Ich wollte einfach – besser gesagt, ich musste – mit jemandem darüber reden. Und Mr Druitt wurde mir empfohlen.«

»Von wem wurde er Ihnen empfohlen?«, fragte Ardery.

Rabiah schwieg. Genau das passierte, wenn man mit der Polizei redete und irgendetwas außer ja und nein von sich gab. Sie musste ihre Antworten so einsilbig wie möglich halten.

Draußen kreischte eine Katze, das typische Geräusch, das einem Kampf vorausging. Eine zweite Katze antwortete. Darauf folgte ein heftiges Gezänk, das zum Glück schnell beendet war. Rabiah verzog das Gesicht. Sie überlegte, ob es wohl einen der Anwesenden stören würde, wenn sie nach draußen lief und die Katzen verscheuchte. Aber außer ihr schien niemand das Gekreisch gehört zu haben.

»Ms Lomax?«, sagte Ardery.

»Ich versuche, mich zu erinnern. Ich glaube, es war jemand aus meiner Square-Dance-Truppe. Oder einer von den Leuten, mit denen ich trainiere.«

»Sie trainieren?«

»Ich bin Läuferin.«

»Aber Sie erinnern sich nicht, wer genau Ihnen Druitt empfohlen hat?«

»Warum erinnern Sie sich nicht?«

Die beiden Polizistinnen hatten gleichzeitig gesprochen. Aeschylus schritt ein. »Das Gedächtnis meiner Mandantin ist wohl kaum relevant und ganz gewiss nicht für Ihre Ermittlungen. Sie hat Ihnen erklärt, warum ihr Name in Mr Druitts Terminkalender steht, und ich kann bezeugen, dass ihre Enkelin tatsächlich vor anderthalb Jahren verschieden ist, wobei auch das nichts damit zu tun hat, wer ihr Mr Druitt als Zuhörer empfohlen hat.«

»Akzeptiert«, sagte Ardery und wandte sich wieder Rabiah zu. »Wo haben Sie sich mit Druitt getroffen?«

Rabiah merkte, dass Aeschylus wieder intervenieren wollte, aber sie würden sich nur die ganze Zeit im Kreis drehen, wenn sie so weitermachten, deswegen sagte sie: »Das lässt sich leicht beantworten, Aeschylus.« Dann sah sie Ardery an und sagte: »Das hing ganz davon ab, wie wir jeweils Zeit hatten. Wir haben uns ab und zu hier, aber meistens in einem Café getroffen.«

»Hm. Ich verstehe nicht, was Sie meinen. Im Terminkalender steht immer derselbe Wochentag und immer dieselbe Uhrzeit.«

»Was sie meint«, schaltete Aeschylus sich ein, »ist, dass Tag und Uhrzeit zwar immer gleich waren, der Treffpunkt jedoch variierte, je nachdem, was Ms Lomax oder Mr Druitt an dem entsprechenden Tag zu tun hatten.«

»Sie sind wohl eine viel beschäftigte Frau, was?«, bemerkte Havers.

»Allerdings«, sagte Rabiah.

»Und womit sind Sie so beschäftigt?«

Aeschylus stand auf. »Jetzt kommen wir aber ganz und gar

vom Thema ab. Meine Mandantin hat Ihnen erklärt, warum sie sich mit Mr Druitt getroffen hat, und wenn es dazu nichts mehr zu sagen gibt, ist dieses Gespräch hiermit beendet. Oder haben Sie etwas dagegen, Rabiah?«

Rabiah hatte nichts dagegen.

Ardery durchbohrte Aeschylus mit ihrem Blick. Es war ein Ritual, mit dem klargestellt wurde, wer das Sagen hatte. Schließlich sagte sie zu Rabiah: »Ich glaube, Sie haben alles ausreichend erklärt.« Dann fragte sie ihre Kollegin: »Sergeant Havers, haben Sie eine Karte?«

Eine Minute angespannten Schweigens verstrich, während Sergeant Havers in ihrer geräumigen Umhängetasche kramte. Schließlich fand sie das Mäppchen mit ihren Visitenkarten, gab ihrer Vorgesetzten eine Karte, die sie feierlich an Aeschylus Kong weiterreichte. Sie sagte: »Falls Ihrer Mandantin noch etwas Sachdienliches einfällt, melden Sie sich bitte bei Sergeant Havers.«

»Was sollte denn wohl sachdienlich sein?«, fragte Rabiah unwillkürlich, nahm die Karte jedoch von Aeschylus entgegen.

»Das lasse ich Sie entscheiden«, sagte Ardery.

ST. JULIAN'S WELL
LUDLOW
SHROPSHIRE

Das Foto schrie förmlich nach einer Erklärung. Barbara rechnete damit, dass Ardery das Thema im selben Moment ansprechen würde, in dem Rabiah Lomax die Tür hinter ihnen schloss. Da steckte mehr dahinter als auf den ersten Blick ersichtlich, das war Ardery garantiert ebenso klar wie ihr. Barbara warf ihr auf dem Weg zum Auto einen kurzen

Blick zu. Als sie beim Wagen ankamen und sie immer noch nichts gesagt hatte, fasste Barbara sich ein Herz.

»Was für eine Art Zufall ist das mit dem Segelflieger?«, fragte sie.

Ardery entriegelte den Wagen, und sie stiegen ein. »Das Foto? Für mich ist das überhaupt kein Zufall.«

Barbara dachte darüber nach und schwieg, bis sie sich dem Zentrum von Ludlow näherten. Dann sagte sie: »Trotzdem. Es ist doch supermerkwürdig.«

»Wir sind nicht in London, Sergeant. Die Bevölkerungsdichte ist sehr niedrig hier. Dass Nancy Scannell und Rabiah Lomax nebeneinander auf einem Foto vor einem Segelflugzeug stehen, hat keine Bedeutung. Oder wollen Sie dem unbedingt eine Bedeutung geben?«

»Mir scheint es wichtig, das festzuhalten, da beide unseren Toten gekannt haben. Also, Rabiah Lomax und Nancy Scannell.«

»Nancy Scannell hat unseren Toten nicht gekannt. Nancy Scannell hat unseren Toten obduziert. Falls ich da ein wichtiges Detail übersehe, würde ich Sie bitten, mich aufzuklären, denn andernfalls hätte ich den Eindruck, dass Sie eine Komplizenschaft zwischen Nancy Scannell – die möglicherweise ihre Obduktionsergebnisse gefälscht hätte – und Rabiah Lomax vermuten, weil Rabiah Lomax sich mit Druitt getroffen hat.«

»Im Bericht der Untersuchungskommission steht kein Wort über die Lomax«, sagte Barbara. »Die haben die Verbindung glatt übersehen. Genau wie DI Pajer. In ihrem Bericht taucht der Name auch nicht auf.«

»Warum hätte die Kommission Rabiah Lomax denn erwähnen sollen? Die hatten doch Druitts Terminkalender gar nicht. Und selbst wenn sie ihn gehabt hätten, es gibt keine Verbindung, die erwähnenswert gewesen wäre.« Ardery klang gereizt. Ihr Ton war eine Warnung an Barbara, nicht auf der

Sache herumzureiten. »Es wurde in dem Fall eines Mannes ermittelt, der sich in Polizeigewahrsam das Leben genommen hat, Sergeant, Punkt, aus. Versuchen Sie gerade, einen Tathergang zu konstruieren? Wollen Sie andeuten, dass Rabiah Lomax – aus unerfindlichen Gründen – zusammen mit Nancy Scannell in die Polizeistation eingedrungen ist? Dass die beiden Ian Druitt – aus unerfindlichen Gründen – überwältigt und anschließend am Kleiderschrank aufgehängt haben? Mal ganz abgesehen davon, dass es dafür kein Motiv und erst recht keine Beweise gibt, wie hätten die beiden das schaffen sollen? Vielleicht, indem sie die Einbrüche geplant haben, damit die Streifenpolizisten beschäftigt waren? Vielleicht hat ja eine von den Damen mit verstellter Stimme den anonymen Anruf getätigt und Druitt als Kinderschänder bezeichnet, die anderen verständigt, als Druitt in die Polizeistation gebracht wurde, dem Hilfspolizisten einen Schlaftrunk verabreicht, den sie von der Dorfhexe hat anrühren lassen, sodass sie, sobald Ruddock bewusstlos war, Druitt in aller Ruhe ermorden konnten.«

»Ruddock hätte es natürlich verheimlicht«, sagte Barbara, »aber es wär doch möglich, dass er an dem Abend jemanden reingelassen hat und dass der den Mord begangen hat, während Ruddock praktischerweise im Nebenraum war, um mit den Pubwirten zu telefonieren.«

»Jetzt ist es also eine Verschwörung zwischen Rabiah Lomax, Nancy Scannell *und* dem Hilfspolizisten? Und darauf gebracht hat Sie ein Foto, auf dem zufällig ein paar Leute vor einem Segelflugzeug stehen und gemeinsam in die Kamera grinsen?«

Barbara hörte den Missmut in Arderys Stimme, und sie hätte es gern erklärt. Sie hätte ihrer Chefin gern gesagt, dass sie und Lynley immer von der Prämisse ausgingen, dass alles möglich war. Nichts war zu abwegig, um es in Betracht zu ziehen, denn bei Mord war auch das Abwegigste denkbar.

Das Unwahrscheinliche. Das Undenkbare. Das scheinbar Unerklärliche. Lynley war so ein guter Polizist, weil er nie irgendetwas außer Acht ließ. Er hatte nie nach dem Motto gehandelt: »Hauptsache, sie hatten jemanden festgenommen, damit er pünktlich zum Abendessen zu Hause war«. Aber Barbara gewann immer mehr den Eindruck, dass Ardery durchaus dazu neigte, nach diesem Motto zu handeln. Nur dass es ihr nicht ums Abendessen ging. Sie wollte aus einem anderen Grund nach Hause. Das hatte Barbara inzwischen begriffen. Selbst jetzt konnte sie es regelrecht riechen.

»Und überhaupt«, sagte Ardery, »was ist denn aus Ihrer letzten Theorie geworden, nach der der Hilfspolizist auf dem Parkplatz seine Freundin gevögelt hat und sich derweil jemand ins Gebäude geschlichen hat?«

»Chefin«, sagte Barbara, »es ist einfach…«

»Wirklich, Sergeant, so geht das nicht. Ich bin bereit, mit diesem Finnegan Freeman zu reden – wer auch immer das ist –, aber mehr nicht. Ich habe mich auf Ihre Vorschläge eingelassen, aber jetzt reicht es: Bis hierher und nicht weiter.«

»Aber als Sie mir das Foto gezeigt haben«, sagte Barbara, »da dachte ich…«

»Darf ich Sie daran erinnern, dass Sie sich mit Ihrer vielen Denkerei in die Situation gebracht haben, in der Sie sich derzeit befinden?«, fauchte Ardery.

Barbara wusste genau, was als Nächstes kommen würde. Sie glaubte auch zu wissen, wann es an der Zeit war, den Kurs zu ändern oder zurückzurudern. Also sagte sie: »Vielleicht betrachte ich manches ja aus einem falschen Blickwinkel«, obwohl sie keinen Moment davon überzeugt war.

»Freut mich, das zu hören«, sagte Ardery.

»Trotzdem wär da noch dieser anonyme Anruf.«

Ardery funkelte sie wütend an. »Und was wollen Sie damit sagen?«

»Wenn wir sicherstellen wollen, dass dieser Clive Druitt

mit unserer Arbeit zufrieden ist und glaubt, wir haben alles von jedem Blickwinkel aus betrachtet, dann sollten wir uns wahrscheinlich die Bilder der Überwachungskamera von der Nacht des anonymen Anrufs ansehen.« Und bevor Ardery darauf etwas erwidern konnte, fügte Barbara hinzu: »Ich könnte das übernehmen, während Sie mit Finnegan Freeman reden, Chefin. Wie lange würde das dauern? Nicht mal eine Stunde, schätz ich. Dann hätten wir jeden einzelnen Punkt abgearbeitet, den Clive Druitt zum Anlass nehmen könnte, seine Anwälte einzuschalten.«

Ardery rieb sich die Schläfen. Sie wirkte wie eine Frau, deren innere Ressourcen bald erschöpft sein würden. »Okay. Die Aufnahmen aus der Nacht des anonymen Anrufs. Und dann ist Schluss. Und ich hoffe, wir haben uns verstanden, Sergeant.«

Barbara nickte.

LUDLOW
SHROPSHIRE

Als sie Gary Ruddock auf dem Handy anrief, um ihn nach den fraglichen Aufnahmen zu fragen, hatte dessen Tag als Hilfspolizist noch gar nicht angefangen. Der alte Rob sei hingefallen, berichtete er ihr, und er sei gerade mit ihm auf dem Rückweg von der Notaufnahme. Er könne sie in etwa einer Dreiviertelstunde vor der Polizeistation treffen. Das passte Barbara perfekt, denn es gab noch ein winziges Detail, das sie Ardery nicht genannt hatte, aber unbedingt noch überprüfen wollte.

So wie sie das sah – und so wie ihre Chefin es offenbar nicht sah –, verhielt es sich folgendermaßen: Wenn jemand Ian Druitt in die ewigen Jagdgründe befördert hatte, dann entweder der Hilfspolizist, wenn auch aus unerfindlichen Gründen, oder jemand, der sich, ebenfalls aus unerfindlichen Gründen, Zugang zur Polizeistation verschafft hatte, während der Hilfspolizist anderweitig beschäftigt gewesen war. In letzterem Fall glaubte Barbara, dass anderweitig sich auf eine junge Frau und ein Auto bezog und es eine Möglichkeit geben musste, das zu beweisen. Also machte sie sich auf den Weg zur Polizeistation.

Vielleicht war Ruddocks Freundin in der Hoffnung auf ein bisschen Gefummel im Streifenwagen oder ein Killer mit eindeutigen Absichten über den Weg, auf den sie Ardery aufmerksam gemacht hatte, zur Polizeistation gelangt. Als sie bei der Station ankam, passierte sie das Gebäude und bog dann in die Weeping Cross Lane ein. Sie ging den Weg ganz langsam ab und hielt Ausschau nach Überwachungskameras, wie sie in London allgegenwärtig waren. Es handelte sich um eine belebte Straße mitten im Stadtzentrum mit Geschäften aller Art: Es gab alles von einer Kleintransportervermietung bis hin zu einem Laden für Reiterbedarf. Mindestens acht der Geschäfte verfügten über eine Überwachungskamera, was Barbaras Neugier weckte, bis sie näher kam und sah, dass keine einzige der Kameras auf die Straße gerichtet war. So ein Pech. Also konnte jeder vom Fluss zur Polizeistation gelangen, ohne unterwegs gefilmt zu werden.

Sie ging bis zum Ende der Weeping Cross Lane und stellte fest, dass sie in der Uferstraße Temeside gelandet war. Da der zu befragende Finnegan Freeman hier wohnte, konnte es nicht schaden, kurz zu checken, in welchem Haus er lebte. Sie schlug die Adresse in ihrem Notizblock nach und ging in Richtung Ludford Bridge. Nach wenigen Metern sah sie Arderys Auto vor einem Haus am Ende einer Straße namens Clifton Villas halten.

Barbara zögerte. Ardery rechnete nicht damit, ihr ausgerechnet hier über den Weg zu laufen, und sie überlegte, ob sie kehrtmachen und zurück in die Weeping Cross Lane gehen sollte, wo sie sich notfalls hinter einer Mülltonne verstecken konnte. Aber sie hätte sich keine Sorgen zu machen brauchen. Ardery stieg nicht sofort aus. Das Auto stand in Barbaras Richtung, und sie sah, wie Ardery einen Moment lang den Kopf auf dem Steuerrad ablegte, bevor sie die Fahrertür öffnete. Dann glättete sie ihre Frisur mit einer Hand, warf einen Blick auf ihre Armbanduhr und ging zur Eingangstür des Hauses. Barbara konnte sie wegen des überdachten Eingangs nicht mehr sehen. Sie machte sich auf den Weg zurück zur Polizeistation, wo sie sich auf die Stufen am Hintereingang setzte und über das nachdachte, was sie alles an ihrer Chefin beobachtete und eigentlich lieber überhaupt nicht mitbekommen würde.

Irgendwas hatte am frühen Morgen nicht mit Ardery gestimmt. Und das hatte nicht nur daran gelegen, dass Barbara ihr noch vor dem Frühstück aufgelauert hatte. So blass, wie ihre Chefin ausgesehen hatte, hätte sie womöglich sowieso nichts herunterbekommen. Es lag auch nicht daran, dass Ardery vor ihrem Gespräch ihren morgendlichen Kaffee nicht getrunken hatte. Es war das Zittern ihrer rechten Hand gewesen, als sie den Stadtplan gehalten hatte. Es war die Art, wie sie die Hand hatte sinken lassen, als das Zittern nicht aufhörte. Daraus hatte Barbara geschlossen, dass ihre Chefin in einem Zustand war, in dem sie womöglich wichtige Einzelheiten übersah. Aber Barbara stand es nicht zu, das irgendjemandem gegenüber zu erwähnen.

Nach ungefähr zehn Minuten fuhr der Hilfspolizist auf den Parkplatz. Er winkte ihr freundlich zu und kam, um die Hintertür aufzuschließen. Während sie ihm hineinfolgte, berichtete sie ihm von ihrer Entdeckung, dass die Kamera über dem Vordereingang sich verstellen ließ. »Ich hoffe also«, sagte sie, »dass die Kamera in der Nacht des anonymen Anrufs in einer anderen Position gewesen ist.« Das stimmte aber nur zum Teil. Es ging ihr um mehr als nur den anonymen Anruf. Deshalb fragte sie: »Wie geht's denn eigentlich dem alten Rob?«

»Als ich gegangen bin, hat er von einem ordentlichen Frühstück mit Speck und Spiegelei gesprochen. So was kriegt er nur einmal die Woche, und weil wir heute zur Notaufnahme gefahren sind, ist es diesmal ausgefallen. Er dachte wohl, ich würde ihm so ein Frühstück zubereiten, aber da hat er Pech gehabt, der Arme.«

Ruddock ging voraus durch den Flur, der zum vorderen Teil des Gebäudes führte. Die Neonleuchten an der Decke verbreiteten ihr übliches hässliches Licht auf dem Linoleumfußboden und – so dachte Barbara – auf ihre ungewaschenen Haare. Sie sagte: »Klingt, als hätten Sie ihn gern.«

»Einen Mann in seinem Alter, der noch so viel Leben in sich hat, muss man einfach mögen«, sagte Ruddock.

»Andererseits«, erwiderte sie, »könnte ich mir vorstellen, dass das Zusammenleben mit einem älteren Menschen manchmal auch lästig ist.«

»Wie meinen Sie das?« Er drückte die Tür zur Pförtnerloge auf, wo früher einmal ein Ordnungshüter Besucher und Hilfesuchende begrüßt hatte. Es war ein winziger Raum, gerade so groß, dass sie beide hineinpassten. Auf dem Schreibtisch an einer Wand stand ein altmodischer Computer. Ruddock fuhr ihn hoch und wartete, während das Ding schnaufend in Aktion trat.

Barbara sagte: »Na ja, Ihr Liebesleben und solche Sachen.«

»Hä?« Er drehte sich zu ihr um.

»Ich dachte nur, dass es manchmal lästig ist, mit einem alten Mann im Haus zu leben, wenn Sie mal ein bisschen Privatsphäre brauchen.«

Er lachte. »Wenn ich ein Liebesleben hätte. Bei dem, was ich verdiene, kann ich mir das gar nicht leisten. Ich könnte einer Frau am Zahltag ein Bier und eine Pizza spendieren, aber das war's auch schon. Deswegen halte ich sie mir mehr oder weniger vom Leib. Die Frauen, meine ich.«

Barbara verbuchte das im Stillen unter der Rubrik interessante Halbwahrheiten. Sie wusste noch nicht, was sie davon halten sollte.

Hinter Ruddock erwachte der Monitor zum Leben, und nachdem er ein paar Tasten betätigt hatte, war ein geteilter Bildschirm zu sehen. Die eine Hälfte war schwarz. »Sieht so aus, als würde die Kamera am Hintereingang nicht funktionieren, genau wie ich's mir gedacht hatte«, murmelte er. Und die andere Hälfte zeigte einen Streifen Straße vor der Station, die Stufen, die vom Gehweg hochführten, und den Absatz vor der Tür. Ruddock bearbeitete die Tastatur, dann flimmerten Filmaufnahmen über den Bildschirm. Der Kamerawinkel blieb immer gleich, aber man sah einen Ausschnitt des Lebens auf der Straße: vorbeifahrende Autos, Mütter mit Kinderwagen, Jogger. Zwei Personen stiegen die Stufen hoch und kamen auf die Tür zu, nur um festzustellen, dass die Station nicht besetzt war. Dann hielt Ruddock den Film an, denn sie waren bei der fraglichen Nacht angekommen. Der Anruf war nämlich bei Nacht erfolgt – der Anrufer wollte natürlich anonym bleiben –, und es war nichts auf dem Bildschirm zu sehen, außer Schwärze und der Uhrzeit, es war kurz nach Mitternacht. Das Bild war dasselbe wie zu Anfang: ein Streifen Straße, der Gehweg, die Stufen und der Ausschnitt vor der Tür.

Barbara hatte nicht unbedingt damit gerechnet, jemanden mit einer Hannibal-Lecter-Maske zu sehen, der – oder die – zur Kamera hochschaute, bevor er – oder sie – sich in eine andere Richtung drehte. Sie bat Ruddock, den Film noch weiter zurückzuspulen. Nach einer Weile änderte sich der Ausschnitt, jetzt war der Bereich an der Eingangstür zu sehen. Als Barbara Ruddock bat, das Band langsam vorlaufen zu lassen bis zu der Nacht, in der Druitt gestorben war, wurde der Bildschirm für einen Moment schwarz. Danach zeigte die Kamera wieder den Bereich, der seit dem Zeitpunkt des Anrufs zu sehen war, nämlich nicht die Eingangstür, sondern den Weg dorthin. Bevor das Bild schwarz wurde, sah man jedoch die Tür und die externe Gegensprechanlage, und zwar egal, wie weit sie zurückspulten.

Barbara fragte Ruddock, wie viel Zeit zwischen der Änderung der Kameraposition und dem anonymen Anruf lag. Nachdem er die Daten von den jeweiligen Standbildern überprüft hatte, sagte er: »Sechs Tage.«

»Unser Killer – oder unsere Killerin«, sagte Barbara, »hat also gewusst, dass die Kamera beweglich ist, und ihre Position einige Tage zuvor geändert. So würde jeder – wie ich zum Beispiel –, der sich die Bilder von der Nacht des Anrufs ansieht, denken, die Kamera wäre immer in Richtung Straße ausgerichtet gewesen und nicht auf die Tür, wo sich die Gegensprechanlage befindet.« Sie zeigte auf das Standbild auf dem Monitor. »Jetzt, wo die Kamera die Straße erfasst, braucht man nur an der Wand lang um die Station herumzuschleichen und wird überhaupt nicht gefilmt.«

»Aber man würde dabei gefilmt, wie man die Kameraposition verändert«, wandte Ruddock ein. »Es sei denn …«

Der Junge war nicht dumm. Er hatte kapiert, dass derjenige, der die Kamera verstellt hatte, sie erst einmal ausschalten musste. Aber ausschalten konnte man sie nur von drinnen. Und das Ganze musste sehr schnell gehen, weil der Moment, in dem der Film schwarz wurde, so kurz sein musste, dass er fast nicht zu bemerken war, falls jemand den Film zurückspulte. Wer die Nacht des Anrufs durchging, würde sehen, dass die Kamera in Richtung Straße wies. Nur wenn man sechs Tage zurückspulte, fiel einem die ursprüngliche Ausrichtung der Kamera auf und dass der Bildschirm kurz schwarz wurde.

Ruddock war seine Konsternierung deutlich anzusehen.

»Der, der diesen anonymen Anruf gemacht hat«, sagte Barbara, »hätte das von sonst wo machen können, und es hätte niemand mitgekriegt. Natürlich nicht von seiner Festnetzleitung oder von seinem Handy. Aber von jeder beliebigen Telefonzelle aus, wo es in der Nähe keine Überwachungskamera gibt. Wär überhaupt kein Problem gewesen.«

»Und warum hat er dann die Gegensprechanlage benutzt?«, fragte Ruddock. »Er musste doch zuerst die Kamera wegdrehen und so weiter. Warum hat er sich die Mühe gemacht?«

Sie musterte ihn. Er musterte sie. Er brauchte nicht lange. »Weil der Anruf von der Polizeistation kommen *musste*«, murmelte er. »Nur so konnte er sicher sein, dass man mich für schuldig halten würde.«

»Sie haben's erfasst. Wie lang ist die Liste Ihrer Feinde, Gary?«

»Mein Gott, ich dachte eigentlich, ich hätte keine Feinde.«

Ihr fiel wieder ein, was sie auf dem nächtlichen Parkplatz beobachtet hatte, und sie überlegte, ob sie ihn nach seiner Freundin fragen sollte. Doch damit würde sie noch ein bisschen warten, und sie sagte stattdessen: »Meiner Erfahrung nach hat jeder mindestens einen.«

Er wandte sich dem Bild auf dem Monitor zu und studierte es. Dann drehte er sich zu ihr um. »Aber warum hat er nicht sofort angerufen, nachdem er die Kamera gedreht hatte? Und warum hat er sie hinterher nicht wieder in die alte Position gebracht?«

»Vielleicht wurde er gestört und hat keine Zeit mehr gehabt. Oder er wollte ein paar Tage verstreichen lassen, damit der, der den Film überprüft, nicht weiter als bis zum Abend des Anrufs zurückspult und denkt, dass die Kamera schon immer in dieser Position gewesen ist. Oder es könnte auch das Übliche sein.«

»Das Übliche?«, fragte Ruddock.

Sie zuckte die Achseln. »Niemand, der ein Verbrechen begeht, denkt an alles.«

LUDLOW
SHROPSHIRE

Als Isabelle Finnegan Freeman erblickte, hoffte sie, dass er nicht das repräsentierte, worauf sie sich als Mutter von zwei Söhnen gefasst machen musste, egal, wer das Sorgerecht hatte. Auf der einen Seite seines Kopfs trug er Dreadlocks, die andere Seite war kahlrasiert. Auf dem kahlen Schädelteil prangte ein verstörendes Tattoo mit einer kreischenden Frau, den Mund so weit aufgerissen, dass man das Zäpfchen sehen konnte, und zwei überlange Fangzähne, von denen Blut tropfte.

Auch ansonsten war Finnegan kein schöner Anblick. Seine Kleidung, wenn auch nicht ganz und gar anstößig, bestand aus einer ausgefransten Jeans und einem fadenscheinigen Flanellhemd. Er hatte Sandalen an – vielleicht als Verneigung vor dem Frühlingswetter –, doch seine schwarz lackierten Zehennägel trugen nichts zu seiner Schönheit bei. Sein rechtes Fußgelenk schmückte ein geflochtenes Lederband, und ein dicker Knoten aus undefinierbarem Material, der als Ohrring herhielt, sah aus wie eine Wucherung an seinem linken Ohrläppchen. Eigentlich war er gar nicht unansehnlich, aber der Gesamteindruck erinnerte eher an ein Bild von Edvard Munch.

Sie hatte ihn im Wohnzimmer eines Hauses in der Temeside Street vorgefunden. Es war das letzte in einer edwardianischen Reihenhauszeile, die, den Fliesen an der Haustür nach zu urteilen, tatsächlich aus jener Zeit zu stammen schien. Es waren schöne Fliesen, mit Sonnenblumen auf dunkelgrünem

Hintergrund, ein Farbton, der sich auch auf der Haustür wiederholte. Die Fliesen waren erstaunlich gut erhalten. Was man von der Haustür allerdings nicht behaupten konnte. Sie wies erhebliche Kratzer und Dellen auf, die vermutlich bei diversen Umzügen entstanden waren, und war mit Abziehbildern übersät, die meisten offenbar von einem Fan vom *Zauberer von Oz*.

Isabelle betrat das Haus, nachdem jemand gerufen hatte: »Tür ist offen! Herein, wenn's kein Schneider ist!« Sie hatte den Rufer im Wohnzimmer angetroffen, wo er gerade einen Comic las und etwas aß, das aussah wie ein Burrito. Er saß auf einem Chintzsofa, das vom Dachboden von jemandes Großmutter zu stammen schien, das Essen und das Comicheft vor sich auf einem niedrigen Sofatisch von undefinierbarem Alter. Die restliche Möblierung bestand aus drei riesigen Sitzsäcken, einem Mackintosh-Designerstuhl, einer Stehlampe, einem Fernseher und einem Heizstrahler, dessen marodes Kabel befürchten ließ, dass ein Feuer ausbrechen würde, falls man das Ding tatsächlich benutzte. Aber das schmutzige Kaminbesteck und die geschwärzten Wände rund um den kleinen offenen Kamin ließen vermuten, dass die Heizsonne nicht zum Einsatz kam. Ein großes Schild auf dem Kaminsims untersagte die Benutzung des Kamins, ein Verbot, das die Hausbewohner offenbar ignorierten.

Finnegan Freeman hatte auf Isabelles Frage hin bestätigt, ja, er sei Finnegan Freeman. »Wer sind Sie, und warum wollen Sie das wissen?«, fragte er, und als sie ihm antwortete, New Scotland Yard wolle das wissen und sie sei wegen Ian Druitt hier, erwiderte er: »Ach so.« Dann fügte er hinzu: »Meine Mutter hat Sie angerufen, stimmt's?«

»Warum sollte Ihre Mutter bei Scotland Yard anrufen?«, fragte Isabelle.

»Sie wartet darauf, dass ich endlich so weit neben der Spur bin, dass sie mich wieder nach Hause holen kann.«

»Sind Sie denn häufiger neben der Spur?«

Er grinste und schob sich ein Riesenstück von seinem Burrito in den Mund. »Sie kann es einfach nicht ausstehen, wenn ich Spaß hab«, sagte er mit vollem Mund. »So ist sie nun mal.«

Isabelle versicherte ihm, dass seine Mutter nicht bei Scotland Yard angerufen habe, und selbst wenn, es nicht in den Zuständigkeitsbereich der Met falle, auf Bitten der Eltern Jugendliche aufzuspüren, die sich nicht benehmen konnten.

»Mit Benimm hat das nichts zu tun«, sagte Finnegan. »Ich will nur meinen Spaß haben. Sie findet, ich bin aufsässig. Ha, ich könnte ihr mal zeigen, was aufsässig ist, aber dann würde sie wahrscheinlich 'n Herzinfarkt kriegen.«

»Verstehe.« Isabelle erklärte ihm, dass sie und eine Kollegin wegen Ian Druitts Tod ins schöne Ludlow gekommen seien, wo sie die Ergebnisse der Untersuchungskommission überprüfen sollten.

Der junge Mann legte seinen Burrito auf dem Küchentuch ab, das er als Teller benutzte. Er schaute sie an, als versuchte er einzuschätzen, ob er ihr trauen konnte. Isabelle hatte das Gefühl, von jemandem beurteilt zu werden, der erheblich mehr auf dem Kasten hatte, als seine Erscheinung und seine Sprache vermuten ließen.

Er fragte: »Und was hab ich damit zu tun?«

»Wir haben Ihren Namen bei seinen Hinterlassenschaften gefunden, und zwar auf der Liste der Kinder, die im Hort angemeldet waren. Da Ihr Name der einzige ist, hinter dem die Namen der Eltern nicht vermerkt sind, nehmen wir an, dass Sie der junge Mann sind, der Mr Druitt im Hort geholfen hat.«

»Gute Detektivarbeit«, sagte er.

»Sie waren also sein Assistent. Worin bestanden Ihre Aufgaben?«

Plötzlich schien Finnegan sich vage an so etwas wie gute Manieren zu erinnern, denn er rückte ein Stück auf dem Sofa beiseite, klopfte auf den Platz neben sich und sagte: »Setzen Sie sich, wenn Sie wollen.« Sie folgte seiner Aufforderung. Kaum saß sie neben ihm, stieg ihr der Geruch von alten Socken in die Nase, was merkwürdig war, da er gar keine anhatte.

»Ich hab den Kindern bei den Hausaufgaben geholfen«, sagte Finnegan, »hab mich um die Sportgeräte gekümmert und den Kindern beigebracht, wie man für Schulprojekte im Internet recherchiert. Solche Sachen halt. Manchmal haben wir Wanderungen gemacht. Und ich hab Vorführungen veranstaltet.«

»Vorführungen?« Isabelle hoffte, seine Vorführungen hatten nichts mit Körperpflege oder der Modewelt zu tun.

Er hob die Hände. Sie waren auffallend klein für einen Mann von seiner Größe. »Karate«, sagte er. »Die Kids stehen auf so was.«

»Das heißt also, dass Sie ziemlich stark sind«, sagte Isabelle.

Er schenkte ihr einen Blick, der sagte, dass er genau wusste, worauf sie hinauswollte. »Soweit ich weiß, ist es kein Verbrechen, stark zu sein.«

»Natürlich nicht«, pflichtete sie ihm bei. Sie bat ihn um seine Meinung zu Druitt. Wie er denn so gewesen sei, wollte sie wissen.

»Die Frage kann ich Ihnen ganz leicht beantworten«, sagte er. »Er war jedenfalls kein Typ, der sich umgebracht hätte, und das sag ich seit seinem Tod jedem, der es hören will, aber für meine Meinung interessiert sich ja keiner.«

»Ich schon«, sagte Isabelle. »Deswegen bin ich hier, Finnegan.«

»Finn«, sagte er.

»Sorry. Finn. Ich bin hier, um Ihre Meinung zu hören.«

»Warum?«

»Weil Sie im Hort mit ihm zusammengearbeitet haben.«

»Sie wollen wissen, ob er sich an den Kindern vergriffen

hat, das ist es. Sie wollen wissen, ob er sich das Licht ausgepustet hat, weil er Angst hatte, dass er deswegen in den Knast kommt.«

»Ich möchte alles wissen. Mich interessiert Ihre Meinung zu allem, was mit Mr Druitt zu tun hat.«

»Sie reden wie meine Mutter.«

»Ich habe auch Kinder. Das liegt einem irgendwann im Blut. Haben Sie eine Meinung zu Mr Druitt?«

»Ja«, sagte er. »Er war ein guter Typ. Die Kinder im Hort waren ihm alle wichtig. Die wurden in den Hort geschickt, weil er sich um sie gekümmert hat, und er hat zehnmal mehr für die Kids getan als die Eltern. Und ich hab nie – nicht ein einziges Mal – gesehen, dass er eins von den Kindern angefasst hat, außer vielleicht, und ich sag *vielleicht*, weil ich nichts dergleichen erlebt hab, mal 'n Klaps auf die Schulter oder 'ne Kopfnuss oder so. Aber abgesehen davon, nichts. Er war einfach nett zu den Kids. Er war super.«

»Verstehe«, sagte Isabelle.

Er schnaubte. »Schön.«

»Aber Kindesmissbrauch ist ein Verführungsprozess, der sich über einen gewissen Zeitraum hinzieht. Pädophile erschleichen sich das Vertrauen von Kindern, damit sie sich auf sexuelle Handlungen einlassen.«

Finnegan hatte seinen Burrito wieder in die Hand genommen, aber jetzt warf er ihn so heftig auf den Tisch, dass das Küchentuch mitsamt Burrito auf den Teppichboden segelte, der offenbar schon seit Generationen nicht gesaugt worden war, wodurch der Klecks aus Bohnen, Käse und sonst was kaum weiter auffiel. Er sagte: »Haben Sie mir überhaupt zugehört?«

»Ja. Natürlich. Aber Finnegan, Männer …«

»Finn!«, schrie er. »Ich heiße Finn! Finn! Finn!«

»Ja. Tut mir leid. Finn. Männer kommen mit Kindesmissbrauch davon, weil sie nach außen genau so wirken, wie Sie

Mr Druitt eben beschrieben haben: liebevoll, sanft, hilfsbereit und so weiter. Wenn ein Pädophiler nicht so harmlos auf seine potentiellen Opfer und deren Familien wirken würde – und auch nicht auf seine Freunde –, würde er es als aktiver Pädophiler nicht weit bringen. Aber das wissen Sie sicher.«

»Was ich weiß«, sagte er, »ist, dass er sich nie an den Kids vergriffen hat. Das hätten die mir erzählt.«

»Und was ist mit Ihnen?«, fragte sie.

Er lief hochrot an. »Ich hab mich auch nicht an den Kids vergriffen! Wollen Sie mich etwa beschuldigen …«

»Nein, nein, tut mir leid«, sagte Isabelle, die sich allerdings fragte, mit welchem von Lynley inspirierten Shakespeare-Zitat Havers diese Reaktion des jungen Mannes quittiert hätte, ganz zu schweigen von seinem gelegentlichen Abrutschen in eine interessante Form des Rate-mal-wo-ich-herkomme-Jargons, so als wüsste er selbst nicht so recht, aus welcher Gesellschaftsschicht er stammte. »Ich wollte wissen, ob Mr Druitt sich jemals an Ihnen vergriffen hat.«

Finnegan wurde noch röter. »Hören Sie mir gut zu. Er war zu allen nett. Vor allem zu Kids, die von anderen gemobbt wurden. Er wusste nämlich, wie das ist, und er hat den Kids beigebracht, dass Leute, die andere rumschubsen, das machen, weil sie sich groß fühlen wollen, und dass man sich gegen die zur Wehr setzen muss. Mit Worten oder mit Fäusten, je nachdem.«

»Haben Sie deswegen Karate gelernt?«

»Mein Vater hat mich dazu gebracht. Ich bin in der Schule gemobbt worden. Aber als ich dann angefangen hab, mich zu wehren, hat das aufgehört. Und dass Sie glauben, Ian hätte so was mit Kindern gemacht …? Das hat Ian nicht getan. Weil er wusste, wie sich das anfühlt.«

»Er ist also auch gemobbt worden«, sagte Isabelle. »Oder versuchen Sie, mir zu sagen, dass er als Kind sexuell missbraucht wurde? Hat er Ihnen das erzählt?«

»Nein!«, schrie Finnegan fast hysterisch.

»Was, nein?«, fragte sie. »Nicht sexuell belästigt oder nichts erzählt?«

»Weder noch! Und wenn Sie glauben, dass er als Kind … und dass er das an die Kinder weitergegeben hat, dann fragen Sie sie doch selbst! Fragen Sie sie alle! Dann werden Sie feststellen, dass an diesen Vorwürfen nichts, aber auch gar nichts dran ist!«

Als er tief Luft holte, waren laute Schritte auf der Treppe zu hören. Dann erschien eine junge Frau in der Wohnzimmertür. Sie sagte: »Hey, Finn, ich bin dann mal …« Sie sah Isabelle und brach ab. »Sorry. Ich wusste nicht, dass noch jemand hier ist.«

Isabelle fiel es schwer, das zu glauben, da Finnegans Geschrei schwerlich zu überhören gewesen war. Und das Haus war ziemlich hellhörig.

Die junge Frau kam ins Zimmer, als wartete sie höflich darauf, vorgestellt zu werden. Sie hatte langes Haar mit blonden Strähnen, und sie war zierlich, hatte jedoch eine sehr frauliche Figur. Sie sagte: »Ich bin Dena Donaldson, aber alle nennen mich Ding.«

»Überleg dir gut, wem du dich vorstellst«, sagte Finnegan. »Die Frau ist von der Polizei. Extra von Scotland Yard hierhergekommen, um die Wahrheit aus mir rauszuquetschen.«

Ding und Isabelle musterten sich. »Aber Sie tragen ja gar keine Uniform«, sagte Ding, so als wäre das entscheidend.

»Sie ist ein Detective«, klärte Finnegan sie auf. »Du kuckst doch Fernsehen, oder? Im Fernsehen tragen die auch keine Uniform. Sie ist hier wegen Ian.«

»Mr Druitt?«

»Kennst du noch einen Ian, wegen dem die Polizei hier sein könnte? Wieso bist du so begriffsstutzig? Hast du gestern Abend zu viel getrunken?«

Ding reagierte nicht. Sie ließ ihren Rucksack von den Schultern gleiten und stellte ihn auf dem Boden ab. Dann glättete sie ihren pinkfarbenen Rock, sie wirkte nervös, oder vielleicht sollte es auch nur nervös wirken, und rückte das Tuch zurecht, das sie sich wie einen Gürtel um die Taille gebunden hatte. Das Muster aus Wolken und Blumen passte zu dem Pink des Rocks und zum Grau des T-Shirts.

Isabelle fragte: »Kannten Sie Mr Druitt?«

Die junge Frau schien verblüfft. Ihr Blick schoss erst zu Finnegan, dann zum Kamin, dann zu Isabelle. »Wieso?«, fragte sie.

»Wieso könnten Sie ihn denn gekannt haben?«, präzisierte Isabelle.

»Ich, äh … Ich … Falls Sie denken …«

»Herrgott noch mal, Ding, spuck's schon aus«, sagte Finnegan, als wüsste er, dass die junge Frau versuchte, Zeit zu schinden.

»Ich kannte ihn nur vom Hörensagen«, sagte sie. »Finn hat mir hauptsächlich von ihm erzählt.«

»Wer noch?«

»Wie bitte?«

Isabelle spürte wieder dieses Pochen in ihrem Schädel. Sie würde bald etwas dagegen unternehmen müssen. »Sie sagten, ›hauptsächlich Finn‹ hat Ihnen von Mr Druitt erzählt. Wer hat sonst noch mit Ihnen über Mr Druitt gesprochen?«

»Ach so.« Ding verschränkte die Arme unter den Brüsten, sodass sie größer wirkten. Es machte Isabelle immer wieder sprachlos, wenn Frauen das taten, so als hätte die Frauenbewegung überhaupt nichts bewirkt. Ein bisschen Titten zeigen, und schon lag einem die Welt zu Füßen. »Eigentlich nur Finn«, sagte Ding dann. »Ich glaub nicht, dass Brutus ihn gekannt hat.«

»Brutus?«, wiederholte Isabelle. »Wohnt der auch hier?«

»Bruce Castle«, sagte Ding. »Alle nennen ihn Brutus. Es ist … na ja … eine Art Scherz.«

»Weil er ’n laufender Meter ist«, bemerkte Finnegan.

»Wie ein kleiner Junge?«, fragte Isabelle. »Ich meine, wegen seiner Größe. Wirkt er dadurch wie ein kleiner Junge?«

Finnegan regte sich sofort wieder auf. »Ian hat keinem was angetan! Hier nicht und auch sonst nirgendwo!«, fauchte er, während Ding einwarf: »Brutus hätte niemals… Also, ich meine, der würde sich von keinem was gefallen lassen, falls Sie das meinen.«

»Sie wissen also von den Vorwürfen wegen Kindesmissbrauchs?«

»Ja. Na ja.« Ding warf einen nervösen Blick in Finnegans Richtung. »Weiß doch jeder. Ich glaub, Finn hat’s mir erzählt. Oder vielleicht hab ich’s auch gehört, als Finn es seiner Mutter am Telefon erzählt hat. Vielleicht war es so. Kann das sein, Finn? Dass ich es so erfahren hab? Oder hab ich es irgendwo gelesen?«

»Woher soll ich das wissen?« Plötzlich wirkte Finnegan gelangweilt, möglicherweise tat er nur so.

»Bekommt man in diesem Haus gut mit, was andere so reden?«, fragte Isabelle die junge Frau.

»Ist halt klein«, sagte die. »Da hört man eben alles… Man braucht nicht mal zu lauschen. Deswegen… Also nicht, dass Mr Druitt mal hier gewesen wär. Eigentlich haben wir ihn gar nicht gekannt. Also, Brutus und ich. Wir nicht. Bei Finn ist das natürlich was anderes.«

»Ich bin mir nicht sicher, was Sie mir damit sagen wollen«, erwiderte Isabelle.

Ihr fiel auf, dass Finn die junge Frau genau beobachtete. Sein Gesichtsausdruck war argwöhnisch und regelrecht feindselig. »Wolltest du nicht eben irgendwohin, Ding«, fragte er.

Ding hob ihren Rucksack auf und schulterte ihn. Finnegans Ton schien sie zu kränken. Zu Isabelle sagte sie: »Ich hoffe, Sie bekommen die Informationen, die Sie brauchen.«

»Von Finn, meinen Sie?«

»Genau. Weil, wie gesagt …«

»Sie und Brutus haben Ian Druitt ja nicht gekannt, nicht wahr?«

LUDLOW
SHROPSHIRE

Ding nahm ihr Fahrrad, so als wollte sie zu ihrem Geographiekurs fahren. Und das hätte sie vielleicht sogar getan, wenn sie sich nicht dermaßen aufgeregt hätte, als sie eine Polizistin in ihrem Wohnzimmer antraf. Das kurze Geplänkel zwischen ihr und der Frau machte ihre akademischen Bestrebungen für heute zunichte. Aber zunächst einmal musste es so aussehen, als würde sie zum College radeln, und so fuhr sie los in Richtung Lower Broad Street. Wenn sie in die Straße abbog, würde sie auf die schmale Silk Mill Lane stoßen, die zu einem der Hörsäle des College führte, doch sie bog nicht ab. Als sie außer Sichtweite ihres Hauses war, fuhr sie auf den Parkplatz des persischen Teppichladens. Wie jeder persische Teppichladen in England machten die gerade Ausverkauf wegen Geschäftsaufgabe, das stand auf einem riesigen Banner über dem Eingang. Es hing schon so lange da, dass es bereits verschossen war, aber die Ladenbesitzer schienen nicht zu kapieren, dass das den Wahrheitsgehalt entkräftete.

Wie immer lag ein Stapel Teppiche draußen neben dem Eingang. Ding stellte ihr Fahrrad ab und sah sie sich mit ernster Miene an, so als wäre sie auf der Suche nach dem perfekten Teppich für ihr Schlafzimmer. Es dauerte nicht lange, und der Ladenbesitzer kam heraus, der nicht etwa, wie man hätte vermuten können, aus dem Iran stammte, sondern aus Glasgow, und einen unfassbar starken schottischen Akzent hatte. Hätte er Farsi gesprochen, hätte Ding vielleicht eine Chance gehabt, ihn zu verstehen.

Sie sagte ihm, sie wolle sich nur umsehen, und als er etwas Unverständliches antwortete, erwiderte sie: »Nicht jetzt, danke.« Im Prinzip wollte sie sich nur mit etwas beschäftigen, bis die Luft rein war und sie wieder nach Hause konnte.

Ding war klar, dass ihre Antworten ziemlich unglaubwürdig geklungen hatten. Ihre Gedanken hatten wie verrückt zu rasen angefangen, als sie erfuhr, wer die Frau war. Nie hätte sie damit gerechnet, Finn im Gespräch mit einer Polizistin anzutreffen.

Sie hielt sich ungefähr zehn Minuten lang mit den Teppichen auf, vielleicht auch ein bisschen länger, was sie leider dazu zwang, sich mit dem Schotten auf ein Gespräch einzulassen, der anscheinend über die Unterseite der Teppiche sprach. Sie verstand immer noch kein Wort, aber er gestikulierte ausgiebig und fuhr mit der Hand über die Unterseite, und als sie dann die Wörter *Hand* und *Knoten* aufschnappte, nickte sie und sagte: »Ah, verstehe.« Zum Glück schien er nicht mehr von ihr zu erwarten. Nachdem ungefähr zehn Minuten verstrichen waren, bedankte sie sich bei dem Mann und schob ihr Fahrrad zurück zur Straße.

Das Auto der Polizistin war weg. Ding war in Sicherheit. Sie brauchte nicht mal eine Minute, um nach Hause zu radeln, wo sie ihr Fahrrad vor dem Hauseingang fallen ließ. Sie schloss die Haustür, so leise sie konnte, und schlich zur Treppe. Aber es hatte keinen Zweck. »Hey, du!«, rief Finn aus dem Wohnzimmer. Sie blieb stehen. Immer noch hockte er auf dem hässlichen Sofa, das sie in einem der Charity Shops in Ludlow erstanden hatten. Er klaubte irgendetwas aus einem Burrito und wischte sich zwischendurch die Finger an der Sofalehne ab.

»Vielleicht will sich ja mal einer da hinsetzen, Finn«, sagte sie zu ihm und zeigte auf den mit Soße beschmierten Stoff.

Er ignorierte ihren Tadel und fragte: »Was sollte der Blödsinn eben?«

»Welcher Blödsinn?«

»Das ganze Ich-und-Brutus-Gequatsche. War nicht zu überhören, dass du die Aufmerksamkeit dieser Polizistin auf mich lenken wolltest.«

»Ich weiß nicht, wovon du redest.«

»Ach nein?« Er betrachtete seinen Burrito, befand ihn offenbar für genießbar und biss ein großes Stück ab. »Mir kam es aber genauso vor.«

Er stand auf. Wo er gesessen hatte, blieb der Abdruck seines Hinterns zurück. Da, wo die Polizistin gesessen hatte, war auch noch der Abdruck ihres Hinterns zu sehen. Er kam auf Ding zu und sagte mit vollem Mund: »Verpiss dich. Ich hab keine Lust auf dein Gequatsche.«

»Ich quatsch doch gar nicht.« Sie wollte zur Treppe gehen, doch er stellte sich ihr in den Weg.

»Lass mich, Finn.«

»Halt ich dich fest, oder was?«

»Du stehst mir im Weg.«

»Das gefällt dir wohl nicht. Dann sag mir eins: Was verdammt noch mal ist hier los?«

»Nichts. Ich kann es einfach nicht leiden, wenn einer was Schlechtes über mich denkt, obwohl ich gar nichts getan hab.«

»Vor allem, wenn es die Polizei ist. Und warum ist das so? Hast du was zu verbergen?«

»Nein!«

»Sah aber ganz so aus, das kann ich dir sagen.«

»Ich kann nichts dafür, wie das für dich ausgesehen hat«, sagte sie. »Und jetzt lass mich gefälligst vorbei.«

Ding schob sich an Finn vorbei und rannte die Treppe hoch. Hinter ihr sagte Finn: »Ich bin nicht blöd, Ding!« Ob er noch etwas anderes hinzufügte, hörte sie nicht, denn sie stürmte in ihr Zimmer, schlug die Tür zu und schloss sie ab.

Dann begann sie, ihre Sachen aus ihrem kleinen Kleiderschrank zu nehmen. Sie hatte es sehr eilig, riss aber ihre Kleider nicht wahllos aus dem Schrank und warf sie auf den Boden wie in einer Filmszene, die den Zuschauern suggerieren soll, dass die handelnde Person in Panik ist. Nein, sie nahm ihre Sachen vorsichtig von der Stange und legte sie sorgfältig auf ihr Bett.

Wegen der finanziellen Situation ihrer Familie war sie schon seit Jahren gezwungen, sich ihre Kleider selbst zu kaufen. Um sich das leisten zu können, jobbte sie seit ihrem zwölften Lebensjahr in ihrer Freizeit als Babysitterin, als Kassiererin im Supermarkt und als Hundeausführerin; sie jätete Unkraut, goss Blumen und machte alles Erdenkliche gegen ein bisschen Taschengeld. Deswegen war ihr jeder Schuh, jeder Rock, jede Hose, jedes T-Shirt, jeder Pullover und jeder Stiefel, alles, was sie an Klamotten je besessen hatte, sehr kostbar. Sie warf nichts weg, das nicht restlos verschlissen war. Das konnte sie sich einfach nicht leisten.

Aber jetzt … jetzt musste sie sich von zwei Teilen trennen, die sie besonders gern mochte. Sie befanden sich in der hintersten Ecke des Schranks, und sie musste sich erst durch ihre Wintersachen wühlen, um an die Teile heranzukommen, die sie zusammen auf einen Bügel gehängt hatte. Sie hatte ihren roten Wollmantel darüber gehängt und ihn zugeknöpft, und jetzt nahm sie den Bügel aus dem Schrank und legte ihn aufs Bett. Sie knöpfte den Mantel auf und betrachtete die Sachen, die darunter zum Vorschein kamen, ein Rock und ein Oberteil. Bevor sie anfangen konnte, darüber nachzudenken, wie viel Geld sie dafür ausgegeben und wie gern sie sie getragen hatte, schnappte sie sich eine Plastiktüte vom Boden des Kleiderschranks.

Aber sie brachte es nicht fertig, die Klamotten achtlos in

die Tüte zu stopfen. Sie faltete sie liebevoll, schob sie in die Tüte, verschloss diese sorgfältig und packte sie in ihren Rucksack. Einen Moment lang überlegte sie, ob das wirklich nötig war, kam jedoch zu dem Schluss, dass alles andere zu riskant war.

LUDLOW
SHROPSHIRE

Barbara Havers musste unbedingt in die Telefonzentrale der Polizei in Shrewsbury. Sie wollte sich die Nachricht anhören, woraufhin Ian Druitt verhaftet und auf die Polizeistation in Ludlow gebracht worden war. Natürlich hatte sie die Abschrift gelesen – so oft, dass sie sie schon auswendig konnte –, doch sie glaubte immer noch daran, dass den anderen Ermittlern vielleicht irgendein Detail entgangen war. Es konnte sich um alles Mögliche handeln: von der Aussprache eines Worts, wodurch die Nachricht einer bestimmten Person aus Druitts Leben zugeordnet werden konnte, bis hin zu Hintergrundgeräuschen, die sie auf die Spur von jemandem brachten, den sie noch gar nicht auf dem Schirm hatten.

Ihr war durchaus bewusst, dass das Abhören der Nachricht weit über das hinausging, was ihre Chefin ihr aufgetragen hatte. Doch sie beruhigte sich mit dem Gedanken, dass sie es dem Toten schuldig war, nichts unversucht zu lassen, um den Fall aufzuklären.

Shrewsbury lag knapp fünfzig Kilometer nördlich von Ludlow, und die Schnellstraße A49 führte direkt dorthin. Um nach Shrewsbury zu fahren, die Nachricht abzuhören und wieder zurückzufahren, würde sie keine zwei Stunden brauchen, da war Barbara sich ganz sicher, und keiner würde etwas davon mitbekommen. Sie fragte Gary Ruddock, ob er ihr den Streifenwagen leihen oder lieber selbst fahren würde. Er fuhr lieber selbst.

Nach gut fünfzehn Kilometern klingelte Barbaras Handy. Sie kramte es aus ihrer Umhängetasche, um einen Blick aufs Display zu werfen, obwohl sie ahnte, wer der Anrufer war. Sie irrte sich nicht und ließ den Anruf auf die Mailbox durchgehen. Sie würde Ardery später sagen, sie sei auf dem Klo gewesen und habe es nicht klingeln hören. Das war immer eine gute Ausrede. Und sie musste sich noch einen Grund ausdenken, warum sie nicht zurückgerufen hatte, aber da würde ihr in der Zwischenzeit schon etwas einfallen.

Fünf Minuten später jedoch klingelte ihr Handy schon wieder. Diesmal blickte Ruddock sie von der Seite an, als sie nicht ranging. »Männer«, sagte sie mit einem Seufzer und verdrehte die Augen.

Ruddock hätte ihr das abgekauft, wenn sein eigenes Handy sich nicht plötzlich gemeldet hätte. Ohne nachzusehen, meldete er sich mit: »Ruddock, Ludlow.« Dann lauschte er einen Moment lang und sagte: »Ach so, ja, die ist hier bei mir. Ich fahre sie grade nach Shrewsbury …«

Barbara stöhnte. Ruddock lauschte auf die Worte am anderen Ende. Dann reichte er ihr das Handy und sagte mit bedauernder Miene: »Ihre Chefin.«

Barbara fragte sich, wo Ardery nur Ruddocks Handynummer herhatte. Dann wurde ihr klar, dass das ganz einfach gewesen war. Ein Anruf im Hauptquartier in West Mercia hatte genügt. Hastig, um Ardery keine Gelegenheit zu geben, sich zu fragen, warum Barbara nicht ans Handy gegangen war, sagte sie: »Nachdem ich mir den Film von der Überwachungskamera angesehen hatte, ist mir klargeworden, dass der nächste Schritt …«

»Hatten Sie die Erlaubnis, einen nächsten Schritt zu machen?«, fragte Ardery. »Ich erinnere mich, dass ich gesagt habe: ›Dann ist Schluss.‹ Ich kann mich nicht erinnern, Sie gebeten zu haben, weitere Schritte zu unternehmen. Sind Sie wirklich nicht in der Lage zu verstehen, wie eine Ermittlung geführt wird, Sergeant? Die Befehlskette geht von oben nach unten, nicht umgekehrt.«

»Chefin …«

»Ruddock soll wenden. Kommen Sie sofort nach Ludlow zurück!«

»Aber es …«

»Es reicht«, fauchte Ardery. »Sie tun, was ich Ihnen sage. Und wenn Sie auch nur die winzigste Möglichkeit sehen, dass weitere Schritte Ihrerseits vonnöten sind, dann sprechen Sie zuerst mit mir darüber und erbitten meine Erlaubnis. Habe ich mich klar genug ausgedrückt? Oder haben Sie das mit der Befehlskette immer noch nicht verstanden?«

»Sie haben sich klar genug ausgedrückt.« Barbara war so frustriert wie schon lange nicht mehr. Einen Moment lang hatte sie sich tatsächlich der aberwitzigen Vorstellung hingegeben, dass sie und Ardery eigentlich ganz gut miteinander zurechtkamen. Der Witz des Jahrhunderts, dachte sie. Dann sagte sie: »Ich tue, was Sie befehlen, Ma'am.«

»Wie wohltuend das klingt. Wann kann ich mit Ihnen rechnen?«

»Wir sind ungefähr zwanzig Minuten von Ludlow entfernt.«

»Dann erwarte ich Sie hier in fünfundzwanzig Minuten. Sollten dreißig Minuten daraus werden, haben wir ein Problem. Verstanden?«

»Verstanden.« Aber Barbara wollte es nicht dabei belassen, dass sie in Gegenwart des Hilfspolizisten von ihrer Vorgesetzten zusammengestaucht wurde. Ihr war die ganze Situation äußerst peinlich, und sie war frustriert und fühlte sich dermaßen hilflos, weil sie sich gegen Ardery noch kein einziges Mal hatte durchsetzen können, dass sie so tat, als hätten sie, abgesehen von ihrer Unfähigkeit, sich an Arderys Anweisungen zu halten, noch etwas anderes zu bereden. Deswegen sagte sie: »Wie war denn Ihr Gespräch mit Finnegan Freeman? Irgendwas Brauchbares dabei rausgekommen?«

»Nichts Neues. Für Finn war Druitt sozusagen der neue Messias. Aber er ist wirklich eine Augenweide.«

»Wer, Druitt oder Freeman?«

»Letzterer. Seine Eltern tun mir leid.«

»Kapiert«, sagte Barbara. »Bis gleich.«

Worauf Ardery erwiderte: »Das wollte ich Ihnen auch geraten haben, Sergeant.« Dann legte sie auf.

Ruddock sah sie von der Seite an: »Ein Fortschritt?«

»Keine Ahnung«, sagte Barbara. »Wir müssen umkehren. Sie hat mir fünfundzwanzig Minuten gegeben. Wenn ich bis dahin nicht bei ihr bin, reißt sie mir den Kopf ab.«

LUDLOW
SHROPSHIRE

Sie schafften es in genau zweiundzwanzig Minuten zurück nach Ludlow, denn Ruddock war so nett, das Gaspedal durchzutreten. Aber der Castle Square war so überfüllt mit Marktständen, Kunden und Touristen, dass er schon über den Gehweg hätte fahren müssen, um Barbara auf der anderen Seite des Platzes vor ihrem Hotel abzusetzen.

Ruddock hatte kaum Platz, um an den Bordstein heranzufahren, denn um die eigentlichen Verkaufsstände herum boten auch Leute Ware auf Decken an, die sie auf dem Boden ausgebreitet hatten.

»Verdammt«, sagte der Hilfspolizist. »Die muss ich mindestens zweimal im Monat verjagen. Die haben keine Genehmigung, hier ihre Sachen anzubieten, aber die kommen trotzdem immer wieder.«

Sie stiegen aus. Unter den fliegenden Händlern mit ihren Decken entdeckte sie eine bekannte Gestalt. Es war der alte Stadtstreicher mit seinem Hund, den sie auf ihrem ersten Nachtspaziergang gesehen hatte. »Wer ist der Typ da?«, fragte sie Ruddock. »Der mit dem Hund?«

Ruddock folgte ihrem Blick. »Das ist Harry.«

»Den hab ich neulich nachts schon mal gesehen. Ein Obdachloser?«

»Ja«, sagte Ruddock. »Ich hoffe immer, dass er in eine andere Stadt weiterzieht, aber es scheint ihm hier zu gefallen. Er hat Sie doch nicht belästigt?«

»Ich hab noch nicht mal mit ihm gesprochen. Gehört der hier zum Inventar?«

»Kann man so sagen.« Ruddock machte sich auf den Weg, um sich um die fliegenden Händler zu kümmern. Barbara bereute es, dass sie nach Harry gefragt hatte, denn Ruddock marschierte direkt auf ihn zu. Er hockte sich vor den Alten hin und schien halbwegs höflich auf ihn einzureden, doch Harry rührte sich nicht, bis Ruddock anfing, die Sachen auf seiner Decke zu einem Haufen zusammenzuschieben.

Barbara eilte zum Hotel und bereitete sich mental auf die Begegnung mit Ardery vor. Als sie durch die Tür trat, glaubte sie, eine Lösung gefunden zu haben, wie sie das Wohlwollen ihrer Chefin wiedererlangen konnte.

Ardery erwartete sie auf der Hotelterrasse. Entlang der niedrigen Mauer, die die Terrasse umgab, standen üppig bepflanzte Steinkübel, und dahinter fiel eine Rasenfläche sanft zum Fluss hin ab. Ardery saß an einem Tisch und tippte energisch auf ihrem Handy herum. Womöglich handelte es sich um eine Nachricht, die etwas mit ihrer unerlaubten Fahrt nach Shrewsbury zu tun hatte, weshalb Barbara es für zweckdienlich hielt, ihre Chefin zu unterbrechen, ehe sie die SMS abschicken konnte, denn es gab nur einen Menschen, dem Ardery von Barbaras Missetaten berichten würde.

»Ah, hier sind Sie, Chefin«, rief sie beherzt aus, ging zu Arderys Tisch, zog einen Stuhl heraus und ließ sich darauf fallen. »Sie haben recht. Es tut mir furchtbar leid. Ich neige dazu, mich in Dinge zu verrennen. Wird nicht wieder vorkommen.«

»Genau, wir sind hier nämlich fertig«, sagte Ardery.

Barbara versuchte, sich damit zu trösten, dass sie im Plural gesprochen hatte. Sie sagte: »Da ist aber noch dieser eine Typ, mit dem wir mal reden sollten, mit dem ich reden sollte. Mit Ihrer Erlaubnis. Ich hab ihn schon öfter in der Gegend gesehen, und ich hab seinen Namen, und er wird in keinem der Berichte erwähnt.«

Ardery legte ihr Handy auf den Tisch. Barbara gestattete sich eine Nanosekunde der Erleichterung darüber, dass es ihr gelungen war, die elektronische Reise der Nachricht nach London zu verhindern, wo sie zweifellos bei Hillier gelandet wäre. Jetzt musste sie nur noch dafür sorgen, dass Ardery die Nachricht vollkommen vergaß.

»Und wer soll das sein?«, fragte Ardery.

»Er heißt Harry. Familienname bis dato unbekannt. Ein Obdachloser. Ich denke, er könnte über Informationen verfügen, die die Anschuldigungen gegen Ian Druitt womöglich bestätigen. Könnte was gesehen haben.«

»Wollen Sie damit andeuten, dass dieser Harry Wie-auch-immer gesehen haben könnte, dass Ian Druitt sich in der Öffentlichkeit an Kindern vergriffen hat? Das können Sie nicht ernst meinen, Sergeant. Bisher spricht nichts dafür, dass Ian Druitt ein Idiot war.«

»Aber dieser Typ, dieser Harry… Er könnte gesehen haben, wie Druitt mit einem von den Kindern in sein Auto gestiegen ist. Oder wie er ein Kind… hierhin oder dahin begleitet hat.«

»Er könnte auch gesehen haben, wie der Weihnachtsmann mit einem Engelchen auf seinen Schlitten gestiegen ist. Alles, was wir haben, ist eine Mutmaßung, die in zwei Richtungen geht: Ja, er hat, und nein, er hat nicht. Aber um das zu klären, sind wir nicht hier.«

»Bei allem Respekt, Chefin«, sagte Barbara ruhig, »aber es wurde nur ein einziges Mal behauptet, Ian Druitt hätte sich an Kindern vergriffen, und das von einem anonymen Anrufer. Alle anderen sagen übereinstimmend, kann nicht sein, völlig unmöglich, und wer so was behauptet, muss verrückt sein.«

In diesem Augenblick trat Peace on Earth durch die Glastür auf die Terrasse. Er fragte Barbara, ob sie einen Wunsch habe. Barbara wünschte sich ein Brecheisen, um Arderys Schädel aufzubrechen, damit hineinging, was sie ihr klarzumachen versuchte. Aber so etwas war vermutlich nicht im Angebot. Da Ardery sich nichts bestellt hatte, zögerte Barbara, doch sie dachte, falls die Küche süße Teilchen, Scones oder Croissants zu bieten hätte, würde sie sich mit Wonne eins zu Gemüte führen. Stattdessen hörte sie auf die Stimme der Vernunft und sagte nein, danke.

Als der junge Mann wieder im Hotel verschwunden war, sagte Ardery: »Ich wiederhole zum letzten Mal: Es ist nicht unsere Aufgabe herauszufinden, ob Druitt pädophil war oder nicht. Und trotzdem versuchen Sie immer wieder, unsere Untersuchung in diese Richtung zu lenken, anstatt sich auf seinen Selbstmord und die Ermittlungen und damit auf den eigentlichen Grund unserer Anwesenheit zu konzentrieren. Nur darum geht es: Wie ist es passiert, und wie hat die Untersuchungskommission ihre Ermittlung durchgeführt. Wir könnten so weit gehen, uns zu fragen, warum jemand in der Telefonzentrale die aberwitzige Entscheidung getroffen hat, den Mann sofort festnehmen zu lassen, anstatt auf die zuständigen Polizisten zu warten. Aber Fakt ist nun mal, dass derjenige in der Zentrale so entschieden hat, und zwar auf Grundlage des anonymen Anrufs. Der Rest ist ein Riesenschlamassel, in dessen Verlauf ein Mann sich das Leben genommen hat, damit sein Name, sein Ruf und sein ganzes Leben nicht durch den Dreck gezogen werden.«

»Falls er sich das Leben genommen hat«, sagte Barbara. »Denn das, was wie Selbstmord aussieht, könnte – das müssen Sie zugeben – auch Mord gewesen sein. Verübt von einem, der was von Kindesmissbrauch gesagt hat, damit Druitt in der Polizeistation in Gewahrsam genommen wird.«

Ardery hob ihre Handtasche vom Boden auf und verstaute umständlich ihr Handy darin. Es war, als wollte sie Zeit schinden, um sich zu sammeln. Schließlich sagte sie: »Um das zu untersuchen, sind wir nicht hier, Sergeant. Wie oft muss ich das noch wiederholen? Ich bin Ihnen entgegengekommen und habe Finnegan Freeman befragt, wobei übrigens nicht das Geringste herausgekommen ist, außer dass der junge Mann leidenschaftlich Ian Druitts Unschuld beteuert hat – was kaum überrascht, wie Sie zugeben müssen. Außerdem bin ich in den zweifelhaften Genuss eines Auftritts von Finnegans dusseliger Mitbewohnerin gekommen, die irgendwas von einem dritten Mitbewohner namens Brutus gefaselt hat, der, wie sie mehrfach beteuert hat, keine Ahnung von nichts hat.«

»Brutus?«

»Er heißt Bruce Castle, aber darum geht es nicht, sondern vielmehr darum, dass wir ewig und drei Tage so weitermachen können, aber dazu fehlen uns die Zeit und die Mittel.«

»Das verstehe ich, Chefin, echt. Ja, wirklich. Trotzdem glaube ich …«

»Herrgott noch mal, hören Sie auf mit Ihrem ›Trotzdem glaube ich‹! Es geht um das, was in der besagten Nacht passiert ist, um DI Pajers Ermittlungen und um die Ermittlungen der Untersuchungskommission.«

Barbara merkte, dass Ardery im Begriff war aufzustehen, aber sie musste sie aufhalten, denn da war noch etwas. Nur ein kleines Detail, aber so war es bei vielen Ermittlungen, der

Teufel lag nun mal im Detail. Sie sagte: »Ich gebe Ihnen in allem recht, Chefin. Ich hab die Berichte mehrmals gelesen, und mir ist, als ich mir zusammen mit Ruddock den Film aus der Überwachungskamera gesehen hab, Folgendes klargeworden: Die von der Kommission sind die Bilder von der Nacht des Anrufs und die von der Mordnacht durchgegangen. Aber sie haben den Film nicht zu der Stelle sechs Tage *vor* dem anonymen Anruf zurückgespult, denn dann würde es im Bericht stehen. Und sechs Tage vor dem Anruf sieht man, dass die Kamera verstellt wurde, damit der Anrufer später unbemerkt seinen Anruf machen konnte. Was ich sagen will, ist: Wenn die das übersehen haben, dann haben sie womöglich auch andere Sachen übersehen. Zum Beispiel irgendwas in der Nachricht des anonymen Anrufers. Und deswegen war ich auf dem Weg nach Shrewsbury, weil ich mir die Nachricht anhören wollte.«

»Haben die Mitglieder der Kommission sich die Nachricht angehört? Ist denen etwas aufgefallen? Die Antwort auf die erste Frage lautet ja, und die Antwort auf die zweite lautet nein. Was also glauben Sie denn, herausfinden zu können? Einen griechischen Chor im Hintergrund? Sie haben doch die Abschrift. Und selbst wenn wir den Anrufer identifizieren könnten, was würde das beweisen?«

»Das weiß ich nicht. Das gebe ich zu. Aber neulich abends hab ich Ruddock auf dem Parkplatz gesehen, als er mit seiner Kleinen im Auto gebumst…«

»Reißen Sie sich zusammen! Sprechen Sie wie eine Polizistin!«

Barbara beeilte sich, einen anderen Gang einzulegen. »Ich habe Ruddock mit seiner Freundin im Streifenwagen gesehen – er behauptet übrigens, er hätte keine. Freundin, mein ich. Und genauso war es an dem Abend, als wir hier angekommen sind, wohlgemerkt. An dem Abend dachte ich, da hält einer von den Streifenpolizisten ein Nickerchen, aber inzwischen bin ich mir sicher, dass es Ruddock und seine Freundin waren, denn ich hab gesehen, wie der Typ sich in dem Auto zurückgelehnt hat, und der hat sehr zufrieden ausgesehen, woraus ich schließe, dass sie einen richtig guten Blowjob gemacht hat.« Als sie Arderys wütenden Blick bemerkte und ihre Chefin den Mund öffnete, fügte sie hastig hinzu: »Äh, ich mein Fellatio.«

»Und das bedeutet was? Dass jemand, während Ruddock in der Nacht von Druitts Tod auf dem Parkplatz der Polizeistation die Liebesdienste einer jungen Frau genoss, ins Gebäude eingedrungen ist, Druitt ermordet hat und wieder verschwunden ist, ohne – worüber wir übrigens bereits diskutiert haben – die geringste Spur zu hinterlassen? Es gibt nichts, was auch nur im Entferntesten darauf hindeutet. Der Mann hat sich, warum auch immer, selbst das Leben genommen, das wurde durch die Autopsie bestätigt, und damit ist die Sache erledigt. Wir können das Spiel *War er oder war er nicht, hat er oder hat er nicht* noch zehn Jahre lang spielen, aber leider begehen manche Menschen Selbstmord, und zwar aus Gründen, die wir nicht herausfinden: Depressionen, die sie verheimlicht haben, eine Sinnkrise, eine seelische Wunde, die unerwartete Diagnose einer schlimmen Krankheit, eine Veränderung in ihrem Leben, mit der sie nicht zurechtkommen, psychische Labilität. Und wenn so etwas passiert, dann will niemand – am allerwenigsten die Angehörigen – glauben, dass es Selbstmord war, denn dann muss sich jeder, der mit dem Opfer zu tun hatte, fragen, warum das passiert ist, und, glauben Sie mir, das möchte niemand. Manche Menschen würden eher sterben, als sich mit sich selbst …«

Als sie plötzlich innehielt, fragte Barbara: »Was ist?«

Ardery stand auf und nahm ihre Umhängetasche. »Nichts«, sagte sie. »Wir sind hier fertig. Packen Sie Ihre Sachen. Wir reisen morgen früh ab.«

LUDLOW
SHROPSHIRE

»Barbara.« Lynley klang durch und durch vernünftig. Er hatte sich ihren Bericht angehört, ohne sie ein einziges Mal zu unterbrechen, und sein Ton ließ sie ahnen, dass er gleich etwas Wohlwollendes sagen würde. Sie hasste das. Sie wollte, dass er sagte: »Um Gottes willen! Ich werde mich sofort darum kümmern!« Ziemlich albern, sich so etwas zu wünschen, das war ihr klar. *Um Gottes willen, ich werde mich sofort darum kümmern* war nun wirklich nicht Lynleys Stil. Er sagte: »Ich brauche Sie doch wohl nicht daran zu erinnern, warum Sie in Shropshire sind, oder?«

»Ich weiß, warum ich hier bin, Sir«, erwiderte sie. »Ihre Hoheit lässt mich das nicht vergessen. Aber die Tatsache …«

»Falls die ›Tatsache‹ verlangt, dass Sie in irgendeiner Weise gegen die Vorschriften verstoßen«, fiel er ihr ins Wort, immer noch die Geduld in Person, »dann sollten Sie sich fragen, ob das wirklich notwendig ist. Denn mir scheint, dass Sie und der Hilfspolizist, als Sie nach Shrewsbury …«

»Sir, die in der Telefonzentrale in Shrewsbury hätten …«

»Als Sie nach Shrewsbury aufgebrochen sind, um sich eine Aufnahme anzuhören, deren Abschrift bereits in Ihrem Besitz war, haben Sie genau das getan.«

»Was?«

»Gegen die Vorschriften verstoßen. Wir haben oft genug darüber gesprochen, Barbara. Sie wissen genau, wo das hinführt, wenn Sie so weitermachen.«

Im Hintergrund waren Stimmen zu hören. Und das Klingeln eines Telefons. Dann wurde Lynley von Dorothea Harriman unterbrochen, die in der Tür zu Arderys Zimmer erschien, wo Lynley als Vertretung derzeit sein Büro hatte. Barbara hörte, wie Dorothea sagte: »Acting Detective Chief …«, und wie Lynley sie unterbrach: »Fünf Minuten, Dee.«

Dann sagte er zu Barbara: »Wir müssen das Thema nicht noch einmal ergründen, oder, Barbara?«

Doch, genau das mussten sie, dachte Barbara. Sie sagte: »Sie reitet die ganze Zeit auf unserem Auftrag rum, Sir, und das macht sie komplett blind für das, was direkt vor ihrer Nase ist.«

»Und was genau ist das? Ich frage das, weil sich nach allem, was Sie mir berichtet haben, nur eins vor ihrer Nase befindet, nämlich das, was Hillier ihr aufgetragen hat. Solange sich nichts Neues ergibt, muss sie Hilliers Anweisungen befolgen. Und hat sich etwas Neues ergeben? Etwas, das diesen Anruf bei mir rechtfertigt?«

»Ich weiß es nicht«, räumte Barbara ein. »Aber vielleicht. Könnte sein. Sehen Sie, da ist die Überwachungskamera, die bewegt wurde, und ich denke, wenn das im Bericht der Untersuchungskommission nicht erwähnt wird, dann ist es gut möglich, dass die von der Kommission auch noch was anderes übersehen haben.«

»Sollte das der Fall sein, dann finden Sie das, was übersehen wurde, aber nicht in der Aufnahme des Anrufs. Die Mitglieder der Kommission werden sich die Aufnahme sehr gründlich angehört haben, Barbara. Sie werden mit jedem da oben gesprochen haben, der auch nur entfernt mit dem Fall zu tun hatte. Davon gehe ich einfach mal aus und dass man Ihnen den entsprechenden Bericht übergeben hat.«

»Ich habe Dinge entdeckt, die die nicht entdeckt haben, Sir, weil es Dinge sind, die passiert sind, nachdem der Bericht geschrieben wurde.«

»Barbara.« Sie hörte, dass ihm allmählich der Geduldsfaden riss: Ich habe zu tun, ich habe einen vollen Tag, wieso kannst du nicht einfach tun, was von dir verlangt wird, anstatt mich um Zuspruch zu bitten, den du eigentlich nicht nötig haben solltest?

»Sir«, sagte sie.

»Sie sind nicht in Shropshire, um den Fall neu aufzurollen, neue Ermittlungen durchzuführen oder irgendetwas dergleichen. Sie wissen, warum Sie dort sind, und wenn Isabelle Ihnen sagt…«

»Isabelle, Isabelle«, äffte Barbara ihn nach, ehe sie dazu kam, sich eine Socke in den Rachen zu stopfen. Hastig fügte sie hinzu: »Sorry, Sir.« Er antwortete nicht sofort, und deswegen sagte sie auch noch, was sie ihm eigentlich als Erstes hatte sagen wollen. »Sie trinkt, Sir.«

Schweigen. Sie wartete, während er über ihre Worte nachdachte. Schließlich fragte er: »Was meinen Sie damit, sie trinkt?«

»Was soll ich schon damit meinen?«, antwortete sie. »Das wissen Sie doch genau. Sie hat irgendein Riesenproblem, und das versucht sie, mit Alkohol zu ersäufen. Tut mir leid, dass ich Ihnen das sagen muss, aber es ist eine einfache, reine Tatsache.«

»Weder einfach noch rein«, murmelte er.

»Wie bitte?«

»Schon gut. Sie darf trinken, wenn sie nicht im Dienst ist, Barbara.«

»Ich rede nicht von einem Drink nach Feierabend, glauben Sie mir, Sir. Sie schüttet sich das Zeug massenweise rein. Ich wette, sie hat auch Stoff in ihrem Zimmer, und es führt dazu, dass sie nicht mehr klarsieht.«

»Das ist eine sehr ernste Unterstellung.«

»Das ist keine Unterstellung, das ist eine verdammte Tatsache.«

»Hat sie irgendetwas Unsinniges von Ihnen verlangt? Drückt sie sich davor, die Berichte zu lesen, die Ihnen übergeben wurden? Lässt sie Sie die Hauptarbeit erledigen, während sie sich selbst freinimmt?«

»Nein«, sagte Barbara. »Aber…«

»Was beunruhigt Sie dann, Barbara? Mir scheint, es beunruhigt Sie nur, dass Sie ihr gegenüber Ihren Willen nicht durchsetzen können.«

»Ich will einfach nur …«

»Es geht nicht darum, was Sie wollen. Begreifen Sie denn nicht, dass Sie sich mit genau diesem Verhalten selbst in Ihre prekäre Lage gebracht haben?«

»Natürlich weiß ich das. Deswegen rufe ich ja an.«

»Um mir was zu sagen? Sie müssen doch wissen, dass mir die Hände gebunden sind, Barbara.«

»Aber …«

»Ja?«

Sie war doch mal Ihre Geliebte, hätte sie liebend gern gesagt. Deshalb können Sie doch ein Wörtchen mit ihr reden, und ich flehe Sie an, tun Sie das. Aber das konnte sie natürlich nicht sagen, denn damit würde sie erneut eine Grenze überschreiten, und bei manchen Grenzen gab es, wenn man sie erst einmal überschritten hatte, kein Zurück mehr. Also schwieg sie.

»Es gibt kein Aber«, fuhr Lynley fort, die Vernunft in Person. »Sie können nur tun, was man Ihnen aufgetragen hat. Nach allem, was Sie mir berichten, habe ich den Eindruck, dass Isabelle … Detective Chief Superintendent Ardery sich genau an ihren Auftrag hält, und der besteht darin zu überprüfen, ob der Bericht der Untersuchungskommission vollständig und objektiv ist. Sie Ihrerseits sollen einen Bericht für Hillier verfassen, den dieser an den Parlamentsabgeordneten weiterleitet, der um die Überprüfung gebeten hat, damit er dem Vater des Toten versichern kann, dass in dem Fall nichts weiter getan werden kann und er jedermanns volles Mitgefühl hat.«

Sie sagte nichts, sie wusste nicht mehr, was sie noch vorbringen konnte.

Nach einer Weile fragte er: »Sind Sie noch da, Barbara?«

»Leider.«

»Hören Sie. Sie halten sich jetzt einfach an die Regeln. Das kann doch nicht so schwer sein, wie Sie es darstellen.«

»Es ist nur…« Sie merkte selbst, wie niedergeschlagen sie klang, und hätte gern etwas daran geändert, aber sie wusste nicht, wie. »Es ist nur, dass sie säuft.«

»Wissen Sie das, oder sind Sie davon überzeugt?«

»Ich bin davon überzeugt.«

»Könnte es sein, dass Ihre Überzeugung davon beeinflusst wird, dass Sie sich Ardery nicht unterordnen wollen?« Als sie nicht antwortete, sagte er: »Barbara?« Zwangsläufig hörte sie das Wohlwollen in seiner Stimme, die Engelsgeduld des echten Gentlemans.

»Kann sein«, sagte sie.

»Da haben wir es doch, oder?«

»Kann sein«, gab sie zu. »Aber… was soll ich machen?«

»Die Antwort auf diese Frage kennen Sie selbst. Sie müssen Arderys Anweisungen befolgen, und ich denke, das dürfte Ihnen in der kurzen Zeit bis zu Ihrer Rückkehr nicht so schwerfallen.«

Mit einem tiefen Seufzer sagte sie zum dritten Mal: »Kann sein«, womit sie zum dritten Mal Lynleys unerträgliches Wohlwollen erntete. »Es muss Ihnen ja nicht gefallen, Barbara«, sagte er. »Das verlangt niemand von Ihnen, am allerwenigsten ich. Sie müssen einfach durchhalten.«

»Ja, Sir«, sagte sie.

Nachdem sie sich verabschiedet hatten, warf sie sich auf das klösterliche Bett in ihrem klösterlichen Zimmer, in das die verfluchte Isabelle sie gesteckt hatte. Sie hatte gehofft, dass Lynley eingreifen würde, dass er sich auf ihre Seite stellte und den Vermittler spielte, dass er irgendetwas unternahm, wusste der Kuckuck was, aber er hatte sie zutiefst enttäuscht. Zumindest hatte sie verzweifelt gehofft, er würde Ardery anrufen und irgendwie dafür sorgen, dass sie, Barbara, tun konnte, was sie tun musste. Das wusste Barbara. Das musste sie zugeben. Sie stand dazu. Aber ebenso verzweifelt wollte sie ihm begreiflich machen, dass es diesmal Isabelle Ardery war, die alles vermasselte, nicht Barbara Havers. Leider würde das nicht passieren, und deswegen konnte sie nur eins tun.

Sie nahm den Telefonhörer ab, wählte Arderys Zimmernummer und sagte ihr, sie lasse das Abendessen diesmal ausfallen. Sie sei fix und alle.

»Sehr wohl«, lautete die Antwort. »Hauptsache, Sie haben morgen früh Ihre Sachen für die Rückfahrt gepackt.«

LUDLOW
SHROPSHIRE

Isabelle hatte ihren Koffer aufs Bett gelegt, aber noch nicht angefangen zu packen. Sie wartete auf das Eis, das sie beim Zimmerservice bestellt hatte, weil sie erst einmal einen Absacker brauchte. Diesmal hatte sie ausdrücklich um einen Eimer voll Eis gebeten, nicht drei oder vier halb geschmolzene Würfelchen in einer Frühstücksschale. Das Hotel verfüge doch sicherlich über einen Sektkübel, oder?, hatte sie zu Peace on Earth gesagt. Ja? Sehr schön.

Im Aufenthaltsraum, der auch als Bar diente, hatte sie bereits einen Absacker getrunken, und sie hatte nicht vor, das Hotel an diesem Abend noch einmal zu verlassen. Sie hatte sich voll unter Kontrolle, der Wein, den sie zum Abendessen getrunken hatte, und der Brandy danach zeigten nicht die geringste Wirkung. Ein kleiner Wodka Tonic als Schlummertrunk konnte also nicht schaden.

Als Peace mit dem Eiskübel erschien, bedankte Isabelle sich knapp und nahm ihre Flaschen heraus. Ja, ein Wodka Tonic war jetzt genau das Richtige. Der Wodka vom Nachmittag, der Wein und der Brandy waren längst durch, schließlich war das Essen, das sie unten im Speisesaal zu sich genommen hatte, eine solide Grundlage.

Sie mixte sich den Drink, setzte sich damit aufs Sofa, trank und dachte über die Ermittlungen nach. Sie überlegte, wie sie selbst die Sache sah und wie diese Nervensäge von Havers offenbar die Sache unbedingt sehen wollte.

Alle Bedenken von Havers waren entweder unlogisch oder nebensächlich. Warum war der Fall nicht der Staatsanwaltschaft übergeben worden? Weil die Untersuchungskommission zu dem Ergebnis gelangt war, dass kein Verbrechen vorlag. Also gab es nichts, was die Staatsanwaltschaft strafrechtlich verfolgen konnte. Warum war Ruddock nicht bei dem Diakon im Zimmer geblieben? Weil ihm das niemand gesagt hatte und er auch nicht darüber informiert gewesen war, dass der Diakon eines Verbrechens beschuldigt wurde. Dagegen hatte man ihm sehr wohl mitgeteilt, dass zwei Streifenpolizisten kämen und den Mann nach Shrewsbury bringen würden. Und was die verstellte Überwachungskamera anging: Wer tätigte schon einen anonymen Anruf vor laufender Kamera?

Isabelle kam zu dem Schluss, dass sie Hilliers Auftrag mehr als erfüllt hatten. Sie hatten diese Lomax ausfindig gemacht, die im Terminkalender des Diakons auftauchte, und sie hatten mit Finnegan Freeman gesprochen, dessen Name auf der Liste der im Hort angemeldeten Kinder stand. Sie hatten sich mit Reverend Spencer getroffen und mit Flora Bevans unterhalten. Sie hatten sogar die Gerichtsmedizinerin befragt, obwohl sie deren vollständigen Bericht hatten. Jetzt konnten sie natürlich in die Richtung weiterermitteln, die Havers vorschwebte, aber deswegen waren sie nun mal nicht hierhergeschickt worden.

Sie trank ihr Glas aus und stand auf. Einen Moment lang war ihr schwindlig. Sie war einfach zu schnell aufgestanden. Das war nicht gut.

Sie war auf dem Weg zum Bett, um mit dem Kofferpacken zu beginnen, als ihr Handy klingelte. Sie nahm es in die Hand und schaute aufs Display. Das hatte ihr gerade noch gefehlt. Sie hatte Bob und sein zukünftiges glückliches Leben in Neuseeland so satt, wodurch sie sich von ihren Söhnen noch mehr entfremden würde. Sie nahm den Anruf an und fauchte: »Was willst du noch? Kannst du nicht endlich Ruhe geben?« Die letzten Worte hatte sie ein bisschen undeutlich ausgesprochen. Sie straffte sich, ging zum Fenster und öffnete es.

»Ach, ist das der Wodka? Oder bist du auf Whisky umgestiegen?«, fragte Sandra.

Isabelle hielt ihr Gesicht in die kühle Luft. »Was willst du?«, fragte sie.

»Das ist eine vielsagende Frage, meinst du nicht?«

»Was. Willst. Du. Sandra.«

»Ich hatte eigentlich damit gerechnet, dass du bei dieser Nummer und weil es schon so spät ist, fragen würdest: Ist den Jungs etwas passiert? Oder vielleicht, als du meine Stimme gehört hast: Ist Bob etwas passiert?«

»Ach, damit hast du gerechnet, ja? Offenbar habe ich die Stufe deiner Heiligkeit noch nicht erreicht.« Die Wörter waren die reinsten Zungenbrecher.

»Ich bin keine Heilige, Isabelle, ich bin eine Mutter.«

Gott, was war die Frau doch für ein Miststück. »Ich bin erstaunt, dass du es wagst, das zu sagen, obwohl doch gerade dein Mann …«, sie sprach das Wort voller Hohn aus, sie konnte nicht anders, »… dafür gesorgt hat, dass ich meiner Rolle als Mutter auf keinen Fall gerecht werden kann.«

»Es geht wirklich immer nur um dich, nicht wahr?«, sagte Sandra. »Und du weißt genau, dass das eine Entscheidung des Gerichts war.«

»Ah ja. Natürlich.« Isabelle ging zurück zum Bett. Auf dem Nachttisch standen der Wodka, der Sektkübel mit dem Eis und das Tonicwater. Ihre Zunge fühlte sich trocken an. Sie würde sich nicht kleinkriegen lassen. »Was willst du, Sandra?«, fragte sie noch einmal. »Spuck's aus und dann leg auf.«

»Merkst du eigentlich, dass du regelrecht lallst?«, fragte Sandra. »Hast du getrunken? Aber warum frage ich überhaupt? Du trinkst doch ständig.«

»Da du mich anscheinend nicht verstehst, werde ich jetzt auflegen.«

»Du weißt genau, dass du nicht gewinnen kannst«, sagte Sandra. Endlich wechselte sie das Thema. »Das muss aufhören. Es zerreißt Bob, und es zerreißt die Kinder. Macht dir das denn überhaupt nichts aus?«

»Und macht es *dir* überhaupt nichts aus, dass Bob die Kinder endgültig ihrer Mutter entreißen will? Aber er hat mir ja ein großzügiges Besuchsarrangement angeboten, solange die Besuche in Neuseeland stattfinden.«

»Es freut mich, dass du betonst, wie großzügig Bob ist. Er hat angeboten, dass sie dich besuchen können, wenn du in Neuseeland bist, er hat angeboten, dass du mit ihnen Urlaub machen kannst, wenn du in Neuseeland bist. Was willst du denn noch? Wo soll das denn enden?«

»Ich will, dass meine Söhne in meiner Nähe bleiben. Und es endet, sobald ich dieses Ziel erreicht habe.«

»Du kannst doch nicht im Ernst annehmen, irgendein Gericht in England ...«

»Das erwähntest du bereits.«

»... lässt es zu, dass du Bob Knüppel zwischen die Beine wirfst, die seine Karriere ruinieren.«

»Ich werfe niemandem Knüppel zwischen die Beine. Er kann auf der Karriereleiter so hoch steigen, wie er will, meinetwegen bis zum Mars. Aber ich werde nicht zulassen, dass er meine Söhne mitnimmt.«

»Es sind seine Söhne«, zischte Sandra. »Seit dem Tag eurer Trennung wachsen sie in seinem Haushalt auf – warum, wissen wir ja beide. Du zwingst mich, es auszusprechen: Vor Gericht wird alles rauskommen. Der Alkohol, die Misshandlungen.«

»Ich habe die Kinder nie …«

»Wie viele Teelöffel Wodka hast du ihnen in die Flasche getan? Oder waren es Esslöffel?«

»Wag es nicht, mir zu drohen.«

Sandra stieß einen ihrer typischen Seufzer aus, um zu zeigen, wie sehr sie sich bemühte, mit einer Wahnsinnigen vernünftig zu reden. »Ich drohe dir nicht. Ich mache dich nur auf etwas aufmerksam, was vor Gericht zur Sprache kommen wird.«

»Soll es doch. Dann steht sein Wort gegen meins.«

»Worte einer Alkoholikerin. Isabelle, du solltest dir überlegen, ob das wirklich vor Gericht zur Sprache kommen soll. Denn dann wirst du nicht wie eine liebevolle Mutter dastehen, egal, wie dein Anwalt es dreht und wendet. Das treibt nur die Anwaltskosten in die Höhe und bringt am Ende überhaupt nichts.«

»Und was soll mich daran stören? Lass mich mit Bob sprechen.«

»Er bringt gerade die Kinder ins Bett. Ich nehme an, du weißt, dass es für sie Schlafenszeit ist.«

»Sie sind neun Jahre alt. Sie müssen nicht ins Bett gebracht werden.«

»Na ja, niemand kann von dir erwarten, dass du deine eigenen Söhne kennst. Ich bitte dich jedenfalls, über das nachzudenken, was ich dir gesagt habe. Und du solltest zweierlei bedenken: erstens, dass du zehn Jahre brauchen wirst, um deine Anwaltskosten abzubezahlen, und zweitens, dass deine Karriere bei der Met beendet sein wird, sobald wir vor Gericht die Wahrheit ans Licht bringen. Am besten, du konzentrierst dich auf deine Karriere, die war dir ja schon immer wichtiger als James und Laurence.«

Kaum hatte sie die Namen von Isabelles Söhnen ausgesprochen, legte sie auf. Isabelle war rasend vor Wut.

Sie rief Sandra zurück, landete jedoch sofort auf der Mailbox. Sie wählte erneut. Wieder die Mailbox. Sie rief ein drittes Mal an. Dasselbe. Sie nahm die Wodkaflasche und füllte ihr Glas.

Ihr Handy klingelte. Sie schnappte es vom Bett und kreischte: »Hör mir gut zu, du miese kleine Kanaille! Wenn du glaubst, du kannst …«

»Spreche ich mit DCS Ardery?«

Das Zimmer drehte sich. Die Stimme war unverkennbar. Es war Hillier.

Sie ließ sich aufs Bett sinken. »Ja«, sagte sie. »Ja. Tut mir leid. Ich dachte … ich dachte …« Reiß dich zusammen, schalt sie sich. »Ich hatte grade … ich hatte gerade einen Streit mit meinem Ex und seiner Frau. Tut mir leid. Ich dachte, einer von den beiden würde noch mal zurückrufen.«

Es herrschte Stille in der Leitung. Sie dauerte viel zu lange. Sie dachte schon, Hillier hätte aufgelegt, doch dann sagte er: »Quentin Walker hat mich angerufen.«

Isabelle versuchte verzweifelt, sich zu erinnern, wer das war. Es gelang ihr nicht. Sie sagte: »Sir?«

»Der Parlamentsabgeordnete aus Birmingham. Clive Druitt sitzt ihm im Nacken. Er will den Staatsanwalt einschalten. Er besteht auf einer strafrechtlichen Verfolgung.«

Am liebsten hätte sie erwidert: »Genau wie Havers«, aber das Thema wollte sie jetzt nicht anbringen. »Wir haben keinen Grund dafür gefunden, warum der Staatsanwalt tätig werden sollte, Sir«, sagte sie. »Man könnte den Hilfspolizisten wegen Dienstpflichtverletzung anklagen, aber da ihm niemand gesagt hat, warum der Reverend … äh, der Diakon … sorry … also, warum er auf die Polizeistation gebracht wurde, hätte die Staatsanwaltschaft nichts gegen ihn in der Hand.«

»Irgendetwas müssen wir denen anbieten, also dem Abgeordneten und Druitt. Nur eine Information, irgendetwas, das Sie ausgegraben haben.«

Isabelle überlegte, aber hinter ihren Augen hatte sich ein Schmerz ausgebreitet, und sie wollte nur noch schlafen, in einen seligen Dämmer abdriften. Sie drückte sich die Finger auf die Augen.

»Sind Sie noch da, Superintendent?«

Sie war schon halb weg gewesen. Sie spürte, wie ihr Körper sich auf wohlige Weise entspannte. Ihr Kopf war leer, die Glückseligkeit in Reichweite, sie konnte danach greifen, sie konnte ...

Sie riss sich aus ihrem Nebel. »Ja, bin noch da. Ja, Sir. Ich überlege nur grade. Wir haben den Terminkalender des Toten, der hat der Untersuchungskommission nicht vorgelegen. Aber es stehen nur Termine drin. Die können wir alle überprüfen, aber das wird dauern, und ich weiß sowieso nicht, ob das etwas bringt. Bisher deutet alles auf Selbstmord hin. Havers hat herausgefunden, dass die Überwachungskamera vor dem anonymen Anruf bewegt wurde, aber das war's auch schon. Die Kommission hat das nicht ermittelt, aber es ist das Einzige, was die übersehen haben.«

»Hmm. Ja. Verstehe«, sagte Hillier. »Aber das könnte ausreichen. Schreiben Sie einen vollständigen Bericht, sobald Sie wieder in London sind. Den geben wir Walker, und der kann ihn dann an Druitt weiterleiten.«

»Wird gemacht.« Isabelle salutierte. Sie sah sich im Spiegel. Anscheinend hatte sie sich während des Gesprächs mit Sandra die Haare gerauft. Sie sahen zerzaust und fettig aus, und sie fragte sich, wann sie das letzte Mal geduscht hatte.

»Was ist eigentlich mit Havers?«, fragte Hillier. »Haben Sie schon etwas?«

Isabelle stand auf, trat vor den Spiegel, betrachtete sich eingehend, sah die Fältchen um ihre Augen. »Nein«, antwortete sie, »nichts, Sir. Gestern wollte sie nach Shrewsbury, um sich das Band von dem anonymen Anruf anzuhören, aber ich hab sie zurückbeordert, denn ich hatte sie lediglich angewiesen, sich die Filme von der Überwachungskamera anzusehen.«

»Hatten Sie ihr eine anders lautende Anweisung gegeben?«, fragte er in scharfem Ton.

»Leider nein. Jedenfalls nicht ausdrücklich.«

Schweigen. Sie sah ihn vor sich, wie er angewidert den Kopf schüttelte. Aber sie konnte nun einmal nicht leugnen, dass Havers sich bis auf ihren Ausrutscher mit Shrewsbury absolut vorbildlich verhielt.

»Also, das reicht nicht, um ihr etwas anzuhängen, oder, Superintendent?«

»Sie ist schlau, Sir. Ich nehme an, dass sie morgens und abends mit Lynley telefoniert.«

»Ach ja, Lynley«, sagte Hillier in einem Ton, der vermuten ließ, dass er Lynley am liebsten zusammen mit Havers auf den Mond geschossen hätte. »Machen Sie weiter, Superintendent. Morgen Nachmittag sind Sie wieder hier in London.«

LUDLOW
SHROPSHIRE

Barbara Havers wartete lange, bevor sie das Hotel verließ. Sie hatte ihre Umhängetasche, und sie hatte ihre Kippen, und es war nichts Verdächtiges daran, nach draußen zu gehen, um eine zu rauchen und etwas Essbares aufzutreiben, nachdem sie das Abendessen hatte ausfallen lassen.

Sie hatte in Erwägung gezogen, auf gut Glück noch mal in die Lower Galdefort Street zu laufen. Vielleicht war Ruddock ja wieder mit seiner unbekannten Freundin auf dem Parkplatz der Polizeistation zugange. Aber bisher war sie mit dem

Thema Ruddock-Streifenwagen-Freundin nicht weit gekommen bei Ardery, die partout nicht einsehen wollte, was für ein Zusammenhang zwischen einer Dienstpflichtverletzung des Hilfspolizisten und Druitts Tod bestand. Ruddock war nicht bei Druitt im Zimmer geblieben. Er hatte es ja selbst gesagt und auch erklärt, womit er beschäftigt gewesen war. Aber wenn er in Wirklichkeit auf dem Rücksitz des Streifenwagens gevögelt hatte, dann war das eine wesentlich ernstere Angelegenheit, als ein paar Pubs anzurufen. Denn wenn Ruddock draußen im Streifenwagen seine Kleine genagelt hatte, hätte leicht jemand ins Gebäude eindringen, den Diakon um die Ecke bringen, es als Selbstmord inszenieren und wieder abzwitschern können.

Ein vorgetäuschter Selbstmord war der Knackpunkt, jedenfalls nach Nancy Scannells Autopsiebefund. Aber Barbara bekam das Foto bei Rabiah Lomax zu Hause nicht aus dem Kopf, auf dem die Gerichtsmedizinerin mit ihrer Gruppe von Pilotinnen abgebildet war. Das musste etwas bedeuten. Das spürte Barbara bis in die Fingerspitzen.

Nach wie vor lautete die entscheidende Frage: Was war wirklich in der Nacht von Ian Druitts Tod passiert, auch wenn alle Beteiligten etwas anderes behaupteten? Und diese Frage führte sie jetzt quer über den Castle Square und durch die schmale Gasse in die Quality Street, wo sie sich im Hart & Hind ein Bier und eine Tüte Chips oder eine Ofenkartoffel genehmigen würde, falls es dort so was gab. Im Pub konnte sie mit allen möglichen Leuten ins Gespräch kommen und sich dazu vom Wirt bestätigen lassen, dass es in der Nacht von Druitts Tod tatsächlich ein Problem mit betrunkenen Jugendlichen gegeben hatte, dessentwegen Ruddock mit den Wirten sämtlicher Pubs in der Stadt hatte telefonieren müssen.

Eigentlich war Ruddock ja ganz nett. Barbara wollte nicht, dass er seinen Job verlor. Aber auch nette Leute begingen manchmal schwere Fehler. Sie selbst zum Beispiel war eigentlich auch ziemlich nett und hatte trotzdem schon kapitale Böcke geschossen. Sie wurde den Eindruck nicht los, dass Ruddock nicht ganz ehrlich war, was Fehler betraf.

Sie betrat den Pub und ging an den Tresen. Der Laden war praktisch leer.

Zwei Männer bedienten. Der ältere kam und nahm ihre Bestellung auf. Ein halbes Pint Joule's Pale Ale, sagte sie, und falls es noch so eine Ofenkartoffel gebe, wie auf der Tafel angeboten, nehme sie eine. Der Mann sagte, die Ofenkartoffeln lägen seit Mittag im Warmhalteofen und hätten schon bessere Zeiten gesehen. Sie sagte, das sei in Ordnung, und falls er etwas dahabe, um die Kartoffel zu füllen, sei das noch besser. Er erwiderte, zum Füllen hätten sie nur noch was aus der Dose, und fragte, ob Mais und Butter okay seien. »Perfekt«, sagte sie. »Ich bin nicht wählerisch.« Sein Blick verriet deutlich, dass er sich das schon gedacht hatte.

Er servierte ihr das Bier und verschwand durch eine Tür, die vermutlich in die Küche führte. Im selben Augenblick kamen zwei junge Leute die Treppe hinter dem Tresen herunter, ein Mann und eine Frau, wahrscheinlich College-Studenten. Der junge Mann hatte einen Schlüssel mit einem riesigen Schlüsselanhänger in der Hand, den er zusammen mit zwei Zwanzig-Pfund-Scheinen dem jüngerem Barmann übergab, der das Geld in einen Becher neben der Kasse stopfte und den Schlüssel an einen Haken unter dem Tresen hängte. Interessant, dachte Barbara.

Als der ältere Barmann mit ihrer Ofenkartoffel und Besteck aus der Küche kam, fragte sie ihn: »Sind da drin die steuerfreien Nebeneinnahmen, oder ist das die Kleingeldkasse?«

»Hä?«

»Zwei glückselige junge Leute, die offenbar keinen anderen Ort haben, um Glückseligkeit zu erreichen, haben gerade einen Zimmerschlüssel und zwei Scheine dagelassen.«

»Ah.« Ein anzügliches Grinsen. »Manchmal brauchen die Leute ein bisschen Privatsphäre. Die können sie bei mir kriegen.«

»Stundenweise, nehm ich an.«

»Man tut, was man kann, um ein Dach überm Kopf zu haben.« Er musterte sie etwas genauer. »Sie haben ’ne gute Beobachtungsgabe, was?«

»Die zwei hab ich gesehen, da war kein Beobachten nötig.«

Er lachte kurz auf. »Ja, so sind die«, sagte er und zapfte ein Bier für eine ältere Frau, die mit ihrer schwarz gefärbten Hochfrisur aussah wie ein Überbleibsel aus den sechziger Jahren. »Schon wieder Stress mit Georgie, Doreen?«, fragte der Barmann die Frau, als er das Bier vor sie auf den Tresen stellte.

»Warum wär ich sonst hier?«, erwiderte sie.

»Schmeiß ihn raus und nimm mich stattdessen.«

Ihr Lachen klang eher wie ein Wiehern, und beim Anblick der Zähne, die sie dabei entblößte, wären einem Kieferorthopäden die Tränen gekommen. »Wenn du das sagst, Jack«, sagte sie und ging mit ihrem Bier zurück zu ihrem Tisch.

Mit einem feuchten Lappen wischte Jack die nassen Ringe vom Tresen, manche Leute hatten immer noch nicht den Zweck von Bierdeckeln begriffen. Zu Barbara sagte er: »Ich kenne Sie nicht, oder?«

»Kennen Sie denn alle Ihre Kunden?«

»In der Regel ja«, sagte er. »Ist gut fürs Geschäft.« Er streckte ihr die Hand hin. »Jack Korhonen.«

»Barbara Havers«, sagte sie. Dann machte sie sich über ihre Kartoffel her, die zumindest dampfte. Auch bei der Butter war die Küche großzügig gewesen. Dosenmais war eben Dosenmais, aber zusätzlich zur Butter und ein bisschen Salz und Pfeffer gab sie noch reichlich braune Soße und einen Klecks Senf dazu, vermischte alles gründlich, und schon hatte sie ein richtig leckeres Abendessen. »Ich hab mich nach einem Pub umgehört, und die meisten haben mich hierher-geschickt.«

»Das ist die Lage. Direkt beim College. Das zieht besser als nackte Frauen, die auf Tischen tanzen.«

»Heute ist es aber nicht besonders voll.«

»Mitte der Woche. Wir machen gleich zu.«

Der junge Barmann war dabei, die Tische abzuwischen und leere Gläser abzuräumen. Gerade stellte er ein Tablett voll Gläser vor Jack auf den Tresen. »Oben ist für heute Schluss«, sagte er mit einer Kopfbewegung in Richtung Treppe. »Hundertzwanzig Pfund. Ziemlich mau heute.«

»Vielleicht sollten wir mal die Laken wechseln«, sagte Jack. Beide lachten laut über die Bemerkung. Jack wandte sich wieder Barbara zu. »Sie haben mir noch gar nicht erzählt, was Sie nach Ludlow führt. Ein Urlaub wird's ja wohl nicht sein, es sei denn, Sie machen allein Urlaub.«

Tja, das mit dem Allein-Urlaub-machen würde schon zutreffen, dachte Barbara, wenn sie denn überhaupt mal für so was Zeit hatte. »Ich bin so 'ne Art Hobby-Historikerin«, sagte sie, das schien ihr zu so einem geschichtsträchtigen Ort wie Ludlow zu passen.

»Ah, Geschichte«, sagte Jack Korhonen. »Dann sind Sie ja hier am richtigen Ort. Welche Richtung denn genau?«

»Wie?«

»Na ja, die Geschichte des Universums, die Geschichte Englands, der Kelten, der Angeln und Sachsen?«

»Ach so«, sagte sie. »Königshäuser. Vor allem die Plantagenets.«

»Das war eine Bande von Raufbolden«, sagte er mit einem Nicken.

»Stimmt, die sind gern in den Krieg gezogen.«

»Welcher interessiert Sie denn besonders?«

»Welcher Krieg?«

»Welcher von den Plantagenets.«

Die Frage brachte sie in die Bredouille. Sie war sich nicht sicher, ob sie den Namen irgendeines Plantagenets kannte. Vielleicht sollte sie einfach Edward sagen, schließlich wimmelte es in Geschichtsbüchern nur so von Edwards. Aber dann würde Korhonen wahrscheinlich als Nächstes fragen, welcher Edward, und dann hatte er sie am Arsch. Nicht jeder Edward war ein Plantagenet gewesen. Edward VIII. zum Beispiel, und die Frau, die er geliebt hatte. Er war ein … ja was? Verflixt, welchem Herrschergeschlecht hatte der angehört? Windsor? Hatten die sich damals überhaupt schon so genannt? Und war er wirklich ein Edward VIII. gewesen? Oder verwechselte sie ihn mit Heinrich VIII., von dem sie ganz sicher wusste, dass er *kein* Plantagenet gewesen war. Lynley hatte in Oxford Geschichte studiert, und von ihm wusste sie das. Oder nicht? Oder hatte er vielleicht von Heinrich VII. gesprochen? Und warum zum Kuckuck verzweigten sich die Herrscherhäuser nicht ein bisschen mehr, sodass ein paar mehr Namen ins Spiel kamen und Geschichte nicht so verdammt kompliziert war? König Kevin, das wär doch mal was.

Schließlich sagte sie: »Ach, wissen Sie, das ist ja das Problem. Ich kann mich nicht entscheiden. Aber ich werd mir die Burgruine ganz gründlich ansehen. Morgen früh. Vielleicht inspiriert mich das ja. Man kann nie wissen.«

»Ah. Dann ist es also Edward V. Könnte natürlich auch Edward IV. sein, der hat auch mal da gewohnt, aber als Junge, also bevor er der Vierte war. Und Mary Tudor auch.«

Großer Gott, dachte Barbara. Sie musste unbedingt das Thema wechseln. »Vielleicht sollte ich mich mal mit jemandem vom College unterhalten, der mir ein bisschen was dazu erzählen kann. Können Sie mir jemanden empfehlen?«

»Vergessen Sie's. Müsste ja schon ein Dozent sein, oder? Davon kenn ich keinen. Solange die Leute herkommen und trinken, ist mir egal, wer sie sind. Der Alkohol macht alle gleich, finden Sie nicht? Jeder kippt sich mal gern einen hinter die Binde, vom Fußballhooligan bis zu den Royals. Wobei, manche übertreiben's auch gern mal.«

»Sie meinen Komasaufen? Das ist wohl nicht totzukriegen an den Unis und Colleges.«

Plötzlich wirkte er vorsichtig. Er wischte den Tresen noch einmal ab und machte sich daran, die Zapfhähne zu polieren. »Kommt vor, stimmt. Aber wir haben meistens alles unter Kontrolle.«

»Nicht wie in der Großstadt, was?«

»Wie gesagt, wir halten das unter Kontrolle. Und falls es doch mal aus dem Ruder läuft, hab ich mehr Glück als die anderen Pubwirte. Irgendeiner am Quality Square ruft garantiert die Polizei, und dann kommt einer vorbei und regelt die Sache. Die anderen ...« Er deutete mit dem Daumen nach hinten, womit er vermutlich die anderen Pubwirte in Ludlow meinte. »... müssen selber zusehen, wie sie zurechtkommen. Eine Zeit lang hatten wir hier so ein Street-Pastors-Programm, ein paar Gutmenschen, die nachts die Straßen patrouilliert und die Jugendlichen, die in den Rinnstein kotzten, nach Hause gebracht haben. Aber das ist total in die Hose gegangen, und jetzt muss wieder jeder selber vor seiner Tür kehren.«

Er nahm die Gläser von dem Tablett, das auf dem Tresen stand. Barbara wusste nicht recht, wie sie an die Information kommen sollte, die sie brauchte, nämlich, ob Gary Ruddock in der Nacht von Druitts Tod angerufen worden war, weil Jugendliche sich betrunken hatten, wobei er sich dann von der Polizeistation aus darum hatte kümmern müssen. Dass Ruddock tatsächlich in Fällen von Komasaufen gerufen wurde, hatte Korhonen ja bereits zufällig erwähnt, jetzt musste sie nur noch wissen, ob auch in besagter Nacht, und auf keinen Fall durfte der Wirt Ruddock das zufällig stecken, dass sie sich mit einer Geschichte beschäftigte, die die Untersuchungskommission bereits überprüft hatte.

Sie wollte gerade einen Vorstoß unternehmen, als Jack Korhonen sagte: »Da ist er ja.« Barbara drehte sich um und sah Gary Ruddock durch die Tür kommen. Er schien hier Stammgast zu sein, denn Korhonen sagte: »Du kommst später als sonst.«

Ruddock ging zum Tresen und sagte: »Rob hat's nicht schnell genug aufs Klo geschafft, und ich musste ihn noch duschen.«

»Deinen Job wollte ich nicht haben«, bemerkte Korhonen.

Ruddock wandte sich Barbara zu: »Hat Ihre Chefin sich wieder eingekriegt?«

Ehe sie antworten konnte, fragte Korhonen: »Ihr kennt euch?«

»Barbara Havers, Scotland Yard«, stellte Ruddock sie vor.

»Ach, sieh mal einer an«, sagte Korhonen grinsend. »Das ist ja ein kleines Detail, das in unserer Plauderei gar keine Erwähnung fand. Wir haben uns eben über die Plantagenets ausgetauscht.«

»Gott, wie langweilig«, bemerkte Gary Ruddock.

Barbara hatte das Gefühl, es war an der Zeit, sich zu verdrücken. Sie bat um die Rechnung. »Scotland Yard? Das geht aufs Haus, Madam. Kommen Sie wieder, wenn Sie sich für einen Plantagenet entschieden haben, okay? Vielleicht kann ich Ihnen ja weiterhelfen. Mit irgendwas.«

Sie bedankte sich und sagte, gute Idee und so weiter. Dann drehte sie sich zu Ruddock um: »Wir fahren morgen nach London zurück. Danke für Ihre Hilfe.«

»Kann ich sonst noch was für Sie tun?«

»Ich hätte nichts dagegen, mir die Aufnahme von dem Anruf mal anzuhören, wenn Sie mir da irgendwie helfen könnten.«

»Ach so. Ja. Das.« Ruddock nickte und schien darüber nachzudenken. »Könnte sein ... Vielleicht kann ich Ihnen die Aufnahme zuschicken lassen.«

»Welche Aufnahme?«, fragte Korhonen.

»Es gab 'n anonymen Anruf wegen diesem Ian Druitt, du weißt schon. Dieser Diakon. Der Typ, der…«

»Ach, der. Ja, verdammt.«

»Sergeant Havers und ich waren unterwegs, um uns die Aufnahme von dem Anruf anzuhören, aber ihre Chefin hat sie zurückgepfiffen.« Dann sagte er zu Barbara: »Ich kann's ja mal versuchen.«

»Danke«, sagte sie. »Das wär echt der Bringer.« Sie nickte den beiden zu und verließ den Pub. Sie hatte ziemlich wenig vorzuweisen für ihre Bemühungen, nur die Bestätigung, dass es dann und wann zum Komasaufen kam und Gary Ruddock sich darum kümmerte. Es war eigentlich überhaupt nichts. Vielleicht schaffte Ruddock es ja und kam an die Aufnahme ran. Aber ansonsten gab es nichts, woran sie sich noch klammern konnte.

Draußen beleuchteten Scheinwerfer die Tische, Stühle und zusammengeklappten Sonnenschirme auf der Terrasse des Pubs, die jetzt menschenleer war. Am Ende der kurzen Straße öffnete sich der Quality Square. Barbara konnte sich gut vorstellen, dass man sich als Anwohner über den Lärm von Nachtschwärmern hier draußen ärgerte. Der Platz war klein, die Geräusche hallten von den Häuserwänden wider, und den Leuten in den Wohnungen über den Geschäften und in den beiden Wohnhäusern gefiel es garantiert nicht, wenn Betrunkene unter ihren Fenstern herumkrakeelten.

Barbara ging zurück, wie sie gekommen war, durch die schmale Gasse und über den Castle Square. Dort war sie nicht mehr allein. Zuerst sah sie den Schäferhund, der auf dem Gehweg vor einem Käseladen in der Church Street lag, den Kopf auf den Vorderpfoten. Im Schatten der Türnische des Käseladens bemerkte sie etwas, das aussah wie ein Haufen Bettzeug. Es bewegte sich. Dann tauchte ein Arm auf. Offenbar hatte Harry einen Schlafplatz für die Nacht gefunden. Barbara beschloss, sich kurz mit ihm zu unterhalten.

Der Schäferhund hob den Kopf, als sie sich näherte, und knurrte leise. »Ganz ruhig, Pea«, sagte Harry und lehnte sich an die Wand, weil er sich in der Nische nicht ausstrecken konnte. Er tastete den Boden neben seinem Bettzeug ab – Barbara sah, dass es sich um einen schmuddeligen Schlafsack handelte – und holte eine Taschenlampe hervor, mit der er ihr ins Gesicht leuchtete. Als wäre die Taschenlampe eine Art Befehl, sprang Pea auf. »Stopp!«, sagte Harry. Barbara gehorchte, denn sie hatte nicht vor, sich mit einem Hund anzulegen, der aussah, als wäre er einem Nazifilm entsprungen.

»Oh, tut mir leid«, sagte Harry. »Ich meinte nicht Sie, ich meinte Sweet Pea. Sie hat einen sehr ausgeprägten Beschützerinstinkt. Sitz, Pea. Die Frau sieht aus, als wäre sie in Ordnung.«

Harrys Stimme überraschte Barbara. Sie klang wie die eines Fernsehsprechers, korrekte Aussprache und so weiter. Eine Seltenheit, seit neuerdings alle so stolz waren auf ihre Wurzeln. Barbara wusste selbst nicht, was sie erwartet hatte, aber das mit Sicherheit nicht.

Sie sagte: »Sie sind Harry.«

»Und mit wem habe ich das Vergnügen?«

»Barbara Havers«, sagte sie. »New Scotland Yard.«

»Damit habe ich jetzt nicht gerechnet.« Er legte die Taschenlampe weg und schälte sich aus seinem Schlafsack. Sie sagte, das sei nicht nötig, er könne bleiben, wo er sei, aber wenn er Zeit für ein kurzes Gespräch habe, sei sie ihm sehr dankbar.

»Selbstverständlich«, sagte er. »Solange es sich nicht um ein staatliches Programm handelt, das darauf abzielt, Menschen von der Straße zu vertreiben.«

»Gibt es solche Programme?«

»Ich habe keine Ahnung. Aber ich bin mir darüber im

Klaren, dass jederzeit mit so etwas zu rechnen ist, bei all den Bürgerinitiativen, die sich neuerdings bilden. Viele Menschen, vor allem Politiker, können den Anblick von Leuten nicht ertragen, die in den Städten auf der Straße schlafen. Deswegen habe ich mich lange auf dem Land aufgehalten, meistens in der Nähe von Dörfern, denn hin und wieder braucht man ja einen Laden oder eine Post oder eine Bank.«

»Aber jetzt nicht mehr?«

»Wie bitte?«

»Sie haben das Leben auf dem Land aufgegeben?«

»Ja, leider musste ich das. Ich werde langsam zu alt und brauche etwas mehr Schutz.« Er zeigte auf die Tür des Käseladens. »Außerdem möchte meine Schwester gern wissen, wo sie mich im Notfall findet, auch wenn es sich mir bisher nicht erschlossen hat, was für ein Notfall das sein sollte. Ich stehe aber doch lieber auf, das ist mir zu unangenehm so. Außerdem bekomme ich Genickstarre, wenn ich die ganze Zeit zu Ihnen aufsehen muss.«

Er befreite sich von seinem Schlafsack und klopfte sich ab. Dann nahm er die Taschenlampe und stand auf. Er war groß und langgliedrig. Jetzt, wo er stand, bemerkte Barbara im Licht der Straßenlaterne, dass er rasiert und sein langes Haar gewaschen war. Er schaltete die Taschenlampe aus. »Schont die Batterie«, erklärte er. »Und Sie wirken eher harmlos.«

»Ich glaube, das bin ich auch. Wollen wir irgendwohin gehen, wo wir uns unterhalten können?«, fragte sie.

Er lächelte. »Ich bin leider klaustrophobisch«, sagte er bedauernd. »Das Gespräch wird unter freiem Himmel stattfinden müssen.«

»Schlafen Sie deswegen auf der Straße? Ein Zimmer mit offenen Fenstern würde Ihnen nicht reichen?«

»Früher schon, aber jetzt leider nicht mehr. Sie sind eine gute Polizistin, Barbara Havers. Erstaunlich, wie viele Informationen Sie mir in kürzester Zeit entlockt haben. Welchen

Rang bekleiden Sie? Ich möchte nicht aufdringlich wirken und Sie mit Ihrem Namen anreden.«

»Ich bin Detective Sergeant. Aber Sie dürfen mich gern mit meinem Namen anreden. Ich heiße Barbara.«

»Danke, aber das verbietet mir meine Erziehung. Ich bin Henry Rochester, Detective Sergeant Havers. Harry, wie Sie ja bereits wissen. Inwiefern kann ein Gespräch mit mir Ihnen nützlich sein?«

»Ich habe Sie hier und da in der Stadt gesehen, Mr Rochester. Sie haben was auf dem Flohmarkt verkauft.«

»Nennen Sie mich Harry.«

»Nur wenn Sie mich Barbara nennen.«

»Na schön, das ist nur recht und billig, Barbara. Und es stimmt, ich bin immer unterwegs. Hauptsächlich im Stadtzentrum, mir gefällt die Atmosphäre. Hier ist alles so geschichtsträchtig. Man kann beinahe das Hufgetrappel hören, wenn die Grafen von York aus der Burg galoppieren.«

Von dem Thema hatte Barbara für heute eigentlich genug. Trotzdem fragte sie: »Sind Sie Historiker?«

»Das war ich früher einmal. Als ein Zimmer mit offenen Fenstern noch ausreichte und ich in einem Klassenzimmer arbeiten konnte. Ich habe Geschichte unterrichtet.«

»Ist bestimmt nicht einfach, das alles aufzugeben.«

»Die Wechselhaftigkeit des Lebens zu akzeptieren ist meiner Meinung nach die einzige Voraussetzung für Zufriedenheit. Meine materiellen Bedürfnisse sind gering, sie zu befriedigen, wenn sie sich einstellen, ist dank des modernen Bankwesens kein Problem, da ich mir an jedem Bankautomaten Geld ziehen kann. Mit seiner Leidenschaft, preiswerte Methoden zu erfinden, wie man sich in der Öffentlichkeit die Hände trocknen kann, hat mein Vater ein kleines Vermögen angehäuft – wenn Sie mir die Geschmacklosigkeit verzeihen, dass ich über Geld rede –, das er meiner Schwester und mir vererbt hat. Catherine wäre es natürlich lieber, wenn ich einen anderen Lebensstil bevorzugte, aber es gelingt ihr, ihre Sorgen um mein Wohlergehen zu unterdrücken. Ich führe ein unbeschwertes Leben.«

»Und noch dazu an der frischen Luft.«

»Und noch dazu an der frischen Luft.«

»Unfreundliches Wetter ist kein Problem? Oder der Winter?«

»Ich bin zum Glück ziemlich widerstandsfähig. Ich habe einen Bekannten hier in der Stadt, der es mir gestattet, hin und wieder an einer Stelle im Freien unter seinem Haus Schutz zu suchen. Dort lässt er mich auch meine Wintersachen lagern, wie dickere Kleidung, einen dickeren Schlafsack und dergleichen. Im Großen und Ganzen betrachte ich mein Leben als vom Glück gesegnet.«

Sie waren auf den Castle Square geschlendert, wo mehrere Bänke standen. Von hier aus hatte man einen guten Blick auf die Burgruine mit ihren Zinnen. Wie üblich war sie von Scheinwerfern angestrahlt. Sweet Pea war neben ihnen hergetrottet und legte sich zu Harry Rochesters Füßen, als sie sich setzten.

»Darf ich Sie fragen, was Sie nach Ludlow führt?«, fragte Harry.

»Der Todesfall in der Polizeistation im letzten März. Haben Sie davon gehört?« Barbara machte sich wenig Hoffnung, dass Harry von Ian Druitts Tod erfahren hatte. Sein Leben auf der Straße gab ihm vermutlich wenig Gelegenheit, Zeitung zu lesen. Dasselbe galt sicherlich auch fürs Fernsehen.

Doch er überraschte sie. »Aber ja. Der arme Mann.«

»Haben Sie Ian Druitt gekannt?« Barbara nahm ihre Zigaretten heraus und bot Harry eine an. Er sagte, er habe das Rauchen aufgegeben. Aber dann überlegte er es sich anders und meinte, eine könne ja nicht schaden. Barbara versicherte ihm, dass all die Zeit an der frischen Luft den Schaden wieder ausgleichen werde, den das Kraut anrichtete. Nachdem sie Harry ihr Plastikfeuerzeug gegeben hatte, wiederholte sie ihre Frage.

»Nicht besonders gut. Ich habe mich nur ein Mal mit ihm kurz unterhalten, als er mir einen Anorak angeboten hat, den ich abgelehnt habe. Ich habe ihn hin und wieder in der Stadt gesehen. Aber alle anderen sehe ich auch hin und wieder in der Stadt. Manche Leute kenne ich persönlich, andere nur vom Sehen.«

»Hat noch nie jemand versucht, Sie aus der Stadt zu verscheuchen? Oder hat der Stadtrat schon mal jemanden geschickt?«

»Sie meinen, die Polizei? Nein, bisher nicht. Sie wissen wahrscheinlich, dass es hier in der Stadt gar keine richtigen Polizisten mehr gibt. Die Polizei ist hier einzig durch Gary Ruddock vertreten.«

»Der Hilfspolizist«, sagte Barbara. »Sie kennen ihn also?«

»Da seine Aufgabe darin besteht, in den Straßen für Ruhe und Ordnung zu sorgen, weiß ich, wer er ist. Aber kennen wäre zu viel gesagt.«

»Schickt er Sie schon mal irgendwo weg?«

»Nur wenn ich mir eine Stelle ausgesucht habe und sich jemand beschwert, was aber nicht oft vorkommt. Ich bemühe mich, das zu vermeiden, aber es kann schon mal passieren, dass ich mir den falschen Ort aussuche. Restaurants zum Beispiel mögen es gar nicht, wenn man im Eingang übernachtet, nicht einmal, wenn sie geschlossen haben.«

»Gibt es noch andere Stellen, von denen er Sie verscheucht?«

»Grundschulen zum Beispiel. Aber ich glaube, Mr Ruddock hält mich für ziemlich harmlos, was ich auch bin. Meistens sagt er nur: Hallo Harry, ich hoffe, Sie machen keinen Ärger, und das war's auch schon. Es sei denn, ich finde ein paar Sachen, die sich auf dem Markplatz verkaufen lassen.

Das gefällt Mr Ruddock überhaupt nicht, da ich keinen Gewerbeschein besitze.«

Barbara zog an ihrer Zigarette und nickte. »Ich hab neulich gesehen, wie er Ihnen die Leviten gelesen hat. Aber warum verhökern Sie überhaupt Sachen auf dem Markt, wenn Sie das Geld gar nicht brauchen?«

Harry schnippte Asche auf das Kopfsteinpflaster, zog noch einmal an der Zigarette und trat sie sorgfältig aus. Dann hob er sie auf und steckte sie ein. »Ich kann es einfach nicht leiden, wenn man etwas wegschmeißt«, sagte er.

Zuerst dachte Barbara, er meinte die Zigarette, doch dann begriff sie, dass er über den Verkauf auf dem Markt sprach. »Sie meinen Krempel, den Sie irgendwo finden?«

»Es ist erstaunlich, was die Leute alles wegwerfen. Ich rette die Sachen und verkaufe sie. Manchmal nimmt Mr Ruddock Anstoß daran. Aber er ist sehr gerecht. Er verjagt auch alle anderen, die illegal Ware anbieten.«

»Klingt so, als würde er keinem so richtig Stress machen.«

»Das kommt schon mal vor, aber mir gegenüber ist er noch nie aggressiv geworden. Ich denke, er ist ein anständiger Kerl mit einem langweiligen Job. Und mir ist nicht daran gelegen, ihm das Leben schwer zu machen.«

»Wieso meinen Sie, dass sein Job langweilig ist?«, fragte sie.

»Vielleicht sollte ich sagen, es sieht langweilig aus. Für mich zumindest. In der Stadt herumlaufen, überprüfen, ob die Türen von Geschäften ordentlich abgeschlossen sind, betrunkene Studenten von der Straße schaffen und sie womöglich noch nach Hause fahren, wenn sie nicht mehr in der Lage sind, den Heimweg zu finden oder Auto zu fahren.«

»Haben Sie ihn zufällig an dem Abend gesehen, als Ian Druitt gestorben ist? Ruddock wurde angewiesen, ihn in die Polizeistation zu bringen, er muss also mit Druitt von der Kirche hier rübergelaufen sein. Das war letzten März.«

Harry kratzte sich am Kopf. »Es fällt mir schwer, mich daran zu erinnern. Für mich sieht ein Abend aus wie der andere, da kann ich die Dinge oft nicht so gut auseinanderhalten. War an diesem speziellen Abend irgendetwas anders als sonst, abgesehen davon, dass Mr Druitt gestorben ist?«

Barbara überlegte. Harry Rochester hatte natürlich recht. Normalerweise wussten die Leute nicht mehr, was an einem bestimmten Abend in ihrem Leben passiert war, außer sie waren so zwanghaft veranlagt, dass jede Abweichung vom Normalen sie aus dem Konzept brachte. Aber vielleicht half ein kleines Detail seiner Erinnerung auf die Sprünge. Sie sagte: »An dem Abend gab es ein Problem wegen Komasaufen. Gary Ruddock konnte sich nicht richtig darum kümmern, deshalb ist es eine ganze Weile wahrscheinlich hoch hergegangen.«

»Tja, Komasaufen gehört bedauerlicherweise zum Alltag in Ludlow. Das kommt mehrmals im Monat vor. Gary Ruddock kümmert sich darum, aber ich könnte Ihnen nicht sagen, ob es einen Abend gab, an dem er das nicht getan hat.«

»Damals muss es lange gedauert haben, bis Ruhe im Karton war, denn Ruddock musste das per Telefon regeln.«

Harry dachte darüber nach, dann sagte er: »Ehrlich gesagt frage ich mich, wie das vonstattengegangen sein soll. Normalerweise schreitet er persönlich ein.«

»Und wie macht er das?«

»Na ja, so genau weiß ich das auch nicht. Vermutlich holt er die Betrunkenen aus den Pubs und schickt sie nach Hause. Allerdings habe ich auch schon gesehen, dass er ein paar von denen in sein Auto lädt und sie persönlich fährt. Zumindest nehme ich an, dass er sie zu Hause abliefert. Er könnte sie natürlich auch zur Polizeistation bringen zum … wie heißt das auch noch? … zum Ausnüchtern. Aber ich habe wirklich keine Ahnung. Aber da kommt er gerade. Sie können ihn selbst fragen.«

Barbara drehte sich um. Gary Ruddock hob in einiger Entfernung die Hand zum Gruß, kam jedoch nicht näher.

»Bleibt schön sauber, ihr beiden«, rief er leutselig und ging zu seinem Streifenwagen, den er in der Nähe des Eingangs zum West Mercia College geparkt hatte. Er stieg ein und bog in die Dinham Street ein. Vermutlich fuhr er nach Hause. Sie fragte sich, warum er überhaupt noch einmal das Haus verlassen hatte, nachdem er dem alten Rob beim Duschen geholfen hatte.

8. Mai

VICTORIA
LONDON

Isabelle Ardery bemühte sich um Geduld, während sie darauf wartete, dass der Assistant Commissioner aus der Mittagspause zurückkehrte. Laut Information von Judi-mit-I war Sir David nach Marylebone gefahren, um mit einem namenlosen politischen Strippenzieher darüber zu diskutieren, wie man politische Strippen zog. Mehr Informationen besaß Judi nicht. Immerhin erteilte sie Isabelle die Auskunft, dass der Assistant Commissioner längst hätte zurück sein sollen. Vermutlich der alptraumhafte Verkehr. Sie habe Sir David geraten, die U-Bahn zu nehmen, aber, na ja, Sie kennen ja Sir David.

Isabelle entging nicht die Auslassung am Ende des Satzes. Allerdings, dachte sie. Man konnte sich kaum vorstellen, dass David Hillier es riskieren würde, sich in irgendeiner Weise zu besudeln, indem er von St. James's Park zur Baker Street und zurück mit der Öffentlichen fuhr. Und da es keine direkte Verbindung mit der Öffentlichen nach Marylebone gab, hatte er es sicherlich vorgezogen, sich chauffieren zu lassen, auch wenn er viel Zeit verlieren würde.

Ihr ganzer Körper kribbelte. Sie wusste, was ihr die Unruhe vor dem bevorstehenden Gepräch mit ihrem Vorgesetzten nehmen würde, aber sie konnte es sich nicht leisten und musste damit klarkommen. Ihr Verhalten während des unerwarteten Anrufs des Assistant Commissioners am Abend zuvor hatte ihrem beruflichen Ansehen womöglich ernsthaft geschadet. Dagegen musste sie etwas unternehmen, und kurz nachdem sie am Morgen in Shropshire aufgewacht war, hatte sie sich einen Plan zurechtgelegt.

Als Erstes hatte sie sich den restlichen Wodka vorgenommen. Die Flasche war noch gut halb voll gewesen. Die Hälfte hatte sie sich genehmigt, den Rest ins Waschbecken gekippt. Die Flasche hatte sie in den Müll geworfen und sich gesagt: Das war's. Der Anruf von Sir David Hillier war genau der Anstoß gewesen, den sie brauchte, um endlich mit ihrer unsinnigen Trinkerei aufzuhören.

Kurz darauf brachte Peace on Earth den Kaffee, den sie bestellt hatte. Während sie sich anzog, trank sie die ganze Kanne, und als sie an die Rezeption kam, wo Barbara Havers gerade ihren Zimmerschlüssel abgab, war sie wieder ganz sie selbst.

Havers hatte sie mit den Worten begrüßt: »Ich hab Neuigkeiten, Chefin«, was nicht gerade Musik in Isabelles Ohren gewesen war. Weshalb sie geantwortet hatte: »Behalten Sie sie für sich, bis wir geklärt haben, wie wir von hier zur Schnellstraße kommen, Sergeant.«

Havers machte den Mund auf und nach kurzem Zögern wieder zu. Sie sagte kein Wort, bis sie auf die M5 einbogen. Aber kaum trat Isabelle aufs Gaspedal, legte Havers los. Sie hatten nicht gefrühstückt, daher hatte Isabelle gehofft, dass sie wenigstens die Klappe halten würde, bis sie in einer Raststätte haltmachten, aber vergebens. Die unerträgliche Frau war total aufgedreht, als hätte sie auch eine komplette Kanne Kaffee intus.

Sie redete, als würde sie die Posten auf einer Liste herunterrattern, einschließlich aller möglichen Details und Bestätigungen von angeblichen Fakten, die zu überprüfen sie gar keine Anweisung gehabt hatte. Während Isabelle zuhörte, wurde ihr klar, dass Havers in der vergangenen Nacht mal wieder eigenmächtig unterwegs gewesen war. Ihre Ausrede, sie habe »noch Hunger bekommen, Chefin, nachdem die Küche geschlossen war«, klang so lächerlich, dass sie sie am liebsten gefragt hätte, für wie blöd sie ihre Vorgesetzte eigentlich hielt.

Aber Havers wollte offenbar nicht unterbrochen werden, denn sie redete geradezu mit Lichtgeschwindigkeit. Ja, es gebe in Ludlow ein Problem mit betrunkenen, randalierenden Jugendlichen, ja, der Hilfspolizist müsse in solchen Fällen häufig eingreifen, und »das ist interessant, Chefin«, ein Augenzeuge habe sogar schon mehrfach beobachtet, wie der Hilfspolizist Betrunkene in seinen Streifenwagen geladen und … irgendwohin gefahren habe, ob zu deren Eltern, zur Polizeistation oder zu deren Wohnung oder …, habe der Augenzeuge ihr nicht sagen können. Der Augenzeuge sei übrigens ein Mann namens Harry Rochester, der in Ludlow auf der Straße lebe.

Hier hatte Isabelle Havers' Redefluss kurz unterbrochen mit der Bemerkung: »Es ist durchaus lobenswert, dass Sie noch mehr Details zusammengetragen haben, die die Geschichte des Hilfspolizisten bestätigen, aber ich verstehe nicht, worauf Sie hinauswollen.«

»Folgendes: Harry kann nicht bestätigen, dass es auch in der Nacht, in der Druitt festgenommen wurde, ein Problem mit betrunkenen Jugendlichen gab.«

Hätte sie nicht am Steuer gesessen, hätte Isabelle einfach die Augen zugemacht, um das alles auszublenden. Aber sie erblickte ein Schild, das in drei Kilometern eine Raststätte ankündigte, und dankte im Stillen dem Herrn. Sie sagte: »Wir machen Frühstückspause, Sergeant.« Und als Havers Anstalten machte fortzufahren, fügte sie hinzu: »Nach dem Essen können Sie mir den Rest erzählen.«

Havers' Begeisterung über ihre neuen Erkenntnisse tat ihrem Appetit keinen Abbruch, wie Isabelle feststellte. Obwohl viel modernere – und vor allem gesündere – Produkte wie Obst, Joghurt und Müsli zur Auswahl standen, entschied Havers sich für ein komplettes englisches Frühstück. Isabelle nahm einen Caffè latte und eine Banane und setzte sich an den Tisch, wo Havers bereits dabei war, sich wässriges Rührei, Würstchen, gegrillte Tomaten, Baked Beans, Pilze, Toastbrot und etwas Dreieckiges einzuverleiben, das aussah wie panierte Pappe. Dazu trank sie eine große Tasse Tee, den sie mit Milch und drei Tütchen Zucker anreicherte.

»Das Interessante ist«, sagte Havers mit vollem Mund, »dass die von der Kommission überhaupt nicht mit Harry Rochester gesprochen haben. Die sind nicht mal auf die Idee gekommen, dass er was mit der Sache zu tun hat.«

»Ich sehe eigentlich auch nicht, dass er etwas damit zu tun hat.« Isabelle hatte sich angewöhnt, Caffè latte mit dem Strohhalm zu trinken. Das war viel einfacher, als sich mit einem Pappbecher und so einem nervigen Plastikdeckel herumzuplagen. Sie trank einen Schluck. Der Latte war lauwarm. Sie seufzte und überlegte, ob sie ihn zurückbringen sollte. Zu viel Aufwand und genauso lästig wie Sergeant Havers. »Nach allem, was Sie mir bisher berichtet haben, besteht Mr Rochesters einziger Beitrag zu unserer Ermittlung in seiner Bestätigung, dass es in Ludlow ein Problem mit saufenden Jugendlichen gibt.«

»Ja, aber wie gesagt, erinnert er sich nicht, ob es an dem besagten Abend auch ein Problem damit gab, Chefin.«

»Darf ich Sie darauf hinweisen, dass die Aussage eines Landstreichers nicht besonders glaubwürdig ist?«

»Dieser Mann ist kein Landstreicher«, entgegnete Havers und fuchtelte mit ihrer Gabel in der Luft herum, mit der sie gerade ein Stück Würstchen aufgespießt hatte. »Er lebt auf der Straße, das stimmt. Aber das tut er nur, weil er klaustrophobisch ist.«

»Ach so. Ein klaustrophobischer Typ, der in Eingängen

nächtigt, kann sich also nicht erinnern, ob es an einem bestimmten Abend vor zwei Monaten ein Problem mit saufenden Jugendlichen …«

»Aber im Bericht der Untersuchungskommission steht, der Wirt des Hart & Hind hat genau das behauptet. Außerdem steht in dem Bericht, die anderen Pubs hätten bestätigt, dass Gary Ruddock sie an demselben Abend angerufen hat, Ian Druitt somit also Zeit hatte, sich am Türknauf aufzuhängen. Aber es gibt ein interessantes Detail, Chefin. Der Wirt des Hart & Hind betreibt ein lukratives Nebengeschäft, von dem er vermutlich möchte, dass Ruddock es geflissentlich übersieht – ich rede von den Zimmern über dem Pub, die er stundenweise vermietet –, weswegen er einen guten Grund hat, alles auszusagen, worum Ruddock ihn bittet, verstehen Sie? Und all die anderen Wirte, die Ruddock angerufen hat …? Wenn man sich's recht überlegt, können die gar nicht gewusst haben, ob es an dem besagten Abend auf dem Quality Square ein Problem mit besoffenen Jugendlichen gegeben hat. Die können nur wissen, was Ruddock ihnen *erzählt* hat. Und das könnte bedeuten …«

»Hören Sie auf, Sergeant.« Isabelle erklärte Havers noch einmal, was sie ihr seit ihrer Ankunft in Ludlow schon hundert Mal erklärt hatte, nämlich, worin ihr Auftrag bestand. Anschließend fügte sie hinzu: »Und nun fahren wir nach London zurück und schreiben den Bericht für Hillier, damit der ihn an Quentin Walker weiterleiten kann. Und dann machen wir uns wieder an unsere Arbeit. Ich hoffe, Sie haben das verstanden, Sergeant.«

»Hab ich. Außer …«

»Und ich hoffe, Sie wollten gerade sagen, dass Sie besagten Bericht schreiben, sobald wir in London sind.«

Havers wandte sich ab. Sie senkte den Blick und erwiderte: »Ja, Chefin.«

»Freut mich, das zu hören.«

Isabelle hatte auf dem Weg in den Tower Block nach Havers gesehen und mit Genugtuung festgestellt, dass sie emsig in die Tasten hackte. Sie war erleichtert, als zwanzig Minuten später als verabredet endlich der Assistant Commissioner eintraf. Allerdings hatte er nur zehn Minuten Zeit, da eine wichtige Besprechung anstand.

Er sprach gerade in sein Handy, als er aus dem Aufzug trat. »Das heißt Elterntag, Laura, nicht Großelterntag. Bitte, sag Catherine, dass ihr Vater nicht kommen wird, weil er Wichtigeres zu tun hat, als Müttern beim Pfannkuchenlauf zuzusehen … Nein, das war natürlich ein Scherz … Nein. Ich kann nicht … Liebes, nein. Wir sehen uns heute Abend. … Aber natürlich.« Er stopfte das Handy in seine Tasche und sagte zu Isabelle: »Sieben schulpflichtige Enkel sind sechs zu viel. Haben Sie den Bericht?«

Er öffnete seine Tür und bedeutet ihr einzutreten. Zu Judimit-I sagte er: »Ich muss Stanwood absagen. Vereinbaren Sie was für nächste Woche. Am frühen Morgen.« Dann machte er die Tür hinter ihnen zu. Er bot ihr weder Kaffee noch Tee, nicht einmal ein Glas Wasser an, woraus sie schloss, dass er ihr nur fünf Minuten geben würde.

Sie sagte: »Sergeant Havers arbeitet gerade an dem Bericht, Sir. Sie werden ihn heute Nachmittag auf dem Tisch haben. Spätestens morgen früh.«

»Und wozu dient dann jetzt dieses Treffen?«

Isabelle wappnete sich. Sie musste sich reumütig zeigen, durfte aber nicht unterwürfig wirken. »Ich möchte mich wegen gestern Abend entschuldigen.«

Er hatte sie nicht aufgefordert, Platz zu nehmen, und er selbst war auch stehen geblieben. Er stand neben seinem Schreibtisch, musterte sie. Hillier war groß und korpulent, hatte volles, graues Haar, stets einen etwas geröteten Teint; er sah gut aus. Er würde versuchen, sie einzuschüchtern. Sie würde versuchen, sich nicht einschüchtern zu lassen.

»Was war denn gestern Abend?«, fragte er.

»Ich hatte eine Schlaftablette genommen. Mein Exmann und ich führen eine Auseinandersetzung, die mir schwer im Magen liegt, weshalb ich manchmal keinen Schlaf finde. Ihr Anruf gestern Abend hat mich geweckt. Das tut mir schrecklich leid.«

Er schwieg. Wahrscheinlich dachte er daran, was sie gestern ins Telefon gezischt hatte, weil sie dachte, es sei Bob. Sie hatte ganz und gar nicht geklungen wie jemand, den man gerade aus dem Tiefschlaf gerissen hatte, es sei denn, sie hätte gerade einen Alptraum gehabt und geglaubt, der Anruf sei Teil des Traums. Ziemlich weit hergeholt. Aber als sie Hilliers Stimme erkannt hatte, war ihr sofort klar gewesen, dass dieses Gespräch, das sie jetzt führten, auf sie zukommen würde.

»Es ist selten, dass ich eine Schlaftablette brauche«, fügte sie hinzu. »Sie schränken wohl die Reaktionsfähigkeit ein. Ich habe noch nie telefoniert, nachdem ich eine genommen hatte, und… na ja, ich hoffe, Sie verstehen, Sir.«

Er schwieg immer noch. Der Mann machte sie wahnsinnig. Normalerweise war er leicht zu durchschauen. Sie spürte, dass sie feuchte Hände bekam. In diesem Moment war sie hundert Prozent Isabelle Jacqueline Ardery, sagte sie sich eindringlich, und sie würde dafür sorgen, dass das so blieb. Es stand eine Menge auf dem Spiel.

Abrupt fragte er: »Was erzählen wir Walker? Er wird etwas verlangen, das er diesem Druitt in Birmingham aushändigen kann. Was haben wir?«

»Sobald Sergeant Havers den Bericht fertig hat, werde ich ihn mir ansehen«, antwortete sie. »Vielleicht muss sie… noch etwas nachbessern. Ich habe mich mit Mr Druitt getroffen, Sir, und mir kam er ganz vernünftig vor. Er trauert natürlich um seinen Sohn, wie Sie sich vorstellen können. Aber man kann keinen Menschen ganz und gar kennen, erst recht nicht die eigenen Kinder, wenn sie erst einmal erwachsen sind, und deswegen denke ich, dass er ein Einsehen haben wird.«

»Was meinen Sie?«

»Dass sein Sohn vielleicht nicht pädophil war, wie ihm vorgeworfen wurde, dass er sich aber, da nichts auf Fremdeinwirkung hindeutet, tatsächlich das Leben genommen hat und er dafür wohl einen Grund gehabt hat, auch wenn wir nicht wissen, welchen. Und Mr Druitt muss einsehen, dass es Selbstmord war und es niemandes Aufgabe ist, den Grund dafür zu finden. Weder die Ermittlerin DI Pajer noch die Mitglieder der Untersuchungskommission haben nach einem Grund gesucht, und das hat auch niemand von ihnen erwartet. In beiden Ermittlungsverfahren wurde lediglich untersucht, was genau sich in der fraglichen Nacht und danach zugetragen hat. Wir können natürlich unseren Bericht der Staatsanwaltschaft übergeben – das würde ich sogar befürworten, falls Druitt immer noch nicht zufrieden ist –, aber da weder die Untersuchungskommission noch wir etwas strafrechtlich Relevantes gefunden haben, halte ich es für äußerst unwahrscheinlich, dass die Familie Druitt eine Klage durchsetzen kann.«

Hillier hatte sie die ganze Zeit eindringlich angesehen, was Isabelle einschüchterte und sie als unnötig empfand. Schließlich sollten sie und er auf derselben Seite stehen. Nun war alles gesagt. Draußen vor Hilliers Fensterfront flog ein Schwarm Tauben in perfekter Formation über den blauen Himmel. Sie schaute ihnen zu und wartete, bis er geruhte, ihr zu antworten.

Schließlich sagte er: »Ja. Das gefällt mir. Ich glaube, das wird reichen.«

»Danke, Sir«, sagte sie. »Und noch einmal: Es tut mir furchtbar leid…«

»Nehmen Sie die oft?«

Die Frage kam so abrupt, dass sie sofort auf der Hut war. »Wie bitte?«

»Diese … Pillen. Nehmen Sie die häufig?«

»Nein, nur selten, Sir. Eigentlich fast nie.«

»Gut. Sorgen Sie dafür, dass das so bleibt. Es wäre doch sehr bedauerlich, wenn Sie eines Abends zu viele davon nähmen.«

»Natürlich, Sir.«

Er ging hinter seinen Schreibtisch, ein Zeichen, dass ihre Unterredung beendet war. Sie bedankte sich für seine Zeit und wandte sich zum Gehen. Sie hatte die Hand am Türknauf, als er plötzlich sagte:

»Bleiben Sie an Sergeant Havers dran, ja? Irgendwann wird sie einen Fehler machen.«

»Ja, Sir.«

»Und lassen Sie ihr freie Hand«, fügte er hinzu.

VICTORIA
LONDON

Zumindest war die Rückfahrt nach London nicht so strapaziös gewesen wie die Fahrt nach Ludlow. Okay, sie waren in aller Herrgottsfrühe aufgebrochen, aber Barbara hatte schon vor langer Zeit auf Lynleys Anraten hin ihren Handywecker so eingestellt, dass er die letzten Takte der *Overture 1812* abspielte, und es katapultierte sie regelrecht aus dem Bett, wenn das Kanonenfeuer losging. Sie war gerade in ihrem winzigen Bad, als es an der Tür klopfte. Als sie öffnete, stand Peace on Earth mit einem Tablett mit Kaffee, Milch und Zucker vor ihr. Ihre Freundin habe sich gerade eine Kanne Kaffee aufs Zimmer bestellt, und da habe er sich gedacht, sie könne bestimmt auch eine gebrauchen. Er wirkte so mitfühlend, wie ein Typ mit Untertassen in den Ohrläppchen morgens um Viertel nach fünf wirken konnte.

Anfangs hatte es sie frustriert, dass es vor ihrer Abfahrt im Hotel kein Frühstück gegeben hatte. Doch dann war eine Raststätte in Sicht gekommen, und Ardery hatte eine Pause vorgeschlagen. Zum Glück hatte Barbara ein komplettes englisches Frühstück verspeist, denn kaum waren sie in der Victoria Street angekommen, hatte Ardery sie angewiesen, einen Bericht zu schreiben, der Sir Hillier zur vollen Zufriedenheit gereichen sollte. Bis spätestens sechzehn Uhr wolle sie den Bericht auf dem Tisch haben, sagte Ardery. Sie werde ihn gründlich lesen, bevor Barbara sich auf den Heimweg mache.

Barbara hatte verstanden. Das Schriftstück musste gewissen Ansprüchen genügen, und wenn nicht, musste sie daran feilen, bis alle Beteiligten zufrieden waren.

Ihr Vorschlag, sich die Aufnahme des anonymen Anrufs anzuhören, bevor sie einen Bericht verfassten, der einem Parlamentsabgeordneten und einem trauernden Vater vorgelegt werden sollte, war auf taube Ohren gestoßen. Ardery war bei ihrem Standpunkt geblieben, dass diese Aufnahme nichts Neues bringen würde. Dem hatte sie hinzugefügt: »Ich bin es allmählich wirklich leid, dass Sie immer wieder davon anfangen, Sergeant. Nennen Sie mir einen triftigen Grund, warum wir uns das Band anhören sollten. Oder habe ich bei all dem Hin und Her etwas nicht mitgekriegt?«

»Es ist nur ein Gefühl«, hatte Barbara resigniert geantwortet.

Dann hatte sie sich an die Arbeit gemacht. Sechzehn Uhr hieß sechzehn Uhr, und sie wusste, dass Ardery um sechzehn Uhr drei an ihrem Schreibtisch stehen würde, wenn sie das Schriftstück nicht pünktlich ablieferte.

Ihr Handy klingelte. Es war Gary Ruddock, der ihr mitteilte, dass es ihm gelungen war, eine Kopie der Aufnahme des anonymen Anrufs aufzutreiben. Er habe ihr die Audiodatei als Anhang einer E-Mail geschickt. Ob sie sich die Aufnahme schon angehört habe?

»Nein, noch nicht«, sagte sie. »Ich sitze noch an dem verflixten Bericht für meine Vorgesetzten. Aber vielen Dank, Gary, hoffentlich mussten Sie nicht zu viele Strippen ziehen.«

»Nur ein paar«, erwiderte er. »Lassen Sie es mich wissen, falls Ihnen irgendwas auffällt, okay?«

Sie versprach es ihm und rief kurz ihre Mails ab in der Hoffnung, dass Ardery nicht im selben Moment wie eine Flipperkugel neben ihr auftauchen würde. Zuerst las sie die Mail: *Hier komt die Aufname. Vieleich finden Sie ja was. Geben sie Bescheit, fals Sie sonst noch was brauchen.*

Himmel, dachte sie. Kein Wunder, dass der arme Kerl es nur zum Hilfspolizisten gebracht hatte.

Sie kramte in ihrer Schreibtischschublade nach Kopfhörern oder Ohrstöpseln, konnte jedoch nichts dergleichen finden. Das überraschte sie nicht. Aber Winston Nkata war die Organisation in Person, der war immer auf alles vorbereitet und warf ihr seine Kopfhörer zu.

Sie hörte sich die Aufnahme an. Sie kannte die Abschrift auswendig, und sie war Wort für Wort identisch mit der Tonbandaufnahme, so wie Ardery es ihr prophezeit hatte. Also hörte sie sich das Band noch mal an. Und noch mal. Sie versuchte, die Stimme zu erkennen, doch es war – kein Wunder – nur ein Flüstern. Aber sie wartete so gespannt auf den Moment, in dem sie sagen konnte *Hab ich dich!* Sie wäre auch schon mit einem *Aha!* zufrieden gewesen oder wenigstens einem *Interessant.* Aber es gab einfach nichts, was ihr Hoffnung machte. Der Sprecher zischte bestimmt, weil er seine Stimme verstellen wollte. Sie musste sich eingestehen, dass letztlich jeder der Anrufer hätte gewesen sein können, vom örtlichen Straßenfeger bis hin zu Graf Dracula.

Und dann fiel es ihr auf.

Als sie gerade das Programm schließen wollte, bemerkte sie das Datum des Anrufs: neunzehn Tage, bevor der Diakon festgenommen worden war. Dieses Detail war nirgendwo erwähnt worden und doch mehr als erwähnenswert. In den neunzehn Tagen zwischen dem Anruf und Druitts Verhaftung musste etwas passiert sein, und bei diesem Etwas konnte es sich nur um eine Ermittlung handeln, die zur Folge hatte, dass der Mann festgenommen worden war. Aber wenn das der Fall war – und die Annahme erschien Barbara vollkommen logisch –, warum gab es dann nirgendwo auch nur den geringsten Hinweis, dass man Druitt unter die Lupe genommen hatte?

Das, sagte sie sich, war etwas. Darüber musste sie Ardery unterrichten. *Das*, dachte sie, warf ein bestimmtes Licht auf den Vorfall in Ludlow und unterstrich wahrscheinlich, dass Druitt genau das war, was man ihm vorgeworfen hatte, nämlich pädophil.

Während Barbara all das in Gedanken hin und her wälzte, trat Dorothea Harriman an ihren Schreibtisch. Sie trug ein leichtes Sommerkleid, weil sie wohl auf schönes Wetter hoffte. »Hallo, Detective Sergeant Havers«, sagte sie. »Wie war's denn in Shropshire?«

»Hab's mehr oder weniger geschafft, sauber zu bleiben«, sagte Barbara. »War nicht immer ganz einfach, aber ich werd Sie mit Einzelheiten verschonen.«

Dorothea stampfte mit ihrem Stiletto auf. »Ich wollte eigentlich wissen, ob Sie auch jeden Abend schön geübt haben.«

»Aber hallo«, log Barbara.

»Gut.«

»Freut mich, dass Sie sich freuen.«

»Es sind nämlich nur noch zwei Wochen bis zum Vortanzen für Soli und kleine Gruppen.« Als Barbara sie verständnislos anschaute, sagte Dorothea: »Die Tanzaufführung. Im Juli. Also, ich habe mir überlegt, dass wir beide ein Steppduo einstudieren könnten. Oder wir könnten eine von den Muslimas fragen, ob sie mitmacht, dann wären wir zu dritt. Ich habe an

Umaymah gedacht. Sie ist auf jeden Fall die Ehrgeizigste von denen, und wenn wir ein Stück von Cole Porter …«

Barbara hörte gar nicht mehr richtig zu. Außerdem, ein öffentlicher Auftritt als Stepptänzerin kam nicht infrage. Nur über ihre Leiche. Dee plapperte fröhlich weiter, doch schließlich fiel Barbara ihr ins Wort: »Hören Sie, Dee, im Vergleich zu Ihnen beiden bin ich 'ne komplette Niete. Sie sollten sich mit Umaymah zusammentun. Das würde doch passen.«

»Unsinn. Für das, was ich mir ausgedacht habe, sind Sie mehr als gut genug. Wenn wir das Stück von Cole Porter nehmen … *Anything Goes* … Das kennen Sie doch bestimmt, oder?«

»Wenn Buddy Holly es nicht gesungen hat, hab ich keinen Schimmer.«

»Ach, egal. Es wird Ihnen gefallen. Und wenn Sie sich nicht sicher sind, ob Umaymah mitmachen soll, können wir das ja Kaz entscheiden lassen. Ich komme übrigens heute Abend wie immer um halb bei Ihnen vorbei.«

Zu ihrem Leidwesen fiel Barbara ein, dass heute Abend Tanztraining war. Sie dankte dem Himmel, dass sie keine Trainingssachen dabeihatte, außer ihren Schuhen, die sie pflichtschuldig in ihren Koffer gepackt hatte, wo sie während ihres gesamten Aufenthalts in Ludlow auch geblieben waren. »Ich hab keine passenden Klamotten dabei, Dee«, sagte sie.

Dee wedelte mit der Hand. »Kein Problem. Ich hab einen zweiten Gymnastikanzug. Und erzählen Sie mir nicht, dass Sie da nicht reinpassen, Detective Sergeant Havers, denn Sie haben dermaßen abgenommen, dass Sie nur noch … nur noch ein Strich in der Landschaft sind. Sie dürfen sich sogar aussuchen, welchen von meinen beiden Anzügen Sie wollen, den roten oder den schwarzen.«

»Rot«, sagte Barbara seufzend. »Passt zu meinen Schuhen.«

»Einverstanden«, sagte Dorothea und stöckelte von dannen. Barbara schaute ihr nach und wünschte, sie würde stolpern und sich die Kniescheibe brechen.

Aber das Glück war ihr nicht hold.

VICTORIA
LONDON

Thomas Lynley wollte sich gerade auf den Heimweg machen, als Barbara Havers in der Tiefgarage neben seinem Healey Elliott auftauchte. Sie hatte einen Schnellhefter unterm Arm, und ihr Gesichtsausdruck sagte ihm, dass ihr Bericht über die Ermittlungen in Ludlow abgelehnt worden war.

Er kurbelte sein Fenster herunter. »Wer war's?«

»Ardery«, antwortete Barbara. »Das einzig Gute daran ist, dass mir das verdammte Tanztraining erspart bleibt, weil ich den ganzen Abend hier sitzen und tippen werde.«

»Das einzig Gute, aha. Steigen Sie ein, Sergeant.«

»Ardery hat mir verboten, das Gebäude zu verlassen.«

»Ich habe auch nicht vor, das Gebäude zu verlassen. Aber so können wir wenigstens beide sitzen.« Er schaltete den Motor ab, und Havers ging um den Wagen herum und stieg auf der Beifahrerseite ein.

»Was gefällt ihr denn nicht an Ihrem Bericht?«, fragte er.

Er wusste natürlich von dem Bericht, an dem Barbara seit ihrer Rückkehr aus Shropshire konzentriert gearbeitet hatte. Um halb vier hatte er ihr ein Sandwich und eine Tasse Tee gebracht. Sie hatte ihren Schreibtisch nur verlassen, um die Toilette aufzusuchen, und sich noch nicht einmal ins Treppenhaus verdrückt und kurz eine geraucht.

»Die Untersuchungskommission hat etwas übersehen, Sir. Ich hab es im Bericht erwähnt. Ardery will, dass ich es streiche.«

»Und um was handelt es sich?«

»Eine abweichende Zeitangabe. Neunzehn Tage, die nicht erwähnt oder gar nicht erst bemerkt wurden.«

»Ihre Meinung?«

»Es wurde nicht bemerkt. Ich hätte es beinahe selbst übersehen. Vermutlich hat in Shropshire zwischen der Nacht, als der anonyme Anruf eingegangen ist, und dem Abend, an dem Druitt verhaftet wurde und in der Polizeistation gestorben ist, eine Ermittlung stattgefunden, von der die Untersuchungskommission nichts erfahren hat. Aber wenn ich das in meinem Bericht erwähne, wird das Druitts Vater überhaupt nicht gefallen. Und Hillier auch nicht.«

»Verstehe.«

»Ich kann also tun, was Ardery von mir verlangt, und das mit den neunzehn Tagen aus meinem Bericht streichen. Oder ich kann es drinlassen und das hier…« Sie hielt den Schnellhefter hoch. »…Druitts Vater oder dem Parlamentsabgeordneten schicken. Aber wenn ich die Information rausnehme… na ja, Sie wissen ja, was das bedeuten würde. Wie buchstabiert man Vertuschung?«

»Großer Gott.«

»Der kann uns jetzt auch nicht weiterhelfen. Das können nur Sie. Also, was soll ich tun?«

Lynley wusste nicht, was er ihr raten sollte. Sie konnte sich die Folgen genauso gut ausrechnen wie er. Wenn sie Arderys Befehl befolgte und den Sachverhalt aus dem Bericht strich, machte sie sich nicht nur eines Dienstvergehens schuldig, sondern verstieß auch gegen alles, woran sie glaubte. Wenn sie die Information in dem Bericht ließ und ihn hinter dem Rücken ihrer Vorgesetzten an den Vater des Toten oder an den Abgeordneten weiterleitete, wäre sie bei der Met erledigt und musste womöglich ganz aus dem Polizeidienst ausscheiden.

Er antwortete: »Ich kann Ihnen unmöglich sagen, wie Sie sich entscheiden sollen, und das wissen Sie.«

»Im Prinzip ja«, sagte sie.

»Ich kann Ihnen nur raten, sich zu überlegen, was die neu aufgetauchte Information für den Vater des Toten bedeuten würde.«

»Sie meinen, er würde erfahren, dass sein Sohn ein Kinderschänder war.«

»Ich weiß nicht«, sagte Lynley. »Aber sagen Sie mir eins: Wie sind Sie an die Information gekommen?«

»Dass es irgendwo einen Bericht geben muss? Ich hab Ruddock gebeten, mir, wenn irgend möglich, die Aufnahme von dem anonymen Anruf zu besorgen. Und er hat sie mir tatsächlich geschickt. Die Aufnahme war datiert, und das Datum lag weit vor dem Tag, an dem jemand die Verhaftung von dem Typen angeordnet hat.«

»Hat Isabelle Sie gebeten, sich die Aufnahme anzuhören?«

Havers schüttelte den Kopf. »Sie hat gesagt… also, sie hat mir mehr oder weniger verboten, sie mir anzuhören, Sir, da wir ja die Abschrift haben. Aber dann hat Ruddock angerufen und mir gesagt, dass er mir die Aufnahme zugemailt hat, und ich konnte mal fünf Minuten Pause vom Tippen gebrauchen.«

»Anders ausgedrückt, Sie haben gegen Arderys ausdrücklichen Befehl gehandelt?«

Havers schwieg. Jemand ging hinter dem Healey Elliott vorbei. Lynley sah, dass es ihr Kollege Philip Hale war, der zu seinem Auto ging. In seiner Begleitung befand sich Winston Nkata, und die beiden unterhielten sich so angeregt, dass sie ihn und Barbara nicht bemerkten. Besser so, dachte er.

»Ich verstehe«, sagte Barbara, »dass es so wirken kann. Aber…«

»Barbara, womöglich gibt es in diesem Fall kein Aber. Und es zählt nur Arderys Anweisung.«

Sie nickte, doch sie sah ihn an, als erwartete sie etwas von ihm, was er ihr nicht geben konnte und wollte. »Sie hat mir immer wieder gesagt«, entgegnete sie, »dass dieses und jenes nicht zu unserem Auftrag gehört.«

»Und stimmte das?«

»Schon.«

»Na also«, sagte er.

Aber als sie mit hängenden Schultern ging, fuhr er nicht nach Belsize Park, wo Daidre Trahair auf ihn wartete, sondern blieb in seinem Wagen sitzen und grübelte. Nach einer Weile rief er Daidre an und teilte ihr mit, dass er später kommen würde. Dann ging er zum Aufzug.

Als er Isabelles Zimmer betrat, war sie gerade dabei, Feierabend zu machen. Sie räumte ihren Schreibtisch auf und schob alles wahllos in die Schubladen. Dann steckte sie einen Stapel Akten in eine lederne Umhängetasche. Sie blickte auf. »Ah«, sagte sie. »Sie hat also mit dir gesprochen. Natürlich, was sonst? Lass mich gleich klarstellen, dass du dir die Mühe sparen kannst, mich von irgendwas zu überzeugen. Ich habe ihr gesagt, dass ich den neuen Bericht morgen früh auf meinem Tisch vorfinden will, und wenn sie die ganze Nacht vor ihrem Computer sitzen muss. Falls du also hergekommen bist, um dich einzumischen, kürze ich unser Gespräch ab: Sie hat ihre Anweisungen, ich habe meine, und du hast deine. So funktioniert das System, Tommy.«

»Und wie genau lauten meine Anweisungen in diesem Moment, Chefin?«

»Dich aus Dingen herauszuhalten, die dich nichts angehen.« Sie verschloss ihre Umhängetasche. Sie standen einander auf Augenhöhe gegenüber, denn mit ihren fünf Zentimeter hohen Absätzen war sie genauso groß wie er. »Natürlich gehört Einmischung nicht unbedingt zu deinem Modus Operandi, aber beim geringsten Versuch kann ich auch deutlicher werden, falls du das brauchst.«

»Was mit Barbara Havers passiert, geht mich sehr wohl etwas an«, sagte er. »Wir haben viele Jahre als Partner zusammengearbeitet, und ich möchte auch weiterhin mit ihr zusammenarbeiten. Ich möchte nicht, dass sie nach Nordengland versetzt wird, weil sie entgegen einem Befehl gehandelt hat, der sie gezwungen hätte, die Wahrheit zu vertuschen.«

»Herrgott noch mal, Tommy«, sagte Ardery gereizt. »Kannst du vielleicht aufhören, wie ein Professor aus Oxford zu reden? Das geht mir extrem auf den Senkel. Außerdem weiß ich genau, warum du diesen Ton anschlägst und dich so geschraubt ausdrückst. Aber die Frage ist doch: Was hast du davon, den Scheißadligen raushängen zu lassen?«

Lynley hatte genug Gespräche mit Isabelle Ardery geführt – berufliche und persönliche – und war ihre sprachlichen Entgleisungen gewöhnt. Er sagte: »Barbara glaubt, wenn sie eine wichtige Information in ihren Bericht aufnimmt, die von jemandem in der Kommission entweder übersehen oder ignoriert oder bewusst ausgelassen wurde …«

»Willst du allen Ernstes andeuten, dass ein Mitglied der Untersuchungskommission bewusst ein für die eigene Ermittlung wichtiges Detail ausgelassen haben könnte? Die haben nur die direkten Umstände von Ian Druitts Tod untersucht, Punkt, aus, Tommy, das habe ich Sergeant Havers mehrfach begreiflich zu machen versucht. Sie haben nicht untersucht, warum der Mann verhaftet wurde, und deswegen war das auch nicht unsere Aufgabe. Sergeant Havers sträubt sich dagegen, das einzusehen. Im Moment schreibe ich das dem Umstand zu, dass sie es gewöhnt ist, aktiv an Mordermittlungen mitzuarbeiten und nicht lediglich den Bericht der internen Untersuchungskommission zu überprüfen. Natürlich kann ich meine Sichtweise auch ändern. Ist es das, was du willst? Du brauchst nur ein Wort zu sagen.«

Ihr Geschick, mit dem sie es geschafft hatte, seine Person in den Mittelpunkt des Gesprächs zu rücken, war durchaus bewundernswert. Er sagte: »Liegt es nicht im Interesse aller, die Wahrheit herauszufinden?«

»Welche Wahrheit denn genau? Sergeant Havers und ich sind bereits über das hinausgegangen, was uns aufgetragen wurde. Wir haben mit der Vermieterin des Toten gesprochen, wir sind Informationen nachgegangen, die wir in seinem Terminkalender gefunden haben, wir haben eine Frau ausfindig gemacht, die sich kurz vor seinem Tod ein paarmal mit ihm getroffen hat, ich selbst habe einen Studenten befragt, der ihm im Kinderhort geholfen hat, und Sergeant Havers hat sowohl den Kneipenwirt als auch einen Stadtstreicher befragt, der bestätigen konnte, dass der Hilfspolizist sich gelegentlich um randalierende Betrunkene kümmern muss. Sergeant Havers hat jeden Bericht ein Dutzend Mal gelesen, wir haben mit der Gerichtsmedizinerin gesprochen, die die Autopsie durchgeführt hat und… Muss ich noch mehr aufzählen? Ich habe nämlich den Eindruck, dass du dich mit mir anlegst…«

»Ich lege mich nicht mit dir an, Isabelle.«

»…dass du dich mit mir anlegst, weil du denkst, dass unsere ganze Untersuchung hinfällig ist, wenn wir nicht etwas beweisen oder widerlegen können, was unmöglich zu beweisen oder zu widerlegen ist – ich spreche vom Vorwurf der Pädophilie – ohne Zeugen oder erhärtende Beweise. Aber dieser Meinung kann ich mich nun mal nicht anschließen. Und hör gefälligst auf, mich Isabelle zu nennen! Wenn du mich jetzt entschuldigen würdest. Es war ein langer Tag, und ich fahre jetzt nach Hause.«

Er überlegte einen Moment lang, ob der Punkt gekommen war, an dem er nicht länger schweigen konnte. Er schloss die Tür.

Sie sagte: »Unser Gespräch ist beendet, Inspector.«

Er antwortete: »Sie hat mitbekommen, dass du viel in Ludlow getrunken hast. Sie hat mich von dort aus angerufen und mit mir darüber gesprochen.«

Sie sagte nichts. Doch er bemerkte, wie sie ihre gespreizten

Finger so sehr auf die Schenkel presste, dass ihre Fingernägel weiß wurden.

»Es muss dir klar sein, wo das hinführen wird«, sagte er. »Und du kannst die Augen nicht davor verschließen, wohin es bereits geführt hat.«

»Erstens«, erwiderte sie äußerst beherrscht, »verbitte ich mir diese Unverschämtheit, Inspector. Dass ich mir gelegentlich nach Dienstschluss ein bescheidenes Gläschen genehmige, geht weder dich noch sonst irgendjemanden etwas an. Zweitens ist es ein Unding, dass Sergeant Havers den Polizeispitzel spielt. In ihrer derzeitigen Lage macht sie sich damit nicht nur unbeliebt, sondern bringt sich in große Gefahr.«

»Weswegen sie ihre Besorgnis auch nur mir gegenüber geäußert hat«, sagte Lynley. »Wollen wir uns einen Moment hinsetzen?« Er zeigte auf die beiden Besuchersessel vor dem Schreibtisch.

»Nein, wollen wir nicht. Es gibt nichts weiter zu besprechen, ich glaube, da habe ich mich deutlich genug ausgedrückt. Falls Sergeant Havers voreilige Schlüsse gezogen und darüber mit dir und weiß der Kuckuck wem …«

»Das hat sie nicht getan.«

»Was hat sie nicht getan? Nein, du brauchst nicht zu antworten. Denn sie hat mit dir gesprochen, ohne ihre Besorgnis mir gegenüber auch nur mit einem einzigen Wort zu erwähnen. Stattdessen hat sie ihre Besorgnis in reichlich Alkohol ersäuft, falls es dich interessiert.«

»Herrgott noch mal, Isabelle, was hätte sie denn tun sollen? Sie ist dir doch vollkommen ausgeliefert, eine falsche Bewegung, und du versetzt sie in die Provinz. Sie hat sich nicht getraut abzulehnen, als du sie zum Trinken animiert hast, das weißt du ganz genau!«

»Und *du* weißt ganz genau, dass Barbara Havers sich die Situation, in der sie sich befindet, selbst zuzuschreiben hat.«

»Zugegeben. Im vergangenen Jahr hat sie sich einiges zuschulden kommen lassen. Und ich weiß auch, dass du sehr geschickt darin bist, vom Thema abzulenken und deine Gesprächspartner in die Defensive zu treiben.«

»Wenn Barbara Havers glaubt, dass sie sich in der Defensi…«

»Ich rede nicht von Barbara Havers, verdammt noch mal!«

Lynley ärgerte sich darüber, dass er die Contenance verloren hatte. Er wusste schon lange, dass es nichts brachte, gegenüber einem Süchtigen die Stimme zu erheben. Das hatte er bei seinem eigenen Bruder gelernt. Er holte tief Luft, um sich zu beruhigen, und sagte: »Isabelle.«

»Nenn mich nicht…«

»Isabelle. Du riskierst, alles zu verlieren. Das kannst du nicht wollen. Deine Ehe ist gescheitert, du hast deine Kinder…«

»Hör sofort auf!«

»…verloren, und wenn du so weitermachst, wirst du auch noch deinen Job verlieren. Du kämpfst an zu vielen Fronten, und deine Welt gerät langsam aus den Fugen.« Er wünschte, sie würde sich setzen. Er wünschte, sie würden sich beide setzen. Er wollte ihr gegenüber in einem Sessel sitzen, ihre Hand nehmen und ihr sagen, dass er wusste, was sie durchmachte. Irrsinnigerweise glaubte er, dass die Berührung und die menschliche Verbundenheit etwas in ihr auslösen würden. Er sagte: »Ich glaube, du siehst das nicht, weil du es dir nicht leisten kannst, es zu sehen. Denn wenn du es siehst, musst du es dir eingestehen. Und wenn du es dir eingestehst, musst du etwas unternehmen. Und mit etwas unternehmen meine ich nicht, Anwälte anheuern, die dafür sorgen, dass alles nach deinem Willen läuft.«

Eine Weile schwieg sie. Er sah eine Vene an ihrer Schläfe pulsieren. Schließlich sagte sie: »Du bist einer der größten Fehler meines Lebens, Inspector. Ich muss wirklich verrückt gewesen sein. Natürlich bist du sehr gut im Bett, was dir sicherlich schon viele Frauen bestätigt haben, aber dass du meine damalige vorübergehende Schwäche jetzt ausnutzt, um alle möglichen Beschuldigungen gegen mich vorzubringen… Was kommt als Nächstes? Willst du mich bei Hillier anschwärzen?«

»Es wird dir nicht gelingen, das Thema zu wechseln, aber ich nehme deinen Versuch zur Kenntnis und auch, dass du es bereust, dich auf ein Verhältnis mit mir eingelassen zu haben. Ich für mein Teil würde sagen, es war keine besonders gute Idee, aber wir waren damals beide sehr bedürftig.«

»Ich war noch nie in meinem Leben bedürftig. Erst recht nicht nach deinen Galanterien.«

»Akzeptiert. Wie auch immer du das sehen willst. Aber es geht nicht darum, dass wir einmal ein Verhältnis hatten. Es geht um deinen Alkoholkonsum. Du trinkst nicht mehr so wie zu Anfang, als du dem Kummer entfliehen wolltest. Du tust es, weil du es tun musst. Du glaubst, du hättest das unter Kontrolle, aber nach Ludlow muss dir klar sein, dass von Kontrolle keine Rede sein kann. Du wirst Hilfe brauchen. Du *brauchst* Hilfe.«

»Nicht deine.«

»Die wollte ich dir auch nicht anbieten. Aber ich werde nicht tatenlos zusehen, wie dein Alkoholismus die Menschen um dich herum verletzt oder zerstört. Geh mit deiner Sucht um, wie du willst, aber hüte dich, Barbara Havers zu schaden. Denn wenn du das tust, Isabelle, wenn du sie aus Verbitterung in die Provinz versetzen lässt, werde ich aktiv werden, und das wird dir nicht gefallen.«

Er wandte sich zum Gehen, doch ihre nächsten Worte ließen ihn innehalten.

»Wie kannst du es wagen, mir zu drohen.« Er drehte sich um, und sie fuhr mit eisiger Stimme fort: »Weißt du überhaupt, was ich mit dieser Aussage machen könnte, wenn ich wollte? Hast du eine Ahnung, wie gern Hillier auch dich los wäre? Oder glaubst du im Ernst, dass dein verstaubter Titel dich in irgendeiner Weise schützt? Glaubst du wirklich, Hillier würde nicht auf eine Gelegenheit warten, gegen dich vorgehen zu können, weil … ja was? Weil er dich um deine vornehme Stadtvilla und dein halb verrottetes Landgut beneidet? Weil ihm sein lächerliches Sir nicht reicht und er von einem höheren Titel träumt und fürchtet, dass du als der Ranghöhere in einem unsinnigen System seinen Traum von einem Titel als … ja, was … Baron … zunichtemachen könntest?«

»Isabelle, du musst …«

»Ich muss überhaupt nichts. Und schon gar nicht auf deinen Rat hin. Du tätest gut daran, mir zu glauben, dass Hillier auf so etwas …«, sie fuchtelte mit den Armen, als wollte sie sagen: dieses Gespräch hier, »… nur wartet: ein unverzeihlicher Akt der Befehlsverweigerung, sodass du unmöglich weiterhin bei der Metropolitan Police bleiben kannst. Und ein Wort von mir … über das, was eben hier in diesem Zimmer vorgefallen ist … ein einziges Wort von mir …«

Lynley sah, wie sehr sie zitterte. Sie brauchte dringend ihren Wodka. Sie wirkte so elend, dass er drauf und dran war, ihr zu sagen, sie solle sich ein Fläschchen aus ihrer Schreibtischschublade nehmen, wo sie ihren Alkoholvorrat bunkerte, und es am besten in einem Zug leeren.

Er schaute ihr in die Augen. »Isabelle. Chefin. Ich spreche mit dir als Kollege und als Freund, und ich hoffe, dass wir immer noch Freunde sind. Es geht dir schlecht. Du hast Angst. Und du bist nicht allein, denn fast alle um uns herum haben auch Angst und versuchen, etwas dagegen zu tun. Mich eingeschlossen, wie du sehr wohl weißt. Aber die Methode, die du gewählt hast, um mit all dem zurechtzukommen, wird letztlich alles zerstören, was du zu schützen versuchst. Ich hoffe wirklich, dass du das weißt und vorhast, etwas dagegen zu unternehmen.«

Es gab nichts mehr für ihn zu sagen. Er wartete auf ihre Reaktion. Als sie schwieg, nickte er zum Gruß und schloss die Tür leise hinter sich. Draußen blieb er noch einen Moment stehen und wartete. Er hörte, wie die Schreibtischschublade geöffnet wurde, er erkannte das leise Quietschen, denn es war derselbe Schreibtisch, den er ziemlich lange benutzt hatte, während seine Vorgesetzten nach einem Nachfolger für seinen langjährigen Chef Malcolm Webberly gesucht hatten.

Es war die untere rechte Schublade. Man brauchte etwas Kraft, um sie zu öffnen, weil sie klemmte. Er lauschte, bis er vernahm, was er lieber nicht vernommen hätte. Etwas wurde auf dem Schreibtisch abgestellt. Zehn oder fünfzehn Sekunden vergingen, dann wurde noch etwas auf dem Schreibtisch abgestellt. Sie würde die beiden Fläschchen in ihrer Handtasche verschwinden lassen, nachdem sie sie geleert hatte.

Nachdenklich betrachtete er seine Schuhe. Dann machte er sich auf die Suche nach Barbara Havers.

TEIL 2

Nichts kann dich besser täuschen als das,
was du dir selbst vormachst …

Raymond Teller of Penn & Teller

15. Mai

WANDSWORTH
LONDON

Isabelle hatte die Nacht auf dem Sofa verbracht anstatt in ihrem Schlafzimmer, und als sie aufwachte, hatte sie Rückenschmerzen, einen steifen Hals und einen Brummschädel. Sie war nicht von einem Wecker geweckt worden und auch nicht vom Fernseher – der die ganze Nacht geplärrt hatte –, sondern weil sie einen Mordsdurst verspürte und aufs Klo musste.

Als sie aufstand, bemerkte sie, dass sie immer noch die Sachen vom Abend zuvor trug. Sie hatte mit ihren Söhnen in Maidstone bei Pizza Hut gegessen, weil sie so dumm gewesen war, James und Laurence die Entscheidung zu überlassen. Eigentlich hatte sie sich etwas Besonderes vorgestellt, die Jungs und sie natürlich auch piekfein herausgeputzt. Nicht vorgestellt hatte sie sich die Leute, die Schlange standen, die Plastiktische und die klebrigen Stühle, die fluoreszierende Beleuchtung und Streitereien wegen des Pizzabelags. Außerdem hatte sie nicht erwartet, auf Bob und Sandra zu treffen. Die beiden saßen zwar weit genug weg und konnten das Gespräch zwischen ihr und den Jungs nicht mitverfolgen, aber nah genug, um das Geschehen am Tisch zu beobachten und notfalls eingreifen zu können.

Ein Abendessen im Restaurant mit den Jungs war das Mindeste, was Bob und Sandra ihr zugestehen mussten, hatte sie gesagt. Sie hätten schließlich alles bekommen, sie würden nach Neuseeland ziehen, Isabelle würde ihre Kinder verlieren. Sie wolle mit den Zwillingen über die Beziehung zwischen ihnen und ihrer leiblichen Mutter reden, hatte sie Bob erklärt.

Es war am Ende gar nicht zu einer Gerichtsverhandlung gekommen. Dafür hatte ein sehr langes und anscheinend sehr offenes Telefongespräch zwischen Bobs Anwalt und Sherlock Wainwright gesorgt. Klugerweise hatte Bob gewartet, bis er keine andere Wahl mehr gehabt hatte, und kaum war der Punkt erreicht gewesen, hatte er seinem Anwalt sämtliche restlichen Details verraten, die er bis dahin für sich behalten hatte. Und diese Details teilte sein Anwalt Sherlock Wainwright brühwarm mit, der alles andere als erfreut war, als er das hörte, und begriff, was Isabelle ihm über die Gründe ihrer Scheidung alles vorenthalten hatte.

Im tadelnden Tonfall eines Schuldirektors sagte er zu ihr am Telefon: »Sie können also entweder das, was Ihr Exmann Ihnen anbietet, akzeptieren, weil Sie unter den gegebenen Umständen nichts Besseres bekommen werden, oder Sie können mir das Mandat entziehen und sich einen anderen Anwalt suchen. Aber eins muss Ihnen klar sein: Es wird immer wieder auf dasselbe hinauslaufen, egal, wer Sie vertritt. Ich rate Ihnen dringend, das Angebot Ihres Exmannes anzunehmen. Damit werden Sie wesentlich besser fahren, denn von dem Geld, das Sie an unsinnigen Anwaltskosten sparen, können Sie mehr als ein Flugticket nach Neuseeland bezahlen.«

Am liebsten hätte sie weitergekämpft, wusste aber, dass Bob die Oberhand hatte. Letztlich hatte sie es sich selbst zuzuschreiben. Und was würde ihr denn bleiben, abgesehen von ihrer Karriere, die er ihr auch noch ruinieren würde, wenn sie sich seinen Wünschen nicht beugte? Also hatte sie sich auf alles eingelassen und lediglich noch um ein Abendessen mit den Zwillingen gebeten, und so waren sie alle sechs bei Pizza Hut in Maidstone gelandet.

Sie konnte sich gut vorstellen, dass Bob Einfluss auf die Restaurantwahl der Kinder genommen hatte. »Sie hat versprochen, mit euch in euer Lieblingsrestaurant zu gehen«, hatte er bestimmt zu ihnen gesagt, wohl wissend, in welches. Außerdem wusste er natürlich, dass bei Pizza Hut kein Alkohol ausgeschenkt wurde und Isabelle folglich keinen Wein oder Wodka, ja nicht einmal ein Bier würde trinken können.

Die Jungs waren nervös gewesen, obwohl sie sich in dem Laden offenbar wie zu Hause fühlten. Laurence rutschte auf seinem Stuhl herum, als hätte er eine zu kleine Unterhose an, und James linste immer wieder zu Bob und Sandra hinüber, als hoffte er auf Rettung. Isabelle gab sich alle Mühe, die beiden in ein Gespräch zu verwickeln: darüber, was sie bei ihrem Besuch in Neuseeland alles unternehmen würden, über die Schule in ihrer neuen Heimat, darüber, was sie bereits über das Land gelernt hatten, in dem sie demnächst leben würden. Es gebe in Neuseeland keine Umweltverschmutzung. Hatten sie das schon gewusst? Dafür massenhaft Beutelratten. Hatten sie schon mal ein Foto von so einer Beutelratte gesehen? Man könne in Neuseeland surfen und mit Delphinen schwimmen, und es gebe einen Strand, unter dem sich heiße Quellen befänden, sodass sich ein Loch, das man in den Sand grub, nach kurzer Zeit mit warmem Wasser füllte. Freuten sie sich schon auf Neuseeland?

Jede ihrer Fragen wurde von Laurence beantwortet, da James die ganze Zeit nur zu Bob und Sandra rüberschielte. Schließlich riss Isabelle der Geduldsfaden, und sie schlug mit der flachen Hand auf den Tisch und fauchte ihn an, er solle sich ihr zuwenden. Er brach in Tränen aus, woraufhin Sandra prompt angeschossen kam, um ihn zu trösten. »Es ist alles gut, mein Kleiner, Mummy ist ja da.« Isabelle hätte platzen können vor Wut. Sandra nahm James auf den Arm und sagte, sie bringe ihn sofort nach Hause, und Isabelle wusste, dass es zwecklos war zu protestieren, weil sie am Ende wieder dafür bezahlen würde.

Sandra verließ das Lokal mit dem heulenden James auf dem Arm, Bob blieb, wo er war, als fürchtete er, Isabelle könnte als Nächstes auch noch Stress mit Laurence machen, der jedoch – wie immer der Friedensstifter – Isabelle erklärte, James habe »nur ein bisschen Angst vor der neuen Schule in Neuseeland, weil er denkt, dass er bestimmt der Langsamste ist und alle ihn auslachen«. Auf Isabelles Einwand, James sei überhaupt nicht langsam, erwiderte er: »Doch, Mum, ist er.«

Sie aßen ziemlich eilig auf, und Laurence lehnte einen Nachtisch dankend ab. Sie merkte, dass er unbedingt zu James nach Hause wollte, und hätte sich vielleicht sogar darüber gefreut, dass er sich um seinen Bruder kümmern wollte, wenn das Abendessen nicht so eine Katastrophe gewesen wäre. Im selben Augenblick, als Laurence seinen Teller von sich schob, stand Bob auch schon am Tisch und sagte fröhlich zu seinem Sohn: »Na, fertig gegessen?« Und zu Isabelle, als sie anbot, die beiden nach Hause zu fahren: »Danke, wir nehmen ein Taxi.«

Als Laurence zur Tür lief, besaß Bob zumindest den Anstand zu sagen: »Das mit Sandra tut mir leid. Sie ist manchmal ein bisschen gluckenhaft. Sie war so schnell, dass ich sie nicht aufhalten konnte.«

Isabelle fiel es schwer, ihm sein Bedauern abzukaufen; eine Entschuldigung ausgerechnet von dem Mann, der dabei war, ihr Leben zu zerstören? Also fragte sie: »Stellst du dir so unsere Zukunft vor?«

»Wie meinst du das?«

»Dass ich nie mit den Jungs allein sein werde? Dass alles so arrangiert wird, dass ich nie eine Mutter für sie sein werde, sondern eine Fremde, die hin und wieder in ihrem Leben auftaucht, um Unruhe zu stiften?«

Bob drehte sich zu Laurence um, der sie beide ängstlich

beobachtete, als fürchtete er, dass sie sich prügeln könnten. Er wandte sich ihr wieder zu und sagte: »Du begreifst einfach nicht, dass es deine Entscheidung war, nicht wahr?«

Er wartete nicht auf eine Antwort, sondern legte Laurence die Hand auf die schmale Schulter und ging mit ihm hinaus, um sich ein Taxi zu suchen.

Isabelle fuhr nach London zurück. Sie fühlte sich, als hätte ein unsichtbares Ungeheuer ihre Eingeweide zerfleischt, und sie brauchte etwas, das sie über diesen schrecklichen Abend hinwegtröstete. Zu Hause angekommen, holte sie den Wodka aus dem Gefrierschrank, schenkte sich drei Fingerbreit ein und gab einen Schuss Cranberrysaft dazu. Dann nahm sie die Wodkaflasche und das Glas mit ins Wohnzimmer. Sie schaltete den Fernseher ein, fand ein Mantel- und Degendrama mit Männern, die einen Dreispitz trugen, mit dunkelhäutigen Männern, die in Kohleminen schufteten, und einem Mann mit nacktem Oberkörper und beachtlichen Brustmuskeln, der in einem Weizenfeld eine Sense schwang. Sie lehnte sich auf dem Sofa zurück und schaute zu, ohne etwas mitzubekommen, und vor allem, ohne etwas zu denken. Sie trank, bis sie nicht mehr denken konnte.

Der Fernseher plärrte immer noch mit fürchterlicher Lautstärke, als sie aufwachte. Gerade liefen die Morgennachrichten. Sie suchte nach der Fernbedienung und fand sie unerklärlicherweise in einem ihrer Schuhe. Sie drehte dem Wettermann den Ton ab und stolperte ins Bad. Sie verzog das Gesicht, als sie ihr zerzaustes Haar und ihre verschmierte Schminke im Spiegel sah, begutachtete ihre blutunterlaufenen Augen und zog sich mit einer Hand aus, während sie mit der anderen auf der Suche nach Augentropfen im Spiegelschrank kramte. Weil ihre Hand jedoch zu stark zitterte, um sich die Tropfen in die Augen zu träufeln, duschte sie erst einmal.

Während das warme Wasser auf ihre Haut prasselte, fragte

sie sich, wie spät es sein mochte, und schalt sich dafür, dass sie nicht auf die Uhr geschaut hatte. Sie beendete ihre Dusche und fand ihre Armbanduhr nach längerer Suche im Gefrierschrank, wo sie aus unerfindlichen Gründen hineingeraten sein musste, als sie den Wodka herausgenommen hatte. Die Wodkaflasche stand auf dem Sofatisch, und sie strengte sich an, nicht hinzusehen, als sie ins Schlafzimmer ging, um sich etwas Frisches anzuziehen.

Dann ging sie zurück ins Bad. Wenn sie sich schminkte, kam es vor allem darauf an, die Haut zu mattieren und ihrem Gesicht ein bisschen Farbe zu verleihen. Das war kein Problem. Aber mit den Augen war das so eine Sache. Sie brauchte ihre Augentropfen, und sie musste Lidschatten auftragen und sich die Wimpern tuschen, was bei ihren zitternden Händen einfach nicht zu schaffen war.

Sie brauchte etwas gegen ihren Kater. Da half am besten ein Schluck Wodka. Es ging nicht anders, denn sie musste schließlich auf der Arbeit ordentlich aussehen. Außerdem hatte sie einen Drink verdient. Im Pizza Hut gestern Abend hatte sie keinen Tropfen getrunken. Ja, sie hatte wirklich einen kleinen Drink verdient.

CHALK FARM
LONDON

Es tat gut, wieder Pop-Tarts zu essen, fand Barbara. Das Zeug, das sie in Ludlow zum Frühstück gegessen hatte, war nur dazu angetan gewesen, die Arterien zu verstopfen. Allein das viele Rührei hätte ihr den Rest geben können, ganz zu schweigen von dem Speck und dann noch Toastbrot, Butter, Marmelade, Pilze, Baked Beans… Es war ein Wunder, dass sie das überlebt hatte, dachte sie und steckte eine Chocolatefudge-Pop-Tart in den Toaster. Während sie auf ihre Pop-Tart wartete, brühte sie sich eine große Tasse Tee auf und gab einen Schluck Milch und zwei Würfel Zucker hinein. Ohne auch nur den Anflug von Gewissensbissen zündete sie sich die erste Zigarette des Tages an. Es war ein Moment puren Glücks. Um wach zu werden, würde sie heute ein bisschen länger brauchen. Der Abend zuvor war denkwürdig gewesen: Nach dem Stepptanztraining war sie noch zusammen mit Kaz und Dorothea in ein Restaurant essen gegangen.

Sie hatte versucht, dankend abzulehnen, als sie begriff, dass Kaz mit von der Partie sein würde. Wahrscheinlich wurde das von ihr erwartet. Denn Dorothea kam an dem Abend in einer Aufmachung zum Training, die stark an Catwoman erinnerte, und bestimmt war Barbara nicht die Einzige, die vermutete, dass Dorothea mit ihrer Kleiderwahl – hauteng und mit einem gewagten Ausschnitt – die Aufmerksamkeit des Tanzlehrers auf sich ziehen wollte.

Aber Dorothea hatte darauf bestanden, dass Barbara sie begleitete. Sie seien schließlich ein Team und würden den Abend nach dem Training gemeinsam verbringen, also zusammen zu Abend essen. Mit Kaz.

Es stellte sich heraus, dass Dorothea einen Grund für diese Entscheidung hatte, es ging um das Ergebnis des Vortanzens für die Aufführung im Juli. Sie selbst war angenommen worden, während Barbara die Jury nicht hatte beeindrucken können – was kein Wunder war – und stattdessen bei einer Gruppenvorführung mitwirken sollte, was sie schlichtweg ablehnte. Dorothea hatte man die talentierte und ambitionierte Umaymah zur Seite gestellt. Natürlich hatte Barbara sich alle Mühe gegeben, ihre Erleichterung über ihr Scheitern zu verbergen. Mit ernster Miene und gespielter Enttäuschung hatte sie gesagt: »Ist bestimmt besser so.« Aber damit wollte Dorothea sich nicht zufriedengeben.

Daher das Abendessen. Und daher die damit einhergehende Unterhaltung, bei der Dorothea Kaz erklärte, dass ihre Choreographie eindeutig erotische Hüftbewegungen verlange, worüber Umaymahs Ehemann – ganz zu schweigen von ihrem Vater, ihren Brüdern und ihren restlichen männlichen Verwandten – sicherlich nicht erfreut sein würden. Barbara runzelte die Stirn und warf ihr einen fragenden Blick zu, aber Dorothea schaute unverwandt ihren Tanzlehrer mit ihren blauen Augen an und verzog die Lippen zu einem verführerischen Lächeln.

Zweimal hatte Barbara versucht, sich zu verabschieden. Es war einfach nicht zu übersehen gewesen, dass sie, zumindest in Kaz' Augen, das fünfte Rad am Wagen war. Aber Dorothea ließ sie nicht gehen. Erst als Barbara verkündete, dass es peinlich enden könnte, wenn sie sie daran hinderte, die Toilette aufzusuchen, gab Dorothea nach. Sie hatte Barbara absichtlich den Platz an der Wand zugewiesen. Wenn sie aufstehen wollte, musste sie Kaz und die Leute am Nebentisch nötigen, sie vorbeizulassen. Als Barbara es endlich in den Gang geschafft hatte, ergriff sie die Flucht. Aus der U-Bahn schickte sie Dorothea eine SMS. *Hab mir Plattfüße getanzt. Kaz will mit Ihnen allein sein. Bleiben Sie sauber.* Trotzdem kam sie später nach Hause, als ihr lieb war. Der Gedanke, dass sie womöglich vor lauter fremden Menschen in Steppschuhen erotische Hüftbewegungen auf der Bühne machen musste, raubte ihr den Schlaf. Schließlich nahm sie ihr eselsohriges Zitatenlexikon zur Hand und studierte die Shakespearezitate in der Hoffnung, noch ein paar passende Bonmots zum Thema Mord zu finden. Zuletzt hatte sie sich die Zitate aus *Othello* vorgenommen und wartete seit einiger Zeit auf eine Gelegenheit, sie beiläufig anbringen zu können. Irgendwann war sie endlich über ihre mordlüsternen Gedanken eingenickt. Aber als die Kanonen aus der *Ouverture 1812* sie aus dem Bett warfen, hatte sie das Gefühl, höchstens ein paar Minuten geschlafen zu haben.

Sie wischte gerade die Krümel ihrer zweiten Pop-Tart von ihrem Teller, als das Handy klingelte. Sie hatte es auf dem Nachttisch neben dem Schlafsofa liegen lassen, das sie Abend für Abend für ihr Nachtlager aufklappte, und sie warf ihm einen bösen Blick zu, damit es aufhörte, die Anfangstakte der Titelmusik von *Twilight Zone* zu spielen. Es funktionierte tatsächlich, aber keine fünf Sekunden später ging das Gedudel schon wieder los. Mit einem tiefen Seufzer hievte Barbara sich von ihrem Stuhl und nahm das Handy vom Nachttisch.

»Hallo?«

»Sind Sie das, Detective Sergeant Havers?«, fragte Dorothea Harriman atemlos.

»Falls Sie jemand anders erwartet haben, muss ich Sie enttäuschen«, sagte Barbara. »Und, haben die Englein gesungen?«

»Ich wollte Sie nur warnen«, flüsterte Dorothea aufgeregt. »Sie ist total geladen.«

»Wer?«

»Na, wer wohl? Ihre Hoheit natürlich. Sie sollen sich bei ihr melden, sobald Sie hier eintreffen.«

»Irgendeine Ahnung, wieso?«

»Es hat irgendwas mit dem Assistant Commissioner zu tun. Mehr weiß ich nicht. Aber unter uns gesagt, mehr wollen Sie auch nicht wissen.«

Barbara legte auf. Eine Einbestellung ins Chefzimmer war kein verlockender Beginn eines Arbeitstages. Sie fluchte. Sie seufzte. Dann steckte sie noch eine Pop-Tart in den Toaster.

VICTORIA
LONDON

Schnell von Chalk Farm in die Victoria Street zu kommen war unmöglich. Barbara konnte sich entweder mit dem Auto in den alptraumhaften Berufsverkehr stürzen oder mit der unzuverlässigen Northern Line fahren. Aber dann sparte sie sich wenigstens die Innenstadtmaut. Und so marschierte sie in einem medaillenverdächtigen Tempo zur U-Bahn-Station Chalk Farm.

Sie musste eine gefühlte Ewigkeit warten. Immer mehr Menschen drängten sich auf dem Bahnsteig. Am schlimmsten war die Fahrt in dem brechend vollen Waggon, der jedem Terroristen die Freudentränen in die Augen getrieben hätte. Wie üblich mieden die Leute jeden Blickkontakt, während sie in dem Gedränge versuchten, SMS zu schreiben, Zeitung zu lesen, und blecherne Musik über Kopfhörer hörten. Ein Mann in Barbaras Nähe aß etwas, das wie ein Ölsardinensandwich roch.

Barbara brauchte fast eine Stunde nach St. James's Park. Sie rannte auf die Straße. Das Gebäude von New Scotland Yard erhob sich grau und bedrohlich vor ihr wie ein Hochsicherheitstrakt. Dort angekommen unterzog sie sich den Sicherheitskontrollen – Schlange stehen, Schleuse, wieder Schlange stehen, Tasche durchsuchen –, die jedes Jahr komplizierter wurden. Dann endlich fuhr sie mit dem Aufzug nach oben.

Sie stürmte gerade auf Isabelle Arderys Zimmer zu, als diese die Tür aufriss und Dorothea anschnauzte: »Sie sollten sie doch sofort herzitieren, also, wo ist sie?« Dann, ehe Dorothea etwas antworten konnte, bemerkte sie Barbara, fauchte: »Kommen Sie rein!«, und drehte sich auf dem Absatz um.

Barbara schaute Dorothea fragend an. »Der Assistant Commissioner war in ihrem Zimmer, als sie heute Morgen gekommen ist. Viel Geschrei hinter geschlossenen Türen.«

Verfluchter Mist, dachte Barbara.

Sie betrat das Chefzimmer. Sie hatte keine Ahnung, was sie erwartete, und machte sich darauf gefasst, Hillier in seinem schlimmsten Hillierzustand zu erleben. Aber Ardery war allein. Sie stand stocksteif hinter ihrem Schreibtisch. »Machen Sie die verdammte Tür zu«, bellte sie, und Barbara gehorchte.

Ardery nahm einen Aktenordner zur Hand. »Setzen«, befahl sie. Nachdem Barbara in einem der Besuchersessel Platz genommen hatte, warf Ardery die Akte vor ihr auf den Tisch. »Sie sind erledigt«, sagte sie. »Unterschreiben Sie das.«

Verständnislos sah Barbara sie an. »Was ist denn passiert?«

»Unterschreiben Sie und machen Sie, dass Sie wegkommen. Räumen Sie Ihren Schreibtisch. Und wenn Sie auch nur eine Büroklammer einpacken, die Ihnen nicht persönlich…«

»Ich will wissen, was passiert ist!«, schrie Barbara.

»Halten Sie die Klappe. Unterschreiben Sie und seien Sie froh, dass es nur eine Versetzung in den Norden ist und nicht, was Sie verdient haben, nämlich die fristlose Kündigung, denn dann würde ich persönlich dafür sorgen, dass Sie in keiner Polizeistation auf der ganzen Welt jemals wieder einen Job bekämen, nicht mal als Putzfrau. Haben Sie mich verstanden?«

»Nein!« Barbara begriff, dass etwas Schlimmes vorgefallen sein musste, aber sie hatte nicht die geringste Ahnung, was das sein konnte. »Ich hab alles gemacht«, sagte sie. »Alles, was Sie mir aufgetragen haben, und Sie haben sogar gesagt, ich… Sie haben gesagt… ich…« Barbara war so konsterniert und konnte nur noch stammeln. Sie musste mehrmals durchatmen, um ihre Fassung wiederzugewinnen. Schließlich sagte sie: »Wenn ich das unterschreiben soll, müssen Sie mir erklären, warum. Denn ich weiß, dass Hillier heute Morgen auf Sie gewartet hat, und ich weiß, dass irgendwas…«

»Haben Sie's immer noch nicht kapiert?« Ardery riss die mittlere Schreibtischschublade auf, griff sich eine Handvoll Stifte und warf sie nach Barbara. »Sie haben den Bogen endgültig überspannt! Das war das allerletzte Mal, dass Sie sich meinen Anweisungen widersetzt …«

»Nein! Was hab ich getan? Ich hab überhaupt nichts …«

»Ich habe gesagt, Sie sollen das unterschreiben!« Isabelle stürmte um ihren Schreibtisch herum. Sie hob einen der Stifte vom Boden auf, packte Barbaras Hand und schloss ihre Finger mit Gewalt um den Stift. Dann schob sie Barbaras Sessel näher an den Schreibtisch. »Unterschreiben, sag ich! Oder üben Sie sich schon wieder in Befehlsverweigerung? Weil Sie sich für was Besseres halten, für eine allwissende Polizistin! Egal, was man Ihnen zu tun befiehlt, wenn es Ihnen, Barbara Havers, nicht in den Kram passt, dann machen Sie es nicht. Und jetzt unterschreiben Sie gefälligst!«

»Aber Sie sind nicht … Hören Sie auf!« Barbara schubste Ardery weg. Sie wollte aufstehen, aber Ardery drückte sie wieder in den Sessel. »Ich habe genug von Ihnen!«, kreischte sie. »Alle hier haben genug von Ihnen! Glauben Sie allen Ernstes, Sie können die gesamte Metropolitan Police vorführen und damit davonkommen? Sind Sie tatsächlich so blöd?«

»Vorführen? Was …? Warum sagen Sie mir nicht, was passiert ist?«

Plötzlich ertönte eine Stimme. »Lassen Sie sie in Ruhe, Chefin. Sie hat nichts getan.«

Die beiden Frauen wirbelten herum. Lynley stand in der Tür. »Wer hat Ihnen erlaubt, hier einfach reinzuschneien?«, schrie Ardery. »Gehen Sie! Wenn Sie nicht sofort verschwinden, lasse ich Sie …«

»Barbara war es nicht«, sagte Lynley mit unheimlicher Ruhe, die seine zweite Natur zu sein schien. »Sie weiß gar nicht, wovon Sie reden.«

»Wagen Sie es nicht, sich da einzumischen.«

»Sie können hier ein Riesenfass aufmachen, aber es wird nichts ändern, Chefin«, sagte er. »*Ich* habe den Bericht abgeschickt.«

»Welchen Bericht?«, fragte Barbara.

»Den ersten Bericht«, sagte Lynley. »Den, den Sie auf Anweisung von DCS Ardery ändern sollten. Ich habe ihn an Clive Druitt geschickt, dessen Adresse ganz leicht herauszufinden war. Wahrscheinlich hat er mit seinem Parlamentsabgeordneten gesprochen, der wiederum bei Hillier vorstellig geworden ist, und jetzt werden wir entweder der Vertuschung oder einer gewaltigen Fehleinschätzung der Situation beschuldigt.« Er schaute Ardery an. »Was von beidem war es, Chefin?«

»Sie arrogantes Arschloch«, sagte sie voller eiskalter Wut. »Für wen halten Sie sich eigentlich? Haben Sie eine Ahnung, was Sie angerichtet haben?«

Anstatt ihr zu antworten, sagte Lynley zu Barbara: »Vielleicht sollten Sie uns besser jetzt allein lassen, Sergeant.«

»Sie bleiben, wo Sie sind«, fauchte Ardery. »Ich bin noch nicht mit Ihnen fertig.«

Lynley hatte die ganze Zeit in der Tür gestanden. Jetzt kam er herein und stellte sich dicht vor Ardery. Barbara hätte sich nicht gewundert, wenn zwischen den beiden Funken gesprüht hätten. »Wie bereits erwähnt«, sagte Lynley in sachlichem Tonfall, »Barbara weiß nichts davon. Sie hat mir den Bericht zu lesen gegeben. Sie war zutiefst beunruhigt, weil Sie von ihr verlangt haben, einen bestimmten Teil zu streichen. Sie hat mich um meine Meinung gebeten, und ich habe sie geäußert.«

»Ach ja, haben Sie das?«, sagte Ardery verächtlich. »Und wie genau lautet die vornehme Meinung des hochwohlgeborenen Lord Asherton?«

»Er hat mir gesagt, ich soll Ihre Anweisungen befolgen«, sagte Barbara hastig. »Deswegen hab ich den Bericht geändert. Sie haben den neuen doch gelesen, oder? Ich hab die Stelle gestrichen, die Sie …«

»Raus hier!«, schrie Ardery. »Alle beide!«

Ardery ging hinter ihren Schreibtisch, und Barbara sprang

auf. Sie rutschte auf einem der Stifte aus, die Ardery nach ihr geworfen hatte, doch Lynley hielt sie fest. Als sie aus dem Zimmer eilte, hörte sie Lynley sagen: »Du musst zur Vernunft kommen, Isabelle. Wenn du nicht…«

Vorsichtig machte Barbara die Tür hinter sich zu und vernahm noch, wie Ardery Lynley ins Wort fiel. »Du hast ja keinen blassen Schimmer, was du angerichtet hast. Aber das interessiert dich ja nicht, oder? Für dich zählt nur deine eigene Weltsicht, du unerträgliches Aristokratensöhnchen.«

Dann war die Tür zu, und sie hörte zwar Lynleys Stimme, verstand aber nichts von dem, was er sagte. Ardery jedoch schrie daraufhin so laut, dass jedes Wort deutlich zu verstehen war: »Untersteh dich! Das muss ich mir nicht bieten lassen! Du findest es vollkommen normal, dich in das Leben anderer einzumischen, weil dein eigenes Leben… dein eigenes erbärmliches Leben… wer du bist und was das für jeden Schritt bedeutet hat, den du je in deinem Leben getan hast und…«

Wieder etwas Unverständliches von Lynley, dann: »Ich höre mir das nicht länger an. Mach, dass du rauskommst, sonst ruf ich den Sicherheitsdienst. Hast du's nicht kapiert? Bist du taub? Ich hab gesagt, raus hier!«

Daraufhin brachte Barbara sich in Sicherheit. Sie sah, dass Dorothea ebenfalls die Flucht aus dem Vorzimmer ergriffen hatte.

VICTORIA
LONDON

Barbara rettete sich auf die Damentoilette. Ihr Herz hämmerte immer noch so heftig, dass ihr die Ohren rauschten. Sie brauchte einen Moment, um sich zu beruhigen. Zwei. Den ganzen Vormittag. Was auch immer. Sie würde einen

Mord begehen für eine Zigarette, doch sie wollte es lieber nicht riskieren. An einem normalen Tag hätte sie vielleicht in einer Kabine geraucht und den Rauch in die Kloschüssel geblasen in der Hoffnung, dass man, wenn sie immer wieder abzog, nichts riechen würde, was natürlich Unsinn war. Aber jetzt gerade würde das vermutlich ihren beruflichen Selbstmord bedeuten. Sie drehte den Wasserhahn am Waschbecken auf und überlegte, ob sie ihren Kopf darunterhalten sollte.

Sie war total perplex über Lynleys Verhalten. Es war nicht das erste Mal, dass er seine Karriere aufs Spiel gesetzt hatte, aber das erste Mal hinter jemandes Rücken. Das war eigentlich nicht sein Stil. Er war eher der Typ, der in aller Öffentlichkeit den Fehdehandschuh warf. Das gehörte wohl dazu, wenn man so einen Titel hatte, dachte Barbara, von wegen noblesse oblige, und dieser Hang zu großen Gesten, als wäre er ein edler Ritter. Sie konnte sich überhaupt nicht vorstellen, wie Hillier reagieren würde, wenn er erfuhr, dass DI Lynley den ursprünglichen Bericht in Clive Druitts Hände gespielt hatte. Vielleicht irgendwas in Richtung Apoplexie.

Nachdem Barbara sich auf der Damentoilette sortiert hatte, kehrte sie zu ihrem Schreibtisch zurück. Es herrschte große Aufregung in der ganzen Abteilung. Lynley saß in seinem Büro, die Tür stand offen, und er wirkte so aufgeräumt wie eh und je. Sie warf Winston Nkata einen fragenden Blick zu, der den Kopf schief legte und die Schultern hob. Sie ging in Lynleys Büro.

Er wollte gerade telefonieren, hielt jedoch inne, als er sie in der Tür erblickte. Er hob eine Braue, seine milde Art zu sagen »Ja, Barbara?«, die sie so gut kannte. Sie sagte: »Sir. Ich weiß nicht… Warum haben Sie das getan? Das könnte… ich meine… Es ist…«

Er deutete ein Lächeln an. »Ich glaube, ich habe noch nie erlebt, dass Ihnen die Worte fehlen.«

»Warum also?«

Er hob kurz die Hand. Es war eine dieser für ihn so typischen Gesten, als wollte er sagen: »Was hätte ich denn sonst tun sollen?« So wie Barbara das sah, hätte er alles Mögliche tun können. Also fragte sie: »Warum?«

»Alles muss irgendwann ans Licht kommen, Sergeant«, antwortete er. »So ist das nun mal. Im Grunde ihres Herzens weiß Isabelle – die Chefin – das. Glauben Sie mir. Sie weiß es.«

Barbara nickte. Sie hatte verstanden. Er redete nicht nur über die beiden voneinander abweichenden Berichte.

VICTORIA
LONDON

Kurz nach Mittag erhielt Lynley die Nachricht, auf die er gewartet hatte. Er wunderte sich, dass es so lange gedauert hatte, eigentlich hatte er damit gerechnet, wenige Minuten nach seiner Rückkehr an seinen Schreibtisch von Judi MacIntosh die Botschaft von ganz oben überbracht zu bekommen. Anscheinend war jedoch der Assistant Commissioner zunächst zum Commissioner zitiert worden. Judi, die Sekretärin der beiden, hatte Lynley in einem Flüsterton, der für einen Beichtstuhl angemessen gewesen wäre, berichtet, dass die beiden Männer sich hinter verschlossener Tür lange und intensiv unterhalten hätten. Sie hatte Lynley einen Gefallen tun wollen und behauptet, er sei nicht im Victoria Block, als Hillier nach der Unterredung mit dem Commissioner gebrüllt hatte, er wolle Lynley umgehend sprechen. Sie habe Hillier Zeit gelassen, sich zu beruhigen, und ihm erst jetzt mitgeteilt, dass Lynley wieder zurück sei. Es mache ihm also hoffentlich nichts aus… möglichst bald… bei Hillier vorstellig zu werden? Lynley sagte, er werde sofort kommen.

Natürlich hatte Isabelle Hillier informiert. Wahrscheinlich wurde sie gerade in die Mangel genommen, und er konnte es ihr nicht verdenken, dass sie das Bedürfnis verspürte, das Vergnügen mit ihm zu teilen. Falls Hillier vor Wut schäumte und drohte, ihr an die Gurgel zu gehen, blieb ihr kaum etwas anderes übrig, als zu erklären, wie der Bericht bei Clive Druitt gelandet war.

Er konnte es ihr nicht einmal verübeln, dass sie von Havers verlangt hatte, die Information aus ihrem offiziellen Bericht zu streichen, nach der eine zeitliche Lücke zwischen dem anonymen Anruf und der Verhaftung vermutlich auf eine Ermittlung zurückzuführen war, bei der man den Beschuldigungen gegen Druitt auf den Grund gehen wollte. Schließlich war dieses Detail für Isabelles Untersuchung in Shropshire nicht von Bedeutung gewesen. Andererseits war es sehr wohl von Bedeutung, weil ein Mensch in Polizeigewahrsam zu Tode gekommen war, und deswegen hätte das nach Lynleys Auffassung in Isabelles Bericht erwähnt werden müssen.

Als Lynley das Zimmer des Assistant Commissioner betrat, deutete Hillier mit einer Kinnbewegung auf einen Sessel und sagte: »Klären Sie mich auf, Inspector. Ich möchte wissen, welcher Teil des Misthaufens, durch den wir gerade waten, am meisten zum Himmel stinkt. Was ist Ihre Meinung?«

Hillier war nicht der Typ, der einen Untergebenen nach seiner Meinung fragte. Er neigte eher dazu, draufloszufeuern und dann zu fragen, wo genau er getroffen hatte. Hillier erwartete also eine falsche Antwort, damit er anschließend die Maßnahmen ergreifen konnte, die er längst beschlossen hatte. Es würde nicht einfach sein herauszufinden, welche Maßnahmen genau das waren. Lynley fürchtete sich nicht so sehr davor, was ihm selbst blühen konnte, er sorgte sich mehr um Barbara.

Er sagte: »Man hat Ihnen mitgeteilt, dass ich Clive Druitt Havers' ursprünglichen Bericht habe zukommen lassen.«

»Mr Holmes, Sie erstaunen mich«, erwiderte Hillier trocken. Sein Gesichtsausdruck blieb ausdruckslos.

»Ich bin derselben Meinung wie Havers.«

»Wollen Sie damit sagen, dass es Havers' Idee war, Druitt den Bericht zu schicken?«

»Nein. Auf die Idee ist sie gar nicht gekommen. Es beunruhigte sie, dass sie gebeten worden war, ihren Bericht zu ändern, und sie hat mich um Rat gebeten. Um ihr raten zu können, habe ich beide Berichte gelesen. Die neunzehntägige Zeitlücke zwischen dem anonymen Anruf und Druitts Verhaftung sollte meiner Meinung nach unbedingt näher untersucht werden. In dem Punkt stimmten wir beide überein.«

»Tatsächlich.« Hilliers Kommentar bedeutete offenbar nicht, dass er Lynleys Worte akzeptierte, sondern schien sich auf dessen Entscheidungsfindungsprozess zu beziehen.

»Havers war der Ansicht – und ich ebenfalls –, dass die Untersuchungskommission entweder die Zeitlücke bemerkt und sie für irrelevant gehalten hat oder, was wahrscheinlicher ist, dass die Lücke ihr gar nicht aufgefallen ist. Dieses Detail zu übersehen hat meiner Auffassung nach das Potential, die jetzt schon heikle Situation noch zu verschlimmern.«

»Was Sie nicht sagen.«

»Sir?«

»Das ist also Ihre Meinung? Und wenn dem so ist, warum haben Sie dann nicht mit Ihrer direkten Vorgesetzten darüber gesprochen, was wahrscheinlicher ist, nämlich über dieses Detail, das Ihnen anscheinend den sonst so unerschütterlichen Seelenfrieden geraubt hat.«

Hillier verschränkte die Hände auf seinem Schreibtisch, und Lynley fielen seine manikürten Fingernägel und sein goldener Siegelring auf. Der Assistant Commissioner musterte ihn mit ausdrucksloser Miene. Lynley merkte, wie still es bei geschlossener Tür im Zimmer war. Wie in einer Kirche. Das einzige

Geräusch, das die Stille jetzt durchbrach, war die Sirene eines vorbeifahrenden Notarztwagens.

»Sie war diejenige, die die Anweisung gegeben hat, Sir. Sie hat Sergeant Havers keine Entscheidungsfreiheit gelassen. Ein Mann ist in Polizeigewahrsam ums Leben gekommen …«

»Ach, zufällig ist mir das bereits bekannt«, fiel Hillier ihm ungehalten ins Wort.

»… und der Vater des Mannes hat es verdient, einen vollständigen Bericht über die Geschehnisse zu bekommen. Oder, in diesem Fall, einen Bericht darüber, was fehlte, nämlich die Überprüfung einer neunzehntägigen Zeitlücke oder wenigstens die Erwähnung derselben. Und mehr war nicht nötig.«

Lynley hätte hinzufügen können, dass Isabelles Weigerung, das Detail als wichtig oder zumindest als relevant zu erachten, besorgniserregend war. Aber er wollte weder, dass Havers die Leidtragende seiner Entscheidung war, noch, dass seine Taten Konsequenzen für Isabelle nach sich zogen.

Es beruhigte ihn keineswegs, als Hillier sich vom Schreibtisch abstieß, aufstand und ans Fenster trat. Von dort, wo er saß, konnte Lynley nur den blauen Himmel sehen. Hillier betrachtete die grünen Kronen der Bäume, die die Gebäude entlang des Birdcage Walk überragten.

»Sie hat die Sache total vermasselt«, sagte er. »Aber das wissen Sie natürlich.«

»Das sehe ich anders, Sir«, erwiderte Lynley. »Sie wollte von Anfang an alles klären, weil Druitts Anwälte …«

»Ich rede nicht von Havers«, unterbrach ihn Hillier, »auch wenn sie weiß Gott das größte Talent besitzt, Chaos anzurichten. Und glauben Sie mir, sie wäre die Erste, von der ich annehmen würde, dass sie wieder etwas angerichtet hat. Nein, ich spreche von Ardery. Das geht auf ihre Kappe. Diese Frau ist vollkommen am Ende, und wir werden der Sache auf den Grund gehen.«

Lynley gefiel es überhaupt nicht, dass Hillier in der Mehrzahl sprach, und hoffte, er bediente sich lediglich des Pluralis Majestatis. Er sagte nichts und wartete darauf, dass Hillier seine Worte präzisierte.

»Was war ich für ein verdammter Idiot, sie zur Detective Chief Superintendent zu machen. Aber sie jetzt feuern … das wäre ein Alptraum. Ich könnte Malcolm den Hals umdrehen.«

Malcolm war Malcolm Webberly, Isabelles Vorgänger. Sein plötzliches Ausscheiden aus dem Dienst nach einem Unfall mit Fahrerflucht und Lynleys Weigerung, seine Nachfolge zu übernehmen, hatten sie in die jetzige Lage gebracht, die man nur als prekär bezeichnen konnte, und plötzlich sorgte er sich, dass Isabelle womöglich seinetwegen die Entlassung drohte.

Deswegen sagte er: »Aber ihr Standpunkt war durchaus berechtigt.«

Hillier wandte sich vom Fenster ab. Er stand im Gegenlicht, sodass sein Gesichtsausdruck schwer zu lesen war. »Wessen Standpunkt?«, fragte Hillier.

»Arderys. Ihrer Meinung nach bestand ihr Auftrag darin, in Shropshire den Bericht der Untersuchungskommission zu überprüfen, mehr nicht. Der manipulierte Bericht …«

»Herrgott noch mal, benutzen Sie dieses Wort nicht, Inspector. Es ist alles so schon schlimm genug.«

»Sergeant Havers' zweiter Bericht nimmt schließlich auf Arderys ursprüngliche Anordnungen Bezug.«

Hillier nahm wieder an seinem Schreibtisch Platz und spielte mit einem Kugelschreiber herum. »Sie können nicht beides haben, Lynley. Entweder haben Sie sich eines Dienstvergehens strafbar gemacht, weil Sie den ursprünglichen Bericht weitergeleitet haben, oder Ardery hat sich eines Dienstvergehens strafbar gemacht, weil sie von Havers verlangt hat, den Bericht zu fälschen. Was ist Ihnen lieber?«

Kluge Falle, dachte Lynley und antwortete: »Das sind zwei verschiedene Standpunkte, Sir.«

»Das ist Ihre Entscheidung?«

»Es gibt keine Entscheidung. Wir können lediglich über die beiden Standpunkte nachdenken.«

Hillier schnaubte verächtlich. »Sie sind wirklich ein Pharisäer, stimmt's?«

»Wie bitte?«

»Sie sind um keine Antwort verlegen. Nicht einmal in diesem Fall, der einen Parlamentsabgeordneten dazu veranlasst hat, eine Beschwerde beim Innenministerium einzureichen, die einen gepfefferten Gerichtsprozess nach sich ziehen kann, berechtigt oder nicht. Es ist mir gelungen, eine zehntägige Galgenfrist für uns auszuhandeln. Falls wir dann kein zufriedenstellendes Ergebnis vorweisen können, werden Köpfe rollen. Haben Sie das verstanden?«

Es gefiel Lynley ganz und gar nicht, worauf das alles hinauszulaufen schien. »Zufriedenstellend?«, fragte er. »Wovon reden Sie?«

»Wir reden davon, was Sie tun werden, Inspector. Sie haben doch wohl nicht angenommen, dass Ihre Einmischung ohne Konsequenzen für Sie bleiben würde, oder?«

Und da wurde Lynley klar, worauf es hinauslief und dass er es nicht anders verdient hatte. Trotzdem versuchte er einzuwenden: »Sir, mir wurde bereits ein Urlaub gestrichen wegen …«

Hillier musste laut lachen. »Glauben Sie, mich interessiert Ihr Urlaub?« Er wartete nicht auf eine Antwort. »Sie fahren nach Shropshire, Inspector Lynley. Sie werden diesen Misthaufen zurück in die Schubkarre schaufeln, wo er hergekommen ist, und wenn Sie dazu einen Teelöffel benutzen müssen. Ist das klar? Sie nehmen Sergeant Havers mit. Wenn Sie diese Sache nicht innerhalb der nächsten acht Tage – plus einem Tag für Hin- und Rückfahrt und einem für das

Verfassen Ihres Berichts – aus der Welt schaffen, mache ich Sie beide dafür verantwortlich. Und dasselbe gilt für DCS Ardery. Habe ich mich klar ausgedrückt?«

»Ja, Sir.«

»Das freut mich. Sie können gehen. Und ich möchte erst wieder von Ihnen hören, wenn die Angelegenheit erledigt ist. Und zwar zu meiner Zufriedenheit. Nicht zu Ihrer.«

16. Mai

LUDLOW
SHROPSHIRE

Ihr ganzes Leben kam ihr zerrüttet vor, wie ein Wandspiegel, der von einem Stein getroffen worden und auf dem jetzt ein Netz aus unzähligen Rissen zu sehen war. Es fiel Ding so schwer, morgens aufzustehen, dass sie manchmal gar nicht aus dem Bett kam. Und da sie ihr Unglück selbst herbeigeführt hatte, konnte sie sich nicht mal damit trösten, dass jemand anders daran schuld war.

Sie hatte Brutus klargemacht, dass nicht nur er mehrere Freunde mit Privilegien hatte. Sie hatte Finn dazu auserwählt. Sie war betrunken und bekifft gewesen, und die ganze Sache war absolut fürchterlich gelaufen. Aber Brutus war – wie erhofft – am nächsten Morgen Finn über den Weg gelaufen, als der gerade aus ihrem Zimmer kam, und Finns Begrüßung »Ich auch, Brucie« hatte keiner weiteren Erklärung bedurft, da er nackt war und eindeutige Hüftbewegungen machte. Und für den Fall, dass Brutus es immer noch nicht verstanden haben sollte, fügte er hinzu: »Hat Ding dich auch so rangelassen, Mann? Wieso versuchst du dann, es dir auch noch woanders zu holen?«

Am selben Abend hatte Brutus dann Allison Franklin mit nach Hause gebracht. Er hatte sie mit nach oben genommen, und sie hatte gekichert, geflüstert, gegluckst, gemurmelt und so getan, als wollte sie nicht. Sie hatte einen triumphierenden Blick ins Wohnzimmer geworfen, wo Ding gerade versuchte, auf dem alten Fernseher, den sie vor Monaten aus Cardew Hall mitgebracht hatte, ein klares Bild zu bekommen. Finn half ihr dabei, konnte sich jedoch nicht seine typischen Kommentare wie »Frauen und Technik« und »Jetzt lass mich das mal machen, Ding« verkneifen.

Ding hörte, wie die Haustür aufging und wieder geschlossen wurde, dann flüsterte Allison Franklin atemlos: »Nein, Bruce, das geht nicht. Echt nicht. Sie ist doch hier, oder?« Ding bemühte sich, auf Durchzug zu schalten, was natürlich unmöglich war, vor allem weil Finn, als Brutus Allison zur Treppe führte, laut sagte: »Haltet euch ein bisschen zurück mit dem orgastischen Gestöhne, ihr zwei, das machen wir schließlich auch!«

Ding drehte sich zu Brutus um, und ihre Blicke begegneten sich. Sein Gesicht war ausdruckslos, und sie bemühte sich um eine gleichgültige Miene. Dann gingen die beiden nach oben. Sie kamen erst am nächsten Morgen wieder nach unten.

Ding hatte nicht damit gerechnet, dass sie so sehr darunter leiden würde. Ihr blieb nichts anderes übrig, als sich abzulenken. Und die praktischste Ablenkung war die, die seit dem Vorfall jeden Abend an ihre Tür klopfte. Jedes Mal ließ sie Finn rein, und sie machte Sachen mit ihm, sodass er nicht lockerließ.

Nach dem dritten Mal stellte Brutus sie zur Rede. Sie überquerte gerade den Castle Square, auf dem Weg zu einer Vorlesung. Das gab Brutus zum Glück sehr wenig Zeit zu sagen, was er wollte.

Und das war: »Hey, ich muss mit dir reden.« Er erwartete gar nicht erst eine Antwort von ihr, denn er bemerkte, wie ihre Miene sich verhärtete, und selbst wenn er es nicht bemerkt hätte, wusste er, dass sie nicht mal Lust hatte, ihm hallo zu sagen. »Du hast deinen Standpunkt klargemacht.«

»Welchen Standpunkt?«, fragte sie schnippisch. »Ich hab

keine Ahnung, wovon du redest. Wenn's darum geht, was Finn und ich…«

»Es gibt kein Finn-und-du. Das ist nicht dasselbe wie du und ich.«

»Du hast vielleicht Nerven.«

»Komm schon, Ding. Was du mit Finn abziehst… das passt überhaupt nicht zu dir.«

Am liebsten hätte sie ihn so heftig geschubst, dass er auf den Hintern gefallen wäre. Sie hätte ihn am liebsten gegen das Schienbein getreten und ihm die Augen ausgekratzt wie eine Achtjährige, weil Brutus sie besser kannte als jeder andere.

»Wir sind Freunde mit Privilegien«, sagte sie. »Finn und ich. Und ich wüsste nicht, was dich das angeht.«

»Stell dich nicht dümmer, als du bist, Ding. Du weißt genau, dass du das nur machst, weil du mir eins auswischen willst. Ich ficke Allison, also fickst du Finn. Du würdest ihn niemals an dich ranlassen, wenn du nicht wüsstest, dass Allison und ich es machen.«

»Ach, so siehst du das? Du kannst also Gedanken lesen? Oder glaubst du, andere können nicht das Gleiche machen wie du?«

»Jeder kann machen, was er will.« Er trat von einem Fuß auf den anderen und fuhr sich durch das zerzauste Haar. Wie immer war er gekleidet wie ein männliches Model, es war also kein Wunder, dass es ihm leichtfiel, Mädchen anzubaggern. »Es ist nur… Es ist doch nicht so, als würde ich dich nicht mögen, Ding. Also, dich wirklich mögen. Das *tue* ich. Aber das mit der Einzigen…? Ich sag dir immer wieder, so bin ich nun mal nicht gestrickt. Ich brauch einfach mehr.«

»Ach das? Das hab ich kapiert«, sagte sie. »Und ich hab endlich gemerkt, dass ich auch nicht so gestrickt bin. Und das hab ich dir zu verdanken immerhin. Es hat tausend Vorteile, Spaß mit so vielen wie möglich zu haben, und da wär ich echt nie draufgekommen, wenn du mir nicht diese Kuh Allison reingedrückt hättest. Ach, was red ich da, du hast ja wohl eher *ihr* was reingedrückt.«

Er verdrehte angewidert die Augen. »Siehst du? Nicht mal das passt zu dir. So bist du nicht. Lass uns Frieden schließen.«

»Du hast doch überhaupt keine Ahnung, wie ich bin!«, fauchte sie. »Und von wegen Frieden schließen! Du willst doch bloß, dass ich warte, rumhänge und hoffe, dass du genug von ihr hast und vielleicht zu mir zurückkommst und mir den Gefallen tust, dein Fickobjekt in der Temeside Street zu sein, damit du Allison nicht erst anschleppen musst.«

»Das stimmt nicht.« Brutus lief knallrot an, woran Ding erkannte, dass sie genau ins Schwarze getroffen hatte.

»Ach nein?«, sagte sie. »Was davon stimmt denn nicht, Brutus? Nein, sag nichts. Das Problem ist nicht, Allison anschleppen zu müssen, damit du was zum Ficken hast, stimmt's? Das Problem ist, dass du sie hinterher nicht mehr loswirst, oder?« Sie lachte. Selbst in ihren eigenen Ohren klang ihr Lachen ein bisschen hysterisch, aber sie genoss das Triumphgefühl richtigzuliegen. »Gott, das muss ja der reinste Alptraum sein! Sie geht davon aus, sie bleibt über Nacht, während du gar nicht erwarten kannst, dass sie sich anzieht und abzwitschert, aber das kannst du ihr natürlich nicht sagen, nicht wahr? Danke für den Fick, Schätzchen, und jetzt verschwinde … Echt ein Riesenproblem!«

Sie hatte damit gerechnet, dass er beleidigt abziehen würde, aber das tat er nicht. Stattdessen schaute er sie die ganze Zeit an und wartete, bis sie fertig war. »Du kapierst überhaupt nichts, oder?«, sagte er dann.

»Was?«, fragte sie. »Was meinst du, Brucie?«

»Dass ich geblieben bin.«

»Wo?«

»Bei dir. In deinem Zimmer. Die ganze Nacht. In deinem Bett. Ich bin immer dageblieben, weil du anders bist. Du bist nicht wie die anderen. Ich bin geblieben, weil du mir wichtig warst. Wichtig *bist.*«

Aber irgendwas an seinem Ton stimmte nicht. Ding hörte es genau, es klang wie nah dran an Panik, verdammt nah dran. Und in dem Moment wusste sie genau, warum er sie auf dem Castle Square angesprochen hatte. Sie wusste ganz genau, was er von ihr wollte und dass er sie schamlos anlog, um es zu bekommen.

Den ganzen restlichen Tag über hatte sie ihre Wut gehegt und gepflegt, damit sie ihren Plan auch durchzog. Als sie nach Hause kam, ging sie in ihr Zimmer. Sie holte die Sachen aus dem Schrank, die sie neun Tage zuvor hatte in die Mülltonne werfen wollen und am Ende doch behalten hatte. Sie hatte die beiden Teile über die stinkende Tonne gehalten, aber sie hatte es nicht fertiggebracht, sie hineinzuwerfen. Sie hatte es gewollt. Sie hatte es tun müssen. Aber im letzten Moment hatte sie sich anders entschieden. Sie würde die Sachen verstecken. Irgendwann konnte sie sie bestimmt wieder tragen, oder?

Jetzt öffnete sie die Plastiktüte, in der sie die säuberlich gefalteten Sachen aufbewahrte, den Rock und das Paillettentop. Sie nahm beides heraus und breitete sie liebevoll auf dem Bett aus.

Sie hörte Brutus sofort, als er nach Hause kam, weil er mal wieder diese blöde Kuh Allison im Schlepptau hatte. Ding hörte das Murmeln und das leise Lachen – diesmal kein Kichern –, die Stille, als sie im Flur knutschten, dann das Öffnen und Schließen seiner Zimmertür. Auf diesen Moment hatte sie gewartet.

Sie nahm die Kleidungsstücke vom Bett und ging zu seinem Zimmer. Sie klopfte nicht an. Sie riss die Tür auf, warf ihm die Sachen vor die Füße und sagte: »Ich hab dich beschützt. Mach, was du willst mit den Klamotten.«

Dann merkte sie, dass Brutus diesmal nicht Allison Franklin, sondern Francie Adamucci mitgebracht hatte, die mit glasigen Augen vor ihm kniete und gerade seine Hose aufmachte.

»Hallo, Ding!«, sagte Francie lachend, ohne innezuhalten. »Willst du mitmachen?«

HINDLIP
HEREFORDSHIRE

Barbaras Besuch im Polizeihauptquartier von West Mercia verlief haargenau so nervtötend wie ihr erster, nur dass sie diesmal nicht in Arderys, sondern in Lynleys Begleitung war. Ungeduldig wartete sie vor dem abgelegenen Empfangshäuschen. Dann kam die Fahrt zum Hauptgebäude, vorbei an den unzähligen Überwachungskameras und über offenes Gelände. Hier gab es eine kleine Abweichung, da Lynley einen Parkplatz suchte, in gebührender Entfernung zu den anderen Fahrzeugen. Das tat er zum Schutz der eine Million Pfund teuren Lackierung seiner Karosse – kupferfarben und jeder Quadratzentimeter von Hand poliert. Anschließend ging es allerdings weiter wie gehabt. Chief Constable Wyatt ließ sie im Empfangsbereich warten, um ihnen zu verstehen zu geben, dass die Met hier heute genauso unwillkommen war wie beim letzten Mal.

Nach zehn Minuten jedoch beendete Lynley die Warterei. Er trat an den riesigen Empfangstresen und sagte zu einem Mann in Zivil: »Der Chief Constable hat seinen Standpunkt mehr als deutlich gemacht. Da Detective Sergeant Havers den Weg zu Wyatts Zimmer kennt, werden wir uns jetzt dorthin begeben. Das können Sie Ihrem Chef mitteilen, oder wir überraschen ihn, das liegt ganz bei Ihnen. Barbara?« Er machte eine Kopfbewegung in Richtung Treppe.

Barbara sprang auf und lief die Treppe hoch. Hinter sich

hörte sie, wie jemand zuerst protestierte, dann hastig telefonierte und gleich darauf freundlich hinter ihnen herrief: »Gute Idee! Gehen Sie einfach rauf, der Chief Constable erwartet Sie!« Da war Barbara aber schon oben, dicht gefolgt von Lynley.

Sie ging auf die Flügeltür zu, die diesmal jedoch offen stand. Als sie eintrat, kam CC Patrick Wyatt mit versteinerter Miene auf sie zu.

Er sagte: »Hören Sie …«

Lynley ließ ihn nicht ausreden. »Wir sind ganz Ihrer Meinung, Chief Constable. Sie haben keine Zeit für uns, wir haben keine Zeit für Sie. Wollen wir gleich zur Sache kommen oder lieber zuerst eruieren, wer von uns sich stärker brüskiert fühlt?«

Ooooh, dachte Barbara. Er lässt den Adeligen raushängen. Das tat er fast nie, weil es in der Regel in erster Linie deplatziert wirkte. Aber besondere Situationen erforderten eben besondere Maßnahmen. Der Chief Constable schien überrascht und erwiderte nichts. Und genau das hatte Lynley beabsichtigt.

Er fuhr fort: »Wir sind nicht hier, um die Arbeit Ihrer Leute in einem schlechten Licht erscheinen zu lassen, Sir, und wir haben uns erst recht nicht um diesen Auftrag gerissen. Die Untersuchungskommission hat bedauerlicherweise etwas übersehen, und unsere Aufgabe besteht darin, dieser Sache auf den Grund zu gehen. Unsere Anwesenheit hat nichts mit Ihren Leuten, sondern einzig und allein mit dem Bericht der Kommission zu tun.«

Na ja, dachte Barbara, so ganz stimmte das nicht, aber der Chief Constable war jetzt doch einigermaßen verblüfft und wirkte, anstatt noch weiter auf die Barrikaden zu gehen, zumindest teilweise entwaffnet.

»Fahren Sie fort«, sagte Wyatt, ohne sie weiter ins Zimmer hineinzubitten. Doch seine versteinerte Miene wurde ein bisschen weicher um die Augen herum, und er legte unbewusst den Kopf ein wenig schief, als er ihnen sein Ohr lieh.

»Darf ich?«, fragte Lynley und schloss die Tür, ohne auf eine Antwort zu warten. Er fragte jedoch nicht, ob er Platz nehmen dürfe, weil der Chief Constable ihm dann womöglich eine Sitzgelegenheit verweigerte.

Barbara beobachtete den Konkurrenzkampf ganz genau. Sie hielt den Mund, denn sie würde sich hier bestenfalls aufführen wie ein Elefant im Porzellanladen.

Sie wollten wissen, erklärte Lynley Wyatt, wer genau was wann getan habe während der neunzehn Tage zwischen dem anonymen Anruf in der Polizeistation in Ludlow und der Verhaftung des Diakons der Gemeinde St. Laurence. Neunzehn Tage seien immerhin ein ausreichend langer Zeitraum, um den gegen Ian Druitt erhobenen Beschuldigungen wenigstens flüchtig nachzugehen, aber im Bericht der Kommission werde eine diesbezügliche Ermittlung mit keinem Wort erwähnt. Was Chief Constable Wyatt ihnen über die besagten neunzehn Tage mitteilen könne?

Offenbar hatte sich der Chief Constable, als er erfahren hatte, dass die Met zum zweiten Mal in sein Revier einfallen würde, auf dieses Treffen vorbereitet, doch er hatte nicht viel an Informationen zu bieten. Die Kommission habe in ihrem Bericht nichts von einer Ermittlung erwähnt, weil es keine gegeben habe. Hätte der anonyme Anrufer etwas von einem bevorstehenden Mord erwähnt, wäre zweifellos anders damit umgegangen worden. Aber es habe sich um einen einzigen Anruf gehandelt, in dem ein Kirchenmann, den man in Ludlow gerade erst öffentlich geehrt habe, der Pädophilie beschuldigt worden sei. Der Diensthabende in der Telefonzentrale habe sich vollkommen korrekt verhalten und den Anruf ins Protokollbuch eingetragen. Als dann der Kollege der nächsten Schicht den Eintrag gelesen habe, sei er sicherlich wie jeder andere zu dem Urteil gelangt, dass es sich um einen üblen Scherz von jemandem gehandelt habe, der entweder eifersüchtig auf Druitt sei oder ein Hühnchen mit ihm zu rupfen habe.

»Damit wollen Sie doch sicherlich nicht andeuten, dass der Pädophilie hier keine weitere Beachtung geschenkt wird, oder?«, sagte Lynley.

»Selbstverständlich nicht«, antwortete Wyatt. »Aber ohne auch nur den Hauch eines Verdachts gegen den Mann, bis auf diesen anonymen Anruf, der – ganz nebenbei bemerkt – auch noch an die falsche Telefonzentrale ging, was hätten wir denn bitte schön tun sollen?«

Wyatt fuhr fort, dass die Kollegen von der nächstgelegenen besetzten Polizeistation – in Shrewsbury – Druitt natürlich sofort hätten verhören können. Aber da es wegen eines üblen Scherzes keine gründliche Ermittlung gegeben habe, hätte sich dieses potentielle Verhör in der Frage erschöpft: »Was haben Sie dazu zu sagen, Sir?« und in der Antwort: »Das ist kompletter Unsinn.« Anschließend hätten die Kollegen – vorausgesetzt, es hätte genug Personal gegeben, was nicht der Fall gewesen sei – jede Person befragen können, die zu Druitt in der St.-Laurence-Gemeinde Kontakt gehabt habe.

»Aber dafür haben wir einfach kein Personal«, schloss Wyatt. »Wir haben ein einziges Morddezernat hier in der Gegend, und die Kollegen sind zuständig für Überfälle, Vergewaltigungen und Angriffe auf Leib und Leben. Man erwartet von uns, dass wir uns vor allem darum kümmern. Sie werden also hoffentlich verstehen, dass eine anonyme Nachricht über einen Diakon der Gemeinde St. Laurence auf unserer Prioritätenliste ziemlich weit unten landet.«

Das verstanden sie natürlich. Aber … da war noch die Kleinigkeit, dass Ian Druitt neunzehn Tage nach dem anonymen Anruf verhaftet worden war. Wenn auf den Anruf hin keine Ermittlung eingeleitet worden war, warum war der Mann dann verhaftet worden?

»Sie müssen doch zugeben«, sagte Lynley, »dass sich irgendetwas Neues ergeben haben muss. Detective Sergeant Havers hat von dem Hilfspolizisten in Ludlow ...«

»Gary Ruddock«, fügte Barbara hinzu. Wyatt warf ihr einen Blick zu, doch sie ließ sich nicht beirren. »Er hat mir erzählt, dass er den Befehl von seiner Vorgesetzten erhalten hat. Aber seine Vorgesetzte muss die Anweisung von noch weiter oben bekommen haben, vor allem, da es doch keine Ermittlung gegeben hat, oder?«

»Können Sie uns sagen, wer der Vorgesetzten des Hilfspolizisten diese Anweisung erteilt hat?«, fragte Lynley.

»Ich bemühe mich, meine Leute nicht zu penibel zu kontrollieren, Inspector. Ich habe Ihnen alles gesagt, was ich weiß. Alles Weitere müssen Sie die Vorgesetzte des Hilfspolizisten fragen. Da sie den Haftbefehl ausgestellt hat, kann nur sie uns sagen, wer ihr die Anweisung erteilt hat.«

»Ihr Name?«, fragte Lynley.

Geraldine Gunderson. Einzelheiten möchten die Kollegen von der Met sich bitte am Empfang besorgen.

MUCH WENLOCK
SHROPSHIRE

Auf dem Weg vom Hauptgebäude zum Parkplatz zündete Havers sich eine Zigarette an. Sie inhalierte den Rauch wie jemand, der entschlossen war, die letzten Momente vor seiner Hinrichtung voll auszukosten. »Je mehr ich über diese Sache erfahre, desto weniger ergibt das alles einen Sinn«, sagte sie, umhüllt von einer Rauchwolke. »Neunzehn Tage keine Ermittlung und nichts, und dann wird plötzlich der Typ verhaftet. Wenn Sie mich fragen, irgendjemand weiß was, und dieser Jemand sitzt in dem Gebäude da hinter uns.« Sie zeigte mit dem Daumen über ihre Schulter. »Und was auch immer das ist, hier will keiner, dass die Met es rausfindet.«

Lynley konnte ihr nicht widersprechen. Die Verhaftung des Diakons der Gemeinde St. Laurence, die letztlich zu dessen Tod geführt hatte, war mehr als unkorrekt gewesen. Allerdings konnte er sich nicht so recht vorstellen, dass jemand im Polizeihauptquartier von West Mercia für den Schlamassel verantwortlich war.

Er sagte: »Ich möchte jetzt nicht in den Schuhen des Chief Constable stecken. Die Kürzungen, mit denen er zurande kommen muss, sind schon schlimm genug. Dann stirbt jemand in Polizeigewahrsam, eine Untersuchungskommission überprüft den Fall, kommt jedoch zu dem Ergebnis, dass es sich um einen tragischen Unglücksfall handelt. Er glaubt, damit ist die Sache erledigt, aber dann tauchen Sie und Ardery von Scotland Yard hier auf. Er lässt das über sich ergehen, denkt, es ist endlich vorbei, und dann erfährt er, dass Scotland Yard noch immer nicht zufrieden ist. Er gräbt alles aus, was er kann, sagt uns, was er weiß, und wir haben trotzdem noch Fragen, die er nicht beantworten kann. Er steht unter enormem Druck und will, dass das endlich aufhört. Das kann man ihm wirklich nicht verübeln.«

Sie waren am Auto angekommen und blieben stehen, während Havers ihre Zigarette aufrauchte. Sie sagte: »Freut mich, dass Sie so philosophisch drauf sind, Sir. Vor allem, weil man Ihnen schon zum zweiten Mal Ihren Urlaub in Cornwall gestrichen hat.«

Er schaute an ihr vorbei zu dem Teil des Geländes hinüber, wo Polizeikadetten in Schutzausrüstung trainierten. Sehr beruhigend wirkte der Anblick nicht. »Tja«, sagte er. »Es sah sowieso nicht so aus, als würde das mein Traumurlaub werden.«

»Heißt das, es läuft nicht grade wie geschmiert in der Beziehung?«

»Daidre entwickelt sich zu einer Art Expertin im Erfinden von Ausreden.«

Havers warf die Kippe auf den Boden und trat sie aus. »Was glaubt sie denn, was Sie mit ihr machen wollen, wenn Sie erst mal in Cornwall sind? Dass Sie sie in eine von den stillgelegten Kohleminen werfen, die Ihresgleichen übers ganze Land verteilt haben?«

»Kann gut sein«, erwiderte er säuerlich. Er schloss den Wagen auf, und sie stiegen ein.

Nachdem sie angeschnallt waren und er den Motor angelassen hatte, sagte Havers: »Da werden Sie noch Ihre liebe Mühe haben, Sir. Aber das sag ich Ihnen ja schon die ganze Zeit.«

»Ja, das tun Sie. Aber ich bleibe zuversichtlich.«

»Eine Ihrer vornehmen Eigenschaften. Wenn ich vielleicht noch sagen darf…?«

»Sie werden's ja sowieso tun.«

»Es ist einfach so, dass nicht jeder davon träumt, den Rest seines Lebens in Cornwall auf einem Familienstammsitz mit dreihundert Zimmern zu verbringen.«

»Das ist Howenstow nun wirklich nicht, Barbara.«

»Kann sein, aber ich wette, Sie haben massenhaft Porträts von alten Lynleys an den Wänden hängen, die alle ein Gesicht machen, als würde es um sie herum stinken.«

»Von massenhaft kann keine Rede sein.«

»Ha! Wusste ich's doch, dass Sie 'ne Ahnengalerie haben!«

Lynley warf ihr einen Blick zu, den sie gut von ihm kannte und der so viel hieß wie: »Was Sie nicht sagen.« Er sagte: »Es ist ja nicht so, als hätte ich ihr einen Heiratsantrag gemacht. Aber wir sind jetzt schon über ein Jahr zusammen, und ich dachte, sie würde vielleicht irgendwann meine Mutter kennenlernen wollen. Und die anderen natürlich auch.«

»Welche anderen? Den Butler und die Küchenmädchen?«

»Wir haben nur eine Haushälterin, Barbara, und die kommt

nicht einmal jeden Tag. Leider. Und dann ist da natürlich noch der Butler. Ich entschuldige mich für seine Anwesenheit, aber der Mann ist fast hundertfünf Jahre alt, und keiner von uns erinnert sich eigentlich so recht, wer ihn eingestellt hat. Ihn jetzt auf die Straße zu setzen, um irgendwelchen zartbesaiteten Volksvertretern nicht vor den Kopf zu stoßen, würde mir ziemlich grausam erscheinen.«

»Sehr lustig, Sir. Sie können ruhig Witze machen, aber was ich sagen wollte, wahrscheinlich denkt sie, es ist irgendein komischer Test. Kann doch sein, dass sie glaubt, Sie wollen mal sehen, ob sie weiß, welche von den fünfundzwanzig Gabeln neben ihrem Teller sie benutzen muss, um ihr Würstchen mit Kartoffelbrei zu essen. Wobei Sie Ihr wertvolles Porzellan wahrscheinlich nicht mit Würstchen und Kartoffelbrei besudeln würden.«

»Sicherlich nicht«, sagte er.

»Und was haben Sie jetzt vor? Wollen Sie sich weiter abstrampeln?«

»Mich abzustrampeln scheint das zu sein, was ich am besten kann.«

Sie verließen das Gelände des Polizeihauptquartiers in West Mercia, und Havers breitete den riesigen Straßenatlas auf ihren Knien aus, das einzige Navigationssystem, das Lynley akzeptierte. Er wollte ein Gefühl für die Landschaft entwickeln, durch die er fuhr, und das konnte das GPS-System eines Smartphones niemals leisten. Havers hatte anfangs über den Atlas genörgelt, sich aber dann gefügt. Sie navigierte Lynley zu der Kleinstadt Much Wenlock, ohne dass sie auch nur einmal falsch abbogen. Nur im Zentrum von Kidderminster ließ sie ihn drei Mal im Kreisverkehr fahren, bis sie endlich alle Wegweiser gelesen hatte. Schließlich gelangten sie an ihr Ziel, das mittelalterliche Städtchen Much Wenlock. Wie in den meisten malerischen Orten des Countys gab es Fachwerkhäuser der unterschiedlichsten Art – ein beliebtes

Fotomotiv – und eine ganze Reihe von perfekt proportionierten Stadtvillen im georgianischen Stil. Das Alter der Stadt erkannte man an dem altehrwürdigen Rathaus, das auf gewaltigen Eichensäulen ruhte und über dem ehemaligen mittelalterlichen Gefängnis errichtet worden war. Es war ein Fachwerkhaus mit Giebeln und Koppelfenstern. Darunter befanden sich die Eisenkrampen eines Schandpfahls, der daran erinnerte, was für grausame Strafen die Leute in der damaligen Zeit hatten ertragen müssen.

Die Adresse von Sergeant Geraldine Gunderson war nicht so richtig eindeutig, wie nicht anders zu erwarten in einem Kaff, wo der Briefträger jeden Einwohner namentlich kannte. Die Adresse, die sie hatten, lautete *3, The Farmhouse, In der Nähe des Klosters.* Da es sich bei dem Kloster um eine historische Ruine handelte, war der Weg wie die meisten Wege zu historischen Stätten gut ausgeschildert, damit heimatkundlich Interessierte sich dort bilden konnten. Aber selbst wenn man den Schildern folgte, bekam man von der alten Abtei nichts zu sehen, da sie nicht nur von einer Mauer, sondern auch dicht von Linden, Zedern und Buchen umgeben war, und selbst Cromwell hätte sicherlich nur mit Mühe hingefunden. Aber an der Ruine vorbei verlief eine Straße, die so schmal war, dass Lynley um den Lack an den Kotflügeln seines Healey Elliott fürchtete. Sie führte zu einem Wegweiser mit der Aufschrift »The Farmhouse«, einem alten Gebäudekomplex, der unterteilt war in einzelne, einigermaßen geräumige Cottages, die praktischerweise Hausnummern hatten. Jetzt mussten sie nur noch einen Parkplatz finden, wo der Healey Elliott einigermaßen geschützt vor vorbeifahrenden Traktoren stand.

Nachdem das geschafft war – Havers meckerte wie immer über die zweihundert Meter, die sie von der Haltebucht aus zurückmarschieren mussten –, fanden sie Sergeant Gundersons Adresse ziemlich schnell. Ihr Cottage wirkte etwas heruntergekommen, was aber vor allem an dem verwilderten Vorgarten lag, in dem eine üppig wuchernde Glyzinie alle anderen Pflanzen in ihrer Nähe erstickte. Sie stapften durch das Gestrüpp zum Hauseingang. Es gab keine Klingel, nur einen durchgerosteten Türklopfer, mit dem sie notgedrungen ein paarmal gegen die Holztür schlugen, um ihren Besuch anzukündigen.

Eine große, gestresst wirkende Frau öffnete die Tür. Sie begrüßte sie mit den Worten: »Ich nehme an, Sie sind von der Met. Kommen Sie rein. Ich bin gerade dabei…« Dann ging sie voraus durch einen gefliesten Flur in ein Esszimmer. Auf dem Tisch lag ein großes Stück hellgrüner Stoff, der zum Teil an einem länglichen Gebilde aus Maschendraht befestigt war. Daneben lagen Schere, Tacker und eine Rolle Klebeband, außerdem eine Art aus einem Styroporblock zurechtgeschnitzte Halskrause, eingewickelt in Noppenfolie. Anscheinend sollte ein Stück gelber Stoff mit rosa Punkten darauf befestigt werden.

»Tja«, sagte Sergeant Gunderson achselzuckend, »ich bin eine komplette Niete im Nähen, aber meine Älteste musste natürlich rufen ›meine Mummy, meine Mummy‹, als der Lehrer gefragt hat, wer die Rauchende Raupe spielen will. Also beim Nachmittagstee. Das ist mal wieder eine von diesen bescheuerten Benefizveranstaltungen der Schule. Diesmal sollen lauter Figuren aus *Alice im Wunderland* an den Tischen bedienen – oder vielleicht auch aus *Alice hinter den Spiegeln*, was weiß ich? Wahrscheinlich sollte ich dankbar sein, dass Miriam mich nicht zum Kuchenbacken angemeldet hat, denn das Einzige, was ich noch schlechter kann als Nähen, ist Backen. Andererseits hätte ich Kuchen wenigstens kaufen können. Aber wo kann man denn ein Raupenkostüm kaufen? Immerhin war die Wasserpfeife ganz einfach, die hab ich im Internet bestellt.«

»Sie sind Sergeant Gunderson«, vergewisserte sich Lynley.

»Ach so. Sorry. Ja natürlich. Nennen Sie mich Gerry.«

Lynley stellte sich und Havers vor, und Gerry Gunderson sagte, sie sei ganz froh, eine Pause von der Bastelei einzulegen, denn sie sei kurz vorm Durchdrehen und habe schon die Fantasie gehabt, ihrer ältesten Tochter den Hals umzudrehen, sobald sie nach Hause käme. Sie bot ihnen frische Limonade an, warnte sie jedoch, das Zeug sei ziemlich sauer, da sie nicht viel Zucker benutze. Lynley und Havers sagten, sie würden gern ein Glas probieren.

Gunderson schlug vor, sich nach draußen zu setzen, »hinters Haus«, wie sie sich ausdrückte, schließlich sei es warm, und wenn sie kein Problem mit Hühnern hätten, könnten sie das schöne Wetter genießen. Gunderson führte sie durch eine blitzsaubere Küche nach draußen. Sieben Hühner pickten auf dem Boden, und zwei saßen auf einem runden Holztisch. Zwei Stühle neben dem Tisch waren ganz und gar bedeckt mit Flechten.

»Keine Sorge«, sagte Gerry Gunderson, »um diese Jahreszeit bleibt es nicht an den Kleidern hängen. Ich finde das Zeug ziemlich hübsch.« Die Hühner wurden verscheucht. Gerry Gunderson sagte, sie sei gleich wieder da, in der Zwischenzeit sollten sie es genießen. Lynley war sich nicht sicher, ob sich das auf die Hühner, die Flechten, den verrottenden Garten oder den Ausblick auf die umliegende Hügellandschaft in der Ferne bezog, wo ein vorwiegend aus Hainbuchen bestehendes Wäldchen auch mangels Pflege dem Verwildern anheimgegeben war.

Gunderson hielt sich nicht lange im Haus auf, sodass Lynley und Havers zu keiner Entscheidung kamen. Sie erschien mit einer Kuchenbackform, die als Tablett diente, und drei Gläsern mit selbst gemachter Limonade.

Lynley musterte die Frau, während sie die Gläser auf dem Tisch verteilte. Sie hatte praktisch nichts Englisches an sich, bis auf ihren Akzent. Ansonsten wirkte sie fremdländisch mit ihrer olivfarbenen Haut, dem pechschwarzen Haar und den tiefbraunen Augen. Ihre aristokratische Nase erinnerte ihn an eine italienische Adlige.

Sie ließ sich auf einen Stuhl fallen, wartete, bis sie beide einen Schluck getrunken hatten, und fragte: »Und? Geht's?«

»Nicht schlecht«, sagte Havers.

Sie schien sich zu freuen. Das Getränk schmeckte hauptsächlich nach Wasser, worüber Lynley froh war angesichts ihrer Bemerkung über den wenigen Zucker, den sie benutzte. Er erklärte Gerry Gunderson, was sie nach Shropshire geführt hatte.

»O Gott«, sagte sie. »Ich weiß, ich weiß. Sie brauchen meiner Erinnerung nicht auf die Sprünge zu helfen.«

»Was meinen Sie damit?«

»Ich meine den Abend im März, der uns alle in diese Situation gebracht hat. Den werde ich mein Lebtag nicht vergessen, Inspector.«

»Thomas«, sagte er.

»Thomas«, sagte sie.

»Was können Sie uns über jenen Abend erzählen?« Als Lynley die Frage stellte, zückte Havers Notizheft und Bleistift. Ihm fiel auf, dass sie einen Druckbleistift verwendete wie ihr Kollege Nkata. Er war beeindruckt.

Gerry Gunderson rekapitulierte für sie die Ereignisse jenes Abends. Sie bestätigte, was Havers in ihrem Bericht über die Streifenpolizisten aus Shrewsbury geschrieben hatte, die sich um mehrere Einbrüche hatten kümmern müssen und daher nicht nach Ludlow hatten fahren können, um Ian Druitt zu verhaften. Sie sagte, sie wisse nichts von einer Ermittlung wegen des Vorwurfs der Pädophilie im Vorfeld von Druitts Verhaftung. Erst nachdem der Mann in Gewahrsam Hand an sich gelegt habe, sei sie unterrichtet worden, dass ein anonymer Anruf diesen ganzen furchtbaren Schlamassel ausgelöst habe. Ihr sei regelrecht die Klappe runtergefallen, sagte sie. Was hätten die Beteiligten sich bloß dabei gedacht? Wie sei das alles möglich gewesen?

»Also, zum Teil ist es meine Schuld«, sagte sie. »Das hab ich auch meinem Chef gesagt.«

»Wieso Ihre Schuld?«, fragte Havers.

»Mein Mann liegt im Krankenhaus. Darmkrebs. Er wird es überleben, aber im Moment macht er die Hölle durch. Deswegen bin ich manchmal nicht ganz bei der Sache, und so wird es wohl auch an dem Abend gewesen sein. Trotzdem. Ich bin nur für die Hilfspolizisten in der Gegend zuständig. Ich bekam die Anweisung, den Hilfspolizisten in Ludlow loszuschicken, er solle Druitt festnehmen, und das habe ich getan. Ich habe nicht nach dem Grund für die Verhaftung gefragt, weil ich dazu keine Veranlassung hatte. Wenn ich einen Befehl erhalte, führe ich ihn aus, ebenso wie Sie, nehme ich an.«

Lynley ließ sie in dem Glauben, obwohl Havers nicht die Einzige war, die schon einmal einen Befehl missachtet hatte. Doch er fragte Gerry Gunderson, von wem sie die Anweisung erhalten hatte, Druitt verhaften zu lassen. Ihre Antwort überraschte ihn.

»Aus dem Polizeihauptquartier«, sagte sie.

Lynley schaute Havers an. Sie schaute ihn an. Ihr Gesichtsausdruck beantwortete seine unausgesprochene Frage. Bisher hatte niemand erwähnt, dass der Befehl aus dem Hauptquartier gekommen war.

»Von wem genau?«

»Vom DCC«, sagte Gunderson.

»Vom Deputy Chief Constable?«, hakte Havers nach.

Lynley fügte hinzu: »Wir haben mit Chief Constable Wyatt gesprochen, aber der hat nichts von einem Stellvertreter erwähnt.«

Daran schien Gerry Gunderson nichts Ungewöhnliches zu finden. Sie trank einen Schluck Limonade. »Es ist eine

Stellvertreterin. Aber mehr weiß ich nicht. Ich kann Ihnen nur sagen, dass sie mich angerufen und gesagt hat: Schicken Sie den Hilfspolizisten von Ludlow los, der soll einen Mann namens Ian Druitt festnehmen, zur Polizeistation bringen und dort mit ihm auf die Streifenpolizisten aus Shrewsbury warten. Das hat sie mir aufgetragen, und das habe ich getan: Ich habe Gary Ruddock angerufen und ihm gesagt, was er tun soll.«

»Würden Sie uns bitte den Namen von Wyatts Stellvertreterin nennen?«, sagte Lynley.

»Ach so. Ja. Sorry«, sagte Gerry Gunderson. »Sie heißt Freeman. Clover Freeman. Sie hat mir den Befehl erteilt.«

MUCH WENLOCK
SHROPSHIRE

»Irgendwas stimmt da nicht, Sir.« Havers blieb vor der Tür von Geraldine Gundersons Cottage stehen und fischte, wie nicht anders zu erwarten, ihre Zigaretten aus ihrer Umhängetasche und zündete sich eine an.

Lynley hätte sie gern zum hundertsten Mal gefragt, wann sie sich das Rauchen endlich abgewöhnen wolle, denn allmählich machte er sich ernste Sorgen um ihre Gesundheit. Doch er verkniff sich die Frage. Sie würde nur wieder kontern, ein zum Gesundheitsapostel konvertierter Raucher sei genauso schlimm wie ein zum Jesuiten bekehrter Atheist. Also fragte er stattdessen: »Sie sprechen wahrscheinlich nicht von Sergeant Gundersons Nähkünsten.«

Sie arbeiteten sich durch den kleinen Glyziniendschungel und schafften es unversehrt in die schmale Straße, wo ein *Grrriweck, Grrriweck* verriet, dass Rebhühner in der Nähe waren. Havers rauchte unverdrossen. Sie sagte: »Na ja, sie gibt sich schon große Mühe. Aber wie 'ne Raupe hat das nicht ausgesehen, wenn Sie mich fragen.«

Lynley sah sie von der Seite an und erwiderte trocken: »Wenn es also nicht um Sergeant Gundersons Näherei geht…?«

»Ich seh das so: Wir wurden grade mit der Nase auf einen verdammt interessanten Zufall gestoßen. Was ist mit dieser stellvertretenden Chefin, von der Gunderson gesprochen hat? Von der sie den Befehl erhalten hat, Ian Druitt auf die Polizeistation schaffen zu lassen?«

»Clover Freeman«, sagte Lynley.

»Genau. Und die Frau ist nicht die einzige Person namens Freeman, über die Ardery und ich in Shropshire gestolpert sind, Sir.« Sie nahm einen sehr tiefen Zug von ihrer Zigarette. Wirklich, dachte Lynley, sie musste unbedingt eine Entwöhnungskur machen.

Er fragte: »Und wer ist die andere Person?«

»Finnegan Freeman. Ich hab ihn nicht kennengelernt. Ardery hat ihn befragt. Er hat Druitt in seinem Kinderhort geholfen. Soviel ich weiß, hat er bei der Befragung mit keinem Wort erwähnt, dass er mit jemanden bei der Polizei verwandt ist.«

»Vielleicht sind die beiden ja gar nicht verwandt. Freeman ist kein seltener Name.«

»Nicht so selten wie Strawinsky, stimmt.«

Lynley hob eine Braue. »Sie beeindrucken mich immer wieder, Barbara.«

»Weiß auch nicht, wo das jetzt herkam. Ich könnte Ihnen jedenfalls keine Melodie vorsummen.«

»Ein Jammer«, sagte er. »Aber fahren Sie fort.«

»Also, was ich meine, ist… Angenommen diese DCC Freeman ist seine Mutter – oder meinetwegen eine Tante oder seine Großmutter –, dann hätte er das normalerweise erwähnt, als DCS Ardery ihn befragt hat. Deputy Chief Constable? Das ist doch ein höherer Rang als Arderys. Eine Polizistin aus London klopft an seine Tür, warum sollte er da nicht mal ganz beiläufig fallen lassen, dass er einen ganz heißen Draht zur hiesigen Polizei hat?«

»Angenommen, die beiden sind tatsächlich verwandt, warum hätte er das erwähnen sollen?«

»Um Ardery aus dem Konzept zu bringen. Um sie zu verunsichern. Damit sie es sich zwei Mal überlegt, ob sie ihn hart anfasst. Aber das hat er nicht getan, und ich frag mich, warum.« Sie schwieg eine Weile, drehte die Zigarette zwischen den Fingern hin und her und betrachtete die glühende Spitze.

»Trotzdem kann es sein, dass die beiden gar nicht miteinander verwandt sind.«

»Stimmt. Oder sie sind doch verwandt. Und er hat es erwähnt, und Ardery hat es aus irgendeinem Grund für sich behalten.«

Lynley kannte Havers gut genug, um zwischen den Zeilen zu lesen. Er sagte: »Weil sie nach London zurückwollte und es die Lage verkomplizieren könnte, wenn sich herausstellte, dass jemand, den sie befragt hat, mit einem hohen Tier bei der Polizei verwandt ist? Damit hätte sie sozusagen der Hundemeute einen Knochen vorgeworfen.«

»Komischer Vergleich.«

»Sorry«, sagte er. »Ist mir so rausgerutscht. Und es ist genau genommen eher eine Metapher. Aber würde DCS Ardery absichtlich etwas übergehen, was vielleicht von entscheidender Bedeutung ist?«

»Möglich wär's, oder? Sie wollte unbedingt zurück nach London, und sie wusste genau, wenn sie mir von dieser Freeman erzählt hätte, dann hätte ich die Nuss so lange geschüttelt wie ein Eichhörnchen im Baum.« Als er ihr einen Seitenblick zuwarf, sagte sie: »Ich weiß, ich weiß, Eichhörnchen schütteln keine Nüsse, aber Sie wissen ja, was ich meine.«

»Es ist schon merkwürdig«, war alles, was er dazu sagte. Sie hatten den Healey Elliott erreicht, und er lehnte sich dagegen, während Havers zu Ende rauchte. Auf der einen Seite des Wagens verlief eine Hecke, die Lynley ein gutes Stück überragte, und auf der anderen Seite erstreckte sich ein gelbes Weizenfeld von solcher Ebenmäßigkeit, dass man hätte meinen können, Gott persönlich habe das Korn auf Länge geschnitten. Eine leichte Brise ließ die reifen Ähren rascheln. Ein tiefblauer Himmel voller Kumuluswolken wölbte sich darüber als Kontrast zu dem Goldton.

Endlich warf Havers ihre Kippe auf den Boden und trat sie mit der Schuhspitze aus. »Für mich sieht das nach mehr aus«, sagte sie. Lynley wusste, dass sie auf den Zufall anspielte. »Angenommen, sie ist mit diesem Finnegan verwandt, dann hat sie womöglich gewusst, dass an den Vorwürfen gegen Druitt was dran war. Oder wenn sie's nicht gewusst hat, hat sie's zumindest vermutet und wollte der Sache auf den Grund gehen, weil ihr Sohn-Neffe-Enkel oder wie auch immer für den Typen arbeitete und am Ende noch in die Sache verwickelt werden konnte.«

Nachdenklich schloss Lynley den Wagen auf und stieg ein. Nachdem er den Motor angelassen hatte, sagte er: »Vielleicht hat auch der Sohn-Neffe-Enkel den anonymen Anruf getätigt.«

»Genau. Wir nehmen also an, der Bursche ist mit der Freeman verwandt. Und er stolpert über irgendwas«, sinnierte Havers. »Irgendwas, das er sieht. Oder hört.«

»Oder er wird direkt Zeuge von etwas«, meinte Lynley.

»Oder eins von den Hortkindern erzählt ihm was. Er will es nicht glauben, aber er geht der Sache nach, die sich bestätigt. Aber er will natürlich auf gar keinen Fall als Petze dastehen, und deswegen ruft er anonym über die externe Gegensprechanlage an. Denn das, was da vor sich geht, muss unbedingt aufhören. Aber es passiert nichts. Und dann? Er erzählt es seiner Mutter-Tante-Großmutter, und die setzt die Maschinerie in Bewegung?«

»Könnte hinkommen.«

»Aber Ardery sagt, er hätte sich fürchterlich aufgeregt, als sie angedeutet hat, Druitt könnte sich an den Kindern vergriffen haben. Kann natürlich sein, dass er 'ne Schau abgezogen hat. Also, wenn nicht rauskommen durfte, dass er Druitt verpfiffen hat, dann musste er ja den Empörten spielen, oder?«

Lynley ließ das alles auf sich wirken, während er ein Wendemanöver durchführte und zurück Richtung Dorf fuhr. Es schien ihm an der Zeit, DCC Clover Freeman einen Besuch abzustatten, um sich ihre Version der Geschichte anzuhören, die mit dem Tod des anglikanischen Diakons endete.

Havers versuchte, DCC Freeman ausfindig zu machen. Sie rief im Hauptquartier von West Mercia an, wo sie erfuhr, dass Clover Freeman bereits in den Feierabend gegangen war. Es gelang ihr, Wyatts Sekretärin Freemans Handynummer zu entlocken, nachdem sie ihr erklärt hatte, dass sie sie unbedingt persönlich sprechen mussten, da sich herausgestellt hatte, dass Freeman in den Fall des toten Ian Druitt verwickelt war… Mehr hatte sie nicht zu sagen brauchen. »Gute Arbeit«, murmelte Lynley, während er, als das Fachwerk-Rathaus in Sicht kam, an den Straßenrand fuhr. Eine Frau mit einem Selfiestick stand vor dem Rathaus und grinste in ihr Handy, womit sie vermutlich ein Foto des am meisten fotografierten Gebäudes der Stadt ruinierte, dachte Lynley.

Er hörte zu, als Havers mit Freeman telefonierte, die der Ansicht zu sein schien, dass das Gespräch mit den Polizisten von New Scotland Yard bis morgen warten konnte, vor allem, da sie sich bereits auf dem Heimweg befand.

Havers war die Höflichkeit in Person, sagte »Nein, Ma'am« und »Es ist wirklich wichtig, Ma'am« und »Wir können selbstverständlich zu Ihnen kommen, Ma'am«. Zum Schluss einigten die beiden Frauen sich darauf, dass Havers und Lynley in Anbetracht der Tageszeit irgendwo ein frühes Abendessen zu sich nehmen und anschließend zu Freeman nach Worcester fahren würden. Sie würden gegen halb neun eintreffen. »Wenn Sie uns Ihre Adresse per SMS …? Vielen Dank, Ma'am.«

Nachdem Havers das Gespräch beendet hatte, sagte sie zu Lynley: »Sie erwartet uns, aber sie ist nicht begeistert.«

»Das war auch mein Eindruck«, erwiderte Lynley.

WORCESTER
HEREFORDSHIRE

Als Trevor Freeman von seinem Ausflug mit den Rambling Rogues, der Wandergruppe, zurückkehrte, inspizierte er seine Wanderschuhe. Hm, dachte er, sie waren viel zu sauber.

Er ging in den Garten, nahm den Gartenschlauch und wässerte den Streifen umgegrabener Erde, wo er eigentlich immer schon Blumenrabatten anlegen wollte. Mithilfe eines Wanderstocks rührte er ordentlich im Schlamm, dann stieg er in den Brei und trampelte darin herum, bis seine Schuhe schön verdreckt waren. Mit dem Ergebnis zufrieden, kehrte er vors Haus zurück, zog sich die Schuhe aus und stellte sie zusammen mit seinen Wanderstöcken gut sichtbar neben die Eingangstür.

Im Haus holte er sein Handy. Er hatte es nicht mitgenommen, weil auf Spaziergängen mit den Rambling Rogues Handys verboten waren. Der Wanderführer durfte natürlich eins mitnehmen, aber nur für Notfälle. Falls eins der älteren Klubmitglieder einen Herzinfarkt oder einen Schlaganfall erlitt, wollte der Klub nicht wegen Ermangelung eines Handys einen Todesfall riskieren.

Als Trevor sein Handy von der Küchenanrichte nahm, sah er, dass er vier Anrufe verpasst hatte. Drei davon waren von Clover. Der vierte von Gaz Ruddock. Als er Clovers erste Nachricht abhörte, war er verblüfft über ihre Bitte: Würde er bitte Gaz Ruddock anrufen und ihn für den morgigen Abend zum Essen einladen? Er hörte die zweite Nachricht seiner Frau ab: Hatte er Gaz Ruddock schon erreicht? Und hatte Gaz die Einladung angenommen? Und: Wieso rief er sie eigentlich nicht zurück?

Trevor fand das alles ziemlich rätselhaft und auch ein bisschen besorgniserregend. Warum hatte Clover Gaz Ruddock nicht einfach selbst angerufen, wenn sie Zeit gehabt hatte, ihren Mann drei Mal anzurufen? Wieso hatte sie Ruddock nicht persönlich eingeladen, anstatt ihn, Trevor, darum zu bitten?

Nachdenklich nahm er eine Flasche Mineralwasser aus dem Kühlschrank. Er trank einige Schlucke, versuchte vergeblich, sich die Sache zu erklären. Trotz des Unbehagens kam er jedoch der Bitte seiner Frau nach und rief den Hilfspolizisten an. Er erwischte Ruddock auf dem Markt, wo er gerade für ein Spaghettigericht einkaufte, das er am Abend zubereiten wollte. Bevor Trevor die Einladung aussprechen konnte, sagte Gaz: »Es sind schon wieder zwei Leute von Scotland Yard unterwegs hierher. Meine Chefin hat's mir heute Nachmittag gesagt. Wegen Druitt. Weißt du was darüber, Trev?«

Sehr merkwürdige Frage, dachte Trevor. Dass Gaz nach Druitts Selbstmord nicht achtkantig rausgeflogen war, hatte er allein Clover zu verdanken, die sich für den jungen Mann eingesetzt hatte, der während seiner Ausbildung schnell zu ihrem Protegé geworden war. Gaz musste sich doch denken können, dass Clover mit ihrem Mann darüber gesprochen hatte. Er sagte: »Wie sollte ich nicht darüber Bescheid wissen, Gaz?«

»Ach so, ich meinte nicht… du weißt schon… den Selbstmord. Ich meinte, dass die von Scotland Yard schon zum zweiten Mal herkommen. Hat Clo dir das erzählt? Ich frag mich nämlich, warum sie mich nicht angerufen hat, verstehst du? Das würd ich eigentlich erwarten. Sie ist ja schließlich im Bilde, oder?«

»Keine Ahnung. Ich hab sie noch nicht gesehen. Ich sag ihr, sie soll dich anrufen, sobald sie nach Hause kommt.«

»Ja, mach das. Es ist nur, weil …«

»Es ist, weil du nervös bist. Ich weiß. Ist ja auch verständlich.«

»Es heißt, es könnte einen Prozess geben.«

»Zerbrich dir nicht den Kopf über ungelegte Eier. Ein Tag nach dem anderen. Clover hat mich übrigens gebeten, dich zum Abendessen einzuladen.«

Sie legten eine Uhrzeit fest, und nachdem Trevor seine Pflicht erfüllt hatte, öffnete er den Kühlschrank. Er war der Koch in der Familie – seit dem Tag, an dem er eine viel beschäftigte Polizistin geheiratet hatte –, und jetzt suchte er die Zutaten für ein Wok-Gericht zusammen. Während er an einer Packung Tofu schnüffelte und sich fragte, ob Tofu schlecht werden konnte, klingelte sein Handy.

Es war Clover. »Ich hatte eigentlich damit gerechnet, dass du längst zu Hause sein würdest, Mrs Freeman«, sagte er. »Ich hatte auf ein bisschen was von diesem und noch auf ein bisschen mehr von jenem gehofft. Kann ich dein Interesse wecken?«

»Hast du Gaz erreicht?«, fragte sie zurück. »Wieso rufst du mich nicht an?«

»Um was geht's eigentlich mit Gaz? Er ist übrigens ziemlich beunruhigt, weil Scotland Yard schon wieder Leute nach Shropshire schicken will.«

»Die sind schon hier«, antwortete sie. »Wyatt ist außer sich. Na ja, wer sollte es ihm verdenken. Was für ein Riesenschlamassel das alles ist.« Sie seufzte. »Egal. Ich bin ein bisschen durch den Wind. Ich komme gleich nach Hause. Soll ich beim Imbiss vorbeifahren und was zu essen mitbringen? Oder warst du einkaufen?«

Essen vom Imbiss wäre eine Erleichterung, aber sie war vermutlich total kaputt und würde lieber auf direktem Weg nach Hause fahren. »Brauchst nichts mitzubringen«, sagte er. »Ich mach uns was Leckeres.« Allerdings hatte er eben festgestellt, dass der Sellerie total welk war. Die roten und grünen Paprikaschoten sahen auch nicht wesentlich besser aus, und die einzige verbliebene Zwiebel hatte eine unappetitlich rötlich graue Farbe angenommen. »Ich zaubere uns was Gesundes auf den Tisch. Und zum Nachtisch werd ich noch ganz andere Sachen zaubern.«

»Ach ja? Na, das sehen wir dann. Ich hab einen furchtbaren Tag hinter mir.«

Trevor setzte den Naturreis auf, und zwar eine große Menge, weil er den Hauptteil der Mahlzeit ausmachen würde. Dann kümmerte er sich um den Wein. So wie Clover sich am Telefon angehört hatte, wollte sie bestimmt ein großes Glas trinken. Aus dem Schrank unter der Treppe nahm er eine Flasche Tempranillo. Er entkorkte sie und füllte zwei große, bauchige Gläser, um den Wein atmen zu lassen.

Aber eigentlich brauchte der Wein in seinem Glas nicht zu atmen. Er trank, während er das noch brauchbare Gemüse schnippelte. Vor einiger Zeit hatte er sich einen elektrischen Wok gekauft, aber bisher noch keine Erfahrung damit gemacht. Also nahm er eine große, hochwandige Pfanne aus dem Schrank und gab etwas Bratöl hinein. Er wollte gerade eine Knoblauchzehe schälen, als er hörte, wie vor dem Haus eine Autotür zugeschlagen wurde. Er nahm Clovers Weinglas, eilte zur Tür und öffnete.

Sie war praktisch gekleidet, wie üblich bei der Arbeit. Das Haar hatte sie zu einem strengen Dutt hochgesteckt, die Uniform saß tadellos, selbst nach Feierabend, als einziger Schmuck kleine Ohrstecker sowie ihr Verlobungs- und ihr Ehering. Sie sah tatsächlich mitgenommen aus, aber wie immer fand er sie total anziehend.

Sie betrachtete gerade seine Wanderschuhe und die Stöcke, genau, wie er es sich vorgestellt hatte. Als sie sich ihm zuwandte, reichte er ihr das Glas. Sie nahm es entgegen und fragte: »Und? Wie weit bist du gelaufen?« Seine Antwort »Fast zwanzig Kilometer!« brachte sie zum Lachen. »Veräppeln kann ich mich selbst.«

Trotzdem gab sie ihm einen Kuss. Es war ein langer Kuss, und er genoss ihn. Ohne sich von ihm zu lösen, flüsterte sie: »Komm, befummel mich schön, die Nachbarn sollen auch was vom Leben haben.«

Er kam ihrer Bitte gern nach. Obwohl sie einen anstrengenden Tag gehabt hatte, bestand Hoffnung auf mehr.

Sie sagte: »Du bist immer noch das Köstlichste auf zwei Beinen.« Dann, als ihre Hand zwischen seine Beine wanderte, fügte sie lachend hinzu: »Hm, vielleicht auch auf drei Beinen.«

Trevor fand, Sex vor dem Essen wäre jetzt genau das Richtige. Ein Nümmerchen im Schlafzimmer oder im Wohnzimmer oder gleich hier an der Tür, dann würde sie sich entspannen. Aber als er gerade die Hand unter ihre Bluse geschoben hatte, flüsterte sie: »Kann es sein, dass da was anbrennt?«

Gott, er hatte das Essen total vergessen. »Verflucht!«, entfuhr es ihm, und er ließ Clover los. »Ich muss in die Küche. Essen ist gleich fertig. Tut mir leid.«

»Schon gut. Ich bin sowieso fix und fertig.«

»Vielleicht später?«

»Mal sehen. Kümmer dich lieber um …« Sie schnupperte. »Ist das Reis?«

»Gute Nase«, sagte er.

Er rannte in die Küche. Der Reis war am Boden des Topfs angebrannt, aber der Rest war zum Glück noch genießbar.

Während Clover sich im Schlafzimmer etwas Bequemes, Verführerisches und leicht zu Entfernendes überzog, bereitete er das Gemüse zu.

Er briet gerade den Tofu an, als Clover wieder in der Küche erschien, das Weinglas in der Hand. Sie schenkte sich von dem Tempranillo nach und hielt die Flasche mit einem fragenden Blick hoch, doch er schüttelte den Kopf. Er hatte bereits mehr als ein Glas intus und einen angenehmen kleinen Schwips.

Sie setzte sich an den Tisch. Er merkte ihr an, dass sie unruhig war: Sie ordnete das Besteck neu, faltete die Papierservietten, rückte die Teller gerade. Normalerweise war sie nicht so zappelig. Er fragte: »Wie schlimm ist es?«

»Das mit Scotland Yard? Ich bin noch nicht betrunken genug.« Sie nahm ihr Glas, betrachtete jedoch nur die rote Farbe des spanischen Weins. »Bist du wirklich fast zwanzig Kilometer gewandert?«, fragte sie hinterlistig.

Er wusste, dass sie ihm seine Verlegenheit anmerkte. »Nein.«

»Ein Punkt für Ehrlichkeit. Wo warst du denn? Unten im Pub?«

»Ja, okay, ich war schon mit den Rambling Rogues unterwegs. Aber es gab heute … eine kürzere Option.«

»Nämlich … Trev?«

Er wendete die Tofuwürfel. Der Ton in ihrer Stimme verriet, dass es gleich Ärger geben würde, wenn er nicht antwortete, Er wandte sich zu ihr um und sagte: »Fünf Kilometer.«

Sie verdrehte die Augen. »Herrgott noch mal, Trev. Du betreibst ein verdammtes Fitnesscenter. Wenn du nicht mal die Zeit findest, ordentlich zu trainieren, dann …«

»Ich weiß«, fiel er ihr ins Wort. »Ich hab's ja auch vor. Dein Tag war doch schon schlimm genug, meinetwegen brauchst du dir nicht auch noch Sorgen um mich zu machen. Ich bin fit. Ich trinke kein Bier mehr und esse keine Fritten mehr.«

»Wie gesagt, veräppeln kann ich mich selbst…«

Sie kabbelten sich noch ein bisschen, während er in der Pfanne rührte. Dann trug er das Essen zum Tisch, der in einer Nische mit Blick in den Garten stand. Jetzt im Mai müsste ihr Rasen eigentlich saftig grün sein, aber irgendwie bekamen sie das mit dem Garten nicht auf die Reihe. Ihr einziger Versuch, etwas aus ihrem Grundstück zu machen, hatte darin bestanden, dass sie vierzehn Päckchen Gras- und Blumensamen ausgestreut hatten in der Hoffnung, dass etwas daraus wurde. Das Ergebnis war tatsächlich nicht ganz so schlecht ausgefallen, immerhin blühte hier und da zwischen dem Gras eine Blume.

Er kam noch einmal aufs Thema zurück. »Was ist denn nun mit Scotland Yard?«

»Ich bin immer noch nicht betrunken genug. Erzähl mir lieber von deinem Tag.«

Wenn man ein Fitnesscenter führte, gab es nicht viel zu erzählen. Spinning-Training, Hot Yoga, Schwimmen, Zumba, Gewichtheben: kein interessanter Gesprächsstoff, höchstens wenn sich mal wieder irgendein alter Sack übernahm und man den Notarzt rufen musste. Manchmal missachtete ein Trainer die Grenzen des Anstands, dann musste man natürlich eingreifen – Finger weg von den jungen Müttern, die nach einer Geburt wieder fit werden wollen –, aber das war's auch schon.

»Gibt nicht viel zu berichten«, antwortete er. »Ich war mit den Rogues wandern, hab viele Bäume gesehen, ein paar Rehe erschreckt, ein paar Kaninchen beobachtet und ein paar Elstern gezählt. Dann hab ich noch im Center die Lohnabrechnungen gemacht und mit Gaz telefoniert. Mehr war nicht. Gaz möchte, dass du ihn anrufst, wahrscheinlich, um ihn wegen Scotland Yard zu beruhigen.«

Er bemerkte, dass sie nichts aß. Sie hatte ihren strengen Dutt gelöst und fuhr sich mit der Hand durchs Haar. »Ja, das kann ich mir vorstellen. Aber ich weiß nicht, was ich noch für ihn tun kann, Trev. Das eigentliche Problem ist sowieso Finnegan.«

Trevor runzelte die Stirn. Offenbar war ihr das nicht entgangen, denn sie sagte: »Die von Scotland Yard werden wahrscheinlich noch mal mit ihm reden wollen.«

»Na ja. Druitt und Finn waren schließlich Freunde.«

»Nein, nicht wirklich. Finnegan glaubt, er hat Druitt gekannt. Und niemand kann ihn davon überzeugen, dass er ihn eigentlich überhaupt nicht gekannt hat.«

»Niemand?«

»Was?«

»Du hast gesagt, niemand kann ihn überzeugen. Aber ich nehme an, du meinst, *du* kannst ihn nicht überzeugen.«

»Ich weiß zufällig etwas mehr über die dunkle Seite der Menschheit als Finnegan.«

»Da will ich dir nicht widersprechen. Andererseits war der Junge ziemlich engagiert in dem Hort. Das war nicht nur ein Job für ihn. Zum ersten Mal hat er echtes Interesse an etwas gezeigt. Also wird er doch alles, was da los war, mitbekommen haben.«

»Ich vermute eher, dass er genau das mitbekommen hat, was er mitbekommen sollte. Die Vehemenz, mit der Finn Druitts Unschuld beteuert – das ist doch vollkommen verrückt, Trev. Gott, ich wünschte, der Junge wäre diesem Mann nie begegnet.«

Trevor blickte von seinem Teller auf. Er sagte nichts, aber das brauchte er auch nicht. Wie immer wusste sie genau, was er dachte.

»Ja, ja, ich weiß«, sagte sie. »Ich wollte, dass er sich in einem sozialen Projekt engagiert, wenn er zum College geht, was ihm ja so wichtig war. Ich habe mich gefreut, als er sich für den Kinderhort entschieden hat. Das ist mir alles klar. Aber ich habe mir vorgestellt, dass er in Ludlow einer ehrenamtlichen Beschäftigung nachgeht, das war alles. Er muss dieses Ehrenamt ja nicht zu seinem Lebensinhalt machen.«

»Das tut er auch nicht«, sagte Trevor.

»Ach, ich weiß nicht. Es ist alles total schiefgelaufen. Ich wollte einfach, dass er sich in seiner Freizeit mit etwas Sinnvollem beschäftigt, anstatt mit… ich weiß nicht… Alkohol, Drogen, Sex oder… keine Ahnung, was er sonst so treibt… Und jetzt haben wir den Salat. Es ist ein Riesenschlamassel, und dabei wollte ich doch nur, dass er mit seinem Leben zurechtkommt, ohne im Knast zu landen.«

Trevor sagte absichtlich nichts dazu, weil er wollte, dass sie ihre eigenen Worte hörte und endlich einmal kapierte, was sie da über ihren eigenen Sohn sagte. Es stimmte, dass Finnegan seit seiner Geburt eine Herausforderung war, aber er war nicht kriminell. Ein bisschen wild, ja. Ein bisschen schwer zu bändigen, ja. Manchmal aufsässig. Aber es steckte keine böse Absicht dahinter.

Nach einer Weile sagte sie in beschwichtigendem Ton: »Also gut. Ich verstehe. Es geht nicht um Finnegan. Wahrscheinlich ist es nie um ihn gegangen. Und ich gebe zu, ich bin schlecht gelaunt. Das ist der ganze Druck, Trev. Wenn die Arbeit der Polizei von West Mercia auf dem Prüfstand steht, dann stehen wir alle auf dem Prüfstand und Gaz Ruddock ganz besonders. Und zwar schon zum zweiten Mal. Ich fürchte einfach, dass Finn mit seinen unüberlegten Beteuerungen in Bezug auf Druitt alles nur noch schlimmer macht.«

»Für wen?« Trevor merkte, dass er die Frage sehr vorsichtig stellte, denn anscheinend gerieten sie in gefährliches Fahrwasser, von dem er bisher nichts geahnt hatte.

»Für Gaz«, antwortete sie. »Immerhin wird er jetzt schon das vierte Mal befragt. Womöglich verliert er seinen Job.«

»Ja, das könnte wohl sein. Aber das wäre er doch selber schuld, oder?«

»Trotzdem, es ist nicht fair, von ihm zu verlangen, das alles noch mal über sich ergehen zu lassen.«

»Was hat das mit fair zu tun?« Trevor nahm sein Weinglas. »Ehrlich gesagt, Clover, wusste ich nicht, dass es dich so sehr beunruhigt, was mit Gaz Ruddock passiert.«

»Natürlich beunruhigt mich das. Wie auch nicht? Ich habe ihn eingestellt, Trevor. Ich habe etwas in ihm gesehen, das mein Interesse geweckt hat, und ich habe ihn zu meinem ganz besonderen Projekt gemacht, zu meinem Protegé. Und er hat mich nicht enttäuscht, bis diese Sache mit Druitt passiert ist. Er hat keinen einzigen Fehler gemacht. Und deswegen möchte ich nicht, dass er seinen Job verliert, und außerdem…«

Sie stockte. Entweder war ihr gerade etwas klargeworden, oder sie hatte sich dabei ertappt, etwas sagen zu wollen, das er nicht wissen sollte.

»Außerdem was?«, fragte er.

Sie schaute in ihr Weinglas. Drehte es hin und her. Trank einen Schluck.

»Clover. Was außerdem?«

»Also, es ist so: Wenn er schlecht dasteht, dann steh ich auch schlecht da. Das möchte ich nicht, und du würdest das an meiner Stelle auch nicht wollen.«

»Und mehr steckt nicht dahinter?«

»Was soll denn sonst noch dahinterstecken?«

Nach kurzem Zögern sagte Trevor: »Das ist wohl die große Frage.« Seine nächste Frage war riskant, weil er damit das gefährliche Fahrwasser aufwühlen würde, aber es musste sein. »Ich habe bisher noch nie darüber nachgedacht, aber… was genau bedeutet Gaz Ruddock dir eigentlich, Clover?«

Sie schaute ihn lange an. Schließlich antwortete sie: »Was zum Teufel fragst du mich da?«

»Genau das: Was bedeutet dir Gaz Ruddock? Bedeutet er dir mehr als jemand, für den du dich einsetzt, weil du etwas in ihm siehst?«

»Ich glaube, ich habe dir bereits alles erklärt.«

»Hast du das? Wirklich alles?«

»Worauf willst du hinaus?«

»Ich habe dir nur eine Frage gestellt. Du bist regelrecht durch den Wind wegen Gaz Ruddock, also ist es doch logisch, dass ich wissen möchte, was mit ihm ist.«

»Findest du?«, fragte sie. »Da sind wir geteilter Meinung.« Sie legte ihre Serviette auf den Tisch und das Besteck gekreuzt auf ihren Teller. »Ich bin fertig«, sagte sie. »Die Kollegen von Scotland Yard kommen gleich. Vielleicht möchtest du deine Bedenken ja mit denen erörtern.«

WORCESTER
HEREFORDSHIRE

Deputy Chief Constable Freeman wohnte in einer Siedlung aus frei stehenden Backsteinhäusern. Jedes Haus verfügte über eine Garage, und die Rasenflächen der Vorgärten waren von hübschen Blumenrabatten eingefasst. Das Haus der Freemans unterschied sich von den Nachbarhäusern nur durch den ungepflegten Vorgarten.

Sie klingelten und wurden von einem Mann eingelassen, der sich als Trevor Freeman vorstellte, Ehemann von DCC Freeman. Er hatte markante Gesichtszüge und einen rasierten Schädel, der erkennen ließ, dass er bis auf einen Haarkranz kahl war. Der Mann war groß, vielleicht zwei Zentimeter kleiner als Lynley, hatte jedoch einen ordentlichen Bauch wie viele Männer in seinem Alter. Lynley schätzte ihn auf Ende vierzig, Anfang fünfzig. Deswegen schied Clover Freeman als Großmutter aus. Falls also eine Verwandtschaft bestand, dann war sie entweder Finnegans Mutter oder seine Tante.

Clover, sagte Trevor Freeman, bereite gerade in der Küche

Kaffee zu. Wenn sie schon mal im Wohnzimmer Platz nehmen wollten, sie sei gleich bei ihnen. Er zeigte auf eine offene Tür zu ihrer Rechten, durch die man einen offenen Kamin mit künstlichen Kohlen sehen konnte und einen sehr großen Flachbildfernseher, auf dem gerade bei ausgeschaltetem Ton *Withnail & I* lief.

Sie betraten das Wohnzimmer, gefolgt von Trevor. An einer Wand hingen zahlreiche Familienfotos. Das Paar hatte offenbar nur ein Kind: Fotos von einem Jungen, aufgenommen über die Jahre, waren kunstvoll um ein großes Hochzeitsfoto herum angeordnet, auf dem die Freemans etwa Ende zwanzig waren: Trevor mit vollem, gelocktem Haupthaar und seine Frau mit einem strahlenden Lächeln im Gesicht. Ganz unerwartet erinnerte das Foto Lynley an seine eigene Hochzeit und an Helen und daran, wie es sich angefühlt hatte, zu Mann und Frau zu werden: der Stich ins Herz, als er zu etwas ja gesagt hatte, dessen Bedeutung ihm erst bewusst geworden war, als er Helen um ein Haar an einen anderen verloren hätte. Und trotzdem hatte er sie verloren. Aber daran zu denken war unerträglich.

Havers fragte: »Ist das Ihr Sohn?«

»Ja, genau«, sagte Trevor Freeman. »Das ist Finn.«

»Hübscher Kerl«, bemerkte Havers.

»Ja, das war er mal. Aber dann hat er sich den halben Schädel rasiert und ein Tattoo darauf machen lassen. Ich kann nicht behaupten, dass das sein Erscheinungsbild verbessert hat.«

»Autsch«, sagte Havers. »Aber wenn die Haare wieder wachsen, sieht man's ja nicht mehr. Nehm ich an.«

Trevor rieb sich den kahlen Schädel. »Hoffen wir, dass er meine Veranlagung nicht geerbt hat.«

Havers betrachtete die Fotos. »Ihr einziger Sohn?«

»Wir wollten eigentlich mehrere Kinder haben, hat leider nicht geklappt. Aber was nicht ist, kann ja noch werden.«

»Wie alt ist er denn?«

»Grade neunzehn geworden. Er wohnt in Ludlow. Er geht dort aufs College.«

»Wir hoffen, dass er dort herausfindet, was er mit seinem Leben anfangen will. Ich bin Clover Freeman.«

Die drei drehten sich nach der Stimme um. Deputy Chief Constable Freeman stand in der Tür, in den Händen ein Tablett mit einer großen Kaffeepresse, Henkeltassen und allem, was zum Kaffee dazugehörte. Ihr Mann beeilte sich, ihr das Tablett abzunehmen, woraufhin sie zuerst Lynley und dann Havers die Hand schüttelte. Freeman forderte sie auf, Platz zu nehmen, und schenkte Kaffee ein. Es waren nur drei Tassen, und sie sagte zu ihrem Mann: »Trev, falls du noch was zu tun hast, ich glaube, es ist nicht nötig, dass du bleibst.« Dann wandte sie sich an Lynley: »Oder, Inspector?«

Trevor fragte: »Sie sind doch nicht hier wegen Finn, oder?«, so als hinge es von Lynleys Antwort ab, ob er gehen oder bleiben sollte.

»Nicht dass ich wüsste«, antwortete Lynley freundlich. »Oder gäbe es einen Grund dafür?«

»Ich wüsste nicht, welchen«, sagte Clover.

»Dann werde ich mich jetzt zurückziehen«, sagte Trevor Freeman und verließ das Wohnzimmer. Einen Augenblick später hörten sie ihn die Treppe hochgehen. Und wieder einen Augenblick später dröhnte ein Fernseher, der jedoch sofort leise gestellt wurde.

Lynley musterte Clover Freeman. Jetzt stand also fest, dass sie die Mutter des jungen Mannes war, von dem Havers berichtet und den Isabelle befragt hatte. Sie war nicht groß, aber in bewundernswert guter körperlicher Verfassung, erkennbar an ihren muskulösen Armen und Schultern, die ihr ärmelloses Top freigab. Ihre Leggings ergänzten das Bild der durchtrainierten Sportlerin.

Nachdem alle ihren Kaffee hatten, fragte Freeman: »Was

kann ich für Sie tun? Chief Constable Wyatt hatte Ihren Besuch im Hauptquartier angekündigt. Tut mir leid, dass ich nicht dabei sein konnte, als Sie mit ihm gesprochen haben.«

Lynley nickte Havers zu. Sie sagte: »Unsere Chefin, DCS Ardery, hat mit Ihrem Finnegan gesprochen, als wir das letzte Mal hier waren. Er hat mit keinem Wort erwähnt, dass seine Mutter Polizistin ist. Und er hat auch nichts davon erwähnt, dass seine Mutter die Verhaftung seines Kumpels Ian Druitt veranlasst hat.«

Clover Freeman schaute von Havers zu Lynley, dann wieder zu Havers. »Erwarten Sie von mir, dass ich das kommentiere?«, fragte sie.

Lynley sagte: »Wir sind hier, um uns einen Überblick über alle Verbindungen zu verschaffen, auf die wir stoßen.«

»Das werden nicht viele sein.«

»Wieso?«, sagte Havers. »Sie, Ihr Sohn, Ian Druitt, Geraldine Gunderson, und Gary Ruddock nicht zu vergessen… Über ihn machen wir uns die meisten Gedanken.«

»Warum?«

Havers hob die Schultern. »Tja, bei der Untersuchung von Ian Druitts Tod findet man unter jedem Stein, den man umdreht, eine neue Beziehung.«

Freeman rührte ihren Kaffee um. »Verstehe. Also, ich habe tatsächlich eine Beziehung, nämlich die zu meinem Sohn. Er hatte eine Beziehung zu Mr Druitt. Ich bin dem Mann nie begegnet. Alle anderen Verbindungen haben lediglich mit den Zuständigkeiten bei Mr Druitts Festnahme zu tun oder mit dem, was zu seinem Selbstmord geführt hat.«

Bei einem Frage-und-Antwort-Spiel über Beziehungen käme am Ende nur heraus, dass drei Polizisten unterschiedlicher Ansicht waren, was es mit Ian Druitts Tod auf sich hatte, dachte Lynley. Er sagte: »Wir sind noch einmal nach Shropshire gekommen, weil Sergeant Havers herausgefunden hat, dass zwischen dem anonymen Anruf und Ian Druitts Tod neunzehn Tage liegen. Aber im Bericht der Untersuchungskommission wird nichts davon erwähnt, auch nichts darüber, was in diesen neunzehn Tagen vorgefallen ist. Bei unserem heutigen Gespräch mit Ihrem Chef haben wir erfahren, dass es während dieser Zeitspanne keine Ermittlungen wegen des Vorwurfs der Pädophilie gab, der gegen Druitt erhoben worden war. Da Sie diejenige sind, die schließlich nach neunzehn Tagen gehandelt hat, dachten wir, Sie könnten uns vielleicht sagen, warum Sie das getan haben.«

Sie hatte die ganze Zeit aufmerksam zugehört, den Blick fest auf Lynley geheftet. »Das ist einfach zu erklären«, sagte sie. »Bis zu dem Tag wusste ich nichts von einem anonymen Anruf.«

»Und wie haben Sie dann davon erfahren?«, wollte Havers wissen. Lynley sah, dass sie ihr Notizheft herausgenommen hatte. DCC Freeman hatte es ebenfalls bemerkt, und ihr Gesichtsausdruck ließ darauf schließen, dass sie alles andere als erfreut darüber war.

Freeman runzelte die Stirn. »Soweit ich mich erinnere, habe ich im Ausbildungszentrum davon gehört«, sagte sie. »Wir hatten dort eine ziemlich ausgedehnte Sitzung – das Ausbildungszentrum befindet sich auf dem Gelände des Hauptquartiers –, und irgendwann wurde darüber geredet. Ein Diakon, der sich an Kindern verging.«

»Erinnern Sie sich noch daran, wie genau Sie davon erfahren haben?«, fragte Lynley.

»Tut mir leid. An dem Tag war die Hölle los. Mit Sicherheit kann ich Ihnen nur sagen, dass die Leute irgendwann darüber geredet haben, dieser Ian Druitt sei ein Kinderschänder. Ich wünschte, ich könnte Ihnen präzisere Angaben machen.«

»Warum haben Sie Druitt dann festnehmen lassen?«, fragte Havers. »Ist das die typische Reaktion auf einen anonymen Anruf? Also, wenn ein Hinweis reinkommt, der sich auf eine laufende Ermittlung bezieht, wird der natürlich sofort an die zuständigen Kollegen weitergeleitet, aber soweit ich rausfinden konnte, gab es in dem Fall keine laufende Ermittlung.«

»Das stimmt«, sagte Freeman. »Aber es handelte sich um einen Hinweis in einem Fall von Pädophilie, der ignoriert worden war, und das gefiel mir nicht, weder als Polizistin noch als Mutter.«

»Deswegen haben Sie Gunderson angerufen und sie angewiesen, Druitt zu verhaften.«

»Das wäre die Kurzversion. Ich habe sie angewiesen, dafür zu sorgen, dass der Mann festgenommen wurde.«

»Und wann war das?«, fragte Lynley.

»Ich habe Gunderson noch am selben Abend angerufen und ihr gesagt, sie soll veranlassen, dass der Mann in die Polizeistation gebracht wurde, und das hat sie getan. Aber das muss doch alles im Bericht der ersten Untersuchung durch die Met stehen.«

»Wenn Sie unser Gedächtnis auffrischen würden«, sagte Lynley höflich.

Freemans Gesichtsausdruck änderte sich. Die Muskeln um die Augen spannten sich an. Es geschah unmerklich, man musste schon genau hinschauen. Diese Reaktion sagte Lynley eins: Freeman wusste genau, dass weder sein Gedächtnis noch das von Havers aufgefrischt werden musste. Er wollte sie mit seiner Bitte, das alles noch einmal zu wiederholen, nur verunsichern.

»Warum zum Beispiel«, fragte er, »haben Sie nicht die Kollegen in Shrewsbury angerufen und die gebeten, sich um die Sache zu kümmern?«

»Das habe ich«, antwortete sie. »Aber es war niemand abkömmlich, deswegen habe ich Gerry Gunderson angerufen. Sie ist für die Hilfspolizisten in der Gegend zuständig. Ich habe sie gebeten, den Hilfspolizisten von Ludlow loszuschicken.«

»Warum die Eile?«, fragte Lynley. »Wenn die Kollegen in Shrewsbury beschäftigt waren, hätte die Angelegenheit doch sicherlich warten können, bis sie wieder abkömmlich waren.«

»Da haben Sie recht«, räumte Freeman ein. »Ich bin schuld an dem, was passiert ist. Aber sehen Sie, Finnegan …« Sie machte eine Kopfbewegung in Richtung der Fotos an der Wand. … »hat mit diesem Druitt zusammengearbeitet. Falls auch nur die geringste Möglichkeit bestand, dass …« Sie nahm ihre Tasse und hielt sie in beiden Händen. Sie wirkte sehr angespannt. »Ich wollte, dass Finn nicht mehr in die Nähe von Druitt kommt, falls womöglich etwas an den Vorwürfen dran ist. Deswegen sollte Mr Druitt gründlich befragt werden.« Sie trank einen Schluck Kaffee und stellte ihre Tasse auf dem Tisch ab. »Ich habe überreagiert, Inspector«, gab sie offen zu. »Druitt, Finnegan, eine pädophile Veranlagung, der Kinderhort, ein Hinweis, dass Druitt sich an den Kindern vergriff. Weil mein Sohn mit diesem Mann zu tun hatte, wollte ich unbedingt genau wissen, was da vor sich ging.« Sie machte eine Kopfbewegung in die Richtung, in die ihr Mann verschwunden war, und fügte hinzu: »Trev wird Ihnen nur zu gern bestätigen, dass ich, wenn es um Finnegan geht, zu Überreaktionen neige. Aber diesmal hatte es leider fatale Folgen.«

»Gary Ruddock hat mir gesagt, er hätte Mr Druitt in der Polizeistation in Ludlow allein gelassen, weil er sich um andere Dinge in der Stadt kümmern musste«, sagte Havers.

»Er hat doch nicht etwa behauptet, er hätte die Station verlassen, oder?«

»Sorry, nein. Er hat nur gesagt, dass er Mr Druitt allein gelassen hat.«

»Ja, soweit ich weiß, ist es so gewesen«, sagte Freeman. »Man hat mir gesagt, es gehe um ein Problem mit betrunkenen Jugendlichen. Aber das werden Sie bereits wissen, nehme ich an. Das haben Sie bestimmt bei Ihrem ersten Besuch erfahren.«

»Es ist die Lücke von neunzehn Tagen, die uns wieder hierhergeführt hat«, sagte Lynley.

»Na ja, das und Clive Druitt, der Vater des Toten«, sagte Havers. »Niemand ist an dem Medienrummel interessiert, den ein Prozess auslösen würde, falls er Klage einreicht.«

»Das alles tut mir schrecklich leid«, sagte Freeman. »Natürlich trage ich letztlich die Verantwortung dafür, dass es passiert ist. Das weiß ich. Glauben Sie mir, wenn ich die Zeit zurückdrehen könnte …«

LUDLOW
SHROPSHIRE

Barbara Havers fiel es schwer, Clover Freeman nicht zu hassen. Die Frau war mehr als zehn Jahre älter als sie, aber sie sah aus wie eine verdammte Olympionikin. Barbara hätte sie am liebsten total als verdächtig eingestuft oder am besten für schuldig befunden, aber das Einzige, dessen sich die Frau schuldig gemacht hatte, war eine gute Gesundheit und ein unverschämt gutes Aussehen, weil sie konsequent trainierte. Die Geräte hatte Barbara in dem ans Wohnzimmer angrenzenden Wintergarten erspäht. Wahrscheinlich war die blöde Kuh auch noch Vegetarierin, dachte Barbara.

Sie erwähnte jedoch nichts davon, als Lynley und sie sich auf den Weg nach Shropshire machten, wo sie wieder im Hotel Griffith Hall absteigen würden. Stattdessen konzentrierte sie sich auf einen Aspekt des Gesprächs mit Clover Freeman, nämlich ihr Eingeständnis, eine überfürsorgliche Mutter zu sein. So wie sie die Sache sehe, erklärte sie Lynley, könne Clover Freemans übertriebene Fürsorglichkeit in einem Fall von angeblicher Pädophilie zweierlei bedeuten. Entweder sie glaubte, dass an der Sache etwas dran war, und wollte ihren

Sohn nicht länger in der Nähe des Mannes wissen, oder sie fürchtete, Finnegan könnte selbst in irgendeiner Weise in die Sache verwickelt sein.

»Er beobachtet Druitt beim Fummeln und kommt auf den Geschmack, kann doch sein«, sinnierte sie. Als Lynley ihr einen Blick zuwarf, sagte sie hastig: »Sorry.« Dann, nachdem sie noch eine Weile nachgedacht hatte, fügte sie hinzu: »Oder *er* ist der Kinderschänder. Er wird erwischt, gerät in Panik und macht diesen anonymen Anruf, in dem er Druitt anschwärzt. Zufällig wohnt er auch noch ganz in der Nähe der Polizeistation in Ludlow.«

Nach einer Weile des meditativen Schweigens sagte Lynley: »Ja, das sind verschiedene Möglichkeiten, auch wenn sie alle unappetitlich klingen.«

Dann schwiegen sie wieder. Es wurde allmählich dunkel. Nördlich von London – auch wenn sie sich nicht einmal so viel weiter nördlich befanden – waren die Tage länger. Nicht so viele Gebäude, die das Sonnenlicht blockierten, dachte Barbara. Mehr offene Landschaft und sanfte Hügel und kleine Baumgruppen.

Schließlich sagte Lynley: »Das mit der Pädophilie…« Er brach ab. Er wirkte nachdenklich, und sie fragte sich, warum, bis er sagte: »Ich habe in Eton jemanden gekannt, der so veranlagt war.«

»Ein Lehrer?«

»Nein. Ein ehemaliger Eton-Schüler. Er hat behauptet, seine Neigung nie ausgelebt zu haben, aber er hatte Fotos. Er hat sie versteckt. Ich bin im Zuge einer Ermittlung darauf gestoßen.« Er schaute sie an, und zu ihrer Überraschung wirkte Lynley zum ersten Mal, seit sie ihn kannte, nicht nur unangenehm berührt, sondern regelrecht aufgewühlt.

»Heiliger Strohsack«, entfuhr es ihr. »John Corntel. Sie haben ihn gedeckt? Sind Sie denn nie auf die Idee gekommen… Er könnte irgendwo… jetzt in diesem Augenblick tun, was er sich vorher nur auf Fotos angesehen hat ... Mein lieber Schwan, Sir.«

»Ich weiß«, sagte er. »Ich bin nicht stolz auf das, was ich getan habe. Er hält nach wie vor den Kontakt zu mir aufrecht, behauptet, er sei sauber. Aber die Wahrheit kennt nur Gott allein.«

»Ist jetzt Beichtstunde, oder wie?«, fragte Barbara. »Das hätte Ihnen auch ein bisschen eher einfallen können, wenn man bedenkt, was Sie alles gegen mich in der Hand haben.«

»Es hat mir ein paar schlaflose Nächte beschert, Barbara. Mir ist vollkommen bewusst, dass ich womöglich für einiges verantwortlich bin. Neben anderen Dingen, für die ich die Verantwortung trage.«

Sie wusste, worauf er mit dem letzten Satz anspielte: Helens Tod. Ihn traf überhaupt keine Schuld am Tod seiner Frau, was er partout nicht einsehen wollte. Aber Barbara schnitt das Thema nicht an, im Moment beschäftigte sie vielmehr, was er ihr gerade erzählt hatte. Was er getan hatte, war ein derart schwerer Verstoß gegen die Vorschriften, dass es ihr die Sprache verschlug. Allerdings kam er ihr dadurch viel menschlicher vor, und sie musste zugeben, dass menschlich zu sein etwas war, was er ihr schon immer zugutegehalten hatte.

Sie fuhren gerade durch die Kleinstadt Leominster, auf der Suche nach der A49, die sie nach Ludlow führen würde. »Ich habe mich an den Fall erinnert wegen der Fotos«, sagte Lynley. »Gab es unter Druitts Habseligkeiten irgendetwas, das auf eine pädophile Neigung hindeutete?«

»Fotos von nackten Kindern? Kinderpornos? Nein. Jedenfalls keine unzweideutigen Fotos oder CDs. Aber sehen diese Typen sich das Zeug nicht normalerweise im Internet an?«

»Das auch, und mithilfe der Spuren, die sie dort hinterlassen, kann man sie meist überführen. Besaß Ian Druitt denn einen Computer? Oder einen Laptop? Ein Tablet?«

»Nein, wir haben nichts dergleichen gefunden«, sagte Barbara. »Aber wenn man bedenkt, dass er ziemlich wenig Kohle hatte, ist das eigentlich auch nicht überraschend, oder?«

»Und was ist mit Clive Druitt?«

»Meinen Sie, ob der uns einen Computer ausgehändigt hat? Dann lautet die Antwort nein. Könnte natürlich sein, dass er einen Computer gefunden und einfach behalten hat, oder? Vielleicht brauchte er ja einen. Außer… Der Typ hat Geld wie Heu, wenn er einen Computer braucht, kann er sich einen kaufen. Wieso hätte er den von seinem Sohn behalten sollen?«

»Falls sich etwas Verdächtiges darauf befand«, sagte Lynley.

»Dazu hätte er aber erst nachsehen müssen. Aber dann hätte er was darüber wissen müssen. Das kommt mir ziemlich unwahrscheinlich vor, wenn Sie mich fragen.«

»Und die Frau, bei der er gewohnt hat? Seine Vermieterin? Wie heißt die noch?«

»Flora Bevans. Vermutlich hat die einen Laptop oder ein Tablet, aber ich glaub nicht, dass Druitt es hätte benutzen dürfen, weil sie das Ding ja selber dauernd braucht.«

»Er könnte auf seinem Handy nach entsprechendem Material gesucht haben«, sagte Lynley.

»Tja, nur leider…«

»Himmel. Soll das heißen, dass noch nicht mal ein Handy gefunden wurde?« Lynley schaute sie an. Er war auf die A49 eingebogen, und sie waren jetzt auf dem Weg nach Ludlow. »Das ergibt doch überhaupt keinen Sinn. Er hat nicht im Pfarrhaus gewohnt, also musste der Pfarrer ihn irgendwie erreichen. Selbst wenn er einen Festnetzanschluss in seiner Wohnung hatte, wäre das doch total unpraktisch gewesen. Er hätte immer wieder nach Hause eilen müssen, um seinen Anrufbeantworter abzuhören, oder jemand anders hätte das für ihn erledigen müssen. Das kann ich mir nicht vorstellen. Es muss ein Handy geben. Das brauchen wir unbedingt.«

Barbara konnte Lynleys Logik folgen, und es war ihr ziemlich peinlich, dass sie, als sie Druitts Sachen durchgesehen hatte, nicht auf die Idee gekommen war nachzufragen, welche Kommunikationstechnik er benutzt hatte. Sie sagte: »Da fragen wir am besten als Erstes Mr Spencer, Sir. Den Pfarrer. Der hat nichts zu verlieren, wenn Sie verstehen, was ich meine. Der wird uns auf jeden Fall sagen, was Druitt benutzt hat – Computer, Laptop, Tablet, Handy…«

»Dann sprechen wir gleich morgen früh mit ihm.«

Es war schon spät, als sie endlich beim Hotel ankamen. Lynley manövrierte sein kostbares Auto vorsichtig durch das enge Tor auf den Parkplatz und stellte es in gemessenem Abstand zu den anderen Fahrzeugen in der hintersten Ecke ab, wo auch kein Fußgänger zufällig vorbeikam und sich daran zu schaffen machen konnte. Im Hotel wurden sie höflich von Peace on Earth begrüßt.

»Ich habe Ihnen wieder die Zimmer vom letzten Mal gegeben«, sagte er. »Ich kann Sie hinführen, falls Sie den Weg vergessen haben… Oder falls Sie Hilfe mit dem Gepäck brauchen.«

Barbara hätte ihm am liebsten geantwortet, dass sie weder den Weg noch den unglaublichen Luxus ihres Zimmers vergessen hatte. Stattdessen sagte sie: »Wir kommen schon zurecht.« Dann, zu Lynley: »Folgen Sie mir, Inspector.«

Als sie das erste Zimmer erreichten, öffnete Lynley die Tür, sagte: »Ah!« und stellte seine Reisetasche ab.

»Nein, nein, Sir«, beeilte sich Barbara zu sagen. »Das hier ist mein Zimmer. Das andere ist für Sie.«

»Ich komme schon zurecht, Sergeant«, entgegnete er. »Ich brauche nur einen Schlafplatz.«

»Sind Sie sicher? Ich meine… DCS Ardery hatte ein anderes Zimmer. Ein größeres. Das hier… Ehrlich gesagt, ich glaub, sie hat es extra für mich ausgesucht, um mich leiden zu lassen.«

»Wenn die Met bezahlt, leiden wir alle, Sergeant. Soll ich Ihnen mit Ihrem Gepäck helfen?«

»Danke, ich schaff das schon«, sagte sie. »Sie würden nicht wieder hierher zurückfinden, bei all den Fluren und Notausgängen. Aber … sind Sie wirklich ganz sicher, dass Sie nicht lieber das Zimmer wollen, das Ardery hatte?«

»Wie groß kann der Unterschied schon sein?«, fragte er.

»Na ja … wie man's nimmt.«

17. Mai

LUDLOW
SHROPSHIRE

Als sie sah, wie DI Lynley das Gesicht verzog, als er sich höflich vom Frühstückstisch erhob, wusste Barbara, dass sie auf den Zimmertausch hätte bestehen sollen. Am Abend zuvor hatte sie sich die Suite – denn anders konnte man es nicht nennen –, die man Ardery bei ihrem letzten Aufenthalt gegeben hatte, angesehen. Vor lauter Schuldgefühlen hatte sie auf dem Absatz kehrtgemacht und war mitsamt ihrem Gepäck zu Lynleys Zimmer zurückgelaufen. Natürlich wollte sie Arderys Zimmer haben. Sie würde sich so eine Bude nie leisten können, aber sie wusste, dass sie nicht dorthin gehörte.

Lynley öffnete die Tür, die Zahnbürste mit einem dicken Klecks Zahnpasta darauf in der Hand. Sein Zahnarzt wäre stolz auf ihn gewesen, dachte sie. Er blinzelte. »Barbara? Alles in Ordnung?«, fragte er.

»Wir müssen die Zimmer tauschen, Sir«, antwortete sie.

»Müssen wir das? Und warum?«

»Das werden Sie dann schon sehen. Sie haben noch nicht ausgepackt, oder? Außer die Zahnpasta, meine ich. Und vermutlich auch die Zahnseide, wenn Sie'n braver Junge sind, und das sind Sie bestimmt, was Ihre Mundhygiene angeht.«

»Es freut mich, dass es Ihnen aufgefallen ist.«

»Klar. Und jetzt schnappen Sie sich Ihren Kram, ich zeig Ihnen den Weg!« Sie ließ ihre eigene Tasche auf den Boden plumpsen und schob sie mit dem Fuß in sein Zimmer.

»Ich wiederhole – warum?«

»Warum wir tauschen müssen? Weil das andere Zimmer luxuriöser ist. Passt besser zu Ihrer … Ihrer Hochwohlgeborenheit oder was auch immer.«

»Machen Sie sich nicht lächerlich«, entgegnete er. »Wir benutzen die Zimmer, um darin zu schlafen, mehr nicht. Ich zumindest. Und falls Sie sich vielleicht mit einem flotten Stepptänzer treffen wollen, von dem mir Dee Harriman nichts erzählt hat – dann bleiben Sie am besten, wo Sie sind. Wir sehen uns morgen früh.«

Sie hatte damit gerechnet, dass er diese Entscheidung später bereuen würde, und als sie bemerkte, wie er das Gesicht verzog, wusste sie, dass sie richtig vermutet hatte. Doch er erwähnte mit keinem Wort, wie er geschlafen – oder eben ob er überhaupt geschlafen – hatte, und nach dem Frühstück machten sie sich gemeinsam auf die Suche nach dem Pfarrer.

Sie fanden ihn vor der St. Laurence Church. Wahrscheinlich hatte er gerade den Morgengottesdienst beendet, denn er befand sich in Begleitung mehrerer älterer Damen, wohl Gemeindemitglieder, die einander ähnelnde, gebundene Bücher in den Händen hielten. Eine deprimierend kleine Gemeinde, dachte Barbara. Allerdings war es mitten in der Woche, vielleicht lag es ja daran.

Als er sich von den Frauen verabschiedete, entdeckte Christopher Spencer Barbara und Lynley. Er kam ihnen bis zum schmiedeeisernen Zaun entgegen.

»Sergeant Havers«, sagte er freundlich. »Halten Sie sich noch immer in unserer Stadt auf, oder sind Sie zu uns zurückgekehrt?«

Es gefiel Barbara, dass er sich an ihren Namen erinnerte, doch da er sich vermutlich mit all seinen Gemeindemitgliedern vertraut machen musste, hatte er sich wahrscheinlich schon vor langer Zeit einen Trick angeeignet, schnell neue Namen zu lernen. »Zurückgekehrt«, antwortete sie und stellte Lynley vor. Dann fuhr sie fort: »Wir würden uns gerne kurz mit Ihnen unterhalten, wenn Sie etwas Zeit haben.«

»Natürlich. Würden Sie mich ins Pfarrhaus begleiten? Ich kann Ihnen leider nur Kaffee anbieten, aber vielleicht finde ich auch noch ein paar mehr oder weniger frische Kekse.«

Barbara und Lynley lehnten dankend ab. »Es wird nicht lange dauern.«

»Wollen wir dann?« Spencer deutete auf die Kirchentür und sagte bedauernd: »Dort wären wir ungestört. Die Morgengottesdienste sind nicht mehr sehr gut besucht. Selbst Sonntagsgottesdienste nicht, es sei denn, ein neuer Terroranschlag scheucht die Leute in die Kirche.«

Sie gaben zu verstehen, dass ihnen die Kirche recht war, und Spencer ging voran und führte sie zur St.-John's-Kapelle. Barbara erkannte sie von ihrem letzten Besuch wieder, mit dem großen, bunten Fenster, das erstaunlicherweise Cromwell überdauert hatte.

Spencer ergriff als Erster das Wort: »Wahrscheinlich sind Sie wieder wegen Ian hier. Leider weiß ich nicht, was ich Ihnen noch sagen könnte.«

»Es hat sich herausgestellt«, sagte Lynley, »dass in Zusammenhang mit seinem Tod noch einige Fragen offen sind. Wir müssen uns noch etwas umhören.«

»Und damit fangen Sie bei mir an?«

»Wir waren gestern bereits unterwegs.«

»Und da tauchte mein Name auf?«

»Nur insofern, als es noch ein paar Fragen gibt, die beim ersten Mal nicht gestellt wurden.«

»Ich verstehe. Nun, ich weiß nicht, wie ich Ihnen helfen kann, aber ich werde mein Bestes tun.«

Lynley dankte ihm auf seine kultivierte Art und Weise, dann nickte er Barbara zu. »Als ich das letzte Mal hier war«, sagte sie, »hat Mr Druitts Vater meiner Chefin alles übergeben, was seinem Sohn gehört hatte. Wir haben es durchgesehen, und alles scheint absolut tadellos und logisch, falls Sie verstehen, was ich meine.«

»Die üblichen Habseligkeiten eines Gottesmannes, nehme ich an.« Spencer rückte seine Brille zurecht, die sofort wieder verrutschte.

»Ja«, sagte Barbara. »Aber der Inspector und ich… Also, wir glauben, dass da etwas fehlen könnte, und wir wollten auf Nummer sicher gehen. Er hat doch eine Weile bei Ihnen und Ihrer Frau gelebt, richtig?«

»Eine Weile, ja. Aber ich versichere Ihnen, weder Constance noch ich hätten irgendetwas von ihm behalten. Wir hätten es sofort bemerkt, wenn er etwas dagelassen hätte, und es ihm zurückgegeben. Was unsere Kinder und Enkelkinder angeht…«

Barbara beeilte sich, ihm zu versichern, dass sie nicht eins seiner Familienmitglieder des Diebstahls bezichtigen wollten. »Wir wüssten nur gerne, ob Sie ihn mal mit einem der fehlenden Gegenstände gesehen haben. Wobei wir nicht wissen, ob sie wirklich fehlen, denn vielleicht hat er sie nie gehabt.«

»Ich verstehe. Welche Gegenstände meinen Sie denn?«

»Ein Handy, ein Laptop, ein Tablet oder vielleicht sogar ein Desktop-Computer.«

Spencer nickte und antwortete, ohne zu zögern: »Als er bei uns wohnte, hat er den Computer im Pfarrhaus benutzt. Der ist ein ganz schönes Monstrum – also ziemlich groß und ein veraltetes Modell –, aber er erfüllt seinen Zweck. Vermutlich hat Ian darauf seine E-Mails verwaltet und die verschiedenen Leute kontaktiert, mit denen er sich traf. Was er in seiner anderen Unterkunft hatte, weiß ich natürlich nicht. Möglicherweise hat er sich etwas zugelegt, als er ausgezogen ist. Bei Constance und mir hat er jedoch kein anderes Gerät benutzt außer unseren Computer. Ich habe zumindest nicht gesehen, dass er ein anderes Gerät gehabt hätte.«

»Nicht mal ein Handy?«

»Oh, Entschuldigung, an das Handy habe ich nicht gedacht. Natürlich hatte er eins. Eins von diesen Smartyphones oder wie die Dinger heißen.«

Barbara warf Lynley einen triumphierenden Blick zu. »Bei den Sachen, die sein Vater uns gegeben hat, war kein Handy dabei. Flora Bevans – die Frau, bei der er ein Zimmer gemietet hatte – hatte auch keins von ihm. Haben Sie eine Ahnung, wo es sein könnte?«

Spencer blickte von Barbara zu Lynley. »Das ist wirklich merkwürdig. Ich kann mir nicht vorstellen, warum es nicht bei seinen Sachen war, es sei denn, man hat es übersehen. Oder war es vielleicht nach seinem Tod ein Beweismittel? Ich frage nur, weil er es immer bei sich hatte, also mit Sicherheit auch an diesem Abend. Irgendjemand wollte ihn immer sprechen. Er wurde ständig gebraucht und wollte deswegen jederzeit erreichbar sein. Im Pfarrhaus oder in seiner Wohnung hätten die Leute unter Umständen vergeblich angerufen.«

Einen Moment herrschte Schweigen, dann sagte Lynley nachdenklich: »Den Unterlagen zufolge wurde er in der Kirche festgenommen. Kann es sein, dass er gerade einen Gottesdienst beendet hatte und dabei war, sich umzuziehen?«

Spencer lächelte. »Natürlich, die Sakristei. Da wird er das Handy zurückgelassen haben, als er seine Gewänder angelegt hat. Aus reiner Gewohnheit und weil er keine Ablenkung während des Gebets riskieren wollte. Folgen Sie mir.«

Spencer ging voraus ins Kirchenschiff und durch den Mittelgang zum Altarraum, wo eine tief in das Gemäuer eingelassene schwere Eichentür in die Sakristei führte. Dort schaltete er eine Reihe heller Deckenlampen an, die geschlossene Schränke, Kommoden und Glasvitrinen beleuchteten. Letztere enthielten das notwendige Zubehör für einen Gottesdienst: Kelche, Hostienteller, Kreuze und dergleichen. Der Rest befand sich in den Schränken und Kommoden.

»Hier muss es irgendwo sein«, sagte Spencer. »Wahrscheinlich eher in einer Schublade als in einem der Schränke, in denen wir eher die größeren Roben, die Talare, Chorhemden und Messgewänder aufbewahren. Die Talare haben zwar Taschen, aber es ist unwahrscheinlich, dass er sein Handy bei einem Gottesdienst in einen Talar gesteckt hat, meinen Sie nicht? Schauen wir in den Schubladen nach.«

In den größeren Schubladen fand Barbara gestärkte, weiße Altartücher und Festtagsbanner, weiter nichts. In den schmaleren Schubkästen daneben lagen ordentlich gefaltete Stolen, Kerzen, Ansichtskarten und Broschüren über die Geschichte der Kirche und, siehe da, ein Handy und ein Schlüsselbund.

»Na also«, sagte Christopher Spencer. »Das muss Ian gehört haben, denn meins ist es nicht. Und das hier sind wohl seine Autoschlüssel.«

Natürlich hatte Ian Druitt ein verdammtes Auto!, dachte Barbara. Er war garantiert nicht von seiner Wohnung bei Flora Bevans mit dem Bus in die Stadt gefahren, und ganz bestimmt hatte er sich nicht von öffentlichen Verkehrsmitteln abhängig gemacht, um seinen diversen Verpflichtungen nachzukommen. Noch eine Sache mehr, die sie gegenüber Ardery nicht angesprochen hatte, was ihr furchtbar peinlich war. Sie schaute kurz zu Lynley hinüber, ob er sauer auf sie und die Chefin war, aber er wirkte bloß nachdenklich.

»Wissen Sie vielleicht, wo sein Auto sein könnte?«, fragte er Spencer.

Der Pfarrer biss sich auf die Lippe. »Hier in der unmittelbaren Umgebung gilt ein Parkverbot außer für Anwohner, Lieferanten und so weiter. Hier und da gibt es Parkbuchten, aber da darf man nur zwei Stunden stehen. Ian wird meistens einen der großen Parkplätze benutzt haben, wo er den Wagen den ganzen Tag stehen lassen konnte.« Er überlegte kurz. »Zwei sind hier in der Nähe, einer hinter dem College – West Mercia College, beim Castle Square – und einer in der Nähe der Bibliothek auf der anderen Seite der Corve Street beim Bull Ring, von da aus kommt man leicht zur Kirche. Allerdings«, fügte er mit einem bedauernden Blick hinzu, »wird sein Auto inzwischen ganz bestimmt abgeschleppt worden sein. Autokrallen werden hier generell nicht benutzt.«

»Könnte sein Vater es abgeholt haben mit einem Ersatzschlüssel?«, fragte Lynley.

»Möglich. Vorausgesetzt, er wusste, wo es geparkt war.«

»Hat er Sie nicht nach dem Auto gefragt?«

Spencer schüttelte den Kopf. »Außer Ihnen hat niemand danach gefragt.«

»'ne Ahnung, was für ein Auto er fuhr?«, fragte Barbara.

»Ach Gott, das tut mir sehr leid. Ich kenne mich mit Autos gar nicht aus. Ich habe es einmal gesehen, weiß aber nur noch, dass es blau war. Und alt. Mehr kann ich Ihnen nicht sagen.«

LUDLOW
SHROPSHIRE

Bevor sie sich von dem Pfarrer verabschiedeten, erklärte ihm Lynley, Havers und er müssten womöglich seinen Computer abholen und einem Forensiker übergeben. Da Ian Druitt den Rechner während seiner Zeit bei den Spencers benutzt habe, habe er möglicherweise Spuren darauf hinterlassen, die ihnen bei ihren Ermittlungen behilflich sein könnten. Spencer blickte besorgt drein, als er das Wort »Spuren« hörte, fragte jedoch nicht, welche Art von Spur Lynley meinte, sondern versicherte ihm, er werde, falls nötig, den Computer aushändigen.

Sie machten sich wieder auf den Weg. Zuerst mussten sie ein Ladekabel für Druitts Handy finden, weil der Akku mittlerweile leer war. Wahrscheinlich gab es im Hotel Aufladekabel für Gäste, also schlugen sie die Richtung dorthin ein.

Zu dieser Tageszeit herrschte reges Treiben auf dem Markt, wo heute Kleidung, Bettwäsche und Trödel verkauft wurden. Barbaras Interesse an dem Markt überraschte Lynley. Auf einmal rief sie aus: »Da ist Harry, Sir!« Sie gingen zum Rand des Marktplatzes, wo fünf Männer ihre Waren auf Decken anboten, die sie auf dem Kopfsteinpflaster ausgebreitet hatten.

Harry war ein Mann mittleren Alters in Begleitung eines Schäferhundes, der ziemlich einschüchternd wirkte. Seine Kleidung war zerknittert, aber sauber: eine zu kurze Hose und ein Polohemd mit einem aufgestickten St.-Andrews-Schriftzug auf der linken Brust, dazu Birkenstocksandalen und einen etwas zerfledderten Strohhut als Sonnenschutz. Letzteren lüftete er, als er Barbara auf sich zukommen sah, stand auf und verbeugte sich förmlich. Der Schäferhund sprang ebenfalls auf und wedelte freudig mit dem Schwanz. Wie Lynley erfuhr, handelte es sich um eine Hündin namens Sweet Pea, die laut Havers keiner Fliege etwas zuleide tat.

»Was verticken Sie denn heute?«, fragte sie den Mann. »Und was glauben Sie, wie lange es dauert, bis der Hilfspolizist Sie wieder verjagt?«

»Ich bemühe mich nach Kräften, Officer Ruddock für mich zu gewinnen«, sagte Harry in einem Ton, der so sehr an Lynleys erinnerte, dass es ihm fast unheimlich war. »Es widerstrebt mir zutiefst, mich seinen Anweisungen zu widersetzen, denn ich möchte mich wirklich nicht mit ihm anlegen.«

»Warum tun Sie's dann?«

»Weil es mich betrübt, was in unserer modernen Gesellschaft alles weggeworfen wird.«

Harry zeigte auf die Gegenstände, die er auf seiner Decke zum Verkauf anbot: eine rostige Traubenschere, zwei lederne

Hundeleinen, vier Porzellantassen ohne Untertassen, zwei Dessertteller in gutem Zustand, einen uralten Rechenschieber, einen Winkelmesser, einen Kompass, eine Swatch-Uhr und drei ordentlich gefaltete Strickjacken.

»Außerdem«, fuhr er fort, »ergeben sich immer wieder gute Gespräche, die ich sehr genieße. Ein Musiker, der vor einem Geschäft hockt und Flöte spielt, kommt nicht in diesen Genuss, verstehen Sie? Ich habe die Erfahrung gemacht, dass die Leute uns Nichtsesshafte meiden. Sie fürchten wohl, dass wir etwas von ihnen wollen, und sie wissen nicht recht, wie sie damit umgehen sollen. Und natürlich erweckt Sweet Pea auch schnell den falschen Eindruck. Außer Ihnen, Sergeant, hat sich mir noch niemand genähert, wenn ich es mir in einem Hauseingang gemütlich gemacht habe. Wer ist Ihre Begleitung, wenn ich fragen darf?«

»DI Lynley«, antwortete Barbara. »Auch von der Met.«

»Darf ich fragen, warum Sie und DI Lynley sich in Ludlow aufhalten?«

»Gerade sind wir auf der Suche nach einem Ladekabel. Wir haben nämlich Ian Druitts Handy gefunden.«

»Tatsächlich? Ist das eine Art Durchbruch?«

»Das wissen wir erst, wenn wir das Handy aufgeladen haben. Sie haben nicht zufällig eins?«

»Ein Handy habe ich, ja. Ein Zugeständnis an meine Schwester, die sich immer so ängstigt, was meine Schlafgewohnheiten und meinen sonstigen Lebensstil angeht. Ein Ladekabel besitze ich allerdings nicht, da ich es ja nirgends anschließen kann. Mein Banker lädt das Handy für mich auf.«

Noch eine Überraschung, dachte Lynley. Schwer vorzustellen, dass diese Vogelscheuche von Mann einen Banker hatte.

»Ist sonst was Interessantes in der Stadt vorgefallen, das Sie uns gern mitteilen würden?«, fragte sie. »Saufgelage? Krawalle auf dem Platz? Streikende Käsehändler?«

Gedankenverloren hob Harry das Polohemd an und kratzte sich den weißen Bauch. »Auf dem Burggelände wird gerade das jährliche Shakespeare-Festival vorbereitet, aber ich bezweifle, dass Sie darauf anspielen, obwohl sich gestern eine Frau ein Bein gebrochen hat, als sie durch die Falltür der Bühne stürzte. Die Tür war nicht vernünftig befestigt worden. Was gab es noch… Ach ja. Vor zwei Tagen hatte ein Reisebus vor dem Konzerthaus eine Panne, und dann mussten achtunddreißig alte Damen in Twinsets und Brogues drei Stunden lang am Straßenrand auf einen Ersatzbus warten. Man sollte annehmen, dass ältere Damen mit so viel Lebenserfahrung geduldiger sind, aber sie fuchtelten mit mehreren Stöcken und mindestens einer Gehhilfe herum, sodass Officer Ruddock eingeschritten ist, um einen Aufstand zu verhindern.«

»Musste er noch mal Besoffene aus dem Hart & Hind werfen, seit ich das letzte Mal hier war?«

»Nicht dass ich wüsste, aber möglich ist es sicherlich, mit dem College in der Nähe und den vielen jungen Leuten.«

»Er hat also niemanden in seinen Streifenwagen gezerrt?«

Harry blickte erst Barbara, dann Lynley an, dem die klugen und aufrichtigen Augen des Mannes auffielen. »Ich hoffe, der Arme steckt nicht in Schwierigkeiten«, sagte er. »Er ist ein anständiger Kerl, auch wenn er uns immer wieder von hier verscheucht.« Er deutete auf die anderen, die ebenfalls illegal Sachen verhökerten. »Aber das tut er schließlich auf Anweisung des Bürgermeisters und des Stadtrats. Das kann man ihm nicht zum Vorwurf machen.«

Lynley fragte sich, was Havers mit ihren Fragen bezweckte. Kurze Zeit später verabschiedete sie sich von Harry, riet ihm aufzupassen, was in Ludlow geschah, und gab ihm ihre Karte, falls ihm etwas Wichtiges einfiel.

Auf dem Weg zum Hotel sagte sie: »Der Mann kriegt 'ne Menge mit. Hat mir erzählt, dass der Hilfspolizist betrunkene College-Studenten in seinem Streifenwagen rumfährt, und davor hatte ich Ruddock ja schon an dem einen Abend mit ’ner jungen Frau in seinem Streifenwagen gesehen. Er behauptet, er hat keine Freundin, und das hat mich stutzig gemacht. Ich hab Ardery gesagt, wenn der auf dem Parkplatz hinter der Polizeistation ’ne heimliche Nummer geschoben hat, hätte jeder sich reinschleichen und Druitt kaltmachen können. Und Ruddock würde wohl kaum wollen, dass das ans Licht kommt.«

Als sie das Hotel betraten, winkte ein junger Mann – es war nicht Peace on Earth –, der gerade ein Telefongespräch beendete, sie zu sich. »Hier ist eine Nachricht für Sie«, sagte er zu Havers und gab ihr einen Zettel. Sie faltete ihn auf, las ihn und sagte zu Lynley: »Der Hilfspolizist war da. Wir sollen ihn anrufen, wenn wir was brauchen.« Sie blickte von dem Zettel auf und fügte hinzu: »Sie wollen ihn doch bestimmt kennenlernen.«

»Allerdings«, sagte Lynley.

»In der Lobby wartet übrigens ein Herr auf Sie«, sagte der Rezeptionist. »Ich habe ihm gesagt, dass ich nicht weiß, wann Sie wiederkommen, aber er wollte warten.«

Der Herr entpuppte sich als Clive Druitt. Vor ihm stand eine Tasse Kaffee. Als sie zu ihm traten, erhob er sich und sagte: »Sind Sie die Polizisten von der Met? Mein Abgeordneter sagte mir, es kämen zwei.«

Er erklärte ihnen, er habe die Sachen seines Sohnes mitgebracht, falls sie sie noch einmal durchsehen wollten. Die andere Polizistin – »diese Frau«, wie er sich ausdrückte, und Lynley konnte förmlich sehen, wie sich bei Havers die Nackenhaare sträubten – habe ihm versichert, sie und ein Sergeant seien alles bereits durchgegangen, aber er habe bei ihr ein ungutes Gefühl. Als er sich mit ihr in der Nähe von Kidderminster getroffen habe, habe ihr Atem nach… Egal. Ob man sie von dem Fall abgezogen habe?

»Nicht direkt«, erwiderte Lynley, was Druitt nicht unbedingt beschwichtigte, aber er hegte nicht den Wunsch, mehr über Isabelles Atem zu erfahren, weil er genau wusste, wohin das zwischen ihm und Havers womöglich führte, und darauf konnte er verzichten. Stattdessen bedankte er sich bei Clive Druitt für sein Kommen und fragte ihn, ob sein Sohn einen Laptop, ein Tablet oder einen Computer besessen habe.

»Ian und Computer?« Druitt lachte auf. »Unwahrscheinlich. Von Technik hatte er keine Ahnung. Vor Jahren hatte er einmal einen Computer, aber der ist ihm kaputtgegangen, als er ein paar Programme löschen wollte. Dabei hat er das ganze Betriebssystem zerschossen, und damit hatte sich das Ganze erledigt.«

»Kein Mailaccount, kein Facebook, LinkedIn oder so?«, fragte Havers.

»So was hat er bestimmt alles mit dem Handy erledigt. Das übrigens nicht bei seinen Sachen war. Und ich würde gerne wissen, was damit passiert ist.«

»Wir haben es«, sagte Lynley. In dem Moment erschien Peace on Earth und bot ihnen Kaffee, Mineralwasser und Orangensaft an. »Wenn jemand die Kisten in mein Zimmer bringen könnte…«, sagte Lynley zu dem jungen Mann.

»Am besten in meins, Sir«, sagte Havers. »Da haben wir mehr Platz, falls wir das Zeug noch mal durchgehen.«

»Ich hoffe doch sehr, dass Sie das machen«, sagte Clive Druitt. »Und zwar alles. Diesmal soll nichts unter den Teppich gekehrt werden.«

»Wir wissen nicht, ob das beim letzten Mal passiert ist«, entgegnete Lynley, und bevor Druitt weiter darauf herumreiten konnte, fügte er hinzu, er hätte gerne die Geburtstage und Telefonnummern aller Familienmitglieder der Druitts. Wahrscheinlich sei Ians Handy mit einer PIN gesichert, und erfahrungsgemäß verwendeten die meisten Leute so etwas.

Auf Druitts Frage, bis wann er die Nummern brauche,

antwortete Lynley höflich, jetzt gleich, falls es ihm nichts ausmache. Havers zückte Notizblock und Druckbleistift und wartete gespannt. Druitt musste allerdings erst seine Frau anrufen, denn anscheinend wusste er nur das Geburtsdatum des ersten Kindes, und selbst da war er sich nicht sicher. Glücklicherweise konnte seine Frau ihm aushelfen, und er wiederholte die Zahlen, damit Havers mitschreiben konnte. Anschließend hörte er seiner Frau noch einen Moment zu und erklärte Havers dann, Ian habe seine Großtante Uma besonders gerngehabt, deren Geburtsdatum er auch gleich mitlieferte.

Nachdem er aufgelegt hatte, fragte er: »Was suchen Sie eigentlich auf Ians Handy?«

»Reine Routine«, antwortete Lynley. »Wir werden außerdem seine Verbindungsdaten anfordern, aber vielleicht helfen uns Ihre Informationen schon weiter.«

»Mein Sohn war ein anständiger Mensch«, sagte Druitt. »Was auch immer man Ihnen über ihn erzählt, ist eine Lüge.«

Er griff nach einem großen, braunen Briefumschlag und reichte ihn Lynley. Darin befanden sich eine Brieftasche, eine Bibel, ein Gebetbuch, ein Adressbuch und ein Bündel Rechnungen, die Ian Druitts Vater nach dessen Tod beglichen hatte. Havers füllte einen Empfangsschein aus und gab ihn Druitt. Er stand auf. »Wenn ich sonst noch irgendetwas für Sie tun kann …«

Eine Sache gebe es da noch, sagte Lynley. Sie seien auf der Suche nach Ians Auto und hätten zwar seine Schlüssel, wüssten jedoch weder Marke noch Modell noch Baujahr. Vielleicht könne er ihnen weiterhelfen? Habe er vielleicht sogar den Wagen?

Er hatte ihn nicht. Aber es sei ein 1962er Hillman, hellblau, die hinteren Kotflügel seien ziemlich verrostet. Mehrere Aufkleber an der Heckscheibe, die meisten von den Kinks, aber auch einige von den Rolling Stones. Das Kennzeichen wisse er nicht, aber es würden wohl kaum viele solcher Wagen in der Stadt herumfahren.

Schließlich zog er seine Autoschlüssel aus der Tasche. »Ian wurde ermordet«, sagte er. »So wahr ich hier stehe, schwöre ich – mein Sohn wurde ermordet.«

So behutsam wie möglich sagte Lynley: »Es ist sehr schwierig, einen Selbstmord durch Strangulierung vorzutäuschen.«

»Irgendjemand«, beteuerte Druitt, »hat es geschafft.«

LUDLOW
SHROPSHIRE

Brutus hatte sich noch nicht mal eine Ausrede einfallen lassen, und das machte es noch schlimmer. Ja, Ding hatte es mit Finn getrieben, und ja, Finn war einer ihrer Mitbewohner. Aber es war schließlich nicht so, als wären Finn und Brutus Freunde!

Ding wusste genau, dass Brutus Francie absichtlich ausgesucht hatte. Wahrscheinlich hatte er ihr sogar nachgestellt nach dem Motto: »Mal sehen, ob die Schnecke mit den dicken Dingern sich flachlegen lässt.« Und gleichzeitig gedacht: »Wenn du es nicht anders haben willst, Ding, musst du dich nicht wundern«, was ihm wieder mal ähnlich sah. Und das war wirklich unfair, denn er raffte es einfach nicht! Aber nichts zu raffen war auch keine Entschuldigung, denn als er Francie mit nach Hause gebracht hatte, anstatt zu ihr zu fahren, es in ihrem Auto zu treiben oder sich einfach irgendwo am Ufer des Teme ein Plätzchen zu suchen, wusste Ding, dass er ihr eins auswischen wollte. Okay, sagte sie sich, wenn er es so haben wollte, bitte sehr. Aber nicht mit ihren Freundinnen, das war ja wohl das Allerletzte!

Sie würde ein Wörtchen mit Francie reden. Das dürfte

nicht allzu schwierig sein, weil sie, abgesehen davon, dass sie es mit jedem trieb, der ihr vor die Flinte kam, ein Gewohnheitstier war. Nachdem sich Ding wieder beruhigt und das Bild aus ihrem Kopf verbannt hatte, wie Francie vor Brutus kniete, machte sie sich auf den Weg dahin, wo ihre Freundin zu finden war: im Aktzeichenkurs.

Dieser fand im hinteren Teil des Palmers' Hall Campus in der Mill Street statt, einem der drei Orte in der Stadt mit Hörsälen und Seminarräumen. Es gab Kunstateliers, und dort wurden die Fächer Fotografie, Digitaldruck und Medienwissenschaften unterrichtet. Die untere Hälfte der Fenster war ebenso wie das Türfenster des Zeichensaals mit Papier abgeklebt, um den Modellen ein Mindestmaß an Privatsphäre zu gewähren.

Als Ding die Tür öffnete, kam die Lehrerin unverzüglich mit erhobenen Armen auf sie zu. Ding erklärte der gebieterisch dreinblickenden Frau, die einen mit Farb- und Kohleflecken übersäten Laborkittel trug, sie müsse mit Francie Adamucci dringend sprechen. »Sie ist beschäftigt«, sagte die Lehrerin. »Da müssen Sie sich bis zur Pause gedulden. Und warten Sie bitte draußen, das hier ist ein geschlossener Kurs.«

»Sie hat bestimmt nichts dagegen. Es ist wichtig.«

»Aber ich habe etwas dagegen.«

»Ist schon okay, Miss Maxwell«, rief Francie. Sie stand nackt mit einem Kranz auf dem Kopf und einem Obstkorb auf der Hüfte auf einem Podest. »Ich kenne sie. Sie kann gerne hereinkommen, wenn sie möchte.« Sie blieb in ihrer Pose, bewegte nicht einmal den Kopf, während sie sprach, so als wollte sie demonstrieren, dass Dings Anwesenheit ihr überhaupt nichts ausmachte.

»Solange sie Sie nicht ablenkt«, sagte Miss Maxwell.

»Wird sie nicht«, sagte Francie. »Nicht wahr, Ding?«

Ding versicherte der Lehrerin, sie werde sich kurzfassen und dann sofort wieder verschwinden. Als sie jedoch vor

Francie stand, dämmerte ihr, dass das vielleicht doch nicht der beste Moment war. Sie wollte ihrer Freundin in die Augen sehen, wenn sie mit ihr redete, und das war hier unmöglich. Außerdem entmutigte es sie, Francie nackt zu sehen, die im Gegensatz zu Ding ausgesprochen üppige Formen hatte.

Anders als die meisten modernen Frauen rasierte Francie ihre Schamhaare nicht. Sie hatte sie zu einem ordentlichen Dreieck getrimmt, aber nicht komplett gewachst wie viele junge Frauen, die dadurch wie kleine Mädchen, Unterwäschemodels oder Pornostars aussahen. Francie fand, wenn ein Kerl keine echte Frau sehen wolle, könne er sie mal kreuzweise. Sie werde nichts mit ihrem Körper anstellen, nur um kindische feuchte Träume zu befriedigen. Körperbehaarung an anderen Stellen kam für sie jedoch nicht infrage. Unter den Achseln oder an den Beinen? Haare an den Zehen oder Brustwarzen? Keine Chance. Es gab einen Unterschied, eine *echte* Frau zu sein und eine echte Frau zu *sein*, lautete ihre Devise. Was auch immer das heißen sollte.

Ding ging so nah wie möglich an das Podest heran und sagte leise: »Ich will nur wissen, wer von euch es war.«

Francie spielte ihr nichts vor. »Wer die Idee hatte, meinst du?«

»Fangen wir damit an, über den Rest können wir danach reden.«

»Es hat mir nichts bedeutet«, sagte Francie. »Brutus ist ganz süß, aber… Ich meine, ich will nichts von ihm, Ding. Er ist vielleicht… Ist er überhaupt schon achtzehn? Was soll ich mit einem Achtzehnjährigen?«

»Das war keine Antwort«, zischte Ding.

»Worauf?«

»Wessen Idee es war. Das will ich zuerst wissen.«

»Ach so. Mal überlegen.« Francie zog die Stirn kraus, während sie angestrengt nachdachte oder zumindest so tat. Schließlich sagte sie: »Es… ich weiß es nicht genau.«

»Ist das dein Ernst? Das soll ich dir glauben?«

»Du kennst mich doch!« Als Ding nicht reagierte, fuhr Francie seufzend fort: »Also gut, ich versuch's.« Dann: »Er war mit dem Kajak auf dem Fluss.«

»Allein?«

»Mit irgendeinem Mädchen, keine Ahnung, wer das war.«

»Wie sah sie aus?«

»Weiß ich doch nicht. Ich hab die ja nicht beobachtet oder so. Vielleicht hatte sie etwas breite Schultern. Ach, jetzt fällt's mir wieder ein – sie hatte eine furchtbare Frisur! Sie hatte ein Tanktop an, das weiß ich noch, und eine echt hässliche Jogginghose, soweit ich das sehen konnte, als sie ausgestiegen sind. So richtig schlabberig am Hintern. Und eine furchtbare Farbe! Wie vergammelte Erbsen.«

Ding verdrehte die Augen. Natürlich fielen Francie die Frisur und die Klamotten auf. »Jetzt red schon«, sagte sie.

»Ich kam gerade von zu Hause, und als ich auf der Ludford Bridge war, hat jemand meinen Namen gerufen. Da hab ich die beiden gesehen. Sie hatte so eine Brille auf, bei der sich in der Sonne die Farbe ändert. Ach ja, und sie hatte eine komische Kette um, mit 'nem riesigen Anhänger dran, wie 'ne olympische Medaille oder so.«

»Allison Franklin«, sagte Ding. Der Beschreibung nach konnte es nur sie sein.

»Kann sein«, sagte Francie. »Also, wie gesagt, jemand hat meinen Namen gerufen, also hab ich gewinkt und irgendwas gesagt wie: ›Supermuskeln! Zum Anbeißen!‹ Irgendwie so was.«

»Kannst du dich nicht ein Mal zusammenreißen?«, fragte Ding.

»Es hat überhaupt nichts zu bedeuten!« Francie warf ihr einen Blick zu, woraufhin sie sofort von Miss Maxwell zurechtgewiesen wurde. »Es war nur so dahergeredet. Aber Brutus hat es wohl als Aufforderung verstanden, denn er meinte, ich sollte auf ihn warten. Er wollte mit mir über unseren Biokurs reden.«

»Du besuchst doch gar keinen Biokurs. Und er auch nicht.«

»Deswegen dachte ich ja auch, es wär irgend 'ne versteckte Botschaft oder so. Dass er die Tussi loswerden wollte, und ich sollte ihm dabei helfen und einfach mitspielen. Wer hätte es ihm bei dieser furchtbaren Hose verübeln können? Manche Mädchen müssen wirklich aufpassen, was sie anziehen! Jedenfalls hatte ich recht. Brutus hat ihr kurz an den Arsch gefasst und die Zunge in den Hals gesteckt, als sie aus dem Kajak gestiegen sind, vielleicht um ihr weiszumachen, dass er nur ihr gehört, keine Ahnung. Dann ist sie abgehauen, damit wir in Ruhe für Bio pauken konnten. Und dann sind wir eben in der Kiste gelandet.«

Ding brach der Schweiß aus. Es war sowieso warm im Raum, weil Francie ja nackt Modell stand – trotzdem waren ihre Brustwarzen steif –, und einige der Kunststudenten schwitzten sichtlich. Ihr aber wurde heiß, weil sie wütend war und diese Wut wie Kohle in ihrem Bauch glühte. Lauter als beabsichtigt sagte sie: »Also war es seine Idee? Oder doch deine? Jetzt rück schon damit raus, verdammt noch mal!«

Francie bedachte sie mit einem merkwürdigen Blick und bat Miss Maxwell um eine kurze Pause. Der Obstkorb werde langsam schwer. Fünf Minuten vielleicht oder zehn?

Miss Maxwell stimmte einer Pause von fünf Minuten zu, und Francie setzte den Korb ab und stieg vom Podest. Ein gestreifter Bademantel lag für sie bereit, doch sie beachtete ihn gar nicht und blieb nackt, als sie mit Ding an die Seite ging, wo Regale mit Leinwänden, Zeichenblöcken und anderem Zeichen- und Malzubehör standen.

»Okay«, sagte Francie. »Du hast immer gesagt, es ist nichts Ernstes zwischen Brutus und dir. Deswegen dachte ich, es würde dir nichts ausmachen.«

»Wer hatte die Idee?«, fauchte Ding.

»Wahrscheinlich wir beide. Ich weiß es nicht mehr, Ding.«

»Dann sag mir, was passiert ist. Alles.«

Francie verlagerte das Gewicht und schob die Hüfte vor. Gedankenverloren kratzte sie sich an den Schamhaaren. »Ich glaub, ich hab ihn gefragt, was das sollte, von wegen Bio pauken«, sagte sie. »Er meinte, er wollte einfach mal was anderes ausprobieren. Dann hat er gegrinst – und mal ehrlich, er ist echt süß, auch wenn er für meinen Geschmack ein bisschen jung ist –, und ich hab gefragt, was anderes oder eine andere? Dann hat er wieder gegrinst und ist sich durch die Haare gefahren und hat mich angekuckt wie …«

»Ich kenn seine Masche«, sagte Ding. »Red weiter.«

»Also sind wir zu ihm, haben einen durchgezogen und ein bisschen rumgemacht. Das war alles.«

»Von wegen!«, rief Ding. Drei Kunststudenten schauten zu ihnen herüber. Sie flüsterte: »Du hast vor ihm gekniet und dabei bestimmt nicht für den Weltfrieden gebetet!«

»Klar wollte ich ihm einen blasen«, sagte Francie. »Aber das hat doch nichts zu bedeuten. Wir waren halt da, und er war … er ist eben, wie er so ist, und es war wie …«

Sie verstummte. Ding hatte Tränen in den Augen, und sie hätte im Erdboden versinken können, weil Francie es bemerkt hatte.

»Mensch, Ding!«, sagte Francie. »Das zwischen euch ist doch nichts Ernstes, oder? Und es hat wirklich nichts bedeutet, es war nur ein bisschen Spaß, nur Sex! Er und ich und zwanzig Minuten, wenn es überhaupt so lange gedauert hat.«

»Willst du …« Dings Lippen waren so trocken, dass sie glaubte, sie würden gleich aufplatzen. »Willst du damit sagen, dass ihr … nachdem ich die Tür zugeknallt hab … tatsächlich weitergemacht habt? War es euch scheißegal, dass ich euch auf frischer Tat ertappt hatte?«

»Wieso denn nicht? Wir waren ja in sein Zimmer gegangen, um … was soll ich dazu sagen? Dingie, du hast mir doch von all den Typen in Cardew Hall erzählt! Von diesem Lieferanten, der die Gläser für deine Mutter gebracht hat. Oder dem anderen in der Kirche an Ostern! Und was war mit dem, der das Stalldach repariert hat? Oder hast du dir das alles nur ausgedacht?«

»Das hat damit nichts zu tun«, sagte Ding. »Du wusstest von Brutus und mir … und wir wohnen zusammen, Francie!«

»Aber ihr lebt doch nicht zusammen. Ich dachte wirklich nicht, dass es dir was ausmacht. Glaubst du im Ernst, ich hätte sonst … Und so weit ist es außerdem gar nicht gekommen. Er konnte nicht, zumindest nicht in meinen Mund, also musste ich …«

»Hör auf!«, schrie Ding und hielt sich die Ohren zu.

»Es tut mir wirklich leid!«, rief Francie. »Wenn ich gewusst hätte, dass er dir was bedeutet …«

»Tut er nicht. Vielleicht hab ich das gedacht, aber das stimmt nicht!«

Francie schaute zur Tür. Miss Maxwell kam zielstrebig auf sie zu, also beeilte sie sich zu sagen: »Ich hab mir nichts dabei gedacht. Und was ich über 'n flotten Dreier gesagt hab – das war nur so dahergeredet. Aber ich hab dir angesehen, dass du sauer warst, ich hab nur nicht kapiert, warum, wegen der ganzen Typen bei dir zu Hause in Cardew Hall und … Gibt es überhaupt andere Typen, Ding? Oder gibt es für dich nur Brutus? Wenn ja, will ich auf der Stelle tot umfallen, weil … ich wollte dir doch auf keinen Fall wehtun! Es war einfach blöd von mir, mehr nicht.«

»Die Damen, wenn wir dieses Tête-à-tête allmählich beenden könnten …«, sagte Miss Maxwell nachdrücklich.

»Ding. Dingie …«, war das Letzte, was Ding hörte, als sie zur Tür eilte. Sie weinte und wusste nicht, warum, aber das wollte sie auch lieber gar nicht wissen. Sie hatte Francie nämlich nichts vorgeflunkert, als sie ihr von den Typen in Cardew

Hall erzählt hatte und was und wo sie es mit denen getrieben hatte. Es waren sogar noch mehr gewesen. Aber die Wahrheit war auch, dass Brutus ihr immer mehr bedeutet hatte. Sie wusste, wer er war und wie er war, sie wusste nur nicht, wie sie damit umgehen sollte.

LUDLOW
SHROPSHIRE

Lynley kümmerte sich um die Suche nach Ian Druitts Hillman, während Havers mit dem Handy, einem Ladekabel, das ihnen die Rezeption wie erhofft zu Verfügung gestellt hatte, und der Liste mit Geburtstagen und Telefonnummern von Druitts Verwandten, einschließlich Tante Uma, im Hotel blieb. Auf gut Glück begann Lynley mit seiner Suche in der direkten Umgebung der St. Laurence Church, vielleicht hatte Ian Druitt ja einen Parkplatz in der Nähe gefunden, für den keine Einschränkungen galten.

Wieder einmal ging er in Richtung Castle Square, der heute ziemlich belebt war. Drei Reisebusse hatten ihre Passagiere am Anfang der Mill Street abgeladen. Sie waren auf dem Markt ausgeschwärmt und schauten sich die Trödelstände an.

Anstatt sich einen Weg durch das Gedränge zu bahnen, ging Lynley auf dem Gehweg und überquerte den Platz erst am östlichen Ende. Dort wurden Harry Rochester und seine Kumpane gerade vom Hilfspolizisten verscheucht. Das musste Gary Ruddock sein: ein kräftig gebauter Mann, etwa eins achtzig groß, nicht dick, mit einem runden Gesicht. Er schien etwas älter zu sein, als Lynley erwartet hatte. Er hatte mit einem jungen Polizisten Anfang zwanzig gerechnet, aber Ruddock wirkte eher wie Anfang dreißig. Er redete gerade mit Harry Rochester, doch das Gespräch schien freundlich zu verlaufen.

Lynley kümmerte sich nicht weiter um die beiden, sondern überquerte den Platz hinter ihnen und ging weiter in Richtung der St. Laurence Church. Der Weg führte durch eine der Kopfsteinpflasterstraßen, kaum breiter als die Karren, mit denen die Händler vor langer Zeit die Bewohner der Burg versorgt hatten, weiter bis zur College Street gegenüber der Kirche. Er entdeckte den ersten Parkplatz. Doch hier gab es die Einschränkungen, von denen Mr Spencer gesprochen hatte: Parken nur für Anwohner, Besucher durften höchstens zwei Stunden hier stehen, danach wurden sie abgeschleppt. Die von Backsteingebäuden und Wohnhäusern mit Stuckfassade gesäumte Straße traf auf die Linney Street, die am Ufer des Flusses Corve entlangführte. Die Wohnhäuser hier waren älter als die in der College Street. Auch hier war das Parken eingeschränkt, und Schilder machten deutlich, was Falschparkern blühte. Falls Ian Druitt seinen Wagen also in der näheren Umgebung der Kirche abgestellt hatte, wäre sein Hillman wohl noch in der Todesnacht abgeschleppt worden.

Lynley wollte schon die auf den Warnschildern angegebene Telefonnummer wählen, beschloss jedoch, erst noch auf dem nächsten Parkplatz nachzusehen, der sich laut Stadtplan hinter dem West Mercia College befand, mit einer Zufahrt vom Castle Square her. Ein kleiner Spaziergang an einem schönen Tag, sagte er sich.

Als er sich wieder dem Markt näherte, sah er, dass Harry und seine Kumpane sich mittlerweile zerstreut hatten. Den Hilfspolizisten entdeckte er am anderen Ende des Platzes bei einem kleinen, weißen Verkaufswagen, an dem Grillwürste verkauft wurden.

Ruddock unterhielt sich mit einem Mann, offenbar dem Besitzer des Stands. Es schien um die Platzierung einer Tafel mit den Preisen seiner Snacks zu gehen, auf die Ruddock zeigte und die den Eingang zum West Mercia College blockierte. Als der Hilfspolizist weiterging, stellte der Wurstbudenbesitzer die Tafel mit mürrischem Gesicht an einen anderen Platz.

Lynley wandte sich ab und fand kurz darauf den Parkplatz hinter dem College. Da es einen Parkscheinautomaten gab, wäre der Hillman wahrscheinlich schon längst abgeschleppt worden, falls er hier gestanden hatte, dachte Lynley. Aber er wollte auf Nummer sicher gehen. Der Parkplatz war fast voll – die meisten Autos gehörten wohl den Studenten –, aber nicht allzu groß, und innerhalb von zehn Minuten hatte er ihn abgesucht. Bis auf einen ramponierten VW-Bus war kein Fahrzeug auch nur annähernd so alt wie ein 1962er Hillman.

Wie schon zuvor fand Lynley die Telefonnummer des Abschleppdienstes auf mehreren Schildern, und anstatt auf dem Parkplatz in der Nähe der Stadtbibliothek weiterzusuchen, rief er an und erkundigte sich nach der Adresse des Abschleppdienstes. Er hatte Glück, denn es gab nur einen Hof drei Kilometer außerhalb von Ludlow an der A 4117 hinter Rockgreen. Er sei an einem riesigen, sich drehenden rosa Elefanten zu erkennen, sagte man ihm. Niemand wisse, warum die Betreiber dieses Logo gewählt hätten, aber so sei der Hof zumindest nicht zu übersehen.

Weil er nicht vergeblich dorthin fahren wollte, rief Lynley an. Nach einem kurzen Gespräch und einer nicht enden wollenden Wartezeit, während derer er zwei Studenten dabei beobachtete, wie sie Geld gegen eine kleine Plastiktüte mit einer zweifellos illegalen Substanz tauschten, bekam er die erhoffte Information. Ja, auf dem Abschlepphof stehe ein 1962er Hillman. Ob er der Besitzer sei.

Nein, sagte Lynley, er sei von der Polizei. Der Besitzer sei tot, und sie seien auf der Suche nach dem Fahrzeug.

Und wer zahle dann die Abschlepp- und Verwaltungsgebühr?

Lynley versprach, er werde das übernehmen. Das schien ihm einfacher, als die nötigen rechtlichen Schritte einzuleiten, um in den Besitz des Wagens zu kommen.

Da der Abschlepphof außerhalb der Stadt lag und Lynley das Fahrzeug gleich mitnehmen wollte, rief er ein Taxi. Er musste nicht lange an der Mill Street darauf warten. Die Fahrerin war eine ältere Dame, die klassischen – aber glücklicherweise sanften – Rock'n'Roll im Radio hörte. Auf dem Weg durch die Stadt erklärte sie ihm, dass es keinen direkten Weg nach Rockgreen gebe. Und ihm blieb nichts anderes übrig, als *Where the Boys are*, *Judy's Turn to cry* und *Johnny Angel* über sich ergehen zu lassen.

Während *Tell Laura I love her* kam der sich drehende rosa Elefant in Sicht. Als Lynley die Fahrerin bezahlte, fragte er sich, wie er den typischen Pubertätsängsten, die solche Lieder besangen, entgangen war. Andererseits hatte er als Sechzehnjähriger größere Probleme gehabt: einen todkranken Vater, eine Mutter, die eine Affäre mit dem Krebsspezialisten seines Vaters hatte, einen auf Abwege geratenen jüngeren Bruder und seine eigene Trauer und Verwirrung.

Auf dem Hofgelände ging er zu einem Wohnwagen, der den Betreibern – einem Paar um die siebzig in Overalls im Partnerlook mit aufgestickten Namensschriftzügen – gleichzeitig als Wohnung und als Büro zu dienen schien. Er nannte sich Totally Roger und sie, die offenbar auch als Empfangsdame fungierte, Absolute Lucinda. Lynley zeigte seinen Dienstausweis, sagte, wonach er suchte, und erklärte erneut, dass der Besitzer des Hillman, Ian Druitt, im März gestorben sei. Der Name sagte weder Totally Roger noch Absolute Lucinda etwas, aber da Lynley Polizist war und von New Scotland Yard kam, stellten sie ein paar Fragen wie: »Was hat der Kerl denn angestellt?« (Roger) und »Wollten Sie ihn verhaften?« (Lucinda). Sie wollten sich nicht von dem Wagen trennen, nur wenn DI Lynley etwas vorlegen könne, das ihn dazu autorisiere, den Wagen mitzunehmen. Lynley fragte sich, warum sie so eine alte Kiste unbedingt behalten wollten, aber wahrscheinlich nutzten sie nur die seltene Gelegenheit aus, die Polizei nach ihrer Pfeife tanzen zu lassen. Er erklärte ihnen, er könne sich natürlich einen richterlichen Beschluss besorgen, dann müssten sie jedoch auf die Stellplatz-Gebühren für die zwei Monate verzichten.

Sie zögerten keinen Augenblick, und nachdem Lynley mit seiner Kreditkarte bezahlt hatte, führte Totally Roger ihn zu dem Hillman. Das gewiefte Paar hatte den Wagen bereits ans Ende der Reihe gestellt. Sie hatten also gewusst, dass sie auf verlorenem Posten standen und aus der Situation so viel wie möglich herausholen wollten.

Lynley bedankte sich bei Roger, der sich verzog, und betrachtete den Wagen. Die Reifen des Hillman waren auffällig abgenutzt, und der rechte Kotflügel hatte eine tiefe Delle, aber davon abgesehen war das Auto genau so, wie Clive Druitt es beschrieben hatte: alt, Rost an den Kotflügeln, Aufkleber aus den Sechzigern an der Heckscheibe. Der ursprüngliche Besitzer war offenbar gerne auf Konzerte gegangen und hatte seinen Wagen mit Erinnerungen an verschiedene Musikveranstaltungen geschmückt, aber Clive Druitt hatte recht gehabt: Die Kinks hatten einen besonderen Platz im Herzen desjenigen gehabt, dicht gefolgt von den Stones.

Lynley schloss den Wagen auf und öffnete die Fahrertür. Ihrem Zustand nach zu urteilen waren die Sitzpolster genauso alt wie der Rest des Fahrzeugs. Sie mussten dringend ausgebessert oder ausgetauscht werden: Die Nähte am Fahrersitz waren aufgeplatzt, und der Stoff des Rücksitzes war ausgeblichen.

Lynley stieg ein und drehte den Zündschlüssel. Der Hillman, der keine Strom ziehende, moderne Elektronik und somit noch eine volle Batterie hatte, sprang ohne Probleme an.

Lynley fuhr an den Rand des Abschlepphofs, schaltete den Wagen aus und untersuchte ihn genauer.

Als Erstes nahm er sich den Kofferraum vor. Sein Auto hatte Ian Druitt offenbar nicht besonders in Ordnung gehalten. Neben Werkzeug für einen Reifenwechsel (obwohl gar kein Ersatzreifen vorhanden war) lagen ein paar schäbige Wolldecken im Kofferraum. Fünf Kanister Motoröl ließen vermuten, dass der Hillman reichlich Öl verbrauchte. Drei weitere, leere Kanister warteten darauf, entsorgt zu werden. Ein alter Pullover war in eine Ecke gestopft, und darunter lag eine Fusselrolle mit einer dicken Schicht Tierhaare. Passend dazu fanden sich zwei Lebendfallen, auf denen Schilder mit der Aufschrift »Wildkatzenrettung« und einer Telefonnummer klebten.

Sonst nichts als Staub und Dreck im Kofferraum, also widmete Lynley sich dem Innenraum. Anscheinend hatte Ian Druitt den Wagen als eine Art mobiles Büro benutzt. In einem Pappkarton auf dem Rücksitz fand Lynley diverse Aktenordner mit Belegen über Reparaturen, die über die Jahre an dem Auto vorgenommen worden waren, Flugblättern für die Hangdog Hillbillies – die skurrile Skiffle-Band, in der Druitt laut Havers' Bericht gespielt hatte, Ausdrucke von Street-Pastors-Programmen in größeren Städten, von Programmen für Opfer von Verbrechen, eine zehn Jahre umfassende Sammlung von Tankquittungen, auf denen sogar der jeweilige Kilometerstand eingetragen war, und einige Predigten von bedeutenden anglikanischen Priestern. Außerdem war in dem Karton ein Gedichtband von William Butler Yeats mit einem Lesezeichen bei dem Gedicht *The Second Coming*. Unter dem Karton lag ein etwa zwanzig Jahre alter großer, ziemlich eselsohriger Reiseführer für Großbritannien. Lynley blätterte darin, fand jedoch nichts Auffälliges.

Hinten auf dem Boden entdeckte Lynley eine Zinkwanne und einen Besenstiel, an dessen Ende kein Feger, sondern eine dicke Schnur befestigt war. Stirnrunzelnd betrachtete er die Gegenstände, dann begriff er, welches Instrument der Diakon bei den Hangdog Hillbillies gespielt hatte: den Waschwannenbass.

Er klappte den Beifahrersitz wieder zurück, setzte sich und öffnete das Handschuhfach. Es enthielt eine Sonnenbrille mit Sehstärke, sorgfältig in einem Lederetui aufbewahrt, Fahrzeug- und Versicherungspapiere, einen Mitgliedsausweis des Royal Automobile Club und eine Broschüre des National Trust, möglicherweise hatte Druitt sich für die religiöse, architektonische oder aristokratische Geschichte des Landes interessiert. Am interessantesten jedoch war der erste Hinweis darauf, dass der Mann sexuell aktiv gewesen war: eine Packung Kondome. Lynley öffnete sie, von den ursprünglich zwanzig waren nur noch zehn übrig.

LUDLOW
SHROPSHIRE

Das Einzige, was Barbara wusste, nachdem sie sich eine geschlagene Stunde mit Ian Druitts Handy beschäftigt hatte, war, dass das Vereinigte Königreich an Nazideutschland gefallen wäre, wenn man sie zur Entzifferung des feindlichen Nachrichtenverkehrs nach Bletchley Park geschickt hätte. Sie hatte jedes Geburtsdatum ausprobiert, um das Handy zu entsperren, hatte die Ziffern in der richtigen Reihenfolge und umgekehrt eingegeben und irgendwann aus purer Verzweiflung wahllos durcheinandergemischt. Danach war sie zu den Adressen übergegangen, die Clive Druitt ihnen gegeben hatte, aber auch das hatte nichts gebracht. Damit das verdammte Ding nicht komplett gesperrt wurde, hatte sie es nach jedem dritten Versuch aus- und wieder angeschaltet, aber irgendwann hatte sie einfach aufgegeben und sich Ian Druitts Terminkalender vorgenommen. Sie arbeitete sich rückwärts vom Todestag des Diakons vor, glich die eingetragenen Namen mit dem Telefonbuch von Ludlow ab und rief jeden an, der einen Termin mit Druitt gehabt hatte.

Allerdings stand nicht jeder Name im Telefonbuch. Die dazugehörigen Personen wohnten wahrscheinlich in einem anderen Teil Shropshires oder hatten Geheimnummern. Diejenigen, die sie erreichte, sprachen bereitwillig über ihre Verbindung zu Ian Druitt. Es dauerte mehrere Stunden, aber Barbara erfuhr ein paar Details, die zwar nicht gerade brisant waren, jedoch etwas mehr Aufschluss über Druitts Leben in den letzten Wochen vor seinem Tod gaben.

Als Lynley zum Hotel zurückkehrte, stand Barbara gerade am hinteren Ende des Hotelparkplatzes und gönnte sich eine Zigarette. Amüsiert beobachtete sie, wie Lynley mit dem alten Hillman auf den Parkplatz rumpelte. In einer solchen Klapperkiste hatte sie ihn bisher nur gesehen, wenn es ihr ausnahmsweise gelungen war, ihn in ihren Mini zu locken. Dass er Gefahr lief, seinen maßgeschneiderten Anzug in Druitts schmuddeligem Fahrzeug zu beschmutzen, freute sie besonders.

Er parkte in ihrer Nähe und stieg aus. »Das ist er?«, fragte sie. »Der klingt ja noch schlimmer als meiner, hätt ich gar nicht für möglich gehalten!«

»Der Zustand im Wageninneren macht Ihrem Wagen jedenfalls Konkurrenz«, sagte er. »Fehlen nur die leeren Essensverpackungen. Anscheinend hat der Diakon lieber selber gekocht.«

»Oder Mülleimer benutzt.«

»Oder das.« Lynley hievte einen Karton aus dem Auto.

»Irgendwas Aussagekräftiges gefunden?«, fragte sie.

»Ein erfülltes Leben, sonst nicht viel.« Er sagte, er werde sie ihrem Laster überlassen und in der Lobby auf sie warten.

Sie zog noch zweimal hastig an ihrer Kippe und trat sie aus. Als sie das Hotel betrat, legte Lynley gerade Aktenordner auf einen Tisch. Zu Peace on Earth – der ein bisschen zu neugierig wirkte – sagte er, eine Tasse Tee sei jetzt genau das Richtige, Lapsang Souchong, falls sie welchen hätten, ansonsten Assam.

»Earl Grey?«, fragte Peace on Earth hoffnungsvoll.

Selbstverständlich, sagte Lynley und fügte an Barbara gewandt hinzu: »Earl Grey? Oder würde der nur die wenig heilsame Wirkung Ihrer Zigarette wegspülen?«

»Sehr witzig. Ich mag PG Tips«, sagte sie zu Peace on Earth. »Aber Earl Grey tut's auch, wenn's sein muss.«

Nachdem der junge Mann gegangen war, um sich um den Tee zu kümmern, erkundigte sich Lynley nach Barbaras Fortschritten mit dem Handy. Sie antwortete, die Sache sei ein mehr oder weniger erfolgloses Unterfangen gewesen. Allerdings sei sie mit dem Terminkalender und dem Telefonbuch von Ludlow etwas weiter vorangekommen.

Sie nahm ihren Notizblock aus der Tasche, klappte ihn auf, klaubte sich einen Tabakkrümel von der Zunge und begann. Sie habe mit zwei Elternpaaren gesprochen, deren Kinder den Hort besuchten. Offenbar hatte Druitt ein Gespräch mit den Eltern geführt, bevor er das Kind in den Hort aufgenommen hatte.

»Die waren total begeistert von Druitt«, sagte Barbara. »Der hat den Kindern bei den Hausaufgaben geholfen, mit ihnen gespielt, Ausflüge gemacht und so weiter. Von irgendwelchen Übergriffen haben die noch nie was gehört.«

Druitt habe sich mit einer Frau getroffen, die in Birmingham ein Street-Pastors-Programm eingeführt habe, um dem Problem mit nachts randalierenden Jugendlichen Herr zu werden. »Partys, Komasaufen, Drogen, das Übliche«, sagte Barbara. »Jetzt haben sie da ein Zentrum zum Ausnüchtern. Die Street Pastors sammeln die Jugendlichen ein, servieren ihnen Suppe, Kaffee, Tee, Sandwiches. Druitt wollte hier ein ähnliches Programm aufbauen. Ich nehm an, Gary Ruddock war mit von der Partie – darauf sollten wir ihn noch ansprechen –, der muss sich ja bisher allein um alles kümmern und hätte sich bestimmt gefreut, ein paar Helfer zu bekommen.«

Sie erwähnte den Namen Declan MacMurra, der kurz vor Ian Druitts Tod mehrmals im Terminkalender auftauchte. Ian habe mit ihm über Katzen gesprochen.

»Einfangen, kastrieren und wieder freilassen?«, fragte Lynley. »Im Kofferraum von Druitts Auto liegen Lebendfallen.«

»Die gehören MacMurra«, sagte Barbara. »Er hat danach gefragt, als wir telefoniert haben. Der totale Katzennarr.«

Als Nächstes kamen Randy, Blake und Stu, die einzigen Vornamen im Terminkalender. Es handle sich um Mitglieder der Hangdog Hillbillies, wie sie beim Durchsehen von einer von Clive Druitts Kisten festgestellt habe. Auf einem Flugblatt standen die Namen der Musiker: Randy am Banjo, Blake an der Gitarre, Stu an den Trommeln. Keine Nachnamen, also habe sie sie nicht ausfindig machen können, aber falls nötig, könnten sie und Lynley bei einem ihrer Auftrittsorte nachfragen, da könnte ihnen schon irgendwer die vollständigen Namen sagen.

Spencers erkläre sich von selbst; Druitt hatte den Namen dreimal zur Abendessenszeit in den Kalender eingetragen. Zwei andere Namen gehörten zu Personen, die der Diakon in der Untersuchungszelle auf der Polizeistation von Shrewsbury besucht hatte.

Lynley nahm einen Aktenordner zur Hand, den er in dem Hillman gefunden hatte. »Hier hat er Informationen zum Programm für ehrenamtliche Häftlingsbetreuung gesammelt.«

»Als ich letztes Mal hier war, hab ich schon gehört, dass der Typ sich um jedes Ehrenamt gerissen hat.«

»Irgendwelche weiteren Erkenntnisse in Bezug auf die Namen im Kalender?«

»Drei sind kranke Gemeindemitglieder. Einer lag zu der Zeit im Krankenhaus. Vier sind Opfer von Verbrechen. Nichts Großes, Bagatelldelikte, obwohl einer bei einem Raub am Kopf verletzt wurde.«

»Ein weiteres Programm, zu dem er Informationen hatte«, sagte Lynley und reichte ihr einen Ordner. »Weißer Ring, ehrenamtliche Organisation für die Betreuung von Kriminalitätsopfern«, sagte er, und nachdem sie einen Blick in die Akte geworfen hatte, fügte er hinzu: »Merkwürdig ist es schon.«

»Was?«

»Selbst für einen Gottesmann ist das außerordentlich viel ehrenamtliche Arbeit.«

»Das fanden Ardery und ich auch.« Barbara rief sich in Erinnerung, was sie bei ihrem ersten Besuch in der Stadt erfahren hatte. »Mr Spencer meinte, Druitt hätte die Prüfungen nicht geschafft, um ein richtiger Priester zu werden, Sir. Er hat es fünf Mal versucht, aber seine Nerven haben ihm einen Strich durch die Rechnung gemacht.« Sie zeigte auf die Papiere auf dem Tisch. »Vielleicht hat er sich deswegen so ins Zeug gelegt, Gott und seinen Mitmenschen zu dienen.«

Lynley nickte, wirkte jedoch skeptisch. »Ich habe Kondome in seinem Wagen gefunden, eine Zwanzigerpackung. Zehn waren noch da. Was sagen Sie dazu?«

»Vielleicht hat er die unter den Jungs in der Stadt verteilt. Unter den älteren, meine ich. Das würde doch zu ihm passen, oder?«

»Andere Möglichkeiten?«

»Na ja. Vielleicht hatte er ’ne Freundin. Aber das wär auch komisch.«

»Dass er eine Freundin hatte?«

Sie schüttelte den Kopf. »Dass ihr Name nirgendwo auftaucht. Es gäbe doch bestimmt Gerüchte. Andererseits …« Sie hielt den Terminkalender hoch. »Hier ist was, Sir. Eine gewisse Frau Lomax.«

»Sie meinen, die Kondome haben mit ihr zu tun?«

»Kaum. Es sei denn, er stand auf ältere Damen. Ardery und ich haben die Frau getroffen. Sie sieht aus wie siebzig.«

»Was ist es dann?«

»Sie steht sieben Mal hier drin. Sie hat behauptet, sie hätte sich mit Druitt getroffen, weil ihre Familie in 'ner Krise steckte und sie mit jemandem darüber reden musste.«

»Finden Sie das ungewöhnlich? Er war schließlich Geistlicher.«

»Stimmt, uns hat sie aber gesagt, dass sie überhaupt nicht religiös ist, und sie wollte nicht so richtig mit der Sprache rausrücken, wie sie überhaupt mit ihm in Kontakt gekommen ist. Außerdem hat Druitt keinen beraten. Alle, mit denen ich gesprochen hab, haben ihn über den grünen Klee gelobt, aber niemand war wegen einer Beratung bei ihm, spirituell oder sonst wie. Und diese Lomax? Ein Anwalt war da, als wir sie befragt haben. Die sollten wir uns noch mal vorknöpfen.«

»Gute Idee«, sagte Lynley.

ST. JULIAN'S WELL
LUDLOW
SHROPSHIRE

Als Rabiah Lomax die Tür öffnete und die schrecklich gekleidete Polizistin – an deren Namen sie sich nicht erinnerte – und ihren eleganten Partner vor sich sah, dachte sie kurz daran, Aeschylus anzurufen, entschied sich aber dagegen. Sie hatte an diesem Abend Wichtigeres zu tun, nämlich die Mitglieder des Komitees für Wartung und Reparaturen zu einer Sitzung einzubestellen. Wenn sie Aeschylus anrief, würde sie warten müssen, bis er eintraf. Es war einfacher, die Sache selbst in die Hand zu nehmen und die beiden Polizisten schnellstmöglich abzuwimmeln.

Die Frau ergriff das Wort. »Mrs Lomax, könnten wir kurz mit Ihnen sprechen? Das hier ist DI Lynley. Sorry, dass wir Sie noch mal belästigen müssen, aber wir würden uns gern ein paar Sachen von Ihnen bestätigen lassen. Möchten Sie Ihren Anwalt anrufen?«

Das war ja interessant, dachte Rabiah, während sie sich den Kopf über den Namen der Frau zerbrach. Seit wann schlugen Polizisten einem vor, dass man seinen Anwalt verständigen sollte? Zumindest in keiner Fernsehserie, die sie jemals gesehen hatte. Da wollten sie immer genau das vermeiden. »Tut mir furchtbar leid, aber ich erinnere mich nicht mehr an Ihren Namen«, sagte sie.

»Barbara Havers«, sagte die Frau. »Haben Sie einen Moment Zeit?«

»Ist etwas passiert?«

»Sollte etwas passiert sein?«

»Nicht dass ich wüsste. Ich kann Ihnen jedenfalls nichts Neues über Mr Druitt sagen. Sind Sie deswegen hier?«

Mit einer wohlklingenden Stimme, passend zu seiner maßgeschneiderten Kleidung, die aussah, als wäre sie von einem Diener ein Jahr lang eingetragen worden, sagte der Detective Inspector: »Sergeant Havers und ich wurden gebeten, uns um eine Angelegenheit zu kümmern, die im Zusammenhang mit Mr Druitts Tod steht.«

»Haben Sie das nicht schon mal gemacht? Ich wüsste nicht, was ich Ihnen noch sagen könnte.«

»Sie haben uns ein paar Informationen gegeben, das stimmt«, sagte Sergeant Havers. »Aber seitdem haben sich ein paar Dinge ergeben. Dürfen wir reinkommen?«

Reflexartig warf Rabiah einen Blick über ihre Schulter, ohne dass sie selbst hätte sagen können, warum. »Na schön«, antwortete sie.

Sie trat zur Seite und ließ die Polizisten herein. Sie bot ihnen keine Getränke an und war nicht gerade erfreut, als Sergeant Havers sie um ein Glas Wasser bat. Der andere Polizist tat es ihr gleich, was ihr sofort verdächtig vorkam, wie ein im Voraus abgestimmter Plan. Am liebsten hätte sie ihnen gesagt, sie sollten sich gefälligst im nächsten Supermarkt eine Flasche Wasser kaufen, aber das hätte nur für Missstimmung gesorgt. Also holte sie zwei halb volle Gläser Wasser und kehrte gerade rechtzeitig ins Wohnzimmer zurück, um zu sehen, wie Havers ein gerahmtes Foto zurück auf den Kaminsims stellte. Es war wieder das Foto der Gruppe von Segelfliegerinnen, die fröhlich vor dem Segelflugzeug posierte, dessen Eigentümerinnen sie waren.

»Bitte schön«, sagte Rabiah und reichte jedem ein Glas. Beide tranken nicht. Anscheinend wollten sie sie verunsichern. Aber sie war fest entschlossen, sich nicht verunsichern zu lassen. »Wie kann ich Ihnen dieses Mal behilflich sein?«

Der Detective Inspector nickte seiner Kollegin kaum merklich zu, so diskret, dass es Rabiah beinahe entgangen wäre. »Also«, sagte die Polizistin. »Wir haben uns die Mühe gemacht, alle Personen zu kontaktieren, deren Namen wir in Druitts Terminkalender gefunden haben. Auch Ihr Name steht da drin. Dabei hat sich ein Muster herauskristallisiert, über das wir uns gern mit Ihnen unterhalten würden.«

»Ich bezweifle, dass ich irgendetwas über ein Muster in jemandes Terminkalender sagen kann, Sergeant.«

»Wir werden ja sehen«, sagte Havers gut gelaunt. »Offenbar hatte Mr Druitt sich jede Menge ehrenamtliche Arbeit aufgeladen. Und die Personen in dem Terminkalender lassen sich in verschiedene Gruppen einteilen.« Sie zählte sie demonstrativ an den Fingern ab. »Da sind einmal die Kids aus dem Hort und ihre Eltern, dann ein Street-Pastors-Programm, ein Programm für Verbrechensopfer, ein Häftlingsbesuchsprogramm, dafür ist er extra nach Shrewsbury gefahren, um sich zu vergewissern, dass die Zellen alle blitzeblank waren, dann der Kirchenchor und das Bürgerkomitee in seinem Viertel. Außerdem hat er sich mit dem Bürgermeister und drei Stadtratsmitgliedern getroffen.«

Rabiah bemühte sich, interessiert zu wirken, doch sie spürte, wie sich eine dünne Schweißschicht an ihrem Haaransatz bildete. »Ich bin nicht sicher, worauf Sie hinauswollen oder warum Sie hergekommen sind«, sagte sie. »Befragen Sie jetzt alle Leute, die in Mr Druitts Terminkalender stehen?«

»Gute Frage«, gab Havers zurück und tippte sich anerkennend mit dem Zeigefinger an die Stirn, als würde sie salutieren. »Das hab ich per Telefon erledigt, weil alle Namen – außer denen des Bürgermeisters und der Ratsmitglieder – nur ein Mal im Kalender stehen.«

»Ich kann Ihnen immer noch nicht folgen«, sagte Rabiah.

»Als wir das letzte Mal hier waren – ich und meine Chefin, DCS Ardery –, haben Sie uns gesagt, Sie hätten sich mit dem Diakon getroffen, um mit ihm über Ihre Familiensituation zu sprechen.«

»Richtig. Das habe ich gesagt, und genauso war es auch.«

»Okay. Merkwürdig ist nur, dass Mr Druitt sich mit niemandem sonst wegen familiärer Probleme getroffen hat. Da könnte man vielleicht argumentieren, dass manche Kinder wegen familiärer Probleme in den Hort geschickt wurden. Trotzdem hab ich mich gefragt, ob Sie vielleicht irgendwas an Ihrer Aussage ändern wollen.« Sie trank einen Schluck Wasser. Rabiah fiel auf, dass Havers' Kollege sein Wasser nicht angerührt hatte.

»Und welche Aussage soll das sein?«, fragte Rabiah. Ihre Stimme klang schwach. Das war nicht gut.

»Sie haben mir und meiner Chefin – DCS Ardery – erklärt, Sie und Mr Druitt hätten über Ihre Familie gesprochen. Sieben Mal.«

Rabiah erkannte, dass sie sich etwas Detaillierteres ausdenken musste, und wünschte sich, sie hätte sich notiert, was sie den Polizisten beim letzten Mal erzählt hatte. Jetzt blieb ihr nichts anderes übrig, als zu bluffen und die beiden so schnell wie möglich loszuwerden. »Mr Druitt und ich haben über meinen ältesten Sohn gesprochen«, sagte sie.

»Sie müssen ja was ganz Besonderes sein«, sagte Havers, »denn Sie sind die Einzige, die er in der Art unterstützt hat.«

»Kann sein«, entgegnete Rabiah. Die beiden Polizisten schienen noch etwas mehr zu erwarten, aber sie war fest entschlossen, ihnen nicht mehr zu geben, und fügte entschlossen hinzu: »Wenn das dann alles wäre?«

»Vielleicht könnten Sie uns sagen, worum es genau im Zusammenhang mit Ihrem Sohn ging?«

Natürlich wusste die Frau längst, worum es gegangen war. Rabiah hätte ihr gern gesagt, sie solle gefälligst in ihren Notizen nachsehen, aber vor allem wollte sie, dass sie endlich ihr Haus verließen. »Wie gesagt«, antwortete sie, »um ein Familienproblem.«

»Das kann ja alles Mögliche sein«, sagte Havers, die sie ernst und erwartungsvoll anschaute. »Könnten Sie das präzisieren?«

»Ich wüsste nicht, was das die Polizei angeht.«

»Oh, da haben Sie natürlich recht. Bis auf die klitzekleine Tatsache, dass der Mann, mit dem Sie über Ihr Familienproblem gesprochen haben, jetzt tot ist.«

»Wollen Sie damit andeuten, ich hätte irgendetwas damit zu tun? Wie bereits erwähnt, ich habe mit ihm über meinen Sohn David gesprochen.«

»Das ist derjenige, dessen Tochter gestorben ist?«

»Nein. Das ist Tim«, sagte Rabiah, bevor sie begriff, was gerade passiert war.

Havers nickte. »Alles klar«, sagte sie. »Als wir das letzte Mal hier waren, haben Sie allerdings gesagt, Sie hätten über den Sohn gesprochen, dessen Tochter gestorben ist. Den mit dem Suchtproblem. Drogen? Alkohol? Was anderes?«

»Meine Söhne haben beide ein Suchtproblem, Sergeant«, sagte Rabiah. »Einer hat es geschafft, davon loszukommen, der andere nicht. Wahrscheinlich habe ich mit Mr Druitt bei diesen sieben Treffen über meine beiden Söhne gesprochen. Immerhin ist Tims Tochter gestorben, und David war gerade von seiner Frau und den Kindern verlassen worden. Kinder bleiben Kinder, egal, wie alt sie sind. Irgendwann werden Sie das verstehen, falls Sie es jetzt noch nicht tun.« Sie stand auf. »Kann ich Ihnen sonst irgendwie behilflich sein?«

Havers warf ihrem Kollegen einen Blick zu. Der Mann hatte die ganze Zeit nichts gesagt, Rabiah jedoch auf nervtötende Weise beobachtet. Von der kleinen Narbe auf seiner Oberlippe abgesehen war er ein gut aussehender Mann, ruhig und ernst, so wie ein Mann sein sollte: ansehnlich, bewundernswert, vielleicht auch bereit zum Flirten, aber ohne seine Meinung laut herumposaunen zu müssen.

Schließlich sagte er: »Danke, das wär's fürs Erste.«

ST. JULIAN'S WELL
LUDLOW
SHROPSHIRE

Lynley sah Havers an, dass ihr etwas auf den Nägeln brannte. Dafür gab es meistens zwei Anzeichen. Zuerst änderte sich ihr Gang. Sie schlenderte nicht wie üblich, sondern marschierte los, gegen den Wind ankämpfend, wo es gar keinen Wind gab. Und dann erschien dieser Ausdruck auf ihrem Gesicht, in dem sich entweder ein triumphierendes *Erwischt!* widerspiegelte oder eine Entschlossenheit, weil sie genau wusste, wie es ihr gelang, dass sich dieser *Erwischt!*-Moment einstellte. Auf dem Weg zum Auto fiel ihm sowohl ihr Gang als auch ihr Gesichtsausdruck auf.

»Sie haben es bemerkt, oder?« Sie sprach leise und sah sich verstohlen um, als könnte jeden Moment jemand mit einem Aufnahmegerät bewaffnet aus dem Fenster springen.

»Ja. Aber ich weiß nicht, was uns dieser Zufall sagen soll.«

Abrupt blieb sie stehen. »Wie wär's denn damit, dass es kein Zufall ist?«

Er warf einen Blick zurück zum Haus. Es war gepflegt, ordentlich, ein gewöhnliches Haus wie jedes andere in der Straße. »Rabiah Lomax und Clover Freeman sind zusammen mit acht oder zehn weiteren Personen auf einem Foto zu sehen, und zwar vor einem Segelflugzeug, das sie wahrscheinlich alle fliegen«, sagte er. »Vielleicht handelt es sich um einen Verein?«

Havers ignorierte die Frage, denn offenbar wusste sie etwas, das sie ihm unbedingt sagen wollte. »Ja, ja, aber vergessen Sie Rabiah Lomax. Um die geht es nicht, sondern um die andere.«

»Clover Freeman.«

»Nancy Scannell.«

»Um wen?«

»Nancy Scannell, Sir. Sie ist auch auf dem Foto. Mit Clover Freeman. Und Mrs Lomax. Sie ist eine der Pilotinnen. Sie ist außerdem die Gerichtsmedizinerin, die die Autopsie an Ian Druitt durchgeführt hat. Sie hat seinen Tod als Suizid deklariert. Kapieren Sie's jetzt?«

Havers war total aufgeregt. Dass Nancy Scannell auch Mitglied der Segelfliegergruppe war – wenn man denn von Mitgliedern sprechen konnte –, fand Lynley weniger bemerkenswert, als dass Clover Freeman und Rabiah Lomax beide dazugehörten. »Barbara, denken Sie einmal nach«, sagte er. »Warum sollte das von so großer Bedeutung sein? Es ist vollkommen plausibel, dass zwei Menschen, die sich beruflich kennen, eine Gemeinsamkeit entdecken. Gibt es einen Segelflugplatz hier in der Nähe?«

»Ja, am Long Mynd. Und als wir da waren – Ardery und ich –, haben wir mit Nancy Scannell gesprochen. Sie wollte uns dort treffen, weil sie an dem Tag jemandem beim Starten eines Segelflugzeugs geholfen hat. Und später haben wir rausgefunden, dass Rabiah Lomax zur selben Gruppe gehört. Das Flugzeug gehört allen zusammen. Was, wenn Sie mich fragen, ein total *unzufälliger* Zufall ist.«

»Unsinn«, widersprach Lynley. »Wahrscheinlich gibt es nur einen Segelflugplatz in Shropshire. Wenn es also ein Zentrum für diesen Sport gibt, ist es sogar noch wahrscheinlicher, dass die zwei Frauen, die ansonsten nur beruflich miteinander zu tun haben und sich jedoch beide fürs Fliegen interessieren, dorthin gehen. Sie sind sich des Öfteren auf dem Platz begegnet. Oder es gab einen Aushang an einem Schwarzen Brett, um Interessenten für einen gemeinsamen Flugzeugkauf zu finden. Sie könnten sich darüber gefunden haben. Oder sie könnten unabhängig voneinander auf dieselbe Idee gekommen sein, nur um dann beim ersten Treffen der potentiellen Käufer festzustellen, dass sie beide Pilotinnen sind und zu einer Gruppe gehören. Es gibt also eine ganze Reihe möglicher Erklärungen, und nichts davon ist wirklich verdächtig.«

»Aber es geht um …«

»Es geht lediglich um eins: ein gemeinsames Interesse. Etwas, das wir zur Kenntnis nehmen können, aber mehr nicht. Diese Information könnte sich vielleicht als hilfreich erweisen, sie könnte sich aber genauso gut als völlig unbedeutend entpuppen, und ich vertraue darauf, dass Sie sich nicht blind darauf stürzen, nur weil sie in Ihren Augen in ein bestimmtes Bild passt.«

Sie wandte den Blick ab, aber er sah ihr an, dass sie drauf und dran war, die Frage noch weiter zu diskutieren. Er ließ ihr nicht die Gelegenheit dazu. »Schauen Sie doch mal auf Ihrem Handy nach, ob Ruddock Sie angerufen hat.«

Sie hatte den Hilfspolizisten angerufen, bevor sie das Hotel verlassen hatten, war jedoch direkt zur Mailbox weitergeleitet worden. Sie hatte Ruddock gebeten, sich so bald wie möglich bei ihr zu melden, ihm aber keinen Grund genannt. Während ihres Besuchs bei Rabiah Lomax hatte sie ihr Handy allerdings auf lautlos gestellt. Sie nahm es aus der Tasche.

»Nichts«, sagte sie. »Sie meinen also nicht, wir sollten …«

»Ich meine, wir sollten nicht vorschnell handeln. Eins nach dem anderen, Sergeant.«

»Haben wir dafür nicht viel zu wenig Zeit?«

»Noch sind wir nicht verzweifelt, Barbara.«

Ihr Blick sagte jedoch etwas anderes.

18. Mai

WORCESTER
HEREFORDSHIRE

Als Trevor Freeman aufwachte, war es dunkel, und sein Kopf und sein ganzer Körper fühlten sich an, als hätte er eine Nacht im Drogenrausch hinter sich. Er hatte geschlafen, als wäre er für eine hundert Jahre andauernde Reise ins Weltall in eine Art Scheintod versetzt worden, und einen Moment lang wünschte er sich, er wäre tatsächlich in einer Zeitreisekapsel, denn mit dem Aufwachen kamen Bilder hoch, auf die er gerne verzichtet hätte. Er versuchte, sie so schnell wieder auszublenden, wie sie auf ihn einstürzten, aber vergebens. Zwei Bilder wurden hervorgerufen von Gesprächsfetzen, die er am Abend zuvor aufgeschnappt hatte, das dritte war seiner eigenen Lüsternheit geschuldet.

Gaz Ruddock war der Einladung zum Abendessen gefolgt, die Trevor auf Wunsch seiner Frau ausgesprochen hatte. Aber das unbefriedigende Gespräch mit Clover im Vorfeld über den Hilfspolizisten und die umständliche Art, wie die Einladung erfolgt war, hatten Trevors Misstrauen erregt. Infolgedessen hatte er die ganze Zeit auf alles überempfindlich reagiert. Sie hatten Steak, Kartoffeln, Salat und Nachtisch auf der Veranda gegessen, und von Anfang an schien jedes Wort, jede Bewegung, jeder Tonfall und jeder Blick eine versteckte Bedeutung zu haben.

Clovers Aufzug hatte es nicht gerade besser gemacht. Normalerweise kleidete sie sich auf dezente Weise erotisch, aber aus irgendeinem Grund hatte sie sich an diesem Abend anders entschieden. Sie trug eine Dreiviertelhose, die die schönsten Knöchel der Welt zur Geltung brachte, dazu Sandalen – wobei sie eine permanent am großen Zeh hin und her baumeln ließ – und ein Top, das ihr immer wieder wie zufällig von der Schulter rutschte. Außerdem hatte sie – vielleicht, um anzudeuten, dass sie sich in aller Eile angezogen hatte – keinen BH an, wodurch ihre Brustwarzen vorwitzig hervorstanden. Nur ein Blinder hätte das ignorieren können.

Natürlich hatte sie eine Ausrede für ihr Outfit parat, in der Hinsicht war sie gewieft. Er hatte gerade die Steaks in der Marinade umgedreht, als er sie hereinkommen hörte. Sie kam kurz in die Küche und meinte, sie werde sich nützlich machen, sobald sie die Uniform abgelegt und etwas Bequemeres übergezogen habe. Als er einen Blick auf die Kartoffeln im Ofen warf, rief sie von oben: »Trev, könntest du mir kurz helfen?« Da Fleisch und Kartoffeln so gut wie fertig waren und nur noch der Salat vorbereitet werden musste, ging er nach oben.

Er fand sie im Schlafzimmer, wo sie sich in eine Nonne verwandelt hatte. Das Kostüm musste in dem Päckchen gewesen sein, das auf der Türschwelle gelegen hatte, als er nach Hause gekommen war. Es musste auch ein Priesterkostüm dabei gewesen sein, denn auf dem Bett lag eins, das er offenbar anziehen sollte, damit sie das Spiel »Priester verführt Nonne« spielen konnten. Oder »Fromme Nonne wird von Priester vom Gebet abgehalten«. Vermutlich hatte sie Letzteres im Sinn, denn sie kniete bereits wie zum Gebet auf dem Polsterhocker, den sie vor die Kommode geschoben hatte, einen Rosenkranz zwischen den Fingern.

Sie drehte sich zu Trevor um mit einem Gesichtsausdruck wie die Jungfrau Maria. Sie streckte die Hand nach ihm aus und sagte: »Bitte, Vater, ich möchte beichten!«

Er hätte nichts lieber getan, als mitzuspielen, allerdings gab es da ein Problem: Zeit. »Und ich würde deine Beichte gerne hören«, sagte er.

Sie schaute zum Bett, wo sein Priesterkostüm lag. »Müssen Sie nicht zuerst Ihr Gewand anlegen, Vater?«

»Das würde ich nur zu gerne tun. Leider hast du etwas vergessen. Gaz kommt gleich zum Essen.«

Augenblicklich war sie wieder Clover. »Mist. Ich hab das Päckchen gesehen und alles andere vergessen.« Sie lachte. »Okay, ich beeile mich. Ich habe eigentlich gedacht, der lüsterne Priester würde die Zügel in die Hand nehmen, aber egal. Komm her, Schatz. Mal sehen, was Schwester Maria Rosenkranz mit dir vorhat.«

»Du bist ein ungezogenes Mädchen.«

»Immer. Komm her, Vater Freeman.«

Er lachte. »Clover, wirklich, wir haben jetzt keine Zeit.«

»O doch, haben wir. Du würdest dich wundern, was ich in …«

In dem Moment hatte es an der Tür geklingelt. »Okay, wir verschieben es auf später«, sagte er, beugte sich vor, um sie zu küssen, und streichelte sie zwischen den Beinen, bevor er ihrer Hand auswich, die nach dem Reißverschluss an seiner Hose griff. Dann ging er nach unten, öffnete die Tür und begrüßte Gaz Ruddock.

Ihr Angebot hätte eigentlich ausreichen sollen, um seine Gedanken den restlichen Abend zu beschäftigen, bis sie wieder in ihre jeweiligen Kostüme schlüpfen konnten. Normalerweise hätten die Momente im Schlafzimmer allein gereicht, um ihn für alles blind zu machen, wenn er nicht zufällig gehört hätte, wie Gaz zu Clover sagte: »Wir können es immer noch versuchen, wenn …« Gaz hatte abrupt abgebrochen, als Trevor mit dem Kaffee auf die Veranda kam, und sich beeilt, das Essen zu loben und zu betonen, wie sehr er sich wünschte, er könnte auch so gut mit dem Grill umgehen wie Trev.

Doch Trevor ließ sich nicht so leicht ablenken. »Und was könntet ihr beiden immer noch versuchen?«, fragte er so freundlich wie möglich.

»Es geht um Scotland Yard«, antwortete Clover. »Du weißt doch, wie er sein kann, wenn man ihn provoziert.«

»Wer?«

»Finnegan, wer sonst?«

Er schwieg einen Moment, bevor er sagte: »Das weiß ich nicht. Vielleicht solltest du es mir sagen.«

Clover wirkte verwirrt, doch sie fuhr fort: »Wenn die von der Met ihn noch mal befragen, werden sie ihn diesmal nicht mit Samthandschuhen anfassen. Ich wäre gerne dabei, und wenn das nicht geht, möchte ich, dass Gaz dabei ist.«

Trevor hätte gerne erwidert, dass sie seiner Frage gezielt auswich, andererseits klang ihre Antwort völlig vernünftig. Er sagte sich, dass er, weil er ein so großes Verlangen nach Clover verspürte, überall das Begehren anderer wahrzunehmen meinte. Der Gedanke hätte vielleicht den Abend gerettet, hätte er nicht ebenfalls Clovers leise Worte gehört, als Gaz sich verabschiedete. »Wir reden später darüber« warf mehrere Fragen auf: Worüber genau würden sie später sprechen? Warum die Heimlichtuerei? Und warum flüsterte sie, damit ihr Ehemann nichts mitbekam?

Clover schloss die Tür, und ihr Blick fiel auf Trevor. Sie hatte offenbar nicht gemerkt, dass er so nah hinter ihr stand. Doch bevor er eine Erklärung verlangen konnte, entschuldigte sie sich mit einem »Schatz, ich muss mal kurz nach oben« und war fort.

Danach hatte sie leichtes Spiel gehabt. Als sie wieder nach draußen auf die Veranda kam, hatte er gerade angefangen, den Grill zu säubern. Sie hatte sich wieder als Nonne verkleidet, doch diesmal trug sie nur den Schleier, Haube und Rosenkranz hatte sie sich um die Hüfte gebunden.

Erschrocken dachte er: Himmel! Die Nachbarn!, und sah

hinaus, ob vielleicht jemand sie vom Fenster eines der umliegenden Häuser neugierig beobachtete. Aber ehe er protestieren konnte, legte Clover ihm die Hände auf die Hüften und sagte: »Schwester Maria Rosenkranz hat sich etwas ganz Besonderes für dich ausgedacht.«

Obwohl er sie auf der Stelle hätte vernaschen können, log er: »Ich bin hundemüde, Clover. Ein andermal.«

»Nichts da«, sagte sie und ließ die Finger zu seinem Reißverschluss wandern.

Er bemerkte, dass Gaz länger geblieben war als erwartet.

»Du weißt doch, dass Gottes Wille immer an erster Stelle steht, Trev«, sagte sie mit sittsamem Augenaufschlag.

»Ist das so?«, fragte er, als ihre kühlen, sanften Finger seine Haut berührten.

»Ja, so ist das.« Sie setzte sich auf den Verandatisch und lockte ihn zu sich. Sie spreizte die Beine. »Komm«, flüsterte sie. »Gottes Wille geschehe.«

Und Gottes Wille geschah. Natürlich wusste sie ganz genau, dass er bei ihr immer so schwach war wie ein Fisch am Angelhaken. Und nicht nur auf der Veranda war Gottes Wille geschehen, sondern später noch einmal im Schlafzimmer, wo Trev sie, nachdem er in der Küche für Ordnung gesorgt hatte, wieder wie früher am Abend vorgefunden hatte als Nonne mit dem Rosenkranz in der Hand. Diesmal hatte sie das Kostüm an und tat überrascht und verängstigt, dass ein Fremder in ihre Kammer eindrang, wo sie ins Gebet vertieft war.

Idiot, der er war, spielte er nur zu gern den Eindringling, der sie gegen ihren jungfräulichen Willen nahm, während sie angsterfüllt stöhnte: »Wer sind Sie? Was wollen Sie von mir?« Hinterher waren sie erschöpft eingeschlafen.

So war das mit Clover. Er hatte es zugelassen, sie kannte ihn besser als irgendjemand sonst. Sie wusste, dass er sich ihr gegenüber immer noch wie ein notgeiler Sechszehnjähriger benahm, was hauptsächlich an ihren verrückten Sexspielen lag. Wenn Clover ihn aus dem Konzept bringen, ihn von ihren Intrigen ablenken wollte, brauchte sie ihn nur an ihren perfekten Körper heranzulassen, das wusste sie genau.

Früh am nächsten Morgen wachte er auf. Er bemerkte selbst, dass er streng roch. Er musste dringend duschen, aber stattdessen schlüpfte er in Trainingsanzug und Turnschuhe und ging nach unten. Er konnte das Surren von Clovers Heimtrainer im Wintergarten hören. Sie hatte ein Tempo drauf, das er nie durchhalten würde.

Auch das war so besonders an ihr: wie viel Wert sie darauf legte, in Form zu bleiben. Noch bis vor ein paar Tagen hatte er dies ihrem Vater zugeschrieben, dessen sitzende Tätigkeit als Psychoanalytiker ebenso wie sein heftiger Alkohol- und Tabakkonsum zu seinem frühen Tod im Alter von vierundfünfzig Jahren geführt hatten. Sie hatte immer gesagt, sie wolle nicht in die Fußstapfen ihres Vaters treten, und Trevor hatte ihren Fitnesswahn eigentlich immer bewundert – so hatten sie sich schließlich damals kennengelernt, als er selbst noch täglich ins Fitnessstudio gegangen war –, aber inzwischen wusste er, dass das auch noch einem ganz anderen Zweck diente: Es hielt ihren Körper an den richtigen Stellen jugendlich straff. Und das nicht unbedingt für ihn.

Er betrat den Wintergarten, wo der Morgen schon zu erahnen war. Es war noch so dunkel, dass er sein Spiegelbild im Fensterglas erblickte. Er sah ein bisschen abgespannt, ein bisschen dicklich aus, hatte Hängebacken statt eines markanten Kinn. Auf ihr Aerobic-Training konzentriert bemerkte Clover ihn nicht. Sie trug Kopfhörer, und der Schweiß tropfte auf die Handtücher, die sie an den Fuß des Heimtrainers gelegt hatte.

Er setzte sich vorne auf die Bank des Heimtrainers. Sie hob den Kopf und sah ihn erschrocken an, denn normalerweise stand er nicht vor sieben Uhr auf. Sie nahm die Kopfhörer ab, ohne ihr Tempo zu verringern. Er zweifelte keine Sekunde daran, dass diese Frau das Herz einer Zwanzigjährigen besaß.

Eine Klingel kündigte das Ende ihrer Fitnessstunde an. Sie ging in die Abkühlphase über und trat jetzt schwer atmend etwas langsamer in die Pedale. Sie setzte sich auf und sagte: »Du bist ja früh auf. Hab ich dich geweckt?«

»Keine Sorge. Ich war im Koma. Hab schon gedacht, du hättest mir irgendwas verabreicht.«

»Hab ich auch. Zweimal sogar. Hat dir anscheinend genauso gefallen wie mir. Brauchst du noch mehr? Lässt sich machen.«

Normalerweise würde er über ihre Anzüglichkeiten grinsen, zu ihr gehen und ihr zwischen die Schenkel greifen. Aber wenn er das täte, würden sie genau wieder dort landen, wo sie ihn haben wollte, und er würde sich wieder sagen, dass sie ein echter Glücksgriff war und er ein echter Glückspilz, und sich fragen, warum er verdammt noch mal nicht einfach sein Leben genießen und den lieben Gott einen guten Mann sein lassen konnte. Aber nach dem gestrigen Abend war Clovers Anmache garantiert nicht ohne Hintergedanken.

Anscheinend hatte sie kapiert, dass etwas nicht stimmte, Trevor sah es ihr an. Er hätte einfach ausschlafen sollen, so wie er es immer tat.

Sie ergriff als Erste das Wort – anscheinend sah sie die Notwendigkeit, die Oberhand zu behalten. Was sie sagte, überraschte ihn trotzdem: »Ich muss dir etwas beichten. Aber lass mich ausreden, okay?«

Sofort war er auf der Hut. »Was musst du mir beichten?«

»Beim Sex gestern hatte ich einen Hintergedanken. Ich war scharf auf dich, ja, aber es wäre nicht fair, wenn ich so täte, als hätte nicht noch etwas anderes dahintergesteckt.«

Trevor hatte nicht damit gerechnet, dass sie direkt zum Thema kommen würde. Er wusste nicht, was er davon halten sollte, und das sagte er ihr.

»Ich wollte gestern Abend einfach nicht mit dir über Finnegan reden«, entgegnete sie darauf.

Noch eine Überraschung. Er runzelte die Stirn. »Was genau ist mit Finn?«

Sie wurde langsamer auf dem Rad, griff nach ihrer Wasserflasche und trank sie halb leer. »Das wird dir nicht gefallen.«

»Ich höre.«

Sie atmete tief ein, stieß die Luft aus und sagte: »Ich habe eine Abmachung mit Gaz. Du solltest es nie erfahren, aber ich merke ... Du kannst nichts vor mir verbergen, und gestern habe ich dir angesehen, dass du langsam dahinterkommst. Trev, wir beide ... Wir sind uns doch nie wegen Finn einig gewesen. Und jetzt ist er in Ludlow und hat alle möglichen Freiheiten, die er hier nicht hatte, und dann diese spinnerte Idee, nach Spanien zu fahren, mit der er uns letztes Weihnachten überrascht hat. Ich musste doch wenigstens ... Du weißt doch, wie er ist, Trevor!«

Es sah ihr gar nicht ähnlich, dass ihr die Worte fehlten. Da war noch mehr im Busch, dachte Trevor, und es würde ihm nicht gefallen. »Warum sagst du mir nicht einfach, was los ist?«

Sie trat langsamer in die Pedale, aber sie stieg noch nicht ab. »Ich habe Gaz gebeten, die Augen offen zu halten.«

»Was meinst du damit?«

»Ich habe ihn gebeten, auf Finnegan aufzupassen. Mir Bescheid zu sagen, wenn Finnegan ... na ja, falls er auf die schiefe Bahn gerät. Du weißt, wie er sein kann. So leichtsinnig. Und jetzt kann er so viel trinken und kiffen, wie er will – und das wird er bestimmt tun –, und er kann an alle möglichen anderen Drogen kommen, die die jungen Leute heutzutage nehmen ... Ich mach mir einfach dauernd Sorgen. Und weil ich Gaz vom Ausbildungszentrum her kenne und weiß, dass er immer gern bereit ist, einem einen Gefallen zu tun ... Ich dachte einfach, er würde vielleicht Finnegan im Auge behalten und ab und zu nach ihm sehen.«

Trevor sagte nichts, während er die Neuigkeit verdaute. Er sah, dass sie versuchte, seine Gedanken zu lesen, so wie er versuchte, ihre zu lesen.

Sie schien einen Entschluss zu fassen und fuhr eilig fort: »Ich hätte dir von unserer Abmachung erzählen sollen, aber ich wusste, dass du nicht einverstanden gewesen wärst. Also dachte ich, Gaz könnte alles… heimlich tun, sozusagen. Finnegan würde von nichts wissen und du auch nicht. Es würde so aussehen, als wäre Gaz einfach nur nett zu ihm. Aber dann kam die Sache mit Ian Druitt, und alles wurde irgendwie kompliziert, und ich will nicht, dass es auch noch kompliziert wird zwischen dir und mir. Also erzähle ich es dir jetzt.«

Das Thema Clover und Finnegan hatte Trevor schon immer den Magen umgedreht, und so war es auch jetzt. »Das Problem ist nicht Finn«, sagte er, »sondern dass du es nicht ertragen kannst, nicht zu wissen, was er tut. Seit seinem sechsten Lebensjahr zeigt er dir, was passiert, wenn du so weitermachst, Clover, aber es hat nichts genützt.«

»Liebling, ich gebe ja zu, ich hätte dir das mit Gaz erzählen sollen, aber du wärst damit nicht einverstanden gewesen.«

»Du kannst es einfach nicht lassen, ihn gegen dich aufzubringen, und damit treibst du ihn genau dahin, wovor du ihn beschützen willst: Saufen, Drogen, Partys und so weiter.«

»Das sehe ich anders. Außerdem gehen wir beide die Dinge eben unterschiedlich an, das war schon immer so.«

»Herrgott noch mal, Clover.« Er rieb sich mit den Händen das Gesicht und dann den kahlen Kopf. »Wir können die Eltern sein, zu denen unsere Vergangenheit uns gemacht hat, oder wir können Eltern sein, die aus ihrer Vergangenheit gelernt haben. Welche der beiden Möglichkeiten, meinst du, trifft auf das zu, was du mit Finn machst?«

»Was ich mit ihm mache? Was mach ich denn mit ihm? Du hörst dich an wie mein Vater. Es geht nicht um ihn! Und es geht nicht um meine Mutter. Oder um deinen Vater und deine Mutter und deine Geschwister als glückliche Familie am Tisch, und ich weiß, dass du das wolltest, und es tut mir leid, dass ich es dir nicht geben konnte, okay?«

Ein cleverer Schachzug, dachte er, aber da würde er nicht mitspielen. »Stimmt. Es geht um niemanden außer um uns beide, um das, was wir über Finn denken, und darum, wie Gaz Ruddock ins Bild passt.«

»In welches Bild? Ich habe Gaz gebeten, ein Auge auf ihn zu haben, und das war's!«

»Wirklich? Das ist alles? Du hast Gaz also einfach so, ohne Grund, darum gebeten?«

»Ich habe ihn darum gebeten, weil er sowieso den ganzen Tag in Ludlow unterwegs ist. Er sieht und hört Dinge. Also kann es ja kaum ein Umstand für ihn sein herauszukriegen, wie es Finnegan geht! Diese ganze Erfahrung ist neu für Finnegan: von zu Hause weg zu sein, in einer WG zu wohnen, vor Entscheidungen zu stehen, die er vorher nie treffen musste. Ich hab mir Sorgen gemacht, und ehrlich gesagt kann ich nicht verstehen, warum du dir keine machst. Oder warum du dir überhaupt noch nie welche gemacht hast!«

»Weil man nicht rund um die Uhr auf ein Kind aufpassen kann. Wenn du ihn in Watte packen willst …«

»Das tue ich gar nicht.« Sie stieg vom Heimtrainer und trocknete sich energisch mit dem Handtuch ab. »Warum verstehst du nicht, dass ich nur versuche, so gut ich kann für ihn da zu sein? Ach, vergiss es. Ich hab keine Lust, darüber zu reden, als wäre ich eine Verrückte, die nicht aufhören kann, sich in das Leben ihres Kindes einzumischen. Wenn du meinst, Finnegan jetzt erzählen zu müssen, was seine Mutter – zu seinem Besten – organisiert hat, dann bitte schön.«

Damit nahm sie ihre Wasserflasche und ging. Nach ihrem Fitnesstraining machte sie normalerweise mit Gewichten weiter, doch anscheinend hatte sie sich entschlossen, heute lieber darauf zu verzichten.

Trevor brauchte einen Kaffee. Er stand auf und ging in die Küche. Erst als er hörte, wie im ersten Stock die Dusche anging, verstand er, wie Clover ihn von dem Gespräch abgebracht hatte, das er eigentlich hatte führen wollen: indem sie Finnegan ins Spiel brachte.

Diese Frau war verdammt gewieft. Und er hatte nichts herausgefunden, was sie nicht bereit gewesen war, ihm mitzuteilen.

LUDLOW
SHROPSHIRE

Lynley hatte seine Morgendusche beendet, als er sein Handy klingeln hörte. Einen Moment lang hoffte er, dass es Daidre war, die ihn anrief, doch dann sah er Isabelles Namen auf dem Display. Um sieben Uhr morgens war er noch nicht bereit für ein Gespräch mit ihr, was auch immer sie für eine Überraschung auf Lager hatte. Der Anruf wurde zur Mailbox weitergeleitet, und er ging zurück in das winzige Badezimmer und rasierte sich.

Dass er aufgrund seiner anerzogenen Neigung, immer ein Gentleman zu sein, Barbara Havers das komfortablere Zimmer überlassen hatte, rächte sich inzwischen. Sein Bett war so grauenvoll, dass er auf der Matratze auf dem Boden geschlafen hatte. Das Badezimmer war gerade groß genug für einen Zwerg, mit einer Dusche, die kleiner als eine Telefonzelle war. Es gab einen einzigen ovalen Spiegel über dem Waschbecken. Bestenfalls konnte man sich noch in dem uralten Fernseher spiegeln, wenn er ausgeschaltet war, die Vorhänge zugezogen waren und nur die schwache Deckenlampe leuchtete. Aber mehr als eine schemenhafte Silhouette ließ sich darin nicht erahnen.

Lynley wischte gerade über den beschlagenen Badezimmerspiegel, als das Telefon erneut klingelte. Es war Daidre, wie er erleichtert feststellte.

»Ich sollte wohl zuerst fragen, ob Barbara auch brav ihren Stepptanz übt«, sagte sie, als er abnahm.

»Da ich ihr das größere Zimmer überlassen habe, sollte sie zumindest genug Platz dafür haben. Ob sie die Motivation hat, bleibt abzuwarten.«

»Soll ich Dorothea anrufen und ihr empfehlen, sie anzufeuern?«

»Du weißt, wie begeistert Barbara darüber wäre. Wahrscheinlich gönnen wir Dee am besten die Überraschung, Barbara tanzen zu sehen. Hoffentlich glänzen ihre Steppschuhe. Wenn Steppschuhe überhaupt glänzen, da bin ich mir nicht sicher. So langsam bin ich aber wirklich gespannt, allerdings werde ich nicht verraten, worauf.«

»Du kannst so grausam sein.«

»›Zur Grausamkeit zwingt bloße Liebe mich‹, obwohl ich nicht glaube, dass Ophelia diesen Gedanken zu schätzen wusste. Wie geht es dir, mein Liebling? Bist du im Zoo oder noch zu Hause?«

Am anderen Ende herrschte Stille. Er hatte sie »mein Liebling« genannt. Aber er hatte ihr mit der nächsten Frage einen Ausweg gelassen, und sie ergriff die Gelegenheit. »Ich bin zu Hause, Tommy. Aber ich glaube, ich muss nach Cornwall fahren.«

Wenn das keine Ironie war, dachte Lynley, obwohl er wusste, dass sie damit nicht meinte, dass sie bei seiner Familie in Howenstow vorbeischauen wollte. »Ist etwas passiert?«, fragte er.

»Na ja … ja.« Er hörte sie seufzen. Er stellte sie sich in ihrer Wohnung vor. Bestimmt stand sie in der frisch renovierten

Küche vor der Balkontür und schaute in den von Unkraut überwucherten Garten hinaus, einen Cappuccino, ungezuckert, auf der Küchenanrichte, zu dem sie sich nun umdrehte. Sie trug keine Arbeitskleidung, sondern etwas Gemütliches für die Fahrt nach Cornwall und hatte die rotblonden Haare im Nacken zusammengebunden. Die Brillengläser waren frisch geputzt, die Flecken von gestern vorsichtig abgewischt.

»Gwynder hat gestern angerufen«, sagte sie. »Wenn ich mich von meiner Mutter verabschieden will, muss ich es bald tun.«

»Willst du dich denn von ihr verabschieden?«

»Das ist genau das Problem. Ich habe mich schon vor so langer Zeit von ihr verabschiedet, dass es mir jetzt unwichtig vorkommt.«

»Ja, das kann ich mir vorstellen.«

»Ich weiß einfach nicht, ob mein Widerwille, sie ein letztes Mal zu sehen, auf Verbitterung oder Groll beruht oder ich eben gar nicht trauere.«

»Vielleicht ist es alles zusammen. Vielleicht ist dein Widerwille ganz natürlich. Sie war schließlich keine wirkliche Mutter für dich. Sie hat dich geboren, aber das war im Grunde genommen alles. Für deinen Bruder und deine Schwester auch, für euch alle.«

»Ich wäre so gerne wie Gwynder. Ich würde auch gerne sagen, dass unsere Mutter ihr Bestes gegeben hat, aber ich konnte es einfach nie glauben.«

»Niemand, der deine Situation kennt, würde es dir übel nehmen, geschweige denn dich steinigen, wenn du nicht hinfährst.«

»Da ist immer noch mein Name. Mein richtiger Name, meine ich, Tommy. Der, den sie mir gegeben hat, als wüsste sie, wie alles enden würde.«

»Edrek, ja«, sagte er. Es bedeutete *Reue*. Der Name war Teil ihrer Vergangenheit – wie ihre Geburt auf einem Rastplatz in

Cornwall, wie ihre Kindheit in einem Wohnwagen. Ihre Eltern waren fahrende Leute gewesen, die ihren Lebensunterhalt als Kesselflicker verdienten. Teil einer Vergangenheit, aus der sie gerissen wurde, als man sie und ihre Geschwister ihren Eltern wegnahm. Sie waren grob vernachlässigt und nie zur Schule geschickt worden, hatten keine Krankenversicherung und waren verwahrlost. Ihre Kleidung war schmutzig, ihre Haare verfilzt und voller Läuse, ihre Zähne kariös gewesen. Lynley hätte ihr gern gesagt, dass sie ihren Eltern nichts schuldig war, selbst wenn ihre Mutter im Sterben lag. Aber da war immer noch ihr Name – Edrek –, und Reue würde sie empfinden, wenn sie nicht diesen letzten Versuch unternähme, die Vergangenheit zu verarbeiten.

»Ich wünschte, du wärst hier«, sagte sie.

»Warum? Ich bin nicht sehr gut darin, Ratschläge zu geben.«

»Aber du bist sehr gut darin, einfach bei mir zu sein. Ich würde dich glatt bitten mitzukommen.«

»Ah, na ja, das geht leider gerade nicht. Ich habe mir die Suppe hier mehr oder weniger selbst eingebrockt, und wenn ich sie nicht auslöffele, muss ich wohl demnächst wahrscheinlich in Penzance auf Streife gehen. Oder mit Barbara in Berwick-upon-Tweed. Wofür auch immer du dich entscheidest, du musst es leider allein tun. Ich bin aber in Gedanken immer bei dir. Es scheint allerdings am besten zu sein, Dinge, die einen belasten, zu klären, wenn man die Gelegenheit dazu hat. Vielleicht ist das deine Gelegenheit. Es tut mir wirklich leid, das so zu sagen, aber vielleicht musst du einfach da durch. Ich hoffe, du bereust jetzt deinen Anruf nicht.«

Plötzlich herrschte Stille. So lange, dass er schon dachte, die Verbindung sei abgebrochen. Er sagte ihren Namen.

»Ach so, ja. Ja, ich bin noch da«, sagte sie. »Ich habe nur nachgedacht.«

»Ob du hinfahren sollst?«

»Nein, ich fahre auf jeden Fall.«

»Worüber dann?«

»Ich habe überlegt, ob ich es jemals bereuen werde, dass ich dich angerufen habe, Tommy.«

»Und?«

»Das werde ich nie tun. Es bereuen, meine ich. Egal, wie es ausgehen wird.«

Sie legten auf, und einen Moment lang blieb Lynley sitzen, auf dem einzigen Stuhl im Zimmer an dem schmalen Tisch, der auch als Schreibtisch diente. Er lauschte auf sein Herz und den stetigen Puls und fragte sich, was die Entscheidung, nach einem so großen Verlust wieder zu lieben, für das Leben bedeutete.

Er hielt immer noch das Handy, und als es erneut klingelte, nahm er das Gespräch an, ohne zu sehen, dass diesmal Isabelle am anderen Ende der Leitung war.

Ohne Einleitung fragte sie: »Gibt's was Neues?«

Er fragte nicht nach, was sie meinte, und er beschönigte nichts. Vielleicht hätte er das getan, wenn er nicht gerade mit Daidre gesprochen und ihren Wunsch vernommen hätte, sie nach Cornwall zu begleiten, was natürlich nicht möglich war. Deshalb sagte er geradeheraus: »Ian Druitt hatte ein Handy. Und ein Auto. Wir haben beides gefunden. Außerdem haben wir herausgefunden, dass Deputy Chief Constable Clover Freeman im Polizeihauptquartier West Mercia die Mutter des Jungen ist, den du interviewt hast. Sie gehört übrigens zur selben Segelfliegergruppe wie die Gerichtsmedizinerin, die Druitts Leiche untersucht hat. Die Mitglieder dieser Gruppe haben sich anscheinend gemeinsam ein Segelflugzeug gekauft. Clover Freeman war es, die den Befehl gab, Ian Druitt zum Verhör in die Polizeistation zu bringen. Das führt uns alles zu einem Punkt: Barbara war mit ihrem Bericht, den du sie hast ändern lassen, auf der richtigen Spur.«

Isabelle schwieg. Vielleicht überlegte sie, was das bedeutete. Bei der Vorstellung, dass sie sich das fragte, sträubten sich Lynley die Nackenhaare. »Was zum Kuckuck hast du dir dabei gedacht, sie den Bericht ändern zu lassen?«, fragte er. »Ihr wurdet hierhergeschickt, um …«

»Untersteh dich, mir zu sagen, wie ich meine Arbeit machen soll!«, fauchte sie.

»… die Ermittlungen der Untersuchungskommission bezüglich des Todes eines Verdächtigen in Polizeigewahrsam zu überprüfen, und genau das hat Barbara versucht. Wir haben neunzehn Tage zwischen einem anonymen Anruf, der zu einer Festnahme führte, und der Festnahme selbst, und in diesen neunzehn Tagen gab es, wie wir herausgefunden haben, keine Ermittlungen gegen Druitt! Das heißt, es lag kein ersichtlicher Grund für seine Festnahme vor, Isabelle. Dieser Spur wollte Barbara nachgehen, also warum hast du sie davon abgehalten?«

»Wir waren nur in Ludlow, um zu überprüfen, zu welchen Ergebnissen die Untersuchungskommission während ihrer Ermittlungen nach Druitts Tod gekommen ist – und nicht vorher –, und genau das haben wir getan. Der Rest ist irrelevant.«

»Bist du vollkommen übergeschnappt?«

»Wie kannst du es wagen, so mit mir zu reden? Für wen hältst du dich eigentlich …«

»Das Ross, auf dem du sitzt, ist nicht annähernd hoch genug, Isabelle. Komm lieber da runter. Und da ist noch etwas: Clive Druitt ist ins Hotel gekommen, um mit uns zu reden. Er wusste, dass du getrunken hattest, als du bei ihm warst! Er hat deine Fahne gerochen. Da er es mir gegenüber erwähnt hat, kannst du dir denken, dass er es auch dem Abgeordneten erzählt hat. Und was der mit dieser Information anfängt …« Er gab ihr einen Moment, um darüber nachzudenken.

Schließlich stöhnte sie: »Auch das noch.« Dann fügte sie in

verändertem Tonfall hinzu: »Was muss noch passieren? Das denkst du doch gerade, stimmt's, Tommy?«

Er versuchte gar nicht erst, es abzustreiten, denn genau das hatte er tatsächlich gedacht. Gleichzeitig jedoch empfand er Mitgefühl, denn er hatte bei seinem eigenen Bruder erlebt, wie sich eine solche Situation entwickeln konnte. »Isabelle, hör mir zu. Du bist nicht die Erste und wirst nicht die Letzte sein«, sagte er. »Wenn es einfach wäre, würden Leute in deiner Situation, die fast alles verloren haben, einfach aufhören. Du würdest einfach aufhören, weil du deine Söhne liebst und weil du selbst schuld daran bist, dass du deine Kinder verloren hast und deine Ehe gescheitert ist. Jetzt läufst du auch noch ernsthaft Gefahr, deinen Job zu verlieren, und das weißt du auch. Aber das Monster hat dich im Griff, und wenn du es nicht besiegst, wirst du sterben. Verstehst du das? Auch nur im Entferntesten?«

»Jetzt werd nicht dramatisch, Tommy, so schlimm ist es noch nicht. Du glaubst, dass ich am Rande des Abgrunds stehe, aber das stimmt nicht. So ist es nicht.«

Lynley hob den Blick zur Decke, zum Himmel oder zu irgendeinem Wesen, das vielleicht zu ihr durchdringen konnte. Aufgrund der Erfahrungen mit seiner eigenen Familie wusste er, dass die Einzige, die zu Isabelle Ardery durchdringen konnte, Isabelle Ardery selbst war. Und das würde erst passieren, wenn sie genug von dem Schlamassel hatte, den sie aus ihrem Leben gemacht hatte.

»Wir werden heute Morgen hoffentlich mit dem Hilfspolizisten sprechen«, sagte er. »Wir wollten eigentlich für gestern ein Treffen ausmachen, konnten ihn aber nicht erreichen. Barbara hat ihm auf die Mailbox gesprochen, aber er hat lediglich eine Nachricht für sie an der Rezeption hinterlassen. Außerdem wollen wir es noch mal bei Finnegan Freeman probieren. Welchen Eindruck hat er auf dich gemacht?«

»Er spielt den Arbeitersohn, der sich ordentlich abrackert,

und hat die furchtbare Angewohnheit, mit vollem Mund zu reden. Er hat einen Burrito gegessen, als ich mit ihm gesprochen habe. Und er beteuert vehement Ian Druitts Unschuld.«

»Ist doch interessant, oder? Dass er Druitt kannte und dass es seine Mutter war, die Druitts Festnahme veranlasst hat.«

Ardery schwieg einen Moment lang. Endlich dämmerte ihr, wie viel sie übersehen hatte, weil sie Ludlow so schnell wie möglich hatte verlassen wollen. Es würde nichts bringen, es noch einmal zu betonen. »Dann viel Erfolg, Tommy«, sagte sie schließlich. »Vielleicht bekommst du ja noch mehr aus dem Hilfspolizisten heraus. Barbara hatte recht, das ist mir jetzt klar.«

Das war der erste Satz von ihr, der hoffen ließ. Sie beendeten das Telefonat. Lynley machte sich an die Arbeit.

LUDLOW
SHROPSHIRE

Rabiah Lomax hatte vor langer Zeit gelernt, dass ihr eine Runde Joggen am Morgen den Kopf frei machte für den vor ihr liegenden Tag. Als ihre Söhne schwer pubertierten, hatte sie es sich angewöhnt, vor Sonnenaufgang aufzustehen. In den frühen Morgenstunden konnte sie auf den Straßen ihre Sorgen über Davids Alkoholkonsum, die er als »Selbstversuch« abtat, und Tims Marihuanakonsum vergessen. Das war *ihre* Zeit – um ihre Söhne und deren Probleme konnte sie sich später kümmern.

Als sie am Morgen nach dem zweiten Besuch der Metropolitan Police das Haus verließ, wich sie von ihrer üblichen Route ab. Normalerweise lief sie den Bread Walk entlang, einen Weg, der sich unter den uralten Linden und Erlen hoch über dem Fluss Teme durch den Wald schlängelte. Er führte von der Lower Dinham Street bis zur Ludford Bridge, und bei schönem Wetter konnte man den Sonnenaufgang über den alten Dächern der Stadt genießen. Heute jedoch wollte sie zur Temeside Street und sich das Haus ansehen, in dem Dena Donaldson lebte. Am Abend zuvor hatte sie mit ihrer Enkelin telefoniert, und dabei war unerwarteterweise die Sprache auch auf Dena gekommen.

Rabiah konnte Lügen nicht ausstehen. Sie hatte immer nach der Philosophie gelebt: Sag die Wahrheit, dann musst du dir weniger merken. Als die Metropolitan Police das erste Mal zu ihr gekommen war, hatte sie jedoch lügen müssen, denn unter den gegebenen Umständen war das der einfachere Weg gewesen. Dass sie die Polizei jedoch ein zweites Mal angelogen hatte, konnte ihr Leben und das Leben ihrer Familie in große Schwierigkeiten bringen.

Also hatte sie, nachdem die Polizei wieder gegangen war, ihre Alternativen abgewogen und war zu dem Schluss gekommen, dass sie Missa anrufen musste. Das hatte sie beim ersten Mal nicht getan, weil es ihr nicht nötig erschienen war. Außerdem gab es in ihrer Familie seit Langem die unausgesprochene Übereinkunft, dass man schlafende Hunde besser nicht weckte, und Rabiah hatte sich daran gehalten, auf das Beste gehofft und sich eingeredet, dass es ihr nicht zustand, sich in das Leben ihrer erwachsenen Kinder, ihrer Partner und Nachkommen einzumischen.

Nachdem sie die beiden Besuche der Met noch einmal in Gedanken durchgegangen war – was die Polizisten gesagt hatten, was sie selbst gesagt hatte, was sie gefragt hatten und wie sie geantwortet hatte –, änderte sie jedoch ihre Haltung zur Nichteinmischungspolitik, was ihre Söhne und deren Familien betraf. Rabiah rief ihre Enkelin erst auf dem Handy an, als es spät und Missa wahrscheinlich in ihrem Zimmer und außer Hörweite ihrer Eltern war.

»Erzähl mir von deinen Terminen bei Ian Druitt, Missa«, sagte sie ohne Umschweife.

Eine ganze Weile herrschte Stille, während im Hintergrund irgendeine fürchterliche Schnulze dudelte. Vielleicht eine Talentshow im Fernsehen, dachte sie. Offenbar schaute Missa sie sich alleine an, denn der Ton wurde ausgeschaltet, und dann sagte sie: »Wovon redest du, Gran?«

»Ich hatte jetzt zwei Begegnungen mit der Metropolitan Police wegen Ian Druitt, und ich würde gerne eine dritte Unterhaltung vermeiden, auch wenn das wahrscheinlich nicht möglich ist.«

»Meinst du die Londoner Polizei?«

»Genau die meine ich. Als sie das erste Mal hier waren, habe ich Aeschylus angerufen und ihn das Gespräch führen lassen. Diesmal war ich allein. Sie waren auf der Suche nach jemandem namens Lomax, der sich mit dem Diakon der St. Laurence Church getroffen hat – also Ian Druitt, wie du wahrscheinlich weißt –, und ich habe zwar gesagt, dass ich dieser Jemand war …«

»Warum? Hast du ihn denn gekannt?«

»… aber ich fühle mich dabei alles andere als wohl. Man kann die Polizei zwar mal anlügen, aber ich will nicht ins Blaue hinein lügen. Also, warum hast du dich mit Mr Druitt getroffen? Wenn ich meine Lüge aufrechterhalten soll, will ich wissen, woran ich bin.«

Erneut herrschte Stille. So lange, dass Rabiah nicht wusste, ob sie Missas nächsten Worten Glauben schenken sollte. Schließlich sagte ihre Enkelin: »Ich habe mich überhaupt nicht mit Mr Druitt getroffen.«

»Warum steht unser Nachname dann sieben Mal in seinem Terminkalender?«

»Sieben Mal? Wieso soll ich mich mit einem Diakon treffen, geschweige denn sieben Mal? Da muss irgendjemand unseren Namen benutzt haben.«

»Und warum sollte das jemand machen?« Doch während sie die Worte aussprach, fielen Rabiah alle möglichen Gründe ein. Einer davon war: *Weil er etwas zu verbergen hat.*

»Es gibt bestimmt einen Grund«, lautete Missas Antwort. Sie ließ es einen Moment sacken, bevor sie fortfuhr: »Es muss Ding gewesen sein, Gran.«

»Warum um alles in der Welt…?«

»Sie muss mit ihm darüber geredet haben, was sie wegen Brutus tun soll. Bruce Castle. Er ist ihr… na ja, so was wie ihr Freund? Die beiden stolpern von einer Krise in die nächste. So war es zumindest, als ich in Ludlow war. Oder vielleicht hat sie mit Mr Druitt geredet, weil sie in ihrem Leben etwas ändern wollte, aber nicht wusste, wie sie es anstellen soll. Sie hat sich bestimmt nichts dabei gedacht. Also, ich meine, sie wollte uns bestimmt nicht in Schwierigkeiten bringen.«

»Es ist mir egal, wie oder warum«, sagte Rabiah. »Ich will nicht, dass irgendjemand unseren Namen benutzt. Ich werde mit Ding darüber reden.«

»Bitte mach das nicht, Gran«, sagte Missa hastig.

»Warum nicht?«

»Sie hat es einfach so schwer mit Brutus. Er geht dauernd fremd und erwartet von ihr, dass sie kein Problem damit hat, aber sie hat ein Riesenproblem damit, obwohl sie so tut, als wäre alles okay, und vielleicht hat sie sich ja endlich dazu überwunden, mit ihm Schluss zu machen… Ich will einfach nicht, dass sie mit Brutus zusammenbleibt, nur weil sie unseren Namen benutzt hat, verstehst du?«

Nein, Rabiah verstand es nicht. Es war eine Sache, sich aus dem Leben ihrer Söhne und deren Familien herauszuhalten, aber eine ganz andere, wenn jemand das von ihr verlangte, der gar nicht zur Familie gehörte, aber die Familie in Schwierigkeiten brachte.

Sie überquerte den Fluss, der in der Morgensonne glitzerte. Auf der friedlichen Wasseroberfläche ließ sich ein Schwan treiben, der sich das Gefieder säuberte. Diese Vögel waren unglaublich, dachte Rabiah. Schwäne wirkten so sanft, friedfertig und umgänglich. Und von einem Moment zum anderen konnten sie ganz andere Seiten zeigen.

In den Häusern entlang des Flusses gingen nach und nach die Lichter an. In dem Haus, in dem Dena Donaldson wohnte, war jedoch alles dunkel, und durch das große Wohnzimmerfenster konnte Rabiah nur Schatten erkennen. Sie blieb stehen und dachte darüber nach, was sie über Ding wusste und was sie gestern von Missa über sie erfahren hatte.

Sie wollte Mitleid mit diesem Mädchen empfinden, das von ihrem Freund betrogen wurde, der auch noch erwartete, dass sie mit dem Wenigen, das er bereit war, ihr zu geben, zufrieden war. In gewisser Weise hatte Rabiah tatsächlich Mitleid mit ihr, doch sie war entschlossen, Missas Bitte zu ignorieren. Sie würde mit Dena Donaldson reden. Denn sie hatte das Gefühl, dem Geheimnis, warum der Name Lomax sieben Mal im Terminkalender eines Toten auftauchte, noch lange nicht auf den Grund gegangen zu sein.

LUDLOW
SHROPSHIRE

Ding hatte eine unruhige Nacht hinter sich. Nach dem Gespräch mit Francie Adamucci hatte sie lange darüber nachgedacht, warum es sie so verdammt mitnahm, dass Brutus mit allem schlief, was Titten hatte, obwohl sie selbst – Dena Donaldson – die letzten fünf Jahre praktisch genau das Gleiche in Much Wenlock gemacht hatte, und zwar mit jedem, der sie auch nur zwei Mal angesehen hatte. *So bin ich eben* reichte als Erklärung dafür, wie sie ihr Leben lebte, nicht aus. Für Brutus würde es vielleicht reichen, aber *so bin ich eben* implizierte *so werde ich immer sein*, und als Shropshires Fickmaschine Nummer eins zu gelten erschien ihr eigentlich nicht als erstrebenswertes Lebensziel. Nach dem, was sie letzte Nacht getan hatte, würde man das allerdings nicht vermuten.

Sie war allein ausgegangen. Sie hatte sich eingeredet, sie brauche eine Pause von der Semesterarbeit, mit der sie sich gerade abmühte, doch bisher hatte sie erst einen einzigen Satz geschrieben, und so hatte sie sich gesagt, dass etwas frische Luft ihr guttun würde. Drinnen war es stickig, und bei einem zügigen Spaziergang konnte sie ihre Gedanken ordnen.

In Wirklichkeit trieb sie etwas anderes an. Ihr Spaziergang führte sie schnurstracks zum Hart & Hind, wo sie nicht mehr gewesen war, seit sie vor Jack Korhonen in Zimmer zwei im ersten Stock die Flucht ergriffen hatte. Sie wäre auch nicht selbst zur Theke gegangen, um zu bestellen. Doch es war niemand da, den sie kannte. Und das hieß: Wenn sie einen Drink wollte, musste sie bei Jack oder seinem Neffen bestellen.

Es wäre einfach gewesen, ein Lager zu bestellen und es dabei zu belassen, wenn der Neffe hinterm Tresen geblieben wäre. Doch als sie sich näherte, sagte Jack: »Ich übernehme das, Peter, kümmer du dich um die Gläser«, woraufhin der Neffe loslief und die Tische abräumte.

»Am besten sagst du mir diesmal klipp und klar, was du willst«, sagte Jack zu Ding. »Wir wollen uns doch nicht schon wieder missverstehen.«

»Ich weiß nicht, wovon du redest«, sagte sie.

»Okay, lass es mich so ausdrücken: Bist du hier, um deinen Durst zu stillen oder um ein anderes Bedürfnis zu befriedigen?«

»Du bist verdammt unverschämt.«

»Was du nicht sagst. Aber unverschämt geht für mich,

Schätzchen. Die Frage ist nur – kommst du damit klar? Als ich dich das erste Mal hier gesehen hab – vor ein paar Monaten –, dachte ich, du wärst was für mich. Ich dachte, hey, die ist heiß. Noch ein paar Wochen, dann lässt sie mich ran.«

»Na ja, Wochen waren es nicht, oder?«

»Stimmt. Es hat ein bisschen länger gedauert, aber dann waren wir so weit. Du feucht, ich hart. Und alles, was dazugehört.«

»Du bist ja nicht gerade ein Gentleman.«

»Ach, da passen wir doch gut zusammen. Kommst du allein hierher, weil du einen Gentleman willst, oder suchst du was Aufregenderes? Oder geilst du einen Mann nur so zum Spaß auf, so wie letztes Mal, und wenn du ihn so weit hast, stimmt plötzlich irgendwas in deinem Kopf nicht?«

»Mit mir und meinem Kopf ist alles in Ordnung!«

»Was noch zu beweisen wäre, wie man so schön sagt. Könnte ja sein, dass ich dich anders sehe, als du dich selbst siehst.«

»Bei mir ist alles in Ordnung.«

Er nickte. »Das sagst du so. Wenn ich du wäre, würde ich's gern beweisen. Weißt du, Mädchen in deinem Alter wissen oft nicht, was sie wollen. Sie manövrieren sich in Situationen, und auf einmal läuft alles ganz anders, als sie dachten. Und wenn das passiert…? Na ja, das weißt du ja. Dann hauen sie ab.«

Ding wusste genau, worauf er anspielte. Aber das war neulich gewesen, und jetzt war jetzt, und seitdem hatte sich alles geändert. »Das glaubst du, Jack Korhonen«, sagte sie. »Gib mir einfach einen von deinen Schlüsseln, dann können wir das ganz schnell klären.«

Jack drehte sich zu seinem Neffen um, der, wie Ding peinlich berührt feststellte, fast direkt hinter ihm gestanden und alles mitgekriegt hatte. »Was meinst du, Peter, mein Junge?«, fragte Jack ihn. »Soll ich der Kleinen hier noch eine Chance geben?«

»Wenn du nicht willst, mach ich's«, sagte Peter und wuchtete einen Plastikkorb voller Gläser auf den Tresen.

»Träum weiter«, sagte sein Onkel, griff hinter die Kasse, gab Ding einen Zimmerschlüssel und fügte hinzu: »Du hast fünf Minuten, Schätzchen. Und sei diesmal bereit.«

Das war sie. Splitternackt stand sie mit dem Rücken zum Fenster, das Gesicht im Schatten. Sie war kein bisschen nervös. Wenn es darauf ankam, sich zu beweisen, wer sie war, war Dena Donaldson niemals nervös.

Als Jack das Zimmer betrat, ging sie auf ihn zu. Sie packte sein langes, dichtes Haar und zog seinen Kopf nach unten. Als er sie küsste, griff sie nach seinem Schwanz. Er war schon hart. Gut, dachte sie. Sie würde ihn noch härter machen. Sie würde diesen Typen so geil machen, dass ihm Hören und Sehen vergehen würde. So zog sie es durch, und wenn der Wirt um zwei Uhr an diesem Morgen eins über Dena Donaldson wusste, dann, dass sie niemanden nur zum Spaß scharfmachte.

Als sie nach Hause ging, war sie ganz wund. Sie wankte ins Haus und die Treppe hoch und rechnete damit, sofort ins Koma zu fallen. Stattdessen ging ihr nur eine Frage durch den Kopf: Was stimmt mit dir nicht, Ding? Sie konnte ficken bis zum Umfallen, und dann würde sie immer noch keine Antwort auf diese Frage finden.

Als sie es nicht mehr länger aufschieben konnte, rollte sie sich stöhnend herum. Dann streckte sie wieder die Beine aus und dachte darüber nach, aufzustehen, zu duschen und vielleicht zu einer Vorlesung zu gehen. Sie war drauf und dran, genau das zu tun, als ihr Handy klingelte.

Es lag auf dem Nachttisch, und sie ging ran, ohne nachzusehen, wer anrief. Doch im nächsten Moment wünschte sie sich, sie hätte den Anruf auf die Mailbox gehen lassen.

»Spreche ich mit Dena Donaldson?«, fragte eine weibliche Stimme. »Hier ist Greta Yates von der Studentenberatung am West Mercia College. Bitte kommen Sie in mein Büro. Das heißt, wenn Sie gerne weiter studieren wollen.«

Eigentlich wollte Ding das nicht. Aber noch weniger wollte sie vom College verwiesen werden. Also sagte sie ja, ja, natürlich. Wann sie vorbeikommen solle?

LUDLOW
SHROPSHIRE

Barbara fand, sie konnten genauso gut zur Polizeistation laufen, aber Lynley wollte lieber fahren. Man wisse schließlich nicht, wohin sie ihr Gespräch mit Gary Ruddock noch führen würde. Falls sie anschließend jemanden oder etwas überprüfen mussten, würden sie Zeit sparen, wenn ein Auto zur Verfügung stand.

Als sie um halb neun aufbrachen, bemerkte Barbara bei einem Blick auf den Stadtplan, dass sie direkt bei Finnegan Freeman vorbeikommen würden. Als das Haus in Sicht kam, sagte sie zu Lynley, sie wisse, wie man von hier aus leicht zu Fuß oder mit dem Rad zur Polizeistation gelangt.

Im Gegensatz zu Ardery nickte Lynley nachdenklich und sagte: »Gute Arbeit, Barbara. Diese Information könnte uns noch nützlich sein.«

Als sie die Station an der Ecke zur Townsend Close und Lower Galdeford erreichten, wartete der Hilfspolizist bereits auf sie auf dem Parkplatz. Er lehnte an seinem Streifenwagen und hob zur Begrüßung seinen Kaffeebecher. Nachdem sie geparkt hatten, kam er herüber.

»Wahrscheinlich möchten Sie sich die Station gerne ansehen«, sagte er.

Lynley nickte und entgegnete, dass sie vor allem der Raum interessiere, in dem Ian Druitt gestorben sei. Ruddock sagte, die Tür sei bereits aufgeschlossen, Barbara kenne sich aus. Sie würden sich die Station vielleicht lieber ohne ihn ansehen.

Auch wenn es nicht viel zu sehen gab, kam Barbara der Vorschlag ganz gelegen, weil Lynley und sie sich dann ungezwungen unterhalten konnten. Die beiden betraten das Gebäude, und Ruddock setzte sich auf die hintere Außentreppe, die Sonnenbrille auf der Nase wegen der frühen Morgensonne, die einen herrlichen Frühlingstag ankündigte.

Barbara führte Lynley zu dem Büro, in dem der Diakon gestorben war. Der Schreibtisch mit dem durchgesessenen Stuhl, die leere Pinnwand, ein paar Fetzen Tesafilm an der Wand, wo vorher vermutlich Landkarten gehangen hatten, der Kleiderschrank und der Türknauf, an dem Ian Druitt sich erhängt hatte. Barbara wiederholte, was Dr. Scannell ihr erklärt hatte: dass man auf diese Weise Selbstmord begehen könne, da der Druck auf die Jugularvenen zu venösen Stauungen, Bewusstlosigkeit und schließlich zum Tod führe. Währenddessen sah Lynley sich um. Er zog den Stuhl unter dem Schreibtisch hervor, konnte jedoch nichts Ungewöhnliches entdecken. Er ging durch den Raum und nahm vom Staub auf der Fensterbank bis hin zu den Scheuerspuren auf dem Linoleumboden alles genau in Augenschein.

Dann zeigte Barbara Lynley den früheren Aufenthaltsraum, die Monitore hinter dem Empfangstresen, auf denen man bei Bedarf die Filme der Überwachungskameras sich ansehen konnte, die Computer, die die Streifenpolizisten ab und zu benutzten, und die anderen Büros, in denen jemand sich hätte verstecken können. Zuletzt führte sie ihn nach draußen, um ihm zu zeigen, wie einfach man die Überwachungskamera über dem Vordereingang verstellen konnte.

Anschließend gingen sie zurück zu Gary Ruddock, der

aufsprang und sich die Hose abklopfte. »Irgendwelche neuen Erkenntnisse?«, fragte er.

»Alles kann nützlich sein«, antwortete Lynley. Er lehnte sich an die Backsteinmauer, den Blick auf den Parkplatz gerichtet. Barbara war gespannt darauf, wo Lynley nach ihrer Inspektion des Gebäudes ansetzen würde. »Ich habe mir Druitts Auto angesehen«, sagte der Inspector schließlich. »Wie gut haben Sie ihn gekannt?«

»Nicht besonders gut. Wir haben uns auf der Straße gegrüßt und so. Und ich wusste natürlich, wo er zu finden war. Also, dass er zur St. Laurence Church gehörte, meine ich.«

»Das ist alles?«

»Das ist so ziemlich alles.« Ruddock richtete ebenfalls den Blick auf den Parkplatz. Dann fügte er hinzu: »Gibt es etwas, das ich Ihrer Meinung nach über ihn hätte wissen müssen? Etwas… etwas, das in seinem Auto lag oder so?«

»Interessante Frage. Wie kommen Sie darauf?«

»Na ja, ich glaub nicht, dass er irgendwas mit Drogen zu tun hatte oder so, aber da war der Anruf, wo einer behauptet hat, er wär ein Kinderschänder…«

»Meinen Sie, ob wir in seinem Auto pornografische Fotos gefunden haben? Nein, nichts Derartiges. Obwohl… Bisher hat niemand erwähnt, dass Druitt eine Beziehung gehabt haben könnte, aber in seinem Handschuhfach lag eine angebrochene Schachtel Kondome. Vielleicht ist das ja ein Vorurteil, aber Kondome im Auto eines unverheirateten Diakons – damit hätte ich eher nicht gerechnet.«

»Wahrscheinlich hat er sie unter den jungen Leuten verteilt«, sagte Ruddock. »Er hatte ja dauernd mit denen zu tun, durch die Kirche und was weiß ich.«

»Er hat Finnegan Freeman gekannt«, warf Barbara ein. »Das hat seine Mutter uns gesagt – dass Finnegan Druitt im Hort ausgeholfen hat. Wussten Sie davon, Gary?«

Er nickte. »Vielleicht waren die Kondome ja für Finn.

Oder, wie gesagt, für andere Jungs. Die stellen doch alle möglichen Dummheiten an, vielleicht hat er sich Sorgen um sie gemacht.«

»Das würde Sinn ergeben. Falls Druitt sie nicht selbst benutzt hat«, gab Lynley zu bedenken.

»Wie alt ist Finn Freeman?«, fragte Barbara und beantwortete ihre eigene Frage mit: »Achtzehn? Neunzehn? Vielleicht wusste Druitt, dass Finn und seine Freundin das Übliche vorhatten, nur dass er wie viele junge Leute nicht verhütet hat, sodass es leicht einen kleinen Unfall geben konnte. Und das wollte Druitt verhindern.«

Ruddock reagierte nicht darauf. Sein plötzliches Schweigen kam Barbara merkwürdig vor. Mist, dass er sich die Sonnenbrille aufgesetzt hatte, weil sie so nicht erkennen konnte, ob er über ihre Worte nachdachte oder lieber nicht. Doch warum schwieg er überhaupt? Vielleicht wollte er nicht über Finnegan Freeman sprechen. Schließlich gab es bekannterweise eine Verbindung zwischen Finnegan Freeman und dem Toten, und die Mutter des Jungen war eine hochrangige Polizistin in derselben Polizeieinheit wie Gary Ruddock.

»Andererseits«, sagte sie schließlich, »könnte natürlich auch an den Anschuldigungen gegen Druitt was dran sein. Dass er sich an den Kindern vergangen, aber Kondome benutzt hat, damit alles schön sauber bleibt, wenn Sie verstehen, was ich meine.«

»Das wäre eine Möglichkeit«, sagte Lynley. »So unschön die Vorstellung auch ist, möchte ich hinzufügen, Sergeant.«

»Jedenfalls, wenn man dem anonymen Anrufer glauben soll«, sagte Ruddock.

»Hm, ja. Wobei es mir schwerfällt, mir einen Kinderschänder mit Kondom vorzustellen. Ich glaub eigentlich eher, dass Druitt die Kondome an die Jugendlichen verteilt hat. Oder er hatte 'ne Freundin, und in dem Fall sollten wir rausfinden, wer das war.«

»Aber … Darf ich Sie was fragen?« Ruddock zögerte, fuhr jedoch fort, als Lynley nickte. »Was kann man daraus schließen? Also aus den Kondomen, meine ich, und warum Druitt sie überhaupt hatte.«

»Wahrscheinlich überhaupt nichts«, antwortete Lynley. »Aber wir werden der Sache nachgehen, und letztlich ist es immer wieder spannend, wohin uns solche Fragen führen.«

BURWAY
SHROPSHIRE

Sie beschlossen, mit Flora Bevans zu sprechen. Wann immer Hinweise – in diesem Fall Kondome – auf aktuelle oder verflossene Geliebte auftauchten, rachsüchtige Gatten, Streit, Konflikte, Tränen oder irgendeine der sieben Todsünden, gebot es die Logik, weitere Nachforschungen anzustellen. Gary Ruddock konnte nur Vermutungen darüber anstellen, warum Druitt Kondome besessen hatte, aber Flora Bevans konnte ihnen vielleicht etwas mehr sagen.

Während Lynley aus der Stadt hinausfuhr, ging Barbara ihre Notizen über ihre Gespräche mit den Personen aus Druitts Terminkalender durch. Es gab nicht den klitzekleinsten Anhaltspunkt, dass der Mann eine Beziehung mit jemandem außer seinem Gott gehabt hatte; andererseits hatte sie aber auch niemanden explizit danach gefragt. Wenn Flora Bevans nichts Erhellendes beitragen konnte, mussten sie sich wahrscheinlich noch einmal mit all den Leuten unterhalten.

Der Lieferwagen von *Bevans' Beauties* stand in der Einfahrt, also war die Floristin wohl zu Hause. Auf Barbaras Klingeln hin öffnete sie die Tür, das Handy am Ohr. Sie hob den Finger, um ihren Besuchern zu signalisieren, dass sie gleich für sie da sein würde. Als sie Barbara erkannte, zog sie die Augenbrauen hoch und sagte in ihr Handy: »Warte mal kurz.« Dann wandte sie sich an Barbara: »Ich hätte nicht erwartet, Sie wiederzusehen«, woraufhin diese entgegnete: »Das ist DI Lynley. Können wir kurz mit Ihnen sprechen?«

Flora Bevans machte die Tür weit auf. »Kommen Sie rein, kommen Sie rein«, sagte sie. »Ich nehme nur kurz eine Bestellung auf.« Sie ging ins Haus zurück und sprach wieder ins Telefon: »Die Größe der Urne ist viel wichtiger, als man meinen sollte, verstehen Sie? Wenn sie zu wuchtig ist …«

Barbara und Lynley blieben im Eingang stehen. »Einäscherungen?«, murmelte Lynley.

Sie runzelte die Stirn. »Was?«

»Urnen«, sagte er. »Einäscherungen.«

»Ach so. Sie verkauft Pflanzen. Große Töpfe und so weiter. Riesige, um genau zu sein. Für Eingangstreppen und für Gärten, nehme ich an. Für drinnen und draußen und so weiter.«

Flora Bevans kam zurück und sagte: »Bitte entschuldigen Sie. Ich habe mich zu einer Gartenhochzeit überreden lassen. Alle Töpfe und Urnen sollen danach als Gartenschmuck verwendet werden, also müssen der Braut die Farben gefallen, aber auch der Brautmutter, weil es nämlich ihr Garten ist. Außerdem hat die Mutter des Bräutigams anscheinend schon ihr Kleid gekauft, und die Blumen dürfen sich auf keinen Fall mit dessen Farbe beißen oder mit dem Kleid der Trauzeugin, die sich offenbar für Fuchsia entschieden hat. Das ist selbst für eine Sommerhochzeit eine grauenvolle Farbwahl, aber was will man machen. So, Sie sind wiedergekommen, und ich habe so ein Gefühl, dass Sie keine Blumenkübel für Ihre Terrasse bestellen wollen. Entschuldigen Sie bitte, ich kann mich nicht an Ihren Namen erinnern.«

Barbara stellte sich und Lynley erneut vor.

»Geht es wieder um den armen Ian?«, fragte Flora. »Wollen Sie sich noch mal sein Zimmer ansehen?«

»Nein, diesmal geht es um Kondome«, sagte Barbara.

»Du meine Güte. Kommen Sie herein. Jetzt bin ich aber gespannt.« Sie führte sie ins Wohnzimmer. »Bitte setzen Sie sich. Legen Sie die Zeitschriften einfach auf den Boden, Inspector. Kann ich Ihnen etwas anbieten? Tee, Kaffee, Wasser? Ach du je, da liegt ja Jeffrey, entschuldigen Sie. Ich setze ihn woandershin.«

Jeffrey war ein Kater, dessen Fell perfekt zur Farbe der Sofapolsterung passte. Er hatte sich in einer Ecke eingerollt und gerade noch rechtzeitig den Kopf gehoben, bevor Barbara sich auf ihn setzte. Sein Blick sagte, dass er alles andere als erfreut war über die drei Eindringlinge. Er protestierte miauend, als Flora ihn hochhob. Doch da sie ihn ganz oben auf den größten Kratzbaum setzte, den Barbara je gesehen hatte, und er so auf die Straße hinausschauen konnte, schien er geneigt, ihnen die Unterbrechung seines Nickerchens zu verzeihen.

Nachdem Barbara und Lynley ein Getränk dankend abgelehnt hatten, nahmen sie Platz. »Ich weiß nicht, inwieweit ich Ihnen helfen kann«, sagte Flora. »Kondome. Lieber Himmel, ich werde ja schon rot, wenn ich nur das Wort ausspreche!«

»Wir haben in Ian Druitts Auto eine angebrochene Schachtel gefunden«, erklärte Lynley.

»Tatsächlich? Soll das heißen …?«

»Vermutlich heißt es, dass er vorsichtig war«, sagte Barbara.

»Ja, ja, natürlich. Aber wie kann ich Ihnen da weiterhelfen?«

»Besitz lässt auf Benutzung schließen«, sagte Lynley.

Flora dachte über die Frage nach. »Der Inspector möchte wissen, ob Sie und Ian Druitt ein Verhältnis hatten«, präzisierte Barbara.

»Um Gottes willen, nein! Ich habe Ihnen und der anderen Polizistin ja bereits gesagt, dass es zwischen uns einfach nicht gefunkt hat, oder? Ich glaube kaum, dass er in mir etwas anderes gesehen hat als seine Vermieterin. Und ich hätte ihn mir auch nicht in meinem Bett vorstellen können. Damit will ich nicht andeuten, dass mit ihm etwas nicht stimmte! Er war ein netter Kerl. Aber ganz davon abgesehen, dass es zwischen uns nicht gefunkt hat, wirft Sex mit einem Mieter die Frage auf: Und jetzt? Soll man immer noch rechtzeitig die Miete erwarten? War es eine einmalige Sache, oder gibt es eine Wiederholung, und wenn ja, wann? Also, falls Ian Kondome besaß… Ich war jedenfalls nicht seine Auserkorene.«

»Hat er Ihnen gegenüber jemals eine Auserkorene erwähnt?«, fragte Lynley.

»Vielleicht jemanden, der auf den ersten Blick nicht als Auserkorene zu erkennen war?«, fügte Barbara hinzu.

»Na ja, das ist nicht so einfach, nicht wahr?«, antwortete Flora. »Ian kannte so viele Leute. Nicht nur durch seine Arbeit für die Gemeinde und die Kirche, sondern durch all seine anderen Aktivitäten. Da kämen theoretisch viele infrage.«

»Männlich und weiblich?«, fragte Lynley.

»Meine Güte. Ich habe nicht die geringste Ahnung. Aber falls er ein Verhältnis hatte, hat er absolutes Stillschweigen darüber bewahrt. Er hat nie auch nur einen Namen erwähnt oder einen Anruf, einen Brief oder eine Postkarte erhalten. Und als ich nach seinem tragischen Tod seine Sachen eingepackt habe, wäre mir ein Hinweis auf eine Geliebte – eine getrocknete Blume, eine alte Theater- oder Kinokarte zum Beispiel – bestimmt aufgefallen.«

»Eine verheiratete Frau vielleicht?«, fragte Lynley.

»Hm. Das könnte eine Möglichkeit sein«, sagte Flora Bevans. »Aber wie gesagt, Inspector, dafür gab es keine Anzeichen.«

»Eine Minderjährige?«, fragte Barbara.

»Ach du je. Das möchte man sich ja nicht einmal vorstellen: ein Gottesmann mit einem kleinen Mädchen. Ich für mein Teil habe mich mit ihm im Haus immer vollkommen sicher gefühlt.«

»Niemand will behaupten, dass er in kriminelle Aktivitäten verwickelt war«, versicherte Lynley ihr.

»Na ja … außer dem anonymen Anrufer, der behauptet hat, er wär ein Kinderschänder, Sir«, sagte Barbara.

»Ja, natürlich.«

»O Gott, ich kann kaum darüber reden! Ich glaube es einfach nicht. Ich kann mir nicht vorstellen, dass Ian etwas Derartiges getan hat. Ich würde Ihnen wirklich gern eine größere Hilfe sein. Aber nach allem, was ich mitbekommen habe – das Haus ist klein und leider sehr hellhörig –, kann ich Ihnen nichts anderes sagen, als dass Ian mit jeder Faser ein Gottesmann war. Und ich hoffe sehr, dass ich damit nicht falschliege.« Sie seufzte, stützte die Hände auf die Oberschenkel und stand auf. »Es tut mir wirklich leid«, sagte sie. »Jetzt haben Sie den ganzen Weg umsonst gemacht.«

Barbara kramte eine Visitenkarte aus ihrer Umhängetasche und reichte sie der Floristin mit der üblichen Bemerkung, sie anzurufen, falls ihr noch etwas einfalle. Auf dem Weg zur Tür kam Barbara der Gedanke, dass Flora Bevans ihnen vielleicht bei etwas anderem behilflich sein konnte. Sie erkundigte sich, ob Ian Druitt ihr Geburtsdatum gekannt hatte. Immerhin hatte er ein paar Jahre bei ihr gewohnt.

»Was für eine seltsame Frage. Aber ja, das kannte er tatsächlich«, sagte sie und nannte es Barbara.

Bevor die Floristin nachhaken konnte, warum sich die Polizei für ihr Geburtsdatum interessierte, klappte Barbara ihr Notizheft zu und sagte: »Vielen Dank. Ich schick Ihnen 'ne Karte.«

Draußen tippte sie die entsprechenden Ziffern in Ian Druitts gesperrtes Handy ein. Dann strahlte sie Lynley an.

»Bingo!«

BROMFIELD
SHROPSHIRE

Da sie sich bereits auf der Bromfield Road befanden, fuhren sie von Flora Bevans direkt nach Bromfield, wo eine Nebenstraße in der Nähe der Post zu dem Ort führte, der in jedem Dorf auf dem Land zu finden war: dem Pub. Sie verloren ein paar Minuten, weil sie die Straße erst verpassten und umständlich an einem Acker wenden mussten. Währenddessen plagte Havers sich mit Druitts Handy herum, das natürlich seit seinem Tod nicht mehr benutzt worden war.

»Eine richtige Fundgrube, Sir«, sagte sie schließlich. »Zum Glück gibt's Smartphones. Wie's in dem Lied so schön heißt: *We're in the money*. Woher kommt das überhaupt?«

»Die interessantere Frage ist, woher Sie es kennen«, erwiderte Lynley. »Es ist immerhin kein Rock'n'Roll aus den Fünfzigern.«

»Aber man kann gut dazu steppen«, erklärte sie ihm.

»Ah, apropos. Daidre hat sich erkundigt, wie es läuft. Das Steppen, meine ich.«

»Daidre? Warum zum Kuckuck…?«

»Weil sie neugierig ist. Ebenso wie ich übrigens, wie Sie sich vielleicht erinnern. Also im Ernst – wie läuft es? Ich frage nur, weil ich jeden Tag mit einem Anruf von Dee Harriman rechne. Irgendetwas muss ich ihr sagen, wenn ich nicht in Ungnade fallen will.«

»Sagen Sie ihr, den Heel Drop hab ich drauf, aber der Irish Dance macht mich immer noch fertig. Umaymah wäre die bessere Wahl, wenn Dee beim Auftritt nicht mit Eiern beworfen werden will.«

»Sagen Sie mir rechtzeitig Bescheid, wann genau der Auftritt stattfindet.«

»Träumen Sie weiter, Sir! Nie im Leben!«

Wie sich herausstellte, diente der Pub unter anderem einer

ambitionierten Männerstrickgruppe als Treffpunkt. Leiter der Gruppe war ein Rentner, der mit seiner wettergegerbten Haut aussah wie ein alter Seebär. Sie schienen alle am selben Projekt zu arbeiten, entweder an einer sehr langen Socke oder an einem eher kurzen Schal. Schwer zu sagen, doch die ausgewählten Farben wiesen auf etwas Militärisches hin. Beim Stricken wurde ordentlich gebechert, was dem Lärm nach zu schließen sehr zur guten Laune der Männer beitrug.

Nachdem sie sich an einen Tisch gesetzt hatten, zog Havers erneut ihr Notizheft aus der Tasche. »Wussten Sie schon, dass diese praktischen Dinger hier«, sie wedelte mit dem Handy in der Luft, »Anruflisten speichern, und zwar über Monate? Man braucht nirgendwo 'ne Liste anzufordern. Alles da: ein und aus gehende und verpasste Anrufe und sämtliche Nachrichten. Und weil das Handy hier, wie wir ja wissen, seit Druitts Tod nicht mehr benutzt worden ist, haben wir leichtes Spiel. Oder zumindest leichter als mit einem älteren Modell. Also, wenn Sie so nett wären und mir am Tresen 'ne Limo holen würden, Sir, könnte ich schon mal anfangen, die Liste durchzugehen.«

»Sonst noch einen Wunsch?«, fragte er, als er sich erhob.

»Was zu essen wär auch nicht schlecht, ein paar Chips, wenn's welche gibt. Oder Beef Jerky, wenn's sein muss.«

Lynley erschauderte bei dem Gedanken an Havers' Vorlieben, sagte jedoch nichts. Als Lynley nach einer Weile mit einer Limonade, einer Tüte Chips und einem Kaffee – der erst noch aufgebrüht werden musste – an den Tisch zurückkehrte, war Havers bereits die Anrufe der ersten Wochen durchgegangen. Anhand der Aufzeichnungen in ihrem Notizheft verglich sie die Telefonnummern mit denen der verschiedenen Kirchenaktivitäten und ehrenamtlichen Tätigkeiten des Diakons, die in seinem Terminkalender aufgeführt waren. Sie wollte sich gerade die vierte Woche vornehmen, als Lynley das Tablett auf den Tisch stellte.

»Danke«, sagte sie. »Nehmen Sie sich auch ein paar Chips, Inspector.«

»Nein danke«, sagte er.

»Wären Sie trotzdem so nett?«

Er öffnete die Tüte und reichte sie ihr. Ohne sich um Keime, Bakterien und Essensreste zu scheren, leerte sie kurzerhand den Inhalt auf dem Tisch aus und langte herzhaft zu. Vermutlich würde ihr Immunsystem sich mittlerweile hervorragend für wissenschaftliche Studien eignen, dachte Lynley.

Mit vollem Mund erzählte sie, was sie herausgefunden hatte. »Wir haben Mr Spencer, eine Frau von der Nachbarschaftswache, mit der ich schon gesprochen hab, Flora Bevans, die zwei Verbrechensopfer aus seinem Terminkalender, seinen Vater und den Typ, der sich um die Straßenkatzen kümmert. Dann noch ein paar andere Anrufe von Nummern, die ich nicht in meinen Notizen hab. Die ruf ich an, sobald ich mit dem ersten Monat durch bin.«

Lynley nickte und rührte einen Löffel fragwürdig aussehenden Zucker in seinen Kaffee, wobei er versuchte, die kleinen Klumpen zu vermeiden, die andere nasse Löffel zuvor in dem Zuckertopf hinterlassen hatten. »Bisher also nichts Erhellendes?«, fragte er.

»Doch vielleicht. Eine Nummer fehlt komischerweise, und eine hab ich gefunden, von der ich es nicht erwartet hätte.«

»Ach? Und welche Nummern sind das?«

Sie schob sich eine Handvoll Chips in den Mund, kaute einen Moment lang und spülte alles mit einem Schluck Limonade hinunter. »Also erstens: Wenn die eine Nummer nicht Rabiah Lomax' Handynummer ist – falls sie überhaupt eins hat –, hat Druitt weder bei ihr noch sie bei ihm angerufen. Was echt komisch ist, wenn Sie mich fragen, immerhin hatte sie Termine mit Druitt, und irgendwie müssen die beiden sich ja verabredet haben.«

»Vielleicht liegen die Anrufe länger als zwei Monate zurück. Sie können ja bei jedem Treffen gleich das nächste vereinbart haben.«

»Hm, möglich«, sagte Havers. »Da ist was dran. Oder sie hat uns angelogen.«

»Es ist und bleibt eine der unangenehmen Seiten unseres Berufs, dass uns meistens irgendjemand anlügt. Was gibt es noch?«

»Gary Ruddock.«

»Was ist mit ihm?«

»In den Wochen, die ich bisher durchgesehen hab, hat Druitt ihn fünf Mal angerufen. Und er Druitt während derselben Zeit drei Mal.«

»Wirklich?«

»Also, das sollten wir auf jeden Fall im Hinterkopf behalten, immerhin hat er behauptet, er hätte Druitt kaum gekannt.« Sie schob sich noch eine Handvoll Chips in den Mund und kaute zufrieden. »Außerdem ist Ruddock auf einmal ganz still geworden, als wir auf Finn Freeman zu sprechen kamen. Womöglich hat er gehofft, wir würden das Thema wechseln, bevor er sich dazu äußern muss.«

»Oder Fragen über Freeman beantworten muss.«

»Genau.«

»Also passt einiges, was er uns über sein Verhältnis zu Druitt erzählt hat, nicht so ganz zusammen.«

»Ruddock? Das können Sie laut sagen. Ich meine: Wenn sie nur ein Mal miteinander telefoniert hätten, okay, das könnte man ignorieren, aber acht Mal? Das sieht doch ein Blinder mit Krückstock, dass da was nicht stimmt.«

»Wir sollten aber nicht vergessen, dass Druitt sich um Opfer von Verbrechen gekümmert hat. Ruddock könnte zwischen ihm und einigen einen Kontakt hergestellt haben.«

»Kann sein. Aber dann müsste es 'ne richtige Verbrechensserie in Ludlow gegeben haben, und zwar innerhalb von …« Sie blickte auf das Handy »… elf Tagen.«

Lynley nickte nachdenklich. »Vielleicht ging es ja bei den Telefonaten um Finnegan.«

»Ardery fand ihn ziemlich aufmüpfig. Vielleicht hat er was im Schilde geführt, und Druitt wusste Bescheid. Oder Ruddock wusste es und hat Druitt gebeten, ihn im Auge zu behalten.«

»Da käme ja alles Mögliche infrage: Drogenhandel, Einbrüche, Diebstahl, Graffiti, Prügeleien …«

»Wir wissen, dass er Karate macht.«

»… Wassermelonen mit einem Handkantenschlag zerteilen?«

Havers verdrehte die Augen. »Was weiß ich, Sir. Aber auf jeden Fall macht mich dieser Typ, der Hilfspolizist, allmählich ganz wuschig. Jedes Mal, wenn man sich mit dem beschäftigt, stößt man auf was Verdächtiges, das hab ich schon gemerkt, als ich mit Ardery hier war.«

»Könnten Sie das erläutern?«

Sie hakte die Punkte auf einer imaginären Liste auf dem Tisch ab. »Die Überwachungskamera vor der Polizeistation war lange genug abgeschaltet, dass man sie in eine andere Richtung drehen konnte; in Druitts Todesnacht hat Ruddock mit 'ner Frau in seinem Streifenwagen rumgemacht, obwohl er behauptet, es gäbe keine Frau in seinem Leben; Ruddock behauptet, er hätte Druitt in dem Raum alleine gelassen, um bei den Pubs anzurufen; und er hat nicht erwähnt, dass er acht Mal mit Druitt telefoniert hat. Und es gibt garantiert noch mehr. Wir haben bestimmt noch nicht alles rausgefunden. Wenn Sie mich fragen, wir brauchen Daumenschrauben.«

»Vielleicht haben Sie recht«, sagte Lynley. »Aber im Moment haben wir leider nur eine zur Verfügung.«

»Eine Daumenschraube? Welche denn?«

»Sein Handy. Nach allem, was Druitts Handy hergibt, könnte sich Ruddock auch als Offenbarung entpuppen.«

Havers dachte darüber nach. »Wir könnten seine Verbindungsnachweise anfordern, aber das würde Tage dauern, falls sich überhaupt ein Richter von uns bezirzen lässt, uns praktisch grundlos eine richterliche Anordnung auszustellen. Und bis dahin würden Tage vergehen, und dann müssten wir noch auf die Verbindungsnachweise warten. Meinen Sie, Hillier gibt uns so viel Zeit?«

»Darauf würde ich nicht wetten. Wir müssen die Sache wohl direkter angehen und kreativ sein. Immerhin will der Hilfspolizist uns helfen, wo er kann. Ich würde also vorschlagen, dass wir auf sein Angebot eingehen.«

Havers wirkte skeptisch. »Sie meinen, wir sollen verlangen, dass er sein Handy rausrückt?«

»Ganz genau. Überlegen Sie doch mal – wie könnte er sich weigern? Wenn wir es richtig einfädeln, wird unsere Bitte, einen Blick auf sein Handy werfen zu dürfen, ihm vorkommen wie das Normalste auf der Welt. Vielleicht überlässt er es uns sogar, ohne dass wir ihn darum bitten müssen.«

Nach kurzem Zögern sagte sie: »Sie können ganz schön durchtrieben sein, wenn Sie wollen, Inspector.«

»*Durchtrieben* ist mein zweiter Vorname.«

»Na dann, ran an die Bouletten.« Sie klappte ihr Notizheft zu und verstaute es zusammen mit dem Handy wieder in ihrer Tasche. Dann schob sie die Chipskrümel auf dem Tisch zusammen und steckte sie sich in den Mund.

Einen Augenblick lang dachte Lynley tatsächlich, sie würde die Krümel direkt von der unhygienischen Tischplatte essen. Sie bemerkte seinen Gesichtsausdruck. »Ich bitte Sie, selbst ich hab meine Grenzen.«

»Gott sei Dank«, stöhnte er. Im selben Moment fügte sie hinzu: »Nicht hier jedenfalls.« Dann leckte sie sich die Krümel von der Hand ab.

LUDLOW
SHROPSHIRE

Auch wenn Barbara Lynleys Vorschlag gut fand, sich Gary Ruddocks Handy auf direktem Weg zu beschaffen, bezweifelte sie, dass es funktionieren würde. Ihr Vorteil war, dass der Hilfspolizist von dem Smartphone des Toten nichts ahnte. Da Ruddock allerdings angedeutet hatte, dass er von einer Verbindung zwischen Finnegan Freeman und Ian Druitt wusste, half ihnen wohl sein Telefonprotokoll kaum, alle Verdachtsmomente in Bezug auf ihn weiterzuverfolgen.

Sie riefen den Hilfspolizisten an, der ihnen erklärte, er sei gerade nicht in der Station. Er schien überrascht, dass die Detectives von der Met schon wieder mit ihm sprechen wollten, war jedoch kooperativ. Er sei gerade in der Wohnwagenanlage hinter dem Ludlow Business Park, sagte er. Es habe dort einen Einbruch gegeben. Ob sie ihn dort treffen wollten? Die Anlage befinde sich direkt an der A49. Oder er treffe sie später an der Polizeistation, die abgeschlossen sei, weswegen sie leider nicht drinnen auf ihn warten könnten.

Sie verabredeten sich vor der Station, und Ruddock sagte, er werde ungefähr in einer Stunde dort sein.

Lynley fuhr, und Barbara rief auf der Autofahrt zurück nach Ludlow und während sie vor dem Revier auf Ruddock warteten die übrigen Nummern in Ian Druitts Handy an. Telefoniert hatte Druitt mit den Leitern von drei Grundschulen. Sie hatten ihm Vorschläge gemacht, welche Kinder er in seinem Hort aufnehmen konnte. Er war mit mehreren Eltern in Kontakt getreten und hatte sie darum gebeten, die Hortkinder zu einer Gymnastikvorführung zu fahren. Er hatte mit dem Gemeindeorganisten telefoniert, mit einem Chormitglied, das sich eine Änderung bei der Chormusik gewünscht hatte, mit seinem Vater, seiner Mutter und dreien seiner Geschwister wegen des fünfundneunzigsten Geburtstags seiner Großmutter. Bei einigen Telefonnummern landete sie auf der Mailbox, und sie bat um Rückruf.

Als sie fertig war, erklärte Lynley ihr, wie sie Gary Ruddock dazu bringen würden, dass er ihnen sein Handy übergab.

Sie standen auf dem Parkplatz, als Ruddock schließlich auftauchte. »Können wir reingehen und uns drinnen unterhalten, Gary?«, fragte Barbara. »Wir sind auf ein paar neue Details gestoßen.«

»Natürlich«, sagte Ruddock. »Kommen Sie.« Er ging voraus zum ehemaligen Aufenthaltsraum, in dem Barbara schon einmal mit ihm gesessen hatte. Er bat sie, einen Moment zu warten, während er noch einen Stuhl holte. Es war ein Schreibtischstuhl auf Rollen, den er durch den Flur schob.

Lynley sagte ihm, dass sie Ian Druitts Smartphone gefunden hätten. Druitt habe es bei seiner Festnahme in der Sakristei vergessen. Ruddock nickte nur.

»Wir haben den Akku aufgeladen«, sagte Barbara. »Und als wir endlich den richtigen Entsperrungscode rausgefunden hatten…«

»Dank der Bemühungen von Sergeant Havers«, warf Lynley ein.

»Danke, Sir. Ich tu mein Bestes«, sagte sie und fuhr an Ruddock gewandt fort: »Wie gesagt, nachdem wir das Ding zum Laufen bekommen hatten, sind wir seine Anrufliste durchgegangen. Eingehende und ausgehende Anrufe.«

»Weil das Handy seit Druitts Tod nicht benutzt wurde«, übernahm Lynley, »waren die Anrufe der letzten beiden Monate gespeichert.«

»Dann war meine Nummer wohl auch dabei«, erwiderte Ruddock unvermittelt. »Wir haben ein paarmal telefoniert.«

»Ich hab Ihre Nummer tatsächlich gefunden«, sagte Barbara. »Bei den eingehenden und den ausgehenden Anrufen.«

»Wir sprechen mit allen, mit denen er telefoniert hat«, sagte Lynley.

»Ich wette, dann wollen Sie auch wissen, worüber Druitt und ich gesprochen haben.« Ruddock schaute erst Barbara, dann Lynley, dann wieder Barbara an.

»Ganz genau«, stimmte sie zu.

»Darf ich mir das Handy mal ansehen?«, fragte Ruddock, und Barbara reichte es ihm. »Die Liste reicht ja ganz schön weit zurück.«

»Weil es seit seinem Tod nicht benutzt worden ist«, sagte Barbara.

Er nickte nachdenklich und schien zu überlegen, wie viel er preisgeben sollte. »Also…«, sagte er schließlich. »Es hat nichts mit dem Vorfall zu tun. Er hat mich wegen Finnegan Freeman angerufen.«

»Der Sohn von Deputy Chief Constable Freeman«, sagte Lynley.

»Druitt hat sich Sorgen um ihn gemacht. Ehrlich gesagt ist Finnegan ein Sorgenkind. Er hat sich einen ziemlich extremen Stil zugelegt und tut gern so, als wäre er ein knallharter Typ. Das ist reine Fassade, aber es schreckt die Leute ab. Ich glaube, Druitt hat auf ihn aufgepasst, mehr als er es bei einem anderen jungen Mann getan hätte, der im Hort aushalf.«

»Hat er befürchtet, Finn könnte über die Stränge schlagen?«

»Ich nehm's an. Er hat angerufen und gefragt, ob Finn in der Stadt schon mal in Schwierigkeiten geraten war. Aber ich habe ihn nur ein paarmal betrunken aufgegriffen, und das habe ich Druitt auch gesagt.«

»Druitt hat Sie mehrmals angerufen. Sie konnten ihn also nicht beruhigen?«

»Wenn ich mich richtig erinnere, hatte er bei Finn ein komisches Gefühl und hat nach jemandem gesucht, der dieses Gefühl bestätigen oder vielleicht aus dem Weg räumen konnte. Aber ich konnte ihm absolut nicht weiterhelfen. Der Junge raucht ab und zu n' bisschen Gras, aber das tun sie doch alle. Er trinkt, aber er hat noch nie randaliert oder so. Das hab ich Druitt alles gesagt. Irgendwann hat er angerufen und nach der Nummer von Finns Eltern gefragt. Er wollte mir nicht sagen, worum es ging, nur dass er mit ihnen reden wollte und Finn nichts davon wissen sollte. Deshalb konnte er ihn ja nicht selbst nach der Nummer fragen. Irgendwoher wusste er, dass Finns Mutter Polizistin ist – vielleicht hat Finn es ihm oder den Kindern im Hort erzählt –, und wollte von mir wissen, wie er sie kontaktieren konnte, ohne dass Finn davon erfuhr.«

»Wenn er Finns Eltern anrufen wollte, muss es etwas Ernstes gewesen sein«, sagte Lynley. »Hat Druitt nichts angedeutet?«

»Ich hab ihn gefragt«, sagte Ruddock, »aber er rückte nicht raus mit der Sprache, hat nur gemeint, er wollte nichts Falsches über Finn sagen. Er schien sich Sorgen zu machen, welchen… na ja… welchen Einfluss Finn auf die Hortkinder hatte, und hoffte wahrscheinlich, von seinen Eltern mehr über ihn zu erfahren.«

»Inwiefern mehr?«

»Keine Ahnung«, sagte Ruddock. »Das kann alles Mögliche gewesen sein. Ob sie ihn mal dabei erwischt haben, als er Geld aus dem Kollektenkorb in der Kirche geklaut hat, zum Beispiel. Oder ob er sich als kleiner Junge mal schwer verletzt hat und Schmerzmittel nehmen musste. Oder ob sich sein Verhalten irgendwann plötzlich ohne Grund geändert hatte. Das sind natürlich nur meine Vermutungen. Mir hat er nur gesagt, er wollte mit Finns Eltern reden und ob ich ihm die Nummer von seiner Mutter geben könnte, weil die ja schließlich Polizistin ist und ich sie kenne.«

»Finn Freeman ist ein Thema, das immer wieder auftaucht, wie wir festgestellt haben«, sagte Lynley.

»Nach dem Motto: ›Alle Wege führen zu ihm‹«, warf Barbara ein.

»Ich würde Ihnen ja gern mehr sagen«, beteuerte Ruddock.

»Kennen Sie eine der Nummern in der Liste?«, fragte Lynley und deutete mit einer Kopfbewegung auf das Handy, das Ruddock noch immer in der Hand hielt.

Der Hilfspolizist schaute ihn mit einem bedauernden Gesichtsausdruck an. »In solchen Dingen bin ich leider eine komplette Niete. Auf meinem Handy such ich einfach nach dem Namen im Adressbuch. Ich kann mir kaum meine eigene Nummer merken, geschweige denn die von anderen Leuten. Ich bring die Zahlen alle durcheinander.«

Von Anfang an hatte Ruddock offen über seine Lernschwierigkeiten gesprochen, und Barbara nickte Lynley kaum merklich zu. Dann herrschte Schweigen. Lynley und sie taten so, als wären sie tief in Gedanken versunken: Barbara mit verschränkten Armen und geschürzten Lippen, den Blick auf den hässlichen, grauen Boden gerichtet, und Lynley mit dem Zeigefinger auf der Narbe an seiner Oberlippe, die Stirn gerunzelt, während er aus dem Fenster am Tisch schaute, an dem sie saßen.

Schließlich sagte er: »Eine Sache gibt's noch, auf die wir gestoßen sind. Vielleicht können Sie uns weiterhelfen.«

»Sicher, wenn ich kann«, sagte Ruddock.

»Es geht um den Abend, an dem Mr Druitt gestorben ist. Sie haben meiner Kollegin berichtet, dass Sie ihn für einige Zeit allein gelassen haben, um wegen der Sauferei bei den örtlichen Pubs anzurufen. Und während dieser Zeit hat Mr Druitt sich erhängt.«

»Das habe ich sofort bereut …«

»Selbstverständlich. Aber wenn man die Anzahl an Pubs in Ludlow bedenkt und wie lange es dauern würde, bei allen anzurufen, damit sie für den Abend schließen …«

»Es ging nur darum, dass sie Studenten keinen Alkohol mehr ausschenken, Sir«, warf Barbara ein.

»Ja, natürlich,« erwiderte Lynley und sagte an Ruddock gewandt: »Meine Kollegin und ich fragen uns, warum Sie laut eigener Aussage so lange für die Anrufe gebraucht haben. Barbara?«

Sie ging demonstrativ ihre Notizen durch. »Fast neunzig Minuten, Sir.«

»Das führt uns zu der Frage, was vielleicht sonst noch während dieser Zeit geschehen sein könnte.«

»Nichts«, sagte Ruddock. Seine Wangen waren plötzlich deutlich gerötet.

Barbara übernahm die Befragung. »Gary, als ich das erste Mal hier war«, sagte sie, »bin ich an einem Abend an der Station vorbeigekommen. Muss so … gegen halb elf gewesen sein. Drinnen brannte kein Licht, aber auf dem Parkplatz stand ein Streifenwagen.«

»Normalerweise steht da immer einer«, sagte er.

»Dieser Streifenwagen stand im Dunkeln, so weit wie möglich vom Gebäude entfernt. Ich weiß, normalerweise ist so was nichts Besonderes, aber an dem Abend ist auf einmal eine junge Frau aus dem Wagen ausgestiegen und danach Sie. Dann haben Sie einander 'ne ganze Weile angestarrt und sind wieder eingestiegen. Und dringeblieben.«

Ruddock sagte nichts. Er saß vollkommen reglos da.

»Also«, sagte Barbara und machte eine bedeutungsvolle Pause, bevor sie fortfuhr: »Ein Mann und eine Frau in einem Auto, das am späten Abend abseits im Dunkeln steht. Woran würden Sie dabei denken?«

Er setzte zu einer Antwort an, doch Barbara war noch nicht fertig: »Ich weiß noch, dass Sie mir gesagt haben, Sie hätten keine Freundin. Wenn das also der Fall ist …«

»Ich musste Sie anlügen.« Ruddock lief so rot an, dass seine Haut zu glühen schien. »Wenn ich die Wahrheit gesagt hätte, wären Sie zu ihr gegangen, und das konnte ich nicht zulassen. Es tut mir wirklich leid. Ich weiß, es ist alles meine

Schuld, was mit dem Diakon passiert ist, aber ich konnte nicht einfach … Das hätte keiner an meiner Stelle getan.«

Barbara warf Lynley einen fragenden Blick zu, und er sagte: »Wahrscheinlich meinen Sie, dass Sie an dem Abend, als Druitt gestorben ist, nicht nur telefoniert …«

»… sondern auch gepimpert haben«, sagte Barbara, weil ein Gentleman wie Lynley eine höfliche Umschreibung benutzen würde. »Im Streifenwagen auf dem Parkplatz. 'ne Runde einparken üben, sozusagen.«

Ruddock wandte den Blick ab. »Wir waren verabredet, sie und ich. Das war schon geplant, bevor ich den Befehl bekam, ihn festzunehmen. Und selbst da hat keiner mir gesagt, was mit Druitt los war. Also, dass er ein Kinderschänder war. Ich sollte ihn nur in die Station bringen und auf die Streifenpolizisten warten. Also dachte ich … Und dann … Wie hätte ich denn ahnen können, dass so was passiert?«

»Sie haben ihn allein gelassen.« Lynley wartete darauf, dass Ruddock nickte, und ergänzte: »Und so hatte er genug Zeit, sich umzubringen.«

»Oder jemand anders hatte genug Zeit, es so aussehen zu lassen, als hätte er sich umgebracht«, meinte Barbara, und als Ruddock sich ihr abrupt zuwandte, fügte sie hinzu: »Ihnen ist doch klar, dass es so gewesen sein könnte, oder? Während Sie Ihre Unbekannte im Dunkeln vögeln, verschafft sich jemand Zugang zum Gebäude, der genau wusste, was Sie und die namenlose Dame gerade taten …?«

»Nein!«, stieß Ruddock hervor. »Das ist unmöglich!«

»Sie werden verstehen, dass wir ihren Namen brauchen«, sagte Lynley.

»Wir müssen alle Möglichkeiten durchgehen, Gary«, fügte Barbara hinzu, »wer auch immer die Dame ist.«

»Sie hat nichts damit zu tun«, sagte er erregt. »Sie kennt … sie kannte Druitt überhaupt nicht!«

»Mag sein, aber wir müssen sichergehen«, sagte Lynley.

»Außerdem, wenn man's genau nimmt, ist sie Ihr Alibi, Gary.«

Jetzt hatten sie ihn genau da, wo sie ihn haben wollten – am Rand des Abgrunds. Er konnte sich hinunterstürzen oder zurückweichen. Eine andere Wahl blieb ihm nicht.

»Ich kann nicht zulassen, dass sie da mit reingezogen wird«, sagte er heiser. »Sie ist verheiratet. Was passiert ist, war meine Schuld. Ich hab meine Pflicht vernachlässigt. Niemand sonst.«

»Dann brauchen wir Ihr Handy, Gary«, sagte Barbara. »Wir müssen sie finden. Das ist Ihnen doch klar. Am besten Sie geben es uns freiwillig. Wir sparen uns den offiziellen Weg, und es bleibt unter uns. Wenn wir eine richterliche Anordnung besorgen müssen, tja, dann erfährt jeder davon, oder?«

Jetzt hing alles davon ab, ob der Hilfspolizist wollte, dass andere davon erfuhren oder nicht, vor allem seine Vorgesetzten. Barbara und Lynley setzten darauf, dass Ruddocks Selbsterhaltungstrieb siegen würde.

So war es, und Ruddock gab ihnen sein Handy.

»Wir werden sie sicherlich ausfindig machen, wenn ihre Nummer hier drin ist«, sagte Lynley. »Möchten Sie uns irgendetwas sagen, bevor wir Ihre Anrufliste durchgehen?«

»Ich hab ihre Nummer nicht in meinem Handy gespeichert«, sagte Ruddock.

»Davon werden wir uns natürlich selbst überzeugen«, sagte Lynley. »Haben Sie irgendein Telefongespräch geführt, von dem Sie uns erzählen wollen, bevor wir es selbst herausfinden?«

Ruddock schaute zum Fenster und überlegte. Als er sie schließlich wieder ansah, war nicht zu erkennen, ob er beschlossen hatte zu lügen oder ob er darüber nachgedacht hatte, welche Auswirkungen seine nächsten Worte haben würden. »Es sind Anrufe an und von Trev Freeman drauf.«

»Dem Ehemann von Clover Freeman«, stellte Barbara klar.

»Er hat mich gebeten, Finn im Auge zu behalten. Er war wohl schwierig, als er noch zu Hause gewohnt hat. Trev dachte, ich könnte vielleicht … na ja, eine Art großer Bruder für ihn sein … weil Trev und Clo …«

»Sie scheinen Mrs Freeman ja ziemlich nahezustehen.« Barbara konnte sich nicht vorstellen, ihre Chefin *Isabelle* zu nennen, und wenn sie Hillier mit *Dave* anreden würde, würde er sie wahrscheinlich achtkantig rauswerfen.

»Also, ich würde sie vor anderen nie beim Vornamen nennen. Es ist nur so … Sie hat mich mehr oder weniger unter ihre Fittiche genommen, verstehen Sie? Sie hat mich ihrer Familie vorgestellt. Und Finn und ich sind von Anfang an gut miteinander klargekommen.«

»Verstehe«, sagte Barbara. Dann wandte sie sich an Lynley. »Sir?«

Er nickte. »Ich denke, wir haben alles, was wir brauchen.« Er stand auf. »Es ist wirklich verwunderlich.«

»Was denn?«, fragte Ruddock.

»Dass uns so vieles, was wir in Erfahrung bringen, zu Finnegan Freeman führt.«

Damit ließen sie ihn allein und nahmen sein Handy mit. Als sie in den Healey Elliott stiegen, sagte Barbara: »Ich wette, er rennt jetzt, so schnell er kann, zum nächsten Festnetztelefon und ruft jede Nummer an, an die er sich erinnert. Ein paar kennt er garantiert auswendig.«

»Mag sein«, sagte Lynley. »Aber eigentlich glaube ich ihm das mit dem Handy. Finden Sie nicht auch, dass die Technik das Gedächtnis in fast jeder Lebenslage ersetzt? Warum sollte man sich eine Nummer merken oder sie auch nur in ein Adressbuch oder einen Terminkalender eintragen, wenn man einfach einen Namen im Smartphone antippen kann und …«

»Schon klar«, sagte Havers. »Ich hab's kapiert.«

»Und so macht die Technik Hohlköpfe aus uns allen.«

Barbara bedachte ihn mit einem tadelnden Blick. »Haben Sie vor, jemals im Jetzt anzukommen, Sir? Oder im aktuellen Jahrzehnt? Oder Jahrhundert?«

»Das hat Helen mich auch oft gefragt«, sagte er lächelnd. »Aber da sie selbst nie wirklich herausgefunden hat, wie eine Mikrowelle funktioniert, denke ich, sie würde mir meinen Luddismus verzeihen.«

»Hmmpf«, war Barbaras Reaktion.

»Auf jeden Fall haben wir sein Handy.« Er kurbelte das Fenster herunter, ließ aber noch nicht den Motor an. »Ich muss Sie etwas fragen, Barbara. Glauben Sie ihm die Geschichte mit Trevor Freeman?«

»Dass sie wegen Finnegan telefoniert haben? Und er ihn im Auge behalten soll?« Lynley nickte. »Dass jemand auf ihn aufpasst, ist bestimmt nicht verkehrt. Ardery hält ihn für einen ziemlichen Kotzbrocken.«

»Dann sollten wir beide uns mal mit ihm unterhalten und sehen, was wir von ihm halten.«

WORCESTER
HEREFORDSHIRE

Trevor Freeman musste zugeben, dass die Beziehung zwischen seiner Frau und ihm als regelrechtes Klischee begonnen hatte. Sie war eine junge Kriminalpolizistin gewesen, gerade fertig mit der Ausbildung und voller Ehrgeiz, die polizeiliche Karriereleiter hochzuklettern. Genauso ehrgeizig war sie gewesen, in körperlicher Topform zu bleiben, weswegen sie einen Personal Trainer engagiert hatte. Dieser Trainer war er gewesen.

Von Anfang an hatte er sie unwiderstehlich gefunden. Seiner Erfahrung nach brachten sowohl Männer als auch Frauen nach ein paar Wochen intensiven Trainings Ausreden für ihre Unaufmerksamkeit und Faulheit vor. Nicht so Clover. Sie kam ins Fitnessstudio, sie absolvierte ihr Training, sie stöhnte, schwitzte und scherte sich nicht darum, wie sie aussah. Und das hatte ihn natürlich erst recht an ihr fasziniert.

Also hatte er sein Glück versucht. Mal hatte er sie nach dem Training auf einen Kaffee eingeladen, mal auf einen Drink im Pub, mal zum Abendessen. Sie hatte ihn abblitzen lassen. Er war schon drauf und dran gewesen aufzugeben, als seine Schwägerin ihn zu einem kleinen Umtrunk einlud, zu dem auch eine Frau kommen würde. Ihrer Meinung nach passte sie gut zu ihm. Seine Schwägerin hatte sie bei einem Benefizlauf kennengelernt.

Er war hingegangen, und sie war da gewesen. Clover. Die Frau, die angeblich so gut zu ihm passen würde, die Frau mit den gleichen Interessen wie er. Sie waren beide überrascht gewesen und hatten gelacht. Die Situation verlangte nach einer Erklärung. Und dann hatte Clover endlich zugestimmt, nach dem Umtrunk mit ihm essen zu gehen.

Allerdings stellte sie sofort klar, dass an dem Abend nichts weiter passieren würde, obwohl die Chemie zwischen ihnen offensichtlich stimmte. Noch ehe sie einen Blick in die Speisekarte geworfen hatten, sagte sie: »Wir werden keinen Sex haben. Den Fehler hab ich schon mal gemacht, und ich hab daraus gelernt. Ich dachte, ich sag es besser gleich, damit wir wissen, woran wir sind.«

Ihre direkte Art hatte ihn total umgehauen, und diese atemberaubende Ehrlichkeit hatte sie auch während ihrer Ehe beibehalten. Aber jetzt war da Gaz Ruddock. Jetzt gab es das »Wir reden später darüber«, das Trevor zufällig gehört hatte. Und er hätte das eine Viertelstunde später schon klären können, wenn er seine fünf Sinne beisammengehabt hätte, anstatt sich wie immer von seinem Schwanz steuern zu lassen.

Über all das dachte er in seinem Büro im Freeman Athletics nach, als das Telefon klingelte. Er hatte gerade zu den Kraftgeräten runtergehen wollen, wo ein Trainer einer Frau etwas zu nahe kam. Sie hatte fünfundzwanzig Kilo abgenommen und war anfällig für die Avancen eines jungen Schönlings, und Boyd ging raffiniert vor. Da musste Trevor einschreiten.

Doch nun wurde er aufgehalten. Er drehte sich vom Fenster weg und sah, dass es sein privates Telefon war. Clover oder Finn, dachte er.

Aber es war Gaz. »Ich hab versucht, Clo zu erreichen«, sagte er, »aber sie geht nicht ans Handy, und sie ist auch nicht im Büro. Kannst du ihr was ausrichten, Trev?«

Trevor war sofort klar, dass ihm hier eine günstige Gelegenheit in den Schoß gefallen war. »Geht es um das, worüber ihr beide später reden wolltet?«, fragte er ganz direkt.

Nach kurzem Zögern sagte Gaz: »Wie bitte?«

»Gestern Abend«, sagte Trevor. »Als ihr euch verabschiedet habt.«

Wieder war es still. Wahrscheinlich überlegte Gaz krampfhaft, wie er sich rausreden konnte. Doch dann sagte er: »Ach das. Es geht um zwei Polizisten von Scotland Yard. Deswegen ruf ich ja an. Die waren heute zwei Mal hier, und Clo sollte das vielleicht wissen.«

»Ich meinte eigentlich das, worüber ihr später reden wolltet.« Trevor ließ nicht locker. Er wollte Gaz festnageln. Aus Clover würde er nichts rausbekommen, aber Gaz Ruddock war nicht Clover Freeman.

»Also«, sagte Gaz. »Das war… Hauptsächlich geht es um Finn. Clo hat mich gebeten… na ja, ihn irgendwie zu beschäftigen, jetzt, wo Ian Druitt nicht mehr da ist und das mit dem Hort flachfällt. Bestimmt macht der Hort wieder auf… also… irgendwann jedenfalls. Aber im Moment… ich meine, bis einer aus der Gemeinde weitermacht… oder ein neuer Diakon kommt oder so. Sie macht sich halt Sorgen, dass Finn ohne zusätzliche Beschäftigung nichts mit sich anzufangen weiß.«

Trevor gefiel es nicht, um den heißen Brei herumzureden. »Ich weiß über eure Abmachung Bescheid, Gaz.«

Gaz spielte den Ahnungslosen. »Welche Abmachung?«

»Die Abmachung, die ihr letzten Herbst getroffen habt. Dass du ein Auge auf Finn hast und sie auf dem Laufenden hältst. Rufst du deswegen an? Gibt es irgendwas über meinen Sohn zu berichten?«

Trevor hörte, wie Gaz ausatmete. »Nicht direkt«, erwiderte er erleichtert. »Aber ehrlich gesagt bin ich froh, dass du Bescheid weißt. Hat sie es dir gestern Abend erzählt? Du hast sicher gemerkt, dass etwas im Busch war.«

»Hab ich. Und sagst du mir, was sonst noch los ist?«

»Ich weiß nicht, was du meinst.«

»Ich glaub, das weißt du sehr wohl. Ich frage mich, warum du mich anrufst, anstatt meiner Frau einfach eine Nachricht auf die Mailbox zu sprechen. Was soll das? Versuchst du, den Unschuldsengel zu spielen?«

»Unschuldsengel? Wovon redest du, Trev?«

Trevor schaute erneut ins Fitnessstudio hinunter. Mittlerweile saßen Boyd und die Frau sich auf dem Bankdrückgerät rittlings gegenüber. Verdammt. Diesem Boyd musste er unbedingt den Kopf waschen, aber im Moment hatte er andere Probleme. Während er Boyd mit seinem Blick durchbohrte, um seine Aufmerksamkeit auf sich zu lenken, sagte er zu Gaz: »Ich rede von ›Wir reden später darüber‹. Ich will die Wahrheit wissen, und die will ich von dir hören, bevor ich meiner Frau irgendwas ausrichte.«

»Trev«, sagte Gaz beinahe flehentlich. »Ich schwör dir, ich weiß nicht, was du meinst. Ich hab angerufen, weil ich Clo mitteilen wollte, dass die Cops von Scotland Yard hier waren, um mit mir über Druitt zu reden. Schließlich hatten Druitt und Finn miteinander zu tun.«

»Verdammt, Gaz, erklärst du mir endlich, was hier los ist?«

»Ich dachte einfach… na ja, weil Clo mich gebeten hat, Finn im Auge zu behalten…« Er hielt inne, als müsste er Mut fassen oder seine Gedanken ordnen. Dann sprudelte es nur so aus ihm heraus: »Hör zu, Trev. Druitt hat mich ein paarmal wegen Finn angerufen, und das hab ich Clo gesagt. Den beiden von Scotland Yard hab ich's auch erzählt. Es ging nicht anders, die hatten nämlich sein Handy aufgetrieben – also das von Druitt – und wussten, dass er mich angerufen hat, und natürlich wollten sie wissen, warum. Jetzt haben sie auch noch mein Handy mitgenommen, und das ist auch ein Grund, warum ich anrufe.«

»Dein Handy? Was wollen die denn damit?«

»Die überprüfen eben alles.«

»Und was genau heißt ›alles‹?«

»Anscheinend hat Clo ab und zu dein Handy benutzt, als sie mich wegen Finn angerufen hat. Das ist die einzige Erklärung für die vielen Anrufe von deinem Handy, die bei mir eingegangen sind. Das ist mir vorher überhaupt nicht aufgefallen. Also Folgendes.« Wieder hatte Trevor den Verdacht, dass Gaz seinen Mut zusammennehmen musste. »Ich hab denen gesagt, dass ich ein Auge auf Finn habe und dass du mich darum gebeten hast. Und dass du mich ab und zu angerufen hast, um zu sehen, wie es läuft. Die melden sich also garantiert bei dir, sobald sie deine Nummer auf meinem Handy finden. Ich hab ihnen alles erklärt, aber die wollen das natürlich von dir bestätigt kriegen. So machen die das. Es wär also gut, ihnen zu sagen, dass du mich gebeten hast, auf Finn aufzupassen. Denn sonst wird Clo mit in die Sache reingezogen, und das muss ja nicht sein.«

Es ging also darum, Clover zu beschützen, das wurde Trevor schlagartig klar. Gaz wollte Clover schützen, das wurde ja immer interessanter. Aber mehr würde er jetzt nicht aus Gaz herausbekommen, und so beließ er es dabei und versprach ihm, seinen Rat zu beherzigen. Aber zuerst würde er ein ernstes Wörtchen mit seiner Frau reden.

HINDLIP
HEREFORDSHIRE

Bevor Trevor sich auf den Weg nach Hindlip machte, ging er die Anrufliste in seinem Handy durch. Er konnte nicht feststellen, wie lange Clover und Gaz schon am Telefon miteinander turtelten, aber er sah auf den ersten Blick, dass sie sechs Mal telefoniert hatten während der Zeit, als die von der Metropolitan Police zum ersten Mal da gewesen waren, und zwar entweder spätabends oder in aller Herrgottsfrühe. Klar, dachte er. Zu jeder anderen Tageszeit wäre sie nicht an sein Handy gekommen.

In der Zentrale des Polizeihauptquartiers erfuhr Trevor, dass Clover nicht in ihrem Büro war, sondern im Ausbildungszentrum für die Hilfspolizisten. Dort leite sie eine Diskussion zum Thema »Kommunale Sicherheit«, sagte man ihm. Ob er dorthin gehen und sich den Rest der Diskussion anhören oder lieber hier warten wolle?

Trevor sagte, er werde sich die Diskussion anhören, und ging sofort los.

Er wollte sie auf der Arbeit zur Rede stellen, weil sie sich dann nicht auf ihre übliche Ablenkungstaktik verlegen konnte, gegen die er machtlos war.

Das Ausbildungszentrum lag hinter der Kapelle am anderen Ende des Verwaltungsgebäudes. Es war ein institutioneller Bau, der einen unansehnlichen Kontrast zu dem alten Herrenhaus darstellte, in dem Clover, der Chief Constable, und die Leiter der diversen anderen Abteilungen ihre Büros hatten. Man konnte einfach durch die Tür spazieren, und er fand sofort den Saal, in dem die zukünftigen Hilfspolizisten den weisen Worten der Vortragenden lauschten.

Trevor stellte sich neben die Flügeltür im hinteren Teil des Saals und lauschte interessiert seiner Frau. Als sie ihn entdeckte, lächelte sie kaum wahrnehmbar. Sie war nicht dumm und wusste garantiert, dass etwas nicht stimmte. Die Frage war nur, was. Schließlich hatte Gaz sie nicht erreichen können. Aber höchstwahrscheinlich hatte Gaz es überhaupt nicht versucht, denn wenn er sie schützen wollte, würde er es tunlichst unterlassen, sie noch einmal direkt zu kontaktieren.

Die Diskussion kam zu einem Ende, und die Hilfspolizisten wurden in den Feierabend entlassen. Clover und ihre Kollegen wechselten noch ein paar Worte, während sie ihre Unterlagen einsammelten. Schließlich war nur noch Clover auf dem Podium, immer noch damit beschäftigt, ihre Aktentasche zu packen.

Trevor ging zu ihr und kam ohne Umschweife zur Sache. »Du hast mein Handy benutzt, um mit Gaz zu telefonieren. Ich wäre nie draufgekommen, aber er hat sich bei mir gemeldet. Er musste sein Handy deinen Kollegen aus London übergeben.«

»Dir auch einen schönen Tag«, sagte sie. »Was für eine Überraschung, meinen gut aussehenden Ehemann im Publikum zu entdecken. Wie lange standest du da schon? Das muss ja todlangweilig für dich gewesen sein.«

»Gaz hatte eine Bitte, die ich erst mal mit dir besprechen wollte. Ich soll den Leuten von der Met bestätigen, dass ich es war, der ihn gebeten hat, auf Finn aufzupassen. Ich soll sagen, dass es bei den betreffenden Telefongesprächen immer um Finn ging. Anders ausgedrückt, falls du's noch nicht kapiert hast: Er will, dass ich lüge. Und zwar für ihn und auch für dich, denn wenn ich denen erzähle, dass ich keine Ahnung hab, wie Gaz' Nummer in die Anrufliste auf meinem Handy kommt, werden sie wissen wollen, wer mein Handy benutzt hat. Kannst du mir folgen?«

Sie fuhr mit ihrem manikürten Fingernagel über eine Naht an ihrer Aktentasche. Er wollte sie zu irgendeiner Reaktion zwingen, aber mit dem, was schließlich folgte, hatte er ganz und gar nicht gerechnet. »Ich kann mir vorstellen, was du jetzt denkst. Wie clever von ihr, mein Handy zu benutzen für ihre Stelldicheins oder wie auch immer du es nennen willst. Wer überprüft schon die Anrufliste auf seinem eigenen Handy? Darauf willst du doch hinaus, oder? Wie ich Gaz die durchtrainierte Brust kraule, wie wir sabbernd telefonieren und keine Gelegenheit auslassen, übereinander herzufallen.«

Natürlich erwartete sie von ihm, dass er das abstritt, aber auch das war, wie er erkannte, schon wieder ein Ablenkungsmanöver. Mit ihren provozierenden Worten wollte sie ihn nur vom eigentlichen Thema ablenken. Anstatt über Finn zu reden, sollte er nach dem Knochen schnappen, den sie ihm vor die Füße geschmissen hatte, nämlich dass sie was mit Gaz hatte. Ein klassischer Clover-Freeman-Schachzug.

»Wenn du auch möchtest, dass ich die Polizisten anlüge, falls die bei uns an die Tür klopfen«, sagte er, »dann lass dir eins gesagt sein: Das mach ich nur, wenn du mir hier und jetzt reinen Wein einschenkst.«

Sie schwieg. Draußen schlugen Hunde an. Wahrscheinlich wurden sie gerade gefüttert. »Okay«, sagte Clover schließlich. »Wie du willst. Ich nehme an, du willst klare Fakten.«

»Allerdings.«

»Okay. Ian Druitt hat sich Sorgen gemacht wegen Finnegan. Irgendwann hat er dann Gaz angerufen, um mit ihm darüber zu reden, weil er wusste, dass Gaz und Finnegan sich gut verstehen.«

»Warum Sorgen?«

»Druitt hielt ihn für einen lieben Jungen, bekam aber gewisse Dinge mit, die ihm nicht gefielen. Gaz hat mich dann angerufen. Es ging darum, was wir deswegen unternehmen sollten.«

»Weswegen? Red nicht um den heißen Brei herum, Clover. Du hast mir Fakten versprochen!«

»Finnegan und Alkohol, Finnegan und Marihuana, Finnegan und sein loses Mundwerk. Und mit den Kindern ist er wohl auch nicht so umgegangen, wie er es sollte.«

»Was verdammt noch mal soll das denn heißen? Willst du damit sagen, dass Finn … was? Den Kindern Alkohol zu trinken gegeben hat? Ihnen Gras verkauft hat? Sind sie auf die schiefe Bahn geraten, weil er …« Die Tragweite der Andeutung raubte ihm den Atem. »Moment mal. Soll das etwa heißen, dass Finn diesen Kindern irgendwas angetan hat?«

»Ich weiß es nicht. Ich wiederhole nur, was man mir gesagt hat. Du wolltest es wissen, jetzt weißt du's.«

»Ich glaube kein Wort davon!«

»Das habe ich auch nicht.«

»Du *hast* es nicht geglaubt? Oder du *glaubst* es nicht?«

»Spar dir die Haarspalterei. Ich sage dir nur, warum Druitt sich Sorgen gemacht hat und Gaz und ich telefoniert haben. Ich hatte ihn gebeten, Finnegan im Auge zu behalten, und dann kam Druitt plötzlich damit, Finnegan würde irgendwas tun, das ihn in Schwierigkeiten bringen könnte, und zwar für den Rest seines Lebens. Alkohol, Drogen, sexuelle Übergriffe, was weiß ich. Ich wusste nicht, um was es ging, und ich weiß es immer noch nicht. Doch ich konnte nicht zulassen, dass Finnegan Schwierigkeiten bekam, vor allem, weil ich ihn ja überhaupt erst in diese Situation gebracht hatte. Ich vermute nach wie vor, dass es so gelaufen ist: Finnegan hat irgendwas mitbekommen, das zwischen Druitt und einem Kind passiert ist, das hat Druitt bemerkt und Finnegan bei Gaz angeschwärzt, bevor Finnegan Druitt zuvorkommen konnte.«

»Und dann?«

»Dann hat Gaz es mir gesagt. Ich wollte Finnegan sofort da rausholen, aber stur, wie er nun mal ist, wollte er nichts davon wissen. Kannst du dir vorstellen, wie das aussieht? Er hat gesagt, es macht ihm Spaß, den Kindern bei ihren Hausaufgaben zu helfen, auf Druitt wollte er überhaupt nichts kommen lassen, und er meinte, die Kinder fänden es toll, wenn er ihnen ein bisschen Karate zeigt. Also musste ich ihm zumindest einen Teil der Wahrheit sagen, aber du kennst ihn ja, er hat mir kein Wort geglaubt.«

»Welchen Teil der Wahrheit musstest du ihm sagen?«

»Nur dass Druitt Gaz angesprochen hatte, weil er fürchtete, dass Finnegan unangemessen mit den Kindern umging. Ich habe mich möglichst vage ausgedrückt.«

»Warum vage? Warum konntest du ihm nicht einfach sagen, was Sache war, dann hätte er es wenigstens aus seiner Sicht schildern können?«

»Meine Güte, hör dich doch mal reden! Denk mal darüber nach, was ›aus seiner Sicht schildern‹ bei Finn heißt. Ich hatte Angst, dass er ausrastet und sich in Teufels Küche bringt.«

»Also hast du dir gedacht …«

»Ich habe mir überhaupt nichts gedacht, außer unseren Sohn von Ian Druitt und diesem Hort fernzuhalten. Aber dann hat Druitt irgendeinen verdammten Preis gewonnen, und irgendein anonymer Anrufer hat behauptet, er würde sich an den Kindern vergreifen und …«

»Mein Gott, du glaubst, das war Finn, oder? Um sich dafür zu rächen, dass Druitt mit Gaz gesprochen hatte.«

»Ich glaube gar nichts. Ich weiß gar nichts. Aber ich konnte doch diesen Anruf nicht einfach ignorieren. Also hab ich Druitt festnehmen lassen, damit er befragt werden konnte.«

Trevor hörte ihr mit wachsendem Entsetzen zu. Einzelne Puzzleteilchen fügten sich zu einem immer schlimmeren Bild zusammen. Er zwang sich zu sagen: »Druitt musste aus dem Weg geräumt werden.«

Sie griff sich an den Hals. »Wofür um alles in der Welt hältst du mich? Wie kannst du so was auch nur denken? Aber was auch immer in dem Hort vor sich ging, musste überprüft werden, denn andernfalls hätte irgendjemand sich Finnegan vorgeknöpft. Du weißt doch, wie er ist und wie er reagiert und wie einfach es ist, ihn auf die Palme zu bringen. Wenn sein Temperament mit ihm durchgeht, ist er unfähig, einen klaren Gedanken zu fassen. Ich wollte ihn nicht in eine solche Situation bringen, und das will ich auch jetzt nicht. Das kann ich nicht zulassen.« Sie nahm ihre Aktentasche vom Tisch. Offenbar war das Gespräch für sie beendet.

Er sah das anders. »Und was genau soll das bitte heißen?«, fragte er. »Du kannst das ›nicht zulassen‹?«

»Ich will nicht, dass die Detectives von Scotland Yard mit ihm reden. Die sollen ihn noch nicht einmal ansehen. Nicht, weil er irgendwas ausgefressen hat, sondern …«

»Weil er denken wird, du hast sie auf ihn angesetzt.« Trevor schwirrte der Kopf von allem, was sie über Wahrheit und Lügen, über Verbrechen und deren Auswirkungen gesagt hatte. »Herrgott noch mal, Clover! Es ist doch egal, was Finn über dich denkt. Hier geht's um ein Verbrechen. Wenn Finn nichts getan hat, dann hat er doch nichts zu befürchten!«

»Wie kannst du nur so naiv sein?« Sie ging zur Tür, doch bevor sie den Saal verließ, wirbelte sie herum. »Du hast nicht die geringste Ahnung von Polizeiarbeit, also lass mich dich aufklären. Wenn die mit Finnegan reden, und er lässt irgendwas fallen, das ihr Interesse weckt, dann werden sie nicht mehr lockerlassen. Dann kommen die von Druitts Sorgen ganz schnell zu seinem Selbstmord, und als Nächstes steht für sie fest, dass es gar kein Selbstmord war, sondern Mord. Und sie werden sich die Hände reiben, weil sie einen Verdächtigen haben, schließlich hat er ja ein Motiv, und wie er es getan haben könnte, lässt sich dann auch ganz leicht rekonstruieren. Verstehst du das, Trevor?«

»Du glaubst, er hat es getan.« Trevor brachte die Worte kaum heraus, so fassungslos war er. »Du glaubst, dass Finn …«

»Ich glaube überhaupt nichts«, entgegnete sie. »Mir fehlen die Fakten. Ich weiß nur, wie so was abläuft. Ich weiß nur, dass Finnegan viel Zeit mit den Kindern verbracht hat. Kannst du bitte mal versuchen, dir vorzustellen, welche Auswirkungen das alles haben kann? Ich bin seine Mutter, Herrgott noch mal, und es ist meine Aufgabe, mich auch so zu verhalten. Finnegans Wohlergehen steht für mich an erster Stelle. Nichts ist wichtiger für mich, Trev.«

Das ließ er erst einmal sacken. Er folgte ihr zum Ausgang und nahm sein Handy aus der Tasche. »Nur um klarzustellen, dass ich alles richtig verstanden habe«, sagte er und gestikulierte mit seinem Telefon. »Du willst also auch, dass ich die Polizei anlüge, falls ich wegen Gaz' Handy befragt werde. Ihr beide erwartet von mir, dass ich diesen Polizisten sage, ich habe mit Gaz telefoniert, weil ich ihn darum gebeten habe, auf Finn aufzupassen, und mir von ihm berichten lassen wollte, wie das lief mit dem Aufpassen. Habe ich das richtig verstanden, Clover?« Sie sagte nichts, doch ihr starrer Gesichtsausdruck war Antwort genug. »So dumm könnt ihr doch gar nicht sein, dass ihr ernsthaft glaubt, die Detectives von Scotland Yard würden das einfach so schlucken und wieder verschwinden, ohne selbst mit Finn zu reden.«

»Dann erzähl ihnen doch, was du willst«, antwortete sie. »Erzähl ihnen brühwarm, was ich dir gerade gesagt habe. Erkläre ihnen mein oberstes Anliegen: Finnegan davon abzuhalten, sein Leben durch seine eigene Starrsinnigkeit zu ruinieren. Und dann fang an zu beten, dass er sich gegen sie behaupten kann, wenn sie ihn in die Mangel nehmen.«

19. Mai

LUDLOW
SHROPSHIRE

Ding hatte kurz überlegt, den Termin bei der Studentenberatung sausen zu lassen, denn was sollte dabei schon herauskommen? Sie konnte sich kaum noch aufraffen und sich zu ihren Vorlesungen schleppen, und die Seminare hatte sie sowieso nie regelmäßig besucht. Ihr Tutor hatte sie schon mehrmals darauf angesprochen. Der arme Mann hatte sogar auf seine Art versucht, ihr die Leviten zu lesen. So war es also keine große Überraschung, dass Greta Yates auf ein Vieraugengespräch bestanden hatte. Es war nur erstaunlich, dass sie Ding erst jetzt zu sich zitierte. Also machte Ding sich auf den Weg zum Castle Square Campus.

Sie hatte nicht gut geschlafen, aber das war mittlerweile normal. Sie hatte mit Finn gevögelt, sie hatten noch einen Joint geraucht, und dann hatte sie ihn aus ihrem Zimmer geworfen. Er hatte protestiert, weil er eigentlich einen Blowjob als Dank für das Gras erwartet hatte. Sie hatte lange nicht einschlafen können. Erst um drei Uhr morgens hatten die Stimmen in ihrem Kopf endlich Ruhe gegeben und ihr einen bisschen wenig erholsamen Schlaf voller unruhiger Träume gegönnt.

Greta Yates war eine dicke Frau mit rasselndem Atem, und ihre Stimme klang, als bekäme sie nicht genug Luft. Sie rief Ding auf. Der Weg von ihrer Tür zurück zu ihrem Schreibtisch trieb ihr so viel Röte ins Gesicht, dass Ding fürchtete, sie würde gleich aus den Augen bluten. Sie ließ sich auf ihren Stuhl sinken und nahm eine Schachtel Taschentücher aus einer Schreibtischschublade, die sie auf einen hohen Stapel Ordner stellte. Ob der Stapel den Berg an Arbeit repräsentierte, der noch vor ihr lag, oder ob er das Ergebnis ihres mangelnden Organisationstalents war, ließ sich nicht erkennen.

Die Taschentücher waren offenbar für Miss Yates selbst gedacht. Mit zweien tupfte sie sich das Gesicht ab, mit einem dritten putzte sie sich die Nase. Dann faltete sie die Hände, wobei Dings Blick auf einen riesigen Smaragdring fiel, der entweder eine eindrucksvolle Fälschung war oder deutlich machte, dass sie aus reichem Haus stammte.

Prüfend musterte Greta Yates Ding und sagte:

»Partys, Pubs oder ein Freund? Ich habe gesehen, dass Sie nicht mehr bei Ihren Eltern wohnen. Ist es Ihre erste eigene Wohnung?«

Dass sie über Eltern im Plural sprach, lieferte Ding eine willkommene Ausrede. Es war vielleicht nicht die Wahrheit, aber genau genommen auch keine Lüge. Und es fiel ihr auch nicht schwer, ein paar Tränen zu verdrücken, während sie erzählte.

Es sei ihr Vater gewesen, sagte sie, und ihr Kinn zitterte. Es sei ein Unfall gewesen, sagte sie. Es sei zu Hause passiert. Die Familie besitze ein heruntergekommenes Haus in der Nähe von Much Wenlock, die reinste Ruine, und alle hätten mithelfen müssen, um es bewohnbar zu machen. Sie selbst fahre jedes Wochenende nach Hause, um mit anzupacken. Die Elektrik müsse erneuert werden, und ihr Vater sei im ersten Stock gewesen … Jetzt eine lange Pause, dachte sie, das würde nicht nur die Spannung steigern, sondern unterstreichen, wie sehr es ihr widerstrebte, das Schlimme zu beschreiben.

Es sei der Strom gewesen, sagte Ding, denn obwohl sie

wusste, dass die Geschichte nicht stimmte, und gleichzeitig keine Ahnung hatte, *warum* sie das wusste, war es nach wie vor die Erklärung, an die sich ihre Mutter klammerte. Genau wie damals, nachdem Ding sich einigermaßen erholt hatte und fragte: »Aber, Mama, was hat er denn da gemacht?«

Plötzlich war Miss Yates das Mitgefühl in Person. »Ach, das tut mir aber furchtbar leid«, sagte sie. »Wann ist es denn passiert? Warum weiß Ihr Tutor nichts davon?«

Das Ganze war vor vierzehn Jahren passiert, aber das konnte Ding ihr ja wohl kaum verraten. Deshalb sagte sie: »An Ostern.«

»Haben Sie mit jemandem darüber gesprochen?«

Ding schüttelte den Kopf. »Wir sprechen nicht viel in meiner Familie.«

»Aber wenn Sie sich anschauen, wie Ihre Leistungen hier am College eingebrochen sind, verstehen Sie doch bestimmt, dass Sie solche Sachen nicht in sich hineinfressen sollten.«

Das verstehe sie natürlich, sagte Ding. Aber im Moment sei es einfach zu schwierig. Es sei alles noch viel zu frisch, um darüber zu sprechen. Natürlich sei ihr klar, dass sie es tun müsse, denn es belaste sie sehr, was sich ja auch bei ihren Noten bemerkbar mache. Sie sehe das ein, wirklich.

»Sie wissen ja jetzt, wo Sie mich finden können«, sagte Greta Yates. »Wenn Sie jemanden zum Reden brauchen, kommen Sie einfach vorbei.«

In Anbetracht ihres vollen Schreibtischs konnte Ding sich nicht vorstellen, wie Miss Yates es bewerkstelligen sollte, Trost zu spenden, Ratschläge zu erteilen oder Studenten vor den Konsequenzen zu warnen, wenn sie Vorlesungen und Seminare ausfallen ließen. Im Endeffekt war es auch egal, weil sowieso alle logen – sie eingeschlossen –, weswegen auch niemand irgendwo Trost fand.

Sie bedankte sich bei der Beraterin und erklärte ihr, dass

sie trotz allem bereits dabei sei, sich aus ihrem tiefen Loch zu befreien. Sie könne die Veränderung regelrecht spüren. Es liege wohl am bevorstehenden Frühling, dieser stehe für Hoffnung, Wiedergeburt, bla bla bla.

»Werden Sie es schaffen, Ihr Studium wieder aufzunehmen?«, fragte Miss Yates. Ihre Stimme klang zugleich sanft und mahnend.

Ja, sagte Ding. Dena Donaldson werde sich ab jetzt wieder dem Studium widmen. Versprochen.

»Manchmal«, fuhr Ding fort, »ist es immer noch schwierig, aber ich glaube, das Schlimmste habe ich überstanden.« Sie wollte ihren eigenen Worten gern glauben, obwohl sie genau wusste, dass es nur eine weitere Lüge war.

LUDLOW
SHROPSHIRE

Barbara bat Lynley, auf direktem Weg zur Polizeistation zu fahren. Sie wolle ihm dort etwas zeigen, sagte sie. Nachdem er den Motor angelassen hatte, dirigierte sie ihn zunächst zur Broad Street, wo sie zum Fluss abbogen. Dann fuhren sie weiter über die Temeside Street zur Weeping Cross Lane. Sie bogen links ab, und dann war es nur noch eine Minute bis zur Station. Havers machte Lynley darauf aufmerksam, dass die Geschäfte so weit von der Straße zurückgesetzt standen, dass niemand, sei es im Auto, auf dem Fahrrad, zu Fuß, auf Rollschuhen oder auf einem Pogo-Stick hüpfend, von einer der Überwachungskameras an den Häusern erfasst werden würde.

»Anders ausgedrückt«, folgerte sie, als Lynley in die Townsend Close fuhr, »haben wir hier einen schönen, schnellen Weg von Finnegan Freemans Haus zur Polizeistation. Ich bin ihn selbst mal abgelaufen, Sir. Ich denke, es ist ein interessantes Detail.«

»Ja, vor allem, weil wir jetzt wissen, was Ruddock auf dem Parkplatz getrieben hat, als Druitt gestorben ist.«

»Es wäre auf jeden Fall ganz einfach, zu Fuß oder mit dem Fahrrad unauffällig zur Station zu gelangen. Die Straße führt in die Stadt, zum Bahnhof, zum Supermarkt und so weiter. Und es wäre genauso einfach, unbemerkt am Streifenwagen vorbei das Gebäude zu betreten. Und dann ist es nicht mehr weit bis zu dem Raum, in dem Druitt saß.«

Lynley folgte ihrem Blick, den sie auf den Parkplatz gerichtet hatte. »Als Erstes reden wir mit Finnegan Freeman«, sagte er. »Und wir sollten auch noch über etwas anderes nachdenken.«

»Und zwar, Sir?«

»DCC Freeman und Ruddock.« Lynley wendete, und sie fuhren zurück zur Lower Galdeford, dann über die Weeping Cross zum Fluss hinunter. »Wenn Trevor Freeman Ruddock bittet, sich um Finnegan zu kümmern, müssen sie sich sehr gut kennen. Folglich kennen Ruddock und Clover Freeman sich auch sehr gut. Und vielleicht kennen die beiden sich sogar so gut, dass sie auch außerhalb der Polizeiarbeit miteinander zu tun haben.«

»Ich könnte sie mir jedenfalls als Liebespaar vorstellen«, sagte Havers. »Sie ist höchstens zwanzig Jahre älter als er, und wenn man so fit ist wie sie, macht der Altersunterschied eh nichts aus. Das eine oder andere Techtelmechtel…«

»Mit einem jungen Hilfspolizisten…«

»…können wir also nicht ausschließen. Könnte sogar sein, dass sie das Handy von ihrem Männe benutzt, um sich mit dem jungen Bullen zu verabreden. Verzeihung.«

»Sie sagten es ja bereits: Wir können nichts ausschließen.«

Sie erreichten das Haus, in dem Finnegan Freeman wohnte.

Sie parkten ein Stück weit entfernt halb auf dem Bürgersteig. Dann gingen sie zu Fuß zurück, klopften an und drückten die Klingel.

Ein junger Mann öffnete die Tür, so elegant gekleidet, dass er glatt als Model durchgehen konnte. Neben ihm stand eine junge Frau mit wilden, dunklen Locken. Sie hielten sich an der Hand, als wollten sie gerade das Haus verlassen.

»Sorry«, sagte der junge Mann. »Kann ich Ihnen helfen? Wir wollten gerade los.«

Lynley zeigte seinen Ausweis und stellte Havers vor. Bevor er erklären konnte, was sie hierherführte, sagte der junge Mann: »Sie wollen bestimmt zu Finn.«

»Was bringt Sie zu der Annahme?«

»Wenn die Cops vor der Tür stehen, wollen sie immer zu ihm.«

»Und Sie sind?«

»Bruce Castle«, antwortete er. »Ich wohne auch hier. Das hier ist Monica.«

»Jordan«, fügte sie hinzu.

»Sie wohnt nicht hier«, sagte Castle. »Kommen Sie rein, ich hole Finn.«

Er ließ die Tür offen und ging zur Treppe. »Freeman!«, brüllte er. »Die Scheißcops wollen schon wieder was von dir!« Er drehte sich zu Lynley um und zuckte entschuldigend mit den Schultern. »Sorry, ist mir so rausgerutscht. Zu viel Fernsehen.« Dann rief er wieder nach oben: »Freeman! Zieh ihn aus ihr raus und komm runter, du Penner!«, woraufhin Monica nervös kicherte.

Bruce Castles Rufe blieben ohne Antwort. Finn Freeman lag entweder im Koma oder war nicht zu Hause. Castle drehte sich wieder zu ihnen um. »Wollen Sie, dass ich … keine Ahnung … ihm sage, dass er gesucht wird? Dass er Sie anrufen soll? Oder soll ich Ihnen Bescheid sagen, wenn er sich mal blicken lässt?«

Lynley gab ihm eine Karte. Sicherheitshalber gab Havers ihm ebenfalls eine. Castle stopfte die Karten in die Brusttasche seines maßgeschneiderten Hemds und sagte, sie könnten natürlich auch gern warten, wenn sie wollten. Oder später wiederkommen. Sie könnten Finn sogar auflauern, wenn ihnen danach sei. »Die Tür ist immer offen«, erklärte er achselzuckend. »Sie kriegen ihn bestimmt. Morgens ist es am besten. Je früher, desto besser.«

Dann ging er, Monica im Schlepptau, und ließ die Tür weit offen stehen.

»Wir könnten die Bude auf den Kopf stellen«, sagte Havers. Sie warf einen Blick ins Wohnzimmer und fügte hinzu: »Wenn das überhaupt möglich ist. Mein lieber Schwan! Wie kann man so leben? Das ist ja die reinste Müllhalde!«

»Die Belastbarkeit der Jugend«, bemerkte Lynley. »Wir kommen später wieder. Wie Mr Castle gerade sagte, wir haben bestimmt am frühen Morgen mehr Erfolg.«

Sie schlossen die Haustür hinter sich. Während Havers auf die Straße lief, prüfte Lynley, ob Bruce Castle die Wahrheit gesagt hatte. Tatsächlich, die Tür war nicht abgeschlossen. Das würde ihnen gelegen kommen, wenn sie Finnegan Freeman am frühen Morgen weckten.

LUDLOW
SHROPSHIRE

Ding trottete die Temeside Street entlang, sie war schon fast am Haus, als sie Brutus entdeckte. Das Mädchen neben ihm kannte sie nicht, aber an ihrem Gesichtsausdruck konnte sie erkennen, dass sie eine von Brutus' Eroberungen war. Merkwürdigerweise war es Ding egal. Verglichen mit dem, was es sie gekostet hatte, Greta Yates aufzusuchen und ihr eine glaubwürdige Geschichte aufzutischen, war es überhaupt nichts, Brutus mit irgendeiner Tussi zu sehen.

Brutus ging natürlich davon aus, dass es sie furchtbar treffen und sie ihm eine Szene machen würde. Ding konnte es ihm noch nicht mal verübeln, denn so war es bisher immer zwischen ihnen gelaufen. Aber sie fragte ihn nur: »Ist Finn etwa zur Abwechslung mal zu ’ner Vorlesung gegangen?« Ehe er antworten konnte, sagte sie zu dem Mädchen neben ihm: »Ich bin Dena. Ding. Mein Zimmer ist das neben dem von Brutus.«

»Monica«, sagte das Mädchen mit einem hübschen Lächeln. Sie hatte auf jeden Fall mal eine Zahnspange getragen. Ihre Zähne waren viel zu perfekt.

Brutus war offensichtlich irritiert. »Kommst du gerade erst nach Hause?«, fragte er argwöhnisch, als könnte es sich um ein neues Spielchen handeln, mit dem Dena Donaldson einen weiteren lächerlichen Versuch unternahm, ihn rasend eifersüchtig zu machen.

»Ich musste zur Studentenberatung«, sagte sie und fuhr sich mit der Hand durch die Haare. Erst jetzt fiel ihr auf, dass sie sich gar nicht gekämmt hatte, bevor sie das Haus verlassen hatte. »Ich muss ins Bett, ich bin todmüde. Hoffentlich ist keiner zu Hause!«

»Es ist keiner da.«

»Außer der Polizei, Bru«, sagte Monica. »Die sind noch drinnen.« Sie warf einen Blick über die Schulter. »Ach, da sind sie ja. Dann wollten sie wohl doch nicht warten.«

»Die wollen schon wieder mit Finn reden«, sagte Brutus zu Ding. Er sah sie prüfend an, als versuchte er, aus ihr schlau zu werden. »Sicher, dass alles okay ist?«

Mehr oder weniger, dachte Ding. Aber eins wusste sie mit Sicherheit: Sie wollte heute keinem Polizisten begegnen.

Sie waren zu zweit: ein blonder Mann, so gekleidet, wie Brutus sich wohl kleiden würde, wenn er einen Kopf größer und zwanzig Jahre älter wäre, und eine Frau mit kurzen, zerzausten Haaren, die so ungekämmt aussahen wie ihre eigenen. »Wer sind die denn?«, fragte Ding Brutus, woraufhin er zwei Karten aus seiner Brusttasche zog und ihr gab.

»Die kannst du Finn geben, wenn du ihn siehst. Keine Ahnung, worüber die mit ihm reden wollen, aber wahrscheinlich geht's um Druitt, so wie letztes Mal.«

Ding betrachtete die Karten. Die beiden waren also von der Metropolitan Police. Offenbar war schon wieder jemand aus London nach Ludlow geschickt worden. »Falls ich Finn sehe, sag ich's ihm.«

»Warum solltest du ihn nicht sehen?« Brutus klang misstrauisch. Merkwürdig, dachte sie. Er denkt immer noch, ich treibe ein Spiel mit ihm.

»Im Moment will ich eigentlich niemanden sehen«, antwortete sie. »Schön, dich kennengelernt zu haben, Monica.« Und das war eigentlich alles, was sie sagen wollte.

Sie bemerkte, dass die Polizisten in ihre Richtung schauten. Wahrscheinlich hatten sie mitbekommen, dass Brutus ihr die Visitenkarten gegeben hatte. Daraus würden sie schlussfolgern, dass sie Finn Freeman ebenfalls kannte und vielleicht ein Gespräch wert war. Aber Ding hatte keine Lust, mit Cops zu reden. Als sie das erste Mal in Ludlow gewesen waren, hatte sie ihnen aus dem Weg gehen können, und das hatte sie auch diesmal vor.

Sie überlegte, wie sie das am besten bewerkstelligte, und wollte sich gerade in Richtung Lower Broad Street aufmachen, weg von den Polizisten, die auf der anderen Straßenseite auf sie zu warten schienen, als Rabiah Lomax hupend und gestikulierend an ihr vorbeifuhr und ihr bedeutete, sie solle sich nicht vom Fleck rühren. Sie parkte nicht weit vom Wehr entfernt, sprang aus dem Wagen und rief: »Dena Donaldson, ich will mit dir reden!«, was natürlich die Aufmerksamkeit der Polizisten erregte.

Sie schauten zu Mrs Lomax hinüber, die gerade die Autotür zuschlug. Dann blickten sie von Mrs Lomax zu Ding. Dann sahen sie einander an.

Das alles bedeutete nichts Gutes, dachte Ding.

LUDLOW
SHROPSHIRE

Rabiah Lomax entdeckte die Polizisten von Scotland Yard, gleich nachdem sie Dings Namen gerufen hatte. Sie hatte jetzt jedoch keine Zeit, sich zu überlegen, was die beiden dort machten oder was sie daraus schließen könnten, dass sie hier aufkreuzte. Im Moment wollte sie nur eins: Dena Donaldson daran hindern, sich aus dem Staub zu machen.

Denn dass Dena genau das vorhatte, war nicht zu übersehen. Das Mädchen erinnerte an eine Comicfigur: panischer Blick in Richtung Ludford Bridge, ein Fuß in der Luft. »Ich habe ein Hühnchen mit dir zu rupfen, Ding!«, rief Rabiah. »Rühr dich nicht von der Stelle. Und was Sie beide angeht…«, fügte sie an die beiden Polizisten gewandt hinzu, die bereits die Straße überquerten und auf sie zukamen. »Ich habe jetzt keine Zeit für ein Schwätzchen mit Ihnen. Mein Anwalt heißt Aeschylus Kong. Er steht im Telefonbuch. Machen Sie einen Termin mit ihm aus, wenn Sie noch mal mit mir reden wollen.«

Ding blieb stehen, die Polizisten nicht. Als sie näher kamen, sagte Rabiah: »Verstehen Sie nicht, das ist eine Familienangelegenheit.« Dann rief sie Ding zu: »Warte auf mich, verstanden! Geh ins Haus, ich komme sofort. Wag es nicht abzuhauen! Ich kriege dich sowieso.«

Ding nahm Rabiahs Worte offenbar ernst, und das aus gutem Grund. Sie wusste, dass Rabiah Marathonläuferin war, während ihr selbst spätestens nach hundert Metern die Puste ausgegangen wäre. Sie verzog sich ins Haus und würdigte Rabiah und die Polizisten keines Blickes mehr.

Der Mann – Rabiah erinnerte sich an seinen Namen, Lynley – sagte: »Es wird nicht lange dauern, Mrs Lomax.«

Die Frau – Himmel, wie hieß die noch? – sagte: »Wir haben Ian Druitts Handy, Mrs Lomax. Sie hatten sieben Termine mit ihm, aber Ihre Nummer erscheint kein einziges Mal in seiner Anrufliste.«

»Na und?«, fauchte sie. »Sehen Sie nicht, dass ich keine Zeit für so einen Unsinn habe?«

»Sie müssen Ihre Termine irgendwie ausgemacht haben«, sagte Lynley. »Verraten Sie uns, wie Sie das geschafft haben, ohne ihn anzurufen?«

»Also, das darf doch nicht wahr sein«, sagte sie. »Ich habe keine Ahnung, welche Nummer ich benutzt habe. Vermutlich habe ich im Pfarrhaus angerufen. Eine andere Nummer hatte ich nicht, erst recht nicht seine Handynummer.«

»Wollen Sie damit sagen …«

»Was ich damit sagen will, ist, dass ich mich gerade um eine Familienangelegenheit kümmern muss. Ich habe also Wichtigeres zu tun, als Ihnen Rede und Antwort zu stehen. Wie gesagt, er heißt Aeschylus Kong. Ihre Kollegin hat ihn bereits kennengelernt.«

Damit ließ sie sie stehen, überquerte die Straße und stürmte, ohne zu klingeln oder zu klopfen, ins Haus.

Sie fand Ding im Wohnzimmer, in dem offenbar seit Beginn des Sommersemesters niemand mehr Staub gesaugt oder gewischt hatte. Überall lagen vertrocknete Pizzareste, leere Joghurtbecher und zusammengeknüllte Chipstüten herum, und es stank nach Männerschuhen und -unterwäsche. Wie Ding es hier aushielt, war Rabiah schleierhaft.

Ding saß mit angezogenen Beinen auf einem schmuddeligen Sofa. Sie sah aus wie ein verschüchtertes Schulmädchen, das sich auf eine Standpauke gefasst machte.

»Was geht hier eigentlich vor?«, fragte Rabiah. »Das will ich hier und jetzt von dir erfahren! Ich habe mit Missa gesprochen.«

Ding fuhr sich mit der Zunge über die Oberlippe. »Ach so, es geht um Missa?«

»Du weißt ganz genau, dass es um Missa geht. Also, was ist los?«

Ding schüttelte verwirrt den Kopf. »Ich hab wirklich keine Ahnung, was Sie meinen, Mrs Lomax.«

»Dann will ich mal deutlicher werden: Die Polizei interessiert sich für meine Familie, und Missa behauptet, der Grund dafür bist du. Ich habe dich nur deswegen nicht an die beiden übergeben, weil ich die Wahrheit von dir hören will. Entweder lügt Missa oder du, oder ihr lügt alle beide. Jedenfalls bin ich es leid, mir Märchen auftischen zu lassen. Willst du lieber mit mir reden oder mit denen? Überleg's dir, bevor ich die Geduld mit dir verliere!«

Ding legte eine Hand auf das Sofa. Die andere hatte sie in ihrem Schoß zur Faust geballt. »Was für Märchen?«

»Über den Diakon, der gestorben ist. Unser Name steht in seinem Terminkalender, und das scheint die Polizei sehr spannend zu finden.«

»Und deswegen kennen die Sie?«

»Versuch nicht, vom Thema abzulenken. Du hast dich sieben Mal mit ihm getroffen. Du hast unseren Namen benutzt. Darüber werden wir uns jetzt unterhalten, und dann wirst du alles der Polizei erzählen, damit die endlich Ruhe geben.«

»Nie im Leben«, sagte Ding.

»Werd nicht frech. Du kannst dem lieben Gott danken, dass ich dich denen nicht schon eben ausgeliefert habe.«

»Ich meinte nicht… Mrs Lomax, ich hab Ihren Namen nicht benutzt. Ich hab auch nie mit dem Diakon gesprochen, ich kannte den nicht mal. Wenn Missa Ihnen das erzählt hat…« Ding ließ den Satz in der Luft hängen.

Rabiah beendete ihn für sie. »... dann hat sie gelogen. Das willst du mir damit sagen? Und warum, verdammt noch mal, hätte sie das tun sollen?«

»Keine Ahnung. Ich weiß ja noch nicht mal, warum sie mit dem Diakon gesprochen hat.«

»Verkauf mich nicht für dumm. Ich weiß, wie Freundschaften zwischen Frauen funktionieren und dass beste Freundinnen keine Geheimnisse voreinander haben. Und du und meine Enkelin wart beste Freundinnen. Dann wollte sie ganz plötzlich nur noch weg aus Ludlow. Und jetzt erfahre ich, dass sie dafür vielleicht einen guten Grund hatte. Und dieser Grund sitzt hier in diesem Zimmer und hat zu welchem zwielichtigen Zweck auch immer unseren Namen benutzt.«

»Das stimmt nicht!«, protestierte Ding. »Ich hab doch gar nichts getan. Aber auf einmal denken alle... ich weiß nicht...« Aus heiterem Himmel brach sie in Tränen aus. »Nichts funktioniert, und jetzt hat er diese Monica, und jede Nacht will er mehr, und ich kann nicht damit aufhören, ob ich will oder nicht.«

Die Kleine wurde ja regelrecht hysterisch, dachte Rabiah. »Lieber Himmel, Mädchen, was ist denn los?«

»Fragen Sie Missa, wenn Sie es wissen wollen«, schluchzte Ding. »Wenn hier irgendjemand lügt, dann sie.«

LUDLOW
SHROPSHIRE

Barbara Havers wollte ganz sicher sein, dass sie nichts falsch verstanden hatte, deswegen hielt sie sich nach dem Gespräch mit Rabiah Lomax noch einen Moment lang zurück. Sie musste es Lynley sehr schonend beibringen, weil sie nicht hundert Prozent wusste, ob es wirklich stimmte. Lynley würde nicht überstürzt handeln, wenn er hörte, was sie zu sagen hatte – das war nicht seine Art –, aber ein falscher Schritt konnte Panik auslösen.

Als Lynley bemerkte: »Der nächste Zufall«, sagte sie: »Sir?«

Es schien ihn zu überraschen, dass sie nachfragte. »Finden Sie es nicht merkwürdig, dass Rabiah Lomax ausgerechnet vor dem Haus von Finnegan Freeman auftaucht?«, fragte er.

»Ach das«, sagte sie.

»Was hat das zu bedeuten? Sie will ihn wohl kaum für die Pfadfinder rekrutieren.«

»Das sind auf jeden Fall zu viele verdammte Zufälle.«

»Da stimme ich Ihnen zu.«

»Wir müssen noch mal mit ihr reden.«

»Hm, ja. Aber da sie jetzt ihren Anwalt hinzuzieht, bezweifle ich, dass wir viel aus ihr herausbekommen werden. Haben Sie gehört, was sie zu der jungen Frau gesagt hat?«

Barbara nickte. Er hatte ihr das Stichwort geliefert, auf das sie gewartet hatte. »Was das angeht, Sir … da gibt's noch was.«

Sie schlenderten zum Fluss und beobachteten eine Schwanenfamilie auf dem Wasser. Barbara holte ihre Zigaretten heraus und zündete sich eine an. Lynley trat ein Stück zur Seite, damit der Rauch ihn nicht belästigte.

Sie sog den Rauch ein. »Diese Dena Donaldson, mit der Mrs Lomax gesprochen hat … Sie hat sie Ding genannt. Ich bin mir nicht ganz sicher, weil es schon zehn Tage oder so her ist und es dunkel war. Aber diese Ding …?«

»Was ist mit ihr, abgesehen von ihrem Namen? Der erinnert mich übrigens ein bisschen an den Spitznamen meiner Mutter. Sie heißt Dorothy, aber alle nennen sie Daze. Ich habe sie nie gefragt, warum.«

»Warum auch, wo Sie sie doch Mama nennen? Oder Mutter. Oder Mater, oder wie auch immer Leute wie Sie ihre *madre* nennen … Jedenfalls, diese Ding … ich glaub, die hab ich schon mal gesehen.«

»Das ist nicht gerade sensationell, Barbara. Ludlow ist ein ziemlich überschaubares Kaff. Wenn, dann kommt es auf das Wann und Wo an. Wo haben Sie sie denn gesehen?«

»Auf dem Parkplatz hinter der Polizeistation.«

Lynley schaute sie an. »Ach?«

»Sie war es, die aus Gary Ruddocks Streifenwagen gestiegen ist, Sir. Es war spätabends, also kann ich es wie gesagt nicht hundert pro beschwören, aber sie sieht ihr verdammt ähnlich.«

Lynley ließ den Blick zu dem Haus wandern, in dem Ding und Rabiah Lomax verschwunden waren, und schien nachzudenken.

Barbara redete sich in Fahrt. »Er weicht jedes Mal aus, wenn wir ihn nach Frauen in seinem Leben fragen, Sir. Erst behauptet er, er hätte keine Freundin. Dann sagt er, es gibt zwar eine, aber sie ist verheiratet und er muss sie aus lauter Liebe schützen. Und jetzt Ding. Wir sehen sie in ein Haus gehen, in dem zufällig auch Finnegan Freeman wohnt und von dem aus man sehr schnell zur Polizeistation kommt. Das stinkt doch zum Himmel!«

»Wohlriechend ist es zumindest nicht«, meinte Lynley, gab jedoch zu bedenken: »Aber, wie Sie bereits sagten, es war dunkel, als Sie dort waren.«

»Und der Wagen stand dazu noch in der hintersten Ecke, das geb ich zu, ich könnte mich also irren. Aber als sie ausgestiegen ist, hat sich die Innenbeleuchtung eingeschaltet. Dann ist er auch ausgestiegen, hat was zu ihr gesagt, und sie ist wieder eingestiegen. Als hätte sie ihn erst abblitzen lassen wollen, aber dann hat er was gesagt, und sie hat es sich anders überlegt. Also ist sie wieder eingestiegen und er auch, und dann ist es zur Sache gegangen.«

»Die Frage ist«, sagte Lynley, »ob das mit der verheirateten

Frau gelogen ist oder ob Ruddock mehr als eine Beziehung hat. So oder so – dass er Ihnen gesagt hat, es gibt niemanden in seinem Leben… Wie kam das Thema überhaupt auf?«

Barbara überlegte. »Ein Tattoo. C-A-T in Großbuchstaben für Catherine. Ich hab ihn gefragt, ob er ein Tierfreund ist, aber er meinte, Cat ist seine Mutter. Er hat mir erzählt, dass er in irgend so 'ner zwielichtigen Sekte in Irland aufgewachsen ist, wo die Babys den Müttern weggenommen werden und getrennt von ihnen aufwachsen. Deswegen werden sie tätowiert, damit die Jungen später keinen Sex mit ihren eigenen Müttern haben. Oder mit ihren Schwestern. Fand ich echt gruselig, die Geschichte. Vielleicht hätte ich das überprüfen sollen, aber ich dachte, ich sollte lieber… na ja, das machen, was Ardery mir aufgetragen hat, verstehen Sie?«

Zu ihrem Erstaunen wirkte Lynley nicht sehr überrascht. Er wandte sich vom Fluss ab, die Arme verschränkt, und lehnte sich an die Mauer, von wo man einen Blick auf das Wehr hatte. »Armer Ödipus«, sagte er. »So eine Tätowierung hätte ihm einiges erspart. Dann hätte er nicht, obwohl er versucht hat, seinem Schicksal zu entkommen, aus Versehen seinen Vater umgebracht.«

Barbara, an seine literarischen und historischen Gedankenspiele gewöhnt, verkniff sich einen Kommentar. Sie warf ihre Kippe auf den Boden und trat sie aus. Lynley beäugte die Kippe, dann schaute er Barbara an. Sie seufzte. Dann hob sie die Kippe auf, zerzupfte sie und ließ die Tabakfetzen in der Brise davonfliegen.

»Ich stell es mir so vor…«, begann sie. Als er nickte, fuhr sie fort: »Wenn der Hilfspolizist was mit dieser Ding hat, weiß außer den beiden garantiert noch jemand davon.«

»Wie kommen Sie darauf?«, fragte Lynley.

»Ganz einfach, Sir. Wenn ich sie zusammen gesehen hab, dann hat auch jemand anders sie zusammen gesehen. Irgendwann. Irgendwo. Jetzt brauchen wir diesen Jemand nur noch zu finden, und ich hab auch schon eine Idee, wo wir suchen müssen.«

BLISTS HILL VICTORIAN TOWN
SHROPSHIRE

Da die Landschaft von Shropshire nicht von hässlichen Schnellstraßen durchschnitten wurde, gab es nur sehr wenige direkte Strecken zwischen den Ortschaften, zum Beispiel nach Blists Hill Victorian Town, einem Museumsdorf westlich des Städtchens Ironbridge, das am Ufer des Flusses Severn erbaut worden war und damit unglücklicherweise regelmäßig überflutet wurde. Blists Hill dagegen lag deutlich höher. Der Weg dorthin führte durch einen dichten Wald aus Eichen, Kastanien und Ahornbäumen, und nur an einigen Stellen fiel das Sonnenlicht durch das frische Frühlingslaub auf die Straße. Ein findiger Unternehmer hatte die einzigartige Idee gehabt, aus Blists Hill, den alten Schmelzöfen, einer verlassenen Mine und einer weitläufigen schrägen Ebene, über die einst Boote vom Fluss zum Shropshire-Kanal transportiert worden waren, eine Touristenattraktion und ein Bildungszentrum zu machen, und eine komplette Industriestadt um 1900 im Kleinen nachbauen lassen.

Dorthin fuhr Rabiah nach ihrem Gespräch mit Ding in der Temeside Street. Sie war seit Jahren nicht mehr hier gewesen, aber als sie auf den überfüllten Parkplatz einbog, stellte sie fest, dass es immer noch ein beliebtes Ausflugsziel für Familien und Rentner und eine Gelegenheit für Schulkinder war, sich in natura anzusehen, wovon ihre Lehrer ihnen im Klassenzimmer erzählten.

Rabiah stellte sich in die Schlange am Kartenschalter. Ihre Enkelin hätte sie auch am Eingang abholen und als Gast umsonst hineinlassen können, doch Rabiah wollte sie überraschen. Deshalb bezahlte sie den horrenden Eintrittspreis – hatten die noch nie von Ermäßigungen für Rentner gehört? – und bekam einen Übersichtsplan, obwohl sie eigentlich gar keinen brauchte.

Rabiah wusste, wo sie Missa finden würde. Ihre Schwiegertochter hatte sie angerufen, weil Missa verkündet hatte, dass sie sich – nachdem sie sich zunächst dazu hatte überreden lassen, es am West Mercia College nach den Weihnachtsferien noch ein Mal zu versuchen – endgültig entschieden hatte. College und Uni seien nichts für sie, hatte sie erklärt.

»Sie findet, Kerzenziehen ist ein guter Beruf«, hatte Yasmina verbittert gesagt. »Kannst du sie bitte zur Vernunft bringen, Mum?«

Das war immer noch besser als der Job in der Frittenbude, hätte Rabiah am liebsten eingewandt, aber so eine lapidare Antwort wäre in dem Moment wenig hilfreich gewesen. Also versicherte sie ihrer Schwiegertochter, dass alle jungen Leute solche Phasen durchmachten und Missa schon von allein wieder zur Vernunft kommen würde. Aber Yasmina glaubte ihr nicht, was Rabiah ihr nicht verübeln konnte, denn ihre Schwiegertochter hatte keine Phasen durchgemacht außer denen, die sie ihrem Ziel näher gebracht hatten, Kinderärztin zu werden. Die ungeplante Schwangerschaft hatte dieses Ziel vielleicht etwas hinausgezögert, aber mehr auch nicht. Dass ihre Tochter nun auf eine höhere Bildung verzichten wollte, um ihr Leben lang Dochte in Wachs zu tauchen, war für Yasmina unbegreiflich. »Irgendetwas muss passiert sein«, beharrte sie. »Sie sagt, es hätte nichts mit Justin zu tun, aber ich glaube ihr nicht. Er hat sie irgendwie wieder dorthin gelockt. Er hat irgendwas gesagt oder getan. Oder er hat ihr gedroht … Ach, was weiß ich. Bitte red mit ihr, Mum. Timothy und ich haben alles versucht, aber es hat nichts genützt.«

Rabiah hatte getan, was sie konnte, aber es hatte nichts gebracht. Zu dem Zeitpunkt war sie allerdings nicht richtig im Bilde gewesen. Doch jetzt stand Missas gegen Dings Wort, und sie hatte die Gewissheit, dass man ihr etwas verheimlichte.

In Blists Hill wurde das Leben in einer spätviktorianischen Industriestadt nachgestellt. In historischen Werkstätten konnte man den unterschiedlichsten Handwerkern bei der Arbeit zusehen. Es gab Blechschmiede, Riemenschneider, Stahlarbeiter und Hammerschmiede. Und zwischen originalgetreu eingerichteten Lebensmittelläden, Bäckereien, Fleischereien und Banken befand sich der Laden des Kerzenmachers.

Erhellt wurde der Laden nur vom Sonnenlicht, das durch die zwei Fenster und die offene Tür fiel. Rabiah trat ein und gesellte sich zu den anderen Besuchern, die sich von Missa die Herstellung von Kerzen erklären ließen. Es sah todlangweilig aus, diese Arbeit hätte Rabiah nicht einen Tag lang durchgehalten. Lange Dochte wurden an Stäbchen befestigt, in flüssiges Wachs getaucht, herausgezogen und zum Trocknen aufgehängt. Diese Prozedur schien sich tausend Mal zu wiederholen, bis genug Wachs am Docht war und sich eine Kerze gebildet hatte, die man anzünden konnte. Eine stumpfsinnigere Tätigkeit konnte Rabiah sich nicht vorstellen.

Sie drängte sich so weit nach vorne, dass ihre Enkelin sie sehen würde, wenn sie mal von ihrer Arbeit aufblickte. Missa trug ein typisch viktorianisches Baumwollkleid und darüber eine Lederschürze zum Schutz gegen Wachstropfen. Sie sagte zu den Zuhörern, Kerzenmacher seien in der Regel Männer gewesen, weil die meisten Frauen sich um Heim und Herd gekümmert oder für die damalige Zeit typische Frauenberufe wie Lehrerin oder Verkäuferin ausgeübt hätten. Als ein Kind sagte: »Kann ich was fragen?«, blickte Missa auf und entdeckte Rabiah, die mit Erleichterung das erfreute Lächeln im Gesicht ihrer Enkelin bemerkte. Rabiah zeigte auf ihre Uhr und deutete mit einer Geste an, sie wolle eine Tasse Tee trinken, und Missa nickte. Das ermutigte Rabiah.

Auf dem Weg zum Imbisspavillon machte sie einen Abstecher zur Schmiede. Dort hatte Justin Goodayle, Missas langjähriger Freund, gerade ein Hufeisen geschmiedet. In der Esse prasselte ein Feuer, und es gab alle erdenklichen Schmiedewerkzeuge. Verschiedene fertige Stücke konnten besichtigt werden: Hufeisen, Rechen, Hacken, Schaufeln und Heugabeln hingen an den Wänden oder lagen in Schaukästen aus. Außerdem türmte sich auf dem Boden ein Haufen eiserner Haken.

Rabiah wartete, bis Justins Besucher zur nächsten Attraktion weitergewandert waren. Als er sie sah, rief er ihr über den Lärm der Esse ein freundliches Hallo zu. Ebenso wie Missa schien er erfreut, Rabiah zu sehen.

»Ich mach jetzt Pause.« Er zog die schwere Lederschürze aus und nahm eine vorsintflutliche Sicherheitsbrille ab. Sein Flanellhemd war nassgeschwitzt, und auch sein Gesicht glänzte feucht. Schweißtropfen liefen ihm über die Wangen in den ordentlich gestutzten Bart. Er nahm ein Tuch aus der Tasche und wischte sich damit übers Gesicht.

Er war immer schon ein hübscher Junge gewesen, dachte Rabiah, und er hatte sich zu einem sehr gut aussehenden jungen Mann entwickelt. Das lange, kastanienbraune Haar trug er zum Pferdeschwanz zusammengebunden, vielleicht im Stil viktorianischer Schmiede, und hatte ausdrucksstarke, dunkelbraune Augen und ein offenes Gesicht. Er war groß und kräftig, wie man es bei einem Schmied erwarten würde, mit muskulösen Armen und einer breiten Brust. Er war bestimmt der Schwarm aller Mädchen, dachte Rabiah.

»Würdest du dich von einer alten Dame auf eine Tasse Tee einladen lassen?«, fragte sie.

»Ich sehe hier keine alte Dame«, entgegnete er. »Aber wenn

die schöne Frau, die vor mir steht, mir eine Tasse spendieren möchte, sage ich bestimmt nicht nein.«

»Du Schmeichler«, entgegnete sie. »Das sagst du nur, damit ich dir auch noch einen Scone spendiere.«

»Ich dachte eher an ein Stück Kuchen«, gab er zu.

Sie lachte. Pflichtbewusst verschloss er die Schmiede, dann bot er ihr, ganz der Gentleman, den Arm an, und sie gingen zusammen zum Imbisspavillon gegenüber dem viktorianischen Rummelplatz. Sie besorgten sich Tee und für Justin ein Stück Zitronenkuchen und suchten sich einen Tisch, von dem aus man eine gute Sicht auf die Stände hatte, an denen Kinder für zwei viktorianische Pennys bei verschiedenen Geschicklichkeitsspielen Süßigkeiten, Murmeln und knallbunte Gipsfiguren gewinnen konnten.

»Also«, sagte Rabiah und hob ihre Teetasse. »Freust du dich, dass Missa wieder hier ist?«

»Na klar.« Justin machte sich über seinen Kuchen her.

»Sicher freust du dich auch, dass sie sich gegen ein Studium und für ein einfaches Leben entschieden hat.«

»Ich war nie dagegen, dass sie zur Uni geht«, sagte er und warf ihr einen Blick zu. »Egal, was Missa will, ich werde sie immer unterstützen. Aber ich will nicht lügen – ich bin froh, dass sie es aufgegeben hat. Das wollte sie doch schon im Dezember. Aber ihre Mutter hat es ihr ausgeredet.«

»Ja, ich weiß«, sagte Rabiah. »Aber ehrlich gesagt verstehen wir alle nicht, warum sie das College geschmissen hat.«

»Mir hat sie erzählt, dass sie mit Chemie nicht klargekommen ist. Ist wohl auch nicht jedermanns Sache. Außerdem, was soll sie mit Chemie? Ich werde genug Geld für uns beide verdienen, und wenn wir erst mal Kinder haben, wird sie sowieso zu Hause bleiben.«

»Ihr beide habt also Pläne«, stellte Rabiah fest. »Davon hat Missa mir gar nichts erzählt. Wissen ihre Eltern darüber Bescheid?«

»Worüber?«

»Eure Pläne. Du und Missa, Kinder …?«

»Ach so. Nein, noch nicht. Ich meine … Wir sind schon so lange zusammen, da werden ihre Eltern sich kaum wundern, oder? Aber erst muss ich noch ’ne Weile sparen. Bis wir uns eine eigene Wohnung leisten können. Natürlich ziehen wir erst zusammen, wenn wir verheiratet sind. Missa würde niemals … Vor der Hochzeit, meine ich. Dafür hat ihre Mutter gesorgt. Nicht, dass ich das schlecht finde. Es nicht zu tun, meine ich. Aber Yasmina – Dr. Lomax – hat ihr alles erzählt. Das wissen Sie wahrscheinlich, oder? Jedenfalls hat Missa gesagt, es geht erst nachher.«

Rabiah brauchte einen Moment, um zu verstehen, was er ihr sagen wollte. Justin war ein offenes Buch, aber er drückte sich oft etwas umständlich aus. Um sich zu vergewissern, fragte sie: »Du meinst Sex vor der Ehe? Weil Yasmina und Tim das passiert ist?«

Justin rutschte nervös auf dem Stuhl herum. »Missa sagt, die Hochzeitsnacht soll was ganz Besonderes sein. Eine weiße Hochzeit ist eine weiße Hochzeit. Das muss ich respektieren, oder?« Er blinzelte wegen des hellen Sonnenlichts und schaute zu einem jungen Pärchen hinüber, das an ihnen vorbeischlenderte. Sie hatten die Hand in der Gesäßtasche des anderen gesteckt. Sie blieben stehen und küssten sich. Justin wandte den Blick ab. »Es gefällt mir nicht besonders«, gab er zu. »Ich bin schließlich auch nur ein Mann. Manchmal haben Missa und ich … Na ja, das nicht. Es wird schon früh genug passieren, und ich kann warten.«

»Es gibt ja auch immer noch andere Mädchen«, sagte Rabiah, »die gern mit dir in die Kiste hüpfen würden, oder wie auch immer man das heutzutage nennt. Bis dahin, meine ich. Sex ohne Bedingungen? Eine Nummer und tschüss …?«

Justin wirkte entsetzt. »Sie meinen … nur um seinen Trieb zu befriedigen? Das würde ich niemals tun, Mrs Lomax! Ich gehe nicht fremd. Außerdem ist Missa ja jetzt wieder hier, es wird also nicht mehr allzu lange dauern. Ich hab ordentlich gespart, und ich hab auch noch einen Nebenjob.«

»Du hast einen zweiten Job?«, fragte Rabiah.

»Ich gründe mein eigenes Unternehmen«, sagte Justin. »Mehr will ich jetzt noch nicht sagen, ich steh noch ganz am Anfang, aber es ist eine Arbeit, die ich schon immer am besten konnte.« Er hob die Hände und zeigte ihr die Schnittwunden, Schwielen und Brandnarben, die er sich wahrscheinlich in der Schmiede zugezogen hatte. »Das sind meine besten Werkzeuge. Solange die funktionieren, kann ich alles machen.«

»Granny, wie schön, dass du da bist!«

Rabiah blickte auf und sah Missa, die sich einen Pfannkuchen gekauft hatte. Sie drückte Rabiah einen Kuss auf den Kopf und setzte sich zu ihnen. Sie halbierte den Pfannkuchen und gab Justin eine Hälfte ab. »Was für ein anstrengender Tag!«, stöhnte sie. »Ich war die halbe Zeit damit beschäftigt, ein paar zehnjährige Jungs vom Wachsbottich fernzuhalten. Wie war's bei dir, Justie? Hat wieder eins von den Kindern versucht, in die Esse zu langen?«

»Klar, das machen sie alle.« Justin hatte seinen Tee getrunken und den Kuchen aufgegessen. Er warf einen Blick auf seine Armbanduhr, die er aus der Tasche geholt hatte. Dann stand er auf, nahm den halben Pfannkuchen, wickelte ihn in eine Serviette und sagte zu Missa: »Um halb?« Sie nickte.

»Gran, du fährst doch nach Ironbridge? Wenn du bis zum Schluss hierbleibst, könnte ich mitfahren.«

Aber Rabiah wollte mit Missas Mutter unter vier Augen sprechen: »Bis dahin bin ich längst weg, Liebes«, sagte sie. »In meinem Alter hält man viktorianischen Kitsch nur in kleinen Dosen aus. Bleib du lieber bei Justin.«

Das schien Justin zu freuen. Er beugte sich vor, um Missa einen Kuss zu geben, doch sie hielt ihm nur ihre Wange hin. Er zögerte kurz, dann küsste er sie. Er nickte Rabiah zum

Abschied zu und verließ den Pavillon, nicht ohne bewundernde Blicke von der Kassiererin und zwei jungen Frauen in viktorianischer Kleidung zu ernten, die gerade ihren Nachmittagstee tranken. Missa schien es nicht zu bemerken.

»Was machst du eigentlich hier?«, fragte sie lächelnd.

»Dich besuchen.«

»Wirklich?« Mit beiden Händen schob Missa sich die glatten, kinnlangen Haare hinter die Ohren. Es wirkte wie immer, kräftig und gesund, wie Rabiah erleichtert feststellte, obwohl sie nicht sagen konnte, warum sie erleichtert war. »Und was verschafft mir die Ehre? Natürlich freue ich mich über deinen Besuch, keine Frage«, fügte sie hastig hinzu, aber Rabiah merkte ihr an, dass sie misstrauisch war. Wenn ihre Großmutter den ganzen Weg aus Ludlow auf sich genommen hatte, nur um sie zu besuchen, dann gab es einen Grund dafür, und der würde ihr womöglich nicht gefallen.

»Justin scheint dir treu ergeben zu sein«, stellte Rabiah fest. Draußen auf dem Rummelplatz begann ein viktorianisches Karussell, sich zur Musik aus einer Dampforgel langsam zu drehen.

Missa zupfte an ihrem halben Pfannkuchen herum, aß jedoch nichts. »Hmm«, machte sie.

»Er hat von seinen Ersparnissen gesprochen und was er damit vorhat«, fuhr Rabiah fort. »Und von einem Unternehmen, das er gerade aufbaut und das irgendetwas mit seinen Händen zu tun hat. Er macht ein großes Geheimnis darum, aber offenbar will er damit ein Haus finanzieren.«

»Na ja, warum sollte er denn für immer bei seinen Eltern wohnen und sich damit abfinden, dass er sie irgendwann pflegen muss? Das haben die tatsächlich geglaubt. Sein Dad meinte immer ›Justie ist unser Dümmster, der bleibt zu Hause und ist für uns da, wenn wir mal alt sind‹. Als würde es Justin nicht kränken, als ›der Dümmste‹ bezeichnet zu werden. Als wollte er nicht ein eigenes Leben führen.«

»Dass er ein eigenes Leben führen will, ist gar keine Frage. Weißt du von dem Unternehmen, das er aufbauen will? Hat er dir davon erzählt?«

»Nur dass er spart«, sagte Missa. »Von einem Unternehmen weiß ich nichts.«

»Vielleicht fragst du ihn mal. Oder redest mit ihm. Oder … irgendetwas.«

Missas Augen weiteten sich. »Warum denn?«

»Stell dich nicht blöd, Missa. Du weißt genau, dass er dich heiraten, mit dir Kinder kriegen und mit dir alt werden will. Wenn du das auch willst, schön. Aber wenn du das nicht willst … Als du nach Ludlow gezogen bist, wolltet ihr eine Auszeit. Das hast du mir zumindest im September erzählt. Wie steht ihr jetzt zueinander, deiner Meinung nach? Wie Justin es sieht, habe ich schon gehört.«

»Es hat sich nichts geändert, Gran«, sagte Missa. »Es ist alles genauso wie immer.«

Rabiah beäugte sie skeptisch. »Also wirklich, Missa, du bist doch nicht dumm!«

Missa legte den Kopf schief. Sie konnte es nie verbergen, wenn sie sich gekränkt fühlte, aber Rabiah ließ nicht locker. Das war nicht unbedingt das Gespräch, das sie mit ihrer Enkelin hatte führen wollen, aber fürs Erste musste es reichen.

»Wie würde er wohl reagieren, wenn du ihm sagst, dass du nicht vorhast, in Ironbridge zu wohnen, lauter kleine Kinder in die Welt zu setzen, den ganzen Tag am Herd zu stehen und vielleicht auch noch in einem Kleingarten Biomöhrchen zu züchten.«

»Es ist nicht nett von dir, so zu reden«, sagte Missa.

»Ist das, was du tust, nett?«

»Ich weiß nicht, was du meinst.«

»Quatsch, natürlich weißt du, was ich meine. Er glaubt, dir ist deine Jungfräulichkeit wichtig, kein Sex vor der Ehe und so weiter, was vermutlich bedeutet, auch kein Fummeln …«

»Granny!«

»… kein Blasen, kein … Meine Güte, was ist los?«

Missa standen die Tränen in den Augen. Sie war zu weit gegangen.

»Ach, Kindchen, es tut mir leid.«

Ihre Enkelin wandte sich ab.

»Missa, ist zwischen dir und Justin etwas vorgefallen, das …«

»Ich will einfach nur *ich* sein, Gran. Warum kann mich keiner in Ruhe lassen?«

»Also gut«, sagte Rabiah. »Verzeih mir, mein Schatz. Ich bin nicht den ganzen Weg hierhergekommen, um mich in eure Angelegenheiten einzumischen.«

»Warum bist du dann hier?«

»Weil ich heute mit Ding gesprochen habe. Nachdem die Polizei zwei Mal bei mir war, wollte ich mit ihr reden, bevor ich diese beiden Detectives wie eine Hundemeute auf sie hetze, das muss dir doch klar gewesen sein.«

Missa schaute Rabiah so offen und aufrichtig an wie immer. »Und was hat sie gesagt?«

»Ich habe sie abgefangen. Du hättest sie nach unserem Gespräch anrufen sollen, denn sie wusste überhaupt nicht, was sie tun oder sagen sollte, als ich sie wegen der Verwendung unseres Namens gegenüber Mr Druitt zur Rede gestellt habe. Wenn du sie gewarnt hättest, hätte sie genug Zeit gehabt, sich etwas auszudenken. Dann hätte sie vielleicht ein paar Erklärungen für ihre sieben Termine bei dem Diakon parat gehabt. Ich hätte ihr zumindest geglaubt, wenn sie behauptet hätte, dass sie unseren Namen benutzt hat, weil sie unerkannt bleiben wollte. Stattdessen hat sie es geleugnet. Sie hätte sich überhaupt nicht mit Mr Druitt getroffen. Als ich nicht lockergelassen habe, ist sie … in Tränen ausgebrochen.«

»Na, weil du sie beim Lügen erwischt hast«, sagte Missa.

»Nein, habe ich nicht, denn sie hatte gar keine Zeit, sich eine Lüge auszudenken. Sie hat mir gesagt, ich soll mit dir reden. Deshalb bin ich hier. Übrigens, als Ding und ich uns zufällig auf der Straße getroffen haben, waren da leider auch zwei Polizisten von New Scotland Yard. Warum, weiß ich nicht. Aber sie haben jetzt auf jeden Fall Ding auf dem Kieker. Beim letzten Mal wollten sie wissen, warum meine Telefonnummer nicht in Mr Druitts Handy zu finden war. Meine Erklärung war bestimmt oscarverdächtig, aber jetzt, wo sie mich mit Ding gesehen haben, kann ich das wohl vergessen. Würdest du mir gern etwas sagen, Missa? Ich frage das, weil du mir eine Antwort geben musst, und ich schlage vor, du entscheidest dich für die Wahrheit.«

Rabiah wartete ab. Ihr drängte sich der Gedanke auf, dass Missa diejenige gewesen sein könnte, die sich sieben Mal mit dem Geistlichen vor ihrem Weggang aus Ludlow getroffen hatte. Immerhin hatte Yasmina das Mädchen sehr unter Druck gesetzt, am College zu bleiben, als sie im Dezember das erste Mal von einem Studienabbruch gesprochen hatte, und auch sie selbst hatte die Idee als völlig verrückt bezeichnet. Zweifellos hatten auch ihre Freunde und die Lehrer am West Mercia College ihren Wunsch missbilligt. Aber wenn sie, nachdem sie nach den Weihnachtsferien brav ans College zurückgekehrt war, immer noch von dem Wunsch beseelt gewesen war, das Studium hinzuschmeißen, könnte sie durchaus das Bedürfnis gehabt haben, sachlich mit jemandem darüber zu reden. Und zwar mit einem Unbeteiligten. Da wäre ein Geistlicher doch perfekt gewesen, oder? Und natürlich war es ihr gutes Recht, das für sich zu behalten. Das konnte ihr wirklich niemand zum Vorwurf machen.

»Mr Druitt hat mich angerufen«, sagte Missa.

Damit hatte Rabiah wirklich nicht gerechnet. »Der Diakon hat *dich* angerufen?«

»Er meinte, er hätte gehört, dass ich jemanden zum Reden

brauchte, weil ich das College abbrechen wollte. Wahrscheinlich hat mein Tutor ihm davon erzählt. Der war nämlich total dagegen, genau wie alle anderen.«

»Druitt war dagegen?« Was für ein Durcheinander, dachte Rabiah.

»Nein, mein Tutor. Ich hatte ihm erzählt, dass ich das College hinschmeißen wollte, und er fand meine Entscheidung überstürzt.«

»Und deswegen hat er dir einen Diakon angedient?«

»Ja. Wahrscheinlich hat er gedacht, ich würde eine vernünftigere Entscheidung treffen, wenn ein … keine Ahnung … ein Mann Gottes mir hilft?«

»Da du jetzt hier bist, hat Mr Druitt dich wohl eher darin bestärkt, das College abzubrechen.« Rabiah bemühte sich um einen beiläufigen Tonfall, schließlich hatte der Mann sich umgebracht. Und kurz darauf hatte Missa Ludlow verlassen. »Die Polizei wird nach dir suchen, Missa.«

»Ich dachte, du hättest ihnen gesagt, dass du dich mit Mr Druitt getroffen hast.«

»Das stimmt, aber Ding wird dir nicht denselben Gefallen tun. Und nachdem die mich heute mit ihr gesehen haben, werden sie mit ihr sprechen wollen.«

»Okay, ich verstehe. Aber was soll das alles mit seinem Selbstmord zu tun haben?«

»Unter anderem werden die wissen wollen, wie du zu ihm gestanden hast. Bist du darauf vorbereitet?«

Missa zerknüllte unwillkürlich ihre Serviette. »Wie ich zu ihm stand?«, fragte sie.

»Die werden dich fragen, ob irgendetwas zwischen euch gelaufen ist.«

»Ich verstehe nicht, was du meinst. Was soll da gelaufen sein?«

»Missa, ich weiß es doch auch nicht. Aber unser Name taucht öfter in seinem Kalender auf, das macht die Polizei misstrauisch. Sie wollen rausfinden, wie es zu dem Selbstmord gekommen ist.«

»Das hat nichts mit mir zu tun. Wir haben immer nur über das College und die Uni geredet.«

»Also gut, dann sag ihnen genau das, wenn sie dich fragen. Aber eins wüsste ich gern: Warum hast du mir das nicht alles sofort erzählt, als ich dich angerufen habe?« Rabiah spürte, dass noch mehr dahintersteckte. Obwohl ihr allmählich der Geduldsfaden riss, fügte sie etwas sanfter hinzu: »Und wenn es noch einen anderen Grund gibt, solltest du das der Polizei sagen … wie gesagt, falls sie dich fragen.«

»Es gibt keinen anderen Grund«, sagte Missa. »Nur dass ich endlich *ich* geworden bin, Gran. Ich bin, wer ich bin, und ich will endlich nicht mehr meine Entscheidungen rechtfertigen müssen. Das ist alles.«

Sie stand auf. Sie sagte, ihre Pause sei zu Ende und sie müsse zurück zum Kerzenladen. Es sei alles in Ordnung, es gehe ihr gut, das Leben sei schön. Sie hätte die Polizei nicht anlügen müssen, nur um sie von ihr fernzuhalten. Wenn sie sie zu Mr Druitt befragen wollten, würde sie ihnen sagen, was sie wusste.

»Er hat nichts getan, außer mir bei meiner Entscheidung zu helfen«, sagte sie. »Ich brauchte jemanden, der für mich da war, Gran.«

COALBROOKDALE
SHROPSHIRE

In der Praxis versuchte Yasmina Lomax jeden Tag, nicht zur Apotheke hinüberzuschauen, in der ihr Mann arbeitete. Meistens war sie so sehr mit ihren jungen Patienten und deren Eltern beschäftigt, dass es ihr gelang, und so konnte sie sich vorgaukeln, dass Timothy keine Opiate entwendete. Dass sie sich, nachdem er seinen Hang zum Trinken seit Missas Geburt erfolgreich bekämpft hatte, keine Sorgen mehr zu machen brauchte. Sie redete sich ein, er würde mit der Zeit zu ihr zurückfinden, ebenso wie sie zu ihm zurückfinden würde. Ein anderes zukünftiges Leben konnte sie sich nicht vorstellen. Vor Jannas Tod war es schon schwierig genug gewesen.

Sie waren viel zu jung gewesen, als sie sich kennengelernt hatten. Sie war völlig unerfahren gewesen. Da die arrangierte Ehe ihrer Eltern gut funktionierte, waren ihr Vater und ihre Mutter davon überzeugt, dass ihre Tochter den gleichen traditionellen Weg einschlagen sollte. Yasmina hatte ihren Eltern anfänglich zugestimmt und war mit ihnen nach Indien gefahren. Dort erzählte ihr eine Kusine von ihrer arrangierten Ehe mit einem älteren Mann, der bereits seine erste Frau vergewaltigt und geschlagen hatte und jetzt das Gleiche mit ihr tat. Ihre Eltern hatten ihr versichert, das sei eine Ausnahme, aber das hatte Yasmina nicht beruhigt. Da sie ihr jedoch versprachen, dass sie erst nach dem Abschluss ihres Studiums verheiratet werden sollte, verflogen ihre Zukunftsängste mit der Zeit.

Sie hatte nicht vorgehabt, sich an der Uni mit einem Mann einzulassen. Sie wollte sich auf ihr Studium konzentrieren. Und sie war sehr konzentriert beim Lernen gewesen, als sie Timothy Lomax kennengelernt hatte, mit seinen lustigen, leicht abstehenden Ohren, seinen Locken und seinem strahlenden Lächeln, das sie alles andere vergessen ließ, außer wie attraktiv er war, selbst mit diesen Ohren.

Er kam gerade von einer Party. Sie saß mit ihren Büchern in einem Café, ihr Tee war schon lange kalt geworden. Er beichtete ihr, dass er ein bisschen angetrunken war, andernfalls hätte er nie den Mut aufgebracht, sie anzusprechen. »Du siehst umwerfend aus«, sagte er. »Das schüchtert einen einfachen Typen wie mich ganz schön ein.«

Yasmina war zu unerfahren gewesen, um ihn zu fragen, ob das sein üblicher Anmachspruch war, obwohl sie sich später genau diese Frage stellte. Aber da war sie schon bis über beide Ohren in ihn verliebt, oder wie man den Zustand auch immer nannte, in dem sich das Gehirn ausschaltete und der Körper die Führung übernahm und körperliche Leidenschaft alle Zukunftspläne zunichtemachte. Sie hatte gar nicht gewusst, was Lust war, und vorher auch nie so etwas empfunden. Also hatte sie ihrer Versessenheit auf seinen Körper und dem, was sein Körper bei ihr bewirkte, den einzigen Namen gegeben, der ihr einfiel: Liebe. So nannten sie es doch im Kino, oder? Was sollte es sonst sein?

Vier Monate lang war es gut gegangen, dann war sie schwanger geworden. Er hatte verhütet, aber Verhütung war schließlich nie hundertprozentig sicher. Und nur ein einziges Mal waren sie unvorsichtig gewesen – sie hatten keine Kondome dabeigehabt, und wie sollte sie schwanger werden, wenn sie die Sache nicht auf die traditionelle Art zu Ende führten –, aber das Ergebnis war, dass ihre Familie mit ihr brach. Die Geburt von Missa und später von Janna und Sati hatte den Schmerz über den Verlust ihrer Familie etwas erträglicher gemacht, und Rabiah hatte sie während der anstrengenden Jahre mit drei kleinen Kindern und zwei Berufsausbildungen liebevoll unterstützt.

Mit der Zeit wurde es jedoch trotz Rabiahs Beistand immer schwieriger. Ihre Praxis und ihre heranwachsenden Töchter hielten Yasmina so in Atem, dass sie nicht bemerkte, wie sie und ihr Mann immer mehr nebeneinanderher lebten. Sie sagte sich, dass sie ihr Bestes tat, denn trotz ihrer Erschöpfung war sie nach wie vor ihrem Mann als Geliebte zu Diensten, eine weitere Pflicht, die ihr mit ihrer übereilten Hochzeit zugefallen war. Schließlich hatte sie von klein auf gelernt, dass das Schicksal einer Frau durch die beiden Chromosome bestimmt wurde, die genau das aus ihr machten: eine Frau. Deswegen akzeptierte sie es, dass sie kochen, putzen und waschen, sich um die Kinder kümmern, einkaufen und die Hemden ihres Ehemannes bügeln musste. Und wenn er nachts die Hand nach ihrem Schenkel ausstreckte oder sie morgens weckte, indem er ihre Brüste streichelte, ließ sie sich darauf ein in der Hoffnung, dass es schnell vorbei war und sie einfach einschlief. Das musste reichen, sagte sie sich. Timothy musste mit dem zufrieden sein, was sie ihm geben konnte.

Und dann passierte das mit Janna. Wie schnell doch eine so unvollkommene Welt zusammenbrechen konnte, wenn ein Kind schwer erkrankte. Und wie leicht man in einer solchen Situation – ganz unabhängig von der religiösen oder spirituellen Überzeugung – glaubte, dass Gott einen dafür bestrafte, dass man nicht gut genug war. Als Mutter, als Ehefrau, als Mensch.

Der Tumor, der sich wie ein vielarmiges Monster im Kopf ihrer Tochter ausbreitete, ließ ihre ohnehin schon zerbrechliche Ehe erstarren. Dass Timothy nicht an Krankheit als Strafe glaubte, konnte Yasminas Qualen nicht lindern. Er wollte nichts davon hören, dass sie – eine Kinderärztin! – ihre Tochter im Stich gelassen hatte. Und irgendwann wollte er überhaupt nichts mehr hören.

Damals hatte er angefangen, Opiate zu nehmen, angeblich, weil er seinen Schlaf brauchte. In Wirklichkeit hatte er damit den seelenzerfressenden Schmerz darüber betäubt, dass sie ihr Kind verlieren würden. Die Diagnose hatte von Beginn an dieses Saatkorn der Wahrheit enthalten, obwohl die Spezialisten alles versucht hatten, so positiv wie möglich an die Sache heranzugehen. Sie hat fünf Jahre, wenn wir aggressiv behandeln, sagten sie. Anderthalb, wenn wir uns dagegen entscheiden. So oder so bestehen keine Heilungschancen. Keine Heilungschancen, ungeachtet ihrer Jugend und sonstigen körperlichen Verfassung. Es tut uns wirklich furchtbar leid.

Alle glaubten, dass man den Alptraum, ein Kind zu verlieren, irgendwie überstehen und wieder zu sich selbst oder zumindest zu einer Person, die dem alten Ich ähnlich ist, zurückfinden kann, dachte Yasmina. Und vielleicht schafften manche das ja tatsächlich, aber ihr war das nicht gelungen. Sie tat ihr Bestes. Sie wollte nur das Beste für ihre zwei verbliebenen Kinder, und sie steckte all ihre Energie in ihre Pflichten als Ärztin und als Mutter. Aber für ihren Ehemann blieb dann nichts mehr übrig.

Und jetzt Missa. Sie hatte sich vollkommen verändert, und Yasmina musste einsehen, dass es auch andere Arten gab, ein Kind zu verlieren. Aber sie hatte in ihrem Leben schon zu vieles verkraften müssen, und jetzt Missa zu verlieren, das würde sie nicht einfach hinnehmen. Missas Zukunft war ziemlich vorhersehbar, wenn ihre Mutter sie nicht zwang, ihre leichtfertige Entscheidung noch einmal zu überdenken.

Timothy war anderer Meinung. »Sie muss ihren Weg selbst finden, das kannst du nicht für sie tun, und wenn du dich auf den Kopf stellst«, sagte er. Aber wenn sie niemand aufhielt, würde Missa genauso enden wie die jungen Frauen, die Yasmina jeden Tag in ihrer Praxis erlebte: blutjunge Mütter mit dickem Bauch, ein schreiendes Kind im Kinderwagen, eins am Rockzipfel. »Das wird aus ihr werden, wenn sie Justin Goodayle heiratet«, sagte sie zu Timothy. »Du willst es dir nicht eingestehen, weil du den Jungen magst. Ich mag ihn auch, aber er ist kein Ehemann für unsere Tochter!« Seine Antwort lautete: »Wenn du so weitermachst, Yas, treibst du sie direkt in die Ehe mit Justin.«

Aber warum sollte das so sein?, fragte sich Yasmina. Sie hatte sich doch immer nur gewünscht, dass ihre Töchter es einmal leichter hatten als sie, dass ihr Weg in ein erfülltes Berufsleben nicht erschwert wurde durch den Verlust ihrer Familie und eine unerwartete Schwangerschaft. Wenigstens darüber brauchte sie sich keine Sorgen zu machen… es sei denn, Missa war während ihrer Zeit am West Mercia College schwanger geworden, es sei denn, sie hatte abgetrieben, es sei denn, Missa trauerte jetzt um das Kind … es sei denn, sie war schwanger … es sei denn …

Nein, mit solchen Gedanken machte sie sich nur verrückt. Also ging sie auf dem Heimweg in den Supermarkt in der Buildwas Road und schob eine halbe Stunde einen Einkaufswagen durch die Gänge und hoffte, etwas zu finden, woraus sie sich von selbst ein Abendessen zauberte.

Die Familie Lomax wohnte nicht weit vom Supermarkt entfernt in der New Road, in einem Backsteinhaus mit Doppelfenstern. Die schmale Straße wand sich durch einen mit Efeu und Sträuchern bewachsenen Hang, der sich über einer viel befahrenen Uferstraße namens Wharfage Street erhob, der Hauptroute zwischen Ironbridge und dem benachbarten Dorf Coalbrookdale. Vom Haus der Familie Lomax aus hatte man einen Blick auf die Wharfage Street und den Fluss Severn.

Zu ihrem Haus gehörte eine Garage, aber als Yasmina nach Hause kam, sah sie, dass das Auto ihrer Schwiegermutter die Einfahrt versperrte. Sie parkte am Straßenrand und hievte ihre Einkäufe vom Rücksitz. Als sie das Haus betrat, war ihre Laune auf dem Tiefpunkt.

Rabiah saß mit Sati am Küchentisch und half ihrer Enkelin bei den Hausaufgaben, was Yasmina zusätzlich verärgerte. »Das soll sie eigentlich allein machen«, sagte sie zu ihrer Schwiegermutter.

»Du solltest dir ein ausgiebiges Schaumbad und eine Tasse Tee gönnen, meine Liebe«, antwortete Rabiah sanft. »Ich kümmere mich um alles.«

»Ich sollte mich um das Abendessen kümmern, Mum, und Sati sollte ihre Hausaufgaben allein machen.«

Rabiah stand auf, tätschelte Yasmina liebevoll die Schulter und nahm ihr die Einkaufstüten ab. »Sie kann sie nicht allein machen, wenn sie sie nicht versteht. Wozu hat man denn eine pensionierte Mathelehrerin als Großmutter?«

»Sie erklärt es mir nur«, sagte Sati. »Missa darf es mir doch auch erklären, Mummy.«

»Weil ich darauf vertrauen kann, dass Missa dir die Lösungen nicht vorsagt«, entgegnete Yasmina. »Ich möchte das später alles sehen, Sati, und zwar in deiner Handschrift und nicht in der deiner Großmutter.«

»Los, ab ins Bad«, sagte Rabiah unbeeindruckt. »Ich setze Teewasser auf. Was hast du eingekauft? Ah, Lamm, perfekt für Kebab. Wie praktisch, da Kebab so ziemlich das Einzige ist, was ich kochen kann.«

»Weihnachten machst du doch immer Gans, Granny«, sagte Sati. »Und Rinderbraten kannst du auch. Und Truthahn!«

»Festessen sind einfach«, sagte Rabiah. »Die alltäglichen Sachen überfordern mich, deswegen mache ich meistens Tomatensuppe mit Brot. Oder Linsensuppe, wenn mich die Abenteuerlust packt. Beschäftige du dich jetzt mal mit deinen Hausaufgaben. Danach kannst du mir beim Kochen helfen, während deine Mutter ein Bad nimmt. Ich meine es ernst, Yasmina. Ich bringe dir gleich eine Tasse Tee nach oben und wehe, du liegst nicht unter einem Berg Schaum in der Wanne.«

Yasmina kannte ihre Schwiegermutter gut genug, um zu wissen, wann es zwecklos war, mit ihr zu diskutieren. Und da sie sowieso nicht wusste, was sie hätte kochen sollen, war es ihr nur recht, dass Rabiah Kebab machte. Und ein Bad klang durchaus verlockend. Ein Bad, eine Tasse Tee und Ruhe.

Sie hatte sich gerade in die Wanne gelegt, als sie begriff, dass ihr zwar ein Bad und ein Tee, aber keine Ruhe vergönnt war. Rabiah klopfte an die Tür und kam nicht mit einer, sondern mit zwei Tassen Tee herein. Eine gab sie Yasmina, mit der anderen setzte sie sich auf den Toilettendeckel.

»Ah«, sagte Yasmina und versuchte gar nicht erst, ihre Erschöpfung zu verbergen. »Ich hab's befürchtet.«

»Du hast doch nicht etwa geglaubt, dass ich nur hergekommen bin, um Sati bei den Hausaufgaben zu helfen. Wir beide müssen reden. Es sind schon wieder Polizisten aus London in Ludlow wegen dieses toten Diakons. Weißt du, wen ich meine? Er hat sich in Polizeigewahrsam das Leben genommen.«

Yasmina nippte an ihrem Tee. Er war zu dünn, Rabiah konnte einfach keinen guten Tee aufbrühen. Am besten man hatte immer Yorkshire Tea vorrätig: kochendes Wasser drüber, und nach zwei Sekunden war der Tee so stark, dass er einem den Zahnschmelz von den Zähnen ätzte. Alles andere, was Rabiah anfasste, ging höchstens als schwach gefärbtes Wasser durch.

»Du bist bestimmt auch nicht hier, um mir von der Londoner Polizei zu erzählen, Mum«, sagte Yasmina. »Und ja, ich erinnere mich an den Diakon. Die Geschichte hat ja ziemlich die Runde gemacht.«

»Der Name Lomax wurde aber bisher nicht mit ihm in Verbindung gebracht«, sagte Rabiah. »Und da ich dem Mann nie begegnet bin, vermute ich mal, dass Missa damit etwas zu tun hat. Hat sie dir erzählt, dass sie ihn kannte? Nein? Denn der Name Lomax steht sieben Mal im Terminkalender des Diakons. Sie hat sich also regelmäßig mit ihm getroffen. Übrigens waren diese Detectives von Scotland Yard jetzt schon zum zweiten Mal bei mir, da ist also irgendwas im Busch, und ich nehme an, es ist ernst. Ich hab die beiden erst mal abgewimmelt, aber damit geben sie sich bestimmt nicht zufrieden.«

Yasmina wäre gern aus der Badewanne gestiegen, aber ihr natürliches Schamgefühl hielt sie davon ab, genau wie Rabiah es geplant hatte. Das mit dem Schaumbad war ein kluger Schachzug gewesen. Sie betrachtete das faltenlose Gesicht ihrer Schwiegermutter, ihre offenen braunen Augen und den sehnigen Körper einer Langstreckenläuferin. Missa hatte sie monatelang belogen, dachte sie, und jedes Mal, wenn sie geglaubt hatte, sie hätte ihre Tochter verstanden, war ihr einmal mehr bewusst geworden, dass sie gar nichts über sie wusste.

»Du hast mit Missa gesprochen?«, fragte sie Rabiah.

»Ich bin auf dem Weg hierher beim Museumsdorf vorbeigefahren. Zuerst habe ich mit Justin geredet, dann mit ihr. Er meinte übrigens, er hätte nie etwas dagegen gehabt, dass sie studiert. Ich hatte den Eindruck, er glaubt, seine Einwilligung ist die Voraussetzung für deine … wie heißt das auch noch? Dieses quasi religiöse Wort? Ach ja, dein Imprimatur zu ihrer Heirat.«

»Was hat Missa gesagt?«

»Über ihre Rendezvous mit dem Geistlichen? Zuerst wollte sie mir weismachen, ihre Freundin Ding hätte sich mit ihm getroffen und unseren Namen benutzt. Nachdem wir das geklärt hatten, hat sie behauptet, jemand hat ihn auf sie angesetzt, um mit ihr über ihren geplanten Studienabbruch zu reden. Sie glaubt, es war ihr Tutor. Wie du war er dagegen, dass sie das Studium hinschmeißt, und als der Geistliche – Druitt hieß er – sie angerufen hat, dachte sie, der Tutor hätte es arrangiert. Stimmt das?«

Yasmina wusste, dass Rabiah ihre Antwort nicht gefallen würde. Aber die Wahrheit lag irgendwo zwischen dem, was Yasmina getan hatte und was dann passiert war, also sagte sie es ihr. »Ja, ich habe mit ihrem Tutor gesprochen, Mum. Ich hatte keine Wahl, Missa hat mir jedes Mal etwas anderes erzählt.«

»Worüber? Warum sie das College abbrechen wollte?«

»Erst hat sie gesagt, es ist wegen Sati und dass Sati sie zu Hause braucht nach Jannas …« Sie konnte die Worte immer noch nicht aussprechen. Um davon abzulenken, dass sie den Tod ihrer Tochter immer noch nicht wahrhaben wollte, stellte sie vorsichtig ihre Tasse ab und griff nach der Seife, als hätte sie vor, sich zu waschen. »Das war an Weihnachten, und

Timothy und ich haben es ihr ausgeredet. Aber nachdem sie wieder in Ludlow war, um es noch einmal zu versuchen, hat sie auf einmal behauptet, irgendetwas würde mit ihrem Gehirn nicht stimmen. Sie konnte sich nicht konzentrieren. Sie glaubte, sie hätte eine Lese-Rechtschreib-Schwäche oder eine Aufmerksamkeitsdefizitstörung entwickelt, weil sie in ihrem Chemiekurs nicht mehr mitkam. Sie war davon überzeugt, dass sie durch die Prüfung fallen würde. Ich habe ihr gesagt, man kriegt nicht einfach so eine Gehirnkrankheit, außer man hat einen Unfall, aber das wollte sie natürlich nicht hören. Sie wollte einfach nur nach Hause. Also habe ich mit ihrem Tutor geredet. Und ja, ich weiß, Missa hätte es mir übel genommen, wenn sie es erfahren hätte. Deshalb habe ich ihn gebeten, ihr nichts davon zu erzählen, aber das war gar nicht nötig. Missa hatte schon mit ihm gesprochen, und er war genauso besorgt wie ich.«

Rabiah reichte ihr einen Waschlappen von einem Stapel frisch gewaschener Handtücher. »Dann hat er … was? Den Diakon angerufen?«

»Er hat die Studienberaterin kontaktiert. Aber weil ich befürchtet habe, dass sie sich nicht rechtzeitig genug um Missa kümmern konnte, um sie von ihrem Vorhaben abzuhalten, habe ich mich nach ihrem Namen erkundigt und sie selbst angerufen. Ich habe ihr eine Nachricht auf den AB gesprochen. Zwei Mal. Das war alles; sie hat nicht zurückgerufen.«

Rabiah nickte. »Weiß Tim über all das Bescheid?«

Yasmina gefiel nicht, was die Frage implizierte. »Ich habe keine Geheimnisse vor Timothy«, sagte sie und fügte verbittert hinzu: »Aber er glaubt, er könnte mir bestimmte Dinge verheimlichen, Rabiah.«

Dass sie sie nicht Mum, sondern Rabiah nannte, sollte ihrer Schwiegermutter signalisieren, dass sie es ihr bei diesem Thema nicht leicht machen würde. »Es geht jetzt nicht um Tim«, sagte Rabiah. »Er muss sich selbst mit seinen Dämonen auseinandersetzen, und du kannst ihn nicht dazu zwingen.«

»Glaub mir, es ist längst kein kleiner Rückfall mehr«, sagte Yasmina. »Aber keine Sorge. Wir werden uns schon irgendwie weiter durchschlagen, bis irgendwo irgendjemand feststellt, dass ihm ein paar Pillen fehlen, und anfängt, Fragen zu stellen.« Als sie Rabiahs bestürzten Blick sah, fügte sie eilig hinzu: »Tut mir leid, Mum, wirklich. Deine Frage war einfach ... Nein, ich beantworte sie einfach. Ich habe Timothy erzählt, dass ich Missas Tutor anrufen will. Er meinte, ich soll mich nicht einmischen. Und als sie im März das College abgebrochen hat, hat er mir die Schuld daran gegeben. Ich hätte sie dazu getrieben. Wenn ich sie ihren eigenen Weg hätte gehen lassen, hätte sie ihn auch gefunden, und alles wäre gut ausgegangen.«

»Ein schönes Märchen«, sagte Rabiah.

»Wenn es ein Märchen ist, hat Timothy es geschrieben«, sagte Yasmina.

ALLINGTON
KENT

Die Fahrt nach Kent war genauso furchtbar, wie Isabelle Ardery es in Anbetracht der Tageszeit erwartet hatte; Kent lag einfach zu nah bei London, der Verkehr hier war fast schlimmer als in der Stadt, es war einfach nicht zum Aushalten. Schließlich rettete sie sich in eine Haltebucht und versuchte, sich zu beruhigen. Sie atmete tief ein und aus, um ihrem Gedankenchaos Einhalt zu gebieten, das sie in alle Richtungen zerrte: von dem Schlamassel, den sie in Ludlow angerichtet hatte, über den Schlamassel, in den sie ihre Ehe manövriert hatte, zu dem Schlamassel, den sie aus ihrem

Leben gemacht hatte. Reglos saß sie da und konzentrierte ihre ganze Willenskraft darauf, nicht zu schreien. Sie hielt das Lenkrad umklammert und stierte auf den vorbeikriechenden Verkehr.

Sie hätte den Zug nehmen sollen. Der war zwar immer heillos überfüllt, aber er hätte sie nach Maidstone gebracht, ohne dass sie einen einzigen Gedanken an all ihre Fehler verschwendet hätte, die sie je in ihrem Leben begangen hatte. Denn ausgerechnet jetzt konnte sie das überhaupt nicht gebrauchen. Sie brauchte einen klaren Kopf, und sie musste so bald wie möglich zu Bob, ehe er seine Einwilligung, dass sie ein paar Stunden allein mit den Jungs verbringen konnte, wieder zurückzog. Zwar mussten sie sich die ganze Zeit in Bobs und Sarahs Garten aufhalten, falls es James wieder »zu viel« wurde, wie Bob sich ausgedrückt hatte, aber Isabelle war gewillt, diese Bedingung zu akzeptieren, weil sie unbedingt mit den Zwillingen reden musste.

Bevor sie aufgebrochen war, hatte sie sich zur Stärkung einen kleinen Drink gegönnt. Anschließend war sie zur Toilette gegangen und hatte sich die Zähne mit Bürste und Zahnseide gereinigt und mit Mundwasser gegurgelt – und zwar zwei Mal –, bis sie außer Minze nichts mehr an ihrem Atem riechen konnte. Während der ganzen Fahrt hatte sie Kaugummi gekaut und extrastarke Minzdragees gelutscht. Aber der grauenhafte Verkehr hatte seinen Tribut gefordert. Sie saß in ihrem Auto in der Haltebucht und spürte das Verlangen, den elenden Drang und die wachsende Unfähigkeit, an irgendetwas anderes zu denken, sosehr sie sich auch anstrengte.

Wie immer hatte sie ihren Vorrat im Handschuhfach. Außerdem hatte sie die Zahnpasta, die Zahnbürste und das Mundwasser dabei. Das bedeutete, sie könnte …

Aber nein, sie würde es nicht tun. Bei der nächsten Lücke im Verkehr fuhr sie aus der Haltebucht. Zwanzig Minuten später wurde jedoch eine Raststätte angekündigt, und da es allmählich spät wurde, nahm sie die Abfahrt, suchte einen Parkplatz und rief Bob an. Das Gespräch war kurz, und er zeigte sich verständnisvoll. Sie erklärte ihm, der Verkehr sei viel schlimmer als erwartet und sie werde später als vereinbart in Allington eintreffen. Kein Problem, sagte er. Am Verkehr könne man schließlich nicht viel ändern, nicht wahr?

Sie legte auf und schaute zur Raststätte hinüber. Sie war groß, und dort gab es sicherlich verschiedene Imbisse sowie Cafés. Aber Kaffee und Tee würden sie nur noch nervöser machen. Sie würde lieber etwas essen.

Innerlich verdrehte sie die Augen beim Gedanken an Essen, Kaffee und Tee. Wann würden sich ihre Nerven endlich beruhigen? Sie hatte alles, was sie brauchte, im Auto. Zwei – oder vielleicht drei – Minifläschchen Wodka … Nein. Keine drei. So schlimm war es noch nicht. Zwei würden reichen. Zwei reichten aus, damit ihre Hände nicht mehr zitterten, und sie durften nicht zittern, weil das ihren Söhnen Angst machen würde, vor allem, wenn das Zittern schlimmer wurde als – sie hielt die Hände hoch – jetzt im Moment.

So schnell sie konnte, leerte sie zwei Wodkafläschchen. Sie wartete, bis sie die Wirkung spürte, dann streckte sie die Hand aus, um das Handschuhfach zu schließen. Doch im letzten Moment nahm sie auch die dritte Flasche heraus. Und trank sie aus. Die Erleichterung war göttlich.

Sie stieg aus, schloss das Auto ab und suchte die Toilette der Raststätte auf. Dort putzte sie sich die Zähne mit Bürste, benutzte Zahnseide und gurgelte mit Mundwasser, wie sie es in der Damentoilette von Scotland Yard gemacht hatte.

Anschließend kaufte sie sich einen Muffin, der als Abendessen reichen musste, und aß ihn auf dem Weg zurück zum Auto. Sie fühlte sich wesentlich besser.

Bob und Sandra wohnten in der Nähe der Schleuse des Flusses Medway, und als Isabelle vor ihrem großen, futuristischen Backsteinhaus hielt, bemühte sie sich, es nicht mit ihrer Souterrainwohnung südlich der Themse zu vergleichen, die eingekeilt war zwischen dem Wandsworther Gefängnis und dem Wandsworther Friedhof. Bob und Sandra wohnten neben einer Obstplantage. Auf das Haus warf eine gewaltige Buche ihren Schatten, und vom Garten aus hatte sie einen herrlichen Blick auf den Fluss.

Der Steinplattenweg zum Eingang war ordentlich gefegt und von gelben, weißen und rosafarbenen Primeln gesäumt. Bevor sie klingelte, überprüfte Isabelle kurz ihren Atem und glättete ihr Haar. Dabei bemerkte sie, dass sie unterwegs einen ihrer Ohrringe verloren hatte, was gar nicht so einfach war, da es sich um einen Stecker handelte. Schnell nahm sie auch den anderen aus dem Ohr, dann drückte sie die Klingel, die sich über einem schmiedeeisernen Topf mit einem Farn befand, dessen üppige Wedel beinahe essbar wirkten.

Laurence öffnete die Tür. »Mum!«, rief er. »James, Mum ist da!« Im nächsten Augenblick stand Bob hinter ihm. »Da bist du ja«, begrüßte er sie. Isabelle entging nicht, dass er sich alle Mühe gab, nicht zu offensichtlich nach Anzeichen dafür zu suchen, dass sie getrunken hatte.

Kaum hatte Isabelle das Haus betreten, erschien auch Sandra. Isabelle begrüßte sie freundlich und schaute sich nach James um. Laurence rief ein zweites Mal nach seinem Bruder, und schließlich lugte James aus der Tür zum Esszimmer, wohin er sich anscheinend verkrochen hatte. Ehe Isabelle ihn ansprechen konnte, sagte Sandra: »Komm und sag deiner Mum hallo, mein Schatz!« Sie streckte die Hand nach dem Jungen aus, woraufhin James näher kam. Sie legte den Arm um seine schmalen Schultern, beugte sich zu ihm hinunter und flüsterte ihm etwas Unverständliches ins Ohr.

Isabelle gab sich alle Mühe, sich nicht aufzuregen, aber am liebsten hätte sie ihren Sohn – es war schließlich ihr Sohn und nicht Sandras – gepackt und ihm irgendetwas ins Ohr geflüstert. Doch sie sagte: »Hallo, mein Schatz. Laurence und ich gehen in den Garten und plaudern ein bisschen. Kommst du mit?« Als er nicht antwortete, zwang sie sich dazu, nichts zu fühlen. Sie sagte nur: »Na ja, wenn du es dir überlegt hast, kommst du einfach nach.«

Bob musterte die beiden Frauen. »Hier entlang«, sagte er zu Isabelle, als wüsste sie nicht, wo der Garten war. Doch sie spielte mit, nahm Laurence an die Hand und folgte ihm. »Na«, fragte sie ihren Sohn, »freust du dich schon auf Neuseeland?« Sie hatte die Umzugskartons gesehen, die an der Wand standen. Sie waren noch gefaltet, aber Sandra konnte es bestimmt kaum erwarten, ihr kostbares Porzellan darin zu verstauen, nachdem sie es endlich geschafft hatte, Isabelles Söhne komplett für sich zu vereinnahmen.

Bob führte sie über den perfekten Rasen zu einer mit wildem Wein bewachsenen Gartenlaube, wo ein Tisch und Stühle standen. Hier konnte er sie vom Haus aus beobachten. Eine weitere Demütigung, die Isabelle schlucken musste. Er würde versuchen, sie zu provozieren, bis sie die Fassung verlieren würde. Aber diesen Gefallen würde sie ihm nicht tun. »Es ist sehr schön hier«, sagte sie, »danke, Bob.« Zu ihrer Überraschung murmelte er: »Ich schau mal, was ich wegen James machen kann.« Dann ging er zurück ins Haus.

Laurence erzählte aufgekratzt von Neuseeland, von der Schule, die er dort mit James besuchen würde, und dass das Schlimmste war, dass sie dort »keine Sommerferien haben, Mum. Also dieses Jahr, mein ich. Da ist es nämlich andersrum. Die haben da Sommerferien im Winter. Also in ihrem Winter. Ich meine, hier ist Sommer, wenn da Winter ist, also haben die schon Ferien gehabt, und wir haben dann keine. Das find ich total doof.«

»Aber die Schule scheint gut zu sein, oder? Die wird dir bestimmt gefallen?«

»Dad sagt ja.« Er schaute sich kurz zum Haus um, dann sagte er: »Aber ich weiß nicht, was mit James los ist, Mum. Er jammert die ganze Zeit. Mehr als sonst. Er benimmt sich wie ein richtiges Baby.«

»Manche Sachen sind für den einen nicht so einfach wie für den anderen«, sagte sie.

»Ich finde, er ist einfach nur blöd.« Laurence trat gegen das Tischbein.

Die Terrassentür öffnete sich wieder, und Sandra kam mit einem Tablett heraus. James trottete hinter ihr her, den Kopf so tief gesenkt, dass seine Haare das Gesicht verdeckten und sein Kinn auf der Brust lag. »Ich dachte, bei dem schönen Wetter ist ein Eis genau das Richtige!«, sagte Sandra vergnügt und stellte das Tablett auf den Tisch.

Sie hatte drei Schalen mit Erdbeereis und Schokoladensoße gefüllt, gehackte Nüsse darüber gestreut und eine Kirsche obendrauf gesetzt. Sogar eine Waffel steckte keck darin. Offensichtlich wollte sie James dazu bewegen, bei seiner Mutter und seinem Bruder zu bleiben. »Ich dachte, das hilft vielleicht«, flüsterte sie Isabelle zu und sagte zu James: »Na komm, James. Du willst doch bestimmt auch ein Eis.«

Laurence' Freudenschrei tat das Seine. James setzte sich auf den Stuhl, der am weitesten von Isabelle entfernt stand, und machte sich mit dem Löffel in der Faust über sein Eis her. Isabelle verkniff es sich, ihn zu ermahnen, er solle den Löffel richtig halten, dazu sei er schließlich alt genug. Stattdessen aß sie ihr Eis, verkündete, es sei köstlich, und wartete darauf, dass Sandra sie wieder allein ließ.

»Bist du auch schon aufgeregt?«, fragte sie James, als Sandra wieder hineinging, vermutlich stellte sie sich ans Fenster. »Neuseeland wird ein großes Abenteuer für euch. Laurence sagt, dass ihr schon eine neue Schule gefunden habt. Ich weiß, ihr werdet die Sommerferien verpassen, aber stell dir bloß mal vor: Weihnachten im Sommer! Das wird bestimmt ganz toll! Dann könnt ihr an den Strand gehen. Und grillen könnt ihr auch. Das ist ganz anders als hier.«

James hatte sie immer noch nicht direkt angesehen. Er war schon immer zurückhaltender gewesen als sein Bruder, aber sein jetziges Verhalten erschien ihr sehr ungewöhnlich. Isabelle hatte das Gefühl, er wollte sie bestrafen, und das fand sie nicht fair.

»James, bist du sauer auf mich?«, fragte sie. »Oder ist es was anderes? Ist dir das mit Neuseeland …«

Wie aus dem Nichts kam plötzlich ein Hund angerannt. Er war groß, pechschwarz und außer Rand und Band. Mit wedelndem Schwanz und laut bellend versuchte er, sich zwischen sie zu drängen und etwas von dem Eis abzubekommen. Er tobte im Kreis um sie herum und hatte es anscheinend besonders auf James abgesehen.

James schrie, als wäre King Kong auf ihn losgegangen. Er sprang auf und flüchtete in Richtung Fluss. Der Hund dachte natürlich, James wollte mit ihm Fangen spielen, und nahm die Verfolgung auf. »Nein! Nein! Dad, Mummy! Mummy!«, schrie James. Bob kam aus dem Haus gelaufen.

»Oliver tut dir nichts«, rief er. »James, bleib stehen! Er glaubt, du willst mit ihm spielen!«

Aber James schien seinen Vater gar nicht zu hören. Er rannte am Fluss entlang zur Obstplantage, irrte zwischen den Bäumen umher, und Isabelle bemerkte, dass er weinte. Seine Angst vor dem Hund war echt. Sie sprang auf und lief zu ihrem Sohn.

Jetzt kam auch Sandra aus dem Haus und schrie mit ausgestreckten Armen: »Bob, halt das verdammte Vieh fest!« Isabelle rief sie zu: »Wir regeln das. Bleib einfach hier. James, James, alles wird gut. Dad hilft dir. Da kommt auch schon Mr Horton, der nimmt ihn mit nach Hause.«

Mittlerweile drängte der Hund James gegen einen der Apfelbäume. Wer sich mit Hunden auskannte, konnte an seiner Körperhaltung ablesen, dass er nur spielen wollte, aber James registrierte das nicht, sondern schrie: »Er soll weggehen! Mummy, er soll weggehen!« Als Bob endlich bei ihm ankam, war der Junge ein einziges Häufchen Elend. Er hatte sich auf dem Boden zusammengerollt, und Isabelle hörte ihn schluchzen.

»Gott o Gott, das tut mir furchtbar leid«, sagte Mr Horton. »Sandra, Bob, ich habe nur kurz die Tür geöffnet, und schon war er draußen. Wir tun unser Bestes, ihn zu erziehen, aber … Oliver! Aus jetzt! Bei Fuß!«

Da Oliver Bob für einen zweiten Spielkameraden hielt, konnte Bob ihn problemlos am Halsband nehmen und zu seinem Herrchen bringen.

Isabelle beobachtete, wie Sandra James auf den Arm nahm wie ein Kleinkind. Sie sprach beruhigend auf ihn ein, streichelte ihm über die Haare und behandelte ihn wie einen Zweijährigen.

Laurence hatte sich die ganze Zeit über nicht vom Fleck gerührt. Er hatte in aller Ruhe sein Eis aufgegessen und dem Treiben zugesehen wie einem spannenden Fernsehfilm. Als Isabelle zum Tisch zurückkehrte, sagte er: »Das passiert dauernd, Mum. Oliver mag den Fluss, und wenn er ausbüxt, kommt er zu uns rüber und will mit uns spielen. James kapiert das einfach nicht. Er ist so ein Blödmann.«

»Laurence, das ist nicht sehr nett«, sagte Isabelle.

»James, du bist so ein Blödmann!«, rief Laurence seinem Bruder zu. Bob war zu Sandra gegangen und hatte ihr James abgenommen. Mit einer Hand hielt er sanft seinen Kopf, als er ihn zurück zum Gartentisch trug. »Das reicht jetzt«, sagte er zu Laurence.

»Aber stimmt doch!«, sagte Laurence. »Er kuckt sogar jeden Abend unter seinem Bett nach, ob da Monster sind, bevor er sich hinlegt, Mum! Ich schlaf im selben Zimmer, und ich kuck auch nicht unter meinem Bett nach, oder? Aber er macht das, weil er ein Blödmann ist. Ein blöder Blödmann, der Angst vor einem dummen Hund hat!«

»Es reicht!«, herrschte Bob ihn an. »Verstanden? Jetzt ist Schluss!«

»Bob, soll ich…«, setzte Sandra an, die wie ein braves Hündchen hinter Bob hergetrottet war.

»Nein«, sagte er. »James, der Hund ist weg. Ich setze dich wieder zu deinem Bruder und deiner Mutter an den Tisch, dann kannst du dein Eis aufessen. Mr Horton hat Oliver mitgenommen.«

»Und wenn du's nicht essen willst, esse ich es, James«, verkündete Laurence. »Gib her…« Er schnappte sich das Eis seines Bruders und langte zu.

»Laurence, jetzt reicht es aber wirklich!«, sagte Isabelle laut, ohne darüber nachzudenken. »Du bist nicht dein Bruder, also kannst du nicht wissen, was er denkt oder fühlt oder wovor er Angst hat oder was auch immer. Ich will nie mehr hören, dass du ihn einen Blödmann nennst. Und hör sofort auf, sein Eis zu essen!«

Alle erstarrten. Isabelles Herz pochte laut. Laurence hatte mit dem Löffel auf halbem Weg zu seinem Mund innegehalten, James hatte den Kopf von der Schulter seines Vaters gehoben, Bob starrte sie an, und Sandras Mund stand offen. Sie klappte ihn wieder zu.

Isabelle begriff, dass sie zu weit gegangen war. Sie bereute es sofort, denn es zeigte nur ihre Unfähigkeit, mit solchen Situationen umzugehen. Doch dann verzog sich Bobs Mund zu so etwas wie einem Lächeln. Laurence ließ den Löffel zurück in den Eisbecher fallen und schob ihn an den Platz, wo James gesessen hatte. Bob setzte James auf den Stuhl und küsste ihn auf den Kopf. Dann nahm er Sandra am Arm, und zusammen gingen sie zurück ins Haus und ließen Isabelle mit den Kindern alleine.

»Das war ein bisschen zu streng von mir, Laurence«, sagte

Isabelle. »Es tut mir leid. Aber ich kann nicht zulassen, dass du deinen Bruder so ärgerst. Das ist nicht fair.«

Er schaute von ihr zu James und wieder zurück zu ihr. »Entschuldigung, Mum.«

»Bei mir musst du dich nicht entschuldigen, das weißt du doch, oder?«, sagte sie.

»'tschuldigung, James«, sagte er. »Aber ich will … Ach, egal, 'tschuldigung.«

James betrachtete sein Eis. Er hatte noch nicht weiter davon gegessen und war offenbar gedanklich immer noch mit der Episode von gerade eben beschäftigt. Wie unterschiedlich die beiden waren, dachte Isabelle, obwohl sie eineiige Zwillinge waren. Und eins wurde ihr in dem Augenblick bewusst: Wenn James Ardery ein ängstliches Kind war, dann hatte sie einen großen Anteil daran.

»Es ist überhaupt nicht schlimm, wenn man Angst hat, James«, sagte sie zu ihm. »Vor Hunden, vor Monstern unterm Bett oder im Kleiderschrank, vor Schlangen im Gebüsch oder vor etwas anderem.«

Er reagierte nicht. Er blickte nicht einmal auf. Laurence schnaubte verächtlich, und sie warf ihm einen tadelnden Blick zu.

»Das Schwierigste an Ängsten ist, sich ihnen zu stellen und sie zu besiegen. Aber so kann man sie loswerden. Und die Ängste, die wir nicht loswerden, werden nur noch größer. Weißt du, warum ich das weiß, James? Weißt du, warum ich das besser weiß als irgendetwas anderes?«

Er schüttelte den Kopf. Sie bemerkte, dass Laurence sie aufmerksam beobachtete.

»Weil ich mein ganzes Leben lang eine echte Niete darin war, mich meinen Ängsten zu stellen. Deswegen lebt ihr jetzt bei Dad und Sandra und nicht bei mir. Deswegen bin ich bei der erstbesten Gelegenheit aus Maidstone nach London abgehauen. Aber nachdem ich all die Jahre immer nur davongelaufen bin, hab ich eins gelernt: Wenn man wegrennt, verfolgen die Ängste einen. Und sie bleiben bei einem, bis man sich ihnen stellt.«

»Aber du bist doch Polizistin!«, protestierte Laurence. »Polizisten haben keine Angst. Die dürfen gar keine Angst haben, oder?«

»Wenn du damit meinst, dass ich keine Angst vor den bösen Menschen haben darf, mit denen ich als Polizistin zu tun habe, dann hast du recht«, sagte sie. »Aber ich fürchte mich davor, wer ich sein werde, wenn ich mich meinen Ängsten jemals stelle.«

Laurence runzelte die Stirn. James hob den Kopf. Auch er wirkte verwirrt, doch gleichzeitig schien er nachzudenken.

»Du hast also Angst davor, Angst zu haben, Mum?«, fragte er.

»Genau das meine ich«, sagte sie und umfasste sein Handgelenk, das sich sehr zerbrechlich anfühlte. »Deswegen habe ich versucht, all meine Ängste wegzutrinken.«

»Mit Medizin?«

»Nein, mit einem Zaubertrank, der einen alles vergessen lässt. Wodka. Aber ich habe viel zu viel davon getrunken, und als euer Vater wollte, dass ich damit aufhöre, konnte ich es nicht. Ich konnte nicht aufhören, weil ich da schon viel zu große Angst davor hatte, es überhaupt zu versuchen. Deshalb habe ich euren Vater und euch verloren, und jetzt verliere ich euch noch mehr. Und das tut sehr weh. Was ich damit sagen will – wenn man sich seinen Ängsten nicht stellt, verliert man am Ende. Man erlebt keine glücklichen Momente mehr im Leben, verliert die Menschen, mit denen man das erleben kann. Ich will nicht, dass dir das passiert, James. Und dir auch nicht, Laurence.«

»Laurence hat nie Angst«, sagte James.

Laurence kratzte mit dem Löffel in seinem leeren Eisbecher herum und sah seinen Bruder nicht an. »Doch, hab ich.«

»Wovor denn?« James konnte offensichtlich nicht glauben, dass Laurence vor irgendetwas Angst hatte.

»Hier wegzuziehen und nie mehr wiederzukommen und …« Seine Lippen fingen an zu zittern.

»Und was?«, fragte James.

»Mum nie wiederzusehen, natürlich!« Er fing an zu weinen.

Isabelle hatte das Gefühl, die ganze Luft würde aus ihrer Lunge weichen. Sie wollte etwas sagen. Aber sie konnte nicht.

20. Mai

WANDSWORTH
LONDON

Vor was hatte sie sich am meisten gefürchtet? Nicht davor, ihren Mann zu verlieren, denn sie hatte in ihrer wahnwitzigen Naivität tatsächlich geglaubt, dass ihm wie den meisten Männern der Mut fehlte, auf eigenen Füßen zu stehen, da er doch eine Ehefrau hatte, die er herumkommandieren konnte – obwohl sie nach seiner Pfeife zu tanzen weiß Gott nicht als ihre eheliche Pflicht betrachtete. Auch davor, ihre Kinder zu verlieren, hatte sie sich nicht gefürchtet. Sie war schließlich ihre Mutter, sie hatte sie gefüttert, ihre Windeln gewechselt. Sie hatte sie gebadet, gefährliche Gegenstände aus dem Weg geräumt und Sicherheitsgitter gekauft, damit sie nicht die Treppen hinunterfielen. Sie hatte sich auch nicht davor gefürchtet, ihren Job zu verlieren, denn obwohl Ehefrau und Mutter, wirkte sie immer kompetent, gelassen und professionell, egal, was zu Hause los war. Nein. Vor alldem hatte sie sich nicht gefürchtet. Sie hatte sich nur davor gefürchtet, dass ihr der Wodka ausgehen könnte.

Auf der Heimfahrt nach ihrem Treffen mit James und Laurence hatte Isabelle überdeutlich die riesige, abgrundtiefe Kluft gespürt, die durch ihre Schuld aufgerissen worden war und die sich nie wieder würde schließen lassen. Ihre Söhne hatten Angst. Ihre Söhne litten. Sie hatte für jede einzelne der Ängste bezahlt, die ihre Söhne quälten, weil sie das Haus verlassen mussten, in dem sie immer gewohnt hatten, und in ein fremdes Land verfrachtet wurden, wo sie wie alle Kinder in einer neuen Umgebung mit allem zurechtkommen mussten: angefangen bei der neuen Schule, wo sie neue Freunde finden mussten, bis hin zum Klima in Neuseeland, wo im Sommer Winter und im Winter Sommer war. Und sie hatte ihnen kaum etwas Tröstendes mit auf den Weg geben können.

Als sie von ihrem Ausflug nach Kent zurückkehrte, brachte sie es nicht fertig, die schmiedeeisernen Stufen zu ihrer Souterrainwohnung hinunterzugehen. Die trostlose Stille, Sinnbild all der Konsequenzen, die sie ignoriert hatte, vermochte sie jetzt nicht zu verkraften. Also parkte sie ihren Wagen und machte sich auf den Weg zur Trinity Road. Sie wollte einfach nur gehen, bis sie nicht mehr gehen konnte.

Sie hatte nicht vor, den Spirituosenladen aufzusuchen. Das war nicht der Grund für ihren Spaziergang. Aber leider kam sie noch nicht einmal nach einer Viertelstunde an einem Laden vorbei.

Sie sagte sich, dass sie nur eine Flasche Wasser brauchte. Sie hatte Durst, und wenn sie weiterlaufen wollte, bis sie nicht mehr konnte, durfte sie schließlich nicht dehydrieren. Also ging sie hinein, den Blick fixiert auf einen beleuchteten Kühlschrank im hinteren Teil des Ladens, wobei sie sich ausschließlich auf die Plastikflaschen mit Wasser konzentrierte.

Sie nahm eine heraus, trug sie triumphierend zur Kasse, stellte sie auf den Tresen und kramte in ihrer Handtasche nach ihrem Portemonnaie. Doch dann sagte die Verkäuferin: »Hallo! Ich wohne bei Ihnen gegenüber. Sie sind doch die Polizistin, stimmt's? Das behauptet meine Mutter jedenfalls, und die ist so neugierig, die weiß, was in allen Häusern in der Straße passiert.« Isabelle hob den Kopf. Sie erblickte eine junge Frau von Anfang zwanzig mit einem bunten Tattoo am Hals, das einen Krebs darstellte, und gleich dahinter das Regal mit den Spirituosen. Sie lächelte automatisch und sagte, ja, sie sei Polizistin, glaube jedoch nicht, dass sie die Mutter der jungen Frau kenne, woraufhin diese lachte und erwiderte: »Nein, nein, natürlich nicht. Sie haben sie noch nie gesehen, denn sie steht immer nur hinter der Gardine und beobachtet die Straße. Das macht jedenfalls neunzig Pence. Oder wollten Sie noch was anderes?«

Und so kam es, dass sie zwei Flaschen Grey Goose Wodka kaufte. Und weil sie vor allem nach dem Motto lebte, sag mir nicht, was ich tun soll, halt mir keine Vorträge, reib mir nichts unter die Nase, denn du wirst es bereuen, beendete sie ihren Abendspaziergang und ging nach Hause. Sie legte eine Wodkaflasche ins Tiefkühlfach und öffnete die andere.

Sie wachte auf dem Sofa auf, als in einer nahe gelegenen Straße die Alarmanlage eines Autos losging. Zuerst dachte sie, es wäre immer noch Abend, weil von der Straße her fahles Tageslicht in ihre Wohnung fiel. Doch dann sah sie das umgekippte Glas auf dem Sofatisch und daneben die Wodkaflasche, von der sie hätte schwören können, dass sie sie in der Küche gelassen hatte. Beides, Glas und Flasche, lagen in einer Lache aus sehr teurem Wodka, der nur deshalb nicht auf den Boden tropfte, weil die Tischplatte eine erhöhte Kante hatte.

Sie hatte einen ekelhaften Geschmack im Mund. Und einen mörderischen Durst. Als sie die Beine vom Sofa schwang, bemerkte sie, dass sie ihre lange Hose ausgezogen hatte und ihre Unterhose an einem Bein hing.

Einen verrückten Moment lang fragte sie sich, ob sie jemanden in die Wohnung gelassen hatte. Doch dann erinnerte sie sich vage, dass sie auf der Toilette gewesen war und sich gesagt hatte, es sei doch viel praktischer, wenn sie die Hose gleich auf dem Boden liegen ließ. Dann hatte sie über den absurden Anblick gekichert und war in die Küche gewankt, um sich ihren Gott weiß wievielten Wodka zu mixen. Aber … wie konnte sie so betrunken sein, wo doch erst … eine Stunde vergangen war, seit sie die Wohnung betreten hatte?

Sie warf einen Blick auf ihre Uhr, die sie glücklicherweise noch trug. Es war kurz nach fünf. Sie runzelte die Stirn. Entweder war ihre Uhr stehen geblieben, nein, der Sekundenzeiger bewegte sich, oder es war schon Morgen. Jedenfalls musste sie noch zwei Stunden schlafen, denn im Moment schien es schier unmöglich, vom Sofa aufzustehen. Aber vorher würde sie noch in ihrem Büro anrufen und eine Nachricht für Dorothea Harriman hinterlassen. Sie würde sich krankmelden. Sie fühlte sich nämlich total benommen, und wann hatte sie das letzte Mal krankgefeiert?

Sie konnte sich nicht erinnern, und Dee Harriman führte garantiert nicht Buch darüber.

LUDLOW
SHROPSHIRE

In Anbetracht der frühen Stunde war Lynley beeindruckt, als er aus der Tür trat und sah, dass Havers bereits auf ihn wartete. Anscheinend hatte sie sich am Abend zuvor die Haare geschnitten. Als er ihre Frisur – zugegebenermaßen skeptisch – betrachtete, sagte sie: »Ich hätte einen zweiten Spiegel gebraucht, um meinen Kopf von hinten und von der Seite zu sehen. Man lernt halt immer wieder dazu.« Worauf er antwortete: »Wahre Worte. Aber Asymmetrie hat auch etwas für sich.«

Sie zeigte zur Burgruine. »Ist Ihnen schon mal aufgefallen, wie sehr wir Engländer unsere Steinhaufen mögen, Sir? Ich wette, wir sind das einzige Land auf der Welt, wo im Fernsehen immer wieder über solche Schutthalden berichtet wird.«

»Sie beeindrucken mich immer wieder, Barbara«, sagte er. »Haben sich Ihre Fernsehgewohnheiten geändert?«

»Überhaupt nicht«, sagte sie. »Hab mir grade ’ne neue Batterie für die Fernbedienung gekauft.«

»Sie machen meine Hoffnungen zunichte.«

»Also, ich weiß, dass diese Steine hier was mit den Plantagenets zu tun haben, Sir. Als ich das letzte Mal hier war, hat dieser Harry mir was von den Yorks erzählt, die aus dem Schloss geritten sind, und ich weiß zufällig, dass die zum Clan der Plantagenets gehören. Er hat aber nicht gesagt, welcher von den Yorks. Und weil ich bei den Edwards schon alles durcheinandergeworfen hab, wollte ich nicht in tiefere Diskussionen über die Royals einsteigen, wenn Sie verstehen, was ich meine.«

»Ah. Sie hätten ein paar Edwards aufzählen können, schließlich haben die sich Ludlow gegenseitig zugespielt wie einen Tennisball. Aber letztlich ist es natürlich in den Händen des Eroberers gelandet. Genauso wie alles andere auch, einschließlich des Rechts, die Geschichte zu erzählen.«

»Sir?«

»Heinrich VII. Geschichte wird von den Gewinnern geschrieben, Barbara. Wollen wir?«

Bis auf einen Milchwagen, der seine Runde fuhr, war zu dieser frühen Stunde niemand unterwegs. Sie brauchten nur wenige Minuten bis zum Haus von Finnegan Freeman. Lynley klingelte. Als nichts passierte, klopfte er an die Tür. Als auch das nichts brachte, probierte er den Türknauf.

Die Tür war nicht abgeschlossen, und im Haus war alles still. Es roch nach verbrannten Eiern, einem Gemisch aus Holzkohle und Schwefel. Eine Pfanne stand auf der untersten Treppenstufe, in der schwarz verkohltes Rührei in Spülmittel schwamm.

Oben gab es drei Zimmer und ein Bad. Die erste Tür war abgeschlossen, die zweite jedoch ließ sich öffnen. Auf dem Bett lag eine Gestalt, alle viere von sich gestreckt, und Lynley hörte Barbara hinter sich murmeln: »Nicht grade ein Märchenprinz.«

Es stimmte. Finnegan Freeman war im Schlaf keine Schönheit. Sein Mund stand offen, er schnarchte leise, und die Unterhose, die er anhatte, sah aus, als müsste man sie vor der Wäsche einen Tag lang in Bleichmittel einweichen.

Havers und Lynley betraten leise das Zimmer. Das Fenster war geschlossen, und die Luft war stickig, und es roch nach Schweiß und gasförmigen Ausdünstungen. Havers sah Lynley mit hochgezogenen Brauen an. Er nickte. Sie rief: »Aufwachen!«

Finnegan rollte sich aus dem Bett und nahm sofort eine Karatehaltung ein. Er schrie »Iii-ha!« und wechselte in eine andere Position. In der Unterhose gab er eine merkwürdige Figur ab.

»Mein lieber Schwan. Mehr hast du nicht drauf?«, sagte Havers.

Lynley zückte seinen Dienstausweis. »DI Thomas Lynley, New Scotland Yard. Wir haben geklingelt, aber es hat niemand geöffnet. Die Tür war übrigens nicht abgeschlossen.«

»Ihr solltet vorsichtiger sein«, sagte Havers. »Es sieht zwar nicht danach aus, als gäb's hier was zu klauen, aber du willst doch nicht irgendwann nach Hause kommen und Goldlöckchen in deinem Bett vorfinden. Na ja, oder vielleicht doch …«

Finnegan stand immer noch kampfbereit da. Er richtete sich auf und fauchte: »Sie hat euch geschickt! Das weiß ich ganz genau!«

»Wer? Goldlöckchen?«, fragte Havers. »Nein. Wir gehen immer unserer eigenen Wege, der Inspector und ich. Wer auch immer ›sie‹ ist – und ich nehm an, du redest von deiner Mutter, der Polizistin –, sie hat niemanden irgendwohin geschickt. Würdest du dir bitte was anziehen?«

»Ich gehe mit Ihnen nirgendwohin!«

»Wir wollen nur ein bisschen plaudern, Finn. Wir können das hier oben machen, du in Unterhose, und wir drei auf der

Bettkante wie die drei berühmten Affen, oder wir können in die Küche oder ins Wohnzimmer runtergehen. Ich schlage die Küche vor, da du vielleicht 'ne Tasse Tee möchtest, und ich bin gern bereit, die Mama zu spielen.«

»Raus aus meinem Zimmer und Tür zu. Ich will mich anziehen.«

»Ich bleibe bei ihm, Sergeant. Wenn Sie schon mal das Wasser aufsetzen würden?«

Havers nickte, verließ das Zimmer und schloss die Tür. Lynley holte einen Stuhl aus der Zimmerecke, stellte ihn vor die Tür und setzte sich.

»Ich muss pissen«, sagte Finn.

»Bitte ziehen Sie sich erst an. Machen Sie es nicht kompliziert, Finnegan.«

»Finn.«

»Finn. Soll ich Ihnen was zum Anziehen raussuchen?«

»Haha, das hat mir gerade noch gefehlt.« Er klaubte Jeans und ein T-Shirt vom Fußboden und zog beides an. Dann baute er sich vor Lynley auf und sagte: »Würden Sie jetzt bitte aus dem Weg gehen?« Lynley erhob sich, folgte ihm jedoch zum Bad. Finn rief: »Leute, die Cops sind hier! Lasst die Beute von unseren Raubzügen von gestern Abend verschwinden!«

Er ließ die Badezimmertür offen stehen, sodass Lynley das Vergnügen hatte, ihm beim Urinieren zuzusehen, während er gleichzeitig furzte. Er betätigte weder die Toilettenspülung, noch wusch er sich die Hände. Lynley würde ihm nach ihrem Gespräch auf keinen Fall die Hand schütteln.

Finn schob sich an ihm vorbei und sagte: »Was Sie machen, ist illegal, glauben Sie ja nicht, ich wüsste das nicht. Und ich kenn meine Rechte. Sie können nicht einfach bei Leuten reinlatschen. Das ist Einbruch. Das ist Entführung. Das ist … Was machen Sie denn so abends? Fernseh glotzen, damit Sie endlich kapieren, wie Cops sich zu benehmen haben? Wieso haben Sie die Tür nicht eingetreten wie irgend so ein dämlicher Privatdetektiv? Sie glauben, Sie können jeden jederzeit einschüchtern, und keiner kommt auf die Idee, sich zu wehren. Aber wenn Sie glauben, dass Sie mit mir machen können, was Sie wollen, dann sind Sie schiefgewickelt. Ich kenn mich aus.«

»Davon bin ich überzeugt. Wollen wir jetzt in die Küche gehen?«

Eine Tür öffnete sich. Bruce Castle, dachte Lynley. So hatte der junge Mann geheißen. Hinter ihm stand die junge Frau vom Vortag und lugte ihm über die Schulter: Monica-wohnt-nicht-hier. Sie knabberte an der Nagelhaut ihres Zeigefingers.

»Freeman«, sagte Bruce, »wann kriegst du das mal in den Griff mit all den Cops, die hinter dir her sind? Das nervt allmählich.«

»Leck mich! Wo ist Ding überhaupt?« Er ging zur Tür am Ende des Flurs und schlug mit der Faust dagegen. »Hast du einen Typen bei dir, Ding? Besorgt er's dir besser als Brucie und ich?«

Lynley nahm den jungen Mann am Arm und sagte: »Sie haben Ihren Standpunkt klargemacht, Finnegan.«

Finn riss sich los. »Ich heiße Finn. Und wenn Sie mich noch einmal anfassen, brech ich Ihnen das Schlüsselbein!«

»Ah, das Schlüsselbein? Interessante Wahl«, bemerkte Lynley. »Wollen wir mal nachsehen, ob der Tee schon fertig ist?«

Finn bedachte ihn mit einem Blick, der wohl vernichtend gemeint war, und ging voraus die Treppe hinunter, wobei er wütend vor sich hin grummelte. In der Küche hatte Havers drei Henkeltassen und eine Schachtel Teebeutel zurechtgestellt. Sie sagte: »Die Milch ist sauer, aber ich hab was gefunden, das aussieht wie Zucker.«

»Hab ich Sie etwa zum Tee eingeladen?«, fragte Finn. »Ich kenn meine Rechte. Sie können hier nicht einfach unseren ...«

»Wir teilen uns einen Teebeutel«, sagte Havers. »Ich könnte bei den Nachbarn um etwas heißes Wasser bitten, aber ich nehm an, du möchtest uns möglichst schnell loswerden, es wär also ratsam, uns ein bisschen entgegenzukommen.«

Er ließ sich auf einen der drei Stühle in der Zimmerecke fallen, die als Tisch dienten. Darüber hing ein Schwarzes Brett mit einem Putzplan, der jedoch offenbar von allen Hausbewohnern ignoriert wurde. In der Küchenspüle türmte sich gebrauchtes Geschirr, der Herd sah aus, als wäre er für ein chemisches Experiment benutzt worden, das gründlich fehlgeschlagen war, alle Schränke standen offen, und auf der Anrichte stapelten sich Konservendosen, Schachteln und Tüten.

Das Wasser kochte, und Havers goss Tee auf, wobei sie für sich und Lynley denselben Beutel benutzte. Dann stellte sie die Tassen auf den Tisch. Finn sagte: »Ich will Zucker«, und Havers reichte ihm eine Schale mit hart gewordenem Zucker, von dem er sich mit dem Löffel ein paar Krümel herauskratzte.

»Okay, was wollen Sie?«, fragte Finn. Mit Wohlwollen nahm Lynley, der sich auf unangenehme Geräusche gefasst gemacht hatte, zur Kenntnis, dass Finn seinen Tee nicht schlürfte. »Ich geb Ihnen genau fünf Minuten. Ich hab ’ne Vorlesung, die ich nicht schwänzen kann. Und glauben Sie bloß nicht, Sie könnten mich reinlegen. Ich bin nicht blöd. Außerdem kenn ich meine …«

»Rechte. Schon klar. Wir können Sie nicht hier festhalten, aber etwas sagt mir, dass um diese Uhrzeit keine Vorlesungen stattfinden.«

»Morgenstund hat Gold im Mund, Sir«, bemerkte Havers.

»Hm. Ja. Ich bezweifle, dass das in diesem Fall zutrifft.«

»Was wollen Sie?«, fragte Finn. »Sie hat Sie geschickt, stimmt’s?«

»Deine Mutter?«, fragte Havers.

»Wer sonst?«

»Warum hätte sie das tun sollen?«, fragte Lynley.

»Woher soll ich das wissen? Fragen Sie sie.«

»Sie hat uns nicht geschickt. So funktioniert das nicht. Wir würden uns gern mit Ihnen über Ian Druitt unterhalten.«

»Wieso muss ich dauernd über Ian reden? Ich hab gesagt, was ich weiß. Er war ein anständiger Typ, er war zu allen nett, er hat nie eins von den Kindern angerührt. Das sind alles verdammte Lügen! Kein Wunder, dass der Typ, der dieses Gerücht in die Welt gesetzt hat, seine Visage nicht zeigen wollte, denn keiner würde so was offen über Ian behaupten! Keiner!«

»Interessant, dass du weißt, dass der anonyme Anruf von einem Mann kam«, bemerkte Havers.

»Was? Ach so, jetzt glauben Sie also, ich hätte den Anruf gemacht, oder wie? Ich wüsste ja nicht mal, wo ich anrufen müsste, um so ’n Scheißdreck zu verzapfen!«

»Auch das ist interessant, wo deine Mutter doch Polizistin ist«, sagte Havers.

»Als würd ich’s ausgerechnet der erzählen, wenn ich was gegen Ian hätte…«

»Und was wär, wenn Ian was Schlechtes über dich zu sagen gehabt hätte?«, fragte Havers.

Finn hob seine Tasse. Diesmal schlürfte er. »Was soll das denn heißen?«

»Anscheinend hat er sich Ihretwegen Sorgen gemacht«, sagte Lynley.

»Mr Druitt wollte mit deinen Eltern über dich sprechen«, fügte Havers hinzu.

»Nie im Leben«, sagte Finn. »Der kannte meine Eltern ja nicht mal. Der hat die kein einziges Mal gesehen.«

»Das glauben wir dir sogar«, sagte Havers. »Er hat sich nämlich nach ihrer Telefonnummer erkundigt.«

»Wer hat Ihnen diesen Schwachsinn erzählt?«

Havers hob abwehrend die Hände. »Darüber dürfen wir keine Auskunft geben. Aber ich kann dir versichern – und der Inspector wird das bestätigen –, dass er mit deinen Eltern reden wollte, und zwar über dich.«

»Blödsinn. Wenn Ian ein Problem mit mir gehabt hätte, dann hätte er mir das gesagt. So war der. Aber er hatte kein Problem mit mir, weil ich immer alles genauso gemacht hab, wie er das wollte. Ich sollte den Kindern bei allem Möglichen helfen. Ich sollte Spiele organisieren und Mannschaften aufstellen und all solche Sachen, und das hab ich gemacht.«

»Okay. Alles klar. Aber deswegen war Druitt nicht besorgt, sondern dass du was Illegales machst.«

»Was denn? Mit Drogen dealen? Den Kindern Gras andrehen? Ihnen Ecstasy verkaufen? Oder vielleicht ihnen beibringen, wie man durch 'ne Katzenklappe kriecht, damit wir zusammen in Häuser einbrechen können?«

»Hört sich alles interessant an«, sagte Havers. »Was scheint dir denn das Wahrscheinlichste zu sein?«

»Mr Druitt hat das Wort Einfluss benutzt«, sagte Lynley. »Er war besorgt wegen des Einflusses, den Sie auf die Kinder haben.«

»Soweit ich weiß, hatte ich einen guten Einfluss auf die Kids«, entgegnete Finn.

»Kann sein«, sagte Havers. »Kann aber auch sein, dass Mr Druitt, als er *Einfluss* gesagt hat … damit ein … Dings gemeint hat – wie heißt noch das schlaue Wort, Sir?«

»Euphemismus«, sagte Lynley.

»Genau. Das meinte ich. Es gibt alle möglichen Arten von Einfluss, wenn du verstehst, was ich meine.«

Finn schwieg. Draußen waren die ersten Frühaufsteher unterwegs. Ein Automotor heulte auf, weil der Fahrer beim Starten zu viel Gas gab. Finn schaute Havers, dann Lynley, dann wieder Havers an. Er lümmelte demonstrativ auf seinem Stuhl, umfasste seine Henkeltasse mit beiden Händen und sagte: »Warum spucken Sie es nicht einfach aus, damit ich Sie endlich rauswerfen kann?«

»Falls Mr Druitt in Bezug auf Ihren Umgang mit den Hortkindern Bedenken gekommen sind«, sagte Lynley, »wollte er darüber vielleicht mit Ihren Eltern sprechen.«

»Und?«

»Und es gibt verschiedene Arten, mit Kindern umzugehen«, sagte Havers. »Einmal die Art von Umgang, die du beschrieben hast: Du spielst den großen Bruder für eine Schar Rotznasen, die dich für den neuen King Arthur halten. Und es gibt die Art Umgang, von dem es dir lieber wär, dass keiner was davon erfährt. Und falls jemand dich dabei beobachtet hat, könnte das ziemlich unangenehm für dich werden.«

»Ich hab keine Ahnung, wovon Sie reden«, sagte Finn.

»Dann erklär ich's dir, Finn«, sagte Havers. »Wir haben ein ganzes Netz aus Fakten und Zahlen und Infos darüber, wer was getan hat und was dann passiert ist. Und immer wieder führt uns irgendwas zurück in die Mitte des Netzes, dahin, wo die Spinne hockt. Und diese Spinne sieht immer mehr aus wie du.«

»Wir haben außerdem erfahren, dass Ihr Vater den hiesigen Hilfspolizisten gebeten hat, ein Auge auf Sie zu haben«, fügte Lynley hinzu. »Es sieht also so aus, als hätte auch er sich Ihretwegen Sorgen gemacht.«

»Kann nicht sein.« Finn leckte sich die Lippen. Seine Zunge sah grau aus. Sein Blick wanderte zu Havers. Dann zu Lynley. Er wirkte wie ein Junge, den plötzlich der Wagemut verlassen hatte.

»Was kann nicht sein?«, fragte Havers. »Denn ich nehm an, du kannst dir vorstellen, wie die Sache für dich aussieht.« Sie machte eine vage Handbewegung nach rechts. »Außerdem weißt du sicher, wie leicht man die Weeping Cross

Lane raufschleichen kann – die praktisch an deiner Haustür vorbeiführt – und von dort weiter zur Polizeistation, ohne dass einer was davon mitkriegt, vor allem nachts. Man kann direkt auf den Parkplatz spazieren, wo man nicht mal von der Sicherheitskamera erfasst wird, weil die auf der Rückseite der Station nicht funktioniert. Man kann sogar durch die Hintertür ins Gebäude gehen. Und wenn Gary Ruddock wie so oft in seinem Streifenwagen mit seiner Freundin beschäftigt ist …«

»Gaz hat gar keine Freundin. Deswegen jammert er einem dauernd die Ohren voll.«

»… dann kann man alles Mögliche machen, zum Beispiel in der Zentrale von West Mercia anrufen …«

»Ich hab Ihnen doch gesagt, dass ich von diesem beschissenen anonymen Anruf nichts weiß, und außerdem stimmt das sowieso alles nicht!«

»… oder an einem Abend im letzten März Mr Druitt ausfindig machen und ihn abmurksen, weil er was gesehen hat, was er nicht sehen sollte.«

»Was? Das soll wohl ein Witz sein! Wer hat euch diesen Schwachsinn eingeflüstert? Gaz? Wenn ja, dann hat er gelogen! Oder Ian hat gelogen. Oder irgendwelche Kids, die sich von mir beleidigt gefühlt haben. Aber jetzt sag ich Ihnen was: Ich muss nicht länger mit Ihnen reden, und ich geh jetzt. Kapiert? Weil das alles ein verdammter Scheißdreck ist, und ich hör mir das nicht länger an, und egal, was irgendwer über mich gesagt hat, es ist gelogen!«

Er schob seinen Stuhl so heftig zurück, dass er einen tiefen Kratzer auf dem Linoleum hinterließ, und stürmte aus der Küche. Als er die Haustür aufriss, sah es so aus, als wollte er die Flucht ergreifen. Doch dann schrie er: »Machen Sie, dass Sie rauskommen! Ich weiß, was hier gespielt wird, und ich spiel nicht mit! Raus!«

Als weder Havers noch Lynley sich rührten, schlug er die

Haustür so wütend zu, dass in der Küche die Fensterscheiben erzitterten. Dann rannte er die Treppe hoch und knallte seine Zimmertür zu.

»Das war deutlich«, bemerkte Havers. Sie wollte gerade zur Haustür gehen, als im ersten Stock eine Tür aufging. Das Geräusch von nackten Füßen war zu hören, und eine Frauenstimme fragte: »Sind sie weg?« Ein leises Klopfen an einer Tür. »Finn? Bist du da drin? Was wollten die?«

Havers schaute Lynley an. Er hob die Hand. Nach einer Weile kam die junge Frau die Treppe herunter. Als sie sie bemerkte, blieb sie wie angewurzelt stehen. Sie trug ein dünnes Baumwollnachthemd, das sie keusch am Hals zusammenhielt. Dena Donaldson. Sie drehte sich um und wollte zurück nach oben gehen.

Lynley sagte: »Wir würden uns gern mit Ihnen unterhalten.«

»Wieso?«

»Wir sind neugierig.«

»Und worüber?«

»Über Rabiah Lomax.«

Sie rührte sich nicht vom Fleck und schaute sie abwechselnd an. »Ich hab nichts getan. Ich weiß nicht, warum ich mit Ihnen reden sollte.«

»Sie müssen nicht mit uns reden. Wir wollen Ihnen lediglich ein paar Fragen stellen. Aber Sie können das allerdings auch ablehnen.«

»Aber wir würden uns natürlich fragen, warum«, sagte Havers.

»Viele Fäden laufen hier in diesem Haus zusammen«, sagte Lynley. »Sie könnten womöglich helfen, eine Sache zu klären, und dann würden wir in Ihrer Schuld stehen.«

Dena machte nicht den Eindruck, als würde ihr das gefallen, kam jedoch langsam die Treppe herunter. Lynley fiel auf, dass sie nicht besonders groß war. Aber sie war wohlgeformt und recht hübsch, trotz ihres verkniffenen Gesichtsausdrucks.

»Also gut«, sagte sie. »Was soll ich klären helfen?«

»Sie können uns Ihr Verhältnis zu Rabiah Lomax beschreiben«, sagte Lynley.

»Wieso?«

»Weil sie am Rande mit unserem Fall zu tun zu haben scheint.«

»Das hat doch nichts mit mir zu tun.«

»Stimmt.«

Sie erwiderte nichts. Havers sagte: »Dein Verhältnis zu Rabiah Lomax…?«

»Ich kenne Missa. Ihre Enkelin. Mrs Lomax war gestern hier und hat mir was von Missa ausgerichtet.«

»Merkwürdig, dass sie das nicht am Telefon erledigen konnte«, bemerkte Havers.

»Missa hatte noch ’ne Halskette von mir. Sie hatte vergessen, sie mir zurückzugeben, und Mrs Lomax hat sie mir gebracht.«

»Hat sie Ihnen nun etwas ausgerichtet, oder ging es um die Halskette?«, fragte Lynley.

»Wieso? Kann es nicht beides gewesen sein?«

»Was hat sie dir denn ausgerichtet?«, wollte Havers wissen.

Dena legte den Kopf schief und musterte sie. »Ich glaub nicht, dass ich Ihnen das sagen muss«, antwortete sie. »Es war was Persönliches, und es hatte garantiert nichts mit Ihrem Fall zu tun. Sie hatte einen Freund, sie hatte sich von ihm getrennt, jetzt sind sie wieder zusammen. Mehr sag ich nicht.«

»Und du?«, fragte Havers. »Hast du auch einen Freund?«

»Im Moment nicht.«

»Und Gary Ruddock?«

»Wer soll das sein?«

»Der Hilfspolizist. Ich hab dich neulich abends mit ihm auf

dem Parkplatz hinter der Polizeistation gesehen. In einem Auto. Was habt ihr da gemacht?«

Denas Blick huschte zwischen Havers und Lynley hin und her. »Ich kenn den Typen nicht mal. Ich weiß nur, dass er im Hart & Hind aufkreuzt, sobald sich einer über den Lärm beschwert, weil die Leute, die da wohnen, alle um halb acht ins Bett gehen. Aber ich bin noch nie mit dem in ’nem Streifenwagen gewesen, okay? So, jetzt hab ich Ihre Fragen beantwortet, und wenn Sie nichts dagegen haben, geh ich jetzt wieder nach oben, ich hab nämlich …«

»Eine Vorlesung, klar«, sagte Havers. »Ihr seid hier alle richtige Streber, stimmt’s?«

Dena stieg die Treppe hoch, und sie schauten ihr nach. Oben wurde eine Tür geschlossen. Einen Augenblick später wurde Wasser in eine Badewanne gelassen.

Havers sagte: »Ich schwöre Ihnen, Sir, das war die Kleine bei Ruddock im Wagen.«

»Das lässt sich unmöglich mit Sicherheit sagen, Barbara. Noch dazu, weil es dunkel war. Und Sie sagten doch, dass der Wagen nicht im Schein einer Laterne gestanden hat.«

»Stimmt. Aber da ist noch was, Sir.«

Er schaute sie an. Sie grinste. »Und das wäre?«, fragte er.

»Ich hab gar nichts von ’nem Streifenwagen gesagt. Das war sie.«

Er schaute die Treppe hoch und nickte nachdenklich. »Wir brauchen einen Zeugen«, sagte er.

»Genau. Ich wüsste auch schon einen. Wir müssen ihn nur finden.«

WORCESTER
HEREFORDSHIRE

Trevor Freeman hatte keine Ahnung, wer ihn um diese frühe Zeit anrief. Es war nicht einmal halb sieben. Doch als er den Namen auf dem Display sah, war er plötzlich hellwach. Er schlug die Bettdecke zurück und sagte: »Hallo, Finn. Alles in Ordnung?« Er vernahm eine Mischung aus Schreien und Schluchzen.

Er verstand kein Wort. »Jetzt beruhige dich doch mal«, sagte er. »Ich kann dich nicht verstehen. Was ist denn passiert? Hattest du einen Unfall? Herrgott, Finn, hol mal Luft. Sitzt du? Nein? Dann setz dich hin. Ich bin hier. Reiß dich zusammen.«

Er hörte Finn schniefen. Dann ein Scharren und schweres Atmen wie von einem Läufer. Und dann bekam er die Geschichte zu hören. Sein Sohn redete stoßweise und mit zahlreichen Unterbrechungen, aber am Ende hatte Trevor das Wesentliche verstanden: New Scotland Yard, die Detectives, die auch mit Clover gesprochen hatten, irgendwas mit Töpfen und Pfannen und mit seinem Zimmer und dann die Behauptung, die Unterstellung, das Verhör oder wie auch immer – eigentlich ganz einfach, wenn es nicht um den eigenen Sohn gegangen wäre. Nachdem Finn mit seiner bruchstückhaften Aufzählung der Fakten durch war, fühlte Trevor sich, als bekäme er keine Luft. Er fasste sich und beruhigte seinen Sohn. Er solle sich auf seinen Vater verlassen, der werde das schon regeln.

»Er hat gelogen, Dad. Er hat gelogen!«

Trevor wusste nicht, ob Finn Gaz Ruddock oder Ian Druitt meinte. Er sagte: »Ich kümmere mich darum, Finn. Du machst überhaupt nichts. Hast du verstanden?«

»Das mit den Kids … Ich hab nur getan, worum er mich gebeten hat, Dad … Ich würde doch nie … Wieso sagt einer so was? … Und jetzt glauben die … Und die denken, ich wär zur Polizeistation gegangen und hätte … Ich hab überhaupt nichts getan, überhaupt gar nichts!«

»Überlass das mir, Finn. Vertraust du mir?«

»Was? Wie?«

»Warte einfach ab. Unternimm nichts. Ich melde mich.«

»Ich will …«

»Ja. Ich weiß. Geht mir genauso. Aber halt dich zurück. Vertrau mir.«

Trevor legte auf. Er hatte das Gefühl, als hätte er einen Stein im Magen. In der Küche war das Radio an. Gerade liefen die Morgennachrichten. Sie war also noch zu Hause. Klar war sie noch zu Hause. Fünf vor halb. Sie war noch nicht auf dem Weg zur Arbeit. Als er zur Tür gehen wollte, merkte er, dass er nackt war, und suchte auf dem Fußboden nach seiner Unterhose. Im selben Augenblick verstummte das Radio, Schritte waren zu hören, dann die Haustür, die geöffnet und zugezogen wurde. Sie hatte das Haus verlassen.

Er stürzte ans Fenster. Aber sie ging schon zum Auto und stieg ein, ehe er die Geistesgegenwart besaß, mit der Faust gegen das Fenster zu schlagen. Er schnappte sich seine Unterhose und rannte die Treppe hinunter. Aber sie war bereits losgefahren, als er die Haustür endlich aufbekam, die sie als Sicherheitsfanatikerin abgeschlossen hatte, und der Schlüssel hing nicht am Haken.

Sie hatte den Schlüssel versteckt! Sie hatte es vorausgesehen. Sie hatte es kommen sehen und nicht vorgehabt, zu bleiben und sich der Situation zu stellen, in die sie ihre Familie gebracht hatte.

Er durchwühlte die Schublade an der Garderobe, in der sie immer die anfallende Post aufbewahrten. Der Schlüssel war nicht da. Er lief in die Küche und schob die Sachen auf der Anrichte beiseite. Schließlich fand er ihn in einem Korb mit Papierservietten auf dem Küchentisch. Er hatte den Schlüssel nicht dahin gelegt, das konnte er beschwören, das musste sie gewesen sein. Er nahm ihn und rannte nach draußen zu seinem Auto.

Erst als er den Schlüssel ins Zündschloss stecken wollte, merkte er, wie sehr seine Hände und Knie zitterten. Warum schlotterte er bloß wie ein Kind im Dunkeln: Wut? Angst? Entsetzen? Verzweiflung? … Konnte man vor Verzweiflung zittern?

Er fuhr ihr nach. Sie war ein Gewohnheitstier. Aber nahm nicht jeder immer denselben Weg zur Arbeit? Da hatte man keine Zeit für eine Spazierfahrt. Da wollte man nur auf dem schnellsten und kürzesten Weg ankommen, und der kürzeste Weg war in Clovers Fall die A38.

Nachdem er auf die A38 eingebogen war, schaltete er die Warnblinkanlage ein. Er hupte. Ein Teil der Strecke war vierspurig, und er wechselte die Spur und trat das Gaspedal durch. Er brauchte keine zehn Kilometer, bis er sie eingeholt hatte, denn im Gegensatz zu ihm hielt sie sich an die Geschwindigkeitsbegrenzung. Sie fuhr bei der ersten Möglichkeit links ran. Es war keine Haltebucht, nur ein etwas breiterer Seitenstreifen, an dem eine Reihe Pappeln standen. Sie sprangen beide aus ihren Autos. Er fuchtelte mit dem Handy herum, und sie schaute ihn verblüfft an, was ihn nicht wunderte, da er in der Eiseskälte barfuß und nur mit seiner Unterhose bekleidet auf sie zurannte.

»Ich hab's in meiner Tasche, Trev«, sagte sie. »Das muss deins sein. Du hättest mich nur anzurufen brauchen, dann hättest du dir den Zirkus sparen können.«

»Es ist alles nach hinten losgegangen«, rief er. »Was auch immer ihr beide ausgeheckt habt, es ist schiefgelaufen.«

Sie erbleichte. »Was ist denn los? Du machst mir Angst.«

»Was los ist, ist unser Sohn. Er hat mich gerade angerufen. Ich hab ihn noch nie so erlebt.«

»Ist er …? Hat er …?«

»Die beiden Detectives aus London haben ihn heute Morgen in aller Herrgottsfrühe aus dem Bett geworfen, in die Küche gezerrt und in die Mangel genommen.«

»O Gott.« Sie betrachtete das Telefon, das er immer noch in der Hand hielt. Dann schaute sie an ihm vorbei zur Schnellstraße, auf der die Autos viel zu dicht an ihnen vorbeirasten. Sie packte ihn am Arm und zog ihn zwischen ihre beiden Wagen. »Was hat er gesagt? Wo ist er? Die haben ihn doch nicht verhaftet?«

»Wenn er mal nicht so geschluchzt hat und ich ihn verstehen konnte …«

»Er ist also zu Hause? Sie haben ihn nicht verhaftet?«

»Die Cops waren bei ihm und wollten von ihm wissen, was er mit den Kindern in dem verdammten Hort getrieben hat. Warum verdammt noch mal wolltest du unbedingt, dass er dort ehrenamtlich arbeitet?! Deine Londoner Cops …«

»Das sind nicht meine Cops.«

»… glauben, dass Druitt sich wegen Finns Umgang mit den Kindern gesorgt hat. Und ich will jetzt von dir wissen: Hast du das von Anfang an gewusst?«

»Was soll ich gewusst haben? Dass die Londoner Polizisten …«

»Scheiß auf die Londoner Polizisten. Wusstest du, dass Druitt bei Gaz wegen Finns Verhalten gegenüber den Kindern angerufen hat? Geht es die ganze Zeit darum zwischen euch?«

»Ich habe versucht, es dir zu erklären, Trevor. Es geht um die Detectives von Scotland Yard, um nichts anderes. Ich weiß, wie die ticken, und ich weiß, wie die vorgehen. Als sie zum ersten Mal in Ludlow waren, wollte ich Finn klarmachen, dass er auf keinen Fall mit denen reden darf, ohne dass jemand dabei ist, aber er wollte ja nicht auf mich hören. Und jetzt ist genau das passiert, was ich befürchtet habe.«

»Was? Dass die Polizei unseren Sohn für einen Kinderschänder hält?«

»Natürlich nicht. Ich rede von Scotland Yard. Darum geht's. Ich wollte, dass er auf keinen Fall allein mit denen redet, aber er hat das nicht eingesehen. Er dachte, er ist denen gewachsen, weil die seiner Ansicht nach mit ihm über Ian Druitt und die Kinder reden wollten. Und darum ging es auch und um den Bericht der Untersuchungskommission, und ich dachte, wir hätten das alles hinter uns. Aber jetzt sind die schon wieder da und …«

»Er glaubt, ihr hättet ihm die Cops auf den Hals geschickt, du und Gaz. Warum glaubt er das wohl, Clover?«

»Mach dich nicht lächerlich, Trev. Sieh dir bloß mal an, wie du zitterst. Wollen wir uns nicht wenigstens ins Auto setzen, wenn du so frierst?«

»Fang nicht schon wieder so an.«

»Wie denn?«

»Mich in die Rolle zu pressen, in der du mich haben willst. Worin du, wie wir beide wissen, eine ausgesprochene Expertin bist.«

Sie hob die Hände, als wollte sie ihre Fäuste ballen oder sich die Haare raufen oder den Himmel um Hilfe anflehen. »Warum sollte ich denn meinem eigenen Sohn die Met auf den Hals hetzen, Trevor?«, fragte sie. »Seit er auf der Welt ist, versuche ich, ihn vor sich selbst zu schützen. Warum also sollte ich ganz plötzlich zu dem Schluss kommen, dass es die Mühe nicht wert ist, ihn aufgeben und der Met zum Fraß vorwerfen?«

»Weil das ein perfektes Ablenkungsmanöver ist«, sagte er. »Weil du genau weißt, dass es keinen einzigen Beweis gegen ihn gibt, und es dir deswegen egal ist, was auf kurze Sicht mit ihm passiert. Du betrachtest das Ganze langfristig.«

Sie atmete langsam und tief ein. Entweder sie griff auf innere Ruhereserven zurück oder versuchte, so zu wirken, als hätte sie welche. »Sprich gefälligst aus, was du meinst.«

»Es gibt Dinge, von denen du nicht willst, dass irgendjemand davon erfährt, und das, was du gerade abziehst, ist ein perfektes Ablenkungsmanöver.«

»Dinge? Was für Dinge?«

»Sag du's mir, Clover. Ich hab es satt, zum Narren gehalten zu werden.«

»So siehst du das also?«

»Ja, genauso sehe ich das.«

Sie machte einen Schritt auf ihn zu, bis ihr Gesicht nur wenige Zentimeter von seinem entfernt war. »Hör mir gut zu«, zischte sie. »Ich wollte nicht, dass er in West Mercia aufs College geht, aber ich habe ihm seinen Wunsch gewährt. Ich wollte nicht, dass er in eine WG zieht, aber ich habe auch dem zugestimmt. Ja, ich habe nach wie vor meine Zweifel, dass er sein Leben aus eigener Kraft auf die Reihe kriegt, aber ich habe akzeptiert, was er wollte und was du wolltest. Und sieh dir an, wozu das alles geführt hat. Weiß der Himmel, was er den Polizisten von New Scotland Yard alles erzählt hat und was die denken. Ich wünschte, du würdest ausnahmsweise mal kapieren, Trevor, dass das alles absolut nichts zu tun hat mit meinem Verhältnis zu unserem Sohn oder zu irgendjemandem auf diesem Planeten. Wenn du mir vorwirfst, ich würde mich in Finnegans Leben einmischen, dann solltest du auch mal darüber nachdenken, wie misstrauisch du schon immer mein gesamtes Verhalten ihm gegenüber beobachtest, einschließlich wie ich ihn gewickelt hab. Seit seiner Geburt streiten wir uns über seine Erziehung. Und sieh nur, wohin uns das alles gebracht hat. Ich fahre jetzt zur Arbeit und werde mal sehen, ob ich irgendwas tun kann, denn in einem Punkt sind wir uns ja wenigstens mal einig.«

»Und welcher Punkt ist das?«, fragte er.

»Dass es keinen einzigen Beweis gibt, dass Finnegan irgendwem was angetan hat. Das müssen wir als Allerersten klarstellen. Um den Rest…«, sie zeigte auf ihn und dann auf sich, »…kümmern wir uns später.«

Clover drehte sich auf dem Absatz um und ging zu ihrem Wagen. Sie hatte den Motor laufen lassen und fuhr los. Sie ließ ihn einfach stehen, und er fragte sich, wer von ihnen wie viele Punkte gewonnen hatte.

LUDLOW
SHROPSHIRE

Barbara Havers hatte sich darauf eingestellt, im Stadtzentrum länger nach Harry Rochester suchen zu müssen. Zu ihrer Überraschung jedoch sah sie ihn die Ludford Bridge überqueren, als sie und Lynley die steile Broad Street in Richtung Altstadt hochfuhren. Sie machte Lynley darauf aufmerksam, der daraufhin am Bordstein hielt und sagte: »Übernehmen Sie das, Barbara, ich glaube nicht, dass wir das zu zweit machen müssen.«

Als sie aus dem Wagen stieg und Harry eine Begrüßung zurief, winkte der gut gelaunt mit seiner Flöte und rief zurück: »Sie sind ja heute schon früh unterwegs, Barbara!«

»Sie aber auch! Haben Sie einen Moment Zeit für mich?«

»Klar!«

Sie trafen sich am Ende der Brücke. Barbara begrüßte Sweet Pea, die wie immer an Harrys Seite war. Die Schäferhündin wedelte mit dem Schwanz, als Barbara ihren Namen sagte, doch sie wartete brav neben ihrem Herrchen, um sich tätscheln zu lassen.

»So früh schon bei der Arbeit?«, fragte Harry.

»Normalerweise befinde ich mich um diese Zeit noch in inniger Umarmung mit meinem Kopfkissen, aber wir mussten was Wichtiges erledigen. Wo kommen Sie denn her? Von einem frühmorgendlichen Spaziergang?«

»Ja und nein«, sagte Harry. »Wir haben diesmal am anderen Ufer übernachtet.«

»Hat man Sie aus der Stadt vertrieben?«

»Nein, nein. Wenn das Wetter sich bessert, zieht es Pea und mich manchmal hinaus in die freie Natur. Am Breadwalk gibt es ein offenes Gelände, von dem aus man einen schönen Blick auf die Burgruine hat. Dort kann ich außerdem meine Sachen tagsüber liegen lassen und muss nicht so viel mit mir herumschleppen. Abends hole ich sie dann wieder ab und suche mir ein schönes Fleckchen am Ufer. Also, hier auf dieser Seite natürlich, denn auf der anderen Seite ist das Ufer leider zu steil.« Er zeigte auf eine Stelle hinter dem Charlton Arms. »Kennen Sie den Breadwalk?«, fragte er leutselig. »Die Leute aus der Stadt benutzen den Weg zum Spazierengehen, Fahrradfahren, Hundeausführen. Er verbindet die Dinham Street mit der Altstadt.«

»Eine Abkürzung?«

»Ja. Besonders faszinierend finde ich die Geschichte dieses Wegs. Er heißt Breadwalk, weil die Arbeiter, die ihn früher benutzten, nicht mit Geld, sondern mit Naturalien bezahlt wurden. Damit sie ihren Lohn nicht auf dem Heimweg versoffen und dann ohne Essen für die Familie nach Hause kamen. Gar keine schlechte Idee, Männer trinken nun mal gern.«

»Aber auch lästig, falls man ein bisschen was auf die hohe Kante legen will, oder?«

»Na ja, stimmt schon, aber ich fürchte, damals haben die Menschen gar nicht so lange gelebt, dass sie sich um Altersvorsorge hätten bemühen müssen. Würden Sie uns begleiten, Sergeant? Pea und ich waren gerade auf dem Weg zum Castle Square.«

»Um etwas auf dem Markt zu verkaufen?«

»Heute leider nicht. Wir haben an einen kleinen Imbiss gedacht, denn wir sind beide hungrig. Und heute ist der

Wurstwagen da, darauf freut Pea sich besonders. Es ist zwar ein bisschen früh, der Markt hat noch nicht auf, aber wir wollten kurz beim Sparmarkt vorbei, um ein paar Hygieneartikel abzuholen, die dort für mich an der Kasse bereitliegen. Ich hätte auch nichts dagegen, mir bei der Gelegenheit den *Guardian* mitzunehmen, auch wenn die Nachrichten immer schon einen Tag alt sind und außerdem schlecht, sodass man sich manchmal fragt, warum man überhaupt noch Zeitung liest. Aber ab und zu will man doch wissen, was so los ist auf der Welt, und heute ist für mich so ein Tag.«

»Vorahnungen?«

»Ich hoffe es nicht, denn meine Vorahnungen sind meistens ganz übel: Erdbeben, Tsunamis, Orkane, Tornados und so weiter. Sind Sie mit dem Inspector hier?«

»Er wartet im Auto auf mich.« Sie zeigte in die Richtung, aus der sie gekommen war. »Sollen wir Sie vielleicht im Auto mit zum Platz nehmen?«

»Ich halte es in keinem Auto aus. Ich schaffe es gerade mal, die eine Minute im Sparmarkt zu ertragen, um meine Sachen zu bezahlen. Kann ich Ihnen irgendwie helfen, Barbara? Ich frage Sie das, weil man, wenn man so früh am Morgen so freundlich von der Polizei begrüßt wird, automatisch einen Hintergedanken vermutet.«

»Sehr kluge Betrachtungsweise. Es geht um den Hilfspolizisten.« Barbara erinnerte Harry an das, was er ihr beim letzten Mal erzählt hatte: dass er mehrmals beobachtet habe, wie Gary Ruddock junge Leute, die in der Altstadt betrunken randalierten, in seinen Streifenwagen gepackt und entweder mit auf die Polizeistation genommen oder nach Hause gefahren hatte. Ob er sich daran erinnere?

Selbstverständlich, antwortete er.

Sie fragte ihn, ob er einige von diesen jungen Leuten vielleicht wiedererkennen würde, wenn sie nicht in Begleitung des Hilfspolizisten seien. Da sei er sich nicht sicher, sagte er.

Er habe Ruddock spätabends mit den jungen Leuten gesehen, und da sei es dunkel gewesen. Nur wenn sie an einer Straßenlaterne vorbeigegangen seien, habe er ihre Gesichter überhaupt erkennen können. Er könne also diesbezüglich keine verlässliche Aussage machen. Außerdem sehe er die ganze Zeit junge Leute in der Stadt, vor allem auf dem Castle Square und in den angrenzenden Straßen, da ja das West Mercia College ganz in der Nähe liege. Er könne deshalb kaum sagen, ob er diesen oder jenen jungen Menschen schon einmal in Begleitung des Hilfspolizisten gesehen habe. Ob Barbara verstehe, was er meine?

Das verstehe sie natürlich, sagte sie, fragte jedoch: »Würden Sie es trotzdem mal probieren?«

»Selbstverständlich. Soll ich Sie anrufen, falls ich glaube, ein Gesicht wiederzuerkennen?«

Nein, sagte Barbara, sie habe an etwas anderes gedacht. Ob er sich jetzt, da das Wetter besser sei – obwohl man in England ja nie wissen könne, vor allem kurz vor Anfang Juni –, vielleicht am Abend mit ihr und dem Inspector im Hart & Hind treffen würde?

Sehr gerne, sagte er, vorausgesetzt, sie würden sich mit ihm und Sweet Pea draußen auf der Terrasse treffen, selbst im Falle eines Wolkenbruchs.

Barbara erklärte sich einverstanden. Sie verabredeten eine Zeit und verabschiedeten sich, und Barbara kehrte zu Lynley zurück. Er war aus dem Wagen gestiegen und betrachtete die Stauanlage. Eine Ente und ihre Küken schwammen im Wasser.

»Der Mann ist ja früh auf den Beinen«, bemerkte Lynley.

»Er sagt, es zieht ihn raus ins Grüne, wenn's wärmer wird.«

Lynley nickte nachdenklich. Nach einer Weile sagte er: »Gut zu wissen, nicht wahr? Dadurch kommt er für alles Mögliche infrage: als Täter, als Opfer oder als Augenzeuge.«

»Ja, das hab ich mir auch gedacht, Sir.« Sie sagte, sie würden sich am Abend mit Harry Rochester auf der Terrasse des Hart & Hind treffen in der Hoffnung, dass die üblichen Verdächtigen auftauchten. Kaum hatte sie ihren Satz beendet, klingelte ihr Handy. Sie musste eine Weile in ihrer Umhängetasche kramen, fand es jedoch, bevor aufgelegt wurde.

Es war Flora Bevans, offenbar auch eine Frühaufsteherin. Sie sagte, ihr sei ein Gedanke gekommen, den sie lange hin und her gewälzt habe. »Ich möchte auf keinen Fall Verwirrung stiften, aber mir ist etwas in Bezug auf Ian eingefallen, das ich Ihnen nicht erzählt habe.«

Barbara schaute Lynley an und reckte den Daumen hoch. »Wir sind für jede Information dankbar«, versicherte sie Flora.

»Es hat etwas mit meiner Schwester zu tun«, sagte Flora. »Und da Sie gerade in der Stadt sind …«

»Wir stehen grade an der Ludford Bridge und bewundern die Enten.«

»Ah ja. Hübsch, die Brücke, nicht wahr, mit den schönen Aussichtspunkten für die Fußgänger. Ich bin ganz begeistert davon.«

»Und Ihre Schwester …?«

Flora ging nicht davon aus, dass Barbara wissen wollte, was ihre Schwester von der Brücke hielt. Sie sagte: »Es ist schon ein paar Monate her. Greta hat mich angerufen und gefragt, ob Ian vielleicht bereit wäre, mit einem College-Studenten zu sprechen. Oder auch einer Studentin, daran kann ich mich nicht mehr erinnern. Jedenfalls hat Greta mich gebeten, Ian auszurichten, er möge sie anrufen, damit sie ihm die Sache erklären konnte. Ich hatte den Eindruck, dass es sich um etwas ziemlich Dringliches handelte.«

»Hat Ihre Schwester etwas mit dem College zu tun?«, fragte Barbara.

»Ach so, Entschuldigung. Das habe ich gar nicht erwähnt. Meine Schwester arbeitet in der Studienberatung am West

Mercia College. Das heißt, sie ist praktisch die Studienberatung.«

»Und um was genau ging es da? Etwas, das sie nicht selbst regeln konnte? Etwas, das ihre Kompetenzen überstieg, oder was?«

»Ich glaube, sie war eher überlastet. Sie ist absolut qualifiziert für den Job, aber da sie allein ist, kann sie sich nicht immer angemessen um alles kümmern. Ich habe keine Ahnung, wie viele Studenten das College hat, aber das sind bestimmt mehrere hundert. Außerdem, wenn der Student oder die Studentin in einer Lebenskrise steckte, wäre Ian der richtige Ansprechpartner gewesen, denn meine Schwester hat sich schon in jungen Jahren von der Religion abgewendet. Jedenfalls dachte ich, ich erzähle Ihnen das, weil Sie ja alles über Ian wissen wollten. Soll ich Ihnen die Nummer meiner Schwester geben? Sie ist bestimmt gern bereit, mit Ihnen zu reden.«

Barbara sagte, ja, die Nummer hätten sie gern. Und falls ihr noch etwas einfalle, könne sie zu jeder Tages- und Nachtzeit anrufen.

»Ich hoffe, es hilft Ihnen wenigstens ein bisschen weiter«, sagte Flora.

»Alles hilft uns weiter«, versicherte ihr Barbara. Sie verabschiedete sich und berichtete Lynley, was sie erfahren hatte. Er stimmte ihr zu, dass sie der Sache nachgehen sollten.

»Vielleicht nach dem Frühstück?«, fragte er.

»Sie kennen mich doch, Sir«, antwortete sie erfreut. »Das Letzte, was ich jemals ablehnen würde, ist Essen.«

ST. JULIAN'S WELL
LUDLOW
SHROPSHIRE

Als Rabiah Lomax sich bereit erklärt hatte, die Leitung des Instandhaltungs- und Reparaturkomitees von Volare, Cantare zu übernehmen, hatte sie nicht damit gerechnet, dass der Posten so viel Zeit verschlingen würde. Wie hätte sie auch darauf kommen sollen? Das Schöne an einem Segelflugzeug war ja gerade, dass es daran im Vergleich zu einem Motorflugzeug wenig instand zu halten oder zu reparieren gab. Aber kaum hatte Rabiah den Posten übernommen, vergaß eine Pilotin, vor der Landung das Fahrwerk auszufahren, und jetzt ging es darum, wer für den entstandenen Schaden aufkommen sollte. Die einen waren der Meinung, die Pilotin müsse den Schaden natürlich bezahlen. Andere bezeichneten das als ungerecht, ereiferten sich, sie bezahlten schließlich Klubbeiträge, und das nicht nur, weil damit bei ihren monatlichen Versammlungen in Church Stretton für Getränke und Knabbereien gesorgt war. Und außerdem, was sei eigentlich mit ihrer Versicherung? Wieder andere meinten, man solle den Vorfall zum Anlass nehmen, ein neues Segelflugzeug zu kaufen. Die neuen Modelle hätten von Jahr zu Jahr mehr technischen Schnickschnack, ihr Flugzeug dagegen sei der reinste Oldtimer, warum also nicht die Gelegenheit beim Schopf ergreifen, so hätten alle etwas davon. Also wurde das Instandhaltungs- und Reparaturkomitee beauftragt, einen Vorschlag zu erarbeiten, der den Mitgliedern dann zur Abstimmung vorgelegt werden sollte. Die einzelnen Gruppen hatten jeweils einen Delegierten zu der Besprechung an diesem Vormittag geschickt. Rabiah war heilfroh, dass sie das Treffen für den frühen Morgen angesetzt hatte, denn Dennis Crook und Ngaio Marsh Stewart (dessen Mutter ein Auge auf Roderick Alleyn geworfen hatte) schienen sich lieber auf der Straße prügeln zu wollen, als sich auf einen Kompromiss einzulassen.

Ngaio brüllte gerade »Pass auf, guter Mann« – eine Ankündigung, dass mehr folgen würde, und zwar nichts Angenehmes –, als es an der Tür klingelte. Rabiah entschuldigte sich, dankbar, der spannungsgeladenen Situation zu entkommen. Als sie jedoch sah, wer ihr da einen Besuch abstattete, war sie ebenso dankbar dafür, einen Vorwand zu haben, jetzt niemanden hereinzulassen.

»Tut mir furchtbar leid«, sagte sie, »aber im Moment ist es ganz schlecht.« Detective Inspector Lynley, erinnerte sie sich. Und Sergeant Havers. »Wir haben eine Komiteesitzung, und ich bin die Vorsitzende.«

»Wir warten gern«, erwiderte Lynley.

»Und wir hören auch gern zu«, sagte Havers.

»Leider haben wir nicht genug Sitzplätze. Und das Thema ist alles andere als interessant, das versichere ich Ihnen. Ein Streit über den Kauf eines neuen Segelflugzeugs.«

»Klingt doch spannend«, sagte Havers. »Was meinen Sie, Sir?«

»In der Tat«, sagte Lynley. »Aber wenn Sie keinen Platz für uns …«

»Ich rufe Sie an, sobald wir fertig sind.«

»… können wir gern in der Küche oder im Garten warten. Oder wir können uns hier auf dem Gehweg mit Ihnen unterhalten, wenn Ihnen das lieber ist.«

»Wir hatten grade ein Gespräch mit Greta Yates vom West Mercia College, Mrs Lomax«, sagte Havers in einem wesentlich unfreundlicheren Ton als bei ihrem letzten Besuch. »Sie hat den Kontakt zwischen Ian Druitt und einer jungen Frau namens Melissa Lomax hergestellt. Und der Inspector und ich … also, wir glauben, es gibt nur zwei Möglichkeiten. Entweder es handelt sich um den unglaublichen Zufall, dass zwei Personen namens Lomax bei einem Mann Rat gesucht haben, der auf der örtlichen Polizeistation tot aufgefunden wurde, oder eine Person namens Lomax suchte Rat, und die andere namens Lomax erzählt den Polizisten, die versuchen rauszufinden, was mit dem Mann passiert ist, Lügengeschichten.«

»Wir wären Ihnen dankbar, wenn Sie diese Sache aufklären könnten, Mrs Lomax«, sagte Lynley. »Miss Yates hat uns netterweise Melissa Lomax' Adresse und Telefonnummer gegeben.«

»Wir können sie jederzeit aufsuchen«, fügte Havers höflich hinzu.

»Aber wir dachten, Sie würden es vielleicht vorziehen, uns das selbst zu erklären«, sagte Lynley.

»Dazu sind Sie natürlich nicht verpflichtet«, fuhr Havers fort, »aber die Chose wird immer merkwürdiger, wenn Sie verstehen, was ich meine, denn es gibt ebenfalls eine Verbindung Ihrer Enkelin zu Dena Donaldson, und wir fragen uns natürlich, was das zu bedeuten hat. Übrigens stimmt Melissas Handynummer mit einer Nummer überein, die Mr Druitt zweimal angerufen hat. Ich hab die Nummer auch angerufen, ging aber nur die Mailbox an. Und Melissa – wir gehen davon aus, dass ihr das Handy gehört – hat auch nicht zurückgerufen.«

Rabiah hatte gespürt, wie ihre Kniekehlen feucht wurden, als der Name Greta Yates fiel. Sie war jedoch wild entschlossen, sich nicht einschüchtern zu lassen. Aber sie musste Zeit gewinnen, und zu diesem Zweck brachte sie noch einmal die Komiteesitzung vor. Sie hätten eine komplizierte Sache zu besprechen, und das würde sicher viel länger dauern, als Havers und Lynley zu warten bereit seien. Sie würde sich melden, sobald …

»Wie gesagt, wir sind gern bereit zu warten. Vielleicht sollten Sie in der Zwischenzeit Ihren Anwalt verständigen.«

»Der Polizei Lügenmärchen aufzutischen ist nämlich keine gute Idee«, fügte Havers hinzu.

Rabiah gab auf. »Wenn Sie dann bitte in der Küche warten würden«, sagte sie. »Und ich wäre Ihnen sehr dankbar, wenn Sie sich niemandem als Polizisten zu erkennen geben würden.«

»Kein Problem«, sagte Havers. »Und Sie, Sir? Sie können sich ja einfach als Dachdecker ausgeben. Oder vielleicht als Klempner, weil wir ja in der Küche warten.«

»Zu dumm, dass ich meinen Schraubenschlüssel nicht dabeihabe.«

Rabiah ließ sie herein und ging wieder ins Wohnzimmer, wo die Komiteemitglieder inzwischen den Beschluss gefasst hatten, das Thema in einer Vollversammlung des Klubs zu diskutieren. Das Komitee sah sich außerstande, eine Empfehlung auszusprechen, da die drei Interessengruppen zu keiner Einigung kommen konnten.

Während sie die Klubmitglieder verabschiedete, legte Rabiah sich ihre Worte zurecht. Sie ging in die Küche, wunderte sich, dass der Mann höflich aufstand. Das hatte sie seit Jahrzehnten nicht mehr erlebt. Sie begann sofort zu sprechen, ehe die beiden Polizisten ihr eine Frage stellen konnten.

»Als Sie mich zum ersten Mal aufgesucht haben, wollte ich in erster Linie meine Enkelin schützen. Nicht nur sie, sondern ihre ganze Familie – meine ganze Familie – hat schlimme Zeiten durchgemacht. Missas jüngere Schwester ist im vergangenen Jahr nach einer schweren Krankheit gestorben. Missa wollte das Studium abbrechen, damit sie ihrer jüngsten Schwester Sati eine Stütze sein kann. Sati hat sich das gewünscht, aber niemand sonst hielt es für eine gute Idee. Missa hat während der Weihnachtsferien davon gesprochen, aber wir haben sie überredet, wieder ans College zurückzukehren. Es war klar, dass sie nicht glücklich war mit der Entscheidung, aber keiner von uns wusste, dass sie bei Mr Druitt Rat gesucht hat. Ich selbst wusste jedenfalls nichts davon, als Sie das erste Mal bei mir gewesen sind. Ich wollte mit Missa sprechen, bevor ich sie zu Ihnen schickte. Ich bin mir sicher, Sie hätten an meiner Stelle genauso gehandelt.«

»Vielleicht hat sie sich ja auch aus einem ganz anderen Grund mit dem Diakon getroffen«, sagte Lynley.

»Sie ist keine Lügnerin«, entgegnete Rabiah. »Sie hat es schwer seit Jannas Tod, und vorher war es auch schon schlimm genug. Sie hatte gute Gründe, bei jemandem Rat zu suchen.«

»Nur dass sie sich ihren Berater nicht selbst ausgesucht hat, denn es war Greta Yates, die Ian Druitt den Namen Ihrer Enkelin genannt hat«, bemerkte Havers.

»Wie auch immer. Was hat das denn mit seinem Tod zu tun?«

»Darauf haben wir keine Antwort«, sagte Lynley.

»Aber wir arbeiten dran«, sagte Havers. »Sehen Sie, es hat sich rausgestellt, dass hier alle mit allen verbunden sind: Wir sprechen mit Ihnen über Ian Druitt, wir sehen Sie mit Dena Donaldson, Dena Donaldson wohnt im selben Haus wie Finnegan Freeman, Finnegan Freeman hat Ian Druitt im Hort geholfen, Ian Druitt hat sich mit Ihrer Enkelin getroffen, Ihre Enkelin ist eine enge Freundin von Dena Donaldson.«

»Wirklich eine bemerkenswerte Konstellation«, sagte Lynley.

»Was ich damit zu tun habe, lässt sich leicht erklären«, sagte Rabiah. Inzwischen hatte sie feuchte Flecken unter den Achseln. »Ich habe mit Dena gesprochen, um ein Missverständnis aus der Welt zu schaffen. Ich hatte angenommen, sie hätte unseren Namen benutzt, um sich mit Ian Druitt zu treffen.«

»Wie kamen Sie darauf?«, fragte Havers.

»Es schien mir nur logisch zu sein, weil Dena und Missa eng befreundet sind.«

Lynley musterte sie unverhohlen. Rabiah fiel auf, dass er

braune Augen hatte. Merkwürdig bei blondem Haar, dachte sie. Einen Moment lang herrschte angespanntes Schweigen. Ein Auto fuhr vorbei, aus dem laute Rapmusik dröhnte. Schließlich sagte Lynley: »Könnten wir vielleicht zu der Möglichkeit zurückkehren, dass Ihre Enkelin sich aus einem ganz anderen Grund mit dem Diakon getroffen hat als aus dem, den sie Ihnen genannt hat?«

Lieber Himmel, dachte Rabiah, wie der Mann sich ausdrückte. Sie ging automatisch in die Defensive. »Wir sind keine religiöse Familie, falls Sie darauf anspielen. Ich kann mir nicht vorstellen, dass Missa sich mit ihm getroffen und über Jesus oder die Dreifaltigkeit oder das Leben nach dem Tod diskutiert hat.«

»In Mr Druitts Auto haben wir Kondome gefunden. Eine geöffnete Schachtel, in der mehrere fehlten.«

»Wollen Sie damit etwa andeuten, dass Missa und der Diakon eine sexuelle Beziehung gehabt haben könnten? Nein. Das ist undenkbar. Missa hat seit Jahren einen Freund in Ironbridge, und selbst wenn dem nicht so wäre – sie hat gelobt, bis zu ihrer Hochzeit Jungfrau zu bleiben. Das ist altmodisch, ich weiß, aber so ist es nun mal.«

»Manche Mädchen machen das«, sagte Havers. »Also, ich meine, manche nehmen sich vor, sich aufzuheben oder wie auch immer… bis es dann doch anders kommt, wenn Sie verstehen, was ich meine.«

»Sie meinen, sie fand den Diakon so unwiderstehlich, dass sie mit ihm geschlafen hat? Das würde überhaupt nicht zu ihr passen.«

»Wir müssen uns mit ihr unterhalten«, sagte Lynley. »Ich hoffe, Sie verstehen das.«

Rabiah konnte es nur zu gut verstehen. Aber es war das Letzte, was sie wollte, weil in ihrer Familie auch so schon alles drunter und drüber ging. Sie sagte: »Bitte nicht. Sie hat Ihnen nichts zu sagen. Der arme Mann, der gestorben ist…?

Sein Tod hat nichts mit Missa zu tun. Was muss ich denn noch tun, um Ihnen das begreiflich zu machen?«

Natürlich kannte sie die Antwort auf ihre Frage in dem Moment, als sie sie aussprach.

LUDLOW
SHROPSHIRE

Für Yasmina Lomax stand fest: Der wahre Grund für Missas Probleme war der Tod ihrer jüngeren Schwester. Weil sie Jannas Tod hatte miterleben müssen und mitkriegte, wie die Ehe ihrer Eltern an der Trauer zu zerbrechen drohte, hatte sie sich entschlossen, ihr Leben zu ändern. Allerdings hatte sie einen selbstzerstörerischen Weg gewählt. Deswegen hatte Yasmina am Morgen mit ihrer Tochter zu sprechen versucht. Deswegen hatte sie ihre Termine in der Praxis abgesagt und war nach Ludlow gefahren.

Aber bei Missa war Yasmina auf taube Ohren gestoßen. Sie war früh aufgestanden – ausnahmsweise einmal dankbar dafür, dass Timothy ein sehr starkes Mittel genommen hatte und den Wecker nicht hörte – und ins Zimmer ihrer Tochter gegangen. Vorsichtig hatte sie die Tür geöffnet, die schlafende Missa betrachtet und den Blick durchs Zimmer wandern lassen. Warum fand sie es eigentlich nicht merkwürdig, dass das Zimmer sich seit Missas Kindheit nicht verändert hatte: In den Regalen standen ihre Lieblingskinderbücher, auf einer Truhe unter dem Fenster saßen die Puppen an ihren angestammten Plätzen, außerdem ein Plüschbär, dem Missa vor Ewigkeiten aus Gründen, an die sich niemand erinnerte, den albernen Namen Eeshy Beeshy gegeben hatte, auf der Kommode stand ein Schmuckkästchen, in dem sich, wenn man es öffnete, eine Ballerina auf einem Spiegel zu *Laras*

Lied drehte, dem Lobgesang auf vergebliche Liebesmüh aus *Doktor Schiwago.*

Yasmina öffnete das Schmuckkästchen, und die blecherne Musik ertönte. Hinter ihr regte Missa sich im Bett und fragte: »Mum? Wie spät ist es?«

Yasmina klappte das Kästchen zu, drehte sich um und sagte: »Wir müssen reden, du und ich. Kommst du auf eine Tasse Tee in die Küche, oder sollen wir uns lieber hier unterhalten?«

Missa warf sich auf den Rücken. Einen Moment lang starrte sie an die Decke, und Yasmina fürchtete schon, dass ihre Tochter sich weigern würde. Doch dann setzte sie sich auf, trank einen Schluck Wasser aus dem Glas auf ihrem Nachttisch und sagte: »Hier.«

Yasmina zog den Stuhl unter Missas Schreibtisch hervor und stellte ihn neben das Bett. Sie sagte: »Deine Großmutter hat mir erzählt, dass zwei Polizisten aus London bei ihr waren und sie befragt haben. Sie hat mir auch von dem Gespräch zwischen euch beiden erzählt.« Sie meinte zu sehen, wie Missas Miene sich verhärtete. »Normalerweise braucht man nicht den Rat eines Kirchenmannes, wenn man das College verlassen will, Missa«, fuhr sie fort. »Sag mir bitte, was das alles zu bedeuten hat.«

Missa wandte sich ab und schaute aus dem Fenster, als wünschte sie, sie könnte sich zu den zwitschernden Vögeln draußen gesellen. Sie sagte nichts.

»Ich weiß nicht, warum du glaubst, du könntest nicht mit mir reden«, sagte Yasmina. »Irgendetwas ist passiert. Das sehe ich dir an. Du hast diesen Mann nicht aufgesucht, weil du das College abbrechen wolltest. Aber warum du …«

»Sag mir, was du glaubst, was passiert ist«, fiel Missa ihr ungehalten ins Wort. »Denn ich merke doch, du kannst einfach nicht akzeptieren, dass ich nicht bin wie du. Ich will etwas anderes vom Leben als du, und damit kannst du nicht umgehen.«

Missas Worte versetzten Yasmina einen Stich. »Das stimmt nicht.«

»Ach nein? Warum kannst du mich dann einfach nicht in Frieden lassen? Kommst in mein Zimmer und willst ›darüber reden‹ ...«, sie malte Anführungszeichen in die Luft, »obwohl ich dir schon vor Ewigkeiten gesagt hab, dass ich nicht will, was du dir für mich wünschst, und es nie wollen werde.«

»Und was willst du stattdessen? Sag's mir!«

»Warum denn? Hast du es tatsächlich vergessen? Also gut. Dann ein letztes Mal: Ich möchte jemandes Ehefrau sein, ich möchte Mutter sein, ich möchte ein einfaches Leben führen und den Mann, den ich liebe, unterstützen und unsere Kinder großziehen. Und weil du das nicht akzeptieren kannst, muss natürlich irgendwas mit mir nicht stimmen. Was mit mir nicht stimmt, Mum, ist, dass ich den Mut aufbringen musste, die zu sein, die ich bin, und nicht die, die ich deiner Meinung nach sein soll. Deswegen hab ich mit Mr Druitt gesprochen. Alles klar?«

»Um den Mut aufzubringen, mit deiner eigenen Mutter zu reden? Du hast dich nicht ein oder zwei Mal mit diesem Mann getroffen, sondern sieben Mal, damit er dir Mut macht?«

»Ja! Und sieh dir doch an, wie du reagierst! Du suchst nach irgendwelchen tieferen Gründen für meine Entscheidung, das Studium abzubrechen, obwohl es keinen tieferen Grund dafür gibt als den, den ich dir genannt habe! Aber du hast mir nicht zugehört.«

»Ich habe dir zugehört.«

»Aber du hast mir nicht richtig zugehört und nur gesagt, es wäre noch zu früh, ich sollte wieder nach Ludlow fahren, ich sollte wenigstens das College abschließen, wenn ich schon nicht an die Uni wollte. Hast du das vergessen? Und ich bin ja auch zurückgefahren, oder? Das hab ich schließlich immer so gemacht. Egal, was ich selber für eine Meinung habe, ich mache immer, was du willst, zumindest bisher. Ich hab mich sieben Mal mit ihm getroffen, weil es hier keinen Diakon gibt, mit dem ich reden kann, und keinen, der mir zuhört, ohne sich einzumischen und zu versuchen, mich zu jemand zu machen, der ich nicht bin.«

»Und wer ist das?«

»Das hab ich doch grade gesagt! Ich hab's grade gesagt, und es reicht immer noch nicht. Du hörst mir nicht zu, weil du einfach nie zuhörst und sowieso schon eine vorgefertigte Vorstellung hast.«

»Jetzt höre ich dir zu. Ich versuche zu lernen. Ich möchte wissen, warum ich dermaßen versagt habe und du deshalb zu diesem Diakon gegangen bist… Hast du ihn dir überhaupt gesucht?«

»Was spielt das für eine Rolle? Nein, hab ich nicht. Er ist auf mich zugekommen, und dafür bin ich ihm dankbar, weil er mir geholfen hat, Dinge zu verstehen. Er hat mir geholfen zu verstehen, was richtig für mich ist. Und jetzt will ich in Ruhe gelassen werden. Kapiert? Lass mich in Ruhe.«

Mit diesen Worten hatte sie die Decke bis ans Kinn hochgezogen und Yasmina den Rücken zugekehrt. Und Yasmina war hinausgegangen.

Aber sie beide waren noch nicht miteinander fertig, und Yasmina war überzeugt, dass mehr dahintersteckte als auf den ersten Blick ersichtlich, und deswegen fuhr sie jetzt von Ironbridge nach Ludlow, wo sie sich in der Broad Street einen Parkplatz suchte und zu Fuß zum Castle Square ging. Sie schlängelte sich zwischen den Marktständen hindurch bis zu dem Torbogen an der nordwestlichen Seite des Platzes, über dem die Worte WEST MERCIA COLLEGE in der hellen Frühlingssonne glänzten.

Sie erfuhr, dass die Studienberaterin Greta Yates gerade an einer Sitzung teilnahm. Sie könne gern warten, erklärte man ihr, aber man könne ihr nicht garantieren, dass Miss Yates, die stets sehr beschäftigt sei, Zeit für sie habe. Yasmina ließ es darauf ankommen und sagte, die Angelegenheit sei wichtig.

Nach vierzig Minuten traf Greta Yates ein. Als die Frau in der Tür erschien, kam bei Yasmina automatisch die Ärztin durch, und sie diagnostizierte bei Greta Yates in Sekundenschnelle hohen Blutdruck, Übergewicht und Diabetes. Die Frau atmete schwer, ihr Gesicht war stark gerötet, und auf ihrer Stirn glänzte ein Schweißfilm. Nachdem Greta Yates sie in ihr Büro gebeten hatte – es hatte nicht so lange gedauert, wie man ihr prophezeit hatte –, stellte sie fest, dass die Frau zu allem Überfluss auch noch völlig überarbeitet war.

Im Büro sah es aus wie nach einem Einbruch, in dessen Verlauf die Räuber alles, was sie gefunden hatten, auf den Schreibtisch und darum herum auf den Boden geworfen hatten: Aktenordner, Computerausdrucke, Broschüren, Flugblätter, Bücher und Schreibutensilien. Aus einer Schreibtischschublade nahm Greta Yates eine Schachtel Papiertaschentücher. Sie zog eins heraus, tupfte sich das Gesicht damit ab und sagte zu Yasmina: »Heute ist ein ungewöhnlicher Tag. Das ist schon das zweite Mal, dass sich jemand nach Ihrer Tochter erkundigt, Mrs Lomax.«

Unter normalen Umständen hätte Yasmina auf der Anrede Dr. Lomax bestanden, ließ es diesmal jedoch bleiben. Denn sie wollte unbedingt herausfinden, mit wem Greta Yates über ihre Tochter gesprochen hatte. »Das zweite Mal?«, fragte sie.

»Vorhin waren zwei Polizisten von New Scotland Yard hier.«

Yasminas Gedanken rasten. Entweder hatte Rabiah es sich anders überlegt und den Detectives gesagt, dass es eine Verbindung zwischen Missa und Mr Druitt gab, oder sie hatten sich aus einem anderen Grund mit Greta Yates über Missa unterhalten. Sie bemühte sich, eher verwirrt als verängstigt zu wirken. »Warum interessiert sich denn Scotland Yard für meine Tochter? Missa hat sich doch hoffentlich nichts zuschulden kommen lassen?«

Greta winkte mit ihrer pummeligen Hand ab. An einem ihrer Wurstfinger prangte ein eindrucksvoller Ring mit einem grünen Stein. »Liebe Güte, nein. Sie waren hier, weil ich meine Schwester gebeten hatte, Mr Druitt etwas auszurichten.«

Das ergab überhaupt keinen Sinn. »Und das hatte mit Missa zu tun?«

»Ich habe ihn gebeten, sich einmal mit Missa zu unterhalten. Sehen Sie …«, sie zeigte auf die Stapel Akten und Papiere vor sich, »… Melissas Tutor hatte mich gebeten, einmal mit ihr zu reden, weil ihre Leistungen stark nachgelassen haben. Im Herbstsemester war sie sehr gut gewesen, aber dann … wie soll ich sagen, wurde sie immer nachlässiger. Ihr Tutor hatte schon mit ihr gesprochen und wollte, dass ich mich auch einmal mit ihr zusammensetzte, weil sie nämlich das College verlassen wollte. Er hatte den Eindruck, dass irgendetwas nicht stimmte. In Anbetracht ihres Alters vermutete er, sie hätte wohl Liebeskummer und würde darüber vielleicht eher mit mir reden.«

»Hat sie ihm das gesagt?«

»Nein, sie hat ihm nur gesagt, dass sie das College abbrechen wollte. Aber er fand das sehr merkwürdig, weil sie im Herbstsemester so gute Leistungen erbracht hatte.«

»Und was hat sie Ihnen erzählt?«

»Na ja, das ist es ja gerade. Ihr Tutor hatte an Beratungssitzungen gedacht, also mehrere wohlgemerkt. Und in einer perfekten Welt würde ich so etwas machen, denn dafür bin ich schließlich ausgebildet. Aber in dieser Welt kann ich nicht viel mehr tun, als mich durch bergeweise Akten und Müll wie das Zeug hier – bitte, behalten Sie das für sich – zu arbeiten und zu hoffen, dass ich nicht untergehe.« Sie seufzte. »Aber«, fuhr sie fort, als Yasmina etwas sagen wollte, »meine

Schwester hatte einen Mieter, der ein Kirchenmann war. Sie hat mir mal erzählt, er hätte Sozialarbeit studiert, und deswegen hab ich sie gefragt, ob er vielleicht helfen könnte. Er hat mich angerufen, und ich habe ihm Missas Telefonnummer gegeben. Und die Detectives, die heute Morgen hier waren, meinten, die beiden hätten sich mehrmals getroffen.«

»Sie hat das College trotzdem abgebrochen. Aber sie will nicht darüber reden, sie sagt nur, dass ein Universitätsstudium nichts für sie ist. Aber ich glaube ihr nicht.«

Greta wirkte mitfühlend. »Ich verstehe Ihre Bedenken. Den meisten Eltern würde es so gehen wie Ihnen. Aber nach Jahren der Arbeit mit jungen Menschen habe ich gelernt, dass es häufig eher schadet als nützt, wenn die Eltern sich einschalten.«

»Er ist tot, der Diakon, wissen Sie? Und deshalb sind die Detectives aus London hier.«

»Ja, Flora, meine Schwester, hat mir erzählt, dass der Mann gestorben ist. Sie sagt, es war Selbstmord.« Einen Moment lang betrachtete Greta gedankenverloren ein mit Zetteln vollgepinntes Schwarzes Brett an der Wand gegenüber. »Sie glauben doch nicht, dass Ihre Tochter etwas mit dem Tod des Diakons zu tun hat, oder?«

»Ich weiß nicht, was ich glauben soll. Sie hüllt sich in Schweigen. Wenn ich mit ihr rede, antwortet sie nicht. Sie ist nicht mehr sie selbst. Ich weiß auch nicht, warum.« Angst stieg in ihr auf. Yasmina spürte sie hinter ihren Augen. Missa, das abgebrochene Studium, ein toter Diakon, die Zukunft, die Vergangenheit, Jannas Tod, Timothys Drogenproblem … All das ging ihr durch den Kopf, und sie dachte, sie musste irgendjemandem klarmachen, dass ein entscheidender Punkt erreicht war, und dieser Punkt musste untersucht, geknackt oder zerschlagen werden; etwas musste jedenfalls passieren, denn sie wusste nicht mehr weiter, und sie brauchte jemanden, der das Ruder übernahm.

Als hätte sie ihre Gedanken gelesen, sagte Greta: »Wir müssen etwas unternehmen. Können Sie mit Missa nach Ludlow kommen?«

»Sie wird sich sträuben. Sie und ich … wir sind im Moment nicht …«

»Natürlich. Könnte jemand anders sie hierherbegleiten?«

Yasmina überlegte. Ja, es gab jemanden, aber den würde sie überreden müssen, gegen seine eigenen Interessen zu handeln.

»Wenn Sie sie zu mir bringen, bin ich gern bereit, mich mit ihr zu unterhalten«, fuhr Greta fort. »Gut möglich, dass etwas ihr das College verleidet hat, und ich kann versuchen, der Sache auf den Grund zu gehen. Falls es mir gelingt, würde ich ihr anbieten, zurückzukommen und ihre Arbeiten für dieses Semester fertigzustellen, damit sie im Herbst wieder einsteigen kann.« Sie beugte sich vor und verschränkte die Hände, wie um ihren guten Willen zu unterstreichen. »Aber lassen Sie sich eins gesagt sein, Mrs Lomax, manchmal brauchen junge Leute nur ein bisschen Zeit, um zu reifen, dann sehen sie selbst, wohin ihr Weg sie führt und was für Konsequenzen dieser Weg womöglich hat. Sehe ich das richtig, dass es Ihnen eher schwerfällt, Ihrer Tochter diese Zeit zu geben?«

»Ja, das sehen Sie richtig«, sagte Yasmina.

»Dann ist doch eigentlich klar, was Sie tun müssen, oder? Finden Sie jemanden, der Ihre Tochter dazu überredet, sich mit mir zu unterhalten. Und dann üben Sie sich in Geduld, auch wenn das nicht einfach ist. Wir werden das schon hinkriegen.«

WORCESTER
HEREFORDSHIRE

Zum ersten Mal seit einer Ewigkeit hatte Trevor Freeman sein Konditionstraining nicht nur nötig, er hatte auch ein Bedürfnis danach. Wenn er sich total verausgabte, konnte er hoffentlich das Telefongespräch mit seinem Sohn und den anschließenden Streit mit seiner Frau ebenso eine Zeit lang vergessen wie die Entscheidungen, vor denen er jetzt stand.

In seinem Fitnessstudio angekommen, stieg er sofort aufs Laufband. Anschließend stemmte er Gewichte. Dann nahm er sich die Kraftstation vor. Danach stieg er wieder aufs Laufband. Schweiß tropfte ihm von Nase und Kinn, bis eine Trainerin ihren Kunden für einen Moment allein ließ und zu ihm herüberkam. Hör auf, bevor du einen Herzinfarkt kriegst, ermahnte sie ihn. Ein Herzinfarkt, dachte Trevor, eine Fahrt zur Notaufnahme und ein Krankenhausaufenthalt wären gar nicht das Schlechteste.

Dann kam die Polizei. Er wunderte sich über das Erscheinen der Detectives, denn er konnte nicht verstehen, wie sie ihn gefunden hatten, es sei denn, sie waren zuerst bei ihm zu Hause gewesen und hatten, als sie niemanden angetroffen hatten, mit den Nachbarn gesprochen. Aber wieso hatten sie ihn nicht einfach angerufen? Warum waren sie bis nach Worcester rausgefahren?

Aber als er ihre Miene sah und ihren forschenden Blick, konnte er sich seine Fragen selbst beantworten. Natürlich wollten sie nicht am Telefon mit ihm reden. Die wollten ihn ganz genau beobachten, während sie ihn befragten.

Als sie sich erkundigten, wo sie sich ungestört unterhalten konnten, führte er sie in sein Büro und machte die Tür zu. Wenn sie ihn unbedingt verhören wollten, mussten sie schon seinen Körpergeruch ertragen.

Er wandte sich an den Detective. »Mein Sohn hat mich

angerufen. Wenn Sie noch einmal ohne meine Anwesenheit mit ihm reden, werde ich mich an Ihre Vorgesetzten wenden. Was denken Sie sich überhaupt dabei, ins Schlafzimmer eines jungen Mannes zu stürmen und ihn zu Tode zu erschrecken?«

»Er ist nicht leicht zu Hause anzutreffen«, antwortete der Mann. Lynley hieß der, fiel es Trevor wieder ein. Ja, Lynley.

Die Frau – Sergeant irgendwas – fügte hinzu: »Wir haben geklingelt und geklopft. Sie sollten Ihrem Sohn raten, nachts die Haustür zu verriegeln. Weiß der Himmel, wer sich sonst zu ihm ins Bett legt.«

Lynley fragte: »Ich schließe aus Ihrer Reaktion, dass Ihr Sohn sich von uns gestört gefühlt hat?«

»Was glauben Sie denn wohl, wie er sich gefühlt hat?«, brauste Trevor auf.

»Er hat also Sie angerufen und nicht seine Mutter?«, fragte die Frau. »Merkwürdig, wo sie doch Polizistin ist. Auch merkwürdig, dass er nicht den Hilfspolizisten angerufen hat, der wohnt doch in der Gegend.«

»Was Sie merkwürdig finden, ist Ihre Sache.«

»Wir fragen uns einfach, was der Hilfspolizist eigentlich mit der Familie Freeman zu tun hat.«

»Er ist ein netter Junge. Meine Frau hat ihn unter ihre Fittiche genommen, was zu ihrem Job gehört. Ich wüsste nicht, was das damit zu tun hat, dass Sie beide im Morgengrauen ins Schlafzimmer meines Sohnes eindringen.«

»Ich würde den Hilfspolizisten nicht unbedingt als Jungen bezeichnen«, erwiderte die Frau. Havers hieß sie, dachte Trevor. Ja, genau. »Was meinen Sie, Sir?«

»Dafür scheint er mir ein bisschen zu alt zu sein«, sagte Lynley.

»Was für eine Rolle spielt es, wie alt der Mann ist?«, fragte Trevor. Er wusste nicht, was die beiden von ihm wollten, und er begriff auch nicht, wie sie es geschafft hatten, ihn so schnell in die Defensive zu drängen, da er das doch eigentlich selbst vorgehabt hatte. »Das Ausbildungszentrum für Hilfspolizisten befindet sich auf dem Gelände des Polizeihauptquartiers, wo meine Frau arbeitet. Finn und ich haben Gaz Ruddock über sie kennengelernt.«

»Ach, sie hat ihn mit nach Hause gebracht?«, erkundigte sich Sergeant Havers.

»Meine Frau wollte, dass unser Sohn ihn kennenlernte. Sie dachte, Ruddock könnte einen guten Einfluss auf ihn haben, ihm eine Art großer Bruder sein, da Finn keine Geschwister hat. So hat es angefangen.«

»Was?«, fragte Havers.

»Wie bitte?«

»So hat was angefangen?«

»Die Antwort auf diese Frage kennen Sie bereits. Haben Sie nicht das Gefühl, dass Sie hier Ihre Zeit verschwenden?«

»Wenn Sie die Frage bitte beantworten würden«, sagte Lynley.

»Wir haben es einfach gern, wenn die Fakten eindeutig sind«, fügte Havers hinzu.

»Der Hilfspolizist«, fuhr Lynley fort, »hat uns gesagt – wie Sie vermutlich inzwischen wissen –, dass Sie und Ihre Frau ihn gebeten haben, in Ludlow ein Auge auf Ihren Sohn zu haben.«

»Das war Clovers Idee«, sagte Trevor. »Sie wollte Gaz nicht selber darauf ansprechen. Sie dachte, er würde sich unter Druck gesetzt fühlen, wenn sie ihn darum bat. Wegen ihrer unterschiedlichen Stellungen.«

»Was für Stellungen?«, fragte Havers.

Trevor war froh, dass sein Gesicht immer noch von der Anstrengung gerötet war, denn er spürte, wie ihm wegen der Zweideutigkeit die Röte ins Gesicht stieg. »Ist doch klar. Sie bekleidet einen weit höheren Rang als er. Sie wollte ihm nicht den Eindruck vermitteln, dass sie Gefälligkeiten von ihm erwartete, und deswegen hat sie mich gebeten, das mit ihm zu besprechen. Ich fand die Idee gut und hab mit Gaz geredet.« So, jetzt war es raus, dachte er. Er hatte gelogen, so wie Clover es von ihm verlangt hatte. Er wollte lieber nicht darüber nachdenken, was das über ihn oder über seine Beziehung zu seiner Frau aussagte.

»Warum?«, fragte Lynley.

»Das habe ich Ihnen doch gerade erklärt.«

»Er meint nicht, warum Sie Ruddock gefragt haben«, erklärte Havers. »Er will wissen, warum Sie und Ihre Frau der Meinung waren, dass Ihr Sohn jemanden brauchte, der ein Auge auf ihn hatte. Aus irgendeinem Grund müssen Sie ja besorgt gewesen sein.«

»Vorsichtig, nicht besorgt. Finn war schon immer ein schwieriger Junge, und seine Mutter hatte so ein Bauchgefühl, dass er in Ludlow, wo er plötzlich uneingeschränkte Freiheit genießt, unter die Räder kommen könnte. Sie hat versucht, seine Freizeit dort ein bisschen zu strukturieren.«

»Ich könnte mir vorstellen, dass das einen jungen Mann in seinem Alter ärgert«, bemerkte Lynley.

»Was?«

»Der Inspector meint«, stellte Havers erneut klar, »dass die meisten jungen Männer in Finns Alter was dagegen hätten, wenn ihre Mutter ihre Freizeit organisiert oder jemanden beauftragt, sie zu beschatten.«

»Gaz beschattet Finn nicht. Er hat nur ein Auge auf ihn.«

»Haben Sie das auch von Ian Druitt erwartet?«, fragte Lynley.

Es gefiel Trevor nicht, wie die beiden ihn traktierten. Er kam sich vor wie ein Ball, den sie sich gegenseitig zuspielten. Er versuchte, die Kontrolle zurückzugewinnen. »Dieser Blödsinn, den Sie Finn heute Morgen erzählt haben, dass Druitt seinetwegen besorgt war oder was? Wo auch immer Sie das herhaben, es ist an den Haaren herbeigezogen.«

»Was genau? Dass Mr Druitt wegen Ihres Sohnes besorgt war oder er diese Besorgnis zum Ausdruck gebracht hat?«

»Beides. Finn ist ein guter Junge. Sie werden von niemandem was anderes hören.«

»Aber offenbar wollte Mr Druitt Ihnen etwas anderes erzählen«, sagte Havers. »Man hat uns gesagt, er wollte sich mit Ihnen in Verbindung setzen und hat sich nach Ihrer Telefonnummer erkundigt.«

»Er hat sich aber nicht mit uns in Verbindung gesetzt, also hatte sich die Sache oder was auch immer anscheinend erledigt.«

Lynley nickte nachdenklich. »Das Was-auch-immer würde uns interessieren, Mr Freeman.«

»Was meinen Sie damit?«

»Damit meine ich, dass Mr Druitt tot war, bevor er mit Ihnen reden konnte«, sagte Lynley.

»Und solche Dinge interessieren die Polizei nun mal«, fügte Havers hinzu. »Blödsinn hin oder her.«

MUCH WENLOCK
SHROPSHIRE

Cardew Hall war immer erst ab dem 1. Juni für Besucher geöffnet, weswegen niemand mit ihrem Besuch rechnete, und genau das wollte Ding. Und nicht nur das, ihr Besuch sollte nach Möglichkeit auch unbemerkt bleiben. Sie wusste selbst nicht so genau, warum ihr das so wichtig war. Ihr Körper sagte es ihr einfach, denn was sie spürte, war abwechselnd Anspannung und Übelkeit. Wofür es natürlich mehr als einen Grund gab.

Cardew Hall und seine Umgebung waren für sie schon immer irgendwie ein Dreh- und Angelpunkt gewesen, denn hier und etwas weiter die Straße hinunter in Much Wenlock hatte sie, kaum dass sie kapiert hatte, wie es ging, angefangen, mit Jungs zu vögeln. Lange Zeit hatte sie sich eingeredet, dass sie es nur zum Spaß tat, dass sie es tat, damit sie ihren Freundinnen später etwas erzählen konnte, dass sie es tat, weil sie Lust dazu hatte. Aber in Wirklichkeit tat sie es nicht deswegen. Im Grunde wusste sie selbst nicht, warum sie es tat, außer dass es sich anfühlte, als spuckte sie den Typen ins Gesicht, was sie auch am liebsten gemacht hätte. Und warum wollte sie spucken, kratzen und beißen, sobald ein Typ sie anfasste…? Das musste sie unbedingt rausfinden, weil sie unter das Fickexperiment, das sie schon seit Jahren betrieb, endlich einen Schlussstrich ziehen wollte. Nachdem sie also, wie sie es Greta Yates versprochen hatte, ihre beiden heutigen Vorlesungen besucht hatte, war sie mit dem Bus Richtung Cardew Hall gefahren.

Ihre Mutter würde wahrscheinlich in der riesigen alten Küche sein, wo sie zurzeit von morgens bis abends Cardew-Hall-Marmelade und Cardew-Hall-Chutney einkochte, das die Besucher nach ihrer Besichtigungstour hoffentlich kauften. Ihr Stiefvater würde in allen Zimmern überprüfen, ob Glühbirnen ausgewechselt werden mussten und alle Ecken von Staubmäusen befreit waren, die der wöchentliche Putzdienst womöglich übersehen hatte, und die Möbel polieren. Solange sie Ding nicht bemerkten, hätte sie das Haus mehr oder weniger für sich allein und jede Menge Zeit zum Forschen, Nachdenken und Sinnieren.

Von der Bushaltestelle aus waren es zwanzig Minuten zu Fuß bis Cardew Hall. Dort stand bereits alles voll in Blüte, Garten und Beete waren ein prächtiges Farbenmeer, angefangen bei den gelben Pfingstrosen, die die Ränder der Beete säumten, bis hin zu den violetten Schwertlilien, die dem steinernen Gemäuer etwas von seiner Schroffheit nahmen.

Von der Einfahrt aus konnte Ding die Schieferdächer der

St. James Church und der hauseigenen Kapelle sehen, wo Dings reiche Vorfahren ihren Bediensteten huldvoll zugenickt hatten, wenn sie an ihnen vorbei zu den ersten Reihen geschritten waren. An der ersten Bank prangte immer noch der Familienname. Natürlich nicht Donaldson, denn das Anwesen gehörte der Familie ihrer Mutter, nicht der ihres Vaters.

Der Gedanke ließ sie innehalten: ihr Vater. Ein weiterer Gedanke ging vage damit einher, ganz am Rand ihres Bewusstseins. Den Blick auf den Kirchturm geheftet versuchte sie, diesen Gedanken aus den Tiefen ihrer Erinnerung an die Oberfläche zu holen. Aber es trat nur ein Gefühl der Hohlheit zutage und gleichzeitig ein Erschauern direkt unter der Haut, das auf… Angst schließen ließ. Ja, es war wirklich Angst.

Abrupt wandte sie sich von der Kirche ab, aber als sie um das alte Gebäude herumging, das ihr Elternhaus war, änderten sich ihre Gefühle nicht. Also ging sie hinter das Haus und zur Kellertür, zu der eine uralte Steintreppe hinunterführte, die jahrhundertelang von Dienstboten benutzt worden war.

Durch die Tür gelangte Ding in einen mit Steinfliesen ausgelegten Flur. Die Glühbirnen spendeten nur spärliche Beleuchtung. Es war feucht hier unten, und die Wände waren mit Spinnweben und einer so dicken Staubschicht bedeckt, dass selbst die Holzbalken in den Wänden grau wirkten und man mit dem Finger darüberfahren musste und dann erst sah, dass sie schwarz waren: Balken aus englischer Eiche, die von den Teilen alter Schiffe stammten.

Der Korridor führte in den riesigen Bauch von Cardew Hall mit seinen Arbeitsräumen. Diesen Teil des Hauses bekamen die Besucher nie zu Gesicht: die Küche, die Speisekammer, die Vorratskammer, die Spülküche, den Weinkeller, den Gemüsekeller und die Waschküche, wo sich in früheren

Zeiten junge Mädchen, »dazu geboren, in Stellung zu sein«, wie es damals hieß, am Waschbrett die Hände aufgerieben hatten.

Ding blieb im Halbdunkel stehen und lauschte. Irgendwo lief ein Radio, also war ihre Mutter in der Küche, genau wie sie es vermutet hatte. Sie roch den Duft von Obst, das eingekocht wurde. Das war gut, denn Töpfe, in denen Obst gekocht wurde, durfte man nicht aus den Augen lassen, und Ding konnte sich darauf verlassen, dass ihre Mutter beschäftigt war.

Dann hörte sie die Stimme ihres Stiefvaters. Auch er war in der Küche, was Ding nicht erwartet hatte. Er unterhielt sich entweder mit ihrer Mutter oder telefonierte mit seinem Handy. Seine Stimme hatte immer dieselbe Wirkung auf sie – warum nur war das so? Warum? Zuerst kam das Zittern, und dann kam die Wut.

Sie verstand nicht, warum sie so auf Stephen reagierte, der immer nett zu ihr gewesen war, und sie hatte es satt, das alles nicht zu verstehen, was sie aber verstehen musste, wenn sie endlich damit aufhören wollte, sich selbst das Leben so schwerzumachen. Und damit wollte sie jetzt sofort aufhören, denn die Sache mit Jack Korhonen hatte ihr die Augen geöffnet: Sie hatte es noch nie mit einem Kerl getrieben, der ihr Vater hätte sein können.

Während sie an ihren Vater dachte, ging sie zu der Treppe am Ende des Flurs, die zu der mit grünem Billardfilz bezogenen Tür hinaufführte. Der Filz war zerfressen, wahrscheinlich Mäuse, denn was Besseres für ihre Nester fanden sie bestimmt nirgendwo. Und in Cardew Hall gab es jede Menge Mäusenester, mindestens so viele wie Vogelnester in den Kaminen, und da wusste sie es plötzlich – das Haarnest, aus dem der Penis herausgeragt hatte, aber warum war das wichtig, und warum konnte sie den Anblick nicht ertragen, und warum zwang sie sich immer wieder, hinzusehen und hinzufassen, das Ding in den Mund zu nehmen, wenn der Typ das wollte, das wollten sie doch immer, das wollten sie alle immer, und darauf lief es doch am Ende immer hinaus: der Penis und was man damit machte und wegen dem man alles machte und Gott o Gott, was stimmte bloß nicht mit ihr?

Ehe sie sich dessen bewusst war, lief sie die Treppe hoch und dann quer durchs Haus in ein weiteres mit Holzpaneelen verkleidetes Treppenhaus, in dem ein Fenster fahles Licht auf verstaubte Gemälde von namenlosen Ahnen warf. Sie ging einen düsteren, ebenfalls mit Wandpaneelen verkleideten Flur entlang und blieb schließlich vor einer Tür stehen, die wie immer abgeschlossen war, denn niemand wollte dieses Zimmer betreten, weil sich niemand erinnern wollte, auch wenn sie nicht wusste, woran sich eigentlich niemand erinnern wollte. Aber obwohl sie am ganzen Leib zitterte, wusste sie eins genau: Sie musste in das Zimmer hineingehen.

Und sie wusste auch, wo der Schlüssel war. Irgendwie hatte sie es immer gewusst, weil sie in ihrer Erinnerung in einer dunklen Ecke hockte, und nachdem die Polizei gegangen war, sah sie, wie ihre Mutter die Tür abschloss und den Schlüssel ganz oben auf einen dreiteiligen Schrank legte, der so hoch war, dass Ding niemals drankommen würde, und die ganze Zeit weinte ihre Mutter nicht, vergoss keine einzige Träne, wie merkwürdig, was war nur los mit ihr?

Der Schrank stand immer noch da. In Cardew Hall wurde nichts verrückt, erst recht nicht so ein gewaltiges Möbelstück. Aber Ding war zu klein, um bis oben auf den Schrank zu langen. Sie brauchte etwas zum Draufsteigen. Aus dem Schlafzimmer ihrer Eltern holte sie sich einen von den alten Hockern mit den Schnitzereien an den Beinen und dem fadenscheinigen Polsterstoff, wie die Leute sie erwartungsvoll zum Antiquitätenmarkt trugen, nur um zu erfahren, dass das Teil höchstens fünfundzwanzig Pfund wert war.

Sie stellte den Hocker vor den Schrank, stieg darauf und

reckte sich. Sie tastete im Staub herum, bis sie den Schlüssel fand.

Ihr drehte sich der Magen um, als sie von dem Hocker stieg und mit dem Schlüssel in der Hand auf die Tür zuging. Aber sie musste es tun. Denn hinter der Tür musste sich etwas Schreckliches befinden, und sie wollte wissen, was es war, weil sie nur so das Rätsel lösen konnte, warum sie war, wie sie war, und warum sie immer so bleiben würde, wenn sie nicht durch die Tür in das Zimmer ging.

Der Schlüssel lag glühend heiß in ihrer Hand. Hastig steckte sie ihn ins Schlüsselloch und drehte ihn um. Ihr Herz pochte wie wild. Sie nahm sich einen Augenblick Zeit. Sie schloss die Augen, aber nicht, weil sie nichts sehen wollte, sondern weil sie ihre Tränen zurückhalten musste. Stell dich nicht so an, schalt sie sich. Es ist nur ein Zimmer. Was glaubte sie denn, darin vorzufinden? Tanzende Skelette? Jack the Ripper? Poltergeister, die die Möbel umwarfen?

Sie zwang sich, den Türknauf zu drehen. Sie drückte die Tür auf, und obwohl ihre Knie derart zitterten, dass sie kaum einen Fuß vor den anderen setzen konnte, schaffte sie es. Mit offenen Augen und hängenden Armen setzte sie einen Fuß vor den anderen auf den alten Holzboden und dann auf einen alten Perserteppich …

Es war ein ganz gewöhnliches Schlafzimmer, nur dass es muffig roch, weil es so lange nicht benutzt, gesäubert und gelüftet worden war. Es war dunkel im Zimmer, die Vorhänge waren zugezogen, doch sie konnte die Umrisse der Möbel erkennen. Ihr Atem wurde schneller, als sie sich umschaute: eine Kommode, ein schwerer Sessel, ein Kleiderschrank, ein Bett mit vier Pfosten, ein Schminktisch, und plötzlich wusste sie, dass sie dieses Zimmer auch damals nicht hatte betreten dürfen, aber trotzdem hineingegangen war, aber warum nur, warum? Dann erinnerte sie sich an den Hund. War da wirklich ein Hund gewesen? Ja, er war da gewesen, und war er hier im Zimmer gewesen? Nein, aber hier oben, wo er nicht sein durfte, und er hatte sich hingelegt, wie ihr Vater es ihm beigebracht hatte. Und als sie zu ihm gegangen war und ihn wegholen wollte, weil niemand ihren Vater in diesem Zimmer stören durfte, hatte der Hund die Zähne gefletscht, was er sonst nie tat, weil er wusste, dass er das nicht durfte. Dann winselte er, und sie öffnete die Tür, weil der Hund in das Zimmer wollte, nein, weil er hineinmusste, genauso wie sie. Aber was war bloß mit dem Zimmer?

»Ding! Mein Gott! Dachte ich doch, dass ich was gehört habe!«

Ding wirbelte herum. Ihre Mutter stand in der Tür, die Finger an den Lippen und mit einem Gesichtsausdruck, der Ding sagte, dass da etwas war, da, da, fast in Reichweite ihres Bewusstseins.

Ihre Mutter streckte die Hand aus und sagte: »Gott, hast du mich erschreckt. Was machst du denn da? Komm sofort raus!«

Ja! Es war die Geste. Die Worte und die Geste. *Was machst du da, komm da raus*, und auf einmal erinnerte sich Ding. An alles. Sie sagte: »Es war kein Unfall. Du hast gesagt, es wär ein Unfall gewesen. Er hätte am Haus gearbeitet, irgendwas mit dem Strom und einer Verlängerungsschnur. Es war tatsächlich eine Verlängerungsschnur, und du dachtest, ich würde glauben …« Plötzlich fühlte es sich so an, als würde etwas Tödliches zusammen mit ihren Worten aus ihr herausfließen, ein stinkendes Abwasser, in dem sie beide ertrinken würden. »Du hast mich angelogen!«, schrie sie. »Du hast mich angelogen, du hast mich angelogen!«

»Ding, komm. Sofort. Bitte.«

Dann sah Ding ihren Stiefvater hinter ihrer Mutter in der Tür auftauchen, und im selben Augenblick wurde alles noch viel schlimmer, weil sie sich an ihn erinnerte, er war ein alter Schulfreund ihres Vaters, der beste Freund ihres Vaters, und er war auch da gewesen, nachdem es passiert war, nein, er war da gewesen, als es passiert war, und warum? Was hatte er hier gemacht? Warum war er gekommen?

»Du hast ihn umgebracht!«, schrie sie. »Jetzt erinnere ich mich wieder! Er war …« Sie sah sich im Zimmer um und fand es, sie fand es, und sie zeigte auf einen der beiden massiven Bettpfosten. Er war mit Schnitzereien versehen und aus dem gleichen stabilen Eichenholz wie alles im Haus, und daran hatte er sich aufgehängt. »Die Verlängerungsschnur … die Verlängerungsschnur … er hatte sie um den Hals, und er war … Mum, er war nackt, und er war tot!«

Ihre Mutter kam ins Zimmer. Sie drehte sich zu ihrem Mann um und sagte: »Lass mich das machen, Stephen. Ich werde …«

»Lügen.« Ding weinte. »Ich werde lügen, Stephen, das willst du sagen. Stephen, ich werde lügen, lass mich ihr irgendwas erzählen, damit sie nie erfährt, was ich getan hab, was wir getan haben, denn ihr habt es zusammen getan, ihr beide, ihr habt es geplant, weil ihr zusammen sein wolltet, deswegen …«

»Hör auf! Stephen, um Himmels willen, lass uns allein!«

»Sie muss erfahren, was passiert ist«, sagte ihr Stiefvater.

»Ja, ich weiß. Aber jetzt geh! Ding, komm aus diesem Zimmer!«

O ja, sie würde das Zimmer verlassen, und sie rannte an ihrer Mutter und an ihrem Stiefvater vorbei den Flur hinunter zu der breiten Treppe, die in die Eingangshalle führte, und dann war sie draußen an der frischen Luft, denn sie musste unbedingt weg hier, sie hörte ihre Mutter rufen, sie solle stehen bleiben, doch sie hörte nicht auf sie, nein, und da waren die Kirche und der Friedhof, aber die Straße, die Straße lag in der entgegengesetzten Richtung, und sie musste zur Straße, denn dort fuhr der Bus, und der würde sie …

»Er hat sich selbst umgebracht, Dena! Es war keine Absicht. Es war ein Unfall. Aber er hat sich umgebracht!«

Ding wirbelte herum. »Du lügst wie immer, du lügst und lügst, und ich hasse dich!«

Aber sie hatte keine Kraft mehr wegzulaufen und sank in das ungemähte Gras neben einen alten, verwitterten Grabstein, auf dem nichts mehr von der Inschrift zu erkennen war, er wies nur noch darauf hin, dass ein längst vergessener Mensch hier begraben lag. Als ihre Mutter sich neben sie ins Gras fallen ließ, versuchte sie nicht wegzulaufen.

Ihre Mutter sagte nichts. Vermutlich nahm sie all ihren Mut zusammen. Oder sie wartete darauf, dass Ding sich beruhigte.

Nach einer Weile sagte sie: »Ding, du warst damals kaum vier Jahre alt. Ich konnte es dir nicht sagen, weil ich unmöglich einer Vierjährigen erklären konnte, was ihr Vater in dem Zimmer gemacht hat und dass es zu seinem Tod geführt hat. Wie hättest du begreifen sollen, dass er dieses Zimmer benutzt hat, um … dass er es benutzt hat, wenn er … für autoerotische Spiele. So ist er gestorben. Weißt du, was das ist? Bestimmt weißt du das, denn heutzutage wissen Kinder doch alles, was sie vor dem Internet niemals erfahren hätten. Ich wusste nicht, was er in dem Zimmer gemacht hat. Ich wusste nur, dass wir das Zimmer nicht betreten durften, wenn die Tür zu war, weil er dann las, und er wollte wenigstens eine Stunde in Ruhe lesen, mehr hat er nicht gesagt. Sich nur ein bisschen entspannen. Früher, vor deiner Geburt, habe ich ihn mal dabei erwischt, aber nicht in dem Zimmer, denn da hatte ich noch nicht das Haus geerbt. Er meinte, er hätte in einem Buch etwas darüber gelesen, und das hätte ihn neugierig gemacht, und er hätte es nur ein einziges Mal ausprobiert und gemerkt, wie gefährlich es ist. Er hat mir geschworen, so was nie wieder zu tun. Natürlich hat er mich angelogen, so sind die Menschen nun mal. Da muss ich dir recht geben, Dena, die Menschen lügen. Und ich habe dich belogen, weil ich einfach nicht wusste, wie ich einer Vierjährigen, die gerade ihren nackten, toten Vater gefunden hat, erklären sollte, dass er das getan hat, weil er … weil er es unbedingt wollte … dass sich immer nur alles um ihn und seine Bedürfnisse gedreht und er nie an uns gedacht hat. Da hing er also an einem Samstagnachmittag nackt, mit der Verlängerungsschnur um den Hals, am Bettpfosten, das Gesicht verzerrt und die Augen, die Augen, ja, du hast vollkommen recht, ich hab es dir nicht erklärt, weil ich nicht wollte, dass du dich erinnerst, wie er gestorben ist, und erst recht nicht, warum.«

Ding hatte sich die Hand vor den Mund geschlagen. Ihre Mutter hatte angefangen zu weinen. Ding sah lauter lange vergrabene Bilder aus ihrer Erinnerung auftauchen und fragte sich, ob sie real waren: uniformierte Polizisten, jemand, der etwas in der Hand trug – einen Arztkoffer? Leute im Flur, ein Priester ganz in Schwarz, eine Krankentrage, die durch den Flur geschoben wurde, die lange, schwarze Plastikhülle mit dem Reißverschluss, der Hund, der alle Leute ankläffte, all die Verwirrung, ihre Mutter in Tränen aufgelöst, Leute, die Fragen stellten, Leute, die Antworten gaben, eine Frau, die in ihr Zimmer kam und sich auf die Bettkante setzte, das war die Kinderärztin, und sie sagte über die Schulter *So kleine Kinder* und zu Ding *Ich gebe dir was, damit du schön schläfst, mein Kleines.* Sie habe einen Alptraum gehabt, erklärte ihr die Ärztin, und sei verängstigt aufgewacht, und jetzt könne sie schlafen, und wenn sie wieder aufwache, sei es, als wäre gar nichts passiert.

Jetzt verstand sie. Nicht, warum ihr Vater sich das angetan hatte, noch, warum ihre Mutter sie jahrelang angelogen hatte, aber warum sie selbst so einen merkwürdigen sinnlosen Weg gewählt hatte, einen Weg, der ihr nichts bringen würde, wenn sie ihn weiterverfolgte.

COALBROOKDALE
SHROPSHIRE

Timothy war immer noch bei der Arbeit in der Apotheke, als Yasmina am späten Nachmittag in der Praxis eintraf. Er packte gerade ein Antibiotikum für einen älteren Herrn ein, der das Medikament im Ärztezentrum von Broseley's nicht bekommen hatte. Er erklärte dem Mann, wie er die Tabletten einnehmen musste, klopfte ihm auf die Schulter und sagte: »Sie achten schön auf die Dosierung, nicht wahr?« Worauf der Mann antwortete: »Wenn nicht, steigen Sie mir aufs Dach, wie ich Sie kenne.«

Timothy bestätigte dem Mann, dass er genau das tun werde, drückte ihm die Hand und hielt ihm die Tür auf. Draußen wartete eine Frau, anscheinend seine Tochter, in einem Minivan auf ihn. Dann wandte er sich Yasmina zu.

»Hast du heute blaugemacht?«, fragte er freundlich und schenkte ihr ein Lächeln wie damals, als sie sich in ihn verliebt hatte. »Wo warst du? Im Kino? Shoppen?«

»Ich war in Ludlow.«

Das Lächeln verschwand. Plötzlich lag Besorgnis in seinem Blick. »Alles in Ordnung mit Mum?«

»Ich war im College«, sagte sie.

Er stutzte. Dann sagte er: »Yasmina…« Seine Stimme hatte einen warnenden und zugleich resignierten Unterton. Er verriegelte die Tür der Apotheke. Dann ging er hinter den Tresen, ließ die Kasse aufspringen und stellte die Schublade mit den Scheinen und Münzen auf die Verkaufstheke. Er schaute Yasmina an. »Dir ist doch hoffentlich klar, dass das so nicht funktionieren kann.«

»Wie kannst du so was sagen, wo du doch überhaupt keine Ahnung hast, wieso ich im College war?«

Er nahm das Geld aus der Schublade und verstaute es in einem Lederbeutel mit Reißverschluss. »Ich bin kein Idiot.

Wenn du zum College gegangen bist, muss es was mit Missa zu tun haben.«

»Natürlich.« Sie fuhr mit der Hand über die glatte Oberfläche der Theke. Sie musste unbedingt poliert werden, und sie fragte sich, ob sie mit dem Reinigungsservice darüber sprechen sollte oder ob sie es, was wahrscheinlicher war, selbst würde tun müssen, da sie sich schon zweimal bei dem Service darüber beschwert hatte, weil die Reinigungskräfte kaum etwas taten, was über das Wischen des Fußbodens hinausging.

»Yasmina, du musst doch inzwischen einsehen, dass dein Verhalten sie nur noch weiter von uns wegtreibt. Das sagt einem doch schon der gesunde Menschenverstand.«

»Ich versuche nur zu verhindern, dass sie einen Weg einschlägt, den sie gar nicht gehen will und später bereuen wird.«

Timothy seufzte. Er öffnete eine verglaste Schranktür, nahm die Opiate von den Regalen und stellte sie in Plastikkörbe, um sie zusammen mit den Tageseinnahmen im Safe der Apotheke zu deponieren. »Genau das ist das Problem«, sagte er. »Du verhältst dich, als könntest du die Zukunft vorhersagen, obwohl du nicht einmal die Gegenwart verstehst.«

»Was ich verstehe, ist meine Aufgabe als ihre Mutter, und die besteht darin, unserer Tochter dabei zu helfen, den richtigen Weg zu finden. Wenn du das nicht als deine Aufgabe als Vater betrachtest, dann muss ich das alles allein stemmen.«

Er ließ den implizierten Vorwurf so stehen und schwieg. Yasmina glaubte, er würde über ihre Worte nachdenken. Doch dann antwortete er: »Ich betrachte es nicht als meine Aufgabe, Missa zu etwas zu drängen, was sie offensichtlich nicht will.«

»Du hast anscheinend vergessen, dass sie aufs College wollte. Sie wollte an die Uni. Sie hatte Pläne, und jetzt hat sie keine mehr. Kommt dir das nicht irgendwie merkwürdig vor?«

»Nein, aber ich sehe das alles sowieso anders als du.« Er ging ins Hinterzimmer, wo sich der Safe befand. Sie hörte, wie er die Opiate und die Tageseinnahmen darin verstaute. Einen Augenblick später kam er zurück. Er hatte seinen Kittel abgelegt und stand dicht vor ihr. So nah wie schon seit Monaten nicht mehr – außer wenn er schlief –, und sie merkte, wie abgespannt er wirkte, wie stark er in den letzten Jahren gealtert war. Tiefe Furchen hatten sich in sein Gesicht gegraben. Sein Haar war ergraut, und seine Augen waren nicht mehr so strahlend und wach wie früher, sondern schienen sich eher nach dem Moment zu sehnen, wenn er sich etwas aus der Apotheke abzweigen konnte, um sich ins selige Nirwana zu befördern. Er würde sich nicht ausgerechnet jetzt mit ihr anlegen, und doch tat er es.

»Missa hat sehr wohl Pläne«, sagte er. »Die mögen sich geändert haben, aber du kennst sie. Du weigerst dich nur, sie zu akzeptieren.«

»Niemand ändert seine Pläne so radikal. So was passiert nicht ohne Grund.«

»Sie hat sich geändert, und das ist nur logisch. Sie hat das College ausprobiert und festgestellt, dass es nichts für sie ist. Deshalb geht sie einen anderen Weg, und das hat sie uns im Dezember mitgeteilt. Sie wollte das College abbrechen und zu Hause bleiben. Aber das kannst du nicht akzeptieren.«

»Darum geht es nicht. Man muss ihr einfach ein paar Dinge klarmachen. In ihrem Alter…«

»Ich begreife nicht, warum du dir diesen Unsinn einredest«, fiel Timothy ihr ins Wort. »Oder warum Missa in deine Fußstapfen treten soll. Fakten sind Fakten. Du hast darauf bestanden, dass sie nach den Weihnachtsferien nach Ludlow zurückkehrt, um es noch mal zu versuchen. Sie ist schon immer ein braves Mädchen gewesen – und auch darüber sollten wir beide uns irgendwann mal Gedanken machen –, deswegen hat sie getan, was du wolltest. Aber weißt du, was ich denke? Und das habe ich schon im Dezember gedacht. Du hast sie so eingeschüchtert, dass sie gar nicht anders konnte, als sich deinem Willen zu fügen.«

Yasmina wurde ganz heiß. »So hast du das also in Erinnerung?«

»So ist es gewesen.«

»Ach ja? Haben die Drogen dir das Hirn schon so aufgeweicht, dass du nicht mehr mitkriegst, was sich in deiner eigenen Familie abspielt?«

»Fang nicht damit an, Yasmina.«

Sie bemerkte die Anspannung in seinen Armen, die er vor seiner Brust verschränkt hatte. »Doch. Es wird allmählich Zeit, dass wir mal darüber reden. Jeden Abend dröhnst du dich zu mit dem Zeug, das du aus der Apotheke abzweigst. Du siehst nicht mehr, was sich direkt vor deinen Augen abspielt, weil du im Drogenrausch nur noch an Janna denken kannst, und du weigerst dich…«

»Yas, hör auf.« Er hob abwehrend die Hand.

»… du weigerst dich durchzumachen, was wir alle durchmachen, weil es die Hölle ist, ja genau, es ist die Hölle. Sieh mich an, Timothy, die Ärztin, die verdammte Kinderärztin, die es nicht gesehen hat, die es nicht gemerkt hat, die nicht wusste, was sie denken sollte, als ihre eigene Tochter krank wurde, weil es zu unerträglich war, zu erkennen und zu akzeptieren, was es bedeutete… Gott, ich würde mich auch gern mit Drogen betäuben. Tag und Nacht. Aber was würde dann passieren? Genau das, was bereits passiert ist! Deine älteste Tochter geht kaputt, und du stehst da und sagst, sie ›soll ihren eigenen Weg gehen‹, was auch immer das bedeutet, denn das entbindet dich von deiner Verantwortung, nicht wahr? Dann kannst du dich zudröhnen.«

»Ich höre mir das nicht länger an.« Er schaltete die Deckenbeleuchtung aus.

Sie folgte ihm. »Was du machst, ist mir inzwischen egal, aber Missa werde ich nicht aufgeben.«

Er fuhr herum. »Und was genau bedeutet das?«

»Greta Yates ist Studienberaterin am West Mercia College«, erwiderte sie. »Sie möchte mit Missa reden, um zu verstehen, wo das Problem liegt. Und sie hat gesagt, es würde Missa nicht schwerfallen, den Stoff nachzuholen, den sie versäumt hat, aber wenn sie ihr helfen soll, muss sie wissen, warum genau Missa das College verlassen hat.«

Er sah sie eindringlich an. »Hörst du eigentlich jemals zu, wenn ich mit dir rede?«

»Zuerst hab ich gedacht, wenn wir beide zusammen mit Missa reden würden…« Es fiel ihr schwer zu sprechen. Sie hielt inne, fasste neuen Mut und fuhr fort: »Wenn wir beide am selben Strang ziehen und ihr raten, mit Greta Yates zu reden, dann wird sie es tun.«

»Yasmina, ich will damit nichts zu tun haben.«

»Ja, sie wird es ganz bestimmt tun, vor allem, wenn wir ihr klarmachen, dass es nur ein Gespräch ist, dass keine Erwartungen daran geknüpft sind.«

»Hör auf, Yas.«

»Und Justin begleitet sie sicherlich nach Ludlow und sorgt dafür, dass sie ihren Termin einhält, wir müssen das nur richtig angehen. Ich werde auch mit ihm reden. Ich habe mich bereits mit ihm verabredet und dachte, wenn du mitkämst…«

»Du kannst die Welt nicht nach deinen Wünschen formen«, sagte er. »Und ich werde dir dabei nicht helfen.«

»Das heißt also, du hast kein Interesse an den Dingen im Leben, die wirklich zählen.«

Er stieß ein kurzes, bellendes Lachen aus. »Wie du meinst, Yasmina.«

Also musste sie es allein in die Hand nehmen.

Am Morgen hatte sie Justin angerufen, der ihr zu ihrer Überraschung erklärt hatte, wenn sie ihn treffen wolle, dann müsse sie zum Jackfield Tile Museum kommen. Jackfield war ein kleines Dorf am Fluss Severn gegenüber von Ironbridge in der Nähe der eisernen Brücke, der die Gemeinde ihren Namen verdankte. Das Fliesenmuseum befand sich in einem Gebäudekomplex am Ortsrand von Jackville, der zum Schutz gegen Hochwasser auf einer baumbestandenen Anhöhe errichtet worden war. Verschiedene Sorten Fliesen wurden dort immer noch hergestellt, handbemalt und gebrannt, in Erinnerung an die Blütezeit der viktorianischen und edwardianischen Ornamentalkunst. Im Museum selbst gab es unzählige Arten von Fliesen. Manche stellten mosaikartig eine Szene des häuslichen Lebens dar, andere dienten als Friese an Kaminsimsen oder als Umrandung von Fußböden, Terrassenböden oder als Dekoration von Möbelstücken.

Ein paar Gebäude wurden nicht zur Herstellung und Ausstellung von Fliesen verwendet, sondern zu anderen Zwecken vermietet. Yasmina erfuhr, dass Justin Goodayle eins dieser Gebäude gemietet hatte, und vor diesem erwartete er sie zum verabredeten Zeitpunkt.

Neben ihm stand eine junge Frau, deren mit Farbe bekleckerte Schürze vermuten ließ, dass sie mit der Fliesenherstellung zu tun hatte. Yasmina bemerkte, dass sie ziemlich eifrig auf Justin einredete. Es war nicht zu übersehen, dass sie ihn anbaggerte, doch er schien immun gegen ihr Lächeln zu sein. Immer wieder berührte sie ihn leicht am Arm und spielte mit den Strähnen ihres in der Sonne schimmernden Haars, die aus ihrem Haarband herausgerutscht waren.

Justin winkte erfreut, als er Yasmina erblickte. Sie stieg aus dem Auto und ging zu ihm. Er stellte ihr die junge Frau vor, sie hieß Heather Hawkes. Sie lächelte und sagte, sie müsse los. »Denk drüber nach«, sagte sie noch zu Justin. »Missa ist auch eingeladen.«

»Ich rede mit ihr«, sagte er. »Aber sie steht nicht auf Menschenmengen.«

»Dann komm halt allein.«

»Mal sehen.«

Das schien ihr zu gefallen. Als sie zurück zur Fliesenwerkstatt ging, sagte Yasmina zu Justin: »Sie verlässt sich darauf, die Kleine.«

Er lächelte arglos, es war dieses ehrliche Justin-Lächeln, und Yasmina erkannte, dass er gar nicht wusste, was sie damit gemeint hatte. Deswegen ergänzte sie: »Das Mädel hätte dich gern für sich.«

»Ach, das glaub ich nicht, Dr. Lomax. Missa und ich sind mit Heathers Schwester zur Schule gegangen. Ich kenne Heather, seit sie ein Baby ist. Kommen Sie mit. Ich möchte Ihnen was zeigen, bevor wir uns unterhalten.«

Er ging auf die riesige Flügeltür des Backsteingebäudes zu, vor dem er mit Heather gestanden hatte, und nahm einen Schlüsselbund aus der Hosentasche. Einer der Schlüssel passte in das glänzende Sicherheitsschloss. Justin öffnete beide Türflügel.

Yasmina war überrascht, als Justin das Licht einschaltete. Der Raum wurde von einer Lichtkuppel hoch oben an der Decke und von Neonlampen beleuchtet. Eine Lampe hing über einer mit Schrammen übersäten Werkbank. An der Wand darüber waren zahlreiche Werkzeuge säuberlich aufgehängt, darunter standen große Büchsen für die unterschiedlichsten Nägel und Schrauben. An einem Ende der Werkbank lagen mehrere Papierrollen, einige fest verschnürt mit Gummibändern und andere lose gerollt. In einiger Entfernung erblickte Yasmina elektrische Sägen und einen Ständer auf Rollen, an dem verschiedenste Werkzeuge hingen. An der Wand gegenüber, ebenfalls von Neonröhren beleuchtet, standen Regale mit Farbdosen, Pinseln und Rollen.

Es roch nach Sägemehl und frischer Farbe, und das schien mit dem zu tun zu haben, was in der Mitte einer ziemlich geräumigen Arbeitsfläche stand: eine Holzkonstruktion, anscheinend eine hochmoderne Gartenhütte. Blau angestrichen mit weißen Zierleisten und einer verglasten Eingangstür. Umrahmt wurde die Tür von einem Rankgitter für eine Glyzinie, wilden Wein oder Kletterrosen.

»Was halten Sie davon?«, fragte Justin mit großen, erwartungsvollen Augen, die ihn noch jünger aussehen ließen.

»Es ist ganz außergewöhnlich.« Yasmina ging näher und fragte sich, wer in aller Welt so eine fantasievolle Hütte haben wollte, um seinen Rasenmäher und Säcke mit Blumenerde darin zu verstauen.

»Kommen Sie, ich zeige es Ihnen von innen.« Er ging an ihr vorbei und öffnete die Glastür. »Das ist mein Vorführmodell.«

In der Hütte standen ein ordentlich gemachtes, normal großes Bett, ein kleiner Tisch und zwei Stühle. An der Wand über dem Tisch hing ein Regal für Teller und Tassen, und auf dem Tisch stand ein elektrischer Wasserkocher. An der Decke hing ein Kronleuchter aus Messing. Zu beiden Seiten des Betts waren zum Kronleuchter passende Leselampen an der Wand befestigt.

Es war wunderschön gemacht, dachte Yasmina. Aber sie hatte keine Ahnung, welchem Zweck es diente. »Sehr hübsch«, sagte sie. »Aber was ist es? Ein Gartenhäuschen?«

»Nein, das ist zum Glamping gedacht, aber man kann es auch für andere Zwecke benutzen.«

»Glamping?«

Sie betrat das Häuschen und blieb am Fußende des Betts stehen. Das Kopfteil war schmiedeeisern und in derselben weißen Farbe gestrichen wie die Zierleisten außen, während die Wände ebenso wie die geblümte Tagesdecke in einem weichen Gelbton gehalten waren.

Sie drehte sich zu Justin um. »Das ist wirklich eindrucksvoll, Justin. Ich hatte keine Ahnung…« Sie sprach nicht aus, was sie hatte sagen wollen, nämlich dass sie nicht gedacht hatte, dass er irgendetwas gut konnte. Andererseits, warum hatte sie das eigentlich gedacht?

»Die meisten Leute haben keine Ahnung, was das ist.« Anscheinend glaubte er, sie hätte keine Ahnung, was Glamping war. »Es kommt von Glamour und Camping und ist eine Art Luxuscamping. Normalerweise fahren Camper entweder mit einem Campinganhänger zum Beispiel auf die Wiese eines Bauern oder schlagen ein Zelt auf. Dann fängt es an zu regnen und zu stürmen, und das Zelt wird weggeblasen. Aber diese Hütten sind stabil und stehen schon da, wenn die Camper ankommen. Außerdem haben die Dinger Räder, sodass keiner vom Stadtrat oder vom Denkmalschutz sagen kann, der Bauer hätte etwas Festinstalliertes gebaut, wo es nicht erlaubt ist.«

»Verstehe. Man kann die Hütten also immer wieder woanders aufstellen«, sagte Yasmina.

Justin nickte. Begeistert erzählte er ihr, dass man so eine Hütte sogar mit Strom und einer Nasszelle ausstatten konnte, wenn sie einen festen Standplatz hatte. Die Hütten waren groß genug für zwei Erwachsene und zwei kleine Kinder, wenn man Klappbetten dazustellte.

»Die Hütten kann man für alles Mögliche benutzen«, fuhr er fort. »Ich hab eine für eine Frau gebaut, die sie als Maleratelier benutzt, und eine andere für Leute, die in ihrem großen Garten ein Teehäuschen haben wollten. Auch als Strandhütten sind die gar nicht schlecht – vielleicht ein bisschen luxuriös, aber trotzdem –, weil man sich bei schlechtem Wetter darin aufhalten kann. Ein Mann aus Shrewsbury wollte so eine Hütte, um seine Angelgerätschaften darin unterzubringen, und ich hab ihm ein richtiges Fachwerkhäuschen gebaut. Kommen Sie. Ich zeig's Ihnen.«

Sie folgte ihm zu seiner Werkbank, auf der Papierrollen lagen. Er rollte eine aus und fixierte das Papier mit Dosen, in denen er Schrauben und Nägel aufbewahrte. Es handelte sich um eine detaillierte Zeichnung einer Hütte, die aber wie eine Miniaturscheune aussah und über eine Klöntür verfügte, deren oberer Teil offen stand.

»Ich wusste gar nicht, dass Sie so talentiert sind«, sagte Yasmina. »Also, ich weiß natürlich, dass Sie ein guter Schmied sind, aber dass Sie auch mit Holz so geschickt sind – ich bin beeindruckt.«

Er nickte erfreut. »Ich bin kein Genie, aber ich habe gute Ideen, die ich mit meinen Händen umsetzen kann. Meine Mutter hat immer gesagt, man muss das machen, was einem liegt, und mehr hab ich nicht getan. Meine Geschwister sind viel klüger. ›Justie ist unser Dummerchen‹, hat mein Dad immer gesagt, aber meine Mum hat immer gemeint, wenn ich erst mal raushätte, was mir liegt, dann würde ich meinen Weg schon finden.«

»Wie lange bauen Sie diese Hütten schon?«

»Seit fast drei Jahren. Ich spare für Missa und mich. Sobald ich das Geld zusammenhab …« Plötzlich wirkte er verlegen. »Sie wissen schon.«

Yasmina war dankbar, dass er ihr einen Aufhänger für das Gespräch gegeben hatte. »Missa kann auch etwas zu eurem gemeinsamen Leben beitragen, Justin«, sagte sie.

»Natürlich«, sagte er. »Das wird sie auch, denn wir wollen Kinder haben, und damit wollen wir sofort loslegen. Nicht zu viele, aber vielleicht drei? Drei sind gut. Wir haben darüber gesprochen, Missa und ich. Hauptsächlich darüber, wann wir loslegen sollen. Also, wir haben uns gefragt, wann ein guter Zeitpunkt für uns wäre. Jetzt, wo Missa nach Blists Hill zurückgekommen ist und ich hier auf dem Gelände die Hütten bauen kann und die Schmiede gut läuft, steht uns nichts mehr im Weg, wenn Sie mich fragen. Meine Mutter sieht das genauso. Sie sagt, kriegt eure Kinder, solange ihr noch so jung seid, dass ihr sie rumscheuchen könnt. Und wenn sie groß sind und aus dem Haus gehen, habt ihr immer noch euer Leben vor euch. Missa findet, dass meine Mum recht hat.«

Seine Aufrichtigkeit ließ Yasmina einen Moment innehalten, und sie überlegte – nicht, was sie erreichen wollte, denn das stand außer Frage, sondern wie sie weiter vorgehen sollte. Justin war ein netter Kerl. Er war wirklich ein anständiger junger Mann. Er betete Missa an. Aber eine Ehe mit ihm war für sie undenkbar und zudem unklug. Das konnte sie ihm natürlich nicht sagen. Denn dann würde er sich weigern zu tun, worum sie ihn bitten wollte.

Sie tat so, als ließe sie sich seine Worte durch den Kopf gehen. »Ich verstehe, was Sie meinen. Es ist eine gute Überlegung.« Justin strahlte, und so fügte sie hastig hinzu: »Aber es ist auch wichtig, dafür zu sorgen, dass ihr beide einen Beruf habt, um eine sichere Einkommensquelle zu haben, falls einem von euch etwas zustößt.«

Das Strahlen ließ ein bisschen nach. »Ich bin mir nicht sicher, was Sie meinen, Mrs Lomax.«

»Sie haben Ihre Schmiede und jetzt auch dieses kleine Unternehmen, das Sie gerade aufbauen, aber Missa sollte auch etwas Eigenes haben.«

»Ach so. Ich habe gedacht, dass sie die Buchführung für mich machen kann, vor allem, wenn das Unternehmen wächst. Das kann sie machen, wenn die Kinder schlafen, und später, wenn sie in der Schule sind. So ist sie immer für die Kleinen da.«

»Und was ist, wenn Ihnen etwas zustößt…? Missa kann ja keine solchen Hütten bauen. Und sie ist auch keine Schmiedin. Sie wird Hausfrau und Mutter sein und vielleicht Kerzenmacherin in Blists Hall, aber man muss sich doch fragen, ob das ausreicht, um sich selbst und mehrere Kinder zu versorgen, falls sie in die Situation kommen sollte, die Brotverdienerin zu sein.«

Er runzelte nachdenklich die Stirn. »Aber warum sollte sie

in so eine Situation kommen, Mrs Lomax? Solange ich meine zwei Hände habe…«

»Man kann nie wissen, was die Zukunft bringt. Niemand weiß, was einem zustößt. Eine plötzliche Krankheit, ein Unfall. So etwas meine ich.«

Justin betrachtete seine Hände. Er schwieg länger, als Yasmina es erwartet hatte. Sie fragte sich, wie lange er brauchen würde, um zu verstehen, was sie ihm zu sagen versuchte, doch dann überraschte er sie mit seiner Antwort: »Sie wollen, dass sie wieder aufs College geht. Und dann an die Uni.«

»Eine Beraterin in Ludlow möchte sich mit ihr unterhalten, Justin. Ich habe heute Morgen mit ihr gesprochen. Sie sagt, es ist ihre Aufgabe, mit Studenten, die das College verlassen wollen, ein klärendes Gespräch zu führen, aber Missa hat sich vor diesem Gespräch gedrückt. Die Beraterin würde ihr gern dabei helfen, eine Entscheidung zu treffen, die wirklich zu ihrem Besten ist.«

Er schaute sie an. Nicht zum ersten Mal dachte sie, was für eine Schande es war, dass der Junge so langsam war, so als würden gutes Aussehen und Intelligenz eigentlich zusammengehören. Er sagte: »Und ich soll sie überreden, mit der Beraterin zu sprechen, oder?«

»Ja, Justin. Und ich möchte, dass Sie sie nach Ludlow begleiten und bei dem Gespräch dabei sind. Ich bin von ganzem Herzen davon überzeugt, dass Missa mehr verdient hat, als Hausfrau und Mutter zu sein und Ihre Bücher zu führen und nebenbei Kerzen zu machen. Und Justin… mein Lieber… ich bin überzeugt, dass Sie das ebenfalls glauben.«

Langsam rollte er die Zeichnung wieder zusammen und legte sie sorgfältig zu den anderen Rollen. Er sagte: »Sie will sicher nicht nach Ludlow fahren.«

»Stimmt. Das weiß ich. Aber Sie können mit ihr darüber reden, und sie wird auf Sie hören, wenn Sie es richtig machen.«

»Und wie soll das gehen? Richtig?« Er lehnte sich an die Werkbank, die Hände in den Taschen vergraben.

Yasmina hatte sich alles genau überlegt. »Sagen Sie ihr, dass ich Sie aufgesucht habe. Sagen Sie ihr, dass ich Sie gebeten habe, mit ihr zu reden. Sagen Sie ihr, dass nichts mich davon abbringen kann, mir für sie eine Zukunft als berufstätige Frau zu wünschen, wie ich es bin.«

»Und Sie glauben, das wird sie überzeugen?«

»Ja, weil Sie ihr auch sagen werden, dass ich erst Ruhe gebe, wenn sie mit Greta Yates gesprochen hat. Sie werden ihr sagen, dass sie – mir gegenüber – darauf bestehen soll, dass Sie sie nach Ludlow begleiten und Sie bei dem Gespräch mit Miss Yates dabei sind. Sie werden ihr sagen, dass Sie mit jeder Entscheidung einverstanden waren, die sie jemals getroffen hat, einschließlich der Entscheidung, das College abzubrechen, aber nachdem ich eine Stunde lang auf Sie eingeredet habe, haben Sie erkannt, dass Sie mich nur loswerden, wenn Sie beide mit der Beraterin reden, damit sie der Frau persönlich erklären kann, warum sie das College abgebrochen hat und nicht mehr zurückkehren will.«

Er zog die Brauen zusammen. Yasmina fragte sich, ob er überhaupt dazu in der Lage war zu tun, was sie von ihm verlangte. Wahrscheinlich würde er einen Spickzettel brauchen, von dem er ablesen konnte. Doch sie sagte sich, dass sie an ihn glauben musste, wenn sie ihm schon die Welt zu Füßen legte.

Sie sagte: »Und wenn Sie an dem Beratungsgespräch teilnehmen, Justin, möchte ich, dass Sie es aus Überzeugung tun, weil Sie nämlich eingesehen haben, dass es das Vernünftigste für Missa ist, ans College zurückzukehren, um sich auf die Uni vorzubereiten. Dass Sie sich das für sie wünschen, damit sie immer eine Möglichkeit hat, auf eigenen Beinen zu stehen und sich und Ihre Kinder notfalls allein ernähren kann. Und wenn Missa dann wieder aufs College geht, möchte ich, dass Sie einen Termin festlegen.«

»Einen Termin?«

»Einen Hochzeitstermin«, sagte sie sanft. »Keinen sehr kurzfristigen natürlich. Aber sobald sie ihr Studium abschließt und ihr Abschlusszeugnis in Händen hält, kann die Hochzeit stattfinden. Eine richtig schöne mit allem Drum und Dran, und anschließend macht ihr eine romantische Hochzeitsreise. Und dann könnt ihr euch ein Haus bauen, in dem ihr eure Kinder großzieht.«

Er schüttelte den Kopf und scharrte mit seinem Stiefel über den rauen Fußboden. »Ich spare Geld für uns. Aber so schnell… wird es nicht für ein Haus reichen.«

Sie legte ihm eine Hand auf den Arm. »Sie haben mich falsch verstanden. Das Haus und die Hochzeitsreise werden wir euch zur Hochzeit schenken. Missas Vater und ich.«

Er hob den Kopf und schaute sie entgeistert an. »Nein, das könnte ich niemals annehmen, Mrs Lomax. Es wäre nicht recht. Ich bin der Mann, und der Mann ist dafür zuständig… Sie würde die Achtung vor mir verlieren. Und das will ich nicht.«

Sie drückte seinen Arm und lächelte ihn voller Zuneigung an, denn sie empfand tatsächlich Zuneigung für ihn. »Ich glaube nicht, dass Missa jemals die Achtung vor Ihnen verliert. Aber wir beide müssen jetzt auch nicht alle Einzelheiten besprechen. Was ich jetzt nur wissen will… Kann ich Greta Yates anrufen und einen Termin ausmachen? Für Missa und Sie, so wie wir es besprochen haben?«

»Missa wird das nicht wollen«, entgegnete er, allerdings wesentlich zögerlicher als zuvor.

»Das werden wir ja sehen. Es hängt ganz davon ab, wie Sie das anstellen. Werden Sie wenigstens darüber nachdenken? Für mich? Und für Missa und für Ihre gemeinsame Zukunft?«

Er antwortete nicht gleich. Wahrscheinlich überlegte er, was er zu Missa sagen würde. Schließlich fragte er nur: »Wann?«

»Ihr Gespräch mit Missa? Oder der Termin in Ludlow?«

»Beides.«

»So bald wie möglich.«

QUALITY SQUARE
LUDLOW
SHROPSHIRE

Man konnte natürlich nicht wissen, ob Dena Donaldson an dem Abend im Hart & Hind aufkreuzen würde, aber es war immer noch besser, es dort zu versuchen, fand Barbara, als sich mit Harry Rochester vor dem Haus in der Temeside Street zu postieren in der Hoffnung, dass sie irgendwann erschien. Kurz bevor sie den Castle Square erreichten, sagte Lynley: »Falls Harry Rochester und der Hilfspolizist einander nicht grün sind, könnte sich das als sinnloses Unterfangen erweisen, Barbara. Ich hoffe, darüber sind Sie sich im Klaren.«

»Ja«, sagte sie. »Aber egal, wie wir es drehen und wenden, ich komme immer wieder darauf zurück, dass Gaz Ruddock entweder die Wahrheit grundlos verdreht oder wichtige Details ausgelassen hat. Und je gründlicher wir den Typen unter die Lupe nehmen, umso mehr Details lässt er weg, auf die wir dann später doch stoßen. Irgend 'ne Frau, die er kennt, 'ne andere, die er vögelt, einen Student, auf den er aufpassen soll, also dieser Finnegan Freeman, seine Mutter, sein Vater, der Kumpel, mit dem er zusammenwohnt. Wenn Sie mich fragen, wir müssen dem Typen irgendwas präsentieren, was ihn zum Reden bringt. Und um das zu erreichen, ist mir jedes Mittel recht, einschließlich mit dem berühmtesten Stadtstreicher von Ludlow zusammenzuarbeiten.«

Auf dem Castle Square fand gerade ein ausgelassenes

Frisbee-Turnier statt. Als sie beim Hart & Hind eintrafen, war Harry Rochester noch nicht da, aber bei dem lauen Wetter war die Terrasse bereits gut besetzt. Es herrschte gute Stimmung, und besonders hoch herging es an einem Tisch, an dem Schach gespielt wurde. Zwei Teams waren gegeneinander angetreten, junge Männer gegen junge Frauen, und die Teams hatten jeweils fünfzehn Sekunden Zeit, einen neuen Spieler zu bestimmen und eine Figur zu bewegen. Es schien sich um eine Art Strip-Schach zu handeln, denn jedes Mal, wenn eine Figur geschlagen wurde, musste sich der Verlierer ein Kleidungsstück ausziehen. Jedes Team hatte fünf Spieler, und die jungen Frauen zogen ihren männlichen Gegnern buchstäblich die Hosen aus.

Barbara ging in den Pub. Drinnen war kaum Betrieb, und sie stellte sogleich fest, dass ihr Plan aufgegangen war. Dena Donaldson saß mit einer Freundin an einem Tisch, vor sich ein Pint Bier. Perfekt. Jetzt brauchte Harry Rochester nur noch einen kurzen Blick in den Pub zu werfen. Falls er Dena als die junge Frau wiedererkannte, die er mit Gaz Ruddock zusammen gesehen hatte, dann konnten sie sich auf die Schulter klopfen, dann wären sie der Wahrheit über die Nacht, als Ian Druitt gestorben war, einen Schritt näher.

Leider hatte sie Harrys Klaustrophobie nicht bedacht. Was waren schon dreißig Sekunden in einem Pub? Mehr als Harry ertragen konnte, wie sich herausstellte.

Als Barbara wieder nach draußen kam, stand Harry mitsamt Sweet Pea bei Lynley. Er hatte seine Schlafsachen mitgebracht und erklärte ihr, da sie sich so spät am Abend mit ihm mitten in der Stadt verabredet hätten, habe er seinen Kram schon vom anderen Ufer herübergeschafft und suche sich für die Nacht ein Plätzchen in der Nähe des Pubs.

»Gehen wir rein«, sagte Barbara zu den beiden Männern. »Das dauert nicht mal 'ne Minute. Sie brauchen sich nur die Leute anzusehen und uns zu sagen, ob die junge Frau dabei ist, die sie zusammen mit Ruddock gesehen haben. Merken Sie sich einfach, was sie anhat und …«

»Ich soll da rein?« Harry schluckte. »Das geht nicht …«

»Wir warten in der Tür. Oder, wenn Sie wollen, kann ich auch mit Ihnen reingehen und Ihnen die Hand halten.«

»Nein, nein«, sagte Harry. »Sie verstehen das nicht. Ich kann das einfach nicht.«

»Aber Sie gehen doch auch zur Bank und reden mit Ihrem Banker, oder? Das kann doch nicht viel anders sein.«

»Er kommt raus.«

»Er … was?«

»Er kommt raus. Ich rufe ihn mit dem Handy an, und er kommt nach draußen. Ich habe schon seit Jahren kein einziges Gebäude mehr betreten. Bis auf den Sparmarkt, und die wissen, was ich brauche, und legen es für mich an der Kasse bereit.«

»Und was ist, wenn Sie krank werden? Gehen Sie dann nicht zum Arzt?«

»Ich bin mit einer guten Gesundheit gesegnet.«

»Aber Sie müssen für uns …«

Lynley schaltete sich ein. »Wir warten einfach, bis die jungen Frauen herauskommen.« Er warf einen Blick auf seine Taschenuhr. Harry schien verdammt beeindruckt, dass Lynley tatsächlich so etwas Antiquiertes wie eine Taschenuhr benutzte, dachte Barbara. »Der Pub macht bald zu«, fügte Lynley hinzu. »Es kann also nicht länger als eine Stunde dauern.«

Harry wirkte erleichtert. Sie fanden einen Tisch etwas abseits des allgemeinen Trubels, von wo aus sie Dena Donaldson unbemerkt im Blick haben würden. Während sie warteten, verfolgten sie das Schachspiel. Die Jungs hatten sich offensichtlich nicht gut vorbereitet. Sie hatten sich viel zu wenig angezogen. Zwei von ihnen waren schon in Unterhose, während die Mädels alle noch kein bisschen Haut zeigten. Barbara fragte sich, was passieren würde, falls es zum

Schachmatt kam. Sie war sich nicht sicher, ob sie Zeugin dieses Ereignisses werden wollte.

Aber anscheinend hatte sie in der Hinsicht nichts zu befürchten, denn als sie noch einmal zur Tür des Pubs hinüberschaute, kam Dena Donaldson gerade heraus. Barbara warf Lynley einen Blick zu. Dena war allein, es konnte also kaum passieren, dass Harry sie nicht sah oder sie mit ihrer Freundin verwechselte. Dena stand inzwischen auf der von einer Lichtergirlande erleuchteten Terrasse. Jemand rief ihren Namen, woraufhin sie sich umdrehte, sodass ihr Gesicht zu erkennen war. Eine junge Frau gesellte sich zu ihr, und die beiden gingen gemeinsam in Richtung Quality Square, ernst ins Gespräch vertieft.

»Ah«, sagte Harry. »Ja. Die habe ich gesehen.«

Perfekt, dachte Barbara.

»Welche?«, fragte Lynley.

»Die Blonde.«

»Die waren beide blond, Harry«, sagte Barbara.

»Ah, Verzeihung. Natürlich. Die Größere«, sagte er.

»Aber…«

»Sind Sie ganz sicher?«, fragte Lynley.

»Na ja, so sicher, wie man sich sein kann, wenn man jemanden im Dunkeln gesehen hat.«

Barbara hätte den Mann am liebsten geschüttelt. Das war nicht das Ergebnis, das sie wollte. Das war nicht das Ergebnis, mit dem sie gerechnet hatte. Das war nicht das verdammte Ergebnis, das sie brauchten. Dass Harry Rochester Dena Donaldson wegen einer anderen Blondine übersah.

»Und die andere?«, fragte sie. Einen Versuch war es wert. »Die andere Blondine? Die Kleinere? Was ist mit der? Sie haben ihr Gesicht doch deutlich gesehen, oder?«

»Ja, allerdings. Und ich habe sie schon öfter gesehen. Aber das hilft Ihnen nicht weiter, oder? Ich habe die meisten Leute schon öfter gesehen.«

»Aber nicht mit Gary Ruddock?«

Er schüttelte den Kopf. »Mit ein paar Jungs vom College und mit anderen Mädchen, aber nicht mit Ruddock, soweit ich mich erinnere.« Er sah sie voller Bedauern an. »Hatten Sie gehofft, dass sie es ist? Es tut mir furchtbar leid. Ich würde Ihnen wirklich gern helfen.«

»Das haben Sie auch«, versicherte ihm Lynley, aber Barbara hätte dem Stadtstreicher den Hals umdrehen können. Lynley schaute sie vielsagend an. »Sergeant?«, sagte er. »Wollen wir uns dann auf den Weg machen, damit Mr Rochester sich eine Schlafstelle für die Nacht suchen kann?«

Sie wusste, was Lynley wollte. Sie mussten der größeren Blondine folgen, und zwar sofort.

LUDLOW
SHROPSHIRE

Aber es war vollkommen unnötig, Dena Donaldsons Freundin zu folgen. Was auch immer sie und Dena zu besprechen gehabt hatten, war offenbar schnell erledigt gewesen. Wenige Minuten nachdem die beiden jungen Frauen in Richtung Quality Square gegangen waren, kam die eine schon wieder zurück und verschwand im Pub.

Als er sie sah, fragte Harry Rochester: »Soll ich noch bleiben?« Allerdings schien er nicht besonders erpicht darauf zu sein.

Lynley antwortete, nein, das sei nicht nötig. Zu Havers sagte er, sie solle draußen auf ihn warten. Er merkte, dass sie nicht begeistert war, doch sie begriff zweifellos, warum er sie darum bat. Der Pubwirt wusste, dass sie Polizistin war, dass Lynley ihr Kollege war, wusste er dagegen nicht.

Als Lynley den Pub betrat, saß die junge Frau am Tresen.

Es hatte den Anschein, als wollte sie den Wirt überreden, ihr ein Getränk auszugeben. Lynley wartete darauf, dass sie ihr Getränk bekam und sich an einen Tisch setzte. Weder das eine noch das andere passierte. Lynley ging zum Tresen.

»Können wir kurz reden?«, fragte er die junge Frau und fügte hinzu, um ihr die Entscheidung zu erleichtern: »Was trinken Sie?«

Sie wandte sich ihm halb zu und schien ihn zu taxieren. »Ein echter Gentleman«, bemerkte sie. »Eigentlich habe ich ein Lager bestellt, aber viel lieber würde ich einen Gin Tonic trinken.«

Lynley nickte dem Wirt zu, der laut auflachte, so als hätte er schon öfter erlebt, dass die junge Frau diese Nummer abzog.

»Trinken Sie nichts?«, fragte die junge Frau Lynley. Sie senkte kurz den Blick, entweder um seine Hose zu betrachten oder um ihre Wimpern zur Geltung zu bringen, die sehr lang waren und tatsächlich echt zu sein schienen. Aber wer wusste das schon? »Ich trink nicht gern allein. Ich bin Francie. Wie heißen Sie?«

»Thomas Lynley«, sagt er. Und etwas leiser fügte er hinzu: »New Scotland Yard. Ich muss mich kurz mit Ihnen unterhalten.«

Ihre blauen Augen weiteten sich, es wirkte aber eher spöttisch als überrascht. »Ich glaub eigentlich nicht, dass ich in letzter Zeit gegen irgendwelche Gesetze verstoßen hab«, sagte sie. »Aber falls doch, können Sie mir versprechen, dass Sie mich persönlich verhaften werden?« Sie hielt ihm ihre Handgelenke hin und fügte kokett hinzu: »Oder kann ich irgendwas anderes für Sie tun?« Dann wandte sie sich an den Wirt: »Glaubst du, dass Handschellen mir gut stehen würden, Jack? Dieser Gentleman von Scotland Yard will mich mitnehmen. Bist du jetzt eifersüchtig?«

Jack sah Lynley an und sagte: »Sie schon wieder? Von Ihrem

Verein waren doch neulich erst zwei hier. Sind Sie mit dieser Frau gekommen, die sich für die Plantagenets interessiert?«

»Ach, Sie haben also schon eine für heute Nacht«, sagte Francie zu Lynley. »Wie schade.«

Sie bekam ihren Gin, zwei Eiswürfel, eine Scheibe Limette und eine kleine Dose Tonic. Sie öffnete die Dose, schenkte sich ein, trank einen Schluck und sagte lächelnd: »Ich bin … sagen wir mal, bereit, Inspector.«

Mit dem Glas in der Hand schlenderte sie zur Tür und wartete auf Lynley. Draußen gesellten sie sich zu Havers. Francie musterte sie von oben bis unten, schaute Lynley an, verzog den Mund zu einem schiefen Lächeln, das wahrscheinlich vielsagend wirken sollte, und fragte: »Wo wollen wir uns zum Plaudern hinsetzen?«

Lynley wollte nicht von Ruddock gesehen werden, falls der Hilfspolizist im Pub vorbeischaute. Er drehte sich zu Havers um. »Die St. Laurence Church ist nicht weit, Sir. Dahinter ist ein kleiner Friedhof…« Lynley nickte, und Havers ging voraus.

»Sie wollen auf 'nem Friedhof mit mir reden?«, fragte Francie. »Was macht die Polizei denn auf 'nem Friedhof?«

»Leichen ausgraben«, antwortete Havers über die Schulter. »Aber heute Abend verzichten wir ausnahmsweise darauf, es gibt nämlich da sowieso keine Gräber. Wir würden uns gern mit Ihnen unterhalten und wollen nicht dabei gesehen werden. Wir können aber auch woandershin gehen. Wohnen Sie noch zu Hause? Oder haben Sie eine eigene Wohnung? Oder leben Sie in einer WG?«

»Der Friedhof ist in Ordnung«, sagte Francie, womit auch die Frage nach ihrer Wohnsituation beantwortet war. Wenn sie mit zwei Detectives von Scotland Yard zu Hause auftauchte, würden ihre Eltern ihr nur unangenehme Fragen stellen.

Auf dem Friedhof war es nicht dunkel, aber dort waren sie

ungestört. Eine große Eibe sorgte für tiefen Schatten, aber an zwei Seiten spendeten Straßenlaternen etwas Licht. Havers ging zu der Eibe, gefolgt von Francie und Lynley.

»Also gut.« Francie ging unter den Baum, wo es am dunkelsten war, lehnte sich gegen den Baumstamm und drückte die Brust raus. »Was wollen Sie?«

Als Erstes wollten sie wissen, in welcher Beziehung sie zu Dena Donaldson stand.

»Steckt sie in Schwierigkeiten?« Francie klang eher neugierig als besorgt. Sie trank einen Schluck von ihrem Gin Tonic und beobachtete Lynley über den Rand ihres Glases hinweg. Havers strafte sie mit Missachtung.

»Interessant, dass Sie diese Schlussfolgerung ziehen«, bemerkte Lynley.

»Was für 'ne Schlussfolgerung soll ich denn sonst ziehen, wenn die Polizei mich nach jemandem fragt? Sie werden schon Ihre Gründe haben, warum Sie sich nach ihr erkundigen, und dazu gehört bestimmt nicht, dass sie sich bei euch um 'ne Stelle beworben hat.«

»Gut beobachtet«, meinte Lynley.

»Wir haben mit ihr gesprochen«, sagte Havers, »und würden gern überprüfen, ob alles stimmt, was sie uns gesagt hat.«

»Wir haben Sie soeben mit ihr zusammen gesehen«, sagte Lynley. »Sie beide scheinen sich zu kennen, also dachten wir, ein Gespräch mit Ihnen wäre ein guter Anfang.«

»Was soll das heißen, ›ob alles stimmt, was sie uns gesagt hat‹?« Francie schien darüber nachzudenken, als Lynley und Havers nicht antworteten. Sie verlagerte ihr Gewicht und stemmte eine Hand in die Hüfte. »Verbreitet Ding etwa komische Geschichten über mich? Wenn ja, dann kann ich Ihnen sagen, dass der ganze Blödsinn angefangen hat, als sie mich dabei erwischt hat, wie ich Brutus einen geblasen hab. Vorher waren wir total gute Freundinnen. Als sie uns erwischt hat, hab ich ihr erklärt, dass ich mich niemals auf

Brutus eingelassen hätte, wenn ich geahnt hätte, dass das zwischen den beiden auch nur im Entferntesten was Ernstes war. Aber wie hätte ich auf die Idee kommen sollen, wo doch alle wissen, dass er überall rumvögelt, und sie weiß es auch. Es hatte also gar nichts zu bedeuten, dass ich in seinem Zimmer war und … Hören Sie, ich hab ihr das alles erzählt. Und zwar nicht nur ein Mal. Wie es dazu gekommen ist, dass ich mit ihm zusammen war und dass es nie wieder passieren wird. Ich hab mir den Mund fusselig geredet. Wenn sie also jetzt versucht, mir einen reinzuwürgen, was ich ihr echt zutrauen würde, weil sie … ich weiß auch nicht … Sie ist einfach total neben der Spur in letzter Zeit.«

»Das klingt ja ziemlich verworren«, bemerkte Havers. »Wenn ich das richtig verstanden hab, dann geht es um Sie, Brutus, Dena und diverse Körperteile, oder? Scheint so, als wären Sie alle an den falschen Orten auf der Suche nach Liebe.«

»Das alles mag ja eine faszinierende Studie zum Thema menschliche Beziehungen sein«, sagte Lynley, »aber über das, was sich zwischen Ihnen, Brutus und Dena abgespielt hat, wollen wir nicht mit Ihnen reden. Wir interessieren uns dafür umso mehr für das, was sich zwischen Ihnen und dem hiesigen Hilfspolizisten abgespielt hat. Dena hat nämlich behauptet …«

»Was hat sie behauptet? Dass ich dem auch einen blase, wenn ihm danach ist? Sie will anscheinend, dass ich richtig Ärger kriege. Bloß wegen Brutus. Wegen diesem Vollidioten. Oder versucht sie, Ruddock Ärger zu machen? Ha. Darüber würden sich 'ne Menge Leute richtig freuen, das kann ich Ihnen sagen.«

»Ach«, sagte Lynley. »Und warum?«

Francie trank noch einen Schluck. Ihre Augen wurden schmal. »Hören Sie sich doch mal um, wenn Sie darauf 'ne Antwort wollen. Ich lass mich von Ihnen nicht zum Spitzel machen. Ich hab jetzt schon genug Ärger. Sie sollten lieber mal abchecken, was für ein Verhältnis Ding zu Gaz Ruddock hat, anstatt mich mitten in der Nacht für einen Plausch auf einen Friedhof zu schleppen.«

»Das Problem ist, dass Sie identifiziert wurden«, sagte Havers.

»Was meinen Sie?«

»Sie wurden zusammen mit dem Hilfspolizisten gesehen. In seinem Streifenwagen.«

»Und wer will mich gesehen haben? Und wann? Ach, egal. Sie brauchen's mir nicht zu sagen, denn wer auch immer das behauptet, der lügt.«

»Laut unserem Zeugen hat Ruddock Sie in seinem Streifenwagen irgendwohin gefahren. Was könnte das zu bedeuten haben?«

»Soll das heißen, jemand hat behauptet, ich wär verhaftet worden? Ich hab noch nie gegen irgendein Gesetz verstoßen. Das können Sie auf Ihren Computern oder iPhones oder wo auch immer Sie Ihre Daten speichern, überprüfen. Frances Adamucci. A-d-a-m-u-c-c-i. Zweiter Vorname Sophia.«

»Niemand behauptet, Sie seien verhaftet worden«, sagte Lynley.

»Im Gegenteil«, fügte Havers hinzu. »Was Sie auch getrieben haben, keiner hatte die Absicht, Sie zu verhaften, weder Ruddock noch Ihr Schutzengel noch der Erzbischof von Canterbury.«

»Anscheinend kümmert der hiesige Hilfspolizist sich rührend um betrunkene Jugendliche«, sagte Lynley, »und nicht selten nimmt er Betrunkene in seinem Streifenwagen mit. Und wir wissen, dass er eine Beziehung mit einer Frau unterhält, die er geheim halten möchte, vor allem seit jemand in der Polizeistation zu Tode gekommen ist. In welche Kategorie würde Ihre Beziehung zu Gaz Ruddock fallen?«

»Wollen Sie damit sagen, ich hätte jemanden umgebracht?«

»Das fällt in keine der Kategorien«, stellte Havers klar.

Francie stampfte mit dem Fuß auf. Dabei achtete sie jedoch darauf, dass sie nichts von ihrem Drink verschüttete, fiel Lynley auf. »Ich lass mich nicht in eine Kategorie einsortieren, da mach ich nicht mit.«

»Vielleicht wollen Sie das am Ende selber«, sagte Lynley, »und sei es nur, um jeden Verdacht von sich abzuwenden.«

»Was für einen Verdacht?«

»Beihilfe zum Mord.«

»Hallo? Was soll das denn heißen? Ich hab überhaupt nichts getan. Ding muss vollkommen übergeschnappt sein, wenn sie …«

»Es geht nicht um Ding«, unterbrach sie Lynley. »Sie hat uns nichts über Sie und den Hilfspolizisten erzählt.«

»Wer hat es dann erzählt? Sagen Sie's mir.«

»Das dürfen wir nicht«, entgegnete er. »Aber jemand hat Sie an dem betreffenden Abend mit dem Hilfspolizisten im Streifenwagen gesehen. Und dass Sie das waren, damit haben wir überhaupt nicht gerechnet.«

»Ich war nur ein einziges Mal in diesem verdammten Streifenwagen, als er uns betrunken auf dem Quality Square eingesammelt und nach Hause gefahren hat.«

»Wer ist wir?«, fragte Havers.

»Chelsea und ich, wir sind immer zusammen, und das ist alles. Wer Ihnen was anderes erzählt, der lügt, oder er ist blind oder will mir was anhängen.«

»Und warum?«

»Weil ich wie bei Brutus und Ding dem Freund von irgendeiner Tussi einen geblasen hab. Also, wenn Ding dahintersteckt … Wie gesagt, ich wusste ja nicht mal, dass er ihr Freund ist! Ich wusste nur, dass die zwei manchmal zusammen ins Bett gehen. Aber das machen alle anderen auch. Keine Verpflichtungen, nur zum Spaß. Und wenn Ding nicht dahintersteckt, sollten Sie denjenigen, der diesen Blödsinn verzapft hat, mal unter die Lupe nehmen, denn derjenige hat sich das aus den Fingern gesaugt, und dafür hat er bestimmt einen Grund. Darauf sollten Sie sich konzentrieren, anstatt mich hier auf den Friedhof zu schleppen. Sie können jeden drüben im Hart & Hind fragen, ob ich jemals mit Ruddock allein gewesen bin. Und alle auf dem Castle Square. Fragen Sie, wen Sie wollen. Überhaupt möchte ich mal wissen, warum Sie sich nicht diesen Ruddock vorknöpfen, anstatt mir die Hölle heißzumachen.«

»Sie müssen schon etwas direkter werden«, sagte Lynley. »Gibt es etwas, das wir über den Hilfspolizisten wissen sollten?«

»Wenn Sie auf die Frage 'ne Antwort wollen, müssen Sie mit jemand anders reden. Mit Ding zum Beispiel. Oder mit ihm. Aber ich sag jetzt nichts mehr.«

Mit diesen Worten schob sie sich an ihnen vorbei und marschierte in Richtung Hart & Hind. »Das war ja ziemlich heftig«, sagte Havers zu Lynley.

»Ich weiß nicht, ob ich ihr glauben soll.«

»Ich weiß überhaupt nicht mehr, wem ich hier glauben soll. Aber ich find, wir sollten uns Harry Rochester mal vorknöpfen. Entweder lassen wir seine Augen testen, oder wir finden raus, was mit dem Mann los ist.«

»Herr im Himmel.« Lynley atmete tief aus. »Es nimmt einfach kein Ende.«

»Soll ich mich dahinterklemmen, Sir?«

Lynley schüttelte den Kopf. »Hier in Ludlow bekommen wir wohl kaum Informationen über Mr Rochester. Ich rufe morgen früh in London an.«

21. Mai

IRONBRIDGE
SHROPSHIRE

Wie üblich stand Yasmina zuerst auf. Fahles Morgenlicht drang durch die zugezogenen Vorhänge, und sie hörte den schrillen Ruf der Baumpieper, mit dem sie jedes Jahr ihre Ankunft ankündigten. Sie fühlten sich wohl in dem bewaldeten Hügel hinter dem Haus der Familie Lomax und erfreuten die Menschen mit ihrem Gesang, der jedoch in einer markerschütternden Tonlage endete, was einen unweigerlich aus dem Schlaf riss.

Timothy machte der Lärm der Vögel nichts aus. Früher hatten sie ihn ebenfalls im Morgengrauen geweckt, deswegen hatte er sich angewöhnt, mit Ohrstöpseln zu schlafen. Aber seit er seine »Schlafhilfen« benutzte, brauchte er die Ohrstöpsel nicht mehr. Wenn Yasmina ihn nicht weckte, schlief er locker bis ein oder zwei Uhr nachmittags.

An diesem Morgen störte Yasmina sich nicht an Timothys drogenbedingtem Tiefschlaf. Seit sie Justin Goodayle in ihre Strategie mit eingebunden hatte, Missa wieder auf Kurs zu bringen, war ihre Laune deutlich besser geworden.

Leise ging sie nach unten. Sie würde ihren Morgentee in der Küche trinken, von wo aus man einen herrlichen Blick auf den bewaldeten Hügel hatte. An einer sonnigen Stelle gedieh eine buschige Zistrose, deren rosafarbene Blüten sich hübsch von den dunkelgrünen Blättern abhoben. Die Blüten hielten nicht lange, aber solange sie die grünen Pflanzenkissen zierten, konnte man nicht anders, als hinzusehen, und Yasmina genoss diese stillen Momente am frühen Morgen bei einer Tasse Tee.

»Morgen, Mum.«

Yasmina fuhr herum, als sie Missas Stimme aus dem Wohnzimmer hörte. Ihre Tochter saß in einem Sessel, auf der einen Seite zwei Koffer, auf der anderen drei große Kartons, auf denen in roten Buchstaben Werbung für Frühstücksflocken prangte, und Yasminas erster Gedanke war, dass Missa doch keine Frühstücksflocken aß, sondern Joghurt.

Anscheinend war Missa selbst zu dem Schluss gekommen, dass sie nicht nach Ironbridge, sondern nach Ludlow gehörte. Als Nächstes kam ihr in den Sinn – ohne dass sie ihren Gedankenfluss hätte kontrollieren können –, dass Missa bereits aus eigenem Antrieb mit Greta Yates gesprochen habe und nach Ludlow zurückkehren, wieder bei ihrer Großmutter einziehen und den versäumten Stoff nachholen würde, damit sie die Prüfungen am Semesterende mitschreiben konnte.

Yasmina bemühte sich, überrascht zu wirken, was ihr nicht schwerfiel, da sie tatsächlich nicht mit einem so baldigen Ergebnis gerechnet hatte. Aber Überraschung und Triumphgefühl verflogen, als sie den Gesichtsausdruck ihrer Tochter bemerkte. Ihr Blick war nicht direkt trotzig, eher ungerührt, so als würde sie schon seit Stunden dort sitzen und nachdenken, bis ihr Gesicht ausdruckslos geworden war.

Yasmina zeigte auf die Koffer und die Kartons. »Meine Güte, was hat das zu bedeuten, Liebes?«

»Ich warte auf Justin«, sagte Missa. »Wir haben gestern Abend telefoniert.«

Yasmina spürte einen kühlen Luftzug an den Knöcheln und fragte sich, ob sie am Abend zuvor das Küchenfenster offen gelassen hatte. Sie hatte gestern den Kopf so voll gehabt. »Ich bin mir nicht sicher …«, begann sie, wusste jedoch nicht, wie sie den Satz beenden sollte.

»Wir haben mit seinen Eltern gesprochen«, sagte Missa. »Also mit seiner Mutter. Justin hat mit ihr gesprochen. Das war erst mal das Wichtigste. Sein Vater ist ziemlich entspannt, aber Mütter… können ja manchmal anstrengend sein, nicht wahr?«

Yasmina überlegte, was Justins Eltern damit zu tun hatten, dass Missa nach Ludlow zurückkehrte, fragte jedoch nicht nach. Aber sie musste irgendetwas sagen. »Ich verstehe nicht recht. Die Kartons… die Koffer… Wo willst du hin?«

Missa antwortete nicht. Yasmina fühlte sich, als würde ihre Tochter sie einer Prüfung unterziehen. Das hatte sie noch nie bei ihr erlebt. Etwas Heimtückisches schien über den Wohnzimmerteppich auf sie zuzukriechen wie heiße Lava, die aus Missa heraussickerte. Yasmina wollte den Lavafluss aufhalten oder ihn wenigstens in eine andere Richtung lenken, aber wenn sie den Mund aufmachte, würde sie unweigerlich wieder auf die Kartons und die Koffer, Justin und seine Eltern zu sprechen kommen.

»Du kennst Justin überhaupt nicht«, sagte Missa. »Du glaubst, du kennst ihn. Ich kann mir auch vorstellen, warum. Er wirkt so… Du würdest es simpel nennen, nicht wahr? Simpel im Kopf, simpel in dem, was er tut.«

»Das stimmt nicht, Missa. Justin war schon immer der netteste…«

»Lassen wir das.« Missas Stimme hatte sich verändert. Sie klang jetzt scharf. »Er hat mir alles erzählt, Mum. Ich weiß alles. Von A bis Z, von vorne bis hinten, wie auch immer du es nennen willst. Dein großer Plan. Dein Kursziel. Das hättest du ihm nicht zugetraut, was? Aber du glaubst eben, er ist wie alle anderen, die du kennst: weich wie Lehm. Aber er ist hart wie Eisen. Und mehr noch, er ist authentisch. Das hat er dir von Anfang an bewiesen. Aber anstatt das zu sehen, hältst du ihn für simpel. Du hast gedacht, du könntest ihn benutzen und…«

»Das stimmt nicht!«

»… und ich würde nie dahinterkommen. Dabei hast du nicht bedacht, dass für ihn die Wahrheit viel wichtiger ist als das, was er sich wünscht oder – wie in diesem Fall – was ihm angeboten wird.«

Yasmina hätte Missa gern davon abgehalten weiterzureden. Ein seltsamer, nie zuvor da gewesener Geruch lag in der Luft. Nach einem Desinfektionsmittel. Das gefiel ihr nicht. Sie musste mit ihrer Putzfrau reden. Es roch im ganzen Haus wie in einer Schwimmhalle. »Ich weiß nicht, wovon du redest, Missa«, sagte sie.

»Mein Gott, Mum«, erwiderte Missa. »Gerade habe ich dir erklärt, dass Justin mir gestern Abend von deinem großen Plan erzählt hat. Er hat genauso angefangen, wie du es vorgesehen hast: Du hättest ihm in den Ohren gelegen, er soll mit mir über das College reden, dass du erst Ruhe geben würdest, wenn ich zum College fahre und mit der Beraterin rede, dass er mich hinbringen würde und so weiter und so fort. Aber … er konnte es nicht, weil er nämlich genau wusste, dass ich, wenn ich ins Auto gestiegen und mit ihm nach Ludlow gefahren wäre, ihm sofort angemerkt hätte, dass etwas nicht stimmte, und deswegen hat er mir die Wahrheit gesagt.«

»Dir muss doch klar sein, Missa, wie wichtig …«

Missa sprang auf. »Nein!«, schrie sie. Sie würde Sati wecken. Und dann würde das Chaos ausbrechen.

»Bitte«, sagte Yasmina. »Wir können darüber reden, wenn du …«

»Wir werden nicht darüber reden. Wir haben genug geredet, denn wenn ich versuche, mit dir zu reden, kann ich nur zuhören und komme gar nicht dazu, dir irgendwas zu erklären, und dann gebe ich auf … und das hab ich satt. Ich hab es satt, satt, satt!«

»Hör auf zu schreien, du weckst deine Schwester und deinen Vater.«

»Und das wäre ganz schlimm, oder, Mum? Dann würden die mitbekommen, was für Intrigen du spinnst. Dann würden sie erkennen, wer du bist und was du willst und dass es dir immer nur um den äußeren Schein geht. Und wenn sie das mitkriegen, bist du am Ende, stimmt's? Genauso am Ende wie diese Familie, nur dass du das nicht kapierst. Aber ich mache das nicht mehr mit, okay? Hast du das kapiert?« Sie nahm ein gerahmtes Foto vom Beistelltisch und warf es zu Boden, sodass das Glas zersplitterte. »Ich spiele dieses Scheißspiel nicht mehr mit! Ich hab es so satt! Ich …«

»Hör sofort damit auf! Hör auf, zu schreien und solche Wörter in den Mund zu nehmen!«

»Nein!«, kreischte Missa. »Ich lass mir von dir nicht den Scheißmund verbieten, verflucht noch mal!«

Im nächsten Augenblick kam Sati die Treppe heruntergelaufen. Sie sah Missa und Yasmina, sie sah die Koffer und die Kartons, und sie begann zu weinen. »Missa, nein! Nein, nein, nein! Ich will mit! Nimm mich mit, bitte!« Sie lief auf Missa zu, aber Yasmina packte sie am Arm und hielt sie fest.

»Geh zurück in dein Zimmer, Sati«, zischte sie. »Sofort!« Sie schubste ihre Tochter zur Treppe.

»Lass das!«, schrie Missa. »Lass sie in Ruhe!«

»Missa!«, schrie Sati.

»Mach dir keine Sorgen«, rief Missa ihr nach. »Ich komme dich holen. Ganz bald, Sati! Mach dir keine Sorgen.«

Yasmina fuhr herum. »Sati geht nirgendwohin und du auch nicht. Geh sofort in dein Zimmer und nimm die Koffer mit. Um den Rest kümmern wir uns, wenn dein Vater …«

»Du hast von nichts eine Ahnung! Du kennst mich überhaupt nicht, und du wirst mich auch nie kennen, weil … weil …« Jetzt begann auch Missa zu weinen, heftig und mit einer Verzweiflung, die Yasmina durch Mark und Bein ging.

Sie sagte: »Mein Gott, Missa.« Doch ihre Tochter schob sich an ihr vorbei.

In dem Moment klingelte es. Natürlich war es Justin. Und natürlich warf Missa sich dem jungen Mann in die Arme. Und natürlich beruhigte er sie. »Ganz ruhig, Missa. Es ist alles geklärt. Mit meiner Mutter und mit meinem Vater, wie ich's dir versprochen habe.«

Yasmina sagte: »Sie bleibt hier.« Und mehr brauchte Missa nicht. Sie stürmte aus dem Haus auf die Straße, wo Justins Auto stand.

Justin blieb stehen, offenbar hin- und hergerissen zwischen dem Bedürfnis, hinter Missa herzulaufen, um sie zu trösten, und ihre Sachen zu holen, was sie sicherlich von ihm erwartete. Das gehörte schließlich zu dem Plan, den er und Missa am Vorabend am Telefon ausgeheckt hatten.

Er sagte: »Dr. Lomax … ich konnte es nicht. Ich musste es ihr erzählen, und sie will das alles nicht. Die Hochzeit, das Haus, die Hochzeitsreise, alles.« Er errötete auf seine typische Art und fügte hinzu: »Das bedeutet nicht, dass wir nicht heiraten werden. Das werden wir natürlich. Das wollen wir ja beide. Und bis dahin werden wir warten. Mit dem anderen, meine ich. Da brauchen Sie sich keine Sorgen zu machen. Meine Mutter sagt, Missa kann im Zimmer meiner Schwestern wohnen. Die sind ja schon lange aus dem Haus …«

Glücklicherweise besaß er den Anstand, nichts zu den Tränen zu sagen, die über Yasminas Wangen liefen. Er tätschelte ihr sogar die Schulter, als er Missas Koffer holte. Er würde noch einmal zurückkommen und die Kartons holen. Alles war so einfach, wenn man einen Plan hatte.

Und dann waren sie fort. Jetzt musste sie sich um Sati kümmern, die hysterisch heulte. Yasmina konnte es durch die geschlossene Zimmertür hören. Aber als sie nach oben kam, merkte sie, dass Sati gar nicht in ihr Zimmer gerannt war, sondern ins Elternschlafzimmer. Sie versuchte, ihren Vater zu wecken.

»Mummy, er wacht nicht auf!« Sati zerrte an Timothys Arm und schluchzte: »Daddy! Daddy!«

Yasmina lief zum Bett. Sie schob Sati zur Seite und sagte: »Warte in deinem Zimmer.«

»Aber er... Was ist los mit ihm, Mummy?«

Yasmina beugte sich über ihn. Sein Gesicht war fahl. Er atmete rasselnd. Sie rief laut seinen Namen. Keine Reaktion. Dann schrie sie seinen Namen, während Sati hinter ihr zu Boden sank. »Nein... Neiiin...«

Yasmina schlug die Decke zurück. Sie stieg aufs Bett, setzte sich rittlings auf Timothy und ballte die Faust. Dann begann sie, seinen Brustkorb zu massieren. Mit ihrem ganzen Gewicht übte sie so viel Druck aus wie möglich.

Hinter ihr rief Sati: »Was ist mit ihm, Mummy? Ich ruf den Notarzt! Soll ich den Notarzt rufen?«

»Nein. Nein!«, keuchte Yasmina. »Timothy! Um Gottes willen, Timothy! Timothy!« Er durfte nicht in die Notaufnahme. Dann würde alles ans Licht kommen – dass er medikamentensüchtig war, dass er Opiate von seinen Patienten stahl, alles. Sie sagte zu Sati: »Es ist alles gut, Liebes. Es geht ihm gleich wieder besser, okay? Sieh nur, er kommt zu sich...«

Und es stimmte, Gott sei Dank. Seine Lider flatterten. Sie fielen wieder zu. Sie ohrfeigte ihn. Er öffnete die Augen. Sie setzte ihn auf, dann zerrte sie ihn auf die Beine. »Siehst du, Sati?«, sagte sie. »Gleich geht es ihm wieder gut. Er hat gestern Abend eine Schlaftablette genommen. Ich bringe ihn jetzt ins Bad. Gleich geht es ihm wieder besser, okay?«

Sati wirkte erschüttert. Yasmina packte unbändige Wut, und diese Wut verlieh ihr übermenschliche Kräfte. Wahrscheinlich könnte sie Timothy ins Bad tragen, wenn es sein musste, aber das brauchte sie nicht. Er sagte: »Sati...« Doch er ließ den Kopf hängen. »Es geht mir gleich...« Dann sackte er gegen Yasmina.

Sati verzog sich in den Flur, die Fäuste unter dem Kinn geballt, während Yasmina Timothy ins Bad bugsierte. Bevor sie die Tür zumachte, drehte sie sich noch einmal zu ihrer Tochter um. »Es tut mir leid«, sagte sie. »Es tut mir so leid, Sati, Liebes.«

LUDLOW
SHROPSHIRE

Sie provozierte und war manchmal schwer zu ertragen, aber Barbara Havers' Überlegungen zu einem Fall waren sehr ernst zu nehmen, das wusste Lynley. Deswegen hatte er ihr am Vorabend auf dem Weg vom Friedhof zum Hotel, nachdem sie sich darüber verständigt hatten, wie viele Steine ihnen in den Weg gelegt und wie viele Knüppel ihnen zwischen die Beine geworfen wurden, sehr genau zugehört.

Sie hatte mit der ominösen Bemerkung begonnen: »Das Problem ist, dass sie zu groß ist.«

»Wer? Francie Adamucci?«

»Genau die. Sie sind beide blond, und sie sehen beide aus wie Studentinnen, die kein Geld für den Frisör haben …«, woraufhin er eine Braue hob und sie fortfuhr: »Ist ja gut, ich weiß. Ich hab's grade nötig. Aber Sie wissen ja, was ich meine. Diese Mädels laufen alle rum wie Überbleibsel aus den Sixties. Fehlen nur noch die Blumen im Haar und ein Ticket nach San Francisco. Was ich sagen will, ist, sie sind zwar beide blond, aber damit hat sich's auch schon mit den Ähnlichkeiten. Sie haben einen total unterschiedlichen Körperbau. Die junge Frau, die ich mit Ruddock gesehen hab, war klein. Das konnte ich erkennen, weil sie neben der Wagentür gestanden hat. Aber diese Francie …? Gertenschlank, groß, vollbusig und so weiter. Sie wissen schon: Der Alptraum aller normal gebauten Frauen. Okay, ich weiß, es war dunkel. Aber als die Frau aus dem Wagen gestiegen ist, ist die Innenraumbeleuchtung angegangen, und ich hab ihr Gesicht gesehen. Und es war nicht Francie.« Um ihre Worte zu bekräftigen, hatte sie mit dem Daumen hinter sich gezeigt. »Und dann ist da noch das mit dem Streifenwagen.«

»Weil Dena Donaldson einen Streifenwagen erwähnt hat, obwohl Sie nur von einem Wagen gesprochen haben?«

»Das hat was zu bedeuten. Sie war nämlich bei Ruddock im Streifenwagen. Was wiederum bedeutet, dass jemand uns etwas vorenthält. Dena, Francie Adamucci oder sogar Harry Rochester, der vielleicht Dena gesehen hat, aber jetzt aus irgendeinem Grund behauptet, er hätte Francie gesehen. Das sehen Sie doch auch so, oder?«

Lynley sah vor allem, dass ihnen die Zeit davonlief und Hillier bald ein dementsprechendes Ergebnis verlangen würde, damit sie bei dem Abgeordneten nicht in Ungnade fielen. Deswegen sagte er: »Ich fürchte, nicht nur einer verschweigt uns etwas, Barbara. Morgen früh rufe ich Nkata an.«

Und das hatte er getan, sobald er davon ausgehen konnte, dass Nkata an seinem Platz war. Als Nkata sich mit seiner unverkennbaren Mischung aus westafrikanischem und karibischem Akzent meldete, sagte Lynley: »Dürfte ich wohl Ihr Recherchetalent in Anspruch nehmen, Winston? Wir haben hier ein ziemliches Durcheinander.«

»Was brauchen Sie?«, fragte Nkata freundlich.

Lynley gab ihm eine Liste mit Namen durch. Ganz oben stand Harry Rochester und ganz unten Christopher Spencer, den er eigentlich nur aus purer Verzweiflung notiert hatte. Nkata pfiff durch die Zähne. »Das wird aber'n bisschen dauern. Wonach soll ich suchen?«

»Durchforsten Sie die Vergangenheit dieser Leute nach Ungereimtheiten. Im Moment sind wir besonders an Harry Rochester interessiert, aber falls einer von den anderen Dreck am Stecken hat, geben Sie uns Bescheid. Können Sie heute noch damit anfangen?«

»Klar. Ich muss auch noch was anderes recherchieren, aber das…« Er brach ab, als ihn jemand ansprach. »Ja, richtig«, sagte er zu demjenigen. »Ich hab ihn grade an der Strippe.« Dann sagte er zu Lynley: »Dee Harriman möchte Sie kurz sprechen, Inspector.«

Als die Sekretärin ausrief: »Detective Inspector Lynley, meine Gebete wurden erhört!«, sagte er in der Überzeugung, etwas im Dienst der Loyalität zu tun: »So erschöpft, wie Barbara jeden Morgen ist, trainiert sie wohl jeden Abend, Dee. Vielleicht sogar auch vor dem Frühstück. Ich gebe zu, dass ich sie noch nicht danach gefragt habe, wann genau sie mit Ginger Rogers Kontakt aufnimmt. Aber offenbar strapaziert sie ihre Fußballen – oder sind es die Fersen? – bis zum Äußersten. Sie ist zweifellos entschlossen, bei der Tanzvorführung zu brillieren. Und tragen Sie das Datum bitte in meinen Kalender ein, denn auch wenn sie mir sonst was androht, will ich dabei sein.«

Worauf Dee antwortete: »Davon gehe ich aus, Inspector. Wenn das also ein Scherz sein soll…«

»Ich würde es nicht wagen, über eine Gelegenheit zu scherzen, Sergeant Havers beim Stepptanz zu erleben, glauben Sie mir.«

Sie lachte. »Es wird ganz großartig, Sie werden sehen. Barbara wird das ganz großartig machen. Aber das war gar nicht der Grund, warum ich mit Ihnen sprechen wollte.«

»Ah. Welche Gebete wurden denn dann erhört?«

Einen Moment lang herrschte Stille in der Leitung. Anscheinend hatte sie Nkata den Rücken zugekehrt. »Sie hat sich krankgemeldet«, flüsterte sie. »Sonst ist sie nie krank, Detective Inspector. Was soll ich machen?«

»DCS Ardery.«

»Wer sonst?«

»Vielleicht sollten wir eher sagen, sie ist bisher nie krank gewesen, Dee.« Er bemühte sich um einen unbekümmerten Tonfall, doch gleichzeitig umklammerten seine Finger das Handy. »Und jetzt ist sie krank.«

»Aber was soll ich machen?«

»Haben Sie mit ihr gesprochen?«

»Sie hat eine Nachricht auf dem AB hinterlassen. Schon wieder. Aber irgendjemand wird sie zurückrufen – das kann jeden Augenblick passieren, Inspector –, oder jemand ruft mich an und fragt, was los ist. Und ich weiß nicht, was ich sagen soll. Oder was ich tun soll. Wenn Sie sie vielleicht anrufen könnten? Ich mache mir wirklich große Sorgen. Sie sagen bestimmt, ich soll mir keine Sorgen machen und dass es nicht meine Schuld ist, dass sie krank ist, aber wenn Sie hören könnten, wie sie am Telefon klingt… Ich hab das Gefühl… Sie wissen schon. Ich meine, soll ich einfach offen aussprechen, was ich denke, Detective Inspector Lynley?«

»Was denken Sie denn?«

»Na, das wissen Sie doch. Und ich weiß, dass Sie es wissen, denn manchmal höre ich Dinge, selbst wenn die Tür zu ist, dabei lausche ich wirklich nicht, und ich hab Sie auch schon vor ihrer Tür stehen und lauschen sehen und…«

»Dee.«

»Sir?«

Lynley überlegte, was er ihr sagen sollte. Dee Harriman war zutiefst loyal, auch Isabelle Ardery gegenüber. Deswegen wusste Lynley, dass sie es gut meinte. »Wir sind vollkommen machtlos, Dee.«

»Ja, ich weiß. Aber ich dachte, wenn sie wüsste, dass es Leute gibt, die Bescheid wissen… Ich meine… Aber vermutlich ist ihr klar, dass zumindest Sie Bescheid wissen, oder?«

»Und was hat das bisher genützt?«

Sie antwortete nicht gleich. Lynley hörte Stimmen im Hintergrund. Bei Scotland Yard war einiges los. Dee machte sich zu Recht Sorgen. Irgendwann musste jemand die Sache in die Hand nehmen. Aber er, Thomas Lynley, würde das nicht sein. Das war unmöglich. Und auch nicht Dee Harriman. Sie sagte: »Nichts, ich weiß. Und was ... mache ich also jetzt?«

»Sie kennen die Antwort auf die Frage.«

»Gott, Sie meinen doch nicht etwa, dass ich Meldung machen soll, oder?«

»Sie sollen Ihre Arbeit tun«, sagte Lynley. »Ardery hat Ihnen mitgeteilt, dass sie krank ist. Sie glauben nicht, dass das stimmt, und es kann gut sein, dass Sie recht haben. Aber da Sie es nicht wissen und da sie Ihnen nicht gesagt hat ...«

»Sie wird mir wohl kaum mitteilen, dass sie einen Kater hat oder zu durcheinander ist, um sich hier blicken zu lassen!«

»Sie können nur weitergeben, was Ihnen mitgeteilt wurde, und auch das sollten Sie nur tun, wenn Sie danach gefragt werden.«

»Und wenn mich keiner fragt?«

»Ich glaube, auch darauf kennen Sie die Antwort.«

»Aber das kann doch nicht so weitergehen, Detective Inspector.«

»Das wird es auch nicht.«

Sie verabschiedeten sich. Lynley saß auf der Bettkante in seinem spartanischen Hotelzimmer und betrachtete seine Schuhe. Ihm fiel auf, dass sie dringend poliert werden mussten. Leider hatte er kein Schuhputzzeug mitgebracht, und selbst wenn, würde er damit wahrscheinlich kein Resultat erzielen, mit dem Charlie Denton zufrieden wäre. Er überlegte kurz, ob er ihn anrufen sollte, um sich zu erkundigen, wie es mit der Rolle von Mamet klappte. Dann überlegte er, ob er Daidre anrufen sollte. Aber die hatte eigene Sorgen: ihre leiblichen Eltern und ihre Geschwister und die letzte Reise zu ihrer Mutter. Trotzdem fragte er sich, warum sie sich nicht gemeldet hatte, gerade jetzt, wo sie sich – in eine Welt zurückgeworfen, von der sie glaubte, dass sie sie für immer hinter sich gelassen hatte – ihren schlimmsten Erinnerungen ohne ihn stellen musste. Warum brauchte sie ihn in einer solchen Situation nicht? Und dann stellte er sich die offensichtliche Frage: Brauchten die Menschen einander tatsächlich?

Und weil er diese Frage nicht beantworten konnte, versuchte er es erst gar nicht.

LUDLOW
SHROPSHIRE

Als Ding aufwachte, lag sie allein in ihrem Bett, so wie schon die ganze Nacht. Es war eine der wenigen Nächte, die sie seit einer Ewigkeit allein im Bett verbracht hatte, sie wusste selbst nicht mehr, wie lange es her war, aber wahrscheinlich war es das erste Mal, seit sie Brutus kennengelernt hatte, und das war zwei Wochen nach Beginn des Wintersemesters gewesen. Und obwohl er spätestens nach fünf Wochen angefangen hatte, mit anderen zu vögeln, hatte er trotzdem bei ihr im Bett geschlafen, außer in den Nächten, wo sie ihn nicht reingelassen hatte, aus lauter Wut darüber, dass er so … so durch und durch Brutus war.

Sie hatte auch weder mit Finn noch mit irgendjemandem sonst am Tag oder am Abend zuvor Sex gehabt. Das war natürlich nicht weiter beeindruckend, dagegen war es umso beeindruckender, dass sie es geschafft hatte, einzuschlafen und die ganze Nacht durchzuschlafen, ohne sich deswegen zu stressen. Früher hätte sie sich sofort verrückt gemacht mit der Frage, mit wem sie als Nächstes zusammen sein würde, als hätte, mit jemandem zusammen zu sein – was, machen wir uns nichts vor, bloß eine schöne Umschreibung für *jemanden ficken* war –, etwas damit zu tun, wer sie wirklich war.

Davon hatte sie immer noch kaum eine Vorstellung. Aber

zumindest konnte sie jetzt den Weg verfolgen von dem Kind, das sie gewesen war, zu der Jugendlichen und schließlich zu der jungen Erwachsenen, die sie geworden war. Und sie hatte begriffen, dass sie immer gerannt war. Sie hatte nie gewusst, warum, aber immer mit dem Gefühl gelebt, verzweifelt an ein Ziel gelangen zu müssen, auch wenn sie nicht gewusst hatte, was dieses Ziel war. Und da sie nicht gewusst hatte, wonach sie suchte – oder es hätte erkennen können, wenn sie es erreicht hätte –, hatte sie am Ende immer und immer wieder das gesucht, was ihr vertraut war, ohne zu wissen, warum es ihr vertraut war.

Als sie damals den nackten, toten Körper ihres Vaters entdeckt hatte, hatte sie sicher angenommen, dass alles, was ihn in jenem grauenhaften Moment ausmachte, das Ding zwischen seinen Beinen war. In dem Augenblick, als sie ihn tot und nackt erblickt hatte, musste sie irgendwelche Schlussfolgerungen gezogen haben, denn nur so konnte sie sich den Ekel erklären, den sie jedes Mal empfand, wenn irgendein Typ ihr klarmachte, wie wichtig es ihm war, dass sie irgendwas – egal was – mit seinem Penis anstellte.

Wenn das so war, dachte sie, während sie im Bett lag und an die Zimmerdecke starrte, woher kam dann ihre ganze Wut, vor allem die Wut auf Brutus und all die Weiber, die er geknutscht und gefickt hatte und von denen er sich einen hatte blasen lassen, seit sie ihn kennengelernt hatte? Die Weiber verachtete sie genauso, aber woher kam das, und was bedeutete es?

Während sie darüber nachdachte, dämmerte ihr die Antwort ganz langsam und zugleich so deutlich, dass es ihr schließlich wie Schuppen von den Augen fiel. Sie sah ihre Gesichter vor sich: Allison mit Brutus, Monica mit Brutus, Francie mit Brutus. Sie sah ihren Gesichtsausdruck, und was sie sah, war Freude, Genuss oder wie auch immer man es nennen wollte. Etwas, das sie selbst nicht empfand. Das war es.

Allison, die albern kicherte, Monica, die grinste wie eine zufriedene Katze, Francie, die sie einlud mitzumachen, weil es ihr Spaß machte, weil es ihr immer Spaß gemacht hatte, während Ding… Sie hatte sie alle gefickt und gelutscht und gewichst, nur um sich zu bestätigen, dass sie allein wusste, was für ein erbärmliches Geschöpf der männliche Homo sapiens war.

Sie stieg aus dem Bett und kramte in einer Schublade nach bequemen Klamotten, die sie zum Yoga hätte anziehen können, aber nur trug, wenn sie im Haus rumgammelte. Sie zog sich an und verließ ihr Zimmer. Finns Tür war zu. Brutus' Tür ebenfalls. Sie klopfte bei Brutus an.

»Bru?«, rief sie. »Können wir reden?« Sie hörte leises Gemurmel, mehr nicht. »Es ist keine große Sache, keine Sorge, okay?«

Ihre Worte verfehlten ihre Wirkung offenbar nicht. Sie hörte das Bett quietschen, dann machte Brutus die Tür auf. Da er sie nicht in sein Zimmer lassen wollte, vermutete sie, dass er wahrscheinlich schon wieder eine Neue im Bett hatte. Er schlüpfte in den Flur und schloss die Tür hinter sich. »Was gibt's?«

Er wirkte argwöhnisch und warf einen Blick hinüber zu Finns Zimmer, dann schaute er sie wieder an. Er trug Boxershorts, sonst nichts.

»Können wir kurz reden?«, fragte sie. »Dauert nicht lange. Kannst du ganz kurz mit in mein Zimmer kommen?«

»Wir beide sind nicht mehr…«

»Es geht nicht um uns«, unterbrach sie ihn hastig. »Wir haben beide kapiert, dass es kein Wir gibt. Aber ich muss dich was fragen, und das mach ich lieber in meinem Zimmer.« Sie machte eine Kopfbewegung.

Bemüht geduldig sagte er: »Ding, ich hab's dir hundert Mal erklärt. Ich kann's dir nicht noch mal erklären.«

»Darum geht es nicht. Es gibt eine Sache, die du mir nie

erklärt hast, weil ich nie danach gefragt hab, und darüber will ich jetzt reden. Aber wie gesagt, es dauert nicht lange.«

Er seufzte. »Okay. Aber wart mal 'n Moment.«

Er schlüpfte zurück in sein Zimmer, bemüht, die Tür nur gerade so weit wie nötig aufzumachen, und kurz danach hörte Ding von drinnen Geflüster. Die Anwesenheit der Unbekannten kränkte sie, aber sie wusste, dass ihre Gefühle nichts mit Brutus, sondern mit ihr selbst zu tun hatten und dass es von Anfang an so gewesen war.

Als er wieder herauskam, trug er Jeans und T-Shirt. Er folgte ihr in ihr Zimmer und blieb in der Tür stehen.

Sie sagte: »Keine Angst, ich hab nicht vor, mich auf dich zu werfen.«

»Ich weiß«, sagte er. »Aber ich musste es ihr sagen ...«

»Alles klar.« Noch während sie das sagte, spürte sie, dass es keine Rolle spielte. Wer die andere war, warum sie da war, was die beiden miteinander getrieben hatten ... nichts davon spielte eine Rolle. »Es ist alles in Ordnung, Bru«, sagte sie. »Ich hab's endlich begriffen. Wir sind gar nicht so unterschiedlich, du und ich. Wir gehen mit manchen Dingen anders um, aber das war's auch schon.«

»Okay.« Er wirkte noch argwöhnischer.

Sie sagte: »Aber darum geht's mir jetzt nicht. Ich muss dich was fragen wegen dem Abend im vergangenen Dezember, als es so heftig geschneit hat und wir uns im Hart & Hind so total zugedröhnt haben.«

Er runzelte die Stirn. »Es hat an vielen Abenden geschneit. Und wir haben uns an vielen Abenden volllaufen lassen.«

»Ja, ich mein den Abend, als wir beide ins Hart & Hind gegangen sind mit dem Vorsatz, uns die Kante zu geben. An dem Abend haben wir Cider getrunken statt Lager.« Sie wartete darauf, dass er sich erinnerte. Als nichts passierte, fuhr sie fort: »Nur dass wir nicht eingeplant hatten, dass es so schlimm werden würde. Finn war auch da. Er hat Guinness getrunken, aber wir anderen sind beim Cider geblieben. Weißt du noch, wie hackedicht wir waren? Das hatten wir nicht geplant, zumindest wir beide nicht, aber am Ende war es so.«

Er nickte langsam. »Ja, ich erinnere mich. Das war total bescheuert, oder?«

»Es war schlimmer als bescheuert. Es war richtig übel. Richtig beschissen. Und deswegen ist alles so scheiße gelaufen.«

»Was alles? Ich kapier nicht, wovon du redest, Ding.«

»Ich hab keinem was erzählt. Aber jetzt muss ich es wissen. Ich war die ganze Zeit total neben der Spur, und jetzt versuch ich, irgendwie den Durchblick zu kriegen, und deswegen will ich wissen, wo du warst. In der Nacht bin ich nämlich irgendwann aufgewacht, und du warst nicht da, und du hast ja selbst gesagt, dass du immer die ganze Nacht bei mir geblieben bist, wenn wir… du weißt schon… wenn wir es gemacht haben. Aber in der Nacht bin ich aufgewacht, und du warst nicht da, und du bist auch nicht zurückgekommen. Wo bist du da gewesen?«

Er wirkte immer noch verwirrt, so als fragte er sich, warum sie Monate später etwas derart Bedeutungsloses von ihm wissen wollte. Aber er antwortete: »Ich war auf dem Klo. Kotzen.«

»Was?«

»Ich bin aufgestanden, um zu pinkeln. Aber dann hat sich plötzlich alles gedreht, und ich hab gemerkt, dass ich kotzen musste, und ich hab's so grade noch aufs Klo geschafft, und da muss ich zusammengeklappt sein. Ich weiß noch, wie ich gedacht hab, ich ruh mich auf dem Boden vor dem Klo ein bisschen aus, und dann auf einmal merk ich, wie Finn über meinen Kopf rüberpisst, nur dass er die Kloschüssel nicht richtig getroffen hat, du kennst ihn ja. Jedenfalls verträgt er mehr als ich, und außerdem hatte er keinen Cider getrunken.«

Ding legte den Zeigefinger an die Lippen. »Das Klo«, sinnierte sie. »Als ich in der Nacht aufgewacht bin, warst du auf dem Klo?«

»Bis Finn aufgekreuzt ist. Aber da war es schon hell draußen, und ich bin in mein Zimmer gegangen. Warum zum Teufel willst du das überhaupt wissen?«

Sie schüttelte den Kopf, weil sie sich nicht sicher war. Sie hatte gedacht, sie wäre sich ganz sicher. Aber die Situation hatte sich geändert, und sie musste überlegen, was sie tun sollte.

LUDLOW
SHROPSHIRE

»Seit dem ersten Tag – also seit ich mit DCS Ardery hier war – erzählt der Typ Halbwahrheiten, Sir. Er lässt Einzelheiten aus und stellt es erst so und später so dar. Und dann heißt es auf einmal: ›Ach, hab ich vergessen, meine Telefongespräche mit dem Mann von Mrs Freeman und mit Ian Druitt zu erwähnen? Ach ja, und übrigens kenn ich auch Finnegan Freeman. Hab ich etwa zu erwähnen vergessen, dass Mr Druitt seinetwegen beunruhigt war? Und außerdem hab ich was mit ’ner Kleinen laufen, die zufällig mit Finnegan in ’ner WG wohnt.‹«

Barbara und Lynley saßen auf der Terrasse des Hotels. Die Morgenluft war so kühl, dass garantiert niemand auf die Idee kam, draußen zu frühstücken. Auch sie taten das nicht. Aber es kamen täglich mehr Urlauber in Ludlow an, und die meisten von ihnen stiegen im Hotel Griffith Hall ab. Lynley hatte Barbara leise von seinem Telefonat mit Nkata berichtet, und sie hatte ihn gebeten, Winston noch mal anzurufen und Gary Ruddock auf die Liste der Namen zu setzen. Als sie ihm erklären wollte, warum, hatte Lynley vorgeschlagen, das Gespräch auf der Terrasse fortzusetzen. Jetzt standen sie am Rand des Rasens, wo sie weder vom Frühstücksraum noch vom Aufenthaltsraum aus gesehen werden konnten. Zwei Gärtner waren bei der Arbeit, allerdings in einiger Entfernung, sodass sie das Gespräch der beiden nicht hören konnten.

Lynley war für Barbaras Geschmack viel zu gedankenversunken. Er beobachtete die Gärtner, als würde er ihre Arbeit mit den Instandhaltungsreparaturen auf seinem Familienanwesen in Cornwall vergleichen. Sie wünschte, er würde endlich die Initiative ergreifen und irgendetwas sagen. »Sir ...?«, begann sie, »Erde an Inspector Lynley? Ludlow spricht.«

Er wandte sich ihr zu. »Ich bin ganz Ihrer Meinung, was die Liste der Kuriositäten ...«

»Kuriositäten?«

»... betrifft. Aber Tatsache ist und bleibt, dass trotz allem, was wir bisher gesehen und gehört haben – wovon einiges zugegebenermaßen fragwürdig ist ...«

»Fragwürdig?«

»... Sie mir zustimmen werden, dass weit und breit kein einziges Tatmotiv in Sicht ist, und ...«, er hob die Hand, damit sie ihn nicht erneut unterbrach, »obwohl ich einräumen muss, dass ein Selbstmord ohne Motiv ebenso im Bereich des Möglichen liegt wie ein Mord ohne Motiv und alles andere ohne Motiv, müssen Sie zugeben, dass das in Anbetracht dessen, was vorgefallen ist, verdammt merkwürdig ist.«

»Sie meinen die neunzehn Tage?«

»Unter anderem.«

»Und ...?«

»Wir wissen, es steckt mehr dahinter, als auf den ersten Blick ersichtlich ist, deshalb sollten wir abwarten, was Nkata vielleicht zutage fördert. Aber wir haben immer noch dasselbe Problem wie am Anfang, Barbara. Niemand hat etwas gesehen, außer dass Gary Ruddock ein paar betrunkene junge Leute in seinem Streifenwagen irgendwohin gefahren hat, wahrscheinlich nach Hause. Und ich brauche wohl nicht zu erwähnen, dass wir auch keine überzeugenden Beweise für irgendeine Tat haben.«

»Und ist *das* nicht auch merkwürdig? Ich meine, dass wir keinen Zeugen haben, nicht mal 'ne Filmaufnahme von dem anonymen Anrufer, der dafür gesorgt hat, dass Ian Druitt festgenommen wurde. Ist es nicht ein bisschen sehr praktisch, dass die Kameraposition so geändert wurde, dass der anonyme Anrufer nicht gefilmt wurde? Und ist es nicht noch praktischer, dass die Kamera zufällig zwanzig Sekunden lang ausgeschaltet war, damit jemand nach draußen laufen, die Kamera verstellen und zurück ins Gebäude laufen konnte, um sie wieder einzuschalten? Wer würde sich Ihrer Meinung nach am ehesten verdächtig machen?«

»Erneut kann ich Ihnen nur zustimmen, auch wenn wir nicht vergessen dürfen, dass Dutzende Personen Zugang zu der Polizeistation haben, nämlich so gut wie alle, die bei der Polizei von West Mercia arbeiten. Um wie viel Uhr wurde der anonyme Anruf getätigt?«

»Gegen Mitternacht.«

»Können Sie sich tatsächlich vorstellen, dass sich Gary Ruddock – der zu jedem beliebigen Zeitpunkt die Kameraposition verändert und den anonymen Anruf getätigt haben könnte – deswegen mitten in der Nacht zur Polizeistation begibt, obwohl er eigentlich nur einen Moment hätte abzupassen brauchen, in dem er allein in der Station war, was er fast immer ist?«

»Vielleicht«, sagte Barbara, »will er es so aussehen lassen, als würde jemand versuchen, ihm die Sache anzuhängen.«

»Zugegeben, das wäre eine Möglichkeit«, sagte Lynley. »Aber trotzdem haben wir nichts in der Hand, was diese Schlussfolgerung untermauern würde.«

»Sie meinen also, es ist alles ein sinnloses Unterfangen?«

Einer der Gärtner hatte einen Rasenmäher angeworfen und schob ihn auf die Terrasse zu, während der andere eine herrlich blühende Kletterrose in der hinteren Ecke des Gartens besprühte. Lynley und Barbara gingen daraufhin in Richtung der Burgruine von Ludlow, blieben auf der anderen Straßenseite stehen und setzten dort ihr Gespräch fort.

»Nein, das würde ich nicht sagen. Aber Sie wissen genauso gut wie ich, wo das Problem liegt: Es ist unmöglich, den perfekten Mord zu begehen. Es wird sich immer Beweismaterial finden, es sei denn, es gelingt dem Mörder, es so überzeugend wie einen natürlichen Tod aussehen zu lassen, dass erst gar kein Verdacht aufkommt. Daraus folgt – ich rede von der Möglichkeit, einen perfekten Mord zu begehen –, dass es sich, wenn es keine Beweise für einen Mord gibt, so verhält wie ursprünglich angenommen. Und das bedeutet, es war Selbstmord, so bedauerlich das auch sein mag.«

»Glauben Sie das allen Ernstes?«

»Barbara, ich stimme Ihnen zu, dass der Hilfspolizist verdächtig scheint – mit der Betonung auf scheint. Solange wir keine handfesten Beweise finden, können wir nur Vermutungen anstellen. Und wenn wir keine Beweise finden, werden wir sicherlich bald nach London zurückbeordert werden.«

Sie trat gegen ein Grasbüschel, das zwischen zwei Gehwegplatten wuchs, und murmelte: »Was weiß ich.« Doch dann kam ihr plötzlich ein Gedanke. Sie blickte auf und sagte: »Wir könnten es noch mit Taktieren versuchen, Sir.«

»Daran habe ich auch schon gedacht, glauben Sie mir. Aber ich denke nicht, dass wir schon an dem Punkt angelangt sind.«

An der Außenmauer der Burgruine befestigte gerade jemand ein Werbebanner, auf dem das bevorstehende Shakespeare-Festival auf dem Burggelände angekündigt wurde. Auf dem Programm stand *Titus Andronicus.* Lynley warf einen Blick auf das Banner und sagte: »Großer Gott.«

»Was ist?«, fragte Barbara.

»Vergewaltigung, abgehackte Hände, eine herausgeschnittene Zunge, Tote, die zu Fleischpastete verarbeitet werden … Haben Sie noch nicht so weit gelesen?«

»Ich les nur die Tragödien. Oder ist das eine?«

»Allerdings. Dass so was überhaupt aufgeführt wird …«

Barbara musste lachen. Sie sagte: »Was ist mit Francie Adamucci? Sie hat uns geraten, Ruddock mal unter die Lupe zu nehmen. Vielleicht liegt da der Hund begraben. Ruddock, besoffene Studenten, ein paar werden auf die Polizeistation gebracht … oder zumindest zum Parkplatz der Station. Könnte doch sein, dass unser guter Gaz nicht nur eine von den Studentinnen vögelt. Vielleicht sammelt er die Besoffenen regelmäßig ein, fährt sie nach Hause und sucht sich jedes Mal eins von den Mädels aus, das er anschließend noch für ein Ründchen mit auf den Parkplatz nimmt.«

»Und warum sollten die Mädels das mitmachen?«

»Vielleicht wollen die aus irgend 'nem Grund in dem Zustand nicht nach Hause gebracht werden. Gibt nur Ärger mit Mummy und Daddy oder Ärger mit dem Prof, mit 'nem Mitbewohner, weiß der Kuckuck. Und könnte doch sein, dass ein Ründchen mit Gaz im Streifenwagen sie vor was für Ärger auch immer bewahrt.«

»Und wo führt uns das hin?«

»Dass er was zu verbergen hat. Vieles hat er uns ja freimütig erzählt: dass er sich mit einer Frau trifft, deren Namen er nicht nennen kann wegen ihrer ›Ehre‹ – klingt ritterlich, oder? –, dass er es mit ihr getrieben hat an dem Abend, als Druitt gestorben ist, eine schwere Dienstpflichtverletzung, aber Gaz stürzt sich in sein Schwert wie Sir Lancelot oder wie auch immer.«

»Sir Lancelot hat sich nicht …«

»Ja, verdammt, weiß ich doch. Was ich sagen will, ist: Er stellt sich dar als der Edelmut in Person, während er womöglich die Studentinnen zum Sex zwingt, wenn sie betrunken sind. Das erzählt er natürlich nicht so freimütig. Okay, wir müssten erst mal eine von den Studentinnen dazu bringen, dass sie 'ne Aussage macht. Aber was das Thema Taktieren angeht: Wir könnten ihn ja glauben lassen, eins von den Mädels hätte geplaudert.«

»Und was würde dabei herauskommen?«

Barbara überlegte: Ruddock, betrunkene Studentinnen, der Parkplatz der Polizeistation. Was würde dabei rauskommen? Dann hatte sie es. »Heiliger Strohsack, Sir! Könnte doch sein, dass eine von den Studentinnen sich dem Diakon anvertraut hat! Und der Diakon hat sich daraufhin den Hilfspolizisten mal zur Brust genommen. Und Ruddock hat sich gesagt, besser, er unternimmt was, bevor der Diakon auf die Idee kommt, ihn bei seinen Vorgesetzten zu verpetzen. Wir wissen ja auf jeden Fall, dass die kleine Lomax sich mit Druitt getroffen hat, Sir.«

»Sie können doch nicht im Ernst annehmen, dass sie sich sieben Mal mit Druitt getroffen hat, bevor sie sich endlich überwindet, ihm zu erzählen, dass der Hilfspolizist es in seinem Streifenwagen mit Studentinnen treibt.«

»Vielleicht ist sie ja eins von den Mädels, die er...«

»Denken Sie mal nach, Barbara. Wäre es nicht viel einfacher, mit dem Komasaufen aufzuhören, wenn sie nicht ›eins von den Mädels‹ sein will, oder das Komasaufen in das heimische Wohnzimmer zu verlegen, wenn sie darauf nicht verzichten möchte?«

»Falls er die Mädels aufgabelt, Sir.«

»Falls er sie überhaupt aufgabelt, denn das hat bisher noch niemand bezeugt.«

»Doch, Sir, Harry Rochester hat's ausgesagt.«

»Harry Rochester hat Ruddock mit betrunkenen jungen Leuten gesehen, von denen einige Frauen waren, mehr nicht. Sie sehen das Problem doch hoffentlich, oder?«

Sie schaute zur Burgruine hoch. An einer Mauer wurde ein

weiteres Banner aufgehängt: *Ernst sein ist alles* stand darauf. Lynley hatte es auch gesehen und murmelte: »Kein wirkliches Gegenmittel für das Shakespeare-Drama, aber schon mal ein Anfang.« Dann schaute er Barbara an: »Nun?«

Sie wusste, dass er nicht auf Oscar Wilde anspielte. Sie sagte: »Ohne Beweise sind wir im Arsch.«

»Auch wenn uns das Szenario mit Ruddock und einer Studentin gefällt, gibt es leider noch eine ganze Reihe auffälliger Details, die wir nicht damit in Zusammenhang bringen können.«

»Das ist mir klar, Sir«, gab sie zu. »Zum Beispiel die Frage, wie die Freemans da reinpassen, oder die Telefonate von Druitt und Ruddock oder warum die Freemans Ruddock bitten, ein Auge auf ihren Sohn zu haben, und die Frage, ob das überhaupt eine Rolle spielt oder was es mit der Zeitlücke zwischen dem anonymen Anruf und Druitts Verhaftung auf sich hat. Oder ... Was ist, Sir?«

Lynley hatte mit den Fingern geschnippt.

»Wir sind vollkommen blind, Barbara«, sagte er.

»Was? Wieso?«

»Die neunzehn Tage. Wir haben völlig übersehen, was sie uns sagen.«

»Und was sagen sie uns?«

»Dass unbedingt Ruddock Druitt verhaften musste. Und das konnte nur sichergestellt werden, wenn die Streifenpolizisten aus Shrewsbury, die das normalerweise übernommen hätten, anderweitig beschäftigt waren. Und es hat neunzehn Tage gedauert, bis dieser Fall eingetreten ist.«

»Das heißt also, Ruddock hat die ganze Zeit darauf gewartet, dass die Jungs von der Streife was anderes zu tun haben – wie zum Beispiel ein paar Einbrüche aufnehmen?«

Lynley schüttelte den Kopf. »Nein«, sagte er. »Wir müssen die Puzzleteile richtig zusammensetzen, Barbara. Nicht Ruddock hat gewartet ...«

LUDLOW
SHROPSHIRE

Am Abend zuvor hatte Trevor etwas getan, was er seit Jahren nicht mehr getan hatte. Er war in den Pub gegangen und hatte sich betrunken. Nachdem Clo angerufen hatte, um Bescheid zu sagen, dass sie noch eine Besprechung habe und nicht zum Abendessen zu Hause sein werde, hatte er keine Lust gehabt, für sich allein zu kochen, war zum Pub gegangen und hatte sich Scampi mit Erbsen und dazu eine ordentliche Portion Fritten bestellt. Mit einem Pint Lager hatte er die Mahlzeit hinuntergespült und sich gleich noch eins genehmigt. Insgesamt hatte er vier Pints getrunken. Zum Abschluss hatte er sich noch ein Glas Whisky gegönnt und war dann nach Hause gegangen.

Clover hatte in der Küche gesessen, vor sich auf dem Tisch die Post der vergangenen Tage.

Als er hereinkam, blickte sie auf und sagte: »Ich hoffe, jemand hat dich hergefahren.«

Er schlug die Hacken zusammen und salutierte. »Der brave Soldat meldet sich zurück«, sagte er. »Scotland Yard war hier, und ich hab ihnen wie gewünscht die Geschichte aufgetischt. Alles in Ordnung in der Welt.«

»Ich mag es nicht, wenn du betrunken bist, Trev. Falls du darüber reden möchtest …«

»Das hab ich nicht gesagt, oder?« Dann war er nach oben in Finns Zimmer gegangen, hatte sich in Finns Bett gelegt und dort geschlafen.

Als er am Morgen aufstand, war sie schon weg, und das war ihm nur recht. Er hatte Dinge zu erledigen und keine Lust, einen weiteren Versuch zu machen, seiner Frau Informationen aus den Rippen zu leiern.

Er fuhr nach Ludlow. Sein Gespräch mit Gaz Ruddock würde nicht lange dauern, aber es führte kein Weg daran vorbei. In der Stadt angekommen, rief er Ruddock auf dem Handy an. Er habe etwas mit ihm zu besprechen, sagte er. Er sei gerade in Ludlow, fügte er hinzu, er könne sich also mit ihm treffen, wann und wo es ihm recht sei.

Gaz schien sich darüber zu wundern, dass Trevor in der Stadt war, hakte jedoch nicht nach. Er sagte, er drehe gerade seine übliche Runde und sei soeben am Supermarkt auf dem Station Drive vorbeigekommen. Er sei jetzt unterwegs zum Bahnhof und gehe an der Bibliothek vorbei zum Bull Ring. Ob Trevor sich dort irgendwo mit ihm treffen wolle?

Gern, sagte Trevor. Er war gerade an der Polizeistation, die in Fußnähe zum Bull Ring lag.

Trevor hätte genauso gut mit Gaz telefonieren können, aber er wollte das lieber persönlich erledigen. Nachdem sie sich verabredet hatten, ging er die Lower Galdeford Street hoch in Richtung Tower Street. Von dort gelangte man gleich auf den Bull Ring, wo sich eins von Ludlows Wahrzeichen befand, das Feathers Inn, ein reich verzierter, mehrere Stockwerke hoher Fachwerkbau mit zahlreichen Giebeln, Erkern und Sprossenfenstern.

Wie üblich war das Gasthaus, ein beliebtes Fotomotiv, schön herausgeputzt: Die Kästen an den Balkongeländern quollen über mit prächtigen Blumen, und die rautenförmigen Bleiglasfenster glitzerten im Sonnenlicht. Als Trevor eintraf, posierte Gaz Ruddock gerade mit einer Gruppe Urlauber vor dem Gasthaus für ein Foto. Wahrscheinlich hielten sie ihn – obwohl er weder Uniform noch Helm trug – für einen typischen Bobby, der hier seine Runde drehte.

Als Gaz Trevor erblickte, zuckte er grinsend die Achseln, als wollte er sagen, was soll ich machen? Trevor wartete, bis alle Fotos geschossen waren und die Urlauber sich wieder ihre Kopfhörer in die Ohren steckten und ihrem Führer folgten, der ein Fähnchen hochhielt. Dann ging er zu Gaz und fragte: »Wohin geht’s als Nächstes?«, worauf Gaz antwortete:

»Zur Mill Street über die Brand Lane und die Bell Lane, aber das kann warten, falls du auf einen Kaffee einkehren möchtest. Aber nicht hier, sondern im Bull«, fügte er hinzu und zeigte auf den Gasthof auf der gegenüberliegenden Straßenseite.

Trevor wollte eigentlich nichts trinken, aber er wollte Gaz' Gesicht sehen, wenn er mit ihm redete, und das ging nur, wenn sie sich gegenübersaßen. Er willigte ein.

Um diese Zeit war es ziemlich leer im Bull. Nur ein Mann mittleren Alters – der Kleidung nach zu urteilen ein College-Professor – und drei junge Leute – vermutlich Studenten – saßen an einem Tisch in der hinteren Ecke des Schankraums und diskutierten lebhaft miteinander. Sie schenkten Trevor und Gaz keine Beachtung.

Trevor sagte, er wolle nichts trinken. Während Gaz sich am Tresen einen Kaffee bestellte, suchte Trevor einen Tisch am Fenster aus. Es war ein hoher Tisch mit Hockern, nicht besonders bequem, aber Trevor hatte auch nicht vor, sich lange aufzuhalten.

»Wie geht's Finn?« Gaz stellte seinen Kaffee auf den Tisch und goss Milch hinein. Er rührte vorsichtig um, als fürchtete er, der Kaffee könne über den Tassenrand schwappen.

»Es geht so. Die Cops von Scotland Yard sind gestern früh bei ihm reingeplatzt.«

Gaz runzelte die Stirn. »Die geben echt keine Ruhe, die zwei. Soll ich mal mit Finn reden? Ich kann ihm sagen, dass er nicht der Einzige ist, den die auf dem Kieker haben, dann beruhigt er sich vielleicht.«

Trevor musterte Gaz. Er wirkte so offenherzig. Entweder war das sein natürlicher Gesichtsausdruck beziehungsweise seine Natur, oder er war ein verdammt guter Schauspieler. Natürlich musste er vertrauenswürdig wirken. Das hatte ihm wahrscheinlich bei der Ausbildung viel genutzt, und jetzt war es besonders nützlich, nach dem Vorfall mit Druitt in der Polizeistation. Aber es konnte ihm auch auf ganz andere Weise nützlich sein, das durfte Trevor auf keinen Fall vergessen.

Er sagte: »Danke, nicht nötig. Finn kommt schon klar. Er war ein bisschen durcheinander, weil sie einfach in sein Zimmer eingedrungen sind, als er im Bett lag…«

»Wie bitte?«

»Ja, genau. Er war total schockiert, und das war sicher auch so gewollt. Aber er hat sich wieder beruhigt. Ich hab ihm versprochen, mit denen zu reden, und das werde ich auch tun.«

»Weiß Clo davon?«

»Warum fragst du das?«

Gaz zog die Brauen zusammen. Er schien sich über die Frage zu wundern, so als wäre die Antwort selbstverständlich. »Sie bekleidet einen höheren Rang als die beiden Cops von Scotland Yard. Sie könnte bestimmt irgendwas machen, wenn die einfach bei ihm reinstürmen. In London anrufen oder so.«

»Ach so«, sagte Trevor. »Ja, das könnte sie sicher, sie ist schließlich ein ziemlich hohes Tier. Es wundert mich übrigens, dass dich das nicht eingeschüchtert hat. Für die meisten in deiner Position würde es doch ziemlich lange dauern, eine so hochrangige Vorgesetzte kennenzulernen, aber für dich war das anscheinend kein Problem.«

»Ich hab die da oben alle kennengelernt, Trev. Ich meine, all die hohen Tiere, die im Ausbildungszentrum Kurse gegeben haben.«

»Aber Clover hast du ja richtig gut kennengelernt«, sagte Trevor. »So oft, wie sie dich von meinem Handy aus angerufen hat, kommt mir das zumindest so vor. Ihr zwei habt ja dauernd telefoniert in letzter Zeit.«

»Ja, wegen Finn. Hab ich dir doch gesagt.«

»Stimmt, hast du mir gesagt.« Trevor bemühte sich, ihm einen onkelhaften Blick zu schenken, doch er war sich nicht sicher, ob ihm das gelang, denn er war im Moment alles andere als gutmütig. Es war jedoch an der Zeit, Klartext zu reden, und deswegen sagte er: »Gaz, du brauchst das nicht mehr zu machen.«

»Was?«

»Finn im Auge behalten und seiner Mutter Bericht erstatten.«

»Möchte Clo das nicht mehr?«

»Im Gegenteil, ich bin mir sicher, dass sie es immer noch möchte. Wenn sie könnte, würde sie Finn überwachen lassen, bis er an Altersschwäche stirbt. Aber ich beende das hiermit. Finn geht es gut, er kriegt sein Leben allein in den Griff, du kannst ihn also in Ruhe lassen.«

Gaz schaute in seine Kaffeetasse. Ein Muskel bewegte sich leicht an seinem Kiefergelenk. Schließlich sagte er: »Wenn du das so willst, Trev.«

»Ja, genauso will ich das«, sagte Trevor. »Und Finn will es auch. Und Clover wird ebenfalls einsehen, dass es das Beste für Finn ist. Kein Junge – das heißt, ich sollte lieber sagen, kein junger Mann – möchte, dass seine Mutter ihm einen Schutzengel zur Seite stellt. Oder einen Aufpasser. Alles andere kann bleiben, wie es ist. Du bist schließlich ein Freund der Familie.«

Gaz blickte auf. »Das hoffe ich. Ihr seid mir sehr wichtig, Trev. Ihr alle.«

Trevor lächelte. »Gaz, das weiß ich, abgesehen von allem anderen …?«

LUDLOW
SHROPSHIRE

Ding ging in Richtung Ludford Bridge, allerdings nicht so schnell, wie sie sollte, wenn man bedachte, dass sie auf dem Weg zu einem Seminar war, zu dem sie ohnehin schon zu spät kommen würde, selbst wenn sie rannte. Und wahrscheinlich würde es Greta Yates erfahren. Aber sie konnte sich nicht überwinden, schneller zu gehen, denn sie war in Gedanken und Erinnerungen versunken und kam zu Schlussfolgerungen, die sie zutiefst beunruhigten. Ihr war endlich klargeworden, dass Finn Freeman sie reingelegt hatte. Und zwar nicht nur er, sondern alle anderen auch.

Obwohl sie ihn benutzt hatte, um es Brutus heimzuzahlen, hatte sie bisher nicht weiter über Finn nachgedacht, der sich auch noch als ziemlich unbeholfener Liebhaber entpuppt hatte. Jetzt jedoch sah sie, dass seine Unbeholfenheit ein Persönlichkeitsmerkmal war, das sie übersehen hatte. Und jetzt durchschaute sie, was sie nicht hatte durchschauen, ja, was sie nicht einmal hatte wissen sollen. Das Problem war nur, dass sie keine Ahnung hatte, was sie nun tun sollte.

Nachdenklich überquerte sie die Brücke. Sie würde am Charlton Arms vorbei und dann weiter über den Breadwalk gehen, einen erhöhten Fußweg entlang des Flusses. So kam sie am schnellsten zur Dinham Street. Ihr Tutor hielt dort seine Seminare in einer ehemaligen Kapelle ab, in der er auch wohnte.

Plötzlich hörte sie, wie jemand ihren Namen rief. Es war Chelsea Lloyd, die in einiger Entfernung vor ihr war. Ausgerechnet, dachte sie. Da Chelsea normalerweise nie vor zehn aus dem Bett kam und vormittags keine Seminare und Vorlesungen belegte, wusste Ding sofort, dass etwas passiert sein musste. Chelsea kam ihr entgegengelaufen.

»Gott sei Dank«, sagte sie außer Atem. »Ich hab vor Mr

Mac Murras Haus auf dich gewartet. Wusstest du, dass ein Stadtstreicher unter dem Haus pennt? In diesem Hohlraum, der mal zu einer Krypta gehört hat oder so…«

»Du hast auf mich gewartet? Wieso?«, fragte Ding. »Ich bin spät dran, Chels, ich muss mich beeilen.«

»Ach so, ja, sorry.« Chelsea lief neben Ding her. »Francie hat mich gebeten, mit dir zu reden. Sie sagt, sie hätte versucht, dir die Sache mit Brutus zu erklären, aber du wolltest sie nicht verstehen. Gott, du bist echt topfit. Kannst du ein bisschen langsamer gehen? Ich krieg bald keine Luft mehr. Jedenfalls soll ich dir sagen, dass es ihr furchtbar leidtut, das mit Brutus. Sie ist einfach so, weißt du? Sie macht einfach so rum aus Spaß. Und du hast ja auch nie durchblicken lassen, dass Brutus dir irgendwie mehr bedeutet…«

»Tut er nicht.«

»Ach so. Können wir ein bisschen langsamer gehen?«

»Ich komm schon zu spät, Chels. Und ich hab auch so schon Ärger mit dem College. Wollte sie mit mir über Brutus reden? Denn wenn ja, kannst du ihr sagen, er bedeutet mir nichts. Er hat mir mal was bedeutet, klar, aber das ist vorbei. Die Luft ist rein oder wie auch immer.«

»Du willst ihr also nicht länger die Augen auskratzen?«

»Du kannst ihr sagen, was du willst. War's das, was du mir ausrichten solltest?«

»Puh.« Chelsea keuchte. »Ich muss unbedingt anfangen zu joggen. Jedenfalls, nein, das war es nicht. Ich meine, das sollte ich dir nicht ausrichten.« Sie fiel zurück, als der Weg schmaler wurde, weil er von Gestrüpp überwuchert war, aber sie hörte nicht auf zu reden. »Ich soll dir sagen, dass die Cops sie gestern Abend ausgequetscht haben. Über Gaz Ruddock. Die meinten, jemand hätte sie mit ihm zusammen gesehen.«

»Ach? Wundert mich nicht. Die treibt's doch mit praktisch jedem, oder?«

»Ja, stimmt.« Chelsea bemühte sich, Ding einzuholen. Der

Fluss unterhalb des Wegs glitzerte im Sonnenlicht. Vögel zwitscherten und flogen aus den Bäumen am Ufer auf. »Aber mit Gaz ist sie nie auf die Weise zusammen gewesen wie du, wenn du verstehst, was ich meine. Er hat's bei ihr versucht, aber du kennst ja Francie. Die lässt sich von keinem einschüchtern. Außerdem wissen ihre Eltern über alles Bescheid, was sie tut, die Sauferei und die Typen und alles. Die haben es irgendwie aufgegeben, ihr ständig den Kopf zu waschen. Jedenfalls kann man sich fragen, was er sich erhofft hat, wo er sie doch gar nicht kannte. Und wann war das überhaupt noch? Letzten Oktober?«

Ding blieb stehen und stemmte eine Hand in die Hüfte. »Was willst du mir eigentlich sagen, Chels?«

»Na ja, also… Francie lässt sich von keinem verarschen. Okay, okay, das weißt du. Aber die Cops haben nicht lockergelassen, und da… Also, da hat sie die Nerven verloren.«

Ding lief weiter. Egal, um was es bei diesem unsinnigen Gespräch ging, sie musste zu ihrem Seminar. »Okay«, sagte sie. »Ich hab's kapiert. Francie hat die Nerven verloren.«

»Genau. Und da hat sie den Cops gesagt, sie sollten sich an dich wenden, wenn sie wirklich wissen wollten, was mit Gaz Ruddock ist.«

Ding bekam weiche Knie. Sie blieb stehen und schaute Chelsea an. »Warum hat sie das denn gesagt? Damit bringt sie mich in Teufels Küche!«

»Sie hat die Nerven verloren. Sie hat sich total verplappert. Und genau das wollen die Cops doch, wenn sie mit einem reden, oder? Darauf legen die es an. Hör zu, es tut ihr furchtbar leid, dass sie überhaupt deinen Namen erwähnt hat, aber sie wollte, dass du wenigstens Bescheid weißt. Und sie hat denen auch erzählt, wir würden uns alle tierisch freuen, wenn endlich einer was wegen Ruddock unternehmen würde. Das lenkt sie wenigstens ein bisschen ab. Also von dir. Wahrscheinlich haben die sowieso längst vergessen, dass Francie deinen Namen erwähnt hat. Außerdem ist es ja auch nicht so, als hätte sie irgendwas erfunden oder so.«

Ding erlangte langsam ihre Fassung zurück. »Jetzt geht's mir ja wirklich viel besser, wo ich weiß, dass sie nichts erfunden hat.«

»Es tut ihr leid, Ding. Echt. Sie hat mich gebeten, dir das so bald wie möglich zu sagen, und das hab ich getan. Sie wollte dich warnen und dir eine Chance geben.«

»Was für eine Chance?«

»Keine Ahnung. Vielleicht die Chance, dir genau zu überlegen, was du sagst. Über Gaz Ruddock und alles andere.«

LUDLOW
SHROPSHIRE

Lynley klopfte an Barbaras Tür und war überrascht, als sie öffnete und sagte: »Ich wollte Ihnen das Zimmer überlassen, Sir. Erinnern Sie sich?« Dann bat sie ihn herein.

Er sah sofort, was sie meinte. Er befand sich in einem Wohnzimmer mit einem Sofa, zwei Sesseln und einem Sofatisch, dahinter lag ein geräumiges Schlafzimmer, von dem aus man in ein Bad gelangte, in das vermutlich sein komplettes Zimmer passen würde. »Sie wissen hoffentlich, dass Sie jetzt keine Ausrede mehr haben, nicht zu trainieren, Barbara«, sagte er.

»O Gott, sagen Sie ihr bloß nichts. Hier.« Sie kramte in ihrer Reisetasche und holte ein paar rote Steppschuhe heraus. »Schauen Sie, hier.«

»Das überzeugt mich nicht. Die sehen bemerkenswert ungebraucht aus.«

»Aber ich trainiere die ganze Zeit, Sir, ich schwör's. Praktisch jeden Abend. Die armen Leute, die unter mir wohnen … Die glauben wahrscheinlich, dass über ihnen Spechte wohnen.« Sie warf die Schuhe zu ihren anderen Sachen, die verstreut herumlagen, und verkündete: »Ich hab das Bett freigeräumt.«

»Da bin ich ja beruhigt. Schauen wir uns an, was wir haben.«

Lynley zog seine Brille aus der Brusttasche und legte, was er mitgebracht hatte, in zwei Stapeln aufs Bett. Sie breiteten die Berichte und Fotos aus. »Wir haben von Anfang an etwas übersehen«, sagte er, »und zwar, dass *zwei* Personen aus dem Verkehr gezogen werden sollten. Eine davon musste endgültig aus dem Verkehr gezogen werden …«

»Druitt.«

»… während die andere, Ruddock, vorübergehend ausgeschaltet werden musste, egal wie. Die Untersuchungskommission hat Druitts Selbstmord in der Polizeistation unter die Lupe genommen. Sie und DCS Ardery haben ebenfalls den Selbstmord untersucht, aber zusätzlich Druitts Leben durchleuchtet und alles, was darauf hinweisen könnte, dass jemand ihn umgebracht hat: anonyme Anrufe, der Vorwurf der Pädophilie, Terminkalender, Bekanntschaften. Sie haben sich gefragt, was er getan hat, wen er gekannt hat, was er gewusst hat und warum er hat sterben müssen, falls es tatsächlich kein Selbstmord war. Sie und ich sind noch ein bisschen weitergegangen in unseren Ermittlungen, aber nicht weit genug, denn wir haben die beiden nie zusammen betrachtet: Ruddock und Druitt.«

»Druitt musste in die Polizeistation gebracht werden«, sagte Havers, »und zwar unbedingt von Ruddock.«

»Genau. Weil Druitt in Ludlow bleiben musste, was unmöglich gewesen wäre, wenn die Polizisten aus Shrewsbury ihn verhaftet hätten.«

»Deswegen hat jemand den anonymen Anruf getätigt, das Gerücht von der Kinderschänderei in die Welt gesetzt und von da an auf den perfekten Moment für die Verhaftung gewartet. Und siehe da, neunzehn Tage später ergibt sich die Gelegenheit. Ruddock tut, was man ihm sagt, und verhaftet Druitt, und anschließend wird er auch aus dem Verkehr gezogen.« Havers betrachtete die Fotos, die sie auf dem Bett ausgebreitet hatten. »Aber wie?«, fragte sie. »Wir wissen, dass er in allen Pubs im Ort angerufen hat, aber das war doch reiner Zufall, also dass er das machen musste. Und außerdem hat er dafür sicher nicht so lange gebraucht, dass jemand genug Zeit gehabt hätte, sich in die Station zu schleichen und Druitt umzubringen. Es sei denn, die Anrufe waren nur ein kleines Intermezzo bis zu dem eigentlichen Ablenkungsmanöver, nämlich die Nummer im Streifenwagen auf dem Parkplatz. Aber mit wem hat er sich da vergnügt?«

Lynley schaute sie mit hochgezogenen Brauen an und wartete darauf, dass sie selbst darauf kam. Er brauchte nicht lange zu warten. »Mit einer, die ihn auf den Parkplatz bestellt hat, eine, die ihm gesagt hat, heute Nacht passiert's, mach dich für mich bereit, du geiler Hengst. Damit ist Druitt allein in der Station, während sie und Ruddock im Streifenwagen keuchen und stöhnen und jemand anders die Gelegenheit geben, den Diakon abzumurksen.« Sie runzelte die Stirn und fügte hinzu: »Das bedeutet, dass Ruddock …«

»Er befindet sich jetzt in einer Lage, in der er sich unmöglich noch rechtfertigen kann, denn er muss ja annehmen, dass Druitt sich umgebracht hat, während er im Streifenwagen …«

»… eine Frau knallt, von der niemand wissen darf, dass sie was mit ihm hat. Damit hat der gute Ruddock in Bezug auf das, was an dem Abend passiert ist, als Druitt gestorben ist, die Wahrheit gesagt. Er hat uns nur den Namen der beteiligten Frau verschwiegen. Heiliger Strohsack, Sir. Er stürzt sich nicht in sein Schwert, weil er ein Gentleman ist, nicht wahr? Er stürzt sich in sein Schwert, weil er wahrscheinlich sofort durchschaut hat, was da abgelaufen ist. Und wenn er eine einzige falsche Bewegung macht, dann ist er erledigt. Weil er weiß, was passiert ist, und weil er weiß, dass es nicht den geringsten Beweis dafür gibt.«

»Also spielt der Hilfspolizist mit und behauptet, es war Selbstmord. Ich schätze, dass er total in Panik war, als er die Notrufzentrale verständigt hat, weil er zunächst tatsächlich von einem Suizid ausgegangen ist und sich erst danach alles zusammengereimt hat.«

»Aber jetzt bricht alles zusammen. Kein Wunder, dass er dauernd in Worcester anruft.«

»Sie sagen es.«

Havers betrachtete die Unterlagen auf dem Bett, dann schaute sie Lynley an. »Aber wohin führt uns das jetzt, Sir? Wir sind keinen Schritt weiter. Wir haben keinen einzigen Beweis.«

Lynley nahm zwei Fotos vom Bett und hielt sie nebeneinander. »Stimmt nicht ganz, Barbara«, sagte er. »Wir haben Beweise. Sie sind irgendwo hier. Wir müssen sie nur finden.«

WANDSWORTH
LONDON

Isabelle hatte eigentlich nicht vorgehabt, noch einen weiteren Tag krankzufeiern. Den Tag zuvor hatte sie natürlich eigentlich auch nicht krankfeiern wollen. Aber eins hatte zum anderen geführt, bis es ihr unmöglich gewesen war, zur Arbeit zu gehen, und da war ihr nichts anderes übrig geblieben, als sich krankzumelden.

Als sie am Morgen aufgestanden war, hatte sie sich wieder vollkommen fit gefühlt. Sie war viel früher auf gewesen als sonst, und das hatte sie als gutes Zeichen betrachtet. Sie war in die Küche gegangen, hatte Kaffeewasser aufgesetzt und sich ein Glas Orangensaft mit einem winzigen Schluck Wodka eingeschenkt. Aber nachdem sie das Glas ausgetrunken hatte, hatte sie sich irgendwie merkwürdig gefühlt. Wahrscheinlich weil sie seit achtundvierzig Stunden nichts Vernünftiges mehr gegessen hatte.

Also kochte sie sich ein Ei. Ein weichgekochtes Ei mit einer Scheibe Toastbrot war doch das perfekte Frühstück. Sie nahm ein Ei aus dem Kühlschrank und setzte Wasser auf. Das Brot stellte ein kleines Problem dar, weil sich am Rand Schimmel gebildet hatte. Kurz entschlossen schnitt sie die Stelle ab und steckte die Scheibe in den Toaster. Inzwischen kochte das Kaffeewasser. Die Kaffeebohnen hatte sie bereits gemahlen und wollte gerade den Kaffee aufbrühen. Sie hielt inne. Vielleicht vorher noch ein Gläschen Orangensaft. Der Saft schmeckte nicht mehr einwandfrei, und sie gab noch einen Schluck Wodka dazu. Anschließend machte sie sich eine schöne Tasse Kaffee.

Alles lief wie am Schnürchen. Es ging ihr großartig. Sie hatte vergessen, den Wecker für das Ei zu stellen, aber ein Blick auf die Küchenuhr sagte ihr, dass es lange genug gekocht hatte, außerdem war das Brot schon getoastet und gebuttert.

Aber das Ei verdarb ihr den Tag. Als sie es aufschlug, sah sie sofort, dass sie sich verrechnet hatte. Das Ei war noch fast roh, und als sie den Löffel hineintauchte, veranstaltete sie gleich eine Riesensauerei auf dem Tisch. Bei dem Anblick drehte sich ihr der Magen um, und alles kam hoch, der Orangensaft, der Kaffee, das Toastbrot, von dem sie bereits abgebissen hatte. Sie rannte ins Bad und übergab sich.

Danach kamen die Kopfschmerzen. Beim Aufwachen hatte sie keine gehabt, aber nachdem sie ihr Frühstück ausgekotzt hatte, fuhr ihr der Schmerz wie Messer durch den Schädel. Natürlich hätten zwei, vier oder zwanzig Paracetamol geholfen. Aber sie war entschlossen, die Kopfschmerzen allein mit Willenskraft zu besiegen, weil sie unbedingt an dem Tag zur Arbeit gehen wollte. Aber zuerst musste sie sich hinlegen. Sie wankte ins Schlafzimmer und ließ sich vorsichtig aufs Bett sinken, während sie sich einredete, dass es ein Kampf Geist gegen Materie war, und die Materie war in diesem Fall nichts weiter als ein Klumpen Blut und Gefäße in ihrem Schädel. Sie drehte sich auf die Seite und drückte sich ihr Kopfkissen gegen den Bauch. Zehn Minuten, dachte sie.

Aber das reichte nicht, und da wusste Isabelle, dass es nur eine Möglichkeit gab, ihre Qualen zu beenden. Und die hieß Wodka.

Sie sagte sich, dass sie Frau genug war und mit der Situation fertigwerden würde. Sie brauchte all ihre Willenskraft, um in die Küche zu gehen, doch sie schaffte es. Sie rechnete sich aus, dass ein paar Gläschen Grey-Goose-Wodka sie retten, aber nicht für einen weiteren Tag ins Nirwana schicken würden. Also trank sie sie.

Der Anruf weckte sie. Sie schaute auf die Uhr. Mehr als zwei Stunden waren vergangen. Obwohl sie immer noch rechtzeitig zur Arbeit käme, galt ihr erster Gedanke der Met und Dorothea Harriman und Hillier und Judi-mit-I. Als sie sich aufsetzte, musste sie würgen. Sie nahm ihr Handy.

Aber der Anruf kam nicht von New Scotland Yard. Es war Bob. Er sagte: »Keine Panik, Isabelle. Aber Laurence hatte einen Unfall.«

Sie presste sich die Finger gegen die Schläfen. Sie musste jetzt unbedingt normal klingen. Sie sagte: »Was ist… denn passiert?«

Schweigen. Dann: »Er ist in der Schule gestürzt, und wir haben ihn in die Notaufnahme gebracht. Das heißt, ich habe ihn hingebracht, Sandra ist bei James. Er hat sich ziemlich erschrocken, wie du dir vorstellen kannst.«

»Notaufnahme? O Gott. Ist er gebrochen?« Das hatte sie

gar nicht sagen wollen. Sie umklammerte ihr Kinn mit der Hand, als würde das ihr helfen, die richtigen Worte zu finden.

Erneutes Schweigen. Diesmal dauerte es länger. »Er hat eine Knochenfissur im Schädel«, sagte Bob. »Er hat's ein bisschen übertrieben – wie Jungs halt so sind. Er ist von einer Mauer gefallen. Er war auf einem Grundstück, auf dem er nichts zu suchen hatte. Er war bewusstlos …«

»O Gott.«

»… aber nur kurz. Die haben sofort den Krankenwagen gerufen, und jetzt sind wir hier im Krankenhaus.«

Was sollte sie sagen oder tun, wenn sie nicht richtig sprechen und sich kaum vom Bett erheben konnte? Sie sagte: »S… soll ich …?«

»Er wird sich wieder erholen«, sagte Bob. »Wir sollen ihn in den nächsten Wochen genau beobachten und dafür sorgen, dass er sich nicht zu sehr anstrengt, aber die können im Moment nichts anderes tun, als abzuwarten, dass der Knochen von selber heilt.«

»O Gott.«

»Ich rufe dich an, Isabelle, weil er nach dir fragt. Er ist total durcheinander – ziemlich untypisch für ihn, ich weiß, so eine Reaktion würde man eher von James erwarten, aber er fragt die ganze Zeit nach dir. Zuerst dachte ich natürlich, er meinte Sandra, aber …«

Natürlich?, dachte sie.

»… weil er immer Mummy gesagt hat, und so nennen die Jungs sie nun mal, wie du weißt. Aber als Sandra in die Notaufnahme gekommen ist, hat er klargestellt, dass er dich meint.«

Sie musste aufstehen. Sie musste sofort zu ihrem Sohn fahren. Nichts durfte sie aufhalten. Das wusste sie, während ihr gleichzeitig klar war, dass sie im Moment vollkommen unfähig war, überhaupt irgendetwas zu tun. Sie sagte: »Ach, Bob … Ich bin so … Kannst du ihm … Kannst du ihm sagen …«

»Du bist betrunken, stimmt's?«, sagte er. »Bist du bei der Arbeit? Nein. Natürlich nicht.«

»Ich bin nicht betrunken. Ich bin krank. Ich glaub, es ist die Grippe. Ich hab mich übergeben, und jetzt platzt mir der Schädel …«

»Isabelle, hör auf. Hör auf, verdammt!«

»Bitte. Bitte, sag ihm … Ich komme. Bitte, sag ihm, seine Mummy kommt, so schnell sie kann.«

»Und wann soll das sein?« Er wartete nicht auf eine Antwort. »Ich werde ihm nicht dir zuliebe eine Ausrede auftischen. Er ist nicht dumm. Genauso wenig wie James.«

»Bob. Lass mich wenigstens mit ihm sprechen.«

»Hast du eine Ahnung, wie du klingst? Ich werde nicht zulassen, dass er dich so hört.«

»Aber sag ihm …«

»Ich sage ihm überhaupt nichts. Reiß dich zusammen, Isabelle. Und sobald du das geschafft hast, kannst du es ihm selbst sagen.«

Er legte auf, während sie seinen Namen rief, nach Laurence, nach James fragte, erklärte, es gehe ihr gut und sie sei schon unterwegs, obwohl sie genau wusste, dass sie nicht in der Lage war, jetzt mit dem Auto nach Kent zu fahren. Sie ließ sich zurück aufs Bett sinken. Sie würde, sie würde, sie würde, sagte sie sich. Sie musste sich nur zuerst ein bisschen ausruhen. Noch einen Tag …

Sie rief in der Met an und hinterließ eine Nachricht auf dem Anrufbeantworter, denn Gott sei Dank war Dorothea Harriman gerade nicht an ihrem Platz. Dann, weil ihr nichts Besseres einfiel, ging sie in die Küche. Sie wankte. Ihr Schädel dröhnte, und ihre Gliedmaßen wollten ihr nicht gehorchen. Sie war bestürzt. Sie war konsterniert. Sie dachte an Laurence, der im Krankenhaus mit einem Schädelbruch lag. Stellte sich vor, wie er nach seiner Mummy rief. Und natürlich war sie außer sich vor Sorge, das war ihr einziges Problem.

Als sie die Wodkaflasche nahm und einen Schluck daraus trank, hatte das einen eindeutigen Grund. Sie musste sich beruhigen, sie musste einen klaren Kopf bekommen, damit sie zu ihrem Sohn fahren konnte, sie musste sich in den Griff bekommen und aufhören, jeden Tag so zu tun, als ob sie …

Nein, nein. Das war es nicht. Sie würde etwas essen. Nein. Sie würde etwas trinken. Nein. Kaffee würde helfen, dann würde sie ihr Leben wieder in den Griff bekommen, so wie es sich gehörte.

Sie trank noch einen Schluck direkt aus der Flasche und sagte sich, dass es der letzte war. Mehr würde sie nicht trinken. Aber dann überfielen sie wieder die Sorgen und dass sie nicht zu ihrem Sohn fahren konnte, obwohl sie es eigentlich müsste, denn schließlich war sie seine Mutter, die ihn liebte, die ihn geboren hatte, die ihm die Windeln gewechselt und ihn gestillt hatte, hatte Sandra das etwa gemacht, wusste Sandra überhaupt, wie es war, ein Kind auf die Welt zu bringen – zwei Kinder –, wusste sie, wie es sich anfühlte, wenn sie in einem wuchsen und sich dann herauskämpften, was das für Schmerzen waren, was das für Qualen waren, und die einzige Möglichkeit, mit diesen Schmerzen und Qualen fertigzuwerden und mit allem anderen, das an ihr nagte, als lebte ein Alien in ihrer Seele … Sie hatte Gründe, keine Ausreden, und zwar tausend Gründe, und keiner konnte ihr das streitig machen, und keiner würde das jemals tun.

Sie war wach, als es an der Tür klingelte. Sie saß im Wohnzimmer, aber sie war nicht angezogen, und sie hatte getrunken, aber sie war wach. Trotzdem wusste sie, dass sie jetzt nicht aufmachen konnte. Daran änderte auch das Klopfen nichts, das auf das dritte Klingeln folgte.

Dann dachte sie, dass das Bob sein musste. Natürlich war das Bob. Er zeigte sich gnädig und war gekommen und wollte sie abholen. Sie musste nur schnell duschen, dann wäre sie bereit. Sie würde ihm alles schwören, was er wollte, damit er verstand, wie dankbar sie ihm dafür war, dass er nach London gekommen war, um sie zu ihrem Sohn zu bringen.

Sie schaffte es zur Tür, machte jedoch nicht auf. Zum Glück hatte die Tür einen Spion. Und als sie durch den Spion linste, überkam sie ein nie gekanntes Entsetzen. Dort vor der Tür stand, elegant für die Arbeit gekleidet, Dorothea Harriman und rief: »Detective Chief Inspector Ardery!«, so wie sie es immer tat, und sie machte nicht den Eindruck, als würde sie sich abwimmeln lassen.

LUDLOW
SHROPSHIRE

Sie betrachteten die Fotos des toten Ian Druitt immer und immer wieder, bis Barbara das Gefühl hatte, sie könnte die Selbstmordszene aus dem Gedächtnis zeichnen. Schließlich suchte Lynley zwei Fotos aus, schob die restlichen zurück in den Umschlag und nahm seine Brille ab. »Wir brauchen frische Luft«, sagte er. »Kommen Sie. Aber Sie müssen vorausgehen, weil ich mich nicht mehr an den Weg zu Ihrem Zimmer erinnern kann.«

Sie nahm ihre Umhängetasche, sie stiegen Treppen hoch und runter, gingen durch Notausgänge und lange Flure. Als sie endlich die Eingangshalle erreichten, stand Peace on Earth hinter dem Empfangstresen und begrüßte sie mit einem Blick, der Barbara ziemlich vielsagend vorkam. Eine Frau und ein Mann in einem Hotel, die mehrere Stunden lang in den Tiefen des besagten Hotels verschwunden waren, ließen seiner Erfahrung nach offenbar nur eine Schlussfolgerung zu. Sie hätte am liebsten laut gelacht. Beinahe hätte sie Lynley darauf aufmerksam gemacht, doch sie war sich nicht sicher, ob seine sensible Seele das verkraften würde.

Lynley ging in Richtung Burg. Barbara befürchtete schon, ihre Kenntnisse von Königen und Königinnen und königlichen Schlachten sollten erweitert werden. Um dieses Schicksal von sich abzuwenden, sagte sie: »Die ganzen Plantagenets, Sir, das sind so viele, ich krieg die einfach nicht auf die Reihe.«

Lynley blieb stehen und drehte sich zu ihr um. »Wovon reden Sie, Barbara?«

»Davon.« Sie zeigte auf die Ruine. »Da gehen wir doch hin, oder? Zum Verlies, Bergfried, zum Burghof, was weiß ich?«

Er blickte in die Richtung, in die sie zeigte, dann schaute er wieder sie an. »Manchmal frage ich mich wirklich, was in drei Teufels Namen Sie von mir denken, Barbara. Andererseits muss ich zugeben…«, Barbara merkte, dass er sich ein Grinsen verkniff, »…dass Sie mich mit Ihrem Wissen über Burgen sehr beeindrucken.«

»Quatsch. Ich weiß das nur aus Liebesromanen. Geschichten von holden Jungfern, denen in dunklen Verliesen das Leibchen hochgeschoben wird und so Sachen. Außerdem hab ich *Die Braut des Prinzen* auf DVD. Ich könnte wahrscheinlich den ganzen Film auswendig aufsagen.«

»Aha. Ich bin trotzdem beeindruckt. Aber kommen Sie, wir gehen weiter.«

Sie überquerten die Straße, aber anstatt zur Ruine zu gehen, setzte Lynley sich auf eine Bank vor der Burgmauer. Es waren eine Menge Leute unterwegs, einige führten ihre Hunde aus, andere hatten kleine Kinder an der Hand oder schoben Kinderwagen vor sich her.

Lynley reichte Barbara eins der beiden Fotos, die er aus dem Hotel mitgenommen hatte. »Was fällt Ihnen darauf auf, Barbara?«

Sie betrachtete es eingehend. Der Tatortfotograf hatte jeden Quadratzentimeter des Raums, in dem Druitt gestorben war, abgelichtet, und auf diesem Foto war eine Ecke zu sehen. Dort lag ein gelber Plastikstuhl, darüber befand sich das leere Schwarze Brett. Es hatte helle Stellen von den Zetteln, die dort über längere Zeit gehangen hatten. Daneben war das Fenster, von dem allerdings nur ein Teil zu sehen war. Die Lamellen der heruntergelassenen Jalousie waren nach oben gekippt.

»Die Jalousie«, sagte Barbara. »Von draußen konnte keiner reinschauen. Aber haben wir darüber nicht schon gesprochen? Die Position der Lamellen beweist nichts. Die kann jeder so eingestellt haben.«

»Stimmt. Sonst noch etwas?«

Sie betrachtete das Foto noch einmal auf der Suche nach etwas, das sie übersehen hatte ... Sie wusste selbst nicht, wonach sie konkret suchte, allerdings wäre ihr ein in den Linoleumboden geritztes Schuldgeständnis durchaus entgegengekommen. Sie sagte: »Tja, da ist eigentlich nichts zu sehen außer einem Stuhl und einem Schwarzen Brett ...«

»Ja. Und was fällt Ihnen daran auf?«

»Woran?«

»An dem Stuhl.«

»Sie meinen, dass er auf der Seite liegt?«

»Dass er sich überhaupt in dem ehemaligen Büro befindet. Das einzige andere Möbelstück in dem Raum war ein Schreibtisch, falls Sie sich erinnern.«

»Genau. Aber es würde doch niemand Druitt in einem Zimmer einsperren und ihm keinen Stuhl geben.«

»Einverstanden.«

»Sie meinen also ...« Sie schaute auf das Foto, dann sah sie wieder Lynley an. »Sie meinen diesen speziellen Stuhl, oder?« Sie drehte das Foto andersherum. Sie spürte, wie Lynley sie beobachtete. Irgendetwas hatte er entdeckt, aber nach Blut, Haaren oder Fasern oder irgendwas dergleichen zu suchen war zwecklos, denn außer Blut – wovon man am Tatort nichts gefunden hatte – wäre auf dem Foto nichts zu erkennen gewesen.

Sie dachte an die Male, als sie in der Polizeistation in Ludlow gewesen war, allein und mit Lynley. Und plötzlich wusste sie, worauf er hinauswollte, und es wurmte sie, dass es ihr nicht sofort aufgefallen war. »Als wir uns mit Ruddock getroffen haben«, sagte sie und versuchte, sich an die Begegnung mit dem Hilfspolizisten zu erinnern, »waren wir im ehemaligen Aufenthaltsraum, und weil da nur zwei Stühle waren, musste er einen für Sie holen.«

»Genau«, sagte Lynley.

»Und der Stuhl, den er für Sie geholt hat, hatte Rollen. Darauf wollen Sie doch hinaus, stimmt's? Aber was bedeutet das? Den Schreibtischstuhl kann er sonst wo hergehabt haben.«

Lynley nahm ihr das Foto aus der Hand, betrachtete es und sagte: »Da haben Sie recht. Aber es ist nicht der Schreibtischstuhl selbst, der mich interessiert, sondern dass in dem Büro beziehungsweise auf dem Foto kein Schreibtischstuhl ist.«

»Ja, das sehe ich. Aber den könnte ja einer aus dem Zimmer geholt haben, genau wie Ruddock den Stuhl für Sie irgendwo herhatte.«

»Ich nehme an, dass der Schreibtischstuhl entfernt wurde«, sagte Lynley. »Die Frage, die wir uns stellen sollten, lautet: Warum wurde er durch diesen Plastikstuhl ersetzt?«

»Richtig, das könnten wir uns fragen. Aber das gibt nicht viel her, oder? Ich meine, so ein Schreibtischstuhl auf Rollen ist natürlich bequemer, aber wer würde es einem potentiellen Kinderschänder bequem machen wollen?«

»Da gebe ich Ihnen recht. Der Hilfspolizist könnte dem Diakon aus Gehässigkeit einen unbequemen Stuhl hingestellt haben. Aber das würde voraussetzen, dass Ruddock wusste, warum er Druitt festnehmen und auf die Polizeistation bringen sollte. Und wir wissen, dass er darüber nicht informiert war.«

»Zumindest behauptet er das.«

»Zugegeben.« Er steckte das Foto wieder ein und nahm das andere in die Hand. Dieses zeigte Druitts leblosen Körper, nachdem Ruddock die Schlinge um seinen Hals entfernt und versucht hatte, ihn wiederzubeleben. Barbara betrachtete das Foto, schaute Lynley an und dann wieder das Foto. Sie wollte ihn gerade fragen, was er als nächsten Schritt vorschlug, als er sagte: »Lassen Sie uns noch einmal mit der Gerichtsmedizinerin sprechen, Barbara. Wenn wir etwas so Wichtiges wie das mit dem Stuhl übersehen haben, könnte es ihr ja ebenso gegangen sein.«

COALBROOKDALE
SHROPSHIRE

Sati hatte sich überreden lassen, zur Schule zu gehen. Nachdem Yasmina Timothy in die Duschkabine bugsiert und das Wasser aufgedreht hatte, war sie zu ihrer jüngsten Tochter zurückgegangen und hatte ihr versichert, dass es ihrem Vater gut ging. Außerdem würden sich Mütter und Töchter eben manchmal streiten, und nichts anderes habe sich zwischen ihr und Missa abgespielt, bevor sie mit Justin weggefahren sei. Sati solle sich keine Sorgen machen, Yasmina werde noch am Nachmittag mit Missa sprechen und sie wieder nach Hause holen. Ihr Vater habe nur tief und fest geschlafen, weil er am Abend eine Schlaftablette geschluckt habe, mehr nicht. Nur deshalb habe sie ihn so schwer wach bekommen.

Und so war Sati widerstrebend zur Schule gegangen, ihre Hello-Kitty-Box unterm Arm. Yasmina war ins Bad zurückgekehrt, um sich um Timothy zu kümmern.

»Du hättest sterben können«, fauchte sie ihren Mann an. »Was willst du uns noch alles zumuten? Sati musste miterleben, wie ihre ältere Schwester gestorben ist, und gerade hat Missa das Haus mit Sack und Pack verlassen, und jetzt das. Du warst vollkommen weggetreten, sodass ich dich praktisch schlagen musste, damit du aufgewacht bist. Es hat nicht viel gefehlt, und ich hätte dir Naloxon spritzen müssen, und dann hätte sie auch das mitbekommen. Willst du das? Muss ich mich darauf einstellen, dass es so weit kommt?«

»Es ist bereits so weit«, murmelte er.

Am liebsten wäre sie in die Dusche gesprungen, hätte ihn an den Haaren gepackt und seinen Kopf gegen die Fliesen geschlagen. Stattdessen schrie sie: »Du bist ein Fluch für unsere ganze Familie! Kein Wunder, dass Missa es hier nicht mehr aushält! Kein Wunder, dass sie abgehauen ist!«

Er öffnete die Augen, hob den Kopf und sah sie mit blutunterlaufenen Augen an. »Zumindest besitzt sie den Mut, etwas zu unternehmen, Yas. Das ist mehr, als ich von uns behaupten kann.«

In dem Moment hatte sie sich gefragt, ob sie ihren Mann jemals gekannt hatte. Die ganze Zeit beobachtete sie Timothy durch die Glaswand, die die Praxis von der Apotheke trennte, und wartete darauf, dass er wieder Tabletten entwendete. Aber sie konnte nicht den ganzen Tag bleiben und ihn im Auge behalten, weil sie Sati etwas versprochen hatte. Sie sagte ihre letzten vier Termine ab und machte Feierabend.

Es widerstrebte ihr zutiefst, nach Blists Hall zu fahren. Aber noch mehr widerstrebte es ihr, zu Justin Goodayles Familie zu fahren. Sie stieg in ihren Wagen und machte sich auf den Weg.

In Blists Hall angekommen ging sie auf direktem Weg zum Kerzenladen. Aber dort traf sie Missa nicht an. Eine andere junge Frau erklärte gerade ein paar Touristen, wie zu viktorianischen Zeiten Kerzen hergestellt worden waren. Als sie in Yasminas Richtung schaute, formte Yasmina mit den Lippen das Wort »Missa?«, woraufhin die junge Frau in die Gegenwart zurückkehrte und sagte: »Hallo, Dr. Lomax. Missa ist im Fish-'n-Chips-Laden. Mary Reid ist krank, und Missa ist im Moment die Einzige hier, die mit der Fritteuse umgehen kann.«

Yasmina ging zurück auf die Hauptstraße. Der Laden, den sie suchte, war leicht zu erkennen an einem großen Schild mit der Aufschrift BACKFISCH UND POMMES FRITES. FRITTIERT MIT DEM BESTEN BRATFETT. Drinnen hatte Missa sich umgewandt. Auf dem Verkaufstresen standen mehrere, noch leere Pommes-frites-Tüten, die mit Fritten gefüllt werden sollten. Vier Kunden waren im Laden. Missa erklärte den Leuten nichts über ihre Arbeit. Aber was hätte sie auch darüber erzählen sollen, wie man Kartoffelstifte in siedendes Fett tauchte?

Als sie sich umdrehte und Yasmina unter den Wartenden erblickte, zeigte sie keine Reaktion. Sie füllte die Papiertüten mit Fritten und machte zwei Portionen Backfisch fertig. Die Kunden verließen den Laden zufrieden, und Yasmina trat an den Tresen. Sie bestellte Fritten, und als sie sie bekam, sagte sie zu ihrer Tochter: »Wann machst du Feierabend, Missa? Ich würde mich gern mit dir unterhalten.«

»Es gibt nichts mehr zu sagen«, erwiderte Missa.

»Trotzdem. Wann machst du Schluss? Ich nehme nicht an, es würde dir gefallen, wenn ich hier im Laden auf dich warte.«

Missa presste die Lippen zusammen und überlegte. »In zwanzig Minuten hab ich Pause«, sagte sie schließlich. »Du kannst gern warten, wenn du willst. Aber du kannst auch zu Justin gehen und dich so lange mit ihm unterhalten. Ich weiß ja, dass du das gern machst.«

Yasmina wollte sich nicht in die Defensive drängen lassen. »Dann warte ich beim Karussell, Liebes«, sagte sie und verließ den Laden mit ihren Fritten, die sie draußen in den nächsten Mülleimer warf.

Das Karussell befand sich in der Nähe eines Pavillons mit Erfrischungsgetränken. Dort standen Bänke, auf die die Eltern sich setzten, um ihren Kindern beim Karussellfahren zuzusehen. Yasmina setzte sich auf eine Bank und betrachtete den viktorianischen Rummelplatz.

Es gab fünf Stände mit Jahrmarktspielen, aber das Karussell war die beliebteste Attraktion für Familien mit kleinen Kindern. Heute saßen nur wenige Kinder auf den Ponys, und sie lachten und winkten ihren Eltern und Großeltern zu, während sie zu fröhlicher Musik auf und ab im Kreis fuhren.

Die Szenerie verschwamm vor Yasminas Augen. Ihre Kinder waren auch hier Karussell gefahren. Auch sie hatten gelacht und gewinkt. Vor allem Missa war von dem Karussell begeistert gewesen, überhaupt von dem ganzen viktorianischen Städtchen. Yasmina hatte die Begeisterung noch unterstützt mit Bilderbüchern und Papierpuppen. Aber sie hätte nie damit gerechnet, dass ihre Tochter das viktorianische Leben in dieser speziellen Form einmal zu ihrem Lebensinhalt machen würde.

Sie wartete geduldig. Sie würde Missa zuhören, dachte sie, anstatt sich mit ihr zu streiten und auf sie einzureden. Sie nahm es sich ganz fest vor. Denn wenn es ihr nicht gelang, hier und jetzt mit ihrer Tochter Frieden zu schließen, würden die Fronten sich weiter verhärten.

Kurz darauf kam Missa und ließ sich neben Yasmina auf die Bank fallen. Sie schaute zum Karussell.

»Wie begeistert du früher davon warst«, sagte Yasmina. »Du hast mir mal gesagt, eines Tages würdest du dieses Karussell betreiben. Weißt du das noch?«

»Wir haben das Thema Blists Hill zur Genüge ausgewalzt«, entgegnete Missa.

»Ich bin nicht hier, um über Blists Hill zu reden.«

»Warum dann? Um mir zu sagen, dass es dir leidtut, dass du uns eine tolle Hochzeit, eine tolle Hochzeitsreise und ein tolles Haus versprochen hast? Bist du deswegen hergekommen? Linda war übrigens schwer beeindruckt. Sie wusste gar nicht, dass ihr so viel Geld habt, du und Dad.«

»Ach, du bist also schon per du mit Mrs Goodayle?«

Missa schob sich ein nicht vorhandenes Haar aus dem Gesicht. »Wir haben darüber gesprochen, ob ich sie Mum nennen soll, wenn Justie und ich verheiratet sind, aber damit haben wir uns beide nicht wohlgefühlt. Sie meint, ich soll sie lieber Linda nennen. Sie möchte auch nicht ›Mutter Goodayle‹ oder ›Mutter Linda‹ genannt werden, dann würde sie sich vorkommen wie eine Nonne.«

Yasmina hatte kein Bedürfnis, das Gespräch über Missas Zukunft bei der Familie Goodayle zu vertiefen, und sagte: »Was ich getan habe, war falsch. Ich möchte mich dafür entschuldigen. Ich bin hergekommen, um dich zu bitten, wieder nach Hause zu kommen. Sati ist furchtbar traurig.«

»Worüber ist sie traurig? Darüber, dass du Justin benutzen wolltest, um deinen Willen durchzusetzen, oder darüber, dass ich deinem Treiben ein Ende gesetzt habe?«

»Dass du uns… so Hals über Kopf verlassen hast… Es ist nicht gut für sie, das in ihrem jungen Alter mitzuerleben.«

»Nicht gut für sie?« Missas Gesicht verhärtete sich auf diese für sie typische Weise, die Yasmina so irritierend fand. »Wir geben kein schlechtes Beispiel ab, falls du das befürchtest, Mum. Du kannst Sati sagen, dass ich ein eigenes Zimmer habe, wo ich in meinem eigenen Bett schlafe. Ich schlafe nicht mit Justin.« Sie schaute zu dem Karussell und den lachenden Kindern hinüber. Nach einer Weile fuhr sie fort: »Ich will es immer noch, ein Wunsch, zu dem du mich im Übrigen erzogen hast. Weiße Hochzeit, Jungfräulichkeit, Keuschheit.«

»Sati hat Janna verloren«, sagte Yasmina. »Sie ist…«

»Wir alle haben Janna verloren.«

»Sie ist zwölf Jahre alt. Du bedeutest ihr alles.«

Missa lachte kurz auf. »Was ich Sati bedeute, ist dir doch überhaupt nicht wichtig, Mum.«

»Das stimmt nicht.«

»Wie auch immer. Jedenfalls wohne ich nur so lange bei den Goodayles, bis Justin und ich was Eigenes haben. Wir suchen ein Häuschen, das wir mieten können. Wir haben schon eins weiter oben am Fluss im Auge. In Jackfield. Es hat nur ein Schlafzimmer, aber für den Anfang könnte es reichen. Natürlich wird Justin auf dem Sofa schlafen, bis der *Tag* gekommen ist, du brauchst dir also keine Sorgen zu machen. Irgendwann suchen wir uns dann was Größeres, aber das wird noch ein bisschen dauern. Justies Unternehmen läuft gut, aber bisher decken die Einnahmen nur das Material und die Raummiete im Fliesenmuseum. Okay, ein bisschen etwas bleibt schon übrig. Sobald er einen Mitarbeiter einstellen kann, kann er mehr produzieren. Es muss auch keiner sein, der genauso talentiert ist wie Justin, aber einer, der mit anpacken kann.« Sie schaute Yasmina in die Augen. »Du hast ihn immer für total untalentiert gehalten, stimmt's?«

»Im Moment mache ich mir nur Sorgen um Sati«, sagte Yasmina. »Ich habe verstanden, dass du tun wirst, was du für richtig hältst. Alle haben mir das klargemacht. Aber Sati braucht dich. Ich bitte dich nur, nach Hause zu kommen. Und dass du es für Sati tust.«

»Sag Sati, wenn wir das Häuschen mieten, kann sie zu uns ziehen«, sagte Missa. »Es wird nicht mehr lange dauern, dann ist sie frei.«

»Ist es wirklich so weit mit uns gekommen, Missa? Willst du deiner Mutter das wirklich ins Gesicht sagen?«

Missa schüttelte den Kopf. Es war eine unerträgliche Geste, mit der sie Yasmina zu verstehen gab, dass sie mit genau dieser Frage gerechnet hatte. Yasmina hätte ihre Tochter am liebsten geohrfeigt. Wann, fragte sie sich, hatte sich Missa dermaßen verändert? Oder besser, warum?

»Das ist typisch, Mum«, sagte Missa. »Du fasst alles als Beleidigung auf. Dabei habe ich nur auf eine Tatsache hingewiesen.«

Yasmina wandte sich ab. Mit leerem Blick starrte sie auf das Karussell, das sich unaufhörlich drehte, auf die Kinder, die ausgelassen lachten, während sie auf den wippenden Ponys saßen. »Dann gibt es wohl nichts mehr zu sagen, Liebes.«

»Nenn mich nicht Liebes. Ich bin nicht dein Liebes.«

Yasmina wandte sich ihr wieder zu. »Natürlich bist du das. Trotz allem bist du immer noch mein Kind. Mein liebes Kind. Das… was uns jetzt entzweit, wird vorübergehen. Vielleicht nicht genau so, wie ich mir das wünsche…«

»Was genau stellst du dir denn vor? Wir werden heiraten. Ich weiß, dass du weiterhin alles daransetzen wirst, das zu verhindern, aber wir werden heiraten. Hast du das verstanden?«

»Missa.« Yasmina war so aufgewühlt, dass sie einen enormen Druck auf der Brust verspürte. Einen Moment lang befürchtete sie, ihr Herz würde stehen bleiben. »Ich habe es verstanden. Es ist zwecklos, dass ich mich weiterhin dagegenstemme. Das sehe ich ein. Aber kannst du mir sagen, warum ihr es plötzlich so eilig habt? Das ist es, was ich nicht verstehe. Die Dringlichkeit, die Eile, so als müsstet ihr etwas beweisen, als würde euch irgendetwas zur Eile antreiben.«

»Ich will es so«, sagte Missa. »Wir wollen bald heiraten. Weil die Entscheidung längst gefallen ist. Weil ich mich dazu entschieden habe. Nicht wegen dir, nicht wegen Dad, nicht wegen Sati oder Gran, nicht mal wegen Justin. Ausnahmsweise habe ich an mich gedacht.« Sie stand auf, und zu ihrer Überraschung bemerkte Yasmina, dass sie mit den Tränen kämpfte. »Ich will es, und ich werde es tun, und das ist alles.«

Aber das war nicht alles. Das war ganz und gar nicht alles. Yasmina wusste es, und sie sah es Missa an. Und dann plötzlich wusste sie es. So leise, dass sie nicht wusste, ob ihre

Tochter sie überhaupt hören konnte, sagte sie: »Es geht um Strafe, nicht wahr?«

»Nicht alles dreht sich um dich«, lautete Missas Antwort.

»Nein, nein, du verstehst mich falsch«, sagte Yasmina. »Ich meine nicht, dass du mich bestrafst, sondern dich selbst. Ich weiß nur nicht, wofür. Aber es ist die Wahrheit, oder?«

»Und du hast auch nicht die Wahrheit gepachtet«, sagte Missa.

WANDSWORTH
LONDON

Sie war nicht lange geblieben. Sie hatte mit einem Blick gesehen, was es mit der Krankheit von Detective Chief Inspector Ardery auf sich hatte. Sie war nach Wandsworth gekommen und hatte unterwegs tatsächlich Suppe und ein paar Sandwiches gekauft, die sie Isabelle mit den Worten überreicht hatte: »Wir alle… Wir… Wir wünschen Ihnen gute Besserung.«

Isabelle hätte sie am liebsten angefaucht, *Sie mieser kleiner Polizeispitzel!* Die Worte hatten ihr auf der Zunge gelegen. Sie zweifelte nicht daran, dass Dorothea Harriman ihren Kollegen gegenüber den Mund halten würde, aber bestimmt nicht dem Kollegen gegenüber, der am allerwenigsten von Isabelles Zustand erfahren sollte.

Nachdem sie Harriman abgewimmelt hatte, hatte sie die Suppe in den Ausguss geschüttet und die Sandwiches in den Mülleimer gestopft. Sie wollte beides nicht und erst recht nicht das Mitgefühl, das es ausdrückte.

Im Lauf des Tages hatte sie einige Male versucht, Bob anzurufen. Er hatte sich nicht gemeldet. Also hatte sie es notgedrungen bei Sandra versucht, was ihr schließlich gegen sechs gelungen war. In der Zwischenzeit begnügte sie sich mit einem einzigen Drink, denn sie beabsichtigte nicht, noch einen weiteren Arbeitstag zu versäumen, schließlich hatte sie ihre niederen Gelüste fest im Griff.

Nach mehreren Versuchen hatte Sandra sich mit den Worten gemeldet: »Bitte, hör auf, mich anzurufen, Isabelle. Ich gehe jetzt nur ran, um dir zu sagen, dass ich keinen deiner Anrufe mehr entgegennehmen werde. Wenn du mit jemandem reden willst, dann halt dich gefälligst an Bob.«

»Wie geht es Laurence?«

»Er ruht sich aus und erholt sich. Er war nicht besonders erfreut, als wir ihm sagen mussten, dass seine Mutter ihn nicht besuchen kann, aber Bob hat ihn darüber hinweggetröstet.«

»Hat er ihm meine Nachricht ausgerichtet?«

»Ich weiß nicht, wie deine Nachricht lautete, und ich habe Bob auch nicht gefragt, ob du ihn gebeten hast, deinem Kind ein paar liebevolle Worte auszurichten.«

»Ist das Mummy? Ist das Mummy? Kann ich mit Mummy sprechen?«

James' Stimme klang so erwartungsvoll, dass Isabelles Schutzpanzer einen Riss bekam. »Lass mich mit James reden. Bitte!«

»Bob hat mir gesagt…«

»Das glaub ich dir aufs Wort. Ich möchte trotzdem mit ihm sprechen.«

»Nein, Isabelle. Wolltest du dir nicht einen Film ansehen, mein Schatz?«

»Ich will mit meiner Mum reden. Ich will ihr erzählen, was Laurence passiert ist.«

»Sie weiß, was Laurence passiert ist, James.«

»Warum bestrafst du ihn so?«, schaltete Isabelle sich ein. »Ich kann verstehen, dass du mir wehtun willst. Aber James trifft keine Schuld, er hat nur das Pech, mein Sohn zu sein. Lass mich mit ihm sprechen. Bitte.«

Das schien zu Bobs Ehefrau durchzudringen, denn einen Augenblick später fragte James: »Kommst du nach Maidstone, Mum? Wann kommst du?«

»Sobald ich kann, mein Kleiner.«

»Wird Laurence wieder gesund?«

»Aber natürlich wird er wieder gesund. Mach dir darüber keine Sorgen.«

»Aber Dad macht sich Sorgen, das merk ich genau.«

»Da hast du sicher recht, aber so sind Eltern nun mal, die machen sich immer Sorgen. Wir machen uns sogar Sorgen, wenn ihr euch die Schuhe zubindet, weil wir fürchten, dass ihr über eure Schnürsenkel stolpern könntet. Aber wenn du dir unbedingt Sorgen machen willst, dann mach dir Zwillingsbrudersorgen.«

»Das versteh ich nicht.«

»Mach dir Gedanken darüber, wie du Laurence, wenn er aus dem Krankenhaus kommt, das Gefühl geben kannst, dass er jemand ganz Besonderes für dich ist.«

Schweigen. Sie sah sein Gesicht vor sich, wie er mit zusammengezogenen Brauen konzentriert nachdachte. Schließlich sagte er: »Ich weiß aber nicht, wie ich das machen soll.«

»Okay, lass mal überlegen. Was mag er denn ganz besonders?«

»Du meinst, ich soll ihm etwas schenken?«

»Vielleicht etwas, mit dem du ihn normalerweise nicht so gern spielen lässt.«

»Meinen Brontosaurus? Wir waren neulich im Naturkundemuseum mit Dad und durften uns beide einen Dinosaurier aussuchen. Laurence hat sich den Tyrannosaurus Rex ausgesucht und ich den Brontosaurus. Wir haben sie mit in die Schule genommen, aber alle haben sich nur für den Bronto interessiert, weil sie schon alles über den T-Rex wussten. Den kennt man ja aus den Filmen. Keiner wollte glauben, dass die Brontos ganz friedlich waren, und deswegen haben mich alle mit Fragen gelöchert, aber keiner hat Laurence was gefragt, und darüber war er ziemlich sauer. Ich könnte ihm meinen Bronto geben. Eine Zeit lang jedenfalls. Aber ich möchte ihn ihm nicht schenken.«

»Das ist doch eine gute Idee, James«, sagte Isabelle. »Du könntest ihn ja auf Laurence' Bett legen, damit er ihn gleich sieht, wenn er nach Hause kommt.«

»Andererseits«, sagte James nachdenklich, »könnte ich ihm den Bronto auch schenken, oder, Mum? Das wär wirklich was ganz Besonderes, oder?«

»Das musst du selbst entscheiden, James.«

»Wann kommst du?«

»Sobald ich kann.«

»Heute Abend?«

»Heute Abend geht nicht, mein Kleiner. Aber bald. Versprochen. Ganz bald.«

Dann war Sandra wieder am Telefon gewesen. »Ich hoffe, du hast ihm nichts versprochen«, sagte sie. »Das hast du schon so oft gemacht, und all die gebrochenen Versprechen...«

»Ich habe ihm gesagt, ich komme, und ich werde kommen«, fiel Isabelle ihr ins Wort. »James weiß es, und du kannst es Laurence auch ausrichten.«

»Und soll ich Bob sonst noch was ausrichten?«, fragte Sandra schnippisch.

Isabelle hätte ihr am liebsten geantwortet, sag ihm, er hat mit beiden Ehefrauen keinen Glücksgriff getan, entschied sich jedoch für: »Sag ihm, er soll mich anrufen, sobald er nach Hause kommt. Ich mache mir Sorgen um Laurence.«

»Ja, ich bin mir ganz sicher, dass du das tust«, erwiderte Sandra und beendete das Gespräch.

Isabelle blieb noch einen Moment auf dem Sofa sitzen und starrte auf die scheußliche Betonmauer vor ihrem Fenster, darüber verlief der Gehweg. Sie dachte über Sandras Worte nach und musste sich eingestehen, dass Sandra recht hatte:

Sie hatte den Jungen schon oft Versprechen gemacht, die sie nicht eingehalten hatte. Wir machen dies zusammen, wir machen jenes zusammen. Ich komme am Sonntagnachmittag, und wenn die Sonne scheint, machen wir eine Bootsfahrt. Wir erkunden Leeds Castle. Wir machen einen Tagesausflug nach Rye. Die Liste der gebrochenen Versprechen war endlos. Wie oft hatte sie ihr Wort gegeben und es nicht gehalten? Und das nicht nur gegenüber ihren Kindern, sondern auch gegenüber Bob, Sandra und ihren Kollegen. Und das Schlimmste war, dass sie auch fast jedes Versprechen gebrochen hatte, das sie sich selbst gegeben hatte. Heute Abend nur einen Drink, Isabelle. Also gut, dann eben zwei. Ich werde keine Fläschchen in der Handtasche mitnehmen. Ich werde nie wieder Fläschchen im Schreibtisch bunkern. Und so weiter und so fort.

Ein Spaziergang, dachte sie. Sie würde einen Spaziergang machen. Das funktionierte am besten, damit sie ihr Versprechen hielt, weder am Abend noch am nächsten Morgen etwas zu trinken.

Sie machte sich auf den Weg in Richtung Heathfield Road. Sie passierte die trostlosen Mauern des Gefängnisses. Als sie in die Magdalen Road bog, verspürte sie zum ersten Mal Durst. Nein, sagte sie sich. Nicht jetzt und nicht heute Abend. Sie beschleunigte ihre Schritte, bis sie die Trinity Road erreichte, wo es viele Geschäfte, Cafés und Zeitungsläden gab und den Schnapsladen, in dem sie Stammkundin war.

Wieder meldete sich der Durst, und wieder widerstand sie ihm. Sie überquerte die Straße und ging zum Stadtpark. Dort gab es Bäume, dort gab es Rasenflächen, wo sich manchmal Leute zum Fußballspielen trafen. Einmal hatte sie dort sogar ein Baseballspiel beobachtet, allerdings hatte sie jemand darüber aufgeklärt, dass es nicht Baseball, sondern Softball war und damit anscheinend etwas ganz anderes.

Sie ging in den Park und beschleunigte ihre Schritte. Es war ein milder Abend, und es waren viele Menschen unterwegs, die die laue Luft genossen. Ein junges Paar saß beim Picknick unter einem Baum; eine Familie ließ drei kleine Segelboote auf dem Teich schwimmen; auf einer Bank saßen zwei junge Mädchen, die mit ihren Handys beschäftigt waren; auf einer anderen Bank saß eine alte Frau, der die Strümpfe auf die Knöchel heruntergerutscht waren, und fütterte Tauben mit Brotresten aus ihrer Tasche.

So würde sie auch mal enden, dachte Isabelle. Allein in einer Gesellschaft, in der die Menschen nie allein waren, würde sie auf einer Parkbank sitzen und Tauben füttern, weil es nichts anderes mehr für sie gab.

Dann riefen Kinderstimmen: »Granny! Granny!«, und zwei kleine Mädchen kamen auf die Frau zugelaufen, gefolgt von ihren Eltern. Der Mann sagte: »Mum, die Tauben fressen noch die ganze Grafschaft kahl, wenn man sie lässt. Fütter lieber die Schwäne!«

Die Kinder kletterten der Frau auf den Schoß und bedeckten ihr Gesicht mit Küssen. Und auch sie küsste ihre Enkel, und sie lachten ausgelassen.

So würde ihr Leben im Alter nicht aussehen, dachte Isabelle. Sie musste von hier weg, ehe die Verzweiflung sie übermannte.

Sie ging weiter durch den Park. Sie ging immer schneller, ohne darauf zu achten, wo sie war, weil sie Angst hatte, sie könnte einen Schnapsladen entdecken. Dann wäre sie verloren.

Plötzlich stellte sie verblüfft fest, dass sie bis zur Themse gelaufen war. Sie staunte noch mehr, als sie bemerkte, dass die Brücke, die den Fluss hier überspannte, nicht die Wandsworth Bridge war. Einen Moment lang stand sie ratlos da, bis sie einen Buchladen entdeckte, den sie kannte. Sie befand sich also in der Putney High Street, und die Brücke vor ihr war die Putney Bridge, die nach Parsons Green führte.

Sie ging weiter. Sie durfte nicht stehen bleiben, das war viel zu gefährlich. Sie ging auf die Brücke zu und verlangsamte ihr Tempo erst, als sie eine Kirche erblickte und spürte, dass sie vollkommen erschöpft war und nicht mehr weiterlaufen konnte.

Auf einem Schild neben dem Eingang standen die Uhrzeiten der Gottesdienste. Gerade fand die Abendandacht statt. Isabelle musste sich zwischen zwei Dingen entscheiden: trinken oder beten. Ihr war klar, dass Gott sie nicht aus ihrem körperlichen Zustand befreien konnte. Aber sie hatte im Moment nur wenige Möglichkeiten und ergriff den Strohhalm, den die Abendandacht für sie darstellte.

Die Andacht hatte bereits begonnen. Es waren sehr wenige Leute da. Isabelle fragte sich, ob die Priester wohl daran verzweifelten, dass die Leute in diesen säkularen Zeiten nur noch an Weihnachten und Ostern und zu Hochzeiten und Beerdigungen in die Kirche gingen. Sie würde jedenfalls verzweifeln, dachte sie.

Sie setzte sich in eine Kirchenbank. Die anderen knieten. Sie fühlte sich seltsam fehl am Platz, denn sie hatte seit der Taufe der Zwillinge keine Kirche mehr betreten. Vage nahm sie wahr, dass der Priester ein Gebet sprach. Sie versuchte zuzuhören. »… wie verlorene Schafe. Allzu lange haben wir uns von unseren eigenen Wünschen leiten lassen. Wir haben gegen die heiligen Gesetze verstoßen. Wir haben unsere Pflichten vernachlässigt. Und …« Isabelle hielt sich die Ohren zu. Sie wollte das nicht hören. Es gab keinen Gott. Es gab überhaupt nichts. Nur die unendliche Leere des Alls, in dem alle schwebten, auf der Suche nach einem Ort, wo das Alleinsein sich nicht so schlimm anfühlte, denn Alleinsein war der Tod, auf den sie sich alle zubewegten. Sie schloss die Augen. Sie presste die Faust gegen ihren Mund. Dann hörte sie den Priester sagen: »Verschone jene, o Gott, die ihre Sünden beichten.« Sie konnte sich das nicht länger anhören.

Als sie die Augen öffnete und den Priester in seinem Gewand am Altar stehen sah, war ihr, als würde er direkt in ihr Herz sehen. Das war unmöglich, da sie ganz hinten saß, und doch spürte sie, wie sein Blick sie durchbohrte, aber das war gar nicht der Blick des Priesters. Wer war es, der sie anschaute? War es Gott oder ihr Gewissen, oder waren es ihre Schuldgefühle?

Sie nahm eins von den handgenähten Kniekissen von der Sitzbank vor ihr und legte es auf den Boden. Der Priester redete weiter, Worte, die sie etwas lehren sollten. Aber sie wollte nichts lernen, das war es nicht, was sie jetzt brauchte, auch wenn es das Einzige war, was ihr gerade angeboten wurde.

Mühsam kniete sie sich auf das Kissen. Inzwischen kniete niemand mehr, aber das spielte keine Rolle. Sie musste jetzt knien, denn wenn sie das nicht tat, würde sie aus der Kirche in den nächsten Schnapsladen rennen. Wenn es für sie eine Rettung gab, dann konnte diese nur von ihr selbst kommen.

Aber die Leute, die mit dem Priester zusammen beteten, sahen das nicht so. Die glaubten an etwas anderes. Und sie wollte auch an etwas glauben, weil sie nicht mehr an sich selbst glaubte.

Sie murmelte: »Bitte, bitte, bitte.« Und dann begann sie zu weinen.

22. Mai

LUDLOW
SHROPSHIRE

Der erste Anruf kam von Hillier, und Lynley wusste, dass er rangehen musste. Hillier begrüßte ihn mit den Worten: »Was haben wir nach sechs Tagen?« Lynley verkniff es sich, den Assistant Commissioner darauf hinzuweisen, dass es genau genommen erst fünf Tage waren oder höchstens fünfeinhalb, da sie fast einen ganzen Tag für die Fahrt, mit einem Umweg über das Polizeihauptquartier in West Mercia, nach Shropshire gebraucht hatten. Aber ehe er eine Antwort formulieren konnte, fuhr Hillier fort: »Quentin Walker hat mich angerufen und sich nach dem Stand der Dinge erkundigt. Er machte Andeutungen über das Innenministerium. Keine Ahnung, was er denkt, was dieser Trottel von Innenminister unternehmen wird, um die Dinge in die von ihm gewünschte Richtung zu lenken, welche auch immer das sein mag. Also, wie weit sind Sie, und was haben Sie und Ihre berüchtigte Kollegin Barbara Havers bisher erreicht?«

Lynley konnte sich vorstellen, wie Hilliers rosige Gesichtsfarbe mit jedem Wort roter wurde. Dass der Mann permanent unter Druck stand, war bekannt. Dass er noch keinen Herzinfarkt erlitten hatte, grenzte an ein Wunder. Lynley sagte: »Wir kommen der Sache näher, Sir.«

»Was zum Kuckuck soll das heißen?«

»Wahrscheinlich ist der hiesige Hilfspolizist von jemandem hereingelegt worden.«

»Von wem?«

Lynley wollte lieber nicht sagen von Deputy Chief Constable Freeman, damit Hillier keinen Schlaganfall bekam, deswegen antwortete er: »Wir sind noch nicht so weit, dass wir jemanden verhören könnten, Sir. Aber wir werden den Tatort heute noch einmal genau unter die Lupe nehmen. Außerdem haben wir ein Treffen mit der Gerichtsmedizinerin.«

»Es besteht also Verdacht auf Fremdeinwirkung? Soll ich Walker das sagen?«

»Es könnte sein, dass der Verdacht besteht.«

»Was soll das denn heißen, Inspector?«

»Am besten sagen Sie dem Abgeordneten jetzt noch nichts, wenn Sie es vermeiden können, Sir.«

»Soll ich aus Ihrem erbaulichen Rat schließen, dass ›Verdacht auf Fremdeinwirkung‹ Clive Druitt nicht davon abhalten wird, sein Scheckbuch zu zücken und seine Anwälte auf den Plan zu rufen?«

»So ist es, Sir.«

»Sie wissen hoffentlich, was das für mich bedeutet. Ich kann dem Abgeordneten also nichts anderes sagen als ›Es geht vorwärts, ich melde mich‹.«

»Ich fürchte, so sieht es aus, Sir.«

»Herrgott noch mal. Wieso rufe ich Sie überhaupt an?« Hillier legte auf. Er hatte von seinem Handy aus angerufen, was ihn jetzt um die Genugtuung brachte, den Hörer aufzuknallen.

Lynley hatte sich gerade fertig rasiert, als der nächste Anruf kam. Er hatte die Hoffnung aufgegeben, von Daidre zu hören, war also nicht überrascht, als er sah, dass der Anrufer Nkata war.

»Sauber wie ein Neugeborenes«, sagte Nkata.

»Waren Sie schon mal bei einer Geburt anwesend?«

»Nein, Inspector.«

»Ich auch nicht, aber ich habe Fotos gesehen. Und als sauber würde ich ein Neugeborenes nicht unbedingt beschreiben.«

»Alles klar. Aber Sie wissen ja, was ich meine. Rochester, Henry Geoffrey, genannt Harry? Er ist genau der, der zu sein er behauptet: ein Professor für Geschichte, der seinen Job aufgeben musste. Panikattacken im Hörsaal, weit offene Fenster mitten im Winter und so weiter. Einmal wurde er wegen Herumlungerns angezeigt, aber das ist Jahre her.«

»Das ist alles? Nichts über ihn mit irgendwelchen Studenten oder Studentinnen?«

»Nichts. Aber ich hab rausgefunden, warum er dieses Problem hat.«

»Die Klaustrophobie?«

»Ja. Ziemlich üble Geschichte.«

Lynley ging zum Fenster und zog den Vorhang auf. Im Morgenlicht war ein Teil der Burgruine zu sehen. Ihm fiel auf, dass die Großbuchstaben auf dem Banner für *Titus Andronicus* nach unten hin in Blutlachen ausliefen. Wenigstens war das Publikum vorgewarnt, dachte er.

Er fragte: »Ist es für unseren Fall relevant?«

»Wahrscheinlich nicht«, sagte Nkata und berichtete: Der Vater ein Genie in Elektrotechnik; die Überzeugung des Vaters, er habe dem Sohn sein Talent vererbt; große Erwartungshaltung, die natürlich enttäuscht wurde, woraufhin dem Sohn Faulheit unterstellt wurde. »Um seinem Sohn die Bedeutung der Elektrizität beizubiegen, hat er ihn mit Dunkelheit bestraft, das heißt, er hat ihn in einen Wandschrank gesperrt, wenn seine Noten in den wissenschaftlichen Fächern schlecht ausfielen. Und zwar ganze Wochenenden lang und über die Oster- und Weihnachtsfeiertage. Das hörte erst auf, als der Junge auf die Uni kam, aber da war der Schaden schon angerichtet.«

Lynley schüttelte den Kopf. »Eines Tages werde ich herausfinden, was mit den Menschen nicht stimmt, Winston.«

»Viel Glück, Sir«, erwiderte Winston.

»Wie haben Sie das alles in Erfahrung gebracht?«

»Das mit dem Wandschrank? Ich hab seine Schwester ausfindig gemacht. Aber in Ihrem Fall hilft das wohl nicht weiter. Der Mann hat nichts zu verbergen, und man kann ihm nichts anlasten.«

Lynley schaltete den elektrischen Wasserkocher ein, um sich eine Tasse Tee aufzubrühen. »Hätten Sie denn Zeit, noch jemand anderen zu überprüfen?«, fragte er Nkata.

»Ich kann mir hier und da ein bisschen Zeit nehmen. Um wen geht es denn?«

»Gary Ruddock. Das ist der Hilfspolizist von Ludlow. Nach dem, was er Barbara bei ihrem ersten Besuch hier oben erzählt hat, könnte es erhellend sein, seinen Hintergrund mal ein bisschen zu durchleuchten. Er ist bei einer Sekte in Donegal aufgewachsen. Keine Ahnung, ob uns das irgendwie weiterhilft, aber Hillier hat mich eben angerufen, und falls er das wieder tut, womit ich rechne, wäre es gut, ihm etwas bieten zu können, damit er sich nicht aus dem Fenster stürzt.«

Nkata lachte. »Ich klemm mich dahinter. Ich melde mich.«

Bevor ihn der dritte Anruf erreichte, schaffte Lynley es, sich anzuziehen, nach unten zu gehen und mit Havers zu frühstücken. Sie schwor beim Leben ihrer Katze – obwohl sie gar keine besaß – , dass sie nach dem Aufstehen eine Stunde lang trainiert habe, damit sie Dorothea Harriman bei ihrer Rückkehr mit ihren Tanzkünsten beeindrucken konnte. Als der dritte Anruf kam, waren sie gerade auf dem Weg zur Polizeistation. Da Lynley am Steuer saß, nahm er das Handy aus seiner Brusttasche und reichte es Havers.

Sie warf einen Blick aufs Display und sagte: »Es ist Ihre Hoheit. Wollen Sie vielleicht selbst …?«

Er wollte nicht. Isabelle Ardery war die Letzte, mit der er sprechen wollte, denn bei ihr wusste man nie, in welchem Zustand sie sich gerade befand. Er sagte: »Lassen Sie den Anruf auf die Mailbox durchgehen. Wir können uns später anhören, was sie zu sagen hat.«

»Ganz meine Meinung«, sagte sie.

Sie hatten Ruddock mitgeteilt, dass sie sich den Raum, in dem Druitt sich erhängt hatte, noch einmal ansehen wollten. Der Hilfspolizist hatte sich über ihr Ansinnen gewundert, sich jedoch bereit erklärt, sich in der Polizeistation mit ihnen zu treffen, bevor er seinen ersten Rundgang machte. Er war bereits dort, als sie eintrafen. Diesmal wartete er jedoch nicht auf dem Parkplatz auf sie, sondern drin. Die Tür stand offen. Sie trafen ihn im ehemaligen Aufenthaltsraum an, wo er an einer alten Mikrowelle herumfummelte.

»Das hört sich ja ganz so an, als würden Sie Fortschritte machen«, lauteten seine Begrüßungsworte. »Wenn ich dasselbe bloß von mir behaupten könnte…« Er klopfte mit der flachen Hand auf das alte Gerät. »Das Ding ist ein richtiges Relikt, aber manchmal funktioniert es tatsächlich noch.«

Lynley sagte, sie wollten nur einen kurzen Blick in das Zimmer werfen, in dem Druitt gestorben war.

»Sie kennen sich ja aus«, sagte Ruddock. Anscheinend sah er keine Notwendigkeit, sie zu begleiten.

In dem ehemaligen Büro stand jetzt anstelle des gelben Plastikstuhls, der am Abend von Druitts Tod auf dem Boden gelegen hatte, ein Schreibtischstuhl mit Rollen. Aber das war die einzige Veränderung.

Weder am Schwarzen Brett noch im Papierkorb fanden sie etwas Neues. Auch die hellen Stellen an den Wänden, wo einmal Bilder oder Landkarten gehangen hatten, brachten keine erhellenden Erkenntnisse. Auf dem Linoleumboden konnte man erkennen, wo früher einmal Möbel gestanden hatten, wahrscheinlich Aktenschränke, vielleicht zwei Regale und möglicherweise eine Anrichte. Dass das Linoleum ziemlich abgenutzt war, überraschte in Anbetracht des alten Gebäudes nicht weiter. »Der Boden sieht aus, als hätten hier Leute Stepptanz trainiert«, bemerkte Havers.

»Sehen Sie? Sie sind nicht die Einzige«, sagte Lynley.

Er untersuchte gerade die Jalousien, als sie sagte: »Hier ist was, das wir beim ersten Mal übersehen haben, Sir.« Sie klang jedoch nicht sehr hoffnungsvoll.

Als Lynley sich umdrehte, hockte sie vor der Mitte des Schreibtischs. Sie hatte den Stuhl weggezogen. Er trat zu ihr. Es waren Schrammen von Schuhen mit Gummisohlen, wie sie mit der Zeit entstanden, wenn man einen Schreibtischstuhl zurückschiebt.

Er betrachtete die Schrammen, dann sah er Havers an.

Sie sagte: »Okay, ich weiß. Vielleicht hat einer das Rauchen aufgegeben und dann die ganze Zeit vor lauter Stress mit den Füßen gescharrt. Haben Sie das eigentlich gemacht, Sir?«

»Als ich das Rauchen aufgegeben habe?«, fragte er. »Nein. Ich habe zwei Jahre lang Fingernägel gekaut.«

»Sehen Sie? Genau deswegen rauch ich weiter. Ich werd mir doch nicht die Fingernägel ruinieren.«

Er richtete sich auf. Sie gingen zu der Schranktür, an deren Knauf der Diakon sich erhängt hatte. Er saß fest; also hatte er sich durch das Gewicht eines Menschen nicht gelockert. Sie schauten sich noch einmal im Zimmer um.

»Tote erzählen keine Geschichten«, murmelte Havers.

»Schade«, sagte Lynley.

Sie gingen zurück zum Aufenthaltsraum. Ruddock hatte die hintere Abdeckung der Mikrowelle abgeschraubt. Er blickte auf, und als er ihre Gesichter sah, fragte er: »Na, kein Glück gehabt?«

»Wir sind uns nicht sicher«, antwortete Lynley. »Uns ist etwas aufgefallen, das merkwürdig sein könnte.«

Ruddock legte den Schraubenzieher weg. »So? Was denn?«

Lynley erzählte ihm von den Fotos, die die Spurensicherer gleich nach dem Tod des Diakons aufgenommen hatten.

»Was können Sie uns zu dem Stuhl sagen?«, fragte er dann und präzisierte: Es gehe um den Stuhl, der auf der Seite gelegen habe, einen Plastikstuhl, keinen Schreibtischstuhl. Und der, wenn er es sich recht überlege, habe wohl kaum die richtige Höhe für die Arbeit am Schreibtisch gehabt.

Nach kurzem Nachdenken schüttelte Ruddock den Kopf. »Ich hab nie über diesen Stuhl nachgedacht. Der stand in dem Büro, als ich Druitt da reingebracht hab. Er brauchte ja was zum Draufsitzen. Sonst war da nichts. Ich musste Druitt auf den Boden legen, als ich ihn wiederbeleben wollte. Deswegen hab ich den Schreibtisch aus dem Weg geschoben, und dabei muss der Stuhl umgefallen sein. Ich war… Na ja, ich war ziemlich in Panik.«

In Anbetracht dessen, was er in der Zwischenzeit auf dem Parkplatz getrieben hatte, war das kein Wunder. Zu klären blieb allerdings noch, wer die Frau gewesen war.

Lynley sagte: »Gary, es gibt Zeugen, die behaupten, Sie hin und wieder nachts mit Studentinnen zusammen gesehen zu haben. In Ihrem Streifenwagen. Können Sie uns dazu etwas sagen?«

Ruddock zögerte. Dann sagte er: »Ich nehme an, dass das mit den Saufgelagen zu tun hat. Wenn die jungen Leute sturzbetrunken sind, scheint es mir zu gefährlich, sie einfach auf der Straße rumlaufen zu lassen. Dann sammle ich sie ein, pack sie in den Wagen und fahr sie heim. Das kommt ab und an vor. Deswegen wundert es mich nicht, dass jemand mich mit ihnen gesehen hat.«

»Es geht speziell um junge Frauen«, bemerkte Barbara.

»Na ja, ich bringe sie einer nach dem anderen nach Hause«, sagte Ruddock. »Also hab ich zwangsläufig am Ende nur noch einen im Auto, da die meisten Studenten hier noch bei ihren Eltern wohnen oder in einem kleinen Apartment oder einem möblierten Zimmer.«

»Gehört das zu Ihrem Job?«, wollte Lynley wissen. »Hat

der Stadtrat oder der Bürgermeister Sie darum gebeten, betrunkene Studenten nach Hause zu fahren?«

»Es scheint mir einfach das Vernünftigste. So sorge ich dafür, dass sie nicht noch mehr Dummheiten anstellen. Außerdem hilft es, den Anfängen zu wehren. Mit dem Alkohol, mein ich. Ich seh es nicht gern, wenn junge Leute so tief sinken. Das passiert leicht in dem Alter, und ich sag mir, wenn ihre Eltern sie oft genug volltrunken erleben, werden sie schon was unternehmen. Aber natürlich gehört das nicht zu meinem Job – um auf Ihre Frage zurückzukommen.«

»Gehört Dena Donaldson zu den jungen Leuten, die gern dem Alkohol zusprechen?«, fragte Lynley.

»Ja, das kann man wohl sagen! Sie wird übrigens Ding genannt. Sie wohnt nicht bei ihren Eltern, sondern in einer WG. Sie hat ein echtes Problem mit dem Alkohol, und natürlich will sie auf keinen Fall, dass ich ihren Eltern davon erzähle. Ich halte sie an der Kandare und sage ihr, dass ich sie jederzeit zu ihren Eltern nach Hause bringen kann.«

»Sie wurden mit ihr zusammen hier auf dem Parkplatz gesehen«, sagte Lynley. »Nachts.«

»Kein Wunder. Ich hab sie mehr als einmal mit hierhergebracht, um ihr die Leviten zu lesen. Eigentlich will ich das Mädchen auch nicht unbedingt zu ihren Eltern bringen, die wohnen ja nicht grade um die Ecke, und außerdem möchte ich ein anständiger Polizist sein… So einer wie früher die örtlichen Constables. Also habe ich sie mit auf die Station genommen, um ihr klarzumachen, was passiert, wenn sie nicht verdammt noch mal aufhört mit dem Mist, dass sie wahrscheinlich sterben wird, wenn Sie verstehen, was ich meine. Sie hat sich ein bisschen gebessert, aber manchmal lässt sie sich eben doch wieder volllaufen, und dann geht alles wieder von vorne los.«

»Der Einsatz, den Sie zeigen, geht aber weit über Ihre Pflichten hinaus«, bemerkte Havers.

»Wenn die jungen Leute trinken, machen sie Probleme. Die Bürger regen sich auf. Sie rufen mich an, und dann muss ich irgendwas unternehmen. Am liebsten würde ich dafür sorgen, dass das ganz aufhört. Aber ich kann nur mein Bestmögliches tun.«

»Wie Mr Druitt.«

Er legte den Kopf schief, als wüsste er nicht, was die Bemerkung bedeuten sollte.

»Er wollte hier in der Stadt ein Street-Pastors-Programm ins Leben rufen«, sagte Havers. »Leute, die die betrunkenen Jugendlichen von der Straße holen und ihnen Kaffee oder Suppe anbieten. Aber so weit kam es nicht.«

»Auch deswegen ist es eine Schande, dass er tot ist«, sagte Ruddock.

CHURCH STRETTON
SHROPSHIRE

Zusammen mit dem ausgedehnten Hochmoor von Long Mynd bildeten die sanft abfallenden Stretton Hills ein Tal, in dem das viktorianische Städtchen Church Stretton lag. Es erinnerte noch entfernt daran, was es im neunzehnten Jahrhundert einmal gewesen war: ein Kurort mit Mineralquellen. Dann hatte sich die Stadt jedoch von einem Heilort für Kranke in ein Wellnesscenter für Leute entwickelt, die gesund und munter waren. Mit Rucksäcken und zusammenklappbaren Walking-Stöcken bewaffnet erklommen jetzt Wanderer die Höhen von Long Mynd, um den Ausblick bis weit nach Wales hinein zu genießen.

Als Barbara Havers die vielen Wanderer am Straßenrand sah, bemerkte sie gereizt: »Besser die als ich. Was ist bloß mit den Leuten los? Wo sind die guten alten Zeiten geblieben?«

»Stimmt«, sagte Lynley mit einem sarkastischen Unterton. »Die guten alten Zeiten von Gicht und Tuberkulose waren wirklich viel besser, Barbara.«

»Jetzt fangen Sie nicht damit an!«, warnte sie ihn. »Wonach suche ich noch mal?«

»Es heißt Mane Event. M-a-n-e.«

»Raffinierte Namen kann ich auch nicht ausstehen. Hab ich das schon mal erwähnt?«

»Brauchen Sie eine Zigarette? Oder wo ist das Problem?«

»*Er* ist das Problem. Sie war bei ihm, Sir. Diese Dena. Oder Ding oder wie auch immer.«

»Das streitet er ja gar nicht ab, Barbara. Und er hat uns sogar gesagt, warum sie bei ihm war. Fragt sich nur, ob er die Wahrheit sagt.«

»Er lügt uns also an wegen der anderen? Der verheirateten oder wer auch immer sie ist?«

»Möglich. Aber er hat inzwischen bestimmt Fracksausen.«

»Und was ist mit all den Telefongesprächen mit Trevor Freeman, Sir? Die wären eine gute Tarnung dafür, dass er die Ehefrau vögelt, die die Stelldicheins mit dem Handy von ihrem Männe ausmacht. Wer überprüft schon sein eigenes Handy auf eingegangene Anrufe? Würden Sie auf die Idee kommen? Ich nicht. Andererseits haben Sie ja Ihren Charlie Denton, der Ihr Handy für Anrufe nach New York benutzt. Oder nach Hollywood.«

»Ja, vor allem nach Hollywood«, sagte Lynley. »Da ist es übrigens.«

»Was? Das Mane Event? Sorry, ich war grade nicht bei der Sache.«

Sie betraten den Laden. Das hier als einen Frisörsalon zu bezeichnen war ziemlich übertrieben, dachte Barbara, als sie sich umschaute. Es gab zwar zwei Frisörstühle, aber wenn hier zwei Frisörinnen gleichzeitig arbeiteten, würde das in ein Ellbogengefecht ausarten. Hier schien gerade genug Platz für die Frisörin und die Kundin zu sein, die gerade anwesend waren.

Hierher hatte Nancy Scannell sie zu ihrem Gespräch bestellt. Auf Lynleys Einwand hin, ein Frisörsalon sei nicht gerade ein idealer Treffpunkt, hatte sie geantwortet, sie könne entweder dort mit ihnen reden oder erst nach ihrem Gerichtstermin am Nachmittag. Einen Termin bei Dusty zu bekommen, sei nahezu unmöglich, da müsse man Wochen im Voraus anrufen. Nicht jeder könne so widerspenstiges Haar ordentlich schneiden, und es sei Zeit für ihre Sommerfrisur.

Als Lynley und Barbara eintrafen, saß Nancy Scannell bereits in einem der beiden Stühle, und Dusty bearbeitete ihren Kopf mit zwei Scheren, wobei sie einen Kamm zwischen den Zähnen hielt wie ein Flamencotänzer eine Rose. Haare flogen in alle Richtungen. Anscheinend hatte Nancy Scannell sich für einen Kurzhaarschnitt entschieden. Außerdem sollten die Haare noch gefärbt werden, erklärte ihnen Dusty, als sie sich kurz den Kamm aus dem Mund nahm. Nancy Scannell hatte offenbar protestiert, aber Dusty versuchte, einen Kompromiss auszuhandeln. »Nur ein Hauch Magenta, nichts Spektakuläres. Es wird Ihnen gefallen. Sie werden sich wundern, wie gut Ihnen das steht.« Aber die Gerichtsmedizinerin ließ sich nicht beirren. Sie möge ihr graues Haar, erklärte sie. Sie habe sich in ihrer langjährigen Ehe jedes einzelne graue Haar verdient und damit basta.

Dusty drehte sich zu Lynley und Barbara um. Ihr Blick blieb an Barbaras Haar hängen. »Was haben Sie sich denn angetan? Haben Sie eine Sense benutzt?«

»Nagelschere«, erwiderte Barbara.

»Ich fürchte, da kann ich nichts mehr machen. Zu kurz. Sie müssen noch mal kommen, wenn es ein bisschen gewachsen ist.«

»Ich notier's mir in meinem Terminkalender«, sagte Barbara. Dann wandte sie sich an die Gerichtsmedizinerin. »Das ist DI Lynley, Dr. Scannell.«

»Das dachte ich mir«, sagte sie. »Dann legen Sie mal los.«

»Hier?«, fragte Lynley. Wahrscheinlich war er davon ausgegangen, dass sie sich zwar im Frisörsalon treffen, jedoch für das eigentliche Gespräch einen anderen Ort aufsuchen würden, dachte Barbara.

»Geht leider nicht anders, wenn es heute sein muss«, sagte Scannell. Dann fragte sie Dusty: »Haben Sie die Ohrstöpsel parat?«

»Ach so, ja. Moment.« Dusty fischte ein Paar Ohrstöpsel aus einer Schublade, die sie sich in die Ohren steckte und an ihr Handy anschloss, damit sie das Gespräch nicht belauschen konnte. Gleich darauf begann ihr Kopf, sich im Rhythmus zu bewegen, was ihrem Geschick mit Schere und Kamm jedoch keinen Abbruch zu tun schien.

»Wir haben uns noch einmal den Raum in der Polizeistation angesehen, in dem Ian Druitt gestorben ist«, sagte Lynley. »Und Ihren Bericht und die Fotos der Autopsie. Wie sicher sind Sie, dass Druitt Selbstmord begangen hat?«

Sie bat ihn, ihr die Fotos zu geben. »Das ist schon einige Monate her«, sagte sie. Dusty riskierte einen neugierigen Blick über die Schulter der Gerichtsmedizinerin auf die Tatortfotos, wandte sich aber schnell wieder ihrer Arbeit zu.

»Dieser Priesterschal, den er benutzt hat«, sagte Scannell, »hat es ein bisschen verkompliziert.« Sie zeigte auf die rote Stola auf dem Boden neben dem Toten. »Stoff hinterlässt keine so eindeutigen Abdrücke auf der Haut wie zum Beispiel ein Seil, ein Ledergürtel oder ein Stromkabel. Das da … wie heißt das auch noch? Ich hab das mal gewusst, aber ich werde immer vergesslicher.«

»Das ist eine Stola«, sagte Lynley.

»Ah ja. Jedenfalls hat sie Abdrücke auf der Haut hinterlassen … Hier sehen Sie es auf dem Autopsiefoto … die winzigen Blutungen sind kaum sichtbar. Die Hämatome sind nur schwach ausgeprägt, aber sie ziehen sich in einem Winkel am Hals hoch, der nicht auf Fremdeinwirkung hindeutet. Das habe ich Ihren Kolleginnen schon gesagt, als sie das letzte Mal hier waren. Also auf dem Flugplatz, meine ich, nicht hier im Frisörsalon.«

»Hing der Tote noch in der Schlinge, als Sie eintrafen?«

»Der Hilfspolizist hat so gut wie alle Spuren am Tatort unbrauchbar gemacht. Er hatte die Schlinge vom Hals entfernt und versucht, den Mann wiederzubeleben – das kann man ihm kaum vorwerfen. Aber auch wenn er das nicht getan hätte, wäre ich zu demselben Ergebnis gelangt. Ein als Selbstmord getarnter Mord wird fast immer entdeckt.« Sie schaute zu ihnen hoch. »Und ich nehme an, dass Sie hoffen, etwas zu finden, was in diese Richtung deutet. Ich wünsche Ihnen viel Glück dabei, aber ich bleibe bei meiner Selbstmorddiagnose. Es gab genug Anzeichen dafür: das verzerrte Gesicht, die aus den Höhlen getretenen Augen und die kleinen Blutungen. Natürlich gibt es auch noch mehr Anzeichen, aber die hat man doch sowieso nur sehr selten bei einer ungeklärten Todesursache, was Ihnen zweifellos bekannt sein wird.«

»Wir haben Ihren Bericht gelesen«, sagte Lynley. »Wir stimmen Ihnen zu, dass die Spuren an Gesicht und Hals auf einen Suizid hindeuten. Die Hautabschürfungen an den Handgelenken sind vermutlich auf die Plastikhandschellen zurückzuführen, die der Hilfspolizist Druitt angelegt hat, und sie erklären, warum Ruddock sie ihm in der Polizeistation wieder abgenommen hat. Aber da nicht alle typischen Anzeichen für einen Suizid vorliegen, welche gibt es denn noch?«

Scannell reichte ihnen die Fotos. Sie berührte Dustys Arm und zeigte auf eine Stelle an ihrem Kopf, wo anscheinend ihrer Meinung nach noch Schneidebedarf war. Dann sagte sie zu Lynley: »Beim Suizid durch Strangulierung kommt es häufig vor, dass man einen Krampf in den Beinen kriegt. In diesem Fall hätten wir Scharrspuren auf dem Boden finden können. Vielleicht haben wir keine gefunden, weil er entweder keinen Krampf gekriegt hat oder Schuhe anhatte, die keine Spuren hinterlassen – wie die meisten Sportschuhe –, aber auch wenn solche Spuren fehlen, hat das nicht viel zu sagen.«

Barbara wurde hellhörig. Sie sagte: »Sir…?«, aber Lynley war bereits darauf angesprungen.

»Sie sprechen von Schrammen auf dem Linoleumboden?«, fragte er Dr. Scannell.

»Ja. Mit solchen Spuren würde man normalerweise bei dieser Art von Selbstmord rechnen. Aber wie gesagt, Beinkrämpfe müssen keine Spuren hinterlassen.«

Barbara schaute Lynley an. Er schaute sie an. Scannell beobachtete sie im Spiegel und fragte: »Was ist?«

»Falls der Mann auf einem Stuhl gesessen hat«, sagte Lynley, »wäre es möglich, dass jemand hinter ihm gestanden, ihn erwürgt hat und es dann hat aussehen lassen wie einen Selbstmord?«

Nach kurzem Nachdenken antwortete die Gerichtsmedizinerin langsam: »Dann wäre auf jeden Fall die Stola in der richtigen Position, um Abdrücke zu hinterlassen, die auf einen Suizid hindeuten. Aber ich kann mir nicht vorstellen, wie das in dem Büro vor sich gegangen sein sollte, ohne dass wir Spuren auf dem Linoleum gefunden hätten, die auf einen Kampf hinweisen würden. Und ich kann mir erst recht nicht vorstellen, dass der arme Mann da gesessen und sich hat erdrosseln lassen, ohne sich zu wehren. Selbst wenn er mit Handschellen gefesselt war, hätte er sich gewunden und um sich getreten.«

»Und so Spuren auf dem Linoleum hinterlassen«, sagte Lynley.

»Schrammen auf dem Linoleum«, sagte Barbara.

»Spuren, Schrammen, was auch immer«, sagte Nancy Scannell mit einem Blick nach hinten. Dann sagte sie zu Dusty, die ihr auf die Schulter geklopft hatte: »Sorry.« Den Blick wieder nach vorne gerichtet, fuhr sie fort: »Ja, unter den von Ihnen beschriebenen Umständen müsste es Schrammen auf dem Fußboden geben.«

Bingo!, dachte Barbara. Das war doch endlich ein Durchbruch.

WORCESTER
HEREFORDSHIRE

Es war ganz einfach gewesen, die Handys auszutauschen. Sie hängten ihre Handys jeden Abend an die Ladekabel, und da sie beide dasselbe Modell und sogar dieselbe PIN hatten, falls Clover kurzfristig Trevors Handy benutzen musste oder umgekehrt, hatte er die Handys, nachdem er auf seinem dasselbe Hintergrundbild installiert hatte wie auf ihrem, nur noch auszutauschen brauchen. Auch das mit dem Hintergrundbild war einfach gewesen, da Clover sich nicht die Mühe machte, dafür ein privates Foto auszusuchen. Er hatte keine dreißig Sekunden gebraucht, um auf seinem Smartphone das vorinstallierte Foto von rollenden Ozeanwellen zu finden.

Wahrscheinlich würde sie es irgendwann im Lauf des Tages bemerken, dachte Trevor, aber bis dahin hatte er wohl genug Zeit, sich alle Informationen von ihrem Handy zu besorgen, die er nach dem gestrigen Gespräch mit Gaz unbedingt brauchte. Denn Gaz Ruddock war längst nicht so ein guter Lügner, wie er glaubte.

Gleich nach seinem Treffen mit Gaz hatte Trevor die ein- und ausgehenden Anrufe auf seinem eigenen Handy unter die Lupe genommen. Sein Handy speicherte ein- und ausgehende Anrufe zwei Monate lang, und Trevor fand heraus, dass Gaz Ruddock zwischen dem zweiundzwanzigsten März und dem sechzehnten Mai regelmäßig angerufen hatte beziehungsweise regelmäßig von diesem Handy aus angerufen worden war. Ebenso wie die anderen Telefonate, die er bei seiner ersten, flüchtigen Überprüfung entdeckt hatte, waren die Gespräche spätabends oder frühmorgens geführt worden. An manchen Tagen war nur ein Telefonat aufgelistet, an anderen bis zu vier.

Nachdem er diese Liste durchgegangen war, hatte er mehr wissen wollen. Zwar hatten Clover und Gaz bereits erklärt, die Telefonate hätten mit ihrer geheimen Abmachung zu tun, dass Gaz Finn im Auge behalten sollte, aber Trevor fragte sich, wieso sie deswegen so häufig hatten telefonieren müssen. Trevor wollte Antworten und rief als Erstes seinen Netzbetreiber an. Er gab die entsprechenden Telefonnummern und Passwörter an und erklärte der gesichtslosen und namenlosen Stimme am anderen Ende der Leitung, er wolle ein paar Anrufe überprüfen, die eins seiner Kinder heimlich geführt habe. Kurz darauf schickte man ihm die gewünschten Informationen zu.

Und die waren äußerst interessant. Der intensive Kontakt zwischen Clover und Gaz über Trevors Handy hatte am ersten März begonnen. Vor diesem Datum gab es keine Anrufe, egal, wie weit er zurückging.

Es kam Trevor äußerst merkwürdig vor, dass sich jemand, der angeblich ein Auge auf Finn haben sollte, erst am Ende des Winters bei Clover meldete. Also hatte er Clover bis dahin entweder auf ihrem eigenen Handy angerufen oder sich gar nicht um Finn gekümmert.

Um sich darüber Klarheit zu verschaffen, hatte Trevor die beiden Handys ausgetauscht. Nachdem er die Chronik ihres Handys und auch sein eigenes Handy überprüft hatte und dabei noch weiter zurückgegangen war, konnte er sich unmöglich bis zum Abend gedulden, um mit Clover zu sprechen.

Er rief sein eigenes Handy an, und als sie sich meldete, sagte er, so lässig er konnte: »Tut mir leid, Schatz, wir haben aus Versehen unsere Handys vertauscht. Ist wahrscheinlich passiert, als wir sie aus den Ladestationen genommen haben.«

»Ach, wirklich?«, sagte sie. »Deswegen hat mich heute noch keiner angerufen. Und ich dachte schon, endlich wollten mich alle mal in Ruhe arbeiten lassen. Normalerweise fängt mein Handy um halb acht an zu klingeln und hört nicht mehr auf. Hat es denn eigentlich geklingelt?«

»Als ich gemerkt hab, dass es deins ist, hab ich alle Anrufe auf die Mailbox gehen lassen. Aber es hat so oft geklingelt, dass ich dachte, es ist besser, ich sag dir Bescheid, dass wir die Handys vertauscht haben. Soll ich sie dir vorspielen? Die Nachrichten, meine ich.«

»Nein, bloß nicht.«

Hatte sie hastig geantwortet? Er sagte: »Soll ich dir das Handy bringen? Hier im Studio ist es im Moment ziemlich ruhig. Wir können uns auch auf halbem Weg treffen, wenn du willst.«

»Ich hab heute eine Besprechung nach der anderen.«

»Okay, dann bring ich es dir.«

»Ist das nicht ein bisschen viel Aufwand, Trev?«

»Ganz und gar nicht. Ich fahr dann gleich los.«

Sie sagte, das sei wirklich total nett von ihm, ihr das Handy nach Hindlip zu bringen. Sie werde im Empfangshäuschen am Eingang zum Hauptquartier auf ihn warten, so könne er sich die Formalitäten sparen. Er erklärte sich einverstanden. Natürlich war ihm klar, dass das ihrerseits eine Vorsichtsmaßnahme war, um ein Gespräch unter vier Augen auf jeden Fall zu vermeiden.

Als er eintraf, erwartete sie ihn bereits. Sie kam aus dem

Empfangshäuschen und winkte ihm mit der Hand, in der sie sein Handy hielt. Er kurbelte das Fenster am Beifahrersitz herunter, und als sie an den Wagen trat, sagte er: »Steig ein.«

Sie wirkte überrascht, obwohl sein Ton gar nicht unfreundlich gewesen war. »Ich hab nur ein paar Minuten Zeit, Trev.«

»Dauert nicht lange.«

Sie stieg ein und gab ihm sein Handy. Er behielt ihres noch in der Hand. Was ihr nicht entging. Sie legte neugierig den Kopf schief.

»Die Sache mit den Handys«, sagte er. »Das war Absicht. Ich hab sie vertauscht.«

Er schaute sie an. Ihr Gesichtsausdruck war unverändert. Sie sagte: »Aha.«

»Willst du mich nicht fragen, warum?«

»Wahrscheinlich bist du hergekommen, um es mir zu sagen. Aber ich verstehe nicht, warum das nicht bis heute Abend Zeit hatte.«

Sie war angriffslustig. Trevor fragte sich, warum er bisher nicht bemerkt hatte, was für eine gute Schauspielerin seine Frau war. Eigentlich hätte es ihm klar sein müssen. Schließlich machten sie schon seit Jahren diese Sexspiele, und in jeder Rolle war sie absolut überzeugend. Was die Sache natürlich besonders erregend machte. Egal, ob Schulmädchen, Nonne, Hure, Schaffnerin, Briefträgerin, Yogalehrerin, Zimmermädchen… Clover brauchte nichts zu spielen. Sie *wurde* zu der Person, die sie darstellte. Von jetzt an würde er sie beobachten müssen wie eine Amöbe unterm Mikroskop.

»Ich habe wie verlangt die Polizisten von Scotland Yard angelogen«, sagte er. »Aber dann wollte ich ein bisschen mehr über die vielen Telefongespräche zwischen dir und Gaz wissen. Ich denke, das wirst du verstehen. Ich dachte, wenn ich schon die Polizei anlüge, sollte ich wenigstens eine ungefähre Vorstellung von der Wahrheit haben. Sonst wird alles zu kompliziert. Dann verplappert man sich zu leicht. Aber das weißt du ja, du bist schließlich die Polizistin.«

»Haben wir das nicht besprochen?«

»Haben wir. Teilweise – zumindest. Aber du weißt ja, wie die Neugier einen umtreiben kann. Vielleicht liegt es ja daran, dass ich mit ’ner Polizistin verheiratet bin, aber ich konnte an nichts anderes mehr denken als an diese Anrufe, und ich hab mir gesagt, wenn ich will, dass das aufhört, muss ich sie mir mal genauer ansehen. Ich hab es einfach nicht ausgehalten.«

Ihre Augen wurden schmal. Sie ließ sich von seinem lässigen Ton nicht täuschen, und das hatte er eigentlich auch nicht erwartet. Sie sagte: »Ja. Das kann ich verstehen. Dir ist viel zugemutet worden.«

»Es freut mich, dass du das so siehst. Du wirst also auch verstehen, dass ich mir die Anrufe von dir und Gaz angesehen habe, dass ich versucht hab rauszufinden, warum es so viele sind.«

»Als Finnegan …«

»Ja, ja, Finnegan, ich weiß. Das hab ich übrigens beendet, ich hab Finns Schutzengel entlassen«, sagte er und malte Anführungsstriche in die Luft.

»Sind wir also wieder beim Thema?«, fragte sie. »Dass ich für Gaz die Beine breitmache und wir uns über dein Handy zum Ficken verabredet haben?«

»Das habe ich nicht gesagt, Clover. Aber ich habe allmählich den Eindruck, du möchtest, dass ich es sage.«

»Ich will nur, dass du aussprichst, was dir durch den Kopf geht.«

»Wenn das so ist, dann frage ich dich: Was hat Finn getan, das ich nicht wissen darf?«

Sie wandte sich ab. Ein Auto hatte draußen gehalten. Sie betrachtete es, als suchte sie nach einem Detail, nach dem Ausschau zu halten man ihr aufgetragen hatte. Eine Frau mittleren Alters stieg aus, und sie durchsuchte ihre riesige Handtasche.

Clover stieß einen Seufzer aus. »Ich weiß nicht, was ich dir noch antworten soll, Trev. Wir drehen uns im Kreis. Mehr kann ich dir zu dem Thema nicht sagen.«

»Denk an Anfang März.«

Sie wandte sich ihm wieder zu. Sie wirkte tatsächlich verblüfft.

»Anfang März haben die nächtlichen Telefonate von meinem Handy angefangen. Also, zwischen dir und Gaz. Falls ihr beide über Finn geplaudert habt, dann habt ihr das seitdem mindestens einmal pro Nacht mit meinem Handy gemacht. Und wenn Finn euer einziges Gesprächsthema war, möchte ich wissen, was Finn getan hat, und ich möchte es jetzt wissen.«

Die Hand am Griff der Beifahrertür sagte sie: »Ich weiß nicht, was du mir vorwirfst oder für wen du mich eigentlich hältst, aber es reicht jetzt.«

»Nein. Wir haben noch nicht über dein Handy gesprochen.«

»Ich wüsste nicht, was dabei herauskommen sollte.«

»Ist das dein Ernst? Ich frage dich das, weil auf deinem Handy ganze acht Telefonate zwischen dir und Gaz aufgezeichnet sind, und zwar am sechsundzwanzigsten und am siebenundzwanzigsten Februar. Danach habt ihr nur noch mit meinem Handy telefoniert. Deshalb hab ich mir gesagt, entweder ist vor dem oder am sechsundzwanzigsten etwas passiert, oder ihr beide habt aus irgendeinem Grund beschlossen, euch nur noch mit meinem Handy anzurufen.«

Sie schüttelte angewidert den Kopf. »Also gut. Wie du willst. Wir treiben es, sooft wir können. Ich brauch einen jüngeren Mann, weil du mir nicht geben kannst, was ich brauche. Ist es das, was du hören willst?«

»Was ich hören will, ist die Wahrheit. Wenn Finn irgendwas getan hat, will ich wissen, was.«

»Was in aller Welt könnte er denn getan haben?«

»Druitt hat sich Sorgen gemacht wegen Finn, stimmt's? Drogen, Alkohol, Kinder, was weiß ich. Geht es darum?«

»Herrgott noch mal, Trevor, wir wissen beide, das ist alles Unsinn. Darf ich dich daran erinnern, dass nur Gaz behauptet, dass Druitt überhaupt mit uns reden wollte?«

»Willst du damit sagen, Gaz will Finn irgendwas anhängen?«

»Keine Ahnung! Ich weiß nur, dass es Finnegan in Ludlow nicht so gut geht, wie er uns glauben machen möchte. Er trinkt zu viel, und er kifft, und er versäumt Seminare und Vorlesungen. Womöglich nimmt er inzwischen auch schon härtere Drogen. Gaz hat mich immer über alles auf dem Laufenden gehalten. Dann, als Ian Druitt gestorben ist, dachte er... weiß der Kuckuck, was er gedacht hat, ich wollte es nämlich nicht hören, okay? Aber seine Anrufe musste ich schließlich entgegennehmen. Wegen Finnegan. Kapierst du jetzt, in was für einer Lage ich mich befinde?«

Eine letzte Information hatte Trevor bisher zurückgehalten, weil er nicht daran denken und noch weniger darüber reden wollte. Doch jetzt blieb ihm nichts anderes mehr übrig. »Es gab drei Telefonate an dem Abend von Druitts Tod, Clover. Ich hab das Datum überprüft.«

»Wovon redest du überhaupt?«

»Ein Mal hast du Gaz angerufen, und zwei Mal hat Gaz dich angerufen. An dem Abend, als Druitt gestorben ist.«

Sie starrte ihn an. Sie öffnete die Beifahrertür. Er dachte schon, sie wollte ohne ein weiteres Wort aussteigen, doch er irrte sich.

»Du vermutest also, dass Ian Druitt sich gar nicht selbst umgebracht hat«, sagte sie, »dass ich ihn entweder selbst umgebracht habe oder ihn habe umbringen lassen. Ist das richtig?« Sie wartete. Als er nicht antwortete, fuhr sie fort: »Für was hältst du mich eigentlich, Trev?«

Die Antwort rutschte ihm unwillkürlich heraus. »Ich weiß es nicht, Clover, das ist ja das Schlimme.«

LUDLOW
SHROPSHIRE

»Ich wusste, dass er Dreck am Stecken hat«, sagte Havers, als Lynley halb auf dem Bordstein parkte. Sie warteten auf eine Verkehrslücke, dann überquerten sie die Straße.

»Ich glaube nicht, dass wir schon so weit gehen können, Barbara«, sagte Lynley. »Er ist verdächtig, ja, aber Dreck am Stecken? So weit sind wir noch nicht.«

»Also wirklich, Inspector. Die Schrammen auf dem Linoleum, die Stühle, die Plastikhandschellen – erst angelegt, dann abgenommen –, der anonyme Anruf, die Überwachungskamera, die zwanzig Sekunden lang ausgeschaltet war, Studentinnen, die in der Stadt rumkutschiert werden, aus was für Gründen auch immer, die Anrufe in den Pubs, Schäferstündchen im Streifenwagen… Was brauchen wir denn noch?«

»Zunächst einmal müssen wir die neunzehn Tage in Betracht ziehen, die zwischen dem anonymen Anruf und Ian Druitts Tod verstrichen sind. Dann müssen wir überlegen, was es zu bedeuten hat, dass Finnegan Freemans Mutter nach neunzehn Tagen aktiv geworden ist. Anschließend müssen wir überlegen, was es überhaupt damit auf sich hat.«

»Na gut. Wenn's sein muss, versteh ich, was Sie meinen. Es bedeutet, dass Finnegan was damit zu tun hat. Oder seine Mutter. Oder sein Vater. Oder Ruddock. Aber auf jeden Fall irgendeiner aus dem Dunstkreis von Detective Chief Constable Freeman.«

»Und deswegen müssen wir unbedingt wissen, ob tatsächlich jemand an dem Abend des Mords bei Ruddock im Auto war, und wenn ja, wer.«

»Wahrscheinlich war es Colonel Mustard mit dem Kerzenleuchter«, murmelte Havers.

Lynley lachte. »Es freut mich, dass Sie mir folgen können.« Er warf einen Blick auf seine Taschenuhr. Die Zeit raste. Hillier wollte bald Ergebnisse sehen. Wenn die Sache auf dem Schreibtisch des Innenministers landete, würden sie alle ein Problem bekommen. Als Lynleys Handy klingelte, hatte er das Gefühl, jemand in London hätte seine Gedanken gelesen. Ein Blick aufs Display sagte ihm, dass er mit seiner Vermutung richtiglag. Es war Ardery.

Er wollte jetzt nicht mit ihr reden. Eigentlich müsste er das Gespräch annehmen nach allem, was Dee Harriman ihm über Isabelles Zustand berichtet hatte. Aber im Moment musste er sich auf den Fall konzentrieren, es war so schon alles kompliziert genug, ohne dass Isabelle sich einmischte. Er ließ den Anruf auf die Mailbox gehen. Havers bemerkte es.

»Das war Ardery.«

»Besser Sie als ich«, bemerkte sie trocken. Im selben Augenblick klingelte ihr Handy. Sie warf einen Blick aufs Display und sagte: »Verdammter Mist. Soll ich …?«

Beide konnten sie wohl kaum Arderys Anruf ignorieren. »Versuchen Sie herauszufinden, in welchem Zustand sie sich befindet.«

»Und was soll ich sagen, wo Sie sind?«

»Dass ich irgendwohin gegangen bin und Sie mir was auch immer ausrichten.«

»Und wo sind Sie hingegangen?«

»Barbara, Sie sind doch sonst um keine Ausrede verlegen. Falls sie wegen des Falls anruft, sagen Sie ihr, dass wir kurz vor der Lösung stehen.«

Havers nahm das Gespräch an. »Chefin? … Ich wollte

grade … Wie? Der ist unterwegs … Er ist schon früh los. Wie gesagt, wir wollen uns mit den Leuten in der Temeside Street unterhalten … Wer halt grade zu Hause ist, entweder Finn Freeman oder seine Mitbewohnerin – diese Dena … Ach so. Nein. Sorry. Macht der Gewohnheit … Ich fahr allein dahin. Er ist gerade unterwegs …«, offenbar war ihr klar, dass es problematisch war, einen bestimmten Ort zu nennen, an dem man in ein Funkloch geraten konnte, »… zu dieser Gerichtsmedizinerin, um sie … Moment, Chefin. Ja, ich weiß, dass wir schon zwei Mal mit ihr geredet haben, aber der Inspector … Okay. In Ordnung. Ich kann mir das noch mal ansehen. Ich melde mich dann später bei Ihnen, okay? … Mach ich, Chefin.«

Sie beendete das Gespräch und sah Lynley gequält an. »Sie klingt, als hätte sie 'ne ganze Kanne Kaffee intus. Sie will, dass wir uns die Tatortfotos noch mal ansehen. Und sie währenddessen anrufen. Die Frau will sich nicht die Hände schmutzig machen und versucht, sich davonzuschleichen, wenn Sie mich fragen.«

»Es kostet uns wenig, ihr den Gefallen zu tun. Ich rufe sie später an.«

»Das ist ja mal wieder typisch«, sagte Havers mit finsterem Blick, während sie ihr Handy einsteckte. »Werden Sie es eigentlich nie leid, den Gentleman zu spielen?«

»So was saugt man mit der Muttermilch auf, Barbara«, sagte Lynley. »Ah, sieht aus, als kämen wir gerade rechtzeitig.« Er zeigte auf das Haus. Ding kam aus der Tür, einen Rucksack auf dem Rücken, und ging zu ihrem Fahrrad. Sie fummelte am Schloss herum, das wohl schwer aufging. Als sie näher kamen, hörten sie sie murmeln: »Verdammt, nun mach schon!«

»Brauchen Sie Hilfe?«, fragte Lynley.

Ding wirbelte herum. Sie wich einen Schritt zurück, als sie sie erkannte. »Finn ist nicht da«, sagte sie.

»Kein Problem«, sagte Havers. »Wir wollen nämlich mit Ihnen sprechen.«

Sofort wurde Ding misstrauisch. Sie schaute Havers und Lynley abwechselnd an.

»Ich weiß, dass Francie Adamucci mich verpetzt hat, falls Sie deswegen mit mir reden wollen«, sagte sie. »Vielleicht hilft es Ihnen ja zu wissen, dass Francie mit jedem ins Bett geht.«

»Es wird nicht lange dauern«, sagte Lynley. »Und Sie haben recht, Francie Adamucci hat Ihren Namen uns gegenüber erwähnt. Der Hilfspolizist hat ihre Aussage bestätigt, und jetzt interessieren wir uns für Ihre Version der Geschichte.«

»Die lügen alle beide, und ich hab keine …«

»… Zeit. Schon klar. Wer hat die schon?«, sagte Havers.

»Ich muss nicht mit Ihnen reden. Außerdem werde ich zu Hause erwartet.«

»Bei deinen Eltern zu Hause?«, fragte Havers. »Wo Gary Ruddock dich nicht hinbringen soll?«

»Wer behauptet das?«

»Ruddock. Er sagt, es hat was mit deinem Problem zu tun.«

»Was für ein Problem?«

»Wenn Sie ein paar Minuten für uns hätten«, schaltete Lynley sich ein. »Dann erklären wir Ihnen gern alles.«

Sie ging zurück zur Tür und schob sie mit Nachdruck auf. Sie betrat das Haus, baute sich jedoch demonstrativ im Flur vor ihnen auf, als wollte sie ihnen sagen, wenn sie im Wohnzimmer mit ihr reden wollten, würden sie sie schon mit Gewalt dorthin schleifen müssen, was sie ihnen offenbar durchaus zutraute.

»Mehr als ein Zeuge hat Sie mit dem Hilfspolizisten Ruddock zusammen beobachtet«, sagte Lynley.

»Dann lügt eben mehr als ein Zeuge«, entgegnete Ding schnippisch.

»Wir sind nicht hier, um Sie nach Einzelheiten zu fragen«, sagte Lynley.

»Ehrlich gesagt wollen wir die auch lieber nicht wissen, also, wer oben war und wer unten und so weiter. Deine Geheimnisse sind nicht in Gefahr.«

»Ich hab nicht…«

»Falsch. Du hast.«

Plötzlich schien sie den Tränen nah zu sein, was gar nicht zu ihrer trotzigen Haltung passte. Hier ging es um mehr, dachte Lynley. Er sagte: »Ding, Sie brauchen keine Angst zu haben. Aber mehrere Personen haben Sie mit dem Hilfspolizisten zusammen gesehen, und eine davon ist Sergeant Havers. Wir wollen nur wissen, ob Sie an dem Abend mit Ruddock im Streifenwagen waren, als Ian Druitt in der Polizeistation gestorben ist. Was Sie für ein Verhältnis mit Ruddock haben, interessiert uns nicht…«

Ding brach in Tränen aus und schlug die Hände vors Gesicht. Sie begann zu schluchzen, als würde die Welt untergehen. »Heiliger Strohsack«, murmelte Havers.

Lynley legte Ding den Arm um die Schultern. »Was ist passiert?«, fragte er sanft. »Sie müssen doch einsehen, dass es an der Zeit ist, uns alles zu erzählen.«

Havers lief in die Küche. Lynley hörte Wasser laufen. Der Wasserkocher wurde gefüllt. Es war die englische Lösung für alle Probleme, dachte Lynley.

Ding ließ sich an der Wand hinuntergleiten, doch Lynley fing sie auf. Während sie bitterlich weinte, streifte er den Rucksack von ihrem Rücken und fasste sie unter den Schultern. »Es wird alles gut«, sagte er. »Ist sonst noch jemand hier?« Als sie wortlos den Kopf schüttelte, fragte er: »Waren Sie mit ihm zusammen?«

»Nein…« Es klang wie ein Wehklagen.

Er führte sie in die Küche. »Ding, nur Sie können uns helfen zu verstehen…«

»Ja«, schluchzte sie. »Nein!«

Havers zog einen Stuhl unter dem Tisch hervor. Sie hatte sich von ihrem letzten Besuch erinnert, wo die Tassen und die Teebeutel waren, und wollte Tee machen. Im Gegensatz zu Lynley hatte sie verstanden, was Ding ihnen hatte sagen wollen. »Das heißt, du bist mit ihm zusammen gewesen, aber nicht an dem Abend, an dem der Diakon gestorben ist?«

Ding nickte. Havers riss ein Papierhandtuch von der Rolle ab, während Lynley sein perfekt gebügeltes, blütenweißes Batisttaschentuch zückte. Ding nahm das Papierhandtuch und drückte es sich ans Gesicht.

»Ich... will... nicht«, stammelte sie. Dann holte sie tief Luft. »Er weiß, dass ich nicht... nach Hause will.«

»Er hat uns gesagt, dass Sie nicht zu Ihren Eltern wollen«, sagte Lynley. »Er meinte, es hätte mit Ihrem Alkoholkonsum zu tun, Sie wollten nicht, dass Ihre Eltern davon erführen. Er hat Sie schon mehrmals sturzbetrunken in der Stadt aufgelesen. Stimmt das so?«

Sie war nicht hübsch, wenn sie weinte. Ihre Haut war fleckig, ihre Nase rot, und ihre Lippen zuckten. »Aber es ist nicht nur das«, sagte sie. »Den anderen ist egal, was er sagt, und denen kann es auch egal sein, aber mir nicht. Und deswegen ist es passiert. Es hat angefangen, als er mich mal betrunken erwischt hat, und ich hab ja gesagt, denn wenn meine Mutter das mitkriegen würde, müsste ich wieder zu Hause wohnen, und das geht gar nicht, das will ich nicht, bisher wusste ich nicht, warum, aber jetzt weiß ich es. Und er hat's gleich geschnallt. Also dass ich nicht nach Cardew Hall wollte. Er hat mir einen Deal vorgeschlagen: Wenn du willst, dass ich dich nicht zu deinen Eltern, sondern in die Temeside Street bringe, tust du das und das mit mir auf dem Parkplatz hinter der Polizeistation, und ich hab gesagt, ich mach alles, was du willst, weil ich auf gar keinen Fall wieder zu meinen Eltern ziehen wollte.«

Das Wasser kochte. Havers stellte Tassen auf den Tisch. Lynley versuchte, sich einen Reim auf all das zu machen, was Ding gesagt hatte, aber Havers hatte bereits einen Gedankensprung vollführt, den vielleicht nur eine Frau vollführen konnte. Sie sagte: »Das heißt, wenn er dich betrunken erwischt, verlangt er Sex von dir, und wenn du dich weigerst, bringt er dich betrunken zu deinen Eltern.«

Sie nickte und brach erneut in Tränen aus.

»Und die anderen Studentinnen?«, fragte Lynley.

»Mit ein paar von denen macht er das genauso. Ich weiß nicht. Mit Francie nicht, denn der ist es egal, was ihre Eltern sagen, die wohnt sowieso zu Hause, und die… ihre Eltern reisen viel und lassen sie machen, was sie will… weil… die können sie ja schlecht festbinden, oder?«

Lynley nickte. Dings Wimperntusche war verlaufen, sie hatte schwarze Streifen auf den Wangen, selbst die Stirn war verschmiert, und er verspürte plötzlich das Bedürfnis, ihr das Gesicht zu säubern, was wohl an seinem Beschützerinstinkt lag. Er fragte: »Gabelt er Sie immer noch betrunken in der Stadt auf?«

Sie schüttelte den Kopf. »Nein, so gut wie nicht mehr… Aber es spielt auch keine Rolle mehr. Also für ihn, mein ich. Es hat überhaupt nichts damit zu tun, ob ich trinke oder nicht. Er nimmt mich einfach mit, wenn er findet, dass ich zu viel getrunken hab. Manchmal, wenn ich von der Bibliothek nach Hause geh, steht er plötzlich da. Und er weiß ganz genau, dass ich nicht zu meinen Eltern will. Anfangs hab ich die ganze Zeit Angst gehabt, weil ich dachte, ich wär endlich davongekommen, nur dass ich selbst nicht wusste, was ich entkommen war, aber ich hab mir gesagt, was macht es schon aus, weil ich's ja auch mit allen anderen mach, und ich kann einfach nicht bei meinen Eltern wohnen, das geht einfach nicht.«

»Sind Sie ganz sicher, dass Sie nicht mit ihm zusammen

waren an dem Abend, als Ian Druitt gestorben ist?«, fragte Lynley. Denn wenn das, was sie sagte, die Wahrheit war, wie sollte sie dann wissen, wann genau sie mit Ruddock im Streifenwagen gewesen war und wann nicht, wenn sie es sich nicht aufgeschrieben hatte. Lynley nannte ihr das genaue Datum.

»Ich war an dem Abend nicht mit ihm zusammen«, beharrte sie. »Wenn er eine Frau bei sich hatte, war ich es jedenfalls nicht.«

»Wie kannst du dir da so sicher sein?«, fragte Havers.

»Der Sechsundzwanzigste ist mein Geburtstag«, sagte sie. »Da war ich bei meinen Eltern in Much Wenlock. Sie können Francie oder Chelsea fragen, denn das war, bevor Francie... Da waren wir noch Freundinnen. Sie sind mit mir nach Much Wenlock gefahren.«

IRONBRIDGE
SHROPSHIRE

Diesmal brauchte Yasmina im Supermarkt keinen Einkaufswagen, ein Korb reichte aus. Sie würden zu dritt zu Abend essen, aber ihr stand der Sinn nicht nach Kochen. Sie würde ein paar Fertiggerichte kaufen, die sie Timothy und Sati vorsetzen konnte, so als hätte sie sie selbst gekocht.

Sie sah sich an, was im Angebot war. Eigentlich hatte sie derzeit überhaupt keinen Appetit und aß nur, weil es ihr Körper brauchte. Aber sie wollte bei Sati mit gutem Beispiel vorangehen. Siehst du, Mummy isst etwas, also musst du auch etwas essen, Kleines.

»Dr. Lomax?«

Yasmina schaute in die Richtung, aus der die Stimme kam. Eine attraktive Frau mit blauen Augen lächelte sie schüchtern an. Sie trug eine karierte Jacke und eine schmale Hose. Yasmina betrachtete sie stirnrunzelnd und fragte sich, wo sie die Frau schon einmal gesehen haben könnte.

»Ich bin Selina Osborne«, sagte die Frau. »Missa war meine Schülerin in der vierten Klasse.«

»Meine Güte, ja, natürlich«, sagte Yasmina, obwohl sie sich in Wahrheit überhaupt nicht an die Frau erinnern konnte. »Ich hab Sie nicht gleich erkannt.«

»Das sind die Haare«, sagte Selina Osborne. »Neue Farbe und neue Frisur. Wie geht es Ihnen? Ich nehme an, Sie sind ganz aufgeregt wegen Missa und Justin.«

Yasmina war irritiert. Sie war kaum jemals aufgeregt. »Ich verstehe nicht recht…?«

Selina lachte. »Oh, Entschuldigung. Ich habe die Anzeige auf dem Standesamt gesehen, als Tony und ich hingegangen sind, um unser Aufgebot zu bestellen.« Sie zeigte Yasmina ihren Ring, wobei sie leicht errötete. »Es ist für uns beide das zweite Mal, deswegen wollte ich eigentlich gar keinen Ring, aber er hat darauf bestanden. Wir wollen nur standesamtlich heiraten, aber wahrscheinlich planen Sie für Missa und Justin etwas anderes. Ich kann mich so gut an die beiden erinnern, vor allem an Justin. Er war so ein ernster Junge, und seine langen Haare sind ihm ständig in sein schönes Gesicht gefallen. Es war von Anfang an klar, dass er immer nur Missa lieben würde. Und jetzt haben sie ihre Hochzeit angekündigt.« Sie lachte wieder, fasste sich an die Brust und fügte hinzu: »Sie glauben gar nicht, wie alt ich mich fühle.«

Yasmina nickte. »Ja, ja«, sagte sie vage. »Das verstehe ich.«

»Richten Sie den beiden viele Grüße aus, ja? Sagen Sie ihnen, Mrs Osborne – demnächst Mrs Joyce – wünscht ihnen alles Gute.«

»Das mach ich«, sagte Yasmina.

Nachdem Selina Osborne gut gelaunt mit ihrem Einkaufswagen weitergegangen war, packte Yasmina wahllos irgendwelche Sachen in ihren Korb. Sie wollte so gern glauben, dass es sich um einen Irrtum handelte. Sie konnte nicht akzeptieren, dass es so weit gekommen war, obwohl sie es geahnt hatte. Timothy hatte es prophezeit, Rabiah hatte auf ihre Weise versucht, sie zu warnen, aber Yasmina hatte es nicht hören wollen.

Ihr blieb nichts anderes übrig, als sich an den einen Menschen zu wenden, dem klar sein musste, wie wahnwitzig die frühe Heirat von Missa und Justin war, den einen Menschen, der zweifellos genauso bestürzt über diese Entwicklung war wie sie. Sie ging zur Kasse, stieg in ihren Wagen und fuhr zum Museum of the Gorge.

Das Museum stand am Ufer des Flusses Severn. Es war eine ehemalige Gießerei, deren ursprünglicher Architekt den Zweck des massiven Gebäudes verschleiert und auf die Backsteinkonstruktion Giebeldächer gesetzt, die Dachtraufe und auch die beiden Schornsteine mit Zinnen versehen hatte, um so eher den Eindruck einer Burg zu erzeugen als den einer Metallfabrik. Zusätzlich verlieh ein Vorbau mit großen Bogenfenstern und rautenförmigen Butzenscheiben dem Bau ein kirchenähnliches Aussehen, so als hätte sich der Architekt nicht recht entscheiden können, wie man die Stadtbewohner am besten davon überzeugte, dass weder die Luft, die sie einatmeten, noch das Wasser, das sie tranken, durch die unmittelbare Nähe der Gießerei verschmutzt wurden. Die alten Eisenbahnschienen, die hineinführten, straften die Tarnung jedoch Lügen, ebenso wie die Nähe zum Fluss, der das Gelände so häufig überflutet haben musste, dass es an ein Wunder grenzte, dass das Gebäude überhaupt noch stand.

In wenigen Minuten würde das Museum schließen, und auf dem Parkplatz standen nur noch drei Fahrzeuge. Yasmina ging hinein und fragte an der Kasse nach Linda Goodayle, Direktorin des Museums und Justins Mutter. Die Familie Goodayle war sehr stolz darauf, dass Linda, die vor Jahren, als das Museum noch längst nicht die Bedeutung gehabt hatte, die es heute besaß, hier als Kartenverkäuferin an der Kasse angefangen hatte. Genau wie ihr Ehemann, der heutige Leiter von Blists Hill Victorian Town, hatte sie sich auf der sozialen Leiter hochgearbeitet. Sie hatten beide keine akademische Bildung, aber die Goodayles waren unermüdliche Macher.

Nach einem kurzen Telefonat teilte die Kassiererin Yasmina mit, die Museumsdirektorin komme in wenigen Augenblicken nach unten. Sie könne sich gern in der Zwischenzeit in Ruhe umsehen. Yasmina sagte, sie wolle lieber draußen warten und die Nachmittagssonne noch ein bisschen genießen. Die Kassiererin wandte sich achselzuckend wieder ihrer Arbeit zu.

Yasmina ging zu der Mauer, die den Parkplatz umrandete. Der Fluss führte reichlich Wasser, an seinen Ufern blühten Blauglöckchen und gelbe Steinbrechergewächse. An der steilen Böschung ragte aus dem hohen Gras blauer Eisenhut. Am gegenüberliegenden Ufer reckten Trauerweiden und Erlen ihre zarten Frühlingsblätter der Sonne entgegen. Der Mai war schon immer Yasminas Lieblingsmonat gewesen. Aber in diesem Jahr wünschte sie, sie könnte den Monat Mai im Koma verbringen.

»Dr. Lomax …?«

Yasmina drehte sich um. Sie und Linda Goodayle kannten sich schon seit Jahren, deswegen war es merkwürdig, dass Linda sie nicht mit Vornamen ansprach. »Bitte, nennen Sie mich Yasmina. Können wir uns unterhalten, Linda? Es ist dringend.«

Linda musterte sie kühl. »Ja«, sagte sie. »Ich kann mir vorstellen, dass es dringend ist. Leute wie Sie mögen keine Überraschungen.«

Yasmina entging nicht Lindas distanzierter Ton. Zweifellos wollte die Frau damit klarstellen, dass sie verschiedenen gesellschaftlichen Schichten angehörten und sie sich vorstellen konnte, wie Yasmina über die Goodayles dachte.

Yasmina biss sich auf die Lippe. Damit hatte sie nicht gerechnet. Irgendwie war es Linda Goodayle gelungen, sofort die Oberhand zu gewinnen.

»Dabei ist das Leben doch immer voller Überraschungen, stimmt's?« Linda kramte in ihrer Handtasche und förderte ein Päckchen Kaugummi zutage. Yasmina bemerkte, dass es Nikotinkaugummi war. Sie hatte gar nicht gewusst, dass Linda rauchte, und sie fragte sich, ob sie ein ignoranter Snob war.

»Sie wollen sicher mit mir über meinen Justin reden, nicht wahr, Yasmina?« Linda steckte sich den Kaugummi in den Mund und ließ das zerknüllte Papier in der Tasche ihrer hüftlangen Strickjacke verschwinden. »Über meinen Justin und Ihre Missa. Deswegen sind Sie doch bestimmt hergekommen.«

Yasmina fühlte sich unwohl, weil Linda offenbar der Meinung war, dass sie ein Problem hatte, weil die Goodayles aus einer anderen gesellschaftlichen Schicht stammten. Dabei hatte die Angelegenheit, über die sie mit Linda reden wollte, nichts, aber auch gar nichts damit zu tun.

»Sie wissen sicher, dass die beiden das Aufgebot bestellt haben«, sagte Yasmina.

Lindas Züge verhärteten sich, als Yasmina das Thema so direkt ansprach. »Ich lebe schließlich nicht hinterm Mond«, sagte sie. »Ich hab mich allerdings gefragt, wie lange es dauern würde, bis Sie Wind davon bekommen, denn ich kann mir nicht vorstellen, dass Sie jeden Tag zum Standesamt rennen, um sich auf dem Laufenden zu halten. Aber Sie haben ja ziemlich schnell davon erfahren.«

»Eine ehemalige Lehrerin der beiden hat es mir eben erzählt. Sie wollte mir gratulieren.«

»Das hat Sie wohl gewundert, was? Wahrscheinlich hätten Sie eher mit Beileidsbekundungen gerechnet.«

»Linda, bitte. Ich weiß, dass die beiden es so wollen. Ich weiß, dass … Alle scheinen es zu wollen.« Linda öffnete den

Mund, um etwas zu entgegnen, aber bevor sie dazu kam, fügte Yasmina hinzu: »Ich bin auch nicht dagegen.«

»Da hab ich aber was anderes gehört.«

»Ich finde einfach nur, die beiden sind zu jung zum Heiraten. Wenn ein Paar sich zu früh ...«

»Sie halten mich wohl für schwerhörig.« Linda kaute demonstrativ ihren Kaugummi. Dann sagte sie: »Wahrscheinlich halten Sie uns alle für etwas unterbelichtet. Was Sie umtreibt, hat doch nichts mit dem Alter der beiden zu tun. Sie würden genauso reagieren, wenn Justin achtundzwanzig wäre und Missa sechsundzwanzig. Es geht einzig und allein darum, was Sie von Justin halten.«

»Das stimmt nicht. Er ist ein wunderbarer junger Mann. Er war unserer Familie immer wichtig, besonders Missa. Meine Bedenken ...«

»Genau darum geht es doch, nicht wahr? Ihre Bedenken. Endlich sind wir beim Thema.«

»Ich habe nie ein Hehl aus meinem Wunsch gemacht, dass Missa ein Studium absolviert«, sagte Yasmina. »Sie ist sehr intelligent ...«

»Im Gegensatz zu Justin, wollen Sie wohl sagen?«

»... und es wäre nachlässig von mir, wenn ich sie nicht dazu anhalten würde, ihren Verstand zu gebrauchen. Genauso wie es nachlässig von Ihnen gewesen wäre, Justin nicht zu unterstützen. Er hat mir davon erzählt, als er mir diese ... diese kleinen Häuser gezeigt hat, die er baut.«

»Hütten«, sagte Linda. »Die nennt man Hütten. Er ist übrigens ziemlich erfolgreich damit. Was mich nicht wundert, denn er hat schon immer ein erstaunliches handwerkliches Talent besessen.«

»Ja. Das sehe ich auch so. Genauso wie Missa erstaunliche intellektuelle Fähigkeiten besitzt.«

»Aber das ist auch schon alles, worüber wir beide uns einig sind.«

»Wie meinen Sie das? Sie können doch nicht ernsthaft bezweifeln, dass Missa …«

»Ich glaube«, fiel Linda ihr ins Wort, »dass Kinder ihre eigenen Stärken selbst entdecken müssen. Sie wollen ihre Stärken nicht aufgenötigt bekommen, bloß weil ihre Eltern Pläne mit ihnen haben. Sie bezeichnen Ihre Vorstellungen von Missas Leben als Ihren ›Traum‹ für sie, nicht wahr? Aber das ist kein Traum, das ist ein Plan. Sie wollen, dass sie den Weg einschlägt, den Sie für sie ausgesucht haben. Und ich wette, den haben Sie schon an dem Tag festgelegt, an dem sie geboren wurde.«

»Das stimmt nicht. Missa wollte selbst an die Uni. Sie wollte Wissenschaftlerin werden. Sie wollte das alles, und auf einmal will sie nichts mehr davon wissen. Sie hat ihre Zukunft weggeworfen, und sie will mir nicht einmal sagen, warum.«

Linda schaute sich um, als würden die Worte *Zukunft weggeworfen* auf dem ganzen Parkplatz widerhallen. Sie blickte zu einem knallbunt angemalten Haus auf der anderen Straßenseite hinüber. Davor verkaufte eine Frau Kristalle und Edelsteine und selbst gebastelten Schmuck aus Silberdraht, die sie auf einem kleinen Tisch auf einer Decke aus Goldlamé ausgebreitet hatte. Die Frau hatte gerade angefangen, ihre Sachen einzupacken.

Yasmina sagte: »Sie hat Sati erzählt, wenn sie und Justin verheiratet sind, könnte sie zu Ihnen ziehen. Sie werden einsehen, dass ich das nicht dulden kann.«

Linda wandte sich ihr wieder zu. Sie ging zur Mauer und spuckte den Kaugummi aus. »Sprechen Sie von dem Haus, das Sie, wie Sie Justin versprochen haben, für die beiden kaufen wollen, falls er Missa dazu überredet, ans College zurückzugehen und anschließend an der Uni zu studieren? Meinen Sie dieses Haus, Yasmina? Und er hat Ihnen das sogar abgekauft, nicht wahr? Natürlich hat er das, aber nicht, weil er dumm ist, sondern weil er eine ehrliche Haut ist. Er kann sich nicht verstellen, deswegen rechnet er auch nicht damit, dass andere es tun. Aber da irrt er sich gewaltig, nicht wahr, vor allem bei Ihnen, seiner zukünftigen Schwiegermutter.«

»Bitte, Linda, Sie wollen doch wohl auch nicht, dass die beiden jetzt heiraten.«

»Das Leben meiner Kinder dreht sich nicht um das, was ich will. Meine Kinder treffen ihre eigenen Entscheidungen und müssen mit den entsprechenden Konsequenzen umgehen. Sie finden, dass mein Justin nicht gut genug ist für Ihre Missa…«

»Das hab ich nicht gesagt!«

»… und wer weiß, vielleicht haben Sie ja sogar recht. Und vielleicht ist es das, was mein Justin lernen muss: dass er nicht der Richtige ist für eine wie Missa, egal, wie sehr er sie liebt. Aber es könnte ja auch sein, dass Missa nicht gut genug ist für ihn. Vielleicht ist sie tief in ihrem Herzen genauso wie ihre Mutter nicht in der Lage, an Justins Fähigkeiten zu glauben und an sein gutes Herz. Vielleicht denkt sie insgeheim dasselbe wie Sie, dass es wichtiger ist, akademische Titel zu erwerben, als zu sein, wer man ist. Ich weiß es nicht. Und Sie wissen es auch nicht. Aber eins ist gewiss, Yasmina: Eines Tages werden wir es alle erfahren.«

Sie nickte kurz, dann ging sie zu ihrem Auto. Der uralte Audi stand in einer Parkbucht, die mit »Museumsleitung« gekennzeichnet war. Yasmina wollte gerade zu ihrem Wagen gehen, als Linda sich noch einmal umdrehte.

»Ach ja: Ich werde nicht in Ihrem Namen eingreifen«, sagte sie. »Darum wollten Sie mich doch bitten, oder? Sie haben alles versucht, und jetzt können nur noch Justins Eltern Sie retten: Verhindern Sie den Wahnsinn und schicken Sie Missa zurück zu ihrer Mutter, wo sie hingehört. Aber das werde ich nicht tun. Das würde ich keinem meiner eigenen Kinder antun, und ich werde es auch Ihrer Tochter nicht antun.«

Yasmina blieb wie angewurzelt stehen, als Linda mit ihrem Audi zurücksetzte und vom Parkplatz fuhr. Sie fühlte sich wie benommen. Sie konnte es nicht fassen, dass eine Mutter tatenlos zusah, wie die Ereignisse im Leben ihres Sohnes ihren Lauf nahmen. Die Zukunft rollte auf sie alle zu wie ein Schnellzug, und keiner rührte auch nur einen Finger, um seinen Kurs zu ändern.

Als Yasmina sich endlich auf den Heimweg machte und am Fluss entlangfuhr, nahm sie nichts von ihrer Umgebung wahr, weder die Hügellandschaft, die sich zu ihrer Linken jenseits des Städtchens erhob, noch die wuchtigen Backsteingebäude zu ihrer Rechten, in denen einst das Eisen für Güter in ganz England produziert worden war. Alles, was sie sah, war die Zukunft, wie sie hätte sein können und wie sie jetzt sein würde.

Sati, dachte sie, war ihre letzte Hoffnung. Als sie vor dem Haus parkte, sah sie, dass Timothy bereits zu Hause war. Hoffentlich merkte er ihr nichts an. Es würde ihm nicht gefallen, dass sie mit Linda Goodayle gesprochen hatte, ebenso wenig wie all die anderen Versuche, die sie in letzter Zeit unternommen hatte, um Missa in diesen schwierigen Zeiten zu helfen.

Sie nahm ihre Einkäufe und ihre Umhängetasche, setzte ein freundliches Gesicht auf und ging ins Haus. Sie hätte sich keine Sorgen zu machen brauchen, dass ihr Mann ihr irgendetwas anmerkte. Sati saß am Küchentisch und machte brav ihre Mathe-Hausaufgaben, aber Timothy war nirgendwo zu sehen. Er mache ein Nickerchen, sagte Sati leise. Er sei erschöpft von dem langen Tag. Sie solle Yasmina ausrichten, dass er nicht mit zu Abend esse. Es tue ihm leid, aber er müsse sich ausruhen.

Yasmina wusste genau, was damit gemeint war. Am liebsten wäre sie sofort nach oben gelaufen. Aber wie viel, fragte sie sich, konnte ein Mann seiner Frau zumuten, und hatte sie nicht das Recht, die Hürden ihres Lebens nacheinander zu nehmen, und zwar in der Reihenfolge ihrer Bedeutung?

»Na, dann essen wir beide eben zusammen«, sagte sie, stellte ihre Einkäufe auf der Anrichte ab und lächelte ihre Tochter an. »Wie fleißig du bist, Sati. Kommst du gut zurecht mit den Matheaufgaben?«

Sati schüttelte den Kopf. Langsam sog sie die Unterlippe ein, so fest, dass ihr Kinn ganz hässlich aussah. Es war eine schlimme Angewohnheit, die sie sich unbedingt abgewöhnen musste. Aber Yasmina sagte jetzt nichts dazu. Sie trat neben Sati und schaute in das Heft, das vor ihr auf dem Tisch lag.

»Ach je«, sagte sie, als sie das pure Chaos bemerkte. Ausradierte Stellen, Durchgestrichenes, und auf eine Stelle schienen Tränen getropft zu sein. »Das kann doch nicht so schwer sein. Du bist so klug, du musst nur lernen, deinen Kopf richtig zu gebrauchen.«

»Ich versteh das nicht«, sagte Sati. »Außerdem werd ich das alles sowieso nie brauchen, ich weiß also überhaupt nicht, warum ich ...«

»Natürlich wirst du das brauchen, Sati. Mathematik ist die Grundlage für so vieles: Naturwissenschaften, Technik, Wirtschaft.«

»Aber nicht für Poesie. Nicht für Schriftstellerei. Nicht für Kunst.«

»Trotzdem ... Du willst doch nicht etwa mit Schreiben deinen Lebensunterhalt verdienen. Na ja, du könntest Lehrerin werden ... Aber warum solltest du das, so intelligent, wie du bist? Wir besorgen dir einen Nachhilfelehrer.«

Sati schaute sie wortlos an. Sie war erst zwölf Jahre alt, aber ihre Augen wirkten uralt.

Yasmina packte die Sachen aus, die sie im Supermarkt eingekauft hatte. Chili con Carne, Rübenauflauf, paniertes Corned Beef, Spaghetti carbonara. Mit einem Lachen und weil sie wusste, dass Sati sich darüber freuen würde, verkündete sie, es gebe Fantasie mit Schneegestöber zum Abendessen.

»Missa kann mir helfen«, murmelte Sati, den Blick auf ihre Hausaufgaben geheftet. »Sie hat's mir versprochen.«

»Natürlich«, sagte Yasmina. »Wenn sie wieder aufs College geht, wird das leider nicht so einfach. Aber mach dir keine Sorgen, wir finden einen Nachhilfelehrer, und bis wir einen haben, kann Gran dir helfen. Gleich morgen kümmern wir uns um einen Nachhilfelehrer, einverstanden? Übrigens hab ich beim Einkaufen Mrs Osborne getroffen. Erinnerst du dich an sie? Ich rufe sie morgen früh an, sie kennt bestimmt jemanden. Was hältst du davon, wenn du deine Sachen wegräumst und mir beim Kochen hilfst? Und hinterher sehen wir uns noch einen Film an, einverstanden?«

Sati nickte. Sie klappte ihre Bücher und Hefte zu und trug sie in ihr Zimmer. Sie war schon immer ein gehorsames Kind gewesen.

Als Sati wieder nach unten kam, hatte Yasmina bereits den Tisch gedeckt und las die Anweisungen auf den Packungen der Fertiggerichte. Sie scherzte über das lustige Abendessen, das sie zusammen zaubern würden, und darüber, dass sie schusselig beim Einkaufen gewesen war und all diese merkwürdigen Fertiggerichte in den Korb gelegt hatte. Sie war mit den Gedanken ganz woanders gewesen. In der Mittagspause hatte sie in der Zeitung etwas über eine dumme Amerikanerin gelesen, die mit ihrer Familie einen Ausflug in die Rocky Mountains gemacht und ihre Kinder mit Bärenspray eingesprüht hatte. Sie glaubte, das würde Bären fernhalten, während das Spray in Wirklichkeit einen angreifenden Bären abwehren sollte, stell dir das mal vor, Sati! Die Kinder mussten mit Blaulicht ins Krankenhaus gebracht werden. Man möchte sich ja gar nicht ausmalen, wie es den armen Kindern ergangen ist, oder?

Sati schien fasziniert von der Geschichte. Wie verrückt, dass jemand annahm, Bärenspray funktioniere wie Mückenspray! Andererseits war es auch wieder nicht ganz so abwegig, oder, Mum? Ja, aber nur, wenn auf der Sprühdose *bärenabweisend* stand, Liebes. Das sei natürlich etwas ganz anderes. Ob Sati sich schon überlegt habe, was für einen Film sie sich ansehen wolle? Oder sie könne auch einen Blick in die Programmzeitschrift werfen. Sie habe freie Auswahl. Sie würden sich aufs Sofa kuscheln und sich vielleicht noch ein Schokoladeneis gönnen. Das würde Sati doch bestimmt gefallen, oder?

Als alle Fertiggerichte aufgewärmt waren, machte Yasmina sich sogar die Mühe, alles aus den Alubehältern in ordentliche Schüsseln umzufüllen. Sie klopfte auf Satis Stuhl und gab eine Portion Chili con Carne auf ihren Teller. Auf ihren eigenen Teller tat sie Rübenauflauf und eine Portion Spaghetti carbonara.

»Ich hab keinen Hunger, Mum«, sagte Sati, die immer noch hinter ihrem Stuhl stand.

»Aber natürlich hast du Hunger«, sagte Yasmina. »Wir müssen beide etwas essen. Komm, setz dich, meine Kleine. Und hinterher…«

»Mum…«

»Nein, nein, setz dich. Iss ein bisschen. Mir zuliebe, okay?«

Sati seufzte. Sie zog den Stuhl unterm Tisch hervor und ließ sich darauf fallen. Sie stocherte in ihrem Chili herum, und als sie sich schließlich einen Löffel voll in den Mund schob, schalt Yasmina sie nicht und drängte sie auch nicht, noch mehr zu essen. Sie selbst aß ihre Spaghetti, bemüht, die merkwürdige Geruchsmischung der verschiedenen Speisen auf dem Tisch zu ignorieren.

Sie plapperte über dies und das, über die Fernsehnachrichten, einen Skandal im Königshaus, darüber, dass das Mobbing immer mehr zunahm, über alles, was ihr in den Sinn kam. Und dann, endlich, wagte sie sich an das Thema, das ihr eigentlich auf den Nägeln brannte.

»Sati, Liebes, ich muss dir etwas erzählen, das ich heute von Mrs Osborne erfahren habe.« Sie wartete darauf, dass Sati sich interessiert zeigte. Als das nicht passierte, fuhr sie fort: »Ich hab sie wie gesagt beim Einkaufen im Supermarkt getroffen. Ich werde dir sagen, was sie mir erzählt hat, und dich dann um einen Gefallen bitten.«

Mit ihren uralten Augen schaute Sati sie an. Sie war so ein hübsches Mädchen, dachte Yasmina. Sie hatte nur die hübschen Gesichtszüge ihrer Eltern geerbt. Es war, als wären Missa und Janna nur Versuche gewesen und Sati das perfekte Endprodukt. Mit ihren zwölf Jahren war sie ein außergewöhnlich hübsches Kind. Wenn sie zwanzig war, würden die Leute auf der Straße stehen bleiben und ihr hinterherstarren. Frauen würden sie beneiden. Männer würden sie begehren. Und Yasminas Aufgabe bestand darin, ihrer jüngsten Tochter einzubläuen, wie flüchtig Schönheit war. Schönheit war vergänglich, Weisheit nicht.

»Was für einen Gefallen?«, fragte Sati.

»Zuerst erzähle ich dir, was ich von Mrs Osborne erfahren habe.« Dann berichtete sie Sati, dass Missa und Justin Goodayle auf dem Standesamt das Aufgebot bestellt hatten. »Mrs Osborne war auch mit ihrem Verlobten auf dem Standesamt, um das Aufgebot für ihre Hochzeit zu bestellen, weißt du? Und da hat sie es gesehen. Sie werden heiraten… Missa und Justin… Verstehst du das?«

Sati betrachtete das Chili auf ihrem Teller. Sie nahm ihren Löffel und stocherte in ihrem Essen herum. Unvermittelt hob sie den Kopf und sagte bestimmt: »Ich bin nicht dumm, Mum.«

Yasmina lachte. Es war ein gekünsteltes Lachen, aber daran ließ sich nichts ändern. Satis Ton hatte sich geändert. Yasmina hatte ihre Tochter unabsichtlich gekränkt.

»Tut mir leid, Liebes«, sagte sie. »Ich wollte dir nicht das Gefühl geben, dass ich das denke. Ich wollte nur sagen, jetzt, da sie das Aufgebot bestellt haben, findet die Hochzeit bald statt. Das ist natürlich absolut legal. Sie sind schließlich beide volljährig. Aber wir sollten uns darüber im Klaren sein, dass es vielleicht nicht das Beste für sie ist.« Sie machte eine Pause, um ihre Gedanken zu ordnen und zu überlegen, wie sie am besten weiter vorging. »Sati, es ist so, wenn zwei Menschen so jung heiraten, dann ist ihre Ehe fast immer zum Scheitern verurteilt, und bei der Vorstellung, Missas Ehe könnte scheitern, dreht sich mir der Magen um. Geht es dir nicht genauso? Ich glaube, nein, ich bin überzeugt davon, dass Missa auf dich hören würde, wenn du mal mit ihr reden würdest. Verstehst du? Ich möchte gern, dass du sie bei den Goodayles besuchst oder in Blists Hill – ich fahre dich auch gerne hin – und sie bittest, zurück nach Hause zu kommen. Sag ihr ruhig die Wahrheit: dass es mir schrecklich leidtut, was ich im College angerichtet habe, und ich sie von ganzem Herzen um Verzeihung bitte und dass du sie an deiner Seite brauchst, was ja nicht möglich ist, wenn sie erst einmal verheiratet …«

»Sie hat mir gesagt, ich kann bei ihnen wohnen«, erwiderte Sati abrupt.

Yasmina nahm ihr Glas und trank einen Schluck Wasser. »Liebes, wenn die beiden wirklich in das Häuschen in Jackfield ziehen …«

»Das wollen sie doch gar nicht mehr, Mum. Sie hat mir gesagt, wenn sie und Justin verheiratet sind, kann ich bei ihnen wohnen, wenn ich will. Sie werden nicht in einem kleinen Häuschen wohnen. Sie suchen sich ein großes Haus. Sie hat gesagt, ich kann mein eigenes Zimmer haben.«

Yasmina hatte plötzlich einen trockenen Mund. Und trockene Lippen. Selbst ihre Handflächen fühlten sich trocken an. »Sati, Liebes«, sagte sie. »In deinem Alter kannst du nirgendwo anders als bei deinen Eltern wohnen.«

»Sie gibt mir Bescheid, wann und wo die Hochzeit stattfindet, damit ich hingehen kann. Und danach kommt sie mich mit Justin abholen, und ich ziehe zu ihnen.«

Yasmina konnte es nicht fassen. »Heißt das, du hast gewusst, dass die beiden das Aufgebot bestellt haben?«

»Sie haben es mir beide gesagt und mich gefragt, ob ich mit aufs Standesamt gehen will, aber ich hab nein gesagt, weil ich wusste, dass du sauer sein würdest, und sie haben gemeint, du sollst ruhig sauer sein, und wenn ich Angst vor dir hätte, würde Justin mich holen kommen. Ich hab geantwortet, ich hätte keine Angst, aber ich wollte dich nicht aufregen, deswegen bin ich nicht mitgegangen. Aber wenn die beiden fertig eingerichtet sind, will ich zu ihnen ziehen.«

Yasmina ließ sich gegen die Rückenlehne sinken. »Warum hast du mir nichts von alldem erzählt?«

»Weil ich wusste, dass du nein sagen würdest.«

»Ich meine nicht, dass du zu ihnen ziehen willst. Das kommt nicht infrage. Ich meine ... das mit dem Standesamt, das Aufgebot ...« Yasmina packte Sati so fest am Arm, dass das Mädchen aufschrie. »Es geht um ihre Zukunft!«, zischte Yasmina. »Begreifst du das nicht? Das ist kein Spiel, verflixt noch mal. Das ist nicht der richtige Zeitpunkt, deiner Mutter eins auszuwischen. Es geht um Missas Leben, du dummes Gör. Und du hast es gewusst. Du hast es die ganze Zeit gewusst.«

Sati versuchte, sich loszureißen. »Du tust mir weh, Mum!«

»Das ist noch gar nichts im Vergleich dazu, wie ich dir noch wehtun werde! Was ist eigentlich los mit dir? Was hast du dir bloß dabei gedacht? Ich hätte es verhindern können! Ich hätte ...«

»Genau das hat Missa gesagt!« Satis Augen füllten sich mit Tränen. »Sie hat gesagt, du würdest vor nichts zurückschrecken, du hasst sie. Sie sagt, du hasst Justin, du hasst jeden, der nicht nach deiner Pfeife tanzt!«

»Das stimmt nicht!«

»Du tust mir weh! Deine Fingernägel ... Lass mich los,

Mum. Lass mich los!« Sie begann zu weinen. »Ich will nicht hierbleiben. Ich will nicht bei dir bleiben. Janna ist tot, und Missa ist fort, und ich hab niemanden mehr, weil ich dir nichts bedeute! Ich ziehe zu Missa und Justin, und du kannst mich nicht daran hindern, denn dann hau ich ab, und du findest mich nie wieder, dann geh ich nach London und leb auf der Straße und …«

Yasmina schlug sie so fest, dass ihr Kopf nach hinten flog. Es dauerte einen Moment, bis ihr klarwurde, dass sie ihre Tochter nicht wie beabsichtigt geohrfeigt, sondern mit der Faust geschlagen hatte. Sie sagte: »Ach, Sati … Mein Gott … Sati, meine Kleine …«

Vor Schreck hatte sie Sati losgelassen. Sati sprang auf und rannte zur Tür. Yasmina rief ihr nach, mit einer Verzweiflung, erwachsen aus Reue, Trauer und Klarsicht.

Als sie hörte, wie Sati ihre Tür zuknallte, wusste sie, dass es zu spät war.

ST. JULIAN'S WELL
LUDLOW
SHROPSHIRE

Als es an der Tür klingelte, war Rabiah Lomax' erster Gedanke, die Polizei sei noch einmal gekommen, um ihr weitere Fragen zu stellen. Wenn man dem glaubte, was man im Fernsehen sah, wussten die, dass man mit einem unerwarteten Besuch zu später Stunde – vor allem nach zehn Uhr abends – bessere Ergebnisse erzielte als beim ersten Versuch.

Aber als sie die Tür öffnete, stand ihr jüngerer Sohn vor ihr. Er trug eine Reisetasche bei sich und machte ein verzweifeltes Gesicht, was nichts Gutes vermuten ließ, und Rabiah wusste sofort, dass etwas Schreckliches passiert war.

Sie trat zur Seite. Wortlos ging Timothy ins Wohnzimmer, ließ sich aufs Sofa fallen und seine Tasche aus der Hand gleiten.

»Sati auch«, sagte er, was Rabiah einen Schrecken einjagte. Sie setzte sich auf den Polsterhocker.

Timothy fuhr sich mit der Hand übers Gesicht, und Rabiah hörte das Kratzen seiner Bartstoppeln. Als er sie aus blutunterlaufenen Augen anschaute, befürchtete sie, dass er getrunken hatte. Aber er war schließlich die ganze Strecke von Ironbridge bis zu ihr mit dem Auto gefahren, außerdem wirkte er ganz und gar nicht betrunken. Sie wusste von seiner Tablettensucht, doch er machte auch nicht den Eindruck, als hätte er Tabletten genommen.

»Jetzt hat sie Sati auch aus dem Haus getrieben«, sagte er. »Ich bin ihr nachgelaufen. Ich hatte mich kurz hingelegt, wahrscheinlich dachte sie, ich hätte was eingeworfen und läge im Koma. Aber ich hatte nichts genommen, deshalb hab ich ihre Stimmen gehört und dann die Tür. Sie hat sie so fest zugeknallt, dass die Fenster im Schlafzimmer gewackelt haben. Wie kann das sein? Können die keine stabilen Häuser mehr bauen?«

»Was ist los, Tim?«, fragte Rabiah. »Du machst mir Angst.«

»Kann ich ein Glas Wasser haben, Mum? Leitungswasser ist okay, aber am liebsten hätte ich ein Glas Mineralwasser mit Kohlensäure… Verflucht. Wieso denke ich überhaupt darüber nach, was ich am liebsten hätte?«

Weil du süchtig bist, hätte sie antworten können, und das ist eins der Symptome: ich, ich, ich und noch mal ich. Aber sie sagte: »Natürlich.« Sie stand auf und brachte ihm eine Flasche Pellegrino. Er trank direkt aus der Flasche.

»Was ist los?«, fragte sie noch einmal.

»Missa hat uns gestern Morgen verlassen. Sati heute Abend.«

»Was meinst du damit?«

»Anfangs dachte ich, sie wäre zu einer Freundin gelaufen,

also hab ich da angefangen zu suchen. Gefunden hab ich sie bei den Goodayles, was kein Wunder ist, weil Missa ja jetzt auch bei denen wohnt. Vorerst, jedenfalls. Bis zur Hochzeit, und dann will Sati zu Missa und Justin ziehen.« Seine Stimme klang tonlos, und Rabiah merkte, dass er Tränen in den Augen hatte. Sie hätte so gern nachempfunden, was er durchmachte, um ihm seinen Schmerz zu nehmen. Nur dass sie seltsamerweise überhaupt keinen Schmerz empfand, sondern vielmehr Wut, nicht nur auf ihn, sondern auf die ganze verdammte Mischpoke.

»Ich halte es nicht länger mit ihr aus«, sagte Timothy. »Das mit Janna… hab ich durchgehalten, aber jetzt… Es ist, als glaubte sie neuerdings… Ach, was red ich da? Es ist ja nichts Neues. Sie ist von Anfang an so gewesen. Ich habe versucht, mit ihr zu reden, ihr klarzumachen, dass sie nur Unheil anrichtete. Aber davon wollte sie nichts wissen. Es sei ihre Pflicht, hat sie gesagt, genauso wie es die Pflicht ihrer Eltern gewesen sei. Man müsse seine Kinder lenken, formen, modellieren, bearbeiten, bis sie in die Schablone passen, die man für sie vorgesehen hat. Man sollte meinen, ihr eigenes Schicksal hätte sie gelehrt, dass sie völlig falsche Vorstellungen davon hat, was es bedeutet, Mutter zu sein. Stattdessen hat es sie nur in ihrer Entschlossenheit bestärkt, dafür zu sorgen, dass die Mädchen aus den Fehlern ihrer Mutter lernten. So sieht sie das. Als Fehler. Sich selbst, mich, wie wir zusammengekommen sind. Also, mir reicht's.«

Am liebsten wäre Rabiah ihrem Sohn an die Gurgel gegangen, aber sie beherrschte sich, denn zuerst musste sie die ganze Geschichte hören. Einiges hatte sie sich schon aus seinem wirren Gerede zusammengereimt. Sie sagte: »Ich versuche, dir zu folgen, Timothy. Yasmina hat irgendwas getan. Und deshalb seid ihr alle abgehauen.«

Timothy berichtete ihr alles von Anfang an: Wie Yasmina Justin bearbeitet hatte, er solle Missa dazu überreden, ans

College zurückzukehren, wie Missa den Plan sofort durchschaut und daraufhin ihr Elternhaus verlassen hatte, wie Missa und Justin beschlossen hatten – oder vielleicht war es ja längst beschlossene Sache gewesen, wer wusste das schon –, unverzüglich das Aufgebot zu bestellen, wie Yasmina durch einen Zufall davon erfahren und Linda Goodayle aufgesucht hatte und wie Yasmina nach dem ergebnislosen Gespräch mit Linda versucht hatte, Sati in diesen ganzen elenden Schlamassel mit hineinzuziehen.

»Sie war völlig außer sich, als ich nach unten kam«, sagte Tim. »Missa will viel zu jung heiraten, und ihr Vater rührt keinen Finger, um das zu verhindern, sodass sie Linda Goodayle um Hilfe bitten musste, was natürlich nichts gebracht hat, wie auch? Also hat sie sich an Sati gewandt, was hätte sie sonst tun sollen? Und dann hat sie mich für alles verantwortlich gemacht. Ich sei schuld an Jannas Tod, an Missas Aufmüpfigkeit und dass Sati weggelaufen ist, nachdem sie ihr mit der Faust ins Gesicht geschlagen hat.«

»Sie hat sie mit der Faust geschlagen?«

»Das hat sie gesagt. Sie war vollkommen hysterisch.«

»Sati? Du hast mit ihr gesprochen?«

»Yasmina hat das gesagt, nicht Sati. Dann hat sie nur noch geschrien, ich soll losgehen und sie suchen, anstatt mich zuzudröhnen wie irgend so ein nutzloser Junkie unter einer Brücke. Hau ab! Hau endlich ab! Und das hab ich getan, Mum. Ich hab ein paar Klamotten und mein Rasierzeug eingepackt und bin abgehauen, genau wie sie es wollte.«

»Soll das heißen, du hast gar nicht nach Sati gesucht? Du hast doch eben gesagt …«

»Doch, hab ich. Ich wollte sie mit hierherbringen, aber sie wollte bei Missa und Justin bleiben, und nachdem Justin Satis Gesicht gesehen hat, wollte der sie sowieso nirgendwohin gehen lassen. Hast du eine Ahnung, wie ein zwölfjähriges Mädchen aussieht, dem man mit der Faust ins Gesicht geschlagen hat, Mum?« Er legte den Kopf in den Nacken, blickte an die Zimmerdecke und ließ den Kopf wieder hängen. »Gott, ich hab es so satt, dass ich nichts tun kann, um die Mädchen vor ihr zu schützen.«

Rabiah reichte es. Sie sprang auf wie eine Läuferin beim Startschuss. »Das«, sagte sie, »bringt das Fass endgültig zum Überlaufen.«

Timothy verschränkte die Hände wie zum Gebet und sagte: »Ach, Mum, Gott sei Dank siehst du es endlich, denn es ist einfach unmöglich…«

»Ich rede nicht von Yasmina«, fauchte sie und baute sich vor ihrem Sohn auf. »Und ich rede auch nicht von Missa, Sati oder der armen Janna. Ich rede von dir. Was in Gottes Namen stimmt nicht mit dir? Ach, egal. Was frag ich überhaupt. Es ist dasselbe wie bei deinem Bruder und was deinen Großvater umgebracht hat. Ein einziges Mal ohne Schutz, von einem einzigen Mal wird sie schon nicht schwanger werden, ich pass schon auf… Seit diesem einen Moment der bodenlosen Dummheit hast du dich immer und immer wieder für den leichtesten Weg entschieden, und ich hab mitgemacht und dir geholfen, aber damit ist es vorbei. Hast du mich verstanden? Hast du das verstanden? Du bist vielleicht bei Yasmina an deine Grenzen gekommen, aber ich bin bei dir an meine Grenzen gekommen. Du ziehst nicht wieder bei mir ein, Timothy – und wag es nicht, mir zu sagen, das hättest du nicht vorgehabt. Du wirst jetzt erwachsen, und zwar sofort, denn ich habe nicht die Absicht, die Verantwortung für dein Leben zu übernehmen. Wenn Yasmina bei den Mädchen alles falsch gemacht hat – und ich sage nicht, dass das nicht so ist –, wo warst du dann die ganze Zeit? Wann hast du es richtig gemacht? Sie musste die drei ganz allein großziehen. Das entschuldigt nicht, was sie getan hat, aber es erklärt, was sie aus ihrem und dem Leben der Mädchen gemacht hat, weil sie so dumm war, dich zu heiraten.«

Sie hatte ihn zweifellos erstaunt. Aber soweit sie das beurteilen konnte, stand er am Rand einer Klippe, und wenn er stürzte, hätte er genauso versagt wie sein Bruder, er würde alles verlieren, weil er einfach nicht Manns genug war – Gott, sie dachte schon wie ein verdammter Fernsehpsychologe –, die Verantwortung für sein eigenes Leben zu übernehmen. Es war viel leichter, sich einzureden, dass einem alles zustand: Alkohol, Tabletten, Essen, Sex, was auch immer. Denn sonst müsste man irgendetwas unternehmen. Und das erforderte natürlich einen Kraftakt, nicht wahr? Das Leben erforderte einen Kraftakt, und es war an der Zeit, dass er das endlich begriff.

»Glotz mich nicht so an«, fauchte sie. »Mach den Mund zu, richte dich auf und hör auf, anderen die Schuld zuzuweisen. Du kannst eine Nacht bei mir bleiben, Timothy, und das auch nur, weil es schon spät ist. Morgen früh wirst du dich um deine Angelegenheiten kümmern wie ein Ehemann und Vater und Mann, und falls du glaubst, du könntest dich daran vorbeimogeln, weil es ja sowieso zwecklos ist, weil du schon alles versucht hast und so weiter, dann werde ich dich begleiten. Ich werde dir nichts abnehmen, sondern sicherstellen, dass du dein Leben in die Hand nimmst. Und jetzt verzieh dich ins Gästezimmer und lass dich vor morgen früh nicht wieder blicken.«

Einen Moment lang fürchtete sie, sie wäre zu weit gegangen. Doch er sagte: »Danke, Mum.« Dann verschwand er im Gästezimmer und schloss die Tür.

23. Mai

LUDLOW
SHROPSHIRE

Nach dem Gespräch mit Dena Donaldson war Lynley sich mit Barbara Havers einig, dass der Hilfspolizist Ruddock möglicherweise Dreck am Stecken hatte, zumindest in Bezug auf die Studentinnen. Allerdings hatten sie keine stichhaltigen Beweise. Zwar hatte Harry Rochester ausgesagt, er habe bei mehreren Gelegenheiten beobachtet, wie Ruddock betrunkene junge Leute in seinen Streifenwagen geladen habe, außerdem habe er Ruddock ein Mal allein mit Francie Adamucci gesehen, aber mehr hatten sie gegen den Hilfspolizisten nicht in der Hand, und das würde keinem Staatsanwalt der Welt für eine Klage ausreichen.

Auch dass Barbara Ruddock und Dena auf dem Parkplatz der Polizeistation im Streifenwagen gesehen hatte, half ihnen nicht weiter. Diese Beobachtung war ebenso wenig beweiskräftig wie die Aussage von Rochester. Die beiden jungen Frauen könnten zwar sagen, der Hilfspolizist habe sie zum Sex gezwungen, aber Ruddock könnte genauso behaupten, die beiden wollten sich nur rächen, weil er sie immer wieder betrunken von der Straße auflas. Und dass er schon oft gezwungen gewesen war, betrunkene Studenten einzusammeln, würde seine Behauptung untermauern, während nichts die Behauptung der jungen Frauen bekräftigte. Und so hatten Thomas Lynley und Barbara Havers jetzt zwar eine genauere Vorstellung von Gary Ruddocks Charakter und davon, wie er seine Position als Hilfspolizist ausnutzte, aber sie konnten ihm nichts nachweisen.

Nachdem Lynley geduscht, sich rasiert, angezogen und eine Tasse Tee aufgebrüht hatte – den Hotelzimmerkaffee fand er ungenießbar –, setzte er sich auf die Bettkante und rief Nkata an. Als der Detective Sergeant sich meldete, sagte er: »Was haben Sie für mich, Winston? Wir brauchen ganz dringend etwas Handfestes.«

»So früh am Tag schon so schlimm?«, fragte Nkata.

»Ich wappne mich nur«, sagte Lynley.

Nkata begann mit dem Polizeihauptquartier von West Mercia, wo Ruddock seine Ausbildung zum Hilfspolizisten absolviert hatte. Er hatte mit mehreren Ausbildern gesprochen, und laut deren Aussage sei Ruddock ernst und engagiert gewesen. Er habe gehofft, über den Umweg als Hilfspolizist Polizist werden zu können. Außerdem sei er gescheiter als die meisten …

»Moment«, sagte Lynley. »Man hat uns gesagt, Ruddock habe Lernschwierigkeiten. Stimmt das nicht?«

»Ich meinte gescheit im Sinne von raffiniert«, antwortete Nkata.

Anscheinend hatte Ruddock im Ausbildungszentrum gelernt, seine Defizite wettzumachen, indem er den Kontakt zu jedem hochrangigen Polizisten gesucht hatte, dem er über den Weg gelaufen war. Am Ende sei er bekannt gewesen wie ein bunter Hund, und eine Stelle als Hilfspolizist sei ihm so gut wie sicher gewesen.

Das war zwar interessant, bewies aber lediglich, dass Ruddock gelernt hatte, seine Schwierigkeiten zu kompensieren. »Sonst noch etwas?«, fragte Lynley.

»Seine Herkunft ist interessant.«

»Ich nehme an, Sie spielen auf die Sekte in Donegal an«, sagte Lynley. Er goss sich eine zweite Tasse Tee auf.

»Genau«, sagte Nkata. »Hat er Barbara erzählt, dass die

Garda den Laden dichtgemacht hat? Das war vor ungefähr zehn Jahren.«

»Aus welchem Grund?«

»Sexueller Missbrauch in großem Umfang. Die Sektenführer behaupteten, sie handelten in Gottes Auftrag, wie er in der Bibel steht. Sie folgten nur Gottes Anweisungen nach dem Motto: ›Wachset und mehret euch‹. Nur dass die Kids nicht gefragt wurden, und zwar Jungen wie Mädchen. Wenn ein Junge den Sektenführern als geeigneter Kandidat für die Aufgabe der Vermehrung erschien, haben sie ihn in einem Haus untergebracht, das sie *Palast des göttlichen Willens* nannten, das aber wohl alles andere als ein Palast war.«

»Das glaube ich Ihnen aufs Wort«, bemerkte Lynley.

»Die Jungs mussten dann ihre Pflicht als Vermehrer ausüben, und zwar mit jedem weiblichen Wesen, das ihnen zugeteilt wurde. Für die Jungs ging es ungefähr mit zwölf los und für die Mädchen, sobald sie alt genug waren, um schwanger zu werden und Schwangerschaft und Geburt zu überleben. Die einzigen Mädchen, die Glück hatten, waren die Spätentwickler. Die Jüngste hat mit elf ein Kind gekriegt.«

»Gott, ich kann mich überhaupt nicht daran erinnern, Winston. Ist das durch die Presse gegangen?«

»Wahrscheinlich, aber es war in der Republik Irland und nicht in Nordirland, deswegen wird das hier nicht so'n großes Thema gewesen sein. Außerdem, wo waren Sie denn vor zehn Jahren, und was haben Sie da gemacht? Ich hab damals versucht, mich von den Warriors loszueisen, und nicht so viel mitgekriegt.«

»Was ist denn aus all den Kindern geworden?«

»Die sind in Pflegefamilien gekommen, wenn sie noch minderjährig waren. Wie alt war denn der Hilfspolizist zu dem Zeitpunkt?«

»Sechzehn, glaube ich. Er hat Barbara gesagt, dass er mit fünfzehn abgehauen ist.«

»Stimmt wahrscheinlich. Zeitlich gibt es dann eine Lücke. Plötzlich ist er wie aus dem Nichts wieder aufgetaucht, und zwar in Belfast, da war er mit achtzehn auf dem Bau. Von dort ist er nach Wales gegangen, wo er in ’ner Schreinerei gearbeitet hat, und dann ging’s weiter nach England. Aber er ist nirgendwo mit dem Gesetz in Konflikt geraten, Inspector. Er hat Barbara vielleicht nicht alle Einzelheiten über diese Sekte erzählt – also von dem Palast des göttlichen Willens und so weiter –, aber was ich überprüft hab, stimmt alles.«

Trotzdem trug der Mann vielleicht eine gewisse Mitschuld, dachte Lynley, als er auflegte. Winstons Recherchen hatten sie leider keinen Schritt weitergebracht, und sie hatten nichts in der Hand, womit sie Ruddock in die Ecke drängen konnten in Bezug auf den Vorwurf von Studentinnen, sie zu sexuellen Dienstleistungen genötigt zu haben.

Als das Zimmertelefon klingelte, nahm er geistesabwesend ab in der Annahme, Winston hätte noch etwas zu erwähnen vergessen. Er zuckte zusammen, als er Isabelles Arderys Stimme hörte.

»Ignorierst du meine Anrufe, Tommy?«, fragte sie. »Warum rufst du mich eigentlich nicht zurück?«

Sie klang vollkommen normal, wie er erleichtert feststellte. »Sorry, Chefin«, sagte er. »Wir haben viel um die Ohren.«

»Wenn ich dich anrufe, hast du mich zurückzurufen. Ich bin immer noch deine Vorgesetzte. Und falls du gerade gedacht hast, vorerst, rate ich dir, das zu unterlassen.«

»Ich habe nichts dergleichen gedacht, Chefin«, erwiderte er.

»Freut mich, das zu hören. Bitte nimm dir die Tatortfotos vor.«

»Die habe ich gerade nicht hier. Sergeant Hav…«

»Dann besorg sie dir, verdammt noch mal. Sobald du sie hast – und ich gebe dir genau zehn Minuten –, rufst du mich zurück. Und zwar von einem Ort aus, wo du ungestört reden kannst. Hab ich mich klar ausgedrückt?«

»Gilt das ungestört auch für Sergeant Havers?«, fragte er.

»Mach dich nicht lächerlich. Als wüsste ich nicht, dass du ihr sowieso alles brühwarm erzählst. Und jetzt sieh zu, dass du die Fotos holst, und ruf mich zurück.«

IRONBRIDGE
SHROPSHIRE

Rabiah hätte gern noch zwei Stunden länger geschlafen, aber das stand wie so viele andere Dinge heute nicht auf der Tagesordnung. Wie zum Beispiel, dass Timothy und Yasmina zur Arbeit gingen. Sie würden heute zu Hause bleiben, und wenn Rabiah sie an die Küchenstühle fesseln musste. Für Timothy war das kein Problem, weil er offenbar schon seit Monaten nur unregelmäßig zur Arbeit in der Apotheke erschien. Bei Yasmina war das etwas anderes, da sie ihre Patiententermine würde absagen müssen. Aber das würde sie schon tun, schließlich war es der allerletzte Rettungsversuch.

Rabiah rüstete sich zum Kampf, als sie ins Gästezimmer ging, um ihren Sohn aus dem Bett zu werfen. Was er ihr am gestrigen Abend eröffnet hatte, war so ungeheuerlich, dass sie gar nicht seine Jacke oder seine Reisetasche durchsucht hatte. Womöglich hatte er sonst was für Tabletten eingeworfen, und sie bekam ihn nur schwer wach. Für alle Fälle nahm sie ein Glas Wasser mit nach oben, die einzige Waffe, die ihr einfiel. Doch er saß bereits aufrecht im Bett. Seine Augen waren zwar geschlossen, aber er schlief nicht.

Als er das Glas Wasser sah, sagte er: »Ich hab nichts mitgenommen. Ich war so in Eile, dass ich vergessen hab, mir was einzustecken. Ich hab die ganze Nacht nicht geschlafen.«

»Ich auch nicht. Steh auf. Wir fahren nach Ironbridge.«

»Mum…«

»Glaubst du etwa, es macht mir Spaß, mich da einzumischen? Glaubst du im Ernst, ich hätte eine Lösung für das Chaos, das du aus deinem Leben gemacht hast?«

»Wenn du keine Lösung hast, was soll das dann?«

»Was das soll? Du hast die Lösung, du Idiot! Du und Yasmina, ihr habt die Lösung, und ihr werdet euch heute damit auseinandersetzen.«

»Das will sie bestimmt nicht.«

»Glaubst du allen Ernstes, dass es mich interessiert, was Yasmina will? Los, steh auf, zieh dich an und steig ins Auto. Du fährst nach Ironbridge, und ich folge dir.«

Sie gab ihm eine Viertelstunde. Während er duschte, sammelte sie die Kleidungsstücke ein, die er auf den Boden geworfen hatte, und stopfte sie in seine Reisetasche. Dann trug sie die Tasche nach unten zur Haustür. Damit war klar, dass sie nicht bereit war, Timothy wieder bei sich aufzunehmen.

Er machte keine Bemerkung, als er nach unten kam. Zum Glück hatte er etwas zum Wechseln dabei, dachte sie, sonst hätte er im Schlafanzug nach Ironbridge fahren müssen, womit sie kein Problem gehabt hätte.

So früh am Tag herrschte kaum Verkehr auf den Straßen, bis auf einen Sattelschlepper, der kurz vor Bridgnorth versuchte, sich ins Stadtzentrum zu manövrieren. Nachdem sie dieses Hindernis hinter sich gelassen hatten, galt es hauptsächlich, kein Tier zu überfahren, das verwirrt ausgerechnet in dem Moment die Straße überquerte.

In Ironbridge angekommen, befahl Rabiah Timothy, an der Tür zu warten, und ging allein ins Haus. Sie hörte Geräusche aus der Küche, vermutlich war Yasmina bereits auf. Rabiah zerrte ihren Sohn ins Haus und wies ihn an, in der Diele zu warten.

In der Küche stand Yasmina an der Anrichte, vor sich Satis

offene Hello-Kitty-Pausenbrotdose, in der ein Sandwich lag. Sie packte gerade einen Apfel, ein Päckchen getrocknete Feigen, eine kleine Tüte Chips und ein kleines Saftpäckchen mit Strohhalm dazu.

Yasmina fuhr herum, als Rabiah sagte: »Du erwartest doch nicht etwa, dass sie das isst, nach dem Vorfall gestern Abend, oder?«

Schnell erholte Yasmina sich von dem Schreck, dass ihre Schwiegermutter um sechs Uhr früh aufgetaucht war, und wandte sich wieder um. »Aha, Timothy hat's dir also erzählt. Ich bringe das Sati in die Schule. Ich werde mich bei ihr entschuldigen.«

»Findest du das nicht ein bisschen vorschnell?«

Yasmina drehte sich wortlos um.

»Du weißt ja noch nicht mal, ob sie heute überhaupt zur Schule geht, so wie ihr Gesicht aussieht, weil ihre eigene Mutter ihr einen Faustschlag verpasst hat«, fuhr Rabiah fort. »Und falls du sie tatsächlich in der Schule antriffst, weißt du nicht, ob sie mit dir reden will.«

»Wie auch immer«, erwiderte Yasmina erstaunlich würdevoll. »Ich muss es tun, Mum.«

Rabiah machte einen Schritt auf sie zu, langte an ihr vorbei und schloss die Brotdose. »Ich sage dir, was du tun musst: Du musst dich setzen. Wir drei werden uns jetzt erst einmal unterhalten.«

»Du weißt doch, dass Sati weggelaufen ist.«

»Ich rede nicht von Sati«, erwiderte Rabiah. Dann rief sie: »Timothy! Du wirst gewünscht.«

Er kam in die Küche. Als er durch die Tür trat, sah Rabiah ihn wieder als kleinen Jungen vor sich und dachte, wie wenig er sich doch geändert hatte. Auch als Junge hatte er immer schon so etwas Niedergeschlagenes an sich gehabt, wenn man ihn bei etwas erwischt und er gehofft hatte, glimpflich davonzukommen, wenn er sich nur zerknirscht genug gab.

Früher hatte es funktioniert, und Rabiah ärgerte sich nachträglich über sich selbst, dass sie es zugelassen hatte.

Sie sagte: »Ich bin nicht hier, um eure Ehe zu retten. Wenn ihr das wollt, müsst ihr das selbst tun. Ich bin hier, um euch zu sagen, dass ihr dieses Haus erst verlasst, wenn ihr wieder von mir hört, denn mir geht es um Missa und Sati. Ich fahre jetzt zu den beiden und rede mit ihnen. Wenn ich Glück habe, bringe ich vielleicht eine eurer Töchter oder, so Gott will, alle beide wieder mit hierher. Und wir drei wissen ja, dass das auf keinen Fall passieren wird, wenn ihr mich begleitet.«

»Mum«, sagte Timothy. »Lass mich mitkommen. Ich habe nichts getan, was …«

»Versuch nicht, mir zu sagen, dass du nichts zu diesem Schlamassel beigetragen hast, Herrgott noch mal! Ich bin nicht hier, um nach Gründen zu suchen, und das solltet ihr auch nicht tun. Ich bin hier, weil wir *noch* eine Familie sind und ich möchte, dass wir das bleiben. Alles andere wäre undenkbar, und wenn ihr anderer Meinung seid, dann würde ich euch raten, eure Meinung ganz schnell zu ändern. Hier in diesem Haus muss eine Menge passieren, Entschuldigungen reichen da nicht. Entschuldigungen bedeuten überhaupt nichts, wenn sie keine Veränderungen nach sich ziehen. Versteht ihr überhaupt, wovon ich rede? Ihr braucht nicht zu antworten. Gebt mir einfach die Adresse der Goodayles und bleibt hier, bis ihr von mir hört.«

Keiner der beiden erhob Einwände. Yasmina gab Rabiah die Adresse, und Rabiah machte sich auf den Weg.

Es war nicht schwierig, das Haus der Goodayles zu finden. Sie wohnten oberhalb der Stadt fast in Woodside. Auf der Fahrt dorthin kam Rabiah durch ein Viertel, wo während der industriellen Revolution die Besitzer der örtlichen Fabriken gewohnt hatten. In den Fabriken war damals von Türstoppern bis hin zu feinstem Porzellan alles hergestellt worden. Die großzügigen Villen im georgianischen Stil waren nun ziemlich heruntergekommen und wurden nach und nach restauriert. Die Goodayles lebten in einer Gegend, die ebenfalls schwere Zeiten erlebt hatte, aber auch hier waren bei vielen Häusern Sanierungsarbeiten im Gange. Das Haus der Goodayles gehörte jedoch nicht dazu.

Es war ein Backsteinhaus mit Vorgarten, im Gegensatz zu den Häusern am Fuß des Hügels, die direkt an die Straße grenzten. Als Rabiah aus ihrem Wagen stieg, bemerkte sie, dass im Vorgarten ein Schlachtfeld aufgebaut worden war. Gartenzwerge in handgenähten Schottenröcken hatten offenbar gerade einen Angriff der englischen Gartenzwerge abgewehrt, zu deren Füßen kleine Musketen und Gummischwerter lagen. Hinter den Engländern steckten kleine Union Jacks in der Erde. Mehrere der englischen Krieger hatten schwere Blessuren davongetragen, zweien fehlte der Kopf und einem ein Arm.

Rabiah musste lächeln. Sie erinnerte sich, dass die Goodayles fünf Kinder hatten, das älteste war mindestens zehn Jahre älter als Justin. Offenbar gab es inzwischen Enkelkinder, die hier im Vorgarten spielten. Sehr fantasievolle Enkel, wie es schien.

Rabiah klopfte an. Einen Augenblick später wurde die Tür geöffnet. Es war Sati. Sie hielt eine Schale Cornflakes in der einen Hand und in der anderen einen Löffel. Ihre Augen weiteten sich. Sie machte den Mund auf und wieder zu. Dann saugte sie ihre Unterlippe ein und drehte sich in den Flur um.

»Wie wär's, wenn du deine Gran hereinbitten würdest«, sagte Rabiah, »und ihr einen Begrüßungskuss gibst. Das reicht fürs Erste.«

Sati trat zur Seite, immer noch mit großen Augen. Sie stellte die Schale mit den Cornflakes auf dem Fußboden ab und umarmte Rabiah wie befohlen. Dass sie das so bereitwillig tat, versetzte Rabiah einen Stich. Ihre Enkelinnen hatten kämpfen müssen, um eine Persönlichkeit zu entwickeln, und es war ihnen nur bedingt gelungen. Warum wurde ihr das erst jetzt in diesem Moment klar?

Sie umarmte Sati und drückte ihr einen Kuss aufs Haar. Dann hob sie ihr Kinn an und betrachtete das geschwollene Gesicht. »Deine Mum ist sehr traurig darüber«, sagte sie. »Sie möchte, dass du nach Hause kommst, damit sie dich um Entschuldigung bitten kann.«

Satis dunkle Augen füllten sich mit Tränen, doch sie hielt sie zurück. »Missa sagt…«

»Lass nur, Sati. Ich bin nicht hier, um dich zu überreden, nach Hause zu gehen. Ich möchte mit Missa sprechen. Wann und ob du nach Hause gehst, das liegt ganz bei dir. Okay?«

Sati hob ihre Cornflakesschale auf. »Okay«, flüsterte sie.

»Tust du dich immer noch schwer mit Mathe?«

Sie nickte.

»Dafür finden wir eine Lösung. Und jetzt geh Missa holen. Sag ihr, ich möchte mit ihr reden. Und sag ihr, ich will sie oder dich nicht zu eurer Mutter zurückschicken.«

»Okay«, sagte Sati mit einem rührenden schüchternen Lächeln. Sie lief die Treppe hoch, und Rabiah ging ins Wohnzimmer.

Auch hier durften die Enkelkinder spielen. Es gab jede Menge Spielsachen, aber alle ordentlich in Kisten verstaut, auf denen jeweils ein Name stand. In einem Regal stapelten sich Brettspiele, und in der Tür zum Esszimmer hing eine Babyschaukel. Überall waren Fotos: Taufen, Hochzeiten, Weihnachtsfeste, Schulabschlussfeiern. In einer Ecke stand eine Vitrine mit Sammelstücken, darunter winzige Hand- und Fußabdrücke in Ton und mehrere bronzierte Babyschuhe.

»Mrs Lomax?«

Rabiah drehte sich um. Die ältere Frau, die sie begrüßte, trug einen karierten Faltenrock, eine taillierte Bluse und eine Weste. Das musste Linda Goodayle sein. Sie machte nicht gerade ein freundliches Gesicht, vermutlich weil sie Rabiah für eine Abgesandte von Yasmina hielt.

»Nennen Sie mich Rabiah«, sagte sie. »Und verzeihen Sie, dass ich hier so hereinplatze. Ich bin hergekommen, um mit Missa zu sprechen. Ihre Mutter hat mich übrigens nicht geschickt. Es hat nichts zu tun mit…« Sie wusste nicht recht, wie sie sich ausdrücken sollte, und machte eine vage Geste, so als wollte sie das Haus mit einbeziehen. »Ich will eigentlich nur über Ludlow mit ihr reden.«

»Sie geht nicht zurück. Sie hat versucht, ihren Eltern das klarzumachen. Aber es hat nichts genützt.«

»Das ist verständlich«, sagte Rabiah. »Missa ist alt genug, um ihre eigenen Entscheidungen zu treffen. Ihre Entscheidungen mögen mir vielleicht nicht gefallen, aber es ist mir wichtig, dass sie ihren eigenen Kopf hat.«

In dem Moment hörte sie polternde Schritte auf der Treppe, und dann stand Justin in der Tür. Sie war überrascht, wie groß er war, was ihr in der viktorianischen Schmiede, wo er arbeitete, nicht aufgefallen war. Ebenso wie seine Mutter war er bereits für die Arbeit gekleidet, und er hatte das Haar im Nacken zusammengebunden.

Er sagte: »Wenn Sie gekommen sind, um es ihr auszureden, vergessen Sie's, Mrs Lomax.«

Rabiah wusste nicht, worauf er sich bezog. »Was will ich ihr denn ausreden?«, fragte sie. »Dass sie hier wohnen möchte? Deswegen bin ich nicht hier.«

»Ich meinte die Hochzeit«, sagte Justin. »Wir heiraten nächsten Monat.«

Rabiah fand die Vorstellung erschreckend, dass Missa in Anbetracht des Chaos in ihrer Familie in einem Monat heiratete. Hatte ihre Enkelin etwa darüber mit Druitt gesprochen? Schließlich fand sie ihre Stimme wieder. »Na dann herzlichen Glückwunsch. Ich wusste nicht, dass die Hochzeit schon so bald stattfinden soll.«

»Mum will nicht, dass wir heiraten«, sagte Missa. Sie war lautlos die Treppe heruntergekommen und stand jetzt hinter Justin. Sati hatte sie anscheinend geweckt, denn im Gegensatz zu Justin und seiner Mutter war sie noch nicht angezogen, sondern trug einen Morgenmantel, und ihr Haar war noch ganz zerzaust. »Wenn du also gekommen bist, um mir die Hochzeit auszureden, kannst du gleich wieder gehen, Gran.«

Rabiah winkte ab, eine Geste, die, wie sie hoffte, nicht nur Missa, sondern auch Justin und seine Mutter entwaffnen würde. »Komm, lass dich umarmen, Herrgott noch mal«, sagte sie. »Meinetwegen kannst du heiraten, wen du willst und wann du willst. Aber wehe, ihr ladet mich nicht zur Hochzeit ein, dann bin ich nämlich beleidigt.«

Missa wirkte nicht überzeugt, doch sie kam ins Wohnzimmer und ließ sich von ihrer Großmutter umarmen. Das war der erste Schritt, dachte Rabiah. Jetzt musste sie nur noch Justin und seine Mutter loswerden, damit sie in Ruhe mit Missa reden konnte. Es war ihr egal, ob sie aufdringlich wirkte. »Könnte ich wohl eine Tasse Kaffee bekommen?«, fragte sie Justin.

Er und seine Mutter tauschten einen Blick aus. Linda Goodayle sagte bemüht freundlich: »Selbstverständlich. Ich kümmere mich darum.«

Sie ging in die Küche. Aber Justin blieb in der Tür stehen. »Justin«, sagte Rabiah zu ihm, »ich muss kurz mit Missa allein sprechen. Ich bin nicht gekommen, um über euch beide zu reden, ihr braucht euch also keine Sorgen zu machen.«

Missa schaute Justin an, der auf ihre Entscheidung wartete. Nach kurzem Schweigen sagte sie: »Meine Gran wird mir nichts ausreden, Justie. Und sie wird mich auch zu nichts überreden. Also keine Sorge. Sag Sati Bescheid, okay?«

Widerstrebend ließ er sie allein. Rabiah wartete, bis sie seine Schritte auf der Treppe hörte. Dann sagte sie leise zu Missa: »Es geht nicht um Sati. Und auch nicht um deine

Mutter oder deinen Vater. Es geht mir ganz allein nur um mich und um dich.«

Missa wirkte verwirrt. Rabiah und ihre Enkelin hatten sich immer nahegestanden, sodass diese Gesprächseröffnung für Missa überraschend kam, und sie blickte ihre Großmutter neugierig an.

»Die Polizisten aus London sind jetzt drei Mal bei mir gewesen, Missa«, fuhr sie fort, »und ich habe sie drei Mal angelogen. Soweit ich das beurteilen kann, gibt es niemanden in unserer Familie, der nicht lügt – außer Sati vielleicht, die beherrscht die Kunst noch nicht –, aber damit ist jetzt Schluss. Nein, sag nichts. Ich bin bereit zu glauben, dass du dich sieben Mal mit Ian Druitt getroffen hast, weil du Unterstützung brauchtest für deine Entscheidung, das College abzubrechen. Ich verstehe das. Aber ich verstehe nicht, dass du nicht mit deiner Großmutter darüber gesprochen hast. Außerdem verstehe ich nicht, warum du das College so überstürzt abgebrochen hast. Bitte, sag nichts, Liebes. Ich bin noch nicht fertig. Du hast bei mir gewohnt, und wir sind doch immer sehr offen miteinander umgegangen, oder? Und ich habe miterlebt, wie gern du aufs College gegangen bist, wie erfolgreich du warst, wie gut du mit deinen Lehrern zurechtkamst, wie sehr dich der Stoff interessiert hat. Und dann, von einem Tag auf den anderen … hat dich das alles nicht mehr interessiert.«

»Es wurde einfach zu kompliziert, Gran«, sagte Missa. »Aber keiner …«

»Bitte nicht. Das gibt es nicht, dass jemand, der so talentiert ist wie du, zuerst Bestleistungen bringt und dann auf einmal überhaupt nichts mehr hinbekommt. Deswegen muss irgendetwas vorgefallen sein. So wie Ding Donaldson herumgedruckst hat, als ich mit ihr gesprochen habe, nehme ich mal an, dass sie weiß, was passiert ist. Aber sie will dich nicht verpetzen, also frage ich dich jetzt: Was ist passiert?«

Missa lachte kurz auf, es klang verbittert. Sie wandte sich von ihrer Großmutter ab. »Was ist passiert, Missa?«, fragte Rabiah noch einmal. »Du musst es mir sagen. Die Polizisten aus London haben deine Adresse. Die wissen, wo sie dich finden.«

»Aber *das* wissen sie nicht«, sagte Missa. »Du kannst ihnen sagen, wo sie mich finden, na klar kannst du das, aber …«

»Genau das habe ich vor, wenn du nicht mit mir redest. Ich meine es ernst, Missa. Die ermitteln in einem Selbstmord, von dem sie offenbar glauben, dass es ein Mord war, und werden keine Ruhe geben, bevor sie der Sache nicht auf den Grund gegangen sind, und wenn du etwas anderes glaubst, dann bist du naiv. Ich fand deine Vertrauensseligkeit immer rührend, aber … Missa, was ist denn los?«

Missa hatte angefangen, lautlos zu weinen. Sie schlug die Hand vor den Mund, als könnte sie damit ihre Tränen zurückhalten, und als das nicht funktionierte, grub sie die Fingernägel in ihre Haut. Rabiah nahm ihre Enkelin in die Arme und flüsterte: »Missa, was ist passiert? Bitte. Du musst es mir sagen.«

»Es war der Cider«, schluchzte Missa.

»Cider? Was in aller Welt? … Cider?«

»Ich hab getrunken und getrunken. Ich dachte, Cider würde nichts machen, aber dann, auf einmal, war ich vollkommen betrunken. Es kam ganz plötzlich, und in dem Zustand konnte ich doch nicht nach Hause gehen. Dann hättest du gedacht, ich wäre wie Dad und Onkel David, und das hätte ich nicht ertragen. Ich *konnte* es einfach nicht, Gran.«

LUDLOW
SHROPSHIRE

Nach einem lauten Klopfen ertönte Lynleys wohlklingender Bariton. »Barbara? Es tut mir leid, aber ich muss Sie wecken. Isabelle hat angerufen, und…«

Isabelle, Isabelle, dachte Barbara sarkastisch. »Moment, ich komme«, sagte sie und rollte sich aus dem Bett. Dann fiel ihr auf, dass sie eins ihrer Slogan-T-Shirts anhatte, das sie sich in Übergröße gekauft hatte, um es als Nachthemd benutzen zu können. Der Aufdruck: *Du siehst doch, dass du nervst! Halt die Klappe!* war garantiert nicht dienlich, ihren Vorgesetzten gnädig zu stimmen. »Moment!«, rief sie. »Ich zieh mir kurz was über!«

»Selbstverständlich«, sagte Lynley. »Aber den Buddy-Holly-Schlafanzug habe ich schon gesehen. Wo war das noch gleich? In Cornwall? In Casvelyn? Meiner war blau und Ihrer war mit dem Konterfei von Buddy Holly bedruckt? Erinnern Sie sich?«

»Ich glaub, Sie hatten ein weißes Badetuch um, Sir. Sie kamen grade aus der Dusche.« Hastig zog sie sich eine Hose mit Gummizug an.

»Wirklich? Was für ein schrecklicher Gedanke. Ich meine, ich in einem Badetuch in einem Bad, das wir uns teilen mussten. Ich möchte gar nicht daran denken. Hören Sie, Barbara, die Chefin wartet dringend auf meinen Rückruf. Sie ist ziemlich sauer, dass wir gestern nicht auf ihre Anrufe reagiert haben. Ich brauche nur die Tatortfotos. Sie können sie mir unter der Tür durchschieben, wenn Sie wollen.«

Das hatte Barbara nicht vor. Sie wollte mitbekommen, was Ardery zu sagen hatte. Sie entschloss sich, T-Shirt T-Shirt sein zu lassen, weil sie in dem Berg Klamotten auf dem Boden nur zwei ähnlich alberne Teile gefunden hätte, und machte die Tür auf.

Lynley war natürlich komplett und wie immer elegant angezogen. Er las den Spruch auf ihrer Brust. »Ah«, sagte er. »Sie haben doch nicht Buddy Holly an.«

»Sorry«, sagte sie. »Ich hatte so früh nicht mit Ihnen gerechnet.«

»Ich hätte Sie auch nicht belästigt, wenn sie sich nicht so aufgeregt hätte. Also, Ardery. Und machen Sie sich keine Gedanken wegen des T-Shirts. Ich habe schon schlimmere an Ihnen gesehen, seit Sie und ich einander Gesellschaft leisten.« Er runzelte die Stirn. »Verzeihung, das ist mir so rausgerutscht. Darf ich …?« Gott, war der Mann höflich. In der umgekehrten Situation wäre sie einfach in sein Zimmer gestürmt. Aber so etwas tat Lynley ja nicht.

Sie hielt ihm die Tür auf. Sie hatte die Akten auf dem Sofatisch liegen lassen, also setzte er sich aufs Sofa. Inzwischen suchte sie hastig ein kleidsameres Oberteil aus ihrem Klamottenberg und verschwand damit im Bad, wo sie sich von dem T-Shirt befreite, sich ihren BH schnappte, der am Haken für den Bademantel baumelte, und sich anständig anzog. Als sie aus dem Bad kam, hatte Lynley seine Lesebrille auf und telefonierte. Er hatte das Handy auf Lautsprecher gestellt, sodass Barbara das Gespräch mitverfolgen konnte.

Ardery sagte gerade: »… nur von der Leiche und der direkten Umgebung.« Lynley suchte die Fotos mit Ian Druitts Leiche aus dem Stapel heraus und legte sie vor sich auf den Tisch. »Ich habe sie«, sagte er.

»Ist auf einem der Strick zu sehen?«

»Es war kein Strick«, sagte er. »Es war …«

»Ich weiß, was es war, Tommy. Nenn es, wie du willst, Hauptsache, du findest ein Foto, auf dem es drauf ist, und sag mir, was du siehst.«

Barbara setzte sich neben Lynley. Sie tauschten einen Blick aus. Lynley tat wie ihm geheißen und nahm ein Foto, auf dem sowohl Druitts Leiche als auch die Stola zu sehen war, mit der der Mann sich erhängt hatte. Sie lag neben ihm wie eine Schlange, die sich sonnte.

Er sagte: »Ich hab's, Chefin.«

»Welche Farbe?«

»Die Stola? Die ist rot.«

»Da haben wir's«, sagte Ardery.

Barbara hatte keine Ahnung, was sie meinte.

Ardery fuhr fort: »Ich war gestern Abend in einer Kirche …«

Barbara und Lynley hoben die Brauen.

»… unten an der Themse. Ich habe einen Spaziergang gemacht und bin in der Nähe der Putney Bridge gelandet, und da war eine Kirche, wo gerade die Abendandacht abgehalten wurde. Es war ziemlich formell, mit Chor, Priester und allem Drum und Dran.«

Barbara verdrehte die Augen bei der Vorstellung, dass Ardery plötzlich religiös wurde. Lynley hatte jedoch offenbar den Eindruck, dass sie auf etwas Bestimmtes hinauswollte.

»Der Priester gestern, Tommy«, sagte Ardery. »Der Priester, Diakon oder wie auch immer. Zuerst hab ich es gar nicht registriert, aber dann ist mir aufgefallen, dass er grün gekleidet war.«

Barbara war nie eine Kirchgängerin gewesen – nicht mal an Weihnachten oder Ostern oder anlässlich nationaler Tragödien zog es sie in die Kirche. Sie war einfach nicht gläubig. Aber Lynley hatte nicht ohne Grund eine Kapelle auf seinem Familiensitz. Dort waren nicht nur seine Vorfahren begraben, dort wurden auch regelmäßig Gottesdienste abgehalten. Er war ein Spross des Geschlechts der Ashertons, eines Adelsgeschlechts, das seinen Untertanen schon seit über dreihundert Jahren mit gutem Beispiel voranging.

Und deswegen wunderte sie sich nicht wirklich, als er sagte: »Mein Gott. Als Druitt gestorben ist, war Fastenzeit. Da hätte er Violett tragen müssen.«

»Mir ist nie in den Sinn gekommen, dass die Farbe eine

Rolle spielt«, sagte Ardery. »Aber das hat mich neugierig gemacht, und deswegen habe ich, als ich wieder zu Hause war, mal gegoogelt. Rot ist die Farbe, die am seltensten benutzt wird, Tommy, und zwar nur an Pfingsten, bei Konfirmationen und bei der Priesterweihe.«

»Es war vor Ostern, also Fastenzeit«, sagte Lynley noch einmal. »Das hätte mir auffallen müssen.«

»Egal«, sagte Ardery. »Ich würde sagen, wir haben ihn.«

»Sieht so aus«, antwortete Lynley.

Er legte auf und schaute Barbara an. Er wirkte nachdenklich, aber ihr war jetzt nicht nach Nachdenken zumute.

»Tja, wir haben's doch schon immer gesagt«, bemerkte sie.

»Wie bitte?«

»Keiner kann an alles denken.«

IRONBRIDGE
SHROPSHIRE

Yasmina hörte ihn im Obergeschoss. Er durchwühlte Schränke und Kommoden, als wäre er ein Einbrecher auf der Suche nach Wertgegenständen. Als sie nach oben ging, fand sie ihn im Bad. Das erschien ihr merkwürdig, denn sie hätte erwartet, dass er dort als Erstes nachsehen würde.

Sie wusste natürlich, was er suchte. Nur wusste er nicht, dass sie, als er am Abend zuvor nicht nach Hause gekommen war, gehandelt hatte. Aber nach seiner zunehmenden Hektik zu urteilen, dämmerte ihm allmählich, was sie getan hatte. Sie begriff, dass er das Bad jetzt zum zweiten Mal durchwühlte, denn zweifellos hatte er im Medizinschränkchen mit seiner Suche begonnen.

»Ich hab alles weggeworfen«, sagte sie. Er sah sie in der Tür stehen.

»Ist mir klar. Ich habe nichts anderes von dir erwartet.«

Er schob sich an ihr vorbei ins Schlafzimmer, setzte sich auf die Bettkante und stützte den Kopf in die Hände. Er raufte sich die Haare. Schließlich blickte er auf. »Musst du dich eigentlich immer um alles kümmern?«

»Das mit Sati tut mir leid«, sagte sie. »Als ich sie geohrfeigt habe …«

»Du meinst, als du sie mit der Faust geschlagen hast, Yasmina. Es wäre schon schlimm gewesen, deine Tochter zu ohrfeigen, weil sie nicht tut, was du von ihr verlangst. Aber sie mit der Faust schlagen? Hast du eine Ahnung, was so etwas anrichten kann? Oder hoffst du darauf, dass sie sich eine Geschichte ausdenkt, wenn der Lehrer sie fragt, was mit ihrem Gesicht passiert ist? Und er wird sie fragen, das ist dir hoffentlich klar. Das ist seine Aufgabe. Wird sie dann sagen, sie ist gegen eine Tür gelaufen? Auf die Idee ist bestimmt noch nie ein Kind gekommen, das Angst hat, in ein Heim gesteckt zu werden.« Er lachte beinahe hysterisch, stand auf und trat ans Fenster. Sie dachte, er würde die Scheibe einschlagen, aber er drehte sich so plötzlich zu ihr um, dass sie vor ihm zurückwich.

»Timothy, Sati wollte nicht …«

»Halt die Klappe. Sati braucht nur zu erzählen, was ihr wirklich zugestoßen ist, und niemand wird ihr deine Geschichte abkaufen, die du dir ausgedacht hast, um zu erklären, warum unsere Tochter mit einem demolierten Gesicht in die Schule kommt!«

Sie machte einen Schritt auf ihn zu, war jedoch außerhalb seiner Reichweite. »Ich habe ihr Gesicht nicht demoliert! Ich wollte sie überhaupt nicht schlagen!«

»Das passiert doch bei dir automatisch. Du bist genau wie dein Vater. Der hätte genauso reagiert.«

Da war was dran … aber es stimmte nicht. »Ich versuche es, Timothy. Mein Leben lang versuche ich …«

»Komm mir nicht damit, du hättest versucht, dein Bestes zu geben oder sonst irgendeinen Blödsinn. Und ich tue dir den Gefallen und rede mich auch nicht raus. Denn es ist so: Du hast dich nicht bemüht, aber ich werfe es dir nicht vor, weil ich mich genauso wenig bemüht habe. Ich hätte dich davon abhalten, dir drohen können oder was auch immer, um Ordnung in unsere Familie zu bringen, aber ich habe es nicht getan, weil du es mir leicht gemacht hast, mich aus allem rauszuhalten. Diese Schuld habe ich auf mich geladen, und glaub mir, es macht mir verdammt noch mal keinen Spaß, mich dem zu stellen.«

»Ich will meine Kinder wiederhaben«, sagte Yasmina. »Ich muss sie doch beschützen.«

»Wovor eigentlich genau?«

»Vor allem Übel«, sagte sie, während sie nach einer Antwort suchte, die alles Böse einschloss, wovor sie ihre Kinder beschützen wollte. »Dass sie ihr Leben ruinieren, dass sie Fehler machen. Das ist meine Aufgabe. Aber das verstehst du nicht. Und warum solltest du auch? Es ist ja viel einfacher, mir für alles die Schuld zu geben, obwohl ich doch eigentlich immer nur das Beste für uns alle wollte.«

»Und wer entscheidet, was das Beste ist? Nein, sag nichts. Ich weiß es auch so. Und Missa weiß es. Und Sati weiß es jetzt auch.« Er ging zur Tür.

Sie stellte sich ihm in den Weg. »Du kannst nicht behaupten, ich hätte…«

Er schob sie zur Seite. »Du hörst einfach nicht zu. Ich habe dir bereits gesagt, dass ich mit daran schuld bin. Du wiederholst einfach nur das, was man dir angetan hat. Diese Ausrede habe ich nicht.«

Er verließ das Zimmer und stürmte die Treppe hinunter, sie blieb ihm auf den Fersen. »Was soll das heißen, was man mir angetan hat? Mir wurde beigebracht, dass eine gute Bildung wichtig ist, den richtigen Weg im Leben zu finden. Wenn es ein Fehler ist, dass ich das auch meinen Kindern beibringen will, dann bin ich allerdings schuldig.«

Am Fuß der Treppe drehte er sich um, eine Hand am Geländer. »Du kapierst überhaupt nichts. Deine Familie hat dich verstoßen, Yasmina. Seit zwanzig Jahren hat keiner von denen ein Wort mit dir gewechselt. Und warum? Weil du einen einzigen Fehler gemacht hast. Du bist schwanger geworden … Nein. Das ist nicht fair. Ich hab dich geschwängert, und deine Eltern dachten, dass ein Fehler ein ganzes Leben ruiniert.«

»Es hat unser Leben kompliziert gemacht. Ich möchte nicht, dass meine Töchter ein kompliziertes Leben haben.«

»Ach, wirklich?«, fragte er. »Und was hast du damit erreicht?«

Sie antwortete nicht, denn ihr wurde klar, dass sie sich nur im Kreis drehten.

»Am Ende wirst du mit nichts dastehen, Yasmina«, sagte er. »Aber dann werde ich nicht mehr bei dir sein.«

Er ging zur Tür. Sie erwiderte: »Deine Mutter hat gesagt, wir sollen …«

»Hör auf«, sagte er. »Hör endlich auf, verdammt.«

In dem Augenblick ging die Haustür auf, und Rabiah kam herein. Gefolgt von Missa.

»Gott sei Dank!«, rief Yasmina und rannte zu ihnen. Doch dann hielt sie inne und fragte: »Wo ist Sati?«

»Sati soll nicht hören, was wir zu sagen haben.« Rabiah zog Missa ins Haus und schloss die Tür.

Yasmina spürte eine Angst, wie sie sie nicht mehr empfunden hatte seit dem Tag, als sie Jannas Diagnose bekommen hatten. Sie bemerkte, dass Missa geweint hatte. Und an Rabiahs Gesichtsausdruck konnte sie ablesen, dass Missa ihnen etwas zu sagen hatte.

Plötzlich wollte sie nichts mehr davon wissen. Die Erkenntnis überrollte sie wie ein Tsunami: Was ihre Tochter seit Monaten bedrückte, hatte nichts mit Ironbridge, Justin Goodayle oder der Hochzeit zu tun.

Rabiah führte Missa ins Wohnzimmer. Sie setzte sich mit ihr aufs Sofa und bat Timothy und Yasmina, sich ebenfalls zu setzen. Yasmina wählte den Ohrensessel. Timothy zog es vor, stehen zu bleiben.

»Ich hab Cider getrunken, bis ich total betrunken war«, sagte Missa mit hängendem Kopf, die Hände auf ihrem Schoß zu Fäusten geballt.

Yasmina atmete erleichtert auf. Darüber also hatte Missa nicht reden wollen! Sie hatte gewusst, wie sehr ihre Eltern sich aufregen würden, wenn sie betrunken nach Hause gekommen wäre, denn Missa kannte die Geschichte ihres Vaters, ihres Onkels und ihres Urgroßvaters. Sie hatten ihr von klein auf eingebläut, was für eine gefährliche Rolle Alkohol in ihrer Familie gespielt hatte, und sie hatte immer gewusst, wie gefährlich Alkohol für sie werden konnte. »Liebes«, sagte Yasmina. »Ach, Liebes, das ist doch kein Grund…«

»Sie ist noch nicht fertig«, fuhr Rabiah sie an, und Yasmina zuckte zusammen.

Missa schaute ihre Großmutter an. Rabiah nickte. Yasmina hätte Missa so gern gesagt, dass ihre Eltern sie liebten und dass nichts daran etwas ändern konnte, dass sie nur getan hatte, was völlig normal war auf dem Weg zum Erwachsenwerden. Jugendliche experimentierten eben, auch sie selbst hatte das getan, und mehr war es nicht.

»Ich wusste nicht, was Cider mit einem macht, und er hat mir noch einen und noch einen bestellt, und ich hab das Zeug getrunken, weil es so lecker schmeckte. Am Anfang war mir nur ein bisschen schwindlig, aber das fand ich nicht weiter schlimm, weil… weil wir Spaß hatten, und ich hatte das Gefühl, ein bisschen aus mir rauszugehen, und ich war froh, endlich mal was Neues zu probieren, weil ich doch immer solche Angst vor so was hatte. Und irgendwann war ich total betrunken, und zwar so betrunken, dass ich mich an kaum etwas erinnere. Ich weiß nur noch …«

Yasmina spürte, unter welcher Anspannung ihre Tochter stand. Rabiah schob ihrer Enkelin sanft eine Strähne hinters Ohr und murmelte etwas Unverständliches.

Missa holte zittrig Luft. Wieder ließ sie den Kopf hängen. »Ich hab auf dem Sofa geschlafen. Ich weiß nicht mehr, wie ich dahin gekommen bin. Ich weiß nur noch, dass es stockdunkel im Zimmer war, als ich aufgewacht bin. Und er …« Sie hob eine Faust und presste sie unter ihr linkes Auge. »Er war auf mir. Ich konnte mich nicht bewegen. Ich konnte nicht mal atmen. Und dann …« Ihre Schultern zuckten. Sie weinte und wollte nicht, dass ihre Eltern das sahen.

»Du musst es ihnen sagen, Missa«, beharrte Rabiah sanft. »Sie müssen es wissen, damit sie dich verstehen können.«

Timothy machte einen Schritt, als wollte er zu Missa gehen. Rabiah hob die Hand und sagte: »Setz dich verdammt noch mal hin!«, und er tat wie ihm geheißen und nahm auf dem anderen Ohrensessel Platz, setzte sich jedoch auf die Kante, als wollte er jeden Augenblick wieder aufspringen.

Leise sagte er: »Missa, sprich mit uns. Bitte.«

Sie hob den Kopf. Yasmina schnappte nach Luft, als sie den schmerzvollen Ausdruck auf dem Gesicht ihrer Tochter sah. Nun traten die Qualen, die das Mädchen seit Monaten vor ihnen verborgen hatte, deutlich zutage. Missa sagte: »Ich war nur halb angezogen, als ich wach geworden bin. Also mein Rock, meine Strumpfhose, meine … Ich wusste zuerst nicht, was passierte, aber dann hat er seinen … Es war … Ich wollte mich wehren, aber ich lag auf dem Bauch, und er hat mir den Mund zugehalten und den Kopf nach hinten gerissen, und dann hat er … dann hat er seinen …«

»O Gott!« Yasmina schlug die Hand vor den Mund.

»Ich hab gehört, wie er gestöhnt und geschnauft hat, und es hat so wehgetan …«

Timothy sprang auf. »Wer?«, fragte er. »Wer war das? Wer?«

»Mum«, sagte Missa, während ihr Tränen über die Wangen liefen, die sie gar nicht zu bemerken schien. »Mummy. Es hat so wehgetan, und ich wollte, dass er aufhört, und ich konnte überhaupt nichts machen… Gran, zwing mich nicht, bitte, zwing mich nicht.«

Rabiah nahm ihre Enkelin in die Arme. Yasmina schmeckte Blut, sie hatte sich die Finger blutig gebissen, während sie Missa zugehört hatte.

Timothy ging im Zimmer auf und ab. »Wer war das?«, fragte er noch einmal. »Sag's mir!«

»Sie weiß es nicht, Herrgott noch mal«, sagte Rabiah.

Timothy fuhr herum. »Und du? Sie sagt, sie hat auf dem verdammten Sofa gelegen, Mum. Jemand ist in deinem Haus gewesen und hat meiner Tochter das angetan! Ist dir klar, was das bedeutet? Du weißt, wer es war! Also denk gefälligst nach!« Er stürzte auf sie zu, packte ihr Gesicht und quetschte es zusammen, als wollte er eine Zitrone ausdrücken.

»Nicht!«, schrie Missa.

Rabiah schüttelte ihn ab. »Du kapierst überhaupt nichts!«

»Sagt es nicht Justie«, flehte Missa. »Bitte, ihr dürft es Justie nicht sagen. Ich hab immer davon geredet, Jungfrau zu bleiben, dass ich warten wollte bis zur Hochzeit, wegen dem, was Mum passiert ist, weil sie ungewollt schwanger geworden ist und weil das für sie alles so kompliziert war und…« Sie wandte sich an ihre Mutter. »Ich bin doch immer noch Jungfrau, oder, Mummy? Weil, so wie er es getan hat, heißt das doch, dass ich immer noch Jungfrau bin, oder?«

Yasmina empfand blankes Entsetzen. »Deswegen wolltest du nicht in Ludlow bleiben«, sagte sie. »Und ich dachte, ich wüsste alles besser… Und in Wirklichkeit, o Gott, in Wirklichkeit war das der Grund.« Sie hätte im Erdboden versinken können. Sie wusste von Frauen, die sich die Haare abschnitten und sich Asche aufs Haupt streuten, und wenn sie es in dem Moment gekonnt hätte, hätte sie es auch getan. »Großer Gott, Missa«, sagte sie. »Was kann ich tun? Bitte, sag's mir.«

»Du und Timothy könnt euch den Rest der Geschichte anhören«, sagte Rabiah.

LUDLOW
SHROPSHIRE

Lynley dachte, er hätte eher darauf kommen müssen. Havers konnte er keinen Vorwurf machen. Sie war keine Kirchgängerin, soweit er sich erinnerte. Zwar war ihr Vater kirchlich beerdigt worden, aber woher sollte sie wissen, dass die Farben des Priestergewands eine Bedeutung hatten? Und Isabelle gehörte auch keiner Kirche an. Aber er? Er konnte nicht von sich behaupten, dass er gläubig war, aber immerhin hatte er vor seinem Studium regelmäßig an Gottesdiensten teilgenommen. Und seit er sich mit seiner Mutter versöhnt hatte, begleitete er sie auch zur Kirche, wenn er in Cornwall war. Ihm hätte also nicht nur auffallen müssen, dass die Stola neben dem Toten rot war, er hätte auch sofort wissen müssen, was das bedeutete.

Während Havers sich anzog, ging er zurück zu seinem Zimmer und überlegte, wie sie weiter vorgehen sollten. Sie hatten verschiedene Indizien, die möglicherweise auf einen Mord hinwiesen, aber selbst wenn dadurch Clive Druitts Überzeugung untermauert wurde, dass sein Sohn keinen Suizid begangen hatte, reichten sie keinesfalls für eine Verhaftung und für das, was Druitt wollte und was das Recht verlangte: eine Anklage. Jeder Staatsanwalt würde ihre dürftigen Indizien in der Luft zerreißen und damit nicht nur die Polizei von West Mercia beschämen, die zugelassen hatte, dass solche Verhältnisse in ihrem Revier herrschten, sondern auch die Met, die einem reichen Mann zu Diensten war, der – wie Lynley inzwischen wusste – jederzeit entweder seine Anwälte in Stellung bringen oder einen Boulevardjournalisten auf die Sache ansetzen konnte. Er vernahm schon die erste Frage des Staatsanwalts: Und was genau soll die rote Stola auf dem Boden beweisen? Gefolgt von: Woher wollen Sie wissen, ob das Opfer nicht farbenblind war, Detective Inspector? Kommen Sie wieder, wenn Sie das herausgefunden haben und wissen, wer einen Grund gehabt haben könnte, den Mann umzubringen.

Er und Havers konnten nichts anderes tun, als sich alles noch einmal vorzunehmen. Sie hatten wenig Zeit und keine Unterstützung, ihr nächster Schritt musste unbedingt mehr Licht ins Dunkel bringen. Auf dem Weg zum Frühstücksraum ging er die Möglichkeiten durch. Havers erwartete ihn bereits an der Rezeption, und ihr Gesichtsausdruck sagte ihm, dass sie nicht vorhatte zu frühstücken.

Sie sagte: »Schnappen wir ihn uns, Sir.«

»So weit sind wir noch nicht«, entgegnete er, und er sah ihr an, dass ihr das nicht gefiel.

»Verdammt. Was brauchen wir denn noch? Einen blutigen Dolch mit seinen Fingerabdrücken drauf?«

»Das wäre zweifellos hilfreich«, sagte er. »Aber zuerst müssen wir mit dem Pfarrer reden.«

»Und warum?«

»Er wird uns in die Sakristei lassen.«

»Und da müssen wir rein, weil …?«

»Um uns zu vergewissern, dass das, was wir vermuten, tatsächlich passiert ist. Bisher haben wir nämlich nichts als Vermutungen.«

Ein Anruf genügte. Der Pfarrer sagte, sie könnten jederzeit vorbeikommen, er werde ihnen die Sakristei aufschließen. Nach dem Frühstück machten sie sich auf den Weg die sanft ansteigende Dinham Street hoch und über den Castle Square.

Wie versprochen erwartete der Pfarrer sie in der Kirche. Als Lynley ihn bat, sie in der Sakristei allein zu lassen, wirkte er überrascht, sagte jedoch nach kurzem Zögern, das sei kein Problem, er warte in der Kirche auf sie.

Bevor der Pfarrer ging, fragte Lynley ihn noch, ob der Diakon farbenblind gewesen sei. Seines Wissens nein, erwiderte Spencer. Auf jeden Fall habe er nicht erlebt, dass Druitt irgendwann das falsche Gewand getragen habe. Was doch wohl darauf schließen lasse, dass er Farben sehr gut habe erkennen können, oder?

Ob er wisse, dass Druitt sich mit einer roten Stola erhängt habe, fragte Lynley.

Nein, das habe er nicht gewusst, sagte Spencer. Und ihm sei es auch nicht aufgefallen, wenn eine rote Stola fehle, weil erst an Pfingsten das nächste Mal eine gebraucht werde. Damit zog der Pfarrer sich zurück.

»Druitt hatte gerade einen Gottesdienst beendet, als Ruddock kam, um ihn zu verhaften«, sagte Lynley leise. »Und er hat sein Gewand abgelegt und weggehängt, bevor er mit Ruddock zur Polizeistation gefahren ist.«

»Hält ein Diakon eine Abendandacht in voller Montur ab?«, fragte Havers.

»Ich glaube, das ist im Moment nicht wichtig«, sagte Lynley. »Wichtig ist, dass die Stola als Letztes angelegt wird, man trägt sie über den Gewändern.« Er öffnete den großen Schrank, in dem schwarze Soutanen und weiße Chorhemden hingen.

Havers hatte wie erwartet sofort verstanden: »Wenn die Stola als Letztes angelegt wird, dann wird sie als Erstes abgenommen. Wenn man den Schrank mit den Gewändern aufmacht, steht man mit dem Rücken zu den Schubladen, in denen die Stolen aufbewahrt werden. Aber Ruddock müsste doch gesehen haben, wie Druitt eine lila Stola abgelegt hat, oder? Wenn er also unser Mann ist, warum hat er dann nicht die lila Stola geklaut? Oder irgendeine lila Stola?« Sie öffnete die Schubladen, um nachzusehen, wie viele Stolen darin lagen. »Es gibt nur eine lila Stola. Von jeder Farbe ist überhaupt nur eine da. Was ist also passiert? Warum hat er sich nicht einfach die Stola geschnappt, die Druitt grade abgelegt hatte?«

»Vielleicht hat Druitt die Stola nicht vor der Kommode mit den Stolen ausgezogen, sondern hier vor dem Schrank, und hat sie dort kurz hineingelegt, während er Chorhemd und Soutane aufgehängt hat, um die Stola anschließend in der Schublade zu verstauen, wo sie hingehörte.«

»Damit hatte Ruddock Zeit, leise die Schublade zu öffnen …«

»Vielleicht sogar mehr als eine Schublade.«

»… und die erstbeste Stola zu klauen. Aber wieso hat er den Unterschied nicht bemerkt?«

»Wenn er kein Kirchgänger ist, woher soll er wissen, dass es einen Unterschied gibt? Außerdem wusste er ja vielleicht in dem Moment noch nicht so genau, wie er Druitt aus dem Weg schaffen sollte, nur dass er es tun musste.«

»Dann bedeutet das …« Sie zögerte, ihre Gedanken auszusprechen, was sehr untypisch für sie war. Vermutlich dämmerte ihr, wie sehr ein Polizist sich irren konnte.

»Genau. Druitt wurde nicht in die Polizeistation gebracht wegen des Verdachts auf Pädophilie. Er sollte auch nicht nach Shrewsbury überführt werden. Deshalb sind neunzehn Tage verstrichen, Barbara. Sie haben es begriffen, als Ihnen das Datum des Anrufs aufgefallen ist, der den Ball ins Rollen gebracht hat.«

»Ruddock hat auf Befehl gehandelt. Wenn er unser Täter ist, dann hat er nicht allein gehandelt.« Nach kurzem Zögern fügte sie hinzu: »Heiliger Strohsack, Inspector.«

»In der Tat«, sagte er.

Gemeinsam überlegten sie ihr weiteres Vorgehen, als auf einmal Havers' Handy klingelte.

ST. JULIAN'S WELL
LUDLOW
SHROPSHIRE

Nach dem Telefonat legte Rabiah die Visitenkarte der Polizistin wieder dahin, wo sie sie nach dem ersten Besuch von Scotland Yard verstaut hatte. Sie ging zurück ins Wohnzimmer. Missa kauerte in einer Ecke des Sofas und drückte sich ein Kissen an die Brust wie ein Kind eine Schmusedecke. In Ironbridge hatte sie erklärt, sie werde die Geschichte nur dann noch einmal wiederholen, wenn ihre Eltern nicht anwesend seien. Die Polizei könne jetzt ohnehin nichts unternehmen, nachdem so viel Zeit vergangen sei. Deswegen hatte Rabiah dem Mädchen ihre volle Unterstützung zugesichert, da Yasmina nicht mit nach Ludlow fahren würde. Timothy hatte sich sowieso verkrümelt.

Sich die Geschichte ein zweites Mal anzuhören war nicht leichter gewesen als beim ersten Mal im Wohnzimmer der Goodayles. Dieses Mal jedoch kam noch Timothys Reaktion hinzu. Als er nämlich begriffen hatte, dass Missa nicht im Haus ihrer Großmutter missbraucht worden war, hatte er nicht mehr an sich halten können.

»Wer war es?«, hatte er die in Tränen aufgelöste Missa angeschrien. »Wer? Denk nach! Ich will es wissen!«

»Hör auf!«, hatte Yasmina ihn angeherrscht. Sie war aufgesprungen und versuchte, ihn von ihrer Tochter wegzuziehen.

»Ich weiß es nicht!«, schluchzte Missa. »Es war dunkel, und ich …«

»Wer hat dir dann den Cider gegeben, und warum verdammt noch mal hast du das Zeug getrunken?«

»Jetzt gib ihr nicht die Schuld«, sagte Rabiah.

»Wir haben gefeiert«, sagte Missa mit zittriger Stimme. »Das Semester war zu Ende. Wir … hatten gerade unsere

Prüfungen hinter uns. Wir waren … Sagt Justie nichts davon. Bitte, sagt ihm nichts.«

»Du sagst mir jetzt sofort …«

Rabiah griff ein, denn ihre Enkelin konnte nicht mehr. »Ding hat sie bei mir abgeholt. Ich hab ihr gesagt, sie soll sich mal richtig amüsieren. Ich bin schlafen gegangen, weil ich wusste, dass sie erst spät nach Hause kommen würde. Ich habe den Taxifahrer im Voraus dafür bezahlt, dass er sie vom Quality Square nach Hause bringen sollte, deswegen dachte ich, es wäre alles geregelt.«

»Ich war zu betrunken«, sagte Missa unter Tränen.

»Also hat sie bei Ding übernachtet, und da ist es passiert.«

»Ich konnte nicht zu Gran nach Hause gehen, Dad, ich konnte ihr das nicht antun.«

»Sie hat sich auf Dings Sofa gelegt, wo sie das Bewusstsein verloren hat, und jemand im Haus hat sie vergewaltigt, weil sie bewusstlos war, und wenn alles so gelaufen wäre, wie er sich das gedacht hatte …«

»Ach, Missa«, sagte Yasmina.

»… wäre er fertig gewesen, bevor sie zu sich kam, und das Einzige, was sie von dem Ganzen mitbekommen hätte, wären das Blut und die Schmerzen am nächsten Morgen gewesen.«

»Warum hast du uns denn nichts davon erzählt?«, rief Yasmina verzweifelt aus.

Timothy sagte: »Einer von diesen Typen in dem Haus hat dir den Cider gegeben, und ich will jetzt sofort wissen, wer das war, weil er dafür bezahlen wird. Also?«

»Ich hätte dich doch niemals überredet, nach Ludlow zurückzugehen, wenn ich das gewusst hätte«, sagte Yasmina. Sie streckte die Hände nach ihrer Tochter aus, aber die ballte die Fäuste, als wartete sie darauf, Handschellen angelegt zu bekommen. »Warum hast du mir denn nichts gesagt?«

»Es war meine Schuld«, schrie Missa. »Kapierst du das nicht? Ich war betrunken, weil mir das Zeug geschmeckt hat.

Niemand hat mich gezwungen, es zu trinken. Niemand hat mir Drogen verabreicht. Ich bin selber daran schuld, und jetzt will ich das alles nur noch vergessen. Und deswegen sag ich euch auch nichts mehr, weil es meine Schuld ist. Ich hab bekommen, was ich verdient hab, dafür dass ich so dumm war und so betrunken, dass ich mich nicht nach Hause getraut hab.«

»Nein!« Yasmina trat auf ihre Tochter zu. Missa duckte sich. »Du bestrafst dich selbst!«

»Nein!«, schrie Missa. »Nein! Nein!«

»Aber Missa, Liebes, du musst doch einsehen, dass …«

»Hört auf!«, kreischte sie und hielt sich die Ohren zu. »Gran hat mich hergebracht, damit ich es euch erzähle, und das hab ich getan, und jetzt will ich nicht mehr darüber reden!«

»Verflucht!«, schrie Timothy und stürmte aus dem Haus.

Und jetzt saßen Rabiah und Missa in Ludlow und warteten. Sergeant Havers hatte am Telefon zu Rabiah gesagt: »Wir kommen, so schnell wir können.«

Zwanzig Minuten nach dem Telefonat waren sie da. Rabiah hätte nie gedacht, dass sie einmal dankbar dafür sein würde, dass die Polizisten von Scotland Yard zum dritten Mal bei ihr klingelten. Sie bat die beiden ins Wohnzimmer, wo Missa immer noch auf dem Sofa kauerte. Sergeant Havers nahm ein Notizheft und einen Druckbleistift aus ihrer Umhängetasche und setzte sich in einen Sessel neben dem Kamin. Inspector Lynley nahm auf dem Polsterhocker Platz. Mit einem freundlichen Lächeln sagte er: »Hallo, Missa. Endlich lernen wir uns kennen. Greta Yates und Ihre Freundin Ding haben von Ihnen gesprochen. Sie waren anscheinend eine außergewöhnlich gute Studentin am hiesigen College.«

Rabiah merkte, dass Missa das Kissen noch fester an sich drückte. Der Inspector hatte das vielleicht auch registriert, denn er fügte hinzu: »Fühlen Sie sich in der Lage, mit uns zu sprechen? Das kann auch warten, wenn Ihnen das lieber ist.«

Woraufhin Havers ihm einen Blick zuwarf, als wollte sie sagen: *Sind Sie komplett verrückt geworden?* Was Rabiah nicht entging.

Lynley fuhr fort: »Ich frage das, weil es manchen Menschen schwerfällt, mit der Polizei zu sprechen, vor allem jungen Menschen. Ich weiß, dass Ihre Großmutter einen Anwalt hat. Wäre es Ihnen lieber, wenn er dabei wäre?«

Auch diese Frage wurde von Sergeant Havers mit einem Blick quittiert, der besagte, dass ihr Kollege wohl den Verstand verloren hätte.

Missa antwortete: »Nein! Gran, ich muss doch nicht…«

»Nein, nein«, sagte Rabiah. »Es ist allein deine Entscheidung, Liebes. Er ist mein Anwalt, aber er muss nicht dabei sein. Ich bleibe hier, wenn du möchtest. Oder wenn dir das lieber ist, kann ich dich auch mit den beiden Polizisten allein lassen.«

Missa wollte lieber, dass sie blieb, und so setzte Rabiah sich wie in Ironbridge neben sie aufs Sofa. Missa erzählte alles noch einmal von vorne. Sergeant Havers kritzelte so eifrig in ihr Heft, als würde sie jedes Wort mitschreiben. Lynley hörte einfach nur mit ernstem Gesicht zu.

Nachdem Missa geendet hatte, schwieg er eine Weile und ließ ihre Worte auf sich wirken. Schließlich sagte er: »Es tut mir unendlich leid.« Einen Augenblick später fragte er: »Gehe ich recht in der Annahme, dass Sie darüber mit Ian Druitt gesprochen haben?«

Missa schüttelte den Kopf. Sie begann, mit den Fransen an dem Kissen zu spielen. »Er hat mich angerufen, weil Greta Yates ihn darum gebeten hat. Er hat mich gefragt, ob ich mich mit ihm treffen wollte, weil die vom College sich Sorgen um mich gemacht haben. Erst wollte ich nicht mit ihm reden, aber dann hab ich's gemacht, weil…« Sie wandte sich ab und zog die Brauen zusammen, so als fragte sie sich, warum in Gottes Namen sie mit Ian Druitt überhaupt gesprochen hatte.

Rabiah sagte: »Weil du immer tust, was Erwachsene von dir verlangen.«

Missa stöhnte leise und nickte. »Ich hab mit ihm darüber gesprochen, dass ich das College abbrechen wollte. Ich hab ihm gesagt, der Lernstoff wäre mir zu kompliziert, aber er hat gemerkt, dass was anderes dahintersteckte, weil mir ja bis dahin immer alles leichtgefallen war. Er hat nicht lockergelassen. Aber er war sehr nett.«

»Und so haben Sie ihm schließlich alles erzählt?«, fragte Lynley.

»Nicht alles. Ich konnte es einfach nicht.«

»Das mit der Vergewaltigung haben Sie ihm also nicht so genau beschrieben?«

»Das konnte ich nicht. Es war … zu grauenhaft. Außerdem war es sowieso zu spät, irgendwas zu unternehmen. Es war ja schon Monate her, und ich will eigentlich nur noch, dass Justie nichts davon erfährt.«

Lynley nickte. »Das ist verständlich. Aber können Sie mir sagen, was Sie mit ›zu spät‹ meinen?«

»Es gab keine Beweise.«

Abrupt hob Sergeant Havers den Kopf und schaute zu Lynley hinüber, der sagte: »Wenn so etwas passiert, gibt es immer Beweise. Als Sie mit dem Diakon gesprochen haben, waren natürlich keine Beweise mehr an Ihrem Körper. Aber … Was haben Sie mit Ihrer Kleidung gemacht?«

»Das ist es ja«, sagte sie. »Ich hatte sie.«

Sergeant Havers fragte: »Du hast sie?« Es kam so schnell, als könnte sie kaum noch an sich halten.

»Ich hab sie in eine Tüte getan«, sagte Missa. »Meine Unterwäsche und die Strumpfhose. Dann hab ich die Tüte ganz hinten in eine Schublade gestopft, weil … ich niemals vergessen wollte, was mir passiert war, weil ich ein einziges Mal so unglaublich dumm gewesen war.«

»Sie waren nicht dumm, und Sie sind nicht dumm«, sagte Lynley, und Havers warf ein: »Sind die Sachen hier? Hier im Haus? Oder hast du sie mit nach Ironbridge genommen?«

Lynley warf ihr einen Blick zu, der sie zum Schweigen brachte. Zu Missa sagte er: »Sie haben lediglich einen Fehler gemacht, so wie ihn Millionen junge Leute in Ihrem Alter machen. Deshalb hat jemand Ihnen schrecklich wehgetan…«

»Wegen meiner…«

»Das ist nicht der Grund. Da machen Sie einen Denkfehler. Sie sehen einen Zusammenhang, wo keiner besteht. Sie glauben, weil Sie betrunken waren, hat Sie jemand brutal misshandelt. Beides ist zwar nacheinander geschehen, aber Ersteres ist nicht die Ursache für Letzteres.«

»Aber ich wäre nicht…«

»Das können Sie nicht wissen.«

In das Schweigen hinein, das darauf folgte, sagte Havers mit einer Dringlichkeit in der Stimme, die der Inspector nicht zu registrieren schien: »Sir…« Rabiah war zutiefst dankbar, dass er sich Zeit nahm und so viel Mitgefühl zeigte.

Missa sagte: »Vielleicht… haben Sie recht.«

»Ich bin schon so lange Polizist, dass ich glaube, sagen zu können, ja, ich habe recht.« Er schaute Rabiah an. Sie nickte, und er verstand. Er wandte sich wieder an Missa: »Können Sie mir sagen, was mit Ihren Kleidungsstücken geschehen ist? Sie haben sie in eine Schublade gestopft. Und dann?«

»Es ist zu spät. Ich hab sie Mr Druitt gegeben. Er hat gesagt, er würde sie der Polizei übergeben, und die würden einen Test machen, und ich müsste nie wieder mit jemandem darüber reden.«

»Was ist mit den Testergebnissen? Hat er mit Ihnen darüber gesprochen?«

»Er hat gesagt, man hätte ihm mitgeteilt, dass es keine Beweise gab, dass es keine Spuren von jemandem an den Sachen gab … Sie wissen schon.«

Rabiah merkte, dass Havers etwas sagen wollte, sich jedoch zurückhielt, als Lynley den Kopf senkte und nachzudenken schien. Dann sagte er: »Was ist mit den anderen Kleidungsstücken, die Sie an dem Abend getragen haben, Missa? Hat Mr Druitt auch darüber etwas gesagt?«

Sie schüttelte den Kopf. »Die Sachen, die ich an dem Abend anhatte? Die gehörten mir nicht.«

Rabiah blieb fast das Herz stehen, als sie plötzlich begriff, was in jener Nacht passiert war. »Mein Gott«, murmelte sie. »Natürlich waren das nicht deine Sachen.«

LUDLOW
SHROPSHIRE

Ding fuhr mit dem Fahrrad zu Francie Adamucci, die gleich hinter dem ehemaligen Armenhaus an der Brücke wohnte. So früh am Morgen traf sie sie wie erwartet noch zu Hause an. Francie wollte gerade losradeln, aber als sie Ding sah, blieb sie stehen und sagte: »Hi.«

»Können wir reden?«, fragte Ding. »Du hast mich an die Cops verpetzt, Francie.«

Francie drehte sich kurz zum Haus um, als fürchtete sie, jemand könnte sie am Fenster belauschen. Aber es war nur eine breite Fensterbank zu sehen, auf der afrikanisch anmutende Dinge standen: geschnitzte Figuren, ein paar ramponierte Körbe, eine scheußliche Maske. Ding vermutete, dass das Zeug dort stand, damit nicht eingebrochen wurde. Wenn Leute so einen Geschmack hatten, würde sich garantiert keiner für die Sachen im Haus interessieren.

»Ja«, sagte Francie. »Tut mir leid, Ding. Es ist mir so rausgerutscht. Es ging um diesen Drecksack Ruddock. Gott, das klingt ja wie ein Songtitel: Drecksack Ruddock. Oder wie ein Buchtitel.«

Das war typisch Francie, dachte Ding. Jedes Gespräch mit ihr scheiterte in kürzester Zeit. Das war noch nicht mal Absicht. So funktionierte sie einfach.

»Okay. Wie auch immer. Können wir reden?«

Francie zuckte die Achseln. »Ich hab gleich Geographie. Aber die Welt wird sowieso untergehen, weil irgendein Idiot auf den roten Knopf drückt und ein Atomkrieg ausbricht. Ich weiß gar nicht, warum ich mir überhaupt noch die Mühe mach. Komm rein.«

Ding hatte eigentlich nicht ins Haus gehen wollen, aber Francie war schon auf dem Weg zur Haustür. »Und deine Eltern …?«

Francie lachte kurz auf. »Du glaubst doch nicht im Ernst, dass die hier sind, oder? Heute ist der dreiundzwanzigste Mai. Irgendwo auf der Welt findet bestimmt ein Ethno-Event statt.« Sie steckte den Schlüssel ins Schloss und öffnete die Tür.

Ding stellte ihr Fahrrad gegen einen Poller vor dem Haus. Sie war noch nie bei Francie gewesen und hatte nicht gewusst, dass sie in so einem beeindruckenden Haus wohnte, das wahrscheinlich unter Denkmalschutz stand. Sie folgte Francie nach drinnen und stand plötzlich in einer riesigen Eingangshalle. »Was war das hier mal?«, fragte sie.

Francie schaute sich um, als sähe sie das alles zum ersten Mal. »Keine Ahnung. Es gibt keine Zentralheizung, keine Doppelfenster, der Putz bröckelt, und die Schornsteine sind unbrauchbar. Ich träume davon, irgendwann mal in einem Haus zu wohnen, das nach 1900 erbaut wurde. Sobald ich kann, bin ich hier weg.«

»Das wusste ich nicht.«

»Was?«

»Dass du in so einem Haus wohnst. Ich meine, da, wo ich wohne … also, meine Mutter. Du hast es ja gesehen. Warum hast du das nie erwähnt?«

»Deine Mutter macht wenigstens was aus ihrem Haus. Dieser Kasten hier bricht eher über unseren Köpfen zusammen, als dass meine Eltern sich mal überlegen würden, ob er überhaupt bewohnbar ist. Willst du was?« Sie ging in eine Küche, die offenbar kurz nach dem Krieg das letzte Mal renoviert worden war. »Ich könnte uns Toast machen. Wir haben Marmite.«

Ding hatte keinen Appetit. In der Mitte der Küche stand ein alter Tisch mit Hockern, und sie setzte sich. Francie hockte sich auf die Anrichte und nahm eine Banane aus einem Korb mit Möhren und Zwiebeln, der auf der Fensterbank stand. Sie bot sie Ding an, und als diese den Kopf schüttelte, schälte sie sie.

»Die Cops haben gesagt, jemand hätte dich auch mit Ruddock gesehen«, sagte Ding. »Warum hast du mir nie davon erzählt?«

Francie biss von der Banane ab und kratzte sich am Kopf. »Es ist nur ein Mal passiert – als er das Spielchen auch bei mir probiert hat –, deswegen fand ich es keine große Sache. Außerdem hab ich ihn mir vom Leib gehalten. Das war ganz anders als bei dir.«

»Inwiefern?«

»Er konnte mir mit nichts drohen.« Sie machte eine vage Geste, die das ganze Haus einzubeziehen schien. »Glaubst du etwa, meine Eltern würden sich aufregen, weil ich betrunken bin? Das würde ja bedeuten, dass sie sich mal für was anderes interessierten als ihre ›ethnokulturellen‹ Veranstaltungen, oder wie auch immer sie's nennen. Er konnte mir also nicht damit kommen, dass er mich in dem Zustand nach Hause bringt, wenn ich mich nicht auf sein Spiel einlasse. Ich schwör's dir, Ding, ich hab keine Ahnung, was der Typ von mir wollte.«

»Hat er dich deswegen nur ein Mal in seinem Wagen mitgenommen?«

»Also… eigentlich waren es zwei Mal, aber beim zweiten Mal hatte ich mich mit ihm verabredet. Beim ersten Mal habe ich ihm gesagt, wenn ich Lust hätte, ihm einen zu blasen, würde ich das tun. Aber da ich in dem Moment keine Lust dazu hatte, könnte er mich gern nach Hause bringen.«

»Und hat er das gemacht?«

»Klar. Ich weiß nicht, womit er gerechnet hat, aber meine Eltern haben ihm gesagt, wecken Sie uns nicht noch mal, Constable. Dann ist er abgezwitschert, und meine Eltern meinten, Herrgott, Francie, lass die Sauferei, und das war's. Manchmal ist es echt cool, Eltern zu haben, die sich um nichts kümmern. Die können von Glück reden, dass ich an meinem zehnten Geburtstag aufgegeben hab, um ihre Aufmerksamkeit zu buhlen.«

Francie lachte freudlos.

»Das ist ja furchtbar«, sagte Ding. »Das wusste ich gar nicht.«

»Glaubst du, die interessieren mich noch?« Francie hüpfte von der Anrichte, warf die Bananenschale in die Spüle und reckte sich. »Jedenfalls, als er's zum ersten Mal bei mir probiert und es nicht funktioniert hat, hab ich ihm gesagt, er soll mir seine Handynummer geben, dann würde ich ihn anrufen, falls ich mal Lust hätte, es ihm zu besorgen. Anfangs dachte ich, Pustekuchen, aber an einem Abend war ich sternhagelvoll und dachte, mal sehen, wie es ist, 'nem Cop einen zu blasen, und da hab ich ihn angerufen. Kann sein, dass mich da einer mit ihm zusammen gesehen hat.«

»Wo wart ihr denn? Ich meine, wo ist er mit dir hingefahren?«

»Auf den Parkplatz hinterm College. Und mit dir?«

»Polizeistation.«

»Scheiße. Drinnen?«

»Meistens auf dem Parkplatz, je nachdem, wo er's machen wollte.«

»Arschloch. Du musst den anzeigen.«

»Ich hab's den Cops aus London erzählt. Blieb mir nichts anderes übrig.«

»Die machen den fertig, Ding.« Francie ging in der Küche auf und ab, als könnte sie keine Sekunde stillhalten. Dann blieb sie stehen. »Tut mir echt leid.«

»Du hast es ja nicht gewusst. Ich mein, wie schlimm es war.«

»Stimmt. Aber ich mein, das mit Brutus. Ich weiß, ich hab schon mal gesagt, dass es mir leidtut, aber es tut mir wirklich leid.«

»Ach so.« Ding wusste nicht, ob sie über Brutus reden wollte, jedenfalls nicht jetzt, wo sie im Bilde war. Aber Francie wirkte so zerknirscht, dass sie sich entschloss, die Geschichte mit Brutus ad acta zu legen. »Du brauchst dir keine Vorwürfe zu machen. Ich hab dir ja nie was davon gesagt, dass er, na ja, was Besonderes für mich war.«

»Okay, aber… ich hab gewusst, dass du für ihn was ganz Besonderes warst, und ich hab's trotzdem gemacht.«

»Glaub's mir, Francie, ich bin nichts Besonderes für ihn.«

»Dann kennst du ihn nicht. Du bedeutest Brutus richtig viel. Er hat 'ne Menge Probleme, zum Beispiel, dass er einfach nicht die Finger von den Frauen lassen kann. Vielleicht kriegt er nie raus, warum er diesen Tick hat, weil solche Typen das normalerweise nicht kapieren. Aber *du* bist die absolute Nummer eins für ihn.«

»Soll ich mich jetzt etwa gut fühlen? Weil ich an der Spitze der kilometerlangen Schlange von Frauen steh, die er fickt?«

»Mann, ich hab doch nicht gesagt, du sollst mit ihm zusammenbleiben. Ich wollte nur sagen, was er tut, hat nichts damit zu tun, was er für dich empfindet. Abgesehen davon würde ich ihn an deiner Stelle mit Anlauf in den Arsch treten.

Er ist ja ganz hübsch, aber warum solltest du deine Zeit mit ihm verschwenden?«

»Gute Frage.« Ding merkte, dass sie Francie anlächelte, womit sie weiß Gott nicht gerechnet hatte, als sie sich auf den Weg hierher gemacht hatte. Aber jetzt verstand sie ihre Freundin viel besser, als sie es für möglich gehalten hatte. Es lohnte sich also anscheinend, sich persönlich mit seinen Freunden auszutauschen, anstatt sie nur zu googeln.

Nach dem Gespräch waren sie versöhnt. Sie fuhren zusammen über die Ludford Bridge und trennten sich an der Broad Street, nachdem sie sich übermorgen am Abend beim Chinesen verabredet hatten. Während Francie den Hügel hochstrampelte, fuhr Ding zur Temeside Street.

Vor dem Haus blieb sie verblüfft stehen. Die Tür stand offen, und sie war sich ganz sicher, dass sie sie zugemacht hatte. Sie hatte die Tür zwar nicht abgeschlossen, weil sie den Schlüssel schon vor Monaten verloren hatten, und bis auf die Laptops gab es sowieso nichts zu klauen. Aber ihren hatte sie im Rucksack, und die Jungs nahmen ihre Computer auch überallhin mit. Unglaublich, dass die Tür so weit offen stand. Sorglos zu sein war eine Sache. Aber man musste Einbrecher ja nicht direkt einladen.

Im Flur hielt sie inne, denn nachdem sie die Tür hinter sich geschlossen hatte, hörte sie von oben eine Art Stampfen. Dann ein lautes Krachen, einen Aufschrei, ein Grunzen. Wütendes Geschrei. Es hörte sich an, als fände da oben eine Prügelei statt. Jemand brüllte: »Du hast sie angefasst!«

Brutus, dachte sie. Sie rannte die Treppe hoch. Endlich hatte der Freund einer seiner Eroberungen ihn erwischt.

Sie fand ihn in der Tür zu seinem Zimmer. Er lag auf dem Bauch, und sein Arm war vor seinem Körper abgewinkelt. Sie sank auf die Knie und rief seinen Namen. Aber als sie ihn berührte, schrie er auf wie ein verwundetes Tier. »War das Finn?«, fragte sie. »Hast du dich mit Finn geprügelt?«

Doch dann vernahm sie Gepolter. »Er ist jetzt bei Finn«, stöhnte Brutus. »Wer?«, fragte sie und sprang auf. »Was ist hier los? Finn!«

Die Tür zu Finns Zimmer stand nur einen Spaltbreit offen, und plötzlich herrschte Stille. Ding bekam es mit der Angst zu tun. Als sie vorsichtig die Tür aufdrückte, stürmte ein Mann heraus. Er wirkte total durchgedreht, und Ding dachte, ein Drogensüchtiger wäre in ihr Haus eingebrochen. Sie wich zurück und hob die Arme schützend über den Kopf, aber der Mann rannte an ihr vorbei die Treppe hinunter.

Dann sah sie Finn. Er war noch viel schlimmer zugerichtet als Brutus. Er blutete aus einer großen Platzwunde am Kopf, und im Gesicht hatte er eine Fleischwunde, so als hätte jemand versucht, ihm die Wange herauszureißen. Sie wusste nicht, ob er überhaupt noch lebte.

Sie eilte die Treppe hinunter, weil sie nicht wusste, was sie tun sollte.

LUDLOW
SHROPSHIRE

Lynley war beunruhigt, als er erfuhr, dass Missa ihren Eltern just an diesem Vormittag erzählt hatte, was ihr widerfahren war. Er war noch mehr beunruhigt, als er erfuhr, dass ihr Vater außer sich vor Wut aus dem Haus gestürmt war und seitdem niemand etwas von ihm gehört hatte. Aber als er und Havers in der Temeside Street eintrafen und sowohl einen Streifenwagen als auch einen Notarztwagen vor dem Haus stehen sahen, fürchtete er, dass sie zu spät kamen, dass das Schlimmste eingetreten war und sich eine weitere Tragödie ereignet hatte.

Als er am Bordstein hielt, erblickte er Brutus in Begleitung eines Polizisten. Er hatte einen Arm in einer Schlinge. Lynley dachte, Brutus würde verhaftet, doch der Polizist wartete nur, bis ein Sanitäter sich um den jungen Mann kümmerte, dann stieg er in den Streifenwagen und schaltete das Blaulicht ein. Der Sanitäter half Brutus in den Streifenwagen, schnallte ihn an, sagte kurz etwas zu ihm und ging zurück ins Haus. Mit eingeschalteter Sirene fuhr der Streifenwagen davon und bog in die Old Street ein, also brachte der Polizist Brutus nicht zur Polizeistation, sondern ins nächste Krankenhaus.

Der Notarztwagen stand immer noch da. »Sieht schlecht aus«, bemerkte Havers.

»Allerdings«, sagte Lynley.

Sie betraten das Haus. An der Tür zum Wohnzimmer wurden sie von einem uniformierten Polizisten aufgehalten, der einen Spiralblock in der Hand hielt. »Stehen bleiben!«, herrschte er sie an. »Das ist ein Tatort.«

Lynley und Havers wiesen sich aus. Die Worte *New Scotland Yard* bewirkten zwar kein Wunder, bewahrte sie jedoch davor, aus dem Haus geworfen zu werden. Der Uniformierte sagte: »Die Kollegen sind schon unterwegs, falls Sie meinen, Sie können hier helfen, obwohl Sie unerwünscht sind.«

»Wir haben nicht die Absicht, uns in irgendetwas einzumischen«, erwiderte Lynley. »Aber wir müssen wegen einer anderen Sache mit Dena Donaldson sprechen, und zwar jetzt sofort. Ist sie hier?«

»Es ist Finn! Er hat Finn zusammengeschlagen!« Ding kam völlig aufgelöst aus dem Wohnzimmer, wo der Uniformierte gerade dabei gewesen war, ihre Aussage aufzunehmen.

»Haben Sie den Täter gesehen?«, fragte Lynley.

»Habe ich Ihnen nicht gerade gesagt…«

Ding schnitt dem Polizisten das Wort ab. »Ich rede nur mit denen.«

»Mit wem du redest, entscheide ich!«, fauchte der Polizist.

»Diese Herangehensweise ist nicht sehr hilfreich«, bemerkte Lynley.

»Wollen Sie, dass ich Sie beide aus dem Haus…«

»O Gott! Er ist doch nicht tot, oder?« Ding schlug die Hand vor den Mund und schaute an Lynley und Havers vorbei.

Alle drehten sich um. Zwei Sanitäter mühten sich mit einer Krankenfahrtrage die Treppe hinunter. Die Räder waren eingeklappt, und über der Gestalt, die auf der Trage festgeschnallt war, hing ein Infusionsbeutel. Ein dritter Sanitäter hatte einen sehr großen Notfallrucksack geschultert. Dass Finn über einen Infusionsbeutel versorgt wurde, war beruhigend. Er trug eine Halskrause, sein Kopf war verbunden, und mindestens ein halbes Dutzend Butterflypflaster bedeckten sein Gesicht.

»Folgen Sie dem Notarztwagen«, sagte Lynley leise zu Havers. »Der fährt höchstwahrscheinlich in dasselbe Krankenhaus wie der Streifenwagen eben. Reden Sie mit dem Jungen, wenn Sie können. Nicht mit Finn, mit dem anderen. Finn wird vermutlich die nächsten Stunden nicht vernehmungsfähig sein.« Sie nickte, nahm die Autoschlüssel von ihm entgegen und ging. Lynley wandte sich an Ding. »Er lebt. Brutus ist übrigens mit dem anderen Polizisten im Streifenwagen weggefahren.«

»Aber er hat überhaupt nichts getan. Das hab ich genau gesehen. Da war ein Mann!«

»Nein, nein«, sagte Lynley. »Brutus wurde nicht verhaftet. Ich nehme an, der Polizist bringt ihn ins Krankenhaus. Im Notarztwagen war nicht genug Platz.«

»Verlangen Sie bitte nicht von mir, dass ich seiner Mutter erzähle, was passiert ist«, jammerte Ding.

»Machen Sie sich deswegen keine Sorgen. Für solche Dinge gibt es Verfahrensweisen, und dazu gehört nicht, dass Sie mit den Eltern reden müssen.«

»Wenn Sie dann fertig wären«, schaltete sich der Uniformierte wichtigtuerisch ein.

Lynley jedoch hatte nicht die Absicht, das Haus zu verlassen. »Wie gesagt, ich muss unbedingt mit Dena sprechen, und das kann leider nicht warten«, sagte er. »Es geht um eine andere Sache, wobei ich allerdings vermute, dass das, was hier passiert ist, mit unserem Fall zusammenhängt.« Dann sagte er zu Ding: »Sergeant Havers und ich haben uns gerade mit Missa unterhalten. Sie hat uns von der Vergewaltigung berichtet.«

»Was ist hier eigentlich los?«, ereiferte sich der Polizist.

»Es geht um eine Vergewaltigung, die im vergangenen Dezember in diesem Haus stattgefunden hat«, klärte ihn Lynley auf. Dann wandte er sich wieder an Ding. »Ihre Großmutter hat Missa zum Reden gebracht und dafür gesorgt, dass sie mit ihren Eltern gesprochen hat. Ich muss Sie das jetzt fragen, Ding: Haben Sie gesehen, was sich heute hier ereignet hat?«

»Ich war nicht zu Hause.« Sie begann zu wimmern, fasste sich jedoch und fuhr mit zitternder Stimme fort: »Brutus … Er lag auf dem Boden, und aus Finns Zimmer kamen … laute Geräusche. Ich bin hingegangen und …« Ihre Augen füllten sich mit Tränen. »Ich bin bei Francie gewesen. Ich konnte doch nicht wissen, dass jemand … Wir haben die Tür nie abgeschlossen, weil wir den Schlüssel schon vor Monaten verloren haben. Wir schließen einfach unsere Zimmer ab, wenn wir weggehen, aber die Haustür … Deswegen sind Sie ja auch neulich so einfach hier reingekommen. Finn hat sich furchtbar darüber aufgeregt, und sein Vater hat gesagt, er würde sich darum kümmern, und wir dachten oder ich dachte jedenfalls …« Sie brach ab. Es war, als wäre ihr plötzlich eine Erleuchtung gekommen. Dann schlug sie die Hände vor den Mund und kreischte: »Es ist meine Schuld! Es ist meine Schuld! Aber ich wusste das nicht, ich hab's nicht verstanden, ich bin abgehauen, aber sie konnte nicht, aber das wusste ich nicht, und es ist nicht meine Schuld, ich wusste das nicht, aber trotzdem ist es meine Schuld.«

»Was redet die da für einen Stuss?«, fragte der Polizist. »Machen Sie, dass Sie hier rauskommen, damit ich sie endlich vernehmen kann.«

Lynley wandte sich zu ihm um, verwundert darüber, wie wütend er plötzlich auf den Mann war. Zum ersten Mal bemerkte er, wie jung der Polizist war, wie unerfahren, wie unbeschreiblich schlecht ausgebildet. Er sagte: »Kommen Sie mit, Officer.«

»Ich nehme doch keine Befehle an von …«

»Ich sagte, kommen Sie mit«, wiederholte er mit grimmiger Stimme und lauter als beabsichtigt. Zum ersten Mal in seinem Leben hatte er das Gefühl, wie sein Vater zu sein, das Letzte, was er immer gewollt hatte. Er führte den Uniformierten nach draußen und sagte leise, aber mit demselben unerbittlichen Nachdruck: »Wir haben es hier mit einem Mord, einer Vergewaltigung und jetzt auch noch mit Körperverletzung und versuchtem Mord zu tun.« Er brachte sein Gesicht dicht an das des jungen Mannes. »An all diesen Verbrechen sind dieselben Personen auf die eine oder andere Weise beteiligt. Sie sollten sich sehr gut überlegen, ob Sie die Ermittlungen der Metropolitan Police behindern wollen, nur weil das hier Ihr Zuständigkeitsbereich ist. Wir veranstalten hier keinen Revierkampf, verstehen Sie das? Es geht um Menschenleben, die in Gefahr sind, und glauben Sie mir, ich nehme nur zu gern Ihre Personalien auf und sorge dafür, dass Sie nächste Woche keinen Job mehr haben. Habe ich mich verständlich ausgedrückt? Haben Sie noch Fragen? Wenn ja, stellen Sie sie jetzt, denn wenn Sie sich weiterhin in diesem Haus aufhalten wollen, dann halten Sie von jetzt an die Klappe.«

Der junge Polizist öffnete den Mund, schloss ihn jedoch gleich wieder. »Ja?«, fragte Lynley. »Was wollten Sie sagen?«

Anscheinend nichts. Wortlos ging der Polizist zurück ins Wohnzimmer. Er stellte sich neben den Fernseher und nahm so etwas wie Haltung an.

Kaum erschien Lynley im Wohnzimmer, sagte Ding: »Ich kann es seiner Mutter nicht sagen. Bitte, zwingen Sie mich nicht, ihr zu erzählen, was passiert ist.«

»Sowohl Finns als auch Brutus' Eltern werden von der Polizei und vom Krankenhaus informiert.« Lynley zeigte auf das abgenutzte Sofa, und nachdem Ding sich gesetzt hatte, setzte er sich neben sie, denn die Vorstellung, sich nach dem Gespräch aus einem der Sitzsäcke erheben zu müssen, die als einzige andere Sitzgelegenheit zur Verfügung standen, widerstrebte ihm zutiefst.

»Haben Sie den Mann gesehen, der Finn geschlagen hat?«, fragte er.

Sie nickte unter Tränen. »Aber nur von hinten. Und ich hab gesehen, dass er einen Schürhaken in der Hand hatte.« Sie zeigte auf den schmiedeeisernen Ständer, an dem das Kaminbesteck hing. Der Schürhaken fehlte, wahrscheinlich hatte der Täter ihn mitgenommen. »Er hat Brutus zusammengeschlagen, und dann ist er auf Finn losgegangen.« Plötzlich weiteten sich ihre Augen. »Dabei kann Finn doch Karate! Er redet dauernd davon, dass seine Hände tödliche Waffen sind! Wieso hat er sich dann nicht gewehrt?«

»Vielleicht ist er gar nicht so gut, wie er behauptet«, sagte Lynley. »Oder vielleicht hatte er einfach keine Zeit. Womöglich wurde er im Schlaf angegriffen. Haben Sie den Mann erkannt? Könnte es jemand gewesen sein, den Finn vom College kennt?«

Sie wandte den Blick ab, darum bemüht, sich an den genauen Hergang zu erinnern. »Es war kein junger Typ, der war älter als wir.«

»Könnte es Missa Lomax' Vater gewesen sein?«

»Ich kenne keinen von Missas Familie, nur ihre Gran, weil

Missa bei der … also, als sie noch aufs College ging, hat sie bei Mrs Lomax gewohnt. Aber ihren Vater hab ich noch nie gesehen.«

»Würden Sie den Eindringling auf einem Foto erkennen?«

Sie sagte, sie wisse es nicht. Aber er müsse sie gehört haben, als sie nach oben gelaufen sei, oder vielleicht habe er auch angenommen, Finn sei tot. Jedenfalls sei er ganz plötzlich die Treppe hinuntergestürmt, und Finn … Er habe reglos dagelegen, den Kopf ganz blutig, und sie sei aus dem Haus gerannt und habe den Notarzt gerufen. Sie habe sich nicht getraut, im Haus zu bleiben, weil sie nicht gewusst habe, ob es ein oder mehrere Einbrecher gewesen seien. »Bitte verraten Sie mich nicht«, fügte sie leise hinzu. »Ich weiß, ich hätte Erste Hilfe leisten müssen, aber ich hatte solche Angst, und ich dachte, es wäre vielleicht ein Drogensüchtiger, der uns beklauen wollte, dabei gibt es bei uns überhaupt nichts zu holen.«

»Es ist unwahrscheinlich, dass es sich bei dem Mann um einen Drogensüchtigen handelt«, sagte Lynley. »Jedenfalls hat er nicht nach Drogen gesucht oder nach etwas, das er zu Geld machen kann. Er hatte es auf Brutus und Finn abgesehen. Ich werde meinen Kollegen bitten …«, Lynley zeigte auf den Polizisten, der immer noch neben dem Fernseher stand und sich, wie Lynley bemerkte, Notizen machte, »… bei Mrs Lomax ein paar Fotos zu holen, die ich Ihnen zeigen will. Und ich rufe Ihre Mutter an.«

Ding sah ihn entsetzt an. »Wieso?«

»Dieses Haus ist jetzt ein Tatort. Es werden Tatortspezialisten kommen und nach Spuren suchen. Außerdem kann ich Sie nach allem, was geschehen ist, unmöglich hier allein lassen.« Er nahm sein Handy heraus und bat um die Telefonnummer ihrer Mutter. Ding protestierte: »Aber meine Mutter …«, doch Lynley fiel ihr ins Wort: »Ich erkläre ihr alles. Sie ist Ihnen bestimmt nicht böse. Niemand ist Ihnen böse, Ding.«

»Ich will nicht nach Hause. Bitte, verlangen Sie nicht von mir, dass ich nach Hause gehe.«

»Es ist nur vorübergehend. Bis die Spurensucher hier fertig sind. Ich verspreche Ihnen, dass Ihre Mutter das verstehen wird.« Er gab die Nummer in sein Handy ein, und während es am anderen Ende klingelte, sagte er zu Ding: »Ich werde ihr sagen, dass der Vorfall heute nichts mit Ihnen zu tun hat.« Als eine Frau sich meldete, legte er die Hand auf das Handy und fügte hinzu: »Aber das ist eine Lüge, nicht wahr, Ding? Was ich also Ihrer Mutter sage, wenn sie herkommt, hängt ganz von dem ab, was Sie mir nach diesem Telefongespräch erzählen.« Es war nicht fair, Ding zu drohen, sie war so durcheinander. Aber die Fairness war schon längst auf der Strecke geblieben, und das würde sich auch nicht ändern, bis er allem, was seit dem vergangenen Dezember in Ludlow geschehen war, auf den Grund gegangen war.

Er versicherte Dings Mutter – die nicht Mrs Donaldson, sondern Mrs Welsby hieß –, dass es ihrer Tochter gut gehe, allerdings habe es in ihrem Haus in Ludlow einen Vorfall gegeben, der es erforderlich mache, dass Ding zwei, drei Tage in ihrem Elternhaus verbringen müsse. Ob sie ihre Tochter sobald wie möglich abholen könne? Nein, im Moment könne sie nicht mit ihr sprechen. Aber Ding werde sie erwarten.

Nachdem er das Gespräch beendet hatte, schaute er Ding an und sagte: »Und jetzt erzählen Sie mir von der Party anlässlich des Semesterendes und was danach passiert ist.«

ROYAL SHREWSBURY HOSPITAL
NR SHELTON
SHROPSHIRE

Sie hatten es so schnell ins Royal Shrewbury Hospital geschafft, weil Clover einen Streifenwagen organisiert hatte. Sie hatte einen Streifenpolizisten angefordert, der aufs Gaspedal getreten war, als wäre der Teufel hinter ihnen her, und so waren sie mit Blaulicht und Sirene über die Schnellstraße gerast. Kaum hatte der junge Mann vor der Notaufnahme gebremst, waren sie auch schon aus dem Wagen gesprungen und hineingestürmt.

»Mein Sohn«, sagte Trevor zur Empfangsdame. Als sie nicht sofort aufblickte, schlug er mit der flachen Hand auf den Tresen und schrie: »Wo ist mein Sohn?«

Dann stand Clover neben ihm, und aus dem Augenwinkel sah er, dass sie ihren Polizeiausweis hochhielt, was ihm unnötig erschien, da sie in Uniform war. »Deputy Chief Constable Freeman«, sagte sie. »Unser Sohn wurde in Ludlow überfallen.«

Die Empfangsdame nahm ein Telefon und sagte: »George, ist die Polizistin noch da? Die Eltern von dem einen Verletzten sind hier.« Dann fragte sie Clover: »Ihr Name?«

Clover machte ein Gesicht, als wollte sie die Frau maßregeln, weil sie ihr bereits ihren Namen und ihren Rang genannt hatte, doch sie antwortete einfach: »Clover Freeman. Das ist Trevor Freeman. Unser Sohn ist Finnegan.«

»Freeman«, sagte die Empfangsdame ins Telefon. »Ja. Sag ich ihnen.« Dann sagte sie zu Clover: »Eine Polizistin kommt und spricht mit Ihnen.«

»Warum können wir nicht zu ihm? Was ist mit ihm passiert?«

Trevor konnte Clovers Panik verstehen. Sie wusste natürlich, was es bedeutete, dass eine Polizistin zu ihnen kam; so wurden die schlimmsten Nachrichten über ein jugendliches Opfer den Eltern übermittelt.

Wahrscheinlich warteten sie nur kurz, aber die Zeit schien stillzustehen wie in einem Alptraum. Dann kam der allerletzte Mensch, mit dem sie gerechnet hatten, aus den Tiefen des Krankenhauses. Es war die Polizistin von New Scotland Yard, Sergeant Havers. Sie hatte ein Notizheft in der Hand, als hätte sie die Absicht, sie zu befragen, worauf Clover sich auf gar keinen Fall einlassen würde, dachte Trevor.

Sie begrüßte sie mit den Worten »Er lebt«, wofür Trevor ihr so dankbar war, dass er weiche Knie bekam.

»Was ist los?«, fragte Clover. »Wie schlimm ist es?«

»Ich weiß nicht, wie schlimm seine Verletzungen sind.« Sie schien darum bemüht, vorsichtig zu sein. »Es sieht so aus, als wäre ins Haus eingebrochen worden. Mein Chef spricht grade mit der jungen Frau, die den Einbruch gemeldet hat, und ein weiterer Polizist ist auch vor Ort.«

»Gaz Ruddock?«, fragte Clover.

Havers zog die Brauen zusammen, so als wäre die Frage nicht nur überraschend, sondern auch aufschlussreich. »Nein, nicht Ruddock. Der Streifenpolizist, der von der Zentrale geschickt wurde. Ich hab mit dem anderen jungen Mann gesprochen – Finns Mitbewohner, den kennen Sie sicherlich –, und er sagt, ein Mann ist entweder mit einem Schürhaken oder einem Wagenheber auf ihn losgegangen, er ist sich nicht sicher. Er sagt, der Mann ist wahrscheinlich durch die Haustür ins Haus gekommen, sie war nicht abgeschlossen.«

»Herrgott noch mal«, entfuhr es Trevor, »wieso schließen die diese verdammte Tür auch nicht ab!«

»Junge Leute eben. Na ja. Es war kein normaler Einbruch. Der junge Mann…« Sie warf einen Blick auf ihre Notizen. »Bruce Castle heißt er. Er wollte grade zur Toilette gehen, da hat der Mann ihn mit dem Schürhaken oder Wagenheber angegriffen. Er hat versucht, sich mit seinem Arm zu schützen, wie man es instinktiv macht, und das war's. Der Arm ist gebrochen. Er hat Ihrem Sohn zugerufen, er soll die Polizei verständigen, aber ehe Finn dazu kam, war der Eindringling schon in seinem Zimmer und ist auf ihn losgegangen.« Sie hob den Kopf, und Trevor dachte schon, sie wäre fertig. Doch sie musterte ihn eingehend und fügte hinzu: »Laut Aussage von Bruce hat der Angreifer gebrüllt, jemand habe seine Tochter erst betrunken gemacht und dann vergewaltigt…«

Trevor hörte nichts mehr. Er schaute Clover an. In seinen Ohren rauschte es, während eine Reihe von bisher scheinbar unzusammenhängenden Details sich zu einem Bild formten. *Das* hatte Clover die ganze Zeit vor ihm verborgen. Das hatte sie am sechsundzwanzigsten Februar erfahren. Das war der Grund für die Telefongespräche mit Gaz. Das hatte sie die ganze Zeit so beschäftigt.

Trevor erwachte aus seiner Trance, als Clover sagte: »… von einer Tochter gesprochen? Also war der Einbrecher ein älterer Mann? Konnte Bruce ihn beschreiben?«

»Ziemlich gut sogar. Ich gehe davon aus, dass er den Mann erkennt, wenn wir ihn festnehmen.«

»Sie wissen also, wer es ist«, sagte Clover mit scharfer Stimme.

Havers ließ sich einen Moment Zeit mit ihrer Antwort, als wollte sie zuerst Clovers Ton einordnen. »Da der Mann geschrien hat, seine Tochter sei vergewaltigt worden, werden wir erfahren, wer er ist, sobald wir wissen, wer die Tochter ist.«

Trevor hatte sich wieder im Griff und fragte: »Soll das heißen, dass mein Sohn… unser Sohn…«

»Haben Sie Finnegan schon vernommen?«

»Er ist noch in der Notaufnahme.«

»Und die junge Frau, die den Einbruch gemeldet hat?«

»Wie gesagt, mein Chef spricht gerade mit ihr. Sie wohnt auch in dem Haus.«

»Hat sie …«

»Vielen Dank, Sergeant«, sagte Clover und schnitt ihrem Mann das Wort ab. Trevor kochte vor Wut, nicht nur, weil sie ihn in aller Öffentlichkeit demütigte, sondern auch, weil er sich so etwas immer und immer wieder gefallen ließ und sie letztlich deshalb jetzt hier standen. Clover fügte hinzu: »Darf ich fragen, warum Sie am Tatort waren?«

Wieder ließ Sergeant Havers sich Zeit und klopfte mit ihrem Bleistift auf ihr Heft. Trevor bemerkte vage, was um ihn herum geschah: Ein gerade eingelieferter Patient wurde den Korridor hinuntergeschoben, und eine Inderin in weißer Krankenhauskleidung erschien in einer Tür und rief jemandem zu, er möge ihr irgendwelche Medikamente bringen.

Schließlich sagte Havers: »Mein Chef und ich sind hingefahren, um Dena Donaldson zu vernehmen. Ding? Kennen Sie sie?«

»Wegen der Vergewaltigung?«, fragte Trevor.

»Wir sind ihr mal begegnet«, sagte Clover, »aber wir kennen sie eigentlich nicht. Sie wurde doch nicht auch angegriffen, oder?«

»Sie war nicht zu Hause, als der Mann ins Haus eingedrungen ist. Sie hat den Täter überrascht.«

»Vielen Dank, Sergeant.« Dann sagte sie zu Trevor: »Komm, Liebling, lass uns mal mit den Ärzten reden.«

Sie nahm ihn am Arm, und sie gingen zurück zum Empfangstresen. »Liebling, lass uns mit den Ärzten reden«, äffte Trevor seine Frau nach. »Was soll das?«

Sie zog ihn zur Wand und zischte: »Ich habe nicht die Absicht, mich hier auf irgendwas einzulassen, und das solltest du auch nicht tun. Wir müssen rausfinden, was passiert ist, und …«

»Man hat uns gerade gesagt, was los ist: Jemand ist bei Finnegan eingebrochen, und dieser Jemand glaubt, dass seine Tochter vergewaltigt wurde. Oder hast du das nicht gehört?«

Als sie sich abwandte, hätte er sie am liebsten gezwungen, ihn anzusehen, aber stattdessen sagte er: »Das ist es, wovor du ihn die ganze Zeit schützt, stimmt's? Und zwar schon seit Monaten. Mit Gaz' Hilfe. Du glaubst, Finnegan hätte eine junge Frau betrunken gemacht und sie dann im wehrlosen Zustand vergewaltigt. Du glaubst tatsächlich, dass unser Sohn...«

Sie wirbelte herum. »Hör auf«, zischte sie. »Halt einfach die Klappe. Hast du eine Ahnung, wie oft so was vorkommt? Du hockst in deinem tollen Fitnesscenter und kriegst nichts mit von dem, was sich in der Welt abspielt. Aber ich kann es dir sagen: Das passiert dauernd und überall. Hirnlose Weiber, die sich vollaufen lassen, und hirnlose Typen, die das ausnutzen. Manchmal ist nur Alkohol im Spiel, manchmal sind es Drogen. Manchmal werden Tropfen in einen Drink gemischt, um die Sache zu vereinfachen. Kapierst du das nicht?«

»Ich habe jedenfalls kapiert, dass du Finn so etwas zutraust.«

»Das tue ich, weil so was dauernd geschieht!« Ihre Reaktion war so heftig und ihr Gesicht so wutverzerrt, dass Trevor dachte, sie würde ihm ihre Erkenntnis am liebsten einprügeln. »Vollkommen normale, nette Jungs reden mit anderen vollkommen normalen, netten Jungs, und sie hecken irgendwas aus, oder sie sehen einen Bericht über solche Dinge im Internet und denken, wollen wir das auch mal machen? Also ziehen sie es durch und denken sich nichts dabei, weil Jungs in dem Alter nie denken, dass das, was sie tun, Konsequenzen haben könnte. Und wenn sie was Schlimmes machen und das rauskommt, dann ist ihr ganzes Leben zerstört. Ich rede von *seinem* Leben, Trevor, von Finnegans Leben. Kapierst du es jetzt endlich? Wir – du und ich, seine Eltern – können nichts für ihn tun, wenn er angezeigt wird. Wir können ihm einen Anwalt zur Seite stellen und dafür sorgen – falls er sich überhaupt was von uns sagen lässt, was man bezweifeln kann –, dass er ohne seinen Anwalt mit keinem redet. Aber das war's auch schon. Und falls es Beweise für das gibt, was man ihm vorwirft, und die wird es geben, weil kein Mädchen sich freiwillig auf Analverkehr einlässt, dann hilft auch der Anwalt nichts, denn kein Anwalt der Welt kann was gegen DNA-Beweise ausrichten, egal, wie gut er ist.«

Trevor hatte die letzten Worte gar nicht mehr gehört, weil er nach *Analverkehr* alles ausgeblendet hatte. Anscheinend sah sie ihm sein Entsetzen an, denn sie fügte hinzu: »Ja, genau das ist passiert. Und? Bist du froh, dass du es jetzt endlich weißt?«

»Woher zum Kuckuck…« Trevor leckte sich die trockenen Lippen. »Woher weißt du das alles, Clover? Hat Finn es dir erzählt?«

Sie schaute an ihm vorbei zur Wand. Dann sagte sie: »Ian Druitt hat Gaz die Beweise übergeben.«

»Druitt?«

»Druitt. Kapierst du jetzt, womit wir es zu tun haben?«

LUDLOW
SHROPSHIRE

Nachdem der uniformierte Polizist losgefahren war, um die Fotos bei Mrs Lomax zu holen, begleitete Inspector Lynley Ding nach oben, damit sie ein paar Sachen packen konnte. Ihre Mutter war bereits unterwegs nach Ludlow, um sie nach Cardew Hall zu holen, und Ding musste wohl mit dem Detective kooperieren, wenn sie nicht dauerhaft bei ihren Eltern wohnen wollte. Sie würde sich also die Fotos von Missas Gran ansehen, und falls Missas Vater auf einem drauf war, musste sie das sagen, falls er der Mann gewesen war, der Brutus den Arm gebrochen und Finn übel zugerichtet hatte. Was Cardew Hall anging, so hatte sich nichts geändert, bloß weil sie endlich kapiert hatte, warum es sie vor dem alten Kasten so gruselte. Sie war diejenige gewesen, die ihren toten Vater nackt am Bettpfosten entdeckt hatte. Und dieses Erlebnis hatte sie jahrelang verdrängt und sich deswegen so verhalten. Jetzt so lange bei ihrer Mutter und ihrem Stiefvater zu wohnen, bis hier in Ludlow alles geklärt war und sie ins Haus zurückkonnte, war schon schlimm genug. Aber sie konnte sich nicht vorstellen, dort zu bleiben, bis sie an die Uni gehen würde.

Lynley ermahnte sie, auf dem Weg nach oben nichts anzufassen. Überall, so erklärte er ihr, könnten sich Fingerabdrücke befinden. Als sie ihr Zimmer betraten, bat er sie, sich gründlich umzusehen, ob irgendetwas durcheinandergebracht worden war. Als sie ihm sagte, alles sehe so aus wie immer, reichte er ihr ein Paar Latexhandschuhe. Sie schnappte sich ihr Sporttasche und stopfte in aller Eile das Nötigste hinein. Lynley wartete schweigend, doch sie spürte, wie er jede ihrer Bewegungen beobachtete. Als sie ihn anschaute, las sie in seinem Gesicht, dass er zwar mitfühlend war, sie aber nicht mit seiner Freundschaft rechnen konnte.

Schließlich gingen sie nach draußen. Vor dem Haus, auf dem kleinen, asphaltierten Vorplatz, wo sie und Brutus immer ihre Fahrräder abstellten, blieben sie einen Moment stehen. Sie war froh, dass sie das Haus verlassen hatten, allerdings hatte sich auf der anderen Straßenseite eine kleine Menschenmenge versammelt.

Ein Mann, Dings Nachbar, überquerte die Straße und trat zu ihnen. Das Grundstück war aus unerfindlichen Gründen noch nicht mit Flatterband abgesperrt – vielleicht hatten sie dazu noch keine Zeit gehabt, oder vielleicht hatten sie so was nicht immer dabei. Unwillkürlich fiel ihr sein Name ein: Mr Keegan.

Lynley hielt ihn auf und sagte: »Das ist ein Tatort, Sir. Sie müssen auf der anderen Straßenseite bleiben.«

Mr Keegan sagte, er habe Informationen. Er habe gerade seine Rosen gedüngt – er zeigte auf den Vorgarten des Nachbarhauses – und den Täter aus dem Haus und in Richtung Old Street rennen sehen. Er habe einen Stock oder etwas Ähnliches in der Hand gehabt. Er sei sich nicht sicher, da er seine Fernsichtbrille nicht aufgehabt habe, aber er habe den Eindruck gehabt, dass der Mann den Stock oder was auch immer in den Fluss geworfen habe. Das Ding könne im Wasser liegen, aber auch am Ufer. »Ich weiß aus dem Fernsehen, wie so was abläuft«, fügte er hinzu. »Es könnte also nicht schaden, danach zu suchen.«

Der Hinweis sei sehr hilfreich, antwortete Lynley höflich. Ein Kollege werde den Uferbereich sobald wie möglich absuchen.

Mr Keegan wirkte hocherfreut, ein Bürger, der stolz darauf war, seinen Bürgerpflichten nachzukommen und die Polizei bei der Lösung dieses Vorfalls zu unterstützen.

Als ihr Nachbar auf die andere Straßenseite zurückging, um vermutlich das weitere Geschehen zu beobachten, sagte Ding: »Wissen Sie, ob Finn …? Wird er wieder gesund?«

Lynley wartete, bis Mr Keegan sich wieder unter die anderen Gaffer gemischt hatte, und antwortete: »Sergeant Havers ruft mich an, sobald es Neuigkeiten gibt. Erzählen Sie mir vom Ende des Semesters im Dezember. Lassen Sie nach Möglichkeit nichts aus.«

»Aber Sie haben doch gesagt, dass Missa …?«

»Wir brauchen jede Version, Ding. Sergeant Havers unterhält sich im Krankenhaus mit Bruce … Brutus. Und dann mit Finn, sobald er dazu in der Lage ist.«

»Sie wollen herausfinden, ob einer lügt.«

»Wir brauchen alle Einzelheiten, und seien sie noch so geringfügig.«

Sie berichtete ihm alles, wie sie es in Erinnerung hatte: Es habe an dem Abend geschneit, und sie seien alle im Hart & Hind gewesen. Es sei eiskalt gewesen, aber Jack Korhonen – der Wirt – stelle im Winter immer Heizpilze auf die Terrasse für die Raucher auf oder falls der Laden überfüllt war, damit er nur ja keine Kunden verliere. Sie seien früh hingegangen, um noch drinnen einen Tisch zu erwischen – jedenfalls sei Brutus früh da gewesen –, und eine Dreiviertelstunde später sei auch Finn aufgekreuzt.

»Wie sind Sie in den Pub gekommen?«

Missas Gran habe ein Taxi bestellt, wegen der Kälte und so, und sie habe den Fahrer im Voraus bezahlt, damit sie heil nach Hause kämen, falls… na ja… falls sie was trinken würden. Mrs Lomax habe Missa geraten, sich mal ein bisschen zu amüsieren, die sei nämlich ehrlich gesagt immer viel zu ernst gewesen und habe nichts als Pauken im Sinn gehabt. Das sei jedenfalls ihre Meinung, und Mrs Lomax habe wohl ebenso darüber gedacht.

»Ich glaub, Missa war vorher noch nie in 'nem Pub gewesen«, sagte Ding. »Ich glaub, ihr Vater ist Alkoholiker. Sie spricht kaum darüber, aber irgendwie hatte ich so den Eindruck, und einmal hat sie gesagt, dass ihr Onkel auch Alkoholiker ist. Sie hatte immer Angst, sie könnte auch so werden, deswegen hat sie nie was angerührt. Echt nie.«

»Und was war an dem Abend anders?«

»Wir – also, Brutus und ich – wollten, dass sie sich mal ein bisschen entspannt. Wir haben es aus Spaß gemacht. Wir haben uns überhaupt nichts dabei gedacht. Außerdem hat ihre Gran ja auch gesagt, sie soll sich amüsieren. Sie hat sogar so was gesagt wie ›Lass es mal richtig krachen‹ oder so. Missa hat immer nur gepaukt und gepaukt, und natürlich hatte sie Supernoten. Außerdem war da noch ihr Freund.«

»Ein Komilitone?«

»Nein, keiner vom College. Einer aus Ironbridge. Sie wollten sich eine Auszeit voneinander nehmen, während sie am College war, aber ich glaub, das hat nicht funktioniert, der hat sie jeden Tag angerufen und ihr dauernd SMS geschickt …«

»Und wie fand sie das? Hat sie mit Ihnen darüber gesprochen?«

»Eigentlich nicht. Aber ich weiß, dass ihre Gran nicht grade begeistert war von dem Typen. Als er Missa einmal angerufen hat, hat sie zu mir gesagt ›Zum Glück bin ich grade nicht bei meiner Gran‹. Ich hatte das Gefühl, dass alle in ihrer Familie wollten, dass sie … ich weiß nicht … jemand anders kennenlernte. Aber das war natürlich unmöglich, wenn der an ihr klebte wie 'ne Klette.« Ding stellte ihre Sporttasche auf dem Boden ab. Dann hob sie sie wieder auf, weil sie irgendwas mit ihren Händen machen musste. »Jedenfalls wollten wir, dass sie sich entspannt, Brutus und ich. Wir dachten, vielleicht würde es ja ganz lustig. Also haben wir ihr Cider spendiert, um herauszufinden, ob ihr das Zeug schmeckte. Und es hat ihr wirklich geschmeckt, und sie hat sich echt amüsiert, aber dann hat Brutus immer weitergemacht.«

»Womit?«

»Er hat ihr einen Cider nach dem anderen spendiert. Kaum hatte sie ein Glas ausgetrunken, stand schon das nächste da. Als Finn kam, hat er mitgemacht – nur dass er Guinness getrunken hat –, und wir haben uns alle total volllaufen lassen. Wir waren sternhagelvoll, als Gaz Ruddock aufgekreuzt ist.« Sie fummelte an dem Griff ihrer Sporttasche herum. Wie viel Schuld sie auf sich geladen hatte, doch gleichzeitig sträubte sie sich dagegen, sich schuldig zu fühlen. »Ich glaub, er war da, weil er nach Finn sehen wollte oder so, denn als er Finn entdeckt hat, ist er total ausgerastet. Aber dann hat er gemerkt, wie besoffen ich war, und hat mich gepackt und gesagt: ›So, dich bring ich jetzt zu deiner Mutter nach Hause, denn es wird Zeit, dass sie endlich mal sieht, was du hier in Ludlow treibst.‹«

»Hatte er tatsächlich vor, Sie nach Hause zu bringen, oder war das nur das Übliche, was Sie mir gestern beschrieben haben?«

»Ich dachte, dass er diesmal Ernst machen würde, weil er von meiner Mutter gesprochen hat. Trotzdem musste er sich natürlich um uns alle kümmern, weil wir alle hackevoll waren. Denn wenn er nur mich nach Hause gebracht hätte, dann hätte das ziemlich komisch ausgesehen. Also hat er uns alle mitgenommen. Aber weil auf der Rückbank nicht genug Platz war, musste ich vorne sitzen, und deswegen konnte ich rausspringen und abhauen, als wir in der Temeside Street ankamen. Die anderen hat er ins Haus gebracht.«

»Missa auch?«

»Ich nehm an, dass sie in dem Zustand nicht zu ihrer Gran nach Hause wollte, aber das wusste ich natürlich nicht, verstehen Sie, weil ich ja abgehauen bin. Ich wollte einfach nicht… Sie wissen schon… mit ihm…«

»Wo sind Sie hingelaufen?«

»Es war glatt wegen dem Schnee, und ich wusste, er würde mich bald einholen, deswegen hab ich mich versteckt. Wissen Sie, wo der Teppichladen ist? Ein Stück die Straße runter?« Sie zeigte in die Richtung. »Da standen Mülltonnen, und dahinter hab ich mich versteckt. Aber es war eiskalt, und es fing wieder an zu schneien, deswegen habe ich es nicht lange ausgehalten, vielleicht 'ne Viertelstunde, zwanzig Minuten. Länger nicht. Ich hab um die Ecke gelugt, und weil kein Streifenwagen vor der Tür stand, bin ich nach Hause gegangen.«

»Und Missa lag im Wohnzimmer auf dem Sofa.«

»Das weiß ich nicht«, sagte Ding. »Ich hab keinen Blick ins Wohnzimmer geworfen. Ich dachte, sie hätte den Taxifahrer angerufen, den ihre Gran schon im Voraus bezahlt hatte. Sie hatte ja seine Karte und alles. Also dachte ich, sie wär weg. Ich bin einfach nur die Treppe rauf- und in mein Zimmer gerannt.«

»Sie haben sie dann am nächsten Morgen gefunden?«, fragte Lynley.

»Nicht mal das«, sagte Ding. »Sie war nicht da. Sie… Irgendwann muss sie den Fahrer angerufen haben, weil… Am nächsten Morgen war sie nicht mehr da.«

Lynley wandte sich ab. Er hatte sie die ganze Zeit so eindringlich angesehen, dass Ding das Gefühl hatte, er könnte ihre Gedanken lesen und die Wahrheit erkennen. Ein weißer Lieferwagen hielt vor dem Haus. Drei Männer stiegen aus, öffneten die Hecktüren und zogen sich weiße Overalls über. Sie hatte genug Krimis im Fernsehen gesehen, um zu wissen, dass das die Spurensicherung war. Der Inspector bat sie zu warten, ging zu den Männern, redete kurz mit ihnen und kam wieder zurück. Kurz darauf gingen zwei mit beeindruckenden Werkzeugkisten ins Haus, während der dritte den Tatort mit gelbem Flatterband absperrte, genauso wie im Fernsehen, und dann auch ins Haus ging.

»Wann hat Missa Ihnen von dem Vorfall erzählt?«, fragte Lynley.

»Ein paar Tage später. Ich hab ihr angemerkt, dass was nicht stimmte, und als sie es mir gesagt hat, dachte ich, Brutus hätte es getan. Er hatte ihr schließlich den ganzen Cider spendiert und wusste, dass sie das Zeug nicht verträgt. Und er… Brutus kann einfach die Finger von keiner Frau lassen.«

»Hat Missa Ihnen etwas über Brutus erzählt?«

Sie musste den Blick abwenden. Es waren seine Augen. Er sah gut aus, aber seine Augen brachten einen dazu… Sie wusste nur, dass sie dunkelbraun waren und sie aufforderten, die Wahrheit auszusprechen. Als sie ihn wieder anschaute, blickte er sie immer noch abwartend an. Sie sagte: »Er war in meinem Zimmer.«

»Brutus?«

»Wir haben fast jede Nacht zusammen verbracht, und er lag wie immer in meinem Bett. Er ist aufgewacht, als ich reinkam, und wollte Sex wie immer. Aber ich hatte keine Lust. Erst war er sauer, aber dann sind wir eingeschlafen. Als ich später aufgewacht bin, da… Da war er weg. Und als Missa mir alles erzählt hat… Da dachte ich, Brutus hätte es getan, aber dann kam raus, dass er ins Bad gegangen ist und dort in Ohnmacht gefallen ist, er hat vor dem Klo geschlafen. Er hat erzählt, dass er irgendwann zwischendurch wach geworden ist, weil Finn über ihn weg gepinkelt hat und dabei nicht besonders aufgepasst hat. Er meinte, Finn hätte gelacht, auf seine typische Art, als wollte er sagen ›Erwischt‹. Aber das wusste ich alles nicht. Ich hab nur mitgekriegt, dass Brutus nicht da war, als ich aufgewacht bin.«

»Haben Sie denn nicht nach ihm geschaut?«

»Nein. Warum auch? Erst als Missa mir erzählt hat, was passiert ist, hab ich's mir zusammengereimt. Aber ich konnte mir natürlich nicht sicher sein, oder? Und Missa wusste ja nicht, wer es gewesen ist.«

»Missa hat ausgesagt, dass sie mit Mr Druitt darüber gesprochen hat. Er hat ihr angemerkt, dass es ihr überhaupt nicht gut ging, und sie hat ihm alles erzählt. Sie wollte nicht, dass jemand davon erfuhr, weil sie sich selbst die Schuld daran gegeben hat. Wie also haben Sie sie zum Reden gebracht?«

»Ich hab einfach gemerkt, dass was nicht stimmt… genau wie Mr Druitt. Außerdem war ich sauer wegen meinem Top, das war nämlich sehr teuer, und ich hab nicht viel Geld für Klamotten.«

»Ihr Top?«, fragte Lynley verblüfft.

Sie antwortete, sie habe Missa ein paar Sachen für den Abend geliehen, sie habe ihr sogar einen Spitzen-BH zu Weihnachten geschenkt. Missa hatte ihre Unterhose und Strumpfhose angehabt, aber der BH war neu gewesen, und der Rock und das Top hatten Ding gehört. »Missa hat überhaupt keine Partyklamotten, wenn Sie verstehen, was ich meine, also hab ich ihr was zum Anziehen geliehen. Sie weiß genau, dass ich mir meine Klamotten von meinem eigenen Geld kaufen muss, seit ich elf bin, und dass ich sehr gut mit meinen Sachen umgehe. Als sie sie mir zurückgegeben hat, war das Top zerrissen, und sie hat angefangen zu weinen.«

»Und da hat sie es Ihnen gesagt.«

»Sie war total … ich weiß nicht. Sie war wegen dem Top so zerknirscht, als hätte sie ein schweres Verbrechen begangen, dabei hätte man es ausbessern können. Und das hab ich ihr auch gesagt, ich hab gesagt, so schlimm ist es gar nicht, das kann man ausbessern, und da ist es nur so aus ihr rausgesprudelt, sie hat furchtbar geweint und konnte überhaupt nicht mehr aufhören, und so hab ich's dann erfahren. Sie hat mich angefleht, es keinem gegenüber zu erwähnen, weil sie … Ich nehm an, sie fühlte sich gedemütigt, so hätte ich mich jedenfalls an ihrer Stelle gefühlt. Ich hab ihr versprochen, es für mich zu behalten, und hab die Sachen in meinen Schrank gelegt, aber ich hab mich natürlich die ganze Zeit gefragt, ob Brutus … Dann hat sie mit dem Diakon gesprochen, und der hat ihr gesagt, sie soll ihm alles geben, was sie anhatte, um es testen zu lassen … und da … tut mir leid, aber da hab ich gelogen. Weil … Ich hätte es nicht ertragen, wenn es Brutus gewesen wär. Also hab ich sie angelogen, und ich weiß, dass das falsch war, aber ich hab's nun mal getan. Ich hab ihr gesagt, ich hätte das Top weggeworfen und den Rock so oft getragen, dass ich ihn hätte in die Reinigung bringen müssen.«

»Aber so war es nicht.«

»Nein. Ich hab beides behalten – den Rock und das Top. Und später hab ich mich an einem Tag fürchterlich mit Brutus gestritten und bin so wütend auf ihn geworden, dass ich ihm die Sachen an den Kopf geworfen hab.«

»Was hat er mit den Sachen gemacht? Wissen Sie das? Hat er sie mitgenommen?«

»Ich hab sie ihm nicht in meinem, sondern in seinem Zimmer an den Kopf geworfen.« Es widerstrebte ihr, ihm alles zu erzählen, wie dumm das alles zwischen ihr und Brutus gelaufen war, doch sie fuhr fort: »Also, an einem Abend hat Brutus eine andere mit nach Hause gebracht, und die ist dann die ganze Nacht bei ihm geblieben. Das hat er noch nie gemacht. Ich hatte ihn die ganze Zeit geschützt, weil ich ja dachte, *er* hätte Missa das angetan. Und dann plötzlich fickt er… sorry… dann macht er es mit irgend 'ner Wildfremden direkt vor meiner Nase und lässt sie auch noch bei sich übernachten? Da bin ich ausgerastet. Ich hab die Sachen aus meinem Schrank geholt, an seine Tür gehämmert und ihm die Klamotten an den Kopf geworfen und ihn angeschrien, dass ich ihn die ganze Zeit geschützt hätte, obwohl ich zu den Cops hätte gehen können. Ich weiß nicht, was er mit den Klamotten gemacht hat.«

Lynley nickte. Er drehte sich zum Haus um. Er nahm seine alte Taschenuhr heraus und warf einen Blick darauf. Dann sagte er: »Bringen Sie mich in sein Zimmer, Ding.«

Und das tat sie.

ROYAL SHREWSBURY HOSPITAL
NR SHELTON
SHROPSHIRE

Nachdem Finn aus der Notaufnahme in ein Krankenzimmer verlegt worden war, sagte Trevor seiner Frau, er verbringe die Nacht am Bett seines Sohnes. Mittlerweile war es schon nach zweiundzwanzig Uhr. Er sagte zu Clover, einer von ihnen beiden müsse sich ausruhen und einen klaren Kopf bekommen, falls am Morgen wichtige Entscheidungen über Finns Behandlung getroffen werden mussten. Er rufe sie an, sobald Finns Zustand sich verändere oder er das Bewusstsein wiedererlange. Letzteres allerdings, so hatte man ihnen gesagt, sei vorerst unwahrscheinlich. Auf die Frage, ob Finn sich wieder ganz erholen werde, hatte man ihnen geantwortet, er werde womöglich vorübergehend Gedächtnislücken haben, das könne man aber erst feststellen, wenn er bei Bewusstsein sei.

Zuerst hatte Clover nicht gehen wollen, aber am Ende konnte Trevor sie davon überzeugen, dass es das Vernünftigste war. Sie bestand darauf, einen Polizisten vor Finns Tür zu postieren, falls der Angreifer im Krankenhaus auftauchte, und Trevor hatte es akzeptiert, obwohl er es unnötig fand. Da die Polizistin von der Met sie über den Vorfall in der Temeside Street informiert hatte, war sie wahrscheinlich noch im Krankenhaus, und Trevor wollte auf keinen Fall zulassen, dass sie mit Finn redete.

Clover war ein absolutes Nervenbündel, als sie das Krankenhaus verließ, was Trevor verstand. In dem Moment konnte er sich jedoch nicht den Kopf darüber zerbrechen, was Clover sonst noch umtrieb, denn sie sollte denken, dass er sich ausschließlich Sorgen um sie machte, weil sie so erschöpft war. Sie brauchte ja einen klaren Kopf, um gegebenenfalls eine Entscheidung treffen zu können. In Wirklichkeit jedoch wollte er mit Finn allein sein, sobald er das Bewusstsein wiedererlangte. Es fiel ihm schwer zu glauben, was Clover offenbar für möglich hielt: dass sein Sohn dazu fähig war, eine junge Frau zu vergewaltigen.

Bevor man ihnen erlaubt hatte, zu Finn ins Zimmer zu gehen, hatte Trevor darauf bestanden, dass Clover ihm das mutmaßliche Verbrechen in allen Einzelheiten schilderte. Die WG-Mitglieder hatten sich an dem fraglichen Abend in einem Pub volllaufen lassen, und Gaz Ruddock hatte sie nach Hause gefahren, und Ding Donaldson war abgehauen. Später an dem Abend hatte jemand eine junge Frau, die weggetreten auf dem Wohnzimmersofa lag, vergewaltigt. Nachdem sie geendet hatte, fragte Clover ihn: »Verstehst du jetzt, warum ich mir solche Sorgen mache?«

Natürlich verstand er das. Als er jedoch geantwortet hatte, er könne sich nicht vorstellen, dass Finn zu so etwas fähig sei, hatte sie abwehrend die Hände erhoben und nicht mehr über das Thema gesprochen.

Jetzt saß Trevor still neben Finns Bett. Die Stunden vergingen, ohne dass sich etwas tat. Hin und wieder kam eine Krankenschwester herein und überprüfte die Vitalparameter, und als eine Polizistin vor dem Zimmer Posten bezog, steckte sie kurz den Kopf durch die Tür und sagte, alles sei okay, was auch immer das zu bedeuten hatte. Trevors Gedanken kreisten die ganze Zeit um die Frage, ob es eine Seite an Finn gab, die er überhaupt nicht kannte.

Um kurz nach vier kam Finn zu sich. Trevor war auf seinem Stuhl neben dem Bett eingenickt, doch er war sofort hellwach, als er Finn murmeln hörte: »Mum?« Trevor stand auf, schaltete ein gedämpftes Licht ein und nahm die Plastikflasche mit Wasser, die auf dem Nachttisch stand.

»Ich bin hier, Finn«, sagte er. »Mum ist nach Hause gefahren, um sich ein bisschen auszuruhen. Hast du Durst?«

»Ja.«

Trevor hielt ihm den Strohhalm an die Lippen, und Finn trank die Flasche aus.

»Danke«, sagte er. Dann fragte er mit verschlafener Stimme, die genauso klang wie damals, als er noch ganz klein gewesen war: »Dad, wer war der Mann?«

»Der dich angegriffen hat? Das wissen wir noch nicht.«

»Ich hab… lauten Krach… gehört.« Finns Lippen waren spröde. Trevor nahm sich vor, Lippenbalsam für ihn zu besorgen. Bestimmt gab es im Krankenhaus eine Apotheke. »Zuerst dachte ich, es wär der Vater von irgend 'nem Mädchen, der Brutus verprügelte, weil…« Pause. »Gibt's noch mehr Wasser?«

»Ich hole welches. Was wolltest du gerade sagen?«

»Ich dachte … es war … dass Brutus ausnahmsweise mal die Falsche gefickt hat. Dass ihr Vater gekommen war, weil er ihm die Fresse polieren wollte.«

»Würde das zu Brutus passen?«

»Also … die Falsche zu ficken? Sorry, Dad. Wegen dem Ficken. Also er macht's mit jeder, die will.«

»Und wenn sie nicht will?«

Finn runzelte die Stirn. Ein Auge war zugeschwollen, und sein Kopf war mit einem weißen Verband umwickelt. Zusätzlich zu seinen Kopfverletzungen hatte er ein gebrochenes Schlüsselbein, das von allein verheilen musste, eine gebrochene Schulter und ein gebrochenes Handgelenk. Mit schmerzverzerrtem Gesicht drehte er den Kopf und sagte: »Soweit ich weiß … hat bisher noch … keine nein gesagt. Keine Ahnung, wie der das macht. Vielleicht hat er ja 'n Zauberstab oder was. Kann ich noch 'n Schluck Wasser haben?«

Trevor eilte zum Waschbecken und drehte den Hahn auf. Während er darauf wartete, dass das Wasser kalt wurde, gingen ihm tausend Gedanken durch den Kopf. All die Lügen und Wahrheiten, Taten und Reaktionen. Er ging zurück zum Bett und gab seinem Sohn zu trinken.

Dann sagte er: »Finn. Im Dezember ist bei euch im Haus was passiert.«

Finn ließ den Kopf aufs Kopfkissen sinken und schloss die Augen. »Und was?« Er klang schläfrig.

»Eine junge Frau wurde vergewaltigt. Sie lag auf dem Sofa in eurem Wohnzimmer, und sie war total betrunken.«

»Du meinst Ding?«

»Nein, jemand anders. Sie war mit Ding ausgegangen, und dann hat sie sich nicht nach Hause getraut, weil sie betrunken war. Erinnerst du dich?«

Finn schien sein Gedächtnis zu durchforsten. »Kann schon sein, dass es nicht Ding war. Bisher hat sie's noch immer die

Treppe hoch geschafft. Und wenn sie zu … besoffen ist, dann hilft ihr Brutus.« Er schwieg eine Weile, dann fügte er hinzu: »Die haben bis vor Kurzem immer im selben Bett gepennt. Jedenfalls wenn Brutus es nicht grade mit 'ner anderen gemacht hat. Der kann von keiner die Finger lassen.«

»Erinnerst du dich daran, dass eine junge Frau auf eurem Sofa geschlafen hat?«

Seine Augen blieben geschlossen, aber Trevor wollte, dass er sie wieder aufmachte. Zwar spendete die Lampe nur wenig Licht, trotzdem glaubte er, wenn er in Finns Augen schauen könnte, würde er die Wahrheit erkennen, obwohl er eigentlich das Gefühl hatte, sie bereits zu kennen. Finn würde niemals … er könnte das gar nicht … weil er einfach nicht der Mensch war, für den seine Mutter ihn hielt.

Finn murmelte: »'ne junge Frau?«

»Im Dezember, Finn. Ihr wart alle betrunken, Ruddock hat euch nach Hause gefahren, Ding ist abgehauen. Und da war noch eine junge Frau bei euch. Sie muss mit euch ins Haus gegangen sein. Ding war nicht da, aber diese andere Frau.«

»Kann sein.« Seine Stimme war kaum zu hören. Er döste weg.

Trevor berührte Finns unverletzte Schulter und sagte: »Es war im Dezember, Finn. Erinnerst du dich?«

Der Junge nickte. »Dezember«, murmelte er. Mehr nicht.

24. Mai

IRONBRIDGE
SHROPSHIRE

Um fünf Uhr früh wachte Yasmina auf. Ihr Wecker würde erst in zwei Stunden klingeln. Die Situation hatte sich, seit sie sich am Abend schlafen gelegt hatte, nicht geändert: Sie war immer noch allein im Haus. Gegen halb neun hatte sie von Rabiah erfahren, dass Missa die Nacht in Ludlow verbringen würde, und deswegen auch nicht damit gerechnet, dass Sati nach Hause kommen würde, aber eigentlich hätte sie gedacht, Timothy würde wieder auftauchen, und sei es in den frühen Morgenstunden. Aber er war nicht da.

Obwohl es so früh war, rief sie Rabiah an. Vielleicht schlief Timothy ja bei ihr. Nein, er war nicht bei ihr. Rabiah klang beunruhigt, nachdem sie erfahren hatte, dass Timothy verschwunden war. Bestimmt gingen ihr verschiedene Horrorszenarien durch den Kopf: dass er wegen Alkohol am Steuer von der Polizei festgenommen worden war, dass er einen tödlichen Unfall gehabt oder sich eine Überdosis verpasst hatte…

»Missa… Wie geht es Missa?«, fragte Yasmina. »Gab es Schwierigkeiten mit der Polizei? Haben sie sie hart angefasst?«

»Nein, sie sind sehr behutsam mit ihr umgegangen. Es war längst nicht so dramatisch wie bei euch zu Hause.«

»Sagst du ihr, dass ich angerufen hab? Mir tut es so schrecklich leid, dass ich… ich weiß es nicht, Mum. Was ich ihr zugemutet habe…«

»Der Einzige, den eine Schuld trifft, ist derjenige, der sie vergewaltigt hat, Yasmina. Aber wir müssen uns darauf einstellen …«

Yasmina bemerkte Rabiahs Zögern, etwas musste am Tag zuvor noch ans Tageslicht gekommen sein. Sie spürte den Widerwillen ihrer Schwiegermutter, sie ins Bild zu setzen. Sie sagte: »Mum, du musst mir sagen, was passiert ist. Ich merk doch, dass da noch was im Busch ist. Ich mach mir Sorgen um Timothy. Wenn es also was mit ihm zu tun hat, dann sag's mir bitte.«

Ein Polizist sei vorbeigekommen und habe sie um ein Familienfoto gebeten, sagte Rabiah. Er hatte ausdrücklich nach einem Foto gefragt, auf dem Tim gut zu erkennen war. Als Rabiah ihn gefragt hatte, wozu das Foto gebraucht werde, hatte der Polizist gesagt, er wisse es nicht, nur dass er eins besorgen solle.

»Ich musste ihm eins geben«, sagte Rabiah. »Ich hab ihn noch gefragt, wohin er es bringt. Aber darauf hat er nur ausweichend geantwortet. Yasmina, meine Liebe …« Sie beendete den Satz nicht und schwieg, und dieses Schweigen machte deutlich, dass Rabiah genau wusste, wozu das Foto gebraucht wurde.

»Er hat was verbrochen«, sagte Yasmina.

Nach dem Telefonat zog sie sich für die Arbeit an, weil sie nicht wusste, was sie sonst tun sollte. Im Moment hatte sie nicht viele Möglichkeiten. Wenn sie zu Sati fuhr, würde sie sie nach Missa fragen, aber Yasmina hatte weder die Kraft noch die Fantasie, ihrer jüngsten Tochter darauf eine Antwort zu geben. Sie musste mehr in Erfahrung bringen, und Sati musste den Tag allein überstehen.

Kurz nachdem sie diesen Entschluss gefasst hatte, kam Justin vorbei und teilte ihr mit, was sie bereits wusste: Missa war am Tag zuvor nicht zur Arbeit gegangen, und, schlimmer noch, sie war am Abend nicht nach Hause gekommen.

»Sie ist nach oben gekommen und hat sich umgezogen«, sagte er. »Rabiah wollte, dass sie mit Ihnen redet, aber sie hat nicht gesagt, worüber oder warum. Und dann ist sie nicht mehr aufgetaucht.«

»Sie ist nach Ludlow gefahren«, sagte Yasmina.

»Aber warum? Sie hat geweint. Als sie nach oben kam, war sie ganz verheult und… Aber sie wollte mir nicht sagen, warum, und ich möchte jetzt wissen, was Sie mit ihr gemacht haben. Weil sie mit Ihnen reden sollte, und ich weiß genau, dass Sie gegen die Heirat sind, egal, was Sie mir erzählen. Wie konnte ich nur so dumm sein und Ihnen glauben… Ich will jetzt wissen, wo sie ist.«

»Sie ist bei Rabiah.«

»Sie versuchen, uns auseinanderzubringen. Missa hat gesagt, Sie würden alles tun, um unsere Hochzeit zu verhindern, und wenn Sie sie zwingen müssten, nach Indien zu fahren.«

»Das stimmt nicht.«

»Ich hab sie angerufen, als sie nicht zur Arbeit gekommen ist. Immer und immer wieder. Sie geht nicht ran. Was haben Sie mit ihrem Handy gemacht?«

Yasmina spürte die Gefahr, die von einem kräftigen jungen Mann ausging, der zu Recht zornig war. Sie sagte: »Ich gebe dir Rabiahs Nummer. Wenn du sie anrufst…«

»Damit lass ich mich nicht abspeisen. Sagen Sie mir, was passiert ist!«

»Das muss Missa dir selbst sagen. Ich kann es nicht, ich hab schon zu viel Schaden angerichtet und Dinge getan, die ich nicht hätte tun dürfen, und das tut mir leid. Es tut mir wirklich leid, Justin.«

Plötzlich war seine Wut wie verflogen. »Ich liebe sie so sehr«, sagte er. »Wird sie zurückkommen?«

»Ich glaube, ja.«

»Aber Sie wissen es nicht?«

»Ich weiß überhaupt nichts mehr. Ich verüble es dir nicht, wenn du mich nicht beim Wort nimmst, aber mit mehr kann ich nicht dienen.«

Offenbar reichte ihm das fürs Erste, und er wollte sich auf den Weg zur Arbeit in Blists Hill machen. Beim Abschied sagte er noch, er rufe auf jeden Fall bei Rabiah an. So lange, bis er Missa an die Strippe bekäme.

Vierzig Minuten später hörte sie ein Auto vorfahren. Sie eilte zum Fenster und sah Timothy aussteigen. Er blieb noch einen Moment neben dem Auto stehen, den Kopf aufs Dach gelehnt.

Yasmina ging zur Tür. Sie öffneten sie gleichzeitig: er von außen, sie von innen. Sofort sah sie das Blut an der linken Schulter seines Hemds und am rechten Ärmel.

»Ein Polizist war bei Rabiah«, sagte sie. »Er hat sie um ein Foto von dir gebeten.«

Er wirkte völlig abgerissen. »Ich hab mich drum gekümmert«, sagte er und wollte die Treppe hochsteigen.

Sie versperrte ihm den Weg. »Was hast du getan?«

»Das hab ich dir gerade gesagt.«

»Ich will es wissen. Hast du jemanden verletzt?«

Er blickte sie so voller Verachtung an, dass sie vor ihm zurückwich. »Nicht schlimmer, als Missa verletzt worden ist«, lautete seine Antwort. Er schob sie zur Seite und ging die Treppe hoch.

Sie machte die Haustür zu. Sie hörte ihn oben ins Bad gehen. Der Wasserhahn lief, er schien das Glas mit Wasser zu füllen, das immer auf dem Beckenrand bereitstand. Sie rannte hinauf. Sie wusste genau, was er vorhatte, aber sie würde es nicht zulassen. Nicht jetzt. Sie mussten unbedingt miteinander reden.

Sie kam zu spät. Er hatte irgendwo neue Tabletten aufgetrieben und wollte gerade zwei nehmen. Sie schlug sie ihm aus der Hand. »Sprich mit mir!«

Er schüttelte sich ungerührt zwei neue Tabletten heraus und machte eine Faust, damit sie ihm die Tabletten nicht wegnahm.

»Wir haben genug geredet«, sagte er. Er schob sich die Pillen in den Mund und ließ Yasmina stehen.

Sie folgte ihm weinend ins Schlafzimmer. »Warum machst du das? Eine Tochter tot, eine vergewaltigt, und die dritte ist so verängstigt, dass sie nicht nach Hause kommt, und dir fällt nichts Besseres ein als *das*? Ich komme zu dir, ich flehe dich an, ich brauche dich. Wir alle brauchen dich, und das ist deine Reaktion?«

Timothy sagte nichts. Die Stille dauerte an, als wollte er, dass sie hörte, was sie gerade gesagt hatte. Was sie natürlich nicht konnte, denn die Worte waren bereits verklungen. Was natürlich grundsätzlich das Problem war beim Sprechen. »Du glaubst, dass alles …« Er machte eine vage Geste in Richtung Bad, er meinte wohl die Tabletten »… mit Janna angefangen hat. Du glaubst, bis zu ihrer Krankheit hätte nur Friede, Freude, Eierkuchen geherrscht. Aber mit ihrer Krankheit konnten wir nicht umgehen, und dann ist sie gestorben, und deiner Meinung nach konnten wir seitdem noch schlechter mit allem umgehen.«

»Du hast alles getan, was du konntest, um nichts zu empfinden. Und das tust du noch immer.«

»Nein«, entgegnete er. »Das stimmt nicht. Aber dir kommt das so vor, weil es für dich nur eine Art gibt zu trauern, und zwar deine Art. Was zwischen uns – zwischen dir, mir und den Mädchen – schiefgelaufen ist, findet Ausdruck in deiner Überzeugung, du besäßest eine Art mystische Macht über alles, was du als einen ›Aspekt‹ deines Lebens betrachtest. Und der größte ›Aspekt‹ deines Lebens umfasst jeden Menschen und jede Situation, die damit einhergeht.«

»Wie kannst du so etwas sagen, ich hab mein ganzes Leben dir und den Kindern gewidmet.«

»Du hast dein ganzes Leben der Manipulation anderer gewidmet. Für dich sind wir keine eigenständigen Menschen. Dich hat immer nur interessiert, uns hin und her zu schieben wie Schachfiguren. Aber das kannst du dir natürlich nicht eingestehen, denn dann müsstest du das tun, was du von mir verlangst und wovon du glaubst, dass ich es nicht tue, nämlich trauern und spüren und… ich weiß nicht… nachts den Mond anheulen aus lauter Wut über das, was passiert ist und weil alles den Bach runtergegangen ist.«

»Also gut, meinetwegen, gib mir die Schuld. Denn wenn ich an allem schuld bin, ist es viel einfacher für dich, uns alle zu verlassen und schön mit dir selbst im Reinen zu sein.«

Er zog die Brauen zusammen und klopfte mit den Fingern gegen die Stirn. »Yas«, sagte er. »Es geht nicht um Schuld. Es ist, wie es ist.« Er legte sich aufs Bett und kehrte ihr den Rücken zu. Wenige Minuten später war er eingeschlafen.

Und sie stand da, allein mit allem, was in der Luft lag: Anklagen, Schuldzuweisungen, dem Verlangen nach Sühne.

LUDLOW
SHROPSHIRE

Als Lynley am Morgen bei Ruddock anrief, erkundigte der sich als Erstes nach Finn und Brutus. »Ein Polizist aus Shrewsbury war gestern in der Station, weil er was am Computer zu tun hatte«, sagte Ruddock, »und der hat mir alles erzählt. Ich hab den halben Abend versucht, bei den Freemans anzurufen, aber die gehen nicht ans Telefon. Geht es den Jungs gut? Geht es Finn gut?«

»Sergeant Havers hat fast den ganzen Nachmittag mit Finns Eltern im Krankenhaus verbracht«, sagte Lynley. »Und jetzt würden wir uns gern mit Ihnen unterhalten.«

»Mein Gott. Sie glauben doch nicht etwa, ich hätte die beiden zusammengeschlagen?«

»Es gibt eine Beschreibung von dem Angreifer, und er hatte einen Grund für seine Tat. Oder zumindest nehmen wir das an.«

»Welchen Grund könnte …«

»Darüber würden wir gern mit Ihnen reden. Sollen wir zu Ihnen kommen? Das wäre kein Problem für uns.«

Nein, nein, sagte Ruddock, er erwarte sie wie gehabt in der Polizeistation. In einer halben Stunde?

In einer Viertelstunde, sagte Lynley. Sonst würden sie zu ihm nach Hause kommen. Dann bräuchten sie seine Adresse.

Er werde in einer Viertelstunde in der Station sein, sagte Ruddock. Lynley musste sich eingestehen, dass er am Telefon vollkommen normal klang: Er hatte ganz offen davon berichtet, dass er bei den Freemans angerufen hatte, sich unbefangen nach dem Wohlergehen von Finn und Brutus erkundigt, war bereit, ihnen zu helfen.

Nachdem die Spurensicherung am Tag zuvor ihre Arbeit beendet hatte, war Lynley mit Dena Donaldson in Brutus' Zimmer gegangen, um nach den Kleidungsstücken zu suchen, die sie nach Brutus geworfen hatte. Glücklicherweise hatte der junge Mann sowohl den Rock als auch das Oberteil mit dem Fuß unter sein Bett geschoben. Leider hatten die Kleidungsstücke dort jedoch zwischen unzähligen Staubmäusen und allem möglichen Müll gelegen. Außerdem hatte Missa die Sachen vor Monaten angehabt, und danach hatten sie ungeschützt in Dings Kleiderschrank und unter Brutus' Bett gelegen und waren von Ding und Brutus angefasst worden. Aber die Kleidungsstücke konnten ihnen dennoch von Nutzen sein, und Lynley hatte sie in einem Beweismittelbeutel verstaut, den die Spurensicherung ihm überlassen hatte.

In der Zwischenzeit hatte der junge Polizist bei Rabiah Lomax ein Familienfoto geholt, das Lynley Ding vorlegte. Sie sträubte sich sichtlich, Missas Vater als denjenigen zu identifizieren, der Finn und Brutus zusammengeschlagen hatte. Sie sagte: »Also, ich hab ihn ja nur ganz kurz gesehen… ich weiß nicht… vielleicht fünf Sekunden.« Aber als Lynley ihr erklärte, dass man zweifellos sowohl an dem Schürhaken als auch an der Haustür Fingerabdrücke finden würde, sah sie ein, dass ihre Aussage allein nicht darüber entscheiden würde, ob der Mann, der ihre Mitbewohner attackiert hatte, verhaftet werden würde oder nicht. Aber mehr als ein Nicken brachte sie dennoch nicht zustande. »Es ist mir total unangenehm«, sagte sie.

Dann kam Dings Mutter, um sie abzuholen. Unter Tränen rief sie aus: »Ding! Ach, Ding! Wenn ich mir vorstelle, was dir hätte passieren können…« Dann hatte sie ihre Tochter in die Arme genommen, mit Küssen bedeckt und zum Auto geführt. Bei Lynley hatte sie sich mit einer Inbrunst bedankt, als glaubte sie, er hätte ihre Tochter eigenhändig gerettet, dabei war Ding die Retterin gewesen. Wäre sie nicht im entscheidenden Moment in der Temeside Street eingetroffen, wäre einer der jungen Männer jetzt wahrscheinlich tot.

Nachdem Ding und ihre Mutter gefahren waren, kehrte Lynley ins Hotel zurück. Er wollte nachdenken, während er auf Havers wartete, die hoffentlich bald mit Neuigkeiten aus dem Krankenhaus kommen würde. Havers hatte Ruddock von Anfang an richtig eingeschätzt, aber da sie einfach nichts gegen ihn in der Hand hatten, mussten sie sich überlegen, wie sie ihn dingfest machen konnten.

Als Havers aus Shrewsbury zurückkehrte, berichtete sie ihm alles, was sie im Krankenhaus hatte in Erfahrung bringen können. Es war ziemlich wenig, da Finnegan Freeman immer noch nicht zu sich gekommen war. Brutus dagegen hatte den Mann beschreiben können, dem er auf dem Weg zur Toilette begegnet war. »Timothy Lomax«, sagte Lynley.

Er sagte Havers, dass Ding Lomax als den Eindringling

identifiziert hatte. Einem aufmerksamen Nachbarn namens Keegan, fuhr er fort, hätten sie es zu verdanken, dass sie auch die Tatwaffe, einen Schürhaken, hatten sicherstellen können. Lomax habe ihn über die Mauer am Wehr in der Nähe der Brücke geworfen, erklärte er ihr. Der Schürhaken werde bereits auf Fingerabdrücke untersucht.

Dann hatten sie beschlossen, über alles zu schlafen und am nächsten Morgen gemeinsam zur Polizeistation zu fahren, um herauszufinden, warum sich angeblich keine Spuren auf der Unterwäsche einer jungen Frau befanden, die Opfer sexueller Gewalt geworden war.

Und jetzt waren sie unterwegs zu ihrer Verabredung mit Gaz Ruddock. Der Hilfspolizist traf fast gleichzeitig mit ihnen bei der Station ein. Er war wie immer gepflegt, ordentlich gekleidet und wirkte ausgeruht.

Lynley nahm den Beweismittelbeutel aus seinem Wagen. Ruddock registrierte das, stellte jedoch keine Fragen. Er nickte zum Gruß und schloss die Station auf. »Kaffee?«, fragte er.

Beide nahmen das Angebot an. Es würde ihnen Zeit geben, ihn zu beobachten. Hätte er ihnen keinen Kaffee angeboten, hätten sie ihn um welchen gebeten.

Im ehemaligen Aufenthaltsraum legte Lynley den Beweismittelbeutel auf einen der beiden Plastikstühle, und Havers hängte ihre unförmige Tasche über die Lehne des anderen. »Aller guten Dinge sind drei«, sagte sie und ging in das Zimmer, in dem Ian Druitt gestorben war, und holte den Schreibtischstuhl. Als sie ihn in den Raum schob, trug sie, wie Lynley sie angewiesen hatte, Latexhandschuhe.

Ruddock hatte inzwischen drei Tassen löslichen Kaffee aufgebrüht, Zucker aufgetrieben und etwas, das er »Kaffeeweißer« nannte, wofür er sich entschuldigte. Als er sich mit einem Lächeln zu ihnen umdrehte und die Latexhandschuhe erblickte, wich das Lächeln aus seinem Gesicht.

»Sergeant«, sagte Lynley in einem tadelnden Tonfall, »das ist ein bisschen voreilig.«

»Fingerabdrücke, DNA und so weiter, Sir«, erwiderte Havers unbeirrt. »Wenn er auf dem Stuhl gesessen hat, dann hat er Spuren hinterlassen, und Spuren sind das, was wir brauchen.«

»Sprechen Sie von Ian Druitt?«, fragte Ruddock. »Der hat nicht auf diesem Stuhl gesessen. An dem Abend war der Plastikstuhl in dem Büro, das habe ich Ihnen ja schon gesagt, als Sie mich nach den Fotos gefragt haben.«

»Stellen wir das noch einen Moment zurück«, sagte Lynley zu Havers.

»Nachdem wir die Schrammen auf dem Fußboden gefunden haben? Nach allem, was wir inzwischen wissen? Sie belieben zu scherzen, Inspector«, entgegnete Havers.

»Darf ich fragen, was hier gespielt wird?« Ruddock wirkte plötzlich argwöhnisch.

»Setzen Sie sich erst mal«, sagte Lynley zu Barbara. »Wir nehmen uns alles der Reihe nach vor.«

»Meinetwegen«, sagte sie gespielt beleidigt und setzte sich, aber nicht auf den Schreibtischstuhl, sondern auf den Plastikstuhl, nahm jedoch vorher die Umhängetasche von der Stuhllehne und holte Bleistift und Notizheft hervor. Lynley nahm den Beweismittelbeutel vom Stuhl und legte ihn auf den Tisch. Ruddocks Blick schoss kurz zu dem Beutel.

»Sieht so aus, als wäre was passiert«, sagte er. »Wenn Sie meine Hilfe wollen, dann müssen Sie mir schon sagen, um was es sich handelt. Ich weiß nur, dass gestern jemand Finn Freeman und diesen anderen jungen Mann …«

»Brutus«, sagte Havers. »Ein Mann, der geschrien hat, seine Tochter wäre vergewaltigt worden, hat ihm den Arm gebrochen. Er glaubt, einer der beiden hat es getan: Brutus oder Finn.«

»Um Gottes willen, wie kommt er denn darauf?«

»Weil es in dem Haus passiert ist, in dem die beiden wohnen.«

»Großer Gott. Wann?«

»Im Dezember«, sagte Havers. »Nach den Abschlussprüfungen. Betrunkene Jugendliche auf dem Quality Square, um die Sie sich kümmern mussten, weil die Anwohner sich mal wieder beschwert hatten. Die waren alle voll wie die Haubitzen. Da Sie die Leute in die Temeside Street gekarrt haben, nehm ich an, dass Sie sich erinnern, oder?«

»Die drei hab ich seit dem Herbst mindestens ein Dutzend Mal dahin gebracht«, sagte Ruddock. »Wenn jemand behauptet, an dem Abend auch, stimmt das wahrscheinlich.«

»An dem Abend war alles ein bisschen anders«, sagte Lynley. »Ding ist weggelaufen. Und dann waren es immer noch drei, nämlich Finn, Brutus und eine junge Frau, die nicht in dem Haus wohnte, aber auch nicht betrunken nach Hause wollte. Und das ist die junge Frau, die vergewaltigt wurde. Sie hat Ding davon erzählt, aber sonst niemandem. Zumindest anfangs nicht. Bitte setzen Sie sich, Mr Ruddock.«

»Der Kaffee …?«

»Ich verzichte. Barbara?«

»Ich auch.« Sie klopfte mit dem Bleistift auf ihr Notizheft, dann blätterte sie zu einer leeren Seite.

Ruddock vermied jedes Risiko und goss sich keinen Kaffee ein. Zitterten seine Hände? Schwer zu sagen. »Dann verzichte ich auch«, sagte er und setzte sich auf den Schreibtischstuhl, der ein bisschen zur Seite rollte. Ruddock stellte die Füße fest auf den Boden.

»Genau deswegen musste es der Plastikstuhl sein«, sagte Havers zu Lynley und zeigte auf seine Füße. »Aber das haben wir ja schon festgestellt, oder?«

»Stimmt«, sagte er.

Ruddock schwieg. Er klopfte mit dem Fuß auf den Boden, aber als es Havers bemerkte, hörte er auf. »Ich muss gleich meine Runde machen, wenn Sie mir also sagen würden, wie ich Ihnen helfen kann?«

Ganz schön kühn, dachte Lynley anerkennend. »Die junge Frau, die an jenem Abend vergewaltigt wurde, hat sich später auch Ian Druitt anvertraut. Sie hat sich mehrmals mit dem Diakon getroffen…«

»Und zwar genau sieben Mal«, warf Havers ein.

»… und er konnte ihr nur mit Mühe die Geschichte entlocken, da sie ursprünglich aus einem ganz anderen Grund den Kontakt zu ihm gesucht hatte. Aufgrund des Vorfalls wollte sie nämlich das College abbrechen. Ihre Eltern hatten sie überredet, das nicht zu tun, aber ihre Leistungen wurden immer schlechter, und sie hat sich schließlich an Mr Druitt gewandt.«

Ruddock nickte. »Das ist verständlich. Er war ein guter Zuhörer, soweit ich weiß.«

»Hmm. Ja.« Lynley nahm den Beweismittelbeutel vom Tisch und legte ihn auf den Boden.

»Wir haben uns auch mit der jungen Frau unterhalten, Gary«, sagte Havers. »Gestern. Es ist ihr furchtbar schwergefallen, aber am Ende hat sie ihren Eltern erzählt, was passiert ist, und danach war es nicht mehr ganz so schlimm, es uns zu schildern. Normalerweise würde man nicht damit rechnen, mehrere Monate nachdem sie Ian Druitt von der Vergewaltigung erzählt hat, noch Spuren zu finden. Doch die junge Frau war noch nie in ihrem Leben betrunken gewesen und hat sich schrecklich geschämt, weil sie dachte, sie hätte sich die Schuld für die Vergewaltigung selbst zuzuschreiben. Deswegen wollte sie ein Erinnerungsstück behalten – wobei, wenn Sie mich fragen, war es eher so was wie… wie heißen die Dinger noch, mit denen sich diese Fanatiker selbst blutig schlagen, Sir?«

»Geißel«, sagte Lynley, ohne Ruddock aus den Augen zu lassen. »Neunschwänzige Katze.«

»Genau«, sagte Havers. »Aber so was hatte sie natürlich nicht. Außerdem wär es ja auch aufgefallen, wenn sie plötzlich mit blutigen T-Shirts rumgelaufen wär, oder? Also hat sie die Unterwäsche aufgehoben, die sie an dem Abend angehabt hatte. Sie hat sie in eine Schublade gesteckt und sie – das hat sie uns natürlich nicht gesagt – hin und wieder rausgenommen, um sich daran zu erinnern, was für eine Hure, Nutte, Schlampe, blöde Kuh oder was auch immer sie an dem Abend gewesen ist. Manche Frauen machen so was, wissen Sie? Und die junge Frau wurde anscheinend dazu erzogen, sich selbst zu bestrafen.«

»Schließlich hat sie Druitt ihre Unterwäsche übergeben, der sie testen lassen wollte«, übernahm Lynley. »Später hat er ihr gesagt, man habe ihm erklärt, es seien keine Spuren daran gefunden worden.«

»Und wir gehen davon aus, dass das die Erklärung für die Telefonate von Ihnen und dem Diakon ist«, sagte Havers. »Er war ein netter Kerl, so haben Sie ihn ja selbst beschrieben, und wollte, dass derjenige, der die junge Frau vergewaltigt hat, zur Rechenschaft gezogen wurde. Also hat er Sie angerufen, um zu erfahren, wo er den Schlüpfer und die Strumpfhose zur Untersuchung der Spuren hinschicken konnte. Dann hat er wieder angerufen und wollte wissen, was bei den Tests rausgekommen ist, und anfangs haben Sie ihm gesagt, Sie hätten noch nichts aus der Gerichtsmedizin gehört. Aber der hat nicht aufgehört anzurufen, stimmt's? Irgendwann mussten Sie ihm sagen, Pech gehabt und so weiter. Und weil Sie ein Hüter des Gesetzes sind, Gary – das sind Sie doch, oder? –, hat Druitt natürlich angenommen, Sie würden die Wahrheit sagen, was wiederum bedeutete, dass die junge Frau sich das entweder alles nur ausgedacht hat oder es tatsächlich einer geschafft hat, eine Frau zu vergewaltigen, ohne Spuren zu hinterlassen. Wenn sie also nach Druitt noch irgendjemand anders von der Vergewaltigung erzählte, würde immer nur ihr Wort gegen das Wort des Täters stehen, nicht wahr, da es ja keine Beweise gab. Also, jedenfalls, wenn man Ihnen glaubt.«

»Eine Sache allerdings hat die junge Frau Druitt nicht gesagt, Gary«, ergänzte Lynley. »Nämlich dass außer ihrer Unterwäsche und ihrer Strumpfhose alle anderen Kleidungsstücke, die sie an dem Abend anhatte, von einer Freundin geliehen waren. Und diese Freundin hat die Sachen die ganze Zeit über aufgehoben. Sie hat sie uns gestern ausgehändigt.« Er zeigte auf den Beweismittelbeutel.

»Wir gehen davon aus, dass wir DNA von dem Vergewaltiger daran finden«, sagte Havers. »Was meinen Sie, Gary? Ihre Meinung würde uns wirklich interessieren. Ach ja, wie Druitt zu Tode gekommen ist, haben wir inzwischen übrigens aufgeklärt. Sir?«

Und Lynley erklärte ihm seine Rechte langsam und deutlich. Ruddock zeigte keine Reaktion, außer dass er die Armlehnen seines Stuhls fester umklammerte.

»Ian Druitt kannte die junge Frau, die vergewaltigt worden war«, fuhr Lynley fort. »Er wusste von den Beweismitteln, die sie aufbewahrt hatte. Diese Beweismittel hat er Ihnen übergeben und sich dann darauf verlassen, dass Sie Ihre Pflicht tun würden.«

»Und die hätte darin bestanden«, sagte Havers, »die Übergabe zu protokollieren, die Information weiterzuleiten und die Sachen zur Analyse zu geben, bei der herausgekommen wäre …«

»Ich musste ihn schützen«, fiel Ruddock ihr ins Wort. »Ich hatte die Anweisung, ihn zu schützen. Ich hätte meinen Job verloren, wenn ich das nicht getan hätte.«

»Reden Sie von Finnegan Freeman?«, fragte Lynley.

»Als er nach Ludlow gekommen ist, hat sie mich angewiesen, ein Auge auf ihn zu haben, was sollte ich denn machen? Deputy Chief Constable Freemans Anweisung ignorieren?

Wie stellen Sie sich das vor? Was hätten Sie denn an meiner Stelle getan? Als ich dann erfahren hab ... als Druitt mir erzählt hat, was in dem Haus vorgefallen war ... da hab ich eben getan, was ich konnte.«

»Und was genau war das?«, fragte Lynley.

»Ich hab's ihr gesagt. Alles, was angeblich passiert ist, denn soweit wir das beurteilen konnten, war überhaupt nichts passiert. Das Mädchen hat gelogen, und das hab ich Druitt auch gesagt. Ich hab ihm gesagt, ich kenn diese Jungs. Egal, was das Mädchen behauptet, es stimmt nicht. Die will sich an denen rächen oder irgendwas. Darüber müssen Sie mit ihr reden, hab ich zu ihm gesagt. Das hat er auch gemacht, aber dann kam er auf einmal mit ihrem Schlüpfer und ihrer Strumpfhose an, und ich wusste genau, was das bedeutete.«

»Dass er sterben musste!«

»Nein, das hab ich nicht gedacht! Ich dachte, es würde ausreichen, die Beweismittel loszuwerden, also hab ich sie ihr gegeben und Schluss. Aber ihr hat das nicht gereicht. Sie wollte verhindern, dass jemand erfuhr, was Finn dem betrunkenen Mädchen angetan hatte. Aber Druitt wusste es ja schon. Und da ...«

»... haben Sie ihn getötet«, beendete Lynley den Satz.

»Nein! Ich schwöre bei Gott, dass ich dem Mann kein Haar gekrümmt hab. Ich hab ihn nur in der Kirche abgeholt und hierhergebracht. Dann hab ich in den Pubs angerufen, das hab ich Ihnen ja gesagt, und in der Zwischenzeit hat ihn jemand umgebracht.«

»Sie haben vergessen, die Sakristei zu erwähnen«, sagte Havers.

Ruddock leckte sich die Lippen. Wieder begann er, mit dem rechten Fuß zu klopfen. Wieder hielt er inne. »Was ist mit der Sakristei?«, fragte er.

»Dort hat Ian Druitt seine Gewänder abgelegt, während Sie im Nebenzimmer auf ihn gewartet haben«, sagte Lynley.

»Es ist doch nicht meine Schuld, wenn er die Gelegenheit genutzt hat…«

»*Sie* haben die Gelegenheit genutzt, Gary«, sagte Havers. »Sie wären vielleicht nicht so ein kompletter Vollidiot geworden, wenn Sie ein einziges Mal in Ihrem Leben in die Kirche gegangen wären.«

»Das reicht, Sergeant«, sagte Lynley. Dann wandte er sich wieder an Ruddock. »Sie haben die falsche Stola genommen. Die Farben der Priestergewänder haben eine Bedeutung. Ian Druitt hat sich nicht die Stola, die er während des Gottesdienstes getragen hatte, in die Tasche gestopft. Es war Fastenzeit, da hat er eine violette Stola benutzt. Sie haben die rote genommen.«

Schweigen. Es wäre schön gewesen, wenn Ruddock ausgesehen hätte wie ein Tier in der Falle, aber das geschah nicht. Wahrscheinlich hatte er noch ein paar Trümpfe im Ärmel und hatte vor, sie auszuspielen. Was er unmöglich wissen konnte, war, dass Lynley das Ass in der Hand hatte.

Der Hintereingang der Polizeistation wurde geöffnet, und Lynley machte eine Kopfbewegung, Havers möge mal nachsehen. Sie stand auf und ging hinaus.

»Sie hat mich unter Druck gesetzt«, sagte Ruddock. »Sie hat nicht lockergelassen. Nachdem ich ihr erzählt hatte, was Druitt wusste… Sie hat Beweise verlangt, also hab ich zu Druitt gesagt, ohne Beweise kann ich nichts machen. Dann hat er sich wieder mit dem Mädchen getroffen, die Beweise von ihr bekommen und mir übergeben. Das musste ich ihr natürlich sagen. Sonst wäre Finn verhaftet und verurteilt worden, bloß weil er ein einziges Mal einen dummen Fehler begangen hatte. Das Mädchen würde sich schon wieder einkriegen. Natürlich war es schlimm für sie, keine Frage. Aber sie würde drüber wegkommen, und wenn sie den Mund hielt, würde nie jemand… Ich konnte nicht zulassen, dass der Junge in den Knast wanderte. Er wäre für sein Leben gezeichnet gewesen, das wusste ich, und Clover wusste es auch. Es würde sich rumsprechen, und die würden ihn im Knast fertigmachen. Wie hätte er das überleben sollen? Vor allem, da es gar nicht so weit kommen musste, weil es keine Beweise gab.«

»Verstehe.« Lynley zog die Brauen zusammen. »Nur um sicherzustellen, dass ich das richtig verstanden habe: Die Kleidungsstücke durften nicht ins Labor, weil sich DNA-Spuren daran befanden. Das heißt, entweder sind sie noch in Ihrem Besitz, oder Sie haben sie Deputy Chief Constable Freeman übergeben, um ihr zu zeigen, dass Sie ihre Anweisungen befolgten.«

»Ich hab ihr die Sachen gegeben. Das hab ich ja schon gesagt. Aber Druitt wusste ja davon, und das hat ihr keine Ruhe gelassen. Ich hatte nichts gegen den Mann. Er hat nur getan, was er für seine Pflicht hielt. Aber sie wollte kein Risiko eingehen.«

»Welches Risiko wollte sie nicht eingehen?«

»Dass Druitt oder das Mädchen nicht glaubten, dass es keine Spuren gab. Dass einer von den beiden zur Polizei in Shrewsbury gehen und sagen könnte: ›Das und das ist passiert, und jetzt heißt es, es gäbe keine Spuren, aber wie ist das möglich, wenn ein Mädchen zum Analverkehr gezwungen wurde?‹«

»Ah.« Lynley schwieg einen Moment lang. Er stieß einen tiefen Seufzer aus, ließ sich alles durch den Kopf gehen und wog jede Einzelheit ab. Schließlich sagte er: »Genau das ist das Problem, Gary.«

»Was?«

»Dass Sie von dem Analverkehr wissen.«

»Druitt …«

»Nein. Nicht Druitt und auch sonst niemand. Bis gestern hat die junge Frau keiner Menschenseele davon erzählt. Sie hat sich viel zu sehr geschämt.«

»Irgendeinem muss sie's erzählt haben.«

»Das hat sie aber nicht getan. In ihrer Kultur – oder besser gesagt, in der Kultur ihrer Mutter – wird sehr großer Wert auf Jungfräulichkeit gelegt. Die junge Frau war also noch Jungfrau und ist es ja eigentlich immer noch, aber sie fand den Gedanken unerträglich, jemandem genau zu beschreiben, was ihr widerfahren ist, zum Teil auch aus Angst, nicht mehr als Jungfrau zu gelten.«

»Es war Finn. Ich schwör's Ihnen. Es war Finn.«

»Und genau das haben Sie Mrs Freeman glauben lassen, nicht wahr? Sie musste panische Angst um ihren Sohn haben, damit Sie alles in Ruhe organisieren konnten: die Überwachungskamera draußen verstellen, in der Zentrale anrufen mit einer vagen Anschuldigung, sodass nicht unmittelbar etwas unternommen wurde, den Anruf von hier aus machen, damit es so aussah, als wollte jemand Ihnen etwas anhängen, und schließlich der Anruf bei Sergeant Gunderson, um die Einbrüche zu melden, damit sich die Streifenpolizisten darum kümmern würden, die ansonsten DCC Freemans Befehl ausgeführt und Druitt festgenommen und nach Shrewsbury gebracht hätten.«

»Ich sage Ihnen …«

»Davon bin ich überzeugt. Aber nachdem wir Druitts Handy gefunden und ausgewertet hatten, wurde es brenzlig für Sie, und es blieb Ihnen nichts anderes übrig, als uns zu erzählen, Druitt wäre wegen Finnegan beunruhigt gewesen. Aber Druitt war keineswegs wegen Finn beunruhigt, denn er hatte ja die Wahrheit und die Beweise auf seiner Seite. Die er dann dummerweise an Sie ausgehändigt hat.«

»Ich habe nur Befehle ausgeführt. Von ihr. Von Deputy Chief Constable Freeman.«

»Möglich. Aber ich bezweifle, dass sie Ihnen befohlen hat, eine junge Frau zu vergewaltigen.« Dann rief er in den Korridor: »Sergeant?«

Havers kam herein. Sie war in Begleitung von zwei uniformierten Polizisten.

»Die beiden hier bringen Sie nach Shrewsbury«, sagte sie. »Da wartet eine hübsche kleine Zelle auf Sie.«

ROYAL SHREWSBURY HOSPITAL
NR SHELTON
SHROPSHIRE

Gegen halb zehn traf Clover in Finnegans Zimmer ein. Sie sagte zu Trevor: »Ich übernehme. Fahr nach Hause und sieh zu, dass du ein paar Stunden Schlaf kriegst.«

Ehe Trevor etwas darauf erwidern konnte, sagte Finn: »Mum?«

Sie drehte sich um. »Ich bleibe jetzt hier. Dad fährt nach Hause und ruht sich ein bisschen aus, aber einer von uns beiden wird die ganze Zeit bei dir bleiben, bis derjenige, der das getan hat, verhaftet ist.«

Seit Clover das Zimmer betreten hatte, war Trevor mulmig zumute. Es widerstrebte ihm zu gehen. »Ich glaub, ich bleib lieber noch«, sagte er.

»Nicht nötig«, entgegnete Clover. »Falls jemand mit Finn reden will, muss er sich mit mir auseinandersetzen.«

»Du meinst, die Cops?«, fragte Finn schläfrig.

Clover setzte sich auf den Stuhl, von dem Trevor aufgestanden war, und beugte sich über das Bett. »Die werden eine Aussage von dir haben wollen, Finnegan«, sagte sie. »Oder hast du etwa schon mit der Polizei gesprochen? Über das, was gestern passiert ist? Oder über irgendetwas anderes?«

Finn hatte die ganze Zeit an die Decke gestarrt. Doch jetzt wandte er sich seiner Mutter zu, die zum ersten Mal sah, wie schlimm sein Gesicht zugerichtet war. »Was?«, fragte er.

»Vielleicht wollen die mit dir über einen Vorfall im letzten Winter reden«, sagte sie. »Falls sie dich darauf ansprechen ... Ich bin auf jeden Fall bei dir, wir brauchen uns also keine Sorgen zu machen. Es sei denn, sie haben schon mit dir gesprochen.« Sie drehte sich zu Trevor um. »Er hat doch noch nicht mit der Polizei gesprochen, oder? Ist diese Frau von Scotland Yard gestern Abend hier gewesen?«

»Scotland Yard?«, fragte Finn.

»Deine Mutter fürchtet, dass du noch mal mit der Metropolitan Police sprechen musst«, sagte Trevor.

»Aber du hast doch eben selber gesagt, dass sie eine Aussage von mir haben wollen, oder?«

»Ich rede nicht von dem, was gestern passiert ist, Finn«, sagte Trevor. »Sondern von der anderen Sache. Über die wir beide uns gestern Abend unterhalten haben.«

»Gestern Abend?« Er blinzelte, als würde das Tageslicht ihn blenden.

»Wir haben über die junge Frau gesprochen ... in der Temeside Street ... die Vergewaltigung«, sagt Trevor. Er spürte, dass Clover ihn eindringlich ansah, doch er reagierte nicht.

»Was für eine junge Frau? Ding war gar nicht zu Hause, als dieser Typ auf mich losgegangen ist. Glaub ich jedenfalls ...«

»Du hast ein Problem mit dem Gedächtnis, Finn. Es ist im Moment getrübt, aber die Ärzte sagen, das wird bald wieder.«

»Er kann sich also an nichts erinnern?«, flüsterte Clover, und Trevor hatte das Gefühl, dass ihre Stimme allzu erleichtert klang.

»Die Polizisten von Scotland Yard wollen über eine junge Frau mit dir sprechen, die im vorigen Dezember in eurem Wohnzimmer bewusstlos auf dem Sofa gelegen hat. Deine Mutter möchte das verhindern, weil die Frau offenbar vergewaltigt wurde«, sagte er zu Finn.

Clover richtete sich auf. »Trevor«, sagte sie, »ich will nicht, dass du ...«

Doch er ließ sich nicht beirren. »Deine Mutter möchte nicht, dass du mit irgendjemand über den letzten Dezember sprichst, Finn, weil sie Angst vor dem hat, wohin die Fragen führen könnten. Und deswegen möchte sie anscheinend auch nicht, dass du der Polizei sagst, wer gestern versucht hat, dich umzubringen.«

Clover sprang von ihrem Stuhl auf und ging zur Tür. »Ich möchte kurz mit dir reden, Trevor.«

Aber als sie in den Korridor hinausgehen wollte, fragte Finn: »Aber … wer … wurde denn … vergewaltigt?«

Clover sah Trevor mit wütend funkelnden Augen an. »Das war hinterhältig von dir«, zischte sie.

Trevor sagte zu Finn: »Du musst dich unbedingt erinnern, Finn. An alles, was an dem Abend im letzten Dezember vorgefallen ist.«

»Das ist unmöglich«, fauchte Clover. »Er kann sich nicht erinnern. Der Arzt hat uns doch gesagt, dass er eine Zeit lang Gedächtnisstörungen haben wird.«

»Aber er kann es doch versuchen, oder?«

»Nein! Es kommt darauf an, dass er nichts sagt! Zu niemandem! Ist das klar, Trevor?«

»Dad …? Mum …?«

Wie jung Finn sich anhörte, dachte Trevor, und wie jung er aussah, wie er da in dem Krankenhausbett lag, den Kopf verbunden, die Augen voller Tränen, als kostete es ihn übermenschliche Kräfte, nicht vor seinen Eltern zu weinen.

»Deine Mutter will dich nur mit der Polizei sprechen lassen, Finn, wenn du ihr versichern kannst, dass du diese Frau nicht vergewaltigt hast.«

Clover sog hörbar die Luft ein. »Wie kannst du es wagen?«

Worauf Trevor erwiderte: »Was hattest du denn vor? Du kannst die Polizei nicht ewig von ihm fernhalten. Du kannst dabei sein, wenn er das will, aber du kannst die Fragen der Polizei nicht für ihn beantworten.«

»Die legen ihn rein. Die kennen alle Tricks. Glaubst du etwa, ich wüsste nicht, wie die Kriminalpolizei vorgeht?«

»Wenn er ihnen die Wahrheit sagt…«

»Gott, bist du naiv. Die Wahrheit bedeutet überhaupt nichts. Die Wahrheit hat noch nie etwas bedeutet. Wenn es um die Frage geht, schuldig oder nicht schuldig, ist die Wahrheit immer das erste Opfer. Wenn er auch nur ein einziges falsches Wort sagt…«

»Du glaubst…« Finns Stimme kippte wie früher, als er im Stimmbruch gewesen war. Sie drehten sich beide um. »Du glaubst, ich hätte das getan. Du glaubst, ich…« Er legte sich die Hand über die Augen.

Clovers Handy klingelte. Trevor sagte: »Geh nicht ran.« Sie warf einen Blick aufs Display und antwortete: »Ich muss das annehmen. Es ist mein Chef.«

Dann verließ sie das Zimmer.

COVENTRY
WARWICKSHIRE

Die Entscheidung ihrer Eltern, wo sie ihren Lebensabend verbringen wollten, entbehrte nicht einer gewissen Ironie, dachte Yasmina, hatten sie sie doch auf direktem Weg nach Coventry geschickt, als sie ihnen im dritten Semester gestand, sie habe heimlich einen Engländer geheiratet. Vielleicht hätten sie sich mit der Zeit damit arrangieren können, dass sie mit ihrer Heirat gegen ihre Wünsche gehandelt hatte, aber leider war sie ja schon vor der Hochzeit schwanger gewesen. Damit verstieß Yasmina gegen ihre kulturellen und religiösen Vorschriften in Bezug auf die Keuschheit und Reinheit einer Frau. Allerdings brachte ihre Eltern noch mehr in Rage, dass Yasmina durch ihre frühe Schwangerschaft ihre Zukunft als

Ärztin aufs Spiel setzte. Als älteste von fünf Töchtern hatte sie eine Vorbildfunktion für ihre vier jüngeren Schwestern. Nach der Vorstellung der Eltern sollten die Mädchen zuerst eine Ausbildung machen, anschließend einen Beruf ergreifen und erst dann einen geeigneten und ebenso gut ausgebildeten Mann ehelichen. Danach kamen dann Haus, Kinder, die Annehmlichkeiten des Erfolgs und alle möglichen Leistungen, auf die die Eltern stolz sein konnten.

All das würde Yasmina versagt bleiben, weil sie die sexuellen Vorschriften, die das Leben strukturierten, so eklatant verletzt hatte, und so war sie verstoßen worden. Seitdem hatte Yasmina ihre Familie nur zwei Mal gesehen: ein Mal, als sie ihnen ihr erstes Enkelkind vorstellen wollte, und dann noch ein Mal, als sie ihren Doktortitel als Kinderärztin erworben hatte. Beide Male wurde sie nicht ins Haus gelassen. Jetzt war sie nach Coventry gekommen, um die Geister der Vergangenheit zu begraben.

Nachdem Timothy eingeschlafen war, war sie auf den Dachboden gestiegen und hatte die Kleidungsstücke aus der alten Truhe geholt. Sie hatte sie sorgfältig gebügelt und angezogen und war nach Coventry gefahren.

Unter den Saris, die sie aufgehoben hatte für die wichtigen Familienfeste, an denen teilzunehmen sie gehofft hatte, wie die Hochzeiten ihrer Schwestern oder die Geburten ihrer Kinder, hatte sie einen in gedeckten Farben ausgewählt. Auch wenn sie kein einziges Mal eingeladen worden war, hatte sie nie die Hoffnung aufgegeben, dass ihre Eltern ihr irgendwann vergeben und sie wieder in den Schoß der Familie aufnehmen würden.

Ihr Sari war dunkelgrün, und sie hatte ihn im Nivi-Stil gewickelt. Sie hatte ihn so problemlos angezogen, als hätte sie all die Jahre nichts anderes getragen, mit geschickten Händen hatte sie die Falten in den farblich passenden, eng gebundenen Unterrock gesteckt, die Bluse darüber zurechtgezupft und den mit Goldfäden durchwirkten *Paluv* über die linke Schulter gelegt. Sie trug Sandalen, an ihrem rechten Handgelenk mehrere goldene Armreifen und an ihrem linken Handgelenk ein goldenes Armband und dazu passende schwere goldene Ohrringe mit grünen Turmalinen. Als sie in den Spiegel schaute, erblickte sie das, was ihre Eltern sehen wollten: eine Inderin, die ihre Kultur nicht vergessen hatte.

Jetzt stand sie vor ihrer Tür. Es würde ein warmer Tag werden, und auf der geschützten Veranda ihres Elternhauses spürte sie schon die warme Sonne im Nacken. Sie klingelte. Erst nach dem zweiten Klingeln wurde geöffnet, und ihre Mutter stand vor ihr. Sie trug einen ausgeleierten Trainingsanzug und Laufschuhe mit offenen Schnürsenkeln.

Seit dem letzten Mal war ihr Haar dünner geworden und vollkommen ergraut. Sie blinzelte sie an, und Yasmina dachte, wegen des Sonnenlichts könne ihre Mutter ihr Gesicht nur schwer erkennen. Sie machte einen Schritt vor, sodass sie im Schatten des Giebeldachs der Veranda stand. Sie sprachen gleichzeitig.

»Madhur?«, sagte ihre Mutter.

»Mum«, sagte Yasmina.

Als hätte ihre Mutter nicht gehört, was Yasmina gesagt hatte, fuhr sie fort: »Madhur, wir haben keinen Kuchen im Haus. Wir haben Tee, aber keine Milch, und das Haus ist…«

»Mum, ich bin's, Yasmina.« Wer war Madhur?, fragte sie sich.

»…in keinem präsentablen Zustand. Sind Sie noch einmal gekommen, um über Rajni zu sprechen?«

»Mum, ich bin's, Yasmina! Deine älteste Tochter. Yasmina. Würdest du mich bitte reinlassen?«

»Nein, nein, das geht nicht«, sagte ihre Mutter. »Verzeihen Sie, aber Palash hat gesagt, ich darf nicht… Und Rajni… wussten Sie, dass sie längst verheiratet ist? Sie ist nicht mehr zu haben, aber wir haben keinen Kontakt zu ihr. Palash war gegen die Heirat, da Sie sie nicht arrangiert haben, Madhur, und er war sehr wütend über Ihre Respektlosigkeit.« Und dann plötzlich wechselte sie das Thema: »Rajni, bist du das? Nein. Das kann nicht sein. Das wäre nicht recht. Rajni ist hochschwanger, es sei denn, du hast es verloren. Rajni, hast du das Kind verloren? Hast du vergessen, ihn mitzunehmen, als du das letzte Mal hier warst? Aber du warst gar nicht hier, oder? Bist du Bina?«

Yasmina begriff. Sie sagte: »Ist Palash hier? Mummy, ist Dad hier?« Denn sie konnte sich nicht vorstellen, dass ihr Vater ihre Mutter in dem Zustand allein gelassen hatte.

»Rajni ist erfolgreich«, fuhr ihre Mutter fort. »Sie hat nicht den Weg eingeschlagen, den wir für sie vorgesehen haben, aber ihre Ehe… Ambika sagt, durch die Ehe ist sie reich geworden. Aber Ambika ist nicht so erfolgreich, dabei hatte ich so große Hoffnungen in sie gesetzt. Aber Palash sagt, dass irgendwas in ihrem Kopf nicht stimmt.«

»Was ist mit ihr passiert?«, fragte Yasmina. »Mum, ist Dad zu Hause? Bitte, lass mich rein.«

»Es tut mir furchtbar leid«, sagte ihr Mutter und wollte die Tür zumachen. »Aber Palash hat's mir verboten.«

»Mummy!« Yasmina legte eine Hand an die Tür, damit sie nicht zufiel.

»Madhur, Rajni, es geht nicht! Ambika ist nicht hier. Palash hat gesagt…«

»Mummy, lass mich rein!«

Da ihre Mutter nicht die Kraft besaß, die Tür zuzuhalten, gelangte Yasmina ins Haus, doch kaum war sie drinnen, wünschte sie, sie wäre auf der Veranda geblieben. Überall stapelten sich Zeitungen, halb leere Plastiktüten, Bilder lagen herum, als hätte ein Wirbelsturm sie hereingeweht, ungeöffnete Post, zerfledderte Zeitschriften, unzählige benutzte Teetassen, Teller und Gläser standen herum.

»Nein, das geht nicht, das geht nicht!«, lamentierte ihre

Mutter. »Palash! Madhur will Rajni holen, und Ambika tut sich was an, wenn du nicht kommst! Palash!«

Über ihnen waren schwere Schritte zu hören. Dann kam eine dicke Gestalt in einem Morgenmantel die Treppe heruntergepoltert. Yasminas Vater sagte: »Ja, ja, Vedas. Palash ist hier. Aber Madhur ist tot. Er ist in Indien gestorben, Vedas. Vor langer Zeit. Du hast es nur vergessen. Rajni und Ambika sind fort, meine Liebe. Und wen hast du da reingelassen, ich hab dir doch gesagt …«

Er brach ab, als er Yasmina erkannte. Dann sagte er nur: »Du.«

Yasmina wartete nicht darauf, dass noch eine Reaktion von ihm kam, und erwiderte: »Was ist hier los? Mummy ist … Pflegst du sie alleine, Dad? Seit wann …«

»Raus hier«, sagte er. »Das alles haben wir dir zu verdanken. Sie sind alle fort, sind dir gefolgt, als wären sie Schafe und du der Schäfer.«

»Palash«, sagte Yasminas Mutter. »Wann kommt Ambika? Und Sevti? Warum ist Sevti nicht da? Ist sie nicht für uns zum Markt gegangen?«

»Vedas«, sagte er zu seiner Frau. »Du darfst dich nicht aufregen. Geh in die Küche und warte da auf mich.«

»Sollen wir Madhur keinen Tee anbieten?«

»Ja, natürlich. Füll schon mal den Wasserkessel, Vedas. Nur Wasser in den Kessel, mehr nicht.«

Sie machte ein Gesicht, als konzentrierte sie sich mit aller Macht auf diese Aufgabe. Dann schlurfte sie davon, während sie »Wasser« vor sich hin murmelte. Doch auf dem Weg durchs Wohnzimmer fiel ihr Blick auf einen Stapel Zeitungen, und sie kniete sich auf den Boden und begann, sie nach einem nur ihr selbst einleuchtenden System zu sortieren.

Yasmina wurde zunehmend mulmig zumute. Sie schaute ihren Vater an. »Was kann ich tun?«, fragte sie. »Sag mir, was ich tun kann. Wo sind die anderen?«

Die Nasenflügel ihres Vaters bebten, so als dünstete seine Tochter einen widerlichen Geruch aus. »Lass uns in Ruhe. Du bist tot, und die Geister meiner Töchter kommen mir nicht in dieses Haus!«

Yasmina dämmerte, was das bedeutete. »Soll das heißen, du hast die anderen auch rausgeworfen?«

»Das ist alles deine Schuld«, schnaubte er. »Wenn sie für uns tot sind, dann ist das so, weil du es so wolltest. Du hast einen Pfahl in mein Herz getrieben. Du hast deiner Mutter den Verstand geraubt. Was du hier siehst, ist das Ergebnis. Und jetzt lass uns mit unserer Trauer und unserer Schande allein.« Er packte sie mit beiden Händen und bugsierte sie in Richtung Haustür.

Sie versuchte, sich zu widersetzen. »Aber so muss es doch nicht sein. Warum begreifst du das denn nicht?«

»Raus!«, schrie er und ging wie früher mit erhobener Faust auf sie los. Zweifellos hatte er auch ihre Schwestern so aus dem Haus getrieben.

Sie ging rückwärts durch die Tür und fragte: »Wo sind sie? Was ist mit meinen Schwestern passiert? Wo sind sie, Dad? Sag es mir!«

»Für uns sind sie gestorben!«, brüllte er. »Mach, dass du wegkommst, und lass uns in Frieden! Hier hat sich nichts geändert, und hier wird sich auch nichts ändern!«

ROYAL SHREWSBURY HOSPITAL
NR SHELTON
SHROPSHIRE

Barbara hätte nur zu gern den großen Moment miterlebt, anstatt mit den beiden Uniformierten im Flur zu warten, aber als Lynley ihr erklärt hatte, wie er Ruddock dazu bringen wollte, sich selbst zu belasten, hatte sie sofort begriffen, dass sie so Ian Druitts Tod und Missas Vergewaltigung in einem Aufwasch aufklären konnten. Als er ihren Namen gerufen hatte, war ihr sofort klar gewesen, dass es geklappt hatte.

Der Rest war nur noch Formsache gewesen. Sie hatten Ruddock Handschellen angelegt, so wie er es mit Ian Druitt gemacht hatte, ihn in den Streifenwagen verfrachtet und weggebracht. Barbara und Lynley würden ihn bald auf dem Polizeirevier in Shrewsbury verhören, aber vorher hatten sie mit Clover Freeman noch ein Hühnchen zu rupfen.

Vom Parkplatz der Polizeistation aus rief Lynley Chief Constable Wyatt an. Nachdem er minutenlang gewartet hatte – andere Leute warten zu lassen schien Wyatts Markenzeichen zu sein –, sagte Lynley nur, dass er und Detective Sergeant Havers sich jetzt auf den Weg zum Hauptquartier in West Mercia machen würden, wo sie mit Deputy Chief Constable Freeman über Ian Druitts Tod zu sprechen wünschten. Ob Wyatt dafür sorgen könne, dass seine Stellvertreterin das Gelände nicht verlasse?

Lynley hörte eine Weile zu, während Barbara mit den Füßen scharrte wie ein Pferd mit den Hufen in einer Startmaschine und »Komm schon, komm schon« vor sich hin murmelte. Schließlich beendete Lynley das Gespräch und sagte: »Sie ist heute nicht zum Dienst erschienen.«

»Verflixt und zugenäht! Sie ist abgehauen!«

»Das glaube ich nicht. Sie hat angerufen und Bescheid gesagt, sie würde zu ihrem Sohn ins Krankenhaus fahren. Ihr

Mann hat die Nacht bei ihm verbracht, und sie wollte ihn ablösen.«

»Sie glauben also… was? Dass die da sitzt und auf uns wartet?«

»Ich glaube, dass sie noch nichts von dem ahnt, was passiert ist. Wir sollten uns beeilen.«

Sie fuhren sofort los. Es war nicht sehr weit bis Shrewsbury, aber sie mussten über eine einfache Landstraße fahren, wo sie zwei Mal von einem Lastwagen ausgebremst wurden. Ohne Blaulicht und Sirene kamen sie nicht so schnell vorwärts. Barbaras Nerven waren zum Zerreißen gespannt, und Lynleys Gelassenheit verstärkte ihre Anspannung nur noch.

Bestimmt hatte Clover Freeman die Beweisstücke, die Ruddock ihr ausgehändigt hatte, längst vernichtet. Falls Ruddock sie ihr übergeben hatte, was ja noch zu klären war. Aber wenn die Beweisstücke nicht mehr existierten, stand Aussage gegen Aussage, denn selbst wenn Ruddock sich in den Kleidungsstücken unter Brutus' Bett gewälzt hätte, würden sie nicht nur seine, sondern auch die DNA von allen anderen daran finden. Da Ding sich laut eigener Aussage auf Sex mit Ruddock eingelassen hatte, damit er sie nicht zu ihrer Mutter brachte, haftete seine DNA an den Kleidungsstücken.

Lynley sah die Sache mit den Beweisstücken anders. Eins hätten sie über Clover Freeman gelernt, nämlich dass sie ihren Sohn um jeden Preis zu kontrollieren suchte. Sie hatte Finn von Ruddock regelrecht ausspionieren lassen und ihm den Job in Ian Druitts Kinderhort praktisch aufgezwungen. Je älter Finn wurde, desto schwieriger würde es für Clover Freeman, ihren Sohn an der Kandare zu halten, und da kämen ihr die Beweisstücke für eine Vergewaltigung doch gerade recht.

»Das würde aber bedeuten, dass sie glaubt, er hat es getan«, sagte Barbara.

»Auf jeden Fall hat Ruddock keine Mühe gescheut, sie davon zu überzeugen.«

»Und warum lässt sie die Beweisstücke dann nicht einfach verschwinden?«

»Weil sie ihr Macht über ihren Sohn geben.« Lynley schaltete herunter, gab Gas und überholte einen Traktor und zwei Wagen. Der Healey Elliott war zwar alt, aber er war auf hohe Geschwindigkeit ausgelegt. Barbara sah Lynley aus dem Augenwinkel an, während die Bäume am Straßenrand an ihnen vorbeiflogen. Er wirkte ziemlich zufrieden mit seinem Auto.

»Damit geht sie aber ein verdammt hohes Risiko ein, wenn Sie mich fragen«, sagte sie.

»Stimmt, aber sie sieht die Vorteile. Vermutlich ist sie davon überzeugt, dass alles, was sie tut, zum Besten ihres Sohnes ist. Das muss sie auch sein, um sich selbst in die Augen schauen zu können.«

»Trotzdem komisch«, sagte Barbara nachdenklich. »Ich meine, mal abgesehen von dem, was Ruddock ihr erzählt hat, muss es doch einen Grund geben, warum sie ihrem Sohn zutraut, Missa Lomax vergewaltigt zu haben.«

»Es scheint, als würde Finn alles daransetzen, sie vor den Kopf zu stoßen«, sagte Lynley. »Wahrscheinlich ist er im Grunde seines Herzens ein anständiger Kerl, aber allein sein Äußeres zeugt von einem Aufbegehren, das ihr nicht gefallen kann. Und vermutlich ist das schon seit Jahren so.«

Im Royal Shrewsbury Hospital gingen sie zum Empfangstresen und wiesen sich aus. Auf einen Anruf hin erschien ein uniformierter Polizist. Als Lynley dem Mann erklärte, er wünsche nicht Finnegan Freeman, sondern dessen Mutter zu sprechen, erwiderte er: »Im Moment ist nur der Vater bei ihm.«

»Man hat uns gesagt, sie wollte Mr Freeman ablösen«, entgegnete Lynley. »Hat sie das nicht getan?«

»Sie war kurz hier und ist dann wieder gegangen«, antwortete der Polizist. »Ich nehm an, der Vater wollte seinen Jungen nicht allein lassen.«

»Dann müssen wir uns mit Mr Freeman unterhalten«, sagte Lynley. »Es ist dringend.«

Der Polizist überlegte. Er saugte an seinen Zähnen, als wollte er sie von Essensresten befreien.

Lynley fügte hinzu: »Es dauert keine fünf Minuten.«

»Okay. Aber ich darf niemand in das Zimmer lassen.«

»Wir nehmen mit dem Flur vorlieb«, erwiderte Lynley, und Barbara fügte ungehalten hinzu: »Oder mit dem Dach, dem Parkplatz, einem Aufzug oder womit auch immer.«

Der Polizist bedeutete ihnen mit einer Kopfbewegung, dass sie ihm folgen sollten. Der Polizist bat sie zu warten und ging in Finnegan Freemans Zimmer. Kurz darauf kam er in Begleitung von Trevor Freeman wieder heraus.

Freeman wirkte, als wäre sein Leben völlig aus den Fugen geraten. »Sie können jetzt nicht mit ihm reden. Er ist immer nur für kurze Zeit bei Bewusstsein. Sein Erinnerungsvermögen ist beeinträchtigt, und wenn Sie …«

»Wir müssen mit Ihrer Frau sprechen, nicht mit Ihrem Sohn«, unterbrach ihn Lynley. »Ich hoffe, er ist auf dem Weg der Besserung?«

»Er wird sich wieder erholen. Wissen Sie schon, wer das getan hat?«

»Wir haben eine vorläufige Identifizierung einer Person, die sich zum Tatzeitpunkt im Haus aufgehalten hat. Der Schürhaken, der benutzt wurde, wird derzeit auf Fingerabdrücke untersucht. Mr Freeman, man hat uns gesagt, dass Ihre Frau kurz hier war und wieder gegangen ist. Können Sie uns sagen, wo sie hinwollte?«

»Sie hat einen Anruf erhalten«, sagte Freeman. »Sie hat gesagt, es sei ihr Chef, und hat den Anruf auf dem Flur entgegengenommen. Wahrscheinlich hat Wyatt sie gebeten, nach Hindlip zu kommen.«

»Wieso denken Sie das?«, fragte Barbara.

»Weil sie nicht ins Zimmer zurückgekehrt ist.« Misstrauisch

schaute Freeman Barbara und Lynley an. »Worum geht es eigentlich? Ich bin übrigens über alles im Bilde, wir können also Klartext reden. Mein Sohn hat niemanden vergewaltigt. Er wusste nicht mal, dass damals in der Nacht eine junge Frau im Wohnzimmer ihren Rausch ausgeschlafen hat. Jemand muss ins Haus eingedrungen sein und …«

»Das wissen wir«, fiel Lynley ihm ins Wort. »Wir haben denjenigen bereits festgenommen.«

»Wen?«

»Das kann ich Ihnen im Moment nicht sagen. Der Täter muss verhört und das Opfer sowie die Familie des Opfers müssen informiert werden. Aber zuerst wollen wir mit Ihrer Frau sprechen.«

»Soll ich sie auf dem Handy anrufen? Oder im Büro?«

Lynley überlegte und verneinte. Sie durften Clover Freeman keine Angst einjagen, das war Barbara klar. Vermutlich glaubte er nicht, dass sie nach Hindlip beordert worden war, aber davon wollte er sich sicher überzeugen, ohne sie jedoch vorzuwarnen.

Er bedankte sich bei Trevor Freeman und sagte, hoffentlich werde Finn sich bald erholen. Er versprach, sich wieder zu melden.

Barbara folgte ihm zum Aufzug. Was sie gerade erfahren hatten, gefiel ihr ganz und gar nicht. Sie wunderte sich nicht, als Lynley auf dem Revier in Shrewsbury anrief und sich mit dem Diensthabenden verbinden ließ. Denn mit Blaulicht und Sirene war der Streifenwagen mit Ruddock auf dem Rücksitz garantiert viel eher in Shrewsbury angekommen, als wenn sie mit dem Healey Elliott hingefahren wären. Und Ruddock hatte bei seiner Ankunft mit Sicherheit verlangt, den einen Anruf tätigen zu dürfen, der ihm zustand. Zweifellos hatte er Clover Freeman angerufen, die sich zufällig nur wenige Minuten vom Polizeirevier entfernt im Krankenhaus aufgehalten hatte.

»Sie will die Beweisstücke verschwinden lassen«, sagte Barbara, während Lynley darauf wartete, dass man ihn durchstellte. »Garantiert.«

»Das wäre eine Möglichkeit«, sagte Lynley.

»Und die andere?«

In dem Moment meldete sich jemand am anderen Ende. Lynley fragte den Diensthabenden, ob Gary Ruddock bereits angekommen sei. Ja? Ob er in Untersuchungshaft genommen worden sei. Ja? Hatte er verlangt, einen Anruf tätigen zu dürfen? Hatte er. Lynley lauschte. Dann fragte er, ob jemand Ruddock besucht habe. Ach ja? Wieder hörte er zu. Barbara hätte ihm am liebsten das Handy aus der Hand gerissen und geschrien, er solle es auf Lautsprecher stellen, doch sie musste sich gedulden. Lynley bedankte sich und legte auf.

»Sie war da.«

»Und die haben sie tatsächlich zu ihm gelassen?«

»Es wäre ziemlich ungewöhnlich, wenn ein diensthabender Polizist seiner Vorgesetzten den Zugang zu einem gerade Inhaftierten verweigern würde.«

»Dann hat er sie also angerufen.«

»Der Sergeant konnte das Telefonat nicht wörtlich wiedergeben, aber er meinte, dass Ruddock gesagt hat, er sei verhaftet worden und sie müssten reden. Der Sergeant dachte, er hätte seinen Anwalt angerufen. Aber wir können davon ausgehen, dass er mit Clover Freeman gesprochen und ihr alles erzählt hat. Mit einigen ganz bestimmten Auslassungen.«

»Er hat ihr doch wohl nicht gesteckt, dass er Missa Lomax vergewaltigt hat, oder?«

»Vermutlich hat er sie in dem Glauben gelassen, dass Finn es getan hat. Falls er ihr gesagt hat, dass wir Finn auf den Fersen sind, wird sie die Beweismittel sicherlich vernichten. Sie mag die Sachen aufbewahrt haben, um den Jungen unter Druck zu setzen, aber wenn sie annimmt, dass wir ihn der

Vergewaltigung verdächtigen, lässt sie die Kleidungsstücke bestimmt so schnell wie möglich verschwinden.«

»Aber sie kann nicht riskieren, das Zeug bei sich in der Nähe zu entsorgen«, sagte Barbara, »weil sie genau weiß, dass wir jede Mülltonne und jeden Container in der ganzen Stadt durchsuchen werden, wenn's sein muss.«

»Deshalb wird sie auch nichts riskieren und die Sachen auf der Arbeit entsorgen«, fügte Lynley hinzu. »Was schließen wir daraus?«

Barbara überlegte. Sie wussten nur sehr wenig über Clover Freeman. Falls sie Dings Klamotten die ganze Zeit in ihrem Auto spazieren gefahren hatte, konnte sie sie jetzt sonst wo wegschmeißen. Sie konnte sie auf der Landstraße aus dem Fenster werfen, sie auf einem Grill verbrennen, sie konnte sie in einen Müllcontainer hinter einem Supermarkt schmeißen, damit nach Timbuktu fliegen…

»Der Sportflughafen, Sir«, sagte Barbara. »Sie gehört zum selben Segelfliegerklub wie Rabiah Lomax und Nancy Scannell. Erinnern Sie sich an das Foto? Mit einem Segelflugzeug kann sie es leicht zum Stausee schaffen. Oder zu irgendeinem Hochmoor. Weiß der Kuckuck, wohin. Vielleicht wirft sie die Sachen aus dem Flugzeug, und dann finden wir sie nie.«

»Wo liegt der Sportflughafen?«, fragte Lynley.

»Im Hochmoor oberhalb von Church Stretton, am Arsch der Welt. Ardery und ich haben dort mit Nancy Scannell gesprochen.«

»Würden Sie wieder hinfinden?«

»Ich kann's versuchen…«

»Wissen Sie, wie der Flughafen heißt?«

Barbara durchforstete ihr Gedächtnis. Es hatte irgendwas mit Midlands zu tun, so viel wusste sie noch. Dann fiel es ihr ein. »West Midlands Gliding Club«, sagte sie.

»Rufen Sie dort an. Sagen Sie, jemand soll sie aufhalten, falls sie das Segelflugzeug…«

Barbara schnippte freudig mit den Fingern, als ihr noch etwas einfiel. »Der Flieger der Pilotengemeinschaft ist kaputt«, sagte sie mit einem schadenfrohen Grinsen. »Darum ging es bei Rabiah Lomax, als wir mit ihr sprechen wollten, erinnern Sie sich? Die hatten eine Versammlung, und da wurde über einen kaputten Flieger diskutiert. Aber vielleicht weiß Clover Freeman ja nicht, dass der Vogel flügellahm ist.«

»Auf dem Flugplatz gibt es wahrscheinlich auch Segelflugzeuge, die man mieten kann. Für Leute, die es sich nicht leisten können, sich eins zu kaufen, zum Beispiel. Oder für Leute, die Flugstunden nehmen wollen. Oder für Leute, die sich von einem erfahrenen Piloten ein bisschen umherfliegen lassen wollen. Falls dem so ist, müssen wir Clover Freeman daran hindern, dass sie sich ein solches Segelflugzeug mietet, Barbara. Also rufen Sie an. Und dann weisen Sie mir den Weg zu dem Flugplatz.«

IRONBRIDGE
SHROPSHIRE

Als Yasmina in Ironbridge ankam, entdeckte sie Timothy, der nicht nur wach war, sondern von Wharfage her gerade die steile Straße zu ihrem Haus hochging. Sie hielt neben ihm, kurbelte das Fenster herunter und fragte: »Soll ich dich mitnehmen?«

Er schaute sie an, schüttelte den Kopf und bedeutete ihr, sie solle weiterfahren, was sie tat. Ausnahmsweise konnte sie ihr Auto in der Garage abstellen, und als sie herauskam, blieb sie vor der Haustür stehen und wartete auf Timothy. Falls er sich über den Sari wunderte, ließ er es sich nicht anmerken. Er betrat das Haus und ließ die Eingangstür offen stehen.

Er ging in die Küche, während sie die Treppe hochstieg.

Im Schlafzimmer legte sie den Sari und die dazugehörigen Kleidungsstücke ab und faltete alles sorgfältig, um es später wieder in der Truhe auf dem Dachboden zu verstauen. Dann zog sie sich so an wie gewöhnlich.

Als sie in die Küche kam, machte Timothy sich gerade ein Sandwich. Er drehte sich kurz zu ihr um und sagte: »Willst du auch eins? Ich mach dir auch eins, wenn du willst. Mit Käse, Pickles, Zwiebeln und Tomate. Ich wollte zum Markt gehen, aber dann… war's mir irgendwie zu weit.«

Sie nahm das Angebot an, und er belegte schweigend die beiden Sandwiches. Sie hätte ihn gern gefragt, was ihn motiviert hatte aufzustehen, hielt sich jedoch zurück. Sie setzte Teewasser auf und nahm Tee und zwei kleine Kannen aus dem Schrank. Dann füllte sie die beiden Kannen mit heißem Wasser, um sie vorzuwärmen.

Nach einer Weile sagte er: »Es war meine Mutter. Sie hat bei den Nachbarn angerufen.«

»Wie bitte?«

»Zuerst hat sie hier angerufen. Ich weiß nicht… drei, vier Mal. Aber ich bin nicht wach geworden. Als du auch nicht rangegangen bist, hat sie in der Praxis angerufen. Sie ist wohl in Panik geraten… na ja, was man bei ihr Panik nennen kann. Deshalb hat sie bei Reg Douglas angerufen, und er ist rübergekommen, um nachzusehen, ob… na ja. Jedenfalls hat er mich aus dem Bett geworfen und gesagt, ich soll meine Mutter anrufen.«

»Ist was mit Missa?«, fragte Yasmina besorgt.

»Das konnte Reg mir nicht sagen.… Ich konnte nicht rausfinden, wo du warst. Ich hab in der Praxis angerufen. Du bist nicht zur Arbeit gegangen.«

»Timothy, was wollte Rabiah? Warum hat sie bei den Nachbarn angerufen?«

»Jemand von der Polizei war bei ihr und hat gesagt, dass sie jemand verhaftet haben.«

Yasmina wagte es kaum zu fragen, doch sie musste es wissen. »Wen haben sie verhaftet? Und weswegen?«

»Wegen der Sache mit Missa.«

»Ist es einer von diesen Studenten …?«

»Nein, jemand anders. Rabiah meinte, sie hat gefragt, wer es ist, aber der Polizist wollte es ihr nicht sagen. Er sollte ihr nur ausrichten, dass der Mann verhaftet und nach Shrewsbury gebracht wurde. Dass wir uns keine Sorgen machen sollen und er Missa jetzt nichts mehr tun kann.«

Der Wasserkocher schaltete sich ab. Yasmina goss den Tee auf, während Timothy die Sandwiches zuerst halbierte und dann viertelte, sie auf einen großen Teller legte und dann zwei kleinere Teller aus dem Schrank nahm, so als würden er und Yasmina wie üblich ihren Nachmittagstee einnehmen. Sie ließ sich darauf ein und nahm Tassen und Untertassen aus dem Schrank, legte Servietten auf, stellte Milch und Zucker auf den Tisch. Sie setzten sich schweigend an den Tisch. Nach einer Weile berichtete sie ihm, wo sie gewesen war.

»Der Sari«, sagte er.

»Ich dachte, er würde die Sache leichter machen.«

»Sieht so aus, als hätte es nicht funktioniert.« Er schenkte erst ihr, dann sich selbst Tee ein. Er nahm ein Sandwich. Sie tat es ihm nach.

»Ich dachte, ich könnte sie damit ein bisschen erweichen«, sagte sie. »Aber meine Mutter hat es nur verwirrt, und ich glaube, meinem Vater ist es nicht mal aufgefallen. Sie sind alle aus dem Haus. Er hat sie genauso rausgeworfen wie mich.«

»Deine Schwestern?«

»Ja. Alle vier.«

»Aber die waren doch bestimmt nicht schwanger. Deine Eltern haben dich doch verstoßen, da kann ich mir nicht vorstellen, dass deine Schwestern denselben Fehler begangen haben.«

»Das weiß ich nicht«, sagte sie. »Nur dass sie jeden Kontakt abgebrochen haben und meine Eltern jetzt ganz allein sind. Ihr Haus… Es ist, wie man das aus Filmen kennt, Timothy. Die sind totale Messies geworden.«

Eine Weile betrachtete er sein Sandwich. Dann hob er den Kopf, schaute sie an und sagte: »Das tut mir leid. Es muss schlimm für dich sein, Yas. Wo sind denn deine Schwestern jetzt? Was ist aus ihnen geworden?«

»Das weiß ich auch nicht. Ich will es aber unbedingt rausfinden.« Sie konnte nicht weitersprechen, weil ihre Kehle plötzlich so trocken war. Sie legte ihr Sandwich auf ihren Teller und trank einen Schluck Tee. »Du hast mit allem recht gehabt.«

»Das würde ich nicht gerade behaupten.«

»Doch. Was die Mädchen angeht, hast du von Anfang an recht gehabt.« Sie suchte nach Worten, um ihm zu erklären, was es für sie bedeutete, ihre Eltern gesehen zu haben, zu erfahren, wie das Leben für sie und ihre Schwestern weitergegangen war. »Timothy… Sie so zu erleben… Ich hab zum ersten Mal verstanden… Ich weiß gar nicht, wie ich es dir beschreiben soll.«

»Brauchst du nicht. Ich hab immer noch genug Fantasie und kann es mir vorstellen.«

»Was ich sagen will…« Als sie zögerte, schaute er sie an, und sein Gesichtsausdruck änderte sich. Was las sie in seinem Gesicht? Mitgefühl, Hoffnung, Sorge oder lediglich Resignation? »Ich wollte dir sagen«, fuhr sie fort, »dass ich mein restliches Leben darum kämpfen werde, die zu sein, die ich sein möchte.«

»Ich verstehe nicht, was du meinst.«

»Ich will alles tun, was ich kann, um zu einem Menschen zu werden, mit dem ich leben kann und mit dem ihr, du und die Mädchen, leben könnt. Das meine ich. Außerdem wollte ich dir sagen, dass es mir furchtbar leidtut, was ich aus unserer Familie gemacht habe.«

»Es ist nicht alles deine Schuld.«

»Aber ein großer Teil, und ich kann es kaum ertragen, daran zu denken, ganz zu schweigen, es zu akzeptieren.«

Sie wartete, ohne recht zu wissen, worauf. Eigentlich wusste sie gar nicht, ob sie überhaupt auf etwas warten sollte. Denn letztlich konnte sie nur die Verantwortung für ihre eigenen Taten übernehmen, für die Entscheidungen, die sie getroffen hatte, und für die Scheuklappen, die sie getragen hatte. Timothy würde entscheiden müssen, wie viel Verantwortung er bereit war, selbst zu übernehmen.

Er sagte: »Rabiah bringt sie nach Hause. Deswegen hat sie unter anderem angerufen. Um Bescheid zu sagen. Missa hat sie darum gebeten.«

»Sie nach Ironbridge zu bringen?«

»Ja. Hierher. Nach Hause.«

Yasmina dachte darüber nach. »Ich weiß nicht, was ich davon halten soll. Ich glaub, es macht mir Angst. Was hat das zu bedeuten, dass es mir Angst macht, meine eigene Tochter zu sehen?« Als Timothy nicht antwortete, sagte Yasmina: »Sie wird etwas von mir wollen, und ich weiß nicht, ob ich ihr geben kann, was sie braucht.«

»Ich schätze, du musst sie erst mal fragen, ob sie überhaupt etwas von dir will«, sagte er. »Das müssen wir sie beide fragen.«

THE LONG MYND
SHROPSHIRE

Nachdem Havers die Nummer des Segelfliegerclubs in Erfahrung gebracht hatte, rief sie immer wieder dort an. Sie schimpfte über die blöde automatische Ansage und fragte: »Arbeitet denn da keiner? Normalerweise sitzt doch da 'ne

Frau am Empfang. Und ein Verwaltungsbüro haben die auch. Ich hab's gesehen, als ich mit Ardery da war. Und wo ist die Frau jetzt?«

»Rufen Sie einfach weiter an«, sagte Lynley.

Sie kamen gut voran auf ihrer Fahrt nach Long Mynd, aber Clover Freeman hatte einen ziemlich großen Vorsprung. Nach ihrem kurzen Gespräch mit Ruddock musste ihr klargeworden sein, in welcher Gefahr sie sich befand. Sie trug die Schuld am Tod des Diakons, sie hatte Beweismittel zurückgehalten, sie hatte nicht nur die Arbeit der Untersuchungskommission, sondern auch zwei Ermittlungen durch die Metropolitan Police behindert. Sie würde auf unbestimmte Zeit eine Zelle auf Staatskosten bewohnen, wenn es ihr nicht gelang, die Beweismittel loszuwerden, die sich in ihrem Besitz befanden und die, wie sie glaubte, ihren Sohn als Vergewaltiger entlarven würden. Abgesehen von den Telefonaten mit Gary Ruddock vom Handy ihres Ehemannes aus und der Tatsache, dass sie neunzehn Tage bis zur Festnahme des Diakons gewartet hatte, konnten sie der Frau nichts vorwerfen. Aber wenn sie die Kleidungsstücke besaß, die Missa Lomax Ian Druitt übergeben hatte, würde sie vor Gericht in große Erklärungsnot geraten. Und die Kleidungsstücke hatte sie jetzt garantiert bei sich, daran bestand kein Zweifel. Sie wusste, dass es allmählich immer enger wurde für sie. Vermutlich hatte sie die Sachen so versteckt, dass sie jederzeit an sie rankam. Sie waren nicht nur ein entscheidendes Beweismittel in einer Ermittlung, sondern auch ein Druckmittel, mit dem sie ihren Sohn in der Hand hatte.

Sie rasten über die A49, vorbei an Sommerweizenfeldern. Diesmal hatten sie mehr Glück mit dem Verkehr, und schon nach einer Viertelstunde bogen sie auf eine kleine Landstraße ab. Sie fuhren an dem Dorf All Stretton vorbei und näherten sich der Kleinstadt Church Stretton, als Havers ausrief: »Hier, Sir. Hier!«

Lynley hätte die Abbiegung um ein Haar verpasst, so schmal war die Straße, die in den dichten Wald führte. Und sie wurde immer schmaler, und Havers murmelte: »Sorry, Sir.« Offenbar war sie besorgt, dass der Lack des Healey Elliott etwas abbekam, und es beruhigte Lynley nicht, als sie sagte: »Es wird noch schlimmer, Sir.«

Und sie behielt recht. Als sie einen Weiler namens Asterton erreichten, sagte Havers: »Hinter der Telefonzelle rechts.« Hinter der roten Telefonzelle führte ein Weg so steil hügelan, dass Lynley sich fragte, ob er mit seinem Wagen da überhaupt hochkommen würde.

Er schaltete einen Gang herunter. Plötzlich trabte ein dickes Schaf auf den Weg, gefolgt von einem Lamm. Lynley trat fluchend auf die Bremse. »Ich mach das«, sagte Havers. Sie stieg aus und verscheuchte das Schaf mit seinem Lamm.

»Es gibt auch Enten«, sagte Havers, als sie wieder einstieg. Dann rief sie erneut im Segelfliegerclub an. Endlich bekam sie jemanden an die Strippe. Sie stellte sich vor, sagte, sie sei auf dem Weg zum Klub, und fragte nach Clover Freeman.

Sie hörte kurz zu, dann fauchte sie: »Können Sie sie nicht suchen, verdammt noch mal? Was soll das heißen? Nein, haben Sie nicht, denn ich versuch schon seit einer halben Stunde, Sie zu erreichen, und es ist kein Schwein …«

Lynley warf ihr einen Blick zu. Mit vor Wut rot angelaufenem Gesicht lauschte sie den Worten am anderen Ende der Leitung. Schließlich sagte sie: »Hören Sie mir gut zu, Sie Vollpfosten, es geht …«

»Sergeant«, murmelte Lynley.

»… um eine Mordermittlung, und die Frau steht unter Tatverdacht, und Sie behindern die Polizeiarbeit und … Okay. Und zwar ein bisschen plötzlich.« Sie beendete die Verbindung und sagte zu Lynley: »Er hat jemand losgeschickt, der sie suchen soll.«

»Wie groß ist der Flugplatz?«

»Ein paar Wellblechhütten, die jetzt als Hangars dienen, ein paar andere Gebäude, Scheunen und ein verdammter Campingplatz.« Sie stieß einen Fluch aus. »Hier abbiegen, Sir. Wir sind gleich da.«

Lynley war froh darüber, weil der letzte Teil des Wegs nur noch aus tiefen Fahrrinnen bestand. Sie befanden sich jetzt im Hochmoor, einem weiten, baumlosen Gelände. Um diese Jahreszeit wechselte sich der gelbe Ginster mit grünen Farnbüscheln und großen Flächen mit Heidekraut ab, das das Moor im Sommer rot färben würde. Es war offensichtlich, warum Long Mynd sich als Segelflugplatz eignete. Im Westen erstreckte sich eine sanfte Hügellandschaft, die aus Quarzit und aus vulkanischer Erde bestand. An einer Stelle erhob sich ein Felsmassiv, die Stiperstones, aber ansonsten war die Gegend sanft gewellt. Bei klarem Wetter konnte man bis hinüber nach Wales segeln.

»Hier, Sir, rechts!«, schrie Havers im selben Moment, als Lynley das Schild und das Tor zum Flugfeld sah. Noch bevor er richtig zum Stehen kam, sprang Havers aus dem Wagen, machte das Tor auf, stieg wieder ein und wies ihm den Weg zum Hauptgebäude am Rand eines mit Kies bedeckten Parkplatzes.

Havers zeigte auf das Startgelände für die Segelflugzeuge in fast dreihundert Metern Entfernung. Zwei Segler hatten ihre Startposition eingenommen. Einer hielt ein Flugzeug in der Balance, während der andere mit einem Klemmbrett bewaffnet um den Flieger herumging und offenbar eine letzte Überprüfung vor dem Start vornahm.

»Soll ich?«, fragte Havers mit einer Kopfbewegung in Richtung der startbereiten Segelflugzeuge.

»Nur zu«, sagte Lynley. »Ich sehe drinnen nach.« Er stieg aus und ging auf das Hauptgebäude zu, während Havers zum Startgelände lief.

An der Rezeption erfuhr Lynley zu seinem Verdruss, dass

man Clover Freeman nicht auf dem Flugfeld gesichtet hatte. Sie hatte kein Segelflugzeug gemietet, sie war nicht in den Klubräumen aufgetaucht, und nachdem sie über Lautsprecher ausgerufen worden war, hatte weder sie sich gemeldet, noch hatte jemand sie gesehen.

Lynley fluchte leise vor sich hin. Sie waren sich so sicher gewesen. Sie war Segelpilotin und gehörte zu der Pilotengruppe. Und es war der einzige Segelflugplatz in Shropshire, von wo aus die Klubmitglieder…

Klubmitglieder, dachte er. Er erkundigte sich, ob Nancy Scannell auf dem Flugplatz war und ein Segelflugzeug gemietet hatte.

Der braungebrannte Mann am Empfangstresen, dessen Namensschild ihn als Kingsley auswies und der aussah, als hätte er seine Jugendjahre mit Wanderungen in der Sonne von Shropshire verbracht, warf einen Blick auf die Anwesenheitsliste und ging dann die Formblätter durch, die ausgefüllt werden mussten, wenn man ein Segelflugzeug mietete. Er schüttelte den Kopf. Keine Nancy Scannell. Sorry, sagte er. Das einzige Segelflugzeug, das an diesem Tag vermietet worden war, habe jemand namens Lomax gechartert. Er könne den Vornamen nicht richtig entziffern, sagte er. Rachel vielleicht?

»Rabiah Lomax?«, fragte Lynley. Aber noch ehe der Mann antworten konnte, fragte er: »Hat sie schon abgehoben? Können Sie sie noch aufhalten?«

Kingsley antwortete, er könne höchstens den Windenfahrer über Funk erreichen. »Sie suchen also gar nicht diese Clover Freeman?«

»Das *ist* Clover Freeman«, sagte Lynley. »Funken Sie den Windenfahrer an. Sagen Sie ihm, ich bin unterwegs.«

Lynley lief los. In einiger Entfernung sah er Havers auf eins der beiden wartenden Segelflugzeuge zurennen. Das dritte war bereits in der Luft und segelte in Richtung Wales. Das nächste wurde gerade noch einmal überprüft, der Pilot saß schon im Cockpit. Havers rannte, was das Zeug hielt.

Aber das Segelflugzeug war im Moment nicht wichtig. Sie mussten die Winde stoppen. Er rief Havers auf dem Handy an, erkannte jedoch sofort seinen Fehler, als er bemerkte, wie Havers stehen blieb und in ihrer Umhängetasche kramte. Fluchend brach er den Anruf ab. Sie hörte auf zu suchen und schaute in seine Richtung. Durch ihr Zögern vergeudeten sie unnötig Zeit. Er machte ihr ein Zeichen und rief, sie solle weiterlaufen. Falls Clover Freeman zum Abheben bereit war, konnte sie es nur mithilfe der Winde schaffen. Das würde Havers auch wissen. Sie musste es einfach wissen. Sie sollte den Windenfahrer davon abhalten, die Winde zu bedienen. Sie sollte nicht Clover Freeman aufhalten.

Sie missverstand ihn und rannte weiter auf die Segelflugzeuge zu. Jetzt kam es auf Kingsley an der Rezeption an, ob es ihm gelang, den Windenfahrer anzufunken, und zwar den richtigen, da es zwei gab, jeweils einen am Ende der Startbahn. Havers eilte zu dem wartenden Segelflugzeug. Sie schlug mit der Faust auf die Plexiglashaube des Cockpits. Die Haube wurde angehoben. Havers sagte etwas. Als sie zu dem anderen wartenden Segelflugzeug rannte, gab der Windenfahrer an der näher gelegenen Winde dem anderen ein Lichtzeichen. Das Segelflugzeug setzte sich in Bewegung. Havers erreichte es im selben Moment. Eine Hupe kreischte. Havers stürzte zum Cockpit, als wollte sie es aufreißen. Sie bekam den Rand der Haube zu fassen, aber das Flugzeug rollte weiter, und Havers stürzte zu Boden. Der Segler hob ab, nachdem er die nötige Geschwindigkeit erreicht hatte. Den Rest erledigte der Auftrieb. Innerhalb weniger Sekunden ging das Segelflugzeug in den Steilflug. Der Pilot würde das Seil lösen, sobald …

Es löste sich. Aber die Höhe betrug höchstens hundertfünfzig Meter. Es hatte noch zu wenig Auftrieb und noch nicht genügend Höhe. Es stürzte ab.

Überall ertönten Schreie. Leute, die vom Parkplatz aus zugesehen hatten, wie das Segelflugzeug abhob, kamen angerannt. Havers hatte sich wieder aufgerappelt. Sie lief auf das Segelflugzeug zu, und der Windenfahrer sprang von seinem Fahrzeug und schrie: »Sie hat sich zu früh ausgeklinkt! Es war viel zu früh!« Der Pilot des zweiten Seglers kletterte aus dem Cockpit und hatte die Hand vor den Mund geschlagen. Andere, die sich in der Nähe befanden, rannten zu dem abgestürzten Flieger, während eine Sirene ertönte, vermutlich, damit diejenigen im Hauptgebäude auf das Unglück aufmerksam wurden.

»Wer hat den Check gemacht?«, schrie jemand, worauf ein anderer erwiderte: »Ich hab jedes Teil überprüft. Da war alles in Ordnung …«

»Ist sie verletzt?«

»Herrgott, Franklin, was glaubst du wohl?«

»Es muss an der Seilkupplung gelegen haben.«

»Die hab ich überprüft. Ich hab sie verdammt noch mal überprüft! Diese Frau kam angerannt und plötzlich …«

»Schafft sie hier weg!«

»Fass sie nicht an! Sie könnte …«

»Ja, genau, Steve, verdammt!«

»Welche Frau? Wo ist sie?«

»Kapierst du das denn nicht? Sie hat sich selbst ausgeklinkt. Es war alles in Ordnung mit …«

»Warum verdammt noch mal sollte sie das in so niedriger Höhe tun?«

»Vielleicht wusste sie nicht …«

»Wer ist es?«

»War das ihr erster Alleinflug?«

»Hat er den Start nicht gestoppt? Ich hab ihn doch angefunkt! O Gott. Ich hab ihm gesagt … Die Polizei ist hier irgendwo. Da sind sie ja. Sie wollten …«

»Die Polizei?«

Plötzlich verstummten alle und schauten sich nach einem Schuldigen um, der diese Katastrophe verursacht hatte, und da kam die Polizei gerade recht.

»Sie hat das Seil zu früh ausgeklinkt, Sir«, sagte Havers. »Es tut mir furchtbar leid. Ich dachte, ich könnte sie aufhalten. Aber als sie mich gesehen hat…«

»Sie wusste, dass es vorbei war«, sagte Lynley. »Sie wusste, was sie erwartete, Barbara.«

IRONBRIDGE
SHROPSHIRE

Zuerst hatte Rabiah vorgehabt, bei den Goodayles vorbeizufahren und Sati abzuholen. Aber nach reiflicher Überlegung war sie zu dem Schluss gekommen, dass es besser war, damit zu warten, bis Missa und ihre Eltern sich miteinander versöhnt hatten. Und so fuhr sie mit Missa auf direktem Weg nach Ironbridge und versprach ihr, Justin würde ihre Schwester nach Hause fahren, sobald Rabiah ihm Bescheid gab. Er wisse, dass Rabiah sie zu ihren Eltern bringe. Er lasse ihr ausrichten, dass er sich große Sorgen mache und bereits mit Yasmina gesprochen habe. Rabiah solle ihn wegen Sati auf dem Laufenden halten. Außerdem hätten sie sich doch darauf geeinigt, weder sich selbst noch einander noch Missas kleine Schwester jemals zu belügen.

Missa hörte sich das alles an, ohne ihre Großmutter zu unterbrechen. »Danke, Gran«, sagte sie, als Rabiah geendet hatte. »Danke, dass du es ihm nicht gesagt hast.«

»Wie käme ich denn dazu, es ihm zu erzählen?«, entgegnete Rabiah. »Was musst du von mir denken, dass du überhaupt die Möglichkeit in Betracht ziehst?«

»Es ist einfach… Wenn er alles wüsste… Ich meine, ich

kann verstehen, dass du denkst, er würde mich dann nicht mehr heiraten.«

»*Ich* würde das denken? Das ist doch vollkommen absurd.«

»Dann eben Mum.«

»Das ist genauso absurd. Wenn wir vielleicht auch nichts über das Leben im Allgemeinen oder über unsere Familie im Besonderen wissen, so wissen wir doch eins mit Sicherheit, nämlich dass Justin dich liebt, dass er dich immer geliebt hat und immer lieben wird. Und das gilt auch für deine Mutter, Missa, trotz allem, was sie deiner Meinung nach dir und Justin angetan hat. Sie hat nie an seiner Liebe zu dir gezweifelt. Vielleicht hast du selbst Zweifel. Aber wir nicht.«

All das ließ sich Missa während der restlichen Fahrt nach Ironbridge durch den Kopf gehen. Das war schon immer eine ihrer Stärken und zugleich eine ihrer größten Schwächen gewesen: Sie legte Wert auf das, was andere Menschen dachten, selbst wenn es besser für sie wäre, nichts auf die Meinung anderer zu geben.

So wie sie ihre Schwiegertochter kannte, dachte Rabiah, würde Yasmina wahrscheinlich zur Tür herausstürmen, wenn sie eintrafen. Wahrscheinlich hatte sie schon die ganze Zeit am Fenster gestanden. Sie meinte sogar, sie zu sehen, als sie vor dem Haus hielt. Doch Yasmina kam nicht heraus, und als Rabiah klingelte, war es Timothy, der öffnete.

Er nahm Missa in die Arme. Einen Moment lang machte Missa sich stocksteif, doch dann erwiderte sie die Umarmung. Timothy legte ihr den Arm um die Schultern und führte sie ins Haus. »Danke, Mum«, sagte er, und Rabiah folgte den beiden.

Yasmina war im Wohnzimmer. Sie streckte die Hand nach Missa aus, ließ sie jedoch wieder sinken, als fürchtete sie, einen falschen Eindruck zu erwecken.

»Tut mir leid, dass ich euch so viel Ärger gemacht hab«, sagte Missa, was Rabiah kein bisschen wunderte.

Daraufhin traute Yasmina sich, auf ihre Tochter zuzugehen, wenn auch zögerlich. »Es ist nicht deine Schuld«, sagte sie. »Ich möchte, dass du das weißt.«

Missa sagte nichts dazu. Die Worte ihrer Mutter schienen sie zu verwirren. Sie schaute zuerst ihren Vater, dann Rabiah an.

Eine Weile herrschte Schweigen. In die Stille hinein klingelte Rabiahs Handy. Stirnrunzelnd betrachtete sie die unbekannte Nummer. Sie nahm das Gespräch trotzdem an. »Ja?«, sagte sie. Der Polizist von Scotland Yard berichtete ihr von Gary Ruddocks Verhaftung und von Clover Freemans Tod. Obwohl Rabiah viele Fragen hatte, sagte sie nur: »Danke. Ich habe Missa zu ihren Eltern gebracht. Müssen Sie noch einmal mit ihr sprechen?« Er glaube es nicht, erwiderte Lynley, zumindest vorerst nicht. Er werde sich melden.

Alle Blicke waren auf sie gerichtet, als sie das Handy wieder einsteckte. Sie sagte zu Missa: »Die Polizisten von Scotland Yard haben den Hilfspolizisten von Ludlow verhaftet. Er ist derjenige, der dir das angetan hat, Liebes.« Sie schaute Timothy nicht an. Mit dem, was er am Tag zuvor angerichtet hatte, würden sie sich später auseinandersetzen müssen. Aber er ließ den Arm von Missas Schultern sinken, ging zum Sofa, setzte sich und ließ die Arme zwischen den Knien hängen.

»In der Nacht, in der es passiert ist«, sagte Missa, »als ich so betrunken war, da … Da hat er uns nach Hause gefahren. Aber dann ist er gegangen, Gran. Wir dachten … Ich dachte, er wollte Ding suchen. Sie hatte ihn so wütend gemacht. Sie wollte nicht tun, was er von ihr verlangt hat. Und ich dachte, er wäre hinter ihr hergelaufen.«

»Vielleicht hat er das ja auch getan, aber er hat sie anscheinend nicht gefunden. Dann ist er zurückgekommen und ins Haus eingedrungen.«

»Ich hätte nicht dort sein dürfen. Ich hätte nicht betrunken sein dürfen.«

»Mach dich nicht selbst dafür verantwortlich, Missa«, sagte Yasmina.

»Ich hätte es besser wissen müssen, Mum.«

»Du hattest deine Prüfungen bestanden und wolltest feiern, das ist alles.«

Missa ließ den Kopf hängen. Es war, als könnte sie nicht verstehen und noch weniger akzeptieren, was ihre Mutter ihr zu sagen versuchte.

Yasmina machte noch einen Schritt auf ihre Tochter zu. »Missa, würdest du mich bitte anschauen? Wenn es nicht geht, dann eben nicht. Aber bitte, hör mir zu.« Sie wartete nicht auf ein Zeichen von ihr. »Ich möchte dir dein Leben in deine Hände legen. Das ist mir ein ganz tiefes Bedürfnis. Und im Gegenzug wünsche ich mir nur eins: dass du mir eines Tages verzeihst. Noch nicht jetzt. Denn wenn du mir jetzt verzeihen würdest, wäre es nur ein Gefallen, obwohl du tief in deinem Herzen weißt, dass du das nicht nötig hast, und genau das hast du mir ja die ganze Zeit zu sagen versucht. Meine Sünden dir gegenüber, Missa, habe ich aus Liebe begangen, und hoffentlich verstehst du das eines Tages. Aber ich will es nicht kleinreden: Alles, was ich getan und gesagt und worauf ich bestanden habe, war trotzdem eine Sünde.«

»Mum, ich wollte nicht …«

»Du hast getan, was du tun musstest, Missa«, sagte Yasmina.

Sie streckte die Hände aus, und Rabiah bedeutete Missa, sie zu nehmen, damit etwas Neues, nie Dagewesenes zwischen Mutter und Tochter vielleicht entstehen konnte. Aber Missa nahm die Hände nicht. Stattdessen fragte sie: »Kann ich Justie anrufen?«

Yasmina ließ ihre Hände sinken, aber ihr Gesichtsausdruck blieb offen und liebevoll. Sie erwiderte: »Darüber wird er sich freuen. Sag ihm, er soll dich abholen, wenn du das möchtest.«

Aber Missa wirkte immer noch nicht ganz überzeugt. Sie warf ihrem Vater einen Blick zu. Er nickte. Sie schaute Rabiah an, die sagte: »Er wartet bestimmt schon ungeduldig auf deinen Anruf, Missa.«

»Soll ich ihm sagen, er soll Sati nach Hause bringen?«, fragte sie Rabiah.

»Nur wenn Sati das möchte«, antwortete Yasmina.

Missa verließ das Wohnzimmer. Rabiah hörte, wie sie die Treppe hochging und ihre Zimmertür hinter sich schloss. Sie sagte nichts zu ihrem Sohn und seiner Frau. Sie wartete einfach ab und hoffte inständig, dass die Familie den Mut besaß, sich auszusprechen.

Timothy stand vom Sofa auf. »Hat dir einer von denen eine Karte gegeben?«

»Ja, die Frau«, antwortete Rabiah. »Detective Sergeant Havers.«

Er nickte und hielt die Hand auf. »Ich ruf sie an.«

»Als sie mich um ein Foto von dir gebeten haben, konnte ich nichts …«

»Es ist alles gut, Mum«, sagte Timothy. »Es wird Zeit, dass ich mich in den Griff kriege, meinst du nicht auch? Ich werde die Schritte unternehmen, die dazu nötig sind.«

WORCESTER
HEREFORDSHIRE

Nachdem die Polizisten von Scotland Yard gegangen waren, hatte Trevor immer und immer wieder vergeblich versucht, Clover auf ihrem Handy zu erreichen. Auch Gaz Ruddock hatte er anzurufen versucht, mit dem gleichen Ergebnis.

Finn hatte er von alldem nichts erzählt. Er würde bei Finn bleiben, bis er herausgefunden hatte, was vor sich ging. Solange sollte sein Sohn in Sicherheit sein, und zwar auch vor der Polizei. Aber als die Stunden vergingen, fiel es ihm immer schwerer, die Ruhe zu bewahren. Irgendetwas war passiert, sonst hätte Clover sich längst zurückgemeldet. Aber das hatte sie nicht getan, und Trevor bekam Angst. Als sein Handy schließlich am späten Abend klingelte, ergriff er es hastig und lief auf den Flur hinaus. Finn war eingeschlafen, und er wollte ihn nicht wecken.

Der Anrufer war der Detective aus London, der vorher im Krankenhaus gewesen war und nach Clover gefragt hatte. Er wollte wissen, wo Trevor war, und bat ihn um ein Treffen in Worcester. Als Trevor sagte, er sei immer noch bei Finn im Krankenhaus, bestand der Detective darauf, dass das Treffen in Worcester stattfinden müsse, und zwar bei ihm zu Hause. Ob immer noch ein Polizist vor Finnegans Tür auf dem Posten sei, wollte er wissen. Als Trevor das bejahte, antwortete der Detective, dann sei sein Sohn ja in Sicherheit.

»Ich kann meine Frau nicht erreichen«, sagte Trevor.

Deshalb wünsche er ihn zu sprechen, sagte Inspector Lynley. Er selbst befinde sich derzeit mit Sergeant Havers noch im Polizeihauptquartier in Hindlip. Sie hätten gerade mit dem Chief Constable gesprochen. Deputy Chief Constable Freeman sei übrigens nicht im Hauptquartier gewesen, sondern von Shrewsbury aus direkt nach Long Mynd gefahren.

»Wie bitte?«, entfuhr es Trevor. »Soll das heißen, sie war beim Segelfliegen?«

Lynley jedoch wiederholte lediglich, dass er sich mit ihm in Worcester zu einem Gespräch treffen müsse. Wann er frühestens dort sein könne?

Wenn Trevor mehr Informationen haben wollte, blieb ihm also kaum etwas anderes übrig, als Lynleys Wunsch nachzukommen.

Die beiden Polizisten warteten bereits auf ihn, als er eintraf. Sie saßen in einem Auto, das überhaupt nicht zu Polizisten passte. Er hätte eine Bemerkung zu dem Oldtimer gemacht, wenn ihm nicht sofort der Gesichtsausdruck der beiden aufgefallen wäre.

Er wandte sich ab, als könnte er damit das Schicksal abwenden. Er führte sie ins Haus und schaltete erst in der Diele, dann im Wohnzimmer das Licht ein. Er öffnete das Barfach im Schrank, betrachtete den Inhalt und überlegte, womit sich am besten die Wirklichkeit ertränken ließ.

Die beiden Polizisten schwiegen. Als er sich ihnen zuwandte, sahen sie ihn mit einem Ernst an, den er nicht würde verscheuchen können: nicht mit Alkohol, nicht mit Fragen, nicht mit einem Bericht über Finns Zustand. Also fragte er, weil er wusste, was auf ihn zukam, einfach nur: »Wie?«

»Ihr Segelflugzeug ist beim Abheben abgestürzt«, sagte Lynley.

»Hat jemand das Flugzeug manipuliert?«

»Sie hat es zu früh ausgeklinkt«, sagte Havers. »Sie hatte mich gesehen, Mr Freeman.«

»Es tut mir sehr leid«, sagte Lynley.

»War sie …?«

»Sie hat nach dem Absturz noch gelebt, aber nicht lange genug, um noch etwas zu sagen. Würden Sie sich gern hinsetzen?«

»Finn. Ich muss …« Plötzlich packte ihn die Wut. »Deswegen musste ich hierherkommen? Hätten Sie sich nicht die Mühe machen können, nach Shrewsbury zu fahren? Dann hätte ich meinen Sohn nicht allein lassen müssen. War es so verdammt wichtig, dass ich … Wieso? Was wollen Sie mir über meine Frau sagen?«

Sie schienen bereit zu sein, ihm einen Moment Zeit zu lassen, und darüber war er froh. Er brauchte diesen Moment, weil mit einem Mal die Wände vor seinen Augen verschwammen und die Stelle, an der ihre Familienfotos hingen, schwarz wurde. Jemand fasste ihn am Arm. Als sein Blick wieder klar war, merkte er, dass Lynley ihn aufforderte, sich hinzusetzen.

Dann begann der Inspector zu berichten. Trevor blieb nichts anderes übrig, als ihm zuzuhören. Er versuchte, sich einzureden, dass er nichts von alldem geahnt hatte. Aber hatte er im Grunde nicht schon ziemlich früh Bescheid gewusst, sich aber nicht zu fragen getraut?

Sie ersparten ihm nichts. Wenn Lynley eine Pause machte, übernahm die Frau das Wort. Am Ende wusste Trevor, was Gaz im Dezember in Finns Haus dieser jungen Frau angetan hatte, was er Clover in Bezug auf sein Verbrechen weisgemacht hatte, wie der unglückselige Ian Druitt ins Spiel gekommen war, wie Gaz und Clover zuerst die Verhaftung des Diakons eingefädelt und dann seinen Selbstmord vorgetäuscht hatten, und das alles bloß, weil Clover Freeman nicht an die Unschuld von Finn geglaubt hatte. Dabei wusste ihr Sohn nicht einmal etwas von dem Verbrechen, das an dem Abend, an dem er sich mit seinen Freunden zusammen betrunken hatte, bei ihm zu Hause verübt worden war.

Zum Schluss, als wäre das alles noch nicht grauenvoll genug, sagte Lynley: »Wir haben das Segelflugzeug durchsucht und auch den Wagen, mit dem sie zum Flugplatz gefahren ist. Ein Team der Spurensicherung hat sich sämtliche Gebäude auf dem Flugplatz vorgenommen. Chief Constable Wyatt hat uns Zugang zu ihrem Büro verschafft, das wir ebenfalls durchforstet haben. Jetzt würden wir uns gern in Ihrem Haus umsehen. Es ist unsere letzte Hoffnung, doch noch zu finden, was wir suchen.«

Nach zwanzig Jahren Ehe mit Clover wusste Trevor genau, worauf Lynley hinauswollte. »Warum sollte sie denn irgendwelche Beweisstücke hier im Haus aufbewahren? Das ergibt doch überhaupt keinen Sinn, wenn sie Finn für schuldig…« Aber dann fiel es ihm wie Schuppen von den Augen. Wenn Clover Finn für schuldig gehalten hatte, war es durchaus logisch, dass sie Beweismittel, die ihn belasteten, im Haus versteckt hatte.

»Wir würden uns gern umsehen, wenn Sie gestatten«, sagte Lynley.

Sie brauchten mehr als drei Stunden. Trevor hätte es nicht für möglich gehalten, dass eine Durchsuchung seines Hauses so viel Zeit in Anspruch nehmen konnte, aber die beiden waren sehr gründlich. Schließlich fanden sie, was sie suchten, auf dem Dachboden. Clover hatte den Schlüpfer und die Strumpfhose der jungen Frau in dem Beweismittelbeutel gelassen, in den Ruddock die Sachen gestopft hatte, und ihn in einen Pappkarton zwischen Finns Babysachen getan. Dies entbehrte nicht einer gewissen Ironie.

»Wir haben immer gehofft …«, murmelte er tonlos, ließ den Satz jedoch unbeendet in der Luft hängen. »Was nützen Ihnen die Sachen jetzt noch?«, fragte er.

Lynley schien seine Frage zu verstehen. Er sagte: »Die Beweiskette ist natürlich zerstört. Dafür haben Ruddock und Ihre Frau gesorgt. Aber anhand der DNA-Spuren auf den Kleidungsstücken wird der Fall endgültig geklärt werden, vor allem, was Ihren Sohn betrifft.«

Havers fügte hinzu: »Sobald Ruddock weiß, dass wir die Sachen haben – mit seiner DNA und nicht der von Finn –, muss er uns einiges erklären. Vor allem, da es sich bei dem Opfer um eine junge Frau handelt, mit der er vorher noch nie etwas zu tun gehabt hat. Sie hatte noch nie Alkohol getrunken, er hatte sie also auch noch nie nach Hause oder sonst wohin gefahren, sie gehörte nicht zu den Studentinnen, die ihm sexuell zu Willen waren. Das kann er also nicht vorbringen, um seine DNA-Spuren an den Sachen zu erklären, verstehen Sie?«

»Soll das heißen, Ruddock kannte die junge Frau gar nicht, die er vergewaltigt hat?«

»Ja«, sagte Lynley. »Genau das nehmen wir an.«

»Er war stinkwütend auf Ding Donaldson«, erklärte Havers. »Als er noch mal ins Haus zurück ist, hat er eine Frau auf dem Sofa liegen sehen, und in der Dunkelheit hat er sie womöglich für Ding gehalten und wollte sie bestrafen, oder es war ihm schlichtweg egal, wer es war.«

Trevor versuchte, das zu verdauen. Er dachte, er müsste eigentlich etwas empfinden, irgendetwas. Aber er war wie betäubt. Er spürte kaum seinen Körper, ganz zu schweigen irgendein Gefühl.

»Ich weiß gar nicht, wie ich das Finn sagen soll«, brachte er schließlich heraus. »Soll ich ihm etwa erzählen, dass seine Mutter bis zu ihrem Tod versucht hat, ihn unter Kontrolle zu halten? Dass sie ihn bis zu ihrem Tod für einen Vergewaltiger gehalten hat?«

Nach kurzem Nachdenken antwortete Lynley: »Vielleicht sagen Sie ihm, dass sie auch nur ein Mensch war. Sie könnten ihm sagen, dass Ruddock sie belogen hat, und weil sie ihm geglaubt hat, hat das alles andere nach sich gezogen.«

»Warum hat sie Gaz Ruddock geglaubt und nicht ihrem eigenen Sohn?«, fragte Trevor. Eigentlich hatte er die Frage an sich selbst gerichtet, und er gab sich auch selbst die Antwort. »Sie hat es nicht gewagt, ihn direkt zu fragen, nicht wahr? Er war nicht der Sohn, den sie sich gewünscht hatte, und da sie ihn auch nicht wirklich kannte... Deswegen konnte Gaz Ruddock ihr erzählen, was er wollte. Großer Gott.« Trevor versagte die Stimme.

»Kommen Sie allein zurecht, Mr Freeman?«, fragte Havers ihn.

Er riss sich zusammen. »Ich bin nicht allein. Ich fahre zurück ins Krankenhaus. Zu Finn.«

IRONBRIDGE
SHROPSHIRE

Yasmina war froh, dass ihre Schwiegermutter da war. Nachdem Timothy mit den Detectives von Scotland Yard telefoniert hatte und kurz darauf von einem Streifenwagen abgeholt worden war, brach Rabiahs eiserne Selbstdisziplin zusammen. Jahrzehntelang angestauter Kummer entlud sich. Yasmina hatte tausend Fragen, auf die sie keine Antworten hatte.

Sati und Justin trafen erst ein, als Timothy schon weg war, und sie war froh, dass Sati nicht hatte miterleben müssen, wie ihr Vater abgeführt wurde. Aber sie ging zögerlich ins Haus, so als fürchtete sie das Schlimmste, und es brach Yasmina das Herz, als sie bemerkte, wie ihre Tochter sich halb hinter Justin versteckte.

Justin schien unbedingt in Erfahrung bringen zu wollen, was sich im Haus der Familie Lomax abspielte. »Es wird Zeit, dass ihr mir ein paar Dinge erklärt«, sagte er in einem Ton, der keinen Zweifel daran ließ, dass ihm das ganze Theater reichte.

Yasmina konnte es ihm nicht verdenken, doch sie sagte nichts, und Rabiah war im Moment nicht da. Plötzlich sagte Missa: »Ich werde dir alles erklären, Justie. Wollen wir einen Spaziergang machen?«

Und dann war Yasmina mit Sati allein. Sie schauten einander über einen Abgrund hinweg an, den nur eine von ihnen überwinden konnte. »Ich habe dich schlecht behandelt, Sati«, sagte Yasmina. »Aber das kommt nie wieder vor.«

Sati wirkte verloren. Yasmina bemerkte die Verwirrung in ihren schönen Augen, die sich auf der Suche nach einem Fluchtweg unruhig hin und her bewegten, und sie wusste, dass das ihre Schuld war. »Sati«, sagte sie. »Hör mir zu. Ich lege dein Leben in deine Hände.«

Sati saugte ihre Unterlippe ein.

»Ich habe dich geohrfeigt…« Yasmina brach ab. »Nein. Ich habe dich vor lauter Wut mit der Faust geschlagen. Es ging so schnell, und es stimmt, in dem Augenblick wollte ich dir wehtun. Ich dachte, dass du dann verstehen würdest… Ich weiß eigentlich selber nicht, was du verstehen solltest. Dass ich recht habe? Ich hatte vollkommen unrecht, und dafür habe ich keine Entschuldigung. Und ich verspreche dir, dass ich auch nie versuchen werde, eine Entschuldigung vorzubringen. Wenn du ein paar Jahre älter bist und du mich irgendwann daran erinnerst, was ich getan habe… Ich verspreche dir, dass ich es niemals leugnen werde, Sati.«

Auch wenn diese Worte eine Zwölfjährige total überforderten, vor allem eine Zwölfjährige, die in den letzten zwei Jahren so viel mitgemacht hatte, mussten sie ausgesprochen werden, damit sie einen Neuanfang machen konnten.

Yasmina schwieg. Gutherzig, wie sie war, spannte Sati sie nicht lange auf die Folter.

»Mummy!«, rief sie aus und warf sich ihr in die Arme. Yasmina drückte ihre Tochter an sich und sagte: »Danke.«

Als Missa zurückkam, war Yasmina mit Sati und Rabiah oben im Elternschlafzimmer. Die drei lagen nebeneinander auf dem Bett, in dem Timothy vorerst nicht mehr schlafen würde. Sie lagen einfach nur stumm und reglos da, sie waren vollkommen erschöpft.

Missa blieb in der Tür stehen und betrachtete sie. Das Zimmer wurde nur von einer schwachen Lampe auf dem Nachttisch beleuchtet. Sie wirkte verunsichert. »Wir sind alle völlig am Ende unserer Kräfte«, murmelte Yasmina.

»Mummy«, fragte Missa ängstlich, »ist Gran…«

Rabiah rührte sich. Sie hatte den Arm über die Augen gelegt, aber als sie Missas Stimme hörte, nahm sie ihn herunter. »Deine Großmutter«, sagte sie, »hat schon Schlimmeres überlebt.« Einen Augenblick später fügte sie hinzu: »Also gut. Vielleicht nicht Schlimmeres, aber ich lasse mich nicht unterkriegen. Und was ist mit dir?« Sie rückte ein Stück zur Seite und klopfte auf die Stelle neben sich.

Zögernd fasste Missa sich ein Herz und legte sich zu den anderen. Rabiah nahm ihre Hand und drückte sie an die Wange. Dann ergriff sie auch Satis Hand und presste sie an die andere Wange. Und nach einem kurzen unsicheren Blick nahm Sati Yasminas Hand.

Sie lagen einfach nur da und atmeten. Sie waren wie ein Organismus. In diesem Moment waren sie eins und vereinten gemeinsam ihre Kräfte. Später wurden sie vielleicht wieder einzelne starke Individuen.

Nach etwa zehn Minuten ergriff Missa das Wort. »Er will noch warten. Er versteht, was passiert ist, und möchte gern, dass die Dinge so laufen, wie er sich das vorstellt, aber das geht jetzt nicht. Er meint, er muss erst einmal seine Firma aufbauen, und ich muss ... was auch immer.«

»Was hast du ihm gesagt?«, fragte Yasmina.

»Ich hab gesagt, ich würde ...«

»Nein«, fiel Yasmina ihr ins Wort. »Ich meine nicht, was du ihm geantwortet hast. Ich meine, was hast du ihm über letzten Dezember erzählt?«

»Die Wahrheit«, sagte sie.

»Deswegen will er noch warten, nicht wahr?«, sagte Rabiah.

»Nein. Er will noch warten, weil es im Moment für uns beide besser so ist.«

»Und siehst du das auch so?«, fragte Rabiah.

»Ich weiß überhaupt nicht mehr, was ich denken soll, Gran.«

»Na, dann sind wir ja schon zwei«, sagte Rabiah.

»Drei«, sagte Yasmina.

»Vier«, sagte Sati.

26. Mai

VICTORIA
LONDON

Nach Clover Freemans Freitod und Gary Ruddocks Geständnis hatten sie einen ganzen Tag gebraucht, um den Fall zum Abschluss zu bringen, obwohl sie sich die Arbeit geteilt hatten. Havers hatte allen Beteiligten die Informationen gegeben, die sie brauchten, um ihren Seelenfrieden zu finden. Sie suchte den Pfarrer der St. Laurence Church auf und versicherte ihm, dass Ian Druitt vollkommen unschuldig gewesen war, und sie traf sich mit Flora Bevans auf der Terrasse, wo sie gerade Blumenkübel bepflanzte, und teilte ihr mit, dass sie keinen Pädophilen unter ihrem Dach beherbergt hatte. Sie besuchte Brutus Castle und Ding Donaldson in ihrem Haus in der Temeside Street und fuhr nach Much Wenlock und setzte Sergeant Gerry Gunderson darüber in Kenntnis, dass Ruddock der Täter war.

In der Zwischenzeit fuhr Lynley nach Birmingham, um Clive Druitt Ians Habseligkeiten zurückzubringen und ihm zu bestätigen, dass er den Charakter seines Sohnes richtig eingeschätzt hatte. Von dort fuhr er weiter zum Hauptquartier der Polizei in West Mercia, wo er sich mit dem Chief Constable traf. Er gab ihm alles Material zurück, das man ihm und Havers während der Ermittlungen zur Verfügung gestellt hatte.

Chief Constable Wyatt war verständlicherweise erschüttert. Diese politische und professionelle Katastrophe würde noch lange im kollektiven Gedächtnis haften bleiben. Das Mediengewitter hatte gerade erst eingesetzt, und der juristische Alptraum lauerte schon am Horizont, bereit, sich auf Hindlip zu stürzen, sobald sich die dementsprechenden Kräfte zusammengefunden hatten.

Sie hatten nur kurz Kontakt zur Familie Lomax aufgenommen und ein Telefongespräch mit Rabiah geführt. Lynley teilte ihr mit, ihr Sohn Timothy habe bei der Polizei in Shrewsbury, die sich mit dem Vorfall in der Temeside Street befasste, eine Aussage gemacht. Sie hörte ihm freundlich zu, machte niemandem Vorwürfe, am allerwenigsten der Polizei, die ja nur ihre Arbeit mache. Auf seine Frage, wie die Familie mit der Situation zurechtkomme, antwortete sie: »Es ist nicht einfach.«

Am darauffolgenden Morgen hatten sie ihre Sachen gepackt. Lynley sagte der Hotelleitung, Clive Druitt werde den Wagen seines Sohnes abholen, dann kehrten sie zurück nach London.

Lynley fuhr auf direktem Weg in die Victoria Street. Sie waren noch keine fünf Minuten da, als der unvermeidliche Anruf von Judi MacIntosh kam. Sie würden im Zimmer des Assistant Commissioner erwartet.

»Gehen Sie gleich rein«, sagte Judi MacIntosh, als sie im Vorzimmer erschienen. »Keine Sorge. Der Innenminister ist offenbar hochzufrieden.«

Lynley konnte sich das zwar nicht vorstellen, immerhin hatten sie es mit Vertuschung durch die Polizei und Mord zu tun, aber letztendlich wollte Clive Druitt nur den Beweis dafür haben, dass sein Sohn genau der gewesen war, für den sein Vater ihn gehalten hatte: ein ehrenwerter Mann Gottes. Dass dies bewiesen, der Mörder gefasst worden war und vor Gericht gestellt werden würde – mehr wollte er nicht. Was die Medien aus der Geschichte machten, wie New Scotland Yard, das Innenministerium und die Polizei von West Mercia mit ihnen umgehen würden, darauf habe er keinen Einfluss, hatte er seinem Abgeordneten erklärt.

»Der erste Kopf, der rollt, ist Wyatts«, sagte Hillier. »Er hat Freeman zu seiner Stellvertreterin gemacht. Er hätte wissen müssen, wohin das führen würde. Sie beide haben gute Arbeit geleistet. Quentin Walker lässt Ihnen seinen Dank ausrichten.«

Damit war die Audienz beendet. Zumindest für Lynley. Als die beiden aufstanden und zu ihren Arbeitsplätzen zurückkehren wollten, bat Hillier Havers, noch einen Moment zu bleiben.

Sie warf Lynley einen hilfesuchenden Blick zu, aber sein Einfluss hatte eben auch Grenzen.

Als er das Zimmer verließ, hörte er Hillier sagen: »Wir müssen uns noch über etwas anderes unterhalten, Sergeant«, dann schloss er die Tür hinter sich.

Ihm war ein bisschen mulmig zumute, aber es blieb ihm nichts anderes übrig, als in den Victoria Block zurückzugehen und dort der Dinge zu harren, die da kommen mochten.

Als er jedoch Dorothea Harrimans Büro passierte, rief die Sekretärin: »Sie werden gewünscht, Detective Inspector Lynley! Judi-mit-I hat angerufen, weil sie wissen wollte, ob Sie bereits mit Seiner Hoheit gesprochen haben.« Dann fügte sie im Flüsterton hinzu: »Hat er Detective Sergeant Havers wirklich gebeten, nach dem Gespräch noch zu bleiben?«

»Als ich gegangen bin, hat er zu ihr gesagt, sie müssten sich noch über etwas anderes unterhalten«, erwiderte Lynley.

»Das kann nichts Gutes bedeuten«, sagte Dorothea. »Mehr haben Sie nicht gehört?«

»Da ich Ihr Talent nicht besitze, leider nicht«, sagte Lynley. »Soll ich?« Er zeigte auf Isabelle Arderys Tür.

»Ja, ja, ja«, sagte Dorothea. »Nebenbei bemerkt… Sie ist nicht gerade erfreut darüber, dass Sie zuerst mit Hillier gesprochen haben.«

VICTORIA
LONDON

Isabelle hatte eigentlich erwartet, dass irgendeine Art von Befehlskette eingehalten werden würde. Dass Lynley und Havers zuerst ihr Bericht erstatten, sie anschließend Hillier und Hillier schließlich Clive Druitts Abgeordneten informieren würde. Sie hatte nicht damit gerechnet, dass Hillier sich sofort mit Lynley und Havers kurzschließen würde.

Das irritierte sie. Aber dass Barbara nach dem Gespräch noch bei Hillier im Büro blieb, war geradezu empörend.

»Chefin?« Wie immer war Lynley die Höflichkeit in Person.

»Warum hast du Hillier Bericht erstattet, ohne vorher mit mir zu sprechen?«, fuhr sie ihn an und ärgerte sich im selben Moment über ihren Ton. Zu spät.

Lynley antwortete auf seine unerträglich kultivierte Art: »Wir waren noch keine fünf Minuten da, als wir in Hilliers Zimmer zitiert wurden, Chefin.«

»Und wie ich höre, ist Detective Sergeant Havers immer noch dort.«

»Hillier hat sie gebeten, noch zu bleiben.«

»Und wie hat er reagiert?«

»Niemand ist in der Stimmung, die Korken knallen zu lassen. Clive Druitt wird zwar keinen Prozess anstrengen, aber das war's auch schon. Die Stümperei und die Vertuschungsversuche liefern den Medien mehr Futter, als irgendjemandem lieb sein kann.«

»Du spielst wohl auf meine Arbeit an.«

»Das war nicht meine Absicht. Es gibt genug Leute, die sich etwas vorzuwerfen haben. Der Chief Constable Patrick Wyatt wird die Konsequenzen wohl am härtesten zu spüren bekommen. Immerhin hat sich alles in seinem Zuständigkeitsbereich abgespielt, da…«

Isabelle fiel ihm ins Wort: »Er redet mit ihr über meine Trinkgewohnheiten, nicht wahr? Wir wissen doch beide, warum er sie gebeten hat zu bleiben. Er hat mich neulich abends angerufen, als ich in keinem guten Zustand war. Ich dachte, es wäre Bob, sonst wäre ich gar nicht rangegangen.«

Als Lynley nichts dazu sagte und leise die Tür schloss, wusste Isabelle, dass er noch etwas anderes im Sinn hatte. Aber einen neuerlichen Vortrag würde sie sich nicht anhören. Sie würde es nicht ertragen, sich von jemandem – am wenigsten von Thomas Lynley – sagen zu lassen, dass, wenn hier einer mit seinen eigenen Waffen geschlagen worden war, dann sie.

»Dann bin ich also erledigt«, sagte sie. »Du hast mich oft genug gewarnt, Tommy. Bob hat mich auch immer wieder gewarnt. Und ich selbst habe vergeblich versucht, mich zu warnen.«

Lynley, ganz der Gentleman, betrachtete seine Schuhe, um ihr Zeit zu geben, sich wieder zu fassen, was sie furchtbar auf die Palme brachte, denn sie *war* gefasst und vollkommen Herrin der Situation. »Darf ich mich setzen?«

»Wir müssen uns nicht länger unterhalten«, sagte sie. »Ich wollte nur wissen, ob es stimmt, dass Hillier Barbara Havers gebeten hat zu bleiben. Das weiß ich jetzt. Wir wissen beide, was das bedeutet. Mehr ist dazu nicht zu sagen.«

»Isabelle, würdest du mir bitte zuhören? Du hast von Anfang an …«

»Ich weiß. Okay? Du brauchst jetzt nicht den Lord rauszukehren. Ich bin für mein Schicksal selbst verantwortlich, keine Frage. Ich wusste es, als Dee Harriman mit Suppe und Sandwiches bei mir vor der Tür stand. Sie hat gesehen, was Sache war, und hat es bestimmt nicht für sich behalten.«

»Dee Harriman«, entgegnete Lynley, »ist die Loyalität in Person, Isabelle, und sie …«

»Sie handelt genau wie wir alle aus Eigeninteresse.«

»Nein, das stimmt nicht. Sie ist absolut loyal. Und ehrlich gesagt, ist sie ...«

»Ich bitte dich, hör auf, sie zu beschützen.«

»... nicht die Einzige. Wenn du das immer noch nicht verstanden hast ...«

»Hör auf, mir Moralpredigten zu halten, verdammt noch mal!«

»Hör auf, mich zu unterbrechen, verdammt noch mal!«

Sie standen sich direkt und viel zu dicht gegenüber. Isabelle ging hinter ihren Schreibtisch und setzte sich. Ungehalten bedeutete sie ihm, es ihr nachzutun. »Du warst schon immer eine Nervensäge. Ich weiß, dass ich mein Leben, meine Karriere, meine Zukunft und meine Beziehung zu meinen Kindern an die Wand gefahren habe. Glaubst du wirklich, du musst mich mit der Nase darauf stoßen? Ich kann das nicht gebrauchen. Hast du das verstanden?«

»Ja«, sagte er. »Aber das ändert nichts daran, dass ich dir sagen ...«

»Als ich gesagt habe, hör auf, mir Moralpredigten zu halten, habe ich das wirklich so gemeint!«

»Genauso wie ich es ernst gemeint habe, mich bitte nicht zu unterbrechen.«

Er war laut geworden. Es geschah so selten, dass er die Beherrschung verlor, dass es beinahe ein Vergnügen war, ihn zu provozieren. Aber inzwischen zitterten ihre Hände. Sie hatte im Moment andere Sorgen.

Er holte tief Luft, vermutlich, um sich zu beruhigen. »Ich versuche die ganze Zeit, dir zu sagen, dass du Barbara Havers von Anfang an falsch eingeschätzt hast. Das kannst du halten, wie du willst, denn ich habe es aufgegeben, dir klarzumachen, dass Barbara ein wertvolles Mitglied unserer Abteilung ist. Aber eins sollst du wissen, Isabelle ...«

»Nenn mich nicht Isabelle, verdammt noch mal!«

»Isabelle«, wiederholte er etwas lauter. »Wenn Barbara

etwas nicht ist, dann eine Denunziantin. Und was deine Trinkgewohnheiten angeht, das ist ein Problem, das nur du allein lösen kannst. Ich rate dir, Dee und Barbara aus allem herauszuhalten, was du dir zusammenfantasierst.« Er stand auf und ging zur Tür.

»Ich habe dir nicht erlaubt zu gehen«, sagte sie, doch er winkte ab. Er verließ das Zimmer und ließ die Tür weit offen stehen.

Ihre Hände zitterten noch mehr. Sie ballte sie zu Fäusten. Sie biss die Zähne zusammen. Sie brauchte, sie brauchte… Nach diesem Gespräch brauchte sie…

Sie stand von ihrem Stuhl auf, damit sie das, was sie in ihrem Schreibtisch gebunkert hatte, nicht anrührte. Sie trat ans Fenster. Blauer Himmel, der sich bewölkte, Vögel, der Gehweg, die Straße. Sie würde es nicht tun, sagte sie sich, weil sie die Herrin über ihr Leben war, wie sie es immer gewesen war. Aber von jetzt an würde alles anders werden. Sie hatte mit mehr als einem Teil ihres Lebens abgeschlossen. Sie würde es schaffen. Sie konnte es schaffen. Es war alles nur in ihrem Kopf. Es war ihr Gehirn, das ihr vorgaukelte, dass sie es brauchte, um sich zu entspannen, um zu schlafen, um Probleme zu lösen, um ihren Alltag zu meistern. Sie hatte sich immer eingebildet, dass sie es brauchte, obwohl sie es in Wirklichkeit überhaupt nicht brauchte und nie gebraucht hatte.

Aber inzwischen war ein Punkt überschritten. Das sah sie an ihren zitternden Händen, die nicht aufhören würden zu zittern, bis sie Wodka im Blut hatte. Sie zitterte nicht, weil sie sich irgendetwas einbildete, sie zitterte, weil sie inzwischen körperlich abhängig war. Was einmal ein Bedürfnis gewesen war, war mittlerweile eine Notwendigkeit.

Sie hielt es nicht aus.

Es ging nicht anders.

Sie ging zurück zu ihrem Schreibtisch.

VICTORIA STREET
LONDON

Barbara wusste nicht, was sie davon halten sollte, als Hillier das Gespräch eröffnete und ihr ein Kompliment zu ihrer gepflegteren äußeren Erscheinung machte. Ihr hätte es gefallen, wenn er, unter Missachtung der Gefahr, sich der sexuellen Belästigung strafbar zu machen, ihren gertenschlanken Körper bemerkt hätte, was dem stundenlangen Stepptanztraining geschuldet war. Nur leider trug sie im Moment nichts, um ihre Figur zu betonen, wenn so etwas überhaupt möglich war. Stattdessen hatte sie eine weite Hose an, eine Bluse, die bedauerlicherweise ungebügelt war, und flache Schuhe. Allerdings hatte sie sich früher zweifellos schriller gekleidet, und so bedankte sie sich vorsichtig und wartete, ob noch etwas kam.

»Soweit ich informiert bin, hat sich auch Ihr Verhalten im Allgemeinen sehr verbessert«, fuhr Hillier fort.

Barbara bemühte sich, ernst dreinzublicken. Sie hoffte auf das Beste. Sie wünschte, Lynley wäre da. Er war der Einzige, der mit seinen perfekten Umgangsformen eingreifen und ihr zu Hilfe eilen könnte, falls Hillier eine Erklärung für einen Fehltritt verlangte, den sie womöglich begangen hatte.

»Außerdem freut es mich sehr, dass Ihr zweiter Einsatz in Ludlow wesentlich bessere Ergebnisse erzielt hat als der erste«, fuhr Hillier fort. »Was ist Ihrer Meinung nach beim ersten Mal schiefgelaufen?«

Barbara zuckte innerlich zusammen. Nachdem sie kurz über die verschiedenen Möglichkeiten nachgedacht hatte und darüber, ob die jeweilige Antwort sie teuer zu stehen kommen würde, sagte sie: »Die Situation war sehr kompliziert, Sir. Manche Ermittlungsergebnisse haben sich später als das genaue Gegenteil von dem entpuppt, was sie anfangs zu sein schienen.« Hoffentlich gab er sich damit zufrieden.

Das tat er nicht. »Könnten Sie sich vielleicht etwas konkreter ausdrücken? Da Sie ja als Einzige an beiden Ermittlungen mitgewirkt haben …«

»Ach so. Ja. Also, DCS Ardery und ich waren nicht immer einer Meinung, was ja schon mal vorkommt. Und kann sein, dass ich nicht … Oder dass ich …«

Er beobachtete sie wie ein Habicht. »Nun spucken Sie's schon aus, Sergeant Havers.«

»Ich wollte halt alles richtig machen, Sir. Ich meine, ich wollte immer schön in der Spur bleiben, wenn Sie verstehen, was ich meine. Und da bin ich natürlich zurückhaltender als sonst.«

»Und DCS Ardery?«

»Sir?«

»In der Spur? Neben der Spur? Was war mit DCS Ardery?«

Barbara gefiel es überhaupt nicht, wie dünn das Eis unter ihren Füßen wurde. Sie sagte: »Ich bin mir nicht sicher, worauf Sie anspielen, Sir. Soweit ich das beurteilen kann, hält DCS Ardery sich immer streng an die Regeln.«

»Ach, tut sie das?«

»Ja, Sir. Absolut. Kein Zweifel.« Barbara schluckte. Vielleicht waren drei Bestätigungen zwei zu viel?

Hillier ließ sie nicht aus den Augen. Sie erwiderte seinen Blick. »Ich weiß«, erwiderte er, »dass Sie und Detective Chief Inspector Ardery sich nicht besonders grün sind, Sergeant Havers. Und ich möchte nicht, dass das hier eine Rolle spielt.«

»Nein, nein, das tut es nicht, Sir. Ich weiß nicht, was Ihnen zu Ohren gekommen ist, und ich will es auch gar nicht wissen … außer … na ja … das mit der Tonbandaufzeichnung, die der Hilfspolizist mir geschickt hat, nachdem DCS Ardery mir gesagt hatte, die Abschrift würde reichen, und dann die Sache mit meinem Bericht …«

»Darum geht es nicht.«

»Sir?«

Hillier stützte sich mit den Ellbogen auf seinen Schreibtisch und beugte sich vor, was Barbara zutiefst irritierte. Vermutlich lief das Gespräch auf ein Ganz-unter-uns-Ding hinaus, aber natürlich konnte es zwischen ihr und Hillier kein Ganz-unter-uns geben. Er sagte: »Ich werde Ihnen jetzt eine direkte Frage stellen, und ich möchte, dass Sie mir direkt antworten. Ist das klar?«

Himmel, Arsch und Zwirn. Barbara nickte.

»Schön. Ich glaube, dass DCS Ardery in Ludlow exzessiv getrunken hat. Ich glaube, dass sie wiederholt betrunken war. In Anbetracht all dessen, was seit ihrer Rückkehr aus Shropshire passiert ist, möchte ich, dass Sie mir das bestätigen, bevor ich entscheide, was zu tun ist.«

Mit einer derart fantastischen Gelegenheit hatte Barbara weiß Gott nicht gerechnet. Davon würde nicht nur sie selbst, davon würde die ganze Abteilung profitieren. Sie würde sich noch jahrelang in Ruhm sonnen können. Aber…

Sie runzelte die Stirn. Sie nickte. Hoffentlich erweckte sie den Eindruck, als würde sie angestrengt nachdenken. Schließlich sagte sie: »Soweit ich das beurteilen kann, hat DCS Ardery in Shropshire überhaupt keinen Alkohol getrunken, Sir.«

Hillier zog die Brauen zusammen. »Sind Sie sich da ganz sicher?«

Ihr war klar, dass die Frage mehr als nur eine Bedeutung hatte, aber es gab nur eine Antwort darauf. »Ja, Sir«, sagte sie.

VICTORIA STREET
LONDON

Kaum saß Barbara wieder an ihrem Schreibtisch, klingelte ihr Telefon. Sie hatte keine Lust abzunehmen, aber ihr blieb keine andere Wahl. Es war Dorothea Harriman. Und als Barbara Dees Stimme hörte, war ihr klar, dass sie mit ihrem Anruf hätte rechnen müssen. Schließlich war am Abend Stepptanztraining, und Dee wollte sich sicher mit ihr verabreden.

Nachdem sie sich begrüßt hatten, sagte Barbara: »Seien Sie mir nicht böse, aber heute Abend komm ich nicht mit. Ich muss mich ausruhen.«

»Heute Abend?«, sagte Dee. »Ach, Sie meinen wegen Southall. Kein Problem. Ich zeig Ihnen morgen, was wir gemacht haben. Ich komme einfach zu Ihnen. Wenn wir den Küchentisch nach draußen stellen, haben wir Platz genug. Umaymah ist übrigens ausgestiegen. Hat das Stepptanzen vorerst ganz aufgegeben. Sie ist nämlich schwanger. So kann's gehen. Aber ich hab die Choreographie schon entsprechend geändert.«

»Dee …«

»Aber deswegen rufe ich gar nicht an. Sie werden gewünscht.«

»Ich komme grade aus dem Tower Block.«

»DCS Ardery will Sie sprechen.« Dann fügte sie im Flüsterton hinzu: »Am besten Sie kommen sofort. Sie wirkt ziemlich aufgebracht. Und sie hatte grade eins von diesen Gesprächen hinter verschlossenen Türen mit Detective Inspector Lynley, die nie gut ausgehen.«

Also erhob Barbara sich. Seit Ludlow war sie nicht mehr mit Ardery allein gewesen, und sie würde auch jetzt lieber darauf verzichten, aber sie sah keinen Ausweg.

Ardery saß an ihrem Schreibtisch, als Barbara eintrat. Sie bat sie, die Tür zu schließen und Platz zu nehmen. Barbara tat wie ihr geheißen und setzte sich auf den Besucherstuhl vor Arderys riesigem Schreibtisch, der noch ordentlicher war als gewöhnlich. Er wirkte wie frisch poliert. Dann fiel ihr auf, wie reglos Ardery war. Sie saß da, die Hände vor sich auf der Tischplatte verschränkt, das Gesicht ernst.

»DI Lynley sagte mir, dass Sie in Shropshire gute Arbeit geleistet haben«, sagte Ardery. »Alles aufgeklärt, abgeschlossen und mit Schleifchen verpackt an Mr Druitt übergeben.«

Barbara spürte ihre Feindseligkeit und wusste überhaupt nicht, wie sie sich verhalten sollte. »Na ja, nachdem wir das mit der Stola kapiert hatten ... Also das mit der Farbe und so. Ich meine, nachdem Sie den Inspector angerufen und ihm gesagt ...«

»Sparen Sie sich das Gesäusel, Sergeant. Mir ist vollkommen klar, in welchem Maße ich die Ermittlungen behindert habe. Ich habe übrigens auch gehört, dass Sie unter vier Augen mit dem Assistant Commissioner gesprochen haben.«

»Genau«, sagte Barbara hastig. »Stimmt, Chefin. Er hat mich gebeten, noch zu bleiben, weil er ...«

»Stopp!«

Barbara schluckte. Sie begann zu schwitzen.

Ardery öffnete eine Schreibtischschublade und nahm einen Ordner heraus, den sie sofort erkannte: Es war der Ordner, der ihren Versetzungsantrag enthielt.

»Aber Chefin«, sagte sie. »Bitte, kann ich wenigstens ...«

»Ich habe gesagt, stopp«, fauchte Ardery. Sie öffnete den Ordner, nahm die Unterlagen heraus und schob sie über den Schreibtisch.

»Aber ich ... ich hab doch alles ... ich ... Bitte.«

»Nehmen Sie das Zeug«, sagte Ardery.

»Aber ...«

»Nehmen Sie's. Ich habe nicht gesagt, Sie sollen den Antrag unterschreiben, Sergeant Havers. Ich habe gesagt, nehmen Sie das Zeug. Machen Sie damit, was Sie wollen. Verstanden?«

»Was? Soll das heißen …?«

»Nun machen Sie schon.«

Barbara betrachtete die Unterlagen. Dann schaute sie Ardery an. »Ich … Wollen Sie nicht wissen, was Hillier von mir …«

»Nein.«

»Aber wenn ich die Sachen an mich nehme, heißt das, ich kann … ?«

»Sergeant Havers. Ich habe gesagt, nehmen Sie die Unterlagen und machen Sie damit, was Sie wollen.«

Ganz langsam ergriff Barbara die Papiere. Sie hatte das Gefühl, als würde Ardery jeden Augenblick einen Lachkrampf kriegen und sich köstlich über Barbaras Naivität amüsieren. Aber nichts dergleichen passierte. Sie legte die Unterlagen auf ihren Schoß und schwieg. Nichts geschah. Sie stand auf.

»Danke, Chefin«, sagte sie. Als Ardery nickte, ging sie zur Tür. Sie drehte sich noch einmal um und sagte: »Darf ich fragen … Hat der Inspector …«

»Das hat nichts mit Inspector Lynley zu tun«, sagte Ardery. »Das ist eine Sache zwischen Ihnen und mir.«

VICTORIA STREET
LONDON

Als der Anruf des Assistant Commissioner kam, war Isabelle bereit. Sie hatte die notwendigen Vorkehrungen getroffen, und sie hatte mit Bob gesprochen. Ihr Exmann hatte sie beruhigt und ihr seinen Segen gegeben, und sie verließ sich auf sein Wort, da sie nichts Schriftliches in der Hand hatte. Nachdem sie also alles geregelt hatte, war ihr nichts weiter zu tun geblieben, als darauf zu warten, dass Judi MacIntosh anrief, um ihr zu sagen, dass Hillier sie jetzt empfangen würde.

Sie nahm ihre Sachen, es waren herzlich wenige: ein Foto von den Zwillingen, ein Foto von sich mit den Zwillingen, eine Kaffeetasse und zehn Miniflaschen Wodka. Alles passte locker in ihre Aktentasche, in der sich unter anderen Umständen Tätigkeitsberichte der ihr unterstellten Ermittler befunden hätten. Sie hängte sich ihre Handtasche über die Schulter, ging zur Tür und schaute sich ein letztes Mal in dem Zimmer um.

Seltsam, dachte sie. Es war nur ein Zimmer in einem Gebäude. Sie hatte ihm – und ähnlichen Zimmern – im Lauf der Jahre viel zu viel Bedeutung beigemessen. Sie schaltete die Deckenbeleuchtung aus und schloss die Tür hinter sich. Sie war froh, dass es schon spät war und niemand in der Nähe, der sie hätte sehen können. Sie konnte im Moment keine Fragen gebrauchen.

Hilliers Tür stand weit offen. Judi MacIntosh war bereits in den Feierabend gegangen, und Hillier saß an seinem Schreibtisch. Wie ähnlich sich alles war, dachte sie. Hillier saß genauso da wie sie, als sie Havers zu sich zitiert hatte, die Hände auf dem Schreibtisch verschränkt. Mit dem Unterschied, dass er einen Bleistift zwischen den Fingern hielt.

Als sie eintrat, bat er sie, Platz zu nehmen. Sie sagte, sie ziehe es vor, stehen zu bleiben. Er nickte und stand nicht auf.

»Ich wünschte, ich könnte Ihnen sagen, dass Treffen allein ausreichen, Sir«, sagte sie. »Wenn dem so wäre, würde ich jeden Tag hingehen. Zweimal am Tag, wenn nötig. Ich bin noch nie zu so einem Treffen gegangen – auch wenn ich hin und wieder darüber nachgedacht habe –, aber inzwischen ist mir in Anbetracht meines körperlichen Zustands klargeworden, dass ich eine Entzugskur in einer Klinik brauche. Ich habe mir ein Programm ausgesucht. Es dauert voraussichtlich sechs Wochen. Die Klinik kann mich sofort aufnehmen.«

»Wo?«, fragte er.

»Auf der Isle of Whight. Es ist eine Klinik mit angeschlossenem Reha-Zentrum. Zuerst die Entgiftung und dann … na ja, die Reha. Man hat mir gesagt, dass der Entzug eine Woche dauert.«

»Und die Reha?«

»Ein Leben lang. Das heißt, dass man eigentlich nicht geheilt wird. Man lernt nur, damit umzugehen.«

»Womit?«

»Mit der Sucht und mit den Gründen dafür. Auf den einwöchigen Entzug folgen also fünf Wochen mit Treffen, Analysen und was nicht alles. Danach tägliche Treffen. Morgens, nachmittags, abends. Es spielt keine Rolle. Es gibt sie überall in London, und man kann zu so vielen Gruppen gehen, wie man möchte.«

Hillier nickte und rollte seinen Bleistift auf der Schreibtischplatte hin und her.

»Ich würde Ihnen gern versprechen, dass ich das schaffe, Sir«, sagte sie. »Ich würde Ihnen gern versichern, dass ich nie wieder einen Tropfen anrühren werde. Aber die Wahrheit ist, dass ich es nicht weiß.«

»Und das soll mich beruhigen?«

»Nein, ich möchte Ihnen nur sagen, wie es im Moment aussieht.« Sie setzte sich, stellte ihre Aktentasche auf dem Boden ab und die Handtasche auf den Schoß. »Ich habe mir schon oft gesagt, dass ich einfach aufhören könnte. Ich habe es auch schon mehrmals getan. Einen Monat hier, einen Monat dort, nur um mir selbst zu beweisen, dass ich nicht süchtig bin. Aber in Wirklichkeit bin ich schon seit Jahren süchtig.«

Er nickte wieder. Sie hatte kein Lob von ihm erwartet, sie hatte auch keins verdient. Aber sie wollte *irgendetwas* von ihm. Es war wirklich ein Witz, dass sie sich jetzt von Hillier eine Menschlichkeit erhoffte, die sie selbst schon seit Jahren niemandem mehr hatte entgegenbringen können. Eine Menschlichkeit, die Mitgefühl, Vergebung oder irgendetwas zum Ausdruck brachte, das besser war als dieses Schweigen.

»Ich hoffe auf eine Beurlaubung, Sir«, sagte sie. »Wenn ich wüsste, dass mein Job mir sicher ist … Für mich wäre es das sprichwörtliche Licht am Ende des Tunnels. Es würde die Sache nicht leichter machen, es wird auf keinen Fall leicht werden. Aber es wäre … vielleicht … ein Ziel.«

Er stand auf und ging zum Fenster. Der Juni mit seinem berüchtigten unvorhersehbaren Wetter hatte begonnen. Es regnete in Strömen. Regen lief an den Fensterscheiben herunter.

Ohne sich umzudrehen, sagte Hillier: »Ich hätte Ihnen den Posten als DCS nicht gegeben, wenn Lynley bereit gewesen wäre, ihn zu übernehmen. Das wissen Sie, nicht wahr?«

»Ja, Sir.«

»Ich hätte Ihnen den Posten auch nicht gegeben, wenn ich Ihnen die Aufgabe nicht zugetraut hätte.«

Isabelle sagte nichts. Sie war dankbar für seine Worte, aber er hatte noch nicht alles gesagt. Also wartete sie.

Er drehte sich um, musterte sie einen Moment lang, kehrte zurück zu seinem Schreibtisch, setzte sich und verschränkte wieder die Hände.

»Einverstanden«, sagte er. »Besiegen Sie zuerst Ihre Dämonen, dann sehen wir weiter.«

»Danke, Sir.«

»Wann gehen Sie?«

»Jetzt sofort, Sir.«

»Dann gehen Sie mit Gott.«

Sie schenkte ihm ein zögerliches Lächeln, zu mehr reichte es nicht, dann nahm sie ihre Aktentasche und wandte sich zum Gehen.

»Sergeant Havers hat übrigens nichts ausgeplaudert«, sagte er. »Das sollten Sie wissen. Ich habe sie direkt gefragt, aber sie hat sich geweigert, Sie den Wölfen zum Fraß vorzuwerfen.«

»Lynley hat mir versichert, dass sie schweigen würde«, antwortete sie. »Sie ist eine gute Polizistin, Sir. Sie kann einen furchtbar auf die Palme bringen, aber sie ist wirklich sehr gut.«

Hillier seufzte. »Könnte man doch nur als Vorgesetzter nach Gutdünken schalten und walten…«

»Sir?«

»Ich wünschte, sie wäre vollkommen unfähig, aber das wird sie nie sein. Und Lynley ebenso wenig, und der kann einen selbst an seinen besten Tagen genauso auf die Palme bringen wie Havers.«

Diesmal musste sie lächeln. »Ich widerspreche Ihnen nicht, Sir, aber eins muss man den beiden lassen: Sie sind gute Ermittler.«

6. Juli

SOUTHALL
LONDON

»Das wird Barbara dir nie verzeihen, das ist dir hoffentlich klar?«, sagte Daidre, die neben ihm im Healey Elliott saß. »Sie hat klipp und klar gesagt, dass sie niemanden, den sie kennt, im Publikum sehen will.«

»Irgendwann wird Barbara Havers mir dankbar sein. Natürlich wird sie sich erst mal furchtbar aufregen, aber das legt sich wieder.«

»Du bist verrückt«, sagte Daidre.

»Wenn der Wind südlich ist, kann ich einen Kirchturm von einem Leuchtenpfahl unterscheiden«, lautete seine Antwort. »Um mit Hamlet zu sprechen.« Er warf ihr einen kurzen Blick zu. »Ich bin froh, dass du wieder in London bist, Daidre.«

Diesmal war sie gar nicht so lange weg gewesen, aber im Lauf der vergangenen sechs Wochen hatten ihre Fahrten nach Cornwall fast ihre gesamte Freizeit aufgefressen. Sein Angebot, sie zu begleiten, hatte sie jedes Mal abgelehnt. Es gehe um ihre Familie, hatte sie gesagt, nicht um seine, und deswegen sei das auch ihr Problem.

Ihre leibliche Mutter war gestorben, die Wunderkur, auf die sie gehofft hatte, war ausgeblieben. Es war ein langsamer Tod gewesen, der noch qualvoller verlaufen war, nicht nur wegen ihrer Glaubenssätze, sondern auch wegen der Lebensumstände ihres Mannes und ihrer beiden anderen erwachsenen Kinder. Bis zum Ende hatte sie sich geweigert, in ein Krankenhaus oder Hospiz zu gehen. Gott mache sie schon gesund.

Nachdem die arme Frau entschlafen war, wusste Daidre nicht, was sie mit ihrem Vater und ihren beiden Geschwistern machen sollte. Und wieder hatte sie Lynleys Unterstützung abgelehnt. Auf seine Frage: »Was bedeuten wir einander eigentlich?«, antwortete sie: »Das alles hat nichts mit dir und mir oder mit dem zu tun, was uns verbindet. Ich mische mich nicht in deine Familienangelegenheiten ein, Tommy, und ich bitte dich, dich auch nicht in meine einzumischen.«

Aber natürlich sollte sie Teil seiner Familie werden. Er hatte ihr deutlich gemacht, dass sie beide sich in Howenstow blicken lassen sollten, damit er sie seinem Bruder, seiner Schwester, seiner Mutter und seiner Nichte vorstellen konnte. Sie hatte sich jetzt lange genug dagegen gesträubt.

Er hatte angenommen, dass Daidre irgendwann mit ihm zu seinem Familiensitz fahren würde, nachdem sie ihr kleines Haus in Polcare Cove ihren Geschwistern Goron und Gwynder Udy überlassen hatte. (Ihr Vater hatte sich geweigert, den Wohnwagen zu verlassen, in dem er seit Jahrzehnten hauste.) Die Zwillinge wohnten jetzt in dem kleinen Haus in Cornwall, das Daidre während ihrer Zeit als Tierärztin im Zoo von Bristol als Zufluchtsort gedient hatte. Das Haus sei groß genug, hatte sie Lynley erklärt. Die Zwillinge hatten jeweils ein eigenes Zimmer, und das Bad könnten sie sich teilen.

Lynley hatte sie damals gefragt: »Und was ist mit dir? Ich weiß doch, wie sehr du an dem Häuschen hängst.«

Aber sie sagte nur: »Ich kann die beiden besuchen, wann ich will, es gibt ein Schlafsofa.«

»Ein Zufluchtsort wird es aber nicht mehr sein.«

»Vielleicht nicht. Wir werden sehen. Aber ich kann nicht zulassen, dass sie in diesem heruntergekommenen Wohnwagen bleiben. Und es ist die einzige Lösung, die mir einfällt. Sie wollen auf keinen Fall in die Stadt.«

»Bist du dir denn sicher, dass sie aus dem Wohnwagen ausziehen wollen?«

»Sie haben natürlich Angst. Ist doch klar. Sie wohnen in diesen fürchterlichen Verhältnissen, seit sie achtzehn sind, und vorher waren sie bei Pflegefamilien, was noch viel schlimmer war. Sie haben etwas Besseres verdient. Und in dem Häuschen werden sie es besser haben.«

»Es tut mir in der Seele weh …«

»Tommy, dein Leben ist so grundverschieden von meinem, dass du das nie verstehen wirst.«

»Das ist nicht fair.«

»Nein? Stell dir vor, wie es gewesen wäre, wenn man dich deinen Eltern weggenommen hätte. Stell dir vor, du wärst zu einer wunderbaren Familie in einem großartigen Haus in Falmouth gekommen, wo du ein herrliches Leben geführt hättest. Dann findest du irgendwann heraus, dass deine Geschwister in der Hölle gelandet sind. Und jetzt stell dir vor, wie du dich dann fühlen würdest.«

»Verstehe.«

»Wie willst du das verstehen? Du hast es nicht erlebt, also kannst du es dir auch nicht vorstellen. Die beiden haben nie eine Chance im Leben gehabt, und ich möchte, dass das anders wird. Vielleicht sind es Schuldgefühle, was weiß ich, aber ich kann sie einfach nicht für den Rest ihres Lebens in diesem Elend hausen lassen.«

Ihre Worte bedrückten ihn. Aus ihnen sprach Ausweglosigkeit. Diese Auseinandersetzung könnten sie bis in alle Ewigkeit führen. Manchmal musste man ein Thema einfach fallen lassen. Aber er sah sich außerstande dazu.

Schließlich kam er zu dem Schluss, dass es vielleicht auch sein Gutes hatte. Denn obwohl sie während der Renovierungsarbeiten in Daidres neuer Wohnung in London monatelang auf dem Fußboden geschlafen hatten, würde es ihr wohl kaum Spaß machen, in ihrem eigenen Häuschen auf dem Sofa zu schlafen, wenn sie mal für ein paar Tage nach Cornwall fuhr, um aus der Stadt herauszukommen. Und das machte ihm Hoffnung, dass sie endlich bereit sein würde, ihn hin und wieder auf seinen Familiensitz in der Nähe von Lamorna Cove zu begleiten, auch wenn dieser Rückzugsort weitaus größer war als derjenige, den sie gewöhnt war.

Havers würde natürlich sagen: »Darauf würd ich mein Geld nicht verwetten, Inspector«, aber so war Havers nun mal.

Als hätte sie gemerkt, dass er an Barbara gedacht hatte, sagte Daidre: »Es könnte ziemlich schiefgehen, weißt du?«

Er merkte, dass sie das Thema gewechselt hatte, und log: »Stimmt. Das weiß ich.« Aber in Wirklichkeit konnte er sich das nicht vorstellen. Er war sich ganz sicher, dass sein Plan großartig war und Barbara ihm am Ende dankbar sein würde.

»Freut mich zu hören, dass du das so siehst. Aber musstest du denn wirklich allen Bescheid sagen?«

»So wirkt es selbstverständlicher«, antwortete er. »Außerdem brauchen wir unbedingt Winston als visuelle Ablenkung, oder?«

»Aber seine Eltern?«

»Das hätte ich nicht verhindern können, selbst wenn ich es versucht hätte. Winston hat keine Geheimnisse vor seinen Eltern, und Barbara Havers in Stepptanzschuhen zu sehen, verspricht mindestens so unterhaltsam zu werden, wie Barbara Havers dabei zuzusehen, wie sie von Alice Nkata kochen lernt.«

»Und die anderen?«

»Welche anderen? Du meinst Denton?«

»Spiel nicht den Unschuldigen. Ich meine Denton, Simon, Deborah, Philip Hale und seine Frau... Wen hab ich vergessen?«

»Ich glaube, Dorotheas Familie wird auch da sein, aber dafür bin ich nicht verantwortlich.«

»Du bist unmöglich«, sagte Daidre. »Ich wusste gar nicht, dass du so gemein sein kannst.«

Die Vorführung fand an einem Ort ganz in der Nähe der Tanzschule statt. Ein Gemeindezentrum hatte seinen Saal für das Ereignis zur Verfügung gestellt. Havers hatte natürlich kein Wort über die Veranstaltung verlauten lassen. Dorothea dagegen hatte Lynley einen Link zu einer Seite mit allen nötigen Informationen geschickt.

Es würde eine Riesengaudi werden, da war er sich sicher. Er konnte es kaum erwarten, Barbara und Dorothea auf der Bühne steppen zu sehen.

SOUTHALL
LONDON

Barbara war außer sich. Nicht nur war ihr Auftritt schönfärberisch zu Act II heruntergestuft worden, noch dazu waren sie erst als Vorletzte an der Reihe. Das machte ihren Plan zunichte, höchstens eine Stunde hierbleiben zu müssen. Schlimmer noch, sie hatte Winston Nkata im Publikum erspäht, als sie einen Blick durch den Vorhang riskiert hatte. Mit seinen knapp eins fünfundneunzig war er schwer zu übersehen, und seine Eltern, die neben ihm saßen, waren auch nicht viel kleiner.

Dass Winston aufgekreuzt war, war schon schlimm genug. Es war das Allerletzte. Doch dann entdeckte Barbara Simon St. James mit seiner Frau Deborah, zwei alte Freunde von Lynley, und… war das etwa Charlie Denton, der gerade einen Platz am Gang gefunden hatte, direkt neben… das konnte doch nicht Deborahs Vater sein, oder?, halb verdeckt hinter drei Frauen in Burkas. Barbara war hin- und hergerissen zwischen Wut auf Lynley und Neid auf die Frauen in den Burkas. Sie wünschte sich sehnlichst ein Bettlaken, unter dem sie sich verbergen konnte, egal, in welcher Farbe. Alles war besser, als in dem Kostüm aufzutreten, das Dorothea für sie entworfen hatte.

Anfangs hatte Dee an etwas im Stil der Goldenen Zwanziger gedacht und war total enttäuscht gewesen, als sie erfuhr, dass Cole Porters Musik nichts mit den zwanziger Jahren zu tun hatte. »Dreißiger Jahre«, hatte Kaz ihr erklärt. »Art déco und so weiter.«

Also hatte Dorothea sich für Matrosenanzüge entschieden. Barbaras einziger Trost war, dass sie ihre Beine nicht würde zeigen müssen.

Seit ihrer Rückkehr aus Shropshire hatten sie täglich trainiert. Dorothea meinte, es sei alles nur eine Frage des Körpergedächtnisses und dass man die Schritte und Bewegungen so oft wiederholen müsse, bis die Muskeln sie von allein ausführten. »Es ist wie Fahrrad fahren«, sagte sie.

»Auch das werde ich nie vor Publikum machen«, hatte Barbara entgegnet. Und jetzt stand sie hier hinter dem Vorhang. Act I war bereits über die Bühne, die Pause war vorbei und auch der erste Teil von Act II. Gleich war es so weit.

Die nächsten glücklosen Tänzer gingen gerade auf die Bühne, und danach waren Dorothea und Barbara an der Reihe. Sie standen nebeneinander in ihren Matrosenanzügen, mit Matrosenmütze auf dem Kopf und einem Spazierstock in der Hand. Barbara hatte versucht, Dorothea die Spazierstöcke auszureden, sie fand, die passten nicht zu Matrosen. Welcher Matrose ging denn schon mit einem Spazierstock an Bord? Aber Dorothea hatte erwidert, die Stöcke gehörten »zum Gesamtbild, verstehen Sie?«. Barbara hatte es nicht verstanden, aber was sollte sie sich mit Dorothea herumstreiten?

Zumindest, so tröstete sie sich, gehörte sie nicht zu den

acht Tänzern, die gerade auf der Bühne ihre Positionen einnahmen – alle äußerst merkwürdig kostümiert –, um eine große Schüssel darzustellen, die tatsächlich eher wie ein Rettungsschlauchboot aussah, aus dem die Luft entwichen war. Irgendwer, der offensichtlich über mehr Ideenlosigkeit als Talent verfügte, hatte wohl den Einfall gehabt, Früchte zum Leben zu erwecken zu der Melodie von *Hooray for Hollywood.* Barbara hätte sicherlich tiefes Mitleid mit der Ananas gehabt, wenn ihr Gefühlshaushalt Mitleid außer mit sich selbst zugelassen hätte.

Als das Publikum nach der Obstschüsselnummer frenetisch applaudierte, und das, obwohl die Melone und die Banane gegeneinandergekracht und hingefallen waren, geriet Dorothea total aus dem Häuschen. Sie strahlte und klatschte in die Hände und rief aus: »Endlich! Dafür haben wir die ganze Zeit gearbeitet!« Worauf Barbara am liebsten geantwortet hätte, dass sie eigentlich daran gearbeitet hatte, sich einen Knöchel zu brechen, wenn auch ohne Erfolg. »Wir werden die Stars des Abends sein!«, frohlockte Dorothea.

»Haben *Sie* eigentlich Winston eingeladen?«, fragte Barbara.

Dorothea schlug sich auf die Brust. »Was? Sergeant Nkata ist hier? Wieso hätte ich ihn …«

»Damit wenigstens einer applaudiert, vielleicht?«

»Detective Sergeant Havers, wir beide haben es nicht nötig, unsere eigenen Fans mitzubringen. Wir werden eine Sensation sein.«

»Sie haben meine Frage nicht beantwortet.«

»Welche Frage?«

»Ob Sie Winston zu diesem außerirdischen Ereignis eingeladen haben.«

Dorothea bückte sich, um einen Schuh etwas fester zu binden. Als sie sich wieder aufrichtete, sagte sie: »Wahrscheinlich hat er es vom Detective Inspector erfahren.«

»Was!?«

Dorothea schlug die Hand vor den Mund. »Ich konnte doch Detective Inspector Lynley nicht anlügen, als er mich gefragt hat. Vor allem, als er gesagt hat, er bringt eine Überraschung für Sie mit. Oder mögen Sie etwa keine Überraschungen?«

»Tolle Überraschung, Lynley hat nicht nur Winston Nkata mitgebracht, sondern alle Leute, die er kennt. Mein Traum. Sie können von Glück reden, dass ich mir nicht die Schuhe ausziehe und sie Ihnen an den Kopf werfe, Dee.«

»Ich hab's ihm nicht gesagt. Ich hab ihm nur von der Website erzählt, mehr nicht. Ich schwöre es. Ich habe ihm gesagt, wenn er mehr wissen will, muss er sich schon selber informieren.«

»Das hat er dann ja wohl getan«, bemerkte Barbara.

»Nun seien Sie nicht albern«, sagte Dorothea. Dann: »Ah! Unser Stichwort! Wir sind dran!«

Barbara fragte sich, ob es eigentlich so schlimm war, dass ihre Kollegen ihr dabei zusahen, wie sie sich zum Narren machte. Das hatten sie schon so oft erlebt, da machte ein Mal mehr auch nichts mehr aus.

Das Publikum jubelte, als sie und Dorothea im Cincinnati-Schritt zur Musik von Cole Porter auf die Bühne steppten. Dass ihre Kostüme überhaupt nichts mit dem Songtext zu tun hatten, schien niemanden zu stören. Irgendjemand begann zu skandieren »Bar'bra, Bar'bra!«, und auch wenn sie es nicht gerade als frenetischen Applaus verbuchte, so hatten ihre Kollegen zumindest so gut wie keine Ahnung vom Stepptanzen. Wenn sie Fehler machte, würden sie das gar nicht merken. Sie musste nur aufpassen, dass sie nicht hinfiel, und so tun, als gehörte alles, was sie tat, zur Show.

Es lief nicht alles glatt, aber es ging auch nichts wirklich schief. Sie konnte sich an die Reihenfolge der Anfangskombinationen erinnern, nur ein Mal verwechselte sie einen Riffle mit einem Scuffle. Die ganze Zeit zu lächeln, während sie sich vorsagte: »Riff, Jump, Shim Sham, Cramp Roll«, war eine Herausforderung, der sie nur zeitweilig gerecht wurde. Und anstatt die Zuschauer anzustrahlen, so wie Dorothea es tat, begnügte sie sich damit, hin und wieder einen Blick in Richtung Publikum zu werfen.

Doch dann plötzlich war ihre Entschlossenheit wie weggeblasen. Sie geriet aus dem Tritt. Sie verwechselte die Schritte. Denn sie hatte gesehen, wer neben Charlie Denton saß, und es war *nicht* Deborah St. James' Vater.

Sie machte im Cincinnati-Schritt auf direktem Weg ihren Abgang von der Bühne.

SOUTHALL
LONDON

Da es im Gemeindezentrum keine Umkleide gab, hatte sie in ihrem verflixten Matrosenanzug herkommen müssen. Nur die Früchte waren nicht kostümiert erschienen, weil sie ihre paar Utensilien leicht über ihre Straßenkleidung anziehen konnten. Alle anderen konnten unmöglich inkognito entkommen.

Sie musste hier weg. Und zwar so schnell wie möglich. Warum, fragte sie sich erst gar nicht. Sie war nur noch von ihrem Fluchtinstinkt getrieben.

Hinter der Bühne drängelte sie sich an Fred-and-Ginger vorbei und durch eine Schar Kinder in Frack und Zylinder. Hinter sich hörte sie Kaz rufen: »Was ist passiert?«, doch sie beachtete ihn nicht. Sollte er doch denken, sie hätte plötzlich einen verzögerten Anfall von Lampenfieber erlitten, oder sie hätte sich plötzlich entschlossen, sich an Dorothea dafür zu rächen, dass sie sie in diesen Wahnsinn mit hineingezogen hatte. Sollte er denken, sie hätte sich den Fuß verknackst, eine Lebensmittelvergiftung zugezogen oder sich mit der Pest angesteckt. Es war ihr egal. Es war ihr auch egal, dass Dorothea die Nummer jetzt allein zu Ende bringen und so tun musste, als gehörte Barbaras Abgang zur Show. Okay, wenn die Tänzer am Ende der Show noch einmal alle auf die Bühne gingen, sich vor dem Publikum verneigten und Barbara Havers nicht dabei war, sähe das natürlich komisch aus. Aber das spielte jetzt auch keine Rolle mehr. Sie wollte nur noch weg.

Das Schlimmste war … dass sie selbst nicht wusste, warum sie das tat. Das Schlimmste war … dass sie nicht wusste, warum der italienische Polizist namens Salvatore Lo Bianco im Publikum saß. Das konnte nur auf Lynleys Konto gehen, und das Allerschlimmste war … dass sie nicht wusste, warum Lynley sie demütigen wollte.

Sie hörte ihn ihren Namen rufen, als sie auf ihren Mini zurannte. Lynley war nicht dumm. Er mochte nichts über das Stepptanzen wissen, aber er verfügte über eine große Menschenkenntnis. Er hatte ihr Gesicht gesehen, er hatte Dorotheas Gesicht gesehen, und dann hatte er ruck, zuck zwei und zwei zusammengezählt.

Sie wirbelte herum. »Warum haben Sie das getan?«, schrie sie. »Dachten Sie etwa, ich würde jubeln? Dachten Sie, ich würde Luftsprünge machen vor Freude? Ich hab Ihnen gesagt, Sie sollen nicht kommen. Mehr als ein Mal. Und jetzt sind Sie trotzdem gekommen, und nicht nur das, Sie haben auch noch Salvatore eingeladen. Und all die anderen: Simon, Deborah, Charlie … Und Winston. Genau. Winston und seine Eltern. Was ist mit meinen Nachbarn? Konnten die nicht oder wollten die nicht?«

Er hob sie Hände, woraus sie schloss, dass er es endlich kapiert hatte. »Barbara«, sagte er. »Hören Sie mir zu.«

»Nein!«, fauchte sie. »Sie glauben wohl, Sie wüssten, was

das Beste für mich ist, was? Genau wie alle anderen. Aber Sie wissen es nicht, Sir. Sie haben mich vor all meinen Kollegen lächerlich gemacht, vor meinen Freunden, vor …« Sie brachte es nicht über die Lippen. Sie war so wütend, dass ihr die Worte fehlten.

»Ich habe Salvatore nicht eingeladen«, sagte Lynley. Dann, nachdem er einen kurzen Blick über die Schulter auf das Gemeindezentrum geworfen hatte, wo die Tanzveranstaltung weiterging, fügte er hinzu: »Nein. Das stimmt nicht ganz. Ich habe ihn eingeladen, aber ich habe ihn nicht nach England eingeladen. Er war sowieso hier. Er hat einen Englischkurs angefangen.«

»Einen Englischkurs? Wieso macht der einen verdammten Englischkurs?«

»Das weiß ich nicht. Vielleicht fragen Sie ihn mal. Ich habe ihm angeboten, bei mir zu wohnen, und nachdem feststand, dass er an diesem denkwürdigen Tag in London sein würde, da …«

»Da haben Sie sich gesagt, das ist die perfekte Gelegenheit, mich zum Gegenstand des Gespötts zu machen. Deswegen haben Sie all die Leute eingeladen.«

»Ich begreife nicht, wie Sie auf so eine Idee kommen, Barbara. Warum in aller Welt sollte ich Sie zum Gegenstand des Gespötts machen wollen?«

»Weil ich eine Witzfigur bin«, schrie sie, als ihr ganz plötzlich eine Wahrheit dämmerte, vor der sie seit Jahren davonlief. »Weil ich eine Witzfigur bin und es immer sein werde!«

»Das können Sie nicht ernst meinen.«

»Sehen Sie mich doch an. Versuchen Sie mal, sich vorzustellen, wie es ist, so eine zu sein wie ich und wo ich herkomme und wie es sich anfühlt, nie eine Chance zu haben … zu … zu …« Sie verstummte, weil sie wusste, wenn sie weiterredete, würde sie in Tränen ausbrechen, und es war ganz und gar undenkbar, dass sie auf dem Parkplatz eines Gemeindezentrums in Southall, bekleidet mit einem Matrosenanzug, vor den Augen von Thomas Lynley weinen würde.

»Sie kommen jetzt mit«, sagte Lynley. Er klang beinahe ruppig. Als sie sich nicht rührte, fuhr er fort: »Ich sagte, kommen Sie mit. Das ist ein Befehl.«

»Und wenn ich mich weigere?«

»Das würde ich an Ihrer Stelle nicht tun.«

Damit drehte er sich auf dem Absatz um. Er blickte nicht über die Schulter, um zu sehen, ob sie ihm folgte. Sie überlegte, ob sie den Befehl verweigern sollte, aber er schien es mit seiner Drohung ernst zu meinen. Also stiefelte sie hinter ihm her.

Im Saal hatte die Verbeugungsrunde bereits begonnen. Eine Gruppe nach der anderen lief auf die Bühne und verbeugte sich unter dem Applaus und den Jubelrufen der Freunde und Verwandten. Barbara ahnte schon, was auf sie zukam, und so wunderte sie sich nicht, als Lynley sagte: »Wenn Dorothea auf die Bühne kommt, dann gehen Sie da rauf. Und Sie tun das nicht für sich selbst, sondern für sie, denn sie mag Sie sehr. Genauso, übrigens, wie wir alle, auch wenn jetzt nicht der richtige Zeitpunkt ist, mich mit Ihnen darüber zu streiten.«

»Ich kann da nicht…«

»Sie können und Sie werden«, sagte Lynley. »Gehen Sie durch den Mittelgang, und wenn Sie nicht so tun, als ob das alles geplant gewesen wäre, dann gnade Ihnen Gott, ist das klar, Barbara?«

Sie war sprachlos. Am liebsten hätte sie ihm geantwortet: Wie kommen Sie dazu, mich hier rumzukommandieren? Sie hätte gern gesagt: Kehren Sie jetzt bloß nicht den Adeligen raus. Sie wollte ihm sagen: Sie kennen mich nicht, Sie wissen überhaupt nichts, Sie haben keine Ahnung, was in mir vorgeht, und Sie werden es auch nie wissen.

Nur… so stimmte das alles gar nicht. Es hatte nie gestimmt.

Thomas Lynley wusste mehr, als irgendjemand ahnte, und er wusste, womit sie sich im Inneren abplagte, und sie wusste es, weil er es nie erwähnte, nicht einmal jetzt. Das ersparte er ihr. Das hatte er immer getan.

In dem Augenblick betrat Dorothea die Bühne. Das Publikum applaudierte. Sie lächelte, aber es war ein zaghaftes Lächeln, ein Lächeln, das überhaupt nicht zu Dorothea passte.

»Los«, sagte Lynley, und Barbara wusste, dass sie nicht zögern durfte.

Sie rannte durch den Mittelgang und sprang mit solchem Schwung auf die Bühne, dass sie das Gleichgewicht verlor, über die Bühne schlitterte und zu Dorotheas Füßen landete. Und genau wie Lynley es befohlen hatte, tat sie so, als gehörte es zur Show.

Danksagung

Wenn ich mit einem neuen Lynley-Roman beginne, suche ich mir eine Gegend in England aus, über die ich gern schreiben möchte, dann lese ich darüber und verbringe einige Zeit damit, geeignete Orte auszusuchen und Informationen zu sammeln, von denen ich hoffe, dass sie für die Entwicklung meiner Figuren, den Aufbau der Handlung und der diversen Nebenhandlungen hilfreich sind.

Für diesen Roman muss ich mich bei Chief Constable Anthony Bangham bei der West Mercia Police dafür bedanken, dass er mir ein Interview ermöglicht und mir erläutert hat, welche Auswirkungen die Kürzungen auf die Arbeit der Polizei in diesem Teil des Landes haben, und dafür, dass er sich die Mühe gemacht hat, meine E-Mails zu beantworten, in denen ich ihn gebeten habe, mir bestimmte, die Polizeiarbeit betreffende Details zu erklären.

John Hall, Vorsitzender des Midland Gliding Club von Long Mynd, hat mich liebenswürdigerweise auf dem Flugplatzgelände herumgeführt, mir erklärt, wie ein Segelflugzeug konstruiert ist, wie es geflogen wird und wie unterschiedlich es in die Luft befördert werden kann. Ich bedaure es, dass ich sein Angebot eines Rundflugs nicht angenommen habe.

Der Bürgermeister von Ludlow, Paul Draper, hat mich im Rathaus empfangen und mir erklärt, wie die Kürzungen bei der Polizei sich allgemein in den Städten und in Ludlow im Besonderen auswirken.

Swati Gamble von Hodder & Stoughton war wie immer

unglaublich hilfsbereit bei der Sichtung der nötigen Informationen, und mein Lektor Nick Sayers hat mich korrigiert, wenn mir Fehler im britischen Englisch unterlaufen sind.

In den Vereinigten Staaten hat mich meine Schriftstellerkollegin (und Stepptänzerin) Patricia Smiley nach Kräften beim Thema Steppen unterstützt, meine Sekretärin Charlene Coe war mir eine große Hilfe und hat bei so vielen Themen recherchiert, dass ich sie gar nicht alle aufzählen kann, mein Verleger Brian Tart hat mit einer Engelsgeduld auf die Fertigstellung des Romans gewartet, und mein Mann Tom McCabe hat mich die ganze Zeit über nach Kräften unterstützt.

Liebevolle Unterstützung habe ich auch von meinen vier Schwestern erfahren: Karen Joy Fowler, Gail Tsukiyama, Nancy Horan und Jane Hamilton. Ihr seid super.

Für alle Fehler in diesem Buch bin ich allein verantwortlich.

Elizabeth George
Whidbey, Island, Washington
27. August 2017